（上册）

第二版

中国现当代文学史

高　玉　主编

浙江大学出版社
ZHEJIANG UNIVERSITY PRESS

序

高 玉

　　自中国现代文学设立为学科以来,已经产生了很多中国现代文学史著作,先是现代文学史,进而延伸到当代,产生了很多当代文学史,或者把二者结合起来的笼统的中国现代文学史或者中国现当代文学史。这里出版的《中国现当代文学史》不过是在这诸多文学史中增加一种而已。由于历史事实本身的客观性,还有学科的积累、教学的规定等原因,我们不可能弄出一个全新的东西,"沿袭"是我们的主体,但同时我们也有很多新的因素,不论是在观念上,还是在体例上,我们都期望中国现当代文学史编纂应该有所发展。

　　中国现当代文学在名称上有一个发展的过程,最初被称为"新文学",与"旧文学"相对,所以有《中国新文学研究纲要》(朱自清)、《中国新文学源流》(周作人)、《中国新文学运动史》(王哲甫)等。1950 年教育部颁布的中国现代文学课程也叫《中国新文学史》,所以王瑶先生的学科奠基之作就叫《中国新文学史稿》。同时,20世纪 40 年代就有"现代文学",比如任访秋的《中国现代文学史》,但这里的"现代"包括后来说的"近代"。在 60 年代以前,"新文学"也好,"现代文学"也好,主要是指1917 年至 1949 年这一段时间范围内的白话文学,"新"和"现代"主要是性质概念,和"旧"与"古代"相对应。但 50 年代末到 60 年代初,逐渐有了"当代文学"的概念,并出现了《中国当代文学史稿》(华中师范学院编)、《中国当代文学史》(山东大学编)等教材。这时,一方面"新文学"和"现代文学"继续保持它的性质概念,从而在内容范围上向 1949 年以后延伸,包括"当代文学",一直到当今,很多人都是在"性质"的层面上使用"新文学"和"现代文学",也就是说,五四之后的文学都是"新文学"或者"现代文学",这可以说是泛"新文学"或者泛"现代文学",也可以说是广义"新文学"或者广义"现代文学"。但另一方面,"新文学"和"现代文学"也被"历史"化,从而变成时间概念,很多人所说的"新文学"和"现代文学"都是专指 1917 年至1949 年之间的白话文学,此时,"新文学"是一个历史概念,即把现代时期和现代文学作为学科确立时的"新文学"内涵固定下来,"现代"是一个时间概念,前与"近代"

相对应,后与"当代"相对应,这可以说是狭义"新文学"或者"现代文学"。在性质上,现代文学与当代文学具有一体性,从而也可以称之为"中国现当代文学",而近代文学与古代文学具有一体性,统称"中国古代文学",这样,"中国现当代文学"就与"中国古代文学"构成对应关系。

还有一些其它称谓,比如"现代文学三十年"、"民国文学"、"共和国文学"、"现代汉语文学",等,指称不同的对象。这些复杂的称谓,我认为没有对错之分,关键是使用者在使用这些概念时要对它的内涵和外延加以限定和说明。我们笼统地称之为"中国现当代文学",一是从众,二是希望最大限度地减少歧义。但还需要说明的是,在地域上,中国现当代文学还包括港台文学,在文体上还包括旧体文学、儿童文学、民间文学、通俗文学等,由于 篇幅限制,再加上约定俗成以及教学的需要,我们这里的中国现当代文学史主要是中国现当代纯文学史,且限于中国大陆。

关于现代文学的起始时间,有不同的观点,我们认为还是应该以五四新文学运动为起点,具体地说应该还是从 1917 年开始,但同时我们也觉得,中国现代文学的产生有一个过程,中国现代文学教学开头就是五四,这太突然,还应该讲新文学是如何发生的,也即应该讲新文学的背景,从而让学生更深刻地理解中国现代文学,所以我们特别增加了"世纪初文学"这一部分,时间最早追溯到 1895 年,这也算是我们的一个新尝试。

1949 年是中国文学发展的一个重要转折点,这是毫无争议的,中国文学的格局以及思想主体在新中国成立之后发生了翻天覆地的变化,所以它构成了中国当代文学的起始时间,特别是 80 年代"当代文学"作为学科阶段独立于"现代阶段",此时的"现代阶段"与"当代阶段"各大约 30 年,这具有合理性,也大致是平衡的。但是随着当代文学在时间上的不断延伸,"现代"与"当代"的划分越来越不合理,也越来越不平衡,如果这种划分不改变,这种不平衡将会越来越明显。不论是"现代文学"还是"当代文学",都主要是学术概念,而从学术的角度来说,"现代文学"研究更重要的是历史研究,它对当下文学的影响是阐释和借鉴性的,而"当代文学"研究更重要的是文学批评,作为批评,它直接参与当下文学的进程,也就是说,它对当代作家以及文学创作都有影响。事实上,"17 年文学"、"文革文学"甚至"新时期"文学已经越来越历史化,很多当时活跃的作家都已经不在人世,即使活着,也已经不再从事文学创作活动,文学批评对他们已经没有任何意义。所以,"17 年文学"、"文革文学"甚至"新时期"文学越来越不具有"当代"性,所以有人建议更改中国文学的"当代"起始时间,比如以 1976 年为起始,或者 90 年代初为起始,但我觉得这是没有太大的意义,这种不断移动"当代"时间点的办法并不是一个好的办法,最好的办法是不再寻找这个时间点,而是换一种方式,按时间段来划分。我认为,中国现当代文学从五四开始,迄今共经历 9 个阶段,分别是:

第一个 10 年,从 1917 年到 1927 年。

第二个 10 年,从 1927 年到 1937 年。

第三个 10 年,从 1937 年到 1949 年。

"17 年文学",从 1949 年到 1966 年。

"文革"文学,从 1966 年到 1976 年。

"新时期"文学,从 1976 年到 1981 年。

80 年代文学。

90 年代文学。

新世纪文学。

其中,"新世纪文学"在命名上具有暂时性,在时间上目前还没有下限,只有随着时间的推移,中国文学发展出现大的变化之后,它的阶段性特征才会显示出来。

本书打破传统的文体或者思潮模式,而按照阶段性划分来进行编写。在时间上,上册从 1895 年到 1949 年,下册从 1949 年到 2012 年。

关于本书的编写,我们已经思考多年,从 2008 年起,我们学科就着手撰写中国现当代文学分段史,共 10 册,成员全部来自本学科。经过两年多的时间撰写,感觉比较顺利,于是我们申请浙江省高校自选主题重点教材建设项目"中国现当代文学史(上下)",并获得通过,到 2011 年底,集体合作的 10 册中国现当代文学分段史基本完稿,在这个基础上,我们又用了一年的时间来编写这部教材,每个撰写相对应的部分,以更好地表达内容为原则,而不追求人格分裂上的统一。现在终于完稿,虽然肯定仍然存在这样或那样的问题,但我们尽力了。

目前中国现当代文学史教材很多,我感觉很多教材都是陈陈相因。很多编纂者都缺乏对他书写内容的深入研究,因而多是人云亦云甚至以讹传讹。我们最大的努力就是把教材编写建立在研究的基础上,希望能够提供一些新鲜的东西,不仅在教材内容上有所突破,在体例上也有所突破,也希望对中国现当代文学教学改革有所推进。

2013 年 4 月 9 日于浙江师范大学

目录

CONTENTS

第三章　20 世纪 30 年代文学

第四章 20 世纪 40 年代文学

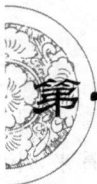

第一章　清末民初文学

对 20 世纪初中国文学开端影响最大的历史事件不是鸦片战争,也不是中法战争,而是甲午战争。北洋海军全军覆没,举国震惊。梁启超说:"吾国四千余年大梦之唤醒,实自甲午战败,割台湾偿二百兆以后始也。"①它给国人强烈的刺激,使沉浸在天朝帝国迷梦中的国人猛然惊醒。中华民族面临空前的民族危机,救亡图存成为当务之急。以康有为、梁启超为首的资产阶级维新派发动戊戌变法运动,百日维新毁于一旦,他们又发动文学界革命,不仅进一步推动未竟的政治运动,而且拉开文学革新的大幕,寻求"文学救国"之路。

第一节　晚清文学运动

晚清至五四时期是中国政治和社会急剧变化的时期,内忧外患使政府对国家和社会的治理感到力不从心。不断地割地赔款使政府的财力不支,西方列强一步步把中国逼上半殖民地半封建的道路。救亡图存的残酷现实迫使中国知识分子寻找救国真理。

20 世纪初,中国爆发了两次规模宏大的文学改革运动,这两次运动时间相距不到二十年,却分别产生于两个不同的历史时代。第一次是晚清文学革新运动,它爆发于帝制时代;第二次是五四文学革命,它爆发于共和时代。晚清文学革新运动与五四文学革命具有历史承继性,二者形成一个有机整体,共同促使中国文学的近现代转型。

一　晚清文学界革命

作为政治改革运动的重要组成部分,资产阶级维新派借助于文学界革命继续

---

① 　梁启超:《戊戌政变记》,《戊戌变法》(1),神州国光社,1953 年版,第 249 页。

其未竟的事业。在救亡图存的现实面前,他们主张"文学救国",毅然发动"小说界革命"、"诗界革命"、"文界革命"和"戏剧界革命",在这四界革命中,"小说界革命"的成就最高,影响最大。

(一)小说界革命

在中国传统文学中,诗文是正宗,小说不能登大雅之堂。然而到了晚清,由于特殊的历史环境,小说的地位彻底改变,居文学之最上乘。在梁启超等人看来,小说能够"经邦济国",成为他们"新国新民"的利器。1902 年,梁启超在《论小说与群治之关系》一文把中国传统小说推上审判台,认为传统小说是"中国群治腐败之总根源",其毒素弥漫社会,毒害民众。他指出:"吾中国人状元宰相之思想何自来乎?小说也;吾中国人佳人才子之思想何自来乎?小说也;吾中国人江湖盗贼之思想何自来乎?小说也;吾中国人妖巫狐鬼之思想何自来乎?小说也。"梁启超倡导革除传统小说之命,革除传统小说中的"状元宰相之思想"、"才子佳人之思想"、"江湖盗贼之思想"、"妖巫狐鬼之思想",换之以西方的现代民主政治和科学精神,以振国民之精神,以开国民之智识。[①] 他大声疾呼:

> 欲新一国之民,不可不先新一国之小说。故欲新道德,必新小说;欲新宗教,必新小说;欲新政治,必新小说;欲新风俗,必新小说;欲新学艺,必新小说;乃至欲新人心,欲新人格,必新小说。

在梁启超看来,中国人缺乏团结精神,缺乏集体精神,更缺乏民族主义精神。长期积弱,国势危机,不团结集体的力量难以救国,必须提倡群治。

晚清文学革新运动试图用文学来新国家、新国民,政治小说被赋予重要使命。梁启超在《译印政治小说序》中明确指出:

> 政治小说之体,自泰西人始也。……在昔欧洲各国变革之始,其魁儒硕学,仁人志士,往往以其身之经历,及胸中所怀政治之议论,一寄之于小说。于是彼中辍学之子,黉塾之暇,手之口之,下而兵丁、而市侩、而农氓、而工匠、而车夫马卒、而妇女、而童孺,靡不手之口之,往往每一书出而全国之议论为之一变。彼美、英、德、法、奥、意、日本各国政界之日进,则政治小说为功最高焉。英名士某君曰:小说为国民之魂。[②]

新小说家除了提倡政治小说外,还提倡其他小说,如历史小说、哲理科学小说、社会小说、军事小说、冒险小说、侦探小说、写情小说等。到 1915 年,"小说界革命"取得巨大成就,"质言之,则十年前之旧社会,大半由旧小说之势力所铸成也"。经

---

① 梁启超:《论小说与群治之关系》,《新小说》1902 年第 1 号。
② 梁启超:《译印政治小说序》,《清议报》1898 年第 1 册。

过小说界革命后，新小说充满读者世界，"故今日小说之势力，视十年前增加倍蓰什百，此事实之无能为讳者也"①。由此可见小说界革命的历史贡献。

（二）诗界革命

1899 年，梁启超在《夏威夷游记》中就提出"诗界革命"的口号，他说："……故今日不作诗则已，若作诗，必为诗界之哥伦布、玛赛郎然后可。……欲为诗界之哥伦布、玛赛郎，不可不备三长：第一要新意境，第二要新语句，而又须以古人风格入之，然后成其为诗。……吾虽不能诗，惟将竭力输入欧洲之精神思想，以供来者之料可乎？要之，支那非有诗界革命，则诗运殆将绝，虽然，诗运无绝之时也。今日者革命之机渐熟，而哥伦布、玛赛郎之出世，必不远矣。"②在《饮冰室诗话》中，他还说："过渡时代，必有革命。然革命者，当革其精神，非革其形式。吾党近好言诗界革命，虽然，若以此堆积满纸新名词为革命，是又满洲政府变法维新之类也。能以旧风格含新意境，斯可以举革命之实矣。"③由于自身的文学素养、中国诗歌发展的历史进程以及当时读者的阅读习惯，梁启超等新体诗的倡导者量体裁衣，提出了比较温和的诗歌革新主张，"新意境"、"新语句"与"旧风格"成为新体诗最突出的特点。

黄遵宪是诗界革命的先驱，如高旭所言："世界日新，文界、诗界当造出一新天地，此一定公例也。黄公度诗独辟异境，不愧中国诗界之哥伦布矣，近世洵无第二人。"④他对诗界革命做出了巨大贡献。第一，他主张诗歌言文合一，这样有利于为大众所接受。"语言者，文字之所从出也。语言与文字合，则通文者多；语言与文字离，则通文者少。……盖语言文字扞格不相入，无怪乎通文字之难也。"⑤要把俗语纳入诗歌创作之中，破除雅俗之间的界限。"以俗语通小学，以今言通古语，又可通古今之驿，去雅俗之界，俾学者易以为力。"⑥第二，他提倡诗歌要言之有物，要做到"诗之外有事，诗之中有人"。他认为："今之世异于古，今之人亦何必与古人同。"诗人设想诗境，不拘于比兴体、排偶体、骚体、乐府体、古文体；取材不拘于群经三史；述事不拘于官书会典，侧重古人未有之物，未辟之境，耳闻目睹之事；炼格则"不名

① 梁启超：《告小说家》，《中华小说界》1905 年第 2 卷第 1 期。

② 梁启超：《夏威夷游记》，《饮冰室合集》（专集 22），中华书局，1989 年版，第 189—191 页。

③ 梁启超：《饮冰室诗话》，人民文学出版社，1959 年版，第 51 页。

④ 高旭：《愿无尽庐诗话》，郭长海、金菊贞编：《高旭集》，社会科学文献出版社，2003 年版，第 544 页。

⑤ 黄遵宪：《梅水诗传序》，《黄遵宪集》（下卷），吴振清等编校，天津人民出版社，2003 年版，第 390 页。

⑥ 黄遵宪：《与胡晓岑书》，《黄遵宪集》（下卷），吴振清等编校，天津人民出版社，2003 年版，第 449 页。

一格,不专一体"。① 总之,作诗要从传统中出,注重今人今事,要突出诗人的主体意识。第三,诗歌所言之物,不排除经史子集之所载,但更强调社会现实。他反对模仿古人,主张把诗人自己的所见所闻融入诗中:"诗固无古今也,苟能即身之所遇,目之所见,耳之所闻,而笔之于诗,何必古人? 我自有我之诗者在矣。夫声成文谓之诗,天地之间,无有声皆诗也,即市井之谩骂,儿女之嬉戏,妇姑之勃谿,皆有真意以行其间者,皆天地之至文也。"他强调:作诗要"率真",不拘泥于古,尽可能把"吾身之所遇,吾目之所见,吾耳之所闻"笔之于诗。②

(三)文界革命

1899 年,梁启超在《夏威夷游记》中提出"文界革命"的口号,创造新文体。他指出:"德富氏为日本三大新闻主笔之一。其文雄放隽快,善以欧西文思入日本文,实为文界别开一生面者。余甚爱之。中国若有文界革命,当亦不可不起点于是也。"③他阅读了德富苏峰著的《将来之日本》和《民国丛书》数种,感慨系之,毅然发起文界革命,试图使诗文具有西方现代民主政治思想,从而获得一种不同于中国传统诗文的崭新特质。梁启超创造的报章文体风行一时,他曾指出:

> 自是启超复专以宣传为业,为《新民丛报》《新小说》等诸杂志,畅其旨义,国人竞喜读之,清廷虽严禁不能遏。每一册出,内地翻刻本辄十数。二十年来学子之思想,颇蒙其影响。启超夙不喜桐城派古文,幼年为文,学汉魏晋,颇尚矜炼。至是自解放,务为平易畅达,时杂以俚语及外国语法,纵笔所至不检束。学者竞效之,号"新文体",老辈则痛恨,诋为野狐。然其文条理明晰,笔锋常带感情,对于读者,别有一种魔力焉。④

胡适认为,"梁启超最能运用各种字句语调,来做应用的文章,他不避排偶,不避长比,不避佛书的名词,不避诗词的典故,不避日本输入的新名词。因此,最不合古文义法。但他的应用的魔力也最大。"⑤梁启超采用的措施,不是全部推倒传统诗文,而是在传统诗文中"竭力输入欧洲之精神思想"。

晚清"新文体"产生了强烈的反响,赢得一片赞美声。1902 年,黄遵宪在谈论"新文体"时说,"……新译名词,杜撰之语言,大吏之奏折,试官之题目,亦剿袭而用

---

① 黄遵宪:《人境庐诗草·自序》,《黄遵宪集》(下卷),吴振清等编校,天津人民出版社,2003 年版,第 79 页。
② 黄遵宪:《与朗山论诗书》,《黄遵宪集》(下卷),吴振清等编校,天津人民出版社,2003 年版,第 412 页。
③ 梁启超:《夏威夷游记》,《饮冰室合集》(专集 22),中华书局,1989 年版,第 191 页。
④ 梁启超:《清代学术概论》,上海古籍出版社,1998 年版,第 85—86 页。
⑤ 胡适:《胡适文集·五十年来中国之文学》(第 4 卷),人民文学出版社,1998 年版,第 350 页。

之。精神吾不知,形式既已大变矣;事实吾不知,议论既已大变矣。"①1922 年,胡适也承认"新文体"有很大的魔力,并指出其原因:(1)文体的解放,打破一切"义法"、"家法",打破一切"古文"、"时文"、"散文"、"骈文"的界线;(2)条理的分明,梁启超的长篇文章长于条理,最容易看下去;(3)辞句的浅显,既容易懂得,又容易模仿;(4)富于刺激性,"笔锋常带情感"②。"新文体"打破文体界限,打破文白疆界,充满激情,富有活力。它是对桐城派古文"雅洁"的反拨,它对传统古文产生强大的冲击,为五四的白话文运动开辟了道路。

(四)戏剧界革命

戏剧是一门综合艺术,融表演艺术与音乐艺术于舞台背景之中。王国维在《宋元戏剧史》中指出:"杂剧之为物,合动作、言语、歌唱三者而成。"③这里的"戏剧"与传统的"曲"、"传奇"、"杂剧"基本同义。1902 年 12 月,梁启超在发表于《新民丛报》第 22 号上的《释革》一文中,把"经学革命"、"史学革命"、"文界革命"、"诗界革命"、"曲界革命"、"小说界革命"、"音乐界革命"、"文字革命"等并列同提。其实,晚清的文人学士在倡导"小说界革命"时,自觉不自觉地把戏剧纳入其中,如严复、夏曾佑、梁启超、邱炜萲、狄葆贤、黄人、黄世仲等人。但这并不影响他们单独撰写提倡"戏剧界革命"的论文,代表性的作品有蒋观云的《中国之演剧界》、陈独秀(三爱)的《论戏曲》、天僇生的《剧场之教育》、箸夫的《论开智普及之法首以改良戏本为先》、陈佩忍的《论戏剧之有益》等。

1903 年,"失名"在《观戏记》中说,演戏与世道人心、社会风俗乃至国家政治等关系甚大,"风俗成而国政亦因之固",所以他主张,"欲善国政,莫如先善风俗;欲善风俗,莫如先善曲本"。而善曲本之方在于"改班本"与"改乐器"。④ 1904 年,柳亚子等人创办《二十世纪大舞台》杂志,提倡戏剧改良,反对专制,主张共和。他们试图使该杂志成为优伶社会之机关,而实行改良之政策。同年 8 月,陈去病在该杂志上发表《论戏剧之有益》一文,高度肯定戏剧的宣传鼓动作用和巨大的艺术感染力,鼓励青年革命党人深入梨园,与戏剧艺人结合,编演宣传革命思想的新剧。1905年,箸夫的《论开智普及之法首以改良戏本为先》指出:"故欲风气之广开,教育之普及,非改良戏本不可。"(《芝罘报》第 7 期)同年,陈独秀(三爱)撰文《论戏曲》,大力提倡戏剧改革,他指出:"戏园者,实普天下人之大学堂也;优伶者,实普天下人之大教师也。"我国的情况与之相反,他认为必须改变这种局面。而国势危急,风气不

---

① 黄遵宪:《水苍雁红馆主人来简》,《新民丛报》1902 年第 24 号。
② 胡适:《胡适文集·五十年来中国之文学》,(第 4 卷),人民文学出版社,1998 年版,第 222 页。
③ 王国维:《宋元戏剧史》,上海古籍出版社,1998 年版,第 94 页。
④ 无涯生:《观戏记》,邬国平、黄霖编著:《中国文论选·近代卷》(下),江苏文艺出版社,1996年版,第 56 页。

开，借演剧开通不识字人，"惟戏曲改良，则可感动全社会，虽聋得见，虽盲可闻，诚改良社会之不二法门也"。[《新小说》第2卷第2期（1905）]1906年，春柳社在日本东京成立，该社大力提倡戏剧改革。他们认为，晚近文明国家如欧美、日本等无不重视戏剧和剧人，"欧美优伶，靡不学博洽多闻，大儒愧弗及；日本新派优伶，泰半学者"，国家给予隆厚的礼遇，而"吾国倡改良戏曲之说有年矣，若者负于赏，若者迷诸途，虽大史提倡之，士夫维持之，其成效卒莫由睹"。于是，他们发起春柳社，设立演艺部，"改良戏曲，为转移风气之一助"。该社以欧美流行的新派演艺为主，以传统的旧派演艺为辅，以正大之宗旨，"开通智识，鼓舞精神"。[《春柳社演艺部专章》，《北新杂志》第30卷（1907）]"戏剧界革命"提高了戏剧的地位，吸引了大批有志者加入剧人队伍。剧本创作与演出方面取得了更大的成就，如汪笑侬的"京剧改革"、梁启超与吴梅等人新传奇杂剧的创作、以春柳社为代表的新潮演剧。

（五）文学界革命的主要成就

1.文学体系发生质变

在中国传统文学体系中，诗文是正宗，小说戏剧是不能登大雅之堂的旁门左道。经过文学界革命，这一格局彻底改变，诗文被拉下神圣的宝座，小说被尊为"文学之最上乘"。就小说而言，传统的小说类型也彻底为新的小说类型所取代，中国传统小说类型主要有志怪、传奇、话本与拟话本、讲史、神魔、人情、讽刺、狭狭、侠义、公案、谴责等，而清末民初中国小说类型主要是历史小说、政治小说、哲理科学小说、军事小说、冒险小说、侦探小说、言情小说、神怪小说等，这一变化表明中国小说类型已经发生质变。

2.进化论文学观的产生

由于晚清特殊的国势，由于《天演论》的译介，进化论在中国引起轩然大波，使知识分子产生了进化思维，产生进化论文学观。1897年，严复和夏曾佑在《本馆附印说部缘起》中就认为，凡是人类，无论哪一块大陆、哪一个种族，处于远古的哪一个历史时期，都存在"公性情"，所谓公性情，一曰英雄，一曰男女。"非有英雄之性，不能争存；非有男女之性，不能传种也。"[①]这一思想可谓进化论文学观的萌芽。1903年，梁启超通过研究文学史，得出"文言向白话演进"是一条普遍规律的结论，他说："文学之进化有一大关键，即由古语之文学变为俗语之文学是也。各国文学史之开展，靡不循此轨道。……苟欲思想之普及，则此体非徒小说家当采用而已，凡百文章，莫不有然。"[②]进化论文学观很快得到广泛认同。

3.功利文学观的盛行

这里的功利文学观包括政治功利文学观与社会功利文学观。政治功利文学

---

① 几道、别士（严复、夏曾佑）：《本馆附印说部缘起》，《国闻报》光绪二十三年（1897）。

② 《小说丛话》，《新小说》1903年第7号。

观,是古代"载道"文学观在晚清特定历史条件下的新变,梁启超等人就持这种文学观,他们主张"文学救国",以小说为利器"新国新民"。小说界革命的纲领性文件《论小说与群治之关系》提出:"故今日欲改良群治,必自小说界革命始;欲新民,必自新小说始。"①革命派与维新派一样持政治功利文学观,只不过二者的政治立场不同而已,前者主张君主立宪,后者主张民主共和。社会功利文学观具有更加广阔的市场,大多数文人提倡文学为社会服务,或劝善惩恶,维持风化,或传播新知,开化民众,或暴露弊端,使人警觉等,不一而足。

4. 反映论文学观的共识

功利文学观片面夸大小说的作用,颠倒了小说与社会生活之间的关系,遭到质疑与矫正;小说源于社会生活的观点获得共识,反映论文学观由此而生。徐念慈认为:"小说固不足生社会,而惟有社会始成小说。"②楚卿提出:"小说者,社会之 X 光线也。"③曼殊也说:"小说者'今社会'之见本也。无论何种小说,其思想总不能出当时社会之范围,此殆如形之于模,影之于物矣。"④如果说社会生活是模,是物,那么小说就是"模"铸成的"形","物"留下的"影"。⑤ 曼殊还说:"欲觇一国之风俗,以及国民之程度,与夫社会风潮之所趋,莫确于小说。盖小说者,乃民族最精确、最公平之调查录也。"⑥总之,反映论文学观成为诸多文人高高擎起的一面旗帜。

5. 非功利文学观的萌芽

这里的非功利文学观包括审美文学观与游戏文学观。梁启超尽管倡导政治功利文学观,却并没有忽视小说的审美作用。他从审美心理机制角度,强调小说具有"熏"、"浸"、"刺"、"提"四个特点,从美学角度,把小说分为"理想派"与"写实派"两大类。徐念慈与黄摩西等人更进一步,大力提倡审美文学观。徐念慈认为,小说合理想美学、感情美学而居最上乘⑦。黄摩西也突出文学的审美功能,他把文学的娱乐性与唯美派联系在一起,主张文学是真善美的统一,尤其突出"美"的特性,认为小说是一种美的艺术,是文学中倾向于美的方面的一种。⑧ 王国维主张"可爱玩而不可利用"的非功利美学观,提出"一切之美,皆形式之美也"的观点,他所谓的"形式"不仅包括通常意义上的"形式",还包括"唤起美情之最适形式"的"材质"。⑨ 王国维还提出

① 梁启超:《论小说与群治之关系》,《新小说》1902 年第 1 号。
② 徐念慈:《余之小说观》,《小说林》1908 年第 9 号。
③ 楚卿:《论文学上小说之位置》,《新小说》1903 年第 7 号。
④ 曼殊等:《小说丛话》,《新小说》1905 年第 13 号。
⑤ 楚卿:《论文学上小说之位置》,《新小说》1903 年第 7 号。
⑥ 曼殊等:《小说丛话》,《新小说》1905 年第 13 号。
⑦ 觉我(徐念慈):《〈小说林〉缘起》,《小说林》1907 年第 1 期。
⑧ 摩西(黄摩西):《〈小说林〉发刊词》,《小说林》第 1 期。
⑨ 王国维:《古雅之在美学上之位置》,《教育世界》1907 年第 144 期。

"文学者，游戏之事业也"①的观点，这是对功利文学观的大胆反叛和有效纠正。

二　晚清白话文运动

与文学改革运动相伴随的，是相继出现的两次白话文运动。第一次白话文运动发生于晚清，规模宏大，一百多种白话报刊纷纷创办，倡导者试图用白话来启蒙民众，尤其是社会中下层民众，具有明确的工具论性质。第二次白话文运动发生于五四时期，是前者的深化与发展，倡导者不仅仅停留于把文学语言即"白话"作为启蒙工具，更把文学语言的变革本身当作目的，他们努力创作"国语的文学"。

晚清白话文运动的直接驱动力是中国特定的历史环境。其时，中国国势衰弱，一败于英法联军，再败于日本，三败于八国联军，中国面临亡国灭种的民族灾难。残酷的现实催生救亡运动，要求发动全国民众。而全国绝大多数人是文盲或半文盲，要使略识字者能够读书看报就必须使用浅显易懂的俗话、白话。提倡白话文显得异常重要和迫切。"以通俗之文，推行书报，凡世之稍识字者，皆可家置一编，以助觉民之用，此诚近今中国之急务也。"②

晚清白话文运动是精英知识分子为了救亡图存的需要而发起的启蒙运动的一个重要组成部分。其目的不是推翻传统文化（尤其是儒家文化），而是利用白话来传播西方现代文化，提高国民素质。由于历史潮流的推动，白话报刊在全国如火如荼，蓬勃发展。1897年11月，中国第一份白话报纸《演义白话报》在上海创刊，其《白话报小引》表明："中国人要想发愤立志，不吃外人亏，必须讲究外洋情形、天下大势；要想讲究外洋情形、天下大势，必须看报；要想看报，必须从白话起头，方才明明白白。"③1898年5月，《无锡白话报》诞生，白话文运动的急先锋——裘廷梁的《论白话为维新之本》一文在该刊的发表推动了白话报刊的发展。1901年6月创刊的《杭州白话报》，其宗旨为"开民智和作民气两事并重。不开民智，便是民气可用，也是义和团一流的人物；不作民气，便是民智可用，也不过是作个聪明的奴隶，中国人要想享自由平等的幸福，永远没有这一日"④。"杭州白话报是开风气的事体，诱人识字的一件宝贝"，"看白话报的人越久越多，那新风俗、新学问、新知识必将出现在所处的老大中国了"。⑤　同年10月创刊的《苏州白话报》，其《简明章程》首

---

① 王国维：《文学小言》，王运熙主编：《中国文论选·近代卷》（下），江苏文艺出版社，1996年版，第446页。
② 刘师培：《论文杂记·二》，《国粹学报》1905年第1号。
③ 夏晓虹：《晚清社会与文化》，湖北教育出版社，2001年版，第115页。
④ 《谨告阅报诸公》，《杭州白话报》1902年第33期。
⑤ 宣樊子（林獬）：《论看报的好处》，《杭州白话报》1901年第1期。

先宣布："本报为开通人家的智识起见,也教人容易懂的意思。"①它的宗旨与严复、康梁等人提倡的"开通民智"是一致的。1903 年 11 月,《宁波白话报》在上海创刊,该报用白话文来移风易俗,主张实业救国。1905 年,《直隶白话报》由安徽桐城人吴樾在河北(直隶)创办。他在《简明章程》中说,"本报的宗旨,就是开通民智,提倡学术八个字"。1907 年,《吉林白话报》创办于吉林。其创办缘起表明:"那时即虑到我吉省同胞向来不讲究看报,要是只出一种文话官报,那字眼浅的人,一定是不能看。因此,随着禀明另出一种白话报,专为普通一般人打算,所以两报相继出版。"②此外,还有《白话演义报》、《潮州白话报》、《江苏白话报》、《国民白话报》、《上海新中国白话报》、《江西白话报》等,总数有 170 多种。③ 这些白话报刊风起云涌,形成强大的社会思潮,产生一场声势浩大的社会运动,其覆盖范围十分广泛,从东南沿海到西北边陲,几乎各省各自治区都创办有白话报刊。

除创办白话报刊外,编印大量白话书籍也是推行白话文的重要措施。当时编印的白话书籍,大致有如下几类。第一,把古籍译成白话出版,如梁启超主持的编译局就曾有计划地大量地做了这项工作。"经史各书择其要者,分门编辑,'每条'以通俗文译之,务使农工商贾妇人孺子,凡读书三四年者,即能遍观要书。"第二,大量印行白话教科书,如陈子褒曾编写过许多白话小学读本,戊戌变法失败后,他在澳门创办蒙学书塾,废止小学读经,用白话编写妇孺三字书、四字书、五字书代替《三字经》、《千字文》、《神童诗》。他主张教科书应适合儿童的实际需要,他说:"凡雅炼者,非合式之小学读本,至浅至显者乃为合式之小学读本,……且童子每读一句,教者即须解一句,用浅顺文字,则童子易晓……"④

白话报刊主要使用浅显易懂的白话,不使用难懂的文言,这得力于晚清精英知识分子的大力提倡。黄遵宪早就主张使用白话俗语:"余闻罗马古时,仅用腊丁语,各国以语言殊异,病其难用。仅法国易之以法音,英国易之以英音,而英、法诸国文学始盛。"在通俗小说里,"语言文字几乎复合",欲使中国普通的人民"通文字之用",就"不得不于此求一简之法"。⑤ 裘廷梁《论白话为维新之本》批评文言之弊,阐述白话之益,要求"崇白话而废文言",突出文言之弊而强调白话之利,白话可以"省日力"、"除骄气"、"免枉读"、"保圣教"、"便幼学"、"炼心力"、"少弃才"、"便贫

① 《简明章程》,《苏州白话报》1901 年第 1 期。
② 《万寿祝辞》,《吉林白话报》1907 年第 52 号。
③ 蔡乐苏:《清末民初的一百七十余部白话报刊》,丁守和主编:《辛亥革命时期期刊介绍》(5),人民出版社,1987 年版,第 494 页。
④ 陈子褒:《教育遗议》,转引自复旦编:《中国近代文学史稿》,中华书局,1960 年版,第 183 页。
⑤ 黄遵宪:《日本国志·学术志二·文学》,徐中玉:《中国近代文学大系·文学理论集》(一),上海书店,1994 年版,第 56 页。

民"。总之，"愚天下之具，莫文言若；智天下之具，莫白话若。吾中国而不欲智天下斯已矣，苟欲智之，而犹以文言树天下之的，则吾前所云八益处者，一反比例求之，其败坏天下才智之民亦已甚矣。吾今为一言以蔽之曰：文言兴而后实学废，白话行而后实学兴；实学不兴，是谓无民。"[①]梁启超更是充满激情，他发现德富苏峰"善以欧西文思入日本文，实为文界开一别生面"，并认为"中国若有文界革命，当亦不可不起点于此"。[②] 陈子褒（荣衮）也大力提倡白话，1900 年，他在《知新报》上发表《论报章宜改用浅说》一文，提出报纸应当改用白话。"今夫文言至祸亡中国，其一端矣。中国四万万之人之中，试问能文言者几何？大约能文字者，不过五万人中得百人耳。以百分之一之人，遂举四万九千九百分之人置于不议不论，而惟曰演其文言以为美观，一国中若农、若工、若商、若妇人、若孺子，徒任其废聪塞明，哑口瞪目，遂养成不痛不痒之世界，彼为文章者曾亦静思之否耶？"[③]林獬反对传统文人只写一些空洞无物又无用的八股文的恶习，而提倡用白话文撰写一些为下层民众服务的务实之文。"我们中国既没有什么古文、国文的分别，也没有字母拼音。乱七八糟的文字，本来不大好懂的，更兼言语文字分做两途，又要学说话，又要学文法，怪不得列位兄弟们那里有许多工夫去学他呢！……（白话报）内中用那刮刮叫的官话，一句一句说出来，明明白白，要好玩些，又要叫人容易懂些。倘使这报馆一直开下去，不上三年，包管各位种田的、做手艺的、做买卖的、当兵的，以及孩子们、妇女们，个个明白，个个增进学问，增进识见，那中国自强就着实有望了。"（《中国白话报》第 1 期）

白话俗语是晚清启蒙运动工具，报刊是传播知识和思想的载体，白话报刊创办的目的是"开通风气，改良社会，使一般人民咸具普通之知识，以预备立宪国民之资格"[④]。梁启超等人提倡新国新民，新民首要的任务是新下层民众，只要下层民众的素质提高了，整体国民的素质就走上一个新台阶。林獬说："现在中国的读书人没有什么可望了，可望的都在我们几位种田的、做手艺的、做买卖的、当兵的以及那十八岁小孩子阿哥、姑娘们。"然而，"我们这几位种田的、做手艺的、做买卖的以及那当兵的兄弟们，有因为从小苦得很，没有本钱读书，一天到晚在外跑，干的各种实实在在正正当当的事业，所以见了那种之乎也者、诗云子曰，也不大喜欢去看它，到后来要想看时，却又为着那种奇离古怪的文章，奇离古怪的字眼……我为着这事，

① 裘廷梁：《论白话为维新之本》，邬国平、黄霖：《中国文论选·近代卷》（下），江苏文艺出版社，1996 年版，第 28—30 页。
② 梁启超：《汗漫录》，引自《欧洲十一国游记两种：新大陆游记及其他·癸卯旅行记·归潜记》（合刊本），岳麓书社，1985 年版，第 604 页。
③ 陈子褒：《陈子褒教育遗议：论报章宜改用浅说》，复旦大学编：《中国近代文学史稿》，中华书局，1960 年版，第 181 页。
④ 《吉林白话报出版章程》，《吉林白话报》1907 年第 1 号。

足足和朋友们商量了十几天,大家都知道没有别的法子,只好做白话报罢。"①新民的目的是要自强,在国势危急的关键时期,更应该有坚强的民族精神和民族意志。"现今的世界,正是一个弱肉强食的世界。不兴就衰,不存就亡。做这时的人民,不明白天下的大势,还能够自立于地球之上,天下有这个道理吗?你看这十余年中,外国人欺负我们,剥削我们,也不能不算到了极处了。请问到如今知道中国的危机,不想救中国的危机,那真是顶可怕不过的啊!"②白话报刊要对广大下层人民进行宣传教育,唤起同胞的爱国精神,鼓舞同胞的救国力量。正如《直隶白话报》同仁所说,"我们焉得不邀些同志,仿着各省志士的办法,把诸位该知道的事情,做一个直隶白话报,好叫直隶的人们,一看就明白天下的大势,赶紧设法救中国。"③

第二节　蜕旧变新的新小说

晚清的文学界革命,数小说革命的成就最高,影响最大。它不仅彻底改变了小说一向卑微的地位,使小说居文学之最上乘,而且使中国小说逐渐转型,新的小说类型不断涌现,新小说创作层出不穷,蔚为大观。在数千种新小说作品中,成就比较高、影响比较大的有政治小说、社会小说、历史小说、言情小说与女界小说。

一　发表政见的政治小说

政治小说就是发表政见的小说。"政治小说者,著者欲借以吐露所怀抱之政治思想也。其理论皆以中国为主,事实全由于幻想。"④它源于英国,为政治家而非小说家所提倡。政治小说的代表性作家是布韦尔·李顿(Bulwer Lytton)和曾经两度出任英国首相的迪斯雷利。明治时期,政治小说被引入日本。日本文坛一度出现了翻译与创作政治小说的繁荣局面。戊戌变法后,梁启超流亡日本,创办《清议报》,该报所刊录的内容分为六门,其中之一就是政治小说。他在《译印政治小说序》中说:"在昔欧洲各国变革之始,其魁儒硕学,仁人志士,往往以其身之所经历,及胸中所怀,政治之议论,一寄之于小说。……往往每一书出,而全国之议论为之一变。彼美、英、德、法、奥、意、日本各国政界之日进,则政治小说,为功最高焉。"⑤在梁启超的倡导下,政治小说以及小说与政治之关系的意识逐渐增强,小说创作与

---

①　白话道人:《〈中国白话报〉发刊词》,《中国白话报》1903 年第 1 期。

②　白话道人(林白水):《答常州恨无实学者来函》,《中国白话报》1904 年第 11 期。

③　吴樾:《直隶白话报缘起(附简明章程)》,《直隶白话报》1905 年第 1 期。

④　陈平原、夏晓虹编:《二十世纪中国小说理论资料》(第 1 卷),北京大学出版社,1997 年版,第 61 页。

⑤　梁启超:《译印政治小说序》,《清议报》1898 年第 1 册。

翻译呈现出泛政治化的倾向。

(一)关于立宪思想的政治小说

康有为、梁启超领导的资产阶级维新运动大力推进了君主立宪的政治改革,立宪思想深刻影响了许多知识分子,一些政治小说鲜明反映出作家关于立宪的政治思想,有的主张立宪,有的反对立宪或揭露假立宪。

《新中国未来记》主要是围绕"立宪"与"革命"展开激烈的论争,其意是在中国实行君主立宪,推行宪政。梁启超为新中国描绘了一场宏伟的庆典盛况:六十年后的西历二千零六十二年正月初一日,正是全国人民举行维新五十年大祝典之日;诸友邦皆特派兵舰来庆贺,各国元首齐集南京,繁忙不已;同时,上海举办大博览会,商品琳琅满目,参加者人山人海,热闹非凡。

关于立宪思想的小说为数不少。《宪之魂》通过描述阴府立宪前的种种破败现象,立宪后国富兵强、四邻曩服的盛况,阐明立宪的必要性。前九回是写实的,后九回是理想的,积重难返的现实与国富兵强的憧憬形成鲜明的对照。《未来世界》反对封建专制,也不主张民权,在君权与民权中间踩跷跷板,既不满君主可怕的权威,又不希望赋予百姓充分的民权。有的作品更进一步,在立宪政体内,实行地方自治,如《瓜分惨祸预言记》;有的作品还展望立宪后国家兴旺昌盛的美丽景象,如《新纪元》;有的揭露维新运动过程中的各种丑恶现象,批判预备立宪的虚伪性,如《立宪镜》《地方自治》。

(二)关于革命思想的政治小说

清末民初的各种政治思潮风起云涌,先前立宪思想拥有很大的势力,不久革命思潮一浪高过一浪,革命思想很快占据上风,一些政治小说表现了鲜明的革命思想。

1903 年自由社出版的政治小说《自由结婚》,封面署"犹太遗民万古恨著,震旦女士自由花译",全书二编二十回(故事未完)。实际作者是张肇桐(生卒年不详)。卷首《弁言》中云:"呜呼!不知山径之崎岖者,不知坦途之易;不知大海之洪波者,不知池沼之安;不知奴隶之苦者,亦不能知自由之乐。"小说第一回道出了创作的主旨:"老夫伤怀故国,对景生悲,恨不得把那些狗奴才铲除净尽,使我国民个个雄赳赳,将来建立自由的国家组织,共和的政府,做到我犹太轰轰烈烈成世界第一等强国。"书中男少年名黄祸,后化名黄转福;女少年名关关。两人都具有反帝、反清思想,志同道合,产生了爱情。小说通过主人公的经历、见闻,集中暴露了清末社会政治的腐败与文化教育、思想道德的腐朽。他们是一对革命情侣,黄祸是革命后代,关关就不尽然,她还必须与自己亲戚本族做斗争,如她做官的叔父与充当买办的表兄等。黄祸的父亲因反对汉奸而殉难,他的母亲教育他要"雪国耻,报父仇","第一仇人是异族政府。第二仇人是外国人。第三仇人是同族奴隶"(第三回)。他认为朝廷预备立宪是为了缓和革命,不能上当受骗。故事的发展分为三个阶段,即男女主人公以儿女之天性,观察社会之腐败;以学生之资格,振刷学界之精神;以英雄之本领,建立国家之大业。其中关于政治者十之七,关于道德教育者十之三,而贯之以佳人才子之情。

关于革命思想的政治小说还有怀仁的《卢梭魂》、陈天华的《狮子吼》、陆士谔的《血泪黄花》、朱引年的《满洲血》、睡狮的《革命魂》等。有的作品表现出革命现实主义,有的则表现出革命浪漫主义,反清成为它们的共同主题。

政治小说作为一种小说类型具有深远的影响。尽管有的作品主要宣传某种政治思想,基本上没有故事情节,人物形象不突出,作品往往借人物的演讲或者人物之间的论辩来表达某种政治或社会理想,但其潜在影响不可低估。我们不能忽视它潜在的深远影响,即它使小说创作呈现泛政治化的倾向。陈平原经过研究发现:"纯粹'借以吐露其所怀之政治理想'的政治小说,本身成绩并不可观;可影响于'谴责小说'的写时事与发议论、'言情小说'的借男女情事写时代变革、'社会小说'的政治热情与寓言式象征……以至在晚清大部分小说中都隐隐约约可见到政治小说的影子。"①这种论述颇具文学史家之眼光。政治小说在英国的产生,在日本的流行,在中国的模仿,其内在的精神是一脉相承的。政治精英的倡导,仁人志士的共识,反映了当时中国知识分子共同的政治理想。

二　五彩缤纷的社会小说

所谓"社会小说"是指以社会生活为主要表现对象,描绘人间万象,披露人生百态,提出某些社会问题等内容的小说。鲁迅曾说:"戊戌变政既不成,越二年即庚子岁而有义和团之变,群乃知政府不足与图治,顿有捃击之意矣。其在小说,则揭发伏藏,显其弊恶,而于时政,严加纠弹,或更扩充,并及风俗。"②他揭示了晚清社会小说产生的社会原因、表现的内容以及作品风格等。

(一)社会小说与社会大观

社会小说描绘了广阔的社会生活画面,比较真实客观地记录了社会的许许多多问题和现象,代表性的作品有吴趼人的《二十年目睹之怪现状》、刘鹗的《老残游记》、蘧园的《负曝闲谈》等。

《二十年目睹之怪现状》以"九死一生"为线索,历记其在二十年中所见所闻。他自陈号"九死一生"的理由:"只因我出来应世的二十年中,回头想来,所遇见的只有三种东西:第一种是蛇虫鼠蚁,第二种是豺狼虎豹,第三种是魑魅魍魉。二十年之久,在此中过来,未曾被第一种所蚀,未曾被第二种所啖,未曾被第三种所攫。居然被我都避了过去,还不算是九死一生么?"(第二回)"九死一生"先供职官场,然后

---

① 　陈平原:《陈平原小说史论集》(上册),河北人民出版社,1997 年版。

② 　鲁迅:《清末之谴责小说》,《中国小说史略》,人民文学出版社,1973 年版,第 25 页。

为官家经营商业,店铺遍及全国各地,他也四处奔波,最后以商业的大失败而告终。作者描写官僚、上海洋场才子、假名士,甚至医卜星相、三教九流等各色人等,可谓一幅晚清众生相。

刘鹗的《老残游记》以一位走方郎中老残的游历为主线,描绘了广阔的社会生活,尤其是众多官吏、诸多女性、革命党人、众多的下层人民等,反映了各种错综复杂的社会矛盾。老残的足迹所至,清晰地显示清末山东一带社会生活的面貌。《老残游记》为当时中国社会之缩影,作者曾在书的《自叙》中说:"吾人生今之时,有身世之感情,有国家之感情,有社会之感情,有宗教之感情,其感情愈深者,其哭泣愈痛,此洪都百炼生所以有《老残游记》之作也。棋局已残,吾人将老,欲不哭泣也得乎?"作品首先揭露了"清官"暴政,作者说"赃官可恨,人人知之。清官尤可恨,人多不知。盖赃官自知有病,不敢公然为非,清官则自以为不要钱,何所不可?刚愎自用,小则杀人,大则误国,吾人亲目所见,不知凡几矣"。"历来小说皆揭赃官之恶,有揭清官之恶者,自《老残游记》始"(第16回原评)。作品中的"清官"如山东巡抚张官保及其赏识的玉贤与刚弼,后二者给山东百姓带来了一系列的灾难。"清官"暴政可谓罪孽深重,发生的种种事件让人触目惊心,臆测断案造成很多冤魂。

(二)社会小说与官场丑形

社会小说抨击时弊,揭露官场丑行。这类作品主要有《官场现形记》、《二十年目睹之怪现状》、《老残游记》、《上海游骖录》、《后官场现形记》、《文明小史》、《中国进化小史》、《活地狱》、《九命奇冤》等。清季末期,吏治腐败,各级官吏无不大肆搜刮民脂民膏,老百姓生活于水深火热之中。贪官污吏十分猖獗,上至封疆大吏,下到知府县令,无官不贪。官僚阶层卖官鬻爵,贪污受贿,假公济私,搜刮民财。官场腐败之风盛行,难以遏止。绝大多数政府官员不仅不能效力于国家服务于人民,反而沦为贪官污吏,成为那个社会的滋生物。

李伯元凭着一颗爱国爱民之心,创作抨击官场的谴责小说,揭露统治阶级残征暴敛的罪恶行径,以引起全社会的关注,更希望贪官污吏知错就改,以拯救民众。《官场现形记》的出版居然收到了一些效果,"《现形记》一书流传甚广。慈禧太后索阅是书,按名调查,官吏有因以获咎者,致是书名大震,销路愈广"①。然而,一部两部,甚至十部百部文学作品是无济于事的。"佛爷早有话:通天底下一十八省,那里来的清官?但是御史不说,我也装做糊涂罢了,就是御史参过,派大臣去查办,办掉几个人,还不是这么一回事。前者已去,后者又来,真正能惩一儆百吗?"(《官场现形记》第18回)。要彻底改变官场的腐败现象,必须从政治制度上彻底改变产生官场腐败的机制。官场之所以产生各种各样的丑恶现象,是因为晚清"官本位"造成

---

① 顾颉刚:《官场现形记之作者》,《小说月报》1924年6月第15卷第6号。

的严重弊端。官位高,官名贵,官权大,官威重,人人趋之若鹜。只有消除了"官本位"造成的严重弊端,士农工商四民才能各安其业。

(三)社会小说与民间疾苦

社会小说反映社会灾乱,揭示人民疾苦。这类作品主要有《黑籍冤魂》《邻女语》《庚子国变弹词》《恨海》等。连年不断的战争使老百姓流离失所,缺衣少食使他们备受饥寒。鸦片战争使老百姓染上了抽鸦片的恶习,无数家庭因之倾家荡产,甚至家破人亡。西方有些学者说什么鸦片战争与鸦片无关,可是有良心的知识分子只要睁开眼睛就可以看到鸦片战争给中国和中国人民带来的严重灾乱。《黑籍冤魂》以一个鸦片烟鬼诉说自己因抽鸦片而搞得倾家荡产家破人亡的痛苦经历,控诉了鸦片给中国人民带来的毒害。庚子之变,八国联军侵略中国,上倾国家政权,下颠社会秩序。京城官员四处逃窜,底层人民无依无着。《邻女语》描绘了庚子事变,京城百姓仓皇出奔的残酷景象。两宫出走,在京的文武百官中有权有势的护驾西奔,其余的,有的舍不得家眷不肯离开,有的弄不到川资不能远走。京城虽大,京官虽多,却无一个为国捐躯,早忘了孝悌忠信,礼义廉耻。那班在京的尚书、侍郎、翰林、主事,其门口挂的是外国顺民,车上插的也是外国顺民。霎时,京城内外,无论大大小小的人家都变成了外国顺民。作品以志士金不磨的行踪为线索,描写他的所见所闻,听邻女讲述社会灾乱。作品谴责了帝国主义的野蛮侵略,揭露了封建统治者贪生怕死不顾人民死活的真面目,同情老百姓的苦难遭遇。

(四)社会小说与海外华人的艰苦生活

社会小说抵御外侮,弘扬民族精神。这些内容集中于描写海外华侨华工和留学生生活的作品以及其他反帝作品中,如《苦社会》《苦学生》《黄金世界》《劫余灰》《侨民泪》《拒约奇谈》《猪仔还国记》《人镜学社鬼哭传》等。《苦社会》展示了一幅摧残华工的现实图景。许多去美的中国人在半路上就被折磨而死,到美的华工求生艰辛,创业艰难,凭着自己的智慧和勤劳,获得微薄的经济收入。他们省吃俭用,积积攒攒,准备一点资本,开公司,办商店。子丰在旧金山开烟草公司,在他的帮助下,李心纯、鲁吉园也开起了缝衣公司,他们隔壁的何锦棠开饭店,汪紫兰开杂货店。即使如此,他们要在美国生存也很困难,美国政府肆意排挤华工,随意实施暴行,无数的华工惨死在暴行之下。幸存者如汪紫兰、李心纯被逼无奈,不得不变卖财产回国。《苦学生》表现了一个自费留美学生的遭遇。黄孙受到对洋人卑躬屈膝的官费生的鄙视和清政府驻美领事的漠视,更遭到美国学生的嫉妒与排挤。美国工商部认为他是学生不应在工厂做工,文部则认为他身为小工而失去学生资格。正直而爱才的校长即使据理力争,也难以挽回。黄孙愤然离校,在夜校临时任职,还为报馆撰稿。四年后,他终于学成归国,办学堂,从事国民教育。《黄金世界》叙述纽约巨商夏建威得知被骗华工死里逃生的痛苦经历,决定与何图南父子商量抵制。在此过程中,他们遇到其他一些志士,在"废案"问题上,大家意见基本趋同,而在抵制美货上,因有的巨商利益会受到重大损害而出现分歧,加上官府限制,学界不团结,因而困难重重。建威与图南的一些计划难以实现,心意渐冷。建威想来想去,决定移家"螺岛"。"螺岛"是个乌托之邦,其政治道德完善,可以做子孙的殖民地。

(五)社会小说与各界黑幕

民初龌龊的社会催生了反映龌龊社会的"黑幕小说"。政治体制不健全,社会秩序十分混乱,社会生产遭到严重破坏,政界、军界、学界、商界等各界丑恶现象层出不穷,社会小说对各种现象的揭露就在所难免。有的黑幕小说重点揭露个人隐私,叙写所谓"秘密史"、"风流史"、"艳史"、"趣史"等内容,不免贻害社会。在层出不穷的民初"黑幕小说"中,路滨生编辑的《中国黑幕大观》可谓代表作,蔡元培题词云:"《黑幕大观》意为近世写实派小说一流,已函订……诸君子救世苦心深所钦佩。"该作"列其纲为十六,标其目为千余,裒其文为百万言,摘伏发奸,穷形尽相,以言大观,诚大观矣"。① 十六纲目为政界、军界、学界、商界、报界、家庭、党会、匪类、江湖、翻戏、优伶、娼妓、僧道、拆白、慈善以及一切人物之黑幕等。黑幕小说以揭秘为旨归,大肆暴露社会各界的各种丑恶现象。"世教衰微,道德堕落;益以内乱外患,商业凌夷,国人生计困难,遂相率为卑污残忍诈伪欺罔之事,以求幸获。受其祸者无所得伸,或泄其愤于口舌,文人笔而存之,是为时下流行之黑幕。黑幕者,摘奸发覆之笔记也。"② 黑幕小说的倡导者如王钝根、程瞻庐等人认为,人心不古,廉耻道丧,"古人以不欺暗室为贤,今人以奔走黑幕为能"。社会上各种各样的黑幕普遍存在,"自都会以至乡僻,达官贵人以至贩夫走卒,权之所在,黑幕之所在也;利之所系,黑幕之所系也。长夜漫漫无明星,大黑幕外有小黑幕,一重黑幕中有再重、三重以至无数重之黑幕"。黑幕是罪恶制造厂,是霉菌发生地,他们决心对欺骗广大民众的各种社会黑幕予以揭露,摘伏发奸,穷形尽相。③ 极力批判黑幕书的周作人指出:"我们决不说黑幕不应披露,且主张说黑幕极应披露",但认为"决不是如此披露","我们揭起黑幕,并非专心要看这幕后有人在那里做什么事,也不是专心要看做那样事的是甚么人。我们要将黑幕里的人,和他所做的事,连着背景,并作一起观"。④ 直接揭露恶社会本身会造成一些严重的后果,"这些黑幕小说所叙的事实,颇与现在之恶社会相吻合,一般青年到了无聊的时候,便要去实行摹仿,所以黑幕小说,简直可称做杀人放火奸淫拐骗的讲义"⑤。这种评论有失偏颇,主要的黑幕中

---

① 程瞻庐:《中国黑幕大观·序二》,中华图书集成公司,1918 年版。
② 王晦:《中国黑幕大观·序》,中华图书集成公司,1918 年版。
③ 程瞻庐:《中国黑幕大观·序二》,中华图书集成公司,1918 年版。
④ 仲密:《论"黑幕"》,《每周评论》1919 年第 4 号。
⑤ 钱玄同、宋云彬:《"黑幕"书》,《新青年》1919 年第 6 卷第 1 号。

人并非"无聊时候的一般青年",而是各界暗中使用手腕极力谋求一己之私的胆大妄为之徒。从文学社会学的角度来看,这类小说是社会现实的直接反映,同时间接反映了当时腐败的政治与恶劣的民风。黑幕小说犹如一把双刃剑,利弊分明,对读者而言,善者合理避害,恶者幕后营利,各取所需,因此其社会影响不能一概而论。

三　以史为鉴的历史小说

历史小说是以历史作为题材,以历史人物或历史事件为表达对象,在既尊重历史事实,又遵循合理的文学虚构的原则下,创作出的一类小说。1985 年版的《简明不列颠百科全书》对历史小说的解释为:"试图以忠于历史事实和逼真的细节等手段来传述旧时的风气、习俗以及社会概况的小说。作品可以涉及真实的历史人物,也允许以虚构人物和历史人物相混合,它还可以集中描绘一桩历史事件。"清末民初的历史小说可以分为三类,一是关于中国史的历史小说,二是关于外国史的历史小说,三是关于以国民为主要对象的所谓社会史的历史小说。

(一)演义体历史小说与中国历史教育

在梁启超看来,"历史小说"是"专以历史事实为材料,而用演义体叙述之"①的小说。明清时期,中国历史演义比较发达,以《三国演义》为代表的古典历史小说是演义体的范型。它以史实为本,以文学虚构为辅;以重大的历史事件为经,以各种不同人物在不同的历史时期的活动为纬,编织而成。晚清小说家明确地把这类小说当作通俗历史教科书,为国民教育之助;他们遵循传统的"正史"历史观,即"注重史实",不"蹈虚附会"。吴趼人说自己创作《两晋演义》,是"以《通鉴》为线索,以《晋书》、《十六国春秋》为材料,一归于正,而沃以意味,使从此而得一良小说焉。谓为小学历史教科之臂助焉,可;谓为失学者补习历史之南针焉,亦无不可"。②他还宣称:"吾发大誓愿,将遍撰译历史小说,以为教科之助。历史云者,非徒记其事实之谓也,旌善惩恶之意实寓焉。旧史之繁重,读之固不易矣;而新辑教科书,又适嫌其略。"晚清时期,人们的文化素质低下,学校教育相当匮乏,社会教育也十分欠缺,为了救国救民,扭转社会风气,吴趼人认为必须加强社会教育,必须从历史小说入手。"善教育者,德育与智育本相辅,不善教育者,德育与智育转相妨。此无他,谲与正之别而已。吾既欲持此小说,以分教员之一席,则不敢不审慎以出之。"③关于中国史的历史小说十分注重清代、民国时期的历史,如吴趼人的《痛史》、《两晋演义》和《云南野乘》,杨尘因的《新华春梦记》,蔡东藩的《民国通俗演义》、《增订绘图清史通俗演义》、《评点清代演义》等。吴趼人撰写《两晋演义》的目的在于"究天人之际,通

---

① 梁启超:《中国唯一之文学报〈新小说〉》,《新民丛报》1902 年第 14 号。
② 吴趼人:《〈两晋演义〉序》,《月月小说》1906 年第 1 号。
③ 吴趼人:《月月小说序》,《月月小说》1906 年第 1 号。

古今之变",在于认识兴衰成败之历史,以为知往鉴来之用。在《两晋演义》中,他对贾后、杨骏等人强烈谴责,批判他们祸国殃民的罪恶行径。第二回后评曰:"杨骏之恣威弄权,于此时观之,甚似汉之曹操,魏之司马;及观至其失败处,则仅可拟之以董卓。盖无操、懿之才,而学为操、懿,未有不败者也。"此外,吴趼人对其他诸藩王莫不严加谴责。两晋的社会局势如此混乱,原因在于根深蒂固的封建帝王思想。

(二)演义体历史小说与外国历史认识

外国题材的历史小说最注重的是泰西大国、强国的历史,尤其是其重大的历史事变,如《万国演义》、《泰西历史演义》、《洪水祸》等。作家意在通过这些作品使民众认识外国历史,或借鉴其成功的经验,或吸取其失败的教训,以资新民救国。沈惟贤的《万国演义》,根据进化论的观念,从远古开始,演述地球上五大洲主要国家兴衰成败的驳杂历史。从巴比伦、波斯、埃及、希腊等国各自辉煌文明的创造,到普法战争后德意志帝国的建立,涉及广阔的世界历史画面。作者在卷末表明了创作主旨:"问天梦私切杞人忧,唤国魂戏作虞初说。保种之道在于自强。自强之道在于政治腐败之后改革新猷,文明申罗存国粹。"他还在序言中详加阐释,认为"今学者当务之急,曰中国古近史,曰泰东西古近史"。20世纪初的世界大势,万国竞逐,优胜劣汰,对世界历史的认识是拯救国家民族思想的反应。

对外反抗民族压迫,对内反对封建专制,这是晚清历史小说的重要内容之一。洗红庵主的《泰西历史演义》的主题是反抗民族压迫,主张民族独立。作品借人物之口,宣传人类平等,权利不容相夺,生命、幸福与自由是权利一部分。政府不得滥用权力,以侵犯人民权利。"……殖民地联邦应自由独立者,应有自由独立之权利。对于英国王无忠爱之义务,政治上与之无丝毫关系。一切和战盟约,世界独立国成例具在,应仿而行之。全殖民地人民,将依赖皇天眷佑,牺牲身家性命,践此誓言云。"[1]历史小说《洪水祸》的主题是推翻封建暴君的统治。其开篇说,今日我们读西洋史,产生两种新异感情,一是人种的感情,二是政治的感情。前者是不同种族的互相争夺,后者是贵族、贫民与君主争权。《洪水祸》表达的正是这两种竞争,正如其诗云:"巴黎市中妖雾横,断头台上血痕腥;英雄驱策民权热,世界胚胎革命魂。"[2]

(三)琐事体历史小说与国民生活史揭示

与反映重大历史事件的演义体历史小说不同,描写普通人普通生活的所谓"琐事体"历史小说是清末民初小说的一个重大进步。吴趼人、曾朴可谓开风气之先者。"琐事体"历史小说吸收了新的史学观。新史学的历史观由帝王之史转向民众之史,由记录国家大事转向描述闾阎日用之细。这种转化给历史小说的创作以很大启迪,使历史小说创作由以前主要演义重大历史事件为主,转到描绘普通人的生

---

① 洗红庵主:《泰西历史演义》,《绣像小说》1903年第20期。
② 雨尘子:《洪水祸》第1回,《新小说》1902年第1期。

活经历以反映社会历史的巨大变迁。

吴趼人的《胡宝玉》(又名《上海三十年艳迹》)是晚清历史小说的新篇章,它使历史小说从主要写政治史、军事史、君臣史转到写民间史、社会史、国民史。吴趼人以处于历史边缘的名妓胡宝玉为中心,勾画与她存在因果关系的众多事件,从而描绘那个时代的社会史、民间史。吴趼人把胡宝玉当作转移风气的典型,他说:"以一妓女能为之者,顾如许之英俊少年、老成持重之流皆甘放其责任,滔滔天下吾将安归? 此《胡宝玉》之所由作也。"吴趼人具有强烈的存史意识,他认为这种民间逸事更具有价值。他在《上海三十年艳迹·自序》中说:"胡宝玉,娼也,可传者也;又蓄娼者也,无可传者也。然其奇闻佚事,使从此道随胡宝玉以去,则必有令人不忍恝置者;与胡宝玉同时之风流佳话,使从此亦随胡宝玉以去,则尤有令人不忍价值者。作《胡宝玉》。"①

《孽海花》以状元金雯青(影射洪钧)与名妓傅彩云(影射赵彩云)的婚姻生活故事为情节主线,叙述了同治中期至光绪后期这三十年间重要历史事件的侧影及其相关的趣闻佚事,展现了特定历史阶段政治和文化的变迁史。曾朴谈到《孽海花》的创作时说,他并没有遵循始作俑者金松岑的创作思路,他说:"金君的原稿,过于注意主人公,不过描写一个奇突的妓女,略映带些相关的时事,充其量,能做成了李香君的《桃花扇》,陈圆圆的《沧桑艳》,已算顶好的成绩了,而且照此写来,只怕笔法上仍然跳不出《海上花列传》的蹊径。在我的意思却不然,想借用主人公做全书的线索,尽量容纳三十年来的历史,避去正面,专把些有趣的琐闻逸事,来烘托出大事的背景,格局比较的廓大。"②曾朴无意于大事要事,而注重于锁闻佚事。《孽海花》虽然写一妓女,但容纳了三十年的历史,对从同治中期到光绪后期三十年的历史政治、军事、外交斗争与思想、文化发展作了适当的描写,勾画了一幅上层社会的生动画卷。

四　言他与言情的言情小说

中国有才子佳人小说的言情传统,而到19世纪末20世纪初,随着社会改革思潮和"小说界革命"的兴起,中国言情小说的演变产生了新的语境,《巴黎茶花女遗事》、《迦因小传》等域外言情小说的译介,逐渐掀起了清末民初的新言情小说大潮,并呈现出言他与言情两种独特的风景。

(一)晚清"言他"的言情小说

晚清言情小说创作掀起了一个小高潮,然而其重点不在"儿女之情"本身,而是"借儿女言家国"、"借儿女言节义"、"借儿女言自由"。小说家或努力扩大言情小说的表现范围,表现出强烈的社会政治意识;或重新为言情小说的"情"字寻找定位,

---

① 吴趼人:《吴趼人全集》(第7卷),北方文艺出版社,1998年版,第275页。
② 时萌:《曾朴生平系年》,《曾朴研究》,上海古籍出版社,1980年版,第26页。

表现出浓重的道德伦理意识;或大胆抨击旧式婚姻制度,倡言爱情自由与婚姻自主,表现出超前的个体启蒙意识,体现出鲜明的时代特征。

1.“借儿女言家国”

有的言情小说表面言情,实际上言家国。救亡图存的时代重任使作为知识分子的晚清小说家产生浓厚的社会政治意识,他们自觉不自觉地把创作的言情小说与时代政治风云、家国民族命运联系在一起,形成“借儿女言家国”的主题模式,代表性作品如《恨海》、《禽海石》等。《恨海》围绕张棣华与陈伯和、陈仲蔼与王娟娟这两对恋人的爱情悲剧展开故事情节,作者将他们的爱情悲剧放置在庚子事变这一宏大的社会政治背景之下来表现,并且把聚焦的重点放置在表现国家民族的灾难对个人爱情命运的决定性影响上。这两对恋人的婚姻是比较典型的传统式婚姻,本来比较幸福美满,然而庚子事变不仅毁掉了他们的美好姻缘,还使他们家破人亡。《禽海石》讲述的是在晚清动乱的社会背景下发生的一桩爱情悲剧。主人公秦如华与顾纽芬相识相恋,他们克服重重困难,终于顺利订婚。然而,因庚子之乱,纽芬不甘受辱,绝食而亡,如华用情专一而殉情待毙。这一取材倾向昭示人们:个人的幸福与国家的安危休戚相关,政治动乱、社会动荡是导致这几对主人公爱情悲剧的重要原因。

2.“借儿女言节义”

有的言情小说表面言情,实际上言节义。新小说家往往具有深厚的传统文化素养,尽管晚清已经产生巨大的时代变迁,但是他们的许多观念仍然表现出浓厚的传统道德色彩,其言情小说“借儿女言节义”就十分自然了。代表性作品如吴趼人的《恨海》和《劫余灰》等。这两部作品的男女主人公都是在“父母之命,媒妁之言”的包办婚姻下接受订婚,双方彼此也不反对,并且还互有好感。这为作品言情提供了很好的条件,但是,作品的重点不在言情,而在男女之防、女性之节上。《恨海》中的两个核心人物棣华与伯和来不及成婚就开始逃难,途中,尽管二人彼此关爱,互相体贴,但焦点却是二人避免违背传统的节义观念。作品中有个典型的情节,就是伯和护送棣华母女离京南下,在丰台一家村店夜宿。当时只有一张土炕,即使有棣华的母亲在土炕中间隔离,伯和与棣华二人为了遵循传统礼节不愿同炕而卧,伯和宁可在堂屋打盹而患病也在所不辞。整部作品在言情框架下言节义,塑造恪守传统道德的孝女节妇与孝子义夫的典型。《劫余灰》中的主人公陈畊与婉贞也是在父母包办婚姻下订婚,尚未成婚,婉贞受骗被卖给老鸨。为了保护自己的贞操,她寻死上吊,被救后又想方设法脱离魔窟。可是,婉贞脱离了狼穴又入了虎口。官僚式锺欲纳之为妾,为了对未婚夫守节,她怒骂式锺,身为官人,强逼民女为妾,玷辱官箴,坏人名节,罪恶难逃。她为未婚夫陈畊苦苦守节二十年,等到的却是带了妻子和儿女归来的陈畊。她不仅没有怨言,反而十分欢喜,还让丈夫立后来娶的妻子为正室。作品所宣扬的这种“忠孝节义”观念反映了当时的社会现实,也反映了作者的时代局限性。

3."借儿女言自由"

除了现实政治与传统文化外,西方的人权观念、自由观念、个性解放观念也对晚清小说家的言情小说创作产生了很大的影响,抨击传统婚姻制度、批判礼教对两性情感的束缚、提倡恋爱婚姻自主、逐渐成为言情小说的中心话语,由此形成"借儿女言自由"的主题模式,代表性作品如符霖的《禽海石》和东亚寄生的《情天劫》等。《禽海石》的批判锋芒主要针对不合理的旧式婚姻制度与伦理观念,其中充斥着启蒙时期个性解放的色彩,在新世纪的地平线上发出"人之觉醒"的独异之声。作品开篇就借主人公如华之口倾诉了对"父母之命,媒妁之言"的强烈不满,对男婚女嫁自主权的热切追求。"我若晓得现在文明国一般自由结婚的规矩,我与我那意中人也不致受孟夫子的愚,被他害得这般地步了。"①它表明主人公爱情自由、婚姻自主意识的觉醒。《情天劫》叙述的是两个受过新学教育的"文明青年"余光中、史湘纹追求婚姻自由、终致破灭的悲剧故事。总之,《禽海石》和《情天劫》的主题已不是一般的爱情婚姻问题,而是恋爱婚姻的自主权。

(二)民初"言情"的言情小说

与晚清言情小说不重言情相反,民初的言情小说注重言情,代表性的作品有苏曼殊的《断鸿零雁记》、徐枕亚的《玉梨魂》、陈蝶仙的《泪珠缘》、李定夷的《美人福》、吴双热的《孽冤镜》等。

1.苏曼殊及其言情小说

苏曼殊(1884—1918),晚清作家、诗人、翻译家,广东香山(今广东中山)人。原名戩,字子谷,学名元瑛(亦作玄瑛),法号曼殊。他曾游历日本、泰国、斯里兰卡等地,精通梵文、英文、日文、德文、法文,十六岁出家,开始风雨漂泊的一生。他是情僧、诗僧、画僧,也是革命僧人,加入过兴中会、光复会,参加过"抗俄义勇队"。1912年起,他陆续创作的小说有《断鸿零雁记》、《绛纱记》、《焚剑记》、《碎簪记》、《非梦记》等数种。这些都是言情之作,亦多为悲剧,感伤色彩浓厚,对后来的鸳鸯蝴蝶派小说产生了较大影响。

苏曼殊的《断鸿零雁记》被誉为"民国初年第一部成功之作"。作者以第一人称写自己飘零的身世和悲剧性的爱情。孤苦伶仃的三郎幼年备受欺凌,长大后又历经坎坷,饱受身世之谜、情感之困的纠缠。他虽然身在佛门,仍然无法斩断情根,决定下山探求真相。三郎东渡日本,母子重逢,其日本表姐静子悄悄爱上了他。母亲和姨母都赞成这门亲事,三郎也深深地爱上静子却犹豫不决,对静子避而远之。三郎的中国未婚妻雪梅对他坚贞不渝,尽管雪梅之父由于三郎之父破产而悔婚,雪梅

---

① 符霖:《禽海石》,《中国近代文学大系·小说集》(6),上海书店,1991年版,第861页。

最后因反抗父母逼她改嫁而绝食殉情。回国后的三郎无法找到雪梅之墓,只有凭吊雪梅故宅。三郎受不了这一连串的打击而再次出家。

2.徐枕亚及其言情小说

徐枕亚(1889—1937),近现代著名小说家、报人,被视为"鸳鸯蝴蝶派"祖师。名觉,别署"东海三郎"、"泣珠生"等,江苏常熟人。辛亥革命时期他加入南社,任上海《民权报》编辑,后入中华书局;1914 年与刘铁冷等创办《小说丛报》,任主编;1919 年另创清华书局,编辑《小说季报》,后因营业不振,遂回故乡,贫病交迫而卒。其代表作是《玉梨魂》,此外还有《雪鸿泪史》、《双鬟记》、《余之妻》、《刻骨相思记》、《燕雁离魂记》、《让婿记》、《血泪黄花》等小说。

《玉梨魂》是一部爱情悲剧小说,徐枕亚的成名作,也是鸳鸯蝴蝶派奠基之作,1912 年在《民权报》连载,1913 年由民权出版部发行单行本,再版达三十二次之多,销量达数十万册,还被编为话剧、拍成电影等,风行一时,是民初影响很大的一部言情骈文小说。作品叙述了清末一个哀婉的爱情悲剧。貌美多才的寡妇梨娘与儿子鹏郎的老师、落魄书生何梦霞互相倾慕。因受封建礼教的束缚,梨娘强迫自己过着痛苦的守节生活。为了从感情与道德的冲突中摆脱出来,她说服梦霞与小姑崔筠倩订了婚约,自己则含恨而死。然而,何、崔两人并无感情,筠倩从嫂子的遗书中得知其自戕的原因,感激嫂子的良苦用心,却陷入梦霞另有所爱的痛苦中,一病而亡。备受打击的梦霞怅然迷茫,遂留学日本,次年返国参加武昌起义,壮烈牺牲。《玉梨魂》的特点表现为小说的主人公不再是传统的"才子"与"佳人",而是作为"普通人"的落魄书生与貌美多才的寡妇;小说采用四六骈俪的文体形式,叙述语言虽是文言,却并不难懂;还穿插不少古典诗词,营造了绮丽哀婉、迷离怅惘的情调与氛围;小说采用了单一的情节结构,使得中心突出;叙事速度放慢,心理时间拉长;此外开端采用倒叙手法,突出人物细腻的心理活动。这些特点是因受西方小说的深刻影响,有模仿林译小说《巴黎茶花女遗事》的痕迹。

苏曼殊的《断鸿零雁记》与徐枕亚的《玉梨魂》是货真价实的言情小说,重在写哀怨之情,写男女恋人流不尽的眼泪,作品几乎营造了一个充满哀情的泪世界。

第三节　新潮演剧

晚清戏剧界革命运动,一方面在启蒙思想家的倡导下,一些戏曲家开始创作新传奇,这些剧作虽不适合舞台演出,但比较适合阅读。从演出实践来看,当时剧评家都认识到剧坛存在两种不同的"新戏"或"新剧",即旧派新剧与新派新剧,前者是根据旧戏改良的新剧;后者是根据外国小说与戏剧改编以及自创的新剧。在戏剧改良的浪潮中,为了适应时代和观众的需要,汪笑侬、夏月润、潘月樵等一批职业演员亲自对旧戏进行改造。改良了的旧戏通常被称为"时事新戏"、"时装新戏"或"洋装戏",但其始终未能脱离旧剧的固有范畴。新剧家徐半梅认为,伶人的京戏改良不可能使京戏完全走上话剧之道,只是使京戏适应时代的需要、观众的要求。对京戏"外行"的那些人,即具有西方现代戏剧修养的新剧家,则很有可能使新派新剧完全走上话剧之道。在徐半梅看来,参与演新剧的人可以分为三类:一是从日本归国的留学生,如欧阳予倩、黄喃喃等;二是从外埠赴沪的,如王钟声、任天知、刘艺舟等;三是上海本地的戏剧爱好者。[①] 后来中国话剧进一步发展乃至成熟,这些人功不可没。

一　春柳社及其启蒙新演剧

(一)春柳社概略

19 世纪末 20 世纪初,中国社会处于资产阶级民主革命的前夜,各种思潮风起云涌,各种政治力量竞相角逐。在东京的一些中国留学生受到日本自由民权运动的影响,倾向革命。当时日本正兴起一种被称为"壮士剧"的新派剧,新派剧对许多留学生产生强烈的吸引力,他们十分痴迷,不仅观看新演剧,还拜日本新演剧家为师,认真学习,并试图成立自己的新演剧社,公演自己的新剧,以传播新知,宣传革命。春柳社就是这样的产物,新潮演剧家受到隆重的礼遇,社会地位大大提高,由此春柳人改变了传统视演员为低级下贱的"戏子"的旧观念,大胆追求新潮演剧,表现了自己的艺术情怀与政治抱负。

春柳社是一个以戏剧为主的综合性艺术团体,1906 年冬由中国留日学生李叔同(息霜)、曾孝谷组建于日本东京,以研究各种文艺为目的,并最先建立了演艺部。先后加入者有欧阳予倩、吴我尊、黄喃喃、李涛痕、马绛士、谢抗白、庄云石、陆镜若等人。春柳社被公认为中国话剧的开端,其戏剧活动可分为前后两个阶段。前期就是通常所说的"春柳社",后期是指"新剧同志会"。该会由陆镜若于 1912 年在上海成立,最初参加的有马绛士、罗曼士、吴惠仁、蒋镜澄、姚镜明、陆露沙等,以后陆续参加的有吴我尊、欧阳予倩、胡恨生、董天涯、董天民、郑鹧鸪、冯叔鸾、管小髭、张冥飞、宋痴萍等。他们志同道合,生活严肃,演戏认真,很有事业心。[②] 前期活动主要是 1907—1909 年在日本东京的演出活动,影响最大的有 1907 年 6 月 1—2 日的《黑奴吁天录》与 1909 年初夏的四幕话剧《热血》两次演出。后期的新剧同志会在 1912—1915 年,以上海为中心,先后赴常州、苏州、无锡、长沙、杭州一带巡回演出,主要剧目有《家庭恩怨记》、《不如归》、《猛回头》、《社会钟》等。

① 　徐半梅:《话剧创始期回忆录》,中国戏剧出版社,1957 年版,第 28 页。
② 　欧阳予倩:《回忆春柳》,《欧阳予倩戏剧论文集》,上海文艺出版社,1984 年版,第 161 页。

(二)曾孝谷及其代表性的新演剧《黑奴吁天录》

春柳社正式公演的大型剧目是《黑奴吁天录》。该剧是由曾孝谷用口语根据林纾译本改编而成的五幕新剧,欧阳予倩称之为"可以看作中国话剧第一个创作的剧本"①。

曾孝谷(1873—1936),名延年,号存吴,四川成都人,中国早期话剧奠基人之一,毕业于浙江省两级师范学校,1906年考取官费留日。他多才多艺,能诗会画。在东京期间,他与日本新派剧人交往甚密,在编剧与表演上都颇有成就,于1906年与李叔同等人共创春柳社,参照日本新派剧方法,表演新剧。辛亥革命后,他在成都高等师范学校任教,不复登台。

《黑奴吁天录》的公演是春柳社最有代表性的一次创作活动。剧本根据美国斯托夫人的小说《汤姆叔叔的小屋》,在林纾、魏易译本《黑奴吁天录》的基础上由曾孝谷改编。林译本无视原作所谓基督教的博爱思想,突出黑人受压迫的悲惨境遇;曾孝谷又在林译本的基础上进一步进行创造性加工,突出了奴隶的反抗精神,体现了中国人民的民族思想。

该剧的演员阵容比较庞大,主要人物的扮演为:存吴(即曾孝谷)扮演汤姆与韩德根,严刚扮演意里赛,莲笙扮演小海雷,兰客扮演女黑奴丑与小乔治,(谢)抗白扮演哲而治,(黄)喃喃扮演解而培,(李)涛痕扮演海留,(吴)我尊扮演威立森,齐裔扮演汤姆夫人,(李)息霜(即李叔同)扮演夫人爱密柳。莲笙本是欧阳予倩的艺名,但剧组认为欧阳予倩年龄太大,不适合演小海雷,就临时物色了一个小孩,仍然用此名。兰客也是欧阳予倩的艺名,但仅用过这一次。次要人物的扮演者不算,仅主要人物的扮演者就可以看出该剧表演的宏大气势。

《黑奴吁天录》的演出与晚清思想启蒙运动密切联系。欧阳予倩曾在《回忆春柳》中说:"根据这个戏分幕的情形可以看得出编者的意图:照斯托的小说着重在基督教的人道主义,极力描写汤姆信教的虔诚。在春柳社这个戏当中从头到尾没有涉及宗教思想。还有一点就是原书的结尾是解放黑奴,而这个戏的结尾却是黑人杀死几个奴贩子逃走了,以战斗的胜利闭幕,这在观众中获得很好的效果。"②积弱积贫的旧中国内忧外患,民族救亡是当务之急,严复、梁启超等启蒙思想家早已发起文化启蒙运动,春柳社同人也积极投身其中,通过新潮演剧唤起国人的民族觉醒。这次演出在东京引起了轰动,其影响达于国内。不久后春阳社在上海重新演出《黑奴吁天录》。

春柳社的代表性剧人与剧作还有陆镜若及其新演剧四幕话剧《热血》(又名《热泪》)与七幕剧《家庭恩怨记》。前者是法国浪漫派作家萨尔都创作的剧本,由陆镜若根据日本田菊町的编译本编写而成;后者是一出家庭社会悲剧,共七幕,由陆镜若自编、自导,并亲自挂帅上演。《社会钟》由陆镜若根据日本新剧改译,该剧是一出社会

---

① 欧阳予倩:《欧阳予倩戏剧论文集·回忆春柳》,上海文艺出版社,1984年版,第148页。

② 欧阳予倩:《欧阳予倩戏剧论文集·回忆春柳》,上海文艺出版社,1984年版,第146页。

批判剧,猛烈批判了不合理的社会。石大一家的悲剧既是家庭悲剧,更是社会悲剧。

春柳社的新演剧兼顾思想与艺术,二者没有偏废,它蕴含的思想价值符合时代的需要,它的艺术价值具有前瞻性,为中国话剧开辟了新天地。春柳社的功绩不仅在于受到社会观众的欢迎,还在于学界的首肯。由此可见,中国话剧是以春柳社的创立为开端的。

二 春阳社及其启蒙新演剧

(一)春阳社概略

春阳社是继春柳社之后的第二个新剧团体,是国内最早的话剧专业演出团体,清光绪三十三年(1907)10 月在马湘伯、沈仲礼等的资助下由王钟声创办于上海。主要成员有徐半梅、萧天呆、陈镜花等。陈镜花是生活的有心人,在姊妹花中认真观察;更是剧场中的优秀表演家,他扮演的一些妇女形象十分逼真。创社伊始,该社就在上海南市永锡堂演出由许啸天改编的《黑奴吁天录》,同年 10—11 月在 A·D·C 戏院再演,才产生一定社会影响;不久后,在辛家花园演出《张汶祥刺马》等剧。其间,王钟声等人在上海创办通鉴学校。光绪三十四年(1908)4 月,剧社与学校联合,以通鉴学校的名义在春仙茶园演出《迦茵小传》。其后,王钟声率领人马到苏州、杭州等地巡演,并回沪继续演出,因上座率不高,入不敷出,剧社宣告解散。①

春阳社编演过的剧目有《黑奴吁天录》、《宦海潮》、《官场现形记》、《孽海花》、《爱国血》、《禽海石》、《新茶花》、《爱海波》、《仇情记》、《剑底鸳鸯》、《革命家庭》、《社会阶级》、《秋瑾》、《徐锡麟》等。他们的新演剧与风起云涌的革命形势相呼应,促进了革命形势的进一步高涨,颇受观众的青睐,其中许多剧目风行一时。

(二)王钟声与《黑奴吁天录》的公演

1907 年 10 月,王钟声在上海组织春阳社,在兰心大戏院举行首次公演,演出许啸天编剧的《黑奴吁天录》,"这个戏是第一次用分幕的方法编剧、用布景、在剧场里作大规模的演出,尽管演出并不十分成功,而且还有很多缺点,还是应当把这一次的演出作为话剧在中国的开场。"②

王钟声(1880—1911),原名槐清,字熙普,号钟声,浙江上虞人,出身于仕宦之家。自幼聪颖,曾出国留学,归来后仕途不畅,乃致力于新剧运动。他是辛亥革命时期著名的活动家,具有革命思想,并投身于革命宣传活动。他认为,革命宣传的办法主要有办报与改良戏剧两种。创办春阳社的主要目的不是像春柳社那样出于纯粹的艺术目的,而是传播革命思想。王钟声革命热情很高,不仅在舞台上积极宣传,还在军界积极活动,不料事泄,1911 年王钟声在天津遇害。

---

① 李晓主编:《上海话剧志》,百家出版社,2002 年版,第 91—92 页。

② 欧阳予倩:《欧阳予倩戏剧论文集·谈文明戏》,上海文艺出版社,1984 年版,第 178—179 页。

《黑奴吁天录》的演出还是有些特点："一、戏是分幕的。与京戏班中所演一场一场连续不已的新戏，完全不同；但观众嫌闭幕的时间太无聊。二、台上是用布景的。一般的观众，一向在旧戏院中，除了《洛阳桥》、《斗牛宫》等灯彩戏里有些彩头外，这确是初次看见，而且兰心的灯光，配置得极好，当然能使台下人惊叹不止。这一天，伶界中也很有几个人去参观。""足以使人惊叹的，只有布景；戏的本身，仍与皮簧新戏无异，而且也用锣鼓，也唱皮簧，各人登场，甚至用引子或上场白或数板等花样，最滑稽的是，也有人扬鞭登场。一切全学京戏格式，演来当然还不及京班，所以毫无结果，实在还谈不到成绩，连模仿京班的新戏还够不上。"①总之，春阳社《黑奴吁天录》的演出，一方面用锣鼓、唱皮簧等传统戏剧表演方式，另一方面开始采用了分幕、对白以及舞台灯光、布景、逼真的服饰等欧洲戏剧形式，引起极大的社会反响，是中国国内第一个早期话剧剧目。

（三）王钟声与《迦茵小传》的公演

1908年初，王钟声与任天知在上海合作演出了根据英国作家哈葛德著名小说改编的《迦茵小传》。其剧情为：商人胡德成因债务强逼儿子体乾与债主来文杰女儿碧纹成婚。体乾在回家途中偶遇迦茵，产生感情，私订了婚约。胡德成因此气愤而死。迦茵远避他乡，思念体乾成病。体乾闻讯后，仍坚持要与迦茵结婚，体乾母亲大怒，就去劝迦茵解除婚约。迦茵应允后，与桑洛克结婚。体乾无奈，就与碧纹成亲。迦茵实际是来文杰前妻之女，文杰病危时将实情告诉迦茵。迦茵悲伤之极，去告诉体乾，两人拥抱大哭。桑洛克竟枪杀了迦茵。②

《迦茵小传》公演最突出的成绩是新演剧越来越像话剧，有的新剧家认为具有划时代的意义。徐半梅对《迦茵小传》的演出给予高度评价，他说："这一次《迦因小传》，才把话剧的轮廓做像了。如果有人问：在中国第一次演话剧，是什么戏？就应当说：是这一出《迦因小传》。虽不能称十分美满，总可以说是划时代的成功。以前种种，都不成话剧（甚至可称话柄）。到了这一出《迦因小传》，刚象了话剧的型。"③在中国戏剧向话剧迈进的过程中，不可避免地会遇到新旧两种力量的对比与较量，弱小的新剧势力与强大的旧戏势力相互消长，话剧在这种博弈中逐渐走向成熟。

在上海演出《黑奴吁天录》和《迦茵小传》之后，王钟声率领剧社到汉口、京、津等地活动。这一时期，他及其剧社以幕表制的方式演出了《孽海花》、《宦海潮》、《新茶花》、《秋瑾》、《徐锡麟》等鼓吹革命与警劝社会的剧目。幕表制被进化团发扬光大，进化团的演出特点是没有完整的剧本，大多是幕表戏。幕表戏没有完整的剧本，只靠一张提纲，即幕表。

---

① 徐半梅：《话剧创始期回忆录》，中国戏剧出版社，1957年版，第19页。
② 李晓主编：《上海话剧志》，百家出版社，2002年版，第158页。
③ 徐半梅：《话剧创始期回忆录》，中国戏剧出版社，1957年版，第24页。

三　进化团及其职业化的新演剧

(一)进化团概略

进化团是中国第一个新剧职业剧团,1910年冬成立于上海,任天知为团长,温亚魂为副团长。全团有三四十人,先后加入的主要成员有汪优游、陈镜花、王幻身、萧天呆、钱逢辛、顾无为、查天影、陈大悲、李悲世、范天声等。任天知是同盟会会员,剧团成员也多是倾向革命的青年,其演剧活动具有浓厚的革命色彩。

进化团成立于1910年11月,年底到南京,翌年正月在南京升平戏院演出,首日演《血蓑衣》,第二、三日演《东亚风云》,第四、五日演《新茶花》,产生轰动效应。这些新剧与风起云涌的革命形势相呼应。1912年春,进化团在上海新新舞台演出时,并非单独进行,而是与京剧同台共演。最后,进化团被迫退出新新舞台,同年秋天解散。进化团在其活动的两年中,创作、演出的剧目很多,主要有《血蓑衣》、《东亚风云》(《安重根刺伊藤》)、《新茶花》、《恨海》、《尚武鉴》、《血泪碑》、《黄金赤血》、《共和万岁》、《黄鹤楼》、《新加官》、《珍珠塔》、《苦海花》等,其中反映政治问题的占一半。由于进化团的演剧目的明确,大肆宣传革命,演员往往被视为革命党而遭到政府的猜忌和迫害①。这些剧目,大都取材于现实,表达了当时群众的思想情绪和愿望。

(二)任天知及其代表性的新演剧

进化团团长任天知,生卒年不详,中国早期话剧奠基人之一,名文毅,艺名天知。其身世是个谜,是中国旗人、台湾人,还是日本国籍等身份均难以确定。他早年留学日本,1905年12月在东京加入同盟会;1908年2月,与王钟声合办通鉴学校。1910年冬创办进化团,开新剧职业化之先例,在长江流域巡回公演近两年,影响很广。任天知在1914年短期参加民兴社、民鸣社演出后,从新剧舞台上消失。

在任天知带领进化团所演出的一些新剧中,《黄金赤血》是重要的一部,该剧由任天知编写。其剧情为:男主角调梅正当辛亥革命外出留学,家被流氓乱兵抢劫,家人离散。其妻被卖到妓院,其子小梅被旗籍文知府从乱兵手中买去做佣人,其女爱儿被卖到野鸡堂子。调梅回国后,劝募爱国捐款,到一家妓院,碰巧遇到自己的妻子,他便责备老鸨买良为贱,理应把妻子带走。二人到尼姑庵暂住,不料那主持十分淫乱,官吏、绅士、和尚、土匪充斥其间。因争风吃醋,土匪杀死僧尼,放火烧庵,调梅狼狈逃走。调梅的妻子卖花募捐,到文知府家时,巧遇小梅,她言辞责备文知府买良为贱,要与他算账。双方彼此妥协,文知府捐出一半家产,小梅也由其母带走。调梅准备演戏募捐,遇到一群演髦儿戏的女演员,不料自己的女儿爱儿也在其中,她从野鸡堂子逃出后被女戏班收留为演员。至此,调梅全家团聚。"这个戏

---

① 欧阳予倩:《欧阳予倩戏剧论文集·谈文明戏》,上海文艺出版社,1984年版,第185页。

看得出临时拼凑的痕迹，而且凑得很生硬，但也可以看出一点天知的思想。"①任天知比较理想化，也富有革命热情，《黄金赤血》体现了他对当时国内政治局势的担忧。他有个日本名字叫藤堂调梅，剧中主角调梅是他自己的化身，并由他扮演。"他对因革命发生的内战十分忧虑，生怕它会延长下去，所以想用种种方法劝募军饷，帮助民军取得胜利，推翻专制，建立共和政体，以为只要这样，就可以享太平之福。"②这种理想固然美好，但毕竟幼稚，一旦革命遭遇挫折，其革命热情很容易遭到沉重打击，使人意志消沉，甚至绝望。不过，在革命高涨之际，《黄金赤血》的演出会鼓舞人们的革命热情，发挥了应有的社会效果。

该剧鲜明地体现了进化团新演剧注重"演说"的特色。任天知受日本新派剧的影响，喜欢在演剧中加入演说。《黄金赤血》一剧配合革命劝募爱国捐款，剧中三个主要角色分别为言论正生、言论正旦和言论小生。任天知扮演主角调梅，是言论正生，善于在剧情进行中随机应变地穿插议论，发表政治演说，作革命宣传。演说的内容是时事政治。现在看来，这比较幼稚，但在当时收到很好的"戏剧效果"，即宣传革命思想，鼓舞了民众的革命激情。演剧的革命宣传性与剧情通俗性有机融合，深受观众的欢迎。

（三）进化团新演剧的特点

进化团新演剧突出的特色是政治时事剧，以任天知为代表的进化团具有革命性质。由于该剧团成立于辛亥革命前夕，一些成员在革命中牺牲了，这使任天知感触很深，于是他用化妆演讲的方式，反映当时的一些政治问题，为革命做宣传。"若论对政治问题的宣传，对腐败官僚的讽刺，对社会不良制度的暴露，还有对于扩大新剧运动，扩大新剧对社会的影响"，进化团"收效是比较大的"③。

进化团的许多新演剧采用幕表制，它要求演员具有很强的随机应变能力。进化团大量上演幕表戏，提高了中国早期话剧的演剧水平，培养了一批优秀演员。这些演员根据剧情提纲表演，具有很大的自由发挥空间，"即兴表演"成为他们的特色。在民主革命高涨之际，进化团演员们常常自觉不自觉地穿插进一大段议论，以宣传革命，由此产生"言论派"。在语言上，普通话和方言并用。

四　新民社与民鸣社及其商业化新演剧

民国初期，政治形势急剧变化，社会动荡不安，新剧的观众变化不定，新剧演员的生活漂泊不定。以演剧为职业的新剧社团敌不过势力强大的旧戏班子，一些剧社屡起屡蹶，不能在上海剧界占据一席之地，直到新民社的建立才改变了这一局

①　欧阳予倩：《欧阳予倩戏剧论文集·谈文明戏》，上海文艺出版社，1984 年版，第 186—187 页。
②　欧阳予倩：《欧阳予倩戏剧论文集·回忆春柳》，上海文艺出版社，1984 年版，第 187 页。
③　欧阳予倩：《欧阳予倩戏剧论文集·谈文明戏》，上海文艺出版社，1984 年版，第 181—182 页。

面。到 1914 年,上海新演剧出现了异常繁荣的局面,戏剧史上称之为"甲寅中兴"。新民社与民鸣社是"甲寅中兴"的两大重镇,很具有代表性。

(一)新民社与民鸣社概略

新民社全称为"新民新剧社",是以郑正秋(1888—1935)为中心,于 1913 年 9 月成立于上海的戏剧团体,是"甲寅中兴"的代表性剧团之一。他还与张石川等人一起创办了亚细亚影片公司,这是中国第一家影片公司。民鸣社是在与新民社的竞争中崛起的。新民社的成果演出赢得了很高的票房收入,经营三与张石川等人看到有利可图,遂将新民社一部分重要演员,用重价挖去,租借法租界歌舞台旧址,成立了民鸣社。新民社于 1914 年春节迁入肇明戏园。新民社演出场次最多的十个剧目为《恶家庭》、《珍珠塔》、《家庭恩怨记》、《空谷兰》、《马介甫》、《尖嘴姑娘》、《三笑》、《梅花落》、《玉堂春》、《情天恨(恨海)》。新民社"所演的戏,如《恶家庭》、《尖嘴姑娘》、《雌老虎》、《酸娘子》等,浅显明白,颇为一般社会所欢迎。而《申报》副刊《自由谈》编辑王纯根、《中华民报》的编辑管义华、《时报》主笔包天笑,又经常地在写宣传文章,因此上演三月,获利颇多"[①]。新民社的名气从此大振。

民鸣社凭借其强大的经济实力,广揽新演剧人才,尤其是大肆挖走新民社的骨干。由于资金雄厚,民鸣社试图独占鳌头,遂租借中华大戏院,其营业状况逐渐压倒新民社,直至新民社并入。民鸣社是商业资本对新演剧业的大举渗透,具有浓厚的商业性与垄断性。民鸣社更以其强大的阵容相标榜。该社直到 1922 年 5 月才宣告解散。民鸣社尽管作为商业性新剧团体,以票房盈利为重,却仍然需要观众认可,也得到了观众的认可。为了吸引观众,民鸣社在演出家庭戏、聊斋改编戏、新小说改编戏、弹词小说改编戏、旧戏曲改编戏、清宫戏外,也上演吸引力很强的政治性时事新戏。1915 年 1 月 24 日,新民社与民鸣社合并,实际上是前者无奈被后者吞并。新民社的编演主任郑正秋心有不甘,即使合并后仍带领自己的人员赴武汉以新民社的名义演出近一年,这也表明民鸣社的目的已经达到,即新民社要么放弃上海市场,要么成为民鸣社的一部分分享之。民鸣社演出场次最多的十二个剧目为《西太后》、《三笑》、《刁刘氏》、《双凤珠》、《珍珠塔》、《空谷兰》、《拿破仑》、《乾隆皇帝休妻》、《家庭恩怨记》、《恶家庭》、《尖嘴姑娘》、《武松》。

(二)郑正秋及其代表性的新演剧《恶家庭》

作为新民社的创始人,郑正秋具有举足轻重的地位。郑正秋(1888—1935),新剧家,第一代导演,原名芳泽,别署药风,号伯常,广东潮州人,生出于上海,从小体弱多病,在优裕的官商家庭中生活成长。曾在《民立报》任剧评主笔,自办《图书剧报》、《民权画报》。民国初年,经营三、杜俊初、张石川和郑正秋四人组织新民公司,

---

① 朱双云:《初期职业话剧史料》,独立出版社,1942 年版,第 13 页。

拍摄影片，由于经营不善而停顿。新民公司中的十六名演员无以为生，境况凄惨，郑正秋供膳食三月，大家感慨系之。他们觉得无以报答，乃请求郑正秋开演新剧，郑正秋遂租借南京路谋得利戏园，以新民剧社之名开演。①

《恶家庭》是连台的正剧，共十本。该戏从 1913 年 9 月 14 日演到 17 日。《恶家庭》写一个书生升官后不管父母妻儿，荒淫无度，后被革职查办。剧情为：家境不好的卜静丞巴结到一个官后发了财，娶妓女新梅为妾，就把母亲、妻子闵氏和儿子宜男抛弃不顾。卜母带着儿媳、孙子和一个丫头阿蓬去找他，得以勉强留下，但遭到虐待。丫头阿蓬表示不平，被逼"死"抛尸荒郊。宜男发现她还有气，托给一个乡下老人，阿蓬被救活。卜静丞的女佣小妹（有夫之妇）禁不住静丞的威逼利诱，被静丞诱奸（静丞曾利诱其翁姑和丈夫）。但小妹被奸后，静丞不仅不给钱，反而指使新梅骂她勾引主子，小妹被逼外逃自杀，途遇一个老讼师，讼师设法替她报仇。他一方面让阿蓬的父亲向静丞要女儿，一方面让小妹的丈夫向静丞要妻子，静丞不得已出钱讲和了事。新梅与静丞的帮闲朋友曾怀仁私通，被静丞的母亲发现，俱告静丞，静丞不听。新梅大闹，卜母只有带着儿媳孙子回乡。此后，新梅与其心腹钱妈一起设计，让钱妈的养女蓉花假装挨打求卜母保护，使之留下，然后由钱妈控告卜母拐带，牵涉阿蓬的父亲黄老老、救阿蓬的乡老和那个老讼师，三人一同入狱。卜母以年老保释，黄老老死在监牢。阿蓬、小妹和乡老的女儿二宝联名上告，途遇被人利用又遭到迫害的蓉花，蓉花向她们三人揭露新梅的阴谋。恰好遇上钦差，静丞被革职下狱。新梅乘机与曾怀仁卷逃，中途遇盗被杀。卜母以爱子之故营救静丞，静丞得以出狱，一病不起，临终悔恨。其子宜男悲伤失明，深得阿蓬看护，二人由卜母做主结为夫妻。②

《恶家庭》是"后母虐待前子"的题材。郑正秋有后母前子的生活经历，他编写此剧是有感而发，再加上家庭革命意味，演出大受观众欢迎。于是，他接着编了第二部、第三部家庭戏。"后母"系列题材之外，还有《童养媳》、《尖嘴姑娘》、《虐妾》、《虐婢》、《雄媳妇》（入赘之婿）、《妻妾争风》、《怕老婆》等等，都是绝好的剧材。这类新演剧既有小说的情节，又有逼真亲切的写实风格，由此造就了"情节剧"。

（三）新潮演剧的历史功绩

新潮演剧具有巨大的历史功绩。一、输入文明，传播新知。新潮演剧大力传播了西方现代民主自由思想、政治思想，尤其是民族思想与爱国思想。二、宣传了革命思想。晚清，资产阶级民主革命一浪高过一浪，这得力于革命思想的传播，在此过程中，新演剧为功甚高，因为随着社会的急剧变化，时代呼唤具有革命思想的新演剧。三、弘扬美德，改良社会。新剧弘扬真善美，批判假恶丑，改良社会，使社会

---

① 　义华：《六年来海上新剧大事记》，剑云：《鞠部丛刊》，交通图书馆，1918 年版，第 10—11 页。
② 　欧阳予倩：《欧阳予倩戏剧论文集·谈文明戏》，上海文艺出版社，1984 年版，第 197—198 页。

风气逐渐开化。四、提高了戏剧的地位。在中国传统文学观念中,戏剧不能登大雅之堂,剧作家和从业人员的地位也很卑微。新潮演剧深入人心,不仅提高了戏剧的文学地位,也提高了新剧剧作家的社会地位。五、促进了戏剧艺术的巨大发展。首先是借鉴西方现代戏剧表演,包括剧场布置与表演技巧。关于剧场布置,新剧逐渐采用西洋的布景制;关于表演技巧,新剧逐渐向西方话剧靠拢。其次是吸收了西方戏剧的悲剧精神。

第四节　新体诗

19 世纪末 20 世纪初,古体诗在中国诗坛仍然居于主要地位,如以陈三立、陈衍、郑孝胥、沈曾植等为代表的"同光体",以王闿运、邓辅纶为代表的汉魏六朝诗派,以樊增祥、易顺鼎为首的中晚唐诗派,这些诗人是比较典型的士大夫,政治上比较保守,内容上缺乏广泛的社会生活,艺术上倾向"复古",因而其诗作流传范围有限,基本上局限于各自的文人圈子内。由于社会的剧变,晚清民初诗坛刮起了两股风潮,一是以梁启超为首的维新派掀起的"诗界革命",新体诗不断涌现,二是以柳亚子为首的南社以诗会友,提倡反清革命,于是诗坛风气为之一变。正如钱萼孙所言:"诗学之盛,极于晚清,跨元越明,厥涂有四:瓣香北宋,私淑西江,法梅、王以炼思,本苏、黄以植干,求阙、经巢、蝯叟振之于先,散原、海藏、苍虬大之于后,此一派也。远规两汉,旁绍六朝,振采蜚英,骚心选理。白香、湘绮凤鸣于湘、衡,百足、裴村鹰扬于楚、蜀,此一派也。无分唐宋,并咀英华,要以敷腴为宗,不以苦涩为尚,抱冰一老,领袖群贤,樊、易承之,拓为宏丽,此一派也。驱役新意,供我篇章,越世高谈,自辟户牖,公度、南海蔚为大国,复生、观云并足附庸,此一派也。"[①]尤其是"诗界革命"促使了中国诗歌由古典向现代的转化,并为五四新诗的诞生打下了重要的基础。

一　"诗界革命"四诗人的新体诗

"诗界革命"是 20 世纪初年兴起的一场由梁启超发起、由维新派和革命派诗人共同参与、依托国内外近代报刊、接受域外思想影响、服务于新民救国的主旋律、在古典诗歌基本形式范围内革新诗歌内容性质、转换诗歌发展方向、寻求语言和某些形式解放的进步的文学思潮。梁启超是"诗界革命"的倡导者,他曾赞赏夏曾佑、黄遵宪、蒋智由以新思想、新词汇镕铸诗中,将他们称为"近世诗界三杰"。

(一)梁启超及其新体诗

梁启超不以诗人著称,作为"诗界革命"的旗手,他对新体诗为功甚高。为了更

---

①　钱萼孙:《近代诗评》,《学衡》1926 年第 52 期。

好地开展"诗界革命"，梁氏不仅宣传号召，而且亲自创作，他为数不多的诗作在一定程度上发挥着引领时代风潮、指示诗歌变革方向的重要作用。汪辟疆《光宣诗坛点将录》将梁氏定位为"专造一应大小号炮"的"地辅星轰天雷凌振"，谓其"才气横厉，不屑拘拘绳尺间"。①

1902 年初，梁启超在《新民丛报》创刊号上隆重推出最能体现诗界革命精神的代表作《二十世纪太平洋歌》。在该诗中，梁启超提出人类文明经历了三个时代："河流文明时代"、"内海文明时代"、"大洋文明时代"，颇有见地。诗人高瞻远瞩，以世界眼光展望 20 世纪，心潮澎湃，诗思奔涌，挥毫写下这首意气风发、汪洋恣肆、气势恢宏的鸿篇巨制，抒发了诗人渴望祖国在新世纪到来之际睡狮猛醒、迎头直追、摆脱任人宰割之屈辱地位的强烈愿望。该诗第七节如下：

> 噫嘻吁！太平洋，太平洋，君之面兮锦绣壤，君之背兮修罗场。海电兮既没，舰队兮愈张，西伯利亚兮铁道卒业，巴拿马峡兮运河通航。尔时太平洋中二十世纪之天地，悲剧喜剧壮剧惨剧齐鞟鞾。吾曹生此岂非福，饱看世界一度两度为沧桑。沧桑兮沧桑，转绿兮回黄，我有同胞兮四万万五千万，岂其束手兮待僵？招国魂兮何方？大风泱泱兮，大潮滂滂。吾闻海国民族思想高尚以活泼，吾欲我同胞兮御风以翔，吾欲我同胞兮破浪以飏。

该诗放眼世界，横绝地球，气势恢宏，感情奔放，不拘格律，诗体解放，大开大阖，舒卷自如，新词奔涌，新意迭出，神采飞扬，诗思浩茫，体现了诗界革命的创作实绩。

1902 年 11 月，《新小说》创刊伊始，梁启超在创刊号推出的《爱国歌四章》，就是梁氏率先垂范的一首意在唤醒国民意识、鼓舞民族自信心、高奏爱国主义时代强音的学堂乐歌。四章分述我中华地大物博、人口众多、文明悠久、英雄辈出，大声疾呼"结我团体，振我精神"，殷切期盼"二十世纪新世界，雄飞宇内畴与伦"，反复咏唱"可爱哉！我国民"。全诗文字浅近，明白晓畅，句式自由，节奏明快，气势雄浑，朗朗上口，读之令人热血沸腾，诵之令人激情澎湃，具有振奋民族精神、催人奋起直追的强烈的艺术感染力。

19—20 世纪之交，是梁启超求知欲最旺盛、读书最广博、思想最激进、情感最激昂、著述最丰硕的峥嵘岁月，也是他以实际行动践履诗界革命理想、诗歌创作最为活跃的时期。他在《清议报》上发表数十篇诗作，如《壮别二十六首》、《奉酬星洲寓公见怀一首次原韵》、《书感四首寄星洲寓公仍用前韵》等，这是梁氏新诗创作最为集中的一次展示，亦是其诗界革命理论的自觉实践。这些诗作善于运用新名词表达新思想、新观念，"共和"、"文明"、"思潮"、"欧风"、"亚雨"、"自由"、"平等"、"女权"、"民权"、"以太"、"团体"、"玛志"、"华拿"、"卢孟"等新名词纷至沓来。梁氏这

---

① 汪辟疆：《汪辟疆说近代诗》，上海古籍出版社，2001 年版，第 116 页。

一时期的新体诗开创了诗歌的新时代。

(二)黄遵宪及其新体诗

黄遵宪既是"诗界革命"的先驱,又是这一运动的中坚。21岁的黄遵宪提出"别创诗界"的主张,认为"我手写我口,古岂能拘牵?即今流俗语,我若登简编,五千年后人,惊为古斓斑"。这也是后来"诗界革命"的纲领。

黄遵宪(1848—1905),字公度,别号人境庐主人,广东梅州人,光绪二年(1876)举人,晚清著名外交官、诗人,被誉为"近代中国走向世界第一人"。主张维新变法,戊戌政变后解甲归里。工诗,喜以新事物熔铸入诗,有"诗界革新导师"之称。著作有《人境庐诗草》、《日本国志》、《日本杂事诗》。

黄遵宪的一些诗反映了重大历史事件,堪称"诗史"。如《朝鲜叹》、《流求歌》、《越南篇》、《台湾行》诸篇。前三篇咏中国三属藩朝鲜、琉球、越南或被邻国吞并或沦为外国殖民地的悲惨命运。《越南篇》写道:"舐糠俑及米,剥肤恐到骨。不见彼波兰,四分更五裂。立国赖民强,自弃实天孽。"警世之意与济世之情溢于言表。《台湾行》咏马关签约、割让台湾之后台湾人民自发抗日守土事,发抒胸中郁积已久的割地弃民之痛。又如《度辽将军歌》、《降将军歌》、《聂将军歌》等纪事诗,题咏三位无论对国家抑或对个人来说均属悲剧的悲剧性将领,以诗笔为甲午战争和庚子之乱留下刻骨铭心的历史存照。《度辽将军歌》讥刺淮军将领吴大澂甲午战争中望风而逃、兵败辽东之事。诗人欲抑先扬,寓悲愤之思于滑稽之笔,栩栩如生地刻画出一个狂妄自大、昏聩无能、误国误己的愚昧将领形象。《降将军歌》题咏北洋海军提督丁汝昌在威海卫兵败投降却又服毒自杀之事,"冲围一舸来如飞"、"船头立者持降旗"、"两军雨泣咸惊疑,已降复死死为谁"、"回视龙旗无孑遗,海波索索悲风悲"。《聂将军歌》题咏庚子年天津保卫战中聂士成将军英勇作战却被团民杀害之事,悲叹"外有虎豹内豺狼"、"一身敌众何可当"、"非战之罪乃天亡"、"从此津城无人防"。这些诗反映了那个时代中国社会的主要矛盾,体现了时代氛围,具有很高的社会史料价值。

黄遵宪自觉继承诗教传统,在晚清特殊的历史背景下,他主张用诗歌进行尚武强国教育,如《出军歌》、《军中歌》、《旋军歌》和《小学校学生相和歌》诸篇。梁启超评之曰,国人缺乏尚武精神,中国向无军歌,"此非徒祖国文学之缺点,抑亦国运升沉所关也",因大力提倡之;而《出军歌》、《军中歌》、《旋军歌》"其章末一字,义取相属,以鼓勇同行、敢战必胜、死战向前、纵横莫抗、旋师定约、张我国权二十四字殿焉,其精神之雄壮活泼、沉浑深远不必论,即文藻亦二千年所未有也"。这些诗作也大力促进了清末学堂乐歌的发展。

此外,黄遵宪的有些诗作还从时间的深度与空间的广度上着笔,或注重文明兴衰的剖析,如《锡兰岛卧佛》;或注重海外景象的描绘,如《番客篇》、《逐客篇》、《海行杂感》等篇；但不管是借《锡兰岛卧佛》题咏佛教盛衰史，还是"吟到中华以外天"，旨归都在认识历史和世界，致力于民族振兴。

总之，黄遵宪后期的新体诗，在语言和内容上均表现出从兼取古籍转向弃古从今的趋向，并开始探索诗歌形式体制的改革。黄遵宪晚年这种立足现实、创新求奇、继续为诗界开疆辟域的诗歌创作新动向，亦验证了他作为诗界革命强有力的支持者和参与者的历史角色。

（三）蒋智由及其新体诗

蒋智由（1865—1929），原名国亮，字观云、星侪、心斋，号因明子，浙江诸暨人。出身寒素，早年求读杭州紫阳书院，参加过光复会等革命团体，曾留学日本，后思想逐渐保守。参加编辑《新民丛报》《浙江潮》等刊物，后任《政论》主编，鼓吹君主立宪，反对同盟会的革命主张，被梁启超誉为"近代诗界三杰"之一。能诗善文，工书法，有《居东集》《蒋观云先生遗诗》。

蒋智由的早期诗歌抒发拯时济世的抱负，反对封建专制的束缚与压迫，颂扬西方资产阶级民主、平等、自由的思想，呼吁变革，期望祖国的复兴强盛，如《时运》《醒狮歌》《卢骚》等诗作。《卢骚》："世人皆欲杀，法国一卢骚。民约倡新义，君威扫旧骄。力填平等路，血灌自由苗。文字收功日，全球革命潮。"该诗高度赞颂了法国民主主义启蒙思想家卢骚（今译作"卢梭"），表达了对西方近代自由、民主、平等思想的热切向往和热情追求。《醒狮歌》以睡狮喻中国，极力铺陈雄狮应有的威武和睡狮被众兽戏弄宰割的悲惨境况，是诗人希冀祖国睡狮猛醒，再展雄风，在弱肉强食、优胜劣败的险恶国际环境下发奋自强，凭强大的国力自立于世界民族之林的自省之歌、自强之歌、希望之歌和祝福之歌。

蒋智由诗歌可谓开"国民劣根性"批判之先河，他所批判的"民国劣根性"首先是奴性，如《奴才好》《有感》等诗作。《奴才好》从现实出发描写国民的奴性。"奴才好，奴才好，勿管内政与外交，大家鼓里且睡觉"，"满洲入关二百年，我的奴才做惯了"，"转瞬洋人来，依旧要奴才"，"满奴作了作洋奴，奴性相传入脑胚"，"什么流血与革命，什么自由与均财"，"奴才好，奴才乐，奴才到处皆为家，何必保种与保国"。诗人以嬉笑怒骂的讽刺口吻反言讽世，他对深入国人骨髓的作为晚清帝国国民性弱点的奴隶性质进行了描摹与揭露，并把国民奴性的根源归结为清政府的高压统治。《有感》则将反思与批判国人的奴性这一主题引向历史深处："落落何人报大仇，沉沉往事泪长流。凄凉读尽支那史，几个男儿非马牛？"诗人猛然感悟到一部支那史原本就是一部绝大多数人为清政府统治者当牛做马的屈辱的奴隶史。

此外，对尚武、合群、竞争、独立精神的呼唤，是他诗歌较为集中的主题意向，如《闻蟋蟀有感》《见恒河》《梦起》《人物》《世境》等诗作。《闻蟋蟀有感》通篇在宣扬尚武精神，《见恒河》旨在"望吾种之合新群也"，《梦起》主要宣扬"争种非不武"的尚武精神,作品表达了诗人对国人合群精神和竞存意识的热切呼唤与期盼。

(四)夏曾佑及其新体诗

夏曾佑(1863—1924),字穗生、穗卿等,号碎佛、碎庵,笔名别士,浙江钱塘(今杭州)人。光绪十六年(1890)进士,他任礼部主事,1892 年结识梁启超、谭嗣同,开始研讨"新学",宣传维新变法思想,鼓吹宪政;辛亥革命后,任北洋政府教育部社会司司长,后调任北京图书馆馆长。其诗多散佚,诗集仅存抄本,今刊为《夏曾佑诗集校》。

夏曾佑被梁启超誉为"近世诗界三杰"之一。丙申、丁酉年间,夏曾佑喜欢将自己的宇宙观、人生观用诗写出来,前后作了几十首晦涩难懂的"新诗"。梁启超曾在《亡友夏穗卿先生》一文中记录了其中的一首:"冰期世界太清凉,洪水茫茫下土方。巴别塔前分种教,人天从此感参商。"诗中几乎每句都出自西学知识和《圣经》典故,"冰期"(冰河期)、洪水以及圣经中挪亚方舟、巴比伦塔等典故,隐约表达一种感慨:产生于同一祖先、曾共同与自然界斗争的人类,由于上帝有意变乱而分裂成使用不同语言、居住不同地区的种族。此类怪诞的新诗,是夏曾佑等人崇拜迷信"新学"、追求思想解放的产物。由于艰涩难懂,"苟非当时同学者,断无从索解",自然难以为继。

二 秋瑾与徐自华的诗歌

秋瑾与徐自华是两位杰出的女性,作为新女性的代表,她们彻底打破闺阁的束缚,奔向广阔的社会生活,投身于妇女解放与民族解放的运动之中。与此同时,她们的诗歌,也真实地表现了她们思想、情感、交游、生活等诸方面的内容,为我们留下宝贵的精神财富。

(一)秋瑾及其诗歌

秋瑾(1875—1907),女,原名闺瑾,小名玉姑,字璇卿,号竞雄,别署鉴湖女侠,浙江山阴(今绍兴)人。秋瑾的祖父和父亲都是清朝官吏,她的童年是在生活优裕、无忧无虑、轻松快乐之中度过的。她性格豪爽奔放,习文练武,喜男装。在时人看来,秋瑾经常穿和服,"不事修饰,慷慨潇洒,绝无脂粉习气"[①]。她蔑视封建礼法,提倡男女平等,常以花木兰、秦良玉自喻,擅填词赋诗,亦长于骑马击剑,堪称文武全才。她曾留学日本,加入过光复会与同盟会,并被推为浙江主盟人。归国后,她先后在上海创办中国公学,出任绍兴明道女学堂、吴兴南浔女学堂、绍兴大通学堂及其附设体育会教员等职,直至献身反清革命。

秋瑾的思想与创作的变化,可以庚子事变后的 1903 年为界分为前后两期。前期她多以五言、七言律诗和绝句抒写个人幽怨、闺中愁绪:闺吟物咏与亲友情怀、忧国忧民与救国救民。献身革命后,谋求民族解放与妇女解放,成了她诗歌的基调。绝大部

---

① 冯自由:《鉴湖女侠秋瑾》,郭延礼编:《秋瑾研究资料》,山东教育出版社,1987 年版,第 95 页。

分诗篇都洋溢着爱国主义激情,充满着挽救危亡、振兴祖国的激情。后期多写革命壮怀,倡导女权和女学。秋瑾的诗词与文章真实地反映了她的思想变化与人生奋斗历程。

1. 闺吟物咏

秋瑾早年随父生活在湖南,物质生活优裕,精神生活也很充实。她的许多诗词作品从四时八节出发,从花草树木着眼,描写自己在美丽的大自然中悠然自适的生活情境,表达了自己的一些心理感受。此外,秋瑾的闺吟诗词还着力描绘了她少女时代的日常生活,如读书、郊游等。她居京时期创作的一些诗词,还抒发了她思念亲人、怀念友人的真挚情感。这些诗词是秋瑾早期美好生活的真实写照。

最值得称道的是秋瑾的那些咏物诗,这些诗作选择能够象征高尚人格的意象,如菊、梅、莲等。她笔下的"菊"铁骨霜姿,令夭桃嫉妒,"铁骨霜姿有傲衷,不逢彭泽志徒雄。夭桃杆白多含妒,争奈黄花耐晚风"(《菊》)。她笔下的"梅"憔悴清瘦,如《梅十章》,前三章如下:

> 本是瑶台第一枝,谪来尘世具芳姿。如何不遇林和靖?飘泊天涯更水涯。
> 冰姿不怕雪霜侵,羞傍琼楼傍古岑。标格原因独立好,肯教福贵负初心。
> 举世竞言红紫好,缟衣素袂岂相宜?天涯沦落无人惜,憔悴欺霜傲雪姿。

诗人以拟人的手法,来描绘清高孤傲之梅。居仙界第一的梅,纵然被贬降人间,却芳姿仍在。不管身处天涯海角,不管屡遭风霜侵袭,冰姿不惧。它不依傍琼楼古岑,不羡慕姹紫嫣红,不肯负心求富贵,不改自己傲视霜雪的品性。

2. 忧国忧民

秋瑾具有伟大抱负、宏大志愿,具有忧国忧民的深广情怀与救国救民的远大志向,这种情怀与志愿由来已久。她文史知识丰富,早年常常通过怀古,或表达自己的情怀,或批判丑恶的现实。广为传颂的《满江红·小住京华》就是她的心声:

> 小住京华,早又是,中秋佳节。为篱下,黄花开遍,秋容如拭。四面歌残终破楚,八年风味徒思浙。苦将侬,强派作蛾眉,殊未屑!
> 身不得,男儿列,心却比,男儿烈。算平生肝胆,因人常热。俗子胸襟谁识我,英雄末路当磨折。莽红尘,何处觅知音?青衫湿。

身在京城的秋瑾,在中秋佳节之际,想到的不是自己一家团圆,而是万家团圆;不是为自己的女性身份苦苦哀叹,而是试图冲破封建的性别藩篱,去实现自己的认识价值,为国为民。尽管"身不得,男儿列"可是,她"心却比,男儿烈",尽管俗子难解,知音难觅,但是她英雄之志已经萌生。类似的诗词比比皆是,如《题〈江山万里图〉应日人索句》《日人石井君索和即用原韵》《吊屈原》《杞人忧》《柬徐寄尘》《黄金台怀古》《黄海舟中日人索句并见日俄战争地图》《满江红·小住京华》《宝刀歌》《申江题壁》《我羡欧美人民啊》《书怀》等。这些诗词表现了秋瑾献身革命的理想与抱负,以及奋斗精神。

反对专制,力争自由,是秋瑾诗词救国救民的主要内容之一。她愤恨清政府的专制统治,赞扬革命党人的革命行动;她羡慕西方发达国家的太平自由,希望中国走向民主共和。秋瑾从小就充满了各种义侠剑客思想,并逐渐立下革命志向,其《宝刀歌》表现的拳拳忧国之心使许多须眉汗颜。对比黑暗的中国与先进的欧美,秋瑾既忧伤又羡慕。她在《我羡欧美人民啊》中说:"得自由,享升平,逍遥快乐过年年。国命都是千年永,人民声气权通连。商兵工艺日精巧,政治学术益完全。兵强财富土地广,年盛月异日新鲜。"这种国家富裕、人民自由的生活成为秋瑾的理想蓝图。

3. 倡导女权

作为倡导女权革命的先驱,秋瑾被誉为中国"苏菲亚"、"罗兰夫人",她竭力号召全国女同胞"脱奴隶之范围,作自由舞台之女杰、女英雄、女豪杰",效法法国的罗兰夫人、俄国的苏菲亚女士、美国的批茶夫人等世界著名的女性革命者,以"无负此国民责任"①。

1904年夏,居京的秋瑾,身为人妻,倍感封建家庭的性别压抑;身感时代的风雨,倍感女界革命的意义,创作了《勉女权歌》,提倡改革女权:

> 吾辈爱自由,勉励自由一杯酒。男女平权天赋就,岂甘居牛后? 愿奋然自拔,一洗从前羞耻垢。若安作同俦,恢复江山劳素手。
>
> 旧习最堪羞,女予竟同牛马偶。曙光新放文明候,独立占头筹。愿奴隶根除,智识学问历练就。责任上肩头,国民女杰期无负。

她从现代资本主义的人文思想"天赋人权"出发,高唱男女平权,鼓励女子争取自由,奋发向上,做一个自主独立的女国民。

秋瑾以中国古代女英雄自励。她的《题芝龛记》八首通过对花木兰、秦良玉的赞颂,抒发她精忠报国的豪情壮志。

秋瑾的诗文创作是叛逆女性的心声,是反帝爱国的战歌,是妇女解放的宣言诗,是民主革命的号角,是她投身革命的武器。她是中国近代史上一位伟大的女英雄,为民族解放和妇女解放事业付出了自己的生命,成为旧民主主义革命时期中国革命妇女的楷模。

(二)徐自华及其诗歌

徐自华(1873—1935),字寄尘,号忏慧,浙江石门(今桐乡市)人。她出身于书香门第,生性敏慧;年少寡居,以诗赋自遣,励志育人,曾任南浔浔溪女学校长;南社女诗人,秋瑾的挚友。其一生的重大转变是从大家闺秀转变为革命志士,由旧式妇女成长为文艺战士。曾资助秋瑾在上海创办《中国女报》,更慷慨解囊资助她武装

---

① 秋瑾:《精卫石·序》,《秋瑾全集笺注》,吉林文史出版社,2003年版,第458页。

起义。秋瑾就义后，她冒着生命危险为秋瑾"埋骨西泠"。她著有《听竹楼诗稿》和《听竹楼诗稿续编》，未能付梓。

徐自华早期诗词多为闺阁间"伤春悲秋"式的吟唱，如《新晴晚眺》、《西溪夜泛》、《舟行即目》、《题美人弹琴图》、《前题寄兰秋姊》等，或咏叹风光景物，或题赠姊妹亲朋，情感细腻。这些诗作集中表现了诗人闺中闲适的生活与少女特有的情怀。甲午战争以后，诗人借拜谒岳王坟，发出"半壁江山埋碧血，一生功业痛黄龙"①的悲声和"叹江山已是，金瓯碎缺。蒿目苍生挥热泪，感怀时事喷心血"（《满江红——感怀用岳武穆韵》）的感慨。其诗作表现了诗人心忧国事的沉重与苍凉。自 1906年后，受秋瑾影响，徐自华的思想与诗风均发生明显变化，其诗作内容上开始为反清革命而呐喊，形式与风格上也融入了秋诗般的豪放与大气。加入同盟会后，她的思想境界得到很大提高，志向越来越高远。其七律《赠秋璿卿女士》（二章）之一云："萍踪吹聚忽逢君，所见居然胜所闻。崇碬奇才原易服，木兰壮志可从军。光明女界开生面，组织平权好合群。笑我强颜思附骥，国民义务与平分。"她很快萌发了男女平权思想，以及争取民族自由与解放的革命思想。秋瑾遇难后，她赋诗痛悼自己的好友，《哭鉴湖女侠》（十二章）之一云："噩耗惊闻党祸诬，填胸冤愤只天呼。不求明证忘公论，偏听流言竟屈诛。昭雪纵然他日有，相逢争奈此生无。如何立宪文明候，妄逞淫威任独夫。"她一方面缅怀战友，弘扬烈士精神；一方面猛烈抨击清政府的残暴罪行，鼓励人们继续前进。总之，作为新旧嬗变时代的女诗人，徐自华诗风的转变反映了时代的巨大变迁。

三　南社三大诗人及其诗歌

南社是清末民初最大的、与政治关系最密切的文学社团，由柳亚子、陈去病和高旭等人于 1909 年成立于苏州，活动中心在上海，1923 年解体。社员达到千余人。取意"操南音，不忘本也"，鼓吹资产阶级民主革命，提倡民族气节，反对清王朝的腐朽统治，为辛亥革命作了非常重要的舆论准备。这三位发起人可谓南社三大诗人。

南社既是文学社团，又是同盟会重要的外部组织。它成立伊始就已经有鲜明的结社倾向，主张文学为革命服务。南社文人具有比较深厚的传统文化功底，他们受到传统的文以载道思想的熏陶，在开展文学活动、从事文学创作时，自觉地接受和贯彻这种文学传统。南社诗文有两个重要主题：其一，宣传西方现代民主思想，主张平等、自由、民主，反对封建专制；其二，召唤国魂，提倡民族精神，救国保种。这种思想与时运密切相关，与当时的社会实际相吻合，诗人们自觉地配合政治革命和思想革命。作品在形式上采用传统的诗歌形式，用旧形式装新内容，很容易为广

---

① 所引徐自华诗词，均见于《徐自华诗文集》，郭延礼辑校，中华书局，1990 年版，后文中均不再另行加注。

大读者所接受。

（一）柳亚子及其诗歌

柳亚子（1887—1958），原名慰高，字安如，更名人权，字亚卢，再更名弃疾，又号稼轩，又字亚子，江苏吴江人。著名诗人，爱国民主人士，先后加入爱国学社、同盟会、光复会。南社的三个发起人之一，主持社务多年。曾任孙中山总统府秘书，中国国民党中央监察委员、上海通志馆馆长。其诗约有5000多首，有《磨剑室诗词集》。

作为开风气之先的诗人，柳亚子接受了西方资产阶级民主思想，提倡自由平等观念，试图以其诗作唤醒民众。如《岁暮述怀》："思想界中初革命，欲凭文字播风潮。共和民政标新谛，专制君威扫旧骄。误国千年仇吕政，传薪一脉拜卢骚。"①又如他的五言古诗《放歌》云："上言专制酷，罗网重重强。人权既蹂躏，《天演》终沦亡。……我思欧人种，贤哲用斗量。私心窃景仰，二圣难颉颃。卢梭第一人，铜像巍天闾。《民约》创鸿著，大义君民昌。胚胎革命军，一扫秕与糠。"诗人对内反对封建专制，对外反对列强入侵，宣传进化论，提倡人权，面对残酷的蹂躏，面对列强的瓜分，他放声高呼，试图唤醒民众。

作为一位革命诗人，柳亚子时时抒发革命情怀，时时缅怀战友，激烈抨击专制政府，为反清呐喊助威。《孤愤》道出了他自己的心声："孤愤真防绝地维，忍抬醒眼看群尸。美新已见扬雄颂，劝进还传阮籍词。岂有沐猴能作帝，居然腐鼠亦乘时！宵来忽做亡秦梦，北伐声中起誓师。"诗人表达了谴责筹安会中人的愤激之情。柳亚子把"苏报"案主角章太炎、邹容视为中国的"玛志尼"，其诗作《有怀章太炎、邹威丹两先生狱中》云："祖国沉沦三百载，忍看民族日仳离。悲歌叱咤风云气，此是中原玛志尼。"诗人提倡革命，驱除鞑虏。有诗云："泣麟悲风伴狂客，搏虎屠龙革命军。大好头颅抛不得，神州残局岂忘君？"他告诉监狱中的革命志士，人民不会忘记他们的革命功绩。在《吊鉴湖秋女士》中，诗人惊闻噩耗，痛苦不已，吴山越水也甚哀，他表示，待到革命胜利时，一定向烈士敬杯酒，"他年记取黄龙饮，要向轩亭酹一杯。"

柳亚子是一位爱国诗人，提倡民族气节，弘扬民主主义和爱国主义。他长期以反清复明的爱国志士自勉，如陈子龙、张煌言、夏完淳等人。其诗作《题〈夏内史集〉》云："悲歌慷慨千秋血，文采风流一世宗。我亦年华垂二九，头颅如许负英雄！"这位少年英雄虽然过早遭到清统治者的残酷屠杀，但其精神永远激励后人。柳亚子具有很强的时代感，其大量诗篇堪称"史诗"，真实地记录了历史内容，反映出鲜明的时代特色。

柳亚子的早期诗歌具有鲜明的艺术特色。第一，基本上是旧体诗，偏重律诗和

---

① 柳亚子：《磨剑室诗词集》，上海人民出版社，1986年版，所引其他柳诗，均出自此集，不再一一标明。

绝句①，这与他主张"以新思想熔入于旧风格之中"的观点分不开，更与他旧诗词造诣深厚分不开。第二，受晚清诗界革命的影响，诗作纳入一些新名词。第三，善于用典，柳诗中的典故较多，其典故一般熟而不僻，以此借古喻今。

（二）陈去病及其诗歌

陈去病（1874—1933），近代诗人，字巢南，一字佩忍，号垂虹亭长，江苏吴江人，家庭比较富裕。他先后组织过雪耻学会、黄社、神交社、匡社、秋社以及南社。参加过拒俄义勇队与同盟会，投身"二次革命"和"护法运动"。曾任《警钟日报》主笔，创办《二十世纪大舞台》杂志，编辑《国粹学报》等。曾任南京东南大学教授、江苏革命博物馆馆长等职。著作有《浩歌堂诗钞》、《浩歌堂诗续钞》、《明末遗民录》、《五石脂》等。

陈去病的诗作立意高远，"洪音独振，高眄远周"②，追几复之遗迹，倡革命之新声。陈氏经世大略，奔走南北，从事革命活动。他与友人"同舟渡太平洋，乘长风破万里浪，慷慨悲歌，不可一世"，奔走国事，"凡感慨抑有之时，或击节高歌，或狂呼纵酒，人莫知其底蕴。"③他的许多诗作宣传自由、平等观念，具有启蒙思想的意义。如《题〈黑奴吁天录〉后》："专制心雄压万夫，自由平等理全无。依将黄种前途事，岂独伤心在黑奴？"又如《〈神州女报〉题词》："嗟哉女界，世纪沉幽。莫或之拯，万花悠悠。欣兹弘撰，光我神州。千秋万岁，花开自由。"反抗封建专制，提倡平等观念；反抗女界束缚，提倡妇女自由。陈氏的一些咏史诗，借助于历史作反清之宣传，提倡著名将领革命。《题明孝陵图》歌颂朱元璋灭元兴明的事迹，《题郑延平战捷图》思念著名将领郑成功，《九月初七日新安江上观水嬉，并为有明尚书苍水张公作周忌》缅怀明末抗清英雄吴易、张煌言、瞿式耜等人。作为革命宣传家，陈去病注重宣传技巧，他用《扬州十日记》与《嘉定屠城纪略》唤起民众对清统治者的反抗，其题诗云：

> 板荡芜城剧可哀，蒸黎百万尺成灰。
>
> 奇冤十日休嫌惨，九世于今絷割来。（《〈扬州十日记绘图〉题词》）
>
> 一屠未逞再三屠，血肉模糊死复苏。
>
> 最是伤心淫酷处，只堪挥泪不堪图。（《〈嘉定屠城纪略〉题词》）

这两首诗控诉了清统治者残酷屠杀民众的滔天罪行，以此激发民众的反抗意识。诗人还在《题明孝陵图》中抒发了自己的情怀，"消磨壮志奈何许，起舞横刀发浩歌。西望墓门三叹息，几时还我旧山河"。在革命思潮高涨之际，陈氏的这类诗作极大

---

① 郭延礼：《中国近代文学发展史》（第3卷），高等教育出版社，2001年版，第137页。

② 姚锡钧：《浩歌堂诗钞·序三》，殷安如、刘颖白编：《陈去病诗文集》（上编），社会科学文献出版社，2009年版，第6页。

③ 侯鸿鉴：《浩歌堂诗钞·序二》（1923年），殷安如、刘颖白编：《陈去病诗文集》（上编），社会科学文献出版社，第4页。所引其他陈诗，均出自此集，不再一一标明。

地鼓舞了民众的革命激情。

陈去病奔走南北，为革命高呼，每到一地往往作纪游诗。其友人谓："君以温方城之叉手，兼徐霞客之善游。风来广漠，吹出塞之黄沙，山到西南，攒刺天之碧玉。搜剔万汇，写绘百篇。江神厌心，山灵拊掌。"[①]在友人看来，陈去病既富温庭筠叉手之才，又有徐霞客漫游之历，且善于以游历入诗，此其诗之以游胜者也。诗人擅长吟咏山海，其诗作清晰秀丽。《泰山绝顶登封处题壁》把泰山极顶上的风光描绘得栩栩如生，其诗云："天口诀荡荡，海甸莽苍苍。石栈千寻迥，汶流一线长。风多松愈劲，云拥壑难藏。雷雨中宵发，雄心动八荒。"这让人感到天口、石栈历历在目，风云撩面。《歙州城上望黄山作》则虚写黄山，其诗云："黄山可望不可即，但见云门双接天。白日销沉骥足老，何时登跳汉山川？"诗人并没有描绘出一个真实的黄山，只是勾画出一个隐隐约约的黄山，缥缈的黄山更增加了吸引人的魅力。《温州洋》与《象山港即事》则既写山又写海，更是以山写海。前者通过雁荡山余脉写海滨，后者通过象山形胜写海港。"回眸更得江乡趣，三两涣舟打桨行"，显示了温州海滨的江乡民情。"浙东多海湾，湾湾尽开坼。最奇为象山，中闳亦外窄。""既可资保障，夏足容深舶。所以筹国防，兹焉动规划。"诗人发现象山优越的地势，认为它具有战略价值和意义。同时，诗人还描绘了象山美丽的景象，"万顷览苍茫，一泓泛澄碧。舢板溢如蠡，几不容片席。""凉飚送远空，清辉淡秋夕。"这让人流连忘返。

陈去病诗歌的艺术特色有三。其一，诗作悲歌慷慨，表现了革命的激情。这既体现出其聪颖的才情，又体现出其高尚的品行。正如汪兆铭所言，"其所为诗，志趣贞洁，而情感巨挚，沉着痛快处，往往突过古人。"[②]其二，去浮华，尚朴质，反对矫揉做作，追求自然，正如有人所言，其诗"由天籁而发为人籁，由自然而表现美情"[③]。其三，既具有雄浑之气，又显示清丽之音，如其友人所言，"大句则长城比雄，小唱复春葩竞艳。所谓贲鼓朗笛，疏密并工者矣！"[④]

（三）高旭及其诗歌

高旭（1877—1925），字天梅，号剑公，别字慧云、钝剑，江苏金山人，出身大地主家庭。近代著名诗人，南社的三个创始人之一。早年他倾向维新变法，后支持革命，受挫时学习佛理，打坐参禅，不免颓废，曾卷入曹锟贿选事件。有《天梅遗集》行世。

高旭早期创作的一些诗作奏响的是合群、爱国、保种的时代主旋律，如《酬蒋观云》、《兴亡》、《书感》、《不肖》、《争存》、《忧群》、《唤国魂》、《新少年歌》、《爱祖国歌》等。前三首均系与蒋智由酬唱之作，二人相互劝勉，相互期许，相互慰藉。《不肖》、

---

① 姚锡钧：《浩歌堂诗钞·序三》（1924年），《陈去病诗文集》上编，第6页。
② 汪兆铭：《浩歌堂诗钞·序一》（1924年），《陈去病诗文集》上编，第3页。
③ 侯鸿鉴：《浩歌堂诗钞·序二》（1925年），《陈去病诗文集》上编，第4页。
④ 姚锡钧：《浩歌堂诗钞·序三》（1924年），《陈去病诗文集》上编，第6页。

《争存》两诗表达了物竞天择、适者生存、优胜劣败及救亡图存思想,《忧群》一诗表达了作者对群治的忧虑,建议"屈己以卫群,群己两发达。屈群以利己,群败己亦拨",以利国利民。《爱祖国歌》抒发了诗人矢志不渝的炽烈的爱国情怀。全诗采用活泼的骚体诗形式,语言平易,格调高昂,错落有致,以新理想入旧风格。《新少年歌》勉励新生一代刻苦勤学,勇于探索,努力成为中国的新少年。

高旭诗作,"主张人权,排斥专制,唤起人民独立思想,增进人民种族观念"(《愿无尽庐诗话》),如《大汉纪念歌》、《光复歌》等通俗歌谣,向民众宣传共和,号召民众"鞭策睡狮起"。《海上大风潮起放歌》是一首反清的檄文和革命的战歌,指斥清政府出卖国家主权,号召人民奋起推翻。诗人热情呼唤民权,"中国侠风太冷落,自此激出千卢骚!要使民权大发达,独立独立呼声器。全国人民公许可,从兹高涨红锦潮!"他还强烈谴责清政府对民众的残酷屠杀,"祖上之肉终啖尽,日掀骇浪飞惊涛。两重奴隶苦复苦,恨不灭此而食朝!扬州十日痛骨髓,嘉定三屠寒发毛。以杀报杀未为过,复九世仇公义昭。"最后他号召民众与"异类"决一雌雄,创造一个崭新的世界:"挑战异类决雌雄,万年福祉庆同胞。冬冬法鼓震东海,横跨中原昆仑高!"诗人敏感地捕捉到当时风起云涌的革命思潮,全诗洋溢着浓厚的革命英雄主义精神。

高旭创作了一些涉佛诗作,把儒、释、道三教掌故与近代科学知识相糅合,与清末佛学复兴、思想启蒙的时代主旋律相一致,以此启蒙民众。无论是《暮春杂咏》其五中"面壁参平等,焚香消外惧"之句,还是《物我吟八首》其一中"自由思想出天天,水洒杨枝遍大千"之言,抑或是《二十世纪之梁甫吟》中"形骸久矣类俘囚,惟有灵魂许自由"之论,均体现出这一鲜明的近代特征与时代气息。然而,辛亥革命以后,民初的政治乱象使高旭意志消沉,他此时的涉佛诗作反映了他思想的倒退。

高旭受到晚清诗界革命的影响,有些诗作试图寻求格律诗的新突破,采用新名词,运用长短不一的语句创作歌行体。他呼吁诗界造出一个新天地,主张新体诗要有"新意境、新理想、新感情",然而又认为"若守国粹的用陈旧语句"更有味。(《愿无尽庐诗话》)他的一些诗不受五言、七言束缚,可以配谱歌唱,如《女子唱歌》、《爱祖国歌》、《军国民歌》、《光复歌》等,诗作汪洋恣肆,气势磅礴,鼓舞人心。

第五节　各具特色的诸体散文

诗文在我国传统文学史上一向处于主导地位。清末民初,随着西方文学观念的涌入,这种格局被打破,诗文的地位急转直下,小说迅速居文学之最上乘。不过,这是一个救亡与启蒙的时代,尽管传统的诗文地位一落千丈,但论政和述学之文仍然风起云涌,为政坛和文坛增加了一道别样的风景。康有为、严复、谭嗣同、梁启超、章太炎、章士钊、林纾等人之文，各显特色，各有千秋，代表了这一时期散文的主要成就。

一　康有为的政论文

（一）康有为及其政论文概略

康有为（1858—1927），字广厦，号长素，广东南海人，出身名族，世以理学传家。早聪慧，过目不忘，且有志于圣贤之学。清光绪年间进士，官授工部主事。近代著名政治家、思想家、社会活动家和学者，信奉孔子儒家学说，并致力于将儒家学说改造为可以适应现代社会的国教，曾担任孔教会会长。著有《春秋董氏学》、《孔子改制考》、《新学伪经考》、《日本变政考》、《大同书》、《欧洲十一国游记》、《广艺舟双楫》以及其他一系列论政之文等。从内容上看，这些著作可以分为政论文与述学文，这里只谈其政论文。

康有为的政论文凡三变。戊戌之前，力主变法，此一变。戊戌政变之后，康有为的政论文又为之一变，内容不再是雄心勃勃力主变法，而是呈现出忧国忧民的愤激色彩。在政治上，他不再恭维慈禧太后、朝廷重臣，而把后党与帝党区分开来，给予后党严厉抨击，同时保皇立场越来越鲜明，如《复依田百川君书》、《上粤督李鸿章两书》、《与张之洞书》、《驳后党张之洞千荫霖伪示》、《致两江总督刘坤一书》等文。1912 年以后，康有为的政论文再为之一变，政治上和文化上都更加保守，甚至反动，如《救亡论》、《共和政体论》、《中华救国论》等文。辛亥革命后的共和体制受到军阀混战的严重考验，钟情于君主制的康有为在特定的历史条件下反而倒退，支持复辟帝制，最终为历史所唾弃。

（二）康有为的政论文及其特色

作为政治活动家，康有为政论文的第一个突出特点是主张变法，提倡民权，并根据时势的变化提倡君主立宪。"有为经世之怀抱在大同，而其观现在以审次第，则起点于小康、拨乱。有为论政之鹄的在民权，而其揆时势以谋进步，则注意于君主、立宪。"①中法战争爆发后，法帝国主义侵略中国西南边陲，满腔爱国热忱的康有为上书请求变法。1888 年年底，他撰写了长篇政论《上清帝第一书》，痛陈国势之危，提出"变成法"、"慎左右"、"通下情"三条纲领。他明确指出：

> 今论治者，皆知其弊，然以为祖宗之法，莫之敢言变，岂不诚恭顺哉？然未深思国家治败之故也。今之法例，虽云承列圣之旧，实皆六朝、唐、宋、元、明之弊政也。我先帝抚有天下，不用满洲之法典，而采前明之遗制，不过因其俗而已。然则世祖章皇帝已变太祖、太宗之法矣。夫治国之有法，犹治病之有方也，病变则方亦变。若病既变而仍用旧方，可以增疾。时既变而仍用旧法，可以危国。……

---

① 钱基博：《现代中国文学史》，上海书店出版社，2004 年版，第 250 页。

故当今世而主守旧法者,不独不通古今之治法,亦失列圣治世之意也。①

康有为从历史变迁与法律变迁之关系、病变与药方之关系来论述变法的必要性,具有很强的说服力。他提醒光绪皇帝,对自己身边的人要谨慎,要有忠佞之辨,注重下情上传,最后达到"皇上正一身以正百官,正百官以正万民,士节自奋,风俗自美"的目标②。康有为参政心切,不断向光绪皇帝上书,屡屡放言变法维新,建设立宪政体。他在甲午战争后的《上清帝第二书》中提出富国的方法:"曰钞法,曰铁路,曰机器轮舟,曰开矿,曰铸银,曰邮政。"③他还提出"养民之法":"一曰务农,二曰劝工,三曰惠商,四曰恤穷。"④这些主张切中时弊,非常有价值,显示出康有为作为一代政治家的锐利眼光。

康有为政论文的语言特点,是杂取百家,自成一体,滔滔不绝,气势磅礴。它打破了传统古文程式,汪洋恣肆,骈散不拘,开梁启超"新文体"之先河。康有为之文,"糅杂经语、诸子语、史语,旁及外国佛语、耶教语,而出之以狂荡豪逸之气,写之以倔强奥衍之笔,如黄河千里九曲,浑灏流转,挟泥沙俱下,崖激波飞,跳踉啸怒,不达海而不止,返虚入浑,积健为雄,权奇魁垒,诗外常见有人也。自负为先知先觉,及为文章,誉已如不容口。言大道,则薄后进而以为不如我知。论政俗,则轻欧美而以为不及中国。"⑤

二 严复的政论文与古文

严复(1854—1921),字又陵,后改名复,字几道,福建侯官人,晚清著名的启蒙思想家、翻译家和教育家。曾任京师大学堂译局总办、上海复旦公学校长、安庆高等师范学堂校长。民国四年,他被列名于筹安会之发起人之一。著译编为《侯官严氏丛刊》、《严译名著丛刊》。

(一)严复的政论文

作为启蒙思想家,严复翻译了英国生物学家赫胥黎的《天演论》,以"物竞天择,适者生存"、"时代必进,后胜于今"作为救亡图存的理论依据,在当时产生了巨大的影响。"时独有侯官严复,先后译赫胥黎《天演论》,亚当·斯密《原富》,穆勒约翰《名学》、《群己权界论》,孟德斯鸠《法意》,斯宾塞《群学肆言》等数种,皆名著也。虽半属旧籍,去时势颇远,然西洋留学生与本国思想界发生关系者,复其首也。"⑥他可谓近代中国译介西方思想之第一人。

---

① 汤志钧编:《康有为政论集》(上册),中华书局,1998年版,第58页。

② 汤志钧编:《康有为政论集》(上册),中华书局,1998年版,第58页。

③ 汤志钧编:《康有为政论集》(上册),中华书局,1998年版,第123页。

④ 汤志钧编:《康有为政论集》(上册),中华书局,1998年版,第126页。

⑤ 钱基博:《现代中国文学史》,上海书店出版社,2004年版,第255页。

⑥ 梁启超:《清代学术概论》,上海古籍出版社,1998年版,第98页。

严复学贯中西，视野开阔，大力提倡西学，力主变法图强。这是他政论文的一个显著特点。1895 年，他发表了振聋发聩的战斗檄文《论世变之亟》，开篇一句就让人震惊不已，"呜呼！观今日之世变，盖自秦以来未有若斯之亟也。"严氏处处比较中学与西学之优劣。就甲午战争而言，他说："尝谓中西事理，其最不同而断乎不可合者，莫大于中之人好古而忽今，西之人力今以胜古；中之人以一治一乱、一盛一衰为天行人事之自然，西之人以日进无疆，既盛不可复衰，既治不可复乱，为学术政化之极则。"他认为中国人缺乏西方人的前瞻眼光和整体发展观念，鼠目寸光。就政治文化而言，他指出："中国最重三纲，而西人首明平等；中国亲亲，而西人尚贤；中国以孝治天下，而西人以公治天下；中国尊主，而西人隆民；……其于为学也，中国夸多识，西人尊新知。其于祸灾也，中国委天数，而西人恃人力。"他认为，西学的可贵之处在于"学术则黜伪而崇真"，"刑政则屈私以为公"，中学则反之，不能崇真，不能尚公，更不能尚自由，尊天性。他呼吁人们改变现状、变法维新、奋发自强。

在《原强》中，他提出，一个国家的强弱存亡决定于人的体、智、德三方面状况，并主张"鼓民力"、"开民智"、"新民德"。严氏还重提孟子的"民为重，社稷次之，君为轻"的主张，并认为"此古今之通义也"。严复在《救亡决论》中主张废八股、兴西学。他指出，当下之中国不变法则亡，若变法，则先废八股，因为八股使人才匮乏。他痛陈八股的三大弊害，曰"锢智慧"、"坏心术"、"滋游手"。他反对洋务派"中学为体，西学为用"的观念，批判说"牛体安能有马用"，主张全面学习西方，并且刻不容缓。严复的政论文，能够洞悉时势，为病入膏肓的中国把脉，他看准了病情，开对了药方，显示出一代启蒙思想家的远见卓识。这样的政论文彪炳青史，垂范后人。

（二）严复的古文

嘉、道以后，桐城之文积弊而衰，到道光末年，风气颓放已极，曾国藩乃重整桐城旗鼓，遂有"同治中兴"，一时间，曾门幕府豪彦云集，并包兼罗，张裕钊、黎庶昌、薛福成和吴汝纶号称"曾门四弟子"，为桐城古文迎来曙光。其末流如严复、林纾等人则为桐城古文延续一线。

严复学贯中西，既具有深厚的先秦散文素养，又精通西洋近代政治思想。他把西洋近代政治思想视为富国强民之本，大力译介。在原文的译述和自己所加的按语里，他深厚的古文素养得以展现。严译名著处处反映出他古文的魅力，为古文开拓了一片新的天地。胡适说："严复的译书，有几种——《天演论》、《群己权界论》、《群学肄言》，——在原文本有文字价值，他的译本在古文学史也应该占一个很高的地位。"[①]从《天演论》中以下一段可以略见一斑：

　　赫胥黎独处一室之中，在英伦之南，背山而面野，槛外诸境，历历如在几

<hr>

① 　胡适：《胡适说文学变迁》，上海古籍出版社，1999 年版，第 95 页。

下。乃悬想二千年前,当罗马大将恺彻未到时,此间有何景物。计惟有天造草昧,人功未施,其借征人境者,不过几处荒坟,散见坡陀起伏间,而灌木丛林,蒙茸山麓,未经删治如今日者,则无疑也。怒生之草,交加之藤,势如争长相雄。各据一抔壤土,夏与畏日争,冬与严霜争,四时之内,飘风怒吹,或西发西洋,或东起北海,旁午交扇,无时而息。

译文古色古香,高雅别致,与先秦诸子散文不相上下。吴汝纶在《天演论序》中说:"抑汝纶之深有取于是书,则又以严子之雄于文,以为赫胥氏之指趣得严子乃益明。自吾国之译西书,未有能及严子者也。"他认为其译著"乃骎骎与晚周诸子相上下",评价甚高。但严复的译笔也遭到梁启超的严厉批评,梁氏指出:"其文笔太务渊雅,刻意摩仿先秦文体,非多读古书之人,一翻殆难索解。"①梁氏主张对深奥的学理应用流畅锐达的文笔表现出来。可是严复不以为然,他回复:"窃以谓文辞者,载理想之羽翼,而以达情感之音声也。是故理之精者不能载以粗犷之词,而情之正者不可达以鄙倍之气。中国文之美者,莫若司马迁、韩愈。……仆之于文,非务渊雅也,务其是耳。"②他们彼此的批评与反批评因侧重点不同而各有其合理性。

三 谭嗣同、梁启超的报章文

晚清,启蒙与救亡的使命使知识精英大力探求时代需要的散行文体,谭嗣同、梁启超就是这样的知识精英,他们在创办报刊的实践中创造出"报章文体"。

(一)谭嗣同的报章文

1897年,谭嗣同在《时务报》上发表《论报章文体》一文,认为"报章文体"在内容上无所不包,在形式上打破传统的文章观念的束缚,以便于发表言论和宣传为标准。他指出,纵览一切知识与学术的史家与选家,都不足以根据时代的急剧变化、知识的快速更新,而描述记载并囊括之,唯有报章能够担当如此之重任。报章文体与旧式文体相比有巨大无比的优越性,不仅兼有传统文体的功能,而且还贴近社会现实。旧式文体,"体裁之博硕,纲领之汇萃,断可识已",如纪体、志体、论说、叙例、告白、招帖等,"斯事体大,未有如报章之备哉灿烂者也"③。谭氏试图从诸种传统文体中吸收有益的成分,创造出更有活力、更能适应报章的新文体。

谭嗣同具有深厚的古文功底。在《三十自纪》中,他说:"嗣同少颇为桐城所震,刻意规之数年,久自以为似矣。出示人,亦以为似。诵书偶多,广识当世淹通媾壹之士,稍稍自惭,即又无以自达。或授以魏晋间文,乃大喜,时时籀绎,益笃耆之。

---

① 梁启超:《介绍新书·原富》,《新民丛报》1902年第1册。
② 王栻主编:《严复集》(第3册),中华书局,1986年版,第516—517页。
③ 生活·读书·新知三联书店编:《谭嗣同全集》,生活·读书·新知三联书店,1954年版,第118—119页。

由是上自秦汉，下循六朝，始悟心好沉博绝丽之文，……所谓骈文，非四六排偶之谓，体例气息之谓也。"①其文章，气势磅礴，热情奔放，古代的骈文缺乏这种宏大的格局，倒是八股文里的"长比"有这种气息。谭嗣同创造性地运用骈偶，而又不拘泥于狭义的骈偶，灵活运用一些短小句式，形成一种长排；同时突破骈偶、古文的语义局限，广泛纳入现代词汇，尤其是关于科学知识、西方近代哲学社会科学知识的一些词语，并结合报章的特点，让人容易接受。

（二）梁启超的报章文

梁启超反对专制，崇尚思想自由，认为思想自由是文明发达的根源。国民没有思想自由，以传统的思想为自己的思想；以专制君主的思想为自己的思想，没有自己的主见，这等于没有自己的头脑，这样的国民无异于行尸走肉，这样的民族无异于一具巨大的僵尸，缺乏生命活力。他接受了资产阶级的自由观，并把它作为自己著作的宗旨，特意著《自由书》。"西儒约翰弥勒曰，人群之进化，莫要于思想自由、言论自由、出版自由。三大自由，皆备于我焉，以名吾书。"②《时务报》时期，梁启超发挥了今文经学的精神，从事有益于社会的实际活动。在他看来，利用报刊发起启蒙运动是最佳途径，其报章文就是这种实践的成果。

由于文界革命，僵化的桐城派古文、八股文和骈文等传统文体，逐渐为浅显畅达的新体散文所代替，"报章体"（或者说"新文体"，或"时务体"、"新民体"等）由此而生。梁启超的报章文热情洋溢，气势充沛，具有强烈的感染力，如《少年中国说》一文：

> 少年智则国智，少年富则国富，少年强则国强，少年独立则国独立，少年自由则国自由，少年进步则国进步，少年胜于欧洲，则国胜于欧洲，少年雄于地球，则国雄于地球。红日初升，其道大光；河出伏流，一泻汪洋。潜龙腾渊，鳞爪飞扬；乳虎啸谷，百兽震惶；鹰隼试翼，风尘翕张。奇花初胎，矞矞皇皇；干将发硎，有作其芒。天戴其苍，地履其黄。纵有千古，横有八荒。前途似海，来日方长。美哉，我少年中国，与天不老！壮哉，我中国少年，与国无疆！

文章把少年与老年相比较，把少年中国与老大帝国相比较，极力歌颂少年的朝气蓬勃，"少年中国"的壮丽景象，不拘格式，多用比喻，具有强烈的鼓动性与强烈的进取精神，寄托了作者希望造就一代新少年，建造一个新中国的美好理想。

如果说谭嗣同侧重文体的融合，那么梁启超则侧重语言的融合。他一反严复的渊雅文笔，使用浅近文言，提倡新式文体，这是受到康有为的深刻影响。钱基博评论说，康有为诡诞大言，"言学杂佛、耶，又好称西汉今文微言大义，能为深沉瑰伟

---

① 生活·读书·新知三联书店编：《谭嗣同全集》，生活·读书·新知三联书店，1954年版，第204页。

② 梁启超：《自由书·序言》，《饮冰室合集》（专集2），中华书局，1989年版，第1页。

之思,实思想革新者之前驱。而发为文章,则糅经语、子史语,旁及外国佛语、耶教语,以至声光化电诸科学语,而冶以一炉,利以排偶,桐城义法,至有为乃残坏无余,恣纵不傥,厥为后来梁启超新民体之所由昉。"①报章体雅而不渊,畅而不俗,易于为读者所接受。

四 章太炎的论战文

章太炎(1869—1936),名炳麟,字枚叔,初名学乘,后改名绛,号太炎,早年又号膏兰室主人、刘子骏私淑弟子等,浙江余杭人,清末民初民主革命家、思想家、中国近代著名朴学大师、著名学者,研究范围涉及小学、历史、哲学、政治等等,著述甚丰。

太炎之文,影响最大的是其论战文。鲁迅曾说太炎的"战斗的文章,乃是先生一生中最大,最久的业绩"。② 庚子事变后,他不满自立会一面反清,一面勤王,与之公然决裂,去发时发表《解辫发》一文,宣誓革命。他既是伟大的革命宣传家,大力批判维新派的立宪主张,又是积极的革命活动家,积极参加革命活动。在《驳康有为论革命书》中,他以犀利之笔揭露康有为主张立宪的本质,"夫以一时之富贵,冒万亿不趑而不辞,舞词弄札,眩惑天下,使贱儒元恶为之则已矣;尊称圣人,自谓教主,而犹为是妄言,在己则脂韦突梯以佞满人已耳,而天下之受其蛊惑者,乃较诸出于贱儒元恶之口为尤甚! 吾可无一言以是正之乎?"他积极号召革命。在《革命军·序》中,他大肆揭露清政府残酷统治中国的罪行,"夫中国吞噬于逆胡二百六十年矣,宰割之酷,诈暴之工,人人所身受,当无不昌言革命"。而一些封疆大吏和学者,如曾国藩、李鸿章、左宗棠、王船山等,"悖德逆伦",不思反抗,诚斯可忍孰不可忍。他倡言革命:

> 抑吾闻之,同族相代,谓之革命;异族攘窃,谓之灭亡;改制同族,谓之革命;驱除异族,谓之光复。今中国既灭亡于逆胡,所当谋者,光复也,非革命云尔。容之署斯名,何哉? 谅以其所规画,不仅驱除异族而已,虽政教、学术、礼俗、材性,犹有当革者焉,故大言之曰"革命"也。

鲁迅极力赞扬章太炎的革命功绩,他说:"考其生平,以大勋章作扇坠,临总统府之门,大诟袁世凯的包藏祸心者,并世无第二人;七被追捕,三入牢狱,而革命之志,终不屈挠者,并世亦无第二人:这才是先哲的精神,后生的楷范。"③

五 章士钊的逻辑文

由于历史的发展、时代的需要,新的散行文体不断萌生。作为时代战斗檄文的

---

① 钱基博:《现代中国文学史》,上海书店出版社,2004 年版,第 239 页。
② 鲁迅:《鲁迅全集》(第 6 卷),人民文学出版社,2005 年版,第 567 页。
③ 鲁迅:《鲁迅全集》(第 6 卷),人民文学出版社,2005 年版,第 567 页。

"逻辑文体"随着报刊的不断发展而迅速发展,并逐渐成熟,其代表人物是章士钊。胡适认为:"甲寅派的政论文在民国初年几乎成一个重要文派。……这一派的健将,如高一涵、李大钊、李剑农等,后来也都成了白话散文的作者。"①

章士钊(1881—1973),字行严,笔名黄中黄、烂柯山人、孤桐、青桐、秋桐等,湖南善化(今长沙)人。著名民主人士、学者、作家、教育家和政治活动家。曾任《苏报》主笔,后留学日本。1914 年 5 月,在东京与陈独秀等创办《甲寅》杂志,提倡共和,反对袁世凯专制。章士钊是严复之后近代中国精通逻辑学的第一人,他不但在逻辑学的学术造诣深厚,而且在运用逻辑思想撰写政论方面卓有成就,可谓开一代风气。

章士钊的逻辑文有两大内容,即论革命和论政。他论革命的时间相对较短,而论政的时间较长,前者主要集中于清末的数年间,后者基本上伴随他前大半生。他具有深厚的传统古文功底,好唐宋八大家而独崇柳宗元,撰有《柳文要旨》。章氏借刘子厚之言综论道,"夫于气则厉,于支则畅,于端则肆,于趣则博,于幽则致,于洁则著,相引以穷其胜,相剂以尽其美,凡文章之能事,至此始观止矣"。② 这就是章士钊论文之要旨。

(一)章士钊的论战之文

章士钊的论战之文与他的革命思想和革命活动密切相关。晚清,章士钊思想十分激进,成为时代的革命急先锋。作为《苏报》的主笔,他满腔热情地向读者推荐了邹容的《革命军》,同时发表自己的《读〈革命军〉》一文,盛赞其革命意义。章氏认为,教育普及在于求知识、练技能,而不同的人在知识与技能方面的职责不同,奴隶主义者"以其知识技能尽奴隶之职",国民主义者"以其知识技能尽国民之职",进而指出:

> 夫以奴隶主义之人,而增其知识,练其技能,则适足以保守其奴隶之范围,完全其奴隶之伎俩,将使奴隶根性,永不可拔。是其非教育界之罪人,而我国民之公敌哉! 居今日我国而言教育普及,惟在导之脱奴隶就国民。脱奴隶就国民如何? 曰革命。③

在章士钊看来,通过革命思想的教育与革命行动,能够把奴隶主义者教育或改造成国民主义者。要达此目的,就必须推翻清政府的专制统治:"今日世袭君主者,满人;占贵族之特权者,满人;驻防各省以压制奴隶者,满人。夫革命之事,亦岂有外乎去世袭君主、排贵族特权、复一切压制之策者乎? 是以排满之见,实足为革命之潜势力,而今日革命者,所以不能不经之一途也。"④章氏的革命反清思想跃然于

① 胡适:《五十年来中国之文学》,《胡适文集》(第 4 卷),人民文学出版社,1998 年版,第 122 页。
② 钱基博:《现代中国文学史》,上海书店出版社,2004 年版,第 350—351 页。
③ 章士钊:《读〈革命军〉》,李妙根编选:《章士钊文选》,上海远东出版社,1996 年版,第 1 页。
④ 章士钊:《读〈革命军〉》,李妙根编选:《章士钊文选》,上海远东出版社,1996 年版,第 2 页。

纸上。他最后指出，《革命军》是今日国民教育之第一教科书。后来他又写了一篇《杀人主义》，文中说：“读法兰西革命史，遥想当年，杀气冲天，悲声遍地；独夫民贼处于末路，而英雄志士，豪兴勃发，不可遏止。今天情况也如此，‘借君颈血，购我文明，不斩楼兰死不休。’”文章最后高呼，“扫除妖孽，还我冠裳”，“建自由钟”，造“共和国民”。[①] 章士钊特意以日本宫崎寅藏所著《三十三年落花梦》为底本，编译成《大革命家孙逸仙》一书。他在《自序》中指出：“孙逸仙，近今谈革命者之初祖，实行革命者之北辰，此有耳目之所同认”，该著作大力宣传了革命思想。

（二）章士钊的论政之文

章士钊成就最大的是论政之文，其重点在从理论和实践两方面论述国家政权的组织形式及其实施，具有严密的逻辑性。

1914 年，章士钊提出了人类社会政治文明建设的一个根本性问题，即“政本”。他说：“为政有本，本何在？曰在有容。何谓有容？曰不好同恶异。”他重申两党制主张，认为执政党应借反对党之刺激而维持其进步。不久，他又发表《学理上之联邦论》等一系列关于政体的文章。在他看来，联邦制有三个要点，即“组织联邦，邦不必先于国”、“邦非国家，与地方团体相较，只有权力程度之差，而无根本原则之异”、“实行联邦，不必革命，所需者舆论之力而已”。他宣称联邦制可以用舆论力量达到革命的目的，引证西文学说，结合中国政治实际，文法谨严，理论充足，为时人所重视。

章士钊逻辑严密的政论文章常常刊登于国内报刊，介绍西欧各派政治学说，力主“为政尚异”思想，对当时中国政坛很有影响。他认真研究过论理学，其文章的长处在于文法严谨，论理完美。他既受到严复的影响，又受到梁启超的影响，其文章有严复的严谨与修饰，而没有他的古癖；有梁启超的清晰条理，而没有他的堆砌。他使用古文，有点欧化，却使古文变得精密，使古文焕发活力。罗家伦认为，《甲寅》杂志“在民国三四年的时候，实在是一种代表时代精神的杂志，政论的文章，到那时候趋于最完备的境界，即以文体而论，则其论调既无‘华夷文学’的自大心，又无‘策士文学’的泛泛气；而且文字的组织上又无形中受了西洋文法的影响，所以格外觉得精密。”[②]钱基博曾说：“自衡政操论者习为梁启超排比堆砌之新民体，读者既稍稍厌之矣，于斯时也，有异军突起，而痛刮磨湔洗，不与启超为同者，长沙章士钊也。大抵启超之文，辞气滂沛而丰于情感，而士钊之作，则文理密察而衷以逻辑。逻辑者，侯官严复译曰名学者也。惟士钊为人，达于西洋之逻辑，抒以中国之古文，绩溪胡适字之曰欧化的古文，而于民国初元之论坛顿为改观焉。”[③]由此可见士钊之文在近代政论文中的重要地位。

---

① 章士钊：《杀人主义》，《苏报》1903 年 6 月 22 日。
② 罗家伦：《近代中国文学思想的变迁》，《新潮》1920 年第 5 号。
③ 钱基博：《现代中国文学史》，世界书局，1935 年版，第 351 页。

六 林纾的古文

林纾是清末民初文学翻译界的一代宗师,著名的古文家、翻译家、诗人、小说家、书画家,古文殿军、译介泰斗,五四新文学的"不祧之祖",为古文的传承、西方小说的译介做出了杰出的贡献。

林纾(1852—1924),字琴南,号畏庐、畏庐居士,别署冷红生;晚称六桥补柳翁、春觉斋主人;室名春觉斋、烟云楼等;福建闽县(今福州)人,自幼十分刻苦,勤奋好学。光绪八年(1882)举人,会试不第,一生未仕。光绪二十三年(1897)任"苍霞精舍"中学堂汉文总教习,主授《毛诗》和《史记》。后居杭州,主讲东城讲舍。光绪二十六年(1900)入京,主讲五城学堂,曾任教于京师大学堂、正志学校。以经济特科被荐,辞而不应。后在北京专以译书售稿与卖文卖画为生。1924 年病逝于北京,享年 72 岁。著作有《畏庐文集》、《续集》、《三集》、《春觉斋论文》、《讽喻新乐府》、《巾帼阳秋》等 40 余部,翻译了 170 多部外国文学著作。

林琴南对古文的贡献包括五个方面:用古文翻译小说、古文创作、古文选评、古文研究以及古文教学,他试图力延古文之一线。这里只概览前二者,忽略后三者。

(一)林译小说的古文成就

林琴南涉足翻译,纯属偶然。那年,林氏爱妻仙逝,落落寡欢。友人魏瀚、王寿昌怂恿他借翻译茶花女故事消愁解闷。于是,由精通法语的王寿昌照着原版《茶花女》口述,林琴南才思敏捷,一边仔细聆听,一边奋笔疾书。当故事发展至动人处,林琴南竟掩卷痛哭,不能自己,"余既译《茶花女遗事》。掷笔哭者三数,以为天下女子性情,坚比士大夫"。不久《巴黎茶花女遗事》便以"冷红生"为译者付梓印行,出版后哄动一时。林纾翻译的《巴黎茶花女遗事》中的一段:

> 马克常好为园游,油壁车驾二骡,华妆照眼,遇所欢于道,虽目送之而容甚庄,行客不知其为夜度娘也。既至园,偶涉即返,不为妖态以惑游子。余犹能忆之,颇惜其死。马克长身玉立,御长裙,仙仙然描画不能肖,虽欲故状其丑,亦莫知为辞。修眉媚眼,脸犹朝霞,发黑如漆覆额,而仰盘于顶上,结为巨髻。耳上饰二钻,光明射目。

这段译文古色古香,勾画了马克美丽动人的形象。难怪胡适在《五十年来中国之文学》中评说:"平心而论,林纾用古文做翻译小说的试验,总算是很有成绩的了。古文不曾做过长篇的小说,林纾居然用古文译了一百多种长篇的小说。古文里有很少滑稽的风味,林纾居然用古文译了欧文和狄更司的作品。古文不长于写情,林纾居然用古文译了《茶花女》与《迦因小传》等书。古文的应用,自司马迁以来,从没有这种大的成绩。"他充分肯定了林译小说在体制、内容、风味上对传统古文的突破。

"林译小说"滋养了鲁迅、郭沫若、茅盾、郑振铎等一大批五四新文学家。鲁迅曾多次在文章中提及林琴南的翻译。他在《且介亭杂文二集》中曾说:"绍介已经闻名的司各德,迭更司,狄福,斯惠夫福的,竟是只知汉文的林纾。"在与友人信中也说:"当时流行林琴南用古文翻译的外国小说,文章确实很好……"周作人翻译《红星佚史》,是受林纾翻译的《埃及金塔剖尸记》的影响和启发。郭沫若也曾说,林译小说当时很流行的,他最嗜好《迦茵小传》,这部著作原本没有什么地位,但经林琴南的那种简洁古文译出来,就大为增色。钱锺书也认为,古文风格的"林译小说"比其所译的西洋文学原著还好,诙谐者留之,啰嗦者去之,既传达原著风格韵味,又以古文义法来解构西洋小说,对原著中之弱笔处加工、改造和润色,把语感和文体分开,融会贯通,使古文"不古、不纯、不雅",因势因境因时而变,扩展了桐城派古文之空间。他还对林译小说作了历史定位:"林纾的翻译所起媒的作用,已经是文学史上公认的事实,我自己就是读了他的翻译而增加学习外国语文的兴趣的。商务印书馆发行的那两小箱《林译小说丛书》是我十一二岁时的大发现,带领我走了一个新天地,一个在《水浒》、《西游记》、《聊斋志异》以外另辟的世界。"[①]钱锺书是学贯中西而又博通古今的学术大师,他对"林译小说"的高度评价绝非溢美之词。

(二)林纾创作的古文成就

林纾创作的古文,有的描写风景名胜,有的抒发爱国思亲之情,有的是杂记与杂感。他的古文创作与其性格关系密切,他纯朴忠厚,耿直刚正,讲究忠孝节义,乃血性之人。其写人记事之作,描绘世态人情,抒发人间况味,情意盎然,感人至深。

《苍霞精舍后轩记》是一篇精致的叙悲之作。第一段交代"苍霞洲"的环境。第二段追叙往事,以琐事写深情,以乐景写哀情,富有极强的艺术感染力。作者选取生活中的几个细节,"宜人病,常思珍味,得则余自治之。亡妻纳薪于灶,满则苦烈,抽之又莫适于火候,亡妻笑"。夫妻俩在厨房为病中的母亲膳食的情景清晰如画,"亡妻笑","一家相传以为笑",极写其乐也融融的情景。第三段写母逝妻亡的感伤零落。作者用教女儿雪诵杜诗以破除家庭沉闷的氛围,来衬托妻子由"疲"至"病"乃"卒"的沉重空气,表现了作者对妻女的深深怀念之情。第四段由往事转入当下,"栏楯楼轩,一一如旧,斜阳满窗,帘幔四垂,乌雀下集,庭墀阒无人声。"母逝妻亡,母亲寝轩之双扉紧闭,其上妻子留下的一针一线犹在,作者不免感慨万分,物是人非,简直是欲哭无泪。第五段点明主题,记轩叙悲。林纾写人叙物,感情充沛。张僖《畏庐文集序》云:"畏庐,忠孝人也,为文出之血性。"又说:"畏庐文字,强半爱国思亲作也。"所谓"爱国思亲"之作,大抵皆遗老感时伤事之言,亦即史称其文之"尤善叙悲,善吐凄梗,令人不忍卒读"者。苏雪林说,林纾"天性纯厚,事太夫人极孝,笃于家人骨肉的情谊。读他《先母行述》、《女雪墓志》一类文字,常使我幼稚心灵受

---

① 钱锺书:《七缀集》,上海古籍出版社,1985 年版,第 70 页。

着极大的感动。"①

林纾的古文素养极其深厚,时人往往目之为桐城派,实际上他已经超越了桐城一派。1921年5月,林纾在上海拜访康有为,康氏问林纾为何学桐城。林纾说,生平读书寥寥,左、庄、班、马、韩、柳、欧、曾外,不敢问津,于归震川则数周其集,方、姚二氏,略微寓目而已。有为怃然。林纾因论《史记》菁华,颇为震川所撷取。还说,"文安得有派,学古者得其精髓,取途坦正,后生遵其轨辙而趋,不知者遂目为派。然则程朱学孔子,亦得谓之曲阜派耶!"②林纾自言他的古文无派,当然他也无所谓党,一个无党无派的林纾被新文学家树立为"桐城谬种"之靶子,穷追猛打,原因何在? 至于林纾其人其文,苏雪林早有论述,无须赘言,苏雪林说,"读他的作品,我因之而了解文义,而能提笔写文章,他是我幼年时最佩服的一个文士,又是我最初的国文导师。""总之,林琴南先生可谓过去人物了,但我个人对他尊敬钦慕之心并不因此而改。他是一个典型的中国读书人,一个有品有行的文士,一个木强固执的老人,但又是一个有血性,有骨气,有操守的老人!"③

第六节　清末民初的翻译文学

20世纪初兴起的翻译文学浪潮起于1895年甲午战败。日本自1868年开始明治维新,改变此前学习中国文化的道路,向西方学习。经过近30年的举国奋斗,日本国势逐渐强大,中国则长期积弱积贫。为了救亡图存,中国知识分子毅然向自己的邻国日本学习,通过东瀛渠道学习西方。翻译界首先译介西方哲学社会科学,不久大量译介西方的文学著作。

一　林纾的翻译小说

(一)林译小说概略

林纾是著名的翻译家,开创了一个小说翻译的新时代,康有为有"译才并世数严林"的说法。林氏"不审西文",靠与他人合作翻译。作为译界泰斗,林纾译述了170余种域外小说,其中数十种是世界名著,涉及英、法、美、俄、希腊、挪威、瑞士、日本、比利时、西班牙等十几个国家近百位作家,其中包括托尔斯泰、莎士比亚、狄更斯、雨果、巴尔扎克、大仲马、小仲马、易卜生、塞万提斯、欧文、斯托夫人、柯南道

①　苏雪林:《苏雪林文集·林琴南先生》(第2卷),安徽文艺出版社,1996年版,第312—313页。

②　《林畏庐先生学行谱记四种》,《民国丛书》(第3编之76),上海书店影印本,1991年版,第45—46页。

③　苏雪林:《苏雪林文集·林琴南先生》(第2卷),安徽文艺出版社,1996年版,第315页。

尔、笛福等世界著名作家,数量之巨,范围之广,实在罕见。译介最多的是英国作家哈葛德的小说,有《迦因小传》、《鬼山狼侠传》等20种;其次为柯南道尔,有《歇洛克奇案开场》等7种。林译世界名家名著的小说,英国有狄更斯的《块肉余生述》、《贼史》等5种,莎士比亚的《恺撒遗事》等4种,司各特的《撒克逊劫后英雄略》等3种,笛福的《鲁滨孙漂流记》,菲尔丁的《洞冥记》,斯威夫特的《海外轩渠录》,斯蒂文森的《新天方夜谭》,霍普的《西奴林娜小传》等;美国有欧文的《拊掌录》等3种,斯托夫人的《黑奴吁天录》;法国有小仲马的《巴黎茶花女遗事》等5种,大仲马的《玉楼花劫》等2种,巴尔扎克的《哀吹录》,雨果的《双雄义死录》等;俄国有托尔斯泰的《现身说法》等6种;希腊伊索的《伊索寓言》;挪威易卜生的《梅孽》;西班牙有塞万提斯的《魔侠传》;日本有德富健次郎的《不如归》等。民初,商务印务馆出版的《林译小说丛书》共收译作100种,风靡全国,成为几代人的精神食粮,对五四新文学家影响深远,而划时代的译作可以推《巴黎茶花女遗事》和《黑奴吁天录》。

(二)《巴黎茶花女遗事》

《巴黎茶花女遗事》是法国小说家小仲马的代表作,讲述贫穷的乡下姑娘马克格尼尔(今译为玛格丽特·戈蒂埃)来到巴黎,走进了名利场,最后堕落风尘。一纯真贵族青年亚猛(今译为阿尔芒)被她的花容月貌所倾倒,遂疯狂地爱上她。不久,她被亚猛的一片痴情所感动,于是双双投入爱河而不能自拔。亚猛之父为了家族和亚猛的名声,迫使马克离开亚猛。马克为了亚猛的前途忍痛割爱,并与一伯爵往来,以绝亚猛之念。不料,她反而被亚猛误解,受亚猛的责骂和侮辱,最后痛苦离开人世。小说表达了浓厚的人道主义思想,体现了人间真情,很容易引起读者强烈的感情共鸣。林纾的译作不是侧重人道,而是突出忠义,"余译马克,极状马克之忠"(林纾《〈露漱格兰小传〉序》),突出她的真性情和对爱情执着的精神。译作对封建礼教下的婚姻产生强烈的冲击,具有反封建的意义。《巴黎茶花女遗事》出版后,一时洛阳纸贵,风靡海内外,严复不禁概叹:"可怜一卷茶花女,断尽支那荡子肠"(严复《甲辰出都呈同里诸公》)。它对传统的才子佳人式爱情小说产生沉重的打击,激发了《玉梨魂》、《断鸿零雁记》等言情小说的诞生。

(三)《黑奴吁天录》

《黑奴吁天录》(今译为《汤姆叔叔的小屋》),由林纾与魏易合译,1901年出版。这是美国著名作家斯托夫人的一部现实主义作品。小说着力刻画了信仰基督教、具有崇高牺牲精神的黑奴汤姆,在美国黑奴制度下的悲惨命运,揭示了奴隶制度的罪恶本质。原作在美国一经出版就引起了强烈的社会反响,推动了美国人民的反奴隶制情绪,成为美国南北战争爆发的导火线之一。

《黑奴吁天录》的翻译与出版,正值反美华工禁约时期,也是八国联军入侵中国后签订《辛丑条约》之时,中华民族面临严重的危机,救国保种成为当务之急。林纾拥有强烈的爱国情怀,他把自己的一腔热忱倾注到自己的翻译文学中。这篇译作可谓"借他人之酒杯,浇胸中之块垒"。他在《例言》中明确地说,删去原著中宣传基督教教义的部分,"美人信教至笃,语多以教为宗。顾译者非教中人,特不能不为传述",而"专叙黑奴,中虽杂收他事,宗旨必与黑奴有关者,始行着笔"(《黑奴吁天录·例言》,上海进步书局1920年版)林纾反复强调自己翻译的目的,他说《黑奴吁天录》之"吁天","非代黑奴吁",而是为吾黄种呼吁。他在《跋》中说:"余与魏君同译是书,非巧于叙悲以博阅者无端之眼泪,特奴之势逼及吾种,不能不为大众一号。"还说,"今当变政之始,而吾书适成,人人既蠲弃故纸,勤求新学,则吾书虽俚浅,亦足为振作志气,爱国保种之一助。"他对美国白人仇视异种保持高度的警惕。1894年,美国政府迫使清政府签订《限禁来美华工保护寓美华人条约》,参加美国西部大开发的华工陷入人间地狱,林纾在《序》中说,"彼中精计学者,患泄其银币,乃酷待华工以绝其来,因之黄人受虐,或加于黑人"。他还说自己的译作,"累述黑奴惨状,非巧于叙悲,亦就其原书所著录者,触黄种之将亡,因而愈生其悲怀耳"。

林译小说是中国近代翻译文学史上一道亮丽的风景线,成为商务印书馆一个著名的文化品牌,影响了几代人,有着不容低估的文学史意义。它以显赫的翻译实绩和巨大的社会影响力,初步扭转了中国士人对外国文学的偏见,开了翻译域外小说的风气,丰富和健全了中国近代小说的文体与类型;以古朴畅达的拟古文体译著小说,极大地提高了小说的社会文化地位和文学地位;使用较为自由活泼的文言翻译小说,不自觉地促进了语言和文体的变革;诸多译作的叙事模式对清末民初新小说的创作产生了直接的影响,促进其现代转型进程;影响和哺育了大批现代作家,为五四新文学做出了巨大贡献。

二 周氏兄弟的翻译小说

"周氏兄弟"是指失和之前的鲁迅与周作人的合称。鲁迅(1881—1936),新文学先驱,伟大的无产阶级文学家、思想家、革命家,浙江绍兴人,原名周树人,字豫山、豫亭,后改名为豫才。出身于仕宦之家,家道中落。官费留学日本,经幻灯片事件后,毅然弃医学文。注重国民性批判,提倡立人立国。参与发起"文学研究会",左联盟主,被称为"民族魂"。

周作人(1885—1976),是鲁迅(周树人)之弟,中国现代著名散文家、文学理论家、评论家、诗人、翻译家、思想家,中国民俗学开拓人,新文化运动的杰出代表。清末官费留学日本。"文学研究会"发起人之一,提倡人的文学、平民文学。曾任国立北京大学教授、燕京大学新文学系主任,《新青年》的重要同人作者,"新潮社"主任编辑。抗战期间附逆。一生著述颇丰。

(一)鲁迅翻译的科学小说

鲁迅早期十分重视科学小说的译介,如儒勒·凡尔纳的《月界旅行》与《地底旅行》、路易斯·斯特朗的《造人术》、已佚的《北极探险记》。此外还有《哀尘》、《斯巴达之魂》、《域外小说集》（与周作人合作翻译）等。周作人的早期译作有《侠女奴》（今译《阿里巴巴与四十大盗》）、美国亚伦·坡（今译爱伦·坡）的《玉虫缘》，以及《炭画》、《黄华》、《黄蔷薇》、《点滴》、《匈奴奇士录》、《红星佚史》等。

《月界旅行》（今译《从地球到月球》）由鲁迅据日本井上勤的译本重译。作品讲述了三位冒险者巴比堪、臬科尔、亚电乘坐发射的空心炮弹试图着陆月球，却在离月球二千八百英里的地方绕月运行的故事。凡尔纳具有非凡的科学预测能力，《月界旅行》中的炮弹发射与阿波罗登月在载人数量、航速、航时、发生点与降落点等方面具有惊人的一致性。鲁迅提倡"科学小说"，不仅在于普及具体的科学知识，更在于提倡科学精神，如科学理念、科学世界观等，正如他所言，"若培伦氏，实以其尚武之精神，写此希望之进化者也"。他采用晚清通行的意译之法，翻译时不受底本的约束，译文文白兼用，古雅优美，流畅奔放，兼具严译与林译之风格。

鲁迅科学小说的翻译具有重要的意义。他首次引入科学小说，并阐释其内涵。1903年，他在《月界旅行·辨言》中说："我国说部，若言情、谈故、刺时、志怪者，架栋汗牛，而独于科学小说，乃如麟角。智识荒隘，此实一端。故苟欲弥今日译界之缺点，导中国人群以进行，必自科学小说始。"他认为，"科学小说"要以科学知识为基础"托之说部"。他在《辨言》中明确指出："默揣世界将来之进步，独抒奇想，托之说部。经以科学，纬以人情。离合悲欢，谈故涉险，均综错其中。间杂讥弹，亦复谭言微中。十九世纪时之说月界者，允以是为巨擘矣。然因比事属词，必洽学理，非徒摭山川动植，侈为诡辩者比。故当觥觥大谈之际，或不免微露遁辞，人智有涯，天则甚奥，无如何也。"[①]在鲁迅的引领下，清末民初涌现出一股科学（科幻）小说翻译的潮流。

（二）《域外小说集》

《域外小说集》是鲁迅与周作人合译的外国短篇小说集，1909年在日本东京出版，分两册，共三十七篇作品，包括英国淮尔特一篇、美国亚伦·坡一篇、法国摩波商一篇、法国须华勃五篇、丹麦安兑尔然一篇、俄国斯谛普虐克一篇、俄国迦尔洵二篇、俄国契诃夫二篇、俄国梭罗古勃十一篇、俄国安特来夫二篇、波兰显克微支四篇、波思尼亚穆拉淑微支二篇、新希腊蔼夫达利阿谛斯三篇、芬兰哀禾一篇。代表性的有亚伦·坡的《默》、安徒生的《皇帝之新衣》、迦尔洵的《邂逅》、安特莱夫的《谩》、显克微支的《灯台守》和《酋长》等。

《域外小说集》有三个显著特点。一是强烈的人道主义思想。该小说集译介的重点之一是北欧诸小国，如波兰、波思尼亚、新希腊等国作家关心中下层人民的作品。如显克微支，其短篇"多描写民间疾苦，用谐笑之笔，记悲惨之情"，如所译介的

---

① 鲁迅：《鲁迅全集·月界旅行·辨言》（第10卷），人民文学出版社，2005年《民国丛书》（第3编），第164页。

《乐人扬珂》、《天使》、《灯台守》、《酋长》等作品,均令人感动,寄予了译者对世界上被压迫的弱小民族的关注与同情。二是直译。周氏兄弟一反此前的意译做法,毅然直译。他们的直译是"摹仿式"直译,译文尽量"西化"。尽管译文"词致朴讷",不够流畅,只要"弗失文情",他们在所不辞。其"直译"方式到五四以后,渐成风尚。三是最大限度地保留原文的艺术风格。他们极力摹仿原著的风姿,尽量保存原文结构、表现手法、语言方式等诸多艺术信息,使"异域文术新宗"输入中国。当然,《域外小说集》也存在不成熟或幼稚的一面,如译语艰涩拗口,不够流畅;有的直译过于僵化,缺少变通;译作内容远离时代,远离读者等等,以至于读者甚少,失去应有的社会作用。

三　其他译家的翻译小说

清末民初,除林纾、周氏兄弟外,还有很多译家翻译域外小说,其要者有周桂笙及其翻译的侦探小说、徐念慈及其翻译的科幻小说、戢翼翚与吴梼及其翻译的俄国小说、伍光建及其翻译法国小说、陈景韩及其翻译的虚无党小说、包天笑及其翻译的教育小说以及周瘦鹃及其翻译的《欧美名家短篇小说丛刊》等,这些译家及其译作在当时产生很大的社会反响。

(一)周桂笙翻译的侦探小说

周桂笙(1863—1926,一说是 1873—1936)是晚清输入西方侦探小说的第一人。他试图通过文学翻译输入新文化,如他翻译侦探小说就有意识地输入西方的科技文化与法治文化。他曾在《上海侦探案》之《金约指案》"引"中指出:"话说泰西各国,自从那三权鼎立的学说发明以来,立宪各国就都照样实行起来,于是就有这司法独立的制度。……从此行政的只管行政,司法的只管司法。有罪的控到司法衙门里,按照著法律办去,永不会错的。办错了罪,那司法的就得反坐。如果没有罪的人,那怕你是皇帝、总统,亦没奈他何,除非你也上堂去告他;然而他果真没有犯罪,也办不动他一丝一毫。"[①]他试图通过《上海侦探案》解释社会的腐败,也希望中国能够像西方那样以法治国,而不是实行惨无人道的人治。

周桂笙也是用白话翻译西方小说的第一人。他是晚清最早用浅近的文言与白话翻译小说的译者,他所使用的翻译文字是一种平易的报章体文字。其译作往往不著明原作及其著者,任意增删原文,这是当时的文学翻译风气。周桂笙很重视创作技巧,他认为,中国传统小说形成了一个固定模式,以至于陈陈相因,几于千篇一律,而西方现代小说则不然,如《毒蛇圈》开篇"凭空落墨,恍如奇峰突兀,从天外飞来,又如燃放花炮,火星乱起。然细察之,皆有条理。自非能手,不敢出此。虽然,此

---

① 吉(周桂笙):《金约指案·引》,《月月小说》1907 年第 7 号。

亦欧西小说家之常态耳。爱照译之，以介绍于吾国小说界中，幸弗以不健全讥之"①。《毒蛇圈》的倒装叙述方式对《九命奇冤》等晚清小说的创作产生了直接影响。

（二）徐念慈翻译的科幻小说

徐念慈（1875—1908）先后翻译出版了日本押川春浪所著的科幻小说《新舞台》、美国西蒙纽加武所著的科幻小说《黑行星》、英国卫梨雅所著的"军事小说"《英德战争未来记》，此外还翻译了《海外天》、《黑行星》、《美人妆》等作品。他是中国近代科幻小说译介与创作的先锋，1904 年创作了《月球殖民地小说》（35 回），1905 年创作了《新法螺先生谭》。他积极提倡科幻小说，在《小说林缘起》中，他指出："月球之环游，世界之末日，地心海底之旅行，日新不已，皆本科学之理想、超越自然而促其进化者也。"（载《小说林》创刊号）

徐念慈用浅近的文言与白话翻译，其译笔可从《新舞台》第三集之第一节《海底战艇》中以下一段略见一斑：

> 本船航行印度洋中，即世界有名之魔海，过塞隆岛之远冲，适为出阿丁湾头之第五日。日已西坠，暮色四合。突闻船首甲板有大声呼者曰："噫！怪物！怪物！"时乘客静谧，呼声清越，皆大惊绝，群集甲板上，见船首大副注视右舷海上；闻乘客群集，则回首挥右手，直指其处。（载《小说林》第 2 期）

徐念慈的白话译文中保留了少量的文言词语和文言句法，与五四新文学的白话文迥然有别，通俗而又雅致。其译文注重故事性，突出生动曲折的情节，风行一时，影响颇大。

（三）戢翼翚翻译的俄国小说

戢翼翚（约 1878—1910）被刘成禺称为晚清"留日学生最初第一人，发刊革命杂志最初第一人，亦为中山先生密派入长江运动革命第一人"②。他所翻译的《俄国情史》（今译《上尉的女儿》，俄国普希金原著），一名《花心蝶梦录》，凡十三章，根据日本高须治的译本重译，并于 1903 年出版。小说以普加秋夫起义为背景，描写主人公贵族青年军官弥士（今译里尼奥夫）与其恋人玛丽（今译马利亚）曲折的爱情故事，中更兵燹，几经患难，最终团圆。作品反映了这场农民起义的壮烈景象，表达了作者对自由的渴望和对人民的同情。译作情致缠绵，文笔隽雅可读，如开篇一段：

> 俄罗斯西伯利亚地方，荒烟衰草，僻陋在夷。其山脉则龙蹲虎踞，盘亘万里；其林树则蔚然深秀，高插云表。虽有绝大之平原，而荒凉满目，蹊径始通，豺狼之所穴处，麋鹿之所来游，饥鹰厉虎，寒鸱吓雏，木魅山鬼，野鼠成狐，风嗥雨啸，昏见晨趋，读鲍氏《芜城赋》则若或遇之矣。爰有少年，名曰弥士笃，生于

---

① 周桂笙：《毒蛇圈·译者识语》，《新小说》第 8 号。
② 刘成禺：《世载堂杂忆》，中华书局，1992 年版，第 150 页。

此。……初,弥士有兄弟八人,皆先之而夭死……①

与原文相比,戢氏运用意译,任意增删,还把原著第一人称的叙述方式改为第三人称。同时增加中国典故,如鲍氏《芜城赋》。在语言上,文言与白话兼用,大量保留传统句法,如这段中的骈体文句式。正如《俄国情史·绪言》所言,译作"能以吾国之文语,曲写他国语言中男女相恋之口吻。其精神靡不毕肖,其文简,其叙事详,其中之组织,纡徐曲折,盘旋空际,首尾相应"②。在内涵上,译者添加的关于俄罗斯西伯利亚景象的描绘具有象征的含义。总之,译文的突出特色就是中国化,从文学内涵、文学语言到读者的接受心理(删去中国读者不习惯的心理描写和场景描写),都是为了更好地适合中国读者的欣赏习惯。

(四)吴梼翻译的俄国小说

吴梼(1880?—1925)是中国译介欧俄文学的先驱,以翻译莱蒙托夫、契诃夫和高尔基的名著而闻名。他翻译了俄国契诃夫的《黑衣教士》、莱蒙托夫的《银钮碑》(今译《当代英雄》上部)、高尔基的《犹太人之浮生》(今译《忧患余生》);还翻译了20多种日本小说,如日本尾崎红叶的言情小说《寒牡丹》、押川春浪的冒险小说《侠女郎》、尾崎德太郎的义侠小说《侠黑奴》与立志小说《美人烟草》等;还翻译了德国苏德曼的《卖国奴》(今译《猫桥》)、波兰显克微支的《灯台守》、英国勃拉锡克的《车中毒针》与柯南道尔的《斥候美谈》以及美国马克·吐温的《山家奇遇》等。其译作语言为简洁明快、通俗畅达的白话,如《银钮碑》篇首云:

> 我从高加索属下一个市府查里斯雇一辆往复马车,坐了上路。我今番旅行,所带行李物件只有高加索山间科罗查地方一篇《旅行日记》,装满了半个小皮包,此外并无长物。及至我马车驶入奎虾尔谷间的时候,一轮太阳早已隐闪在白雪皑皑的一山后面。那赶车马夫意欲趁天色未暮赶上奎虾尔山,不住将鞭子催马,嘴里一面讴唱着山歌。

这段译文很接近五四白话文。吴梼精通日文,可能不懂俄文,他关于俄国文学的译介是通过日译本转译的,日语大量借鉴汉语,日译本给吴梼的翻译带来很大的便利,这是晚清人学习西方的一个捷径。

(五)伍光建翻译的法国小说

伍光建(1867—1943),五四之前的小说译作中影响最大的是大仲马的《侠隐记》(今译《三个火枪手》)、《续侠隐记》(今译《二十年后》),每一种书都很畅销,大受欢迎。

伍氏译本根据英译本转译,非全译,有删节,但很有分寸,务求不损伤原书的精彩,且使用白话,其白话既不同于"三言"、"二拍"以及《官场现形记》等的白话,又不

---

① 阿英:《晚清文学丛钞·俄罗斯文学译文卷》(上册),中华书局,1961年版,第4页。

② 付建舟:《清末民初小说版本经眼录二集》,浙江工商大学出版社,2013年版,第318页。

同于五四新文学的白话文,别创一格,朴素而风趣。如《侠隐记》第一回"客店失书"
描绘达特安中的一段:

> 达特安装束好了,出了门。一路上就挥拳舞剑,寻人争斗。他所骑的马,
> 模样古怪,过往的人看见,禁不住笑,及看骑马的人,腰挂长剑,两眼怒气冲冲,
> 便不敢开颜大笑,只好拿一边脸笑。一路无事。

在伍氏笔下,法国武士与中国传统的大侠很相近,伍氏有意无意地使译著不同
程度地中国化,这种归化处理以及语体的运用很容易引起中国读者的兴趣。

(六)陈景韩翻译的虚无党小说

陈景韩(1878—1965),著名报人、小说家和翻译家。清末民初,他翻译了不少
虚无党小说,如《虚无党》、《虚无党奇话》、《女侦探》、《爆裂弹》、《杀人公司》、《俄国
皇帝》等,这些作品契合了清末革命派中盛行的暗杀风潮,受到一部分热血青年的
格外青睐,极为风行。

陈景韩性格刚直,守正不阿,尤注意社会黑暗面之揭发。他反对专制,提倡革
命,他对虚无党小说的译介就是为革命张目。《虚无党奇话》主张虚无党不惜牺牲
生命去推翻俄国专制政府,并控诉俄国专制政府是一个无人道的政府,其掠夺压制
手段暴虐凶恶。作品写道:"试问诸君,诸君愿为专制国的人民,还是愿为自由国的
人民?……俄罗斯国现在的政府,何尝是个政府,何尝是个有人道的政府,夺掠压
制,世界所有的暴虐、凶恶无一端不备。不才等爱国心厚,欲于这国土上一洗目下
野蛮腐败的气象,立了个新制度、新法律,以与世界各国国民同受太平之乐,这就是
我虚无党的本意了。"(《新新小说》第 3 期)其译作采用浅易之文言,译笔简洁而冷
隽,时称"冷血体"。

(七)包天笑翻译的教育小说

包天笑(1876—1973),最具特色的是教育小说的译介。早期,他以翻译的教育
小说"三记"闻名。"三记"是指《馨儿就学记》、《苦儿流浪记》、《埋石弃石记》。其
中,《馨儿就学记》影响最大。该著是意大利作家亚米契斯《爱的教育》的删译本。
包天笑翻译的目的在于告诫少年不要辜负好时光,文中指出:"嗟夫!余今者两鬓
霜矣,回忆儿时负革囊,挟石版,随邻儿入学时,光景宛然在目。……嗟夫!嗟夫!
今日欲见我父我母者,其在梦中乎?我书此泫然者久之,我甚望世之少年,勿轻掷
此好光阴也。"(包天笑《馨儿就学记·小识》,商务印书馆 1935 年版)相对于原著,
译作不仅删节近半,而且增改很多,还有几节创作。原著中的人名、地名、时间、文
物、习俗等,全都采取了中国化的"归化"处理。语言采用浅易文言,半文半白,明快
流畅,可读性很强。这部与原著大异其貌的译述之作,彼时却颇受读者尤其是中小
学生的欢迎,发行达数十万册。

（八）周瘦鹃翻译的《欧美名家短篇小说丛刊》

周瘦鹃（1895—1968）被誉为"鸳鸯蝴蝶派"的代表人物，然而民国初期他翻译的《欧美名家短篇小说丛刊》却并不"鸳鸯蝴蝶"，他也由此暴得大名。

《欧美名家短篇小说丛刊》，属于"短篇小说集"，多人合著，周瘦鹃翻译，上海中华书局 1917 年出版发行。全书共三卷，每卷一册。上卷收英国小说十八篇；中卷收法、美小说十七篇；下卷收俄、德、意、匈、西班牙、瑞士、丹麦、瑞典、荷兰、芬兰等国的小说十五篇。该译作获教育部褒奖，"评语"云："用心颇为恳挚，不仅志在娱悦俗人之耳目，足为近来译事之光"，"欧陆著作，则大抵以不易入手，故尚未能为相当之绍介"，"当此淫佚文字充塞坊肆时，得此一书，俾读者知所谓哀情惨情之外，尚有更纯洁之作，则固亦昏夜之微光，鸡群之鸣鹤矣"。[①] 该译作注重译介东欧和北欧"弱小民族"的作品，可谓域外小说集的绝响。翻译语言主要用浅易的文言，兼用晓畅的白话，以直译为主，兼顾意译，译作呈现鲜明的过渡特征。

---

① 鲁迅：《鲁迅全集》（第 8 卷），人民文学出版社，2005 年版，第 69 页。

第二章 五四文学

第一节 五四文学革命与现代文学社团

一 五四新文学运动与白话文学革命

自林纾翻译《巴黎茶花女遗事》(1898)和梁启超提倡"小说界革命"并创办《新小说》(1902)杂志以来,中国文学就进入了新旧杂糅的时段:一方面,是大量的外国文学作品被翻译进中国,科学小说、侦探小说、冒险小说、社会小说等外来品种大量涌入,同时,个性、自由、民主、科学等西方的现代价值观也随之在中国作家的创作中不断得到呈现;另一方面,中国传统的文学式样——如才子佳人小说、鬼神演义、讲史演义在继续风行,同时,中国传统的忠、孝、节、义等价值观仍然在中国作家笔下大量延续。

辛亥革命之后,无论是政治还是社会民生皆越来越糟糕,袁世凯的统治让国人越来越失望,因此,中国文坛陷入了一种失望加绝望的情绪之中,晚清以来的文学改革失去了方向,商业化的文学大擅其场,愁情小说、苦情小说、悲情小说、艳情小说一类的通俗类言情小说一时之间风起云涌,占据了民国文坛的主流。在企图借文学之力促进中国现代化革新的知识分子们看来,这种类型的文学颇有亡国之音的色彩,这注定了日后五四文学革命的必然到来。

1915 年,袁世凯的称帝野心日益显露,陈独秀等先驱知识分子打算从文化上着手,推动中国来一场新的革命,于是在上海创办了《青年杂志》(1916 年改名为《新青年》)。陈独秀等人认为,辛亥革命是一场不彻底的革命,虽然民主共和体制已经建立,但是,中国传统的专制心理和奴性心理等陈渣烂滓并没有被革除掉,这是袁世凯专制的国民思想基础。出于这种考虑,陈独秀等人认为,西洋的"新"与中国传统的"旧"势不两立,于是他提出:"吾宁忍过去国粹之消亡,而不忍现在及将来民族不适世界生存而归削灭也。"并指出："忠、孝、节、义，奴隶之道德也"①。从而走上了彻底以西方为法，抛弃中国传统的文化革新道路。1917 初，陈独秀受聘于北京大学，任文科学长，《新青年》杂志迁入北京，新文化运动开始进入盛期。

1917 年 1 月，《新青年》杂志发表了留美学生胡适《文学改良刍议》一文，文章针对中国旧文学的种种弊端，主张从文学语言着手进行改革，文中提出改良文学应从"八事"入手，即需言之有物、不模仿古人、须讲求文法、不作无病呻吟、务去滥调套语、不用典、不讲对仗、不避俗字俗语。其核心的观点认为，白话代替文言是世界文学的历史大趋势。1917 年 2 月，陈独秀发表《文学革命论》一文予以呼应，提出了文学领域的"三大革命"主张："曰推倒雕琢的阿谀的贵族文学，建设平易的抒情的国民文学；曰推倒陈腐的铺张的古典文学，建设新鲜的立诚的写实文学；曰推倒迂晦的艰涩的山林文学，建设明了的通俗的社会文学。"其核心主张是文学应该放下其身段，走入社会民众，同时，其内容必须有助于推动中国的社会改革。其后，钱玄同、刘半农等人相继撰文参与"文学革命"的讨论。1917 年底，应陈独秀之邀，胡适提前回国并到北京大学任教。1918 年春，《新青年》编辑部扩大，李大钊、钱玄同、刘半农、沈尹默、高一涵、胡适等人先后参加了编辑工作，其后，周作人、鲁迅也加入了文学革命的阵营。至此，一场以提倡新文学、反对旧文学，提倡白话文、反对文言文的新文学革命，以《新青年》杂志为主要阵地轰轰烈烈地开展起来了，并很快就在青年学生中引起了巨大的反响，受到了极大的赞同。

纵观五四新文学革命，其革命主张主要集中在文学的形式改革——白话，与文学的内容改革——思想革命，反封建礼教传统与提倡"人的文学"。

胡适认为，纵观世界各国的发展趋势，简单、明晰的白话替代复杂、晦涩的文言，是历史进化的大趋势。他的所谓"八事"，基本上是针对古文的晦涩、多歧义、陈词滥调、无病呻吟而发的。在《中国新文学大系》第一集的《导言》中，胡适回顾了晚清以来的文学改革，认为自桐城派廓清古文使之变成通顺明白的文体后，古文还勉强挣扎了几十年，"但时代变的太快了，新的事物太多了，新的知识太复杂了，新的思想太广博了，那种简单的古文体，无论怎样变化，终不能应付这个新时代的要求，终于失败了。"②确实，胡适说古文不大能适应时代的需求，是有相当道理的。因为晚清以来，大量西方科学著作的翻译，用古文是很难适应的，一是古文缺少对应的词语，另一方面，古文表意上存在一字多义、一词多义现象，单音字又多，很容易引起歧义，这在讲求精确的科学著作中，是一个大忌。因此，白话的兴起，确实与时代需求有关，白话自近代以来就得到垂青，更主要的是因为启蒙的需要。胡适这样描

---

① 陈独秀：《敬告青年》，《青年杂志》1915 年第 1 卷 1 号。

② 《中国新文学大系·导言》（第 1 集），引自《胡适文集》（第 1 卷），北京大学出版社，1998 年版，第 108 页。

述道："当时也有一班远见的人，眼见国家危亡，必须唤起那最大多数的民众来共同承担这个救国责任。他们知道民众不能不教育，而中国的古文古字是不配做教育民众的利器的。"①确实，晚清以来，白话文运动、注音字运动，就已经盛行，白话报纸曾一度盛行。但是，五四的新文学革命，并非是晚清白话文运动的简单重复。首先，中国的白话小说，宋元时期就有了，一直流传至清代，一直是小说的正宗文体。但是，在宋以后的中国文学传统中，白话与文言，是并行的，白话可用于小说，却不可用于诗歌创作。周作人曾经指出，以前的人，创作中是抱两种态度的，写给下里巴人看的东西，可以用白话，但写给上层人看的东西，却必须用古文。也就是说，白话，在以前只在"通俗文学"中使用。但五四新文学革命提出的目标，是用白话取代古文，同时，将白话的地位，提升到精英文学系统当中，作为唯一合法的文学语言，可以用于作诗。胡适从事白话文学革命的试验，就是从诗歌开始的。

其次，更为重要的是，五四的白话文学革命，是以思想革命为目标的。白话取代古文的目的，就是要用西方的价值观来代替中国传统的价值观，以符合现代化的历史大潮流。钱玄同的观点和态度，颇具有代表性。钱玄同早年受章太炎的影响，认为古文汉字包含着中华民族的"种性"，是中国得于不亡的系根，因此提出："我国文字发生最早，组织最优，效用亦最完备，确足以冠他国而无愧色。"②早年针对有人批评汉字太难，应该改革时，钱玄同反驳道："中西文之难易实相等，未必西文较易于中文"③。但随着辛亥革命之后到五四文学革命前后康有为等人闹出来的"立孔教为国教"，以及袁世凯、张勋的帝制复辟等一系列丑剧的发生，钱玄同的语言文字观发生了一百八十度大转弯，他认为中国之所以政治、社会不上轨道，都是国民思想腐朽惹的祸。他提出："欲使中国不亡，欲使中华民族为二十世纪文明之民族，必以废孔学，灭道教为根本之解决，而废记载孔门学说及道教妖言之汉文，尤为根本解决之根本解决"，有了这样的想法，再倒过来看中国文字，于是就有了如下的看法："中国文字论其字形，则非拼音而为象形文字之末流，不便于识，不便于写；论其字义，则意义含糊，文法极不精密；论其在今日学问上之应用，则新理新事新物之名词，一无所在；论其过去之历史，则千分之九百九十九为记载孔门学说及道教妖言之记号。此种文字，断断不能适用于二十世纪之新时代。"④也就是说，为什么要实

---

① 《中国新文学大系·导言》（第1集），引自《胡适文集》（第1卷），北京大学出版社，1998年版，111页。

② 钱玄同：《刊行〈教育今语杂志〉之缘起》，《钱玄同文集》（第2卷），中国人民大学出版社，1999年，第313页。

③ 钱玄同：《钱玄同日记》（第1册），福建教育出版社，2002年版，第102页。

④ 钱玄同：《钱玄同文集·中国今后之文字问题》（第1卷），中国人民大学出版社，1999年，第166页。

行文学的语言革命,不仅在于古文的难懂,更重要的,是因为古文背后所包含的中国传统思想和传统价值观,被认为是腐朽的,钱玄同从"语言即思想"的角度,对被认为要对中国的民族危亡负主要责任的中国传统思想给予了致命的一击。

胡适、陈独秀、钱玄同等五四新文学革命的倡导者,在倡导文学的白话语言革命的同时,一直在寻找"新"文学的价值观的支点。这个支点,于 1918 年 12 月刊于《新青年》第 5 卷第 6 号上的周作人的《人的文学》一文,最终得到了明确和一致的赞同。周作人指出,人的文学"是用这人道主义为本,对于人生诸问题,加以记录研究"的文学,但是这人道主义"并非世间所谓'悲天悯人'或'博施济众'的慈善主义,乃是一种个人主义的人间本位主义"。他还进一步地指出个人与人类(群体)的关系,应以个人为本。这是因为:(1)个人与群体的关系,犹如树木与森林的关系,要森林茂盛,"非靠各树各自茂盛不可";(2)"爱人类,就只为人类中有了我,与我有关的缘故",因此"讲人道,爱人类,便必须使自己有人的资格,占得人的位置"。在"人的文学"观念中,核心有两条:(1)"个人"的地位的确立,也就是所谓的个性解放;(2)"人道"法则的确立,反对封建礼教的"神道主义"和"兽道主义",主张尊重生命的价值,把人当人看,而不是"当人为兽"和"当人为奴"。随后,周作人又发表了《平民文学》(1919),要求新文学"以普通的文体,写普通的思想和事实","不必记英雄豪杰的事业,才子佳人的幸福,只应记载世间普通男女的悲欢成败",体现"专为下等社会写照"的近代写实主义精神。

五四新文学革命,是五四新文化运动的一个组成部分,文学问题是随着文化改革的需要而提出的,因此,五四新文学的要求,便与五四新文化的要求相随。陈独秀认为,"民主"和"科学",是五四新文化运动的两大旗号,新文学的要求就是在这两大旗号之下提出的要求。这种说法虽然不无道理,却有过于政治化的嫌疑。胡适的解释,相对比较符合当时的真实情况。在《新思潮的意义》一文中,胡适指出,五四新思潮,是因为时代要求而提出的对传统的一切价值进行重估的革命,他称之为"评判的态度"。

　　这种评判的态度,在实际表现上,有两种趋势。一方面是讨论社会上、政治上、宗教上、文学上的种种问题。一方面是介绍西洋的新思想、新学术、新文学、新信仰。前者是"研究问题",后者是"输入学理"。这两项是新思潮的手段。

　　我们随便翻开这两三年以来的新杂志与报纸,便可以看出这两种的趋势。在研究问题一方面,我们可以指出(1)孔教问题,(2)文学改革问题,(3)国语统一问题,(4)女子解放问题,(5)贞操问题,(6)礼教问题,(7)教育改良问题,(8)婚姻问题,(9)父子问题,(10)戏剧改良问题,等等。在输入学理一方面,我们可以指出《新青年》的"易卜生号"、"马克思号",《民铎》的"现代思潮号",《新教育》的"杜威号",《建设》的"全民政治"的学理,和北京《晨报国民公报》、《每周评论》,上海《星期评论》、《时事新报》、《解放与改造》,广州《民风周刊》等等杂志报纸所介绍的种种西洋新学说。①

最后,胡适将五四新文化运动归结为:"总表示对于旧有学术思想的一种不满意,和对于西方的精神文明的一种新觉悟。"

相应地,《新青年》在文学问题的讨论上,也对应地出现了反孔立场,提倡白话文学,提倡国语文学,提倡男女平等,提倡贞操问题上的以人为本,反对礼教,提倡教育改革,提倡婚姻恋爱自由,提倡以孩子为本位,反对旧戏——提倡现代话剧。

因此,五四白话文学革命,大致可以归结为这样一场革命:以白话为形式武器,开展思想启蒙,引进西方的现代价值观,反抗中国传统的价值伦理,以西方的现代性为标准,对中国文学进行全方位的改革。

二 新文学革命的"反对派"与白话、文言的学理之争

作为五四白话文学革命的倡导者,胡适在美国留学时从留美学生团体"科学社"接到的研究任务是"如何使吾国文言易于教授"。胡适认为白话是活的语言,文言是半死的语言。因此,他开始尝试用白话来作诗。对于胡适的白话新诗试验,最早的反对派并不是来自中国国内的封建老顽固,而是同为留美学生的梅光迪与任鸿隽。胡适主张作诗如作文,认为诗歌可以用白话;而梅光迪则认为,"诗之文字"和"文之文字"自有诗文之分以来就已经分道而驰。1916 年,胡适在考察中国文学的变革历程之后,认为文学的变革,即是语言工具的变革,这更加坚定了他做白话诗试验的决心。1916 年暑假,胡适与梅光迪、任鸿隽等人一起在美国绮色佳划船游湖遇雨,任鸿隽作了一首《泛湖即事》,其中有这样的句子:"言棹轻楫,以涤烦疴……猜谜赌胜,载笑载言"。这首诗让胡适觉得,这些陈腐的文字,殊不符合现代情境,让人肉麻。于是胡适提出了批评,但是,胡适的白话新诗试验效果并不理想,这也给了梅光迪和任鸿隽等人批评的口实。对于胡适的"人闲天又凉,老梅上战场,拍桌骂胡适,说话太荒唐"一类的白话实验诗,任鸿隽直接批评道:"足下此次试验之结果,乃完全失败;盖足下所作,白话则诚白话矣,韵则有韵矣,然却不可谓之诗。"②确实,即使是胡适自认为比较满意的《蝴蝶》:"两个黄蝴蝶,双双飞上天。//不知为什么,一个忽飞还。//剩下那一个,孤单怪可怜。//也无心上天,天上太孤单。"说实话,用审美的眼光看去,这恐怕也只能算作打油诗之列,很难有"战胜"古文诗词的说服力。

---

① 胡适:《新思潮的意义》,《新青年》1919 年第 7 卷第 1 号。
② 参见胡适:《胡适文集》(第 1 卷),北京大学出版社,1998 年版,第 154 页。

　　五四白话文学革命的最初的反对派梅光迪、任鸿隽等人与胡适的分歧主要发生在"文学性"的问题上。在最初的反对派看来,胡适坚持作诗如作文,他的诗虽然是白话了,却很难称得上是真正的诗。而胡适认为,文学语言的白话化,是历史的大趋势。胡适为什么认为古文不好呢?原因很简单,在他看来,古文是一种高度浓缩的文字,又不在日常的口头语中常用,故常含有歧义,语义容易含混。白话的优点在哪里呢?也很简单,那就是白话不含歧义,表意清楚明白。而表意清楚、明白,没有歧义,这其实是自然科学的语言标准。那么,这就涉及一个关键性的问题,自然科学的语言法则(清楚明白),是否适用于文学?因为文学的法则,是"美"的问题,而不是"清楚明白"。但胡适给出的回答是肯定的,他认为"美"不外乎"两个分子":"第一是明白清楚;第二是明白清楚之至……除了这两个分子之外,还有什么孤立的'美'吗?没有了。"①胡适的这种对于文学语言的"科学"标准,得到了钱玄同、鲁迅等人的大力支持。钱玄同主张废除汉字,一个重要原因是认为古文是"糊涂"的语言,不精确,不科学,因此导致了中国人的脑筋糊涂,国民素质低下。鲁迅后来在和章士钊关于白话还是古文更好的争论中,也以此为理由,认为古文歧义很多,容易发生误解,不科学,导致连章士钊这样有文化的人也还会错误地把"二桃杀三士"理解成"两个桃子害死了三个读书人"。但是,以科学性来要求文学,这显然还存在着较大的争论余地。梅光迪、吴宓等人回国后组成的"学衡派",攻击五四新文学的白话革命的主要理由,仍然还是白话美不美的问题——即白话的文学性问题。

　　其实,即使是在五四新文化运动的倡导者中,也有人开始时存在对于白话的文学性问题的疑问。陈独秀认为:"文学作品与应用文学不同,其美感与伎俩,所谓文学美术自身独立存在之价值是否可以轻轻抹杀岂无研究之余地?"②常乃德也认为,"文学之文"与"应用之文"应有区别。③ 他们都认为白话在应用文当中的使用是不成问题的,但在文学中的使用,涉及"美"不"美"的问题,因此有所担心。但是,这种顾虑,很快就被钱玄同打消了。针对当时社会上认为古文因为历史悠久而有一种语言上的积累和锤炼之美的通行看法,钱玄同提出:"公等所谓美文,我知之矣……简直象金漆马桶。"④钱玄同的理由很简单:古文之美,就像"金漆马桶"一样,表面光鲜,内里腐败,古文即使美又有什么用?装的全是腐朽思想。若要中国不亡,废掉古文乃至汉字是正道,仍然还属于汉字的白话也只是无奈之下的时代用品。钱玄同的观点,打消了陈独秀、胡适等人的顾虑。于是,提倡白话新文学,成为

---

① 胡适:《什么是文学——答钱玄同》,《胡适文集》(第 2 卷),北京大学出版社,1998 年版,第 151 页。

② 陈独秀的"通信",见《新青年》1916 年 10 月第 2 卷 2 号。

③ 常乃德的"通信",见《新青年》1916 年 12 月第 2 卷 4 号。

④ 钱玄同的"通信",见《新青年》1917 年 6 月 1 日第 3 卷 4 号。

五四新文化界的集中的呼声。

但是,在当时暗如"无物之阵"的社会,新文化运动诸将提倡白话的声音,并没有引起太大的社会反响。当时的文学革命,正像鲁迅所说的那样:"不但没有人来赞同,并且也还没有人来反对"①。"文学革命"刚开始时,没有人赞成倒未必是真,没有人反对倒是事实。为什么没有人反对就不行呢?原因其实很简单,"五四派"认为中国人保守成性,保守的中国人只要是"沉默",就代表着不愿意改革。而要想文学革命有效,就必须引"反对派"出来论战,以制造轰动效应,以便吸引更多的青年知识分子加入到文学革命的队伍中来。于是,为了扩大文学革命的影响,《新青年》同仁决定把守旧派引出来痛扁一顿老拳来达到轰动效果。故而,钱玄同就扮演成为他自己所痛骂的"选学妖孽,桐城谬种",以一副封建文化的卫道士口吻,写了一篇《王敬轩君来信》,《新青年》阵营中赞同文学革命的刘半农以"记者"的名义写了一篇《复王敬轩书》,一同发表在1918年3月15号的《新青年》第四卷三号上。"王敬轩"这篇古文来信,故意点出了视文学革命为"不值一驳"的严复和林纾的名字,但其行文却被故意弄得四处出错,文法不通,结果给《新青年》"记者"驳得体无完肤,顺便还把严复、林纾嬉笑怒骂了一通。为什么"五四派"不去攻击更加守旧的知识分子,却偏偏来批判不算特别守旧的"老新党"严复、林纾呢?这涉及"五四派"的一个策略问题,因为"五四派"的话是说给青年学生们听的,而严、林二人在青年学生中影响最大,擒贼擒王,这是"革命"的最有效手段。更为关键的是,中华民国成立后,严、林二人都被认为是帝制的支持者,五四文学革命,首先要革的就是帝制支持者的命。所以,"五四派"首先把矛头对准了严复和林纾二人。

钱玄同与刘半农二人演的"双簧戏",引出了第一个站出来发文争论的"反对派"林纾。林纾其实并不反对白话,他只是反对废弃古文而已,主张白话与古文并行不悖。他在《论古文白话之相消长》一文中指出,古文、白话是相辅相成的,没有古文根底,就不可能写出好的白话,"古文者白话之根柢,无古文安有白话?"②他认为,清末以来,废除科举,扑灭专制,大家认为如此则中国必强,现在已经是民国了,以上的都实现了,为什么社会反而越来越乱?在他看来,这显然是"新"之祸。闹到现在,新思潮人物更是以覆孔孟、铲伦常、废古文为快,那还不弄得天都快崩了?于是,他提出:"若尽废古书,行用土语为文字,则都下引车卖浆之徒所操之语,按之皆有文法;凡京津之稗贩,均可用为教授。"③总之一句话,林纾认为,中国的社会越弄越糟糕,是"新"闹的。只有回去恪守传统伦常,中国才有救。古文是传统伦常之所

① 鲁迅:《鲁迅全集·呐喊·自序》(第1卷),人民文学出版社,2005年版,第441页。
② 林纾:《中国新文学大系·文学论争集·论古文白话之相消长》,上海文艺出版社,1981年影印本,第80页。
③ 《蔡元培书信集·林琴南致蔡元培函》(上册),浙江教育出版社,2000年版,第391页。

系,所以,不能废除。同时,林纾还在《新申报》上接连发表了《荆生》和《妖梦》两篇影射小说,把陈独秀、胡适、钱玄同、蔡元培烩成一锅,一通乱骂,在小说中,这些鼓吹废除古文、铲除孔孟伦常的人物,要么被"伟丈夫"打得抱头鼠窜,狼狈而逃,要么被"阿修罗王"吃掉,化为了粪便。"五四派"的反击,当然也非常激烈,并且是群起而攻之。1919 年 2—3 月,"五四派"办的《每周评论》第 12 号转载了《荆生》,第 13号又组织文章对《荆生》逐段评点、批判,并同时刊发"特别附录"《对于新旧思潮的舆论》,摘发北京、上海、四川等地十余家报纸谴责林纾的文章。最后,林纾招架不住了,以登报道歉结束。林纾这个五四文学革命的第一批反对派,就此破产。

相比较而言,严复的行动则要暧昧得多。虽然"五四派"指名道姓地讽刺他,但他并不发表公开言论,只在 1920 年的一封信中表达了自己对于"五四派"倡白话、废古文的不屑看法:"北京大学陈、胡诸教员主张文白合一,在京久已闻之。彼之为此,意谓西国然也。不知西国为此,乃以语言合之文字。而彼则反是,以文字合之语言。今夫文字语言之所以为优美者,以其名辞富有,著之手口,有以导达要妙精深之理想,状写奇异美丽之物态耳。……虽千陈独秀,万胡适、钱玄同,岂能劫持其柄。则亦如春鸟秋虫,听其自鸣自止可耳。林琴南辈与之较论,亦可笑也。"[1]在严复看来,古文的名辞丰富,能写出精妙之理,能摹写出奇异美丽之物态,而白话文却没有这优势。[2] 针对胡适以"进化论"来提倡白话取代文言的做法,作为"进化论"的最初引进者的严复指出,生物进化的法则,是由简单变为复杂,如果要讲语言的进化,那也是简单的白话进化为复杂的文言,因此,严复在私下里嘲笑胡适"不懂进化论"和"没有文化"。因为在严复看来:"大凡一国之立,必以其国性为之基";"群经乃吾国古文,为最正当之文字"。古文是群经之所系,群经是中国国民性之所系,废除古文,则国民性尽弃,那中国还能算是中国吗? 所以,他认为"废古文",就是"亡天下"。他还举例说,古希腊、古罗马就是这样亡掉的。中国之所以经历五胡乱华,元、清入主而不亡,靠的全是群经不亡。[3] 而要群经不亡,其前提是古文不亡。严复的"群经救国"主张,被新派人士认为是当年袁世凯复辟帝制的张本,这正是"五四派"指名道姓地挑战严复的原因所在。严复比林纾聪明的地方在于,他知道"圣之时者"也,五四已经是胡适们的时代,所以,他宁愿私下里嘲笑"胡适没文化"、"不懂进化论",而不愿去学林纾,以免受辱。如果说,林纾是战而败,那么,严复则是不战而败。

然而,获时代思潮之助的革新派的高歌猛进,并不能彻底让反对派噤声。因为革新派的主张虽然合于时代潮流,但白话取代古文的主张,在"学理"上并不是无懈

---

①　严复:《严复学术文化随笔》,中国青年出版社,1991 年版,第 284 页。

②　严复:《严复集·读经当积极提倡》(第 3 册),中华书局,1986 年版,第 699 页。

③　严复:《严复集·读经当积极提倡》(第 2 册),中华书局,1986 年版,第 330—331 页。

可击。从学理上给"五四派"的白话取代古文主张带来最大挑战的是"学衡派"。当初在美国时就对胡适的白话新文学试验颇有微词的梅光迪、吴宓、胡先骕等人回国后,于1922年创办了《学衡》杂志,对白话取代古文的文学地位提出了诸多常理上的质疑。他们的目标,不是要反对白话,而是认为古文自有其价值,不可轻言废弃,他们倾向于白话与古文各行其是。"学衡派"首先针对"进化"文学观这一文学革命派的理论基础提出了质疑。吴宓指出,文学不能用"新旧"作为标准来衡量①,吴芳吉则进一步提出,"文无一定之法,而有一定之美,过与不及,皆无当也。此其中道,名曰文心","故作品虽多,文心则一,时代虽迁,文心不改。欲定作品之生灭,惟在文心之得丧,不以时代论也"。② 确实,无论是古文的《左传》还是《史记》,我们恐怕都不能因为它不"新",不合于这个时代,就认为它没有价值。针对胡适提出白话的优点在于清楚明白和"作诗如作文"的主张,胡先骕提出了有力的反驳:"文学自文学,文字自文字,文字仅取其达意,文学则必达意之外,有结构,有照应,有点缀。而字句之间,有修饰,有锻炼。凡曾习修辞学作文学者,咸能言之,非谓信笔所之,信口所说,便足称文学也。"③学衡派提出"诗"之为"诗",并非白话取代古文这么简单就能解决,这对于新文学派的主张而言无疑具有一定的补正意义。因为从时代潮流和社会运动的角度看,白话慢慢取代古文虽然具有极大的合理性,但是,从文学是"审美的事物"这个角度来看,白话不经"锻炼",则确实不易成为"诗"的文字。学衡派的主张虽然有相当的学理性,但是,它毕竟不符合时代潮流,因此,他们一经发言,胡适就径直宣布白话新文学的"反对派"已经破产。因为,1920年教育部已下令小学一、二年级的教科书改古文为白话国语,1922年小学全部教材用国语,1923年延至高中。教育部的这一纸命令,实际已经给古文存在的基础来了个釜底抽薪。

其后,虽然有章士钊借《甲寅》来提倡"读经"和反对白话、提倡文言,但经鲁迅轻轻一驳,这最后的"反对派"即宣告终结。胡适在回顾五四白话新文学革命的成功时,曾比较公允地指出,白话新文学革命的胜利完全是时代潮流所致,而不是三五个提倡新文化的人的功劳。这是有相当道理的。

三 风起云涌的五四新文学社团与新文学刊物

在五四新文学革命中,虽然新文化派在理论上取得了巨大的胜利,在实际的白话文学创作中,在《新青年》中出现了鲁迅、陈衡哲创作的质量不错的白话小说,以及在胡适的带动下陈独秀、周作人、鲁迅、刘半农共同尝试的白话新诗,《新青年·

---

① 吴宓:《论新文化运动》,《学衡》1922年4月第4期。
② 吴芳吉:《三论吾人眼中之新旧文学观》,《学衡》1924年7月第31期。
③ 胡先骕:《中国文学改良论》,《中国新文学大系·文学论争集》,上海文艺出版社,1981年影印本,第103—104页。

随感录》也具备了现代杂文的雏形并开了现代散文的先河,胡适亲自尝试了现代话剧的创作,但总体而言,面对通俗派小说所占据的巨大读者市场,白话新文学的创作尝试,颇显势孤力单。胡适曾经回忆说,他最初认为,白话新文学运动历经三十年而有大成,就是相当不错的成绩了。但事情的进展,其顺利程度远远地超出了意料。因为,新文学界的知识分子意识到,如果依靠单兵作战,白话新文学的推广将是一个漫长的过程,因此,他们采取了集团作战的方式——新文学社团,并迅速创办新文学期刊以抢占文学阵地,从而一举取得巨大成功。

《新青年》群体,因为其主要精力放在文化革新的倡导上,因此,无力专事文学创作,他们还算不上正式的新文学社团;其后以北大为中心发起的“新潮社”,虽然发表了杨振声、俞平伯、叶圣陶等人的不少文学作品,但它的主要精力放在“整理国故”等社会文化问题上,仍然不是一个纯粹的文学社团。但自 1921 年起,新文学社团风起云涌,白话新文学刊物如雨后春笋,据茅盾在《中国新文学大系·小说一集导言》中的统计,1922—1925 年,全国各地成立的文学团体及刊物约有一百余种。其中,文学研究会、创造社、语丝社与新月社影响最大,也是最有代表性的新文学社团。

(一)文学研究会

白话新文学界出现的第一个纯文学社团,是文学研究会。它于 1921 年 1 月 4 日在北京成立,由周作人、郑振铎、沈雁冰、郭绍虞、朱希祖、瞿世瑛、蒋百里、孙伏园、耿济之、王统照、叶绍钧、许地山 12 人发起,会员先后有 170 多人。其宗旨是“研究介绍世界文学,整理中国旧文学,创造新文学”。自 1921 年 1 月起,为商务印书馆所办、原先由通俗派文人掌领的《小说月报》转到文学研究会手上,获得全新改版,全用白话,只发新文学作品,并成为文学研究会的代用刊物,是新文学取得决定性胜利的重大标志性事件。沈雁冰(茅盾)、郑振铎、叶圣陶先后任《小说月报》的主编,这一刊物一直存续到了 1931 年年底。1921 年 5 月,文学研究会的会刊《文学旬刊》创刊,这份刊物主要发表文学理论与批评文章;其后,还创办过《诗》这一刊物。

文学研究会十分重视外国文学的研究介绍。他们的目的一半是为了介绍外国的文艺以促进中国新文学的发展,一半是为了介绍世界的现代思想(茅盾《新文学研究者的责任与努力》)。大量译介西方名家名著,介绍西方文学上的各种潮流和主义,从写实主义(自然主义)、浪漫主义、新浪漫主义到唯美主义、象征主义、未来主义、达达主义,无所不有;介绍了普希金、托尔斯泰、屠格涅夫、契诃夫、高尔基、莫泊桑、罗曼·罗兰、易卜生、显克维奇、阿尔志跋绥夫、安特莱夫、拜伦、泰戈尔、安徒生、萧伯纳、王尔德等诸多名家的作品。《小说月报》出过“俄国文学研究”、“法国文学研究”等特号和“被损害民族的文学”专号,出过“泰戈尔号”、“拜伦号”、“安徒生号”等专辑。但在翻译中,文学研究会受到鲁迅和周作人的影响,侧重于翻译俄国和东、北欧的受压迫民族的文学作品,因为这些作品的反抗精神较强,适合中国的社会改革之需。

1923 年起,文学研究会发起了"整理国故"的讨论和行动,在《小说月报》上大量刊发古典文学研究方面的文章,介绍了大量的历朝历代的中国古典文学名家。

在创作上,文学研究会奉行的原则是:"反对把文学作为消遣品,也反对把文学作为个人发泄牢骚的工具,主张文学为人生。"从"为人生"出发,他们主张"文学应该反映社会的现象,表现并且讨论一些有关人生一般的问题",产出了一批"问题小说"①,因此被称为"人生派"或"为人生"的文学;主张以写实的态度,揭露社会现实的黑暗,提倡有为而作的"血"和"泪"的文学,提倡人道之爱,是文学研究会的主要倾向。1921—1924 年,文学研究会的小说创作,在揭露和探讨社会"问题"的同时,比较集中体现了"爱"与"美"的特色,具有浓厚的人道之爱的色彩;1925 年"五卅"惨案之后,由于民族危机的再次触发,再加上无产阶级文学理论的引入,文学研究会的创作,更加侧重于揭露社会黑暗,揭露阶级压迫和阶级剥削,以激起被压迫人群的抗争。

(二)创造社

创造社于 1921 年 6 月成立于日本东京。其成员是当时的留日学生,以郭沫若、成仿吾、郁达夫"三驾马车"为核心,包括张资平、田汉、郑伯奇等。创办的文学刊物有《创造》季刊、《创造周报》、《创造日》等。

他们主要受"一战"后日本流行的新浪漫主义思潮影响,认为此前流行的自然主义文学带有机械唯物论的倾向,因此主张回归内心,回归主观。郭沫若认为:"艺术家目的只在乎如何能真挚地表现出自己的感情"②,而不是在创作时就抱着一种功利态度。成仿吾也认为"文学始终是以情感为生命的,情感便是他的始终"③,但由于当时中国需要文学来参与社会改革和救国救亡的特殊国情,创造社认识到,在中国提倡"为艺术而艺术"是行不通的;因此,他们同时指出,文学除了"自身"的纯艺术使命外,还有时代使命和社会使命。郭沫若在《文艺之社会使命》中说:"文艺也如春日的花草,乃艺术家内心之智慧的表现。诗人写出一篇诗,音乐家谱出一支曲子,画家绘成一幅画,都是他们感情的自然流露:如一阵春风吹过池面所生的微波,应该说没有所谓目的。"但在同一文中,他又高扬了艺术的社会功利作用:"我们知道艺术有统一群众的感情使趋向于一目标的能力,我们又知道艺术能提高人们的精神,使个人的内在的生活美化,那在我们现代,这样不统一、这样衰败的国家之

---

① 《文学研究会宣言》,《小说月报》1921 年第 12 卷第 1 号。
② 郭沫若:《艺术的评价》,《创造周报》1923 年 11 月 25 日第 29 号。
③ 成仿吾:《诗之防御战》,《创造周报》1923 年 5 月 13 日第 1 号。

中,不正是应该竭力提倡的吗? 我觉得要挽救我们中国,艺术运动是不可少的事。"①

在文学翻译上,创造社比较注重翻译西方名家名作中主观色彩、理想色彩、抒情色彩较浓的作品,如歌德、惠特曼、拜伦、雪莱等人的作品,同时也很注意介绍西方的各种现代派的文学潮流和主义。

在文学创作上,无论是郭沫若的诗歌、戏剧,还是郁达夫的小说、成仿吾的小说、田汉的戏剧,都具有较为浓烈的个性化抒情色彩,主观能动性较强,情绪无论是高昂或哀伤皆极浓烈,擅长呐喊内心的苦闷,注重以情绪的节律来驾驭文学作品的结构,具有较明显的浪漫色彩和抒情色彩。因为创造社的作品非常符合五四之后青年读者的苦闷心境,因此,在青年学生中大受欢迎,风靡一时,引发了诸多效仿者,对现代文学产生了较深远的影响。

1924 年起,郭沫若在翻译日本社会学家河上肇的《社会组织与社会革命》之后,开始倾心于马克思主义理论,从而带领创造社向无产阶级革命文学进军。1925年"五卅"以后,随着民族危机的再次升级,创造社整体转向了革命文学的倡导。创办了《洪水》、《创造月刊》、《文化批判》等刊物。创造社中的一批年轻骨干叶灵凤、潘汉年等还办了《幻洲》。1927 年冬,成仿吾从日本带回李初梨、冯乃超、朱镜我等一批年轻学生后,提倡无产阶级革命文学并迅速占据了创造社的中心,并带动着郭沫若、成仿吾等创造社元老日益"左转"和激进。

(三)语丝社

"语丝社"因编辑出版《语丝》周刊得名,该刊于 1924 年 11 月 17 日在北京创刊,由孙伏园、周作人先后主编。主要成员有鲁迅、周作人、川岛、刘半农、章衣萍、林语堂、钱玄同、江绍原等。该刊多发表针砭时弊的杂感小品。1927 年 10 月,《语丝》被奉系军阀张作霖查封。同年 12 月在上海复刊,为第 4 卷第 1 期,先后由鲁迅、柔石、李小峰主编。主要撰稿人为鲁迅、周作人、章衣萍、韩侍桁、杨骚、陈学昭等。1930 年 3 月 10 日出至第 5 卷第 52 期停刊,语丝社解散。

《语丝》在《发刊词》中说:"我们个人的思想尽自不同,但对于一切专断与卑鄙之反抗则没有差异。我们这个周刊的主张是提供自由思想,独立判断,和美的生活。"语丝社倡导"文明批评"与"社会批评",实际上继承了《新青年·随感录》批判旧思想、旧文化、旧道德和鞭挞社会丑恶与黑暗的精神传统。语丝社作家的散文创作形成了独具风格的"语丝文体",这种文体在思想内容上任意而谈,斥旧促新,在艺术上以文艺性短论和随笔为主要形式,泼辣幽默,讽刺强烈,文字中"富于俏皮的语言和讽刺的意味",特色是"任意而谈,无所顾忌,要催促新的产生,对于有害于新的旧物,则极力加以排击,——但应该产生怎样的'新',却并无明白的表示,而一到

---

① 郭沫若:《郭沫若全集·文艺之社会使命》(第 15 卷),人民文学出版社,1990 年版,第 200—205 页。

觉得有些危机之际,也还是故意隐约其词"①。以鲁迅为代表的尖锐泼辣的杂文和以周作人、林语堂代表的幽雅的小品(美文)形成了该社散文创作两大类,对中国现代散文发展有重要影响。

(四)新月社

新月社于 1923 年成立于北京,是五四以来最大的以探索新诗理论与新诗创作为主的文学社团。社名是徐志摩依据泰戈尔诗集《新月集》而起的,意为"它那纤弱的一弯分明暗示着,怀抱着未来的圆满"。主要成员有胡适、徐志摩、闻一多、梁实秋、余上沅、丁西林、林徽因等。该社于 1927 年春迁往上海,1933 年结束。前期把《晨报副刊》作为阵地,后期创办《新月》月刊(1928 年)、《诗刊》周刊(1931 年)。新月社成员大多具有英美留学背景,因此具有较强的自由主义倾向。

新月派倡导"新格律诗",闻一多进而提出了著名的诗歌"三美"说,即音乐美、绘画美和建筑美。所谓音乐美,是指音节的协和与节奏,因而要求每行的音节数大致相等。所谓绘画美,是指诗歌语言辞藻修辞的美,也就是对土白语言的"艺术化"。建筑的美则是指诗歌外在形式所达到的"节的匀称和句的均齐"所产生的视觉美。

在艺术倾向上,新月社以个性、自由、爱、美为主要追求,反对五四以来新文学情绪过分泛滥的"呐喊苦闷"的倾向,主要以宽容的态度,以理性节制情感,以艺术化的方式来反映社会现实和个人的内心情感,强调艺术选择和艺术加工,反对"天才"式的散漫抒写作风。这对于提高新文学的艺术水平,纠正五四后过于浮躁的文风,有相当的意义。

在翻译上,新月社译介了莎士比亚、哈代、布朗宁夫人、豪斯曼、曼斯菲尔、易卜生、奥尼尔、波德莱尔、魏尔兰、勃莱克等西方各种流派作家及西方现代诗人的作品,介绍了他们的艺术活动及创作实践,对于新文学的艺术发展有一定的历史贡献。

(五)具有较大影响的其他文学社团

除以上四大著名社团外,五四后还出现了相当多的具有较大影响的文学社团。

湖畔诗社,于 1922 年 3 月在浙江杭州成立。成员为冯雪峰、应修人、潘漠华、汪静之 4 人。稍后,有魏金枝、谢旦如(澹如)、楼建南(适夷)等人加入。诗社成员绝大多数是浙江第一师范学校的学生。他们曾先后出版冯、应、潘、汪的诗合集《湖畔》(1922),冯、应、潘的诗合集《春的歌集》(1923),汪静之诗集《蕙的风》(1922)。1925 年 2 月创办小型文学月刊《支那二月》,仅出 2 期。接着"五卅"运动发生,因各人思想变迁,湖畔诗社便不复存在。他们的作品以抒情短诗为主,表现了新文学运动初期刚刚挣脱封建礼教束缚的天真烂漫的青少年对美好自然的向往和对幸福爱情的憧憬,独具一种单纯、清新、质朴的美。湖畔诗社的爱情诗很符合五四后青年学

---

① 鲁迅:《鲁迅全集·我和〈语丝〉的始终》(第 4 卷),人民文学出版社,2005 年版。

生追求恋爱婚姻自由的需求,因此,一时之间引起了诸多青年的效仿,影响较大。

浅草社,于1922年初在上海成立。其主要成员是林如稷、陈翔鹤、陈炜谟、冯至等。1923年5月创办《浅草》季刊,后又有《文艺旬刊》等。浅草社主张忠诚于艺术本身,不介入流派之争,而默默从事创作和耕耘。浅草社在诗歌创作上取得了较好的成绩,对于象征诗的创造起到了较好的推动作用。

沉钟社,1925年10月成立于北京,主要成员是原浅草社的冯至、陈炜谟、陈翔鹤,另有杨晦等。"沉钟"的名称来源于德国戏剧家霍普特曼的童话象征剧《沉钟》。同时他们先后创办了《沉钟》周刊(出10期,因自费印刷困难而停刊)、《沉钟》半月刊(1926年8月至1927年1月),还编辑出版过《沉钟丛刊》。沉钟社也没有提出具体的文学主张,忠诚于艺术、忠诚于内心、努力进行文学技艺的锻造是其主要特点。

狂飙社,因创办《狂飙周刊》(1924年9月)而得名。其主要成员有向培良、高长虹、黄鹏基、尚钺、尚歌等。狂飙社受尼采的"超人"思想和未来主义的激进思想影响,追求文学的"强力"。主张用自我和内心的狂热的能动性,来改造文化思想,具有激烈的反抗精神,其创作情绪上带有一定的狂躁色彩,代表了五四后急于找到个人和社会出路的青年一代的苦闷呐喊。

未名社,1925年8月成立于北京,主要成员有曹靖华、韦素园、台静农、李霁野、韦丛芜等,主要编印了《未名丛刊》(收24种书籍)和《未名新集》(收6种书籍),1931年解体。莽原社,1925年4月成立于北京,其主要成员有向培良、高长虹、高钺、黄鹏基等,以《莽原》为主要阵地,1927年解体。这两个团体,都是团结在鲁迅周围的一批文学青年在鲁迅的指导之下成立的,因此其文学倾向受到了鲁迅的较大影响,一方面以创作来揭露社会黑暗,企图通过文学的批判功能来促进社会改革,另一方面也注重翻译反抗色彩较强的俄欧文学作品。

据不完全统计,从1921年到1927年左右,中国现代文坛共出现过大大小小上百个文学团体,出版过的存续时间长短不一的文学刊物共有150种以上。这些文学团体与文学刊物的遍地开花,让白话新文学在短短几年内迅速占领了中国文坛的主流地位,而原来占据着文坛主要份额的通俗派小说——如鸳鸯蝴蝶派、礼拜六派的文学阵地,步步缩小,由原来的文坛中心退居边缘,中国文学的新旧转换在短短几年之内迅速完成。在这一过程中,新文学社团和新文学刊物,功莫大焉!

第二节　五四新诗运动与新诗流派

一　五四新诗运动与新诗创作

五四文学革命在创作实践上是以新诗为突破口,而新诗运动是从诗体解放的形式上入手的。胡适、刘半农、沈尹默、俞平伯、康白情等最早在《新青年》、《新潮》、《少年中国》、《星期评论》等报刊上发表新诗。李大钊、陈独秀、鲁迅等并不是诗人，他们也写了一些新诗，主要是为了推动新诗改革。他们经过"诗体大解放"完成了古诗词体向白话诗的转变。

胡适(1891—1962)，原名洪骍，字适之，安徽绩溪人，有诗集《尝试集》，他是第一个"尝试"新诗创作的人。《尝试集》从内容上大体可分为两大类。第一类为写景抒情诗。这类诗歌通过借景抒情、托物言志的手法赞颂大自然的美景，洋溢着五四时期乐观进取的精神，如《乐观》等；而有的则显得空虚、低沉，显示了诗人当时复杂的精神状态。第二类为政治哲理诗。这类诗表达了诗人对个性解放、自由的追求及对下层劳动人民的同情。如《人力车夫》，通过一个客人与车夫的简短对话，反映了车夫饥寒的生活处境及其苦苦挣扎的生存状态。胡适在实践"诗体大解放"的主张中，破除旧诗格律和形式束缚，由文白间杂的语言到灵活地使用白话，且通俗易懂，风格平易质朴，创造了新的形式。如《鸽子》："云淡天高，好一片晚秋天气！／有一群鸽子，在空中游戏。／看他们三三两两，／回环来往，／夷犹如意，——／忽地里，翻身映日，白羽衬青天，十分鲜丽！"

刘半农(1891—1934)，江苏江阴人，有《瓦釜集》、《扬鞭集》等诗集。其诗歌内容反映的社会面非常广，主要是诉说下层人民的痛苦，揭露社会的黑暗，表达了诗人改变现实的强烈愿望。他因此有"平民诗人"之称。在探索诗歌新形式上他注意向古代和现代民俗歌谣的学习，《瓦釜集》就是运用江阴方言与江阴民歌声调，书写了对劳动者的爱与恨。他"要试验一下，能不能尽我的力，把数千年来受尽侮辱与蔑视，打在地狱里面而没有呻吟的机会的瓦釜的声音，表现出一部分来"(《瓦釜集·代自序》)。他的代表作《相隔一层纸》通过对比手法，在内容和形式上展现了他对新诗的探索。

刘大白(1880—1932)，浙江绍兴人，是与刘半农诗风接近的早期新诗人，《旧梦》中的早期新诗《卖布谣》、《田主来》被传颂至今。这两首诗在内容上都流露出作者对劳动人民的深切同情。形式方面，都极富古乐府民歌和现代民谣的韵味，语言浅显平实，风格淡远质朴，节奏自然明快，为新诗在形式上向民歌学习起了指引作用。

沈尹默(1883—1971)，原籍浙江吴兴，和俞平伯(1900—1989)、康白情(1896—1959)等人都是早期新诗人的代表。新青年社中的沈尹默的代表作《三弦》，含蓄地表达了诗人对现实社会的不满和对下层人民的同情，体现了沈尹默早期诗歌含蓄、讲究诗的节奏性、营造诗的意境等特点。新潮社的代表诗人俞平伯的《冬夜》与康白情的《草儿》是当时最有影响力的诗集。他的旧诗词造诣很深，讲究意境营构、辞藻的选择，还有音节的安排，反对虚伪，提倡真实。"因为真实便不能不自由"，"不愿顾念一切做诗的律令"(《冬夜·自序》)。因此，他的诗既坦率真实又自由洒脱。

康白情的新诗善于写景、纪游。胡适曾赞赏他:"这是用新诗来纪游的第一次大试验,这个试验可算是大成功了。"(《康白情的〈草儿〉》)。在他那儿,一篇演说,一封书信,一次集会,一次旅游,都可以化为一首诗。他非常善于"剪裁时代的东西,表个人的冲动"(《草儿·自序》)。

　　周作人(1885—1967),字启明,笔名知堂等,浙江绍兴人。在探索诗体的彻底解放上贡献最大,他在这一点上的进步使胡适、茅盾、朱自清等人把他同鲁迅并论,称赞他们"全然摆脱了旧镣铐"。如其代表作《小河》,他将朴素的语言、富有节奏的语言与诗歌的情感张力融为一体,在内容上拓宽了诗的内涵和容量,形式上追求了诗歌的节奏感。胡适将《小河》评为"新诗中的第一首杰作"[①]。

　　在五四新文化运动的大背景之下,除了上述早期新诗人代表,我国现代文学史上第一个文学社团"文学研究会"对我国新诗发展也做出了突出的贡献,"文学研究会"使一大批诗人凝聚在自己的社团下,形成了一支强大的新诗队伍。这里影响较大的当属朱自清。

　　朱自清(1898—1948),字佩弦,祖籍浙江绍兴,是以诗人的身份登上五四文坛的,他以《毁灭》为代表作的新诗创作,在中国新诗发展的道路上迈出了开拓性的一步。诗歌创作中,他讲究诗歌艺术,而又能在诗歌中不留下任何雕琢的痕迹。《毁灭》一出,诗坛为之震惊,不少人称赞它是"第一流作品",对中国新诗的发展无疑具有历史性的贡献。

二　郭沫若:五四新诗的代表性诗人

　　郭沫若(1892—1978),原名郭开贞,又名郭鼎堂,号尚武,笔名沫若。1892年出生于四川省乐山县(今属四川乐川市境)沙湾镇的一个地主商人家庭,从小受古典文学的影响非常大。1914年赴日留学,此时,在思想上,他受到托尔斯泰、契诃夫、泰戈尔、惠特曼等人的影响较大。1919年五四运动爆发,这一时期的郭沫若进入了诗歌创作爆发期。1921年6月,在他和成仿吾、郁达夫、田寿昌等人的努力下,创造社在日本成立。同年8月,《女神》结集出版,确立了他在中国现代文学史上的地位,并且在现代文学中为新诗开辟了新的时代。1923年郭沫若从日本九州帝国大学医科毕业,回国后弃医从文。1924年,他又到日本,翻译了日本经济学家河上肇的《社会组织与社会革命》,这使他系统地接触和学习了马克思主义,促进了郭沫若思想的飞跃。1926年,郭沫若参加了北伐战争。大革命失败后,参加了南昌起义,他以无产阶级先锋战士的姿态出版了中国第一部无产阶级诗歌集《恢复》。

　　郭沫若的第一部诗集《女神》是1921年8月由上海泰东图书局初版印行的,是

---

① 　胡适:《胡适文集·谈新诗》(第2卷),北京大学出版社,1998年版,第134页。

"创造社丛书"的第一种。《女神》的发表虽略迟于胡适的《尝试集》,却是我国新诗史上第一部具有杰出成就、产生巨大影响的新诗集。诗集共分三辑,第一、二辑是诗集的主体部分,是五四以后的诗作,代表作有《女神之再生》《棠棣之花》《凤凰涅槃》《天狗》《立在地球边上放号》等;第三辑主要是郭沫若早期受泰戈尔影响创作的一些清新恬淡的抒情小品。

《女神》是郭沫若创作个性与五四时代精神相结合的产物。《女神》在中国新诗发展史上的最突出的贡献,主要表现以下三个方面。一是诗人强烈呼唤个性解放的精神。《女神》是五四精神的诗化表现,体现了五四狂飙突进时代下人的个性解放。他的《天狗》《地球,我的母亲!》等诗篇,唤醒了人的现代独立人格意识。他强烈地要求冲破封建藩篱,呼唤个性解放的自由精神,把个人解放与新世界的创造融为一体,激励人们拥抱一个崭新的世界。在《天狗》中,诗人把自己比作一条天狗,"我是一条天狗呀!/我把月来吞了,我把日来吞了/我把一切的星球来吞了/把全宇宙来吞了",这显示了"我"狂荡不羁的性格,气宇轩昂的魄力,是一个大胆地敢于冲破一切旧枷锁、追求自我解放的艺术形象。《地球,我的母亲!》一诗,赞颂全人类的工人农民是"全人类的普罗米修斯",作者通过对劳动人民用劳动创造一切的体悟,使个体和全人类融为一体。二是显示彻底破坏、叛逆、反抗和大胆创新的精神。《女神》中的破坏、叛逆、反抗和大胆创新精神是统一在一起的,体现了在五四时代的风云中人们对全新创造的一种崇拜,构成了《女神》又一深刻内涵。他的《凤凰涅槃》《匪徒颂》《女神之再生》等诗篇,最能体现反叛与创造统一的精神。叛逆、反抗、破坏的目的只有一个——创造,只有彻底的破坏,才能带来全新的改变,只有大胆创新才能激发创造力。《凤凰涅槃》是诗集中最具有代表性的篇章。该诗以凤凰自焚象征对旧中国和旧世界的彻底否定;以凤凰更生象征新中国及新世界的诞生。凤凰形象既是一个英勇的反叛者,也是一个大胆的创造者。《匪徒颂》对历来反抗陈规旧俗的"匪徒们"予以热烈赞颂。《女神之再生》提出"新造的葡萄酒浆不能盛在那旧了的皮囊","我要去创造个新鲜的太阳"的理想,使诗人创造精神显露出来。三是体现了诗人深切的爱国主义精神。诗集中诗人对祖国的无限热爱之情也是《女神》的中心主题,其诗篇都渗透着郭沫若深切的爱国情感。如《凤凰涅槃》《炉中煤》《棠棣之花》等都凝聚着诗人对祖国无比深厚的爱。《凤凰涅槃》是一首庄严的爱国颂歌,诗人借凤凰自焚更生的神话,向"黑暗如漆"、"腥秽如血"的"阴惨世界"发出了愤怒的诅咒,也充满了诗人对五四后新的中国的热烈憧憬和赞颂。《炉中煤》是一首感人肺腑的爱国之诗。五四以后的中国,在郭沫若心中"就像一位很葱俊的有进取气象的姑娘,她简直就和我的爱人一样"。诗剧《棠棣之花》中,"去吧!二弟呀!我望你鲜红的血液,迸发成自由之花,开遍中华!"这正是作者愿为国家、民族献身的赤诚之心。

《女神》不仅在思想内容上开辟了新的领域,而且在艺术成就方面也拓宽了中国新诗发展的道路,其艺术成就主要表现在以下三个方面。一是通过历史故事和古代神话,塑造典型形象。如《棠棣之花》中的聂政姐弟,《女神之再生》中的女神形象,体现了诗人光彩夺目的艺术风格。二是浪漫主义手法在营造诗歌意境中的展现。诗集《女神》被称为我国现代文学史上浪漫主义的高峰,其奇特丰富的想象世界将绚丽多姿的意境表露无遗。三是形式方面践行了诗人绝对的自由主张。其活泼的自由诗体如《湘累》、《棠棣之花》,格律、音节和谐一致,自由多样。

郭沫若继《女神》之后,在 20 年代又创作了《星空》、《瓶》、《前茅》和《恢复》等四部诗集。1923 年出版的《星空》,表现了五四高潮过后,诗人对祖国黑暗社会的苦闷和失望。1927 年出版的《瓶》,是一部爱情诗集,真实而又大胆地记录了富有浓郁浪漫气息的爱情组诗。《前茅》出版于 1928 年,体现了诗人鲜明的阶级意识和革命意识。同年出版的《恢复》,在革命失败后诗人依然对未来充满坚定的信念,但是因无产阶级早期诗歌的初步尝试,部分诗歌缺乏艺术水准,不可避免地存在一些缺陷。

三　湖畔情诗和小诗运动

1922 年春,汪静之(1902—1996)、冯雪峰(1903—1976)、潘漠华(1902—1934)、应修人(1900—1933)等出版了他们的合集《湖畔》,同年还单独出版了汪静之个人诗集《蕙的风》,1923 年又出版了合集《春的歌集》,因此文学史上曾称这四位诗人为"湖畔诗人"。因他们在杭州西子湖畔成立诗社,故把这一文学团体称为"湖畔诗社"。他们是五四所唤起的一代新人,因此他们的诗作可以称为是五四的产儿。五四新文化运动提倡男女平等,主张恋爱自由,在这一时代背景之下,他们开始了对爱情诗歌的吟咏。

湖畔诗社成立之时,除应修人是小职员外,汪静之、冯雪峰、潘漠华都还是在校学生,他们当时正处于天真烂漫、创作热情浓郁的时期。在内容上,所作的诗歌大多为歌唱大自然的清新、伟大。他们通过描写大自然的美景抒发个人情愫,借大自然来言说自己的兴致,如冯雪峰描绘的湖边垂杨的情态(《杨柳》),汪静之写"披满了银","布满了光明"的雪的世界(《雪》)等等。这些诗篇大都清新隽永、质朴自然,还有对友情和爱情的纯真赞美。他们对现代新诗发展的首要贡献就是爱情诗歌的创造,恢复了爱情诗的本色,表现了他们单纯直率、真诚而又天真的情怀。在创作爱情诗方面,汪静之的诗篇最为突出。他的诗歌表现了青年男女以直率而又天真的情怀,传达出他们对爱情的渴慕;通过青年男女对自由恋爱和婚姻的向往,对旧的封建礼教提出了强有力的挑战。如汪静之的《伊底眼》把情人的眼睛比作"太阳"、"钥匙"和"火线",显示爱情带给青年男女的伟大力量;《月夜》逼真地描写青年人在渴慕恋爱时既羞又怯的心理,充满了纯真的稚气。冯雪峰也有不少真纯、清新的情诗。名诗《妹妹你是水》通过富有节奏感的旋律、新颖的比喻、整饬的形式，流露出青年人对爱情炽热情怀的欣羡；《山里的小诗》写一个青年托鸟儿衔"一片花瓣"，送到"住在谷口的女郎"那儿，"说山里的花开了"，含蓄地写出了求爱者的焦急、坦诚而又羞涩的心理。潘漠华的爱情诗热情奔放地表现了对理想爱情的追求，对旧式恋爱婚姻的反叛。如组诗《夜歌》便是具有反抗精神、追求真挚爱情的诗篇。但他的情诗却是以深沉的哀怨情调为主，使现代新诗在情感抒发上更加沉郁。"湖畔"诗人的爱情诗，没有虚假做作，全是真情实感的流露，反映了在五四新文化运动掀起提倡新道德、反对旧道德的浪潮中，五四新人挣脱旧礼教束缚，倡导新时代鲜明的爱情理念和婚姻观念。

在1921—1925年盛极一时的小诗，引起了人们对"小诗体"的关注。这一时期的代表作有冰心的《繁星》《春水》，以及宗白华的《流云小诗》。当时写小诗的作者除冰心、宗白华以外，还有徐玉诺、何植三等人。小诗是一种即兴式的短诗，多以三五行为一首，表现诗人刹那间的情绪和感触，寄寓人生的哲理和思想，并执着地追求诗歌的意境，引起读者无限的联想，具有言简意赅的效果。小诗的形成是在周作人译介日本短歌、俳句和郑振铎翻译的泰戈尔《飞鸟集》的影响下产生的，对中国的小诗产生巨大影响的是1922年夏出版的《飞鸟集》。小诗的发展和兴盛，为新诗在艺术探索历程中起到了桥梁的作用。

五四时期，写小诗的主要作者是冰心与宗白华。冰心（1900—1999），原名谢婉莹，福建长乐人，共出版两本诗集《繁星》和《春水》，收小诗350余首，其诗集的思想内容和艺术形式受到泰戈尔的影响比较大，其基本主旨是主张"爱的哲学"。爱是冰心小诗的灵魂和核心，冰心的小诗中充满了对母亲、童心和自然的礼赞。冰心的小诗不仅描写自然景状，而且抒发独特的哲理内涵。"满蕴着温柔，微带着忧愁，欲语又停留"是她小诗的独特神韵，小诗具有较高的审美价值；她的小诗文辞优美，意境恬淡，节奏舒缓，格调清新，被誉为"春水体"或"繁星体"，一直受到人们的喜爱。如关于母爱："我要至诚地求着：/'我在母亲的怀里，/母亲在小舟里，/小舟在月明的大海里。'"关于童心："婴儿，/在他颤动的啼声中/有无限神秘的言语，/从最初的灵魂带来/要告诉世界。"（《春水·六四》）关于自然："大海呵，/哪一颗星没有光？/哪一朵花没有香？/哪一次我的思想里/没有你波涛的清响？"（《繁星·一三一》）。宗白华（1897—1986），又名宗之櫆，江苏常熟人，生于安徽安庆，1923年12月出版了诗集《流云》。宗白华的小诗"在思想内容方面，他正如郭沫若氏一样，泛神论的色彩很浓厚"[1]。他以精练的语言表现了在五四退潮期一部分知识分子对前途悲抑的情绪，表达了自己内心世界微妙的感情和感受，发出了对生命、人生、自然的渴

---

[1] 卢莹辉编：《冷热集·新诗话——任钧作品选》，文汇出版社，2013年版。

慕与赞美的哲理情思。宗白华对新诗的贡献还在于将唐代绝句的形式用在自己的小诗中。宗白华认为："诗只有以哲理做骨子，所以意味浓深。"[①]如"天上的繁星/人间的儿童。/慈母的爱/自然的亲/俱是一般的深宏无尽啊！"这首小诗和冰心的诗有些相似，但他的诗比冰心的诗更具哲理。

继冰心和宗白华小诗创作后，由于小诗形式短小、容量较小，不能承载宽泛的题材，以及当时小诗盛行时的草率成章影响到了读者的阅读意义，小诗运动的影响逐渐冷却。

四　闻一多、徐志摩和新格律诗派

在五四思想解放的大潮中，诗体大解放是新诗改革的一个主流，打破旧诗的旧格律，不满足于一种自由体，在诗的形式上，使新诗朝着自由化的方向发展。然而，这种绝对的自由和多样化的趋势，使新诗面临在语言和形式上艺术规范化的问题。因此便有人开始试验建立一种新诗的格律，来解决当前问题。在这一历史重任下，以闻一多、徐志摩为代表的新月派诗人开始探索新诗在格律上的发展。

前期新月诗派，是以 1926 年 4 月《晨报副刊·诗镌》的创刊为其成立的标志，成员主要有闻一多、徐志摩、朱湘、饶孟侃、孙大雨等人。他们以《晨报副刊·诗镌》作为基本阵地，从事新诗创作和诗歌理论探索。后期新月诗派以 1928 年 3 月创刊的《新月》月刊和 1931 年创刊的《诗刊》为阵地，成员增加了陈梦家、朱大楠等人。为新诗创格，是新月诗派的重要追求，因而新月诗派有时又被称为格律诗派。他们致力于提高新诗艺，注重对新格律诗歌的探索。后期新月诗派的领袖人物陈梦家在《新月诗选》序言里写道："主张本质的醇正，技巧的周密和格律的谨严，差不多是我们一致的方向。"这句话高度概括了新月诗派关于诗歌艺术规范化运动的内容。闻一多把格律诗创作艺术规则概括为"三美"原则，即"音乐的美，绘画的美，建筑的美"，闻一多的新格律诗理论建设，是在新的历史条件下一次中西方诗歌艺术的融合。新月派诗人认为："诗是表现人类创作的一个工具，与美术音乐是同等性质的，……我们的责任是替他们构造适当的躯壳，这就是诗与各种美术的新格式与新音节的发现。"新月派诗人在新诗创作领域也取得了丰硕的成果，闻一多和徐志摩是在理论与创作两个方面同时做出重要贡献的新月派主将。

闻一多(1899—1946)，原名闻家骅，湖北浠水人。他一直致力于新诗格律化的倡导和实践，1923 年出版第一部诗集《红烛》，1928 年出版代表诗集《死水》。

闻一多的诗歌创作从内容和形式上主要表现在：诗歌中最主要的情感内容是对民族、对祖国深沉的爱恋，爱国主义是其诗歌创作的主题。闻一多既受过中国传

---

① 　宗白华：《三叶集·宗白华致郭沫若信》，安徽教育出版社，2006 年版。

统文化的教育,又受西方文化的影响。《红烛》中的《太阳吟》、《忆菊》等作品集中地表现了这一主题思想。《太阳吟》情感浓烈奔放,体现了闻一多早期新诗创作中高扬的浪漫主义精神。诗人通过直抒胸臆的手法,把太阳作为对话的伙伴和歌吟的对象,倾诉自己压抑的情感,希望"六龙骖驾的太阳",一日走完五年的历程,好让"憔悴如同深秋一样"的我,早一些回到日思夜想的家乡。闻一多的许多作品还流露出对民众苦难生存现状的忧虑和对祖国黑暗现实的失望。在《荒村》中,诗人把自然风光美好与村落景象破败交织在一起,使我们切实地感受到社会动乱中底层民众的苦难现状。闻一多的诗歌致力于描写自然景色和抒发个人情怀,如《雪》、《忘掉她》、《你莫怨我》等等,这些作品袒露了诗人细腻而又丰富的情感特征。《忘掉她》是闻一多为了纪念他早夭的女儿而写的,缕缕忧伤潜藏其中:

> 忘掉她,像一朵忘掉的花,——
> 那朝霞在花瓣上,
> 那花心的一缕香——
> 忘掉她,像一朵忘掉的花!
>
> 忘掉她,像一朵忘掉的花!
> 像春风里一出梦,
> 像梦里的一声钟,
> 忘掉她,像一朵忘掉的花!

闻一多在情感艺术化表达方面提出了"理性节制情感"的主张。作品《死水》深刻地揭示了当时中国黑暗社会和腐朽的现实,他自觉地将"以丑为美"的原则在诗歌中表现出来,把"一沟绝望的死水"描摹得如此美丽:"也许铜的要绿成翡翠,/铁罐上锈出几瓣桃花;/再让油腻织一层罗绮,/霉菌给他蒸出些云霞。"诗人根据自己的主观情感,用含蓄内敛的语言将一个个意象通过可感的事物展现出来,大大丰富了读者的审美想象空间和中国新诗的意象系统。

徐志摩(1897—1931),原名徐章垿,浙江海宁人。1917 年入北京大学,1918 年赴美国留学,1920 被哲学家罗素吸引,进英国剑桥大学学习哲学。1928 年他与闻一多负责主编《新月》月刊,著有诗集《志摩的诗》、《猛虎集》、《云游集》、《翡冷翠的一夜》,散文集《秋》,小说集《轮盘》等,1931 年因空难身亡。

徐志摩是"新月"诗派最有代表性的诗人,他与前、后期新月诗派都有着密切的关系。他是一个理想的个性主义者,在他的诗歌创作中,他一生都在追求"爱与美与自由"。他以再现的形式,写出了他对超现实的理想世界的追求。如《我有一个恋爱》中所写的:"我有一个恋爱——我爱着天上的明星,/我爱他们的晶莹;/人间没有这异样的神明。"在诗人眼里,现实是混沌不堪的,只有在理想的天国中,才能摆脱束缚,使诗人的灵魂超越沉重的现实。在诗歌的语言方面,追求辞藻的华丽,他具有丰富的想象力,同时他的文辞非常丰富。极强的驾驭语言的能力,使他的诗歌在看似平淡的语言文字背后,却蕴藏着富有节奏感的情感表达。如被广为传诵的《再别康桥》:

> 轻轻的我走了,
> 　正如我轻轻的来。
> 我轻轻的招手,
> 　作别西天的云彩……

这首诗共有 7 段,每段 2 节,每节 2 行,第二行后退一格,每行的字数和音节不尽相等,从而使整首诗看起来显得整饬却不乏节奏感。在艺术构思方面,结构精巧,意象新颖独特。

又如他的名篇《沙扬娜拉》:

> 最是那一低头的温柔,
> 像一朵水莲花不胜凉风的娇羞,
> 道一声珍重,道一声珍重,
> 那一声珍重里有甜蜜的忧愁——
> 沙扬娜拉!

这首诗虽然只有短短五行,却体现出中国古典诗词的意境美,尤其是"一低头的温柔"这一意象,具有很大的艺术包容性,既恰当地体现了日本女郎温柔娴雅的性格特征,又把日本女郎的依依送别之情渲染得淋漓尽致,还给读者留下了丰富的想象空间。徐志摩在诗歌创作中脱离理性的挟制,用最深切的感性语言,显示了自己独特的创作个性。《偶然》用"你不必讶异,/更无须欢喜!"撞出他们邂逅的瞬间"互放的光亮",他清醒地认识到"你有你的,我有我的方向"——诗人这种竭力摆脱这份沉重的情感,努力回避理性深处的审美取向,正是他浪漫主义创作的表现。

从五四初期白话诗到新月派诗,以闻一多、徐志摩为首的新月派诗人在倡导格律化理论及其创作实践来看,"在旧诗与新诗之间,建立了一架不可少的桥梁"[①]。中国新诗经历了一个从外在形式探索到对本体诗歌艺术追求的过程,在内容和形式上为新诗的建设注入了新鲜的活力。

五　李金发、冯至的象征诗歌探索

在新诗发展的道路上,几乎在新月社提出创建新格律诗的同时,中国初期象征诗派出现在中国的诗坛上。他们的诗歌创作受西方象征派影响,情调以及风格与

---

① 石灵:《新月诗派》,《文学》1937 年 1 月 1 日第 8 卷第 1 号。

其相近,因而被称为象征诗派,他们着力于在新诗探求的过程中,提高诗歌自身的审美价值而进行艺术探求。

李金发(1900—1976),字遇安,广东梅县人,一直被视为中国第一个象征派诗人。1919年同林风眠一起赴法国留学,学习雕塑艺术。他受波德莱尔象征主义影响,从1920年开始,李金发以极大的热情投入到象征主义诗歌的新诗创作之中。1925年,他的第一本诗集《微雨》由北新书局出版,此后,他的另两本诗集《为幸福而歌》和《食客与凶年》先后出版。他的诗集的发表,引起了中国诗坛的广泛注意。

李金发在诗歌创作中追求怪异、朦胧、晦涩的美学风格,用象征和暗示的方式表达,以朦胧晦涩为美。如他的作品《弃妇》、《琴的哀》等,通过隐喻的手法抒发了诗人内心对人世的愤慨与仇恨。他认为诗不应该是直抒胸臆的抒发,也不是对世界明白的描述,而应该借助象征性形象来把握内心飘忽不定的情绪。他一反传统诗歌的理性创作方式,追求语言的陌生化和技巧的新奇化,造成语言次序的混乱,营造意象模糊的关联性。如《时之表现》:"风与雨在海洋里,/野鹿死在我心里。/看,秋梦展翼去了,/空存这萎靡之魂。"诗中风、雨、海洋、野鹿、秋梦等主要意象表面上看来,缺乏必要的联系,但只要解读出各个意象的象征意义,就有可能把握这首诗的精神内涵。诗的第一行用风和雨消失在无边无际的海洋里暗示空间的无限,第二行用野鹿死在心里暗示时间的静止,第三行用秋梦的飞翔表达美好时光的无情流逝,最后点明主题,光阴流转,剩下的只有空旷和萎靡的灵魂。造成象征诗派朦胧、晦涩的原因主要有两个方面,一方面在于象征派诗歌的暗示性、朦胧性与中国读者的审美心理存在较大的距离,使得读者难以顺利地进入诗歌所营构的艺术世界;另一方面,诗人对西方象征派的模仿与学习,多半停留在意象和审美风格层面上,没有深度。

因受西方象征派诗人的影响,以李金发为代表的初期象征派诗人的诗歌观念表现出"向内转"的审美取向,认为诗歌应该关注内部的心灵世界,是个体生命存在的深切体验,而不应该是外部的现实世界。李金发说:"艺术是不顾道德,也与社会不是共同的世界。"[①]《弃妇》是其名篇之一:

> 长发披遍我两眼之前,
> 遂隔断了一切羞恶之疾视,
> 与鲜血之急流,
> 枯骨之沉睡。
> 黑夜与蚊虫联步徐来,
> 越此短墙之角,

---

① 李金发:《烈火》,《美育》1928年第1期。

狂呼在我清白之耳后，

如荒野狂风怒号：

战栗了无数游牧。

从表层意义上看，这首诗只是写了一个弃妇绝望的生存状况；从深层意义上来看，诗人所表达的是一个漂泊异乡的弱国子民内心体验到的孤独、悲凉、绝望的生命感受，《弃妇》是一首典型的象征主义诗作。李金发诗歌中关于生命与死亡题材的作品，表现了他对自我生存方式选择时一种矛盾的心态。如出自李金发的第三本诗集《为幸福而歌》中的《有感》，全诗弥漫着灰暗色彩：

如残叶溅

血在我们

脚上，生命便是

死神唇边

的笑。半死的月下，

载饮载歌，

裂喉的音

随北风飘散

这类题材的出现，也是诗人向象征派学习的表现，通过飘零的残叶联想到生死无常的生存状态。李金发大胆引进西方象征派诗歌，为我国新诗的发展做出了突出的贡献。

冯至（1905—1993），原名冯承植，字君培，河北涿州人，是象征诗派的另一位代表性新诗人。他 1921 年考入北京大学，同年开始新诗创作。1922 年以后，成为新文学社团浅草社和沉钟社的重要成员，被鲁迅誉为"中国最为杰出的抒情诗人"[1]。他是在 20 世纪的 20 年代和 40 年代都做出过特殊贡献的诗人。20 世纪 20 年代的冯至有两部诗集，1927 年由北新书局出版了他的第一部诗集《昨日之歌》，1929 年又出版了第二部《北游及其他》；40 年代还出版了诗集《十四行集》、散文集《山水》和历史小说《伍子胥》等作品。

其新诗创作大致可以分为两个时期：第一个时期包括了整个 20 年代，主要由抒情诗和叙事诗构成；第二个创作时期集中在 40 年代前期，以具有现代主义艺术色彩的哲理诗为主。其 20 年代的新诗创作，就呈现出多样化的艺术追求，在他的两部早期诗集中，既有《春之歌》、《我是一条小河》、《月下欢歌》、《暮春的花园》这样一类抒情意味很浓的浪漫主义诗歌，又有《绿衣人》、《晚报》、《北游》等具有强烈批

---

① 鲁迅：《中国新文学大系·小说二集·导言》，上海文艺出版社，1981 年影印本。

判精神的现实主义作品,还有《饥兽》、《蛇》等具有象征意味的现代主义作品。《昨日之歌》和《北游及其他》中大量爱情诗抒写内心最浓郁的情感,表达了五四青年反对旧礼教藩篱,追求恋爱自由、个性解放,希望通过新颖的意象把自己炽热的情感传达出来,表现出那个时代青年心灵的共同呼声。表述个人内心情感的诗歌在他的诗歌中占多数,这些作品在整体格调上显得委婉幽静,诗歌的孤独、惆怅之感随之而来,如《小船》。冯至内敛而又敏感的天性,使他在诗歌创作中通过对比反差的意象表现了这一时期青年人的悲凉,如其名篇《蛇》

> 我的寂寞是一条长蛇,
>
> 冰冷地没有言语——
>
> 姑娘,你万一梦到它时,
>
> 千万啊,莫要悚惧!
>
> 它是我忠诚的侣伴,
>
> 心里害着热烈的乡思:
>
> 它在想那茂密的草原——
>
> 你头上的,浓郁的乌丝,
>
> 它月光一般轻轻地
>
> 从你那儿潜潜走过
>
> 为我把你的梦境衔了来
>
> 像一只绯红的花朵!

作者借具体形象的蛇及新颖的意象,把自己生活在"没有光,没有花,没有爱"[①]的苦闷中的热烈情思通过内心传达出来,使得这首诗拥有了强烈的艺术感染力。冯至的诗歌蕴含着一种凄凉性的悲剧之感。他的诗歌《我是一条小河》中,最后意中人漂向了远方,"那彩霞般的影儿,也和幻散了的彩霞一样",便是悲剧之感的无奈展示。

冯至早期抒情诗的另一个重要内容就是对底层民众苦难的同情和对现实社会的关注。《晚报》通过一个童子在寒冷夜晚的叫卖声,表现了对生活在社会底层的民众表达了深切的同情:"我们同样地悲哀,/我们在同样荒凉的轨道。/'晚报!晚报!晚报!'/但是没有一家把门开——/人影儿闪闪地落在尘埃!/'爱!爱!爱!'"这是诗人在困顿生存状态中发自内心深处的渴望。《北游》通过现实主义批判的手法,表达了诗人对生活的体悟和观察,反映了诗人执着而又顽强的价值追求,诗歌的格调也显得落寞而含蓄。长诗《北游及其他》记录了诗人1927年孤独的东北之旅。"犹太的银行,希腊的酒馆/日本的浪人,白俄的妓院,/都聚在这不东不

---

① 冯至:《冯至全集·西郊集·后记》(第2卷),河北教育出版社,1999年版,第131页。

西的地方……"诗人以一种深沉的寂寥去理解一座城市,表达了现代人在东西文化汇聚之地的失落与惆怅。"我生命的火焰可曾有几次烧焚?/在这几次的烧焚里,/可曾有一次烧遍了全身?"诗人完全将自己的生命体验融入诗境之中。20年代,冯至叙述诗的贡献也非常突出,使中国的叙述诗在现代诗歌发展的过程中,既继承传统又学习西方,如《帷幔》、《吹箫人的故事》等。《帷幔》通过一个民间传说,以凄凉的抒情风格叙述了一个令人哀怨的悲剧故事。

相对于20年代热烈的创作风格,40年代的冯至则表现出一种沉思的态度,具有现代主义艺术色彩的《十四行集》诗歌理性色彩明显,蕴含深刻的哲理情思。除了《十四行集》,还有散文集《山水》和历史小说《伍子胥》等作品。《十四行集》完全突破作者的个人情感视野,向读者展示了一个体验的世界,表现了对生命的感悟和思索,通过作者的沉思揭示了平凡人事背后的本质。《十四行集》对个体生命体验的思考,表现了冯至对人生命的不确定性和焦虑的现状的体验。如"谁能把自己的生命把定/对着这茫茫如水的夜色"体现了个体对命运的无奈,对于命运的追问确实是不自主的,人无法主宰自己个体命运,在思想内涵上表现了对生命体验的思索。在《我们准备着》中,作者把死亡喻为生命的奇迹,以一种坦然与宁静的心态去面对随时都有可能出现的死亡:"我们准备着深深地领受,/那些意想不到的奇迹;/在漫长的岁月里忽然有/彗星的出现,狂风乍起。/……"从生与死的感悟中去理解生命的意义。冯至的诗歌体验还向我们展示了对生命的反思,以坦然的心态面对生死。诗人觉得对于诗歌的体验是对生命的积极主动的反思,而不是被动的经验认识,要透过自己身处的内心体验观察外在的一切事物。只有正当地体验生死,才能体悟到生命本质的内核。《什么能从我们身上脱落》,是诗人对生命意义的真实展现:"把残壳都丢在泥里土里;/我们把我们安排给那个/未来的死亡,像一段歌曲。"

冯至40年代作品的最大魅力,即《十四行集》,它在现代新诗的拓展方面,增加了一项"体验的艺术",是中国现代哲理诗的一座艺术高峰。《十四行集》的艺术价值不仅影响了以穆旦、杜运燮、郑敏为代表的20世纪40年代"中国新诗派"诗人群体,而且对世界诗坛产生了重大的影响。在五四文学阶段同样进行过象征派诗歌创作尝试的,主要还有后期创造社的三位年轻诗人。穆木天的《旅心》,冯乃超的《红纱灯》和王独清的《圣母像前》,他们共同为中国新诗的发展繁荣做出了贡献。

第三节　五四时期的各派小说

现代小说,其主体是五四文学革命声中诞生的一种用白话文写作的新体小说。它取法西洋近代小说,在思想上和文体上学习西洋小说的写法,却植根于中国现实生活的土壤,既不同于中国历来的文言小说,也迥异于传统的白话小说。鲁迅曾在《〈草鞋脚〉小引》中说过:"小说家的侵入文坛,仅是开始于'文学革命'运动,即一九一七年以来的事。自然,一方面是由于社会的要求的,一方面则是受了西洋文学的影响。"①一般认为,现代小说开始的标志是鲁迅1918年在《新青年》上发表的《狂人日记》。现代小说一开始就密切关心现实人生问题。最早成立的新文学团体文学研究会,既反对封建的"载道"文学,也反对鸳鸯蝴蝶派的游戏文学,主张"文学应该反映社会的现象,表现并且讨论一些有关人生一般的问题"②,故其文学派别又被称之为"为人生派"。稍后,带有浓重的主观抒情色彩的创造社作家"异军突起",以创作"自我抒情小说"著称。而在鲁迅领导下的"乡土小说"创作也取得了令人瞩目的成就。

一　文学研究会的"为人生派"小说

文学研究会的创作遵循着"文学为人生"的原则,重视文学与人生的关系,声称文学是"人生的镜子",是"人生的自然的呼声"。文学研究会作家在创作中立足现实,关注民生疾苦,揭露社会黑暗,同情被侮辱、被损害的下层劳动者,呼吁改造社会和改造国民性。故他们的小说多探讨人生问题,提出了当时人们所关心的各种社会问题。叶圣陶、冰心、王统照、许地山、庐隐等是其主要代表作家。他们的创作趋于客观写实,多描写黑暗的社会和灰色的人性,其中既有作家的批判也有寓于其间的同情与爱,故他们的作品也充满了人道主义色彩。

叶圣陶(1894—1988),原名叶绍钧,江苏苏州人,作家、编辑家、杰出教育家、文学研究会的发起人之一。他有多年的执教经验,了解孩子心性,创造了我国的第一个童话《稻草人》。他是文学研究会的发起人之一,是早期现实主义小说的名手,是一个典型的"为人生派"作家。叶圣陶最开始是用文言写作小说,如《穷愁》、《赌博之子》、《贫女泪》等,都是揭露社会黑暗之作,也体现了作者对下层百姓的同情。1919年后,他开始用白话写作小说,1921—1937年出版了六部短篇小说集(《隔膜》、《火灾》、《线下》、《城中》、《未厌集》和《四三集》),两部童话集(《稻草人》、《古代英雄的石像》)和一部长篇小说(《倪焕之》)。《隔膜》重在描写人精神上的相互隔绝,虽然如此,人却又不得不无聊地虚伪地互相敷衍;《火灾》和《线下》则指向黑暗的教育界和灰色知识分子;之后的《城中》和《未厌集》受时代的影响,转向了摄取与时代斗争有关的重大题材,但仍未放弃对灰色人物、灰色人生的描写。

社会最底层的人(如农人和他们的妻子、小市民和中小知识分子)的灰色生活是叶圣陶最为关注也描写得最多的。茅盾曾经这样谈叶圣陶的作品:"冷静地谛视人生,客观地,写实地描写着灰色的卑琐人生的,是叶绍钧","他的'人物'写得最好

---

① 鲁迅:《鲁迅全集·且介亭杂文·〈草鞋脚〉小引》(第6卷),人民文学出版社,2005年版。
② 茅盾:《中国新文学大系·小说一集·导言》,上海文艺出版社,1981年影印本。

的,是小镇里的醉生梦死的灰色人"①。《潘先生在难中》是叶圣陶描写灰色知识分子的代表作。该部小说写于1924年,以当时军阀间的江浙战争为背景,成功地塑造了一个处于战难中的小知识分子——潘先生的形象。小说讲述了小学校长潘先生在战争中带着妻儿到上海避难,后怕丢掉"饭碗"又独自偷偷回学校,在战争结束后言不由衷地对军阀大唱赞歌。在作者平实朴素的语言和一系列生动的细节描写中,一个目光短浅、只图保全自己、苟且偷生的小学校长的形象跃然纸上。被茅盾誉为"扛鼎之作"的《倪焕之》,塑造了一位全身心扑在教育事业上、主张"教育救国"的小资产阶级知识分子的形象,真实地反映了从辛亥革命到第一次国内革命战争期间一些小资产阶级知识分子的追求和遭遇,是小资产阶级知识分子寻求真理之路的真实写照。

冰心(1900—1999),原名谢婉莹,福建长乐人。在1919年8月的《晨报》上,冰心发表了第一篇散文《二十一日听审的感想》和第一篇小说《两个家庭》,在后者中第一次使用了"冰心"这个笔名。她之后又撰写了《斯人独憔悴》、《去国》、《秋风秋雨愁煞人》等小说,突出反映了封建家庭对人性的摧残、面对新世界两代人的激烈冲突以及军阀混战给人民带来的痛苦。作品由于直接涉及当时重大的社会问题,故被称为"问题小说"。1921年,冰心以一个青年学生的身份加入了"文学研究会"。五四落潮后,冰心的创作基调有所转变,开始关注广阔的社会生活,以创作去改良人生,具有敏锐的社会意识,如《超人》、《烦闷》、《悟》(爱的三部曲),宣扬爱的哲学。20世纪30年代后,冰心开始关注社会上的各种人与人之间的复杂矛盾,小说《分》就反映了阶级的分野。冰心受基督教泛爱思想和西方人道主义的影响,把人生理解为爱,宣扬"爱的哲学",歌颂母爱、儿童爱和自然爱,其作品具有浓厚的女性意识和宗教情怀。冰心提倡"白话文言化"、"中文西文化",她的文体既有白话文的流畅、明晰,又有文言文的洗练,形成了语言华美的"冰心体"。其小说语言清丽淡雅、含蓄凝练,风格清新、飘逸、感伤。

王统照(1897—1957),字剑三,山东诸城人,文学研究会的发起人之一。1918年考入中国大学英文系,同年在《妇女杂志》上发表第一篇白话小说《纪念》。1922年发表的五四以来最早的白话长篇小说《一叶》,被列为文学研究会丛书,次年他又写出《黄昏》。这两部作品以反封建为主旨,揭露了绅商地主的罪恶,反映了被欺辱的弱女子的痛苦。王统照是以探讨人生问题开始小说创作的,早年创作的小说表现了"美"和"爱"的思想,描写青年男女的苦闷,笔调清新,富于主观抒情色彩;也有些作品反映下层人民的不幸生活,具有明显的现实主义倾向。1933年长篇小说《山雨》问世。这部标志着现实主义新发展的代表作,反映了北方农村的帝国主义、

---

① 茅盾:《中国新文学大系·小说一集·导言》,上海文艺出版社,1981年影印本。

封建势力、军阀重重压榨下经济急剧崩溃的现实。此间他还出版了短篇小说集《春雨之夜》《号声》《霜痕》和诗集《童心》。另外王统照的有些作品中还体现了他为解决世间"烦闷混忧"开出的药方——"爱"和"美"。如《沉思》写一个年轻姑娘作美术模特,以自己的美和爱来感化世人的无知,但终不被人理解,表现了爱与美的幻灭和不能被污浊的世界包容的主题。《微笑》写一笑感化了一个小偷,使其重新做人,说明爱可以征服一切的观点。王统照早期小说着意追求浪漫主义和象征主义的交融,多用梦幻等象征手法,作品富于哲理意蕴,语言华美富丽,重视语言的色彩和韵味。

许地山(1893—1941),名赞堃,字地山,笔名落华生,台湾台南人,文学研究会的发起人之一。1921年许地山以"落华生"为笔名发表了第一篇小说《命命鸟》,写了一对缅甸青年男女在封建礼教桎梏束缚下的爱情悲剧;1922年在《小说月报》上发表《缀网劳蛛》,反映了作者对吃人的封建礼教的愤懑并给予深刻批判,充分显示五四时期新文学反帝反封建的民主主义精神。1925年先后出版短篇小说集《缀网劳蛛》和《商人妇》,以及散文集《空山灵雨》。他曾在哥伦比亚大学和牛津大学研究宗教史、印度哲学、梵文及民俗学,故他的小说带有明显的宿命论色彩,把一切归之于天意和命运;但另一方面,他又受五四革命和人道主义的影响,同情弱小和被压迫者,痛恨吃人的封建礼教和封建制度,所以他的小说创作风格颇为奇特,其小说最大的特色是传奇性。这种传奇小说具有浓烈的浪漫主义特色,受宗教思想的影响,却又固执于探讨人生的意义。如其代表作《缀网劳蛛》写的是马来半岛的一个被侮辱、被损害的妇女的故事。主人公尚洁是一个慈爱清明、逆来顺受、一切顺其自然的虔诚的基督徒。故事的主线是主人公救人—被误会—被撵至土华岛—被接回,不管在哪种情况下,尚洁都坦然面对,安静地接受命运给予的幸与不幸。小说暗含了对人生和命运的隐喻:人生如网,任其而过,与世无争,顺应天命。他的很多小说都以东南亚风物为背景,荡漾着清新超逸的南国风味和异域色彩。许地山在他的传奇小说中,探讨了五四以后经常遇见的一些社会人生问题。他以消极和虚玄的宗教思想来辅助这种社会人生的探讨,但在探讨的过程中又曲折地表达了对社会的批判、对被损害者的同情和对人生的执着。从艺术的角度说,许地山的小说以幽婉柔丽的笔触状景写情,清淡中见雅丽,端严中见洒脱,形成一种清澈空灵的和谐的艺术境界。

庐隐(1898—1934),原名黄淑仪,又名黄英,福建闽侯人,是文学研究会的骨干成员。庐隐与冰心并称为"文坛双星"。冰心家境殷实,自幼享受父慈母爱,所以她的作品通过对无限生动的大自然和母爱的讴歌,表现出她对自由、光明人生的追求的理想。而庐隐有坎坷的人生经历,自幼亡父,母亲对她很冷淡,求学路也异常艰辛,故她小说里的主人公都是无出路的,前途茫茫,一片黑暗,他们负荷着冷酷、无情的现实,悲哀着走向人生的尽头。庐隐创作的多为问题小说,写"人生是悲"的主题。作品带有自传色彩,题材多为爱情婚姻,写青年人在理想与现实、理智与情感冲突下的悲观苦闷、觉醒与追求,作品风格感伤,基调悲憾,抒情浓郁,语言流畅。代表作有《海滨故人》、《或人的悲哀》、《丽石的日记》等。庐隐的作品对传统的封建制度和观念进行了猛烈的批判,喊出了五四时期女性反抗传统的呼声。

二　创造社的"自我抒情小说"

在以文学研究会作家为主导的"为人生派"小说创作取得广泛影响的同时,出现了以创造社作家为主体的"自我抒情小说"的创作,而且参与创作的人数众多,成就非凡。主要作家有创造社的郁达夫、郭沫若、成仿吾、周全平、倪贻德、张资平等,以及受创造社影响很深的浅草—沉钟社作家林如稷、陈翔鹤、陈炜谟等,甚至还有弥洒社的胡山源和文学研究会的庐隐、王以仁等。他们的创作多取材于自己身边的生活,强调内心自我的充分表现,是中国现代抒情小说的最初形式。自我抒情小说的产生既受五四思想解放带来的"人的发现"的时代背景的影响,也有作家自身的个性意识萌发与增强的原因,当然西方浪漫主义"主情文学"的影响也是不容忽视的。

所谓自我抒情小说,是指那些着重抒发作家的主观情感,表现作家自己的境遇的小说。这类小说的基本特征是:重自我表现,具有自叙传色彩,大多以第一人称叙述故事;重主观抒情,作品中大都有一个抒情主人公的形象,倾泻自己对外界的主观感受,抒写伤感之情;不注重结构的完整和细节的真实,没有吸引人的故事与情节,主要以人物情绪的变动作为结构小说的线索。

郁达夫(1896—1945),原名郁文,浙江富阳人。他是创造社的创始人之一,是创造社最重要作家之一,属于才华横溢、情感恣肆的浪漫感伤型作家。1913 随长兄去日本留学,在日本期间写的三篇小说《银灰色的死》、《沉沦》、《南迁》,都以留学生活为题材。1921 年,三篇小说以"创造社丛书"的名义、以《沉沦》为名结集出版,这是他的第一部短篇小说集,也是中国现代文学史上第一部现代白话短篇小说集,在当时产生了很大影响。1923 年,出版小说、散文合集《茑萝集》,其中短篇《采石矶》、《茑萝行》、《春风沉醉的晚上》、《薄奠》、《过去》、《迟桂花》和中篇《她是一个弱女子》、《迷羊》等都是现代文学发展上的重要收获。从某种意义上说,郁达夫的小说代表了现代自我抒情小说的最高成就。

郁达夫在文学创作上主张"文学作品,都是作家的自叙传"[①],因此在小说和散文中毫不掩饰地勾勒出个人生活的轨迹,加入自己的思想感情、个性和人生际遇。在艺术上,则侧重于表现自我,带有较浓重的主观色彩,既有对旧社会的抗争与愤激的直抒胸臆,也有坦率的自我暴露、病态的心理描写、抑郁感伤的心灵倾诉,具有

---

① 　郁达夫:《过去集·五六年来创作生活的回顾》,开明出版社,1996 年版。

感情意味浓厚的浪漫主义倾向。

"生的苦闷"和"性的苦闷",是郁达夫早期创作的两大主题。前者的主人公或求学,或失业,流浪漂泊,生活困顿,处于饥寒交迫、穷困潦倒的境地,靠卖文、卖书或典当度日:如《银灰色的死》中的"他"靠典卖亡妻的戒指和旧书维持生计;《茑萝行》中的"我"由于经常失业,无力养家,最后害得妻子去投河自杀;《春风沉醉的晚上》中"我"到处搬家、只能靠稿费添置衣服。后者中"性"是小说人物走向沉沦、变态的核心线索。郁达夫曾在《敝帚集·文艺鉴赏上的偏爱价值》中说:"性欲和死,是人生的两个根本问题,所以以这两者为题材的作品,其偏爱价值比一般其他作品更大。"《沉沦》中的"他"是一个在异国求学的青年,正处于青春发育期,饱受"性的苦闷"与"外族冷漠歧视"的"他"渴望真挚的爱情,并愿为此抛弃一切。然而这种渴望在现实中难以实现,他的内心逐渐失去理智的控制,开始自赎,窥视浴女,甚至到妓院寻欢,只为了寻求自己感官上的一时愉悦与满足,最终深陷在邪恶的沼泽里不能自拔。最后他在不堪忍受身为弱国子民被歧视的命运,也无法摆脱"灵与肉"的冲突中选择了自沉大海。小说通过性的"沉沦",写出了人的"沉沦"、人性的"沉沦"。

受外国文学尤其是俄国文学中的"零余者"形象和日本"私小说"的影响,郁达夫创造了一群独属于中国现代文学的"零余者"形象,透过这些人物,可以看到作者忧伤孤独的情怀。所谓"零余者",是指这样一类人:他们因具有某些现代意识和特异的个性以及过人的才华,而不为社会所容,被抛出了原来社会的既定轨道;性格较为软弱,意志不坚定,无力反抗社会,在社会上找不到适合自己的位置;容易产生一种强烈的失落感与无所归依感。郁达夫笔下的"零余者",是五四时期一部分歧路彷徨的知识青年,是遭到社会现实的挤压又无力把握自己命运的小人物,只能用畸形变态的方式来对抗社会。他们身份地位低下但又特殊,是弱国子民的留学生、畸形都市的落魄文人、生活在水平线以下的清苦教师、沦落到贫民窟中的失业者、流浪者;性格矛盾,慷慨激昂又软弱无能,热爱生活又逃避生活,积极向上又消极隐退,愤世嫉俗又随波逐流,追求美好的爱情却又渴望满足一时的性欲,自负多才又自轻自贱;同社会势不两立,宁愿穷困自戕也不愿与污浊势力同流合污;不断反省、拷问自我,结果是灰心绝望,颓唐堕落,沉沦下坠。

郁达夫抒写"零余者"形象一般采用自叙传体。所谓自叙传体,是指作品中以第一人称写"我",即叙述者自己,最常用的手法是直抒胸臆,即在表现自我主人公所经历的日常生活情景时,以充满激烈情绪的笔调去描写,在事件的叙述中作坦率的自我解剖。郁达夫的作品,往往都带有很强的自传性。他的很多作品都是第一人称"我",即使是第三人称,也仍然是自我的化身,"他"、"于质夫"等都是这样的。郁达夫小说中主人公的经历和他自己的经历大致相同。如《沉沦》中,主人公"他",出生于富春江上的一个小城,14岁和哥哥到日本留学,和郁达夫本身的经历基本是一致的。

郁达夫的小说结构偏散文化，不按照故事的始末或生活发展的一般进程进行抒写，也没有完整的、井然有序的故事情节，而是以主人公感情的起伏发展为线索，而且以心理活动为主，如《沉沦》《银灰色的死》《茑萝行》等作品都是以情绪流动来结构作品。而且郁达夫善于借助对自然景物的描绘来渲染气氛，烘托人物的心境，其笔下的自然景物具有明显的主观色彩，如《沉沦》《采石矶》《薄奠》中都有大量的自然景物的描绘，这对表现主人公的感情起着重要的作用。

郁达夫的抒情小说从 1923 年创作《春风沉醉的晚上》起有了新的突破。郁达夫自己说："……多少带一点社会主义的色彩。"《春风沉醉的晚上》通过小说主人公"我"与烟厂女工陈二妹的日常交往，揭示了旧社会下层工人的苦难生活以及"同是天下沦落人"的相互关心、相互同情的真挚情感。而 1927 年以后，郁达夫的小说创作发生了较大的变化，写实因素逐渐增加，艺术技巧日臻圆熟，风格也由早期的热情伤感变为淡雅隽永，小说由情绪化转为意境化，以《迟桂花》为代表。作品以写抒情对象为主，以清新的抒情笔调写出"我"在闲淡村居的昔日同学及其遭受封建婚姻家庭折磨的年轻寡妹莲儿两个人物性格的熏陶下产生的情欲被净化的心境，以此来摆脱喧嚣污浊的社会环境。

郁达夫开创和引领了中国现代小说的浪漫主义流派，并影响了以后的一代又一代作家，使这种浪漫抒情小说绵绵不绝，呈现异彩。其小说的性描写，开拓了中国现代小说表现领域。其自叙传小说，再现了五四时期知识分子分裂的灵魂与苦闷的心灵，从一个独特的角度反映了五四时代人性解放的艰难历程。可以这样说，郁达夫是中国现代文学的奠基人之一。

郭沫若（1892—1978），原名郭开贞，四川乐山人，主要以诗歌和戏剧创作闻名，早期也创作一些具有浪漫情调的小说。郭沫若前期的小说创作，相当一部分以经济困窘为中心，直接表现自己的生活和感受，这包括著名的《漂流三部曲》《月蚀》《喀尔美萝姑娘》《人力以上》《后悔》等。这些作品写得比较随意松散，像散文，却亲切真实。《漂流三部曲》也是郭沫若的自叙传体小说，写一位中国的青年学子去国外求学—回国谋事—再次去国外的故事。小说的主人公爱牟，也就是郭沫若。通过这些作品，郭沫若把他的家庭、他的情感、他的性格、他的缺点，统统公之于世了。在抒情技巧上，郭沫若善于联想、回忆和对比等深化感情，使所抒之情有深度和力度；善于借景抒情，创造抒情气氛，使感情得以升华。郭沫若早期还有一类小说是借古人或异域的事情来抒发自己的情感，如《牧羊哀话》《鹓鹐》《函谷关》等，主观色彩明显。其中《牧羊哀话》是其第一篇小说，小说主体是"尹妈妈"口述的一个凄婉悲凉的故事：朝鲜李氏王朝的子爵闵崇华因拒绝和日本的合邦，而隐居金刚山。他的女儿配黄与仆人尹石虎的儿子尹子英青梅竹马，在共同牧羊中产生了爱情，但由于子爵的继室李夫人和仆人石虎的背叛，石虎在进入子爵住处刺杀子爵的时候误杀了自己的儿子。

倪贻德(1901—1970),浙江杭州人,著有小说集《玄武湖之秋》、《东海之滨》、《百合集》等。其小说作品富于感伤的情调,也带着唏嘘叙述自己的身世,有时还带着低调的愤慨,多写对爱情的追求。但与郁达夫不同的是,他小说中的主人公不把爱的要求与性的苦闷、困惑、矛盾扭结在一起,而是比较单纯的精神感情追求,是为了安慰和温暖孤冷感伤的心灵。所以,他的小说虽有爱情的失落与失败,但对由爱情带来的深的孤冷忧郁情绪也有一种迷恋。文字哀婉悲抑,偏重于主观宣泄,是纯正的浪漫主义风格。其代表作《玄武湖之秋》,它的副题为"一个画家的日记",实是作者本人一段经历的写照,写的是两小无猜的恋爱,发的是伤春悲秋的心语。小说写青年知识分子"我"与三个美貌女学生在玄武湖上荡舟作画,互表衷肠,这件事却引起了全校的嘲笑嫉妒和校长的干涉监督,而"我"由此沦落于愁云惨雾之中不能自拔。作者把个人的身世和社会的仇视联系起来,用自我的纯洁来反衬社会的腐朽,而并不以变态的心理来攻击变态的社会。

张资平(1893—1959),广东梅县人,创造社的发起人之一,他是创造社中最多产的一位作家,被誉为"中国现代言情小说的开山祖师"。20世纪20年代,张资平曾出版过多本长篇小说,如《冲积期化石》、《飞絮》、《苔莉》、《不平衡的偶力》、《最后的幸福》等,其中《冲积期化石》是中国现代文学史上较早的一部长篇小说。他的作品反映了五四时期青年男女对恋爱自由、婚姻自主的热烈追求和冲破陈腐的封建伦理道德的决心。其语言清新流畅,善于营造甜熟柔婉的氛围,故其小说畅销一时。然而他的小说中多描写多角恋爱关系,又从肉欲的角度阐释爱情,而且还有种种畸形的性关系和性心理。鲁迅曾用一个"△"概括《张资平全集》及其"小说学"。

周全平(1902—1983),原名周承澎,江苏宜兴人,著有小说集《烦恼的网》、《梦里的微笑》、《苦笑》、《楼头的烦恼》等。与其他创作社成员相比,他比较关注农村题材,关心农民苦难,揭露豪绅劣行,如小说《箬船》、《邹夏千的死》、《注定的死》。当然他也有很多带有自传色彩的抒情小说,而且这类小说在艺术上也达到了较高的成就。如中篇小说《林中》用缠绵的情调写逝去的爱情,短篇《楼头的烦恼》也是一部表达"灵与肉"冲突的作品,对病态的性心理描写十分细腻,这些写法都带有典型的浪漫抒情意味。

叶灵凤(1905—1975),原名叶蕴璞,江苏南京人,著有短篇小说集《菊子夫人》、《鸠绿媚》、《处女的梦》和长篇小说《红的天使》、《穷愁的自传》等等,因被鲁迅认为"齿白唇红"和"流氓气"而不入正史。叶灵凤擅长用意识流和弗洛伊德学说诠释性心理、性暗示和性变态等,作品中多有第三者婚姻外恋、同性恋、双性恋、自慰等的描写,他的作品有一种紧逼着生命的忧患,怅然于人生至美境界的难得和人无所不在束缚中的哀感。

　　王以仁(1902—1926)，字盟欧，浙江天台人，他虽多写自我抒情小说，却是文学研究会作家，著有中篇小说《孤雁》和遗著《幻灭》。其创作思想和小说风格都深受郁达夫的影响，小说《孤雁》由6封可以独立成篇的书信组成，写一个失业知识青年（作者自我的化身），教员职位被人侵夺，到处流浪碰壁，返回故乡又受冷眼歧视，最终呕血而亡。作者以书信形式倾诉心迹，亦叙亦议，亦忆亦叹，感情浓郁，忧郁的气息扑面而来，感伤的情调力透纸背。

　　冯沅君(1900—1974)，笔名淦女士，河南唐河人。她是五四后出现的一位有影响力的女作家，虽不是创造社成员，但受到前期创造性创作思想的影响。她强调创作要表现作者的"内心要求"，认为"文艺是生命的象征，在生命之流不到可翻动波澜的时期，决成不了可观的东西"①。其著有短篇小说集《卷葹》、《春痕》和《劫灰》。代表作《卷葹》收录了四个内容上带有连续性的短篇：《隔绝》、《隔绝之后》、《旅行》、《慈母》。主人公姓名虽不同，但性格是一致的，前后情节也是连贯的。作者通过男女主人公的婚姻悲剧，写出了当时青年人对封建婚姻制度的勇敢反抗，及对爱情与自由意志的热烈追求。她早期小说大多取材于自我生活，具有明显的自叙传色彩，而且常采用书信体形式和第一人称写法，浓郁的抒情性和主观性体现了她的浪漫主义艺术个性。

　　浅草社成员有林如稷、陈翔鹤、陈炜谟、冯至等，1923年在上海出版《浅草季刊》，1925年终刊后，部分成员又与杨晦、蔡仪等人组成沉钟社，在北京出版《沉钟》（先为周刊，后为半月刊）。该社受早期创造社影响，颇有"为艺术而艺术"的倾向，但却显示了他们在文艺方面的努力："向外，在摄取异域的营养，向内，在挖掘自己的灵魂，要发现心里的眼睛和喉舌，来凝视这世界，将真和美歌唱给寂寞的人们。"②浅草社创作正处于五四运动退潮时期，他们的作品表现了人们（主要是小资产知识青年）复杂、多变的精神世界，忠实地记载了他们（包括作者自己）的思想和情绪，反映了从追求理想、产生幻灭到苦闷矛盾和感伤，以及不甘失败而寂寞歌唱这样的心灵历程。感伤是浅草社创作的基本格调。有对爱情不自由、婚姻不幸福的悲愤倾诉（冯至的《吹箫人的故事》、陈炜谟的《甜水》、胡絮若的《青春的残迹》）；有经济困窘，无法自立于社会的哀叹（林如稷的《故乡的唱道情者》、陈翔鹤的《茫然》）；有人与人不能相交相知的苦恼（林如稷的《流霰》、陈翔鹤的《狂飚之夜》）；还有不满现实，却又不能摆脱现实黑暗阴影的烦闷诅咒（泠玲的《将睡觉时》）。

三　乡土写实小说

　　所谓乡土写实小说是指20世纪20年代中后期在鲁迅的影响下出现的一些回

---

①　冯沅君：《这许》、《春痕》，上海古籍出版社，1997年版。
②　鲁迅：《中国新文学大系·小说二集·导言》，上海文艺出版社，1981年影印本。

忆故乡生活并带有乡愁情调的作品。其主要特征是作家以自己所熟识的故乡村镇为背景，以回忆故乡和描写乡村生活为主要题材，描绘乡土风情，揭示农民命运，映现出鲜明的地方色彩和浓郁的生活气息。鲁迅也说"凡在北京用笔写出他的胸臆的人们，无论他自称用主观或客观，其实往往是乡土文学，从北京这方面说，则是侨寓文学的作者"，他们的作品大都是"回忆故乡的"，"因此也只见隐现着乡愁"①。鲁迅是现代乡土小说的鼻祖，受他影响的作家有：许钦文、许杰、王鲁彦、彭家煌、台静农、蹇先艾等。作品多发表在北京的《晨报副刊》、《语丝》、《未名》和上海的《小说月报》等报刊上，"侧重揭示近代中国乡镇村民的生命形态及生存方式，揭露封建势力对中国农民的摧残，其间点缀着剽悍民风中包含着的冷酷、野蛮的传统习俗"。

乡土写实小说突破了五四新文学诞生以来主要写知识青年的狭小范围，第一次提供了中国农村宗法形态和半殖民地形态的题材宽广、真实而多彩的生活画面，成为了解当时农村社会经济、政治、思想、文化各方面状况的最宝贵的形象史料，具有不可替代的认识价值。然而这些年轻的作家缺少把握农村复杂的社会关系和阶级关系的眼光与能力，虽然描绘了落后愚昧的农村生活图景，却未能进一步探索造成这种落后愚昧的深刻的社会原因。

许钦文（1897—1984），原名许绳尧，浙江山阴（今绍兴）人，曾在北京大学旁听鲁迅先生的《中国小说史》课程，并因乡谊与鲁迅先生过从甚密，自称是先生的"私塾弟子"，被鲁迅称为"自招为乡土文学的作者"。著有短篇小说集《故乡》、《毛线袜及其它》、《鼻涕阿二》、《幻象的残象》、《西湖云月》等等。许钦文十分憎恨封建礼教的压迫，同情劳动妇女的不幸遭遇，他在述写乡村妇女的悲惨故事时，也努力揭示她们麻木的灵魂。《老泪》中的黄老太太将"不孝有三，无后为大"当作生活的唯一信条；《疯妇》中勤快的双喜大娘在婆婆的冷脸中疯了，其实逼疯她的是"妇德尚柔"、"事公姑不敢伸眉"等封建教条。《疯妇》带有鲁迅式的深广忧愤和沉郁的格调，它揭示的已经不是个人家庭的悲剧，而是社会人生的悲剧了。著名中篇《鼻涕阿二》以诙谐之笔写人间悲剧，以畸形人物来显示社会的典型形态，虽然语多重复，伤于冗长，但仍不失深刻。它写出了宗法制下的农村妇女的悲剧地位，不单是在当"贱小娘"时被人歧视、嘲笑、役使的悲剧地位，还有在当了新少奶奶后依然不可避免地被旧制度毁灭的悲剧地位。小说既控诉了非人社会的冷漠与偏见对主人公菊花的欺压，也揭示了她心灵深处的劣根性。

许杰（1901—1993），原名许世杰，字士仁，浙江天台人。他是最有成就的乡土写实文学作家之一，他"是个生产丰富的作家"，当时"成绩最多的描写农民生活的作家"，"他的农村生活的小说是一幅广大的背景，浓密地点缀着特殊的野蛮的习

---

① 鲁迅：《中国新文学大系·小说二集·导言》，上海文艺出版社，1981年影印本。

俗,拥挤着许多的农村生活的典型人物"①。其小说以描写故乡浙东近山乡民强悍好斗的习俗和宗族观念而见长。《惨雾》写浙东农村玉湖和环溪两个村庄之间因出于传统陋习而引起的一场械斗事件,由此透露出了在争权夺利的背后更为深层的封建宗法意识和族权观念。《赌徒吉顺》写的是另一种冷酷的野蛮的习俗——典妻。他的小说对封建陋习的批判尤为深刻。

王鲁彦(1901—1944),原名王衡,浙江镇海人,代表作有短篇小说集《柚子》、《黄金》、《童年的悲哀》等,20世纪30年代写有长篇《野火》。他坚持批判的态度,审美偏于对恶的、丑陋的事物的深入体验,而受波兰作家显克微支的影响,又对心理描写颇为重视,逼真地写出乡土人物土头土脑的心理状态及其变异。《柚子》无情鞭挞了湖南军阀草菅人命的暴行,抒情之处多用反语。如"湖南的柚子啊,湖南的人头啊!""这样便宜的湖南的柚子啊!"让人读罢既心酸又愤慨。《菊英的出嫁》描写浙东的宗法制农村中一种古旧的民俗——"冥婚",情节奇特,地方色彩浓郁。《黄金》以沉实遒劲的笔锋,描绘了一个在金钱的灵光笼罩下的炎凉世界,深刻地揭露了从钱眼中观世窥人的社会中人与人之间鄙俗、冷酷而可怕的关系。《岔路》则写了瘟疫毁灭了袁家村和吴家村的大批生命,在大难前更能显现旧中国农村小生产者可怕的愚昧与自私。鲁彦的文笔朴实自然、细密含蓄,醇厚中带点悲苦,平实中回荡着几分抒情,落笔略嫌沉闷,缺乏令人啼笑的艺术刺激性,却不乏令人心情沉重的艺术感染力。

彭家煌(1898—1933),又名彭介黄,字韫松,湖南湘阴人,著有《怂恿》、《平淡的事》、《厄运》、《喜讯》、《出路》等短篇小说集,其小说的背景皆为"奚谷镇",作品大多表现湖南闭塞农村中士绅与乡民之间所发生的各种活剧。《怂恿》写了封建宗法制度下乡人的愚昧和乡村统治者的刁钻狡猾;《陈四爹的牛》中的周涵海一直备受主人与周围人物的欺压与歧视,因为丢了牛,怕主人追究就投湖自杀,然而主人痛惜的是自己的牛,竟无人询问放牛人的下落。彭家煌的小说叙述冷静机智,同时也具有强烈的地方性,语言幽默讽刺,诙谐中蕴含着悲悯,嘲弄中又寄寓着反思。

台静农(1903—1990),字伯简,安徽霍邱人,著有短篇小说集《地之子》和《建塔者》等。其小说多取材于民间,对当时辛酸凄苦的农村生活作了素描式的反映,故鲁迅赞他"能将乡间的死生,泥土的气息,移在纸上"。他擅长写沉郁、阴冷的悲剧性乡镇传奇,以朴拙、悲愤的笔法描绘了宗法制度对乡村底层的精神统治所造成的生生死死,突出展现了农村的生活惨景。《新坟》则写了四太太因遭兵祸家破人亡而发疯,最终在儿子的棺材边自焚身死。《拜堂》描写了年轻窘困的汪二与已有身孕的寡嫂草草拜堂成亲的情景,不仅表现了古旧乡村中穷苦人暗淡凄楚的生存状

---

① 茅盾:《中国新文学大系·小说一集·导言》,上海文艺出版社,1981年影印本。

态,也揭示了他们压抑苦痛的内心世界和对于命运苦苦挣扎的求生意志。

从"老远的贵州"走来的蹇先艾(1906—1994),遵义老城人,专写边远乡镇中的人物和风景,著有短篇小说集《朝雾》、《一位英雄》、《酒家》等。作家忠实记录了旧社会在贵州贫困而苦难的土地上生活着、挣扎着的人们,由此建构了作家独特的贵州乡土艺术世界。《在贵州道上》以冷静的笔调刻画了贵州山道的险峻、山民生活的困苦及其蒙昧的精神状态;《水葬》写一个小偷被处以"水葬",而河边看热闹的乡民甚至被葬者本人居然都对此麻木不仁,只有小偷母亲在毫不知情下仍等着她的"毛儿"归来,"水葬""对我们展示了'老远的贵州'乡间习俗的冷酷,和出于这冷酷中的母性之爱的伟大"。[①] 蹇先艾用平静文字叙述愤懑压抑,格调阴沉压抑,隐现着浓重的乡愁。

废名(1901—1967),原名冯文炳,湖北黄梅人,著有短篇小说集《竹林的故事》、《桃园》、《枣》及长篇《桥》、《莫须有先生传》等。废名的小说与许钦文、鲁彦、蹇先艾等人的乡土小说并不相同,甚至可以说是完全相反。其他"乡土小说"作家着重表现农村愚昧落后闭塞野蛮的习俗,展示出一幕幕冷酷悲凉的人生惨剧,而废名以宁静、优美的笔调,美化中国宗法制度下的农村社会,表现带有古民风采的人物的纯朴美德,有一种"田园牧歌"情调,并且对这种生活的逝去表现了深深的惋惜之情。《菱荡》所描绘的是一幅"不知有汉无论魏晋"的世外桃源,陶家村深藏在茂密的树林之中,一道河水、一个水洲使它远离县城的喧嚣与热闹,一年四季都很安宁,村里的人单纯、质朴、少受尘世污染,更具自然本性。《桥》更是废名精心营造的通向宁静禅境的美丽桥梁,平和宁静的史家庄,景美人善,毫无外界纷扰。废名笔下的人都是单纯善良纯美的,男女老少都和睦相处,知足常乐。《竹林的故事》中的三姑娘,恬淡淳朴,纯真自然,荡漾着一种脱俗的灵气。《浣衣母》中的李妈无论是对孩子、少男少女,还是对挑夫甚至是横蛮跋扈的兵士都充满了仁爱之心,被誉为人们"公共的母亲"。然而作者在描写宁静的世外桃源、善良的人们时,仍透着淡淡的哀愁。《竹林的故事》有着伤逝的哀戚;《浣衣母》中的李妈因为中年单身汉,而遭到了人们的非议;《桥》也流露出淡淡的命运不可知的悲哀。

废名的小说以"散文化"闻名,故事让位于情绪,景物与人物并重。他将周作人的文艺观念引至小说领域并加以实践,融西方现代小说技法和中国古典诗文笔调于一炉,文辞简约幽深,兼具平淡朴讷和生辣奇僻之美。这种独特的创作风格被誉为"废名风",对其后的沈从文等京派作家产生了一定影响,甚至在 20 世纪 40 年代的汪曾祺身上,也可以找到他的影子。故废名小说的历史影响深远悠长。

---

① 　鲁迅:《中国新文学大系·小说二集·导言》,上海文艺出版社,1981 年影印本。

第四节　现代文学的奠基者鲁迅

一　生平与创作道路

鲁迅(1881—1936),浙江绍兴人,原名樟寿,字豫才,后改名树人。在1918年发表《狂人日记》时曾用笔名"鲁迅"。在1881—1894年,鲁迅曾在本宅私塾和"三味书屋"接受严格的中国传统文化教育。1894年,鲁迅祖父因科场贿赂案被判"监斩候",举家避难在外,被蔑称为"乞食者",遂由小康坠入困顿。

1898年,17岁的鲁迅因"总不肯做幕友或商人",想"走异路,逃异地,去寻求别样的人们"[1]和人生而离开了家。他先入南京江南水师学堂,后改进江南陆师矿务铁路学堂。1902年,鲁迅从矿路学堂毕业,并以官费生的资格赴日留学,在东京弘文学院补习日文。1904年,他改入仙台医学专门学校;1906年,因日俄战争的"幻灯片"事件,决定"弃医从文",选择了以文艺改造国民精神的道路,在东京从事文学译著活动,主要致力于译介东欧和俄国富于反抗精神的作品,辑为《域外小说集》。

此外,在留日期间,鲁迅还创作了5篇文言论文:《人之历史》、《科学史教篇》、《摩罗诗力说》、《文化偏至论》和《破恶声论》,并发表于《河南》杂志,这为他后来划时代的文学创作奠定了基础。

《人之历史》:鲁迅主要是从生物学的角度对"人"的演变进行概述,同时也对"人"的真正意义进行探索,把人从"彷徨于神话之歧途"中解放出来。这对宗教的上帝创世造人学说具有一定的摧毁意义,具有社会学价值。

《科学史教篇》:鲁迅一方面从现代西方科学繁荣中看到了源自古希腊的科学精神,肯定了"科学精神"给人类文明带来的巨大进步,由此批判了中国"洋务运动"所倡言的"船坚炮利"、"兴业振兵"的舍本逐末的主张;另一方面,他又看到科学只是人类精神的一个方面,"盖无间教宗、学术、美艺、文章,均人间曼衍之要旨",人类精神不可偏于一极,关键在"致人性于全",这是"人文史实"本身之"垂示"。在此,鲁迅从医学—生物学走向了对西方科学史、文化史的思考。

《文化偏至论》全面展示了鲁迅的思想视域,"诚若为今立计,所当稽求既往,相度方来",也就是说,要立足现在,反思过去,方能构想未来。在此视域中,鲁迅脑海里呈现出两条历史线索:中国历史-现实的发展线索和西方精神的发展线索。就中国历史-现实的发展这一条线索,鲁迅反思了中国近代革命的历程。中国近代革命

---

① 茅盾:《中国新文学大系·小说一集·导言》,上海文艺出版社,1981年影印本。

虽是在西方文化的影响下进行的,但却未能深得其思想文化精髓:洋务运动虽学西方科学,但只限于器具层面,未能深谙其科学的内在;康、梁乃至孙中山的政治革命虽拾西方民主群治的牙慧,却未能洞悉其人的变革的本质。就西方精神的发展这一线索,鲁迅深刻洞见到西方 19 世纪文明和 20 世纪文明是有所不同的:19 世纪文明是"重物质"的科学文明和"任众数"的政治文明;而 20 世纪文明则重视人的自觉和人的人格的确立,其中包含着"个人主义之至雄桀者"尼采的"超人之说"。以此来纠正东西方文化中关于人的"偏至"现象,达到了他"取今复古,别立新宗"的"人国"理想。于此,鲁迅也形成了"相度方来"的"立人"思想。

《摩罗诗力说》:诗被理解为人的"心声";诗的功用被理解为"撄人";传统诗学被感受为对天才诗人的扼杀;文化史被解读为对人的心声的泯灭。在此萧条文化中,在诗情泯灭的"无声的中国"里,鲁迅依旧胸怀"精神界之战士"形象,从而也进一步确立了诗与文学"立人"的生存论意义。

《破恶声论》:鲁迅固然看到,康、梁以来的近代革命虽有"新声"的唤起,但那毕竟是异域之声,在中国"新声"则是"恶浊扰攘"的"恶声","绝不足破人界之荒凉",他也曾求"新声"于异域,以"摩罗诗派""雄健至大"的"新声"来破此寂寞,然而在中国不见任何反响,因而只得沉寂于"永续其萧条"的寂寞中,期待"第二维新之声"再举于中国。

以上论文,简而言之,充分展示了鲁迅从医学到生物学以至科学史、文化史,最终走向诗与文学的思想历程,是他"弃医从文"人生抉择的内在心路历程,同时也展现了他超拔凡常的思想高度和深邃广博的知识视野。

1909 年 8 月,鲁迅离日回国,先后在杭州、绍兴教书,同时搜集、整理古文物并辑录《古小说钩沉》、《会稽郡故书杂记》等古籍。1911 年,辛亥革命爆发,鲁迅投身革命,被绍兴军分政府任命为山会师范学堂监督(校长)。1912 年春,应中华民国临时政府教育总长蔡元培之邀,赴南京任教育部部员。同年 5 月,又随教育部北迁,在北京任社会教育司第二科科长。

1918 年 5 月,鲁迅在《新青年》上发表第一篇白话短篇小说《狂人日记》,揭露出中国历史的"吃人"本质,成为中国现代小说乃至新文学的奠基之作。随后,鲁迅一发而不可收,陆续发表了以其"表现的深切和格式的特别"的小说:《孔乙己》、《药》、《故乡》、《阿 Q 正传》等十几篇小说,后收入小说集《呐喊》。同时,鲁迅应当时思想启蒙、社会批评和文化批判的需要开始他的杂文写作,作品后收入杂文集《坟》和《热风》。

五四以后,鲁迅先后在北京大学、北京女子师范大学任教,致力于中国小说史研究,后编为《中国小说史略》。同期,他参加了语丝社、组织领导了莽原社、未名社,大力扶持文学青年的创作和翻译。1924—1926 年,鲁迅创作了小说集《彷徨》

和散文诗集《野草》；并因"女师大风潮"、"五卅"惨案和"三一八"惨案，同北洋军阀及"现代评论"派展开了坚决的斗争，写下了大量的杂文。这些杂文收入《华盖集》、《华盖集续编》和《坟》的后半部。

1926 年 8 月，鲁迅离开北京，赴厦门大学任教，同时写成回忆性散文十篇，编为《朝花夕拾》。1927 年 1 月，赴广州中山大学任教，于广州"四一五"事变后，辞去中山大学的一切职务。1927 年 10 月，鲁迅携许广平由广州抵达上海，从此定居上海，专门从事文学及有关的社会活动。1928 年，鲁迅接受马克思主义的思想，"看了几种科学底文艺论"，"译了一本蒲力汗诺夫的《艺术论》"[①]。1930 年 2 月，他发起并参加中国自由运动大同盟成立大会；同年 3 月，领导成立中国左翼作家联盟并发表重要讲话。1933 年 1 月，参加中国民权保障同盟，被推举为执行委员。

1927—1936 年，是鲁迅上海的最后十年，也是鲁迅杂文创作最为主要的时期。此间，他共创作了十本杂文集：《而已集》、《三闲集》、《二心集》、《南腔北调集》、《伪自由书》、《准风月谈》、《花边文学》、《且介亭杂文》、《二集》、《末编》。此外，鲁迅还出版了一部风格奇特、具有讽刺意义的历史小说集《故事新编》。1936 年 10 月 19 日，鲁迅因肺病复发，医治无效，逝世于上海，终年 56 岁。

鲁迅是近现代中国最伟大的思想家、文学家、启蒙者。他不仅以其穷尽一生的个体实践，探索现代独立人格如何在传统中国生存的各种可能性，从而探求一个古老民族的现代生存方式及其精神根基建构的可能性；更为重要的是，他将自己直面历史和社会黑暗的强大人格力量，转化为文本语言的创造。这对于中国自古以来以"圣人之言"为中心的"经典话语"体系、以奴役为目的的专制主义文化和"瞒和骗"的统治来说，无异是一种瓦解和颠覆。鲁迅改变的不仅是民族文化人格、个体生存的精神结构，而且也促使汉语话语程序历史性的裂变，从而催发了新的自我批判、自我展现、自我描述的个人话语的出现，由此将自己变成真诚的体验者、实践者和言说者，为走向未来的现代生存开启了新的各种可能性和自由度，同时也开启了民族文化反思的新思潮。

因此，鲁迅不仅是现代文学的奠基人，而且是中华民族新的人文传统的开创者。他已然成为中国 20 世纪以来最为独特和重要的文化现象，他对古老中国历史和民族文化的现代变革，以及未来中国文化的发展，均有着不可估量的价值。

二　《呐喊》与《彷徨》

鲁迅的短篇小说集《呐喊》和《彷徨》是中国现代文学经典的奠基之作，是现代文学史上的一座丰碑。《呐喊》出版于 1923 年，是鲁迅 1918—1922 年所作的短篇

---

① 　鲁迅：《鲁迅全集·且介亭杂文二集》（第 6 卷），人民文学出版社，2005 年版。

小说集,其中包含了《狂人日记》、《药》、《明天》等 14 篇小说;《彷徨》出版于 1926 年,是鲁迅 1924—1925 年所写的短篇小说集,其中包含了《伤逝》、《祝福》等 11 篇短篇小说。

1918 年春,鲁迅开始从事小说创作,并将第一本小说集命名为"呐喊"。为此,鲁迅曾回忆说,"还未能忘怀于当日自己的寂寞的悲哀","仍不免呐喊几声,聊以慰藉那在寂寞里奔驰的猛士,使他不惮于前驱"。① 与其说这是他为了应五四启蒙"听将令的"呐喊大潮,还不如说这是他为了破解自我的"寂寞"而发出的呐喊。因为,寂寞是鲁迅最为深刻的内心感受和生存体验。它滋生于一个古老民族从传统走向现代的过渡转折之间,又根植于鲁迅本己的生存,是一个具有强烈"自我意识"的"精神界之战士"对古老生存的反思("稽求既往"),也是对现代"新生"的向往("相度方来"),终而凝聚为当下自我的生存情态。随着辛亥革命、二次革命、袁世凯称帝、张勋复辟等历史事件的爆发,鲁迅的寂寞之感不但没有被驱除,反而越演越烈。这一切都迫使鲁迅对命运、对民族、对未来发自内心的"呐喊":"是故其声出而天下昭苏","震人间世,使之瞿然","盖惟声发自心,朕归于我,而人始自有己;人各有己,而群之大觉近矣。"②鲁迅欲借此"呐喊"来消解他无边的寂寞,唤醒国人的现代"自我"之魂乃至"群之大觉"。鲁迅的小说创作也正在此呐喊"一发而不可收"。

《狂人日记》是鲁迅创作的第一篇白话文,同时也是他呐喊的第一声。它不仅能够展现作者当时的精神风貌,而且还为其后的创作奠定了基础。这新时期的第一声呐喊是从"狂人"双重形象的文学构想中发出来的:"狂人"是一个被社会视为"狂"、"癫痫",但自己却认为格外清醒的形象。"狂人"之所以认为自己清醒,是因为见到了"他",即鲁迅所期待的"精神界之战士",朝向未来的"真的人",也是其"立人"学说中的现代自我。所以当"狂人"一见到"他",方知以前的生存全是发昏,而现在才觉察到"精神分外爽快"。然而,从发昏到清醒这一过程,"狂人"体验到的并非是快感和释然,更多的则是沉重:"然而须十分小心。不然,那赵家的狗,何以看我两眼呢!""狂人"怕的不仅是赵家的狗、古怪的眼光、张牙露齿的笑以及众人交头接耳的神态……更怕惯常生存的合乎情理。这一切使其怕得"呐喊"且"伤心"。因而,"狂人"陷入了"怕"且"有理"的生存状态,由此也引发了"狂人"的思。他思得,在他们的心里都藏着根深蒂固的"吃人"本质:街上的女人说,要咬你几口才出气;狼子村的佃户说,打死一个村里的大恶人,挖出心肝来煎炒了吃……"我看出他话中全是毒,笑中全是刀,他们的牙齿,全是白厉厉地排着,这就是吃人的家伙"。这明明就是一个"吃人"的社会。"狂人"回想中国这部民族生存史:"这历史没有年代,歪歪斜斜的每页上都写着'仁义道德'几个字。""狂人"从字缝里看出字来,即是

---

① 鲁迅:《鲁迅全集·呐喊·自序》(第 1 卷),人民文学出版社,2005 年版。
② 鲁迅:《鲁迅全集·集外集拾遗补编·破恶声论》(第 8 卷),人民文学出版社,2005 年版。

"吃人"。"狂人"看出国人的"吃人"本质,是"狂人"对古老民族生存史的深刻洞见,以此来否定其所处的历史环境,披露了"礼教吃人"的本质。

此外,基于"狂人"的怕,基于"狂人"所见到的"他"——"真的人","狂人"在否定历史的同时,也预示一个新的历史篇章将由此拉开。这就是中国的现代启蒙,即"呐喊"。随后,"狂人"便将启蒙的呐喊朝向了知识者——"大哥"。"狂人"希望通过"劝转"的方式,对"大哥"在文化思想上进行劝服、启蒙和祛蔽,从而转向其"自我"意识的觉醒。"劝转"首先着眼于人类文明对于"人"的认识:"大约当初野蛮的人,都吃过一点人。后来因为心思不同,有的不吃人了,一味要好,便变了人,变了真的人。有的却还吃……有的不要好,至今还是虫子";"这吃人的人比不吃人的人,何等惭愧。怕比虫子的惭愧猴子,还差得很远很远";"谁晓得从盘古开辟天地以后,一直吃到易牙的儿子;从易牙的儿子,一直吃到徐锡林;从徐锡林,又一直吃到狼子村捉住的大恶人"。从对这一"人"的认识中,我们可以知道中国这部残酷的"吃人"历史,从未间断过,从历史一直"吃"到现在。"狂人"希望"劝转""大哥"能够直面这段历史。然而,这些"到了现在,他们也该早已懂得"的道理对"大哥"并不奏效,他先只是冷笑,随后满眼凶光,一旦说破隐情,则满脸变成青色了。更为令人发指的是,这类人还有很多,他们仍沉溺于"吃人"的世界不可自拔。不仅如此,他们还以"老谱"来对付狂人,斥其为"疯子","疯子有什么好看!"狂人的话能听么?他不说就已先错了。

无奈,拥有着双重形象的"狂人",处在两个世界之间的"狂人",作为"历史中间物"的"狂人",他的结局只能是回到黑暗与寂寞的屋里。"屋里面全是黑沉沉的",横梁和椽子都抖动起来,堆在狂人身上,"万分沉重,动弹不得!"然而尽管这一切都让"狂人"觉得压抑和害怕,但他还是从黑暗与寂寞中,爆了一声觉醒者的呐喊:

> "你们立刻改了,从真心改起!要晓得将来容不得吃人的人,……"
> "没有吃过人的孩子,或者还有?"
> "救救孩子……"

鲁迅的呐喊在随后的小说如《药》、《明天》、《风波》、《故乡》以至《社戏》中依然响亮,但也不免渲染上了"寂寞"之色。在小说《药》中,有着鲁迅浓厚的寂寞之感,于此,他将呐喊寄予寂寞之中。小说通过华老栓夫妇买人血馒头为儿子治病的故事,揭露了封建统治镇压、愚弄百姓的罪行,同时也颂扬了夏瑜不屈的革命精神,惋惜辛亥革命缺少群众基础的局限性。"药"在小说中是蘸着人血的馒头,是救治华小栓的希望,因而当华老栓夫妇拿到它的时候"仿佛抱着一个十世单传的婴儿","他现在要将这包里的新的生命,移植到他家里,收获许多幸福",当小栓吃"药"时,旁边"一面立着他的父亲,一面立着他的母亲,两人的眼光,都仿佛要在他身里注进什么又要取出什么似的",而小栓自己"撮起这点东西,似乎拿着自己的性命一般,心里说不出的奇怪"。他们只知道这"药"是传说中的仙丹，并不了然他们无意中吃的竟是革命烈士夏瑜的鲜血，后者为了民族的希望，"关在牢里，还要劝牢头造反"，说"这大清的天下是我们大家的"，这声声呐喊却惨淡地消失于人们"买药"、"吃药"与"谈药"中。他们说这药"与众不同"，"什么痨病都包好"；他们夸赞牢头阿义的好身手，好拳棒；夏三爷因告密被赏二十五两银子，"独自落腰包，一文不花"。革命仿佛是"大家"的事，离他们十分遥远。

这群生活在现代生活中的古老躯壳，无论怎样声嘶力竭地"呐喊"，终然成空。这是鲁迅最大的无奈、悲哀与寂寞。因而在《药》中，我们能见到的为数不多的"亮色"，便是瑜儿坟上的"花环"，作者以此来寄予希望，但这实难驱除那缠绕灵魂的寂寞。《药》的沉重，"分明的留着安特莱夫式的阴冷"。

"我有一时，曾经屡次忆起儿时在故乡所吃的蔬果：菱角、罗汉豆、茭白、香瓜。凡这些，都是极其鲜美可口的；都曾是使我思乡的蛊惑。"此时的鲁迅开始在他的记忆夹中寻找童年美好，因而也终于开始走出他阴冷的寂寞。作品《故乡》和《社戏》也因此有了亮色。

《故乡》中的"我冒了严寒，回到相隔二千余里，别了二十余年的故乡去"，眼前的故乡虽然是"苍黄的天底下，远近横着几个萧索的荒村，没有一些活气"，但我依然挂念那个十一二岁，带着项圈，拿着钢叉，在金黄的圆月下刺猹的闰土。他知道许多新鲜事"都是我往常的朋友所不知道的"，他教我如何在下雪天捕鸟，如何在海滩拾贝壳，如何手捏钢叉，对付那些前来偷瓜的獾猪、刺猬、猹……他开启了"我"童年的知识视野。他正是"我"回故乡所要找的希望。然而，那只是记忆中的"希望"，此时站在"我"面前的闰土，"先前的紫色的圆脸，已经变作灰黄，而且加上了很深的皱纹"，"头上是一顶破毡帽，身上只一件极薄的棉衣，浑身瑟索着"。他态度恭敬地叫了"我"一声"老爷"，还让他的小孩给"我"磕头。"多子，饥荒，苛税，兵，匪，官，绅，都苦得他像一个木偶人了。"留给"我"的只剩悲凉与无法逾越的生冷和精神隔膜。"我只觉得我四面有看不见的高墙，将我隔成孤身，使我非常气闷"。于是，"我"淡然决然地离开了故乡，断裂了自我的生存之根，只得将希望寄托在"未经生活过的"现代生存，寄托在下一代孩子身上。希望是路，本是从无到有，走的人多了，也便成了路，有了路。

《故乡》因有了少年闰土而为文章增添了明丽，但是总的基调依然是沉重的悲哀与寂寞，与此相比，《社戏》就开朗了许多。虽然赵庄的迎春"社戏"并不精彩，但欢腾的少年，愉悦的美景，人与人之间的淳朴与友好却给我留下了深刻的印象。这就是鲁迅给予《社戏》最美的亮色，因而鲁迅才说"直到现在，我实在再没有吃到那夜似的好豆，——也不再看到那夜似的好戏了"。

鲁迅朝向国人灵魂的呐喊在《阿Q正传》中达到了极致和巅峰，最终也因阿Q

的"沉默"结束了"呐喊"。阿Q是一个清末民初的普通百姓,是几千年来默默生长和枯死的"国人灵魂"代表。但这个"灵魂"却是"沉默"的。他之所以沉默,是因为他不过是"压在大石底下","默默的生长,萎黄,枯死"的草,他没有生存的"话语权"。

阿Q的"精神优胜"展现了这群丧失声音、丧失灵魂,只剩动物性欲与食欲的行尸走肉,如何在枯死的世界上演一幕幕揪心动魄的悲喜剧。然而,"国人灵魂"的沉默无异于我们民族的沉默史。阿Q身上的"鬼魂"(精神优胜)是没有历史年代的,但小说却有意将其放置在有年代背景的历史革命中去探索,旨在表明这场革命无论是怎样的轰轰烈烈,它都只是外在的,它的发生并不能去除阿Q精神世界中的沉默。若是如此的革命真的发生在阿Q身上,那也只能是一场破坏性、浩劫式的革命。鲁迅预见,这样的革命"或者是二三十年之后"仍会出现。由此可知,我们民族魂灵病得是多严重,这是封建道德对人的禁锢。正是在这,鲁迅向国人"沉默"、没有自由意识的魂灵,发出了心与心的呐喊,在这"经过的中国的人生"的寂寞中喊起,至今震撼心灵。

鲁迅在阿Q那宣告了"呐喊"的终结,由此他开始创作《彷徨》短篇小说集。而将《祝福》放在小说集《彷徨》的首页篇,也意味着从"呐喊"到"彷徨"的思想转折。鲁迅的呐喊是朝向人心的,是他从潜在的生存寂寞中沉思而来的。但随着寂寞感的日益加深,他开始质疑这呐喊对于现代社会的意义。他决定不再充当冷眼旁观的历史叙述者,他要走出阴冷的叙述,去直面这惨淡的人生。这促使他在小说《祝福》中,塑造了国人女性的典型——祥林嫂。小说中的"我"直面的是祥林嫂的半生遭遇以及精神悲剧。祥林嫂只是一个普通人家的妇女,早年守寡的她听说婆婆要将她转卖他人,便连夜跑到鲁镇,成为鲁四老爷家的帮佣。哪知后来,她又被婆婆掳走,被迫再嫁;与贺老六成亲后,过了一段相对安稳的日子,随后贺老六重病身亡,儿子也被狼吞吃了,于是她又回到了鲁家,终至沦落。我们可以用最简单的话语来讲述祥林嫂一生的波折,但却无法用言语来完全阐释其人生的悲剧。

早年守寡其实并不是祥林嫂真正悲剧的开始,因为她初到鲁家时,脸色尚是红润。她的悲剧始于"狼吃阿毛"。失去儿子的祥林嫂四处向人们讲述儿子被狼吃掉的故事,然而在其冷漠缺乏关怀的世界,人们非但没有给予其安慰,反而开始咀嚼她的故事,鉴赏她的悲哀。最后,祥林嫂也变得沉默不再开口,"她单是一瞥他们,并不回答一句话"。她的人生便由此走到了尽头。祥林嫂曾在"临走"前询问"我""灵魂的有无"。"灵魂的有无"恰恰是造成祥林嫂悲剧的内在原因。祭祀祝福"这是鲁镇的年终大典,致敬尽礼,迎接福神,拜求来年一年中的好运气"。并且"年年如此,家家如此,今年自然也如此"。然而祥林嫂则莫名其妙地成了"不洁"的人,在鲁四老爷看来,"这种人虽然似乎很可怜,但是败坏风俗的",一切祭祀都不准她沾手。这样一来,祥林嫂陷入了生存空虚的境地。于是她向柳妈询问地狱阴司,柳妈说："你想，你将来到阴司去，那两个死鬼的男人还要争，你给了谁好呢？阎罗大王只好把你锯开来，分给他们。"这更引发了祥林嫂内心的恐惧，现世今生已如此的惨烈，若来生还逃不脱阎王爷的冥审，这该是怎样的来世生存？于是她所能抗争的便是将自己毕生的血汗钱拿去"捐门槛"，让千人踏，万人跨，赎她一世的罪孽。然而，祥林嫂最终还是未能实现她的心愿，等待她的依然还是阎王惨烈的审讯。小说讲述的是祥林嫂的故事，然而却用了《祝福》，这是因为作者强调敬奉神灵，以期福佑的来世意义，从而来展现国人的来世观念，以及对未来的理想。然而我们民族所祈求的却是鬼神的"祝福"？

"我"是祥林嫂这部有关生存轮回的精神悲剧的目击者、见证者以及感受者。"我"与她曾经对于灵魂的有无展开过对话，这是发生于民族历史转折之际启蒙先驱与被蹂躏者之间的对话。祥林嫂连发三问：一个人死了之后究竟有没有灵魂？到底有没有地狱？死掉的一家人能不能见面？面对被蹂躏者的一再追问，"我"作为处在历史轮回的终结处的启蒙者，却只得支吾闪烁其词，答非所问，落荒而逃。这样的询问于"我"显然太过意外和沉重，现在已是 20 世纪初，现代革命的思想启蒙早已开始，为何"她"还会如此地询问？显然，思想革命之风并没有在这产生效应，以祥林嫂为代表的民众丝毫未从生死轮回中脱离出来。因而与其是说，她在向"我"提问，不如说她已经给予了"我"答案，因为她存在的本身就成了悲剧。因而，面对这样的人，这样的提问，"我"该从何说起，从何答起？若说有鬼神有地狱，那是违心之言；若是说无，深信有轮回之说的她，又会如何相信"我"的话！面对这样的生存情态，面对这样的沉思，甚至自我拷问，"我"最终只能独自去咀嚼，在鲁镇祝福的新年之夜。

文中"我"的彷徨，也正是鲁迅当时的精神处境。虽然这彷徨是历史重压下的彷徨，但它并没有因此而失去希望与方向，它是朝向"能在"的呐喊。生存于古老生存和现代生存相互交际的精神战士，是不会轻易放弃他的希望之戟的。

在《彷徨》中，鲁迅关注的不仅是底层百姓的生存境遇，同时也将思考引申到了知识者本身。诚然，鲁迅在《呐喊》中思索过知识分子如"孔乙己（《孔乙己》）"、"陈士成（《白光》）"，但他们只是古老生存的不幸者。孔乙己因为古典文言的隔阂而成为世人嘲弄的对象，这一切使他难以生存，最终悲惨地死去。小说所要展现的是：语言是人生存的本质，若丧失了语言，与动物又有何区别？而就陈士成而言，他完全受制于数千年来统治者所宣扬的"升官发财"的人生欲望，默默地走向死亡，自沉湖底。他们的死宣告了古老生存在现代社会的不适应性。

回到《彷徨》，如"高老夫子"（《高老夫子》）、"四铭先生（《肥皂》）"他们依旧只是"旧的、半新半旧的或新的道学家们"，沉默的人们。高老夫子"留心新学问，新艺术"，因仰慕俄国大文豪高尔基而改名"高尔础"，以为换了"身份"就成了现代新型的知识分子。但他道貌岸然的外衣却被自我的不学无术，以及无意识的性冲动所撕毁。他想钻到里面去看女学生，不仅没看到东西，反而被"可怕的眼睛和鼻孔联合的流动而深邃的海"，骇得"草木皆兵"。为此，他感到"无端的愤怒"，最终用道学来平复自我受挫的意识，在牌桌上找到了缺失的半个灵魂。

四铭，他从外面买了块"肥皂"，希望它能洗去妻子身上陈年的老泥，从而换回曾经的夫妻之爱，然而在这其中也隐含着"性"的意味。他借用"肥皂"不仅是要洗去妻子身上的泥，更是要洗去街上女乞丐的脏，来满足对其性的渴望。但小说并没有赤裸裸地展现四铭的性意识，而是为其披上了"道德"的外衣。他希望借女乞丐的孝道来针砭时弊，挽救世风。这块"肥皂"的意义不仅在于它能除垢，更在于它揭示了以四铭为代表的道学家们的双重人格："口上仁义道德，心里男盗女娼"。

鲁迅通过高老夫子的"看"，四铭的"洗"，来批判这些"正人君子"只敢在潜意识中展露性意识的可怜状，使他们"都坠入弗罗特先生所掘的陷坑里去了"。[①] 他们在现代生存里有的只是苟延与沉沦，没有彷徨。彷徨只朝向具有现代自我意识的能者——"我"身上。这是鲁迅所要思考的。

此外，鲁迅也从爱情、婚姻、家庭等角度展开对新型知识者的叙述。《伤逝》小说通过涓生的"悔恨"与"悲哀"写出了这段曾经拥有而今已逝去的爱情的现代意义。涓生之所以"悔恨"，是因为子君的爱让他有了将来的希望，让他暂且逃离这现代生存的寂静与落寞。因而当子君离开后，"我"常常幻想着子君的再次归来。因为她与"我"曾有共鸣。子君曾冷静坚决地表明过她对爱情的坚强意志："我是我自己的，他们谁也没有干涉我的权利！"这一宣言，深深地震撼了"我"的心灵，"知道中国女性，在不远的将来，便要看见辉煌的曙色的"。这才是中国新知识分子自我觉醒后的伟大旷世爱情。然而，鲁迅要思考的不仅仅是现代爱情的发生，更要关心的是它如何在被生存压得透不过气的社会中扎根生长。"爱情必须时时更新，生长，创造"，否则爱的安宁和幸福便要冻结凝固。此时，小说展现了两颗相爱的心灵的生存冲突和精神的隔膜。这是涓生"悔恨"的内在根本。子君爱的终点是"家"，因而她将自我局限于家庭，深陷于日常琐事操劳中，"似乎将先前所知道的全部忘掉了"。子君用自己的辛劳取代了先前的爱，也因此想束缚寻求新生的涓生。子君"大概还未脱尽旧思想的束缚"，她并不懂得现代爱情的真正意义，因而"沉沦"便是子君最后的结局。当涓生失业后，子君所要维系的爱的世界全然崩塌了，油鸡们成了菜肴，阿随也被送走了，只剩一个已不爱她的涓生。当涓生说出"我已经不爱你了"时，子君已掉入万丈深渊。她在涓生这里找不到可以留下的理由，因而只能回家，重新领略父亲"烈日一般的严威和旁人赛过冰霜的冷眼"，走向"连墓碑也没有的坟墓"。

---

① 鲁迅：《鲁迅全集·"碰壁"之余》（第 3 卷），人民文学出版社，2005 年版。

《伤逝》中的爱情,是被放置在民族历史转折中来叙述的,因而它的意义也就有所不同。小说欲借助"爱"的艰难与不得,来传达新事物到来前必然会有的磨炼,其结局也只能是悲剧。《伤逝》中爱情的不得,固然在于"(涓生)所给予的真实",但更毁于无爱冷漠的现代生存。涓生只有通过"悔恨"和"悲哀"才能朝向他的未来生存,通过"遗忘"和"说谎"跨出孤寂人生路的第一步。

从《在酒楼上》和《孤独者》中,我们也能看到鲁迅对现代新型知识分子的沉思。《在酒楼上》的"我"是一个从大雪纷飞的北方回到南方的游子。"我"独自坐在酒楼里,深深地感到阵阵的孤独之感从背后袭来,内心期待会有消除寂寞和孤独的对话者的到来,"但又不愿有别的酒客上来"。而出现在文中的对话者就是吕纬甫。他不再是当年英气风发的青年,而今只见他行动缓慢,我与他的命运极其相似,曾有"同到城隍庙里去拔掉神像的胡子的时候,连日议论些改革中国的方法以至于打起来的时候",但而今"敷敷衍衍,模模糊糊"地过日子,谈的,做的,也是些"无聊的事情":他为死去的小兄弟迁葬;为曾所中意的女孩买"剪绒花"……"他"做得极为认真,全然没有当初的样子。难道他们也像"蜂子或蝇子……飞了一个小圈子,便又回来停在原地点",陷入了轮回,可笑又可怜。吕纬甫说:"你看我们那时预想的事可有一件如意?我现在什么也不知道,连明天怎样也不知道,连后一天……",可见,这位孤独启蒙先驱的落寞之感。他只有对"曾在"的怀念,却已然没有了对未来的"能在"。在他们走出酒楼分别时,他们见到了"屋宇和街道都织在密雪的纯白而不定的罗网里",这张"不定的罗网"是否是他们愿意或能挣破的?

《孤独者》更表露了鲁迅的寂寞与孤独。如果说先前的寂寞是因为过去的历史重压,那毕竟也有着朝向未来的呐喊,但此时,却没有了寄寓未来的"能在",彷徨于无地,只能指向孤独。小说中的"我"与魏连殳相识于送殓,也终止于送殓。由此,也有了"我"所经历的"二次死亡"。小说对第一次死亡的描述是关于魏连殳老祖母去世。那时,"我"与全村人都赶去观看,只见魏连殳从容镇静,"穿衣也穿得真好,井井有条,仿佛是一个大殓的专家,使旁人不觉叹服"。同时也目睹了他"只坐在草荐上,两眼在黑气里闪闪地发光","像一匹受伤的狼,当深夜在旷野上嗥叫,惨伤里夹杂着愤怒与悲哀。"之所以会发出声嘶力竭的哭声,是因为魏连殳有两位祖母,一位是他嫡亲祖母,在家境尚好时离逝,因而只能当作"盛装的画像","盛大地供养"在祖宗的灵堂。她的死象征着一个民族辉煌过去的消失;而现今要送殓的这位祖母,是一直养育他的善良勤劳的祖母。魏连殳从嫡亲祖母那分享了血脉,在这位祖母那继承了命运,两位的消逝,意味着一切都将荡然无存。他这是在唱末日哀歌,于"大殓"、"长嚎"中送走我们民族最后的挽歌。

小说将叙述的重心放了第二次死亡,我送殓魏连殳。魏连殳的现世生存是抗争的,"他议论非常多,而且往往颇奇警",因而他与"我"一样,将希望寄托在未来,把孩子"看得比自己的性命还宝贵"。然而,现实告诉我们,魏连殳最后还是一个失败者,一个彻彻底底的孤独者。因为他亲眼见到一个还不会走路的小孩冲着他喊"杀";又见到堂兄带着儿子来规划自己祖宗的破屋,深感"儿子正如老子一般";即便是自己亲自教育的大良、二良,也具有了奴性……这些不就意味着,"狂人","魏连殳"以及"我"所呐喊的"救救孩子"的希望的破灭。虽然"我"预言会有未来,虽然"我"曾规劝魏连殳"应该将世间看得光明些"。但没有未来的"能在",不仅把魏连殳推向了深渊,同样也是那些孤独思考者们所要面临的生存处境。他们在现世中不仅没有立足之地,同时也没有话语权。在精神与物质的绝境中,他们只能选择后者,因而他们最后的结局也只能像魏连殳一样,为了生存不得不低头,向"我"发出生的呼唤:"我……,我还得活几天……。"为了生存,他们贩卖了自我的灵魂,与"吃人的世界"同流合污。他做了杜师长的顾问,赢得了"新的宾客,新的馈赠,新的颂扬,新的磕头与打拱"。他在物质上得到了"胜利"与满足,然而他的精神死灭了,此时孤独者(作为思者)的存在("活着")也就失去了意义。

魏连殳曾经的一段灵魂自白:"先前,我自以为是失败者,现在知道那并不,现在才真是失败者了。我已经躬行我先前所憎恶,所反对的一切,拒斥我先前所崇仰,所主张的一切。我已经真的失败,——然而我胜利了。"于"我"来说,依旧会有"莫名其妙的不安和极轻微的震颤"。"我"越想忘记,记忆却越加深刻,因为"我"也不过是他精神的一面。棺材中的魏连殳"面目还是先前那样的面目,宁静地闭着嘴,合着眼,睡着似的",周围是"死一般静,死的人和活的人","仿佛含着冰冷的微笑,冷笑着这可笑的死尸"。"我觉得很无聊","我"觉得魏连殳一定很绝望,在死寂的活人世界里,连悲哀都不复存在。

从"送殓"到现今,"我"一直在问自己,是不是随着魏连殳的死,一切都会消失?似乎并不是,随着时间的流逝,它会冲破挣扎,魏连殳在"送殓"他祖母的时候,不是也像受伤的狼一样嚎叫?这正是鲁迅当初"声发自心,朕归于我"的呐喊,欲其"声出而天下昭苏"。这呐喊虽经历了现代生存的再次死亡,但一定会在绝望中喷发出希望的火焰,朝向"未绝大冀于方来"的能在。始于"呐喊",至于"彷徨",终而"孤独",这就是鲁迅从寂寞生长中领悟的人生,也是他眼里"所经历的中国的人生",更是他在创作的小说中所要展现的生存现象。

鲁迅小说的整体结构具有丰厚内涵且无穷价值意义。它架构于轮回的古代史和生成的现代史之间,这一架构存在于他现代生存寂寞的情态中,具体表现为从呐喊、彷徨到孤独的精神转变过程。鲁迅通过自身的生存体验去直面一个民族在历史转折时的命运。因而,可以这样说,他的小说在某种程度上是有特异的生存决定,从先见于未来,求助于曾经,终而归到现今。

《狂人日记》作为鲁迅小说的开篇,也是他"呐喊"的第一声,更是他见于将来的首发。鲁迅在小说的"小引"处，便设置了特定的时间视域。作者所展露给读者看的、狂人的日记是"不著月日"，"墨色字体不一，知非一时所书"，换言之，狂人的日记里并没标明年月，而唯一有时间痕迹的是，作者发表日记的时间"七年四月二日"。这也就是说，鲁迅是站在 1918 年 4 月 2 日这个确切时间点上，以"语无伦次，又多荒唐之言，但亦略具联络者"的狂人来展现一部漫长而没有时间的民族生存史；然而这部民族生存史却已终结，现代的"他"已然开始滋生。

这样的时间视域的设置，是通过"狂人"的狂与醒来呈现的。"狂人"从令他万般战栗的"怕"中，思到我们民族在仁义道德的外衣下隐藏着一个"吃人"的历史。这部历史是一部没有时间的动物式的生存史，这里有"狮子似的凶心，兔子的怯弱，狐狸的狡猾"。随后，"狂人"开始进行启蒙，"劝转"，朝向"大哥"之类以及众人，喊出"救救孩子"的呐喊。与此同时，"狂人"也明了，要想在"四千年来时时吃人的地方"，弄出点涟漪，尚是难事。因而，这声嘶力竭的现代"呐喊"，只能深埋于寂寞之中。

在《阿 Q 正传》中，古老生存历史与现代生存历史相交的时间视域在具备国人魂灵的阿 Q 那里得到了淋漓尽致的展示。小说叙述的是一部没有时间的国人精神史，它的本质就是"沉默"。生活在四千年架构中的国人，根本领会不到自我生存的时间，没有自我意识，时间对他们没有任何意义。他们也是行尸走肉，没有灵魂的躯壳。他们的存在只是历史存在的轮回，没有意义。这也就是鲁迅先将阿 Q 的"沉默"置于似乎没有时间的古老生存中来考察的原因。随后鲁迅也安排了一个确切时间的历史事件（第七章显示了一个明确的时间日期"宣统三年九月十四日"，即公元 1911 年 11 月 4 日），以此来展现国人灵魂阿 Q 在革命中的行为。鲁迅欲通过历史与现代的结合，为我们勾勒出一个"沉默的"、"现代的"国人魂灵。

《祝福》是鲁迅小说由"呐喊"到"彷徨"的转折，但小说对时间视域的设置还是相当明朗的。小说叙述了在一个民族的旧历新年之际，……将自我对未来的希冀寄托于鬼神的祝福而陷入历史的轮回中。在这轮回的"祝福"中，作者也向读者追叙了一个粗笨没文化的女人（祥林嫂）的精神悲剧。在叙述祥林嫂三个人生片段时，作者并没有写出确切的时间，只是说"年年如此，家家如此，今年自然也如此"。在"年年"轮回的时间轴里，生命便失去了时间的意义。然而，因为"我"的出现，小说有了一个较为确切的现代时间。作者将"我"放入鲁镇，是希望"我"去追叙祥林嫂生活中的民族生存史，由此进行拷问，并借此反思"我"的现代生存境遇："我"开始彷徨反思近代知识分子的生存情态。

鲁迅小说正是在整体性的生存时间视域中，创造了极具个人风格特征的小说叙事方式，实现了中国小说在叙事模式上的现代转向。如果说中国传统小说是以全知全能的视角来处理作者和作品的关系的话，那么鲁迅总是从本己的生存体验去创作他的小说世界，小说的叙述是作者如何走进他的小说世界的过程，因而呈现的是多重复杂的叙述视角。《狂人日记》中,有两个第一人称叙述:"我"叙述狂人,也是狂人的自述。"我"与狂人相类似但并不同一。"我"的叙述规定了小说的时间视域,然后由"狂人"自述去展现古老存在的"吃人"本质,以及现代启蒙的艰难性。在《故乡》和《社戏》中,作者置身于小说中,以第一人称的叙事角度,通过对现今的"我"与童年的"我"对故乡人情与风貌的切身体验的对比,欲通过展现童年的美好,来驱除现今的寂寞,寻求未来的希望。而在《明天》、《风波》、《药》以至《阿Q正传》中,作者选取第三人称的叙述视角,揭示在现代社会中仍深陷古老生存的世人们的生存情态。同样以第三人称叙述的小说《高老夫子》、《肥皂》,也可见寂寞孤独之情,但更多的是沉思另类新型知识者的现代生存状况。

由此可见,《呐喊》和《彷徨》的整个叙述就是鲁迅作为"我"在他的小说世界中的所感所见,以此来展现中国人所经历的人生。因此,鲁迅小说的"有主句"的创作实现了对传统小说"无主句"的颠覆,为现代小说创作奠定了基础。

在创作方法上,《呐喊》和《彷徨》"虽然很有象征印象气息,而仍不失其现实性的"①,是象征主义和现实主义的结合。这主要是因为鲁迅曾受安特莱夫创作的影响,他曾说,"安特莱夫的创作里,都含有严肃的现实性以及深刻和纤细,使象征主义与写实主义相调和"。那鲁迅又是如何在同一文本中调和这两种风格迥异的创作方法的呢?

《呐喊》与《彷徨》中的许多作品都通过日常琐事以及普通人的心理来展现20世纪初中国社会的风貌以及人文情态:等级森严的宗法制度,根深蒂固的专制意识形态,保守末路的习惯势力,以及愚昧无知的广大民众、穷途末路的知识者……在他们身上,我们可以看到近代以来民族面临的生存危机、精神危机以及自我改革的艰难性,以此为读者展开最为广阔深刻的中国民族历史画卷。这些都是小说所具有的现实主义特征。具体作品如《药》中小茶馆的事不关己的"闲言琐语";《祝福》中祥林嫂零散的三段生活遭际;《在酒楼上》与故友的相逢及对"曾在"的追叙,等等。其实我们并不真正关心"狂人"的病情,也并不在意华老栓为儿子治病,甚至也不会太留意孔乙己、阿Q、祥林嫂等人的生和死。因为生老病死,每天都在发生,难以数计。换言之,不管现实主义的创作手法将"真实"与"细节"刻画得多么逼真,最后这些并不能引起人们真正的同情、怜悯以及理解,也不能达到鲁迅所追求的目的:希望以此去直面国人魂灵。事实上,鲁迅也并不是为记录而叙述,这些貌似"真实的细节",其背后都隐藏着无比深厚的象征隐喻意义,其价值远远超过了其事件本身。因而象征主义的创作方法就显而易见了。《狂人日记》中"狂人"的"发狂"其实象征的是在民族历史转折期,一位精神战士的现代觉醒。"狂人"从他的"怕"中思得我们民族历史实乃是一个"吃人"的生存史,从而对古老"曾在"生存的否定,对

---

① 鲁迅:《鲁迅全集·〈黯淡的烟霭里〉译者附记》(第10卷),人民文学出版社,2005年版,第185页。

将来存在的"呐喊"。在《药》中华小栓的"病人"形象，其实其隐喻意义是"被拯救者"；夏瑜形象隐喻的是"拯救者"、"革命者"的形象；革命者以自己的生命和鲜血去拯救民族，因而，他们的鲜血就是治疗社会的"药"，"药"也就被赋予了"革命"的含义，诸如此类。但这些隐喻意义最终指向的意义是："被拯救者"吃了"拯救者"的生命。没有了"拯救者"，死亡是"被拯救者"的必然结局。这就是买药故事所要展现的深厚的历史现实意义。因而，鲁迅的大多数小说，都能完美结合现实主义和象征主义，从而被批评家们称为"复调小说"。

在人物形象的塑造上，鲁迅主要采取两种艺术手法：一是"杂取种种，合成一个"的塑造文学典型人物的手法；二是"画眼睛"。这正如鲁迅所言："要极省俭地画出一个人的特点，最好是画他的眼睛。"就其"杂取种种，合成一个"的艺术手法而言，在鲁迅笔下的小说人物，"往往嘴在浙江，脸在北京，衣服在山西，是一个拼凑起来的角色。"[①]如孔乙己，鲁迅通过其满口"之乎者也"的细节以及穷困迂腐的性格特征，成功刻画了贫困潦倒的旧知识分子的形象；如祥林嫂，鲁迅通过对其眼神和面部表情的深刻变化，来展现其悲惨的人生命运；就连象征着国人灵魂的阿Q，他也是由阿桂、阿有、桐少爷等真实人物组成的综合体……

在语言风格上，鲁迅曾言："我力避行文的唠叨，只要够将意思传给别人了，就宁可什么陪衬拖带也没有，……对话也决不说到一大篇。"因而凝练与含蓄是鲁迅语言所特有的风格。在《故乡》中，鲁迅只展现了"我"与杨二嫂子见面时的一段对话，就将其尖刻泼辣的小市民性格描绘得淋漓尽致；同样在《祝福》中，一句"我真傻，真的……"便充分展现了祥林嫂失去阿毛后的悲情状……此外，鲁迅也极少使用形容词、感叹词和修饰词，喜用本色语言传达丰富意蕴，可见其惜墨如金。

总之，《呐喊》、《彷徨》是中国现代文学史上具有划时代意义的两部小说集，无论是"国民性批判"的文学主题，抑或是"敢于如实描写，并无讳饰"的现实主义精神，还是"格式特别"的艺术表现形式和手法，都为后世作家开启了时代先锋，为中国文学的现代化转型做出了不朽的贡献。

三 《故事新编》

《故事新编》是鲁迅以历史题材创作的最后一部小说集，出版于 1936 年 1 月，全书收录《补天》、《奔月》、《理水》、《采薇》、《铸剑》、《出关》、《非攻》、《起死》8 篇小说。所谓"故事"指历史上记载的人和事，在鲁迅这里，已不是严格意义上的历史，而是"神话、传说及史实的演义"；"新编"是指在"博考文献，言必有据"的基础上，鲁迅"只取一点因由，随意点染，铺成一篇"的新编故事。[②]因此，《故事新编》因其独

---

① 鲁迅：《鲁迅全集·我怎么做起小说来》（第 4 卷），人民文学出版社，2005 年版。

② 鲁迅：《鲁迅全集·故事新编·序言》（第 2 卷），人民文学出版社，2005 年版。

特的文本形式而有别于惯常的历史小说,意义深远。

　　"油滑"是《故事新编》所呈现的创作风格和态度。这是鲁迅杂文惯用的手段,将其用在《故事新编》的历史人物身上,不免有插科打诨之嫌。然而,作者在一开始创作首篇《补天》时,本是想借用弗洛伊德"性的苦闷","来解释创造——人和文学的——缘起",来阐释古代神话和历史,可见鲁迅一开始的创作初衷是严肃的。但当他在日报上看到有人对《蕙的风》的"含泪的批评",就在创作中途放弃了严肃笔调,而后在女娲的两腿之间,添加了一个"古衣冠的小丈夫"。原本勤劳伟大的女娲,在《补天》中却染上"裸裎淫佚,失德蔑礼败度",由此伟大神圣的创业也因"油滑"陷入了小丈夫可笑的行径里。《补天》也是鲁迅"从认真陷入了油滑的开端"。鲁迅也深知这样的态度对创作有害,也称"油滑"是创作的大敌,也发誓"决计不再写这样的小说"。① 但在随后的创作《故事新编》的 13 年时间里,自 1926—1927 年创作的《奔月》、《铸剑》到 1934—1935 年创作的《理水》、《采薇》、《起死》等 5 篇,鲁迅一直坚持采用"油滑"的创作态度。

　　《补天》小说通过对女娲创造人类,修补世界场景的勾勒,赞扬了女娲不辞辛苦的创造精神,同时也流露了其独自创造世界的落寞之情。但这是作者寄予作品的表象意义。其内在深蕴是,随着女娲所创造的人的出现,以及"古衣冠的小丈夫"的出现,其神圣的创造就会随之被破坏和消解。人类之间的战争使得天地崩塌,而只剩女娲收拾残局(补天)。最后的结局是人类高扬斧头,在女娲身上到处扎寨,自称为女娲嫡派,伟大的创造者就这样被毁灭,这就是"油滑"。同样在《奔月》中,鲁迅采用的是后羿和嫦娥的传说。小说固然表现了羿的武勇善射的英雄气概,但重点却在刻写他现今境地的孤独寂寞和英雄末路。羿虽然能够射杀世上的飞禽走兽,但他的生活境遇却是终日以"乌鸦炸酱面"为伴,此外还要遭受农家老妇的白眼。这些寻常的生活细节,其实是鲁迅本己的生活体验。在现实生活中,他正遭受着高长虹对他的人身攻击,逢蒙的形象也因此而产生。小说的古今交融,以"油滑"的姿态写出了古代英雄的众叛亲离的窘境。这样一来,消解伟大的目的也就达到了。

　　《铸剑》是《故事新编》中较为严肃、认真的一篇小说。它讲述的是"为父报仇"的故事。小说塑造了一个冷酷但不冷血、富有同情心和正义感的宴之敖的形象。他是中国"民魂"的象征,同时也是鲁迅所向往的精神人格。眉间尺起初是一个性格懦弱的人,他尚不具备独战社会的力量。然而当他接触宴之敖后,从他身上获取了复仇者的力量,成为一个彻底的复仇者。复仇的悲剧感和崇高感就此形成了。但当复仇结束后,出现了君王、太妃、侏儒太监与复仇者相混在一起的滑稽场面。因不能区分,他们一起被放在金盘里,以"三王"的名义实行国葬,接受万民跪拜。

---

① 　鲁迅:《鲁迅全集·故事新编·序言》(第 2 卷),人民文学出版社,2005 年版。

参见国葬的百姓，虽然表面痛苦，但内心却在咒骂"那两个大逆不道的逆贼的魂灵"。如此一来，复仇的意义就被消解了，作品也就走向了"油滑"。

如果说，在1922—1927年，绝望孤独依旧是鲁迅生存情趣的主旋律的话，那么在1934—1935年，"油滑"的姿态则成为其创作小说的主导。在《理水》中，为理水而三过家门不入的大禹，在黄袍加身后，其精神世界变得虚无。"吃喝不考究，但做起祭祀和法事来，是阔绰的；衣服很随便，但上朝和拜客时候的穿著，是要漂亮的"，"终于太平到连百兽都会跳舞，凤凰也飞来凑热闹了"。而《非攻》中的墨子，以其坚强的意志和超人的智慧，将宋国从危难中解救出来。然其结局是："一进宋国界，就被搜捡了两回；走近都城，又遇到募捐救国队，募去了破包袱；到得南关外，又遭着大雨"。想躲雨却被巡兵驱赶，这背后的意义是在说拯救者非但没有收到应有的待遇，反而遭被拯救者凌辱。像大禹、墨子这样"中国脊梁式"的人物，在鲁迅的"油滑"笔调中，被完全消解了。

在小说《采薇》《出关》《起死》中，鲁迅不再花笔墨去写"黑衣人"、夷羿之类的英雄末路和孤独；也没有再去描写大禹、墨子之类的"中国脊梁式"的人物。此时的鲁迅只剩讽世。《采薇》小说讲述的是伯夷和叔齐不食周粟而饿死在首阳山上的故事。伯夷、叔齐恪守先王之道，因相互让贤，而逃到周王姬发境内，在那过清闲的日子。然而不久，姬发兴兵讨伐纣，打破了这平静的生活，同时也触怒了这两兄弟。"老子文王，死了不葬，倒来动兵，说得上'孝'吗？臣子要杀主子，说得上'仁'吗？"待到讨伐成功时，伯夷、叔齐誓死不食周粟，准备前往华山觅食。然而在路上碰到了华山的大盗。他自称是文明人，满嘴的敬老尊贤，即便是等他搜遍叔齐全身后，依然是用恭敬的语气让他们滚蛋。到了华山之后，他俩又遇到了一人，这人是华山的一位诗人，文学主张是"为艺术而艺术"，认为叔齐他俩"通体都是矛盾"。在华山，伯夷、叔齐吃薇，但听阿金姐说"普天之下，莫非王土"后，他们再也无法生存了，活活饿死在山洞里。作者通过展现生活细节，来嘲讽先王之道的荒谬，以及社会各色人等的不同嘴脸。他们都是以"仁义"之名去实现自我的私欲，从而使作品具有了"灰色幽默"的笔调。

《出关》讲的是：孔老相争，老子失败而出关。出关途中应关尹喜邀请而讲学的故事。小说以此来隐喻儒道两家在中国的不同命运。在小说中，鲁迅刻意将老子放置在具有现代特征的生存环境中，去展现"老子"的命运遭际。在听老子"讲学"时，账房、探子与巡警之流，不是东倒西歪，就是露出苦相。然而，面对此状，老子依旧故我地念着"道可道，非常道"。至于老子所留下的讲义，有人说老子是老作家，愿意给出十五个饽饽，但当账房听到后，马上质疑说，五个就够了；书记也说，这东西没人看的。那究竟是谁在看老子的讲义呢？他们是会看的："交卸了的关官和还没有做关官的隐士"。

《起死》讲的是：一个死去五百年的汉子因为庄子央请司命天尊给复活了，而司命天尊却没有重新给予汉子衣物，于是一个认定自己只是睡了一觉的汉子缠住庄子，要求归还其衣物。这给信奉"衣服有无论"的相对主义哲学的庄子以嘲讽。无奈之下，庄子只得报警，让汉子与巡警纠缠，自己则落荒而逃。

在这些小说中，鲁迅通过"古今交融"的艺术手法，将其古人古事放置在现代语境中来叙述，使得老子、庄子、伯夷、叔齐成了滑稽可笑的人物形象。他们的圣贤之名也因此被无情地消解了。这或许是鲁迅用"油滑"姿态，对中国民族生存史以及文化史的最后解构和反思。

鲁迅曾用"呐喊"、"彷徨"、"孤独"、"绝望"等人生情态向"人心"、向"现实"道说人生。然而，这样的生存道说还是走到了尽头，鲁迅唯有向历史寻求灵感。为了探寻历史于当今的存在价值意义，鲁迅采用"古今杂糅"的艺术手法，将历史人物事件放置在现代背景中来考量。诚然，《故事新编》是鲁迅矛盾思想无着落的产物，是鲁迅思想转变后不成熟的试验田，然而不可否认的是鲁迅为中国文学发展所作的努力和伟大贡献。

四　杂文与散文

鲁迅于"新青年"时期开始杂文创作，到了"语丝"时期，鲁迅的杂文功力更是炉火纯青，杂文成为此时期最常用的文体，他这一时期创作的杂文，主要收录在《坟》、《华盖集》、《华盖集续集》、《而已集》、《三闲集》中，此后，杂文便成了他一生中自觉运用的文学利器。鲁迅的杂文一般以 1927 年为界分为前、后两期，从总体上看，鲁迅前期杂文侧重于社会批评与文明批评，提倡建设新文化新思想；后期杂文逐渐由广泛的社会批评转向激烈的现实斗争。

鲁迅杂文的社会价值，首先在于它是对当时时代、社会的真实记录，它具有微观和宏观相统一的特点。在鲁迅杂文中，既有单纯的历史考察和单纯的现实解剖的出色篇章，但更多的是对历史的反思和对现实的剖析，这是鲁迅杂文辩证的理论思维的重要特征。鲁迅的这类杂文，善于从历史和现实的联系中勾画出事物发展的历史过程，揭示出事物发展的历史规律。鲁迅的杂文，包容了我们民族的整部历史，充满着丰厚的历史感和深刻的历史预见性。

广泛的社会批评与文明批评，是其第二个特征。鲁迅的批判，不同于一般的思想评论，他始终把自己的批判锋芒对准人——人的心灵与灵魂。他那违反"常规"的联想力，使他能够把外观形式上相异最远，似乎不可能有任何联系的人和事联结在一起，总是在"形"的巨大反差中发现"神"的相通。

鲁迅杂文的思想价值，集中体现于他尖锐的思想批评与文化批评。批评对象大到整个社会，整个文明，小到寻常的社会现象，但又以小见大，所谓借一斑而略窥全豹,以一目而尽传精神。这种分析和综合相结合,鲁迅曾在《准风月谈·后记》中,有很好的说明:"我的杂文,所写的常是一鼻、一嘴、一毛,但合起来,已几乎是或一形象的全体"①。

鲁迅杂文是思想性和文学性的高度统一,具有极高的审美价值。

鲁迅杂文的一个重要审美特质,是形象性。勾画"个"与"类"统一的类型形象("社会相"、"共名"),可以说是鲁迅杂文基本的艺术手段,也是他在进行论战时所采取的基本方法。鲁迅不是对某个人作出全面评价,而是将某个人一时一地的言行作为一种典型现象来加以解剖,他所采取的方法是"攻其一点,不及其余",只抓住具有普遍意义的某一点,而有意排除了为这一点所不能包容的某人的其他个别性、特殊性,从中提炼出一种社会类型。在这个意义上,读者不熟悉文章时代背景材料,反而有助于对其实质性内容的把握与理解。

冷中蕴热是鲁迅杂文的又一特色。杂文是鲁迅进行社会批评和文明批评的重要手段,无论是阐释一个事实还是揭露一个道理,鲁迅往往三言两语之间就使事物本质得到清晰的体现。他对历史的反思、对现实的体悟有时到达偏执的程度,在《忽然想到之四》中,他沉痛地写道:"历史上都写着中国的灵魂,指示着将来的命运。"②对未来中国走向的关心跃然纸上,在冷酷的外表遮掩下的是一颗为生民请命、为百姓立命的拳拳赤子之心。冷中蕴热,将热烈的情感以冷峻的外在形式表现出现,带来了一种奇特的审美体验,增加了文章的张力。

鲁迅杂文的第三个特质,就是带有强烈的主观情感。鲁迅是一个充满激情的文学家,他的每一篇作品都是他内心情感的传达。他从不满足于讲清一个道理、阐明一种观点、表示一种态度,而总是把道理、观点、态度揉进满腔的激情之中,晓之以理,动之以情。如《记念刘和珍君》为痛悼烈士之作,字里行间无不渗透着对烈士的敬仰和对反动派的愤懑,以情寓理,而又情胜于理,足以引起读者对现实的思索。

鲁迅杂文具有高度的艺术魅力。它的语言凝练、丰富、形象、生动,饱含感情,极具色彩美和韵律美,富有表现力和穿透力。精彩的比喻,巧妙的借用和反语,精致的排比与对偶,出奇的警句、警语等等,构建了杂文艺学的审美殿堂,给人以深刻启迪,带来无穷魅力,在现代中国杂文史上树立了伟大的艺术丰碑。

鲁迅散文创作成就最高的是其杂文,但鲁迅的另外两个散文集——《野草》和《朝花夕拾》,也各有特色,在现代散文史上影响深远。《野草》是鲁迅于1924—1926年创作的23篇散文诗的合集,正如鲁迅谈到《野草》时所说:"我的那本《野草》,技术不算坏,但心情太颓唐了,因为那是我碰了许多钉子之后写出来的。"因而可以说《野草》浸润着鲁迅伤口的鲜血,深印着其无法摆脱的颓唐心境,充分展示了

---

① 鲁迅:《鲁迅全集·准风月谈·后记》(第5卷),人民文学出版社,2005年版。
② 鲁迅:《鲁迅全集·忽然想到之四》(第3卷),人民文学出版社,2005年版。

鲁迅的痛苦与绝望。与以前的散文相比,《野草》可谓是鲁迅主观心灵世界的最集中体现,《野草》是作者在经历了巨大人生痛苦体验,饱尝人间冷暖后的悲愤倾诉,是作者不得不宣泄的无边呼号。它在无情地探寻社会的同时也在无情地剖析自己。在苦闷中求索、在失望中抗争、在孤独中前行是《野草》的基本精神特征。

《野草》集中体现了鲁迅的怀疑精神,其思想是鲁迅哲学的完美诠释。有些篇章以辛辣的讽刺针砭、圆滑的处世哲学、无聊的围观等病态心理以及黑暗丑恶的社会世态,或以沉痛的笔触刻画群众的冷漠麻木,或以发人深省的笔触揭露社会的不公。《野草》重点在袒露内心的矛盾和苦闷彷徨,展示了理想与现实、光明与黑暗、希望与绝望等痛苦而激烈的内心矛盾,更显示了鲁迅严于解剖自己的精神。如《影的告别》中"彷徨于阴暗之间"的回环反复的语句,传达出内心斗争的深刻;《希望》中希望与绝望的激烈矛盾;《墓碣文》中自我解剖艰难痛苦。

象征手法的采用,是散文集《野草》成功的一大前提。《野草》的多数篇什在艺术上采用象征主义的方法,以创造有物质感的形象来表现复杂的内心感受。例:人物如过客,自然景物如天空、枣树都是象征性意象。作品中的故事也都具有象征性意象。这些象征性意象不是作者随意选取的结果而是寄予着丰富的社会内涵。《野草》艺术构思奇特,充分体现了鲁迅作为一个大作家的创造精神。文集中写梦境的作品有9篇,创造了许多非现实性的形象和境界:如影和人的告别,在艺术上达到了现实与虚幻的完美统一。《野草》的艺术境界奇幻、神秘,以梦境玄想的手法表现现实性的主题,创造了一个个令人难以忘怀的艺术圣境。此外,《野草》的语言形象精致,饱含着诗情,具有形象美、音乐美、绘画美的特点。它那时而略带古文范式的文辞,时而欧化的句式,集中体现了鲁迅作为一代大家的语言天赋力。

《朝花夕拾》共收录了10篇作品,是鲁迅的一本回忆性散文集。它记述了鲁迅青少年时期的一些生活片断,从一个侧面勾勒出了从清末到辛亥革命时期的若干社会生活风貌,是一幅幅生动的世态图和风俗画。贯穿全书的,是强烈的反封建精神和对封建教育、道德、顽固派的批判。文中展示了洋务运动和辛亥革命的某些历史真实,揭示了极为深刻的历史教训。《朝花夕拾》十分注意人物刻画。作者运用白描和画眼睛的方法,创造了许多性格鲜明的人物形象,如《藤野先生》中的藤野先生;《范爱农》中的范爱农。有些篇章夹叙夹议,在描述往事的同时也使其与批判现实穿插交织,带有较多的杂文笔法。另外一些篇章融叙事、抒情、议论于一炉,以深沉的感情记事怀人,在往事追叙中闪耀着社会批判的锋芒。

第五节　五四文学阶段的散文

一　丰富多彩的五四散文

五四以来的现代散文，最早是议论性散文，是为反对封建主义的思想启蒙运动服务的，如刊登在《新青年》上李大钊的《青春》、《今》和陈独秀的《偶像破坏论》、《克林德碑》等，这些文章虽然带有政治性和社会性，但也有很浓厚的文学色彩。而1918 年 4 月《新青年》第 4 卷第 4 号起设立的"随感录"专栏，标志着中国现代杂文式的散文正式诞生。这类文章短小精悍，生动晓畅，寓庄于谐，猛烈地攻讦了封建主义的痼疾。随后重要的报纸杂志都增设类似的栏目，如《每周评论》和《新生活》等。其中以围绕在《新青年》周围的作家群的影响最大，主要有陈独秀、李大钊、鲁迅、刘半农、钱玄同、周作人等。陈独秀是"杂感录"这一文体的开创者，而鲁迅则是杂感文创作中成就最高、最具有代表性的作家。

1921 年 5 月，周作人在《美文》中号召同道者们都来"试试"写一写那种真实简明的、以叙事与抒情为主的"美文"，"给新文学开辟出一块新的土地来"①。由此抒情性散文和艺术类散文的写作开始有较大的进展，"彻底打破那'美文不能用白话'的迷信"②。1924 年 11 月，周作人主编、鲁迅支持的《语丝》创刊，同年 12 月，胡适、陈西滢、徐志摩等人坐镇的《现代评论》创刊，两种不同的创作风格，标志着现代散文的成熟。

《语丝》是中国现代文学史上第一家主要发表散文的文学刊物，主要作家有周作人、钱玄同、林语堂、鲁迅、王品清、孙伏园等，因倾向一致和格调相近被称为"语丝派"，也形成了一种"任意而谈，无所顾忌"、风格泼辣幽默的"语丝体"。有论者指出："《语丝》的文体是一种没有文体的文体，它呈现出一种无风格的风格。"③简言之，语丝文体其实是一种自由随意的文体风格，是作家们自由民主精神的集中体现。林语堂倡导幽默小品，主张以幽默的艺术去揭示生活矛盾，针砭社会弊病，将讽刺寓于幽默之中。"语丝派"作家主要是进行文明批评和社会批评。

《现代评论》的主编及撰稿人大多是欧美留学归国的自由主义知识分子，他们不满近代中国封建专制统治和社会的落后腐败现实，向往和追求自由、平等、博爱的理想社会。他们的散文既不喜欢锋芒毕露，也不喜欢隐晦曲折，而是以英式随笔

---

① 周作人:《谈虎集·美文》,河北教育出版社,2002 年版。
② 胡适:《胡适文集·五十年来中国之文学》(第 3 卷),北京大学出版社,1998 年版。
③ 刘帆:《也谈〈语丝〉的文体》《哈尔滨师专学报》(人文社科版)2000 年第 6 期。

为楷模，讲究心平气和地侃侃而谈，力求达到雍容舒展、轻松自如的境界。徐志摩和陈西滢是其中的杰出代表。徐志摩的散文自由而华丽，他的散文多属冥想型的小品，即使记述事物，也常抓住刹那的灵感，让感情之流自由地奔放。《北戴河海滨的幻想》《翡冷翠山居闲话》《我所知道的康桥》《"浓得化不开"》，都是他有名的篇章。陈西滢（1896—1970）曾在《现代评论》上开辟专栏"西滢闲话"，后集成《西滢闲话》，而本人也被人称为"闲话家"。陈西滢有相当的西方文学修养，行文流畅，形成了"闲话"式的幽默散文。

鲁迅的散文诗集《野草》与回忆性散文集《朝花夕拾》也是中国现代散文中的精品，《野草》色彩瑰丽、意境神奇，《朝花夕拾》清新明丽、平易深情。周作人的成就主要在叙事与抒情相结合的言志小品方面，其前期散文思想意义与社会作用较为积极，后期则转向闲适、苦涩，思想情绪较消沉、颓废。文学研究会成员中散文方面取得突出成就的还有朱自清与冰心。朱自清擅长写漂亮精致、具有诗情画意的抒情散文，如《桨声灯影里的秦淮河》就被誉为"白话美文的模范"。冰心这一时期主要是回忆性散文《往事》和书信体散文《寄小读者》。两者都表现了自然、母爱和童真的主题，文字较清丽，风格较哀婉。此外还有满富哲理、有浓厚宗教情感的许地山散文和细致谨严、朴素隽永的叶圣陶散文。

创造社的散文以郁达夫和梁遇春的作品为代表。郁达夫的散文率真、坦诚，文笔恣肆，明丽晓畅，具有浓烈的抒情性，如《还乡记》《还乡后记》《立秋之夜》等。郁达夫的散文也如其小说那般有着坦率的自我剖析和内心独白，表达了作家内心的苦闷愤慨和近乎病态的敏感等。郭沫若的散文与小说实在很难严格地区分。《月蚀》《卖书》，都是通过个人贫困的遭际，向社会发出悲愤呼叫。《路畔的蔷薇》等六章小品，牧歌式地抒发青春的欢悦与离乡去国的孤寂。与郁达夫的散文相比，郭沫若的散文有更多的社会和政治色彩。梁遇春（1906—1932）博学多思，他的散文多谈人生哲理，形成了非绅士的"流浪汉"风格，怀疑、彷徨、恣肆、追求是其散文复杂的主题。代表作有《春醪集》和《泪与笑》。

此时期，报告文学的创作也在兴起。晚清梁启超的《戊戌政变记》具备了报告文学的基本特征，而瞿秋白的《饿乡纪程》（又名《新俄国游记》）和《赤都心史》是现代报告文学的开拓之作。《饿乡纪程》和《赤都心史》是记载瞿秋白赴莫斯科的过程和在莫斯科一年多的感受和感想，是作者在苏俄旅程的纪录，也是作者心灵的自述。内容涉及了当时苏联的政治、经济、文化、社会生活等诸多方面，是国人了解十月革命后的苏俄的重要材料。1925年"五卅"运动后，报告文学创作进入一个新阶段，出现了一批速写式的报告文学作品，如茅盾的《五月三十日下午》、叶圣陶的《五月卅一日急雨中》、朱自清的《执政府大屠杀记》等。大革命时期，报告文学作品多报告北伐军胜利进军和大革命失败，其中谢冰莹（1906—2000）的《从军日记》和郭沫若的《北伐途次》、《请看今日之蒋介石》最为出色。《从军日记》,以一个小小女兵的口吻来叙述从军的见闻和感受,表现了当时轰轰烈烈的伟大时代,尤其是表现了新时代女性的思想、感情及其艰苦的生活,内容新鲜生动,文笔自然流畅,富有生活气息。

二　语丝派散文与周作人的创作

语丝派是中国现代文学史上的一个重要社团。从 1924 年年底至 1930 年年初,历时约五年时间,以《语丝》周刊为依托,围绕着鲁迅和周作人,在"语丝社"的旗号下聚集了一批后来在文学史上留下赫赫名声的作家和学者,其中既有五四时期的文坛老将,亦有 20 世纪 20 年代中期于文坛崭露头角的青年作者。

语丝派因其成员创作有共同特征的散文而得名。《语丝》发表的主要是散文,在创作上,尽管语丝派同仁的思想和艺术主张不尽一致,但在针砭时弊方面形成了共同的风格:内容上排旧促新,放纵而谈,古今并论,庄谐杂出,简洁明快,不拘一格;语言上泼辣幽默,讽刺强烈。这是"语丝文体"的鲜明特色。最具代表性的散文创作有两类:一是以鲁迅为代表的杂文,具体情况见本书第二章第四节;一是以周作人为代表的幽默小品文。

周作人是语丝派的重要作家,他的散文是他在自己的园地的一种浅斟低唱,是品茶饮酒后的悠然见南山,自有一种风格。他的散文迥然有别于鲁迅的怒目金刚,代表了语丝派散文的另一主要审美趋向——对自我生活的沉浸与关注。周作人是中国现代散文自觉的理论塑造者与积极的实践者。其在五四时期所作的《人的文学》、《平民文学》等文章为其赢得空前荣光,奠定了其在文学史上的地位。

周作人在中国现代散文史上的首要功绩在于散文理论方面的建树。在周作人的意识中,真正意义上的现代文学散文,作为一种即兴的、个人的话语表达,还应当具有诗歌的意境。散文的文体风格特征,体现在富有理趣的思想内容、雅俗共赏的文学语言、本色含蓄的行文特质、讲求趣味的艺术风格四个方面。此外,周作人还对现代散文源流进行了追溯,将中国文学史划分为"言志"和"载道"两个流派交替起伏的过程,明末公安派、竟陵派被认为是历史的言志派文学,为现代散文的直接渊源。周作人称现代文学散文作"美文",这"美"字的使用明确了纯文学的散文文体概念范畴;他从思想、趣味、语言、行文手法等方面对散文艺术特质的准确论述影响了同时代及后世散文家,为现代散文理论开道。二是散文创作实践。周作人既是散文理论的大力提倡者,也是散文创作的大力实践者,他一生笔耕不辍,勤于为文,创作了大量的散文作品,共有二十多本专集,创作小品文数千篇,这在我国现代散文作家中,堪称稀有。他的散文作品先后结集为《自己的园地》、《雨天的书》、《谈龙集》、《泽泻集》等,这是周作人散文创作最活泼、艺术生命力最旺盛并形成独特风格的时期。

周作人的散文创作，大体有"人事的评论"和以抒情、记叙为主的"美文"这两类。相应地，也就出现了"浮躁凌厉"和"平和冲淡"两种不同的艺术风格。每种风格又各有自身的特点，显示了他深湛的艺术造诣。所谓浮躁凌厉的风格特色在周作人关于人事的评论中表现得很明显。这类注重议论、批评的杂感，触及现实，针砭时政，战斗的锋芒包藏在"湛然和蔼"的平淡叙述中。这又是他与别人的不同之处。在当时的文艺界中，很多人以满腔热情、激愤之词，写出了慷慨激昂的话语，用尖锐之词控诉一切不合理的事物。而周作人却没有因为所要表达事物的不同而改变其一贯的行文风格，依旧是那样的温文尔雅，却在字里行间、行文之处来品评时政，论发感慨。周作人前期的散文的确跳动着鲜活泼辣的节奏，但纵观全体，呈现更多的是以冲淡为特色的抒情、叙述的散文小品。而当人们提及周作人时，首先想到的也是这种展现他闲适怀抱的"平和"的写作特色。他的文笔不似鲁迅那样的犀利，而是把一种迥异的风格特色呈现在读者面前。若从单纯的艺术审美角度来审视，这些散文确实达到了炉火纯青的境界，甚至可以说达到了中国现代闲适文的极致。其中，无论是从自身态度上，还是从取材上，抑或是从多种写作手法上，都展现了他独有的风格，在当时文艺界引领出一股清新的写作风气。

周作人开拓了中国现代散文的创作视野。他把散文写成可细细品味、玩味的"小品"。不点明主旨，把文章变成了品味的过程，而不是结果。周作人在介绍他的为文经验时，经常归之为"不切题"，即尽可能地笔随人意，兴之所至地自然流泻。他解释说："这好像是一道流水，凡有什么汊港湾曲，总得灌注潆洄一番，有什么岩石水草，总要披拂抚弄一下子才往前去。"这不仅是行文的自然，同时也是行文的摇曳多姿与迂回、徐缓，表现出一种"笔墨趣味"。从这句话，我们也可以深刻体会到其文章的精髓之处了。周作人的散文叙写所见所闻，所思所感，笔触所至，旁征博引，草木虫鱼、衣食住行、历史文化、风土人情等无事不可言，无事不可入文。如《苍蝇》、《菱角》、《喝茶》，都是围绕一件很小的事物，古今中外，上下左右，写出种种有关知识，这种散谈式的写法就像拉家常那样，看似散漫，却写出了浓郁的生活味。第二是简素的特色。美文这种极具艺术性的散文小品，被周作人概括为"真实简明"的。周作人散文的文字多不事藻饰，却有他一向追慕的含蓄耐读的"简单味"，简素与平淡显得十分和谐。周作人的小品散文在语言上还有一个特点，即"涩味"。无论是叙事还是抒情，他都力避烦冗和堆砌，而追求文气的畅达自然，情调的单纯明净，给人以冲淡平和、质朴丰腴之感。

"语丝派"散文作家中，除鲁迅、周作人之外，影响较大的还有林语堂。

林语堂，福建漳州人，为《语丝》主要撰稿人之一。20 世纪 20 年代的散文创作以杂文为主，颇具斗士风采。20 世纪 30 年代在上海创办《论语》、《人间世》，提倡幽默闲适的"性灵文学"，是"论语派"散文的代表作家。五四时期那种凌厉喧哗的普遍社会心理、时代的焦躁感,影响了林语堂的杂文创作,使林语堂积极参与政治,在痛打落水狗的风波中确立散文文风。林语堂主动参与政治,其杂文批斥国粹,张扬民主,提倡欧化,对国民劣根性作毫不留情的批判。"五卅"惨案和"三一八"惨案后,林语堂在激烈的社会冲突中,无法再安坐在书斋中高谈阔论了,他创作了《丁在君的高调》、《谬论的谬论》、《祝土匪》、《文妓说》等短评、杂文,批判和讽刺封建军阀势力和走狗文人,声援学生运动;并且还走上街头,亲身加入学生的示威运动。1926 年"三一八惨案"后,林语堂参加了对死难者的悼念活动,写了《悼刘和珍、杨德群女士》、《打狗释疑》等大量文章,赞扬刘和珍、杨德群等女革命者,与现代评论派展开了针锋相对的论战,毫不留情地进行讽刺和批判。讽刺不留情面,语不惊人死不休。痛快淋漓的斥骂,严厉不留情面的讽刺,登峰造极的偏激话语,旗帜鲜明地批判民族劣根性,使林语堂很快就在"语丝"派中脱颖而出。如在《祝土匪》一文中,他写道:"真理是妒忌的女神,归奉他的人就不能不受独身主义。学者却家里还有许多老婆、姨太太、上坑老妈、通房丫头。然而真理并非靠学者供养的,虽是妒忌,却不肯说话,所以学者所真怕的还是家里的老婆,不是真理。"①所谓正人君子的卑鄙行径和肮脏灵魂,全被勾勒出来了。此时期的林语堂文风悍泼恣肆,他纵横针砭,将幽默与讽刺发挥得淋漓尽致。他的语言富有哲理,含义隽永,又寓庄于谐,犀利自然。时代赋予他鲜明的战斗风格、激进的叛逆精神,进而形成了凌厉浮躁的艺术特色。

三 郁达夫、徐志摩等人的抒情散文

抒情散文,是以抒发主观情感为出发点,以空灵飘逸见长,着力于准确表达感情色彩的语言运用上,往往通过写景状物来抒发主观情感。文中的景或物是作者抒情的依托,作者往往将所要抒发的情感具象化,或写景抒情、情景交融,或托物咏志、有所寄托,以达到抒情的目的。"创造社"作为五四时期狂飙突进的浪漫派,郁达夫、郭沫若、庐隐、石评梅等作家们,从他们的文艺观出发,强调以自我为中心进行散文创作便是抒情散文的践行者。他们散文创作的内容大都带有自叙传的色彩,通过自己的内心体验和情感宣泄,用浪漫主义的写法,记述自己的生平,描写自己在异国他乡漂泊的生活,表达了自己内心忧郁的情感、人生的凄凉以及对时代的感伤情怀。如郁达夫的《归航》、《还乡记》写了作者归乡途中以及抵家后的所见所感,表达了一个知识分子对社会不公平的愤慨;郭沫若的代表作《山中杂记》和《小品六章》,抒写自己旅居日本的生活,风格缠绵淡雅,透露着漂泊者的淡淡哀愁。而一些女作家的散文,如石评梅的《偶然草》、陆晶清的《流浪集》,真实地记录了时代女性漂泊不定的人生,别有一种凄清悱恻的抒情风格。此外还有现代评论派的徐

---

① 林语堂:《林语堂散文精选·祝土匪》,长江文艺出版社,2009 年版。

志摩也以写作这类抒情散文见长。

郁达夫的散文创作略可分为前、后两阶段。第一阶段为 20 世纪 20 年代创作的散文,他以坦诚而又率真的心态,倾诉自己的不幸遭遇,叙写个人生活的凄凉困境,强烈地表达了自己对不公世界的愤懑之情。主要散文作品有《归航》、《还乡记》、《还乡后记》、《零余者》等,以抒发对于个人身世和社会境遇的强烈不满为主要内容。第二阶段为 20 世纪 30 年代散文写作,主要以游记散文为主。散文集代表有《屐痕处处》、《达夫游记》等,他的游记散文开启了我国现代记游散文的新篇章。他在叙写游记的同时,将自己对社会现实和人生的思考贯穿到他的游记作品中,通过自己丰富的内心体验,将浪漫主义的写作技巧运用到景物的描绘中。

以自叙传的方式进行强烈的内心情感抒泄,情绪浓郁,情感强烈,是郁达夫散文的第一大特点。如《零余者》,在以自叙的方式描述自己的经历的同时,深深感叹"袋里无钱,心头多恨"的抒情主人公形象,一边自哀自怨,一边自叹自责。再如《还乡记》,是一个零余者的抒情主人公形象,"我是一个有妻不能爱,有子不能抚的无能力者,在人生战斗场上的惨败者,现在是在逃亡的途中的行路病者"。抒情主人公在自怨自责的同时,又将批判的锋芒指向了现实社会的黑暗和世道人心的不测。《一个人在途上》记述的是漂泊无依的抒情主人公,四处奔波,又逢丧子之痛,浓烈的愤懑情绪笼罩全文,让人有一种透不过气来的痛彻心扉的感觉。注重情节性因素,是郁达夫散文的第二大特色。《归航》、《还乡记》、《还乡后记》、《零余者》,都有较强的故事性,里面充满了矛盾冲突,但是,这种故事,又是以情绪为引导的,服从于抒情主人公情绪的流动和起伏。将情感与景物融为一体,是郁达夫散文的第三大特点。他在散文创作中,从不单独地写景。景物的出现,总是随着抒情主人公的情感抒发的需要而出现的。如《故都的秋》,表面上是纯粹的写景性散文,但事实上,景物的背后,都有主人公浓烈的情绪和情感作为骨子。《钓台的春昼》以"忽明忽灭地变换了"的船上灯光,暗喻自己的处境与心境。

总之,在郁达夫的散文创作中,无论是感伤的小品还是游记,总是洋溢着情感的流动。在郁达夫散文的艺术上,最突出的特征就是自我感伤情怀的抒写。他的散文是对自我的写真,个人的个性、气质、郊游、审美趣味,都以主观抒情的方式传达出来,以自己内心感受来构思文章,是其"表现自我"创作理论的实践,具有很高的审美价值。

徐志摩本质上是一个抒情诗人,使得他的散文创作富有浓厚的个人主义抒情色彩,著有散文集《巴黎的鳞爪》、《落叶》、《自剖》等。在他的散文创作中,语言追求华丽的辞藻,想象新颖奇特,无论是内容上还是形式上都是他个人气质和艺术才情结合的完美体现,依然体现着对爱与美与自由的追求,也是他自觉践行自己创作主张的表现。《欧游漫录》的多数篇章,都表达了他对欧美式民主和贵族式自由的追求。《翡冷翠山居闲话》寻求自然与个人性情的契合。当他投身于自然的时候,他的自由、闲逸的情怀便贯通于整篇散文的始末,如《北戴河海滨的幻想》、《我所知道的康桥》等。在散文的结构上,依然寻求一种自由和美的形式,通过自己性情自由的人生情态,抓住瞬间灵感,将自然与人事和谐地融为一体。《北戴河海滨的幻想》抒写其独坐海滨的遐思,情绪或明或暗,或忧郁或兴奋,自然景色之美与人生无定之慨交织心头,流淌着自由、飘逸的意志。

华丽的艺术化语言,是徐志摩散文的第一大特色。如《翡冷翠山居闲话》:

> 在这里出门散步去,上山或是下山,在一个晴好的五月的向晚,正像是去赴一个美的宴会,比如去一果子园,那边每株树上都是满挂着诗情最秀逸的果实,假如你单是站着看还不满意时,只要一伸手就可以采取,可以恣尝鲜味,足够你性灵的迷醉。阳光正好暖和,决不过暖;风息是温驯的,而且往往因为他是从繁花的山林里吹度过来他带来一股幽远的淡香,连着一息滋润的水气,摩挲你的颜面,轻绕着你的肩腰,就这单纯的呼吸已是无穷的愉快;空气总是明净的,近谷内不生烟,远山上不起霭,那美秀风景全部正像画面片似的展露在你的眼前,供你闲暇的鉴赏。

他的散文中,总是有无限的华丽辞藻,借以体现他细腻的艺术感觉,"诗情"、"秀逸"、"采取"、"恣尝"、"迷醉"、"风息"、"温驯"、"淡香"、"摩挲"、"轻绕",你永远也想象不完徐志摩会用多少贴切的词汇来描绘他那细如处子肌肤的敏锐感觉。

浓得化不开的情感,是徐志摩散文的第二大特色。如《自剖》:

> 近来却大大的变样了。第一我自身的肢体,已不如原先灵活;我的心也同样的感受了不知是年岁还是什么的拘絷。动的现象再不能给我欢喜,给我启示。先前我看着在阳光中闪烁的金波,就仿佛看见了神仙宫阙——什么荒诞美丽的幻觉;不在我的脑中一闪闪的掠过;现在不同了,阳光只是阳光,流波只是流波,任凭景色怎样的灿烂,再也照不化我的呆木的心灵。我的思想,如其偶尔有,也只似岩石上的藤萝,贴着枯干的粗糙的石面,极困难的蜒着;颜色是苍黑的,恣态是倔强的。
>
> 我自己也不懂得何以这变迁来得这样的兀突,这样的深彻。原先我在人前自觉竟是一注的流泉,在在有飞沫,在在有闪光;现在这泉眼,如其还在,仿佛是叫一块石板不留余隙的给镇住了。我再没有先前那样蓬勃的情趣,每回我想说话的时候,就觉着那石块的重压,怎么也掀不动,怎么也推不开,结果只能自安沉默!

这里,他描绘自己的感觉是:"每回我想说话的时候,就觉着那石块的重压,怎么也掀不动,怎么也推不开,结果只能自安沉默!"正是因为情感浓烈,所以,才导致抒情主人公感觉内心的压抑,有如石块一样重,怎么也掀不动。

情绪化的情感的自由挥洒,率性、自由、不拘束,敢于直露胸臆,是徐志摩散文的第三大特点。如《想飞》:

> 飞。人们原来都是会飞的。天使们有翅膀,会飞,我们初来时也有翅膀,会飞。我们最初来就是飞了来的,有的做完了事还是飞了去,他们是可羡慕的。但大多数人是忘了飞的,有的翅膀上掉毛不长再也飞不起来,有的翅膀叫胶水给胶住了,再也拉不开,有的羽毛叫人给修短了像鸽子似的只会在地上跳,有的拿背上一对翅膀上当铺去典钱使过了期再也赎不回……真的,我们一过了做孩子的日子就掉了飞的本领。但没了翅膀或是翅膀坏了不能用是一件可怕的事。因为你再也飞不回去,你蹲在地上呆望着飞不上去的天,看旁人有福气的一程一程的在青云里逍遥,那多可怜。而且翅膀又不比是你脚上的鞋,穿烂了可以再问妈要一双去,翅膀可不成,折了一根毛就是一根,没法给补的。还有,单顾着你翅膀也还不定规到时候能飞,你这身子要是不谨慎养太肥了,翅膀力量小也再也拖不起,也是一样难不是? 一对小翅膀驮不起一个胖肚子,那情形多可笑! 到时候你听人家高声的招呼说,朋友,回去罢,趁这天还有紫色的光,你听他们的翅膀在半空中沙沙的摇响,朵朵的春云跳过来拥着他们的肩背,望着最光明的来处翩翩的,冉冉的,轻烟似的化出了你的视域,像云雀似的只留下一泻光明的骤雨——" Thou art unseen, ut yet I hear the shrill delight. "——那你,独自在泥涂里淹着,够多难受,够多懊恼,够多寒伧! 趁早留神你的翅膀,朋友。

抒情主人公在表达自己"想飞"的感受时,采取的是直接呈现的方式:"飞。人们原来都是会飞的。天使们有翅膀,会飞,我们初来时也有翅膀,会飞。我们最初来就是飞了来的,有的做完了事还是飞了去"。在表达中,作者采取的是最直接的方式率性而言,层层推进,反复渲染"想飞"的感受。

总之,徐志摩的散文,辞藻华丽,常常借助排比、反复等句式,来进行铺陈渲染,层层叠加,层层渲染,把自然景物与人物情感,通过交织的方式进行层层呈现,艺术感觉细腻,但文风却率性自然,任情感随意流淌,在现代散文史上自成一家,具有较高的审美价值。

四　冰心、朱自清、许地山的人生散文

五四散文主要由社会派散文与人生派散文两大系列构成。人生派散文兴起于五四新文化运动退潮之时。人生派散文以泛化的人生景观、人文化的自然景观为表现对象,展示人,主要是文化人的存在方式、心灵世界,美文(艺术散文)为其主要的文体形式。人生派中有不同的风格,其间有闲适,有情采,也有质朴,等等。

冰心于 1921 年发表了第一篇白话散文《笑》,其后又发表了多篇散文,尤其是《往事》与《寄小读者》更使她赢得了广大读者的爱戴。冰心的散文创作贡献是多方面的。就内容而言,主要是对母爱、童心与自然的感悟与赞颂,其核心是"爱的哲学"。冰心想以"爱"来融化人间苦痛,填补人际沟壑,感化邪恶,拯救社会,爱是冰心所有创作的一贯主题。

首先,对母爱的描写与歌颂。在《往事·七》中,有不少片段是歌颂母爱的。如"我的心深深地受了感动——母亲呵! 你是荷叶,我是红莲。心中的雨点来了,除了你,谁是我在无遮拦天空下的荫蔽?"冰心在散文中把伟大的母爱进一步发展为超越时空的永恒的博爱,并据此建立了自己的"爱的哲学"。

其次,冰心的散文还歌颂童心。冰心把童真看得十分珍贵,视儿童为知己,极力讴歌童心,赞美孩子们的稚气和善良。《寄小读者》就是以大朋友的身份,给小朋友写信,报告自己的见闻和生活情景,完全以大姐姐的口吻跟小朋友讲着心里话,深深地感染着小读者。再次,冰心醉心于大自然的描写,对大海尤其热爱。在《寄小读者·通讯七》里,她说:"海好像我的母亲,湖是我的朋友";在《山中杂记之七——说几句爱海的孩子的话》一文结尾,作者甚至做出了这样的表述:"假如我犯了天条,赐我自杀,我也愿意投海,不愿坠崖。"这将其对大海的向往之情表现得淋漓尽致。

冰心讴歌母爱、童真和自然,带有五四男女平等和个性解放的时代烙印,体现了她拯救社会的美好愿望,有其积极意义。但这种空泛的爱,也有一定的消极影响。

冰心散文文字清新隽丽,笔调轻倩灵活,充满着诗情与画意,对白话文学的建设做出了卓越贡献。冰心散文独特的艺术风格,首先表现在意境创造上。冰心曾在《诗的女神》中直叙她心中"诗的女神"的模样:"满蕴着温柔,微带着忧愁,欲语又停留"。她的散文创作也遵循着这一美学原则。冰心那些宣传"爱的哲学"的散文总是以情动人,用温柔的情思和淡淡的忧愁感染读者,把读者带进诗一般的境界。在散文中,冰心总是发挥丰富的艺术想象力,描绘了一幅幅艺术画面,并将自己的一腔柔情融入其中,具有含蓄的美。《笑》一开头就勾勒一幅雨后的"清美的图画";接着,冰心采用类似摇镜头的手法,把焦点转向屋内,镜头由屋外转向屋内,拍摄了一幅墙上的安琪儿微笑的画面;随后,通过自由联想,把镜头由现在摇回到过去,借助回忆,使五年前、十年前两幅画面同时得到涌现。此时人和景融为一体,形成了一种诗境。

冰心散文之美,还表现在清丽典雅的语言上。典雅的遣词造句得力于她深厚的古典文学修养。她那典雅的文字留有明显的旧体诗词的痕迹。同时,冰心散文又取西方语汇与句式之长,带有鲜明的时代色彩。另外,冰心还注意选取音乐美、形象美、色彩美的语言,匠心独运,将文章写得清脆流利,在现代散文的语言锻造上作出了良好的示范。

朱自清(1898—1948),原名自华、号秋实,改名自清,字佩弦;原籍浙江绍兴,生于江苏东海;现代著名散文家、诗人、学者、民主战士。其散文朴素缜密、清隽沉郁、语言洗练、文笔清丽,极富有真情实感。朱自清以独特的美文艺术风格,为中国现代散文增添了瑰丽的色彩,为建立中国现代散文全新的审美特征创造了具有中国民族特色的散文体制和风格。

朱自清是以新诗人的轩昂姿态进入文学领域的,所以散文自然不失其当行本色。郁达夫说:"朱自清虽则是一个诗人,可是他的散文仍能够满贮那一种诗意,文学研究会的散文作家中,除冰心女士外,文字之美,要算他了。"[①]朱自清以其散文娴熟高超的技巧和缜密细致的风格,显示了新文学的艺术生命力,被公认为新文学运动中成绩卓著的优秀散文作家。

朱自清的散文大抵可分为:反映现实生活的政论性散文、借景抒情散文、怀人抒情散文三类。

反映现实生活的政论性散文的代表作有《白种人——上帝的骄子》、《生命的价格——七毛钱》、《执政府大屠杀记》等。这类散文在一定程度上能触及生活的本质,不同程度地反映作家对时代、社会、人生的直接关注与思考,充分显示了朱自清作为一个正直知识分子所具有的反帝反封建的正义感和爱国心。

借景抒情的一类散文多为佳作,历来广为传诵。如《绿》、《桨声灯影里的秦淮河》、《荷塘月色》等。这些散文常常洋溢着作者个人的情调,有的寄托政治的忧愤,有的揭露社会的疮痍。作者在对自然景物的描写中,把内心感受内化于自然,使自然得到人化。《桨声灯影里的秦淮河》中,作者本着力于秦淮河的自然景观,却以歌妓的出现淡化了自然和他的审美情趣。作者把自己当时那种想听歌,却又碍于道德的束缚,一心想超越现实,但又不能忘却现实的矛盾心情剖析得淋漓尽致、真实具体,那种情真意切,给予读者极大的感染力,而意蕴深厚自然。

怀人抒情的代表作有《给亡妇》、《儿女》、《背影》等篇什。作者通过对生活事件的灵动捕捉,将真性情与叙事有机融为一体,传达了自己对长辈、家庭的温情。在这方面最为成功的要首推他的散文名篇《背影》。文中记写的父子之情,看似平凡,却写得真切感人、催人泪下,这篇散文完全出于作者的至情。

朱自清的散文具有很高的成就,其行文艺术风格尤让人称道。好的散文本身就是一首"诗",抒情散文尤其如此。所谓"诗",在散文中当指真挚浓郁的情感及情景交融、含蓄蕴藉的意境;所谓"画",在散文中即指作家精心结构、精心设色、精心描绘出来的生动景观。"诗"与"画"的和谐统一,集中表现在缘情作文,"文中有画",融情于景,情景交融。"月色冷清清的随着我们的归","森林的水影,如黑暗张

---

① 郁达夫:《中国新文学大系·散文二集·导言》,上海文艺出版社,1981年影印本。

着巨口,要将我们的船吞了下去"。《荷塘月色》中那烟一般轻、梦一般美的荷塘月色,则浸透着作家淡淡的哀愁与淡淡的喜悦。疏朗的荷花、清幽的香气与淡淡的月色,同作家意欲摆脱人世烦恼而偷得片刻逍遥的情怀融洽无间。写景则融情于景,叙事则化意入事,这正是朱自清白话美文的动人力量之所在。

情感是散文的生命。无论是写景叙事还是议论都必须有作家真挚浓厚的情感作灵魂,否则技巧再高明,语言再漂亮,也不过是蜡制美人,徒有其表,没有内在的生命力。朱自清主张现实主义创作方法,他是求诚求真的。不造作、不掩饰、"文如其人",朱自清的散文着力追求一个"真"字——讲真话,写真情实感,描写真实景物。这种艺术追求分别体现在写个人感受、记人叙事、写景状物等散文创作中。在记人叙事时,他常以真挚的情感,写自己的见闻感受,显得朴实、自然、真切,如《背影》。其次,在写景状物时,作者追求一种逼真的艺术效果,在细腻的描写中透露着真情,融情于景,情景交融,文中有画,画中有情,给人一种身临其境之感,如《荷塘月色》。

朱自清散文清幽细密的语言艺术也不禁让人拍案叫绝。如《背影》的质朴;《绿》的纤浓;《桨声灯影里的秦淮河》的文字极富色彩感,呈现出视觉感官上的绘画美;《荷塘月色》里的 26 个叠词,颇有听觉的美感。朱自清散文的语言之美,有口皆碑,其散文被人称为白话美文的典范。

许地山是中国现代文学史上一位风格独特的作家,由于他的宗教意识与宗教观念,形成了他不同于任何作家的极富特色的艺术风格。这种独特的风格不仅表现在他的小说中,同时也反映在他的散文创作中:空灵玄奥,透过佛光审视社会,解剖人生。正是这独具个性的散文奠定了他在现代散文史上的地位。许地山的散文集《空山灵雨》出版于 1925 年,但集中的 44 篇散文小品和一段弁言却早在 1922 年1月业已成编,并在同年的小说月报第 15 期上发表。像这样不仅起步较早,而且集中精力不间断地从事散文小品创作的作家,在当时尚找不出第二人。这 44 篇散文,全部用白话,语言之质朴优美,手法之新颖别致,体例之灵活自由,表意之委婉有致,皆属罕见。

许地山对现代散文的最大贡献,则是他以大量的具有独特风格和个性的散文佳品,丰富了现代散文的艺术画廊。许地山散文的艺术是独特的。他与所有的现代散文作家的不同点,在于他的宗教意识与观念。他的母亲是个虔诚的佛教徒,这对他的影响很大。许地山把他的散文集命名为《空山灵雨》,山空、雨灵,山雨空灵,这便是他散文独特风格的体现。他的散文一如其集名空灵但不虚幻,玄奥但不超凡,既不同于冰心的清新婉丽,叫人心情怡悦,也不同于周作人的平和冲淡,给人以飘逸闲适之感。他的散文作品貌似空灵,实则厚重,且多具思辨色彩,又不乏真挚的感情。透过佛光审视社会,解剖人生,把基督教的爱与佛教的明慧、近代文明与古典情结完美地糅合在一起,毫不牵强地融成一片。这种风格在现代作家中是独具异彩的。

《空山灵雨》的感情基调是"生本不乐"，如《空山灵雨》弁言所记："生本不乐，能够使人觉得稍微安适的，只有躺在床上那几小时，但要在那短促的时间中希冀快乐，也是不可能的事。自人世以来，屡遭变难，四方流离，未尝宽怀就枕。在睡不着时，将心中似忆似想的事，随感随记；在睡着时，偶得趺离过爱，引领我到回忆之乡，过那游离的日子，更不得不随醒随记。积时累日，成此小册。以其杂沓纷纭，毫无线索，故名《空山灵雨》。"①因为"生本不乐"，许地山在《空山灵雨》的第一篇《心有事》这首"开卷的歌声"中，直写内心的苦闷："心有事，无计问天；心事郁在心中，教我怎能安眠？我独对着空山，眉更不展；我魂飘荡，犹如出岫残烟。想起前事，我泪就如珠脱串。独有空山为我下雨涟涟……"短诗抒写的是作者满腔的哀怨和愁苦寂寞之情，并以精卫自喻誓死抗争的精神，这无疑表明：这时候作者心灵还彷徨、在寻求苦闷的解脱而不得的"生本不乐"阶段。而更甚的是在散文诗《鬼赞》一文中，许地山通过鬼魂之口赞美死者和死亡，这充分显示了许地山被佛学浸染的色彩。

哲理深刻，富有思辨色彩，这是许地山散文最显著的艺术特色。散文集《空山灵雨》中无处不在的哲理，往往给读者以睿智的人生启迪和玄奥的美感享受。许地山的散文通过对生活的感受和思考，在谈天说地、写景状物中揭示生活的本质和人生奥秘的真谛，给读者以无穷的回味。作者善于运用小巧、形式多样的手法揭示人生哲理。他所揭示的哲理又往往蕴含着玄奥、抽象的佛教思想，不经过一番思索是很难把握的，而且手法多样，变化无穷。有的通过生活小事、个人的瞬间感受，以小见大，以浅寓深，言近旨远。如《蛇》，这篇散文写"我"看见一条蛇之后和妻子的对话，通过蛇与人的对峙，阐明世间相对平衡的抽象哲理。先是写"我"看见盘在树根上的蛇，"我"不动，蛇也不动，"我"飞也似的逃跑了，蛇也箭一样射入蔓草中。接着写"我"和妻子探讨是"我"怕蛇，还是蛇怕"我"的问题。妻子说："你若不走，谁也不怕谁，在你眼中，它是毒蛇，在它眼中，你比它更毒呢。"最后，"我"终于悟出了一个道理：双方互相惧怕，才有和平，若有一方大胆一点，不是它伤了我，便是我伤了它。这篇散文就极富思辨色彩。从宗教观点看，文章似乎在于揭示人不犯我，我不犯人，以忍让求和平的教义；从哲学观点看，又似乎表现面对强暴不要畏缩，以斗争求生存的道理。

文短语精，富有诗的意境，是许地山散文的又一特色。散文一向以精短著称，所以有人把散文叫作文学中的轻骑。它往往以短寓精，以少胜多，具有独特的艺术魅力。许地山的散文堪称文短语精的典范。《蚕》仅有一百字，却富有极深的人生意韵；《蛇》也不过二百字左右，却蕴含着作者的哲理思索。还有《面具》、《有事》等等，他的哲理散文大都极其精短，不是长篇大论地去阐述某些人生观点，而是把人

①　许地山：《许地山散文·空山灵雨·弁言》，浙江文艺出版社，2001年版。

生要旨寓于一虫一物,点到为止,给读者留下任意驰骋想象和思考的自由天地。在多达 44 篇的《空山灵雨》集中,最长的散文篇幅也不过千字左右,但是篇篇蕴含丰富,耐人咀嚼。

第六节　五四文学阶段的话剧运动与创作

一　五四话剧运动

辛亥革命时期,国内外时局动荡不安、急剧变化。原有的传奇杂剧、京剧和地方剧由于受传统表演模式的束缚,在反映现实生活、配合革命宣传等方面表现出明显的局限性,于是外国话剧艺术便从西方"舶来",最初称之为"新剧"、"文明新戏"等,五四时期称为"爱美剧"、"真新剧"或"白话剧"。1928 年,由洪深提议定名为"话剧"。中国戏剧史上一般把 1899—1917 年称作"文明新戏时代"。

在五四运动之前,话剧就已蓬勃发展。当时由李叔同、曾孝谷、欧阳予倩、吴我尊等一批留日学生发起的"春柳社",就是一个"以研究各种文艺为目的"的综合性艺术团体。[①] 1907 年 6 月初,春柳社把根据美国斯陀夫人的小说《汤姆叔叔的小屋》改编的第七幕剧《黑奴吁天录》带到了中国,由于这个戏剧充满了反抗压迫的正义感,在上海等地演出引起了强烈的反响。这种前所未有的话剧演出形式,很快受群众热烈欢迎并加以推广。一时间,宣传革命、鼓吹进步思想的新剧团体风起云涌,纷纷成立。如王钟声组织了"春阳社",任天知组织了"进化团",陆镜若组织了"新剧同志会",其他的还有"新民社"、"民鸣社"、"开明社"、"启民社"等职业剧团。他们演出的戏剧,讽刺了当时腐败的官吏,在揭露黑暗社会的反动制度方面,起了一定的作用。其后,由于袁世凯的叛国,宣传革命的新剧团体纷纷被迫解散,以上海为中心的新剧运动一时消沉下来,但还是演出了《新华春梦记》、《皇帝梦》等讽刺袁世凯的话剧。

随着五四运动的发展,话剧运动得以复苏。当时中国的传统戏曲一律被当作封建的、反科学的旧文学,受到严厉的批判,新剧作为民主的、科学的艺术而被热烈地加以提倡。新的戏剧作品不断出现,如田汉的《获虎之夜》、郭沫若的《聂嫈》、丁西林的《压迫》与洪深的《赵阎王》等。这些剧作大都以揭露当时社会的腐败黑暗为主要内容,从而唤起民众投入反帝反封建的五四革命运动中。在提倡民主与科学的同时,一些戏剧工作者也把西方的易卜生、萧伯纳、史特林堡、罗曼·罗兰与王尔

---

① 《春柳社开丁未演艺大会之趣意》,《黑奴吁天录》海报,见春柳社 1907 年 6 月 1 日演出,现藏于日本早稻田大学演剧博物馆。

德等作品大量介绍到中国来。

前一时期演出的文明新戏,由于大多没有正式的剧本,采用"幕表制"的演出方式,演员多做一些慷慨激昂的政治宣讲,缺乏强烈的艺术感染力,这些为当时一批戏剧工作者所反对。加上那时职业剧团经常受到商业剧场的支配,不能自由进行艺术研究活动,因此陈大悲、蒲伯英、郑振铎等人就高举起了"爱美的"(amateur)戏剧运动的旗帜,鼓吹爱美的戏剧,以反对戏剧商业化。这一运动的中坚分子有些原来是演文明戏的,他们向往着欧洲近代剧,接受了写实主义的创作方法,广泛介绍了西方剧作家的一些戏剧作品,并以革新的姿态鼓吹着科学的写实主义,重新肯定了初期话剧的传统。

1921年成立于上海的辛酉剧社,就是由朱穰城、袁牧之、马彦祥、应云卫、罗鸣凤等人组成的"爱美的"戏剧团体。1925年他们演出了田汉的《获虎之夜》;同年秋季为了"五卅"惨案捐款援助工人,演出《山河泪》;以后演出了根据契诃夫《万尼亚舅舅》改编的《文舅舅》,由于该剧讽刺了地主与资产阶级,触怒了当时的法西斯统治阶级,剧社被迫解散,辛酉剧社坚决地加入到了"为工人演剧"的队伍中。

前期的"爱美剧"运动,大部分在北京、天津与上海等地的学校中进行演出活动,如上海,大都在沪江大学、复旦大学、暨南大学、交通大学、清心女校与培成女校等学校演出。开始是文明戏的余波,接着便是爱美剧的影响。1922年洪深从美国学习戏剧回国后,带来了比较系统的戏剧知识。他对当时爱美剧男子扮演女子的演出极为反感,特意创作了没有一个女角的剧本《赵阎王》;又一反过去的演出风格,实行男女合演。第一次公演的便是根据英国王尔德的《温德米夫人的扇子》改编的《少奶奶的扇子》,由于演技上的革新,轰动了知识界。

1923年成立的上海戏剧协社,是提倡爱美剧的话剧团体之一,先后演出了谷剑尘编剧的《孤军》、陈大悲编剧的《英雄与美人》、欧阳予倩编剧的《回家之后》、汪仲贤编剧的《好儿子》,与徐卓呆编剧的《月下》等剧。

"爱美的"话剧运动,虽然竭力反对粗制滥造的文明戏,主张加强艺术性,但是也产生了为艺术而艺术的缺点。唯美剧《少奶奶的扇子》,虽然为当时知识阶层的观众所欢迎,但也使话剧带有欧化与知识腔。翻译改编西欧的戏剧作品,使戏剧禁锢在狭窄有限的知识分子圈子里。此外,由于受到资产阶级,特别是受到胡适派对话剧运动的许多影响,"爱美的"话剧不仅全盘否定了中国的传统戏曲,同时对辛亥革命时期的话剧运动也没有给以正确的总结,因此使当时的戏剧工作者不能很好地批判地继承这份传统。

真正为20世纪20年代中后期现代戏剧打开崭新局面的,是田汉领导的"南国"戏剧运动。"南国"戏剧运动包括1924年的《南国半月刊》时期、1925年的《南国特刊》时期、1926—1927年的南国电影剧社时期、1927年的上海艺术大学时期、

1928—1930 年的南国社及南国艺术学院时期。活动范围包括文学、戏剧、电影、音乐、美术诸方面,主要以戏剧为主。田汉极力倡导"在野"的艺术运动,主张"艺术运动应该由民间硬干起来,万不能依草附木"。这种独立的苦斗精神贯穿在他领导的"南国"戏剧运动中。1927 年冬,田汉会同欧阳予倩等戏剧名家举办为期一周的"艺术鱼龙会",演出了田汉编写的《生之意志》、《名优之死》等 7 部话剧和欧阳予倩编写的京剧《潘金莲》,轰动了上海戏剧界。不管是思想上的反帝反封建的斗争精神,还是艺术上的执着探求的精神,都使南国社在现代戏剧史上写下了光辉的一页。

纵观五四时期的话剧运动,实则经历了一个从理论鼓吹到创作实践的过程。1917 年至 1920 年上半年,是创建现代话剧的理论鼓吹期。从 1917 年 3 月至 1919 年 3 月,《新青年》上几乎每期都有关于戏剧的讨论文章,1918 年 10 月还出了一期"戏剧改良专号"。陈独秀、胡适、钱玄同、刘半农、周作人、傅斯年、欧阳予倩等新文化运动的倡导者们,纷纷著文批判传统旧戏。1920 年下半年到 1927 年,是中国现代话剧的创作实践期。"爱美剧"运动、"提倡职业的戏剧"、"国剧"运动、"南国"戏剧运动等,在这时期先后登场,共同汇入了这场声势浩大、影响深远的五四话剧运动。

二 多样探索的五四话剧创作

在新文化运动的热流中,外国戏剧作品的译介给人们提供了学习的楷模,极大地鼓舞了投身文学革命、戏剧革命的有志之士,使话剧文学呈现出活跃的新局面,涌现出一批中国现代话剧的开拓者。正是在这一时期,戏剧才真正获得了文学的价值,才出现了真正的剧作家。

纵观五四话剧的整个创作流向,大体上可以归纳为以下三种:

(一)现实主义戏剧

从当时普遍认同的创作观和戏剧观来看,现实主义无疑是五四时期话剧的显著特征。在《新青年》开展"旧剧评议"中,许多新文化运动的前驱在猛烈抨击旧剧的同时,纷纷提出了新的戏剧观,其中,影响最深的当属提倡戏剧的写实性,主张易卜生式的写实主义。[①] 正如洪深所说的,那时普遍主张戏剧要做"改善人生的工具"[②],也正如傅斯年概括的那样,要求戏剧"在当今社会里"取材,表现"我们每日的生活",描写"平常"人[③],表现真实的人生和性格,如实地揭示现实的本来面目。这正是现实主义的根本内涵。

---

① 胡适:《中国新文学大系·建设理论集·易卜生主义》,上海文艺出版社,1981 年影印本,第106 页。
② 洪深:《中国新文学大系·戏剧集·导言》,上海文艺出版社,1981 年影印本,第 20 页、48 页。
③ 傅斯年:《中国新文学大系·建设理论集·论编制剧本》,上海文艺出版社,1981 年影印本,第 390—391 页。

在这种现实主义戏剧观的引导下，五四话剧涌现了第一批现实主义剧目，最突出的当属"问题剧"的浪潮。胡适的《终身大事》，揭开了五四话剧现实主义创作的序幕，剧中女主人公田亚梅就是一位反抗封建婚姻的娜拉式的女性，作品的创作就是面对现实、表现现实、批判现实的现实主义。又如郭沫若的《三个叛逆的女性》通过中国历史上三位著名女性的爱情婚姻故事，对封建道德进行了猛烈的批判。作品虽然写的是历史人物，但其锋芒却指向了当下，"我要借古人的骸骨，另行吹嘘生命进去"①。就是说，剧作是借着历史之风抨击现实，尽管带有更多的浪漫主义色彩，但从根本上说也充满了现实主义色彩。此外，田汉的《获虎之夜》、《咖啡店之一夜》、《午饭之前》、《乡愁》，洪深的《赵阎王》，陈大悲的《幽兰女士》、《良心》、《爱国贼》、《父亲的儿子》，丁西林的《一只马蜂》、《压迫》，熊佛西的《王三》、《一片爱国心》，石评梅的《这是谁的罪》等，虽然题材各异，但创作倾向都是现实主义，以写实为特色，表现出与20世纪20年代占主流的浪漫主义抒情历史剧截然不同的美学特征。

（二）浪漫主义戏剧

这一时期的话剧中不乏客观描写生活的剧目，有着不容轻视的杰出成就，同时也有数量甚多、影响较大的诉诸内心感受的篇章，主要凭借抒发主观感情，又恰恰是浪漫主义同现实生活在艺术联系上的基本特征。早期话剧的浪漫主义特色，最初成功地出现在重新改编的外国剧作中，如"春柳社"的三场大戏《茶花女》、《黑奴吁天录》和《热血》；随着话剧运动的深入，相继地出现在自创的剧作中，比如田汉的《咖啡店之一夜》、《获虎之夜》和郭沫若的《卓文君》、《聂嫈》；等等。这些剧目几乎都不以对现实生活作精雕细琢见长，而竭力坚持生活之一端，大肆夸张，追求奇诡，宣泄作者内心的生活情感。总之，它们以其主观的抒情作为现实主义客观描述的对应特点存在于现代戏剧史中。

田汉当时认为，他是"本着内心的要求从事文艺的活动"，并借助青春热情这一"黄金的翅儿"的振动，"欲在沉闷的中国新文坛鼓动一种清新芳烈的艺术空气"。在《咖啡店之一夜》中，田汉旨在揭露并谴责资产阶级在恋爱问题上以金钱和地位为中心的丑陋本质，他被包裹在不吐不快的艺术激情中，从而使全文充满着主观的抒情气息。郭沫若的《卓文君》和《聂嫈》则清楚地记录了这位诗人剧作家重"内心表现"的艺术个性。郭沫若在《写在〈三个叛逆的女性〉》后面曾说："诗总当有灵感迸出，而戏剧小说可以由努力做出"，因而"戏剧小说的力量根本没有诗的直切"。唯有如此，他才以高昂的诗情来创作剧本。同为浪漫主义剧作家，他们的创作个性和艺术风格却是有差异的，韵致各有不同。田汉的剧作委婉、温馨，犹如轻柔的春风；郭沫若的作品则奔放、热烈，恰似雷霆闪电。

---

① 郭沫若：《郭沫若全集·孤竹君之二子·序话》（第1卷），北京，人民文学出版社，1982年版，第238页。

(三)有现代派倾向的戏剧

除了写实主义戏剧和浪漫主义戏剧外,五四时期的话剧剧坛也开始了西方现代主义戏剧的尝试,并出现了一些"现代派"剧本,如高成钧的《病人与医生》、陶晶孙的《黑衣人》、李霁野的《夜谈》、韦丛芜的《我和我的魂》等。即使像洪深、田汉等曾以做"中国的易卜生"自勉的,也都同时广泛借鉴和吸收斯特林堡、梅特林克、王尔德、奥尼尔等为代表的表现主义、唯美主义、象征主义等手法为自己所用。如洪深的《赵阎王》,就是一部典型的具有现代派倾向的戏剧,剧中大量运用独白、幻觉等表现主义手法,表现赵阎王过度紧张的心理和强烈的内心斗争,剧中当赵阎王偷了军饷,打伤了营长后,一口气逃到大树林里,睡在地上。松鼠窸窸窣窣的怪声把他吓醒。他的心开始紧张起来。赵阎王虽然在军阀部队混过很多年,杀人放火,作恶多端,但他并非十恶不赦,良心终究没有泯灭。如今的偷盗、杀人使他心里害怕起来。这样,他的幻觉中,一会儿出现来抓他的营长,一会儿来了分钱的小马。他惊恐至极,狂奔乱撞,胡乱开枪。他心里越紧张,就越着急,结果在黑漆漆的森林里迷了路。随后,他活埋二哥,强奸王三姐,逼死王姐儿,抢劫民财,出卖狗子,这些都通过幻觉一幕幕像电影一样放映出来。对于这部戏剧,洪深自己也承认直接借鉴了美国表现主义剧作家奥尼尔的《琼斯皇》。其他如白薇的《琳丽》,有着象征主义和表现主义的色彩;向培良的《暗嫩》,是典型的唯美派之作;余上沅的《塑像》,带有神秘主义的倾向。再如田汉的《灵光》、《颤栗》,从中可以找到瑞典表现主义剧作家斯特林堡的某些艺术特征;郭沫若的《卓文君》、欧阳予倩的《潘金莲》中,都有英国唯美派剧作家王尔德的《莎乐美》的影子。

这一时期多样探索的大批剧本的出现,标志着话剧文学的活跃和繁荣。创作上是多元的,然而又是归一的,各种戏剧观念和艺术手法,都被统一在表现反帝反封建时代精神的需要之下。它们是新文化革命运动在戏剧战线上的丰硕成果,在文学园地里开拓了戏剧文学的新阵地,也奠定了戏剧文学在中国话剧运动中的重要地位,给日后话剧创作的继续发展开拓了前进的道路。

三 田汉、丁西林等人的话剧创作

田汉(1898—1968),原名田寿昌,1898年3月12日出生在湖南省长沙县东乡茅坪田家段一个农民的家庭里,自少年时代就喜欢看闲杂小说与乡间艺人和民间戏曲的演出。1916年,随舅留学日本,接触了许多新的社会思潮和新的文艺思潮,特别是观看了大量新剧的演出,田汉面前打开了一个崭新的"戏剧世界"。

从1920年至1923年,田汉发表了十五部话剧,其中包括几部翻译剧:《梵峨琳与蔷薇》以及《灵光》、《工女》、《晚祷》、《红蝴蝶》(以上四剧见《梵峨琳与蔷薇》幕者启中的存目)、《咖啡店之一夜》、《获虎之夜》、《午饭之前》、《piano之鬼》、《落花时节》、《乡愁》、《哈姆雷特》(《少年中国》2卷12期)、《屋上的狂人》(《少年中国》3卷12期)、《罗密欧与朱丽叶》(《少年中国》4卷1期)、《莎美乐》(《少年中国》2卷9期)。

　　田汉这一时期的话剧在创作数量上不仅多,而且从质量上看,他的代表作《咖啡店之一夜》、《获虎之夜》、《午饭之前》已具有了较高的思想和艺术水平。在他的身上体现着新的时代精神,洋溢着反帝反封建的政治思潮,构成了田汉20年代剧作的基本特征。

　　《咖啡店之一夜》通过咖啡店女招待员白秋英被商人之子李乾卿抛弃的爱情悲剧,揭露了资产阶级的罪恶,反映了当时青年男女在封建势力压迫下苦闷的思想情绪。剧中在女主人公白秋英的双亲去世后,叔伯就急于把她嫁出去。家庭的冷漠使她从家中逃离出来,投入到没有怜悯、没有爱抚的社会中。在咖啡店打工时,她受尽了世人的白眼和欺凌。家庭的衰败更是造成了她爱情的悲剧。当李家少爷身着"盛装"、搂着一位阔小姐来到咖啡店时,白秋英的爱情破灭了。五四时鼓励青年追求自由的精神,使她从悲愤中抬起头颅,撕碎了李家少爷给她的一千二百块钱以及情书、照片,对建立在金钱关系上的爱情表示极大的鄙视。

　　《获虎之夜》中作者歌颂了猎户魏富生的女儿莲姑与乞丐黄大傻的真挚爱情,抨击了以魏富生为代表的封建家长对青年的迫害。剧中的黄大傻和莲姑青梅竹马,两小无猜,不顾父母的极力阻拦而深深相爱。黄大傻为了看莲姑房里的灯光,而误进了射虎圈,腿被打伤。魏富生不许莲姑照顾黄大傻并殴打她,黄大傻为了莲姑而自杀。这个剧本向观众揭示了贫穷致使两个相爱的人不能在一起的现实,对封建婚姻、封建家长制进行了激烈的批判。

　　《午饭之前》是一部正面反映工人家庭的贫困生活,侧面反映工人罢工斗争的剧本。作者笔下出现了女工的形象,并初次将其反映到工人罢工的内容中来,表现了作者先进的思想。作者在《田汉戏曲集》第一序集中指出:"写这作品的动机是因为当时湖南军阀赵恒惕为华实纱厂的年关斗争残杀了黄爱、庞人铨两人。……第二,写这剧本的时候正是国内反宗教运动高涨的时候。……这剧本中的大姐与二姐便体现了这场斗争,而结果是大姐的转变。"

　　《咖啡店之一夜》、《获虎之夜》、《午饭之前》三剧集中地反映了五四时期田汉的反帝反封建的民主主义思想。在一般作品中,资产阶级在五四时期还不失为革命的力量,而在田汉的笔下已表现出资产阶级对工人的压迫和残害。

　　于1927年年初演的《名优之死》是田汉20世纪20年代最出色的剧作。在剧中主人公刘振声的生命中,有两样事情是最为他所看重的,一是他的艺术,二是他的爱情。因此,他最讲戏德,不容许女弟子刘凤仙靠卖身投靠富人的方式赚取舒适的生活。而刘凤仙却经不起灯红酒绿的诱惑,很快被杨大爷腐蚀,刘振声在与杨大爷的斗争中献身于自己钟爱的舞台,显示了为艺术而献身的崇高精神境界。田汉正是通过艺术家的悲剧遭遇，反映了艺术的社会命运，歌颂了刘振声坚持理想、至死不屈的崇高精神；同时控诉了旧社会的罪恶，暴露了半殖民地半封建中国社会的黑暗，激发人们为推翻这个社会而斗争。

丁西林（1893—1974），原名丁燮林，字巽甫，江苏泰兴人。他早年受"科学救国"思想影响，曾就读交通部工业专门学校（上海交通大学前身）；毕业后留学英国，攻读物理和数学专业；1920年，归国后任北京大学物理教授，业余致力于喜剧创作。他的剧作，以描写中上层知识分子和他们的生活趣味见长，常以委婉的笔法嘲笑知识分子和市民的落后和虚伪。五四时期，他写有《一只马蜂》（1923）、《亲爱的丈夫》（1924）、《酒后》（1925）、《瞎了一只眼》（1926）、《压迫》（1926）等独幕剧，使之一举成为著名喜剧作家，并赢得了"独幕剧圣手"、"中国的莫里哀"之称。此后又陆续发表了《北京的空气》（1930）、《三块钱国币》（1939）、《等太太回来的时候》（1939）、《妙峰山》（1940）、《孟丽君》（1961）等剧。而最能代表丁西林早期独幕喜剧成就的，是《一只马蜂》和《压迫》。

《一只马蜂》是丁西林的处女作，虽然在当时"婚姻自主"、"个性解放"已经喊了好几年，但真正地付之于实践却是寸步难行，喜剧就在这样的背景下展开。吉先生和余小姐由于相互接近而产生了爱慕之情。吉老太太却在包办儿女婚姻不成的情况下给余小姐说媒，让她嫁给自己的表侄儿，这就构成了一个喜剧冲突：吉老太太作为一个母亲，却在儿子的婚事上与他唱对台戏，结果弄出一连串的笑话来。面对吉老太太这块绊脚石，吉先生只得假托母亲之意向余小姐要照片，他们的爱情已发展到行动，而吉老太太则稀里糊涂地充当了他们行动的盾牌。看过照片之后，老太太便为侄儿提亲，余小姐虽然感到意外，但她胸有成竹，推说婚姻大事需征得父母同意，并提议让吉先生给她父母写信。吉老太太很赞赏她种种大家闺秀的风范，殊不知她是含蓄地对吉先生表态。吉先生心领神会，支开母亲，向余小姐求婚，余小姐伸出双手欣然应允，吉先生情不自禁将余小姐抱起，余小姐失声惊呼。吉老太太闻声赶来，余羞涩脸红，以手捂面，吉连忙拿开她的手，问刺到哪儿没有，余顺水推舟说了句"一只马蜂"，这正是作者寓庄于谐、于轻松处见严肃的高明深刻之处，全剧以吉先生和余小姐的恋爱胜利而结束。

《压迫》是丁西林早期剧作的重头戏，在现代戏剧史上影响深远。《压迫》取材于北京市民阶层的生活，有感于一个朋友在租房中受到的苛刻对待，写一个单身汉租房子时所遇到的刁难。倔强的男房客与固执的房东太太争执不下，乘房东太太寻找警察的空隙，与前来寻租的女人由误会到结成联盟，假冒夫妻，化解危机，达到了租房的目的。剧作采用机智俏皮的笑剧形式，寓庄于谐，在真实揭示的喜剧冲突中，既有对不合理社会现象的讽刺和批判，对封建思想的鞭挞和暴露，也洋溢着对联合起来反抗压迫的青年人的赞美之情，这使该剧具有强烈的社会意义，受到当时青年的热烈欢迎。

　　丁西林戏剧之中随处可见这种机智理性的光芒。不管是在任务的设计，还是矛盾的处理上，处处显露出作者过人的智慧。可以说正是他，确立了独幕喜剧在中国现代喜剧发展史上的地位，并深刻地影响着一大批后来的喜剧作家。

　　欧阳予倩(1889—1962)，原名立袁，号南杰，湖南浏阳人。1907年在日本留学期间参加春柳社，在《黑奴吁天录》等剧中扮演角色。1911年回国后又与陆镜若先后组织新剧同志会、春柳剧场，演出鼓吹革命反对封建的新剧，同年加入南社。他是从文明新戏舞台走上戏剧之路的，话剧、京剧一身二任，编、导、演均有所长，以毕生心血为发展中国现代戏剧事业建立了卓越的功绩。

　　纵观欧阳予倩的一生，共编写过四十多部话剧、改编过五十多个戏曲剧本。较著名的话剧有《泼妇》(1922)、《回家以后》(1922)、《潘金莲》(1927)、《屏风后》(1929)、《车夫之家》(1929)、《同住的三家人》(1932)、《忠王李秀成》(1941)、《桃花扇》(1946)等。其中成就较为突出的，是早期创作的独幕喜剧和创作于20世纪40年代的历史剧。

　　《泼妇》是欧阳予倩早期戏剧的代表作，由上海戏剧协社1923年第一次公演，产生了较大影响。剧中的青年陈慎之和于素心自由恋爱结婚，并有了一个孩子作为爱情的结晶。他也认为他们的婚姻是世界上最美满的因缘，并给于素心买回一条钻石项链，称其为"爱情的纪念品"；可是，另一方面却背着妻子，买妾纳妓。于素心冷静以对，她以不妥协的态度和咄咄逼人的锋芒，逼陈慎之推掉小妾，并在离婚协议书上签字。最后，她抱着儿子，离家出走，弄得一家人不知所措，大叫"真好个泼妇"。于素心的"泼"是追求个性独立、勇于反抗封建家庭的表现，是对妇女独立人格和尊严的维护，闪耀着五四时代的光芒。

　　此外，还有像《回家以后》，在喜剧冲突的设计上与《泼妇》极为相似，这是一部反映湖南"书香人家"的喜剧，剧本写留美学生陆志平瞒着结发妻子吴自芳，在国外同新式女子刘玛利相爱结婚，回国后正与家人团聚时，刘玛利追踪而至，于是在这个乡绅之家，引发了轩然大波。刘玛利要求陆治平和发妻离婚，未达目的，而后负气离去。陆治平回乡之后感到吴自芳自有"新式女子"所没有的许多美德，同时又受到家人的谴责，因而有所悔悟。整个剧本嘲笑了留美学生陆治平仿效西方个性解放与新式女性同居，而又留恋旧式婚姻的矛盾心态和行为。

第三章 20世纪30年代文学

第一节 20世纪30年代的文学思潮

大革命期间已经有许多北方知识分子南下投奔革命或辗转到上海。大革命失败之后，众多"左"倾知识分子也经由党组织安排或者亡命到了"魔都"上海。1928年初，创造社挑起论战。冯乃超以一篇《艺术与社会生活》横扫文坛，声称要"就中国混沌的艺术界的现象作全面的批判"，批评鲁迅"常从幽暗的酒家的楼头，醉眼陶然地眺望窗外的人生"①。成仿吾接下来宣称"谁也不许站在中间，你到这边来，或者到那边去"，如若不愿，"踢他们出去"②。虽然太阳社和创造社因为"革命文学"发明权发生争执，但都毫不含糊地拿鲁迅来作为"革命文学"的"祭旗"。鲁迅对此作出回应，双方论战很快升级。茅盾也被认为是小资产阶级文艺的代表，遭到猛烈批判。新月派也很快卷入论争，上海文坛几乎全部卷入了论争。

这次论战涉及的理论问题众多，如唯物论、文学的阶级性、文学的宣传作用、阶级意识，等等。总的说来，这是一个关于"文学"的重新定义的问题，亦即无产阶级文学能否存在，如果存在由谁创造，作为小资产阶级的作家能否创造无产阶级文学，以及如何创造无产阶级文学，等等。创造社和太阳社等左翼团体的观点受到当时苏联和日本等国家的无产阶级文学运动中的"左"倾机械论的影响，特别是"无产阶级文化派"和"拉普"的影响。

1930年3月2日，在历时两年多的"革命文学"激烈论战之后，太阳社、创造社和鲁迅、郁达夫等四十余人在上海虹口区窦乐安路中华艺术大学召开中国左翼作家联盟成立大会。鲁迅和中宣部文委书记潘汉年分别发表了讲话，对过去两年多的论争进行了"清算"和"总结"，也对"左联"提出了各自的要求。"左联"通过的理

---

① 冯乃超：《艺术与社会生活》，《文化批判》1928年1月15日第1卷第1期。

② 成仿吾：《从文学革命到革命文学》，《创造月刊》1928年2月1日第1卷第9期。

论纲领明确了无产阶级革命文艺的性质、任务和对作家的要求,同时宣告:"我们的艺术是反封建阶级的,反资产阶级的,又反对'失掉了社会地位'的小资产阶级的倾向",纲领声明要"援助而且从事无产阶级艺术的产生"。① "左联"大会上决定与各个革命团体和国际革命文艺组织发生关系,组织马克思主义文艺理论研究会,创办左翼文艺杂志,参加工农革命实际活动等。

"左联"从成立到解散一直处于文艺论争之中,也正因为不断在和别的文艺团体或作家进行切割,反而更能显现出它和"他者"的区别,以及"左联"内部的不同声音。不断的文艺论争也让各个文艺团体和流派或多或少披上了各自的政治色彩,20 世纪 30 年代文学也表现出与 20 年代反差较大的政治化思维特征。这些论争当中最为主要的有以下几次。

首先是"左联"和"新月派"的论争。"新月派"多半是留学过欧美的知识分子,其中一些人在北洋政府时代依附于以梁启超为首的研究系,随着北伐战争的逐步胜利,他们纷纷逃离北京,于 1927 年汇集上海创办新月书店,不久创办《新月》杂志。"新月派"对国共两党都持批评意见,推崇欧美自由政体。"新月派"理论家梁实秋从人性论出发,认为文学是天才的产物,革命和文学根本不能联系到一起,革命文学的说法只是在利用文学。鲁迅批判了梁实秋认为作家的阶级和作品无关的论点,认为文学是无产阶级解放自身的阶级斗争工具。

其次是"左联"和民族主义文艺的论争。1928—1929 年的"革命文学"论争引起了国民党的警惕,开始查禁进步书刊和文学社团,暴力镇压左翼活动,提倡民族主义文艺运动。但民族主义文艺运动本来就是临时拼凑②,甚至连宣言都是请人捉刀③,所以在"左联"和进步文艺家的反攻之下很快就销声匿迹。民族主义文艺运动的主要负责人是潘公展、朱应鹏和黄震遐等,先后出版了《前锋周报》、《前锋月刊》和《中国文艺》等刊物,发表了《黄人之血》(黄震遐)、《国门之战》(万国安)和《陇海线上》(黄震遐)等一些具有代表性的作品。不久,《前哨·文学导报》上发表了瞿秋白的《屠夫文学》和鲁迅的《"民族主义文学"的任务和命运》等文章。鲁迅以子之矛攻子之盾,指出民族主义文学鼓吹屠杀不同政见的同胞和沟通外国主子的法西斯本质。民族主义文艺受到了猛烈的反击,一度偃旗息鼓,直到一·二八淞沪战争才再度兴起。

再次"左联"是和"自由人"、"第三种人"的论争。胡秋原声称自己是"自由人",发表文章对左翼早期文艺批评家钱杏邨进行"清算",引起"左联"的强烈反弹。双

---

① 《中国左翼作家联盟的成立》,《拓荒者》1930 年 3 月 10 日第 1 卷第 3 期。
② 朱应鹏:《朱应鹏氏的民族主义文学谈》,《文艺新闻》1931 年 3 月 23 日第 2 号第 2 版。
③ 施蛰存:《我们经营过的三个书店》,《北山散文集》(1),华东师范大学出版社,2001 年版,第324 页。

方就文学的阶级性和文学的宣传作用等问题进行了交锋。胡秋原承认文学是有阶级性的,但强调文学具有自己的独立属性,经济基础对文学不具有直接决定作用。文章引起"左联"内部不小波动,"左联"成员苏汶公开支持胡秋原,号称自己是"第三种人",代表受到压制的广大的"作者之群"。[①] 苏汶在政治上同情左翼,但又不赞同"左联"将文学等同于政治的做法,以左翼的"同路人"自居。苏汶和胡秋原的文章很快遭到瞿秋白和冯雪峰等的驳斥。不久,张闻天发表《论文艺战线上的关门主义》,批评了左翼文坛存在"左"倾宗派主义的错误,论争渐渐平息。

除了以上论争,"左联"内部也有一些重要的论争,一是文艺大众化论争,二是"两个口号"论争。

"左联"历史上关于文艺大众化问题有过三次规模比较大的讨论。其实,在"革命文学"论争期间,创造社和太阳社已经明确提出普罗文学要"接近工农大众的用语"。[②] "左联"成立后,《大众文艺》第2卷第3期展开过一次讨论。鲁迅、郭沫若、郑伯奇、茅盾等发表了自己的看法,并没有得到一致的意见。九一八事变后"左联"在瞿秋白主持下,通过决议认定无产阶级革命文学的"首先第一个重大的问题,就是文学的大众化"[③]。瞿秋白对五四白话文运动持激进的批判立场,认为五四白话文是士大夫欧化的新式文言,大众文艺要利用旧有形式,随时创造新形式,同时要反映现实的革命斗争;但大众文艺也不是革命文艺的大众化,而是要创造出革命的大众文艺。[④] 茅盾则认为五四白话文并不是"新文言",只要读过一点书的工人都能读懂,他认为问题的关键在于能够让群众读得懂的技巧。[⑤] 此后,由于汪懋祖等发动"文言复兴运动",引起文化界论争,很快一转而为大众语的讨论,于是第三次文艺大众化主要是大众语和汉字拉丁化的讨论。陈望道、陈子展、胡愈之和鲁迅等参与其中,形成20世纪30年代中国拉丁化社会文化运动,蔡元培等500多人签名发表了对拉丁化新文字的意见,但这次运动最后以失败告终。

"两个口号"论争是"左联"组织解散之前其内部爆发的一次大规模论争,给左翼文学的发展和格局造成深远影响。1936年,"左联"驻莫斯科代表萧三来信,批评"左联"的宗派主义和关门主义错误,要求解散"左联",建立更广泛的统一战线组织。此后周扬等没有和鲁迅商议,提出了"国防文学"的口号,宣布成立统一战线组

---

① 苏汶:《关于"文新"与胡秋原的文艺论辩》,1932年7月《现代》第1卷第3期。

② 傅克兴:《小资产阶级文艺理论之谬误——评茅盾君底〈从牯岭到东京〉》,《创造月报》1928年12月第2卷第5期。

③ 1931年11月中国左翼作家联盟执行委员会的决议:《中国无产阶级革命文学的新任务》,《文学导报》1931年11月15日第1卷第8期。

④ 瞿秋白:《普罗大众文艺的现实问题》,《文学》1932年4月25日第1期。

⑤ 茅盾:《问题中的大众文艺》,《文学月报》1932年7月10日第1卷第2期。

织"文艺家协会"。鲁迅对此口号持异议,没有加入该组织,当时一部分人也认为此口号不合适,引起文艺界的争论。① 尔后从延安归来的冯雪峰和鲁迅、胡风及茅盾等人商议提出"民族革命战争的大众文学"的口号,并发表了"文艺工作者宣言",由此出现"两个口号"的论争。这次论争既是当时混乱局面之下意见纷纭的反映,也是"左联"积怨已深的内部矛盾的一次爆发,从理论上说,是对统一战线领导权的不同认识。1936 年 9 月,冯雪峰等发表《文艺界同人为团结御侮与言论自由宣言》,争论正式结束。

第二节　20世纪30年代的小说

一　左翼小说

大革命失败,国共合作建立起来的革命氛围骤变,大批"左"倾知识分子被国民党杀害,另一些则噤若寒蝉,还有一些则更加坚定地走向共产主义革命的道路。后期创造社和太阳社在上海宣称要"从文学革命到革命文学"。他们的创作以工农暴动等为主题,同时纠葛情爱,被称之为革命加恋爱小说。这些小说标语口号充斥,语言浮躁,但在大革命失败氛围之下颇能激动部分青年的心。其中创作较好的是蒋光慈和洪灵菲等太阳社作家们。这些"普罗文学"的流行在"左联"成立之后开始遭到左翼内部的清算。

"左联"的成立是对"革命文学"论争的总结。负责联络和领导"左联"成立的潘汉年在"左联"成立前后发表了一些文章,已经对"革命文学"论争期间的宗派主义和"左"倾做法有过批评。"左联"成立时也要求对过去的文艺批评进行反思。② 但"左联"成立之初本身就十分"左",常常忙于飞行集会、散发传单等政治活动,同时国民党的镇压也十分残酷,"左联五烈士"很快被杀害。在相当一段时间内,"左联"并没有好好去反省过去的左翼文学创作活动。瞿秋白来到"左联"改变极左政策,改善了"左联"的生存环境③,同时国际革命作家联盟哈尔柯夫会议也提出了批评过去的"'左'倾空谈"路线,为"左联"的自我批判营造了一个重要的契机。④ 1932

---

① 唐弢:《回忆鲁迅及三十年代文艺界两条路线斗争》,鲁迅研究资料编辑部《鲁迅研究资料》第 1 辑(内部发行)。

② 见《上海新文学运动者底讨论会》,《萌芽月刊》1930 年 3 月 1 日第 1 卷第 3 期。

③ 茅盾:《我走过的道路》(上),人民文学出版社,1984 年版,第 476 页。

④ 萧三:《出席哈尔柯夫世界革命文学大会中国代表的报告》,《文学导报》1931 年 8 月 20 日第 1 卷第 3 期。

年 4 月,借着湖风书局重印出版华汉(阳翰笙)小说《地泉》三部曲重版作序的机会,瞿秋白、茅盾、郑伯奇和钱杏邨等对初期普罗文学存在的问题进行了集体反思。

瞿秋白的序在理论上主要依靠的是"拉普"作家法捷耶夫的文章《打倒席勒》,他把这篇文章翻译过来放到了序的前面。[①] 瞿秋白指出普罗艺术家不应该"把现实神秘化",不能"空想出什么英雄的个性来做'时代精神的号筒'",《地泉》表现的是一种"革命的浪漫谛克"倾向。瞿秋白从根本上否定了这种"浪漫谛克"的倾向,认为"这种浪漫主义是新文学的障碍,必须肃清这种障碍,然后新兴文学方才能够走上正确的路线"。和瞿秋白的彻底否定观点一致的是茅盾。茅盾认为"一九二八年到三〇年间大多数(或竟不妨说是全体)此类作品的一般的倾向","现在差不多公认是失败的",是"革命的不肖子","要愤然一脚踢开","从新开始干"。[②] 但郑伯奇、钱杏邨和华汉三位早期普罗文学的倡导者则表示不能完全否定其意义,他们认为尽管存在许多的错误,但仍然应肯定早期普罗文学"确立了中国普罗文学运动的基础"。

实际上,瞿秋白等否定的这种"浪漫蒂克"的文学即大革命失败后曾盛极一时的"革命加恋爱"小说。这一类小说突出的革命与恋爱问题延续了五四以来家庭与伦理的革命先锋性内容,是大革命时期的风尚,但也是大革命失败之后青年人的自我救赎。对革命时期革命与恋爱问题的追忆成了从战场归来的青年人书写的主要题材。情欲是颠覆传统、保守的社会秩序的重要突破口,五四时代湖畔派诗人们的大胆情诗,就挑动过封建卫道士的神经,"革命加恋爱"小说延续并开拓了这一题材,甚至让恋爱成为革命乌托邦的重要议题。在革命与恋爱问题上,这类小说尽管对该问题的态度不尽相同,但几乎毫无例外地都会强调政治的正确性,情欲的释放最终也是以革命为旨归的。可以说,"革命加恋爱"小说在革命失败的严冬里温暖并鼓舞了革命青年继续前行。如洪灵菲的小说《流亡》一开始就讲述的是,男女主人公在荒村古庙棺材屋躲避追捕,两人在奇臭无比的床板上的紧张与兴奋,"他机械地吻着她的前额,吻着她的双唇","他这时一方面固然免不了有些害怕,一方面却很感到有趣。他觉得在这漆黑之夜,古屋之内,爱人的怀上,很可领略人生的意味"。"革命加恋爱"小说主要代表作品有蒋光慈的《野祭》(1927)、《菊芬》(1928)和《冲出云围的月亮》(1930);洪灵菲的三部曲《流亡》(1928)、《前线》(1928)、《转变》(1928 年);华汉的《两个女性》等。另外,还包括孟超的《爱的映照》、戴平万的《前夜》等。实际上,茅盾的早期小说《蚀》三部曲也有同样的主题。

瞿秋白等五位讨论者一致认定早期普罗文学的"革命的浪漫谛克"倾向,但对于出现这种倾向的原因和如何解决问题的看法并不一致。华汉、钱杏邨等认为出

---

① 法捷耶夫:《打倒席勒》,瞿秋白译,见《革命的浪漫谛克》,《瞿秋白文集·文学编》(1),人民文学出版社,1985 年版,第 456 页。

② 茅盾:《中国苏维埃革命与普罗文学之建设》,《文学导报》1931 年 11 月 15 日第 1 卷第 8 期。

现不好倾向的原因在于作家的非无产阶级思想,要解决问题自然还需要进一步克服小资产阶级意识。这几位倡导者的看法仍然是延续了"革命文学"论争期间的看法。瞿秋白等则认为问题出在对文学和政治关系认识上的概念化和简单化倾向,因而需要重视文学的特性,引进"拉普"提出的"唯物辩证法的创作方法"。

《地泉》的讨论终结了"左联"成立前后"革命加恋爱"的小说写作模式,转向较为注意现实主义和文学特性的"唯物辩证法的创作方法"(另一种译法即"唯物辩证法的现实主义"),对"左联"纠正过去普罗文学的偏向起到了一定作用。《北斗》杂志还举办了"创作不振之原因及其出路"的征文活动,"左联"各位理论家一致提倡"唯物辩证法的创作方法",认为只有掌握了这种方法才能克服"革命的浪漫谛克"倾向。另一方面,冯雪峰把丁玲的《水》作为"唯物辩证法的创作方法"的"初步兑现"。冯雪峰认为《水》是无产阶级小说诞生的标志,其成功的经验在于采用"重要的巨大的现实题材",在写作上不再是对个人心理的刻画,而是"集体的行动的开展"。① 钱杏邨也认为《水》是"左翼文艺运动一九三一年的最优秀的成果"②。冯雪峰以丁玲创作《水》为例,试图证明转换立场对于作家克服小资产阶级的"浪漫谛克"的意义。但"唯物辩证法的创作方法"混淆了文艺创作的方法和哲学思维的区别,不符合文学创作的基本规律,给左翼文学思潮带来了不利影响。"唯物辩证法的创作方法"注重人物的阶级性和集体性,和早期普罗文学一样导致文学创作的公式化、概念化和脸谱化。"左联"作家们经过一段时间的创作之后对此产生了极大的困惑。

"左联"作家依照"唯物辩证法的创作方法"创作文学作品,但最后发现自己的创作和信仰之间存在矛盾。丁玲这样回忆创作《水》时的感受:"有许多人物事实都在苦恼我,使我不安,可是我写不出来,我抓不到可以任我运用的一支笔,我讨厌我的'作风',我以为它限制了我的思想。"③同样,张天翼放弃自己擅长的讽刺小说去写作《二十一个》,沙汀写作臆想的《法律外的航线》,剧作家田汉依据钱杏邨的《中国女作家评传》对几位女作家的阶级成分和态度的评价来计划自己的剧本《暴风雨中的七个女性》,洪深也依据唯物辩证法写作了以《五奎桥》、《香稻米》和《青龙潭》为一组的《农村三部曲》,结果招致剧评家的批评。"左联"的创作走入了困境。而

---

① 冯雪峰:《关于新小说的诞生》,《北斗》1932 年 1 月第 2 卷第 1 期。
② 钱杏邨:《一九三一年中国文坛的回顾》,《北斗》1932 年 1 月第 2 卷第 1 期。
③ 丁玲:《丁玲文集·我的创作生活》(第 5 卷),湖南人民出版社,1984 年版,第 382 页。

作家和批评家之间的这种尴尬状况却给了"第三种人"代表"作家之群"的机会。① 其中唯一的例外似乎是茅盾创作的《子夜》。但即使是《子夜》也同样是依据党对中国社会性质、中国革命性质及形势,以及对于阶级状况的分析而做出的意识形态的图解。茅盾在创作《子夜》的过程中同样费尽周折,最后终于决定压缩原来的结构,集中写自己熟悉的部分,即使如此,茅盾自己也还是认为第四章是"全书中的游离部分",此后的几部短篇小说《三人行》等同样有着这样的毛病。② 新时期有学者就批评过《子夜》是"一部高级形式的社会文件"③。

作为对"唯物辩证法的创作方法"的纠正,"社会主义现实主义"被引入了"左联"。1932年4月,苏联官方解散了"拉普",另外成立全苏作家协会,开始批判"唯物辩证法的创作方法",提倡"社会主义的现实主义"。周扬是第一个比较系统地介绍"社会主义现实主义"理论的理论家。他的《关于"社会主义的现实主义与革命的浪漫主义"》批判了"拉普"的"唯物辩证法的创作方法"是文艺上的德波林主义,即强调世界观对具体的创作方法问题的垂直决定作用。另一方面,周扬阐述"社会主义的现实主义"和旧现实主义的区别在于它的"运动性"和"大众性","社会主义的现实主义"在于"典型的环境中的典型的性格之正确地传达"。最后,周扬认为,"社会主义的现实主义"还应该包容革命的浪漫主义,不应该把浪漫主义等同于哲学上的观念论。④ "社会主义的现实主义"强调具体地历史地去描写现实,清算了"唯物辩证法的创作方法"对世界观和创作方法认识上的偏误,但文学和政治的关系问题并没有从根本上得到解决。

尽管存在文学和政治纠结不清的理论难题,"左联"作家在文学实践中还是取

---

① 茅盾在回忆录中追述当年的这场严重的危机:"记得在一九三二—三三年间,曾出现过所谓文艺批评的'危机',作家们和批评家们之间的关系有点紧张。所谓'危机',是指一九二八年以来盛行的那种文艺批评不时兴了,曾经目为'权威'的,被发现是建筑在错误基础上的,于是遭到了'清算'。'第三种人'又乘机'崛起',把文艺批评中的这些过失归咎于党对文艺的领导,以艺术保护者的身份出现,指责革命文学,提出所谓'文艺自由'的口号。以鲁迅为代表的左翼文艺界对'第三种人'展开了论战,批驳了他们的谬论,捍卫了无产阶级革命文艺运动。但是,健全的正确的文艺批评尚未建立起来,批评家们尚未完全摆脱旧的习惯。所以作家们写出作品,听到的每每是'从大处落墨'的空泛论断,什么'没有把握时代的精神'、'无视了许多伟大的斗争'、'没有写出新时代的英雄'等等,却很少见到作具体分析的评论,也很少听到对作家创作的甘苦表示体恤的。总之,通过与'第三种人'的这场论争,也暴露了左翼文艺批评界的贫弱,和引来了作家对批评家的意见。"见茅盾:《我走过的道路》,人民文学出版社,1984年版,第539页。

② 茅盾:《我走过的道路》,人民文学出版社,1984年版,第503页。

③ 蓝棣之:《茅盾:〈子夜〉》,《现代文学经典:症候式分析》,清华大学出版社,1998年版,第164页。

④ 周扬:《关于"社会主义的现实主义与革命的浪漫主义"——"唯物辩证法的创作方法"之否定》,《现代》1933年11月第4卷第1期。

得了相当的成绩。"社会剖析派"小说以茅盾创作的《子夜》,"农村三部曲"《春蚕》、《秋收》和《残冬》等为代表,与之同属一类的还有叶紫的《丰收》、《电网外》,蒋牧良的《三七租》,非"左联"作家吴组缃的《西柳集》和《饭余集》中的作品等。《子夜》出版后,文坛上其他作家如吴宓、赵家璧、李辰冬等同样给予好评。朱自清赞扬《子夜》采用"严密的分析","写的是民族资本主义的发展与崩溃的缩影",认为现代小说"正应该如此取材,才有出路"。① 朱自清的看法影响了学生吴组缃、季羡林、林庚、李长之等,在《子夜》的影响之下非左翼作家吴组缃创作了《黄昏》、《一千八百担》等社会剖析小说的代表作。茅盾以《子夜》为代表的创作使社会剖析小说逐渐成为20世纪30年代小说的主流,对中国革命现实主义小说起着举足轻重的作用。

左翼作家以不俗的小说创作成就引领了一个文学创作潮流,"社会剖析派"小说运用阶级分析的方法,通过对社会生活的研究分析、提炼和加工来开拓小说的巨大的历史和社会内容,塑造典型环境下的典型人物,具有宏伟的结构和客观的叙述。这类小说将政治性、阶级性和时代性、真实性融会在一起,形成鲜明的左翼特色。以茅盾的《子夜》为例,茅盾试图在《子夜》中大规模地描写中国社会现象,通过革命力量正在蓬勃发展的农村和敌人相对集中的城市两者革命发展的对比,反映出中国革命的整个面貌,虽然小说最后放弃了写不熟悉的农村、工厂和实际的革命军事斗争部分,但《子夜》仍然容纳了军阀混战、民族资本和买办资本的殊死斗争、工业的破产和工人运动、农村的武装斗争等广阔的社会面貌,塑造了一批如吴老太爷、赵伯韬、吴荪甫、屠维岳等典型人物,揭示了中国社会的复杂社会矛盾。

另一方面,受到鲁迅启发和中外讽刺文学的影响,"左联"还出现了一批擅长于创作社会讽刺小说的作家。"左联"讽刺作家如张天翼、蒋牧良、沙汀、周文等的讽刺小说虽然和"社会剖析派"小说一样具有广阔的社会内容、鲜明的阶级立场和典型环境下的典型人物刻画等特点,但对人物性格和阶级特征的讽刺性描写则是其最为显著的特征。

夏志清称赞张天翼是20世纪30年代"最富才华的短篇小说家",认为他"用最经济的描述和铺陈,以戏剧性和敏捷的风格","捕捉到他的角色在动作中的每一特征","又用喜剧或者戏剧性的精确,来模拟每一社会阶层的语言习惯"。② 他的小说《包氏父子》、《脊背与奶子》和《清明时节》等刻画了包氏父子、长太爷等具有鲜明性格的人物形象。门房老包是社会底层群众,他希望通过拼命供钱给儿子小包上学来摆脱贫贱的社会地位,听到别人说他儿子将来有出息,他万分高兴,"老包笑了笑。可是马上又拼命忍住肚子里的快活,摇摇脑袋,轻轻地嘘了口气"。他有意要"谦虚",而这"谦虚"明明又是带有炫耀的意味,不由得把话题转向"学费","学费

---

① 朱自清:《〈子夜〉》,《文学季刊》1934年4月第1卷第2期。
② 夏志清:《中国现代小说史》,刘绍铭译,台湾传记文学出版社,1991年版,第231页。

真不容易，学费"，想要看到别人不理解"学费"的神情。但小包——包国维不能理解父亲的苦心，反而接受洋学校的不正风气，一心想要挤进花花公子郭纯的行列，做尽了奴才相。张天翼用一系列的动作来刻画包国维谄媚郭纯的心态，"看郭纯到底睬不睬他。他用手擦擦脸，又抹抹头发。他站起来，又坐到靠手上。接着他又站起来跩了几步，就坐到螃蟹旁边。他手放在靠手上，过会儿把它移到自己腿上，两秒钟之后又把两手在胸脯前叉着。他脚伸了出去又退回来。他总是觉得不舒服。手又在胸脯上似乎压紧着他的肺部，就又给搁到了靠手上。那双手简直没有什么地方可以放下。那双脚老缩着也有点发麻"。这样的小包只能让老包耗尽心血而下场悲惨。

另外一个重要的左翼小说家沙汀则擅长于农村人物的讽刺性描写。沙汀流落上海时与同学艾芜相遇，曾向鲁迅请教写作题材问题。沙汀后来发表《法律外的航线》，采取左翼小说那种集体群像的写法，获得左翼文坛的赞誉，但不免"左联"早期创作概念化的倾向。真正让沙汀展露才华的是《在祠堂里》《兽道》《代理县长》和《龚老法团》等。沙汀的这些小说描写的是四川农村的黑暗生活，《代理县长》中那位代理县长在灾区仍不忘借机揸油，在濒临死亡的灾民身上也要搜刮民脂民膏；《在祠堂里》那位弱女子被活活钉死在棺材里面。但他小说创作的高峰期是20世纪40年代创作《淘金记》等的时期。

和"左联"关系十分紧密而没有正式加入"左联"的还有一批来自东北的流亡作家群体，即"东北作家群"。"东北作家群"主要是一些青年作者，如萧红、萧军、端木蕻良、舒群、骆宾基、李辉英等，他们和"左联"一部分作家的创作实际构成了"左联"反帝抗日、救亡图存的小说创作潮流。萧红的《生死场》、萧军的《八月的乡村》、端木蕻良的《鴜鹭湖的忧郁》、舒群的《没有祖国的孩子》、李辉英的《最后一课》，以及阳翰笙的《义勇军》、楼适夷的《S.O.S》等对自九一八事变前后东北人民广阔复杂的生存状态进行了全方位的描写。他们的小说以一种浓郁的眷恋乡土的爱国主义情绪和粗犷的地方风格把东北广袤的黑土、铁蹄下的不屈人民、茂草、高粱，搅成一团，构筑成东北抗日主题。其中萧红和端木蕻良等的小说在抒情、讽刺和心理等方面的探索尤为后世所称道。

"二萧"是"东北作家群"最具有代表性的作家。萧军（1907—1988），辽宁义县人。早年从军，并广泛接触文学作品。1931年九一八事变后，曾与朋友组织抗日义勇军，失败后逃往哈尔滨，从此开始文学生涯，并结识了金剑啸、罗烽、舒群、白朗等革命青年文艺家，成为中共地下党领导的革命文艺队伍中的一员。1933年因受迫害逃往青岛，开始与鲁迅通信，并在青岛完成《八月的乡村》。同年11月赴上海，在鲁迅的关怀和培养下，登上文坛。1935年，《八月的乡村》由鲁迅作序，作为"奴隶丛书"之一出版。从此以后萧军又陆续出版了短篇小说集《羊》《江上》，散文集《绿叶底的故事》《十月十五日》等。1935年开始发表长篇小说《第三代》第一、二部,中篇小说《涓涓》等。抗战爆发后,两度前往延安,参加了延安文艺座谈会。

《八月的乡村》是萧军的成名之作。小说通过九一八事变后东北山区一支抗日游击队对敌战斗的几个片断,刻画了游击队领导人陈柱司令、铁鹰队长、青年知识分子萧明、朝鲜女战士安娜,以及从农民转变为抗日战士的唐老疙瘩、李七嫂等众多人物形象,揭示了庄严神圣的民族抗战对人民群众和抗日战士的磨炼,透射出作者对侵略者的憎恨,对失去的土地的热爱,对抗日战士的礼赞,"显示着中国的一份和全部,现在和未来,死路和活路"。小说在民族危亡的时刻,以新鲜的题材、严肃的内容、粗犷的画面、短篇连缀式的结构,精力充沛地描写了中华民族同敌人血战到底的英雄气概,成为抗日文学的先行作品。在出版的当时,作品就受到鲁迅、周扬、胡风、乔木等左翼作家的好评。

萧红在"东北作家群"里面是一个独特的存在。萧红(1911—1942),原名张迺莹,黑龙江呼兰人。中学时代醉心于文学和绘画。1931 年因反抗家庭包办婚姻,与家庭决裂,走上痛苦艰辛的流浪生活。1932 年与萧军结合,开始文学创作。1934 年与萧军逃离东北,经青岛到上海,得到鲁迅的帮助和教导。1935 年起,陆续出版了中篇《生死场》和《商市街》、《桥》、《牛车上》等小说散文集,从此步入文坛,成为东北作家群的代表作家之一。

《生死场》这部小说书写的是哈尔滨附近一个村庄经历的生死轮回以及日本侵占东北后的苦难与抗争。这部小说不像一般小说那样具有前后贯穿的小说叙事,也缺乏对人物性格的刻画,小说主要通过散文化的叙述和描写,依靠情感作为线索把人物、情节和环境串联起来,形成一个独特的整体。鲁迅评价《生死场》"叙事和写景,胜于人物的描写,然而北方人民的对于生的坚强,对于死的挣扎,却往往已经力透纸背"。①

《生死场》全书共十七节,明显地分为前、后两部分。前十节描写九一八事变前十年,农民愚昧麻木的非人生活。小说主要通过一些片段式的情节,描写乡村人民生命意识的麻木、生存境遇的困苦和精神世界的荒凉:"在乡村,任何动物一样忙着生,忙着死……"人的生育甚至不如猪狗的生产,生命竟然毫无价值,而且流逝的时间没有改变这里的一丝一毫,一切都凝固在生死轮回中。在小说的这些描写中,处处流露着萧红对人的生存状态所特具的悲悯感。《生死场》不仅以悲悯之心描写了人的价值的泯灭和生命的浪费,而且揭示了造成这种生命无价值的原因。这不仅是由于"自然的暴君"和"两只脚的暴君"的淫威,也是由于封建文化制度造成农民精神世界的麻木,才导致价值的颠倒——"农家无论是菜棵,或是一株茅草也要超过人的价值"。小说后七节描写在日本帝国主义侵略下,农民生存意志的顽强和民族抗争意识的觉醒。东北沦陷后,日本侵略者烧杀奸淫掳掠,使农田荒芜,尸横遍

---

① 鲁迅:《鲁迅全集·且介亭杂文二集·萧红作〈生死场〉序》(第 6 卷),人民文学出版社,2005 年版,第 422 页。

野,即便是非人的生活也已经不可得到。血淋淋的现实把这些老中国的愚昧儿女从精神麻木中唤醒,开始走上抗日的道路。小说第十三节"你要死吗?"描写国家观念和民族意识觉醒后的农民"盟誓"抗日,在宏壮悲愤的典礼中,剔抉出乡间没有"死灭"的人心和民魂,力透纸背地照见了正如鲁迅所评价的,"北方人民的对于生的坚强,对于死的挣扎"。

二　茅盾的小说

茅盾(1896—1981),原名沈德鸿,字雁冰,浙江省桐乡市乌镇人,现代著名文学批评家和作家。1927年开始创作《幻灭》等小说,代表作有《蚀》三部曲(《幻灭》、《动摇》、《追求》),长篇小说《子夜》,短篇小说《春蚕》、《秋收》和《残冬》等,是20世纪30年代最重要的小说家之一。中华人民共和国成立时任文化部部长,后曾任全国政协副主席、中国作家协会主席等职务。

茅盾是新文坛的重要开拓者之一。1921年茅盾与郑振铎、王统照等十二人发起文学研究会,主编《小说月报》,为新文学开辟了极为重要的文学阵地。同时,他从事文学理论批评和翻译介绍活动,倡导与呼应文学为人生的文学主张,与稍后的创造社互相争鸣,开启新文学初期现实主义文学思潮。茅盾曾借鉴法国理论家泰勒有关文学的时代、环境和种族三因素的理论,较为系统地阐发文学为人生的现实主义文学主张。1920年初他发表《新旧文学评议之评议》,提出新文学应该"有表现人生指导人生的能力","是为平民的非为一般特殊阶级的"。[1] 他反对把文学当作游戏或者消遣品,认为"文学是表现人生的东西;不论它是客观的描写事物,或是主观的描写理想,总须以人生为对象"[2]。1923年茅盾发表文章认为,"文学是有激励人心的积极性的",他强调"在我们这时代,我们希望文学能够担当唤醒民众而给他们力量的重大责任"[3]。除了文艺批评之外,茅盾还大力译介西方文学,基于其为人生的文学主张,他把自己译介的目标定位成启蒙,即除了介绍西方文学艺术之外,更重要的是介绍他们的现代思想。[4]

茅盾不仅积极参与20世纪20年代文学活动,也从事中国共产党的革命工作。茅盾在20世纪30年代的文学创作与其大革命失败前的政治活动有着密切关系。茅盾1921年加入中国共产党,是重要的早期党员之一。1927年"宁汉合流",汪精卫武汉政府叛变革命,大肆屠杀共产党人与革命群众。大革命期间,茅盾直接参与过革命活动,并曾在武汉政府时期主编汉口《国民日报》,汪、蒋合流之后受到国民

[1]　茅盾:《新旧文学评议之评议》,《小说月报》1920年1月第11卷第1号。
[2]　茅盾:《中国文学不发达的原因》,《文学旬刊》1921年5月10日第1号。
[3]　茅盾:《"大转变时期"何时来呢?》,《文学周报》1923年12月31日第103期。
[4]　茅盾:《新文学研究者的责任与努力》,《小说月报》1921年2月第12卷第2号。

党政府通缉,逃亡途中失去与组织的联系,潜回上海蛰居。他对这段时期的心路历程与开始小说创作的关系曾经有过交代:"一九二七年大革命的失败,使我痛心,也使我悲观,它迫使我停下来思索,革命究竟往何处去? ……中国革命的道路该怎么走? ……我发现自己并没有弄清楚",隐居下来之后茅盾卖文为生,"过去大半年的波涛起伏的生活正在我脑中发酵,于是我……写我的第一部小说《幻灭》。"①

虽然与当时流行的革命加恋爱小说有着共同的题材,茅盾早期小说与其他作家还是有一定的区别,这使得他受到后期创造社和太阳社的批判,但也使左翼文学具有了另一种可能性。茅盾在二三十年代引领了左翼作家的社会剖析派小说潮流,有学者认为"他是彻底改变'五四'中长篇小说幼稚状态,使之走向完善的最突出的小说家"②。

茅盾的早期小说创作以《蚀》三部曲《幻灭》、《动摇》、《追求》为代表。

革命文学论争时期,茅盾对自己创作《蚀》三部曲是有解释的。他要在这几部作品描绘大革命时期的社会现实,表现当时社会的剧烈变革,刻画那一历史时期小资产阶级知识青年的思想面貌和心路历程,即表现当时小资产阶级知识青年在革命浪潮中所经历的三个时期:一是革命前夕的亢奋和革命既到面前的幻灭;二是革命斗争剧烈时的动摇;三是幻灭动摇后不甘寂寞尚思作最后之追求。③ 三部曲对时代生活进行了广阔的描写,对复杂社会矛盾中的人物进行了深刻的刻画,对人物心理状态进行了细致的披露。

《幻灭》这部小说以静女士的恋爱经历为经,以大革命为纬,建构出"小资产阶级的女子"静女士"对于革命的幻灭"。每一次希望,结果只是失望,这就是幻灭。小说中的静女士自幼在温馨的母爱和恬静的家庭生活中长大,"理智上是向光明,'要革命的'"。"感情上则每遇顿挫便灰心;她的灰心也是不能持久的,消沉之后感到寂寞便又要寻求光明,然后又幻灭;她是不断地在追求,不断地在幻灭"。静女士经历过三次重要的幻灭。"她在中学校时代热心社会活动,后来幻灭,则以专心读书为遁逃薮,然而又不耐寂寞,终于跌入了恋爱",但当她决定用恋爱来打发她无聊的生活时,她发现爱人抱素是一个卑鄙的军阀探子和已有妻室的骗子,她陷入第一次幻灭。在医生与同学的鼓励下,她渐渐平复了恋爱幻灭的创伤。当"北伐"节节胜利,革命高潮不断高涨时,她的理智指引她去追求乃至投身革命事业,于是她奔向了革命的中心汉口,但这让她遭遇了第二次幻灭:"革命事业不是一方面,静女士是每处都感受了幻灭;她先想做政治工作,她做成了,但是幻灭;她又干妇女运动,

---

① 茅盾:《茅盾全集·回忆录一集》(第 34 卷),人民文学出版社,1997 年版,第 382—284 页。

② 吴福辉:《第十章 茅盾》,钱理群、温儒敏、吴福辉著:《中国现代文学三十年》(修订本),北京大学出版社,1998 年版,第 223 页。

③ 茅盾:《从牯岭到东京》,《小说月报》1928 年 10 月第 19 卷第 10 期。

她又在总工会办事,一切都幻灭"①。此后她逃进了后方病院,想做一件"问心无愧"的事,实际上是逃避,是退休了。但她不能退休寂寞到底,她追求憧憬的本能很快又复活,这次找到了一个真正爱她的男人强连长。只是当中国人陷于水深火热的生活之中,她不可能幻想能和强连长独自过好,强连长要去打仗,这恋爱的结果又是幻灭。

第二部《动摇》写的是大革命时期发生在武汉附近一个小县城的故事,茅盾希望写出的是"革命斗争剧烈时从事革命工作者的动摇",有史家认为"它不是自下而上地由心理透视时局,而是自上而下地由时局透视心理,从一定的意义而言,它为《幻灭》和《动摇》中的知识青年心灵悲剧提供了真切、具体的社会政治背景"②。故事中的胡国光是一个"积年的老狐狸",他利用种种卑污手段混进革命阵营,通过伪装革命掩盖自己的投机破坏行为。当胡国光混入商民协会充当委员被人揭发之后,作为革命联盟的国民党县党部负责人方罗兰,在革命形势急剧变化的时候,"认不清这时代的性质"。他知道混入革命内部的胡国光的罪恶而不敢揭露和斗争,对胡国光的事情敷衍了事,让胡国光跻身县党部执委兼常委,助长了反革命的气焰。当胡国光煽动群众包围县署之时,他又害怕人民群众的力量,不但束手无策,而且为了个人的安全而决定离开革命。这部小说可以说是大革命失败的一个隐喻。

第三部《追求》如茅盾在《读〈倪焕之〉》中所说,意图在于"暴露一九二八年春初的知识分子的病态和迷惘"③。其中所写的人物,在革命高潮期间都一度的昂奋,大革命失败之后他们既不肯同流合污,又找不到正确道路。"他们都不甘昏昏沉沉过去,都要追求一些什么,然而结果都失败。"张曼青到城郊做中学教员,转而追求"教育救国",但他救不了那些追求革命的学生;王仲昭"新闻救国"的道路也只不过是登几篇舞场小文章,失去了救国的根本目的;章秋柳在流产之后只能在官能享受的自我麻醉中毁灭着自己,也毁灭着别人;史循则由怀疑到要自杀的地步。这部作品调子较为灰暗,情绪波澜起伏。茅盾自己曾解释说这是因为"在那时会见了几个旧友,知道了一些痛心的事,——你不为威武所屈的人也许会因亲爱者的乖张使你失望而发狂。……这使得我的作品有一层极厚的悲观色彩,并且使我的作品有缠绵幽怨和激昂奋发的调子同时并在。《追求》就是这么一件狂乱的混合物"④。

《蚀》三部曲取得了很高的艺术成就。这三部小说开拓了现代小说反映社会和心灵的新领域,中国现代中篇小说文体也由此开始成为一种较为成熟的艺术形式。另外,这三部小说还成功地创造了一批"时代女性"形象。慧女士、孙舞阳和章秋

---

① 茅盾:《从牯岭到东京》,《小说月报》1928 年 10 月第 19 卷第 10 期。
② 杨义:《中国现代小说史》(中),《杨义文存》(第 2 卷),人民出版社,1998 年版,第 101 页。
③ 茅盾:《读〈倪焕之〉》,《文学周报》1929 年 5 月 12 日第 8 卷第 20 号。
④ 茅盾:《从牯岭到东京》,《小说月报》1928 年 10 月第 19 卷第 10 期。

柳等不同于传统中国女性,她们以强健的生命活力和个性给父权社会带来一系列的冲击。最后,《蚀》三部曲对大革命宏大历史图景的描绘,对特定历史阶段部分革命青年的幻灭、动摇和追求的刻画,已经透露出左翼小说创作的新范式,随着茅盾长篇小说《子夜》的成功,逐渐开始形成一个新的小说流派,即社会剖析派。

中篇小说显然还不足以容纳茅盾的创造能量。他说在创作《蚀》时因为"我是第一次从事创作,写长篇小说没有把握,就决定写三个有连续性的中篇,其中的人物基本相同"①。在另一处回忆中他也说"我觉得所有自己熟悉的题材都是恰配做长篇,无从剪短似的","一九二八年以前那几年里震动全世界、全中国的几次大事件,我都是熟悉的,而这些'历史的事件'都还没有鲜明力强的文艺上的表现……我以为那些'历史事件'须得装在十万字以上的长篇里才能够抒写个淋漓透彻"②。稍后的长篇小说《虹》由于种种现实原因搁置,可以说是当时的小说文体尚不足以表现出茅盾所想要表达的内容,再后来的《子夜》在形式上虽然已经结束,但实际上茅盾的宏愿仍有许多未来得及完成。③

1933年1月,茅盾的长篇小说《子夜》的出版在文艺界引起强烈反响,"三个多月销至四版,可见轰动之概"④。这是左翼作家的一次重要收获。此前"第三种人"等就借左翼作家缺少伟大作品来攻击左翼文艺理论。《子夜》的诞生有效地回应了文坛对左翼文学的质疑。瞿秋白大力宣传"一九三三年在将来的文学史上,没有疑问的要记录《子夜》的出版",⑤"这是中国第一部写实主义的成功的长篇小说"。

《子夜》以民族工业资本家吴荪甫和买办金融资本家赵伯韬之间的矛盾和斗争为主线,深入反映左翼作家眼中的1930年左右中国社会面貌。⑥上海是民国时期最重要的工业、金融和文化中心。上海纸醉金迷的现代都市景观使到此避战乱的吴老太爷深受刺激而猝死。上海有头有脸的人物借吊唁为名,聚集在吴荪甫家打

---

① 茅盾:《茅盾全集·回忆录一集》(第34卷),人民文学出版社,1997年版,第385页。

② 茅盾:《茅盾全集·我的回顾》(第19卷),人民文学出版社,1991年版,第407—408页。

③ 茅盾回忆《子夜》创作时的情况:"《子夜》的初步计划,还是雄心勃勃的,虽然不再是城市——农村交响曲,却仍旧想使一九三〇年动荡的中国得一全面的表现","但是,当我提笔要根据分章大纲写成小说时,就感到规模还是太大……于是就有再次缩小计划的考虑,彻底收起那勃勃雄心"。见茅盾:《茅盾全集·回忆录一集》(第34卷),人民文学出版社,1997年版,第501页。

④ 吴组缃:《评茅盾〈子夜〉》,《文艺月报》1933年6月1日创刊号。

⑤ 瞿秋白:《瞿秋白文集·文学编·〈子夜〉和国货年》(第2卷),人民文学出版社,1986年版,第71页。

⑥ 茅盾曾说:"一九三〇年夏秋间进行得很热闹的关于中国社会性质的论战,对于确定我这部小说的写作意图,也颇有关系。"见茅盾:《茅盾全集·回忆录一集》(第34卷),人民文学出版社,1997年版,第482页。

听战况、谈生意、搞社交。买办资本家赵伯韬拉拢吴荪甫联合资金结成公债大户，想要在股票交易中贱买贵卖，从中牟取暴利。吴和赵的合作获得了成功，但金融公债的混乱和投机妨害了工业的发展。实业界推举吴荪甫等联合创办银行，希望能借此经营交通、矿山等几项企业。但农民和工人运动让吴荪甫的企业蒙受了很大压力。吴荪甫启用屠维岳，后者动用各种手段平息工人罢工。与此同时，上海金融斗争也日趋激烈，吴荪甫与赵伯韬的联合也转为敌对局面。由于国民党派系战争影响等因素，吴荪甫金融投机失败，资金短缺，赵伯韬想乘吴荪甫资金短缺之时控股他的银行以便吞并其产业。吴荪甫试图转嫁自己的金融困难，加大对工人的盘剥，但这次屠维岳再也不能帮他平息工人的抗争。最后，他把自己的产业和公馆全都抵押作公债，以图最后一搏。由于公债的情势危急，赵伯韬操纵交易所的管理机构为难卖空方吴荪甫，吴荪甫彻底破产，民族企业就这样落入了西方金融资本的控制之中。

通过对以吴荪甫为代表的民族资本主义和以赵伯韬为代表的西方资本主义的勾结与斗争的叙述，茅盾描绘了民族资本主义在 30 年代中国的悲剧命运，正如茅盾自己所说，"中国并没有走向资本主义发展的道路，中国在帝国主义的压迫下，是更加殖民地化了"[1]。

运用长篇小说这种具有史诗磅礴气质的艺术形式去把握中国共产党对 30 年代社会政治、经济和文化状况的分析，这样一种新的小说创作正是"左联"理论家所一再呼吁的。虽然后世文学史家对茅盾所开拓的这种小说形式的艺术性表示怀疑，将《子夜》视为"一部高级形式的社会文件"[2]，但并不能因此否定《子夜》所取得的成就。

《子夜》开创了一个新的小说写作范式："它是中国现代文学史上第一部以科学世界观为指导的社会剖析小说，是运用革命现实主义方法熔铸生活、再现生活的出色成果"；"《子夜》在现代文学史上第一次以相当宏大的规模描绘了上海这个现代化大都市，第一次以相当可观的深度刻画了中国民族资产阶级的典型形象"；"《子夜》是'五四'以来第一部真正具有宏大而复杂的现代结构的长篇小说"。因而，它被认为是"开辟了用科学世界观剖析社会现实的新的创作道路，对一个新的小说流派——以茅盾、吴组缃、沙汀和稍后的艾芜为代表的社会剖析派的形成，起着重要的推动作用"。[3]

机器生产下的工业大都会是世界左翼作家常用的题材，左翼作家从来都不缺少对大都会的描写。民国时期中国能称之为大都会的只有上海而已，写上海的现代作家很多，但茅盾对上海的宏大的史诗性书写在中国现代文学史上独具一格。源于中国革命的特殊性、知识分子与土地的亲缘性等原因，中国左翼作家最擅长的

---

① 茅盾：《茅盾全集·〈子夜〉是怎样写成的》(第 22 卷)，人民文学出版社，1993 年版，第 54 页。
② 蓝棣之：《茅盾:〈子夜〉》，《现代文学经典:症候式分析》，清华大学出版社，1998 年版，第 164 页。
③ 严家炎：《中国现代小说流派史》，人民文学出版社，1995 年版，第 176—178 页。

还是农村题材。茅盾原计划在《子夜》中表现而未竟的农村题材最终在《林家铺子》《春蚕》和《秋收》等短篇小说中得以充分表达，由《子夜》所开创的社会剖析小说最终是在农村题材的创作潮流中发扬光大。

三　海派小说

京派海派论争从地域的角度切入对当时文学和文坛的看法，给后世文学研究者提供了重要的思考角度。京海两地的作家，除了左翼作家之外，也常常都被纳入京派和海派之中。虽然很多重要作家并不能用京派、海派这样的流派来限定，但京派和海派也的确能够在一定程度上概括两地文学的不同精神风貌。

"海派"起先并不是一个很好听的名字。沈从文指责白相和玩票的作家是海派作家就可以证明。鲁迅曾十分尖锐地批评清末民初上海文学是"才子+流氓"的文学。但 20 世纪 80 年代以来，许多文学史家逐渐给"海派""洗脱罪名"，于是"海派文学是近代中国时髦文学之祖"[①]，"实在还是个忍辱负重的'现代'长子"[②]。海派文学的出现和上海地域的经济和文化特征有直接的关系。清末科举制度废除，大量文人进入上海租界，洋场才子就已经出现，创作了大量的鸳鸯蝴蝶派文学。30年代，南京国民政府在形式上完成了全国的统一，虽然 30 年代世界经济大萧条，国内农村经济凋敝破产，但国内现代工业经济仍然取得了一定的成就。[③] 尤其是上海，它已经成为 30 年代中国最重要的工业中心、对外贸易中心和国际金融中心。经济的繁荣也推动了上海的现代化进程。以南京路为代表的四大百货公司、游艺场、电影院、舞厅和跑马场等现代消费方式，以四马路为中心的现代出版行业的发达，给 30 年代上海文学的发展带来了新的血液。30 年代的上海文学带有某种前卫的先锋性质，它大量"转运"外来文化，迎合读书市场，站在现代都市工业文明的立场来看待中国的现实生活与文化。[④]

海派文学早期是从五四文学分离出来走向都市大众读者的一些新文学，主要包括张资平、叶灵凤、曾今可、曾虚白和章克标等作家。早期的海派小说有强烈的世俗化倾向，表现市民生活，反映的是市民审美趣味。他们初步描写现代都市的各种声色场所，写三角、多角恋爱，沉醉于物质与性的享乐之中而不能自拔，甚至造成一种"新的肉欲小说"，但在形式上是有所创新的，他们"尝试心理的、象征的、新鲜

---

① 杨义：《杨义文存·论海派小说》（第 4 卷），《中国现代文学流派》，人民出版社，1998 年版，第502 页。

② 吴福辉：《都市漩流中的海派小说》，复旦大学出版社，2009 年版，第 1 页。

③ 易劳逸：《南京十年时期的国民党中国，1927—1937 年》，见费正清、费维恺编：《剑桥中华民国史（1912—1949 年）》（下卷），中国社会科学出版社，1993 年版，第 175—176 页。

④ 吴福辉：《都市漩流中的海派小说》，复旦大学出版社，2009 年版，第 2 页。

大胆的小说用语和多种多样的表达方式"①。

张资平(1893—1959),曾在东京帝国大学攻读地质学,1921 年和郭沫若、郁达夫和成仿吾等创办新文学初期的重要文学社团创造社,1928 年后脱离创造社,创办乐群书店,出版《乐群》月刊,独立开展文学活动。张资平 1930 年加入过邓演达领导的第三党,抗日战争时期堕落成为汉奸文人。1922 年出版长篇小说《冲积期化石》,是中国现代文学史上最早的一部长篇小说。张资平在 20 世纪 30 年代前后创作高峰期时平均每年出版 4 部长篇小说,一生出版 24 部长篇小说,5 部短篇小说集。创造社同人郑伯奇曾评价"张资平的作风,和沫若、达夫迥不相同。他们两人都偏于主观,资平的写作态度是相当客观的"②,但这种客观其实有点倾向于法国的自然主义。张资平认为,"自然派之人物描写绝不是依据随便的想象,粗略的描写人情就算了事,要更进而探究其心理,即取心理学者般的态度。描写要达到可依据心理学证明其确实的境地。更进一步,但描写心理仍不能满足,要加描写生理。……所以观察人类先要由生理的方面描写"。③ 张资平的小说以客观平实的态度反映五四时期青年男女对恋爱自由、婚姻自主的热烈追求,以及陈腐的封建伦理道德和金钱势力对他们的束缚,笔调清新流畅,曾经一纸风行,拥有众多青年读者。但从长篇小说《苔莉》开始,他的小说因过度追求商业利润,公式化地利用色情因素,滥用经济和性的双重压抑主题,从而失去了对自然主义尺度的把握,小说充满肉欲气息。张资平因此被鲁迅冠以"三角多角恋爱小说家"的称号,后来被誉为"中国现代言情小说的开山祖师"。

叶灵凤(1905—1975),1925 年加入创造社,主编过《洪水》半月刊。1926 年与潘汉年合办过《幻洲》。1938 年移居香港后创作大量随笔。叶灵凤以小说《女娲氏之遗孽》成名,主要小说集有《菊子夫人》、《鸠绿媚》、《红的天使》以及《时代姑娘》等。

叶灵凤把自己的小说称为"象牙之塔里的浪漫的文字"④。叶灵凤早期小说多半是感伤的恋情小说,打着反禁欲主义和批判封建道德的旗帜,滑向性挑逗和性暴露的泥淖。叶灵凤的小说和张资平的小说一样写青年的三角恋爱和变态心理,但和张资平的自然主义的"客观"有所不同,他受到过唯美主义作家王尔德等的影响,带有幻美色彩。其代表作《女娲氏之余孽》叙述有夫之妇蕙不顾礼教束缚和世俗舆论,和青年学生莓箴相爱的故事。丈夫发现蕙和莓箴的私情之后,蕙悲苦万分,几度欲了此一生,但得到了丈夫的宽宥。叶灵凤擅长心理分析,这部小说采用第一人

① 此节参考吴福辉:《第十四章 小说》(二),钱理群、温儒敏、吴福辉:《中国现代文学三十年》(修订版),北京大学出版社,1998 年版,第 321—322 页。
② 郑伯奇:《导言》,《中国新文学大系小说三集》(影印版),上海文艺出版社,2003 年版,第 17 页。
③ 张资平:《文艺史概要》,时中书社,1925 年版,第 73 页。
④ 叶灵凤:《叶灵凤文集·回忆〈幻洲〉及其他》(第 4 卷),花城出版社,1999 年版,第 14 页。

称叙述视角,向读者展示一个婚外情女性的内心挣扎与痛苦。其他的小说,《姊嫁之夜》《内疚》《摩伽的试探》等是运用了精神分析学说。20 世纪 30 年代,叶灵凤和穆时英、刘呐鸥等关系密切,1933 年,穆时英在小说集《公墓》的《自序》中曾提到叶灵凤"时常和我讨论到方法问题,给了我许多暗示"。这段时间叶灵凤创作了《紫丁香》《流行性感冒》《第七号女性》《忧郁解剖学》和《朱古律的回忆》等,带有很强的新感觉主义特征。这些小说"用跳动不定的充满感官刺激的意象,新奇的比喻,对话的暗示性、多义性,甚至分镜头剧本的直接插入等最现代的文体来写最现代的都市男女"①。

海派的第二个阶段是新感觉派的出现。新感觉派作家主要包括刘呐鸥、穆时英、施蛰存、叶灵凤、黑婴和禾金等人。1928 年 9 月,刘呐鸥创办《无轨列车》半月刊,介绍日本新感觉主义文学,同时初步尝试运用现代主义的手法创作小说与诗歌;1929 年 9 月,施蛰存、戴望舒、刘呐鸥等人创办《新文艺》月刊,他们一方面积极介绍日本的新感觉主义,一方面尝试创作运用感觉主义和意识流等方法表现现代生活和人物心理的小说;1932 年 5 月,《现代》杂志创刊,标志这些作家作为一个流派集结在一起。施蛰存、穆时英、刘呐鸥等人均在《现代》杂志上发表具有新感觉特点的作品。

中国的新感觉派作家主要受到法国作家保罗·穆杭和日本新感觉派作家川端康成、横光利一、片冈铁兵等人的影响。这些作家不愿意直接描写外在现实,而是强调主观感受,力图把主观印象投入客体,追求对事物的新奇感受,创造出具有主观色彩的"新现实"。这些对于 20 世纪 30 年代生活在上海光怪陆离的社会中,并且不赞同左翼文学的激进革命论的新感觉派成员来说无疑是一条新的出路。他们学习借鉴外国现代主义的诸多手法,特别是心理分析、意识流或弗洛伊德主义等,并且将其运用于文学创作,探索另外一条文学道路。

新感觉派的成员虽然和左翼成员一样都生活在上海这座繁华大都市,但是在他们笔下的文学世界中,大都市上海却在中国现代文学史留下经典的印记。这也是新感觉派小说的最显著特色,即在快速节奏中展现上海大都市的生活,尤其表现殖民地都市的畸形与病态。夜总会、赛马场、电影院、外滩的旅馆,1932 年最新型的流线型的轿车、富豪的别墅、海滨浴场和霓虹灯光,这些是新感觉派小说中最常见的小说场景和意象。他们将半殖民地大都市最显著的意象串联起来,同时有意识地借助从外国引进的新手法、快节奏的叙事来表现上海大都市中的各种生活世态,暴露都市生活的糜烂和资产阶级男女的堕落与疯狂。新感觉派小说之"新""在于第一次用现代人的眼光来打量上海,用一种新异的现代的形式来表达这个东方大都会的城与人的神韵"。

---

① 吴福辉:《第十四章 小说》(二),钱理群、温儒敏、吴福辉:《中国现代文学三十年》(修订版),北京大学出版社,1998 年版,第 323 页。

新感觉派小说在表现都市生活的过程中,往往刻意捕捉新奇的感觉、印象,并对小说的形式、手法、技巧作了一定程度的革新。该流派重视人的主观感觉,追求新奇的感觉,往往将感觉渗透到客观描写中,并且采用"通感"的手法显示感觉的奇妙。这种感觉外化的描写代替了单纯的外部现实刻画,从而使作品更加的出彩,有很多意想不到的效果出现。同时他们借鉴电影的表现手法,吸收西方意识流手法,以及将诗歌中的叠句运用到小说中创造某种气氛感觉,这是别具特色的。

另外,新感觉派注重挖掘与表现人的潜意识、隐意识以及日常生活中的微妙心理、变态心理等。注重对于人物心理深层的开拓是新感觉派小说的一个重要特色。

刘呐鸥(1905—1940),是中国新感觉派与日本新感觉派的重要桥梁。刘呐鸥原名刘灿波,曾用笔名洛生、欧外鸥。1905年他出生于台湾省台南州新营郡柳营庄,年少时家境富裕,7岁进入盐水港公学校,13岁时进入台南县长老教会中学,15岁留学日本,转入东京青山学院插班中学部,18岁时转入青山的高等学部,专攻英文学,1926年3月毕业。后来到上海震旦大学法文特别班学习法文,并且与同班的戴望舒、施蛰存和杜衡结识。刘呐鸥在日本游学期间,也是日本现代文学史上流派繁多、名家涌现的时期,比如从自然主义小说到唯美主义文学小说,从"白桦派"运动到新思潮派文学,还具有日本传统文学特点的心境小说。最能引起刘呐鸥兴趣的是在关东大地震后崛起的新感觉派。他是将新感觉主义介绍到中国的第一人,1928年选译出版"现代日本小说集",共收有日本新感觉派和无产阶级作家的小说7篇,并于1929年在自己创办的水沫书店出版,用其中一篇片冈铁兵的小说《色情文化》作为小说集的名称。1929年刘呐鸥出版自己唯一的一部小说集《都市风景线》,收录了1928—1929两年间创作的8篇小说,"这是中国第一本较多地采用现代派手法技巧写的短篇小说集"①。刘呐鸥是第一个以都市人的目光并以新感觉的方式看待都市的场景和生存在都市里的人,采用分镜头、意识流、心理分析和象征等手法来表现现代都市快节奏生活,批判现代男女的腐朽、空虚与堕落。但由于刘呐鸥生于中国台湾,求学于日本,日语比汉语还好,在上海的时间较短,他的小说还有很多非中国本土的特点。

将日本新感觉派中国化比较成功的是穆时英。穆时英(1912—1940),浙江慈溪人。父亲是银行家,幼年他随父亲来到上海,在上海读完中学和大学。1929年开始写小说。1930年春天在《新文艺》上发表《咱们的世界》、《黑旋风》等作品时,他还不足18岁。施蛰存把他的《南北极》推荐到《小说月报》发表后,穆时英引起了文艺界的重视。这些最初发表的小说,受到当时流行的左翼小说影响,后来都收录于1932年1月出版的《南北极》。集子里的5篇小说,大多以闯荡江湖的流浪无产

---

① 严家炎:《中国现代小说流派史》,人民文学出版社,1995年版,第132页。

者为主人公,写出了阶级对立、阶级压迫、自发反抗乃至革命造反等内容。它们全部采用第一人称,而且熟练地运用了都市底层人们的口语,具有流氓无赖的气息,思想人物不正,带有疯狂性。虽然该作品没有新感觉派的味道,但是可以看出他后期发展变化的苗头。

从 1932 年起,穆时英开始写《公墓》、《上海的狐步舞》、《白金的女体塑像》等能够代表中国新感觉派最高艺术水准的小说,号称"新感觉派的圣手"。穆时英差不多能够在每篇小说中采用不同的艺术形式和手段,他的文字有十足的魔力,也被人称为"鬼才"。穆时英特殊的造句、奇异的文本结构和充满疯狂与紧张的表达都赋予他的小说以无与伦比的力量。穆的小说在题材与人物方面都很接近于刘呐鸥,却比刘写得活泼,更见才华,更有新感觉派特点。有人形容穆时英是"满肚子堀口大学式的俏皮语,有着横光利一的小说作风,和林房雄一样的在创造着簇新的小说的形式"①。《上海的狐步舞》是其未完成的长篇中的一节,开篇即是"上海,造在地狱上的天堂"。小说用无数线条构成多声部合奏的结构,火车站边的恐怖枪杀、上流社会的乱伦淫荡、大都会的灯红酒绿等错综复杂,却构成一幅奇异的都会场景。穆时英的小说沉迷于大都会的魔力,但同时也挣扎彷徨,他的小说也流露出对现代生活的批判,常常带有哀婉抒情气息。

施蛰存(1905—2003),原名施德普,后名施青萍,曾用笔名安华,生于浙江杭州,幼年随父母去苏州,辛亥革命后迁居松江,并长居于此。他后来的小说中有许多以松江作为背景。中学毕业后他先入杭州之江大学;1923 年到上海,入上海大学;1926 年秋,转入震旦大学法文特别班。同年,加入共青团。1927 年"四一二"事变后,回松江出任中学教员。1928 年秋天以后,为帮助刘呐鸥做书店的编辑出版工作,常往来于上海、松江之间,先后参加过《无轨列车》、《新文艺》等刊物的编辑。1932年,应上海现代书局之聘,主编大型文学月刊《现代》,从此成为专业文艺工作者,1935年在刊物出至六卷二期后才因故辞职。此外还编过《文艺风景》等多种文艺刊物。

施蛰存的早年创作受到左翼文学的很大影响,曾自费印刷《江干集》、《娟子姑娘》、《追》三本小说集。其中《追》这篇小说写上海工人第三次武装起义中的一个插曲,破绽较多,只能说是施蛰存的学艺之作,除了说明作者曾经是共青团员的进步立场外,其他方面意义不大。

施蛰存后来虽然常常被归入新感觉派,但他的小说与刘呐鸥、穆时英有明显不同。施蛰存的小说更接近由日本新感觉派转向的新心理主义。尽管如此,他们在对技巧创新的追求上是同样热衷。他的早期小说用怀旧的抒情笔调来表现青年男女的情感与小市民生活,其具有代表性的心理分析小说主要收录在《将军底头》、

---

① 迅俟:《穆时英》,见杨之华编:《文坛史料》,中华日报社,1944 年版,第 231 页。

《梅雨之夕》和《善女人行品》三部小说集当中。他的这些小说和刘呐鸥、穆时英写摩天大楼、电影、JAZZ、色情和长型骑车那种机械与速度有所不同。施蛰存创作了很多历史题材小说，如《鸠摩罗什》、《将军底头》、《石秀》、《李师师》和《黄心大师》等，用精神分析的眼光来重新演绎历史人物与事件，用他自己的话说，"《鸠摩罗什》写道和爱的冲突，《将军底头》却写种族和爱的冲突。至于《石秀》一篇，我是只用力在描写一种性欲心理"①；另一些小说则将笔触深入到现代都市人类的潜意识中去，如《夜叉》和《魔道》。《魔道》用第一人称叙事手法讲述一个妄想症患者的一次周末旅行，病人从黑衣老妇出现开始陷入错觉和妄想，营造出一种神秘恐怖的氛围；还有一些小说则写城镇青年进入都市的那种文化碰撞，如《春阳》、《雾》和《鸥》等。例如《雾》这篇小说叙述一个神父的女儿赴上海参加表妹的婚礼，途中遇到一位年轻绅士，后来表妹羡慕地告诉她那位绅士是一个电影明星，结果她竟然认为自己受到欺骗和侮辱，批评那个青年绅士是"一个下贱的戏子"。

刘呐鸥、穆时英和施蛰存在创作新感觉派小说之前都或多或少受到过20世纪30年代左翼文学的影响，在政治路线上是偏"左"的。在经过短暂的新感觉派阶段之后，刘呐鸥和穆时英转入了电影领域，和左翼电影界人士又发生一系列争执，站到了左翼的对立面。抗日战争爆发之后，刘呐鸥和穆时英都因与日伪合作被暗杀，很长时间内有汉奸嫌疑。

另外还需要提到的一个作家是杜衡。杜衡（1906—1964）原名戴克崇，笔名苏汶、苏文、文术、白冷、老头儿、李今等，浙江杭县（今浙江杭州余杭）人。与戴望舒、施蛰存等为震旦大学同学，关系十分密切。曾任《新文艺》和《现代》等刊物编辑，参加过中国左翼作家联盟。1932年因在《现代》杂志上发表《"第三种人"的出路》等文章，自称为"第三种人"，提倡"文艺自由论"，受到瞿秋白、鲁迅等作家的批评。后在香港、重庆、南京等地任《中央日报》主笔。1949年去台湾，曾为台湾各报撰写评论。著有长篇小说《叛徒》、《漩涡里外》，短篇小说《怀乡集》，译著《道连格雷画像》、《黛丝》、《结婚集》、《哨兵》、《统治者》等。

杜衡创作始于《无轨列车》，1928年发表于《无轨列车》创刊号上的《黑寡妇街》和《机器沉默的时候》可以视为其早期小说的代表作品，也是杜衡以后小说中难得一见的正面描写工人罢工斗争的小说。在《现代》上，杜衡发表了大量小说，而且几乎每期都有一篇或几篇他的作品，有文艺论文、书评、文艺独白等，在《现代》上发表作品的所有作家中，这一点无人能及。在《现代》上，杜衡共发表短篇小说9篇，长篇连载1篇，文艺论文11篇，随笔·感想·漫谈或文艺独白8篇，翻译2篇，书评2篇，共33篇作品。从社会活动和创作情况看，杜衡早期是不折不扣的倾向无产阶级革命

---

① 施蛰存：《十年创作集·将军底头·自序》，华东师范大学出版社，1996年版，第793页。

的作家,而至《现代》,杜衡对当时流行的无产阶级文学理论和创作有了进一步的了解,在创作上也没有了先前明快的调子,写作的题材也大都指向底层普通老百姓的艰难生活,这种创作的转变也反映了杜衡同革命文学的疏离和创作理念上的徘徊。

杜衡的大多数小说表现出对底层劳动人民的深切关怀,敏锐地捕捉到了在革命的畅想曲中他们生存的艰难和无奈。在当时左翼作家用昂扬的革命激情建构自己的语言乌托邦时,杜衡则透过风起云涌的阶级对抗的烟幕,看到了更为本质意义上的底层人物的悲剧性生存。《蹉跎》(《现代》创刊号)的男主人公曼青是一个在族人和亲戚朋友中都很"体面"的人,但这种"体面"却让他遭受着身体和精神上的双重疲乏。母亲、太太、孩子、三个妹妹等一家大小的吃穿用都要他一个人来承担,不仅如此,他还得维持表面上的风光。"时代落伍"的人物在《人与女人》与《在门槛边》中也很有代表性。《怀乡病》(《现代》第 1 卷第 2 期)突出表现了杜衡对机械文明打破乡村固守的生活极为无奈和愤慨的情绪。《漩涡里外》是杜衡的一部长篇小说,叙述了一个一向敬业且淡泊名利的老教师徐子修,在中学校长争夺风波中,面对尤丹初等四处拉拢活动、不惜诬告逮捕学生的丑行,挺身而出,并得到广大师生尊重和支持的故事。

四 京派小说

与这些先锋前卫意识较强的海派作家不同,京派作家主要是新文学中心南迁上海之后,继续留在北平的一批作家在 30 年代初开始形成的文学流派。京派作家主要包括这样几个部分:一是 20 年代末留在北平的周作人、废名和俞平伯等语丝社作家;二是最终选择留在北平的梁实秋、凌叔华、沈从文、孙大雨等新月派作家;还有一些是崭露头角的青年作家,如朱光潜、李健吾、何其芳、李广田、卞之琳、萧乾和李长之等。他们以 30 年代北平的大学、文学刊物和文艺沙龙为纽带,形成与海派完全不同的一种地域文学流派。其主要文学刊物有 1930 年由废名和冯至主编、创刊的《骆驼草》,1933 年 9 月由沈从文和萧乾相继编辑的《大公报·文艺副刊》以及由卞之琳、沈从文和李健吾编辑 1934 年创刊的《水星》。京派在散文和诗歌方面执牛耳的是周作人、俞平伯、何其芳、李广田、卞之琳和林庚等;在理论方面最为突出的是朱光潜、李健吾和李长之;最能体现京派特色的是小说创作,其代表作家除了沈从文之外还有废名、凌叔华、林徽因和萧乾。

京派作家有独立的审美追求。他们对审美意蕴有浓郁的兴趣和独到的精致体验,追求和谐、节制、圆融、完美的艺术境界。京派理论家朱光潜为京派文学观做了充分的说明,他认为"艺术和实际人生之中本来要有一种距离,所以近情理之中要有几分不近情理"，①"诗人和艺术家看世界，常把在我的外射为在物的，结果是死物的生命化，无情事物的有情化"，②从而达到"在凝神关照中物我由两忘而同一，于是我的情趣和物的姿态往复回流"③。京派作家强调理性的节制和情绪的内敛。他们批评新感觉派作家过于注重技巧，沈从文批评"穆时英大部分作品，近于邪僻文字"，他认为"一个能处置故事于人性谐调上且能尽文学德性的作者，作品容易具普遍性与永久性，那是很明显的"。④

京派小说在现代文学史上独具一格。这个小说流派显现的是乡土中国的文学形态，受到现代文明侵蚀的农业社会是他们叙述的主题。京派小说"把经过节制和净化的感情，融合于白描的或印象式的人间画面，这就形成了相当数量的一批京派作家小说以民俗为经、以抒情为纬的'民俗-诗情小说'的审美特征"。京派作家中很多都是学院派知识分子，但他们却热衷于发现各自的平民世界。沈从文笔下的湘西、废名的黄梅和京西城郊、芦焚的果园城、萧乾的皇城根等都是为人所称道的艺术世界。京派作家的抒情小说传统一脉一直延续到他们的学生辈的汪曾祺、更近的阿城等当代作家的创作当中去。

废名(1901—1967)，是京派作家中较早形成自己风格和主题的一位作家。废名原名冯文炳，湖北黄梅人。1924年入北京大学英国文学系，并加入语丝社，1925年出版第一部短篇小说集《竹林的故事》。1926年开始发表长篇小说《桥》，1928—1932年出版《桃园》、《枣》、《莫须有先生传》等。早期小说集《竹林的故事》可以归入当时的乡土小说范畴。作者用抒情性的笔调描绘幽静的竹林、茅舍和菜园等农村风物，刻画天真美好的乡村少女形象，尽力表现人性之美，一派田园牧歌气象。虽说废名小说取材较为狭窄，艺术境界较为单一，而且部分作品还相当晦涩，但是对开创中国现代抒情小说传统有筚路蓝缕之功。

《桥》是废名的长篇小说，写作时间从1925年至1930年，六年造一"桥"，按作者自己说法，"桥"却并未建完。现当代文学史上有多部未竟长篇，茅盾的《霜叶红似二月花》，沈从文的《长河》，丁玲的《母亲》……多给人半部红楼之憾。可读《桥》不会给人太多残缺的感觉。小说似乎应该带着读者在情节的路上跑才对，可废名的《桥》，却无须跑，路也并不清晰，似乎掩映在草丛中。读者随便翻开《桥》，不管头尾，随意颠三倒四地阅读也没有关系，就像随时可以走出小路，到路边看野花野草就好。其实也是，《桥》有人物，可人物又没有那么重要，它倒更像是一个物的世界，

① 朱光潜：《朱光潜全集·从"距离说"辩护中国艺术》(第3卷)，安徽教育出版社，1987年版，第382页。
② 朱光潜：《朱光潜全集·文艺心理学》(第1卷)，安徽教育出版社，1987年版，第235页。
③ 朱光潜：《朱光潜全集·文艺心理学》(第1卷)，安徽教育出版社，1987年版，第242—243页。
④ 沈从文：《沈从文全集·论穆时英》，北岳文艺出版社，2002年版，第233页。

风景的世界。时间是推动小说情节发展的最重要元素,可废名的《桥》里似乎时间消失,于是,一部长篇成就了一个时间消逝的风景的世界,无声无息。《桥》的上部上篇十八章,十八个题目,下篇二十五章,二十五个题目,共计四十三个题目,除五个外,皆以"物"名篇。下篇有三章(四章《日记》、一五章《诗》、二四章《故事》)虽不以"物"名篇,但其中充满对物的描写。如四章《日记》,本来要写细竹记日记,可是写来却是用来"蘸水磨墨"的柳枝,由古诗"寒壁画花开",想起"壁上的花",由净水磨的好墨,想起观世音的净瓶,杨柳水,吹熄了灯后,天上的星……按废名一贯风格,这篇改作以"柳枝"为题也许更合适些。其实题目和文中那些物,如"花"、"箫"等,一般不会成为文章的中心,大多如萤火,在文章中一闪就过去了。它们也不会成为后文的伏笔,隐去了也许就永远不再出现,有些神秘,却让人回味。但也正是对物的迷恋造就了独特的废名与独特的《桥》。

沈从文是京派作家中的代表人物,他的生平和创作是京派的典型,后面再专门讨论。此外重要的京派作家还有萧乾、芦焚、杨振声和林徽因等。

萧乾(1910—1999),京派后起之秀。1935 年,萧乾从燕京大学毕业之后进《大公报》接替沈从文编"文艺"副刊,出版短篇小说集《篱下集》、《栗子》、《落日》及自传体长篇小说《梦之谷》。他通过童年视角刻画城市中底层人民生活,展示人间的不公和世态炎凉。《篱下》写一个不懂事的孩子环哥的所见所闻,写母子寄人篱下的辛酸。这些小说带有较强的作者自身生活印记,但他能够控制叙述者的距离,做到哀而不伤。同时他还受到左翼作家的影响,开始写作一批揭露教会题材的小说,如《皈依》、《鹏程》和《参商》等,作者暴露中外"吃教者"的伪善面目。长篇小说《梦之谷》采用第一人称叙事,书写青年男女的爱情被金钱和黑暗势力摧残后的悲剧。

芦焚(1910—1988),20 世纪 30 年代出版了《谷》、《里门拾记》、《落日光》和《野鸟集》等小说集,40 年代以后以笔名师陀闻名文坛。

杨振声为早期新潮社成员,有长篇小说《玉君》,短篇《报复》、《抢亲》和《抛锚》等。文艺批评家李健吾 30 年代也创作过《陷阱》和《坛子》等短篇小说,另外有长篇小说《心病》。30 年代的林徽因也有《九十九度中》等小说问世。

五　沈从文的小说

沈从文(1902—1988),原名沈岳焕,笔名休芸芸、甲辰、上官碧等。湖南凤凰人,祖父是汉族,祖母是苗族,母亲是土家族。沈从文 14 岁投身行伍,浪迹湘川黔边境地区。1924 年开始文学创作,抗战爆发后到西南联大任教,1931—1933 年在山东大学任教。1946 年回到北京大学任教,中华人民共和国成立后在中国历史博物馆和中国社会科学院历史研究所工作,主要从事中国古代历史的研究。1988 年病逝于北京。

沈从文是高产作家,从 1926 年出版第一部作品集《鸭子》开始,一生作品结集有 80 多部。早起的小说集有《蜜柑》、《雨后及其他》、《神巫之爱》等,20 世纪 30 年代主要有《龙朱》、《旅店及其他》、《石子船》、《虎雏》、《阿黑小史》、《月下小景》、《八骏图》、《从文小说习作选》、《主妇集》等,另有中、长篇小说《阿丽思中国游记》、《边城》和《长河》,散文集《从文自传》、《记丁玲》、《湘行散记》、《湘西》,以及文论集《废邮存底》、《沫沫集》、《烛虚》等。沈从文晚年主要从事文物工作,著有《中国古代服饰研究》。

湘西是沈从文的故乡,也是沈从文小说的精神之乡,他最出色的小说的题材基本上都是湘西故事。根据沈从文自己的回忆,他成为文学家的经历是一个典型的启蒙故事。沈从文在一个没落的大户家庭长大,14 岁就投身地方军队。经历过地方军阀军队的各种混乱荒谬故事之后,沈从文开始有机会接触到湘西军阀陈渠珍。陈渠珍将大批的古画和书籍交给沈从文保管和抄录,除了练就了一手好字之外,沈从文也受到了书籍的熏陶。① 不久,沈从文又被陈渠珍调到自己的报馆工作。沈从文在报馆认识了一个印刷工头,得此机缘读到了《新潮》、《改造》和《创造》这些宣传新思想的书报杂志,从此"对新书投了降"。经过几天几夜的苦苦思虑,于是他带着陈渠珍一次性发给他的三个月薪水到了新文学的发源地北平。但沈从文在湘西的生活正如他自己所说,是一本生活的大书,这些生活经历成就了他的小说世界。在沈从文离开湘西将近十年之后,沈从文回忆说,"现在还有许多人生活在那个城市里,我却常常生活在那个小城过去给我的印象里"。②

湘西位于湖南省西北,属于沅江和澧水流域,多苗族、瑶族和土家族等少数民族,辛亥革命后设湘西镇守使管辖。沈从文祖父原以卖马草为生,后组织算军镇压太平军起义,被朝廷擢升为将军,1863 年升任贵州提督时年仅 25 岁。但对沈从文写作湘西小说影响较大的是来自他祖母的苗族血统。沈从文祖父无子,将弟弟的第二个儿子沈宗嗣过继为子,沈从文是沈宗嗣的第二个儿子。沈从文的嫡亲祖母是苗族,但其身份在沈家一直讳莫如深,据说根据当地习俗,与苗族所生子女无社会地位,不能参加科举考试。沈家将沈从文嫡亲祖母远嫁出去,并制造已经死亡的假象。③

由于沈从文的家世、血统以及自己的从军经历,他有着和许多现代作家不同的

---

① 他回忆说"全由于应用,我同时就学会了许多知识。又由于习染,我成天翻来翻去,把那些旧书大部分也慢慢的看懂了","到了这时我性格也似乎稍变了些","既多读了些书,把感情弄柔和了许多,接近自然时感觉也稍稍不同了。加之人又长大了一点,也间或有些不安于现实的打算,为了一些过去的或未来的东西所苦恼,因此生活虽在一种极有希望的情况中过着日子,但是我却觉得异常寂寞"。见沈从文:《从文自传》,《沈从文全集》(第 13 卷),北岳文艺出版社,2002 年版,第 357 页。

② 沈从文:《沈从文全集·从文自传》(第 13 卷),北岳文艺出版社,2002 年版,第 246 页。

③ 〔美〕金介甫:《凤凰之子:沈从文传》,符加钦译,中国友谊出版公司,2000 年版,第 40 页注 ㉞。

社会阅历,他创作的湘西小说甚至被西方学者作为研究湘西地区历史的材料。金介甫认为,沈从文的湘西小说"以江河小说的形式提供一部短短的历史。作品在体现中国西南地区人民的政治情况比福克纳的作品在体现美国南部的政治情况显得更充分。作品并没有因为主观性而丧失了可读性,或降低了它注释历史的力量"①。不过我们更多的是从文学角度去理解沈从文的作品。

1923年沈从文到达北平,开始学习写作,并最终成为京派作家的翘楚。

沈从文开始写作的头几年远非一帆风顺,他花了很长时间去学习和适应新文学秩序及其叙述技巧。沈从文一面为考大学而奔忙,一面又为了生活干各种杂活,在北平的初期生活与写作十分艰难。他一度给当时已成著名作家的郁达夫写信诉苦,甚至准备重走军阀部队当兵的老路。他的大量未刊稿被某位编辑连缀成一长段后扭成团扔进废纸篓。经过近两年的磨炼之后,沈从文终于开始在《晨报副刊》发表作品,而且也结识了丁玲和胡也频等文学朋友。从1924年至1928年,沈从文生产了大量的作品,成了新文学最早的一批职业写作者。

沈从文的早期作品基本上是学习当时流行的各种文体、题材和语言等并加以试验的结果,当时就有些人给他"文体作家"的绰号,带有些揶揄讽刺之意,不过其早期作品虽然带有许多文坛流俗以及技术学习的痕迹,也是能表现出自己的独到之处的。作为一个没有任何新文学基础的年轻文学爱好者,"沈从文艺术的成长在最初的阶段缓慢得近乎痛苦,他开始写作时,全凭自己摸索,对西方的小说传统,可说全无认识"。"在文体上和结构上,他在这一阶段写成的小说,难得有几篇没有毛病。"②他的第一部集子《鸭子》收录了最初探索的样本。这部集子收录了戏剧、小说、散文和诗歌四种文学体裁,其中一些剧本如《鸭子》、《霄神》和《野店》等就模仿了周作人翻译的《狂言十番》。不过"沈从文装进这种外国文艺杯子里的却全是土货——很多是湘西民间文学里的逸闻"③。沈从文的这些剧本常常让两个角色互相斗智,台词生动,滑稽诙谐,大量使用当地双关语。这些深受狂言影响的笑剧在沈从文写作技术更加成熟之后化用到了《月下小景》的写作当中去。他的许多早期小说则模仿文坛流行的郁达夫式自叙传式小说,写那些孤独凄凉、身体软弱、神经过敏、猛烈批评社会不公的青年,只不过沈从文的这些小说更有点像自我写照,而不是郁达夫那样类似借小说浇自己的块垒。沈从文的早期文体试验锻炼出了他自己对文体的掌控能力,并最终形成了自己的特殊文体。

沈从文早期小说不仅是在文体和题材上去模仿文坛流行样式,或者换句话说,在适应文坛,而且也在探索自己独特的语言表达方式。沈从文早期作品的文字语

---

① [美]金介甫:《凤凰之子:沈从文传·引言》,符加钦译,中国友谊出版公司,2000年版,第5页。
② [美]夏志清:《中国现代小说史》,刘绍铭译,传记文学出版社,1991年版,第215页。
③ [美]金介甫:《凤凰之子:沈从文传》,符加钦译,中国友谊出版公司,2000年版,第203页。

言尝试的痕迹很明显,而且并不是常常成功。苏雪林就认为沈从文"用字虽然力求短峭简练,描写却依然繁冗拖沓。有时累累数百言还不能表达出'中心思想'。有似老妪谈家常,叨叨絮絮,说了半天,听者尚茫然不知其命意之所在;又好像用软绵绵的拳头去打胖子,打不到他的痛处"①。借鉴过《圣经》的语言,一方面显得欧化,但同时又与时兴的欧化句法稍有区别,同时还夹杂某些方言,叙述常常采用对话,而且常常是在叙述中间转入这种连篇累牍的对话甚至是独白,显得有些生硬夹缠。② 但沈从文的文字如若成功,其妙处也为人所称赞。同样是批评沈从文的苏雪林也称赞沈从文的文字"句法短峭简练,富有单纯的美"。苏雪林举他的《第四》为例,其中:"这个人那时正从山西过北京,一个又体面又可爱的人物,在×××最粗糙的比喻上,说那个人单是拿他的脸或者一张口,或者身上任何一部分放到当铺中去也很容易质到一笔大数目款项",认为沈从文类似的语句"造语新奇,有时想入非非,令人发笑"③。

沈从文的早期作品已经大体呈现了他成熟时期作品的基本面貌。他的作品可以分为两个对峙的部分,一边是都市文明,一边是湘西世界。沈从文把自己的"满腔怒火"都投向了都市文明,而把自己的同情与理解都给了他所喜爱的湘西世界。这两种文学题材从沈从文开始创作之时就存在。前者如《公寓中》,借当时文坛流行的日记体小说形式写一位青年对女性的性幻想与生理上的饥寒交织。他用自传性质的笔调在这些小说中刻画了一个又一个"满腔怒火"的年轻人形象。用食与色来批判城市文明一直是沈从文都市题材小说的重要主题之一。但总的说来,成就并不太高,文章缺少剪裁、文笔粗糙、语句啰嗦、情感泛滥而无节制,即使是后期的城市小说代表作《八骏图》也仍然不能完全摆脱此类毛病。后者如《玫瑰与九妹》,这部作品讲的是大哥和九妹种玫瑰,守候玫瑰发芽开花的小故事。沈从文在这个故事里不用直接抒情,也不强调情节的戏剧性,而是着重气氛的渲染。这种淡化故事性的抒情性小说最终在沈从文手上成为现代文学史上一种成熟的小说艺术形式。但这些特点的完善,是经历过漫长的探索的。

1932 年沈从文完成《从文自传》,可以看作是他创作艺术开始进入一个新的阶段。沈从文在这部作品里回顾了自己的出身与家族、童年生活、从军生涯以及如何

---

① 苏雪林:《沈从文论》,刘洪涛、杨瑞仁编:《沈从文研究资料》(上),天津人民出版社,2006 年版,第 193 页。

② 夏志清说"大概是由于缺少正统训练之故,他常出怪主意,在小说中往往不问情由的加插了一大段散文式的按语和啰嗦描述"。见[美]夏志清著:《中国现代小说史》,刘绍铭译,台湾传记文学出版社,1991 年版,第 215 页。

③ 苏雪林:《沈从文论》,刘洪涛、杨瑞仁编:《沈从文研究资料》(上),天津人民出版社,2006 年版,第 192 页。

选择文学人生的经历等,让他从过去的经验中重新确认了自我。这部自传的完成,"标志了他的创作摸索阶段已经完成,从而达到了一个较高的境界"①。沈从文多年后也回忆说,写作自传的时候也说到了自己写作艺术上的逐渐成熟:"本人学习用笔还不到十年,手中一枝笔,也只能说正逐渐在成熟中,慢慢脱去矜持、浮夸、生硬、做作,日益接近自然。为了补救业务上的弱点,我得格外努力。因此不断变换作品的内容和形式,用不同方法处理文字组织故事,进行不同的试探。"②沈从文不久创作出了《边城》、《长河》、《湘行散记》等脍炙人口的篇什。

1934 年 10 月,沈从文出版《边城》,这是他最重要的作品之一。

沈从文似乎并不是一个太擅长讲"故事"的小说家,他的湘西小说缺少悬念,结构松散,故事本身也显得有些陈旧老套,他的长处并不是在他讲述的故事,而是他隐藏在故事上的叙述以及叙述背后所倾注的热情。《边城》的故事是非常简单的。边城少女翠翠自小和爷爷生活,靠摆渡为生。船总顺顺家有两个少年——弟弟傩送和哥哥天保先后爱上了翠翠。天保到翠翠家提亲,也有富人家愿意用新磨坊作陪嫁把女儿嫁给傩送,但兄弟俩打算用唱山歌比赛的形式来看谁能够赢得翠翠的爱。自知比不过弟弟的天保出船做生意遇险身死,傩送则因哥哥的死内疚而下桃源。船总顺顺因为儿子的死也不愿意翠翠做儿媳妇,爷爷从翠翠的身上联想到了自己女儿当年的情形,在雷雨之夜死去,留下翠翠在渡口等待明天。这种兄弟俩爱上同一个姑娘的故事并不少见。

沈从文这篇小说之成功显然并不是在故事本身。《边城》为世人所欣赏的主要有三个方面。

其一,小说所表现的人性美。"《边城》,更准确一点说,应该是一幅描绘人性的风俗画,一首讴歌人性的赞美诗。"③沈从文给小说中每位人物以同情与理解,看不出作者对人物的性格与命运的分析。翠翠的爷爷撑船摆渡不论日夜风雨,忠于职守,几十年如一日,即使有端午龙舟也尽心职守,不去观看。摆渡也不向客人收费,如遇到强塞的钱财也是买了烟茶供应给客人。沈从文一开始对女主人公翠翠则是这样写的:

> 翠翠在风日里长养着,把皮肤变得黑黑的,触目为青山绿水,一对眸子清明如水晶。自然既长养她且教育她,为人天真活泼,处处俨然如一只小兽物。人又那么乖,如山头黄麂一样,从不想到残忍事情,从不发愁,从不动气。平时在渡船

① 陈思和:《第十二章第二节 沈从文的文学道路和短篇小说》,严家炎主编:《二十世纪中国文学史》,高等教育出版社,2010 年版,第 16 页。

② 沈从文:《沈从文全集·附记》(第 13 卷),北岳文艺出版社,2002 年版,第 336 页。

③ 吴立昌:《论沈从文笔下的人性美》,刘洪涛、杨瑞仁编:《沈从文研究资料》(上),天津人民出版社,2006 年版,第 437 页。

上遇陌生人对她有所注意时，便把光光的眼睛瞅着那陌生人，作成随时皆可举步逃入深山的神气，但明白了人无机心后，就又从从容容的在水边玩耍了。

小城中其他人物也同样美好。船总顺顺是当地有钱有身份的人，他并没有因此而看不起别人，而是慷慨好义，正直明理，受到地方的尊敬。顺顺的两个儿子也同样如此。兄弟俩为了翠翠，采取的是友爱公正的赛歌方式。其他人物如杨马兵也同样是热心善良。总而言之，《边城》中似乎找不到一个不合乎"人性"的性格。沈从文也的确有此想法在内的："对于农人与兵士，怀了不可言说的温爱，这点感情在我一切作品中，随处都可以看出。我从不隐讳这点感情。……我动手写他们时，为了使其更有人性，自然便老老实实的写下去。"①就评论界来说，这一点其实早在几十年前就被刘西渭的一句话说完："在他艺术的制作里，他表现一段具体的生命，而这生命是美化了的，经过他的热情再现的。大多数人可以欣赏他的作品，因为他所涵有的理想，是人人可以接受，融化在各自的生命里的。"②

《边城》为人所欣赏的第二个重要方面是牧歌文体。沈从文被时人嘲讽为"文体作家"，其实是暗讽他作品缺少"内容"。新时期对沈从文的重新评价除了对沈从文小说的人性美加以赞美外，也自然使其文体成为重点关注的对象之一。刘西渭这么评价：

> 《边城》便是这样一部 idyllic 杰作。这里一切谐和，光与形的适度配置，什么样人生活在什么样空气里，一件艺术作品，正要叫人看不出艺术的。一切准乎自然，而我们明白，在这种自然的气势之下，藏着一个艺术家的心力。细致，然而绝不琐碎；真实，然而绝不教训；风韵，然而绝不弄姿；美丽，然而绝不做作。这不是一个大东西，然而这是一颗千古不磨的珠玉。③

刘西渭发现了沈从文文体的好处，文字漂亮却感性，没有太多的分析，所以有些只能靠读者自己去领悟。司马长风在自己的文学史中列出了这篇小说的一系列技巧：一是写人物用烘托法，如写二老的英勇是通过老船夫的话说明；二是写景好，如边城风光；三是多用暗示，不直接表达翠翠的感情；四是对话朴素清新，如翠翠和爷爷的对话；五是结尾独出心裁，没有把这个故事写成个矫情的大悲剧。④ 司马长风虽然说得细致，但还没有对沈从文小说文体有一个明确的认识。其实沈从文在

① 沈从文：《沈从文全集·题记》（第 8 卷），北岳文艺出版社，2002 年版，第 57 页。
② 刘西渭：《〈边城〉与〈八骏图〉》，刘洪涛、杨瑞仁编：《沈从文研究资料》（上），天津人民出版社，2006 年版，第 200—201 页。
③ 刘西渭：《〈边城〉与〈八骏图〉》，刘洪涛、杨瑞仁编：《沈从文研究资料》（上），天津人民出版社，2006 年版，第 202—203 页。
④ 司马长风：《论沈从文的创作——〈中国新文学史〉节选》，刘洪涛、杨瑞仁编：《沈从文研究资料》（上），天津人民出版社，2006 年版，第 382—383 页。

指导年轻人创作之时的确鼓励过一种新形式的小说。他认为现代伟大作品不多的原因是职业作家已经构成小说体式的定式，"使一般人以为必如此如彼，才叫小说，叫作散文，叫作诗歌"，他赞赏某位年轻作家"用绥远草原蒙藏人民与宗教有关情感纠纷，和湘黔山区苗族与鬼神迷信有关情感纠纷，半叙景物，半涉人事，安置人事爱憎取予，于特具鲜明性格景物习惯背景中，让它从两相对照中形成一种特别空气，必然容易产生动人效果"，沈从文自信"这工作成就，更无疑将与芦焚、艾芜、沙汀等作家，糅小说故事散文游记而为一的试验以外，自成一个新的形式。如能好好发展下去，将充满传奇性而又富有现实性"①。值得注意的是他有意区别开了芦焚、艾芜、沙汀等的小说写法，他们的是"糅小说故事散文游记而为一的试验"。有学者指出沈从文尝试的是一种糅诗、游记、散文与抒情幻想成一体的小说。②

其三，《边城》及沈从文的其他小说的政治倾向性则并不为任何时代的人们所称道，却成了评价沈从文文学成就的一个重要尺度。德国学者顾彬就直言沈从文的"两大叙事特征——即貌似漠不关心现代的各种灾祸以及对乡土生活明显的美化——的背后，同样潜藏着政治性"③。实际上沈从文并非没有与 20 世纪 30 年代文坛政治话语对话的意图。在谈及当时"民族文学"和"农民文学"的有关争论之时，他认为它们"一时必不会有如何结论。即或有了结论，派谁来证实，谁又能证实？"所以"不妨试来写一个小说看看吧。因此，《边城》问了世"，作者"想借重桃源上行七百里路酉水流域一个小城小市中几个愚妇俗子，被一件人事牵连在一处时，各人应有的一份哀乐，为人类'爱'字做一度恰如其分的说明"。所谓"恰如其分的说明"，即"要表现的本是一种'人生的形式'，一种'优美，健康，自然，而又不悖乎人性的人生形式'"。但读《边城》的并非都是作者的理想读者，沈从文抱怨，"我作品能够在市场上流行，实际上等于买椟还珠，你们能欣赏我故事的清新，照例那作品背后蕴藏的热情却忽略了，你们能欣赏我文字的朴实，照例那作品背后隐伏的悲痛也忽略了"④。这种"蕴藏的热情"和"隐伏的悲痛"正是其政治的倾向性，正因为如此，我们才能明白沈从文要求"我的读者应是有理性，而这点理性便基于对中国现社会变动有所关心，认识这个民族的过去伟大处与目前堕落处，各在那里很寂寞的从事于民族复兴大业的人"⑤。

① 沈从文：《沈从文全集·新废邮存底续编·致周定一先生》（第 17 卷），北岳文艺出版社，2002 年版，第 470 页。
② 王润华：《沈从文小说创作的理论架构》，刘洪涛、杨瑞仁编：《沈从文研究资料》（下），天津人民出版社，2006 年版，第 726 页。
③ ［德］顾彬：《二十世纪中国文学史》，范劲等译，华东师范大学出版社，2008 年版，第 124 页。
④ 沈从文：《沈从文全集·习作选集代序》（第 9 卷），北岳文艺出版社，2002 年版，第 4—5 页。
⑤ 沈从文：《沈从文全集·题记》（第 8 卷），北岳文艺出版社，2002 年版，第 59 页。

只是沈从文的政治倾向性并非受到所有人欢迎。胡适等中国自由主义者需要一个能够与左翼相颉颃的小说家出现。夏志清认为"他们对沈从文感兴趣的原因，不但因为他文笔流畅，最重要的还是他那种天生的保守性和对旧中国不移的信心"，"这种保守主义跟他们所倡导的批判的自由主义一样，对当时激进的革命气氛，会发生拨乱反正的作用"。①"第三种人"批评家韩侍桁则批评沈从文是"一个空虚的作者"。他认为沈从文的文体是"一种最易于模仿而是轻飘的文体"②，在他看来更重要的是作品的内容，而沈从文的作品"在某一方面——社会中的较大部分——因为是正适合了一般人的本能的低级的趣味，所以受到了赞赏！同时在另一方面——那成为社会的文化中心的动力的一个较小的部分——因为他的创造正是他们所认为是阻止社会向前进展的障碍，所以他不但从他们得不到赞赏，而是相反地发生一种深深厌恶的情感"③。这是相当有代表性的一种观点。

沈从文在中国被埋没无闻多年，反倒是由西方研究再返回国内。然而吊诡的是，西方学者的研究同样看重的是沈从文作品的内容及隐藏在作品背后的政治倾向，只不过这一次国内的评价变成了称赞。其中对国内"沈从文研究"影响较大的是美国学者金介甫，而促使他研究沈从文的"是沈从文对中国社会状况的敏锐感受，而不是他对中国新文学的成熟的贡献，也不是他作品的文学价值"，"把沈从文的小说和其它作品当作社会历史的附录来读，可得到双重的报偿"，他认为"沈从文作品中所表现的地方性在社会方面和象征方面的重要意义，反驳了认为地方观念在中国社会历史上微不足道的观点"。④ 受到海外沈从文研究的影响，国内从沈从文小说的地方色彩和民族认同方面展开的研究非常多，但相当部分又缺少金介甫那样的社会学修养，结论流于空泛。

1933年是沈从文生活与写作发生巨变的一年。5月14日，好友丁玲被国民党绑架，沈从文奔走救援，写下了长篇传记《记丁玲女士》；9月9日与张兆和结婚；9月23日与杨振声合编《大公报·文艺副刊》；10月18日发表《文学者的态度》，进入京海之争的核心；同时开始创作其代表作《边城》，1934年元旦开始在《国闻周报》连载；稍后的1934年1月回乡探母病月余，途中给新婚妻子的信在返京后整理成其散文代表作《湘行散记》陆续在报刊发表。这一切似乎都可以让沈从文成为文坛焦点。

---

① ［美］夏志清：《中国现代小说史》，刘绍铭编译，台湾传记文学出版社，1991年版，第214页。

② 侍桁：《一个空虚的作者——评沈从文先生及其作品》，刘洪涛、杨瑞仁编：《沈从文研究资料》（上），天津人民出版社，2006年版，第167页。

③ 侍桁：《一个空虚的作者——评沈从文先生及其作品》，刘洪涛、杨瑞仁编：《沈从文研究资料》（上），天津人民出版社，2006年版，第165页。

④ ［美］金介甫：《沈从文笔下的文化与社会·引言》，虞建华、邵华强译，华东师范大学出版社，1994年版，第3—4页，7页。

这位从湘西出来谋求别样人生的士兵,经过近十年的努力,从此在文坛站稳了脚跟。

1934 年初的湘西之行对沈从文的写作产生了巨大影响。这是他离家十年来第一次回到故乡,他发现现实的湘西与自己回忆和写作中的湘西相比已经大变了模样。沈从文牧歌式的笔调已然可以继续描述那位年轻的苗族税吏,和妓女恋爱的多情水手牛保,被老烟鬼无法用名分束缚住而向往自由生活的年轻妓女夭夭等还一如沈从文所想的那样的人事物,但现实中的湘西已经是面目全非。《边城》中的翠翠已经死了,鸦片烟已经毁了傩送,而哥哥的仆人虎雏已经成为流氓。所以沈从文说"细心的读者","当很容易理会到",《湘行散记》"写的尽管只是沅水流域各个水码头及一只小船上纤夫水手等琐细平凡人事得失哀乐,其实对于他们的过去和当前,都怀着不易形诸笔墨的沉痛和隐忧,预感到他们明天的命运","终将受一种来自外部另一方面的巨大势能所摧毁"。①

重回湘西让沈从文的创作发生了重大的变化。《湘行散记》"成了沈从文的牧歌风格与后来自然主义作品之间的文学桥梁","可以说是对他一生经历的人物地点又从内心深处作了一次探访,而不仅仅是记下使他感到沮丧的行旅"。② 实际上沈从文的故乡行前后描写湘西的作品大有区别。1937 年沈从文未完成的湘西小说《小砦》中的码头及其周边依旧是《边城》那样的世外桃源,但省里驻防此地的军官、满身是病的妓女桂枝、贪图小便宜的勤务兵都不复是《边城》那些人性善良正义的人物形象。湘西小说创作的这种变化相对完整地体现在另一部稍晚创作的长篇小说《长河》之中。

1938 年 7 月,沈从文开始创作他的长篇小说《长河》,经过国民党政府的政治审查,几经删改,至 1945 年才出版单行本,这部原计划创作多部的长篇小说只完成了第一部。小说在乡下的风情、人物和时事关系上都和《边城》可以一一对应,小说人物夭夭、滕长顺、老水手、三黑子和《边城》中的翠翠、顺顺、老船夫、傩送,都"分别具有对应的类特征"③,因而有点儿类似于《边城》的扩写版,但《边城》是"一点纯粹的诗","与生活不像黏附的诗",而《长河》则更直接表露出牧歌被现实所侵蚀下的情形。作者宣称这篇小说是"用辰河流域一个小小的水码头作背景,就我所熟习的人事作题材,来写写这个地方一些平凡人物生活上的'常'与'变',以及在两相乘除中所有的哀乐",而且这篇小说明确具有对现实进行回应的意图,"问题在分析现实,所以忠忠实实和问题接触时,心中不免痛苦",而且"唯恐作品和读者对面,给读

①　沈从文:《沈从文全集·湘行散记·序》(第 16 卷),北岳文艺出版社,2002 年版,第 390 页。

②　[美]金介甫:《凤凰之子:沈从文传》,符加钦译,中国友谊出版公司,2000 年版,第 360 页。

③　凌宇:《在"常"与"变"的撞击中》,赵园主编:《沈从文名作欣赏》,中国和平出版社,1993 年版,第 610 页。

者也只是一个痛苦印象",所以"还特意加上一点牧歌的谐趣,取得人事上的调和"。①《边城》中的人性美在《长河》中被现代文明侵蚀,暗示国民党中央势力的"新生活"经过传播的变形勾起了湘西人民的无限恐惧。牧歌最终只能在现实政治之中瓦解,《长河》的未竟似乎就已经预示了这一点。

湘西在沈从文笔下不断通过回忆和想象重建,成为一个独特的湘西世界。若用现代文明的眼光来衡量,沈从文的湘西世界充满蛮力、血腥和悲剧,但作者却倾注了不可言说的同情和理解。这种同情和理解与沈从文民族血统带来的复杂情感有一定关联,但可能更多与他的社会经验有关。沈从文在湘西的行伍生涯让他看到了许多现代作家所没有看到的,他试图用湘西的眼光去重新打量中国近代以来的历史。从湘西走到城市并没有让他接受现代文明,而是让他成为现代文明的批判者。他在湘西的农民、土匪、士兵、水手、船工和妓女等当中看到了有别于宏大历史的力量,从而形成了他自己的文化守成主义。"胡适等人看中沈从文的,就是这种务实的保守性"②,但这种文化守成主义最终被现实政治给摧毁殆尽。

六　老舍的小说

老舍(1899—1966),原名舒庆春,字舍予,笔名老舍,北京人,出生于满族正红旗家庭,原姓舒觉罗氏(一说舒穆禄氏)。父亲是保卫紫禁城的一名护军,阵亡于八国联军攻打北京城的炮火中。父亲去世后老舍家庭陷入困境,靠母亲替人洗衣裳做活计维持一家人的生活。老舍在大杂院里度过艰难的幼年和少年时代,读书都是靠一位乐善好施的刘大叔的帮助,因交不起学费转到免费供应食宿的北京师范学校。老舍的这些经历有利于他日后创作的平民化与"京味"风格的形成。他对底层生活伦理和世俗审美趣味有很强的认同感。③ 老舍常言,"我自己是寒苦出身,所以对苦人有很深的同情。我的职业虽使我老在知识分子的圈子里转,可是我的朋友并不都是教授与学者。打拳的,卖唱的,洋车夫,也是我的朋友"。④

老舍没有直接参与激进的新文化运动,他始终与时代主流保持一些距离,在创作上也常表现出不苟时尚的自足心态。他常常试图在创作中超越一般感时忧国的范畴,去探索现代文明的病源。1924 年之后,老舍到英国伦敦大学东方学院担任汉语教员。五年旅居英国的生活,打开了他的眼界,也激发了他的创作的兴趣,他开始以英国民族性作为参照来反省中国民族性问题。这段时间他创作了三部重要的长篇小说。1926 年写成长篇小说《老张的哲学》,接着又创作了另两部长篇《赵

---

① 沈从文:《沈从文全集·题记》(第 10 卷),北岳文艺出版社,2002 年版,第 6—7 页。
② [美]夏志清:《中国现代小说史》,刘绍铭编译,传记文学出版社,1991 年版,第 214 页。
③ 严家炎主编:《二十世纪中国文学史》(上册),高等教育出版社,2010 年版,366 页。
④ 老舍:《老舍文集·〈老舍选集〉序》(第 16 卷),人民文学出版社,1991 年版,第 220 页。

子曰》(1926年)与《二马》(1929年)。老舍在这三部小说中首次引入西方的"滑稽剧(Farce)体裁"。"他既拿老北京人打趣,也嘲谑在海外的中国人。他的幽默风格主要来自对英国文学,特别是对狄更斯的借鉴。"①

《老张的哲学》是老舍根据自己师范学校毕业后的执教经历为素材写成的。老舍在这部小说中运用幽默的语言来描写北京市民生活,开创了现代京味小说书写样式。老张是旧北京一个无恶不作的无赖恶棍,他身兼兵、学、商三种职业,信仰"回、耶、佛"三种宗教,小说讲述了老张残酷拆散两对年轻男女爱情的故事。这部小说广泛地描写了20年代北京各个社会阶层的生活和思想感情。这是老舍初次用西方叙述方式来讲述老北京故事,稍后的《赵子曰》和《二马》在逐渐进步。《二马》这部小说通过老马(马则仁)和小马(马威)父子漂洋过海到伦敦之后二人各自的爱情故事,通过中英两国国民性之间的比较,剖析了中国"老民族中的老分子"愚昧落后和麻木不仁的精神缺点,小说采取新的结构布局,注重对人物内心的刻画,取得了相当大的成功。《赵子曰》以大学生赵子曰为主角。他爱慕虚荣,不务正业,在学潮中沽名钓誉而被学校除名。赵子曰秉性不改,通过各种途径试图谋一官半职均未成功,终于愿意痛改前非,踏上了漫漫的革命之路。老舍对国民性的批判由这部小说又转到了青年学生身上。这部小说结构紧凑,立意幽默讽刺。夏志清认为它是现代中国文学中的第一部严肃的喜剧小说,"尽管在结尾时它流于通俗剧式的调子,它的放浪的喜剧气氛,甚至它的尖锐的嘲讽,都使这本小说成为描绘国家腐败而不夹杂太多爱国说教的犀利杰作"②。

1930年老舍回国,其创作开始进入鼎盛时期。老舍回国后的创作大都延续了国民性批判话题,但艺术上更为成熟。1932年的长篇小说《猫城记》是一部幽默讽刺的科幻寓言小说。这部小说将故事背景放在了火星,火星上的猫人那种保守、愚昧非人性的性格分明就是"老中国儿女"落后的国民性。这部小说在国内一直不受重视,但在西方则不同。顾彬认为这部小说和老舍的其他小说一样,"一种日常生活现象在这里被用作为刻画一个民族和国家的手段,这是老舍的特点。在司空见惯的事物中显现出特殊"③。

老舍认为自己最成功的小说是《离婚》(1933)。这部小说的主人翁,是一群国民政府中的科员,而这些小人物的烦恼,也无非是老婆、孩子、办公、升官、外遇等等。烦恼不如"痛苦"浪漫——不至于死人;然而"烦恼"却如影随形,挥之不去,比之"痛苦",更加难以摆脱,它不会轰然摧毁人的肉体,但却会一点点侵蚀人的灵魂。在老舍众多的作品中,《离婚》中的内容是最为平淡的,但这平淡今天读来却更加沉

---

① [德]顾彬:《二十世纪中国文学史》,范劲等译,华东师范大学出版社,2008年版,第116页。

② [美]夏志清:《中国现代小说史》,刘绍铭编译,台湾传记文学出版社,1991年版,第191页。

③ [德]顾彬:《二十世纪中国文学史》,范劲译,华东师范大学出版社,2008年版,第118—119页。

重——"月牙儿"的命运也许在一个新制度到来后就会发生变化，然而尘世中庸庸碌碌的小人物的命运则似乎永远也难以改变。其中最显著的是作品主人公老李贯穿全文的知识分子式的人生思索，这种思索展示了老李从理想主义者向小市民蜕变的心路历程，同时也不乏作家主体的批判意味。老舍在《离婚》中展示的悲哀，便是庸俗社会学胜利的悲哀；而在老李身上所体现出的矛盾，正是老舍他们这一代知识分子所面对的矛盾。小说中并未如当时的革命文学那样开出一副药方，因为人生中最平常的无奈反而是无药可医的，它沉淀在民族文化甚至是人类文化的最底层，难以根除。然而将这无奈展示在人们面前，使其中的一部分人暂时得以清醒，也许对他们反省自我也不无补益。奠定老舍《离婚》价值根本点的并不是道德批评，而是在对张大哥、老李等人人生态度的对照书写中，超越一般道德批评的界限，在存在论层面上探讨人生观问题，批判市民的庸人哲学，叩问诗意生存境界，并且抒发了逃离和反叛只能归于徒劳的生命悲感。这种存在论层面上的人生价值追问和人生悲感体验，展示了老舍这个长于民生关怀、长于民族存亡思考的"市民诗人"鲜为人知的另一面：他亦长于在超越现实功利的层面上对生命存在进行哲学性的思考。《离婚》中的存在追问，既在思想深度方面与当代卓越的思想家殊途同归，又完全立足于老舍对北京市民人生的深切关怀，熔铸着老舍独特的情感体验。

老舍对国民性的批判以幽默讽刺出之，在新文学作家如胡适和鲁迅等看来有失油滑，显得有些勉强造作。而他在 20 世纪 30 年代最广为人知的作品是长篇小说《骆驼祥子》(1936 年)，这部小说一改老舍前期小说的幽默风格，故事主题意蕴更符合五四新文学"严肃"的主旋律。这部小说揭示了一个农民如何市民化，又如何被社会抛入流氓无产者行列的过程，以及这一过程中所经历的精神的毁灭。按照老舍自己的说法是写出了"个人主义的末路鬼"。

《骆驼祥子》以祥子三起三落为基本故事情节。祥子从农村到城市谋生，他把买一辆自己的车作为生活目标，幻想着有一部属于自己的车，靠自己的勤劳换取安稳的生活。"他老想着远远的一辆车，可以使他自由，独立，象自己的手脚的那么一辆车。有了自己的车，他可以不再受拴车的人们的气，也无须敷衍别人；有自己的力气与洋车，睁开眼就可以有饭吃。"三年之后，祥子终于买下了一辆新车，"祥子的手哆嗦得更厉害了，揣起保单，拉起车，几乎要哭出来。拉到个僻静地方，细细端详自己的车，在漆板上试着照照自己的脸！"但是好景不长，祥子凭借个人努力挣来的第一部车，半年即被匪兵抢去。虎口逃生的祥子在路口拉到三匹骆驼，卖了 30 块钱。人和车厂的老板刘四爷快 70 岁的人了，只有一个 37 岁的女儿叫虎妞。虎妞长得虎头虎脑，像个男人一样。刘四爷很喜欢祥子的勤快，虎妞更喜爱这个傻大个儿的憨厚可靠。祥子把 30 元钱交给刘四爷保管，准备积攒着买第二辆车。一次受气，祥子被虎妞引诱，决定离开人和车厂，去曹宅拉包月。曹先生被便衣盯上，祥子的钱也被敲诈一空,只得回到人和车厂。刘四爷不满祥子和虎妞,虎妞告诉刘四爷自己怀上了祥子的孩子。刘四爷怕祥子继承自己的产业,让祥子滚蛋,但虎妞和祥子在大杂院里租房成亲。婚后祥子坚决要出去拉车,虎妞把自己的钱给祥子买车。后来虎妞难产而死,祥子又被迫卖掉车安葬虎妞。这时候邻居二强子的女儿小福子表示愿意跟祥子一起过日子。但祥子无力养活他们全家,决定去挣钱再回来。祥子找到曹先生再给他拉包月,小福子却已经在妓院因受不了折磨上吊自杀而死。祥子开始堕落,抽烟,耍坏,犯懒。为了赚钱他举报出卖了阮明,甚至出卖了曹先生。祥子他吃喝嫖赌,渐渐成为一个堕落、无耻、麻木、潦倒、狡猾、好占便宜、自暴自弃的行尸走肉。老舍在小说最后写道:"体面的,要强的,好梦想的,利己的,个人的,健壮的,伟大的,祥子,不知陪着人家送了多少回殡;不知道何时何地会埋起他自己来,埋起这堕落的,自私的,不幸的,社会病胎里的产儿,个人主义的末路鬼!"

《骆驼祥子》塑造了祥子、虎妞和小福子等几个不朽的人物形象。

小说中祥子被塑造成一个失败而沉沦的个人主义英雄形象。也正是在这一点上,老舍和左翼作家建立起了思想上的共同联系。祥子刚刚来到北平时自尊自强,"他不怕吃苦,也没有一般洋车夫的可以原谅而不便效法的恶习,他的聪明和努力都足以使他的志愿成为事实"。他相信通过自己的努力能够改变自己的命运,经历失车的几次重大挫折并不气馁。但他第一次买的车被匪兵劫掠,存钱准备第二次买车又被便衣敲诈一空。在国内政治动乱社会黑暗的大时代背景之下,祥子的个人努力都只得付诸东流。祥子作为一个独立的劳动者的善良愿望最终幻灭。祥子不求人,不得哥儿们,不合群、别扭、自私、死命要赚钱,"在没有公道的世界里,穷人仗着狠心维持个人的自由,哪怕很小很小的一点自由"。但老舍描写祥子的不幸遭遇是,"一个拉车的吞的是粗粮,冒出来的是血;他要卖最大的力气,得最低的报酬;要立在人间的最低处,等着一切人一切法一切困苦的击打",最终他堕落了。

这是个人主义英雄在 20 世纪二三十年代中国奋斗的悲剧。祥子不但自私,不合群,而且还极为懦弱,面对虎妞的威胁,只是被动地接受,却没有丝毫的反抗,至多在心里暗暗的诅咒,同样地面对孙侦探的敲诈,他也只有自己心里偷偷地恼火,却仍然没有实际的反抗行动。"他谁也不敢招惹,连条野狗都得躲着,临完还是被人欺侮得出不来气!"虽然祥子只是社会底层的一员,影响微乎其微,但是如果每一个祥子都能有着反抗剥削与压迫的决心和行动,那么这个力量是无法估量的,甚至可能冲破黑暗的社会,迎来光明的生活,正如老车夫所言:"看见过蚂蚱吧? 独自一个儿也蹦得怪远的,可是教个孩子逮住,用线儿拴上,连飞也飞不起来。赶到成了群,打成阵,哼,一阵就把整顷的庄稼吃净,谁也没法儿治它们!"这些对个人主义失败和对集体主义反抗的描述,让夏志清觉得老舍在这部小说中的"左"倾观点"令人吃惊"。[①]

另一方面，小说也借祥子的命运思考现代城市病。祥子的三起三落也描述了一个保持农业传统美德的青年被一步步卷入城市黑暗底层的过程。祥子从农村来到城市，幻想当一个有稳固生活的劳动者，但他却一直在走向堕落。无论是祥子初来乍到就看到的那个无恶不作的人和车厂，还是他结婚后搬进去的杂乱大杂院，或者是那妓院白房子，都给他的灵魂添上层层污秽。祥子从洁身自好到最后破罐子破摔，彻底沉沦。与沈从文借助性的话题来叙述扭曲病态的都市人生有所不同，老舍更在意金钱对这个城市中人与人之间关系的扭曲。祥子本来有着劳动者的一切美德。祥子把劳动看成是娱乐，选择生活伴侣也是按照劳动人民的审美标准去选择，不喜欢虎妞那样的好逸恶劳。曹宅出事儿之后他主动引咎辞工，觉得责任和脸面比生命还重要。但刘四爷为了车厂的利益耽误虎妞的青春、为了不让祥子继承厂子断绝父女关系、二强子逼迫女儿卖淫等等，展现给祥子的是人伦沦丧的戏剧。

小说中另一个重要的人物形象是虎妞。虎妞能干、泼辣、有心计又充满矛盾，她的形象丰满富有层次。虎妞贵为车厂老板的千金，但被父亲耽误婚姻，只得通过主动手段勾引祥子，最终和祥子走到一起。另一方面，虎妞也精明、强悍、泼辣，对祥子不断地纠缠和折磨，用骗婚的手段逼迫祥子就范，造成祥子的婚姻悲剧。虎妞沾染有钱人家的习气，好逸恶劳，不仅自己不出门干活儿，还不让祥子拉车。但从女性主义的角度而言，虎妞主动追求性和婚姻的自由和幸福则又为人称道。她可以为了和祥子在一起放弃财产，为了得到祥子不惜运用计谋，拗不过祥子还是把私房钱拿出来给祥子买车。与虎妞形成对比的是小福子。小福子这位穷苦人家的女儿最终也不能逃脱悲苦的命运，被父亲卖进了白房子。她和祥子相爱，希望自己能够和祥子在一起，但最终熬不过妓院的折磨，没有等到祥子就自杀身亡。和虎妞不一样，小福子完全是20世纪二三十年代社会黑暗与传统伦理制度下的女性牺牲品。

最后，老舍在20世纪30年代还创作了《断魂枪》、《月牙儿》、《柳家大院》和《微神》等短篇小说。1938年中华全国文艺界抗敌协会成立后，老舍曾任总务部主任，积极投身抗战文艺工作。

老舍对"老中国儿女"国民性的关注，是"通过对北京市民日常生活全景式的风俗描写来达到的"[②]。这首先表现在他对北京市民世界的书写。他的众多小说几乎包罗了北京现代市民阶层生活的方方面面，展现出百科全书式的知识场景。

在老舍的小说世界当中，有老派市民、新派市民以及正派市民等几种不同的人物系列。其中写得最好的是老派市民形象。《二马》中迷信、中庸、马虎、懒散的奴

---

① ［美］夏志清：《中国现代小说史》，刘绍铭编译，传记文学出版社，1991年版，第204页。
② 钱理群、温儒敏、吴福辉：《中国现代文学三十年》（修订版），北京大学出版社，1998年版，第243页。

才式人物老马,《猫城记》中保守愚昧的猫民无不折射着"老中国儿女"的国民性。其他小说如《柳天赐传》中的牛老四、《离婚》中的张大哥等,都是那种知足认命的小市民。这些老派市民在中国现代历史进程中遭受到巨大的冲击,张大哥遭到不幸时也只是"硬气只限于狠命的请客,骂一句人他都觉得有负于礼教",哀叹"我得罪过谁? 招惹过谁?"但老舍也并不是简单地批判传统,他对西方文明同样持着非常谨慎的态度。他笔下那些新派市民多半流露出一幅西崽相。《离婚》中的张天真就是这种新潮又浅薄的角色。老舍对中西文化的审视甚至含有排斥西方都市文明的主题。《月牙儿》中母女两代妓女的故事试图告诉我们,挣扎在最底层的老百姓在生存权都谈不上的时候,西方文明只能是一句骗人的空话。《骆驼祥子》也告诉我们一个青年正派农民在城市现代文明扭曲之下逐渐走向堕落深渊的过程。而老舍笔下那些正派市民形象的刻画则明显不足。《赵子曰》中的李景纯,《二马》中的李子荣,《离婚》中的丁二爷,这些人物显得有些单薄。

　　与对北京市民世界的叙述相应的是老舍小说的"京味"。"京味"作为一种风格,"包括作家对北京特有风韵、特具的人文景观的展示以及展示中所注入的文化趣味"①。这种"京味"除了北京风俗人情的"入味",还有北京文化那种体面、精巧、懒散与懦弱等对人物形象塑造的渗透。祥子为了面子主动辞掉曹宅的包月工作,老李的家眷来京同事们要送礼,老马的那种精巧与懦弱等无不带有北京文化性格特有的"味儿"。至于老舍作品中常常出现的那种幽默味,除了来自英国人的幽默范儿,还有来自北京市民语言特有的"打哈哈"性质,既有对现实不满的以"笑"代"愤"的发泄,又有对自身不满的自我解嘲。老舍早期作品语言那种带有"京片子"式的油滑最终也发展成《骆驼祥子》和《离婚》等小说中更加生活化、自然化的口语。

七　巴金的小说

　　和老舍那样与五四新文化保持距离的立场有所不同,巴金自称是"五四运动的产儿"②。有学者认为"他的创作经历和思想发展,鲜明地体现出五四新文化影响下的中国新一代知识分子求索、奋进、彷徨、突围的心路历程"③。

　　巴金(1904—2005),原名李尧棠,字芾甘,1904 年出生于四川成都一个传统大家庭。巴金亲历过传统大家庭内部各种矛盾与争斗,对他后来人生道路的选择以

---

① 　温儒敏:《第十一章 老舍》,钱理群、温儒敏、吴福辉:《中国现代文学三十年》(修订版),北京大学出版社,1998 年版,第 251 页。

② 　巴金:《巴金全集·随想录·五四运动六十周年》(第 16 卷),人民文学出版社 1991 年版,第 66 页。

③ 　陈思和:《第十一章 巴金和老舍的创作》,严家炎主编:《二十世纪中国文学史》(上册),高等教育出版社,2010 年版,第 355 页。

及文学创作主题有重要的影响。1923年巴金离家到上海等地求学,广泛地阅读《新青年》、《新潮》、《每周评论》等刊物,被当时流行的无政府主义思想吸引,并从事社会活动。他宣布"无政府主义是我的生命,我的一切,假若我一生中有一点安慰,这就是我至爱的无政府主义。在我的苦痛与绝望的生活中,在这残酷的世界里,鼓励着我的勇气使我不时向前进的,也是我所至爱的、能够体现出无政府主义之美的无政府主义的先驱们。对于我,这美丽的无政府主义理想就是我的惟一光明,为了它,我虽然受尽一切的人间的痛苦,受尽世人的侮辱我也甘愿的"[①],"我现在的信条是:忠实地生活,正当地奋斗,爱那需要爱的,恨那摧残爱的。我的上帝只有一个,那就是人类"[②]。

1927年初,巴金赴法国留学,除了继续研究无政府主义思想,还接触到西方其他各种社会思潮。在留法期间,他积极参加各种社会活动,研究法国大革命史,阅读启蒙思想家和民粹派著作,翻译克鲁泡特金著作。此时国内国共合作破裂,革命阵营内部血雨腥风,大量青年知识分子因卷入政治斗争而死亡。再者,当时美国政府不顾世界舆论抗议,处死其奉为"先生"的无政府主义者凡宰地,世界无政府主义运动遭受重大挫折。这些都给巴金思想上带来极大的痛苦,他开始转向以文学来抒发自己的感情。

巴金的第一部中篇小说《灭亡》正是在这种背景下产生的。这部作品1929年开始连载于《小说月报》。小说借助无政府主义革命家杜大心这一人物形象,描述自己参加无政府主义社会活动以来的心灵历程。杜大心对个人前途失去信心,对黑暗的社会制度感到绝望,但他对世界的认识和态度让他失去了爱情。杜大心富于正义感和献身精神,他和他的同伴们一样以救世主自居。朋友张为群的死让他坚定了无政府主义的信念,他充分肯定行刺暗杀等个人恐怖手段,选择刺杀戒严司令,最终献出了自己的生命。杜大心的观点和抉择显示出巴金所信仰的无政府主义的某些特点,但在没有此信仰的读者看来则显得狂热而偏激。这部小说已经奠定了巴金文学创作的大部分主题特征,既有对传统社会制度的猛烈批评,也有执着为信念牺牲的英雄狂热,还有充满浪漫感伤的爱情。虽然该小说结构和语言上有许多毛病,但作品一出,大受欢迎,甚至重印20多版。

和鲁迅等五四作家以文学唤醒民众为己任的较为理性的文学观有所不同,巴金的文学是他倾诉自我的一种言说方式。巴金自己谈《灭亡》的创作时也说,"我有感情必须发泄,有爱憎必须倾吐,否则我这颗年轻的心就会枯死"[③]。而通过自我倾诉,建构起作者自身的主体人格形象。他认为"文学的最高境界是无技巧,是文

---

① 巴金:《巴金全集·答诬我者书》(第18卷),人民文学出版社,1993年版,第179页。
② 巴金:《巴金全集·海行杂记·两封信》(第12卷),人民文学出版社,1989年版,第52页。
③ 巴金:《巴金全集·谈〈灭亡〉》(第20卷),人民文学出版社,1993年版,第380页。

学和人的一致,就是说要言行一致,作家在生活中做的和在作品中写的要一致,要表现自己的人格,不要隐瞒自己的内心"。① 巴金 1928 年回国后奔波于京、沪、闽、粤等地,创作了大量文学作品。这些作品能够映衬出青年巴金的精神肖像。直到1935 年担任文化生活出版社总编辑,巴金才结束动荡与漂泊生活。

1932 年,巴金在《东方杂志》上连载中篇小说《新生》,加上《灭亡》和当时还在计划中的《黎明》,三者构成《革命三部曲》。几乎同时巴金出版了《爱情三部曲》(即1931 年《雾》、1933 年《雨》、1935 年《电》三部中篇的合称)。这些前期的代表作品,延续《灭亡》的气息与精神,带有较强的无政府主义思想,是作者对安那其社会革命思考与探索的痛苦结晶。其中《爱情三部曲》是巴金自己比较喜欢的前期作品,"我可以毫不夸张地说,就在今天我读着《雨》和《电》,我的心还会颤动。它们使我哭,也使我笑。他们给过我勇气,也给过我安慰"②。《雾》中的革命者陈真犹如刻苦的清教徒,全身心投入革命,完全是杜大心的翻版。与之截然相反的是周如水,如雾一般的性格,带有俄罗斯文学中"多余人"形象的印记。他优柔寡断,缺乏追求的勇气。《雨》中陈真和周如水意外死亡,吴仁民与他的朋友陈真和周如水都不同,他是一个激情洋溢又无所事事的人。与这些男性不同,巴金塑造了一个他认为近乎健全的女性形象,即头脑冷静的李佩珠,可以说她寄托了巴金对社会革命的理想。《电》是《爱情三部曲》的总结。这部小说叙述李佩珠经历一系列挫折之后成熟起来的故事。无政府主义知识分子在福建从事反对军阀的革命活动,结果遭到镇压,他们对无政府恐怖主义的信念给李佩珠带来新的思考。在她看来"痛快地交出生命,那是英雄的事业,我们似乎更需要平凡的人"。

但真正让巴金获得巨大声誉的并不是这些前期作品,也不是 20 世纪 40 年代创作的《憩园》(1944 年)、《第四病室》(1946 年)和《寒夜》(1947 年)等艺术已臻成熟的中篇和长篇小说,而是以《激流三部曲》(即 1933 年《家》、1938 年《春》、1940 年《秋》三部长篇小说合集)为代表的传统家族题材小说。巴金由《灭亡》式的安那其革命小说转向传统家族题材小说的创作,少了对无政府主义理论与实践的探索,减少了前期创作中的概念化毛病,也缺少了革命者的激越与信念,但对传统大家庭在现代思想冲击之下内部矛盾的展现让几代中国读者为之倾心。《家》这部小说被曹禺等著名剧作家改编成话剧,被数次拍摄成电影和电视剧,足见其影响之深。

《家》是巴金现代中国传统大家庭叙事的重要起点。新文学中的家庭叙事早在五四时期就已经诞生了。鲁迅的小说有许多就在探讨家庭伦理问题,如《离婚》和《伤逝》等。家庭变革是中国近代社会变革的一个重要方面,它是一个长期的过程,

---

① 巴金:《巴金全集·谈文学创作——答上海文学研究所研究生问》(第 19 卷),人民文学出版社,1993 年版,第 615 页。

② 巴金:《巴金全集·爱情的三部曲·总序》(第 6 卷),人民文学出版社,1988 年版,第 6 页。

到五四前后才形成了声势浩大的家庭革命运动。五四时期激进知识分子"开始认识到要振兴中华民族,就必须从陈腐的传统伦理和制度的束缚中解放出来。将所有个人都从旧的被动思考的模式中解放出来,打破建立在农业社会基础之上的自给自足的家长制的家族制度,势必会增强民族的实力"①。这或许是由中国文化本身特点所决定的。一些西方学者就指出,"在革命的紧要关头,家庭被认为是社会变革的重要因素。在这一点上,中国也许是世界上唯一的国家"。② 可见新文学的家庭叙事是有社会思想渊源的。茅盾的《子夜》也有传统大家庭在现代文化冲击之下逐渐解体的叙述,但在 20 世纪 30 年代对中国传统大家庭现代境遇的叙事获得更多读者关注的则是巴金以《家》为代表的《激流三部曲》。

《家》于 1931 年写完,初提名《激流》,发行单行本时改名为《家》。1938—1940年,巴金又创作了《春》和《秋》,成为故事情节具有连贯性的系列小说。《激流三部曲》是一个整体,借传统家长与接受现代文明的青年男女之间的冲突,叙述了传统大家庭悲欢离合的整个历史。其中《家》是《激流三部曲》中成就最高、影响最大的一部小说。这部小说以高觉新、高觉慧和高觉民兄弟的爱情故事为情节发展的主干,展现他们不同的性格、思想以及由此产生的不同人生道路。

《家》着力刻画了高老太爷、觉慧和觉新三个人物。小说中的高公馆是一个有五房儿孙的传统大家庭。高老太爷是传统大家庭专制家长的一个典型。他作为高公馆的家长,是这个家庭及其产业的创造者,他恪守传统伦理道德,希望以此维系家庭福祉绵长,却给家庭成员带来诸多不幸,而自身实际上又不干不净。这位高老太爷面对年轻人时常常以卫道士自居,但实际上年轻时风流荒唐,偌大年纪时仍不忘娶姨太太。他把"我说是对的,哪个敢说不对?"这句话放在嘴边。尽管对高老太爷作者并没有用太多笔墨直接来书写,但他幽灵般的存在给高公馆笼罩上了一层恐怖气氛。高觉新是现代文学传统家庭叙事中经典的长子长孙形象。觉新受过新思想的熏陶,清楚地认识到传统家庭在现代社会的种种弊病及其危害,但又背负着传统伦理的枷锁,自觉承担长房长孙的责任,面对传统家庭伦理专制与压迫,常常选择妥协与顺从,不断葬送了自己的幸福。他年轻时与梅表妹相爱,但祖父给他安排的却是珏。梅因婚姻不幸郁郁而终。珏温柔善良,让觉新感受到家庭幸福,但最终又因为长辈们恐惧无稽的"血光之灾"难产而死。而觉慧则是一个年轻单纯的传统家庭反叛者,具有五四时期青春洋溢、热情叛逆的精神。觉慧坚决反对大哥觉新的"作揖哲学"和"无抵抗主义",坚持对旧势力"不顾忌,不害怕,不妥协"。他认为"这旧家庭里面的一切简直是一个复杂的结,他这直率的热烈的心是无法把它解开的"。并不想对"家"寄托什么希望,而是从传统家庭逃向了社会。

① 周策纵:《五四运动史》,陈永明等译,岳麓书社,1999 年版,第 500 页。
② 李小江、朱虹、董秀玉主编:《性别与中国》,生活·读书·新知三联书店,1994 年版,第 43 页。

当然，《家》以及后续的《春》和《秋》中还有很多生动的人物形象。这些人物栩栩如生，也让读者怀疑《家》带有巴金早年生活的许多经验。他自己也说"在这里我所要展开给读者的乃是过去十多年生活的一幅图画"。① 甚至高老太爷和觉新这两个人物形象也的确都有所来自——巴金家族的子孙。但巴金也一再重申小说并不是照搬真实，"我所憎恨的并不是个人，而是制度"，"我要向一个垂死的制度叫出我的J'accuse（我控诉）"。② 巴金在小说中号召年轻人激烈反抗传统家庭，投入社会革命洪流。有些学者认为，它在20世纪三四十年代之所以能够产生巨大影响，"与它的批判性的激进的主题是分不开的"③。当作者将信仰的激情与抽象理论的思索能力从早期小说转换到《家》这样为自己所熟悉的题材当中来时，尽管没有早期小说那些理论演绎的痕迹，但他对传统大家庭的叙述，不是简单地只是猛烈抨击旧礼教，而是带有对传统家族制度的思辨，这种思辨和无政府主义对家庭的思考有着或多或少的联系。

第三节　20世纪30年代的诗歌

一　以中国诗歌会为代表的左翼诗歌

20世纪30年代诗歌是由20年代发展而来，30年代诗歌对大众化和纯诗化两种不同路向的探索在20年代就已见端倪。

五四新文化运动初期就有许多以人力车夫等为主题的诗歌。胡适和徐志摩等也曾经为人力车夫呼吁过。到国民大革命期间，"革命诗歌"已经成为重要的口号。1923年，邓中夏在《新诗人的棒喝》和《贡献于新诗人面前》等文章中就已经提出，新诗应当成为无产阶级革命斗争的工具。郭沫若《女神》集中的某些篇什已经具有明显的"革命性"，到了《前茅》、《恢复》时期，这种革命性越来越染上了无产阶级色彩。蒋光慈是最早尝试无产阶级诗歌的作家之一。

蒋光慈在苏俄学习期间接触苏俄文学，很早就开始创作无产阶级诗歌。蒋光慈（1901—1931），又名蒋光赤，曾用名如恒、侠僧等。在家乡安徽参加过学生运动，后到上海加入社会主义青年团。1921年被中共派往苏联留学，1924年归国后，与沈泽民等人组织革命文学团体"春雷社"。1925年，出版了诗集《新梦》，收录他在

---

① 巴金：《巴金全集·激流·总序》（第1卷），人民文学出版社，1986年版，第4页。
② 巴金：《巴金全集·关于〈家〉》（第1卷），人民文学出版社，1986年版，第442页。
③ 温儒敏：《第十二章 巴金》，钱理群、温儒敏、吴福辉：《中国现代文学三十年》（修订本），北京大学出版社，1998年版，第262页。

1921—1924 年的诗作。鲜明的革命色彩使《新梦》到 1926 年就已印了三版,受到了青年读者的广泛欢迎。这些作品充满激情地歌唱和张扬无产阶级政治理想,和胡适等《新青年》杂志同仁开创的早期白话诗较为接近,如蒋光慈在《莫斯科吟》中直白的欢呼那样,"十月革命,又如通天火柱一般,/后面燃烧着过去的残物,/前面照耀着将来的新途径。/哎,十月革命,我将我的心灵先给你罢,/人类因你出世而重生"。这几句诗对十月革命的讴歌正是早期无产阶级诗歌注重理性观念表达的体现,诗歌借鉴了《圣经》的某些词句,赋予十月革命神圣的语义,但后面的想象却较为平实,感情也极为裸露。蒋光慈回国后于 1924—1926 年写成诗集《哀中国》,诗歌延续《新梦》,但国家的现实图景让诗歌情感基调更显悲歌慷慨,而无产阶级理想蓝图与现实图景的对比更突出革命的现实性与必要性。《哀中国》一诗写道:"满国中外邦的旗帜乱飞扬,满国中外人的气焰好猖狂! 旅顺大连不是中国人的土地么? 可是久已做了外国人的军港;法国花园不是中国人的土地么? 可是不准穿中服的人们游逛。哎哟,中国人是奴隶啊! 为什么这般地自甘屈服? 为什么这般地委靡颓唐?"在"五卅"周年纪念日,蒋光慈写下《血祭》一诗:"顶好敌人以机关枪打来,我们也以机关枪打去! 我们的自由,解放,正义,在与敌人斗争里。倘若我们还讲什么和平,守什么秩序,可怜的弱者啊,我们将永远地——永远地做奴隶!"

大革命失败后席卷全国的革命文学论争将无产阶级诗歌主张扩张到了整个文坛,稍后成立的"左联"则直接领导了一个新诗大众化的潮流。创造社和太阳社的诗人们如郭沫若、龚冰庐、蒋光慈、钱杏邨、洪灵菲和殷夫等,他们推动了初期的无产阶级政治抒情诗的潮流,郭沫若的《前茅》、《恢复》和蒋光慈的诗一样都是无产阶级诗歌的早期尝试。1931 年 2 月 7 日,五位左翼青年作家柔石、胡也频、殷夫、李伟森、冯铿和另外十八位中共党员,被国民党秘密枪杀于上海。这五位作家史称"左联五烈士"。其中胡也频和殷夫都有比较优秀的诗作传世。

胡也频(1903—1931),原名胡崇轩,福建福州人。1925 年开始发表诗歌和小说。他的诗受李金发所代表的早期象征派的影响很大,但诗歌已经趋向革命,值得注意的是诗歌中不是机械化的普罗文学口号,而是更多表达出人性化之革命理想。他在《诗人如弓手》中写道:诗人如弓手,语言是其利箭,无休止地向罪恶射击,不计较生命之力的消耗。但永远在苦恼中跋涉,未能一践其理想,即扑灭残酷之人性,盼春光普照于世界。1927 年 10 月大革命失败伊始,胡也频诗歌变得更加激进。在《一个时代》中诗人揭露刀枪因杀人而显贵,法律乃权威之奴隶,净地变了屠场,人尸难与猪羊比价。……铁窗之冷狱于是热闹,勇敢的青年成了囚犯,监卒遇这罕有之客,便满足了极酷虐的敲诈。

另外一位重要诗人是殷夫(1909—1931)。殷夫本名徐祖华,另有笔名白莽、徐白等,浙江象山人。在他短暂的革命青春中曾三次被捕。早期诗作有与胡也频相近之处,但殷夫的政治抒情诗更注重抒情意象与图景的构造,同时带有更强的"广场"性,更加接近于以马雅可夫斯基为代表的苏俄未来派诗风。在对重大历史事件的呼喊与评价中表现得尤为明显。以纪念"五卅"的《血字》为例,殷夫的诗歌清晰地划分了抒情对象和自我,并"营造"了需要打击的对象,诗歌用节奏感强的句式加强气势,他写道:

> "五卅"哟!
> 立起来,在南京路走!
> 把你血的光芒射到天的尽头,
> 把你刚强的姿态投映到黄浦江口,
> 把你的洪钟般的预言震动宇宙!
> 今日他们的天堂,
> 他日他们的地狱,
> 今日我们的血液写成字,
> 异日他们的泪水可入浴。
> 我是一个叛乱的开始,
> 我也是历史的长子,
> 我是海燕,
> 我是时代的尖刺。
> "五"要成为报复的枷子,
> "卅"要成为囚禁仇敌的铁栅,
> "五"要分成镰刀和铁锤,
> "卅"要成为断铐和炮弹!……
> 两个血字不该再放光辉,
> 千万的心音够坚决了,
> 这个日子应该即刻消毁!

殷夫用阶级情取代了早期革命诗歌中出现的人性观点,背叛了自己曾经所属的阶级:

> 别了,我最亲爱的哥哥,
> 你的来函促成了我的决心,
> 恨的是不能握一握最后的手,
> 再独立地向前途踏进。

鲁迅在为殷夫的诗集《孩儿塔》所做的序中对殷夫的诗歌做出了高度评价,"这是东方的微光,是林中的响箭,是冬末的萌芽,是进军的第一步,是对于前驱者的爱的大纛,也是对于摧残者的憎的丰碑。一切所谓圆熟简练,静穆幽远之作,都无须来作比方,因为这诗属于别一世界"。

1932 年 9 月,"左联"的诗人们成立了中国诗歌会。中国诗歌会除了在上海建立总会外,还在北平、广州以及日本东京等地设有分会。上海总会有机关刊物《新诗歌》旬刊(后改为半月刊、月刊),各分会也有自己的刊物或副刊。他们强调诗歌与现实的血肉联系,在《中国诗歌会缘起》中说:"在次殖民地的中国,一切都沐浴在急风狂雨里,许许多多的诗歌材料,正赖我们去摄取,去表现。但是,中国的诗坛还是这么的沉寂;一般的人闹着洋化,一般的人又还只是沉醉在风花雪月里。……把诗歌写得与大众十万八千里,是不能适应这伟大的时代的。"因此,他们积极响应"左联"号召,尝试将文学中最具有"文学性"的诗歌进行大众化,"要使我们的诗歌成为大众歌调,/我们自己也成为大众中的一个"。[①] 他们积极去"捕捉现实":迅速地反映时代重大事件,表现工农大众及其斗争,强调诗歌对实际革命运动的直接鼓动作用。

以中国诗歌会为代表的诗歌思潮强调诗歌积极探索形式的大众化。他们从中国民间文学汲取艺术营养,朝着"新诗歌谣化"的方向努力,利用旧的民间形式装进革命的现实内容,改造旧民歌的形式,扬长避短,推陈出新,采用俗言俚语,等等,出版了"歌谣专号"、"创作专号"等,进行广泛实验。在题材上,前期以表现工农民众的苦难生活为主,后期则大力倡导"国防诗歌",宣传抗日救亡。在形式上,有意加强了叙事诗的创作,并进行了新诗朗诵运动等多方面的尝试。

中国诗歌会诗人众多,诗作丰富,是一股强大的诗歌潮流,主要诗人包括杨骚、穆木天、任钧、柳倩、蒲风等,以蒲风的诗歌成就最大。他们的诗歌表达出对无产阶级革命斗争主题的诗性理解。蒲风的诗集《茫茫夜》中《咆哮》写觉醒的苏区农民面对敌人的进攻,"要用自己的力量来护卫他们自己的土地"的蓬勃生机。副题为"农村前奏曲"的《茫茫夜》一诗,通过一位参加了"穷人军"的儿子与母亲的对话形式,歌唱了农民的觉醒:"为着我们大众我离开了家,/为着我们的工作离开了你和她! /母亲,母亲,别牵挂!"从而塑造了一位英勇行动起来为人民解放而战斗的革命战士形象。叙事长诗《六月流火》围绕王家庄农民反对国民党军队为攻打红军而修筑公路的中心事件,揭露了国民党当局实行反革命围剿的罪行,歌颂了工农红军领导的人民革命斗争,是同类题材中一篇影响较大的作品。"蒲风的诗以题材的尖锐性、重要性、及时性取胜,善于渲染革命情绪,铺写大规模的群众斗争场面,气魄雄壮,情调高昂,采用自由诗的形式,常取得直接的鼓动效果。"[②]这一评价同样适用于中国诗歌会其他诗人们的诗歌。

---

① 《发刊诗》,《新诗歌》1933 年 2 月 11 日创刊号。
② 钱理群、温儒敏、吴福辉:《第十六章 新诗》(二),《中国现代文学三十年》(修订版),北京大学出版社,1998 年版,第 352—353 页。

　　但左翼诗歌不只是意识形态的内容,他们对诗歌形式同样也是极具探索性的。如蒲风的《我迎着风狂和雨暴》:"如今,我带回了发动机的热和力,/我要把魔鬼当柴烧,/我要配足马力哟,/我的力的总能,/要像那五大海洋的怒潮!"这首诗夸张的阶级主体形象更适合用吼叫让接受者得到阶级情绪的体验。与现代派诗歌相比,它没有含蓄蕴藉的语言,缺少意象之间的整体性,单个的意象如"五大海洋"更多的是由明喻构成与前一意象之间的连接。但无产阶级诗歌需要的是群众性广场体验,而不是个体体验,和精致的现代派诗具有完全不同的风格,诗歌的接受程式也完全不同。大众化诗歌直白奔放,需要读者去叫喊和朗诵,而不是个体阅读、沉思默想、低吟回味,我们可以从殷夫的代表作《1929 年 5 月 1 日》得到体会:

> 我突入人群,高呼
> "我们……我们……我们"
> 呵,响应,响应,
> 满街上是我们的呼声!
>
> 我融入一个声音的洪流,
> 我们是伟大的一个心灵。
> 满街都是工人,同志,我们
> 满街都是粗暴的呼声。
>
> 一个巡捕拿住我的衣领,但我还在狂叫,狂叫,狂叫,
> 我已不是我,
> 我的心和着大群燃烧!

　　杨骚的《记忆之都》、《受难者的短曲》、《春的感伤》等诗集,大多借爱情题材抒发对于黑暗现实的不满和对于光明未来的追求,诗歌虽有旧诗词的痕迹,但笔调清新,具有浪漫主义气息。任钧写有诗集《战歌》、《冷热集》。王亚平是中国诗歌会河北分会的主要负责人,主编北平出版的《新诗歌》。他写有短诗集《都市冬》、《海燕的歌》和以"一二·九"运动为题材的长篇叙事诗《十二月的风》。

　　1937 年,中国诗歌会随着"左联"的解散而解散,但在一定程度上仍然影响了延安和其他解放区的工农兵文艺的发展。

　　除了中国诗歌会的诗歌之外,常常为左翼文坛所关注的一个重要非左翼诗人是臧克家。臧克家出生于 1905 年,抗战前出版了《烙印》和《罪恶的黑手》这两部最重要的诗集。臧克家在诗歌艺术形式上取法闻一多,思想内容上倾向于左翼现实主义,在 30 年代文坛上独树一帜。1933 年臧克家第一本诗集《烙印》由闻一多作

序。闻一多称赞臧克家像苦吟诗人孟郊那样磨炼自己的诗①,而左翼批评家茅盾称赞臧克家"在目今青年诗人中,《烙印》的作者也许是最优秀中间的一个了"②。臧克家批评新月派徐志摩的诗歌写风花雪月的闲情,现代派诗人戴望舒的诗歌形式只能表现"清淡迷离的情感和意象",而左翼诗歌作为一种思想的宣传工具,满纸的鲜血和炸弹,"失掉了诗的条件"③。他的诗歌关注的是生活在中国社会最底层的人民。臧克家描写底层人民的生活不幸与苦恼,同时把未来的希望寄托在他们身上。他写"老马"处境悲惨,"总得叫大车装个够,/他横竖不说一句话,/背上的压力往肉里扣,/他把头沉重地垂下",尽管"这刻不知道下刻的命,/他有泪只往心里咽",尽管"眼里飘来一道鞭影",他仍然"抬头望望前面"(《老马》)。从这首诗里面可以发现臧克家诗歌崇尚的"坚韧主义"。在他看来,生活是"一万支暗箭埋伏在你周边,/专瞅你一千回小心里一回的不检点",他宣称要"从棘针尖上去认识人生","当前的磨难就是你的对手",要"运尽气力去与它苦斗"(《生活》)。这种"坚韧主义"不仅是诗人的一种生活态度,而且也是他的诗学。臧克家推崇苦吟,他的诗歌常常有经过不断磨砺而闪闪发光的句子,如"日头堕到鸟巢里,/黄昏还没溶尽归鸦的翅膀,/陌生的道路无归宿的薄暮,/把这群人度到这座古镇上"(《难民》)。这句诗用意象之间的连接取代说明,把情感和倾向隐藏在意象转喻之中,同时讲究形式,讲究节奏韵律,是臧克家诗作中的代表,但他的诗歌也有时候会过于雕琢,显得冷涩。

二 后期新月派和以戴望舒、卞之琳等为代表的现代派诗歌

以中国诗歌会为代表的左翼诗歌并不能涵盖 20 世纪 30 年代诗歌的全部。五四时期重要的新月派在经过大革命的动荡之后,在诗歌精神和主题上发生了一些新的变化,并且由于北方新兴诗人的加入,更加凸显出了新月派诗歌的生命力和艺术成就。1928 年 3 月徐志摩、闻一多和饶孟侃等在上海创办《新月》月刊,到 1933 年 6 月结束。1931 年徐志摩主编《诗歌》季刊。新月派基本成员除了一批 20 年代成名的"老诗人"之外,又出现了陈梦家和方玮德等青年诗人群体。1931 年 9 月陈梦家编选《新月诗选》,集中了新月诗派最强盛的阵容。

后期新月派仍然坚持诗歌超功利、自我表现的"纯诗"立场。新月派针对中国诗歌会的左翼诗人提出诗歌的革命性诉求,强调"始终忠实于自己,诚实表现自己渺小的一掬情感,不做夸大的梦","老老实实写诗"④。和左翼诗歌激进昂扬的情绪不同,后期新月派的诗情绪十分低落。后期新月诗派可以说是以徐志摩为旗帜

---

① 闻一多:《烙印·序》,开明书店,1945 年版,第 6 页。
② 茅盾:《一个青年诗人的"烙印"》,《文学》1933 年 11 月第 1 卷第 5 号。
③ 臧克家:《论新诗》,《文学》1934 年 7 月第 3 卷第 1 号。
④ 陈梦家编选:《新月诗选·序言》,新月书店,1933 年版,第 18—19 页。

的,青年诗人大部分是徐志摩的学生或晚辈。徐志摩早期也有一些以劳动群众为写作对象的诗歌,附和五四时期的潮流,但随着大革命失败之后的政治高压,他更多地转向了自我和内心世界。徐志摩在《猛虎集·自序》中公开承认:"尤其是最近几年,有时候自己想着了都害怕,日子悠悠的过去,内心竟可以一无消息,不透一点亮,不见纹丝的动。我常常疑心这一次是真的干了、完了的……最近这几年生活不仅是极平凡,简直到了枯窘的深处,跟着诗的产量也尽向瘦小里耗。"徐志摩在诗中哀叹"我不知道风/在那一个方向吹——/我是在梦中,/在梦的轻波里依洄"(《我不知道风是在哪一个方向吹》)。

后期新月诗派另一位代表诗人是陈梦家。陈梦家(1911—1966),字梦申,笔名陈漫哉,浙江上虞人。1932 年毕业于南京中央大学法政科,又考入燕京大学研究神学。大学期间曾受业于徐志摩与闻一多,因而对新诗发生兴趣,是后期新月诗派的骨干,曾协助徐志摩创办《诗刊》。徐志摩遇难后,搜集徐志摩遗作,辑成诗集《云游》。陈梦家的主要作品有 1931—1936 年先后出版的诗集《梦家诗集》、《铁马集》和《梦家诗存》,另有诗文合集《不开花的春天》和由他编选的《新月诗选》。他在发表于《新月》第三卷第三号上的《信》里公开承认:"我只爱一点清静,少和一些世事发生关系。我不能再存着妄想,这国家只会糟下去的",他企图在艺术中创造一个自己的过渡,"我有勇气创造自己的世界,离开这目前的困难"。陈梦家这位年轻人说:"一朵野花在荒原里开了又落了,/他看见青天,看不见自己的渺小,/听惯风的温柔,听惯风的怒号,/就连他自己的梦也容易忘掉"(《一朵野花》)。

低落的情绪和艺术上的追求在后期新月派诗歌那里扭结在一起,成为后期新月派诗歌的重要特征。卞之琳明白地指出这种情绪和大革命失败后青年知识分子精神状况之间的关联:"大约在 1927 年左右或稍后几年初露头角的一批诚实和敏感的诗人,所走的道路不同,可以说是根植于同一个缘由——普遍的幻灭。面对狰狞的现实,投入积极的斗争,使他们中大多数没有功夫多作艺术上的考虑,而回避现实,使他们中其余人在讲求艺术中寻找了出路。"①闻一多在五四时期提出的音乐美、绘画美和建筑美三原则是早期新月派注重格律的重要依归。后期新月派同样坚持"主张本质的纯正,技巧的周密和格律的谨严",但对格律的态度是有所调整的。早在 1926 年 6 月 10 日《晨报副刊·诗镌》停刊,徐志摩在宣告"放假"时,即已承认"发现了我们所标榜的'格律'可怕的流弊"及"危险":"单讲外表的结果只是无意义乃至无意识的形式主义";徐志摩由此得出结论:"一首诗的字句是身体的外形,音节是血脉,'诗感'或原动的诗意是心脏的跳动,有它才有血脉的流转"②。陈梦家在编选《新月诗选》时宣称,"我们绝不坚持非格律不可的论调,因为情绪的空

---

① 卞之琳:《戴望舒诗集·序》,《戴望舒诗集》,四川人民出版社,1981 年版,第 2 页。

② 徐志摩:《诗刊放假》,《徐志摩研究资料》,陕西人民出版社,1988 年版,172—173 页。

气不容许格律来应用时，还是得听诗的意义不受拘束的自由发展"①。陈梦家等后期创造社的年轻诗人们在诗歌艺术探索上保持了长期的热情。

后期新月派的艺术成就最为鲜明的体现在对西方诗歌当中的"十四行诗体"的转借与改造。闻一多是十四行诗的重要介绍者和汉语十四行诗体的提倡者和尝试者。《新月》月刊和《诗刊》上发表了新月派诗人们的许多理论探讨文章，以及许多试验作品，随后整个诗坛形成试验热潮。后期新月派"在十四行诗体里发现（找到）了中、西诗歌诗体形式的某种'契合点'，从而为新诗的形式创造提供了新的经验"②。闻一多的《你指着太阳起誓》、孙大雨的《决绝》和陈梦家的《太湖之夜》等都是十四行诗体试验的重要成果，开启了40年代十四行诗歌创作的热潮。

大革命失败之后的政治高压让大量青年知识分子转回内心，后期新月派诗人如陈梦家所说，抒情的重心是在揭示（表现）"灵魂的战栗"。于是，在后期新月派的诗歌里，引人注目地出现了大都市的病态、现代人的精神异化。这是陈梦家的《都市的颂歌》："你睁开/眼睛，看见纵不是青天，也是烟灰/积成厚绒，铺开一张博大的幕，/不许和透进一丝一毫真诚的光波，/关住了这一座大都市的魔鬼。"于是又有了都市里被窒息的年轻生命的《自己的歌》："我挖碎了我的心胸掏出一串歌——/血红的酒里渗着深毒的花朵"，"生命原是点燃了不永明的火，/还要套上那铜钱的枷，肉的迷阵"，"在世界的谜里做了上帝的玩偶，/最痛恨自己知道是一条刍狗"；而孙大雨的《自己的写照》也被认为是"用整个纽约城的风光形态来托出一个现代人的错综的意识"③。后期新月派在这一点上可谓为中国新诗后来的现代化倾向指出了一个新的方向。

中国现代新诗另外一部分则沿着后期象征派的路走向了中国特有的现代主义诗歌。现代派诗歌是由新月派后期一部分人和20年代末的象征诗派演变而成的。现代派诗歌最初酝酿于戴望舒、施蛰存和刘呐鸥等在大革命失败初期的一系列文学活动。我们可以把1927年戴望舒创作的《雨巷》作为现代诗派的先声，把1932年施蛰存主编的《现代》杂志作为现代诗派形成的标志。此后戴望舒主持的《现代诗风》(1935年10月创刊)，戴望舒、卞之琳、梁宗岱和冯至主编的《新诗》月刊(1936年10月创刊)先后出版，是中国现代主义诗歌的一个鼎盛时期。现代诗派的诗人除了戴望舒、施蛰存、何其芳、李广田、林庚、徐迟等之外，还有卞之琳、孙大雨和陈梦家等。

现代诗派的命名来源于1935年孙作云的《论"现代派"诗》一文。施蛰存也曾

---

① 陈梦家编选：《新月诗选·序言》，1933年版，第15、17页。
② 钱理群：《第十六章 新诗》(二)，《中国现代文学三十年》(修订版)，北京大学出版社，1998年版，第361页。
③ 徐志摩：《徐志摩研究资料·诗刊·前言》，陕西人民出版社，1988年版，第235—236页。

在《又关于本刊的诗》中发表过一个可以看作现代派诗歌宣言的观点："《现代》中的诗是诗，而且是纯然的现代诗。它们是现代人在现代生活中所感受的现代情绪，用现代的词藻排列成的现代的诗形"①。根据施蛰存的基本界定，他所谓的"现代人"实际上主要是一些生活在城市，在大学念书或者教书的知识分子。如徐迟的诗《二十岁人》所表达的抒情主体是这样的："我来了，二十岁人，青年，年轻、明亮又健康。从植着杉树的路上，我来了哪，挟着网球拍子，哼着歌：G 调小步舞；F 调罗曼司。我来了，穿着雪白的衬衣，印第安弦的网影子，在胸上"。而所谓"现代生活"则是这样的："这里面包含着各式各样独特的形态：汇集着大船泊的港湾，轰响着噪音的工场，深入地下的矿坑，奏着 Jazz 乐的舞场，摩天楼的百货店，飞机的空中战，广大的竞马场——甚至连自然景物也与前代的不同了"。② 郁琪的诗《夜的舞会》这么写："散乱在天蓝，朱、黑，惨绿，媚黄，衣饰幻成的几何形体，/若万花镜的拥聚惊散在眼的网膜上"，"飘动地有大飞船感觉的夜舞会哪"。而施蛰存所谓的"现代情绪"多是"都市怀乡病"。戴望舒的诗《回了心吧》表达的正是对都市怀乡病的体味："回来啊，来一抚我伤痕，/用盈盈的微笑或轻轻的一吻。"至于施蛰存说的"现代词藻"与"现代诗形"，他自己曾做过这样的解释："《现代》中有许多诗的作者曾在他们的诗篇中采用一些比较生疏的古字，或甚至是所谓'文言文'中的虚字，但他们并不是有意地'搜扬古董'。对于这些字，他们没有'古'的或'文言'的观念。只要适宜于表达一个意义，一种情绪，或甚至是完成一个音节，他们就采用了这些字，所以我说它们是现代的词藻"。施蛰存的这一说法阐述了现代派诗不拘辞藻的自由性。恰恰戴望舒在《现代》杂志上发表过的《望舒诗论》曾对诗的形式主义提出过批评，他反对新月派诗歌主张的三美原则，认为诗歌不应该借重音乐，诗的韵律不在抑扬顿挫，而是诗歌的情绪表达，因而显而易见现代诗派在 30 年代重新举起了"诗的散文化"的旗帜，只不过这一次不同于新文化运动初期白话诗那样对"作诗如作文"，现代诗派仍然坚持"纯诗"的观念，强调诗就是诗。③

　　现代诗派中最重要的诗人是戴望舒（1905—1950）。戴望舒一度"左"倾，曾加入过"左联"，抗战期间宣传抗日被捕，曾写下《我用残损的手掌》和《狱中题壁》等著名的爱国诗篇，1950 年病逝。戴望舒 1925 年于震旦大学法文班学习法文，能够直接阅读魏尔伦、果尔蒙和耶麦等象征主义诗作，并受到他们的深刻影响。戴望舒 20 年代中期开始创作新诗，前期主要是一些感伤的浪漫主义抒情诗，但也注重从古典诗歌传统中吸取营养。大革命失败之后戴望舒的诗歌转向象征主义。《雨巷》

①　施蛰存：《又关于本刊的诗》，《北山散文集》（二），华东师范大学出版社，2001 年版，第 1110 页。

②　施蛰存：《又关于本刊的诗》，《北山散文集》（二），华东师范大学出版社，2001 年版，第 1110 页。

③　此处参考钱理群：《第十六章 新诗》（二），钱理群、温儒敏、吴福辉：《中国现代文学三十年》（修订版），北京大学出版社，1998 年版，第 364 页。

是其初期象征主义诗歌的代表作。诗人用一个独自彷徨在悠长而又寂寥的雨巷中的姑娘作为象征，以丁香、愁雨和美人等传统意象表达那种理想破灭而有所追求的哀怨情绪。这首诗为戴望舒赢得了"雨巷诗人"的称号。

但戴望舒很快开始反省《雨巷》这种富于形式的诗歌，开始探索现代主义的诗歌艺术。戴望舒抛弃形式主义的诗歌原则，开始寻找"最合自己的脚的鞋子"，推动新诗形式化散文化的方向。戴望舒自己称为"我的杰作"的一首诗《我的记忆》应该算得上他在这个方向有力的一个代表。这首诗将"记忆"称为寂寥时的密友，用一系列具体可感的日常生活事件作为记忆的载体，呈现它的音容笑貌，言谈举止，它到处存在，"在燃着的烟卷上"，"在绘着百合花的笔杆上"，"在喝了一半的酒瓶上"，"它是胆小的，它怕着人们的喧嚣，/但在寂寥时，它便对我来作密切的拜访"……这首诗摆脱韵律节奏的外在束缚，从平凡的生活中写抽象的事物，扩大了诗歌的表现能力。卞之琳曾对戴望舒的现代派诗风做过恰如其分的评述，可以用来作为对戴望舒现代诗的定论，"在亲切的日常生活调子里舒卷自如，敏锐，精确，而又不失它的风姿，有节制的潇洒和有功力的淳朴"①。以他的代表作《我的记忆》为例。尽管所要表达的是对残忍、虚伪的生活永远摆脱不掉的"记忆"，根柢上是一个流血的受伤的灵魂的痛苦的歌唱；但在转化为诗的艺术时，却将残酷的主观"记忆"外化为一个人格化了的存在于我之外，却又为我而存在的客体，它的"形象"是"忠实得甚于我的最好的友人"。服从于这样的诗的构思，全诗纯用日常生活中的口语，选取了生活中最常见的大量意象：烟卷、笔杆、酒瓶等等，从而形成亲切感；全诗的语调也是平静，不动声色，确实是一种"有节制的潇洒"。

在现代诗派中具有重要文学史地位的还有"汉园三诗人"，即卞之琳、李广田和何其芳，因1936年三人出合集《汉园集》而得名。何其芳除《汉园集》内所收诗之外，40年代还出版过《预言》和《夜歌》两部重要诗集。他们的诗歌与中国传统诗歌建立起了深刻的联系，同时广泛学习西方现代诗歌，尝试中西诗学的结合。何其芳说："这时我读着晚唐五代时期的那些精致的冶艳的诗词，蛊惑于那种憔悴的红颜上的妩媚，又在几位班纳斯派以后的法兰西诗人的篇什中找到了一种同样的迷醉。"②何其芳收在《预言》里的早期诗歌中的冷艳的色彩、青春的感伤、精致的艺术，是同时交汇着东西方诗歌的影响的。③

"汉园三诗人"中数卞之琳在诗坛最为引人注目。卞之琳（1910—2000），江苏海门人，1929年入北京大学英文系，在徐志摩、沈从文等人的鼓励下发表诗作。他

---

① 卞之琳：《戴望舒诗集·序》，四川人民出版社，1981年版，第5页。

② 何其芳：《何其芳文集·梦中道路》（第2卷），人民文学出版社，1982年版，第65页。

③ 此处参考钱理群：《第十六章 新诗》（二），钱理群、温儒敏、吴福辉：《中国现代文学三十年》（修订版），北京大学出版社，1998年版，第366页。

以《数行集》与何其芳的《燕泥集》、李广田的《行云集》合出《汉园集》之前，已经出版了诗集《三秋草》、《鱼目集》。大学时代的诗作，如《西长安街》、《酸梅汤》、《叫卖》、《一个闲人》、《一个和尚》、《墙头草》等，内容多描写北平"街景"和下层社会的凡人小事，在玩笑出辛酸中感触着北国的荒凉境界，呈现着对人生命运难以把捉的迷惘。这些诗作大多采用洗练的口语、戏剧化的手法，讲究"音组"和"顿"，形式较为整饬，诗风受到新月派格律体影响。

成熟期的卞之琳诗歌与废名、曹葆华和金克木等主智诗人更为一致。卞之琳醉心于新诗技巧与形式试验，受到过西方现代主义的广泛影响，只他自己提到的就有波德莱尔、艾略特、里尔克、魏尔伦和叶慈等。卞之琳的创作受到徐志摩等后期新月派以及戴望舒等现代派诗人的影响，主张情与理、智与象的融合。他的代表作《距离的组织》、《旧元夜遐思》、《尺八》、《断章》等主智诗善于从日常生活现象进行哲学的探索。《断章》这首诗通过对"风景"这一常见物象的感悟，探讨主客体关系的相对性。卞之琳的诗作开创了新诗的戏剧性情境，并将之与传统诗歌的"意境"相结合，追求"诗的非个人化"。"你站在桥上看风景，看风景人在楼上看你。/明月装饰了你的窗子，/你装饰了别人的梦"（《断章》），这首诗里面的"你"和"我"是可以互换的，诗人的主体隐藏在诗句的背后，冷静地旁观这个世界。总之，卞之琳这个时期的诗作可以说承继了后期新月派"抒情客观化"的主张，也开启了 40 年代穆旦等诗人的现代主义诗歌创作潮流。

何其芳（1912—1977），四川万县人。他 30 年代发表诗歌近 80 首，其中一部分先后收录在与卞之琳、李广田合出的《汉园集》中的《燕泥集》（1936），另有小说、散文、诗歌合集的《刻意集》（1938），以及诗集《预言》（1945）。他早年的诗歌受到西方19 世纪浪漫主义诗歌和徐志摩、戴望舒等诗人的影响，1931 年秋《预言》的发表，开始显现他自我的风格。他在西方象征主义和晚唐五代诗词之间发现了相通之处，以华美精致的文字，忧郁缠绵的格调，抒写着青春、爱情、梦幻和对美的追求的"独语"，创造出一种新的柔和、新的美丽，呈现出鲜明的唯美主义色彩。

30 年代现代派诗人中比较重要的还有废名和林庚等。废名的诗歌的内在精神有中国的禅诗传统。他的诗往往从佛学典籍中精心摄取意象，却省略意象联结的中介，超越常规逻辑做大跨度的跳跃，依赖的是直觉与顿悟。如他的诗《街头》看似意识流动，但更类似禅语，"行到街头乃有汽车驰过，乃有邮筒寂寞。/邮筒 PO，/乃记不起汽车的号码，/乃有阿拉伯数字寂寞，/汽车寂寞，/大街寂寞，/人类寂寞"。林庚则试图结合现代语言和传统诗歌形式，寻求诗歌的新格律，他的诗集《北平情歌》是这方面的代表作。

第四节　20世纪30年代的散文

一　鲁迅与20世纪30年代的杂文

杂文是新文学重要的一个门类,是现代知识分子对他所处时代的社会、思想和文化现实进行及时回应的有效方式。现代杂文的发展与刊物几乎可以说是相依为命的。五四时期《新青年》、《语丝》和《晨报副刊》等报刊上杂文对激烈的社会现实的回应形成五四新文化与传统交锋的文化前线。1924年《语丝》周刊的诞生是中国现代杂文发展史上的重大事件,《语丝》是现代文坛上第一家主要发表作家创作的小品文学的定期刊物。梁遇春说:"有了《晨报副刊》,有了《语丝》,才有周作人先生的小品文学,鲁迅先生的杂感。"①五四时期出现了许多杂文家,如陈独秀、鲁迅、周作人、陈源、林语堂等。《语丝》的创立,不仅以自身力量直接支持杂文的发展,还带动了其他刊物对杂文的重视,尤其重要的是聚集在《语丝》周围的一批作家,形成了杂文发展史第一个重要的流派"语丝派"。周作人和鲁迅作为"语丝派"的首领,领导和代表着《语丝》的风格和方向,是流派创作的主力。以周作人为例,他在五四时期的杂文创作成就令人瞩目。他在1921年发表《美文》的同时,创作了《碰伤》、《三天》、《天足》、《思想界的倾向》、《"重来"》等一批富于批判性、战斗性,又避开了前几年"随感录"艺术手段单调、文学味不浓的老路的优秀作品,形成了自己独特的创作特色,在实践上为杂文文学化的加强做出了示范。

大革命失败之后,国民党政府的政治高压使许多知识分子噤若寒蝉,顾左右而言他,闲适幽默大行其道。十分流行轻松软性的幽默和闲适小品,让杂文的文学价值受到一些作家的质疑。透过杂文我们可以看到作家们与时代的搏斗,但也有许多作家不愿意甚至放弃斗争性的文字转而从事幽默闲适的小品文创作。林语堂在五四时期也创作过浮躁扬厉的杂文,他的《剪拂集》留下了他和鲁迅并肩战斗的证据。但1932年9月林语堂创办了《论语》半月刊,后来又创办《人间世》和《宇宙风》,这些刊物学习周作人推崇的公安竟陵派小品,点校公安竟陵小品尺牍竟一时蔚为风行。虽林语堂号称"宇宙之大,苍蝇之微,皆可取材"②,但实际上这些刊物提倡的幽默闲适和独抒性灵的小品,只见"苍蝇",不见"宇宙",由此可见这群作家们真实的写作立场和美学追求。其实林语堂在《人间世发刊词》中已经明确说明,提倡小品"不能兴邦,亦不能亡国,只想办一好好的杂志而已,最多也只是提倡一种

---

① 梁遇春:《小品文选序》,北新书局,1930年版。
② 林语堂:《人间世·发刊词》,1934年第1期。

散文笔调而已"。放弃文学的社会承担,追求散文的幽默闲适,刻意与社会保持超远距离,用看客的心态来观看中国,而且特别强调幽默之于讽刺的区别①,必然引来左翼作家们的批评。鲁迅一方面肯定《论语》"发表了别处不肯发表的文章,揭穿了别处故意颠倒的谈话,至今还使名士不平,小官怀恨,连吃饭睡觉的时候都会记得起来。憎恶之久,憎恶者之多,就是效力之大的证据",但幽默"将屠户的凶残,使大家化为一笑,收场大吉"②,是为鲁迅所反对的。

在表现个人趣味的小品文和战斗性的杂文之间,左翼作家更加青睐杂文,为杂文争取独立的地位。左翼作家及其影响下的具有时事性和战斗性的杂文创作构成了30年代杂文创作的主要潮流。在鲁迅的影响下,左翼作家多能参与其间,30年代出现了杂文创作的高峰,出现了徐懋庸、唐弢、巴人、周木斋等为代表的杂文作家群,30年代著名的文学刊物《萌芽》和《文学》都刊载杂文,还有《太白》和《申报·自由谈》等比较专门化的杂文期刊出现。

30年代还有一种以"文学性"来质疑杂文的声音。"为什么没有伟大作品产生"的讨论中曾有人认为杂文没有太大的文学价值,是没有伟大作品出现的一个原因,而"第三种人"林希隽则以文学性来公开否定杂文作家。作为现代文学史上最伟大的杂文家,鲁迅的说法是,"在风沙扑面,狼虎成群的时候,谁还有着许多闲工夫,来赏玩琥珀扇坠,翡翠戒指呢。他们即使要悦目,所要的也是耸立于风沙中的大建筑,要坚固而伟大,不必怎样精;即使要满意,所要的也是匕首和投枪,要锋利而切实,用不着什么雅"。③ 在鲁迅这里,杂文是一种战斗的诗学。

鲁迅的杂文无疑是30年代文艺最杰出的成就之一。鲁迅在他思想最成熟的年月里,倾注了他的大部分生命与心血于杂文创作中。事实上,鲁迅的名字是与杂文紧紧联系在一起的,杂文在鲁迅手上成熟,后人的杂文也很难再超越鲁迅这座高山。鲁迅的杂文以其独特的诗学、难以衡量的思考深度和所激起的社会影响成为无法克服也无法超越的独特存在。鲁迅认为杂文是克服诸多文学门类局限,用文字表情达意的最好工具,"我们试去查一通美国的'文学概论'或中国什么大学的讲义,的确,总不能发现一种叫做 Tsa-wen 的东西","我知道中国的这几年的杂文作者,他的作文,却没有一个想到'文学概论'的规定,或者希图文学史上的位置的,他

---

① "论语派"作家特别强调"应该减少讽刺文字,增加无所为的幽默小品文",见《编辑后记——论语的格调》,《论语》1932年12月1日第6期。

② 鲁迅:《鲁迅全集·南腔北调集·"论语一年"》(第4卷),人民文学出版社,2005年版,第582—583页。

③ 鲁迅:《鲁迅全集·南腔北调集·小品文的危机》(第4卷),人民文学出版社,2005年版,第590页。

以为非这样写不可，他就这样写"。① 没有什么文体能够限制鲁迅杂文的自由创造性，在生命最后的十年里，鲁迅将大部分的心血都倾注在杂文的创作上。其实鲁迅未曾给杂文下过定义，但是曾提到过关于杂文的文体："其实'杂文'也不是现在的新货色，是'古已有之'的，凡有文章，倘若分类，都有类可归，如果编年，那就只按作成的年月，不管文体，各种都夹在一处，于是成了'杂'。"杂文其实仅仅是收录在一个文集中的、包括各种文体和题材的文章，涉及时事短评、论文、随笔、信件、通信、寓言及小说化的文章和可以称得上是文学评论的各种序和小引等等。可以说鲁迅在杂文中运用了所有形式。鲁迅的杂文中重要的不是文章的题材或文体，而是什么年代写的，即反映着什么样的时代背景才是重要的。因为杂文与"现在时（正在进行时）"的生活有着如此密切的互动关系（用鲁迅的说法，是"感应的神经，是攻守的手足"），它也就能够成为一个时代的忠实的记录。从这里我们可以明白，杂文是鲁迅能够畅所欲言表达对时代看法的新诗学。

他的杂文对中国社会思想文化和生活的回应让其成为一部活的中国人的"人史"。② 鲁迅杂文体现出作家在"反常规"的"多疑"思维之下的深刻洞见，发掘出中国人人性深处的幽暗。如鲁迅批评戏迷喜欢看男人扮女人，"最可贵的是男人扮女人了，因为从两性看来，都近于异性，男人看见'扮女人'，女人看见'男人扮'"，这正是"我们中国的最伟大最永久的艺术是男人扮女人"。③ 由这一例即让人产生许多人眼中的鲁迅的"刻毒"。鲁迅的杂文正以其"刻毒"让许多中国人感觉到如芒在背。而瞿秋白初步运用阶级性的观点对鲁迅杂文的价值给予了高度赞扬，称之为"战斗的'阜利通'"。④ 瞿秋白自己也写作了大量尖锐的时事性和政论性的杂文。在鲁迅和瞿秋白的影响下，"左联"涌现出一批杂文家，如唐弢、徐懋庸、聂绀弩等。30年代的杂文记录下了一个极度矛盾复杂年代的历史，尤其是鲁迅的杂文，是鲁迅将个人的心血和灵魂与时代交融在一起而形成的时代诗学。

由于鲁迅杂文对现实和历史的极大穿透力和"杀伤力"，在一些现代知识分子看来，有违于中国文化与士大夫的中庸传统，体现了鲁迅其人其文的反叛性、异质性。因此，一些文人总是试图否定和抹杀鲁迅杂文，否定抹杀不了就只有辱骂，"刀笔吏"、"好骂人"、"恶毒"、"睚眦必报"等等。不过鲁迅对这些反应显然有十分清醒的认识，"我自己也知道，在中国，我的笔要算较为尖刻的，说话有时也不留情面。

① 鲁迅：《鲁迅全集·且介亭杂文二集·徐懋庸作〈打杂集〉序》（第6卷），人民文学出版社，2005年版，第300页。
② 鲁迅：《鲁迅全集·准风月谈·晨凉漫记》（第5卷），人民文学出版社，2005年版，第248页。
③ 鲁迅：《鲁迅全集·坟·论照相之类》（第1卷），人民文学出版社，2005年版，第196页。
④ 瞿秋白：《瞿秋白文集·文学编·〈鲁迅杂感选集〉序言》（第3卷），人民文学出版社，1989年版，第96页。

但我又知道人们怎样地用了公理正义的美名,正人君子的徽号,温良敦厚的假脸,流言公论的武器,吞吐曲折的文字,行私利己,使无刀无笔的弱者不得喘息。倘使我没有这笔,也就是被欺侮到赴诉无门的一个;我觉悟了,所以要常用"。① 人们总是希望"终结"鲁迅的杂文,常常有人提出鲁迅杂文已经过时。但鲁迅的杂文之于现代中国,在有识之士那里是不会那么快就过时的。

抗战爆发后,左翼作家分流到全国各个地区。在上海孤岛时期创办了以《鲁迅风》和《杂文丛刊》为代表的杂文刊物。在国统区,也出现了以冯雪峰、胡风、聂绀弩为代表、以《野草》杂志为阵地的"野草派"。在解放区也出现了以《解放日报》、《谷雨》、《抗战文艺》为中心的杂文作家群,代表作家有谢觉哉、丁玲、罗烽、严秀等等,形成了杂文的"鲁迅风"。这些杂文作家们,继承了鲁迅杂文的现实精神和斗争传统,创作出了大量优秀的作品,丰富了杂文文学史。

二　林语堂、周作人和 20 世纪 30 年代的小品文

20 世纪 30 年代幽默小品文的理论倡导者和代表作家是林语堂(1895—1976)。他出身于福建漳州一个基督教牧师家庭。1916 年自上海圣约翰大学毕业后,入北京清华学校任英文教员。1919 年后赴美国哈佛大学、德国耶拿大学与莱比锡大学学习,1923 年获莱比锡大学哲学博士学位。回国后任教于北京大学、北京师范大学、北京女子师范大学、厦门大学,并加入"语丝社"。大革命失败后,他决心以汉语和英语写作为职业,立志"两脚踏东西文化,一心评宇宙文章",为中西文化的沟通和交流,做出了有益的贡献。汉语写作方面,他出版了《翦拂集》、《大荒集》、《我的话》、《语堂文存》等散文集,学术著作有《语言学论丛》,以及发表在《论语》等刊物上未收集的大量文章。英语写作方面,出版了《吾国吾民》、《小评论选集》、《中国新闻舆论史》,以及 1936 年 9 月移居美国以后出版的《生活的艺术》、《苏东坡传》,长篇小说《京华烟云》、《风声鹤唳》等。

20 年代,林语堂虽然第一个主张将英文"humour"译成"幽默",但作为《语丝》杂志的同人,他在进行社会批评和文明批评时,风格勇悍泼辣,带有战斗的"凌厉浮躁"之气,既少"幽默",更无"闲适"。30 年代,林语堂参加了中国民权保障同盟,做了不少反对专制统治的工作。但在杨杏佛被国民党特务暗杀后,面对白色恐怖,他萌生退意,对自我的生存策略和言说方式做出了适时的调整。

林语堂先后创办《论语》、《人间世》、《宇宙风》三种杂志,以"非政治化"这种具有"合法性"的话语方式来寻求政治性抗争。他坚持"宇宙之大,苍蝇之微,无不可以入笔",但同时又主张少谈政治,规定《论语》以提倡幽默文字为目标,试图采用招

---

① 鲁迅:《鲁迅全集·我还不能带往》(第 3 卷),人民文学出版社,2005 年版,第 260 页。

笑的方式隐晦曲折地说话。"幽默"的人生态度,自我的张扬,闲适的笔调,形成一种新的"论语派"风格,在"风沙扑面,虎狼成群"的时候颇受读者欢迎。当然,林语堂自己的散文在庄谐并出地谈性灵、说自我、话闲适的文章中,大量存在的依然是政治批评、社会批评和文化批评。只是当幽默和闲适被鼓吹成一种潮流和风尚时,理论上容易走向偏执,其他人的创作实践中更难免泥沙俱下,不能获得战斗者的欢迎。《论语》前期还多有鲁迅等的文章,到后期开始就成了周作人、俞平伯、刘半农等京派文人的重要发表园地。

林语堂的散文主张多少受到周作人的影响。周作人在林语堂转变之前发表过《闭户读书论》,思想日趋保守。1930 年 5 月,周作人和俞平伯、废名、徐祖正等人创办《骆驼草》周刊,在他执笔的"发刊词"里宣称"不谈国事"、"立志做'秀才'",要利用"有闲之暇""讲讲闲话,玩古董"。周作人也是《论语》的重要作者。周作人在现代文学史上最早提出"美文"这一概念,散文理论颇有建树,五四时期写下了大量浮躁凌厉之文,进入 20 年代中期之后更加强调"自己的园地",其散文借鉴晚明小品,又有外国随笔的笔调、日本俳句的味道,留下了许多"冲和平淡"的散文名篇,表达"凡人的悲哀"。而到"闭户读书"之后极力排斥政治,将创作主题转向草木虫鱼等,甚至试验一种"文抄公体"的散文,可以归入笔记体散文。文章的核心部分是经过周作人独到眼光挑选的古文,经过周作人语言的连缀和评点,两者杂糅,为郁达夫称赞为"一变为枯涩苍老,炉火纯青,归入古雅遒劲的一途"。[1]

周作人的这些观念毕竟与论语派,尤其是其末流还是有很大差异的。正如阿英曾说:"周作人的小品,虽是对暗之力逃避,但这逃避是不得已的,不是他所甘心的,所以,在他的文字中,无论怎样,还处处可以找到他对黑暗的现实的各种各样的抗议的心情"。[2] 如《关于命运》:"毒贩之死于厚利是容易明了的,至于再吸犯便很难懂,他们何至于爱白面过于爱生命呢? 第一,中国人大约特别有一种麻醉享受性,即俗云嗜好。第二,中国人富的闲得无聊,穷的苦得不堪,以麻醉消遣。有友好之劝酬,在贩卖之便利,以麻醉玩弄。卫生不良,多生病痛,医药不备,无法治疗,以麻醉救急。如是乃上瘾,法宽则蔓延,法严泽骈诛矣"。[3]

京派当中的散文家除了周作人、俞平伯和刘半农等 20 年代已经成名的一批"老人"之外,还有一拨刚刚成长起来的年轻人,他们以何其芳、李广田、师陀和萧乾等为代表。

《画梦录》是何其芳早期散文的代表。这部情绪与意象带有些颓唐风味的散文集在 1936 年获得了《大公报》文艺奖金。何其芳的散文充满华丽的辞藻和浓郁的

---

① 郁达夫:《中国新文学大系·散文二集·导言》,上海文艺出版社,2003 年影印版,第 14 页。
② 阿英:《俞平伯》,《夜航集》,上海良友图书印刷公司,1935 年版,第 18—19 页。
③ 周作人:《苦茶随笔·关于命运》,止庵校订,河北教育出版社,2003 年版,第 113 页。

抒情气息。《墓》这篇散文是一首田园牧歌,在这首牧歌里面他写"在花香与绿阴织成的春夜里,谁曾在梦里摘取过红熟的葡萄似的第一次蜜吻?谁曾梦过燕子化作年青的女郎来入梦,穿着燕翅色的衣衫?谁曾梦过一不相识的情侣来晤别,在她远嫁的前夕"?何其芳的散文是一个孤独的青年人的独语,内心充满诗情画意。他的散文依靠幻象来建构一种独语的文体。《黄昏》描写在街头孤独行走的自我寻找,"狂奔的猛兽寻找着壮士的刀,美丽的飞鸟寻找着牢笼,青春不羁之心寻找着毒色的眼睛。我呢?"散文告诉我们他在寻找已经失去的"温柔的脚步"。在《独语》中作者让读者"设想独步在荒凉的夜街上,一种枯寂的声响固执地追随着你,如昏黄的灯光下的黑色影子,你不知该对它珍爱还是不能忍耐了:那是你脚步的独语"。对这种孤独耐人寻味的咀嚼和把玩正是《画梦录》创作的最好注脚。这些散文犹如梦境般的意象,反复咏叹的情绪,抒情细腻,带着莫名的忧伤,构成了一个现实与梦境交融的艺术世界。《画梦录》塑造了一个美丽而哀伤的纤弱自我形象,正处在少男少女为赋新词强说愁的季节。

李广田著有《画廊集》、《银狐集》和《雀蓑集》等散文集。李广田与何其芳、卞之琳出版过合集《汉园集》,三人因此被并称为"汉园三诗人"。但李广田与何其芳散文的独语风格是截然不同的,他的散文如同与故旧叙谈,亲切而含蓄。借用李广田在文章中评价别人散文的一句话来评价他自己的散文也是恰当的,"文章都是自然而洒落的,每令人感到他不是在写文章,而是在一座破旧的老屋里,在幽暗的灯光下,当夜深人静的时候,他在低声地同我们诉说前梦,把人们引到了一种和平的空气里,使人深思,忘记了生活的疲倦,和人间的争执,更使人在平庸的事物里,找到美和真实"。① 李广田的散文常讲述故乡山东的平常人事,通过对乡村生活细节与片段的叙述,发现乡土详情,体悟人生,读来别有一种风味。《画廊》一文中描写乡下人买年画时候的从容与悠闲,表达出对乡风乡俗的赞美之情。抗战爆发后李广田又出版了《日边随笔》等散文集,视野更开阔,题材也更多样。

在左派杂文、论语派幽默小品文和京派抒情小品之外还有另一重要散文流派,那就是开明作家群。从浙江上虞的春晖中学,到匡互生等离开春晖中学至上海创办立达学园,再到后来立达同仁创办开明书店,以叶圣陶、夏丏尊和丰子恺等为主要代表,逐渐形成了一个较为松散的开明作家群。这些作家们大多从事中学教育事业,他们坚守启蒙主义立场,与政治保持一定距离,不参与文坛是非。他们的散文受到作家自身常年从事中学教育事业的潜在影响,创作多从身边取材,注重人格教化,讲求文章修养,但每位作家的风格也各有不同。夏丏尊长期从事教育和出版工作,曾与叶圣陶合著《文心》和《文章讲话》等供学生学习文章写作的著作,在工作

---

① 李广田:《画廊集·道旁的智慧》,商务印书馆,1936 年版,第 153 页。

之余创作的散文多收录在《平屋杂文》。《白马湖之冬》、《钢铁假山》和《猫》等是其代表作。他的散文在平凡琐事之中透彻人生真理,长于记叙,文章构思严谨,文笔老练。丰子恺是现代著名漫画家和散文家。他的散文主要收在《缘缘堂随笔》、《随笔二十篇》和《缘缘堂再笔》等集子当中。丰子恺是弘一大师李叔同的弟子,受到佛家思想的影响。丰子恺认为儿童是佛性的一种表征,"在人世间与我因缘最深的儿童,他们在我心中占有与神明、星辰、艺术同等的地位",他们"能拆去世间事物的因果关系的网,看见事物的本身的真相"[①]。他极力歌颂儿童,《儿女》、《给我的孩子们》和《送阿宝出黄金时代》等描写的正是他认为处在黄金时代的"儿童相"作品。同时,他也在大自然、艺术与宗教中发现美与善,此类散文展现出佛家思维与悲悯情怀。《无常之恸》一文从古代诗歌阐释佛家真理,《我与弘一法师》"看透"人生境界,但这些文章并不消极虚无,而是传达出佛家积极达观的人生姿态。他的散文细腻而含有哲理趣味。

本来游记文学在中国就有悠久的传统,而随着新文学发展时间不断延伸,新文学作家流动渐渐增多,新文学中的游记散文也在 30 年代兴盛起来,出现了一批有较大社会影响的作品。朱自清根据 30 年代初去欧洲访学的经历,写出了《欧游杂记》和《伦敦杂记》,文章朴素而见功力,前者详细描绘了所到欧洲诸国的历史文化和自然风光,后者描写了伦敦各处景点和人物。李健吾的意大利之行留在了《意大利游简》之中。李健吾还是用那亲切叙说的笔调向读者讲述了自己在意大利各地的游览经历和见闻。此外还有郑振铎的《欧行日记》,胡愈之的《莫斯科印象记》和刘半农的《欧游回忆录》等作品。除了欧游之外,也出现了许多国内游记散文,其中最重要的代表是郁达夫的作品。郁达夫和王映霞 30 年代初回到浙江,一时游踪遍及江南各处,留下了《屐痕处处》、《达夫游记》等作品集。这些作品集中以《钓台的春昼》和《感伤的行旅》等为上。《钓台的春昼》以游踪为线,渗透作家内心的不平,文章结构整饬严谨,条理清楚,语言精练,是现代文学史上游记散文不可多得的佳作。

第五节　20 世纪 30 年代的戏剧

一　"剧联"与 20 世纪 30 年代戏剧运动

晚清时期西洋人在中国已经开展话剧演出活动,只是影响较小。甲午战败,春柳社等留日学生团体组织的文明新戏,和当时革命空气紧密结合在一起,获得了中国观

---

① 丰子恺:《丰子恺文集・儿女》(第 5 卷),浙江文艺出版社、浙江教育出版社,1990 年版,第 116 页。

众的认可。但文明戏的时代随着其政治目标的消失而失去其激动人心的价值,一些
演员堕落腐化,戏剧也开始成为满足小市民阶层世俗趣味的存在,本身艺术上的粗制
滥造等更成为有识之士猛烈抨击的话题。洪深在总结文明戏时一口气列出了九条:

> 所谓文明戏,是怎样一个东西呢?(一)从来没有一部编写完全的剧本的,
> 只将一张很简单的幕表,贴在后台上场处。(二)有时连这张幕表,也不肯郑重
> 遵守。(三)绝对不排练,不试演,不充分预备的。(四)有时演员上场,甚至连
> 全剧的情节,还不大清楚。(五)演员在外面,过了很放荡的生活,到台上时,疲
> 倦,想瞌睡,没精神。(六)新进的演员,未受教育,亦无大志,目的只在混饭吃。
> (七)没有艺术的目的,自好者仅知保全饭碗,不良者欲借戏为工具,以获得不
> 正当的出名。(八)即有要好努力的演员,也只能自顾自,无术使全部改善。
> (九)布景道具灯光编剧等,不顾事实,不计情理。①

五四一代新知识分子领袖如陈独秀、胡适和鲁迅等对传统戏剧多不抱好感,提
倡西方的以说话和反映现实的戏剧样式。随着易卜生等西方现实主义戏剧传入中
国,戏剧的现实性再次被提了出来。民众戏剧社以及上海戏剧协社这两个五四初
期最重要的新剧团体都强调戏剧必须反映社会人生。《民众戏剧社宣言》明确提出
"当看戏是消闲的时代,现在已经过去了。戏院在现代社会中确是占着重要的地
位,是推动社会前进的一个轮子,又是搜寻社会病根的 X 光镜"②。同时,针对文明
戏的职业化和商业化所产生的种种弊端,五四时期开始提倡以非营业性质的业余
戏剧,即"爱美剧",开展更容易为校园观众所接受的小剧场运动。1922 年冬,蒲伯
英和陈大悲主持创办北京人艺戏剧专门学校,1925 年余上沅、赵太侔和闻一多等
主持恢复北京国立艺术专门学校,增设戏剧系,培养了一批杰出的现代戏剧人才。
1925—1927 年大革命前后,已经有不少作者写出了新式戏剧剧本,并开始在各大
中学上演。五四时期的戏剧改革改变了文明戏对戏剧的认知,建立了一套新的戏
剧美学原则和表演体系以及经营管理模式。

20 年代中期波澜壮阔的大革命最后以血雨腥风的两党斗争结束,大量被革命
所鼓动起来的知识分子又被抛向日常生活,戏剧活动活跃了起来。1928 年,田汉、
欧阳予倩和徐悲鸿以"南国社"的名义创办"上海南国艺术学院",开设戏剧科,培养
了陈白尘、郑君里、塞克、张曙和左明等话剧人才。1929 年,欧阳予倩担任广东戏
剧研究所所长,洪深担任附属戏剧学校校长,唐槐秋任教务长。南国社、辛酉剧社、
复旦剧社、戏剧协社和广东戏剧研究所等的公演和旅行演出都获得颇大成功。戏剧
运动在大革命失败之后呈现出一片繁荣的景象,甚至有"1929 年是戏剧的年头"之说。

---

① 洪深:《中国新文学大系戏剧集·导言》,上海文艺出版社,1984 年版,第 15 页。
② 蒲伯英:《戏剧要如何适应国情》,《戏剧》1921 年 5 月 31 日第 1 卷第 1 期。

但爱美剧这样的小剧场运动已经无法再反映动荡过后的心灵和社会现实。本来各新剧剧团囿于门户之见,就相互有对立情绪。爱美剧的非职业性让爱美剧团"多少带有'玩票'、'兴趣'的性质,而其结合又大多以感情或职业关系作为主要的联系"。① 1928年挪威戏剧家易卜生诞生100周年,南国社邀集戏剧界人士举办纪念会,提出举行联合公演,各剧团负责人会上口头赞同,但会后并无下文。这次会议只有洪深建议将新剧改名为"话剧"这一条算是话剧史上的一个重要纪念。南国社内部就有矛盾,陈白尘等分离出去的一部分人组织了摩登社。田汉在《我们的自己批判》一文中即说,"我们中间本有不少自称'波希米亚人'的一种无政府主义的颓废的倾向,他们也喜欢我的味道,我也为着使戏剧容易实现得真切,每每好写他们的个性,所以我们中间自自然然就酿成一种特殊的风格","我们的戏剧也无处不反映着我们的生活,虽说这种生活的基调立在没落的小资产阶级上"。② 郑伯奇则直白提问,"他们演的那些戏是给谁看"? 他质问当时"民众受着无限的压迫、掠夺、屈辱,而我们的先生苦心孤诣地给他们些'爱之花'、'青春之美酒'。他们能够接受么?"而"这几年来民众是经了'血的洗礼','铁的锻炼',没有追随着他人啼笑的余裕了"。③ 姑且不论郑伯奇的叙述是否符合当时的实际情况,因为田汉就说"南国社在戏剧上的投石虽然小,但青年间的反响却相当的大"。④ 南国社戏剧演出还在舞台布景与灯光上做出过一些新的尝试,他们运用简单的布片材料,通过灯光造成浪漫抒情效果,对左翼演剧运动有相当影响。⑤ 即便如此,爱美剧这种局限于青年学生等小受众群体的演出,在政治的压迫之下,也不得不对现实作出回应,田汉在对南国社的自我批判中就说,"我们不大知道民众是什么,也不大知道怎样去接近民众,我们也知道一些抽象的理论,但未尽成活泼的体验"。⑥ 从中我们可以看到,话剧诞生之初所具有的那种现实关怀仍然是话剧发展的推动力。

爱美剧的发展困境给30年代中国话剧运动带来了几种不同的路径。

---

① 赵铭彝:《关于左翼戏剧家联盟》,文化部党史资料征集工作委员会编:《中国左翼戏剧家联盟史料集》,中国戏剧出版社,1999年版,第29页。

② 田汉:《我们的自己批判——〈我们的艺术运动之理论与实际〉》(上篇),文化部党史资料征集工作委员会编:《中国左翼戏剧家联盟史料集》,中国戏剧出版社,1999年版,第326页。

③ 郑伯奇:《中国戏剧的进路》,文化部党史资料征集工作委员会编:《中国左翼戏剧家联盟史料集》,中国戏剧出版社,1999年版,第316—317页。

④ 田汉:《我们的自己批判——〈我们的艺术运动之理论与实际〉》(上篇),文化部党史资料征集工作委员会编:《中国左翼戏剧家联盟史料集》,中国戏剧出版社,1999年版,第326页。

⑤ 赵铭彝:《左翼戏剧家联盟是怎样组成的》,文化部党史资料征集工作委员会编:《中国左翼戏剧家联盟史料集》,中国戏剧出版社,1999年版,第45页。

⑥ 田汉:《我们的自己批判——〈我们的艺术运动之理论与实际〉》(上篇),文化部党史资料征集工作委员会编:《中国左翼戏剧家联盟史料集》,中国戏剧出版社,1999年版,第326页。

首先是左翼戏剧运动。

政治形势的变化让激进起来的爱美剧运动失去发展空间,左翼戏剧人的成功推动让爱美剧运动走向和政治紧密结合在一起的"无产阶级戏剧"运动,根本上改变了剧团存在生态、戏剧表现内容和演出对象。

1929 年 6 月,夏衍、郑伯奇、冯乃超、钱杏邨等中共党员在上海成立的艺术剧社,成为推动爱美剧运动转变的重要政治文化力量。他们编辑出版专业戏剧刊物《艺术》月刊和《沙仑》月刊等,提出"无产阶级戏剧"的口号。艺术剧社从事戏剧运动之初也并没有为爱美剧运动所接受。赵铭彝回忆说:"宣传这个口号是一些从日本回来的人,如郑伯奇、沈叶沉(即沈西苓)、许幸之、沈起予等,他们和创造社、太阳社有些关系。当时我们对'无产阶级戏剧'没有什么理解,可是却瞧不起他们这些宣传的人,以为他们从来没有干过戏剧,是空喊家,甚至找他们的岔子。"①只有艺术剧社真正开始公演并取得成功,才能够真正为那些从事爱美剧运动的人们所接受。与此同时,他们还举办戏剧讲习班,培养戏剧人才,组织到工厂和学校等巡回演出。艺术剧社的演出及其组织的联合公演等加深了上海话剧界的联系,开始成立行业公会性质的上海剧团联合会。参加联合会的包括戏剧协社、南国社、辛酉剧社、艺术剧社、摩登社、复旦剧社、大夏剧社、剧艺社等,共产党组织在戏剧团体内部也展开了活动。② 田汉在 1930 年 4 月发表《我们的自己批判》,宣布南国社转换方向,开始带动其他戏剧团体转向无产阶级戏剧活动。

但让话剧界急剧左转的还是一系列政治事件。1930 年艺术剧社反帝剧本《西线无战事》在上海公演之后遭到查封,开始有人提议加强联合会组织,强调戏剧与政治发生关系。此后上海大光明电影院放映辱华电影《上海快车》,洪深带领南国社成员鼓动观众抵制,虽然电影停映,但国民政府部门迫使洪深远离上海。接着南国社 1930 年 6 月在中央大戏院上演由梅里美小说《卡门》改编的剧本,剧团被查封。南国社的遭遇直接让联合会改组成为"左翼剧团联盟",并通过了由郑君里起草的《最近行动纲领》。随后由于不能获得各剧团内部部分人士的认同,又改名为"中国左翼戏剧家联盟",简称"剧联"。新成立的"剧联"在组织形式上开始采取剧团联盟,后采取剧作家联盟的形式,成为具有政治性的统一战线,打破了过去爱美剧团那种依靠个人志趣和个人关系维系剧团的局面。

"剧联"在话剧界积极开展活动,影响了 30 年代话剧界的基本面貌。"剧联"成立之后成立了基干剧团大道剧社,并把盟员渗透到各剧团,在那些剧团起到核心作

① 赵铭彝:《左翼戏剧家联盟是怎样组成的》,文化部党史资料征集工作委员会编:《中国左翼戏剧家联盟史料集》,中国戏剧出版社,1999 年版,第 46 页。
② 赵铭彝:《左翼戏剧家联盟是怎样组成的》,文化部党史资料征集工作委员会编:《中国左翼戏剧家联盟史料集》,中国戏剧出版社,1999 年版,第 48 页。

用。当时透过"剧联"盟员起核心作用的剧团,主要是学生剧团,最后组织成立了一个上海剧团联合会,九一八事变之后上海剧团联合会规模进一步扩大。与此同时,"剧联"的《最近行动纲领》规定该联盟"深入都市无产阶级的群众当中,取本联盟独立表演、辅助工友表演或本联盟与工友联合表演三方式以领导无产阶级的演剧运动",还规定"其所采取的演剧形式,以工人群众的知识水准能够充分理解、欢迎为原则"。[1] 除此之外,"剧联"积极组织戏剧讲习班,推动学校剧运动以及联合各小市民、小店员剧团组织业余演剧运动,通过共产党和赤色工会在1931年组织第一个蓝衫剧团。据不完全统计,"剧联"到1935年已经有农民剧团1个,蓝衫剧团8个,业余剧团13个,学生剧团28个,儿童剧团2个。[2] 除此之外,"剧联"成立电影小组,有力地推动了30年代中国左翼电影运动。

戏剧的现实性是左翼剧作家编剧和创作的重点所在。"走向民间去"是五四时期的一个口号。但正如田汉所言,话剧还"没有认清什么是我们的观众,即什么是'民众'"。[3] 共产党领导的艺术剧社以及随后的"剧联"倡言建设无产阶级戏剧,《最近行动纲领》也明确要"争取革命的小资产阶级的学生群众与小市民",要求"剧本内容暂取暴露性的,指示出在资产阶级与无产阶级底尖锐化的斗争过程中,中间阶级之没落底必然与其出路"。[4] 左翼剧作者翻译和改编了大量西方与俄苏反帝剧本和工人斗争的戏剧剧本。德国米尔顿的《碳坑夫》、美国辛克莱的《梁上君子》、德国雷马克的《西线无战事》、法国梅里美的《卡门》、苏联拉夫列尼约夫的《第四十一》等都获得了很大的成功。左翼剧作家高度关注社会现实和工人农民的生活,表现革命和反抗斗争是左翼戏剧的基本主题,陈鲤庭的《放下你的鞭子》、田汉的《乱钟》、《水银灯下》和《回春之曲》,楼适夷的《S.O.S》和《活路》,于伶的《丰收》、《腊月二十四》和《一袋米》,袁殊的《工厂夜景》,洪深的"农村三部曲"(《五奎桥》、《青龙潭》和《香稻米》),夏衍的《赛金花》和《秋瑾》等都是常常上演的优秀剧目。

田汉是30年代左翼戏剧最重要的代表人物之一。田汉在30年代领导左翼戏剧和电影运动中,同时创作了许多新的剧本,作品的形态和风格发生了和早期不同的变化。他的一些作品以底层群众的悲惨命运与政治反抗为主题,如《年夜饭》描

---

[1] 《中国左翼戏剧家联盟最近行动纲领》(1931年9月通过),1931年10月23日《文学导报》第1卷第6—7期合刊。

[2] 赵铭彝:《关于戏剧家联盟》,文化部党史资料征集工作委员会编:《中国左翼戏剧家联盟史料集》,中国戏剧出版社,1999年版,第37页。

[3] 田汉:《我们的自己批判——〈我们的艺术运动之理论与实际〉》(上篇),文化部党史资料征集工作委员会编:《中国左翼戏剧家联盟史料集》,中国戏剧出版社,1999年版,第341页。

[4] 《中国左翼戏剧家联盟最近行动纲领》(1931年9月通过),《文学导报》1931年10月23日第1卷第6—7期合刊。

写的是某工厂职员在资本家的剥削下提高觉悟参加工人斗争的故事;《梅雨》反映的是梅雨期间挣扎在生死线上的小市民的悲苦;《一九三二年的月光曲》描写公共汽车工人团结一致反对外国资本家的斗争等。还有一些反映的是反帝爱国以及批判国民党政府不抵抗主义的内容,如《乱钟》、《扫射》、《暴风雨中的七个女性》、《战友》、《回春之曲》等。田汉在 30 年代创作的两部重要作品为《乱钟》和《回春之曲》。《乱钟》描写的是 1931 年九一八事变的当夜,东北某大学生宿舍里一群爱国青年,急切等待前去向政府请愿的代表回来,期望当局满足他们参加抗日的要求,但得到的是政府要学生安心读书不得干预国事的消息,但就在当夜日军发动九一八事变。该剧在号召打倒日本帝国主义、打倒汉奸走狗的呼号声中结束。《回春之曲》写的是爱国华侨青年回国参战的英雄行为和忠贞不渝的爱情。华侨青年高维汉在九一八事变后告别恋人梅娘,回国参战,在上海保卫战中身负重伤失去记忆;梅娘则挣脱家庭束缚,回国照顾高维汉;高维汉在梅娘的精心护理之下终于在除夕鞭炮声中康复。

洪深是现代话剧事业的开拓者之一,20 年代初创作的九幕剧《赵阎王》为他赢得了文坛声誉。但 30 年代初洪深积极投身左翼戏剧事业,认为"现代话剧的重要价值,就是因为有主义,对于世故人情的了解与批判,对于人生的哲学,对于行为的攻击或赞成"[1]。《农村三部曲》是洪深转向左翼戏剧事业之后的最重要作品。《农村三部曲》包括独幕剧《五奎桥》(1930)、三幕剧《香稻米》(1931)和四幕剧《青龙潭》(1932)三部作品。这三部作品以江南农村为背景,展示了二三十年代中国农村社会经济凋敝的现实和农民的苦难遭遇,以及他们在逐渐觉醒并开始进行自发斗争的历史过程。其中影响最大的是《五奎桥》。"五奎桥"是地主周乡绅家祖先所造的一座私桥,周乡绅认为此桥是全家命脉之所系,但农民抗旱则需要拆除这座桥。通过拆桥保桥的斗争,洪深力图揭示农村权势阶层和底层农民之间的对立以及农民反抗的不可抗拒力量。30 年代世界经济形势加剧恶化,西方势力极力扩大对中国市场的贸易,严重损伤了中国本土经济。左翼作家对丰收成灾图景的叙述成为控诉与反抗国民政府与帝国主义势力的重要话题。《香稻米》描写自耕农黄二官家丰收成灾的意外遭遇。《青龙潭》则叙述庄家村农民天灾无助,乞求青龙潭龙王保佑降雨,为政治觉悟者青年农民李全生所唤醒。洪深的这三部剧作受到左翼作家概念先行毛病的影响,虽然演出在观众中获得强烈反响,但也为剧评家们所批评,认为其作品"形象化的不够,是太机械地处理了题材",表现出一种"机械的现实主义"的倾向。[2]

左翼另一位重要剧作家是夏衍。夏衍 1927 年在日本参加进步运动被日本政府驱逐回国,同年在上海加入中国共产党。1929 年加入艺术剧社,主编左翼戏剧刊物《艺术》。1930 年"左联"成立之后担任"左联"执行委员,成为左翼文化运动的

---

[1]　洪深:《从中国的新戏说到新剧》,《戏剧概论》,光华书店,1929 年版,第 28 页。
[2]　张庚:《洪深与〈农村三部曲〉》,《光明》1936 年 8 月 10 日第 1 卷第 5 期。

领导者之一。1932 年之后和郑伯奇等进入电影界,成为左翼电影运动的重要组织者和实践者。夏衍的主要剧作有《上海屋檐下》、《法西斯细菌》和《赛金花》等。夏衍服从党的安排走上文艺道路,坚持以文艺作为革命武器的观念,其作品具有鲜明的现实针对性与政治倾向性。

《上海屋檐下》这部话剧故事发生在抗战前上海一家普通弄堂房子里。夏衍的构思独特之处在于通过这幢房子的横截面让观众了解五户人家一天的经历,在舞台艺术上是一个大胆的创新。在黄梅雨天气压诡异多变的气候里,作家对这一群体的刻画,展现了这些人物的各种生活处境和精神面貌。施小宝在丈夫出海生活无依的境况中被迫卖身;老报贩"李陵碑"因儿子阵亡而精神失常;大学生黄家楣耗尽家产读上大学却失业停留上海,只能靠卖掉老婆的衣服来款待从乡下来的父亲;小学教员赵振宇一家每天为生活所累;纱厂职员林志成一家则隐藏着一个革命与爱情、背叛与忠贞的故事。夏衍擅长通过对平凡生活的描写表现时代感和政治倾向,在气氛的调度与情节的建构上都十分细腻和精巧,对小人物性格的塑造和内心活动的描绘十分突出,虽说仍然有概念化的一些毛病,但仍不失自己鲜明的艺术风格。

左翼话剧运动是突破爱美剧发展困境的重要实践,给 30 年代话剧带来了强大的政治能量,但其艺术性也为一些文学史家所诟病。如顾彬就认为田汉和洪深等左翼戏剧家"由于给舞台带来拙劣的作品而留下不光彩的成绩"[1]。

除了左翼话剧运动之外,熊佛西在河北定县推行的"农民戏剧实验"也是 30 年代的重要戏剧运动之一。熊佛西曾任北京艺专戏剧系主任,是"北方剧坛的泰斗",与田汉并称"南田北熊"。熊佛西在 20 年代是小剧场运动的积极组织者,强调"以动作为核心的与观众和剧场共生共存的'综合艺术',强调戏剧美学特征上的'趣味'和'单纯'"。[2] 但在 30 年代动荡的社会现实中,他同田汉等左翼剧坛领袖一样发现了小剧场的观众局限性。熊佛西总结 20 年代的新剧运动"跟广大的民众没发生半点实际的联系,只顾到知识分子,甚至于是少数的知识分子",他继承了新剧现实性主张,坚持戏剧改造人生的理念,认为"戏剧是组织民众最有力量的艺术",[3] 但熊佛西认为他的戏剧观众应该是占全国大多数的农民群众。1932—1927 年,熊佛西应中华平民教育促进会总干事晏阳初的邀请,带领艺专戏剧系部分师生参加晏阳初主持的定县乡村建设实验,开展农民戏剧实验,和左翼提出的无产阶级戏剧相对应,他将自己的戏剧实验称为"戏剧大众化实验"。

---

① [德]顾彬:《二十世纪中国文学史》,范劲等译,华东师范大学出版社,2008 年版,第 172 页。
② 方锡德:《第十四章 曹禺与三十年代的话剧创作》,严家炎主编:《二十世纪中国文学史》(中册),高等教育出版社,2010 年版,第 108 页。
③ 熊佛西:《戏剧大众化之实验》,正中书局,1937 年版,第 105 页。

熊佛西从剧本、剧团、舞台、剧场和演出等戏剧多个方面展开实验。^①他强调戏剧的观众是农民,应该提供农民能够接受和欣赏的剧本。主张培养农民演员,从演剧给农民看到农民演剧给农民看,他训练过十几个农民剧团,并重点培养两个农民实验剧团。再次,他主张建立适应农民戏剧要求的露天剧场,经过自己的精心设计,使之能够成为农村教育文化活动中心。最后,他认为"演出在其最本质的意义上,是于人群之中造成一个集团的共同的戏剧活动",因此探讨观众与演员混合的新式演出法,"采取集团的表演"。^②熊佛西的这些主张实际上和左翼戏剧在如何组织民众的问题上是有异曲同工之处的。抗战结束了熊佛西的戏剧实验,但这些戏剧实验最终和左翼戏剧一起成为抗战戏剧的艺术资源。

与左翼戏剧及农民戏剧运动都有些不同的是唐槐秋领导下的中国旅行剧团(简称"中旅"),它代表着话剧职业化运动的重要尝试。唐槐秋曾经参加南国社,后参加欧阳予倩主持的广东戏剧研究所,并与欧阳予倩创办过现代剧团。唐槐秋担任过南国社导演,并参加过《苏州夜话》、《名优之死》、《赵阎王》和《五奎桥》等的演出。1933 年唐槐秋以自己和妻女为主要班底,创办了中国第一个完全职业化的剧团"中国旅行剧团",并一直坚持到 1947 年。"中旅"是中国现代话剧史上坚持时间最久,演出场次最多,演出范围最广的剧团。

"中旅"在剧作家那里购得演出权,然后与剧场签订演出合同,把剧团置于市场之下去选择剧本和剧场,迫使剧团去选择优秀剧本。"中旅"从诞生到结束的十几年时间里演出了《名优之死》、《第五号病室》、《群莺乱飞》、《洪宣娇》、《武则天》、《赛金花》、《压迫》、《雷雨》、《日出》、《茶花女》等话剧史上的名作,尤其是曹禺的《雷雨》等就依靠唐槐秋慧眼识珠,第一个将其搬上舞台并获得巨大成功。除此之外,市场化也迫使"中旅"锻炼剧团的组织与管理,唐槐秋改变爱美剧的小剧场做法,选择大剧院和巡回演出相结合的方式,注重媒体宣传。和非营利性的小剧场运动不同,"中旅"一段时间内有明确的雇佣和薪金制度,不再纯粹是为共同志趣而结为团体,演员流动性很强,最多的时候有两百多个,少的时候就唐家班几个人。另外,市场化也促使剧团努力培养演员。"中旅"对中国话剧史的一大贡献就是培养了大批优秀的话剧人才。"中旅"以排戏严格著称,排演一个戏,往往耗费百日以上。正因为强调精心打磨,磨砺表演艺术,"中旅"演员名单上可以列上戴涯、舒绣文、白杨、石挥、蓝马、孙道临、姜明等杰出的名字。

---

① 方锡德:《第十四章 曹禺与三十年代的话剧创作》,严家炎主编:《二十世纪中国文学史》(中册),高等教育出版社,2010 年版,第 109 页。
② 熊佛西:《戏剧大众化之实验》,正中书局,1937 年版,第 90 页。

二 曹禺的戏剧

曹禺(1910—1996),原名万家宝,出生于一个败落的传统官僚家庭。曹禺幼年饱受传统大家庭之苦,父亲武职而爱好诗文,但脾气暴躁,母亲生下曹禺三日后离世。但曹禺因为继母爱好戏曲,很早就接触到各种传统戏,培养起对戏剧的爱好。在读书期间,他通读了莎士比亚、契诃夫、奥尼尔等著名戏剧家的作品,参加"南开剧团",出演过易卜生的《国民公敌》、《娜拉》和丁西林的《压迫》等剧目。1930 年,曹禺转入清华大学西洋文学系,较为系统地了解了西方戏剧。

1934 年 7 月,《文学季刊》第一卷第三期上发表了清华大学西洋文学系学生曹禺的剧本《雷雨》,同期上还刊登了比曹禺高几届的另一个清华大学西洋文学系学生李健吾的剧本《这不过是春天》。这两部作品都成为 30 年代话剧最美的收获。《雷雨》由"中旅"稍早在国内首度公演。"中旅"派出戴涯出演周朴园,唐槐秋女儿唐若青饰鲁侍萍,赵慧深饰演繁漪,陶金扮周萍,皆备一时之选。排演过程中曹禺亲加指点,正式在天津公演时,盛况空前,好评如潮。"中旅"的演出让曹禺十分满意,"中旅"又将《雷雨》搬到上海卡尔登剧院演出,公演长达半月之久。

曹禺在《雷雨》中用不到二十四个小时的叙述时间内讲述了一个传统家庭三十余年的故事。讲述的故事时间从早上开始到午夜,完全符合西方古典戏剧三一律对时间限制在一天内的要求。这部剧作以周、鲁两家为核心展开,每家四人,人物之间关系复杂,戏剧冲突集中而尖锐,有 19 世纪西方佳构剧的一些特点。周朴园作为由传统势力转化而来的新兴资本家,是戏剧的中心人物,他爱上侍女梅侍萍,生了大儿子周萍。周朴园或许对侍萍也是真心,但为了迎娶有地位身份的繁漪,他最终还是接受母亲将侍萍和刚刚生下的第二个儿子赶出家门的事实。繁漪为周朴园生下幼子周冲,但不堪忍受周朴园的家庭生活,十八年后和名义上的儿子周萍私通。周萍和父亲一样厌倦了繁漪,和弟弟周冲一样爱上侍女鲁四凤。繁漪报复周萍,让四凤母亲来周家带走女儿,却发现鲁四凤母亲即梅侍萍,此时已经嫁给周家佣人鲁贵为妻,鲁四凤即梅侍萍与鲁贵的女儿。周朴园昧良心剥削工人,命令矿警打死工人,鲁四凤的哥哥鲁大海代表罢工工人来交涉此事。周朴园发现鲁大海即为自己和鲁侍萍所生的第二子,但仍然铁腕镇压工潮,开除鲁大海。另一方面,已经怀有周萍骨肉的鲁四凤得知真相后跑出去触电而死,周冲出去拉鲁四凤同样死去,最后周萍自杀,繁漪和侍萍疯掉。

《雷雨》是曹禺剧本的处女作,也是中国话剧史上最重要的作品之一。但对这部剧作主题的理解却一直众说纷纭。"中旅"最开始在北平排练之时即曾被国民党北平教育当局以有伤风化之名禁演,显然将其归入乱伦剧一流。30 年代是左翼文学的时代,周朴园的始乱终弃,肮脏的发家致富史,残酷镇压工人罢工的行为,繁漪等情感的纠葛与挣扎等等,都适合得到一个左翼文学立场的评价。左翼方面周扬说它"具有反封建反资本主义的意义"①。王瑶认为"《雷雨》的主导思想是彻底地反封建和鼓吹个性解放的民主主义"②。但曹禺自己说在创作之时"并没有显明地意识着我是要匡正、讽刺或攻击些什么",可他又说"也许写到末了,隐隐仿佛有一种情感的汹涌的流来推动我,我在发泄着被压抑的愤懑,毁谤着中国的家庭和社会"。③ 曹禺的话似乎在暗示《雷雨》是一部社会问题剧,用来批判传统家庭和社会的罪恶。但他明确说"《雷雨》对于我是个诱惑,与《雷雨》俱来的情绪蕴成我对宇宙间许多神秘的事物一种不可言喻的憧憬",他写的不是"社会问题剧",④而是"一首诗"⑤。李健吾说这部剧里面"最有力量的一个隐而不见的力量,却是处处令我们感到的一个命运观念",而这"命运""藏在人物错综的社会关系和人物错综的心理作用里"。⑥ 这庶几近于曹禺自己说的"一首诗"的表述,曹禺自己就说"在《雷雨》里,宇宙正像一口残酷的井,落在里面,怎样呼号也难逃脱这黑暗的坑"。⑦

《雷雨》结构精巧,"太像戏"了。这与曹禺初步尝试借鉴大量西方戏剧有一定的关联。《雷雨》有借用西方许多戏剧资源的痕迹,同时也创造了汉语话剧作品的奇迹。《雷雨》有大量的西方剧作及其理论渊源,诸如三一律、象征性的大雷雨气氛、繁漪周萍私通引出的易卜生"闹鬼"母题、序幕和尾声的运用等。但曹禺在剧本中能够将其为我所用,构筑意蕴复杂、语义杂多的一出戏,实现了中国话剧伊始所追求的西方式具有丰富思想内容和精巧艺术形式的现代戏剧的要求。

"中旅"公演《雷雨》为曹禺和剧团都赢得了声誉,成为职业剧团、剧作家和剧院合作的一次典范,推动了 30 年代话剧剧团的职业化。欧阳予倩回忆"中旅"的初次成功时说,"演了几个大戏,颇受人欢迎,便格外站稳了。第一场要算曹禺的《雷雨》,这个戏在天津上演,获得意外的成功"。而"这个刺激了上海一班干戏的,'业余剧人'和'四十年代'都在这个时候加进了工作"⑧。《雷雨》的成功也很快让"中旅"拿到了曹禺的第二部剧本《日出》的公演权,曹禺甚至亲自拟定了一份"中旅"出演《日出》的演员名单。曹禺反省《雷雨》的结构过于精巧,"太像戏",在《日出》中他不再追求精巧的故事,而是注重展现日常生活。这样他在戏剧结构上就不再集中

① 周扬:《论〈雷雨〉和〈日出〉——并对黄芝冈先生的批评的批评》,《光明》半月刊 1937 年 3 月 25 日第 2 卷第 8 号。

② 王瑶:《王瑶全集·中国新文学史稿》(上册),河北教育出版社,2000 年版,第 359 页。

③ 曹禺:《曹禺文集·雷雨·序》(第 1 卷),中国戏剧出版社,1988 年版,第 211 页。

④ 曹禺:《曹禺文集·雷雨·序》(第 1 卷),中国戏剧出版社,1988 年版,第 211 页。

⑤ 曹禺:《〈雷雨〉的写作》,《杂文》月刊 1937 年 7 月第 2 期 。

⑥ 刘西渭(李健吾):《雷雨》,《咀华集》,文化生活出版社,1937 年版,第 116—118 页。

⑦ 曹禺:《曹禺文集·雷雨·序》(第 1 卷),中国戏剧出版社,1988 年版,第 213 页。

⑧ 欧阳予倩:《欧阳予倩全集·后台人语(之四)》(第 6 卷),上海文艺出版社,1990 年版,第 339 页。

于几个人,而是用人生片段来组织,场景也由家庭转向了大都市。只是和需要眼光发现《雷雨》不同,这次《日出》在 1936 年《文学季刊》连载之后,评论界高度关注,1937 年获得了"《大公报》文艺奖金"。"中旅"的《日出》公演由欧阳予倩执导,欧阳山尊设计舞台并管理灯光,唐若青饰演陈白露,在卡尔登戏院连演 32 场不衰。

《日出》题注引用老子"人之道则不然,损不足以奉有余",象征性地说明《日出》所要表现的社会生活。《日出》通过对上流社会和三流妓院两地场景与故事的描述,揭示都市上流社会的堕落与下流社会的不幸。女主角陈白露曾经是爱华女校的高才生,父亲的去世改变了她的人生,做过电影明星和舞女,最终沦为一名逢场作戏的交际花,终日周旋于潘月亭等巨商富贾身旁,过着纸醉金迷的生活,她十分鄙视和痛恨自己目前的生活,但却失去了行动的能力。昔日好友方达生打算将自己带走的劝说让她心有所动。她从流氓黑三手中救下一个小女孩——小东西,这似乎是她试图拯救自己灵魂的一次尝试,但最终小东西被卖入妓院悲惨地死去。潘月亭和李石清斗法,因做投机生意破产,无力再承担陈白露的账单。金八爷接手了潘月亭的生意,陈白露转到由金八爷支付账单。陈白露明白了自己只不过是上流社会的玩物,于是在日出之前吞下安眠药。

这部戏和《雷雨》一样有 30 年代左翼文学阶级斗争主题的情节设置,却是被曹禺用"不足者"和"有余者"这样传统的命题进行了改写,而对《圣经》当中《启示录》某些段落的引用让剧本的含义变得更加复杂。《启示录》中"我又看见一片新天新地,因为先前的天地已经过去了",加上类似于希腊戏剧合唱的背景——建筑工人打夯的声音,把剧本的主题从阶级斗争引向传统道家哲学和基督教思想的论域之中,有学者认为"更多地指的是现代中的无家可归状态,即一个把旧的抛在身后,以便从纯粹乌托邦中无任何先决条件地建立起一个新世界的人的无家可归状态"[①]。

曹禺在抗战前夕又创作了"生命三部曲"的最后一部《原野》。这个剧本发表于在广州出版的《文丛》1937 年第 1 卷第 2-5 期,发表后的一年内较少有相关的评价。1937 年 8 月 7 日起,业余实验剧团在上海卡尔登大戏院首次演出《原野》。唐弢称赞"这个剧本里有'戏'。群众看起来过瘾,这个剧本里有生活,顾盼左右,仿佛就在身边,让人看起来恐惧和欢喜"。[②] 郁达夫甚至认为《原野》"价值自然远在《雷雨》《日出》的两剧之上"。[③]

这部戏讲述的是北洋军阀混战时期农民复仇的故事。曹禺同样将其置于农村阶级斗争的背景当中。恶霸地主焦阎王为了抢夺农民仇虎家的土地,勾结官府谋害了仇虎家人,活埋了他的父亲仇荣,将他的妹妹送进了妓院导致她最后惨死。焦

---

① 〔德〕顾彬:《二十世纪中国文学史》,范劲等译,华东师范大学出版社,2008 年版,第 177 页。

② 唐弢:《〈原野〉重演》,上海《大公报》1947 年 8 月 29 日。

③ 郁达夫:《〈原野〉的演出》,《星洲日报星期刊·文艺》1939 年 10 月 8 日。

阎王把仇虎打进牢狱并叫人打断了他的腿,逼迫其未婚妻花金子嫁给焦家做儿媳妇。曹禺以上几部剧的剧本都是如此,可见并非偶然,这样的取材有着受 30 年代左翼文学影响的明显痕迹。但曹禺并没有体现出正确的"阶级意识",仇虎最终杀死了自己的好友,也是焦阎王的儿子焦大星,正是焦大星娶了仇虎的未婚妻花金子,但仇虎也于心不安,花金子也未必就不爱焦大星。总之,无论是仇虎还是花金子,都难看见有什么阶级觉悟。从左翼文学史叙述的角度来说,"由于作者对所描写的生活环境不熟悉,这个剧本在农民形象的塑造上是不成功的"。① 还有人指出,"《原野》描写人物的失败是由于作者思想水平不高和农村生活知识的贫乏。这正表明了作者世界观的缺陷"。②

但新时期以来的研究认为,《原野》受到美国戏剧作家尤金·奥尼尔表现主义戏剧的影响,采用了非写实的表现形式。抽象化的环境设置和扭曲变形的人物形象正来自于曹禺对表现主义戏剧的借鉴与化用。该剧本并不刻意追求细节的真实,更醉心于主观的外化,通过营造一种氛围、一种情境来使"潜在情绪戏剧化"、"内在精神舞台化"。戏剧的冲突不仅是复仇等外在行为,且更注重将各色人物内心激烈的情感冲突外在地表现出来,在面临行动选择时,仇虎、花金子、焦母等的情感无一不在焦灼激战,哪怕是花金子和焦大星夫妻关于母亲和妻子同时掉进河里先救谁的话题也不例外。

但抗战的爆发显然要求这一部具有更强探索意味的戏把演出的机会让给观众更需要的抗战话剧了。

实际上正是由于话剧职业化的成功,让话剧变革的另一条路——"中国左翼剧作家联盟"的左翼戏剧运动"自动"解散了。"此后两年中(1935 年 6 月至 1937年 7 月)是中国戏剧进入职业化的大剧场初期,新的局面逐渐打开,而秘密的'剧联'反不适合于这新的情势了,因此,这时期的戏剧领导,就正式转到党的地下组织里去了。因为大多数'剧联'的成员不能公开地工作、合法地工作,而他们自己又不是党员,所以不等到抗战开始就公开宣布'剧联'解散,实际上'剧联'在这以前由于戏剧工作转入新的形势,它也就等于解散的了。"③但这并不是意味着中国左翼戏剧运动消失了,左翼戏剧有关阶级斗争的主题已经渗透到曹禺等职业剧作家的剧本当中并获得公开的宣扬,三四十年代戏剧界文化领导权也掌握在了左翼文学的手里,"剧联"的另一个重要成就,即 30 年代的左翼电影运动也取得了同样的成功。随着"左联"提出"国防文学"口号,"剧联"也提出了"国防戏剧"

---

① 　王瑶:《中国新文学史稿》(上册),上海文艺出版社,1982 年版,第 319 页。

② 　刘正强:《曹禺的世界观和创作》,《处女地》1958 年第 6 期。

③ 　赵铭彝:《关于左翼戏剧家联盟》,文化部党史资料征集工作委员会编:《中国左翼戏剧家联盟史料集》,中国戏剧出版社,1999 年版,第 38 页。

的口号。1936 年初由"剧联"实际影响的在上海的剧作者们组成了上海剧作者协会,制订了以"国防戏剧"为宗旨的《国防剧作纲领》。中国话剧由此进入了一个新的阶段。

第四章　20世纪40年代文学

第一节　国统区文学

一　文学运动

1937年7月,抗日战争全面爆发,这无疑是影响20世纪中国历史和中国现代文学的重大事件。抗战时期的中国文学版图受到了战时区域分化的直接影响。国统区文学主要是以国民政府陪都重庆为中心的国民党统管区文学,是由重庆文坛、昆明文坛、桂林文坛、成都文坛、西安文坛等多个小型抗战文坛构成,它与解放区文学、沦陷区文学一道,以民族解放意识为思想特质,以"文协"这一外在组织形式为纽带,以"抗战需要文艺,文艺必须抗战"这一共时性内在关系为价值取向原则,整合成中国抗战文学大厦。它不仅是抗战文学的主要构成,而且最能体现出抗战时期中国文学发展特点。

从1937年"卢沟桥事变"到1938年10月武汉沦陷这一年多时间里,中国抗战文学在中国大地上形成了一股不可阻挡的洪流。这一时期文学运动的中心也迅速地转移到了抗日救亡运动中来,其标志是1938年在武汉成立的"中华全国文艺界抗敌协会"(简称"文协")。该协会有郭沫若、茅盾、冯乃超、夏衍、胡风、田汉、丁玲、老舍、巴金、陈西滢、王平陵等理事45人,周恩来为名誉理事。它的成立标志着文艺界在民族解放的旗帜下结成了广泛的统一战线,是唯一一次包括国共两党作家在内的大联合。《发起旨趣》阐明了"文协"的性质和任务,"团结起来,像前线将士用他们的枪一样,用我们的笔,来发动民众,捍卫祖国,粉碎寇敌,争取胜利"。"文协"在全国各地组织了数十个分会,出版了会刊《抗战文艺》,开展了"文章下乡,文章入伍"运动,鼓励和组织作家深入到农村、部队、前线,使文艺活动真正与当时社会现实紧密结合起来。文学必须充当时代的号角,必须直接反映现实,成为众多作家的共识。爱国主义和英雄主义的主题成为这一时期作家共同的思想追求。

继"文协"成立之后，戏剧界、电影界等也相继成立全国性的抗敌协会。为了适应现实战斗的要求，作家们纷纷拿起了轻型文学武器。小型作品的大量涌现，成为抗战初期文学形态的一个突出现象。短小、快捷、通俗的文学样式空前兴盛，报告文学、战地通讯、街头诗、朗诵诗、活报剧等形式广受作者和民众欢迎。文学必须充当时代的号角，必须直接反映现实，成为众多作家的共识。在戏剧方面，创作了与时代、民族和人民血肉相连的作品，出现了"好一计鞭子"（《三江好》、《最后一计》、《放下你的鞭子》）等有影响力的作品。在报告文学领域，新闻性的战地报告取得了较大的成就，产生了如丘东平的《第七连》、《我们在那里打了败仗》、《我认识了这样的敌人》，骆宾基的《救护车上的血》、《在夜的交通线上》，曹白的《杨可中》、《在敌后穿行》等优秀力作。这些作品在艺术表现上远离了精致、细腻、深沉、含蓄等风格，而把昂扬、热烈、直白作为时代的文学风格追求。在民族危机的历史关头，那些倡导纯艺术、纯审美的表现主义与审美主义创作方法，以及基于普遍人性论的种种理论批评形态都渐次式微或转向，逐渐向现实主义文学观念靠拢。

国统区的文学运动以 1941 年的"皖南事变"为标志进入了一个新的历史阶段。政治形势的变化直接引起了社会心理、时代氛围、作者创作情绪的变化。作家和批评家的心理情绪与心理机制较之前一阶段有了明显的变化。他们对于抗战社会生活也由兴奋转入沉思，由热情奔放转入静默观察，由现实而追思历史，由历史而又反观现实。他们的视野向生活的纵深处突进，深入生活的里层，探讨民族性所在，追索民族彻底解放的道路。这种思考直接地体现在他们的文学创作中，也直接影响着主题的深入及题材的扩展。这时的文学形式主要是长篇小说、多幕剧、长篇叙事诗、抒情诗，"史诗性"成为其普遍的追求。具体而言主要体现在如下三个方面：

一是深入揭露阻碍抗战、阻碍民族更新的现实黑暗势力，解剖民族痼疾。这种反思是在民族生死存亡的关头展开的，是五四启蒙思想在新的历史时期的延伸和深化。在小说方面，张天翼的《华威先生》具有开先河的作用，它书写了一个"包而不办"的抗战文化官僚的典型形象，他的那种狭隘自私的性格、无孔不入的亢奋劲头、装腔作势的领导派头，使其成为中国现代文学史上典型的人物形象。沙汀的《在其香居茶馆里》、《淘金记》延续了这一揭露与批判主题。《在其香居茶馆里》通过联保主任方治国与土豪劣绅邢幺吵吵在其香居的一场恶斗，揭露了国民党兵役制度的黑幕，暴露了国民党基层政权的黑暗腐败。《淘金记》围绕着开采北斗镇筲箕背金矿的线索，集中描写了四川农村三股矛盾势力（恶霸、粮绅、地主）之间为发国难财而掀起的内讧，从而暴露了国民党统治下的一团黑暗。小说精心刻画和展示了性格各异的地主阶级的群丑图，奸刁狠毒、诡计多端的白酱丹，满身泼皮劲头的林幺长子，精明、悭吝、刻薄、残忍、溺爱的何寡妇都栩栩如生、跃然纸上。在戏剧方面,涌现了以陈白尘的《升官图》为代表的政治讽刺戏剧潮流。《升官图》通过两个"流氓"做的一个荒诞的"升官梦"来讽刺那个时代的政治腐败,作品有意识地让群魔登场,自我揭露,互相扭打,以此达到对黑暗、没落的官场痛快淋漓的揭露和辛辣尖锐的讽刺。

二是从漫长的民族历史中,寻找民族脊梁,发掘民族美德。在小说方面,值得称道的是老舍的《四世同堂》。它是老舍正面描写抗日战争,揭露、控诉日本军国主义的残暴罪行,讴歌、弘扬中国人民伟大爱国精神的不朽之作。小说以祁家四世同堂的生活为主线,辅以小羊圈胡同各色人等的荣辱浮沉、生死存亡,真实地记述了北平沦陷后的畸形世态,形象地描摹了日寇铁蹄下广大平民的悲惨遭遇、心灵震撼和反抗斗争,刻画出一系列栩栩如生的艺术形象,史诗般地展现了第二次世界大战期间,中国人民与世界人民一道反法西斯的伟大历程及生活画卷,可歌可泣,气度恢宏,读来令人荡气回肠,是一部感人的现实主义杰作。在戏剧方面,首先应该谈到郭沫若的《屈原》,面对着国民党消极抗日、积极反共的现实,作家采用古今参照的叙事方式,以古鉴今、据今推古。从历史和现实的交接点上选材,提炼主题。因此,《屈原》的创作既表现了历史的精神和民族的精神,又发挥了文艺的战斗武器的作用。同样,曹禺的《北京人》、《家》也是对这一主题的延续和再现。

三是描写爱国知识分子的苦难历程,探讨知识分子的历史道路。路翎的《财主底儿女们》、沙汀的《困兽记》等小说是这方面的力作。《财主底儿女们》刻画了蒋蔚祖、蒋少祖、蒋纯祖三人不同的思想历程,旨在为当时知识分子所走的人生道路提供不同类型,并对现代中国的动态进行探索和思考。《困兽记》描写了抗战后方一群乡村小学教师的苦闷、纠葛,揭示和批判了知识分子所存在的精神弊病。夏衍的《法西斯细菌》中的俞实夫、陈白尘的《岁寒图》中的黎竹荪、袁俊的《万世师表》中的林桐等都是从事科研和教学的知识分子,在现实和理想的距离面前,他们都陷入了矛盾、苦闷甚至彷徨,以上作品充分地展示了一代知识分子的心路历程,对造成知识分子困境的缘由进行了反思。

这一时期的中国文坛,除了在以上三个方面取得很大成就外,桂林文坛和重庆文坛、西南联大诗人群所取得的文学成就也特别瞩目。桂林不是抗战的主区,政治环境较为宽松,生活条件相对稳定,文化氛围浓厚,因此桂林作家群的创作降低了抗战的热烈程度,而侧重于反思和讽刺,并和现实拉开了一段距离。茅盾的《霜叶红似二月花》就是写成于此地,它与战时的关系并不明显,讲述的是一个小城镇在1926年的情况。艾芜的长篇小说《山野》围绕一个山村一天中发生的事,刻画了农村各个阶级、各个阶层不同人物错综复杂的社会关系和彼此不同的生活面貌。骆宾基的代表作《北望园的春天》写了一群蛰居在北望园的各色知识分子庸俗、孤寂的生活,展示了他们晦暗颓唐的心境。作为国民党政府战时首都的重庆,则直接感受着抗战的现实，由于当局的腐朽和积弊日深，这一阶段作家的创作基调显得低沉，主要表现为直接对黑暗现实的暴露和反思。茅盾的《腐蚀》这部日记体的长篇小说以"皖南事变"前后国民党政府"陪都"重庆为背景，斗争锋芒直指国民党法西斯特务统治和他们反共反人民、卖国投敌的政治路线。巴金的《寒夜》通过对这样一个普通家庭的悲剧的描写，控诉了黑暗的社会现实的罪恶，《第四病室》用"日记体"的形式为读者展开了一幅社会底层的众生病苦图。西南联大偏处于昆明一隅，学院风气浓厚，拥有像朱自清、闻一多、沈从文、冯至等一批著名的新文学作家为老师，英籍威廉·燕卜荪教授也在西南联大讲授西方现代新诗，这里的新生代作家承继了向西方寻找和借鉴的文化传统，自觉地在内容和形式上进行现代主义的尝试和探索，冯至的十四行诗和穆旦的创作就是 20 世纪 40 年代诗歌的重大收获。

作家心理机制的变化和突进生活密林的思考，必然会带来文学思潮、文学理论与文学创作的倾斜与冲突。围绕文学与生活、文学与政治、文学与大众的关系所开展的"暴露与讽刺"论争、"与抗战无关"论争、"民族形式"讨论、"民族文学运动"论战，便充分体现出这一阶段文学理论、文学思潮与文学流派多样性之间的分歧与碰撞。

1938 年 4 月，张天翼发表的短篇小说《华威先生》是一部抗战初期作品，颂扬己方光明的风气，通过"抗战官僚"华威的丑恶形象，揭露了抗战旗帜遮掩下的丑恶，引发了一场围绕抗战文学如何反映光明与黑暗问题的论争，形成了上承中国新文学传统的注重批判意识与自省意识的文学新思潮，并历史性地导致了一个直接的成果——20 世纪 40 年代"暴露讽刺"文学的兴起。由于小说以讽刺的手法揭露了抗战中国人的弊病，被日本《改造》杂志转载时对中国抗日救亡运动做了恶意攻击。对此，有批评者认为抗战文艺应该以歌颂光明为主。林林认为抗战文艺不宜暴露和讽刺黑暗，认为这是出家丑，是"灭自己的威风，长他人的志气"；它容易被侵略者当作"反宣传的资料"，而且在抗战年代，"颂扬光明方面，较之暴露黑暗方面，向来得占主要地位"。[1] 而茅盾等人则高度评价文学作品中暴露与讽刺的意义，认为真正进步的民族绝不讳言自己的弱点，敢于暴露自己的毒疮，恰恰说明我们民族的健康与进步。茅盾指出："对于丑恶没有强烈的憎恨的人，也不会对于美善有强烈的执着；他不能写出真正的暴露作品。同样，没有一颗温暖的心的，也不能讽刺。悲观者只能诅咒，只在生活中找寻丑恶；这不是暴露，也不是讽刺。没有使人悲观的讽刺与暴露。"[2] 经过论争，双方取得基本一致的观点，认为抗战既应该表现新时代曙光的典型人物，也应该写"新的黑暗"。可以说，这场论争对于抗战文学的健康发展和后来国统区文学向现实主义方向深化，起到重大作用；有助于克服抗战初期文艺界弥漫着的浮躁、过度亢奋和盲目乐观的情绪及创作题材单一、作品公式化概

---

① 林林：《谈〈华威先生〉到日本》，《救亡日报》1939 年 2 月 22 日。
② 茅盾：《暴露与讽刺》，《文艺阵地》1938 年 10 月 1 日第 1 卷第 12 期。

念化的弊病，同时也预示着抗战初期文学运动接近尾声。

　　1938 年 12 月 1 日，梁实秋在《中央日报》副刊《平明》上发表《编者的话》，重提了他的"为艺术而艺术"的观点，并特别提出"于抗战有关的材料，我们最为欢迎，但是与抗战无关的材料，只要真实流畅，也是好的，不必勉强把抗战截搭上去，至于空洞的'抗战八股'，那是对谁都没有益处的"。梁文一出立即引起了左翼文化界人士的警觉，罗荪撰文《"与抗战无关"》认为，"在今日的中国，要使一个作者既忠于真实，又要找寻'与抗战无关的材料'，依我拙笨的想法也实在还不容易"，①意即任何真实的生活都与抗战有关，这儿又似有意无意地将梁文对艺术表达的"流畅"的要求隐去了。此外，还就"住房"问题嘲弄了梁氏一番。被激怒的梁实秋次日便在《中央日报·平明》上也发表了《"与抗战无关"》的同名文章，重申他的"最为欢迎"和"也是好的"两个表态；并强调，"我相信人生中有许多材料可写，而那些材料不必限于'与抗战有关'的"；当然，也不愿意放弃在过去琐事上与罗荪纠缠的权利。随后，罗荪又在《国民公报》上发表《再论"与抗战无关"》，再次批评梁的观点，指出：已没有"与抗战无关"的地方，也没有"与抗战无关的材料"了，而梁实秋为什么还要作者写"与抗战无关"的文章。② 当时参与这场论争或批判的，除了《新蜀报》副刊有关作者和罗荪，还有宋之的、陈白尘等人，稍后又有巴人、郁达夫、胡风、张天翼等人。宋之的的《谈'抗战八股'》、张天翼的《论"无关"抗战的题材》、郭沫若的《抗战与文化问题》和《抗战以来的文艺思潮》，以及其他作家写的文章，先后在报刊上发表，批评梁实秋的观点。老舍还代表全国文协起草了给《中央日报》的公开信以示抗议，因国民党中央宣传部长张道藩出面阻挠才未发出。1939 年 1 月 22 日，沈从文在《今日评论》发表《一般或特殊》一文，支持梁实秋的观点，他把文学划为"特殊"部门，把抗日工作鄙薄为"一般"工作。1942 年 10 月 25 日，他又在《文艺先锋》上发表《文学运动的重造》，反对文艺为革命的政治服务。重弹"与抗战无关"的旧调，同样受到众多的批评。梁实秋在受到众多批评的形势下，于 1939 年 4 月 1 日在《中央日报》发表《梁实秋告辞》一文，为自己辩护，同时宣布辞去《平明》副刊编务。这次论争到此基本告一段落。此后，"与抗战无关"及"为艺术而艺术"的论争稍为平寂，但仍然时而泛起，一直延续到解放战争和中华人民共和国成立前夕。其实，关于"为艺术而艺术"的论争在二三十年代早有涉及，只是在战争背景下，文学如何承担对于这个时代的责任？为人生还是为艺术？这一问题对每一个作家来说都是两难的。由于个人喜好不同、立场各异，又兼以时代的焦虑和危机，将这一问题呈现在作者面前，他们有着不同的文化选择和姿态。

　　这一时期的文学论争除了"暴露与讽刺"论争、"与抗战无关"论争外，民族形式

---

① 　罗荪：《"与抗战无关"》，《大公报》1938 年 12 月 5 日。

② 　罗荪：《再论"与抗战无关"》，《国民公报》1938 年 12 月 11 日。

问题的讨论也格外引人注目。它是"左联"时期文艺大众化运动在抗战新形势下的一个发展,其中心是要解决新文学如何与本民族的特点亦即如何与群众更好地结合起来的问题。抗日战争开始后,由于宣传抗日与动员群众的需要,文艺的大众化、利用旧形式等,受到广泛的重视。作家为了使文艺创作为群众所喜闻乐见,从内容到形式都做了新的尝试,涌现出一大批形式短小、内容通俗的抗日作品,利用旧形式的通俗文艺创作风行一时。但在利用旧形式的过程中,有不少作品往往生搬硬套,甚至无批判地接受其中落后和庸俗的东西,或者将旧形式和新内容作了极不调和的结合。"民族形式"作为一个口号,是 1938 年毛泽东在党的六届六中全会上作《中国共产党在民族战争中的地位》报告中提出的,毛泽东指出要把"国际主义的内容和民族形式"结合起来,形成"新鲜活泼的,为中国老百姓所喜闻乐见的中国作风和中国气派"。1939 年,在延安等根据地展开了"民族形式"的学习和讨论。这场讨论不久就波及大后方,1939 年 9 月,巴人在《文艺阵地》上发表《中国气派与中国作风》,认为"新文学发展到今天,我们的文学的作风与气派,显然是向'全盘西化'方面突进了",并且说这是"新文学的悲剧",[1] 由此引起了大后方关于民族形式问题的大讨论。其中的焦点问题就是怎样理解民族形式的源泉,也就是民族新形式和旧形式的关系。一种意见以向林冰为代表。他比较重视利用民间的旧形式,主张"以民间形式为民族形式的中心源泉",对于民间文艺,采取形而上学地全盘继承的态度。与此同时,对五四以来的新文艺借鉴外国经验给予较多的否定。[2] 这种显然错误的论点,遭到多数论争参加者的反对。然而在向林冰片面观点遭反对的同时,又出现了另一种片面的观点,代表人物是葛一虹。葛一虹在《民族形式的中心源泉是在所谓"民间形式"吗?》等文中批判了向林冰的观点,却又矫枉过正,完全否定民间旧形式,斥为封建"没落文化","只是历史博物馆里的陈列品",又全盘肯定五四新文学,无视新文学确实存在的与人民大众脱节的弱点。文章认为:"新文艺在普遍性上不及旧形式",其原因不在于新文艺本身,"主要还是在于精神劳动与体力劳动长期分家以致造成一般人民大众的知识程度低下的缘故",因此认为新文艺如果利用旧形式,就是"降低水准"。[3] 围绕着"中心源泉"问题讨论的较早的一批文章,相当普遍地存在着片面性的错误;在民族遗产继承问题上,采取形而上学的态度,或盲目地崇拜,全盘接受,或不分精华与糟粕,一概否定;对待五四新文学,不是一笔抹杀,就是十全十美,无视它本身存在的弱点;而且,纠缠于所谓"中心源泉"之争,在一定程度上忽视了对民族形式本身的深入探讨。1940 年 6 月,《新华日报》召开民族形式座谈会,促进了讨论的深入。此后,论争不再纠缠在"中心源

---

① 巴人:《中国气派与中国作风》,《文艺阵地》1939 年 9 月 1 日第 3 卷第 10 期。
② 向林冰:《论"民族形式"的中心源泉》,《战线》1940 年 3 月 24 日。
③ 葛一虹:《民族形式的中心源泉是在所谓"民间形式"吗?》,《新蜀报》1940 年 4 月 10 日。

泉"上,而是关注民族形式的基础和内涵等理论问题以及创作实践。不久,中共中央宣传部就《新华日报》和《群众》杂志的工作问题致电南方局董必武,明确地指出:"民族形式就是人民的形式,与革命内容不可分,大后方很多人正利用民族口号鼓吹儒家与其他复古独裁思想,故党的报刊与作家对此须慎重,不可牵强附和。"后来,因"皖南事变"发生,论争才停止下来。在如何造成新的"民族形式"问题上,郭沫若的《"民族形式"商兑》、胡风的《论民族形式问题的提出和重点》、茅盾的《旧形式、民间形式与民族形式》分别从植根于"现实生活"、内容和形式的统一、汲取传统精髓和外来营养等方面来思考创造新的"民族形式"问题,都认为要植根于"现实生活"。郭沫若强调作家应当"投入大众的当中,亲历大众的生活,学习大众的言语,体验大众的要求,表扬大众的使命"。[①] 胡风则认为不能离开内容去把握形式,民族形式应该是"从生活里面出来的",是"反映了民族现实的新民主主义的内容所要求的、所包含的形式"。[②] 茅盾认为,"新中国文艺民族形式的建立,是一件艰巨而久长的工作,要吸收过去民族文艺的优秀的传统,更要学习外国古典文艺以及新现实主义的伟大作品的典范"。[③] 这些观点纠正了论争中存在偏颇的问题,切中时弊,有很强的现实针对性。

实际上"民族形式"讨论的分歧,"不是一个单纯的形式问题",而是关系整个新文学发展途径的问题。这是现代文学史上关于文艺大众化方向问题的一次大规模的论争,对于正确地认识与解决文艺与群众的关系,起了积极的促进作用。同时,对于旧形式的利用、五四新文学的评价,大多数人有了比较一致的正确看法,澄清了思想上的混乱与认识上的模糊观点。有些文章还力图运用马列主义观点,解释民族遗产的批判继承,提高了在这个问题上的理论水平,使讨论逐步地接近问题的实质。

几乎与以上论争同时出现的是关于"战国策"派的"民族主义文学"的论战。这次论战体现了作家对民族救亡、自立的道路与方式的不同思考。"战国策派"因《战国策》杂志而得名。1940 年 4 月,云南大学、西南联大的教授林同济、陈铨、雷海宗等人在昆明主编《战国策》半月刊,之后又于 1941 年 12 月在重庆《大公报》上创办《战国》副刊,并出版《民族文学》杂志,连续发表了一些宣扬法西斯主义理论的作品,以适应国民党实行专制独裁的需要。他们公开宣称当时是"战国时代",提倡历史循环论,认为世界大战的结果,将会出现一个"一强国吞诸国,而创造出一个大一统帝国"的局面。"战国策派"在哲学思想上倡导尼采学说,推崇权力意志,崇拜支配别人的人物,把一切侵略者、压迫者称为"领袖"、"天才"、"豪杰"。在文艺观念上,他们提倡所谓的民族文学运动,提倡"争于力"的文艺观。陈铨发表《指环与正

---

① 郭沫若:《"民族形式"商兑》,《大公报》1940 年 6 月 9 日。

② 胡风:《论民族形式问题的提出和重点》,《中苏文化》1940 年 9 月 25 日第 7 卷第 5 期。

③ 茅盾:《旧形式、民间形式与民族形式》,《中国文化》1940 年 9 月 25 日第 2 卷第 1 期。

义》，认为"指环就是力量"，"力就是正义"，"你且莫管正义不正义，正义在其中了"。① 林同济的《寄语中国艺术人》，从"争于力"的观点出发，给艺术家派定三个母题："恐怖"、"狂欢"、"虔恪"②，指出在文艺上应提倡所谓民族文学运动，"争于力"是文艺的基本观念。陈铨还写了剧本《野玫瑰》和《蓝蝴蝶》等，歌颂特务分子和纳粹党徒，宣扬有了"力"就有一切的思想，并散布色情颓废的情调。除陈铨、林同济外，雷海宗、公孙震、吴宓等也在《战国》副刊上发表文章，宣传法西斯主义观点。对此，汉夫在《"战国"派的法西斯主义实质》中，对他们的理论进行了系统的揭露，指出他们把战国时代的特点硬套在现在的局势上，"其内容，其目的"，是"承认法西斯主义的'理所当然'，是'必经阶段'"。他们称赞"力的文化"，其目的也"就是给法西斯德国的侵略战争找'科学'的根据，使之合法化"。③ 欧阳凡海在《什么是"战国派"的文艺》中指出，"战国派"所鼓吹的法西斯主义文艺观，是要把文学艺术从"服务抗战"，"服务民族社会这一真正的尺度脱离，而实际上帮助了（不管他们口头上说得如何漂亮）日本帝国主义对中国的剿灭。"④另外，洪钟的《"战国"派文艺的改装》、戈茅的《什么是"民族文学运动"？》、杨华的《关于文学的民族性》也参与了对"战国派"论战的行列。这场同"战国派"的斗争，不但是文艺理论上的一场重要斗争，而且是同国民党御用文人在政治上的一场严肃斗争。它进一步宣传了马克思主义的阶级论和文化观，有力地批判和反击了国民党的抗战文化思想，对抗战文化的健康发展，具有重要的积极推动作用。

最后一次论争是发生在 20 世纪 40 年代中后期的关于现实主义和"主观"问题的论争。毛泽东的《讲话》传到大后方后，文学界对此的认识和理解都不尽相同，如在对《清明前后》、《芳草天涯》两剧的讨论中，王戎等人批判了《清明前后》的公式化，并将之归于"惟政治倾向"；何其芳、邵荃麟等人用《讲话》的精神进行了批驳；而冯雪峰则反对将作品的"政治性"和"艺术性"割裂开来。这实际上已经显示了大后方的思想复杂状况和对《讲话》的争议。在此背景下，有关现实主义和"主观"的大论争也很自然地出现了。其中的一方是胡风。1945 年 1 月，胡风主编的《希望》杂志在重庆创刊。创刊号上发表了胡风的《置身在为民主的斗争里面》和舒芜的长篇文章《论主观》。《置身在为民主的斗争里面》力图从文艺反映伟大的民主斗争这个角度，说明文艺"要为现实主义底前进和胜利而斗争"，但他不适当地夸大了主观在文艺创作中的作用。胡风认为，"文艺创造，是从对于血肉的现实人生的搏斗开始的"，他因而"要求主观力量底坚强，坚强到能够和血肉的对象搏斗，能够对血肉的

---

① 陈铨：《指环与正义》，《战国》1941 年 12 月 17 日第 3 期。

② 林同济：《寄语中国艺术人》，《战国》1942 年 1 月 21 日第 8 期。

③ 汉夫：《"战国"派的法西斯主义实质》，《群众》1942 年 1 月 25 日第 7 卷第 1 期。

④ 欧阳凡海：《什么是"战国派"的文艺》，《群众》1942 年 4 月 15 日第 7 卷第 7 期。

对象进行批判"。胡风把作家在体现生活过程中的所谓"自我扩张"看作"艺术创造的源泉"。①胡风虽然也说"与人民结合"、"思想改造",但他却强调劳动人民身上的落后面,说他们"随时随地都潜伏着或扩展着几千年的精神奴役的创伤"。《论主观》力图从哲学史的角度说明主观问题,认为:"今天的哲学,除了其全部基本原则当然仍旧不变而外,'主观'这一范畴已被空前的提高到最主要的决定性的地位了。"②同时在文艺上提出了"主观精神"、"战斗要求"、"人格力量"三个口号,他认为这三者是决定文艺创作的关键。这两篇文章在进步文艺界引起更大的争论。乔木(乔冠华)的《文艺创作与主观》指出,作家不是用"思想体系或人格力量",而是用"人民主体的健康精神,来批评人民的'奴役底创伤'"。③邵荃麟发表《论主观问题》,指出他们的文艺思想背离了辩证唯物论的基本原则,陷入了唯心论、唯生论的陷阱中,认为决定创作的最重要的因素是作家的思想认识,要遵照《讲话》的精神解决好作家的思想认识和立场问题。④胡风在 1948 年写了《论现实主义的路》进行反驳。此外,黄药眠、冯雪峰、何其芳等人对胡风和舒芜也进行了批判,但多数文章都在反复阐明当时流行的主导性的观点,如认为生活有主流和支流、本质和非本质、光明和黑暗之分,革命作家应该表现主流、本质和光明的生活面等。这场大论战几乎贯穿了整个 20 世纪 40 年代,直到中华人民共和国成立前才停止。作为一个坚毅而又执着地构筑了自己的文学理论体系的批评家,胡风的理论在 20 世纪 40 年代并没有被重视,到 80 年代后才得到了应有的客观的评价。

二 民族战争情境催生的"竞写史诗"

"皖南事变"后,国民党先后出台了一系列加强其法西斯专制的文化政策。对于以现实题材为主的话剧创作而言,这无疑为其创作与实践设置了一套难以逾越的话语禁区,逼迫作家不得不转向历史,借古人的酒杯浇今人的块垒。这一时期,戏剧家创作了一系列引人注目的历史剧,如欧阳予倩的《卧薪尝胆》、《梁红玉》、《桃花扇》、《木兰从军》、《忠王李秀成》,陈白尘的《金田村》、《翼王石达开》,阳翰笙的《李秀成之死》、《天国春秋》等,其中以郭沫若的《屈原》成就最高。抗战初期,曾有人将抗战的题材狭窄化了,认为只有描写血与火的战争的文艺才能算作抗战文艺,至于历史题材的作品这些人更是不屑一顾,认为与抗战没有太多联系。对此,郭沫若反驳道:"现实主义所谓'现实'不是题材上的问题,而是思想认识和创作手法上的问题。尽管是眼前的题材,如以'与抗战无关'论者来写,便成为非现实;尽管是

---

① 胡风:《胡风文集·置身在民主的斗争里面》(下册),人民文学出版社,1984 年版,第 20 页。

② 舒芜:《论主观》,《希望》1945 年 1 月创刊号。

③ 乔木(乔冠华):《文艺创作与主观》,《大众文艺丛刊》1948 年第 2 辑。

④ 邵荃麟:《论主观问题》,《大众文艺丛刊》1948 年第 5 辑。

历史上的题材,如以正确的意识形态来写,便成为新现实。"①在郭沫若的意识中,古今中外的题材都可以为抗战文艺所用。既然历史题材可以为抗战服务,那么如何来创作历史剧?这一问题同样成为当时争论的焦点。围绕着史剧观产生过不同的意见,如邵荃麟认为,"写历史剧就老老实实的写历史,不要去'创造'历史,不要随自己的意欲去支使古人。……不要以古拟今,即是不要借古人事情来隐射现在"。过去的历史"终是过去的,和现在扯一起,究竟不是办法,借古人的嘴巴,来说目前的事情,尤其是不伦不类"。② 邵荃麟主张的是历史剧应间接服务于现实,即不能完全凭空想象捏造历史场景和人物,强造出一段历史来浇自己的块垒,或为历史人物进行随意的翻案,"硬要否认千百年公认的事件原委和人物的忠奸,强要作《东莱博议》式的'吾独以为不然'"。③ 其社会心理动因是,"横竖中国没有一部可靠的历史,你们历史家可以将历史歪曲,文学家难道不可以再说谎么?"④尊重历史当然是必要的,但如果一味拘泥于历史的琐碎细节,缺乏对历史史实的现代眼光,对历史剧的发展来说也是有局限的。对此,郭沫若认为史学家与戏剧家应有不同的关注点和书写方式:"历史研究是'实事求是',史剧创作是'失事求似'。"⑤在尊重历史精神的前提下,努力发展历史的精神,"据今推古"和"借古鉴今"。

郭沫若的《屈原》站在现在时间语境的支点上打通古今的界限,并重新认定和理解"历史"。屈原所在的时代是在"混乱和黑暗"的战国时代,"战国时代,整个是一个悲剧的时代",⑥在秦人"连横"的蛊惑下,楚怀王听信谗言,粗暴地撕毁楚齐盟约,破坏了反侵略统一战线,转而依附秦国,走上妥协投降的道路。加上南后、靳尚等人的兴风作浪,楚国处于一片黑暗的境地。仅仅为了个人的荣宠,南后竟然不惜取媚侵略势力,与秦国暗相勾结,陷害屈原这样的忠良,祸国殃民,而且所采用的手段又是那么的卑鄙无耻。当阴谋得逞以后,她更加猖狂、恣肆,彻底暴露了她冷酷残忍的本性。她的自私偏狭、阴险毒辣和冷酷残忍,使读者和观众深切地认识到,统治集团中的卖国势力是怎样的一群丑类。我们可以通过《雷电颂》中屈原的控诉看出当时历史的现状:"在这暗无天日的时候,一切都睡着了……这比铁还沉重的眼前的黑暗……这比铁还坚固的黑暗……"那么,现实的境遇又是怎样的呢?《屈原》创作于1942年1月,正是太平洋战争爆发后,日寇集中主力对抗日根据地进行大规模"扫荡"的时候。与此同时,蒋介石则加紧反共,大搞分裂,1941年1月制造了震惊

① 郭沫若:《抗战以来的文艺思潮——纪念"文协"成立五周年》,《抗战文艺》1943年3月27日。
② 邵荃麟:《两点意见——答戏剧春秋社》,《戏剧春秋》1942年10月30日第2卷第4期。
③ 张俊祥:《关于写历史剧的几点意见》,《戏剧月报》1943年4月20日第1卷第4期。
④ 陈白尘:《现实与历史——〈大渡河〉代序》,《戏剧月报》1943年4月20日第1卷第4期。
⑤ 郭沫若:《历史·史剧·现实》,《戏剧月报》1943年4月20日第1卷第4期。
⑥ 郭沫若:《献给现实的蟠桃》,《郭沫若论创作》,上海文艺出版社,1983年版,第421页。

中外的"皖南事变"，并在国统区大肆捕杀共产党人和抗日进步人士。面对着国民党消极抗日、积极反共的现实，作家采用古今参照的叙事方式，以古鉴今、据今推古。

郭沫若的《屈原》以当下视阈为参照点，反向重估和看待过去是历史题材文本所具有的重要特征，以此来审视和重估民族精神，用民族精神来照亮当下。这就是说，在抗战的这一时代背景中，要创建民族文化，并非割断原有的传统，要发扬和彰显传统文化的精髓，以此来振奋民心，批判现实。屈原就是郭沫若找到的民族精神的化身，"（屈原）他是为殉国而死，并非为失意而死。屈原是永远值得后人崇拜的一位伟大的诗人，他的诗对于国族的忠烈和创作的绚烂，真正是光芒万丈。中华民族的尊重正义，抗拒强暴的优秀精神，一直到现在都被他扶植着。多造些角黍，多挂些蒲剑和藤萝，这正是抗战建国的绝好的象征"。[①] 我们可以通过他与宋玉的对话来看他的这种精神，他时时以橘树的"内容洁白"、"植根深固"、"秉性坚贞"自励并劝勉青年，要他们"志趣坚定"，"心胸开阔"，气度"从容"、"谨慎"、"至诚"，特别是要"不挠不屈，为真理斗到尽头！"他是一个伟大的政治家兼诗人的典型，具有深切的爱国爱民思想和英勇无畏的斗争精神，是郭沫若赋予屈原的主要人格特征。基于对祖国和人民深沉的爱，他对一些人的卖国行径恨之入骨，而且这也使得他敢于冲破一切障碍去控诉和批判。他之所以愤怒斥责南后，是恨她的行为危害了祖国："你陷害了的不是我，是我们整个儿的楚国啊！我是问心无愧，我是视死如归，曲直忠邪，自有千秋的判断。你陷害了的不是我……是我们整个儿的赤县神州呀！"他的战斗精神集中地体现在《雷电颂》的诗意中；他呼唤着咆哮的风，去"吹掉这比铁还沉重的眼前的黑暗"；他呼唤着轰隆隆的雷，把他载到"那没有阴谋，没有污秽，没有自私自利"的地方去；他呼唤着闪电，要把闪电作为他心中无形的长剑，"把这比铁还坚固的黑暗，劈开，劈开，劈开！"他呼唤着，在黑暗中咆哮着，闪耀着的一切的一切，"发挥出无边无际的怒火把这黑暗的宇宙，阴惨的宇宙，爆炸了吧，爆炸了吧！"正如郭沫若所说："战国时代是以仁义的思想来打破旧束缚的时代……是人的牛马时代的结束。大家要求着人的生存权。"[②] 在这里，作家的主观情感复活到了屈原的时代中去了，而屈原的爱国情怀和反抗意识是整个民族的精神象征，也分明播撒到了现实的境遇之中。

巴金在抗战前期开始创作的《火》，把日本侵华战争比拟为一场大火，把中华民族比拟为凤凰，表现了中华民族必将在苦难中赢得新生的主题。出于"我想写一本宣传的东西"，"不仅想发散我的热情，宣泄我的悲愤，并且想鼓励别人的勇气，巩固别人的信仰"，甚至"为了宣传，我不敢掩饰自己的浅陋"，"倘使我再有两倍的时间，我或许会把它写成一部比较站得稳的东西"。结果，为了宣传抗战而失落了艺术真

---

① 郭沫若：《关于屈原》，《大公报》1940年6月9日。
② 郭沫若：《郭沫若论创作·献给现实的蟠桃》，上海文艺出版社，1983年版，第421页。

实,表面上的纪实性与宣传性之间难以平衡而导致小说的失败——"《火》一共三部,全是失败之作",而主要原因就是"只看到生活的表面,而且写我自己不熟悉的生活"。于是,巴金在亲身体验战时生活的同时,通过《憩园》《第四病室》的个人书写,重新回到自己熟悉的生活。巴金后期的作品《憩园》、《第四病室》、《寒夜》可以说都是生活在"寒夜"中的一些"小人小事"。

《寒夜》以汪文宣这样一个"小人物"为中心,通过三代人——汪母(汪父角色的承担者)、汪文宣、汪小宣男性化角色的弱化,互文性地书写了一个普通家庭的悲剧,控诉了黑暗的社会现实的罪恶,从"小人物"的性格、价值取向、文化心理等矛盾来对反思这个家庭最终分崩离析的根由。在《寒夜》中,汪父的角色形同虚设。他从未在作品中真正出现过,甚至于连一些回忆性的片段描写也不曾出现。小说第一次提到汪父是在汪文宣喝醉之后汪母脱口而出的一句:"你不记得你父亲就是醉死的"。然而,汪父的缺席恰是造成汪家悲剧命运的一个重要诱因。对于汪文宣来说,父亲角色的缺失对他的童年生活,甚至成年的家庭生活都是有影响的。由于缺少一个能够参照和模拟的对象,加上母亲平时说话所透露出来的是,汪父是一个不值得他学习和模仿的对象,这些都促使汪文宣对"父亲"这一身份的体认有了某些心理的暗示。其懦弱、老好、没有主见等性格的生成也与此有着某种心理的关联。对于汪母来说,这也是导致她命运改变的关键。汪母早年曾是名噪一时的昆明才女,本应过着舒适的才子佳人般幸福的生活,但是汪父的早逝使得一切化为泡影。于是,一位年轻的少妇开始肩负起养家的重任,她既又当爹又当娘地养育儿子。她不可能从丈夫那儿得到充足的爱,对异性渴求但没有得到满足的汪母便将自己的全部感情转移到儿子身上。同时,她也取代了汪父的身份,成为汪父身份的代言人,这并没有恢复汪父的男性角色,相反导致其男性化角色的缺席。

由于汪父的缺失,汪文宣的记忆中也没有父亲,对不起母亲的负罪感一直蚕食着汪文宣的内心,认为自己没有给母亲创造一个良好的生活环境(这本应是自己父亲角色的责任)。这种负罪感很自然地转为对母亲毫无理由的孝顺。"他在母亲的面前还是一个温顺的孩子",在家里一切听从母亲,包括孩子的抚养问题、对待妻子的态度等等,即使某一瞬间有对母亲的不满也表现得相当微弱,只是在心里不平。在母亲面前,他或许还只是停留在幼儿阶段,对母亲怀有无限的依恋,所以即使在梦中面对威胁要离开自己的妻子和儿子,汪文宣还是毅然选择去接母亲。由于单亲家庭长期的心理阴影和中国文化绝对的伦理取向,强调子对父(母)的"从"、"肖"与"孝",使得父(母)子冲突在文学创作中被弱化了,或者说,子的弑父(母)冲动被压抑弱化了。这是他男性化特征缺失的表现之一。

对于妻子曾树生,汪文宣更多的则是感激和愧疚。在汪家这样一个单亲家庭中,汪文宣受够了母亲关于生活琐事的唠叨,那是一种生命濒临枯竭的挣扎,于是渴望新生,他在上海的大学认识了妻子曾树生,也终于从曾树生身上找回了青春的印记,所以他牢牢地抓住这丝活力,一旦这个消逝,自己的生命也就一生黯淡了。他以自己的一腔抱负感动了她,起初他们期待能够共同从事教育事业,但是一切都事与愿违。回到正常家庭中的汪文宣渐渐为生活的庸常所困,也淡忘了学生时代的远大理想,而曾树生又是一个敢说敢想的新时代女性,两者存在不可调和的矛盾。面对强势的要追求幸福生活的妻子,汪文宣放弃了自己的治疗,甚至于放弃了儿子对母爱的享有。在曾树生面前,汪文宣更像是一个"妻子"的角色,补贴家用的钱大部分都是妻子提供的,儿子小宣的学费也全权由妻子供应,而且在汪文宣得病之后,曾树生还尽心尽力地照顾他。作为丈夫,汪文宣没有能力给予妻子足够的关爱,他的大部分人生已经奉献给了母亲。作为丈夫,他没有挽留妻子的勇气,更没有保护妻子和提供给妻子安定生活的能力,连家庭一半的经济支出也难以承担。

汪小宣是汪家男性最小的一代,他是汪家整体的希望所在。作为一个十三岁的孩子,小宣没有父母的温暖,没有天真无邪的童年,没有健康的体魄,更丧失了作为汪家后继希望的男儿性格。他与汪文宣在很多方面有相似的地方,母亲曾树生觉得小宣就像丈夫的翻版,"怎么,他笑都不笑一声,动作这样慢,他完全不是一个孩子,他就象他父亲"。小宣性格中的懦弱、胆怯、早熟、老成都与其父亲有惊人的相似,这也是汪母隔代溺爱汪小宣的重要原因。汪小宣身上男性化角色的弱化与汪父、汪文宣最大的不同在于:汪父属于实体性的缺失,他的男性化角色被汪母的母性权威所替代;汪文宣男性角色的缺失来自于他无力平和两个强势的母性角色之间的矛盾和冲突;而汪小宣男性的缺失则是由于在其成长过程中,对汪母的过分依赖和对自己父母的隔膜吞噬了其家庭身份和社会身份。

巴金在谈到《寒夜》的创作时说过:"我连做梦也不敢妄想写史诗……我只写了一些耳闻目睹的小事,我只写了一个肺病患者的血痰,我只写了一个渺小的读书人的生与死。"[1]这种写"渺小的读书人的生与死"从表面上与其《火》中高扬"中国人是杀不尽的"的英雄史诗是有区别的,但也从"小人物"家庭的命运变迁书写了属于巴金个人的"平民史诗"。小说通过一个普通家庭的悲剧,控诉了黑暗的社会现实的罪恶,从"小人物"的性格、价值取向、文化心理等革命的矛盾来剖析和反思悲剧产生的原因。

首先,悲剧的产生与越来越糟的国家形势、社会制度不无关系。巴金说过:"要是换一个社会,换一个制度,他们会过得很好。使他们如此受苦的是那个不合理的旧社会制度。生活这样苦,环境这样坏,纠纷就多起来了。"[2]每天在城市上空呼啸的刺耳警报声使每一个家庭遭受恐惧甚至绝望的打击;日本侵略军的紧逼攻势使

---

[1] 巴金:《巴金全集·寒夜·后记》(第 8 卷),人民文学出版社,1989 年版,第 703—704 页。

[2] 巴金:《巴金全集·关于〈寒夜〉》(第 20 卷),人民文学出版社,1993 年版,第 696 页。

他们一直笼罩在亡国的噩梦中,走向死亡的泥潭,正如汪文宣始终感觉有一种说不清的重压使他透不过气。可以说,战争风雨销蚀着他们生存的勇气与信心,这是悲剧产生的社会原因。

其次,不断出现的婆媳纠纷也加剧了悲剧的产生。在黑暗的现实生活中,汪母的关爱和曾树生的爱并不能抚慰汪文宣日趋干涸的灵魂。婆媳之间的争执和矛盾将汪文宣扯向两个方向,满脑子旧意识的母亲看不惯儿媳的俏丽更看不起儿媳充当的"花瓶"角色。除此之外,她还妒忌媳妇给汪文宣的爱。而曾树生一如既往地追求着幸福、向往着自由,她没有逆来顺受的容忍。无力消弭她们之间矛盾的汪文宣始终处于痛苦的夹缝间,在冲动之下,他竟然向母亲承诺不再让妻子回来。

再次,汪、曾的夫妻感情矛盾也是悲剧产生的重要原因。他们都曾受过高等教育,都有过远大的抱负,这些曾使他们激动并为之奋斗过,然而现实却是黑暗和虚无包围的"一片疮痍",一切都在变化中,在他们共同生活 14 年后,"不单是生活,我觉得连我们的心也变了"。生活的重负使二人产生了情感上的缝隙,曾树生不断"追求自由和幸福",汪文宣则保守、敷衍地活着,一个生气蓬勃,一个暮气沉沉。由"爱"粘合的夫妻关系,也就已经失去了感情基础。

带着"什么比战争更大呢?""写失败一本书事小,让世界上最大的事溜过去才是大事"的创作动机,老舍在抗战后期写成了《火葬》,老舍对这部小说不是很满意,他自下判语:"要不得"。其失败的根源重要的一点是"故事的地方背景文城","它并不存在,而是我心里钻出来的。我要写一个被敌人侵占了的城市,可是抗战数年来,我并没有在任何沦陷区住过","应当写自己的确知道的人与事"[1]成了老舍写抗战小说的重要经验,这在他写《四世同堂》时得到了印证。

《四世同堂》分为三部,第一部《惶惑》(1944 年 11 月 10 日起在《扫荡报》上连载)、第二部《偷生》(写于 1945 年,同时在《世界日报》上连载)、第三部《饥荒》(1946 年在美国写成,1950 年 5 月在《小说月报》上连载)。它是老舍正面描写抗日战争,揭露、控诉日本军国主义的残暴罪行,讴歌、弘扬中国人民伟大爱国精神的不朽之作。小说对中国传统文化进行了理性的批判,千百年来中国传统文化造就了规矩、容忍、安分守己的"顺民",这些顺民习惯于含愤忍让、屈己下人,"哪怕是起了逆风,他们也要本着一成不变的处世哲学活下去"。抗战为作家审视国人生存境域和精神品格提供了条件,"在抗战中,我们认识了固有文化的力量,也可看见了我们的缺欠——抗战给文化照了'爱克斯光'。在生死关头,我们决不能讳疾忌医!""一个文化的生存,必赖它有自我的批判,时时矫正自己,充实自己,以老牌号自夸自傲,固执的拒绝更进一步,是自取灭亡"。[2]老舍借《四世同堂》中一位在敌伪统治下从事

---

① 老舍:《我怎样写〈火葬〉》,《收获》1979 年第 2 期。

② 老舍:《老舍文集·大地龙蛇·序》(第 10 卷),人民文学出版社,1982 年版,第 289 页。

抗日活动的志士之口，陈述这样的愿望："这次的抗战应当是中华民族的大扫除，一方面须赶走敌人，一方面也该扫除清了自己的垃圾。"老舍毫不留情地鞭挞了国民"自己的垃圾"，尤其是对其身上存在的"文化过熟"进行了着力地反思。他借瑞丰之口发出了这样的思考："当一个文化熟到了稀烂的时候，人们会麻木不仁的把惊魂夺魄的事情与刺激放在一旁，而专注意到吃喝拉撒中的小节目上去"。又借瑞宣的自言自语，表达了类似的看法："中国确实有深远的文化，可惜它已有点发霉发烂了，当文化霉烂的时候，一位绝对良善的 70 多岁的老翁是会向'便衣'大量的发笑、鞠躬的。"当日本人侵占了北平时，这种"文化过熟"集中地体现在国民的日常生活中。

首先，逆来顺受的天命思想植根于国民心中，在危难面前用"忍"的精神去消弭困境。当日本侵略者的炮火映红古老都城之时，北平人迷惘惶惑，苟且偷生。北平城沦陷后，"小羊圈"的居民们含悲忍痛地过活，很多人奉行着"好死不如赖活着"的苟且状态，"北平人倒有百分之九十九是不抵抗的"。瑞丰的人生姿态是永远不和现实为敌，亡国就是亡国，他须在亡了国的时候设法去吃、喝、玩与看热闹。祁家长孙媳妇韵梅天真地认为，"反正咱们姓祁的人没得罪东洋人，他们一定不能欺侮到咱们头上来！"马老寡妇和李四妈是小羊圈胡同两位饱经忧患的老太太，她们在漫长的人生岁月里逐渐形成了坚定不移的"忍"字经。钱默吟在实现彻底的"脱胎换骨"前两耳不闻窗外事，"钱先生始终象一棵树，你不招呼他，他不理你"，一心只忙着他的吟诗、作画、赏菊、喝茶，闭门谢客，即使偶有客人来访也只是把门拉开一道小缝，清高倨傲，不关心政治和现实，"一想诗，他的心灵便化在一种什么抽象的宇宙里"，人和世界的对立消失了，因对立而获得的力量也消失了，人于是变得苍白而美丽。在祁老太爷的意识中，只要插上门栓，"用装满石头的破缸顶上大门"便足以"消灾避难"。他并不把战争当回事，坚持认为，"咱们这是宝地，多大的乱子也过不去三个月"。在他心里，"只要日本人不妨碍他自己的生活，他就想不起恨恶他们"，虽很早就知道八国联军对北京的烧杀抢掠，但不清楚帝国主义的侵略所为何事。对卢沟桥事变，当作是日本人爱占小便宜，看上了桥上的石狮子。

其次，封闭狭仄的家族伦理观念阻碍了人的反抗。《四世同堂》里的人文空间也显得十分封闭，祁老太爷说："胡同口是那么不惹人注意，但他觉到安全"。这里的"安全"是一种心理层面的"安全"，在祁老太爷的意识中，"家"的完整以及家族观念的合乎伦常是人获得安全感的重要保证。在帝国主义肆虐的时代，祁老太爷只担心庆祝不了八十大寿，他的最高理想，就是"四世同堂"，"他最发愁的是家人四散，把他亲手建筑起来的四世同堂的堡垒拆毁"。面对他的重孙小顺子，他说："只要咱俩能活下去，打仗不打仗的，有什么要紧！即使我死了，你也得活到我这把年纪，当你那个四世同堂的老祖宗。"作为长房长孙的祁瑞宣，"他的声音似乎专为吟咏用的"，他明白自己在家中的身份与职责，"在行动上他总是求全盘的体谅"。他尤其尊重、顺从父母长辈的意愿。深知"忠""孝"不能两全的他陷入了无法排解的痛苦,"假若他是单身一人,那该多么好呢? 没有四世同堂的锁镣,他必会把他的那一点点血洒在最伟大的时代中,够多么体面呢?"瑞宣知道应该奔赴国难,但是"全民族的传统的孝悌之道使他自己过分的多情——甚至于可以不管国家的危亡! 他没法一狠心把人伦中的情义斩断,可是也知道家庭之累使他,或者还有许多人,耽误了报国的大事! 他难过,可是没有矫正自己的办法;一个手指怎能拨转的动儿千年的文化呢?"最终还是鼓励三弟离家去加入抵抗运动,自己留下来苦苦地支撑生计日艰的家。特殊的时代环境使"忠"与"孝"、"家"与"国"的对立在他内心产生了激烈的矛盾。"从表面上看他好像是抱定逆来顺受的道理,不声不响地度着苦难的日子。在他心里,却没有一刻的宁静。"他关心国家的命运,愿意去奔赴国难,为保卫国土做点事情。然而,"一家大小的累赘,象一块巨石压在他的背上,……尽管他想飞腾,可是,连动也动不得"。他不忍心看着老人和孩子们挨冻受饿而无动于衷。尽孝,便尽不了忠;养家,就报不了国。

这些长期生活于帝王之都的北平人,其生活方式、文化与社会心理、习惯,以及与之相适应的情趣追求主要体现在讲究体面、排场、礼节、苟安、懦弱……老舍欣赏北平文化所特有的博大、雍容、淡雅、精美,却又为表现在他们身上的文化过熟现象而忧心忡忡。祁瑞宣的两段心理独白,很能代表作者这方面的思想:"一朵花,一座城,一个文化,恐怕都是如此! 玫瑰的智慧不仅在乎它有色有香,而也在乎它有刺! 刺与香美的联合才会使玫瑰安全,久远,繁荣! 中国人都好,只是缺少自卫的刺!""这个文化也许很不错,但是它有个显然的缺陷,就是:它很容易受暴徒的蹂躏,以至于灭亡。"老舍先生在这里深刻地指出了过熟文化将遭到的厄运,以引起疗救的注意,世人的警醒。"文化是应当用筛子筛一下的,筛了以后,就可以看见下面的是土与渣滓,而剩下的是几块真金。"在老舍这里,文化与人一样是有好坏之分的,北平人在外敌入侵时,他们被抛到血雨腥风的荒原上,失去平衡的心在恐怖的威胁下战栗。肉体虽然存活精神却陷入了虚无,生命也缺乏意义支撑,缺失自审意识。

在批判国民的逆来顺受和甘当奴隶的同时,《四世同堂》也书写了一些的觉醒和反抗。离家之前的夜里,瑞宣和瑞全兄弟俩"才真感到国家,战争,与自己的关系,他们必须把一切父子兄弟朋友的亲热与感情都放到一旁,而且只有摆脱了这些最难割舍的关系,他们才能肩起更大的责任"。瑞全在民族危亡的时刻,做出了正确的回应,选择了离家出走投身革命为国尽忠。钱默吟以前"一想诗,他的心灵便化在一种什么抽象的宇宙里",家庭和自身的不幸让他看到了那个文化的毒性,终于从一个缥缈的诗人变成了一名坚强的战士。祁老大爷对儿子天佑因受日本人的侮辱而含恨自杀深表愤怒,他在忍无可忍之际终于站起来向日本人发出愤怒的呐喊,他抱着已经死去的妞妞要去找日本人讨个说法,"我要让三号那些日本鬼子们瞧瞧。是他们抢走了我们的粮食,他们的孩子吃的饱饱的,我的孙女可饿死了。我要让他们看看,站一边去!"

三　"七月派"的创作

抗日战争爆发后,胡风长期担任"中华全国文艺界抗敌协会"的领导工作,与周恩来等在后方的党领导人保持紧密的联系。他先后主编《七月》、《希望》杂志和《七月诗丛》、《七月文丛》等杂志,写下大量文艺理论、评论文章,推出和评介了大量国统区进步青年作家和解放区作家的作品,一批青年作家在他的指导和帮助下崛起于文坛,在他的带动下形成了著名的文学流派"七月派"。"七月派"因文学刊物《七月》而得名,1937 年 9 月 11 日,胡风主编的《七月》在上海问世,上海沦陷后,被迫停刊,后于 1937 年 10 月 16 日在武汉复刊。《七月》创刊时团结了一批"倾向上能够共鸣的作家",如艾青、田间、丘东平、曹白、吴奚如、阿垅、彭柏山等,他们是"基本撰稿人",后来又有冀汸、鲁藜、天蓝、路翎、绿原等加入。

"七月派"将时代的需求和自己的文学理想融入于现实主义文学中。胡风在正式出版的《七月》创刊号中,强调了要坚持以文艺投身抗战的主张:"在神圣的火线后面,文艺作家不应只是空洞地狂叫,也不应作淡漠的细描,他得用坚实的爱憎真切地反映出蠢动着的生活形象。在这反映里提高民众的情绪和认识,趋向民族解放的总路线。"①胡风认为,要创造出好的作品,作家必须以真诚的心意,高度的热情,全身心地投入到作为客体的现实生活里面,拥抱客观对象,肉搏现实人生,即为"主观战斗精神",它也因此成为"七月派"现实主义的生命内核。

在诗歌创作方面,形成了中国新诗史上重要的一个流派——"七月诗派"。"七月诗派"的形成,首先是历史和时代选择的必然结果。在抗战这一时代背景下,《七月》、《希望》等刊物设定了明确的文学立场,坚守着不肯让位的文学精神。文学立场的设定与五四所开创的"启蒙的文学"道路双向并进,在"救亡"的浓厚氛围之中贯注了深沉的"启蒙"力量,呈现出独具一格的文化色彩。由此,文学的功利性追求与定位获得了合法性与合理性。他们强调只有先做"向前突击的精神战士",才能做一个真正的诗人,强调诗人只有"跳跃在时代底激流里",才"能够在事实底旋律里找到他底史诗形态的"。② 其次是胡风的扶持以及其现实主义文艺理论的规范作用。胡风是个诗人,从 20 世纪 20 年代中期开始写诗,抗战前结集出版过一本《野花与箭》,是一部有较高才情和艺术成就的诗集。抗战爆发以后,为祖国而歌,为人民而歌,他亲手编的《七月诗丛》中就有自己的一本《为祖国而歌》。"七月诗派"最早的两个诗人艾青、田间一出现,马上引起了他的注意,对其创作及艺术道路

---

① 胡风:《愿和读者一同成长——〈七月〉代致辞》,《七月》1937 年 10 月 16 日第 1 集第 1 期。

② 胡风:《论战争期的一个战斗的文艺形式》,《七月》1937 年 12 月 16 日第 1 集第 5 期。

进行了及时准确的评价。《七月》创刊，这两位诗人是主要撰稿者，他们大量有名的诗篇，如艾青的《向太阳》、田间的《给战斗者》等都发表在上面。艾青、田间以后的诗人也大都首先由胡风发现和栽培出来的。他的文学思想也成了"七月诗派"创作的出发点，艺术风格的核心，美学的标准。再次，艾青、田间的诗歌创作的示范和楷模作用。艾青和田间抗战时期的很多诗歌都发表在《七月》上，一些后进的年轻诗人身受他们创作的影响。对此，牛汉说："七月诗派从前期到后期，艾青、田间的影响始终占有重要的地位，对这个流派的形成起了深远的不可分割的作用。"[①]

在诗歌的思想主题和艺术探索方面，"七月诗派"继承了 20 世纪 30 年代中国诗歌研究会的革命现实主义传统，把反映客观现实的真实性与主观抒情的真挚性高度融汇在一起，标志着我国自由体诗歌的茁壮发展和走向成熟；他们所塑造的抒情主人公形象则充分反映了经过战争血与火的考验，我们民族的趋向成熟，时代的趋向成熟。他们努力把"诗和人联系起来，把诗所体现的美学上的斗争和人的社会职责和战斗任务结合起来"，他们强调诗人的自我意识："诗的主人公正是诗人自己，诗人自己的性格在诗中必须坚定如磐石，弹跃如心脏，一切客观素材都必须以此为基础，以此为转机而后化为诗。"[②]作为一个流派，他们在诗歌创作的思想价值取向上有共同之处，明显地表现在以下三个方面：

第一，诗人歌颂了中华民族强大的精神力量，诗歌中洋溢着赤诚的爱国之心。胡风的诗歌中常常将主体满腔的"热血"燃烧成"火的风暴"，"歌唱出郁积在心头的仇火/歌唱出郁积在心头的真爱/也歌唱出盘结在你古老的灵魂里的一切死渣和污秽"（《为祖国而歌》），他欣喜地看到"中华大地熊熊地着火了！/火在高唱/火在高笑/火在高泣"。阿垅的《纤夫》一方面从那"正面着逆吹的风，/正面着逆流的江水"的"大木船"，发现了历史前进的沉重阻力，另一方面在"佝偻着腰/匍匐着屁股"的"赤铜色"纤夫的身上，却发现了历史的强大动力。"纤夫"也成了我们民族象征性的意象，作家深刻地意识到，历史前进和民族发展的道路"并不是一里一里的/也不是一步一步的/而只是一寸一寸的"，然而正是这"以一寸的力/人的力和群的力/直迫近了一寸/那一轮赤赤地炽火飞爆的清晨的太阳！"杜谷的《写给故乡》表明，祖国东部的原野也在浴血奋战："我看到了他们的行列/为了消灭那凌辱他们和你的/顽敌/他们倔强地在你那血泊里/仆倒而又爬起"。华夏大地，到处都跃动着生命的力，抗争和复仇的力。

第二，诗人对加重民族灾难、制造罪恶的国民党反动派发出了强烈的谴责与反抗的呼声，有的则化为辛辣的嘲讽。绿原的《给天真的乐观主义者们》从纵深处开

---

① 牛汉：《关于"七月派"的几个问题——在 1983 年中国现代文学思潮，流派学术交流会上的发言》，《学诗手记》，生活·读书·新知三联书店，1986 年版，第 50 页。

② 绿原：《白色花·序》，人民文学出版社，1981 年版，第 4 页。

刀,横剖了这光怪陆离的社会:"大街上,警察推销着一个国家的命运;然而严禁那些/醒醒的落难者在人行道上用粉笔诉写平凡的自传/……扑克,假面会,赛璐珞,玻璃玩具……/勋章,奖状,制服,符号,万能的 Pass,鸡毛文书……/赌窟,秘密会社,娼妓馆,热闹的监狱,疯人院……/鸦片批发,灵魂收买,自行失踪,失足落水,签字,画押,走私,诱拐,祈祷和忏悔……"这是一首直面现实,无情地揭示脓疮,以打破粉饰现实的"天真的乐观主义"的诗。正是这种郁积于心的压抑,点燃了反抗和复仇的火种,他的《复仇的哲学》很能说明这一问题:"起来——柴棒似的骨头们! /……起来——饥饿王! /是的! 是我们,是中国底人民! /……烧吧,中国! /只留下/暴君底/那本高利贷的帐簿,/让我们给他清算! /起来,为了自由与饥饿/……厮杀去! 推着柩车迎上去,/拿着志哀的白蜡烛迎上去,/唱着送葬进行曲迎上去,斗争并不/神秘,然而/状丽呀。"这些诗以犀利的笔锋,澎湃的激情,揭露黑暗,强烈地表现了对黑暗统治的不满和愤怒之情。

第三,诗人们总是怀着理想的希冀,呼唤着光明温暖的春天。"唉,田间的油菜花快要开了/温暖的季节呀/为什么还不快来?"(杜谷《寒冷的日子》)"在冰冻的岩石"里看见了火,在沉静的"生命内部"听见了歌声,在无边的黑暗里看见了光明:"没有花吗? /花在积雪的树枝和草根里成长。/没有歌吗? 歌声微小吗? /声音响在生命内部。/没有火吗? /火在冰冻的岩石里。/没有热风吗? /热风正在由南向北吹来。/不是没有春天,/春天在冬天里。/冬天,还没溃退。"(牛汉《春天》) 田间、艾青、天蓝、孙钿、鲁藜、胡征、阿垅等都曾先后去了延安。他们对延安产生了许多新鲜的感觉:"山上/一列又一列的窑洞呵/一层又一层的窑洞呵/抬起头来/全都像摩天楼呢,/歌声/笑声/标语和漫画/学习,工作。"(阿垅《窑洞》)另外,胡征的《五月的城》,艾漠的《自己的催眠》、《跃进》等,也都表现出自己赞美光明的欣喜之情,带有鲜明的时代色彩。

在国统区的小说创作中,"七月派"小说有着非常重要的地位。以路翎、丘东平、彭柏山为代表的小说作家,依托其强烈的主体意识与深厚的生活体验,同时博采表现主义、新感觉派、象征主义等现代派的手法技巧,极大地丰富了现实主义的美学传统,"七月派"小说呈现出深沉、粗犷、凝重、悲怆的审美风格,最突出的审美特征在于对小说真实性的全新把握,而"七月派"小说高度的真实性,集中体现在作品"再现"之真与"表现"之真的深度融合。七月派小说家中影响最大、成就最高的是路翎。

路翎(1923—1994),祖籍安徽无为,生于江苏南京,原名徐嗣兴。17 岁时以短篇小说《"要塞"退出以后》、《一个青年经纪人底遭遇》受胡风赏识而于文坛初露头角,自此成为 30 年代"七月派"的主力作家。1942 年后,未满 20 岁的路翎进入创作高峰,先后创作了短篇小说集《青春的祝福》、《求爱》、《在铁链中》,中篇小说《饥饿的郭素娥》、《蜗牛在荆棘上》,长篇小说《财主底儿女们》、《燃烧的荒地》,此外还有戏剧《云雀》等。

路翎的小说写得最多的是知识分子和农民,他们在旧社会和旧习俗的重压下,成为抗争的"漂泊者"。书写这些人物的目的是,"企图'浪漫'地寻找的,是人民的原始强力,个性的积极解放"。①《饥饿的郭素娥》以矿山为背景,描写了三个底层人物(郭素娥、张振山、魏海清)的悲剧命运,他们既是"肉体上的饥饿者",更是"精神上的病态者"。郭素娥是一个美丽纯洁而又强悍的农村少女,大胆追求生理欲求和精神慰藉,"在香烟摊子后面坐着的时候,她的脸焦灼的烧红,她的修长的青色的眼睛带着一种赤裸裸的欲望与期许,是淫荡的"。她渴望美满的家庭,身上充满了求生的本能和倔强的叛逆性格。"她是有着狂妄而渺茫的目的,而且是对于这目的敢于大胆而坚强地向自己承认的","整整一年来,她整个地在渴求着从情欲所达到的新生活,而且这渴求在大部分被鼓跃于一种要求叛逆、脱离错误的既往的梦想"。她不满不把自己当人的烟鬼丈夫刘寿春,终于,矿区新来的 25 岁的强悍汉子张振山走入她的生活,她希望这个强悍的男人能够保护她,带给她安全、幸福,想把自己的一生托付给他。嫉妒的魏海清将郭素娥与张振山的私情向刘寿春兜了个底朝天。刘寿春勾结流氓和保长迫害她、奸淫她、转卖她,将她残酷地迫害致死。小说塑造出了像郭素娥、刘寿春、张振山、魏海清等深深烙上"精神奴役创伤"的形象。围绕这一主题,路翎的笔触多涉及底层的劳动人民和时代巨变中知识分子的命运,人与人、人与社会的关系,以及人与命运和人性的关系成为作者关注的焦点。作家的根本目的在于"寻求个性的积极解放",在这条道路上,"精神奴役的创伤"无疑是一个重大的障碍,因此作家试图寻找另一种反抗的力量"原始的强力",以此催生"个性积极解放"的动力,可纯粹的本能的反抗无法获得个体的积极解放,无法摆脱愚弱的现状。作家认识到这一点,所以他通过对"精神奴役创伤"的揭示,来启蒙愚弱的国民,唤醒麻木的生命,积极寻求思想解放,这种以人道主义切入创作的方法,产生了巨大的时代意义和文学价值。

《财主底儿女们》是路翎的代表作,这部重写后成 89 万言的巨著,由胡风的希望社于 1948 年分上、下卷出版。小说上部写 20 世纪 30 年代苏州巨富蒋捷三家庭的败落。蒋捷三是苏州的首富,在败落的事实面前他无力保护家人及财产,作为封建家长,他已丧失了像《家》中高老太爷那样的威严和能力,最终力尽身亡。小说试图通过蒋家第二代,尤其是蒋蔚祖、蒋少祖、蒋纯祖三人不同的思想历程,表现"以青年知识分子为辐射中心点的现代中国历史底动态"。② 蒋捷三的大儿子蒋蔚祖是一个懦弱无能的纨绔子弟,他迷恋妻子金素痕的美貌却又无法忍受他的放荡,完

① 胡风:《胡风全集·一个女人和一个世界》(第 3 卷),湖北人民出版社,1999 年版,第 100 页。
② 胡风:《青春底诗——路翎著长篇小说〈财主底儿女们〉序》,《文艺杂志》1945 年 9 月 15 日第 1 卷第 3 期。

全被这个贪财放荡、敢作敢当的女人控制,最终出身于大讼师之家的长媳金素痕,阴险毒辣地掠走了蒋家的财富,一面与蒋家诉讼,一面过着淫荡的生活,以致气死蒋捷三,逼疯蒋蔚祖。二儿子蒋少祖和三儿子蒋纯祖则是这个家庭的叛逆子弟。蒋少祖是蒋家第一个叛逆者,怀着自由资本主义理想,立志改造古老的中华帝国,不愧为五四的时代英雄,但是,在历史的发展中,他不仅无力改变历史的进程,还感受到历史进程的咄咄逼人的威势,在幻灭中,只能转身乞求于东方传统的文明,终于与他先前所叛逆的封建家长蒋捷三和解。蒋纯祖始终是一个不妥协、不安定的追求者、漂泊者,他厌恶豪华而堕落的都市,又不能容忍农村的愚蠢与丑恶,他追求爱情,又发现自我的物欲、情欲的膨胀吞噬着他的高贵与尊严,他追求自由与光明,渴望着时代的暴风雨,却又不能接受集团中的家长式统治,在他的内外双重的孤独反抗中,充满了痛苦与焦虑。蒋家子弟围绕争夺家产展开了一场恶斗,标志着这样一个封建大家庭走向了崩溃。

　　小说的下部,写这个大家庭释放出来的"战士"在抗战期间聚散无常的生活道路和心灵轨迹。主要描写蒋纯祖逃离危城南京,沿长江漂泊到重庆和四川农村所经历的四处碰壁、鲜血淋漓的心灵搏斗历程。抗战爆发后,蒋纯祖投入到了为民族解放而斗争的历史洪流中,以个人主义的奋斗姿态,企图"在自己内心里找到一条雄壮的出路"。他在五四过后近二十年,重提五四时代的历史命题,强调"我们中国也许到了现在,更需要个性解放吧,但是压死了,压死了! 一直到现在,在中国没有人底觉醒,至少我是找不到"。他加入救亡团体,一心只希望自己"走到最高的地方,在光荣中英雄地显露出来",加入演剧队后,依然以"内心"为最高命令,以孤独为荣,在集团利益与他相冲突时,便毫不犹豫地与"左"倾教条进行暴躁的争辩。在四川穷乡僻壤的小学,他又以这种孤傲的个性,向宗法制农村的冷酷和愚昧挑战。在地方恶霸劣绅的排挤打击和流言蜚语的攻击下,他不断地流浪、不断地挣扎,最终无法摆脱精神的折磨和煎熬,在重病中死去。

　　《财主底儿女们》是一首"青春的诗",在这首诗里"激荡着时代的欢乐和痛苦,人民的潜力和追求,青年作家自己的痛哭和高歌!"[①]小说刻画蒋少祖、蒋纯祖这样性格复杂的典型人物,就在于探索他们精神世界包括无意识世界的丰富内涵和思维轨迹,实践着"七月派"的理论,即用主观精神的"扩张","拥入"客观世界,展示了一代青年知识分子的"人性"与"兽性"的搏击,"精神奴役创伤"与"个性解放"的内在冲突。作家对人物心理的书写细腻而深刻,重在揭示其灵魂的复杂、丰富性以及心灵搏战的过程,流露出无可奈何的忧伤和悲怆,热切追求失落后的失望和沉痛。这些构成了路翎小说沉郁、悲凉、热情、激越的美学风格,也是区别于其他现实主义

---

① 胡风:《青春底诗——路翎著长篇小说〈财主底儿女们〉序》,载《文艺杂志》1945 年 9 月 15 日第 1 卷第 3 期。

小说的独特之处。

四　西南联大诗人群和穆旦的诗

40 年代的西南联大，文学活动很活跃，从最早的南湖诗社，到后来的高原文学社、南荒文艺社、冬青文艺社、文聚社、耕耘社、文艺社、新诗社，以及叙永分校的布谷社，西南联大的学生文学社团延绵不绝。其中，诗歌创作活动尤其突出。"联大有过好几个诗社或文艺社，聚集着许多诗歌爱好者，都是由著名诗人当导师，对推动和鼓励诗歌写作，起了重要的作用"，"对于一个文艺爱好者，则是那种爱诗的浓郁文艺气氛，令人永生难忘。当时，确实谈诗成风，写诗成风，老师们（包括小说家沈从文）在写，学生们写的更多"。① 闻一多、沈从文、冯至、李广田、卞之琳、威廉·燕卜荪等都担任过诗社的指导老师。写诗的学生中有穆旦、王佐良、袁可嘉、杜运燮、郑敏、沈季平、何达、杨周翰、陈时、周定一、罗寄一、赵瑞蕻、俞铭传等。西南联大诗人群在当时并非为一个有组织的群体。1981 年江苏人民出版社出版的《九叶集》曾收入西南联大诗人中的杜运燮、郑敏、穆旦、袁可嘉四位学生的诗篇，于是在文学史上，他们与其他远在上海等地的五位诗人陈敬容、王辛笛、唐祈、唐湜、杭约赫合称为"九叶诗人"。

在谈及 40 年代后期青年诗界的创作时，唐湜认为有两个值得注意的"浪峰"："一个浪峰该是由穆旦、杜运燮们的辛勤工作组成的，一群自觉的现代主义者，T·S·艾略特与奥登、史班德们该是他们的私淑者。他们的气质是内敛又凝重的，所要表现的与贯彻的只是自己的个性，也许还有意把自己夸大，他们多多少少是现代的哈孟雷特，永远在自我与世界的平衡的寻求与破毁中熬煮……另一个浪峰应该是由绿原他们的果敢的进击组成的。不自觉地走向了诗的现代化的道路，由生活到诗，一种自然的升华，他们私淑着鲁迅先生的尼采主义的精神风格，崇高、勇敢、孤傲，在生活里自觉地走向了战斗。"尽管这两派诗人群在理念、风格等方面有较大的差异，但唐湜依然认为在当时的语境中应该融合，"在这两极之间，将会有一片广阔的波谷吧，它们会一齐向一个诗的现代化运动的方向奔流，相互激扬，相互渗透，形成一片阔大的诗的高潮吧！"②

袁可嘉在《新诗现代化——新传统的寻求》一文中关于现代诗歌的论述，历来被看作是"九叶诗派"的诗学宣言："纯粹出自内心的心理要求，最后必是现实、象征、玄学的综合的传统；现实表现于对当前世界人生的紧密把握，象征表现于暗示含蓄，玄学则表现于敏感多思、感情、意志的强烈结合及机智的不时流露。"③九叶诗人既反对

---

① 杜运燮、张同道：《西南联大现代诗钞》，中国文学出版社，1997 年版，第 1—2 页。
② 唐湜：《诗的新生代》，《诗创造》1948 年 2 月第 1 卷第 8 辑。
③ 袁可嘉：《新诗现代化——新传统的寻求》，《大公报·星期文艺》1947 年 3 月 30 日。

浪漫主义的感伤，又反对对客观现实作机械照相式的反映，在这里，"现实"、"象征"、"玄学"构成了他们诗学理论的三个关键词，而三者的"综合"其实是人生和艺术的结合，重构了中国诗歌的抒情意境和抒情形象，有力地推动了新诗的现代化进程。①

强调"现实"，是"九叶诗派"的一种历史的高度自觉。因为他们深知，逃避现实是过去现代派诗歌的一个致命弱点，它大大地影响了现代派诗歌的生存与发展，所以"九叶诗派"首先要纠正的就是现代主义诗歌长期偏离时代与现实的倾向。1948年在《中国新诗》的创刊号上，刊登了由方敬、辛笛、杭约赫、陈敬容、唐祈、唐湜六人共同署名的发刊词《我们的呼唤》，提出新诗面对的是一个严肃的时辰，一个严肃的考验，也是一份严肃的工作："我们现在是站在旷野上感受风云的变化。我们必须以血肉似的感情抒说我们的思想的探索"。② 这即是说，人无法回避历史的现实，因此必须回应现实历史的呼唤。"九叶诗派"强调的"现实"是融合了外在人生经验和内在生命经验的统一体，为了达到这种统一和融合，必须"绝对强调人与社会、人与人、个体生命中诸种因子的相对相成，有机综合，但绝对否定上述诸对称模型中任何一种或几种质素的独占独裁，放逐全体"。③ 他们主张对现实要有一定的透视和距离，要深入到现实的里面去，反映现实的本质。在凸显现代主义诗歌的社会责任的同时，九叶诗派还提出"人民文学"与"人的文学"的双向思考的主题。他们也赞同"诗与政治、现实、时代、人民的结合"，但却反对将其绝对化与唯一化，反对将"人民文学"、"此时此地的人民是指被压迫，被统治的人民"作为"决定一切文学的唯一标准"，希望"在现实与艺术间求得平衡，不让艺术逃避现实，也不让现实扼死艺术"，"在反映现实之余还享有独立的艺术生命"，保留"广阔、自由"的想象空间。"九叶诗派"的诗人们敏感地注意到"人民的文学"与"人的文学"发展之间的"悖论"关系，并意识到它们的根本还在于"人民"与"人"之间的关系处理。

"象征"是现代派的诗歌艺术的核心。"九叶诗派"主张艺术必须与生活保持距离，不要黏滞于现实，以相对冷静的目光打量生活。通过象征这种"表现于暗示含蓄"，由此及彼，以少总多，以有限传达无限，以个别表现一般，以具象化的方式表达抽象的形而上观念，这种诗性传达方式几乎与现代派诗紧紧地结合在一起，成为现代派诗歌的一个鲜明标记。基于此，"九叶诗派"提倡"新诗戏剧化"的艺术主张。这种戏剧化的手法一个最直接的现实缘由是对新诗"说教和感伤"的弊病进行抵制和超越。针对新诗表达的感伤与形式的泛滥无形，一直有着各种纠偏的努力和尝试。闻一多以格律来纠正早期新诗不讲究艺术经营、放任感情泛滥的倾向。卞之琳进行了"戏剧性处境"创作手法的探索与实践，以"故作冷血动物"的姿态力求达

---

① 袁可嘉：《论新诗现代化·诗的新方向》，生活·读书·新知三联书店，1998年版，第220页。

② 方敬、辛笛、杭约赫、陈敬容、唐祈、唐湜：《我们的呼唤》，《中国新诗》1948年6月15日创刊号。

③ 袁可嘉：《新诗现代化的再分析》，《大公报·星期文艺》1947年5月18日。

到"戏剧性处境"与传统"意境"的融通。到了 40 年代"九叶诗派"这里，他们期冀在"表现上的客观化和间接性"的戏剧过程中，表达自己"复杂的现代经验"。袁可嘉断定"从抒情底'运动'到戏剧底'行动'是现代诗歌发展的趋向"。① 通过戏剧化手法的点染，诗歌就成了诗剧，在袁可嘉看来，"诗剧形式给予作者在处理题材时，空间、时间、广度、深度诸方面的自由与弹性都远比其他诗的体裁为多，以诗剧为媒介，现代诗人的社会意识才可得到充分表现，而争取现实倾向的效果；另一方面诗剧又利用历史做背景，使作者面对现实时有一不可或缺的透视或距离，使它有象征的功用，不至于粘于现实世界，而产生过度的现实写法"。② 袁可嘉的《岁暮》、《冬夜》、《进城》、《走近你》，郑敏的《人力车夫》、《小漆匠》、《金黄的稻束》，杜运燮的《林中鬼夜哭》、《被遗弃在路旁的死老总》、《追物价的人》，穆旦的《防空洞里的抒情诗》、《华参先生的疲倦》、《在寒冷的腊月的夜里》、《森林之魅》、《神魔之争》等诗作都设置了诸多颇有戏剧意味的情境，将现时性的戏剧动作和角色化的戏剧声音都容纳其间，诗的抒情性表达获致了具体、客观的诗美效果，表征着他们对现代诗形建构的一种积极探索与推进。

"玄学"，乃指诗的智性（也即"知性"）与哲思特征，它体现了现代派诗歌一个新的发展趋向。艾略特认为，英国诗歌在 17 世纪开始出现了一种情感分离现象，即诗歌的思想与感情的相互脱离，而"玄学派诗人的贡献在于他们把这些材料组合起来成为新的统一体"。③ 这种知性的品质也给诗歌语言带来了新的要求，"诗人必须变得愈来愈无所不包，愈来愈隐晦，愈来愈间接，以便迫使语言就范，必要时甚至打乱语言的正常秩序来表达意义"。④ 这种知性化的语言策略既带来一种阅读和接受上的晦涩和费解，也使西方现代诗歌在表达上与浪漫主义诗歌迥然有别。袁可嘉"现实、象征、玄学"的诗学构想将其归纳为："玄学则表现于敏感多思、感情、意志的强烈结合及机智的不时流露"⑤。在 30 年代新诗的发展过程中，金克木、卞之琳、徐迟、废名、路易士等诗人于五四诗歌主情传统之外，另辟蹊径，提倡"主智"的诗学观念。其中最为突出的是与戴望舒并肩而立的卞之琳，其《断章》、《圆宝盒》、《白螺壳》、《距离的组织》、《鱼化石》等诗就是极富理智之美的诗作。他于 1935 年出版的《鱼目集》可说是现代派的诗歌创作从主情向主智转换的标志，正如穆旦所

---

① 袁可嘉：《诗与民主》，《大公报·星期文艺》1948 年 10 月 30 日。
② 袁可嘉：《新诗戏剧化》，《诗创造》1948 年 6 月第 12 期。
③ 艾略特：《安德鲁马维尔》，《艾略特诗学文集》，王恩衷编译，国际文化出版社，1989 年版，第 39 页。
④ 艾略特：《玄学派诗人》，《艾略特文学论文集》，李赋宁译，百花洲文艺出版社，1994 年版，第 25 页。
⑤ 袁可嘉：《新诗现代化——新传统的探求》，《大公报·星期文艺》1947 年 3 月 30 日。

说，"自'五四'以来的抒情成分，到《鱼目集》作者的手下才真正消失了"。① 到了
"九叶诗派"这里，他们对社会现实的冷峻解剖、理智批判，对现代人生存境遇的深
切关怀和对自我深层心理的探求，是其诗作中共同的主题意向。这种知性化的语
言策略不但瓦解了传统"意象展示"的审美呈现，而且扩展了现代汉语的语言弹性
与张力，也由此扩充了新诗的表达内涵。

穆旦（1918—1977），原名查良铮，出生于天津。他是"九叶诗派"诗人中最为重
要的诗人。他的诗歌中有一种很显在的生存经验：空间重压下的时间的虚无。即
主体被抛置于黑暗和虚无的空间存在中，是一种"我在且不得不在"乃至"我在且不
得不能在"的此在状态："锁在荒野里"（《我》），为"沉重的现实闭紧"（《海恋》），"我
默默地守着/这弥漫一切的，混乱的黑夜"（《漫漫长夜》）。在这样的境域里，主体体
悟到了诸如孤独、迷茫、困惑、焦虑等存在经验。

一是主体分裂招致意义悖谬。穆旦诗歌极致地书写了这种由意义悖谬生成的
"丰富的痛苦"（《出发》）。主体"站在不稳定的点上"（《诗》），书写"我们失去的自
己"（《从空虚到充实》）或者"不断分裂的个体"（《智慧的来临》）。这种面对自我的
探寻和思考源于诗人对当下现实的观照，也是自我意识强化的产物，"不再是一种
自我的爆发或讴歌，而是强调自我的破碎和转变，显示内察的探索"。② 穆旦排拒
中国传统的平衡，扩张心理范畴中的知觉体验，以直觉方式表呈主体的存在境域。
在他的诗歌王国里，生命被虚无放逐成一个"空壳"，主体在突入外界时面对的是一
片"荒原"，然而在求诸自我时却陷入了自我对自我的疏离。穆旦的诗作浸透了这
种经验，相当集中地出现在带有自剖性质的《我》这一首诗中。"我"从母体中分离
出来，就成为一个残缺的个体——"永远是自己"，这是主体自我意识确立的开始。
"我"立足有限，向"我"的能在突进，却"痛感到时流，没有什么抓住"。"我"反求诸
身，试图打开自我的可能性，结果是"幻化的形象，是更深的绝望"。只能永久地体
验着"锁在荒野里"的事实。《诗八首》历来被认为是诗人最具现代知性的作品，它
隐喻了主体直面外在世界与自我时的双重精神困境：人一出生就陷入了残缺状态，
就是不完整的自我，这是无可改变的命运，"水流山石间沉淀下你我，/而我们成长，
在死底子宫里"。于是，"我留在孤独里"，人类有着无穷的痛苦："不断的寻求"，可
是"求得了又必须背离"。爱情的法则，事业的法则，人类生存的法则都不过如此，
都充满了痛苦和无以解脱的悖谬，"在无数的可能里一个变形的生命/永远不能完
成他自己"。以上两篇诗作主体的自我是充分敞开的，却承受着"非诗意"的存在经
验，这是一种"受折磨又折磨人"的现代经验。

---

① 穆旦：《〈慰劳信集〉——从〈鱼目集〉说起》，香港《大公报》1940 年 4 月 28 日。
② 梁秉钧：《穆旦与现代的"我"》，杜运燮等编：《一个民族已经起来——怀念诗人、翻译家穆
旦》，江苏人民出版社，1987 年版，第 43 页。

二是无法超越死亡的虚无境域。对生命的思考与探索是西方"向死而在"哲学传统的一个重要表现。人是唯一能意识到自身死亡的生物,而这种经验又给予人另一种本领,即对生命本体的认知。穆旦体悟到了死亡与虚无的无处不在,死亡导致时间之"无"始终给存在主体带来精神上的焦虑,也让意义出现了空前的危机。穆旦意识到人们"这里跪拜,那里去寻找",到头来"他看着自己溶进死亡里"(《赞美》),"无边的荒凉"(《哀悼》);"而这一切只搭造了死亡之宫"(《沉没》),直到生命"已走到了幻想底尽头"(《智慧之歌》),只有"冷刺着死人的骨头,就要毁灭我们一生"(《时感四首》),唯有"不可挽救的死和不可触及的希望"(《悲观论者的画像》)。置身于此,对于主体来说,"我们活着是死,死着是生"(《神魔之争》),抑或是"那灵魂的颤动——是死也是生"(《时感四首》)。最终,主体根本就找不到一个确切的"我自己"(《自己》)。总之,在死亡的"潜隐的存在领域"中,意向行为同样失去意义构成。用现象学来解释就是,被展示的意向行为都无法被意指,因此,被意指的行为意向也就得不到展示和认同。

不管是自我分裂的意义悖谬还是无法超越死亡的虚无境域,对于主体而言都直接表现为方向感消失,主体似乎进入了不稳定、非持续性的时空域中。这种感觉有如:"在旷野上,在无边的肃杀里,谁知道暖风和花草飘向何方"《在旷野上》;"当一阵狂涛来了/扑打我,流卷我,淹没我,/从东北到西南我不能/支持了"(《从空虚到充实》);"我们的周身已是现实的倾覆"(《黄昏》);"什么都显然褪色了,一切都病恹而虚空"(《玫瑰之歌》);"那窒息着我们的/是甜蜜的未生即死的言语/它底幽灵笼罩,使我们游离"(《诗八首》)……在这里,目的性意义拒绝为意向性行为提供动力支撑。对于穆旦来说,源于自我复杂深邃的存在本能的不断潜伏和积累,催生了主体对于生命本源性问题的深刻质询。基于此,也生成了主体独立的自我意识来叩问生命本体的价值与意义。

穆旦始终认为,社会习俗与传统即是常人赖以逃避的避难所。正因为"四壁是传统,是有力的/支持一切它胜利的习惯"(《成熟》),一切都已经"就范"于成形的习惯和传统(《被围者》),所以"习惯于接受"的人们只能自私地"等待"(《退伍》),学着"前人的榜样,忍耐和爬行"的常人,最终"痛苦的头脑现在已经安分"(《线上》),在"防空洞"里却能感受到意外的"安全"(《防空洞里的抒情诗》)。然而,这些恰恰成为主体孤独、痛苦的虚无力量。"平衡,毒戕我们每一个冲动"(《控诉》),是勇士灵魂里长着的"霉锈"(《寄——》)。不独社会习俗,常人也是阻碍主体本真存在的"他者"。他们以群体的形式存在,是日常习惯及秩序的存在者、维护者。《被围者》建构了这一命题,发人深省。诗歌营造了一个以"圆"为中心的"绝对的理念",真正的存在者被围困于其中,在他们的周围是由"平庸"、"寒冷"、"闪电和雨"构成的"无形"群体。这里出现了"包围"与"被包围"的位置差异,位置感的追求隐含着主体在空间方面的诉求以及在时间中自我归宿的寻找和反思。两个不同的位置关系构成了具有权力关系的"场域"，他们的相互作用揭示了现实文化空间背后的整体形态和"权力机制"。在常人的围剿下，主体最终不过完成一个平庸的圆，令人绝望的完整，"相结起来是这平庸的永远"。然而，既然常人可以将主体的为所欲为视为合法，那么主体何尝不可以对现实为所欲为而使一切现实规则秩序失效？主体通过"毁坏它"，让"我们自己就是它的残缺"的决绝方式，给沉沦的常人以致命的打击。在其他篇什里，诗人同样以"碾过他"（《线上》《被围者》）、"把你们击倒"（《打出去》）、"向泥土扩张"（《反攻基地》）、"迸涌出坚强的骨干"（《合唱二章》）、"踏出这芜杂的门径"（《园》）、"他的颈项用力伸直，瞭望着夕阳"（《古墙》）等"突围"意向，获致了存在的意义和价值。

　　穆旦欣喜于"那尚未灰灭的火焰，斑斑点点的灼炭，闪闪的、散播在吞蚀一切的黑暗中"[①]。这正是他"那颗不甘变冷的心"存活和充实的价值："必须一再地选择死亡和蜕变，/一条条求生的源流，寻觅着自己向大海欢聚！"（《诗四首》）；"跋涉着经验，失迷的灵魂/再不能安于一个角度"（《控诉》）；"我已经疲倦了，我要去寻找异方的梦"（《玫瑰之歌》）；"他们终于哭泣了，自动离去了"（《潮汐》）；"我将，/永远凝视着目标/追寻，前进——/拿生命铺平这无边的路途"（《前夕》）……穆旦从虚无中洞悉到了抵抗沉沦的肯定性力量，虚无被理解成激活潜在力量的酵素。"稍一沉思会听见失去生命，落在时间的激流里，向他呼救"（《智慧的来临》）；"那里看出了变形的枉然，开始学习着在地上走步"（《还原作用》）；"不不，当可能还在不可能的时候，我仅存的血正毒恶地澎湃"（《我向自己说》）；"我们为了补救，自动地流放"（《控诉》）、"'我是活着吗？我活着吗？我活着/为什么？'"（《蛇的诱惑》）凡此等等都表征了主体的自我定位，成为实现其价值信仰重建的历史过程。穆旦说过："要实现'崇高的理想'，不能不通过'辛酸的劳苦'；有了'灾难'，才更激发'希望'；'自由'是必须从战斗里取得的。"[②]他所说的自由不是来世的自由，而是当下此刻的自由，不是幻想中的自由，而是现世中的自由。自由存在于世界中，因而对于人，选择就不可避免地成为他走向世界的第一步，成为自由的题中应有之义，它使自由与选择建立了内在联系。于是，我们在他诗歌中能找到主体的自我救赎的方式，如出走、漫游和跋涉等。这些都是主体自由选择的表现。正如《蛇的诱惑》中所阐释的人生选择，"虽然生活是疲惫的，我必须追求，虽然观念的丛林缠绕着我，善恶的光亮在我的心里明灭"。主体"用嗅觉摸索一定的途径"（《鼠穴》），"它拧起全身的力。射出那可怕的复仇的光芒"（《野兽》），"在漫长的梦魇惊破的地方，一切不幸汇合，像汹涌的海浪，洗去人间多年的山峦的图案"（《不幸的人们》）。在穆旦这里，人没有预

---

① 　穆旦：《关于〈探险队〉的自述》，《文聚》1945年1月1日第2卷第2期。
② 　穆旦：《普希金的〈寄西伯利亚〉》，《语文学习》1957年7月号。

先的规定性,人必然在不断变化的时间进程中进行着自己的选择,而人的所谓本质,就在这种自由选择中生成。

第二节　解放区文学

一　文学运动

从性质上看,解放区文学是左翼文学的继续,换一个角度看,解放区文学也可以说是一种政治化的文学,一种以政治宣传的功利追求为主导倾向的文学。这显然与当时解放区特殊的政治时局关系密切。

在解放区,中国共产党在这片偏僻贫瘠的土地上实行的诸如土地革命、"三三制"民主政治、减租减息等一系列政治经济革命,使这里焕发出前所未有的生机。这个被誉为"民主圣地"的偏远区域对知识分子和青年学生具有无上的吸引力。据统计,文艺人才集中涌向延安有过两次高峰:第一次是在1937—1938年,大多是经过长征的苏区文艺工作者,如成仿吾、李伯钊等;第二次是在1939—1941年,大多是来自上海等大后方的文学艺术家,如周扬、冯雪峰、周立波、冼星海、何其芳、萧军、柳青等。比较而言,后者的背景相对复杂,来延安前他们或生活在国统区,或生活在沦陷区,或生活在其他解放区,有的是五四和"左联"时期已经成名的作家、艺术家,也有来到延安后才开始创作的文学青年。一时间,延安迅速成长为一个战时文化中心和文学重镇。

汇集于延安的文艺群体成分是复杂和多源的,有从江西中央苏区和南方各红色根据地随红军长征到达陕北的苏区作家和文艺人才,如陆定一、成仿吾、李伯钊、肖华、危拱之、洪水、莫休、徐梦秋等人;也有来自国统区和沦陷区的作家,如丁玲、周扬、艾思奇、何其芳、萧军、周立波、王实味、徐懋庸、陈学昭、李初梨等人;还有从国外归来的萧三等人以及在延安作短暂停留或访问的茅盾等作家。这些"外来者"与解放区的"部艺"、"鲁艺"等培养的年轻作家如西虹、孙谦、西戎、孔厥、贺敬之、黄钢等人,以及本土的民间艺人如李卜、韩起祥等人,构成了延安文艺群体的主要成员。在这些人中,来自城市的左翼文人占有较大的比重。这些人给延安文艺界带来的影响是革命的理论基础、精神资源和大众化方向。来到解放区之后,左翼作家在政治上有一种天然的认同感,他们认为自己的社会理想和解放区的主流意识形态精神相通。然而,随着生存地域的变迁,左翼作家的世界观和价值观在解放区这一独特的区域中发生着微妙的转变,需要重建其知识体系以及文化心理结构。

左翼作家继承了五四启蒙主义思想,对一切阻碍人发展的蒙昧主义、封建主义进行了批判。到了延安以后,批判依然还要继续。批判和歌颂的对象由普遍意义上的"人"缩小为有特指的"人",显然这与左翼作家一贯的创作立场是有冲突的。以萧军为例,针对周扬在《文学与生活漫谈》中"然而太阳中也有黑点","延安必须成为这样一个地方,在这里作家特别地被理解,被尊重","对于延安,我们已经唱了我们的赞歌了,但却还没有能写出它的各方面来"等说法①。萧军撰文指出,"凡是到这新社会来的人,他们主要是追求光明,创造光明,另一方面对于'黑点'也不会全没想到,而且也绝没有因了这些黑点而对光明起了动摇;不忍耐地工作,不忍耐地等待着……但若说人一定得承认黑点'合理化',不加憎恶,不加指责,甚至容忍和歌颂,这是没道理的事"。② 此后,萧军还写下了《纪念鲁迅:要用真正的业绩!》、《也算试笔》、《论同志之"爱"与"耐"》等杂文。对于"我们现在还需要杂文吗?""杂文时代是否过去了"的疑问,他的回答是,"我们不独需要杂文,而且很迫切。那可羞的'时代'不独没过去,而且还在猖狂"。③

可以说,左翼作家虽然在理性上认同革命,赞同在制度层面上进行弃旧图新的变革,并真诚、自觉地作出创作上的调整,但在情感和价值取向上却是秉持五四新文学的自由、民主、平等的人道主义精神。思想的信仰使他们一时难以颠覆长期形成的文化心理,去重建一套新的价值体系与文化心理结构。在种种的格格不入中,作家感受到从未有过的心理落差和心灵的寂寞,这便是解放区作家最初游离于民间的一种生存状态。从 1942 年 3 月 9 日到 23 日,延安《解放日报》文艺栏陆续发表了丁玲的《三八节有感》、艾青的《了解作家,尊重作家》、萧军的《杂文还废不得说》、罗烽的《还是杂文的时代》、王实味的《野百合花》等重在揭露延安生活中所谓"阴暗面"、枪口对内的系列杂文。

除了上述的"歌颂"和"批判"的对立问题,这些杂文还涉及另一个问题:文学与政治的问题。艾青在《了解作家,尊重作家》里,否定了作家充当"百灵鸟"和"歌妓"的角色,而应是"一个民族或一个阶级的感觉器官,思想神经,或是智慧的瞳孔",是"守卫他所属的民族或阶级的忠实的兵士"。④ 王实味在《政治家·艺术家》中将政治家和艺术家的社会分工进一步明确,"政治家,是革命的战略策略家,是革命力量底团结、组织、推动和领导者,他底任务偏重于改造社会制度。艺术家,是'灵魂底工程师',他底任务偏重于改造人底灵魂(心、精神、思想、意识——在这里是一个东

① 周扬:《文学与生活漫谈》,《解放日报》1941 年 7 月 17—19 日。
② 萧军:《萧军全集·〈文学与生活漫谈〉读后漫谈集录并商榷于周扬同志》(第 11 卷),华夏出版社,2010 年版,第 478 页。
③ 萧军:《萧军全集·杂文还废不得说》(第 11 卷),华夏出版社,2010 年版,第 551 页。
④ 艾青:《了解作家,尊重作家》,《解放日报》1942 年 3 月 12 日。

西）"。① 当然,这股杂文潮流批判的内容"人性之爱与阶级之爱"、"作家的主体性"、"妇女问题"等方面,这些都显示出他们强烈的社会批判意识和启蒙色彩。在《野百合花》中,王实味对延安队伍中存在的问题进行了具体的有针对性的批评,引起了很大的反响。这些言论引起了党的领导人的高度警觉,于是整风运动从党内扩展到文艺界,以延安文艺座谈会为标志的文艺整风,也就成了整个整风运动的组成部分。

整风运动原本是从思想上和理论上彻底清除以王明为首的"左"倾机会主义在党内的领导,解决马克思主义中国化的问题,所以主管意识形态的宣传部门成为首要阵地。文艺整风运动就此在延安轰轰烈烈地开展起来了。如前所述,延安文艺界出现了一股批判现实、干预现实的文学新潮。小说方面,有批判官僚主义、讽刺工农干部阴暗心理的《在医院中时》(丁玲),表现知识分子与老干部在婚姻情感、生活习惯等方面矛盾冲突的《间隔》(刘白羽)等;杂文方面,有揭示延安男女不平等现象的《三八节有感》(丁玲),反对等级制度、主张平均主义的《野百合花》(王实味),主张暴露现实弊端的《杂文还废不得说》(萧军)、《还是杂文的时代》(罗烽)等。这股文艺潮流一旦与政治宣传、思想斗争、敌我矛盾联系在一起,性质就发生了变化。王实味事件的发生以及《轻骑队》、《矢与的》、《西北局》、《驼铃》等墙报的出现,充分暴露了延安解放区思想界的混乱状态,迫切需要一场思想运动来改变这种现状。

二 《讲话》与文学新体制的建立

1942 年 5 月 2 日,文艺界座谈会以毛泽东和中宣部部长凯丰的名义在延安杨家岭召开。后又在 5 月 16 日、23 日集中开了两天。前后两次会,毛泽东到场作了"前言"和"结论"。《在延安文艺座谈会上的讲话》(以下简称《讲话》)宣告了文学旧时代的终结和一个文学新时代的到来。在这个文学新时代中,旧有的文学观念和审美原则难以适应时代需要,伴随而来的则是一种前所未有的文学新体制。

在《讲话》中,毛泽东将文艺"为什么人的问题"上升到政治原则的高度来认识,认为这是"一个根本的问题,原则的问题"。其目的是彻底转变人们对于知识分子的价值定位与评价。《讲话》明确指出,文艺必须解决"为群众"和"如何为群众"的问题。"为群众"回答的是"文艺为什么人?"的问题。这里的"群众"特指"人民大众",是指"最广大的人民,占全人口百分之九十以上的人民,是工人、农民、兵士和城市小资产阶级"。"占全人口百分之九十"意味着绝对的"多数",因而由这种"多数"组成的革命群体应成为置身于革命的个体向往及渴求归依之所在,并自觉服膺于旗帜之下。

"为什么人"的问题即文艺为什么阶级服务的问题,也即是文艺的阶级性问题。

---

① 王实味:《政治家·艺术家》,《谷雨》1942 年 3 月 15 日第 1 卷第 4 期。

这成为我们分析文艺问题的根本前提。其实,毛泽东对意识形态阶级性观点的理解比较深入的原因是,他将这一理论运用于分析中国社会历史,与中国革命实践紧密结合起来。毛泽东从20世纪20年代开始,便在中国尝试进行政治领域里的阶级话语的分析工作。到《讲话》中,毛泽东意识形态的阶级性思想得到了更为充分的体现,他区分了剥削阶级文艺与无产阶级文艺,前者包括封建文艺、资产阶级的文艺、特务文艺三种类型,是无产阶级文艺对立的形态。同时,他着重剖析了小资产阶级文艺的种种表现,如坚持个人主义的小资产阶级立场、脱离实际斗争、不善于描写工农兵、鄙弃工农兵文艺等等,将其归入非无产阶级的文艺予以严厉的批评。他指出,小资产阶级虽然是文学的服务对象之一,但文学的创作"必须站在无产阶级的立场上,而不能站在小资产阶级的立场上"。要求他们把"屁股移过来","一定要在深入工农兵、深入实际斗争的过程中,在学习马克思主义和学习社会的过程中,逐渐地移过来,移到工农兵这方面来,移到无产阶级这方面来。只有这样,我们才能有真正为工农兵的文艺,真正无产阶级的文艺"。

毛泽东对于小资产阶级知识分子并没有完全否定,他认为,"在文艺界统一战线的各种力量里面,小资产阶级文艺家在中国是一个重要的力量",但是他们的思想和作品中也存在着很多的缺点,因此,"我们知识分子出身的文艺工作者,要使自己的作品为群众所欢迎,就得把自己的思想感情来一个变化,来一番改造"。具体而言,小资产阶级知识分子需要改造的地方主要有下述几个方面:

第一,脱离群众。知识分子由于他们一贯的精英意识,与人民大众之间始终存在着一定的距离,周立波曾经回忆他们在延安时的生活状态:每天不是政治学习和听时事报告,就是打饭、写作。"我们和农民,可以说是比邻而居,喝的是同一井里的泉水,住的是同一格式的窑洞,但我们都'老死不相往来'。整整地四年之久,我没有到农民的窑洞里去过一回"。① 在"鲁艺"的所在地,当地群众对鲁艺师生的文艺活动表达了他们的不满。尤其是当时以鲁艺为代表的演"大戏"热潮,与工农兵大众的现实生活基本没有什么关系:专门讲究技术,脱离现实生活,脱离实际政治任务来谈技术的倾向。② 毛泽东将小资产阶级的这种行为归因于"他们灵魂深处还是一个小资产阶级知识分子的王国",当然,这种脱离群众的文学创作的效果肯定是不如意的:"衣服是劳动人民,面孔却是小资产阶级知识分子"。

第二,抽象的"人性论"。《讲话》认为"只有具体的人性,没有抽象的人性。在阶级社会里就是只有带着阶级性的人性,而没有什么超阶级的人性"。毛泽东用"阶级论"批驳了"人性论"和有关文艺的基本出发点是"人类之爱"的言论。基于此,他将爱的落脚点放在了人民大众身上,所谓的爱应该是爱人民大众、爱工农兵、

---

① 　周立波:《周立波选集·纪念、回顾和展望》(第6卷),湖南人民出版社,1984年版,第385页。
② 　张庚:《论边区剧运和戏剧的技术教育》,《解放日报》1942年9月11日。

爱无产阶级，而"不能爱敌人，不能爱社会的丑恶现象"。对于超阶级的爱，抽象的爱，以及抽象的自由、抽象的真理、抽象的人性等资产阶级的思想，应该进行"很彻底地清算"。由此，阶级论取代了人性论，"阶级的文学"、"人民的文学"替代"人的文学"，这是解放区文学一个重要的特征。

第三，"暴露文学"。对于"从来的文艺作品都是写光明和黑暗并重，一半对一半"、"从来文艺的任务就在于暴露"、"还是杂文时代，还要鲁迅笔法"、"我是不歌功颂德的；歌颂光明者其作品未必伟大，刻画黑暗者其作品未必渺小"等创作观念，毛泽东持否定意见，认为"这里包含着许多糊涂观念"，"都是缺乏历史科学知识的见解"，"文艺作品并不是从来都这样"，"暴露"文艺产生的原因在于"许多小资产阶级作家并没有找到过光明"。对于革命的文艺家，"暴露的对象，只能是侵略者、剥削者、压迫者及其在人民中所遗留的恶劣影响，而不能是人民大众"，而对于人民大众的缺点，则应"进行批评和自我批评"。毛泽东进一步指出："只有真正革命的文艺家才能正确地解决歌颂和暴露的问题。一切危害人民群众的黑暗势力必须暴露之，一切人民群众的革命斗争必须歌颂之，这就是革命文艺家的基本任务。"

《讲话》的主旨尽管是文艺必须为工农兵服务，但是其最终的落脚点，却在知识分子的改造上。事实上，这是《讲话》理论推演的一个内在逻辑。在延安的作家群中，从大城市来的左翼作家占大多数，到了延安后，整风前宽松的环境、自由的创作空间让这些知识分子能继续最初的文学叙事，然而，适合解放区政治体制的革命文学还未真正地产生出来。在《讲话》中，所有的文化人都被命名为小资产阶级知识分子，他们身上存在着诸多问题，如唯心论、教条主义、空想、轻视实践、脱离群众等。这些都必须经过改造，目的是使这些文化人从一个阶级转向另一个阶级，真正站在无产阶级的立场上去为工农大众服务，去实践工农兵文艺。

《讲话》在提出了文艺"为什么人"的问题后，再次鲜明地提出"如何去服务"的问题，它要求文艺工作者走进民众，和工农兵相结合，作革命的螺丝钉，帮助民众开展文艺普及运动。那么用什么向人民大众服务呢？"只有用工农兵自己所需要，所便于接受的东西"。由于当时工农兵的文化水平不高的缘故，将文艺普及作为重要的原则，这显然存在着一定的政治权宜因素。"如何为群众？"是在"为群众"的问题从理论和思想认识上解决之后如何在文艺实践中落实的问题。从毛泽东当时论述的内容和重点看，也主要放在"如何为群众"的问题上，它包括普及与提高、文艺的源与流、歌颂与暴露、党的文艺工作与党的事业、文艺界的统一战线、文艺批评、文艺界的整风运动等，几乎占了《讲话》的"结论"部分的五分之四。其中最核心、最关键的是要解决文艺工作者与新的时代、新的群众相结合的问题。毛泽东说过，"中国历来只是地主有文化,农民没有文化"。^① 由于文艺活动限于文人和官僚的圈子,再加上底层民众文化水平极低,文艺欣赏和普及根本不可能,中国底层民众无法充分获得文艺实践的权利。针对这种现状,《讲话》指出,"所谓普及,也就是向工农兵普及,所谓提高,也就是从工农兵提高"。只有边普及边提高,才有可能使人民大众具备参与文艺实践的能力,并保证他们参与文艺实践权利的实现。由于普及比较简单,容易被大众接受,在当时抗战的条件下,普及工作的任务更为迫切,是应先于一切实践的。然而,普及与提高是不相分离的,人民要求普及,跟着也就要求提高。毛泽东将普及与提高分别比喻为"雪中送炭"和"锦上添花"。在他看来,提高应是在普及的基础上的提高,又可以指导普及。因此两者的关系是:"我们的提高,是在普及基础上的提高;我们的普及,是在提高指导下的普及"。

在认识普及与提高的关系时,毛泽东将服务的对象分为两个不同的群体:一个是暂时还只能接受"下里巴人"的工农兵读者群,一个是喜欢"阳春白雪"的少数人的读者群。同时,他还区分了"直接为群众所需要的提高"(群众)和"间接为群众所需要的提高"(干部)。这种区分能很好地辨别服务对象的具体形态,在具体的服务过程中能有针对性地进行普及与提高。毛泽东还认为人民大众的接受过程可以理解为是一个由低向高的运动过程,应从动态发展中辩证地来认识:工农兵群众现在的接受水平还是"下里巴人",还需"雪中送炭",但这种情况正在改变,群众的文化水平、审美能力也正在提高,所以作家、艺术家拿出来的东西要适应群众期待视野的变化,不能老是一样的"小放牛",一样的"人、手、口、刀、牛、羊",也需要搞提高的东西。毛泽东号召从事文艺工作的专门家要同在群众中做文艺普及工作的同志们发生密切的联系,一方面帮助他们,引导他们,一方面又向他们学习,从他们吸收由群众中来的材料,以充实自己,丰富自己,使自己的专门知识不致成为脱离群众、脱离实际、毫无内容、毫无生气的空中楼阁。"我们应该尊重专门家,专门家对于我们的事业是很可宝贵的。但是我们应该告诉他们说,一切革命的文学家艺术家只有联系群众,表现群众,把自己当作群众的忠实的代言人,他们的工作才有意义。只有代表群众才能教育群众,只有做群众的学生才能做群众的先生。如果把自己看作群众的主人,看作高踞于'下等人'头上的贵族,那末,不管他们有多大的才能,也是群众所不需要的,他们的工作是没有前途的。"毛泽东这里说的是文艺创作要实行专门家与群众相结合的原则。

在文艺的"源"与"流"的问题上,毛泽东认为,"人民生活"是文学艺术取之不尽、用之不竭的唯一源泉。他从实践唯物论观点出发,认为这一主体也必然受实践制约,在实践过程中"实现主体与客体的辩证法的统一,改变外在,同时又改变自

---

① 毛泽东:《毛泽东选集·湖南农民运动考察报告》(第 1 卷),人民出版社,1991 年版,第 39 页。

己"。据此他认为，新文艺家来到延安解放区则必须"到工农兵中去，到火热的斗争中去，到惟一的最广大、最丰富的源泉中去，观察、体验、研究、分析一切人，一切阶级，一切群众，一切生动的生活形式和斗争形式，一切文学和艺术的原始材料"。同时他指出，古代文艺与外国文艺对于今天的文艺来说都是"流"而不是"源"，它们是彼时彼地的人民生活的产物，今天的文艺只能植根于今天人民的生活，对于古代或外国文艺的借鉴虽十分必要，但都必须从表现今天人民生活的要求出发，对它进行选择批判，进行创造性的转换："我们的文艺工作者一定要完成这个任务，一定要把立足点移过来，一定要在深入工农兵群众、深入实际斗争的过程中，在学习马克思主义和学习社会的过程中，逐渐地移过来，移到工农兵这方面来，移到无产阶级这方面来。只有这样，我们才能有真正为工农兵的文艺，真正无产阶级的文艺。"

《讲话》发表之后，延安文艺工作者开始实践毛泽东文艺思想，李季的《王贵与李香香》被誉为是体现毛泽东文艺思想的力作。该长篇叙事诗发表于 1946 年 9 月的《解放日报》，诗歌采用陕北信天游的形式，塑造了敢于反抗、争取自由幸福的青年形象。诗歌以王贵和李香香的爱情故事为线索，展现了"三边"人民走上革命的历程。主人公爱情的悲欢与革命的发展紧密相关，由此显示了劳动人民的个人命运与整个阶级的革命大业是血肉相连的。

诗歌成功塑造了王贵与李香香这两个根据地的青年男女形象，王贵与李香香都是受根据地革命思想影响而觉醒的新一代农民形象。佃农出身的王贵深受地主崔二爷的压迫和剥削，王贵父亲因交不起租子，被崔二爷活活打死，王贵因此也被拉到崔二爷家做长工。共产党领导的土地革命在"三边"开展后，王贵暗里参加了农民赤卫队，提高了认识，有了自觉的革命要求。被抓后，崔二爷对王贵软硬兼施，但王贵丝毫不动摇自己的革命意志，他从自己的苦难出发，认识到只有闹革命，穷人才有翻身的可能。李香香是个爱憎分明的农民的女儿，不仅外形美，而且精神也美，她与王贵在苦难中建立了坚贞不渝的爱情，"由小就爱庄稼汉"，自觉将个人爱情与阶级爱憎联系在一起，面对崔二爷的不怀好意，李香香坚贞不屈，在危急关头，冒着生命危险给游击队报信，将王贵解救出来，最终与王贵结为夫妻。

《白毛女》是践行《讲话》的又一力作。由"鲁艺"师生集体创作，贺敬之、丁毅执笔的大型新歌剧《白毛女》，是我国民族新歌剧史上的里程碑。1945 年 4 月，该剧在延安中国共产党第七次代表大会上首次演出，受到中国共产党中央委员会的高度评价，并获 1951 年斯大林文学奖二等奖。

全剧通过喜儿被地主黄世仁污辱，逃进深山，最终被八路军救出山洞、报仇雪恨的情节，表现出"旧社会把人变成鬼，新社会把鬼变成人"的主题思想，以鬼和人作为压迫与解放的隐喻，完成了对人间地狱和天堂的话语建构。而从神怪到破除迷信，再到阶级斗争，此种话语转换，恰恰反映了中国现代历史的风云变幻。

从戏剧创作过程我们可以看到,民间文化、五四新文化、革命文化三者有机融合在一起:不仅具有强烈的革命意识形态性,同时将"人的解放"的五四新文学主题延续下来,而这种主题的提升并未脱离民间传统文学的模式。《白毛女》中神鬼故事的基本叙事结构和阶级斗争的主题,都说明了在当时政治运作下这一趋势的生成。阶级斗争的新话语取代启蒙话语,成了新时代的文学典范。由于这样的主题异常"适合时宜",并且在"内容与形式"两方面都增添了"新内容"。因此,在参与共产党人政权建构解放区的意识形态方面发挥了重要的政治宣传作用。

三　解放区文学"方向"的确立

赵树理采取农民大众喜闻乐见的民间传统曲艺和评话本小说形式,以生动直白、来自民间的语言,讲述了一个个与当前革命斗争形势联系紧密的农村故事。这些都符合毛泽东文艺路线的要求,受助于周扬、茅盾、冯牧、陈荒煤、林默涵、邵荃麟等著名左翼人士的赞誉,赵树理成为解放区有口皆碑的人物。

赵树理是个地地道道的农民作家,他本人的文化程度并不是很高,对于外国文学作品更是"看起来总觉得别扭"①。他有关文学艺术方面的素养积累,差不多都是从民间戏曲和唱本故事中得来的。赵树理的名气,与其说是由于他的文学成就所造成,毋宁说他是政治意识形态刻意培植工农兵作家的典型标本。赵树理将自己定位为"文摊文学家","我不想上文坛,不想做文坛文学家。我只想上'文摊',写些小本子夹在卖小唱本的摊子里去赶庙会,三两个铜板可以买一本,这样一步一步地去夺取那些封建小唱本的阵地。做这样一个文摊文学家,就是我的志愿"②。显然,这种身份定位决定了赵树理创作的目的、艺术形式和传达的效果。他的文学创作的意图很明显,"老百姓喜欢看,政治上起作用"③。赵树理的这种大众化的文艺倾向走出了五四以来精英知识分子"文坛太高了,群众攀不上去"的缺憾,真正融入农民的生活中,他坚持记录农村真实的生活,目的是为农民代言和进言。

赵树理小说的审美目标是让农民喜闻乐见,他对五四新文学的欧化倾向以及从西方文学中养成的"门户之见"颇为反感。因此,在"写什么"和"怎么写"方面,他宣称,"我写的东西,大部分是想写给农村中的识字人读,并且想通过他们介绍给不识字人听的"④。在他的意识中,不但有明确的拟想读者,还有明确的拟想听众。前者是农村中的识字人,后者是农村中的不识字者。他谈创作,特别强调"读者意识",即写作者在每写一部作品之前,都要清楚地知道是写给哪一类人看的。在故

---

①　赵树理:《赵树理文集·决心到群众中去》(第 4 卷),人民文学出版社,2005 年版,第 163 页。

②　李普:《赵树理印象记》,《长江文艺》第 1 卷第 1 期,1949 年 6 月。

③　陈荒煤:《向赵树理方向迈进》,《人民日报》1947 年 8 月 10 日。

④　赵树理:《赵树理文集·〈三里湾〉写作前后》(第 4 卷),人民文学出版社,2005 年版,第 117 页。

事结构、小说形式等方面，赵树理也顾及农民的欣赏趣味，"至于故事的结构，我也是尽量照顾群众的习惯：群众爱听故事，咱就增强故事性；爱听连贯的，咱就不要因为讲求剪裁而常把故事割断了"①。赵树理笔下的人物描写是绝对平面化的，往往寥寥数笔一带而过，很难给人留下深刻的直观印象；他的兴趣所在是"故事"自身的情节效应，"讲故事"才是他本人的写作特长，这种重"事"轻"人"的艺术风格，显然是对评书艺人的直接师承。赵树理在传统说唱文学的基础上创造了一种评书体的现代小说形式。对于民间评书体的喜爱，他毫不避讳地说，"我觉得我们的东西可以像评话那样，写在纸上和口头上说是统一的，这并不低级，拿到外国去绝不丢人。评话便是我们传统的小说，如果把它作为正统来发展，也一点不吃亏。它是广大群众都能接受的"②。这种形式讲究情节的连贯性和完整性，开头总要设法介绍人物，故事连贯到底，最后交代人物的结局，在结构上保持有头有尾。在故事的讲述过程中，借鉴传统说书艺术中的"扣子"手法，做到大故事套小故事，制造悬念吸引读者，脉络清楚，时有波澜。为了提升主题，赵树理有时采用"大团圆"或"清官"模式，对于五四悲剧审美的推崇和对大团圆以及喜剧的否定转变为对于喜剧的重新欣赏和提倡。这当然是有时代背景作为支撑的，在新的天地中自然也就有新的感情、新的文化、新的作风。当然这样一种对社会生活的复杂性和对生活的悲剧性内容的忽视和省略也蕴藏了认识上的危机。

赵树理塑造了几类典型的农民类型。第一类是深受封建思想毒害还未觉醒的老一代农民。这一批人肩负着历史传统的负荷，思想观念还跟不上历史发展的变化，如《小二黑结婚》中的二诸葛、三仙姑，《李有才板话》中的老秦，《传家宝》中的金桂婆婆等。赵树理意识到，在如火如荼的社会变革和新社会里，封建思想的影响并未消失，仍然在农民的思想中驻扎，要使农民获得思想上的觉悟，还需要一个较漫长的过程。第二类是由于受到封建思想毒害，可能发生蜕变的年轻一代农民，甚至包括一些知识分子和干部。《李有才板话》中的小元当上干部就变了样，"架起胳膊当主任"，凭仗权势压迫他人。《邪不压正》中的小昌刚当上农会主任就专横跋扈起来，分田地自己也要多分些，以至逼着软英嫁给自己的儿子。这一类人开始是认准了敌人的，但他们掌权、斗地主的目的是为自己谋私利，从这种意义上说，他们个人的"革命"与阿 Q 式的革命非常相似。第三类是具有现代思想意识的农村新人形象。如《小二黑结婚》中的小二黑、小芹，他们的爱情建立在对新的民族社会渴望的基础之上，是带有更多社会变革色彩的爱情。通过农村一对新人的爱情，赵树理为我们呈现了在农村新人身上发生的变化，他们对自由爱情的执着、对封建传统思想的彻底反击都体现了农村的新的声音、新的信息。《李有才板话》中的李有才尽管

---

① 赵树理：《赵树理文集·也算经验》(第 4 卷)，人民文学出版社，2005 年版，第 125 页。
② 赵树理：《赵树理文集·从曲艺中吸取养料》(第 4 卷)，人民文学出版社，2005 年版，第 37 页。

还受着严重的压抑,却迫切要求冲决封建牢笼,争取翻身解放。他了解农村的社会、历史状况,有一定的阅历和斗争经验,性格豪爽但又冷静深沉。因而在阶级力量对比不利时,只是用抛"冷话",即冷嘲的方式来表示自己的不满与抗争。作为一个民间艺人,他的卓越的艺术才干和自身受到黑暗环境的逼迫,使他用快板这一特殊武器进行斗争。作品中许多段快板既是情节的有机组成部分,又是塑造李有才形象的重要手段。这些快板所表现出来的鲜明的爱憎感情、风趣幽默的风格,正是李有才个性特征的重要方面。"小字辈"人物是李有才快板的热心的传播者,他们的政治积极性更高,斗争性更强;作为新一代的农民,在农村民主革命中发挥着重要的作用。《孟祥英翻身》里的孟祥英,从前是个孤苦的媳妇,自她担任了村里的妇救会主任,不仅自己获得了解放,还带领村里的妇女们反对丈夫、婆婆的打骂,提倡放脚,并能和男人一样干活。她得到了村中妇女的爱戴,也获得了精神上的自信。可以说,是新制度的支持让她敢于反抗以夫权为代表的男权文化。《登记》里的艾艾和燕燕能认识到"父母之命媒妁之言"式婚姻的不合理,并用自己的智慧争取到了美满的婚姻。当然,在这场斗争中,中华人民共和国《婚姻法》的颁布与实施起到了决定性作用。《传家宝》里的金桂是村里的妇救会主席和劳动英雄,在家里她敢于与婆婆对抗,在村里她也可以自由活动。通过这些女性生活的变化,作者要表明的是,在解放区新天地里,广大农民开始掌握自己的命运,过一种前所未有的新的生活。

四　丁玲、周立波与孙犁的小说

丁玲(1904—1986),湖南临澧人。1936 年 11 月中旬,丁玲从南京出狱后奔赴延安,受到毛泽东等中央领导的热烈欢迎,在延安期间她曾担任《解放日报》文艺副刊主编。整风运动开始后,丁玲的小说《我在霞村的时候》、《在医院中》,杂文集《三八节有感》、《我们需要杂文》成为批判改造的对象。

《我在霞村的时候》是丁玲在 1941 年创作的一部抗日文学作品。小说写了一位中国少女贞贞在遭受日寇凌辱后,忍受着灵与肉的双重折磨做着地下形态的抗日工作,却又为传统所不容的故事。她被日本鬼子掳去一年多后突然从日军营中归来,并且"生病",由此招致村民的唾弃。然而其实她并非自甘堕落,她原是我方派往敌营的密探,以牺牲肉体的方式为我军获取敌人的情报。因病到霞村休养的女革命者"我"在真相大白后,对贞贞的高尚行为与牺牲精神深感敬佩。《在医院中》是另一篇主题相似的小说,主人公陆萍从大城市来到延安,在一所小医院工作。她看到医院是那么破败,人与人是那么冷漠,领导管理混乱,医生也缺乏责任心,人们热衷传播谣言。她积极向领导反映问题却反遭误会和批评,说她看不起工农群众。最终,陆萍带着遗憾离开了这家医院。

延安整风运动之后,丁玲的思想发生了重要变化,按照《讲话》提出的文艺方针,调整着创作方向。1946—1948 年,丁玲创作了反映土改运动的长篇小说《太阳照在桑干河上》。小说原计划写三个部分:第一是斗争,第二是分地,第三是参军。现在看到的只是其中的第一部分。小说以顾涌的胶皮大车带来外界土改的消息开始,以章品的出现作为转折,以分田地、庆翻身作为结束,以参军、出民夫作为延伸。小说描写了华北一个叫暖水屯的地方存在于土改过程中不同阶级的人们的心理变化,真实再现了农民在土改斗争中的成长历程,彰显了共产党领导的土地运动不仅颠覆了旧的社会秩序,而且建立了新的生产关系。暖水屯的当地人存在着一种根深蒂固的历史循环和因果宿命的时间观念,即"变天"思想。丁玲在《生活,思想与人物》中说:"我在写作的时候,围绕着一个中心思想——那就是农民的变天思想。就是由这一个思想,才决定了材料,决定了人物的。"①因此,当土地改革运动在暖水屯发动之初,农民无法割断对乡土空间的文化记忆,他们身上的"精神奴役创伤"就显露出来了。复杂的阶级关系是暖水屯"土改"运动又一阻力。地主钱文贵在土改前将儿子送去参军,赢得"抗属"的荣誉,他的哥哥是贫农,侄女黑妮是村农会主任程仁的情人,女儿是村治安委员张正典的老婆。李子俊、江世荣等人为了维护各自的利益明争暗斗。因此,工作队的"翻心"工作就变得尤为重要,工作队通过一次次的"诉苦会",激活深藏在人们心底的血的记忆和仇恨的意识。"某某某,你还记得吗……"成为诉苦运动的标准句式。同时,《太阳照在桑干河上》中的斗争会也是颇具观赏性的戏剧场面,是全民集体的节日,"人们像潮水一样涌进了许有武院子,先进去的便拣了一个好地方蹲着,后来的人又把他推开了"。这种郁积在内心几十年的不平终于有了可疏导的渠道,在这种仪式的表演中,农民的阶级意识被唤起,从而获得历史主体意识。

该小说成就的重要方面是塑造了一批较为真实的艺术形象。对于张裕民这个暖水屯的第一个共产党员,作品突出了他沉着、老练、忠心耿耿的品质。他虽然有过一些缺点,发动群众斗地主时有一段时间思想模糊,怕斗不倒钱文贵自己不好办,但他大公无私,冲锋在前,一旦思想明确,下了决心,便勇猛顽强,坚决果敢。正因为如此,他在群众中有威信,在干部中有号召力,在村里处于举足轻重的地位。和张裕民一样从小受地主剥削的长工程仁,朴实憨厚,对地主阶级有本能的仇恨。因为和钱文忠的侄女黑妮的关系,他在斗争中也有思想矛盾,总感到有什么东西"拉着他下垂"。但他在斗争的暴风雨中还是站稳了自己的阶级立场,坚决和广大群众一道,向地主阶级进行了勇敢的斗争。他和张裕民都像质地纯朴的玉,虽有瑕疵,终掩不住本身的光辉。至于恶霸地主钱文贵,如果作为一个丰富的典型形象来要求,他的个性显得还不够突出,然而比之一般作品中的反面人物,却自有其独到

① 丁玲:《生活,思想与人物》,袁良骏编:《丁玲研究资料》,天津人民出版社,1982 年版,第 160 页。

之处。从他身上的确可以看到,地主阶级是怎样奸诈狡猾地抗拒土改斗争的。作者突出了钱文贵的谋略见识:土改之前就让儿子钱义去参军,土改时又搞美人计逼迫侄女黑妮去找农会主任程仁;他伙同白娘娘、任国忠搞迷信,播谣言,利用女婿张正典欺压贫农,妄图转移斗争目标;就在被押上台斗争时,开始还故作镇静,想用"威严"的目光压制农民的控诉;他无恶不作,一手遮天,的确是几千年来统治中国农村的封建势力的代表人物。作者没有夸大他的能力,也没有低估他的淫威,分寸掌握得比较适当。除钱文贵外,作者还写了其他几个不同特点的地主:胆小绝望的李子俊,凶险厉害的江世荣,对农民恨得咬牙切齿的侯殿魁等;更是把李子俊的老婆写得惟妙惟肖,入木三分。开始她装得百依百顺,想以此软化、欺骗前来清算她家的贫雇农们;当这一着失灵时,虽然表面上还要强装笑脸,内心却恶毒咒骂斗争她的农民——特别是她在果树园中的心理活动,把一个地主婆在土改中的阴暗心理揭示得淋漓尽致,写出了一个具有鲜明阶级性和个性的人物。

周立波(1908—1979),湖南益阳人。抗战爆发后奔赴抗日前线,1940 年到延安"鲁艺"任教。1946 年到东北参加土地改革,1948 年创作了《暴风骤雨》,并获得1951 年斯大林文学奖三等奖。

《暴风骤雨》分上、下两部,第一部反映的是 1946 年党中央《五四指示》下达后土改斗争的第一阶段,第二部则是写 1947 年 10 月末《中国土地法大纲》颁布后的情况。作品以东北地区松花江畔一个叫元茂屯的村子为背景,展示了波澜壮阔的革命斗争画面,使人们清楚看到被封建生产关系束缚了千百年的中国农村是怎样在政治、经济、思想以至风俗习惯等各方面经历了伟大的变革,歌颂了中国农民在共产党领导下冲决封建的藩篱,朝着解放的大道奔进的革命精神。

周立波指出,"关于《暴风骤雨》的写作,我是在毛泽东延安文艺座谈会讲话以后,新文艺的方向确定了,文艺的源泉明确地给指出来了,我想写一点东西"。[①] 周立波很注意作品的政策性内涵,在创作《暴风骤雨》第一部的写作过程中,他主动向当时松江省委的负责同志咨询了很多有关党的领导和思想策略的问题;在第二部下卷动笔之前,他又阅读了当时中共中央和东北局的大量文件,回想和研究了松江省委召开的县书联席会议和多次的区村干部会议,并依照这些文件和会议的内容,重新检验了收集的材料和自己的构思,"不当的删削,不够的添加"。同时,他的作品是在文学表达上追求尽量与革命意识形态的话语相契合。

《暴风骤雨》成功地塑造了赵玉林、郭全海等贫苦农民形象。作品解释了"赵光腚"这个外号的由来。赵玉林在日本帝国主义和恶霸地主韩老六的双重压迫下,母亲饿死,妻子到处乞讨,全家三口都"光着腚",蹲过监狱,受过残酷的私刑。但赵玉

---

① 周立波:《〈暴风骤雨〉是怎样写的》,《东北日报》1948 年 5 月 29 日。

林性格倔强，遭受再大的打击都不掉一滴眼泪，生命中浸润着反抗的火种，义无反顾地与其他农民一道进行土地改革。郭全海的父亲在旧社会被韩老六害死，自己十三岁就当了韩家的马倌，跟韩家是两代血海深仇。他们在工作队进村前还无可奈何地过着被压迫、被奴役的生活。一旦受到工作队的启发，他们内心深处的革命火种就熊熊地燃烧起来，任什么力量也不能扑灭。小说通过"分马"、"参军"等几个典型事例写出了他的精明能干、大公无私的高贵品德。

《暴风骤雨》也成功塑造了中共党员在土地改革中的领导作用。工作队长肖祥具有优良的党性和土改的工作能力。他带领和团结元茂屯的农会骨干开展了轰轰烈烈的土改斗争，扭转了土改回生的现象。他是一个久经磨炼的、思想和作风都比较成熟、具有党员领导者风度的人。周立波更熟悉这一类人，所以写得比较具体亲切。作者没有把他写成高踞于群众之上的"救世主"，而是把他作为党的政策的体现者和群众的领路人来塑造。他了解群众，启发群众，在斗争的重要关头替群众撑腰。他的特点是：阶级立场鲜明，认识问题尖锐清醒，既实事求是，善于走群众路线，又具有远见卓识。作者有意写了另一个工作队成员刘胜，以他的脱离群众、脱离实际、看问题主观，衬托肖祥的深入群众、了解群众，这样的描写在艺术上也是比较成功的。

孙犁（1913—2002），河北安平人。长期在晋察冀根据地工作，被誉为"荷花淀派"的创始人。著有短篇小说集《芦花荡》、《荷花淀》等。其文笔清新明快，擅用诗化的语言，洋溢着革命乐观主义的精神和基调。

《荷花淀》是孙犁的代表作。不是正面地描写刀光剑影，而是采取武戏文唱的技艺，以白洋淀明媚如画的风光作背景，用飘飞的芦花，洁白如云如雪的苇子，粉红色的荷花淀，荷花叶的清幽香气，衬托出女主人公对正在进行浴血战斗的丈夫的一往情深，点染她们新生活的欢乐和昂扬乐观的战斗精神。《荷花淀》不仅写了日常生活中的"家务事，儿女情"，而且还刻画了一批具有真善美品格的人物形象。水生嫂是作品着墨最多的妇女典型。她勤劳、能干，编苇席，一会儿"就编成了一大片"；她贤惠、温柔，敬重老人，疼爱孩子，体贴丈夫，在她身上有着我国劳动妇女的传统美德。水生嫂虽然爱丈夫、爱家庭，眼光却不狭隘，她能识大体、顾大局，懂得如何处理爱国与爱家的关系。当她知道丈夫报名参了军，虽然也心疼丈夫，依恋不舍，但她还是很快欣然同意，并为丈夫准备好了行装。水生嫂等妇女们的成长，从一个侧面表现出了冀中人民在民族自卫战争中的巨大变化。作者通过塑造以水生嫂为代表的妇女群像，歌颂了冀中地区抗日军民在党的领导下英勇抗战的革命斗志以及爱国主义精神。

在艺术上，孙犁运用诗化的语言，书写了诸多细节和场面，从中展现人物的人情美和人性美。小说开篇水生嫂"月下编席"的那段描写，景色被渲染得很有诗意："这女人编着席。不久在她的身子下面，就编成了一大片。她像坐在一片洁白的雪地上，也像坐在一片洁白的云彩上。她有时望望淀里，淀里也是一片银白世界。水面笼起一层薄薄透明的雾,风吹过来,带着新鲜的荷叶荷花香。"这段描写很有诗意,消解了战争残酷的背景和场面。小说写荷花淀伏击战时,也有一段景物描写:"那一望无边际的密密层层的大荷叶,迎着阳光舒展开,就像铜墙铁壁一样。粉红色荷花箭高高地挺出来,是监视白洋淀的哨兵吧!"这段景物描写,通过奇妙的比喻,使景中有情,很好地抒发了作者对抗日军民的深切之爱。又如水生嫂与丈夫话别那个片断,也写得很精彩。深夜,水生归来,告诉妻子"明天我就到大部队上去了"。听到这突如其来的消息,疼爱丈夫的水生嫂一时不知说什么好,她的"手指震动了一下,想是叫苇眉子划破了手,她把一个手指放在嘴里吮了一下"。这个细节非常传神,其中"震"、"吮"两个动作,把一个钟爱自己丈夫的妻子不忍与他分离,又极力克制自己感情的复杂内心准确地表现了出来。

第三节　沦陷区文学

一　文学运动

所谓的"沦陷区",就是通常所说的被占领区,即日本侵略者一方所谓的"和平地区",亦即抗战的一方所说的"敌伪地区",中国人称之为"沦陷区"。沦陷区文学主要是指1931年九一八事变后的东北沦陷区文学,1937年七七事变后以北京、天津为中心的华北沦陷区文学,1937年八一三事变后华东、华中与华南沦陷区文学。太平洋战争爆发后,香港又于1941年被日本霸占,成为沦陷区的一部分。

日寇对中国各沦陷区实行分而治之的策略,不仅重视在政治、经济、军事等方面的打击与控制,在思想方面更是采取了强硬而严厉的统治手段。日寇先后在各沦陷区提倡"大东亚文学"、"决战文学",妄图以日本战时文学同化中国沦陷区文学,使沦陷区文学为其所谓的"大东亚圣战"服务。其文化政策的核心是要严禁一切"激发民族意识对立"、"对时局具有逆反倾向"的作品,同时千方百计将作家的创作纳入其"建设大东亚新秩序"的轨道,诱使作家为此而写作。日本侵略者控制沦陷区文坛的重要手段之一是强制推行"语言殖民"教育。在焚烧大量中国书籍的同时,在中小学实行日语教育,强制作家用日语写作。日本语作为日本殖民者文化价值观的载体,对中国民族文化的渗透和破坏力是显而易见的。作家在"言"与"不言"中艰难地徘徊。对此,季疯的话可谓意味深长:"一个人,应该说的话,一定要说,能够说的话,一定要说;可是应该说的话,有时却不能够说,这其中的甘苦,决非

'无言'之士所能贪图其万一。"①作家"不能够说"是日伪强大的控制导致的，如果一味认同这种体制的重压，就会丧失言说的可能。如何把握好策略与尺度，保证"说话"的权力，同时又不失文学审美特性和自我个性，是当时作家需要面对的重要问题。

在沦陷区时空中，什么样的文学是被允许存在的？除了赤裸裸的汉奸文学能横行于世外，其他文学形式都遭受到了严格的管控。日本派出"笔部队"到中国，他们制作的侵华文学完全是配合日本军国主义行动的，为日本侵华起到了推波助澜的作用。日伪在其统治区所推行的日语教育，其目的是在中国人民中培养亲日分子与亲日情愫，为日本更好地奴役中国人民服务。同时，在一些伪满报刊上，有以颂扬日伪为目的的"悬赏征文"，出题目，定调子，企图拉拢作家为日伪统治歌功颂德。

在日本人的殖民统治下，抗战文学难以显性地展开，一种宣称与政治无关的"软性文学"②找到了适合自己生长的气候和土壤，曾一度泛滥。一位评论家描绘了当时文坛的存在生态："试观几年来的中国文坛，由于憧憬的'麻醉'与'苟安'，'世纪末'的'恐怖'和'顾乐'，于是迎合读者口味的低级文学也随之应运而生。'香艳细腻'的捧伶文字，'风流旖旎'的爱情文章，'沉沦颓废'的'花鼓'情调，'鸳鸯蝴蝶派'的胡闹文学，便成了这时代的文化的主流，打情骂俏，骚情丑态，耳朵所听的，眼睛所看到的，脑海里盘旋的，笔下所写的，纸上所印出来的，满是些温馨的怀抱，咪咪的声调，泥人的醇醪，滞人而甜蜜，文化，神圣的文化，满满堕入'肉，色，香'的魔窟。"③这一时期，以色欲为中心的文学作品充斥了沦陷区文坛，如《我的初恋》、《少妇》、《流线型的嘴》、《性欲生活》等色情作品到处流行，耿小的、公孙嬿等色情小说家成了京津一带的风云人物、最受欢迎的作家。尤其是公孙嬿，他以《海和口哨》、《真珠鸟》、《红樱桃》、《镜里的昙花》等一系列色情短篇小说甚嚣尘上，堂而皇之地占据了当时文坛的显眼位置。《国民杂志》从第二卷起、《中国文艺》从第三卷起都进行了一次影响刊物整体面貌的转化，在这场声势浩大的色情文学泛滥的大潮中起到了推波助澜的作用。

其实，早在上海"孤岛"时期，就曾出现这类色情文学，它们的传播对于民众的危害是不言而喻的，特别是在国难当头的情境下。当时也有人认为这是万不得已的，因为作家在提笔的时候，冷酷和苦闷的语境就会警戒你"当心点"。对此圣旦撰文《略论"色情文学"》④指出，为"色情文学"辩护者往往以苦闷语境中"当心点"和"刺激"为掩护理由，实质却传播毁灭社会的毒素。进而提出，如果说"清谈足以误

---

① 季疯：《言与不言》，钱理群主编：《中国沦陷区文学大系·散文卷》，广西教育出版社，1999年版，第24页。

② 陈言：《抗战时期沦陷区"色情文学"新探》，《抗日战争研究》2002年第1期。

③ 白云：《一年来的国民杂志》，《国民杂志》1941年12月第1卷第12期。

④ 圣旦：《略论"色情文学"》，《申报·自由谈》1939年11月21日。

国"，那么，"色情文学"何尝不会灭族！针对这股潮流，沦陷区一些批评家多从伦理道德的立场进行批判。署名"某某"的批评家率先发难，其《文艺家与毒品贩卖者》（《吾友》第108期）称王朱和公孙嬿是"淫虐狂"、"色情狂"，天津《妇女新都会》上署名"铁笔"的所写的《华北文坛的末路》、穆穆的《答公孙嬿》（《艺术与生活》第25期）、谢溥谦的《漫骂与批评》（《艺术与生活》第25期）、刘温和的《一封论色情文学的信》（《文艺与生活》第26期）、夏虫之流的《论色情描写》（《国民杂志》第2卷第2期）等。这些批评引出了公孙嬿撰文《有感于〈文艺家和毒品贩毒者〉》进行反击，导致了关于"色情的文学"的讨论。此后，《国民杂志》开辟了"关于色情的文学"的"聚谈"专栏，在"前言"里，主持者开篇即表示，这里所讲的"色情文学"实际上是"关于人生实有的性爱现象"的文学，他们关注的问题已经超越了赞同或反对的层面，而是关注如何去描写性爱。耿小的、阿蕖、楚天阔、公孙嬿等人活跃于其中。这些批评的文章中有一个现象值得我们注意，即对色情文学对人性舒展的肯定，对传统卫道者的贬斥。夏虫之流①从"性爱是生命延续的必要手段"这个角度入手，认为其中一些作品如《北海渲染的梦》以其对人性中的那些被压抑成分的表达，对"色情文学"的创作具有开拓之功。林慧文②从中外文学史的广泛场域中替色情文学寻找根据，从反对禁欲的角度出发，认定色情文学也绝对不是不道德的文学。显然，这给反对色情文学者带来了很大的困难。于是有一个问题值得我们关注：这种对色情文学的维护和宽容的目的是什么？如果是从纯文学的角度对"性"、"色"的本质界定，那当然无可厚非，问题是对此类的文学的类似批评早就存在，因此沦陷区批评界的言说的出发点应不止于步前人后尘。如果将其完全理解为是日伪当局文化政策的帮腔附和，显然也有些绝对，当然也不排除有一些人想借助色情文学的形式麻醉和腐蚀国民的抗日之心。但大多数有志之士对色情文学的维护就是一种与日伪当局"顺向"对抗的巧妙而危险的策略③，恐怕只有在沦陷区那样特殊的文化政治语境中才会产生这样的策略。

从实质上说，这次关于色情文学的论争是由代表官方的"和平文学"的提倡者策动的，原因是公孙嬿等人主张用大胆的色情描写反对政治干涉文学。于是他们借助于当时很多人不赞成性描写过多而挑起了争论。沦陷区乡土文学的崛起在一定程度上反拨了当时色情文学的泛滥，上官筝就曾尖锐批评了华北沦陷区"如螺旋菌般的牢固蕃殖在我们的文坛之上"的"色情的，堕落的世纪末的思想"，提出"新英

---

① 夏虫之流：《论色情描写——读公孙嬿作〈北海渲染的梦〉后有感》，《国民杂志》1942年2月1日第2卷第2期。

② 林慧文：《关于色情文艺》，《中国文艺》1942年3月5日第6卷第1期。

③ 许江：《1942年北京文坛的"色情文学"讨论》，《粤海风》2010年第1期。

雄主义的新浪漫主义"①理念。他们将乡土与民族、国家的想象建立关联,塑造刚毅性格的英雄群体,展示乡土人物的生命强力,反映了沦陷区民众普遍的审美情趣,也是沦陷区作家对日趋堕落的文坛进行切实而坚实的文学拯救。在这种思潮的推动和影响下,色情文学在一定的程度上受到冲击,然而也无法完全扼杀其盛行的土壤,难以兼顾不同接受者的需求,因此也不可能完全抵制和超越它。

　　无论哪一个沦陷区,由于日本的殖民统治,原有的民族文学遭受极大的破坏。然而,民族文学并没有消亡,多数作家用曲笔的方式表达了一个文人该有的责任和担当。这种迂回文学主要有"乡土文学"、"大众文学",翻译"苏俄文学",吸收以日本为中介的西方"现代主义文学"等等。沦陷区文坛于1937年发起了关于"乡土文学"与"写印主义"的论争。当时沦陷区文学有乡土文学、国民文学和世界文学三阶段之说,国民文学即满洲国文学,而世界文学是带有殖民气息的"移植文学",山丁、王秋萤等人提倡最基础的乡土文学。山丁在《乡土文学与〈山丁花〉》指出,"满洲需要的是乡土文艺,乡土文艺是现实的"。② 将"乡土文学"归结于"描写真实"与"暴露真实"。正好如他在《山风·后记》中所说:"如今正是粉饰堆砌的氛围笼罩文坛的季节。堆砌几只小故事,则自命为长篇,粉饰几块小风景,则誉扬为写实;使少爷小姐们在作着傻化迷梦的文运,与我个人是不相干的。"在谈到乡土文学的社会功用时,他指出,用"我们一大部分人的现实生活,我们的乡土"来抵御一切外加的因素。古丁以"史之子"的笔名发表了《偶感偶记并余谈》、《自欺篇——应和文薮之一》等文章,嘲讽乡土文学者乱提"主义",认为东北文坛的萎靡是因为文学题材的偏狭,"文学该不是那么偏狭的东西,我不主张文学局限在一个小天地里。'乡土文艺'倘若是有所谓'论据'的话,也无非是'大豆高粱'的唾余装在玉壶里,好看一些而已。'松梅竹菊',又何妨写呢? 只要是文艺的话"③。古丁发表了《论文坛的性格》、《满洲作家随笔》等文章,认为在满洲文学还不具备自己的理论的情况下,"首先要从无到有","努力写出作品",作家首要任务"只是'写'与'印'而已",这就是满洲文艺"没有方向的方向"。对此,山丁、秋萤等人在《文选》、《大同报》上批评"没有方向"的"写印主义"是"盲目的写印主义",提出要用"热和力"在"描写真实和暴露真实"中建设满洲文学。到1942年这场论争真正形成潮流,延续的时间也很长,一些刊物如《中国文艺》、《中国公论》、《艺术与生活》也都参与其中。其实,乡土文学的倡导者的初衷是为了以乡土的民族性来对抗日寇的文化同化,而写印主义的倡导者也希

---

① 上官等:《新英雄主义、新浪漫主义和新文学之健康的要求》,《中国公论》1943年2月1日第8卷第5期。

② 山丁:《乡土文艺与〈山丁花〉》,《明明》1937年7月1日第1卷第5期。

③ 史之子:《偶感偶记并余谈》,封世辉选编:《沦陷区文学大系评论卷》,广西教育出版社,1998年版,第392页。

冀用写与印的快捷性迅速占领文坛以保持民族文学的血脉,两者的主张并不是完全冲突的,可以说是殊途同归。这次论争增强了东北沦陷区对日本同化中国文化的警惕性,批判了逃避现实的思想倾向,促进了沦陷区现实主义文学的进一步发展。

1942 年 10 月,上官筝在《中国文艺》上撰文认为,乡土文学是"解救文学堕落的唯一途径"①,引发了华北文坛关于乡土文学的讨论。起初的讨论主要停留在乡土文学的含义上,有人理解为"农民文学",有人理解为"乡土色香的作品"②,有人理解为"民族"、"国民"、"现实"、"时代"这些意义③,此后上官筝与林榕逐渐成为当时乡土文学理论的总结者。上官筝提出:"此处之所谓'乡土',并非单纯的农村之谓,乃是说的'我乡我土'。"④"'乡土文学'是克服今日文坛堕落倾向的唯一武器。……'乡土文学'是引导文学活动走入'现实主义'的从业,要求作者正视现实,把握现实,并且是一个现实的战斗者。"⑤他倡导乡土文学描写真实、暴露真实,无疑是对五四新文学传统的继承,是呼唤民族意识的一种表露。林榕认为"乡土文学内涵中最重要的是国民性与民族性两点"。⑥ 二人的用意在于为了抵抗日本人的"移植文学"理论,以及批判官方"民族文学"和"国民文学"的口号,以保存中国文学的民族血脉。实际上,乡土的母题,正深深地融贯在民族的气韵和爱国主义的血脉之中。

从以上论者所述可以看到,沦陷区作家将乡土文学中的"乡土"概念的内涵与民族国家的相关性强化了。林榕指出,"乡土文学并没有题材范畴的意义"。这即是说,乡土的意义远非以题材来限定,它的真正意义在于扩容乡土的边界,使乡土成为国家的隐喻。对此,上官筝持相同的看法:乡土并不是专指取材于农村的乡村景物而言,而是泛指整个中国的"乡土",此"乡土"的领域,乃是中国整个的国土。基于此,乡土文学成为作家释放爱国主义焦虑的重要形式。正如山丁所说:"在俄文里,'乡土'与'祖国'是一个词,我们乡土文学,也可以说是爱国主义文学。"⑦然而,这种将乡土文学与爱国主义紧密相连的方式落实到创作中又得考虑现实的处境了,暴露黑暗是不允许的,伪满洲国的《艺术指导要纲》明确规约着作家的具体实

---

① 上官筝:《读"满洲作家特辑"兼论华北文坛》,《中国文艺》1942 年 11 月 5 日第 7 卷第 3 期。

② 徐迺翔、黄万华:《中国抗战时期沦陷区文学史》,福建教育出版社,1995 年版,第 75 页。

③ 转引自钱理群:《"言"与"不言"之间——〈中国沦陷区文学大系〉总序》,《中国现代文学研究丛刊》1996 年第 1 期。

④ 上官筝:《再补充一点意见——答巴人先生的一封公开信》,《中国公论》1943 年 6 月 1 日第 9 卷第 3 期。

⑤ 上官筝:《揭起乡土文学之旗》,《华文大阪每日》1943 年 7 月 1 日第 11 卷第 1 期。

⑥ 林榕:《新文学的传统与将来——兼论乡土文学问题》,《中国公论》1943 年 12 月 1 日第 10 卷第 3 期。

⑦ 梁山丁:《我与东北的乡土文学》,冯为群等编:《东北沦陷时期文学国际学术研讨会论文集》,沈阳出版社,1992 年版,第 371 页。

践。因此，"写乡土对于'人'，'地'，须有精确的把握"。① 沦陷区乡土文学是一种殖民统治背景下民族主义意识的曲晦表达。在乡土文学倡导者的理论中，"国民性"、"民族性"和"现实主义"等是频率很高的关键词，林榕试图将沦陷区乡土文学与汉文学民间传统和五四以来新文学传统相接续，但是他强调"民间为人"和"以人间本位"这一层面，并将其作为"树立国民文学的根基"的东西，"以个人为出发，以国民性及民族性为基础，发展为广大的世界性，以消除人间的界限与距离"②。应该说，沦陷区乡土文学理论家重提"国民性"，其实质依然是民族主义的思维，在民族危机的紧要关头，重振民族精神需要从民族血脉和民族土壤中寻找可以照亮当下生存困境的精神资源。中国乡土潜存着民族国家想象的可能性资源，因此，沦陷区乡土文学家的这种诉求实质上隐含着民族身份自我确认的重大意图。对此，上官筝提出乡土文学"是正确的认识现实，把握现实，而且在形式和内容上，要彻头彻尾的现实主义和具备民族的与国民的性格，这样的'乡土文学'，才是历史所期待的，才能'对于颓废和贫穷的创作反抗'"。③

在沦陷区乡土文学叙事中，对乡土滋润的民族伟力的颂扬是其重要的主题之一。疑迟的《山丁花》塑造了一群原始古朴的农民形象，虽然处在动荡的岁月，但他们依然顽强地存活着，其血性义气都透过残酷的社会和自然背景得以彰显。梁山丁的《绿色的谷》用史诗般的笔触深厚地描绘了狼沟农民命运的历史轨迹，着力书写了"大熊掌"这个有着古朴淳厚的性格和粗犷的生命活力的强力形象。毕基初的《盔甲山》被称为"现代梁山泊故事"，风格雄健强悍，描绘了山野中具有神秘色彩的行侠仗义之士。关永吉的《风网船》善于发掘潜藏于农民身上原始强悍的生命力，尽管带有某些朴素古朴的气息，但读者在他们身上分明洞见了与黑暗自然抗争的生命意志。其他如疑迟的《雪岭之祭》、谷正樾的《大草原》、郭朋的《高原上》、秋萤的《血债》、柯炬的《野实》以及袁犀的《风雪》等小说，都充满对农民野性生命力的迷恋，在这些深置于乡土的"地之子"、"海之子"身上，寄予了沦陷区乡土作家的强烈的人文情怀。同时，这些作家将浪漫主义与英雄主义结合起来，旨在挖掘"代表着我们民族性格的灵魂"④。

在颂扬乡土人士的强力品格的同时，沦陷区作家以启蒙的眼光观照乡土，批判乡土的陋习及人性的某些阴暗面。这种书写是有感于异族入侵、国土沦陷的疼痛经验的本能反思，体现了沦陷区作家面对现实勇于批判苦难的现实主义精神。沈

---

① 袁啸星：《由"呐喊"谈到乡土文学之兴起》，《艺术与生活》1943 年 1 月 15 日第 22 期。
② 林榕：《新文学的传统与将来——兼论乡土文学问题》，《中国公论》1943 年 12 月 1 日第 10 卷第 3 期。
③ 上官筝：《乡土文学的问题》，《中国文艺》1943 年 6 月 5 日第 8 卷第 4 期。
④ 楚天阔：《谈现在的文学的内容和形式》，《中国公论》1941 年 4 月 1 日第 5 卷第 1 期。

寂的《大荒天》描写"易子而食"的陋习恶俗,沙里的《土》批判了那些在无计可施的情况下只有烧香许愿的农民,黄军的《山雾》塑造了老桂这样一个讲忍耐、讲吃亏的奴性十足的人物。此外,小松的《部落民》、马骊的《生死路》、疑迟的《梨花落》等小说集中批判了以"逃死"的方式来苟活的乡民。小松的《铁槛》中的村政助理员利用"通敌"的诬陷手段来整顿对手和农民。在《果园城记》中,师陀说,"我有意把这小城写成中国一切小城的代表"。① 果园城呈现出无时间流动的内在精神气质,"放在妆台上的老座钟,——原是像一个老人样咯咯咯咯响着——不知几时候停了"。生存于斯的人和物更是表现出静态的生命姿态,"在任何一条街岸上你总能看见狗正卧着打鼾,它们是决不会叫唤的,即使用脚去踢也不;你总能看见猪横过大路,即使在衙门前面也不会例外,它们低了头,哼哼唧唧地吟哦着,悠然摇动尾巴"。于是,贺文龙始终逃不过"四周是无际的平沙"的宿命,在养蟋蟀和弄花草中消磨着生命。

沦陷区女性作家的写作体现出远离政治、远离时局背景的倾向。女性长期处于政治之外,使得女性作家在选材与立意时较少带有政治色彩。而注重个体情感体验的女性写作特点,也使沦陷区女性作家容易被当时不轻易谈"国事"的文坛所接纳。在此情况下,很多批评家提倡"女性写作",陶亢德指出,"我觉得男子们的文章也快写完了,什么文化武化,政治经济,外交内务,给他们已说了这么多年,姑不说他们之技已穷,他们之舌已疲,何况今之文事武备,政治经济,说来说去就不过这么一套,是则何苦不让娘儿们来写作数年或数十年,给读者换换口味,让男人们息息仔肩呢。"② 谭惟翰也发表了类似的看法,"写什么? 描写社会的黑暗方面,说是'暴露明显',要不得! 那么,就是讽刺一条路吧,可是有人疑神疑鬼,以为你是故意骂他的,要同你交涉。……爽快的写点'饮食男女'之事吧! 作风不妨大胆一些。但这最好让给女作家去做,男人写来非但不新奇,恐怕别人还要咒你下浊哩!"③"女性写作"有上海的张爱玲、苏青等的日常生活写作、华北梅娘的都市风情和爱情婚姻小说等,此外,杨绛在沦陷区以话剧创作为主,她的《弄假成真》、《称心如意》等剧作在上海公演后曾赢得好评,无论其写作是否关注人生感悟、人性及女性苦难,总体上都体现了女性写作对政治疏远的特征。她曾毫不隐讳自己对于世态人情的偏爱:"世态人情,比明月清风更饶有滋味;可作书读,可当戏看。书上的描奉,戏里的扮演,即使栩栩如生,究竟只是文艺作品;人情世态,都是天真自然的流落,往往超出情理之外,新奇地令人震惊,令人骇怪,给人以更深刻的效益,更奇妙的摄乐。"④ 张爱玲也曾指出:"时代的纪念碑那样的作品,我是写不出来的,也不打算尝

---

① 师陀:《师陀全集·果园城记·序》(第 1 卷),河南大学出版社,2004 年版,第 453 页。
② 陶亢德:《东篱寄语》,《天地》1943 年 11 月 10 日第 2 期。
③ 诸家:《我们该写什么》,《杂志》1944 年 8 月 10 日第 13 卷第 5 期。
④ 杨绛:《杨绛散文戏剧集·将饮茶·隐身衣》,南海出版公司,2001 年版,第 149 页。

试,因为现在似乎还没有这样集中的客观题材。我甚至只是写些男女间的小事情,我的作品里没有战争,也没有革命。"①苏青认为其成名作《结婚十年》是一本"抗战意识也参加不进去"的小说,"我没有高喊什么打倒帝国主义,那是我怕进宪兵队受苦刑,向来不大高兴喊口号的。"②她同时指出,"我对于一个女作家写的什么'男女平等呀,一齐上疆场呀'就没有好感,要是她们肯老实谈谈月经期内行军的苦处,听来倒是入情入理的"。③ 这种取向与20世纪30年代主动远离政治的周作人、新月派、论语派、京派等作家的文学选择颇为相似。她们肯定日常生活的凡俗性,重新关注被遗忘和忽略的身边的东西,发现了日常生活中的一些不那么引人关注的细节。在文学批评中,这种文化边缘性和日常细节的话语表达通常被认定为具有消解主导意识形态或男权政治的话语功能,是一种非政治化的文学表达。然而这种私密空间所蕴含的内涵与公共话语始终密切关联着,两者之间的话语僭越难以避免,这使得她们的文学创作不耽于日常叙述本身,并不是完全逃避现实、消极面对乱世的文学实践,而具有潜在参与当前社会人生对话的社会功用。

沦陷区文学还有一个鲜明的特点就是通俗文学的盛行。在政治高压体制中,作家要生存必须要迎合市民的口味和兴趣,在乱世中,市民更愿意接受文学对人生的轻松的安慰,而日伪当局也希望大众能沉湎于通俗文学的迷醉中而遗忘现实的反抗;同时,上海、北平等地的商业文化流行也为通俗文学的繁荣提供了有利的条件。1942年10月、11月,《万象》月刊连续编发了两辑"通俗文学运动"专号,比较新文学和旧文学各自的优点和短处,设定"通俗文学兼有新旧文学的优点,而又具备明白晓畅的特质,不但为人所看得懂,而且足以沟通新旧文学双方的壁垒",在肯定了通俗文学"合乎时代需要,而且是广大的读者群众的要求"的正面作用的同时,众多批评家还对其内容、形式的改进和提高提出了具体建议。陈蝶衣指出,"不过所谓通俗文学,并不只是要求作者把作品写得通俗一些就算,还要作者更进一步的和大众在一起生活,向大众学习,学习大众的语言,接受大众的精神遗产,移入大众的感情,趣味,而艺术地表现在他们的作品里"。④ 危月燕认为,"我们目前所需要的'通俗文学',却绝不单是懂得生活就算,最要紧的还是具有代表大众的前进意识……绝对不容许色情和封建意识神怪毒素等类的存在"。⑤ 胡山源认为通俗文学如果能在形式和内容上注重其教育性,就是"遵守自然法则并充满时代精神的,那它就

① 张爱玲:《张爱玲文集·自己的文章》(第4卷),安徽文艺出版社,1992年版,第178页。
② 苏青:《苏青文集·关于我——续〈结婚十年〉代序》(下册),上海书店出版社,1994年版,第441页。
③ 苏青:《苏青文集·浣锦集·后记》(下册),上海书店出版社,1994年版,第451页。
④ 陈蝶衣:《通俗文学运动》,《万象》1942年10月1日第2卷第4期。
⑤ 危月燕:《从大众语说到通俗文学》,《万象》1942年10月1日第2卷第4期。

是理想上的正统文学,也是思想上的纯文学"①。予且从通俗文学的写作出发总结了通俗文学大众化的四个要求:"大众化是要接近大众的生活。大众化是要增强大众的兴趣。大众化是要培养大众的温情。大众化是要诱导大众去写作"②。沦陷区评论家确定了"通俗文学"的定义,并详细地区分了新文艺与通俗文学、通俗文学与俗文学、通俗与庸俗、继承与发展、普及与提高等的辩证关系,对通俗文学的起源、历史发展和社会作用都作了透彻的梳理,最终改变作为一种文学类型的"通俗文学"在整个文学结构中的地位。③ 显然,这种关于通俗文学的讨论廓清了其与纯文学、虚伪文学、色情文学、精英文学等的区别,在内容、形式、思想、理论等维度推动了这一时期通俗文学创作的发展。这一时期,各家通俗杂志也大放异彩,如《紫罗兰》、《大众》、《小说月报》、《春秋》等,推动了沦陷区通俗文学的发展。具体而言,这一时期的通俗文学大致有如下几种文学样式:宫白羽、还珠楼主、郑政因、王度庐等人的武侠小说;程小青、孙了红等人的侦探小说;秦瘦鸥、包天笑、刘云若、予且等人的社会言情小说;耿小的、徐卓呆等人的滑稽小说。此外,张爱玲、徐訏、无名氏等人的小说做到了雅俗共赏,深受广大市民的欢迎。在戏剧方面,沦陷区戏剧创作向市民倾斜,如姚克的《清宫怨》、周贻白的《天外天》、顾仲彝的《八仙外传》等向市民所习惯的戏曲借鉴,深受市民的喜爱。

二　钱锺书与《围城》

钱锺书(1910—1998),江苏无锡人,长期致力于中国和西方文学的研究。主张用比较文学、心理学、单位观念史学、风格学、哲理意义学等多学科的方法,从多种角度理解和评价文学作品。著有散文集《写在人生边上》,短篇小说集《人·兽·鬼》,长篇小说《围城》,选本《宋诗选注》,文论集《七缀集》、《谈艺录》及《管锥篇》(五卷)等。

《围城》是钱锺书的代表作,作者采用了西方"流浪汉"小说那样的叙事模式,叙述主人公方鸿渐的恋爱悲喜剧,并通过方鸿渐的一系列行迹,来透视社会的病态和知识分子本身存在的弱点。在该书出版序中,他写道:"我想写现代中国某一部分社会,某一类人物。写这类人,我没忘记他们是人类,还是人类,具有无毛两足动物的基本根性。"④在方鸿渐身上,集中体现了钱锺书对于乱世中知识分子的生存状态和命运的关注。

方鸿渐是一个从中国走向世界,又从世界走回中国的知识分子,这一出一进,空间的位移带来的是思想情感立场的转变,有了中西文化汇合的游学经历,使其对待人和事的时候有了更为复杂的行为态势和价值判断。然而,一次次的"走",其结

---

① 胡山源:《通俗文学的教育性》,《万象》1942 年 11 月 1 日第 2 卷第 5 期。
② 予且:《通俗文学的写作》,《万象》1942 年 11 月 1 日第 2 卷第 5 期。
③ 丁谛:《通俗文学的定义》,《万象》1942 年 10 月 1 日第 2 卷第 4 期。
④ 钱锺书:《围城·序》,《文艺复兴》1947 年 1 月第 2 卷第 6 期。

果只是没有出路的"围城"人生。小说写了方鸿渐先后和四个女人发生过的恋爱或婚姻关系。和妖冶风流的鲍小姐鬼混，结果受骗而终和谐于情场斗法的留法文学博士苏文纨"恋爱"，却搞得身败名裂，最终爱上了苏小姐的表妹唐晓芙，但苏小姐却对表妹抖落了方鸿渐的一切，害得唐晓芙大骂方鸿渐懦弱不争而分手。无奈情急之下，与赵辛楣等人接受内地三闾大学的邀请去当教授，同行者还有"吝啬的老色鬼"李梅亭、狡猾卑鄙的"教授"顾尔谦和年轻助教孙柔嘉小姐，一路上"饱经沧桑"，但彼此又勾心斗角。到了应聘学校后，方鸿渐却成为派系斗争漩涡中的牺牲品，落得个郁郁寡欢的境地，并由此与孙柔嘉的孤独思乡之情相投合，同病相怜中，开始恋爱结婚，走入"围城"。当二人的面纱揭去，露出真实的自我后，夫妻间的感情便日趋恶化。孙不满方家的人与事，而方却优柔寡断，懦弱无能，孙小姐的姑母又从中作梗，于是二人的婚姻随之走向破裂，造成了悲剧性的结局。

钱锺书意识到，在乱世中知识"贵族"向世俗转化的趋势已成现实。大量的伪知识者戴着知识分子清高的面具，混迹于名利和官场之中，日趋的腐化堕落。而对于那些还不肯放弃精神信仰和操守的知识分子而言，他们的处境和命运是极其凄凉的。他们难以在那个世俗的世界中生存，由于这种格格不入的文化差异，加之自身性格的一些弱点，导致他们一味地流亡，一再地败逃，从乡村到城市，从东方到西方，从传统到现代，最终只能听命于世俗的安排。方鸿渐归国是怀着宏图大志的，"谈到外患内乱的祖国，都恨不得立刻回去为它服务"。但是战时的上海宛如围城，时局的动荡和社会的动乱使他在社会中找不到自己的归宿。在三闾大学，我们还看到了抗战初期国统区高等教育的黑暗腐败：以高松年、韩学愈、赵辛楣、方鸿渐等人为代表的留洋派"精英"，固然是些不学无术的"假洋货"；而以李梅亭、汪处厚、陆子潇、刘东方等人为代表的本土派"精英"，同样也是些坑蒙拐骗的"假道学"；存在"从龙派"，还有什么"粤派"、"少壮派"、"留日派"等帮派势力。这些人物同类组合沆瀣一气，把一所国立大学搞得乌烟瘴气，关键就在于他们都与"官场"政治有着极为复杂的人事关系。作者如此去描写，看似有点玩世不恭，但在其轻松幽默的文字背后，我们更可以感受到作者深沉压抑的忧患意识：启蒙精英自身的思想素质尚且是如此，那么被启蒙者所接受的现代教育又能好到哪儿去呢？

所谓"围城"，如书中人物所说脱胎于两句欧洲成语，英国人说，"结婚仿佛金漆的鸟笼，笼子外面的鸟想住进去，笼内的鸟想飞出来，所以结而离、离而结，没有了局"。法国人则说，结婚犹如"被围困的城堡，城外的人想冲进去，城里的人想逃出来"。方鸿渐在经历了求职、爱情、婚姻的坎坷后，有"人生万事都是围城"的感叹，这是知识分子在现实社会里的一次很不平稳的降落，理想腾空后重回现实的平地，有跌落的失重感和破碎感。《围城》的整体布局恰似一张行走的地图，作者以留法回国的留学生方鸿渐为中心，从法国邮轮开始，经过数十日的海上航行，到达上海孤岛,然后是内地的移动:从上海途经宁波、金华、鹰潭、吉安到湖南的三闾大学,再从三闾大学到桂林、香港、上海。这张地图上的每一个点都是人生的一座"围城"。

方鸿渐在两性的游戏间始终处于一种依附性的位置,他在"围城"中的不断逃离不仅暗示传统男性文化的溃散,更隐含着在这种溃散后面一个失败者无法把握命运的悲剧感。人生一如《围城》,文章最后一刻所描写的那台大钟,总是错后地打满钟点,当他正常打点的时候,方鸿渐才发现生活是现实的,是理智的,而在这之前所存在的一切都是非理性的,无法预料的,人生是无序的,杂乱的,也是错位的。钱锺书一开始就让方鸿渐从异国他乡漂洋过海留学归来,以一个远行后归来者的视角,重新审视他过去的生活,在一个更客观的距离之外,不仅是对外部环境的打量,也是对自我的一次全方位的检视,一切似乎都没有改变,然而一切又都不同了。方鸿渐这一"浪子"形象有着丰富的社会心理文化蕴涵,是荒谬的人在荒诞的现实处境中对"意义"的寻找,特别能兼容知识分子本质上的躁动、多血质和精神追求的多向度,以及和环境之间的异质性、对抗性。然而包围方鸿渐的,却是那偌大的虚假的世界,来自家庭、社会的整个庞大的造假机器在挤压他,逼迫他不得不说假话,做违心的事,时时懊悔,违心地恭维和奉承,不自觉地陷入自己并不愿意扮演而是他人希望的种种角色。要保持完整的内心生活,保持自我的自由独立不受各种有形无形的干扰侵犯,绝非易事。如果说《围城》的前半部分方鸿渐的人生之旅还有点知识分子纸上谈兵的味道,那么后半部分陷入婚姻家庭泥潭的方鸿渐已经和地面上的生活现实展开了全方位近距离的肉搏战,已经有了实际的切肤之痛了。

事实上,《围城》后半部分那些鸡零狗碎的家庭悲剧才是真正的悲剧。因为对于被安居乐业的传统文化熏陶出来的中国人,家庭是个人退避的最后一块阵地,家庭后面再无可居留之地。而家庭生活又是深入到每个毛发,是每天必须要面对的,是无法躲避的。方鸿渐不希望失去这个家,不管这个家里有多少矛盾和分歧,失去这个形式上的阵地,那将是彻底的流亡。而柔嘉也希望和鸿渐把这个小日子经营下去,希望鸿渐放弃他那一身知识分子的臭脾气,能够屈尊俯就世俗。然而局势没有按他们希望的方向发展,而是控制不住地恶化。鸿渐和柔嘉两人婚后很快地失和,表面上看是些不足挂齿的小事,其实各自牵连着一个无法沟通的"诗"与"俗"的世界,一个代表知识分子的精神追求,一个代表世俗社会的物质现实,他们是两套不同的价值体系,彼此都鄙弃对方所固守的那个世界。他们婚后的小摩擦,其实也就是这两套相背离的价值体系在互相诋毁、争吵、谩骂。因此,方鸿渐的婚姻危机,从根本上说,还是知识分子自身的精神危机,是他们与世俗社会的根本隔阂。

三　张爱玲与《金锁记》

在沦陷区文学中,张爱玲可谓是一个具有传奇色彩的女作家。柯灵在《遥寄张爱玲》中写道："我扳着指头算来算去，偌大的文坛，哪个阶段都安放不下一个张爱玲；上海沦陷，才给了她机会"。[①] 张爱玲主动疏离政治，细心描摹上海和香港洋场社会里市民阶层男女的日常生活，无疑对"宏大叙事"是一种极大的反叛。张爱玲的作品展示了乱世人生的大恐慌和大寂寞，成为中国现代文学史上奇异的现代性景观。

张爱玲（1920—1995），出生在上海公共租界西区的麦根路 313 号的一幢建于清末的仿西式豪宅中。张爱玲的家世显赫，祖父张佩纶是清末名臣，祖母李菊耦是朝廷重臣李鸿章的长女。1943 年，她的处女作《沉香屑·第一炉香》，在《紫罗兰》上发表，此后一发不可收拾，《茉莉香片》、《心经》、《倾城之恋》、《金锁记》、《封锁》等一批作品相继问世。1944 年，小说集《传奇》和散文集《流言》相继出版，成为上海最为畅销的书。1951 年，张爱玲发表长篇小说《十八春》；1952 年移居香港，发表小说《赤地之恋》和《秧歌》；1955 年旅居美国，转而从事文学翻译和学术研究，出版《红楼梦魇》和译著《海上花列传》。

1944 年，傅雷以"迅雨"的笔名在《万象》上发表《论张爱玲的小说》，对张爱玲小说肯定的同时进行了善意的劝进，他指出，张爱玲的小说"没有悲剧的严肃、崇高和宿命性，光暗的对照也不强烈"，"几乎占到二分之一篇幅的调情，尽是些玩世不恭的享乐主义者的精神游戏……内里却空空洞洞，既没有真正的欢畅，也没有刻骨的悲哀"[②]。对此，张爱玲撰文《自己的文章》进行反驳，表达了她对于日常凡俗生活的独特看取，"我发现弄文学的人向来只注重人生飞扬的一面，而忽视人生安稳的一面。其实，后者才是前者的底子。又如，他们多是注重人生的斗争，而忽略和谐的一面。其实，人是为了求和谐的一面才斗争的"[③]。张爱玲声称自己是个通俗作家，自贬为一个卖文为生的匠人，她的这一姿态和立场，实则是对远离人间烟火的传统知识分子文人清高孤傲形象的否定和改写。"有时候我疑心我的俗不过是避嫌疑，怕沾上了名士派；有时候又觉得是天生的俗"。[④] 显然，张爱玲在这里已经表明了自己书写日常生活的决心，没有志在"救人民，救世界，推动历史前进"的超人式英雄，也没有喜剧性的"善与恶，灵与肉的斩钉截铁的冲突"。在这里，不是刻画"彻底的英雄"，而是用不集中的生活小事来描写"不彻底的凡人"。由此，张爱玲执着于书写人生安稳的一面以及为追逐安稳、保有安稳而展开的小人物间的"认真而未有名目的斗争"，这也正吻合了她在《传奇》初版扉页上所说"书名叫《传奇》，目的是在传奇里面寻找普通人，在普通人里寻找传奇"。在谈到写什么的时候，张爱玲说："只要题材不太专门性，像恋爱结婚，生老病死，这一类颇为普遍的现象，都可

---

① 柯灵：《遥寄张爱玲》，《张爱玲文集》（第 4 卷），安徽文艺出版社，1992 年版，第 427 页。

② 迅雨：《论张爱玲的小说》，《万象》1944 年 5 月 1 日第 3 卷第 11 期。

③ 张爱玲：《张爱玲文集·自己的文章》（第 4 卷），安徽文艺出版社，1992 年版，第 173 页。

④ 张爱玲：《张爱玲文集·我看苏青》（第 4 卷），安徽文艺出版社，1992 年版，第 232 页。

以从无数各个不同的观点来写,一辈子也写不完。"①张爱玲从无"意义"的纯粹女性日常生活经验中去体验生活,以透彻的世俗情怀去对抗男性知识分子热衷于社会政治历史和文化道德的宏大话语,她没有关于民族国家的史诗建构,而是以彻底的世俗精神,关注乱世中的男女的情感纠葛。

《封锁》营构了一个"切断了时间与空间"的小世界,在街道封锁、电车停开的战争境域中,两个陌生人在停驶的电车上竟然相爱了,压抑已久的生命激情被激活,他们上演了一场场悲喜剧,不久"封锁开放了","封锁期间的一切,等于没有发生",其中的人物均回到原来枯燥乏味的生活中。这其中,"封锁"的现实语境与男女的爱情之间的微妙关系始终存在,是可以作为时代寓言来读的。张爱玲没有去写战争如何瓦解日常生活,正如《谈音乐》和《我看苏青》中战争情境下始终飘扬的通俗歌女的嗓音和管弦乐声,生活依然在继续。反而,在这种特殊的语境中人物对于社会和人生的体验更加深刻。《倾城之恋》书写了白流苏和范柳原在香港、上海的洋场生活中真真假假、虚虚实实的试探、调情,最终"香港的陷落成全了她",残酷的战争让彼此认清了人性的真实、爱情的真谛,回复到平凡生活中来,成了一对普通的夫妻。国破家亡的痛苦对于他们两个人来说反而成了幸事,日常生活摆脱了宏大政治叙事的笼罩,反而显现出其独特的风姿。

张爱玲处处标榜自己是个俗人,酷爱俗物,坦承自己对金钱名利的欲望。"世上有用的人往往是俗人。我愿意保留我的俗不可耐的名字,向我自己作为一种警告,设法除去一般知书识字的人咬文嚼字的积习,从柴米油盐、肥皂,水与太阳之中去找寻实际的人生。"②这在其小说中有深刻而细致的表现:《十八春》中的顾曼桢与沈世钧相识相爱,但姐姐为了笼络姐夫,设计陷害妹妹,顾曼桢被姐夫强暴后错过了与沈世钧的婚约,并在姐姐死后与姐夫结婚,守着自己的儿子过日子。18年后顾曼桢见到沈世钧,他们只能感慨:"我们是回不去了"。《沉香屑·第一炉香》中的葛薇龙到香港投奔自己的姑妈,想继续读书,可结果是只能充当姑妈的诱饵,后与调情高手乔琪乔厮混、结婚。葛薇龙明白自己的处境,她与妓女的区别仅仅是:"她们是不得已,我是自愿的。"《红玫瑰与白玫瑰》中的佟振保在国外求学期间就与妓女有染,回国后工作努力,先与红玫瑰相恋,红玫瑰为此离婚;佟振保为了保住自己的好名声,另娶白玫瑰为妻,虽夫妻感情不睦,但也一直维持着。《多少恨》中的虞家茵在担任家庭女教师的日子里,爱上了学生的父亲,学生的母亲则一直生病,但因听到学生母亲关于自己死后孩子将会在后母的监管下艰难生活的言语,虞家茵毅然决然地放弃了自己的爱,悄然离去。可以说,张爱玲表现的不是旧世界的问题,也不是时代现实的问题,更不是政治与战争的问题,而是聚焦于男女两性问题的

---

① 张爱玲:《张爱玲文集·写什么》(第4卷),安徽文艺出版社,1992年版,第135页。

② 张爱玲:《张爱玲文集·必也正名乎》(第4卷),安徽文艺出版社,1992年版,第51页。

书写上，尤其是对女性命运的关怀上。这些"不彻底的人物"在一个"沉没"的时代里，深刻地感受到了被时代抛弃的恐怖："这时代，旧的东西在崩塌，新的在滋长中。但是时代的高潮来到之前，斩钉截铁的事物不过是例外。人们只是感觉日常的一切都有点不对，不对到恐怖的程度。人是生活于一个时代里的，可是这时代却在影子似地沉没下去，人觉得自己是被抛弃了"。① 人物在与时代、社会冲突的时候，并没有内化为决绝的反抗或无声的控诉，而只有一声叹息，既不过于伤痛，也不过于激烈的哀叹。

正因为张爱玲集中书写男女的日常生活，远离政治，使得很多人认为这是一种罔顾当前沦陷区现实的"反现实主义"行为。其实，张爱玲这种对于日常生活的书写虽然避趋了政治的干扰，然而无法回避现世的影响。对眼前的时代，她不认可但也不否定，她认为"时代是那么地沉重"。张爱玲的故事多写普遍存在的家庭婚姻和男女之情，写他们的情欲、虚荣、嫉妒、疯狂，这一切都是以最平常的日常生活面目出现的。可以说，对普通人生的叙述、对爱情童话的演绎和家族想象的建构，生成了张爱玲世俗生活的基本内涵。但是她不耽溺于此，而是跳出日常生活中的饮食男女的境界，以一种现代理性的精神来考量，看出它的荒诞与苍凉，这种苍凉和荒诞是基于宏大价值体系轰塌之后人面对世界的虚无感，"如果我最常用的字是'荒凉'，那是因为思想背景里有这惘惘的威胁"②。在这方面，《金锁记》是其最具代表性的作品。麻油店店主的女儿曹七巧被迫嫁给了患有骨痨的姜家二少爷，郁积的情欲和封建大家庭的相互倾轧使她的性格发生了畸变，当媳妇熬成婆后，为了护住"黄金枷锁"，折磨死儿子长白的两个媳妇，赶走了女儿长安的未婚夫，最终绝望地死去。"三十年来她戴着黄金的枷。她用那沉重的枷角劈杀了几个人，没死的也送了半条命。"曹七巧即是受害者，也是迫害者，她对子女生活的干预和摧残，使其成为中国现代文学画廊上具有"反母性"色彩的人物。《心经》书写了一个年轻女孩和她的父亲相爱的故事。很显然，这个故事注定了是悲剧。在张爱玲的笔下，这荒谬的爱情缓缓地在读者眼前上演，天真而偏执的少女小寒肆意地勾引她的父亲，慢慢地离间及至扼杀她父母之间的爱情，最后，她的父亲许峰仪借着小寒的同学绫卿逃开了这段畸恋。《留情》中的敦凤则干脆利落地声称自己与年长的丈夫之间"还不都是为了钱，我照应他，也是为我自己打算"。这些时时刻刻为利益计较的人物和故事充满了张爱玲的小说，她彻底站在"世俗化"的"自私"的立场，为各种理想涂上真实的现实色彩，为各种虚幻的价值拉去遮羞的面纱。张爱玲书写的人物对于狂热的时代、政治没有轰轰烈烈的创举，在人性的纠缠和撕咬中挣扎，这些男女都是不彻底的人，他们无法从昂贵情感的缺失中找回自己，既不能得到别人的爱，更不能爱别人；人物的游移前行是美的毁灭，而不是力的张扬。在她们那里我们首

---

① 张爱玲：《张爱玲文集·自己的文章》（第 4 卷），安徽文艺出版社，1992 年版，第 174 页。
② 张爱玲：《张爱玲文集·传奇·再版序》（第 4 卷），安徽文艺出版社，1992 年版，第 135 页。

先感受到的是庸庸碌碌,世俗琐碎,残缺病态。"极端病态与极端觉悟的人究竟不多。……所以我的小说里,除了《金锁记》里的曹七巧,全是些不彻底的人物。他们不是英雄,他们可是这时代的广大的负荷者。因为他们虽然不彻底,但究竟是认真的。他们没有悲壮,只有苍凉。悲壮是一种完成,而苍凉则是一种启示。"①这些在都市中讨生活的男男女女所演绎的"传奇"是没有多大救赎的意义的,而张爱玲却在她习以为常并且驾轻就熟的世俗中藏身,从中洞悉到了人情的苍凉和世间的虚无,于是,世俗与虚无的组合构成了她文学世界互为主体、充满张力的关键要素。王安忆说得好,张爱玲自身的悲观虚无和她身处的"俗"的世界是彼此拯救的,俗充实了虚无,使虚无这只氢气球不会脱离牵引,不会像脱缰的野马,无影无踪,自取灭亡,粉身碎骨,而她的虚无同时使她的俗不至于滑向真正的俗气庸碌无聊浅薄,不至于下沉到另一个虚无的地界。② 正是对于真的追求,导致张爱玲向悲观和俗这两个相反方向都走到了极致。

张爱玲用自己喜欢的"参差对照"写法将上述艺术张力很好地呈现出来。她说过,"我不喜欢壮烈,我是喜欢悲壮,更喜欢苍凉,壮烈只有力,没有美,似乎缺乏人性。悲壮则如大红大绿的配色,是一种强烈的对照。但它的刺激性还是大于启发性。苍凉之所以有更深长的回味,就因为它像葱绿配桃红,是一种参差的对照"。③这里的"参差的对照"不是一种平衡的对照。在这里,张爱玲强调目的是向事实"靠拢",她指的是保留自己的个体、脱离群居或集体状态的属性,并表现于彼此的差异。因此,表面看来这是张爱玲自己作品内部的指涉互渗,实则是作家寄寓与大一统的文坛的指控、反抗和"拨正",以突出极为自由的市民表达和书写。张爱玲在其文章中津津乐道地谈论都市男女的日常生活情状,展示光怪陆离的民间文化场景,捡拾都市民间文化形态的碎片,这与五四新文学所崇尚的崇高精神保持了距离,这也走出了五四精英作家面对世俗生活的心理怪圈;同时,在其中加入的作家独特的人性思考和关怀,使得都市日常生活不流于简单的鸡零狗碎,而有了内在的诗意。

---

① 张爱玲:《张爱玲文集·自己的文章》(第 4 卷),安徽文艺出版社,1992 年版,第 172 页。
② 王安忆:《世俗的张爱玲》,《文汇报》2000 年 11 月 7 日第 11 版。
③ 张爱玲:《张爱玲文集·自己的文章》(第 4 卷),安徽文艺出版社 1992 年版,第 173 页。

（下册）

第二版

中国现当代文学史

高 玉 主编

浙江大学出版社
ZHEJIANG UNIVERSITY PRESS

目录

CONTENTS

第五章 "十七年"文学

第六章 "文革"文学

第五章 "十七年"文学

第一节 新中国文学的生态和体制

一 文学转折和第一次文代会

1949 年新中国的成立宣布了一个新的文学时代的到来,"十七年"文学由此拉开了序幕。从 1949 年中华人民共和国成立到 1966 年"文化大革命"开始这一时间段的文学,即是"十七年"文学,它是"当代文学"的重要发生阶段。在这一时期,政治与文学的关系按照意识形态的需要必须以"一元化"的方式存在,不同思想和艺术倾向的作家和作家群的共同存在已成为过去,左翼文学从 20 世纪 30 年代产生到解放区文学不断发展壮大,在中华人民共和国成立后随着政权的确立也进一步成为文艺界唯一的主导力量。新中国建立后,新的文学体制逐步建立起来,包括文艺方针和政策的制定、作家的组织管理、文学作品的出版发行、文学批评的原则和规范的确立和实施等,它们共同构筑了新中国文学的时代规范。

新中国文学作为当代文学的发生期,它与现代文学的关系并非泾渭分明,按照以 1949 年为分界点,把现代文学和当代文学划为两大块的分类法,现代文学与当代文学之间似乎有着天壤之别,但实际情况并非如此。首先,一大批现代时期的重要作家如老舍、丁玲、郭沫若、冰心、曹禺、穆旦、艾青等都跨越了现代和当代两个文学时期。其次,新中国文学与作为现代文学重要组成部分的左翼文学、解放区文学有着直接的师承关系。再者,五四文学精神在新中国文学的发展中虽然已不被主流文学所提倡,却也并未消失,而是形成了一种非主流和隐性的发展线索,体现了当代文学对五四文学传统的继承关系。对此,陈思和提出了"潜在书写"①的概念。

---

① 陈思和主编:《中国当代文学史教程·前言》,复旦大学出版社,1999 年版,第 12 页。

第一次文代会的召开是文学转折的标志性事件。1949年7月2日到19日，来自解放区、国统区的文学艺术工作者在北平举行了第一次中华全国文学艺术工作者代表大会，参加会议的正式代表和被邀请的非正式代表共计824人。这次会议被看作是四十年代不同政权下的文艺工作者的会师性大会，毛泽东、朱德、周恩来、董必武、陆定一等国家领导人参加了会议并发表讲话，这反映了国家政权对文学艺术之于国家建设的重要作用的高度重视。周恩来总理代表中共中央作了政治报告，报告强调了工农兵对于中国人民解放战争胜利的重要性，他们应该成为社会主义新文艺的表现对象。茅盾、周扬等文艺界领导人也作了更具针对性的报告。周扬对解放区贯彻毛泽东延安文艺座谈会上的讲话精神的文学成果进行了总结和肯定。1942年毛泽东《在延安文艺座谈会上的讲话》（下简称《讲话》），自其诞生起就被看作是左翼文化前进的指南针，而第一次文代会进一步明确地提出中华人民共和国成立后新的文艺方向仍然是进一步贯彻《讲话》讲话精神。

第一次文代会具有明确的政治倾向性，国家领导人和文艺界领导的发言都对40年代不同区域的文艺创作的成就进行了等级性的划分和认定，在毛泽东《讲话》讲话精神指导下的解放区文学具有明显高于国统区文学的政治优势。由此，第一次文代会确立了新中国的文艺发展方向，也就是以毛泽东《讲话》讲话为根本指导思想，不同政治信仰、文学立场的作家都被统一到相同的政治规范下进行文学实践活动。从理论上看，过去一些具有争议性的问题，如文学与政治的关系等问题，似乎都不复存在了，都得到了解决。实际上，尽管新的文学体制的建立是以获得文化领导权的高度集中和统一为目标的，但这并不意味着在这一新的文化阵营内部，不同的文学观念之间的矛盾和斗争就消失了。可以看到，在"十七年"文学中，不同的观念、创作追求之间的矛盾和斗争仍然存在，甚至在某些时候冲突还会变得更激烈，这也就造成了中华人民共和国成立后文坛不断"起伏"的状况，虽然"起伏"的结果最终也是回到"文学政治化"的轨道上来，但这一变动过程已充分说明，即使在政治化的环境中，文学也存在着相当程度的丰富性和复杂性。

因此，文学转折并不意味着新中国文学是一个零的开始，它本是在多种文学传统的背景下起步的，而从各种文学传统中汲取养分也是它发展的必然前提。从纵向来看，五四文学传统作为现代思想和文化的母体，对现代知识分子的精神世界的影响是无可估量的，这种影响同样也延续到革命战争文化中，因此，五四文学传统对于新中国文学来说是不能回避的精神资源；此外，毛泽东《讲话》讲话就成为指导作为解放区文学合理延伸的新中国文学前进的纲领性文件，引领着新中国文学的发展并塑造了新中国文学的基本面貌。从横向来看，苏联作为创立社会主义模式的"老大哥"，其文学经验对新中国文学的借鉴意义也是非常重要的，当时很多文艺方针和政策的制定、文艺理论的建设等都直接借鉴苏联经验。但是，这三种文学资源对新中国文学的发生和发展的影响却并非在同一个平台上,由于政治话语在不同时期对这些文学资源所赋予的价值等级的不同,这些文学传统和资源对新中国文学的影响也存在着显和隐、主和次、强和弱等不同层次的区别。同时,新中国文学对每一种文学资源的评价和接受也并非是一成不变的,而是带有浓厚的主观性和当下性,因此对这些传统和资源的继承和吸收也是有选择、有轻重的。在对待五四文学传统的立场上,在处理五四文学传统和解放区文学传统的关系上,在借鉴苏联文学经验的态度上,实际上,不同的人都有不同的理解。同时,按照现实的需要,主流文学对这些问题的态度也经历了一个变化的过程。

二 新中国文学的体制

意识形态的规范和管理是新中国社会主义建设的重要组成部分,文学艺术作为构成意识形态的重要力量受到了政府的高度重视,当代文学体制的建立和实施就是政府对于文学艺术领导、监督和控制的具体化,包括文学话语体系、文学运作方式以及管理、监督机制等的建立。

从第一次"文代会"到以后的各次"文代会","文学艺术的组织领导"的重要性一直被强调,中国文联和作协的管理、监督、组织功能关系到社会主义文化建设的成败。第一次"文代会"成立了全国性的文艺界组织——中华全国文学艺术界联合会,即"全国文联"(后改名为"中国文联"),通过了《中华全国文学艺术界联合会章程》,选举了"中华全国文学艺术界联合会全国委员会"以及属于"文联"管理的各种协会的负责人。"文代会"后,又陆续成立了下属于"文联"的各种协会,属于文学创作领域的就是中华全国文学工作者协会(后改名为"中国作协")。20世纪五、六十年代的文艺批判运动以及对重大的理论问题的讨论,都是由中国文联和中国作协领导的,其在对作家的监督、管理中,常以"决议"的方式对作家和事件作出政治裁决。同时,中国文联和中国作协内都设有"党组",并下属于中宣部,也就是说,作家的创作受到党的直接领导,通过统一性的组织和管理机构以及规范化的章程和制度,新中国的文学体制逐步建立起来,它为国家和政党对作家及其创作的管理提供了保证。

在文学体制的建立中,报纸、杂志也是重要的文学组织形式,是党在文艺界行使其机能的重要媒介。期刊、报纸一方面对文学创作、交流活动有积极的协调作用,另一方面作为党的机关刊物,通过开展文学批评对政策导向和舆论宣传起到重要作用。

全国文联和中国作协的机关刊物中最重要的是《文艺报》和《人民文学》,它们的主编和编委通常是文艺界的高层领导人,不过,由于政治运动的频繁更迭,这些机关刊物的领导人也经常变更。

在文学体制的建立中,除了报纸、杂志外,"会议"也是重要的文学组织形式,它对当代文学的进程有着深刻的影响,"有关文学的重要会议,是传达贯彻党的文艺方针政策、统一思想步调、布置当前任务、制定长远规划、矫枉纠偏等的主要形式"①。当代文学会议具有浓厚的政治性,它是建构适应政权需要的文学秩序不可缺少的组织形式,对于文学格局的调整和转换具有重要作用。总而言之,领导管理机构、机关刊物、报纸以及文学会议等因素共同建构了当代文学的生态环境。

文学批评和文艺政策也是构成新中国文学体制的重要组成部分。

五、六十年代的文学批评较少从文学的角度对作品进行批评、评价,更多地发挥的是政治性的功能,文学批评没有独立的标准,政治话语规范即是文学的标准。不仅如此,文学批评常常是政治运动的风向标和晴雨表。

五、六十年代的文学批评活动是为政治服务的,它对意识形态话语的建构具有重要的作用。政治对文学批评的过分干预导致了文学批评的政治化和主观化,存在的问题主要表现为"一个阶级一个典型"、"一种生活一个题材"、"一个题材一个主题",庸俗社会学的批评方法把作品中的艺术问题直接等同于作家的政治倾向和立场,在批评方式上随意"戴帽子"、"打棍子",用词武断、粗暴,常常是"断章取义、寻章摘句、咬文嚼字,或者莫须有地,就给作者按上了罪名"。②

不过,五、六十年代的文学批评活动并不是完全单一化的。这是因为主流文学批评一方面要保证文学在政治上的正确性和稳定性,对小资产阶级思想进行清理和批判,另一方面也要保证文学对于政治宣传的有效性,对文学创作的公式化和概念化倾向进行纠正。因此,主流文学批评经常会在这之间进行调整,表现在不同的时期,对这两方面各有侧重,而当环境允许时,这两方面之间存在的矛盾性就会引起不同观点之间的交锋。中华人民共和国成立后的文学界就出现过三次大的文艺争鸣,第一次是50年代初期围绕胡风、阿垅、路翎等的文艺思想展开的文艺论争,第二次是50年代中期"双百"时期围绕秦兆阳、陈涌、巴人、钱谷融、刘绍棠等的文艺观点展开的论争,第三次是60年代初期围绕邵荃麟、李何林等人的文艺观点展开的论争。这说明,文学批评的开展并非都能在规范和掌控之中,实践和理论之间总会出现各种各样的偏差。

同时,从事文学批评的理论家除了以周扬、邵荃麟、林默涵、张光年、冯雪峰等为代表的主流的意识形态化的文学批评之外,还有一些"非主流"的文学批评,主要是以胡风、路翎、秦兆阳、黄秋耘等为代表,他们文学批评的理论思想表现出不同于主导的文学观念的勇气和坚持。最后,还有以作家为主体的经验式文学批评,如茅盾、赵树理、孙犁、周立波等的文学批评,他们的文学批评表现出对创作中的一些具体问题的重视。文学批评的这种分层也使得五、六十年代的文学批评活动表现出并非单一化的面貌。

---

① 孟繁华:《中国当代文学通论》,辽宁人民出版社,2009年版,第92页。

② 于晴:《批评的歧路》,《文艺报》1957年第4期。

三 文艺批判运动和政策调整

文学批评在五、六十年代的极端形式就是文艺批判运动,中华人民共和国成立后有四次大规模的文艺批判运动,它们的发展演变过程充分说明了五、六十年代文学批评活动的特点,由此也可以看到文学创作的生态环境。

(一)对电影《武训传》的批判

1951年对电影《武训传》的批判是新中国建立后的第一次大规模的文艺批判运动。孙瑜于1948年就开始拍摄电影《武训传》,描写的是清末山东堂邑县贫农武训行乞办学的事,不过拍了一半就中断了。1949年1月,私营上海昆仑公司收买了该片的摄制权和已拍的胶片。1950年,该公司对剧本进行修改后重新拍摄。电影由赵丹主演,孙瑜导演,到年底拍摄完成。电影公映后,好评如潮。但是,毛泽东看了这部电影后,却很不认同这部电影及大家的评价。1951年在《人民日报》上发表的社论《应当重视电影〈武训传〉的讨论》是经毛泽东本人的大量修改后最后定稿的,基本可看作毛泽东个人的文章。社论认为《武训传》宣传了封建文化,污蔑农民革命斗争,并对目前文艺批评界的"混乱"态度提出了严厉的批评。这篇社论发表后,文艺界对《武训传》的态度急转直下,为了响应《人民日报》的号召,当时郭沫若、周扬、何其芳、邓友梅、夏衍、袁水拍等都发表文章作出回应,对《武训传》进行批判。然而,无论电影《武训传》有怎样的失误,都应该是文艺界内部的问题,而不应该形成如此大规模的政治批判。这次批判运动持续半年之久,首开用政治运动解决文艺问题之先河。

(二)对萧也牧《我们夫妇之间》的批判

在对电影《武训传》的批判之后,文学界对萧也牧《我们夫妇之间》的批判接踵而来。萧也牧的《我们夫妇之间》发表在1950年第3期的《人民文学》上,小说讲述的是知识分子出身的革命干部李克和农民出身的革命妻子在解放进城之后所发生的矛盾。小说对妻子的生活、语言习惯和对李克的审美趣味的描写被指责有丑化"工农兵"、迎合小市民趣味的嫌疑,当时陈涌、李定中(冯雪峰)、丁玲、康濯都写了批判文章。

(三)对《红楼梦》研究的批判

俞平伯是古典文学研究专家,其《红楼梦》研究受胡适研究方法的影响,注重考证,是"新红学"的代表人物,他于1923年曾出版过《红楼梦辨》。1952年,俞平伯在《红楼梦辨》的基础上,通过对它的删改、增订,出版了《红楼梦研究》一书。

俞平伯通过多年的研究,形成了对《红楼梦》的独特看法,他认为《红楼梦》是作者个人的自叙传,其表达的主要观念是"色"、"空",风格是"怨而不怒",在文学继承上是接受和发展了唐传奇、宋话本的传统,并受到了《西厢记》、《水浒传》、《金瓶梅》

等小说的影响,这些观点显然是与当时政治化的环境格格不入的。当时有两位青年研究者李希凡、蓝翎根据马克思主义的文学观念对俞平伯的研究表示质疑,认为俞平伯否定了《红楼梦》的反封建倾向。他们写成《关于〈红楼梦简论〉及其他》一文并投到《文艺报》,却没有被接纳,后来另投山东大学《文史哲》杂志发表(1954年9月号),文章指出:"俞平伯先生离开了现实主义的批评原则,离开了明确的阶级观点,从抽象的艺术观点出发,本末倒置的把水浒贬为一部过火的'怒书',且对他所谓的红楼梦的'怨而不怒'的风格大肆赞扬,实质上是企图减低红楼梦反封建的现实意义。"[①]

后来毛泽东看了这篇文章,并了解了整个事情的经过,在1954年10月16日给中央政治局写了一封信,信中表示,这是一场反对胡适派资产阶级唯心论的斗争。随即,《人民日报》发表了一系列文章,批判的矛头不仅指向胡适、俞平伯,也指向《文艺报》编委。接着,文艺界全面展开了批判运动,在不到一个月的时间,中国文联主席团和中国作协主席团连续召开了四次扩大联席会议。这场批判运动由开始的对俞平伯《红楼梦》研究的批判,逐渐转向对胡适文学观念的批判,并且由文学领域逐渐转向整个文化学术领域,这也是毛泽东发起这场文艺运动的真正动机,即彻底消除胡风等的资产阶级思想在社会主义的影响和存留。

(四)对胡风"资产阶级唯心论"的批判

胡风是中国现代文学史上卓有成就的理论家和诗人,作为"七月派"的理论建设者,胡风的现实主义理论对"七月派"的创作有着深刻的影响。然而,由于文艺观念的差异,胡风与周扬之间一直存在着分歧,他们的矛盾造成了左翼内部两大阵营的分立。

1954年胡风在不为人知的情况下,写成了近三十万字的《关于解放以来的文艺实践情况的报告》(简称《意见书》)上呈给中央,他严厉地指出了中华人民共和国成立以来文艺界的方针、政策和措施存在的问题,并提出了具体的改革的措施方案。之后,在对"红楼梦研究"和《文艺报》的批判中,胡风的发言也进一步把矛头引向自身。1955年1月26日,中央批转中宣部《关于开展批判胡风思想的报告》,意味着对胡风的批判成为全国性的运动,"胡风反革命集团的材料"在《人民日报》等刊物上公开发表。这些材料都经毛泽东审阅,在发表时都由毛泽东亲自加了按语和注释,至此,胡风事件的性质升级了。胡风于5月18日被拘捕,5月25日,以胡风为首的"七月派"被定性为"反党、反人民、反革命集团"。"胡风案件"是中国当代文学体制化的一种极端体现,它所造成的后果是严重的,包含着严峻的历史教训。

(五)文艺政策的两次调整

当政治和文学的关系达到一种异常紧张的状态之后,会出现一个间歇和松弛期。为了在一定程度上恢复文学自身的弹性并调动作家创作的积极性,政治会给

---

① 李希凡、蓝翎《关于〈红楼梦简论〉及其他》,《文史哲》1954年第9期。

予文学稍宽松的生存空间,1956—1957 年间"双百"方针的提出,1961—1962 年间文艺政策的调整,都是如此。在这些短暂的时间段中,文学创作的丰富性和多样性稍稍得到了一些恢复,对各种文学理论问题的探讨也出现了一定程度的繁荣。

1. "双百"方针

"百花齐放,百家争鸣"这八个字成为一句口号,有一个历史过程。从 1951—1956 年,毛泽东在不同的场合都提到"百花齐放"一词,而正式公开向全国阐释毛泽东这一思想的是陆定一。1956 年 5 月 26 日,陆定一在怀仁堂向科学界和文艺界的代表人物作了题为"百花齐放,百家争鸣"的报告,系统全面地阐释了这一方针的内涵,他说:"我们所主张的'百花齐放,百家争鸣'是提倡在文学艺术工作和科学研究工作中有独立思考的自由,有辩论的自由,有创作和批评的自由,有发表自己的意见、坚持自己的意见和保留自己的意见的自由。"[1]自由宽松的文学创作和批评、研究空间是文学事业发展的基本前提,也是经历了中华人民共和国成立后一次又一次的批判运动后人们经验的总结。

随着党对"双百"方针政策提倡的不断升温,文艺界的很多知识分子逐渐放下了心中的疑虑,过去不敢涉猎的题材开始有作家来关注,过去不敢谈论的理论问题开始有批评家来讨论、反思,文艺界出现了一派枯木逢春的景象。

首先是理论界对文学创作问题的重新思考。社会主义现实主义的问题,典型性、形象思维的问题,作品的真实性、思想性和艺术性的关系问题,歌颂与暴露、世界观与创作方法的关系问题,文艺的特征和规律问题,以及如何理解和贯彻文艺为工农兵服务、为政治服务等问题都在这一时期被重新提出来讨论。在这次讨论中影响较大的文章有:何直(秦兆阳)的《现实主义——广阔的道路》、周勃的《论现实主义及其在社会主义时代的发展》、陈涌的《关于社会主义的现实主义》、钱谷融的《论"文学是人学"》、巴人(王任叔)的《论人情》、王淑明的《论人情与人性》、刘绍棠的《我对当前文艺问题的一些浅见》、钟惦棐的《电影的锣鼓》等,这些文章从各个角度展开了对社会主义现实主义创作的各种问题的反思和思考,体现出思想解放、大胆反思和质疑的特点。

其次,在文学创作领域,也出现了一些敢于暴露和批判的被称作"干预生活"的作品。有刘宾雁的特写《在桥梁工地上》和《本报内部消息》,耿简的《爬在旗杆上的人》,王蒙的《组织部来了个年轻人》,李国文的《改选》,刘绍棠的《田野落霞》等,除此之外,也有一些反映"家务事,儿女情"题材的作品,如宗璞的《红豆》,邓友梅的《在悬崖上》,陆文夫的《小巷深处》等。这些作品由于涉足了一些过去的题材禁区,突破了过去陈旧的创作模式,在反映生活的深度和广度上都有较大的提升,因而给文坛带来了一股新鲜的气息。

---

[1] 陆定一:《百花齐放,百家争鸣》,《人民日报》1956 年 6 月 13 日。

不过,随即 1957 年"反右"运动的迅速启动使知识分子措手不及,一大批在"双百"时期发表了"鸣放"言论的理论家以及一些发表"干预生活"作品的作家都被打成"右派"。"反右"运动中,当时在文艺界被打成"反党集团"的除了"丁玲、陈企霞反党集团"外,还有"江丰反党集团"、"吴祖光右派集团"等。"反右"运动中,周扬在一次会议上宣读的报告《文艺战线上的一场大辩论》[①]是对这一场运动的总结。

2.1960 年代初文艺政策的调整

1958 年,中国掀起了"大跃进运动",不仅粮食、钢铁放出一颗颗"卫星",在文学领域,诗歌创作也展开了"新民歌"运动,无数的诗人和诗歌一时间被生产出来,整个国家呈现出一种浮夸的状态。此外,从 1959 年至 1961 年,自然灾害、"反右倾"、"反修正主义"这些天灾人祸使得当时国家的状况雪上加霜。针对这种状况,党中央制定了"调整、巩固、充实、提高"的八字方针。在这一方针的指导下,国民经济等各个方面从 1962 年开始得到了一定程度的恢复。同时,从 1961—1962 年,文艺界也进行了方针政策的调整,对文学典型、题材,文学共鸣,山水诗,戏剧冲突和历史剧,形象思维等问题展开了讨论,这次的文艺政策调整是在周恩来的直接领导下进行的。

这次调整期共召开了三次重要的会议,它们是 1961 年 6 月在北京新侨饭店召开的"文艺工作座谈会和故事片创作会议"(简称"新侨会议"),1962 年 3 月在广州召开的"全国话剧、歌剧、儿童剧创作座谈会"(简称"广州会议"),以及 1962 年 8 月在大连召开的"农村题材短篇小说创作座谈会"(简称"大连会议")。这三次会议对当时文学状况的调整起到了非常积极的作用。

作为这几次会议精神集中体现的是最后下发的"文艺八条",它最初的雏形是在新侨会议讨论的文件《关于当前文学艺术工作若干问题的意见》("文艺十条"),经过反复讨论、修改,在广州会议后报送中央被批准。中央出台了八条全局性的指导原则,即所谓的"文艺八条",主要内容包括贯彻执行"百花齐放,百家争鸣"的方针,努力提高创作质量,批判地继承民族遗产和吸收外国文化,正确地开展文艺批评,改进领导方法和领导作风等。

第二节 "十七年"农村题材小说

一 农村题材小说成为主潮

1949 年中华人民共和国成立,历史翻开了崭新的一页,文学也进入了新的征

---

① 该文原载 1958 年 2 月《人民日报》和 1958 年第 4 期《文艺报》。

程。作为中国社会主义革命事业的有机组成部分,文学需要为刚刚与"旧世界"彻底决裂的人民群众提供可理解、可感觉的艺术形象,使人们可以进入具有自然性的历史叙述之中,以安抚人们在社会主义革命探索时期的精神焦虑。文学创作一方面为历史的发展提供了文学性的解读,另一方面也为现实的存在提供了政治性的引导。

在"十七年"的小说创作中,题材的选取是优先考虑的问题之一,这不仅是因为当时的文学界把题材的优劣作为判断作品成功与否的重要标准,更是因为题材问题在多次文艺论争和批判运动中都是关注的焦点。以"社会群体的政治生活"[①]为依据,文学界逐渐形成了诸如工业题材、农村题材、革命历史题材等特定的题材分类概念。严格的题材分类,为排列题材的主次提供了必要条件,处于不同位次的题材类别在"十七年"被赋予了不同的价值。比如,"工农兵"题材的作品就比知识分子题材的作品地位高,反映重大斗争的作品就比反映个人生活的作品价值大,以现实政治任务为题材的作品就优于以中国古代历史为题材的作品。

在这些不同的题材类别中,农村题材小说无论是在作品数量上,还是在质量上都高居榜首,成为新中国文学的主潮。农村题材小说之所以能在中华人民共和国成立后迅速崛起,一方面是得益于对五四新文学中的"乡土文学"传统的延续,另一方面则是得益于作家们长期生活、工作在农村所积累的丰富情感经验和实践经验,更重要的还是得益于当时的文学界对农村题材小说的重视。

1950 年冬天,一场大规模的土地改革运动在全国范围内展开,对社会主义中国理想蓝图的描绘首先从农村开始,政治的主导与作家的自觉在这里得到有效的结合,从"土改"到农村合作化运动,再到人民公社化和"大跃进"……20 世纪五、六十年代中国农村开展的一系列重要的政治运动和事件都在小说中得到了反映,作家们积极地、动态地、不遗余力地展示着农村翻天覆地的变化。特别是 1953 年,社会主义改造在全国轰轰烈烈地展开,农村也开始进行大规模的农业合作化运动,目标是把以生产资料私有制为基础的农村个体经济改造成为以公有制为基础的农业合作经济。这场声势浩大的运动,给整个农村的面貌和每个农民的命运都带来了深刻的变化,它引起了作家们的高度关注,也激起了他们极大的创作热情。可以说,农村题材小说从产生之初到之后的发展,都是与"现实斗争"紧密结合的。

在"十七年"期间以农村生活为主要创作题材的作家有赵树理、马烽、西戎、柳青、王汶石、周立波、沙汀、刘澍德、陈残云、谢璞、秦兆阳、康濯、李准、浩然等。除周立波、沙汀、刘澍德、陈残云、谢璞等少数作家主要从南方农村取材外,大多数作家主要还是从北方农村取材,其中山西和陕西的两大作家群体最具特色和实力。

赵树理、马烽、西戎、孙谦、束为、胡正等作家的小说,主要都取材于山西农村。

---

① 洪子诚:《中国当代文学史》(修订版),北京大学出版社,2007 年版,第 75 页。

这些作家一生中的大部分时间是在山西度过的,他们不但熟悉那里的风俗习惯和人情事理,而且经常能接触到生活底层,他们能够在小说中自觉地将地域性与农民性有机地结合起来。同时,这些山西作家紧紧围绕农村的现实问题来进行创作,不仅以反映农村现实为目的,而且以对现实具有指导意义为目的。另外,在艺术上,他们始终坚持把农村读者作为主要的接受对象,追求小说的平民化、大众化,注重对古典小说、民间说书、地方戏曲等民间艺术形式的改造吸收,加强了小说情节的故事性和语言的通俗性。鉴于赵树理等作家在创作上的上述共通点,后来的评论界陆续有人用"山西作家群"、"山药蛋派"等称谓来命名他们。

"十七年"时期另一个创作农村题材小说的作家群体,是以柳青为代表的"陕西作家群",这个群体的小说主要取材于陕西农村生活。与"山西作家群"的创作相比,"陕西作家群"的创作虽然也具有比较明显的"地域性特征",但他们更加注重对农村中的"新人",即农民中的先进者的塑造。如果说"山西作家群"是站在与他们所写对象同一性的立场上,那么"陕西作家群"则是站在超越性的立场上——通过灌输新的价值观念对农民进行政治教育。从艺术的角度分析,"陕西作家群"不像"山西作家群"那样以民间艺术为主要的借鉴对象,他们更加倾向于现实主义的创作原则,重视从苏联和五四新文学以来的现实主义传统中进行艺术吸收。此外,"陕西作家群"的小说也更加注重从历史和时代的高度对农村的新变化进行阐释,表现出比较浓厚的理想主义色彩,这一点在柳青的小说中有很明显的体现。

二 赵树理的小说及其评价史

赵树理(1906—1970),出生于山西省沁水县一个贫苦农民家庭。他创作的反映农村青年争取婚恋自由的《小二黑结婚》、反映抗战时期农村政权改选和减租减息斗争的《李有才板话》、反映农民在共产党领导下与地主展开阶级斗争的《李家庄的变迁》等小说使他在40年代的解放区享有极高的声誉。新中国成立后,赵树理继续进行农村题材小说创作,有长篇小说《三里湾》等作品问世。在赵树理文学创作的发展过程中,批评界对其文学创作的成就的评价起伏不定,究其原因是多方面的。首先是由于文学具有前瞻性,它被要求"及时"地反映社会主义革命带来的新人、新事、新面貌,但社会主义革命本身尚处于探索阶段,政治政策的变化很大,一旦政策发生变化,对作品的评价也会发生较大的变化。此外,政治环境对文学控制的松紧也对文学作品的评价有重要影响。

1942年,延安文艺座谈会召开,毛泽东发表了《在延安文艺座谈会上的讲话》,确立了"工农兵"文艺发展方向。对于赵树理这样对农村生活有着切身体验和真实感情的本色作家来说,这无疑是一个绝佳的机遇。他不需要像丁玲等已成名的知识分子作家那样,必须将原有的创作观念进行改造并转移到"工农兵"的立场上来,因为他从来就是中国千千万万农民中的一个,并且"对自己熟悉群众生活的根据地永远保持着饱满的兴趣"①。同时,"工农兵"方向作为一种新的文艺思想,也正需要一位具有代表性的作家来向文学界提供可供学习、借鉴的范本。赵树理对农村生活变迁和农民历史命运的关注,以及他对民间文艺的熟悉,使他正能够创作出满足"工农兵"文艺方向的这种迫切需求的作品。

赵树理在解放区时期的农村题材小说受到了广泛的欢迎。当时,左翼文学界的代表人物郭沫若、茅盾、周扬、陈荒煤等纷纷给予热情的赞扬,这些重要的批评家对其异口同声的高度评价一下子就把赵树理推到了文坛的顶峰。早期对赵树理进行评价的文章主要是按照《讲话》讲话的精神进行的,主要在于去把握赵树理的语言、表现对象、叙事结构等方面所走的"大众化"道路。

周扬的《论赵树理的创作》②一文是 40 年代最早对赵树理小说进行全面、系统评价的文章。周扬认为,赵树理的小说满足了在艺术作品中反映"农村中的伟大的变革过程"的要求,并且指出赵树理小说有"人物的创造"和"语言的创造"两大特点。周扬在总结赵树理的人物创作特点时强调:"他总是将他的人物安置在一定斗争的环境中,放在这斗争中的一定地位上,这样来展开人物的性格和发展。"而在语言方面,周扬也肯定赵树理"熟练地丰富地运用了群众的语言,显示了他的口语化的卓越的能力"。文章最后,周扬将赵树理的小说成就上升到"毛泽东文艺思想在创作上实践的一个胜利"的高度。1947 年 8 月,陈荒煤在晋冀鲁豫文艺工作者座谈会上作了《向赵树理方向迈进》③的发言,认为赵树理作品的"真正做到全心全意的为人民服务",把"赵树理方向"作为"边区文艺界开展创作运动的一个号召",是与会者"经过好多天热烈的讨论与研究"得到的"一致的意见"。

中华人民共和国成立后,赵树理继续从事他的农村题材小说创作,发表有短篇小说《登记》(1950)、《"锻炼锻炼"》(1958)、《老定额》(1959)、《套不住的手》(1960)等,另出版有长篇小说《三里湾》(1955)、《灵泉洞》(1959)等。尽管这一时期赵树理的创作在题材选择上,是跟着党在农村实施的一系列政策向前推进的,但他和他的小说都表现出了与新时代的某种不适应:"随着战争的胜利,新的国家意志构成了新的时代共名,对农民也有了进一步的要求,农民的本来立场和文化形态并不总是与时代共名相一致的。"④在这种情况下,坚持把自己当作农民中的一员来考虑问题的赵树理,往往不能紧跟"新的时代共名"对农民的"进一步的要求"。因此,赵树理在这一时期的创作陷入了尴尬的境地。

---

① 赵树理:《赵树理文集·下乡杂忆》(第 4 卷),工人出版社,1980 年版,第 1659 页。
② 周扬:《论赵树理的创作》,《解放日报》1946 年 8 月 26 日。
③ 陈荒煤:《向赵树理方向迈进》,《人民日报》1947 年 8 月 10 日。
④ 陈思和主编:《中国当代文学史教程》(第二版),复旦大学出版社,2006 年版,第 43 页。

此时,评论界在对赵树理小说进行评价时也开始出现了犹豫徘徊。《人民日报》从 1949 年底到 1950 年初,刊登多篇文章讨论赵树理的短篇小说《邪不压正》,这些文章在肯定赵树理作为"旗帜"和"方向"的意义的同时,也批评了他对小昌、小旦、聚财等坏分子和受冤中农着墨过多,批评他在阶级斗争中嵌进了软英、小宝的爱情故事。

赵树理的代表作《三里湾》的发表同样引起了争议。这部小说的主要内容围绕"三里湾农业社"的建设工作展开,描写了合作化运动在农民日常生活中所激起的波澜。小说并没有刻意地去设置一些阶级矛盾,而是尽量从当时的农村日常生活形态出发,围绕三里湾合作社秋收、扩社、整社、开渠等工作,通过四个家庭(王金生、范登高、马多寿、袁天成)在这一运动中的变化,特别是三对年轻人的恋爱婚姻在这之中所受到的影响,以及由此带来的家庭关系的变化来表现的。小说延续了赵树理一贯的风格,以风趣的语言和幽默的笔法,生动表现了农村所有制变革带给广大农民思想和生活上的冲击。《三里湾》发表后,评论界出现了两种声音。正面的意见是肯定赵树理"以他特有的关于农村的丰富知识、热情和幽默,真实地描绘了农村中社会主义先进力量和落后力量之间的斗争","成功地塑造了'糊涂涂'、'常有理'等几个老中农的典型形象,同时描写了农民中的新人物"。[1] 批评意见是认为《三里湾》"典型化"程度不够,对"走社会主义道路"和"走资本主义道路"双方之间的斗争没有进行深入的描绘,没有把底层农民的伟大力量充分而真实地表现出来,斗争双方的矛盾也不够尖锐。[2]

1958 年 8 月赵树理的小说《"锻炼锻炼"》的发表也引起了一些争论。小说描写了"小腿疼"、"吃不饱"等落后妇女,找各种借口不参加公社摘棉花的集体劳动,但没想到"摘自由花"是社副主任杨小四设下的圈套,结果"小腿疼"、"吃不饱"的"积极摘花"反变成了"偷花",因而受到了批判。赵树理的描写真实地反映了当时农村的现实,可以看出,他的这种描写一方面和外在的政治要求保持一致,批评了这些妇女的自私自利思想,另一方面又隐含着他对农民真实世界的关注,并批评了基层干部强硬专横的工作作风。这篇小说发表后,有人认为赵树理的描写不符合农村实际,对基层干部和解放了的农村妇女的描写是一种歪曲和污蔑[3],也有人认为这正是赵树理一直坚持的现实主义精神的体现,并愿意"先来充当一名保卫《'锻炼锻炼'》的战士"[4]。

---

[1] 周扬:《建设社会主义文学的任务》,原载于 1956 年第 5、6 期《文艺报》合刊。见《中国作家协会第二次理事会议(扩大)报告发言集》,人民文学出版社,1956 年版,第 19 页。转引自吴秀明主编:《中国当代文学史写真》(上),北京大学出版社,2010 年版,第 218 页。

[2] 俞林:《〈三里湾〉读后》,《人民文学》1955 年第 7 期。

[3] 武养:《一篇歪曲现实的小说——〈锻炼锻炼〉读后感》,《文艺报》1959 年第 7 期。

[4] 王西彦:《〈锻炼锻炼〉和反映人民内部矛盾》,《文艺报》1959 年第 10 期。

围绕《三里湾》、《"锻炼锻炼"》这两篇小说的争论也引起了文坛关于"中间人物"的大规模讨论。赵树理在《邪不压正》、《三里湾》、《"锻炼锻炼"》等小说中塑造了不少栩栩如生的"中间人物"形象,这些"中间人物"处于泾渭分明的"两条道路"之间,既有革命的一面也有落后的一面,不是简单地"一刀切",这就为农村的斗争形势带来极大的不确定性,在更深刻的层面揭示了农村社会主义革命现实的复杂局面。赵树理通过"中间人物"的塑造,对现实主义的深化起到了重要作用。但在当时,由于特定的历史处境,对"中间人物"的否定看法却是广泛存在的。

60 年代前期赵树理基本延续了 50 年代末的路子,创作了《实干家潘永福》(1961)、《杨老太爷》(1962)、《卖烟叶》(1964)等短篇小说。1962 年 8 月,农村题材短篇小说创作座谈会在大连召开。会上,茅盾、邵荃麟等作家都为赵树理小说在前一阶段受到的不公正待遇进行了"翻案"。邵荃麟在发言中表示,"农村题材最重要的是如何反映人民内部矛盾",《三里湾》等小说"都是写的这个问题"。[1] 而康濯在河北保定召开的短篇小说座谈会上,也作了题为《试论近年间的短篇小说》的发言,高度肯定"赵树理在我们老一辈作家群里,应该说是近 20 年来最杰出也最扎实的一位短篇大师"[2]。

不过 60 年代初对赵树理小说的这些正面评价,在"文革"前又被全部推翻了。《文艺报》编辑部在 1964 年刊登的《关于"写中间人物的材料"》一文中,对邵荃麟在大连农村题材短篇小说创作座谈会上的讲话予以了彻底否定,并着重指出"近几年来,赵树理同志的作品,没有能够用饱满的革命热情描画出革命农民的精神面貌"[3]。到了"文化大革命"期间,曾长期作为文学"旗帜"和"方向"的赵树理受到巨大的冲击,最终在惨烈的批斗运动中被迫害致死。

三 柳青的《创业史》及其争论

柳青(1916—1978),陕西吴堡人,30 年代便开始发表作品。50 年代初,他来到陕西省长安县工作,随后便扎根在长安县皇甫村,前后长达 14 年。在皇甫村的这段时间,柳青除了写有散文特写集《皇甫村三年》、中篇小说《狠透铁》和为数不多的短篇小说外,还完成了多卷本长篇小说《创业史》第一部,以及第二部的部分创作。《创业史》按原计划是部宏篇巨著,本准备写四部,后因"文革"的到来而被阻断。

《创业史》被认为是代表"十七年"文学最高创作水平的作品之一。小说的故事发生在陕西省渭河平原南部一个名叫下堡乡的乡村,主要叙述了党员梁生宝通过

---

[1] 邵荃麟:《邵荃麟全集·在大连"农村题材短篇小说创作座谈会"上的讲话》(第一卷),武汉出版社,2013 年,第 422 页。

[2] 康濯:《试论近年间的短篇小说——在河北省短篇小说座谈会上的发言》,《文学评论》1962年第 5 期。

[3] 《文艺报》编辑部:《关于"写中间人物的材料"》,《文艺报》1964 年第 8、9 合刊。

团结和教育的方式,争取村民支持,带领全村进一步巩固和扩大互助合作组的故事。小说塑造了社会主义新人梁生宝,"中间人物"梁三老汉,"蜕化"村民代表郭振山,富农姚士杰、郭世富等不同的人物形象,展现了合作化运动中农村阶级关系的复杂性。柳青在谈到这部小说的创作动机时曾表示,他之所以写这部小说主要是为了向读者解答"中国农村为什么会发生社会主义革命和这次革命是怎样进行的"①。小说《创业史》第一部发表后,赞誉之声接踵而来,当时的评论界主要从以下两个方面对《创业史》进行了肯定:

一方面是从作品内容的广阔性和思想主题的深刻性出发给《创业史》以充分肯定。从历史的广阔性来讲,小说反映的不仅仅是20世纪50年代农民的"创业史",也间接反映了旧中国农民历经几代的"创业史"。尤其对广大贫下中农而言,旧中国的"创业史"也就等于他们的"辛酸血泪史"。从空间的广阔性来讲,小说写的也不仅仅是下堡乡蛤蟆滩一乡一地的景况,而是将蛤蟆滩作为典型代表,把农业合作化放到全国社会主义革命建设的大背景中展开。就思想主题的深刻性来说,《创业史》突出了这场没有硝烟的社会主义革命的复杂性和艰巨性。"枪杆子里面出政权"的时代已经过去了,但社会主义革命并不比暴力革命来得轻松。阶级敌人暂时混在人民群众当中,到处进行破坏活动;在战争时期和"土改"过程中作过杰出贡献的干部,信念动摇,做起了个人发家致富的美梦;无法根除陋习和私有观念的"中间人物",摇摆不定,在不明真相的情况下受到敌人煽动。柳青就是善于揭露这些"暗藏"的但又不容小觑的阶级冲突,敏锐地发掘出冲突的根源所在,从而揭示了社会主义革命是历史发展的必然趋势这一客观规律。

另一方面是从小说人物形象的成功塑造,尤其是从作者对"新人"梁生宝形象的成功塑造出发给《创业史》以充分肯定。柳青非常注重在错综复杂的矛盾中塑造人物,小说中的梁生宝要面对的不仅仅是来自"三大能人"姚士杰、郭世富、郭振山的挑战,还有父亲梁三老汉的冷嘲热讽和部分村民的不理解。但在复杂困难的现实面前,梁生宝依然坚决拥护党的路线方针,积极投入农业合作化运动,以带领全村实现"共同富裕"为己任。在活跃借贷,买、分稻种,进山砍竹等一系列事件中,梁生宝成功地打败"三大能人",赢得了父亲和村民的支持。梁生宝是一种新的社会制度条件下的英雄典型,当时的文学批评界几乎都把梁生宝形象的成功塑造,作为《创业史》取得的标志性成就之一。

不过,由于《创业史》问世之后,大量的评论文章关注的焦点是小说中的主要英雄人物梁生宝,而对小说中的另一些"中间人物"缺乏关注,针对这一现象,有批评家发表了自己的看法:"不好不坏、亦好亦坏、中不溜儿的芸芸众生,似乎很少人着

---

① 柳青:《提出几个问题来讨论》,《延河》1963年第8期。

力去写他们;写了,也不大能引起人们的注意。"①而在现实中,"中间人物"正代表了大多数,"两头小,中间大;好的、坏的人都比较少,广大的各阶层是中间的,描写他们是很重要的"②,而这大多数也正是必须教育、争取的对象。有许多研究者认为梁三老汉就比梁生宝塑造得更为成功,提倡写"中间人物"的邵荃麟指出:"《创业史》中梁三老汉比梁生宝写得好,概括了中国几千年来个体农民的精神负担。"③严家炎也发表了《谈〈创业史〉中梁三老汉的形象》、《关于梁生宝形象》等系列文章,他认为,梁三老汉在互助组初期表现的那种精神状态,是有代表性的:《创业史》一方面成功地写出了梁三老汉作为个体农民在互助合作事业发展过程中有过的苦恼、怀疑、摇摆,有时甚至是自发的反对;另一方面,又发掘和表现了他那种由生活地位和历史条件所决定的终于要走新道路的必然性。梁三老汉和他爹两辈子艰辛创业,幻想成为"受人尊敬的三合头瓦房院的长者",在一定时期内他对新生活疑信参半,是正常现象。《创业史》不但写出了老汉的转变过程,也传神地描写了他那忠厚、天真、倔强的个性。因此,严家炎认为梁三老汉是"全书中一个最有深度的、概括了相当深广的社会历史内容的人物"④。相对来说,他认为梁生宝的形象并不能令人满意,存在着"三多三不足"的缺陷,它们分别是:写理念活动多,性格刻画不足;外围烘托多,放在冲突中表现不足;抒情议论多,客观描绘不足。⑤ 严家炎的文章一经发表,便引起了激烈的争论,柳青本人也撰写文章参与讨论。

四　周立波《山乡巨变》的民俗乡情

　　周立波(1908—1979),出生于湖南益阳。40年代后期,周立波完成了他文学生涯中最重要的作品之一—《暴风骤雨》的创作。这部描写东北解放区土地改革的长篇小说和丁玲的《太阳照在桑干河上》一起获得了1951年的斯大林文学奖。1955年,周立波返回湖南老家,开始酝酿新的创作。1958年,他的长篇小说《山乡巨变》出版。

　　《山乡巨变》以一个寂静的湖南山乡为背景,描写了农业生产合作社从初级社到高级社的发展过程以及中国农民走上合作化道路的精神面貌。小说并不是在全力阐释合作化运动发展的客观规律,而是把农业合作化视为推动农村风俗变迁的历史动因,着眼于农村世态人情在这一动因驱动下的转变。周立波将农业合作化运动开展过程中产生的冲突、分歧放到乡村日常生活当中来展开,辅以优美的自然

---

①　沐阳:《从邵顺宝、梁三老汉所想到的……》,《文艺报》1962年第9期。
②　邵荃麟:《邵荃麟评论选集·在大连"农村题材短篇小说创作座谈会"上的讲话》,人民文学出版社,1981年版。
③　邵荃麟:《关于写"中间人物"的材料》,《文艺报》1964年第8、9期合刊。
④　严家炎:《谈〈创业史〉中梁三老汉的形象》,《文学评论》1961年第3期。
⑤　严家炎:《关于梁生宝形象》,《文学评论》1963年第3期。

风光描绘和朴素的民间文化展示。这种生活的美感，既提升了小说的意境，也在一定的程度上冲淡了阶级斗争的严酷性和阶级矛盾的尖锐性。在看过许多农村题材小说那种开阔、坚实、浑厚的北方气韵之后，再看周立波的小说，它所呈现的这个纯净、自然、优美的富有南方地域特色的乡村给读者带来了一番不同的审美感受。

此外，《山乡巨变》的人物塑造也具有鲜明的艺术个性。小说塑造了大公无私、埋头苦干的基层干部，坚定不移地走合作化道路的先进分子，徘徊在"两条道路"之间的"中间人物"以及潜伏在群众中进行破坏活动的阶级敌人等不同的人物类型，这也是这一时期反映农业合作化运动的小说常用的人物关系模式。不同的是，《山乡巨变》并没有在小说中着力凸显"两条道路"之间剑拔弩张的尖锐的阶级对立，而是将矛盾双方的冲突放在农村伦理关系当中来展开，并利用农民所熟悉的人情义理来进行判断和化解。在作者塑造的农村基层干部形象如邓秀梅、李月辉、刘雨生等人身上充满了浓厚的人道主义情怀，他们对国家政策的宣传和执行与他们对农民现实生活的关心并不矛盾，他们用自己的宽厚和包容在这二者之间搭起了一座桥梁，他们不是靠政治的说教，而是靠自身的人情味取得了工作的成绩。

作者对于农民中的"落后分子"也抱有一种理解和同情的态度。他不但没有过分丑化盛佑亭这样的"中间人物"，反而肯定了盛佑亭、陈先晋、王菊生等老农吃苦耐劳的优秀品质，赞美了中国农民身上积淀了几千年的精神力量。同时，周立波对这些老农身上积淀了几千年的土地私有观念也显得比较宽容，比较真实地传达了这些"中间人物"从"土改"得地到"入社"交地的心理挣扎。

五 "十七年"农村题材短篇小说

"十七年"时期社会主义革命和建设取得了巨大成绩，伴随着社会现实的迅速变革，人们的精神面貌也发生了变化。为了能及时、有效地反映和歌颂现实生活，作家们多采用短篇小说文体，创作出不少对当时产生影响的作品。实际上，以下两个方面也导致了短篇小说的大繁荣。第一，小说发表需要园地，50年代大量的文学期刊雨后春笋般涌现，除了中国作家协会主办的文学刊物，还有地方省市积极创办的期刊。第二，从50年代初期开始，作家和文学评论家积极参与了短篇小说创作的各种讨论，茅盾、艾芜、沙汀、孙犁、李准、赵树理、魏金枝、周立波、侯金镜等都发表过促进短篇小说创作的意见与建议。

（一）马烽、西戎

马烽和西戎都是山西人，成名于延安解放区，两人合著的《吕梁英雄传》名噪一时，较好地体现出解放区小说艺术上追求民族化、大众化、通俗化的特色，二人也因此作为新人登上了文艺舞台，同时成了"山西作家群"的代表性作家。

马烽始终关注中国农村发展的每一步进程，思考、记录各个时期的农村政策给农民生活和精神带来的影响。他熟悉农村生活,了解农村各种人物,往往能站在农民的立场去感受和认识生活,描写真实的农村现实。《我的第一个上级》中的主人公老田是县农建局副局长,他给"我"的第一印象是"怪"、"慢"、"疲",随着情节的推进,"我"了解到老田实际上是个充满智慧、熟谙全局、胸有成竹的能人。他的"怪"、"慢"是因为1954年防汛时在水中站了七天七夜,落下了关节炎的毛病,所以热天也得穿厚棉裤,走起路来就十分缓慢。接着,故事发展到高潮,老田在抗洪危急关头表现出来的沉着、果断、勇敢充分显示了其英雄本色,也让"我"对这位"土"水利专家敬佩不已。作者通过将老田的外表与实质、平时的言行与危急时刻的表现进行对比,创造了一个掌握了扎实的专业知识、低调务实却具有英雄气质的基层干部形象。

在小说艺术表现上,马烽始终沿着一条具有民族特色的通俗化、群众化的创作道路向前进。他继承我国民间文学和古典文学的传统,讲究小说的故事性,同时有自己的特点,即常以第一人称来写,增强故事的真实感。在小说结构上,马烽选用纵切面的方式,按照时间顺序记叙故事,有头有尾,线索单纯,层次分明。他的《一架弹花机》、《三年早知道》、《我的第一个上级》都是这样的结构。同时,根据塑造人物形象、表达主题的需要,马烽选取典型性的生活细节,采用富有变化的艺术手法,达到故事情节跌宕起伏、引人入胜的效果。语言表达也是小说民族化的重要方面,马烽特别注重向人民群众学习语言,他曾说:"学习群众语言,了解群众语言,这是一个文艺工作者,特别是一个大众工作者起码的条件。学习群众语言的目的,就是要用群众自己的语言,写群众自己的事情,给群众看。"①其作品语言通俗易懂,洗练流畅,善用方言土语,具有浓郁的生活气息。同时,马烽继承和发展了传统小说的说唱特点,使其作品生动活泼,富有表现力。

西戎的《赖大嫂》用讽刺的语调,塑造了一个自私、泼辣、无赖的农村妇女。作者紧紧围绕"赖"这个特点,描写了赖大嫂三次养猪的心理变化,以及她开口喊叫时那标志性的"石鸡子滚坡似的高嗓门",将其狡赖不讲理、损公肥私的特点表现得淋漓尽致。但是作者并没有把赖大嫂塑造成平面化人物,而是将其描绘得真实、生动。赖大嫂几次养猪的经历说明她热爱劳动,极力想摆脱苦日子,过上好日子。作者还多次写到赖大嫂"镰刀似的脚",走起路来一拐一拐,这个比喻正是说明赖大嫂作为一个普通的农村妇女饱受着生活的艰辛。

1962年8月,中国作家协会在大连召开"农村题材短篇小说创作座谈会",西戎也应邀参加。会上,邵全麟同志多次以《赖大嫂》作为"写中间人物"的例子,同时说明作家在描写如赖大嫂这样具有"个体农民的精神负担"的人物形象时,可以只提出问题,不解决问题,他认为文艺创作"更强调教育人民,指出方向"②。同年10

---

① 马烽:《漫谈学习群众语言》,见《马烽西戎研究资料》,山西人民出版社1985年版,第36页。

② 邵荃麟:《关于"写中间人物"的材料》,《文艺报》1964年第8、9期合刊。

月，沈思同志和侯墨同志在《火花》上分别发表了《我读〈赖大嫂〉》和《漫谈〈赖大嫂〉》，支持"写中间人物"的主张。但在 1964 年秋开展的批判"写'中间人物'论"运动中，这部作品因被说成是写"中间人物"的"标本"而遭到严重批判。[1] 其实，当时农村正处于"大跃进运动"时期，农民群众盲目乐观，大干社会主义的热情空前高涨，西戎却在高唱颂歌的政治风潮下，发表了《赖大嫂》，对自私自利、损公肥私的思想行为进行讽刺和批判。这说明西戎忠于农民真实的生活状态，冷静客观地描写和反映现实。作者正是通过对赖大嫂这个人物生动形象的刻画和对现实真实状态的描写，批判了"左"倾错误对农民和农村造成的严重后果。

（二）沙汀、骆宾基

沙汀和骆宾基是农村题材短篇小说创作取得较大成就的两位，他们以广博的见闻和开阔的视野为农村题材短篇小说注入了新鲜血液，在遵守惯常的时代主题和对劳动者的歌颂与赞美准则之外，他们也注重审美思索，表现细节，探索心理，设置悬念，构思剪裁，取得了较高的艺术成就。

随着农村社会主义建设的不断开展和农村变革程度的日益加深，沙汀将笔触深入到社会主义新农村的蓬勃生机和新时代劳动人民。《卢家秀》表现了农业合作化运动促进劳动人民解放思想的巨大作用。小说主人公卢家秀，在农业合作化以前，与广大农村女孩一样，十二三岁时就成为家庭的"小主妇"，扮演着"姐姐"、"母亲"两种角色。农业合作化开始后，卢家秀的生活轨迹发生了变化。她逐渐从传统的家庭束缚中解脱出来，加入社会主义建设队伍，在实践中不断提升才能，成为生产组长。此时，她与爸爸卢世发的位置发生变化：她因为聪颖、伶俐，开会、外出的次数越来越多，而手脚不便、头脑不够灵活的卢世发则留在家里做家务。作者以卢世发现在的生活状态与他当初坚决反对女儿夜间开会的顽固进行对比，这一具有喜剧色彩的矛盾，表现了劳动人民在农业合作化运动的影响下不仅过上了新生活，也逐步摆脱了封建旧思想、旧传统的束缚，成为具有社会主义思想认识的新人。

沙汀创作短篇小说时，特别讲究对生活片段的截取，主要是横断面和纵剖面两种方式。截取生活横断面，即经过精心剪裁，在一段很短暂的时间内，对一个或几个生活场景进行横向描写，充分利用所选取的矛盾焦点，对布局和结构作艺术的构想，使艺术形象集中简明又富有变化，较好地发挥了画面情节的表现力和概括力，代表作如《老邸》《开会》《你追我赶》等。

骆宾基在新中国成立后常常选取独特的视角反映广阔丰富的社会生活，以细腻朴实的笔触表现人物纷繁多样的内心世界，创造一个自然蕴藉的艺术世界，《王妈妈》、《夜走黄泥岗》、《父女俩》、《年假》、《山区收购站》等反映农村生活的短篇小

---

[1]　紫兮：《"写中间人物"的一个标本》，《文艺报》1964 年第 11、12 期合刊。

说,大多收入短篇集《山区收购站》中。

骆宾基的作品很少有戏剧性的故事、紧张的环境氛围和强烈的情感表达,也很少通过激烈的矛盾冲突刻画人物性格,而是善于从丰富多彩的日常生活中选取一个平凡琐屑的片断,围绕它展开情节,塑造人物,并将人物与现实环境相融合,从而反映时代跳动的脉搏和人民的心声。骆宾基的作品中最反映农村互助合作的短篇小说是《王妈妈》《夜走黄泥岗》。《王妈妈》描写了六十岁的孤寡婆婆王妈妈参加互助组、创办农忙托儿所后在生活和思想上发生的变化,写她改变以前的穿衣打扮,第一次神气地去亲家看女儿,以及像祖母一样爱孩子等生活小事。《夜走黄泥岗》也只选取了青年刘虎子出其不意地帮助别人拉出陷入泥中的车,住店的时候为合作社节省费用这样的平凡片断。作品中的故事、人物虽然寻常普通,但作者将它们放在孕有蓬勃生机的新兴农业互助合作潮流中来展开描写,反映出互助合作运动促进新人物、新思想、新道德的出现,从而使作品含有深刻的思想意义和浓厚的时代特征。《夜走黄泥岗》中还通过身为党员和乡人民代表的李四虎与淳朴忠实的刘虎子的对比,反映了富有革命精神的两代农民在新时代的前进道路。

骆宾基常常为每一篇短篇小说都选取一个独特的角度,精心构思、剪裁,在有限的时空内刻画人物形象、表达主题。《山区收购站》中的故事发生在矛盾十分尖锐激烈的"大跃进"时期,围绕老收购员王子修和年轻女主任曹英用不同方式收购山葡萄这一事件,表现了国家利益和群众利益的矛盾、粮食生产和多种经营的矛盾、生产和运输的矛盾,以及新旧经营思想、经营作风的矛盾等。小说中的故事发生在一天之内,前三章主要描写上半天王子修在收购山葡萄上与群众产生的矛盾,为曹英的出场提供合理展现其性格特征的环境;后四章主要描写下半天曹英果断公正地解决收购山葡萄的矛盾,以及王子修没能解决的一系列收购与供销矛盾。作者透过王子修和曹英两个个性鲜明的人物形象表明,社会主义的工商业者必须树立新的经营理念、经营方式,将国家利益和群众利益摆在首位,并要把二者完美地结合起来。如此,许多矛盾都能迎刃而解了。骆宾基新中国成立后的作品虽然不多,但其短篇小说在取材、构思、剪裁、结构和刻画人物等方面体现的独特技巧,使其成为描写农村生活题材的众多作家中较有成就的一位。

(三)康濯、李准

康濯和李准是深入农村、熟悉农村、了解农村的行家里手,他们参加了轰轰烈烈的农业合作化运动,发现任何人都无法逃避被卷入浩荡的历史进程的命运,因此不得不参与其中。他们的农村题材短篇小说带上了典型的时代烙印,并使得当时阅读他们作品的读者感到兴奋和喜悦,胜利与变革的双重演奏似乎体现出深重的启示色彩,对新社会的信仰与新生活的追求在他们的文本中得到了明显增强。

1953—1954年间,康濯参加了农业生产合作化时期的办社、扩社和整社工作,创作了短篇集《春种秋收》,反映了农业合作化运动中农民精神面貌的巨大变化,赞美了农村中的新人新事。其中《放假的日子》、《牲畜专家》、《竞赛》等篇,描写王喜奎、刘春堂、张万连在合作化运动中不断更新思想,成为社会主义新农民;《往来的路上》、《第一步》、《一同前进》等篇,通过描写中农旺老汉、刘来顺、王老庆对合作化运动态度的逐步转变,反映了农村两种道路的斗争以及社会主义是历史发展的必然趋势;《春种秋收》、《在白沟村》、《第一次知心话》等篇,将劳动和爱情相结合,反映农民克服了轻视农业劳动的旧观念,以新的劳动态度投入到社会主义新农村建设事业中。

康濯的短篇小说的风格特色十分鲜明,这时期的创作保持了《我的两家房东》的"清新的风格","细致而不烦琐,平淡而不刻板,有着生动的朴素性"①。由于"左"倾错误思想的影响,康濯在创作上出现过徘徊和停滞期。在粉碎"四人帮"后,作者回顾整个创作历程和全部创作时说道:"一九五七年受批评后便以为自己看农村的阴暗面多了些,一九五八年再到农村,就因之而过分重视了一时的表象,并跟随一些不甚理解又认为应该跟上的指示,迷于浮面,未能深入,以至又偏到'左'边而在创作中宣扬过浮夸和'五风'。"②作品艺术水准良莠不齐是其短篇小说创作的一个缺陷,有些作品揭示生活的矛盾冲突不够深入,因而歌颂新人新事的力度不够。

李准是描绘农村生活、刻画农民心理的能手,以短篇小说的形式记录了农村变革,塑造了一系列个性鲜明的农民形象。在李准的短篇小说中,不论是新人形象,还是有缺点的或落后的人物形象,几乎都是农民,而且都具备勤劳、质朴、节俭的特点,性格也大都率直、爽朗。这些农民形象都是作者根据实际生活创造出来的,因而显得有血有肉、生动真切。李准创造的人物,概括起来有两个特点:一是普通平凡,扎根于农村土地上的寻常百姓。如李双双只是一个普通农村妇女,手脚粗大而灵巧,眼睛、嘴角时常浮现开朗、乐观的笑意和憨厚、天真的傻气;他们的工作平凡又辛苦,如肖淑英只是报报天气变化,韩芒种只是尽心尽力养肥两匹马。二是具有复杂、鲜明的个性,符合现实生活中人们多样化的性格特点。李双双的性格"是大公无私,敢于斗争,后一点更富于她的性格特点","双双有时还有幼稚的一面,也就是她单纯的一面,她在喜旺面前,有时会被喜旺的甜言蜜语哄住,有时好像就是没有喜旺懂事,而且连她自己也信服",有时"甚至带点傻劲"。③《不能走那条路》中的宋老定一方面想买地,走个人发家致富的道路,但又是个普通农民,朴实、热爱劳动。他要克服自私、落后的缺点,又不是那么容易就办到的,只有经过反复、艰难的斗争过程。李准在作品中准确细致地描写了宋老定性格和心理的复杂性,使宋老定这个人物形象具有可信性和鲜明性。

---

① 李希凡:《农村社会主义新人物的颂歌》,《人民文学》1956年第1期。

② 康濯:《再谈革命的现实主义》,《文学评论》1979年第6期。

③ 李准:《你挥洒出了李双双的忘我劲——致张瑞芳同志》,《光明日报》1963年6月4日。

李准在展示农村社会主义革命的图景时,采用的是具有中国作风和中国气派的艺术形式,为老百姓所喜闻乐见。在语言上,李准善用白描手法。李准的小说中常以动作、对话等动态描写代替静态的、冗长的心理刻画,符合群众的阅读习惯。他在谈到《不能走那条路》时说:"我这篇小说中用的是豫西群众语言。我很喜欢这种语言,它是那样的精炼、生动而又能准确地表达思想感情。"①李准的小说,结构单纯、明快,脉络清楚,适合群众阅读。在其大部分作品中,矛盾冲突以单线条形式发展,层次清晰,条理分明。如《不能走那条路》,故事始终围绕主人公宋老定要不要买地的矛盾心理展开,冲突始终放在宋老定父子之间,线索单纯,不枝不蔓,主题思想集中鲜明。另外,其小说中的故事有头有尾,注重起承转合,不仅结构相对完整,而且符合群众传统的阅读习惯。在故事的起承转合上,一般"起"得朴实、平淡,先设铺叙,再进入故事;"承转"之间,详略得当,突出矛盾冲突的重点;"合"处注意首尾呼应,交代事情发展的结果,但又不画蛇添足。李准的创作也有不足之处,如先进农民形象刻画力度不够,矛盾斗争的复杂性和深刻性不够充分,矛盾的解决偏于简单化。

第三节 "十七年"革命历史题材小说

一 革命历史题材小说的经典形态

革命历史题材小说主要是指描写由中国共产党领导的,经过曲折斗争,最终取得革命胜利的小说。革命历史题材小说在五、六十年代的文学构成中占有举足轻重的地位,可以说是和农村题材小说并驾齐驱的。

革命历史题材小说繁荣的原因,首先是因为它适应了时代的需要。随着历史进入到新的阶段,新政权不但需要文学为它书写宏大的奋斗史来纪念其历史功绩,巩固其现实地位,也需要文学为它提供对人民进行革命传统教育的范本,以支持探索中的社会主义革命事业,因此,革命历史题材小说的创作从一开始就获得了"经典"的价值定位。其次,革命历史题材小说的兴起,也是因为它符合新中国文学自身发展的规律。新中国文学经过了解放区时期的酝酿和中华人民共和国成立初期的准备,已经进入到需要有厚度、有力量、有影响的长篇巨著来展现其成就、彰显其实力的阶段,而革命历史题材作为对历史的书写,往往在内容的深广、人物的众多、场面的宏大等方面有形成长篇的先天优势。第三,革命历史题材小说有相对较大的创作空间,能满足作家的写作欲望。选择这一题材进行创作的作家通常都是历

---

① 李准:《我怎样写〈不能走那条路〉》,《长江文艺》1954年第2期。

史事件的亲身经历者,他们本身就具备了还原这段"光荣历史"的必要条件和强烈愿望。与此同时,频繁的文艺批判运动,使得创作者在对现实的把握上充满疑虑,同时,由于在文学界设置了诸多题材"禁区",使得其他题材的小说,或是由于与现实政治的紧密联系而容易出现失误,或是由于题材本身的"非主流性"而不被接受,作家们自然将目光转向与现实保持一定距离,又与现实相关的革命历史题材小说。

"十七年"期间创作和出版的革命历史题材长篇小说主要有:《铁道游击队》(知侠,1954)、《保卫延安》(杜鹏程,1954)、《小城春秋》(高云览,1956)、《新儿女英雄传》(袁静、孔厥,1956)、《红日》(吴强,1957)、《林海雪原》(曲波,1957)、《红旗谱》(梁斌,1957)、《苦菜花》(冯德英,1958)、《青春之歌》(杨沫,1958)、《战斗的青春》(雪克,1958)、《烈火金刚》(刘流,1958)、《野火春风斗古城》(李英儒,1958)、《敌后武工队》(冯志,1958)、《红岩》(罗广斌、杨益言,1961)、《三家巷》(欧阳山,1959)、《苦斗》(欧阳山,1963)等。

"史诗"和"传奇"是"十七年"长篇革命历史小说的两大风格类型,具有不同的艺术追求。总的来说,虽然这些小说都洋溢着强烈的政治情绪,体现出浓厚的革命功利主义色彩,但由于作家们的亲身经历不同,采用的艺术方法和叙述方式不同,作品还是呈现出较为丰富的艺术形态和艺术个性,其中的大多数作品至今仍被奉为"经典"。应该说,这些长篇小说很大程度上代表了"十七年"文学的艺术水准。

"十七年"期间的革命历史题材短篇小说,虽然不如长篇声势浩大,但也有不少佳作,孙犁、茹志鹃、刘真、峻青、王愿坚等作家都是这方面的创作"能手",虽然他们分属两种截然不同的写作风格。孙犁、茹志鹃、刘真属于这一题材创作中的"浪漫派"。孙犁的《吴召儿》、《山地回忆》、《秋千》、《风云初记》等小说,茹志鹃的《高高的白杨树》、《静静的产院》两个集子,刘真的《核桃的秘密》、《我和小荣》、《长长的流水》、《英雄的乐章》等小说,都更多地表达出个人的情感体验,带有浓郁的抒情色彩;而峻青的《黎明的河边》,王愿坚的《党费》、《七根火柴》等小说则更具有集体意识,通过对战争的追述表现了革命战士的崇高品质,并具有一种"悲剧美"。

二 "史诗性"革命历史题材长篇小说

"史诗性"是"十七年"长篇小说创作的整体性追求。所谓"史诗性",是指通过巨大的思想深度和广泛的生活内容来揭示历史的本质,这种追求主要源自 19 世纪欧洲现实主义小说和 20 世纪苏联无产阶级文学,尤其是那些反映社会变迁或革命战争的长篇巨著。到了 30 年代,中国现代文学中已经出现了对中国社会整体面貌进行大规模描写的"史诗"小说,"现实主义巨匠"茅盾的小说就具有社会编年史的特征。中华人民共和国成立后,作家们开始自觉充当起社会学家、历史学家,他们那种把握时代脉搏,再现社会变迁全过程的强烈愿望,使得"史诗性"的追求仍然得到延续。全景式的视角、网络状的结构、气势宏伟的画面、丰富多彩的人物……这些"史诗"品格，不仅成为作家们创作小说的普遍方式，也成为批评家们评判作品的重要尺度。

对民族、国家历史的书写，应该说是"史诗型"写作最适宜的题材。同理，五、六十年代作家在创作革命历史题材小说的过程中，也总是把追求"史诗性"视为崇高的创作理想和历史责任，竭力再现革命历史波澜壮阔的面貌和曲折多变的历程，为历史发展提供合理的证明。在五、六十年代，一部作品只要被认定具备了"史诗性"，就等于它取得了思想上和艺术上的巨大成功，《保卫延安》《红日》《红旗谱》等小说都是因此而备受推崇。

《保卫延安》是中国当代文学史上第一部大规模描写解放战争的长篇小说。1954 年，杜鹏程（1921—1991）根据自身在新中国成立前积累的素材，创作完成了《保卫延安》。小说取材于 1947 年 3 月至 9 月国共双方围绕陕北革命根据地延安展开的战事：国民党一战区司令官胡宗南指挥国民党军队大举进犯延安，妄图在军事上和政治上给共产党以重创。在敌我力量对比悬殊的情况下，毛泽东、彭德怀从战略角度考虑，果断命令部队主动撤离延安。而后，经过青化砭、蟠龙镇、沙家店等一系列战役，解放军成功扭转局势，最终顺利收复延安，实现了解放军由战略防御阶段转向战略进攻阶段的重大历史转折。

《保卫延安》作为"十七年"第一部长篇军事小说，在许多方面都取得了新的突破，也给后来的革命历史题材小说提供了借鉴。当时，对这部小说的肯定意见主要体现在两大方面。

一方面是它站在历史和时代的高度，大规模、全景式地描写了延安保卫战的全过程，揭示出这场战争取得胜利的根本原因。主要体现在：第一，《保卫延安》不孤立地写延安战事，而是将这场战争放到解放全国的大形势中展开，穿插有刘邓大军挺进大别山、陈赓大军飞渡黄河等重要战略部署，突出了延安保卫战的战略意义和历史地位，这就使得小说在构思上具备了"史诗"的气魄。第二，《保卫延安》通过对不同类型、不同规模的战斗画面的具体描绘，生动而真实地反映出战事的跌宕起伏和战争的气势磅礴，如青化砭的伏击战、蟠龙镇的攻坚战、长城一线的突围战、沙家店的歼灭战和根据地人民的游击战等。第三，《保卫延安》不仅仅写了战斗的画面，还将笔触延伸到与战斗密切相关的其他方面，比如我军高级将领"运筹帷幄，决胜千里"的战略战术，又如基层战士在枪林弹雨之外的军中生活。

另一方面，《保卫延安》以激情洋溢的高昂笔调，真实遒劲的笔力，成功刻画了一批光辉而生动的英雄人物形象。连长周大勇是作者在小说里集中描写的英雄人物。作者突破了概念化、符号化的人物塑造模式，在一系列的战斗细节中，完成了对英雄周大勇成长过程的描绘，把周大勇"浑身汗毛孔里都渗透着忠诚"的品格刻画得淋漓尽致。除了周大勇外，《保卫延安》还塑造了上至各级指挥员，下至连队普通战士的英雄群像。另外,《保卫延安》中还出现了中国当代文学史上第一个真实的历史人物——彭德怀。虽然作者对他着墨不多,但这一打破真实与虚构界线的写法,引起了当时评论界的高度重视。

尽管小说《保卫延安》还有许多不尽如人意的地方,比如叙事方式单一,始终处于亢奋的情绪和紧张的节奏中等等,但作为新中国第一部表现革命战争历史的长篇小说,《保卫延安》的开创性意义是不容忽视的。正是从它开始,革命历史题材小说在中国当代文学史上大放异彩。

《红日》在"十七年"革命历史题材小说中具有重要的地位,对中国当代的军事文学创作也产生过重要的影响。作者吴强(1910—1990)亲身经历了莱芜、淮海等著名战役,对《红日》中所描绘的那些战争怀有特殊的感情。与《保卫延安》一样,《红日》也是一部将真实战争与艺术虚构相结合的"史诗性"作品。小说以1946年蒋介石全面发动内战,向解放区大举进攻为背景,把我某"英雄军"与国民党王牌军在涟水、莱芜、孟良崮三大战役中的较量作为中心事件来进行叙述,再现了解放战争的辉煌画卷,表现了解放军无往不利、无坚不摧的英雄气概和人民群众对解放军的支持与厚爱,以艺术的方式印证了中国共产党领导的革命战争终将取得最后的胜利。

相对于《保卫延安》,《红日》在思想、艺术方面取得了一些比较重大的进展:

首先,《红日》表现的战争生活范围比《保卫延安》更加广泛。它不仅从解放军的军、师、团高级将领写到了基层战士,还把描写拓展到了普通群众身上;不仅从战士在战场的厮杀写到了他们在军中的生活,还把描写拓展到了大后方的日常生活;尤其值得注意的是,它对国民党军政各方在战争中的你争我夺、勾心斗角也有较多的描绘。

其次,在表现战争的方式上,《红日》也进行了新探索。虽然吴强也追求战争描写的宏大性、全局性和整体性,但对涟水、莱芜、孟良崮三大战役并不是均匀着墨的,而是对三次胜负不同的战役进行了独具匠心的详略安排,特别是小说采取"欲扬先抑"的叙事策略,先写我军在涟水战役中的撤退,交代了敌我双方在战场上悬殊的力量对比。这样开场一方面能吸引读者关注战事的后续发展,使读者在读到后面详写的几场胜利时,获得更大的快感。另一方面,这样开场还能将我军最初面临形势之严峻与最后取得胜利之伟大放在一起对照,为小说之后详细描写的莱芜大捷、孟良崮战役的胜利作了铺垫。

《红日》取得的重大进展还体现在人物的塑造上。就正面人物而言,吴强在不违背当时英雄人物塑造基本规范的前提下,加强了各个人物的个性特征。作者不仅对英雄人物的内心活动有较为细致的刻画,对英雄人物的友情、亲情和爱情都有表现。另外,吴强还对英雄人物身上的性格弱点进行了比较大胆的暴露,如连长石东根好大喜功、醉酒纵马的农民习气,团长刘胜对政委陈坚"知识分子作风"的偏见等。

就反面人物而言,吴强突破了反面人物描写脸谱化、漫画化的惯例,生动塑造了国民党王牌 74 师师长张灵甫的形象。在惟妙惟肖地刻画了张灵甫的目中无人和狂妄自大的个性特点的同时,也在一定程度上承认了他的军事才能,比较真实地表现了他被困孟良崮时的内心恐慌和在恐惧面前的自制力,在反面人物形象的塑造上获得了真实、生动的艺术效果。

《红旗谱》是率先对"革命起源"进行叙述的一部革命历史题材长篇小说。作者梁斌(1914—1996),河北蠡县人。1957 年,《红旗谱》(第一部)由中国青年出版社出版,反响十分热烈,《红旗谱》后来被确立为"经典"也主要因为第一部。1963 年,第二部《播火记》由作家出版社出版。因为受到"文化大革命"的阻断,第三部《烽烟图》直到 1983 年才由中国青年出版社出版。

《红旗谱》被称为反映中国农民革命斗争的"史诗"作品。整个作品跨越了半个世纪,从清朝末年写到抗战初期,以朱、严两家三代人为中心,突出了不同历史时期农民英雄们的不同时代特征,展现了中国农民革命的光辉历史。《红旗谱》第一部主要反映朱、严两家与地主恶霸冯氏父子的恩怨和仇恨。二十多年前,大地主冯兰池害死农民朱老巩,迫害朱老巩的伙伴严老祥;二十多年后,朱老巩之子朱老忠带着妻子和儿子大贵、二贵回乡,联合严老祥之子严志和与冯兰池展开激烈斗争。此时,大革命的浪潮席卷北方,严志和的长子运涛在"白色恐怖"中被捕,次子江涛继续发动群众进行"反割头税"斗争。斗争虽然在朱老忠、严志和等的支持下取得了胜利,但也在冯兰池之子冯贵堂的破坏下,遭到了敌人的疯狂反扑。1931 年日军入侵东北,江涛领导保定二师发起学潮斗争,抗议国民政府的不作为。尽管学潮失败,江涛被捕,但朱老忠等仍对革命胜利充满信心。

作为反映中国农民革命斗争的"史诗",作者不仅描述了二、三十年代北方农村、城市早期革命运动的情形,通过对革命先驱者参加革命的心理动机的阐释来揭示革命的起源,而且通过第一代农民朱老巩、严老祥,第二代农民朱老忠、严志和,第三代农民大贵、二贵、江涛、运涛,由失败到胜利的斗争结局,揭示了"中国农民只有在共产党的领导下,才能更好地团结起来,战胜阶级敌人,解放自己"①的必然规律。

《红旗谱》对主题的表达主要通过三代农民英雄中"承上启下"的人物——朱老忠的成长历程来实现。作为《红旗谱》整个"农民英雄谱系"中的核心人物,朱老忠经历了从旧民主主义革命到新民主主义革命的两个历史阶段。在前一个阶段,朱老忠怀着刻骨的家族仇恨返回家乡,主要是为了个人复仇而与冯兰池对着干。但他的复仇目的并没能顺利达成,甚至被冯兰池先下手为强——朱老忠的儿子大贵遭冯兰池陷害,被抓了壮丁。随着历史的发展,革命进入到下一个阶段,朱老忠也在党的帮助下接受了无产阶级革命思想,把家族仇恨转化为阶级仇恨,开始进行有组织的、

---

① 梁斌:《漫谈〈红旗谱〉的创作》,《人民文学》1959 年 6 期。

以建立无产阶级政权为目标的革命斗争。朱老忠的这一变化集中体现了中国农民在革命中发展、转变、成长的历史进程。在朱老忠身上，既可以看到他从传统农民那里继承的慷慨爽直、刚正不阿、坚强不屈、忠义为先的性格特点，也可以看到他从党的教育中接受的集体主义、革命英雄主义、革命乐观主义的思想。虽然朱老忠形象的塑造有过分拔高之嫌，但就人物形象的典型性和形象性而言，还是比较成功的。

《红旗谱》在艺术风格上通过对中国传统小说的继承和改造成为一部具有民族气魄的小说。小说不但还原了冀中地区淳朴自然的风土民情，通过富有乡土气息的语言来表现人物，还特别注重对故事情节的传奇性和人物的侠义性的表现。譬如小说开头"朱老巩大闹柳树林"的一段故事，就具有《水浒传》、《三国演义》等中国古典小说的特征，表现了中国民间的侠义精神。此外，小说对日常生活的描写也富有浓郁的生活气息，展现了具有中国北方特色的乡村生活。

三 "传奇性"革命历史题材长篇小说

20世纪五、六十年代是革命历史题材长篇小说的丰产期，除了"史诗性"的一类外，还有"传奇性"的一类。如果说革命历史小说的"史诗性"是通过文学的方式为革命的合法性和历史发展规律的必然性作出论证，那么，革命历史小说的"传奇性"则是在表现革命胜利的必然规律的同时在艺术上作了"大众化"、"通俗化"的努力。

"文艺大众化"从20世纪30年代起就作为"无产阶级文学"的一个重要追求受到重视，到了20世纪五、六十年代，坚持民族化和大众化仍然是新中国文学发展的原则。为了实现民族化和大众化，许多作家在创作革命历史题材长篇小说的过程中，延续了借鉴中国古典小说的传统，同时，也借鉴了言情、武侠等通俗小说的特点，使小说具有语言通俗、故事性强、传奇色彩浓厚等特点。

"传奇性"革命历史小说在追求民族化和大众化的过程中，不可避免地带有现代通俗小说的某些特点，但是两者在题材、主题、读者群上都有显著区别。"传奇性"革命历史小说，书写革命、歌颂革命，注重小说的宣传教育功能，以工农群众为读者目标；现代通俗小说，多言情、武侠、侦探题材，注重小说的娱乐功能，以市民为读者目标。五、六十年代比较重要的"传奇性"革命历史题材小说有《林海雪原》、《铁道游击队》、《野火春风斗古城》、《烈火金刚》等。

《林海雪原》是"十七年"影响最大的"传奇性"革命历史题材小说，作者曲波(1923—2002)。《林海雪原》的故事以曲波在40年代的亲身经历为素材，描写了内战时期东北解放军一支36人的小分队，在团参谋长少剑波的率领下深入长白山区和绥芬草原，围剿流窜于我军后方的国民党残部和土匪的故事。小说以奇袭虎狼窝、智取威虎山、绥芬草原大周旋和大战四方台这四次主要战斗为情节线索，穿插了智擒小炉匠、滑雪飞山、活捉妖道等小故事，惊险曲折。《林海雪原》对于中国现代革命历史的讲述,与同时期的革命历史题材小说大同小异,它还是以泾渭分明的"二元对立"模式来布局,在我方和敌方之间进行"绝对化"的善恶区分;以宣扬英雄主义和革命乐观主义为基调,塑造出一批光辉的英雄人物形象。然而,由于《林海雪原》所描写的是"一支特殊的军队,在特殊的地区,负有特殊的任务",因而"产生了一套特殊的作战方法",所以这部小说又具有区别于一般作品的独特风格。[①]

小说采用节外生枝的处理方法,在主线上插入各种惊险刺激的偶然事件、突发状况,产生了"曲中有曲,险中有险"的艺术效果,与民间说书故事情节的大起大落、大开大阖颇为相似。同时,小说也吸收了"水浒"、"三国"、"说岳"等古典小说的叙事方式,使读者在新的小说内容中找到了熟悉的故事模式,在阅读习惯上实现了与民族传统的对接。

这部小说具有浓厚的浪漫主义和革命英雄主义色彩,这不仅体现在作者对惊心动魄的战斗故事和险峻奇崛的自然环境的描写上,也体现在作者对英雄人物的塑造上。小说中剿匪小分队的战士36人,个个身怀绝技。作者在小说中着力刻画的英雄人物是少剑波和杨子荣。少剑波奉命率领小分队到牡丹江地区的林海雪原剿匪,他以解放军青年指挥员特有的青春朝气和聪明才智,精心部署,从容指挥,英勇战斗,顺利完成了上级交付的任务,颇有古典小说中文武双全的"儒将"之风,而他与女卫生员白茹之间的爱情也为小说增添了浓郁的浪漫色彩。《林海雪原》中另一个深得人心的人物是侦察员杨子荣,小说描写了杨子荣一个又一个智勇双全的故事,特别是他假扮土匪到威虎山,在威虎山上临危不惧,与座山雕耐心周旋的故事,可谓惊心动魄、险象环生,把人物非凡的机智表现得淋漓尽致。

《铁道游击队》的作者是刘知侠(1918—1991),小说的主要内容是描写抗日战争时期山东临枣、京浦铁路线上一支由铁路工人和煤矿工人组成的铁道游击队在党的领导下进行抗日斗争的英勇事迹。小说的情节跌宕起伏,既描写了游击队员在"血染洋行"、"票车上的战斗"中所取得的胜利,也描写了他们在"敌伪顽夹击"、"微山岛沦陷"中所遭受的重创,小说中一些富有传奇色彩的情节如飞车夺枪、夜袭洋行等,都十分精彩。

小说在塑造老洪、王强、彭亮、鲁汉等铁道游击队员的英雄形象时,借鉴了中国古典小说对"侠"的刻画方法。小说中这些身怀绝技的游击队员身上既有舍己为人、肝胆相照的侠义之风,也有好勇斗狠、喝酒赌钱的江湖习气。不过,为了"平衡"英雄人物的江湖习气,作者安排了政委李正这一比较理念化的角色,让李正对游击队员进行思想教育,使他们克服缺点,成长为符合"标准"的英雄人物。

此外,小说的战斗画面也灵活多变,独具特色。作为"十七年"文学中第一部集

---

① 何其芳:《我看到了我们文艺水平的提高》,《文学研究》1958 年第 2 期。

中反映游击战争的长篇小说,《铁道游击队》不像《保卫延安》、《红日》那样轰轰烈烈地描绘正面战场的激烈厮杀,而是着力表现游击战争这种特殊的战斗形式灵活机动的一面。扒火车、撬铁轨、办炭厂作掩护、收服伪军小队长……铁道游击队充分利用基层的条件和资源,以多种形式与敌人展开周旋。尽管这样的战斗描写在历史性、宏大性方面不能与《保卫延安》等描写正规战争的"史诗性"作品相比,但它在生动、活泼、接近大众口味等方面略胜一筹。

《野火春风斗古城》是李英儒(1913—1989)根据自己的亲身经历创作的一部长篇小说,1958 年由作家出版社出版。小说反映的是抗日战争中一条特殊的战线——地下战线的复杂斗争。地下工作本身就带有神秘性和传奇性,并非一般群众所能想象。作者以自己的亲身经历为模板,揭开了地下工作的神秘面纱,情节曲折生动,故事波澜起伏。小说中的故事发生在 1943 年冬天,此时正值抗战艰难时期,上级委派主人公杨晓冬打入敌伪占领下的省城(河北省保定市)开展地下工作。小说一开头就是杨晓冬在城郊武工队梁队长和外线交通员金环的护送下深入虎穴的情节,一下子就将读者带入到了紧张刺激的氛围中,充分调动起读者的阅读欲望。接着小说叙述了杨晓冬接近敌伪上层、会见伪省长、奇袭敌伪司令部等一系列事件,生动表现了地下工作者在敌人眼皮底下与他们展开殊死较量的惊心动魄的斗争。小说悬念横生、高潮迭起、环环相扣,层层推进直至写到最后的胜利,足见作者驾驭长篇的能力。

杨晓冬是最早作为小说主人公出现在长篇小说中并且得到集中表现的地下工作者形象之一,他成熟、坚定、勇敢、机智,小说中几乎与敌人正面交锋的每一次斗争中都有杨晓冬的身影,在他身上显示出了独特的英雄风貌。另外,金环、银环是小说着重描写的一对抗战姐妹花:金环热情泼辣、顽强不屈,银环善良真诚,在斗争中从幼稚走向成熟。小说中,银环和杨晓冬在革命工作中产生了爱情,如果说银环对杨晓冬安危的挂念和担心既是为了革命工作,也出自于她私人的感情,那么,个人的爱情就通过这种方式得到了表达。

在讴歌英雄人物的丰功伟绩的同时,小说也特别注重对党群关系的描写。如果没有省城和城郊群众的支持,杨晓冬等英雄人物不可能取得斗争的胜利,尤其是杨晓冬和梁队长的劫狱和暴动行动,都是依靠人民群众的支持和配合才能取得成功的。

四 孙犁的"抒情性"革命历史小说

孙犁(1913—2002),河北安平人。40 年代曾发表了《荷花淀》、《芦花荡》等短篇小说,是延安时期的重要作家。抗战胜利后,回到冀中,写有中篇小说《村歌》以及短篇小说《嘱咐》、《碑》、《钟》等。新中国成立后,孙犁又创作了中篇小说《铁木前传》,短篇小说《吴召儿》、《山地回忆》、《秋千》,长篇小说《风云初记》等。小说的基本主题分两个方面,一是描写冀中人民抗日的斗争和生活,二是描写社会主义新农村的建设和生活。

孙犁自走上文坛开始,他那浸透了浪漫主义和抒情性的文字就深受读者的喜爱,他的这种风格在解放区和中华人民共和国成立后的文坛都是独树一帜的。中华人民共和国成立初期的一些青年作家深受孙犁小说的影响,形成了文学史上的所谓"荷花淀派",这一名称因孙犁40年代创作的短篇小说《荷花淀》而得名。"荷花淀派"的作品散发着浓郁的乡土气息和地方色彩,作家善写诗意般的环境氛围,也善于以诗意的笔致描写农村妇女身上所具有的传统美德,并挖掘和表现生活中的人情美和人性美。

孙犁新中国成立后小说中最重要的作品是长篇小说《风云初记》和中篇小说《铁木前传》。《风云初记》描写的是抗日战争的时代风云,歌颂了中国共产党领导下的人民武装斗争。作者并没有正面再现战场的火光硝烟,而是通过对后方人民生活的书写侧面反映时代的风貌,孙犁以温情的方式写革命和战争,他更愿意表现人性"善"的一面。作者以细腻的笔触,描写了在战争背景下不同人物的心理世界的变化,表现了革命战争中的人情和人性,也赞颂了抗日军民在精神上的博大与宽广。在小说中,作者刻画了一批个性鲜明的人物形象:农民出身的革命军人、干部高翔、高庆山,雇工出身、成长为指导员的芒种,来自不同阶层的女性人物春儿、李佩钟和俗儿,民间艺术家、革命文化战士王变吉,长工老温,大贼、兵痞高疤,甘做走狗的老蒋等,他们之间错综复杂的关系,反映了当时各阶级、各阶层的动向,交织成抗日根据地社会生活的丰富画卷。小说采用散文的结构方法,按照作者的意图而不是情节发展来连缀章节,文中有许多抒情性的描写,给人以诗意的享受。作者善于把写景和抒情有机地结合起来,产生强烈的艺术魅力。

中篇小说《铁木前传》反映的是农业合作化运动,同时从童年的视角回忆了从抗战到土改十多年的历史变迁,充满了浓郁的地方特色和乡土气息。小说中铁匠傅老刚和木匠黎老东在旧社会苦难生活中相互依怜、相互关照,本是一对患难与共的好朋友。但是在土改以后,在新的社会制度下,两人的友谊破裂了。原因是生活得到巨大改善的黎老东,滋长了发家的念头,把傅老刚当雇工使唤,不仅不给报酬,连儿女间的亲事也绝口不提了。正是对财产的贪欲吞噬了一个善良劳动者的心,使他抛弃了和傅老刚的友谊。他们的儿女九儿和六儿原是一对青梅竹马的亲密伙伴,但长大成人以后,由于性格差异和人生价值观念的不同,最终两人也不得不分道扬镳。

《铁木前传》描写了在新的社会形势下不同的人生价值追求。按照当时的流行模式,小说塑造了"先进"和"落后"两类人物:一类人是走集体主义道路的农民傅老刚、九儿、四儿等,另一类是远离集体、走个人主义道路的农民黎老东、六儿、小满儿、杨卯儿、黎七儿等。不过,虽然这篇小说在人物分类上和当时的其他反映农业合作化运动的小说没有什么不同,但在对待这两类人物的叙事立场上与同时期的其他作品有明显区别:小说叙述得生动光彩的不是积极参加合作社的革命青年四儿和九儿,而是落后分子六儿和小满儿等人,前者的生活是艰苦而劳累的,相应的叙述显得干涩凝滞,而六儿和小满儿的生活却情趣盎然,相应的叙述也显得活色生香。

小说中人物之间的关系在一定程度上反映了农村中普遍存在的问题,即两种思想、两条道路之间的冲突斗争。同时,也流露出孙犁的社会思考和生命体验。小说写得最为生动的是小满儿这一女性形象。在她贪图享乐、自由开放的外表之下,有一颗因追求自我、自由而苦恼、挣扎的灵魂。小满儿作为革命时代一种特殊的生命存在,其与时代格格不入的生命方式本身就包含了作家对人性的深入思考。

孙犁除了创作《风云初记》和《铁木前传》之外,在中华人民共和国成立初还创作了大量同类题材的短篇小说,如《吴召儿》、《山地回忆》、《小胜儿》等,这些作品承续了他一贯的抒情化、日常生活化的风格,表现了战场后方的普通女性身上所体现出的珍贵的人情美、人性美,也透露出作者对正义、人道、和平等的渴望。

可以看到,贯穿孙犁整个创作的是一些美好的女性形象,孙犁擅长描写农村的青年女性,描绘她们美丽的容貌和丰富的精神世界,这些女性形象鲜活生动,浑身流溢着青春之美。通过对这些女性个人命运和精神世界的变化的描写,孙犁表达了阶级斗争和民族解放斗争的历史内容,时代的脉搏在她们身上跳动;同时,通过这些女性,孙犁也更充分地表达了对美好人性的向往,孙犁小说所描写的那些美好的女性也正是这种精神的体现者。

五 反映知识分子成长的革命历史题材小说

《青春之歌》是杨沫(1914—1995)最具代表性、最成功的作品,它是一部知识分子的"成长史",表达了知识分子"只有在共产党的领导下,经历追求、痛苦、改造和考验,投身于党、现身于人民,才有真正的自我的生存与出路(真正的解放)"①这一主题。

《青春之歌》是一部以作者自己的亲身经历为素材的小说,女主人公林道静的人生经历与作者杨沫在 30 年代的经历颇为相似。林道静出身于地主家庭,其生身母亲却来自贫苦农家,她身上"有黑骨头,也有白骨头",这意味着林道静身上也流着劳动人民的血液,具有被改造的可能性。林道静因反抗封建家庭为她安排的婚姻而离家出走,但出走后却由于找不到出路,只能选择投海自尽,这说明接受过新式教育的林道静虽然具有反叛精神,但还很幼稚。在她正欲投海轻生之际,被北大学生余永泽所救,余永泽的浪漫多情和温存体贴打动了林道静,两人随后确立了恋爱关系。可是余永泽只拯救了林道静的肉体,却拯救不了她的精神。林道静从封

---

① 戴锦华:《〈青春之歌〉历史领域中的重读》,见唐小兵编《再解读:大众文艺与意识形态》,香港牛津大学出版社,1993 年版,第 148 页。

建大家庭走进与余永泽的小家庭,家庭生活的单调、封闭、缺乏激情使林道静在精神上又一次陷入了苦闷。在一次进步青年的茶话会上,林道静认识了共产党员卢嘉川,并受到了革命思想的感召,继而开始在卢嘉川的指引下积极追求革命。余永泽的自私狭隘、迂腐可笑更加让林道静感到厌恶,两人于是分道扬镳,此时,她已爱上了她的精神导师卢嘉川。离开余永泽后,林道静开始了更多的革命活动。后来卢嘉川被捕牺牲,林道静又在工作中结识了工人出身的革命者江华。江华虽没有余永泽的浪漫多情,也没有卢嘉川的英俊善谈,但工人出身的他沉稳、质朴、坚韧,且有丰富的革命斗争经验,林道静后来在他的帮助和教育下迅速成长,江华也成了林道静的革命爱人。经过漫长、艰苦的磨炼和考验如入狱、潜伏在地主家、又入狱遭受酷刑拷打、领导学生运动等后,林道静才洗刷了自己身份的不纯,被党和人民所接纳,最终完成了对自我"共产党员"身份的光荣命名。

作者成功描绘了中国二、三十年代形形色色的知识分子形象。在动荡不安的年代,曾经热血的知识分子分化成了林道静这样执着前进的、余永泽这样彷徨犹疑的、白莉萍这样自甘堕落的等不同类型。知识分子的分化,从一个侧面反映了整个社会的阶级分化:与劳苦大众有血缘联系的知识分子主动走向革命,而家世显赫的知识分子或是停滞不前,或是投向了历史的反动面。《青春之歌》生动描绘了知识分子在"大浪淘沙"的历史现实面前,各种复杂的心态和不同的选择,同时对知识分子在现实斗争面前的个人英雄主义等弱点进行了批评。

由于"知识分子题材"在那个特殊时代的敏感性,《青春之歌》出版后还是招致了不少批评。当时的批评意见主要是认为"作者是站在小资产阶级立场上,把自己的作品当做小资产阶级的自我表现来进行创作的",主人公林道静"自始至终没有认真地实行与工农大众相结合",也"从未进行过深刻的思想斗争……没有经历从一个阶级到另一个阶级的转变",因此,不应对她进行"共产党员"的命名。[1] 随后,杨沫根据这次讨论提出一些中肯的、可行的意见,对《青春之歌》进行了修改,其中最大的变动是增加了林道静在农村进行革命活动的第七章和反映北大学生运动的第三章。杨沫通过书写林道静在农村接受革命锻炼,进行革命斗争,解决了"林道静和工农结合问题",又通过书写林道静在"一二·九"学生运动中的英勇表现,解决了"林道静入党后的作用问题"。此外,杨沫还对小说后半部分林道静流露出小资产阶级感情的地方进行了删改,她认为林道静在没有经过思想改造前,流露小资产阶级感情是正常的,但在经过革命教育和锻炼后,再过多地流露出这种感情就会有损人物形象。[2] 这种删改虽然使作品更加符合意识形态的规范化要求,但是也

---

[1]　郭开:《略谈对林道静的描写中的缺点——评杨沫的小说〈青春之歌〉》,《中国青年》1959年第2期。

[2]　杨沫:《青春之歌·再版后记》,中国青年出版社,2004年版,第640—641页。

损坏了作品自然的发展脉络和艺术构思,显得较为刻意和牵强。

《三家巷》是多卷本长篇小说《一代风流》的第一卷,作者欧阳山(1908—2000)。1959 年,年过五旬的他开始创作总题为《一代风流》的五卷本长篇,试图通过这部鸿篇巨制来反映"中国革命的来龙去脉"①。小说第一部《三家巷》发表于 1959 年,第二部《苦斗》发表于 1963 年,后三部《柳暗花明》、《圣地》、《万年春》于 80 年代先后出版。五部中以最早发表的《三家巷》成就最高、影响最大。《三家巷》的写作风格体现了通俗小说在当代的变异,如果说传奇性革命历史小说主要继承的是通俗小说的"传奇"的一面,那么,《三家巷》主要继承的是通俗小说的"言情"、"日常"一面。

《三家巷》和《红旗谱》一样,也是关于"革命起源"的描述,不过不像《红旗谱》主要描述乡村农民革命运动的起源,《三家巷》主要描述的是城市工人革命运动的起源。故事发生在 20 世纪 20 年代的广州,在"省港大罢工"、沙基惨案、国民党北伐、"四一二"反革命政变后的白色恐怖以及广州起义等重大历史事件的背景下,小说主要通过周、陈、何三个家庭的日常生活和家庭成员之间的关系表现了时代的变迁。和"史诗性"的作品不同,《三家巷》并没有正面描写上述重大的历史事件,而是把写作的重点放在一些并不起眼的日常生活和人物关系上。小说精心设计的三个家庭,分别代表了广州的主要社会阶层:周家是手工业劳动者家庭,陈家是买办资本家家庭,何家是官僚地主家庭。三个家庭中的每个人物又都是他们所处阶级的典型人物。不过,作者并没有从一开始就根据三家人的阶级性对他们进行明确的"切割",而是在三家人之间设置了亲戚、同学、朋友等多重关系,描摹三家人的日常生活,反映革命萌芽时期社会形势的复杂性。小说描述了同在五四精神感召下成长起来的小资产阶级知识分子周炳、区桃、陈文雄、陈文婷等人,随着革命的发展和深化,逐步暴露小资产阶级的软弱性而走向分化。

主人公周炳是"十七年"文学中一个比较特殊的知识分子形象。他是"打铁出身的知识分子",出身于手工业者家庭,在血缘上归属于工人阶级,但由于自小和陈、何两家的子女接触,也受到了小资产阶级思想感情的直接影响,这包含着周炳走上革命道路的必然性和他在这条道路上需经历考验的必然性。小说描写了周炳经过斗争的磨炼从一名小资产阶级知识分子转变成为一名革命战士的过程。爱情离弃他、亲戚为难他、命运折磨他……周炳从天真、幼稚,到彷徨、失落,再到蜕变、成熟的整个过程,真实再现了中国知识分子成长的艰难与曲折。同时,周炳这一人物的特殊之处还在于他不是一个理想化的英雄人物,他漂亮、憨厚、富于幻想,是一个"长得很俊的傻孩子",在小说中受到不同女性的喜爱。在《三家巷》的后半部分,小说即着力表现了周炳参加革命、经历改造的过程。

---

① 欧阳山:《谈〈三家巷〉》,《羊城晚报》1959 年 12 月 5 日。

六 《红岩》的写作方式及其教科书功能

《红岩》可以说是"十七年"长篇小说中发行量最大的作品,1961年底,由中国青年出版社出版。在不到两年的时间里小说就多次重印,发行累计达到四百万册,并被翻译成多种文字,而且还衍生出了话剧、歌剧、京剧、电影、连环画等多种形式的文艺作品,评论家们不约而同地对这部作品表达了极大的赞赏。

小说《红岩》作者罗广斌、杨益言都是小说所写的重庆"中美合作所"集中营的幸存者。作为历史的亲历者,他们都经受了黎明前最黑暗时刻的考验。新中国成立后,他们积极配合当时的政治宣传,以亲身经历对青少年进行革命教育。他们收集了大量有关渣滓洞监狱和其中关押过的共产党人的资料,在重庆作了不下百次的报告,并在1956年底将口头报告的材料整理成文。1959年2月,中国青年出版社出版了据此形成的"革命回忆录"——《在烈火中永生》。经过共青团中央和青年出版社的建议,罗广斌、杨益言两人开始动手将这部"革命回忆录"以长篇小说的形式加以表现。小说在创作过程中几易其稿,到1961年底出版,前后历经了大约10年时间,有大量的人参与过《红岩》的写作和修改工作。可见,这部小说实际上是集体创作的成果。这种"组织生产"的创作方式在今天看来极为罕见,但在"十七年"时期,不少文学作品都是经过这样的方式创作出来的。

小说《红岩》以"中美合作所"集中营(包括渣滓洞和白公馆)内残酷的敌我斗争为主线,辅以中共在重庆市的地下工作和四川华蓥山根据地的武装斗争两条线索,讲述了新中国成立前,共产党人为迎接解放与垂死挣扎的国民党展开的最后较量。小说塑造了许云峰、江姐、华子良等革命者的光辉形象,他们在敌人面前坚强勇敢、视死如归的悲壮事迹,表现了共产党人的坚贞意志和崇高精神。

在《红岩》中,英雄人物依靠内心坚定的革命信仰,以不可思议的意志力战胜敌人的严刑拷打。可以说,革命者身体所经受的考验越大,就越能体现他们精神的崇高、信仰的坚定。江姐就经历了一次又一次严刑的考验,并因此赢得了监狱同志们的无比尊敬。在经历了最严酷的一次刑罚后,小说写道:"通宵受刑后的江姐,昏迷地一步一步拖着软弱无力的脚步,向前移动;鲜血从她血淋淋的两只手的指尖上,一滴一滴地往下滴。"而面对死亡,革命者仍然表现出一种高尚的气节:江姐即将被敌人处决,临行前,已被敌人折磨得不成人形的她,从容不迫地对着牢房的破镜整理仪容,大义凛然地将特务给的手杖扔在地上,她"全身心充满了希望和幸福的感受",扶着战友一同迈向生命的尽头。小说中的另一重要人物是许云峰,他是监狱斗争的精神领袖,屡屡遭受敌人的威逼利诱和严刑拷打,仍不屈不挠地领导狱中同志进行斗争,最后硬是用自己的双手在牺牲前为同志们挖出了一条逃生之路,在英勇就义之前,他本可以由挖出的地道逃生的,却因考虑全局放弃了逃生的机会,最后和江姐一起被敌人枪杀。还有华子良，他是潜伏在敌人监狱的共产党，常年在狱中装疯卖傻，面对敌人的侮辱和同志们的误解，他忍辱负重，以崇高的革命信仰战胜了个人的荣辱。可以说，《红岩》对英雄人物精神力量的开掘达到了极致。相对应地，小说对反面人物丑恶面目的揭露也达到了极致。以徐鹏飞为代表的国民党反动派，阴险、狡诈、凶恶、残暴，在他们疯狂的行为背后是对自身处境的极度恐惧与绝望。他们这种虚张声势的凶残，在英雄人物高贵的共产主义人生观、价值观面前简直不堪一击。

《红岩》这种通过身体的受虐、极其险恶的生存环境来凸显英雄人物光辉形象的情节设计，以及江姐、许云峰等英雄人物在小说中痛斥敌人、表达革命信仰的慷慨陈词，深深震撼了读者的心灵，强化了《红岩》作为"共产主义教科书"的功能。

七 革命历史题材短篇小说

新中国成立之后，党需要对自己的发展历史进行总结，需要向人民群众宣扬辉煌历史，需要歌颂革命先烈，也需要通过重构历史证明自身存在的现实合法性，从而巩固新生政权。与这一社会形势相适应，革命历史题材短篇小说大量涌现，歌颂在战争中不怕牺牲的英雄战士和可爱的人民。这一题材作品有王愿坚的《普通劳动者》、《七根火柴》、《三人行》，峻青的《山鹰》、《交通站的故事》、《黎明的河边》、《老水牛爷爷》、《党员登记表》。另外，茹志鹃的《百合花》、《三走严庄》、《关大妈》，刘真的《英雄的乐章》、《长长的流水》等也是反映革命历史题材的小说，不过她们以独特的艺术创新区别于其他作家。

（一）峻青、王愿坚

峻青和王愿坚都是五、六十年代擅长写革命历史题材的短篇小说家，两人的创作风格相近，以革命浪漫主义的笔调，描绘壮阔激烈的中国革命的斗争史，讴歌中华儿女大义凛然的革命精神和崇高的共产主义理想。

峻青的短篇小说多取材于革命战争历史与现实农村生活，其中以描写家乡胶东半岛的革命斗争和英雄人物的作品成就最高。《黎明的河边》、《党员登记表》、《交通站的故事》等都不同程度地再现了战争的峥嵘岁月。峻青从不在小说中回避战争的艰苦、残酷，而是往往把人物设置在惊心动魄的战争场面和尖锐复杂的矛盾冲突中去，通过描写他们在面对生死时的选择和行为表现人物的思想性格和精神品质。《黎明的河边》中的小陈负责护送"我"和老杨去河东重组受敌人重创的武工队。黑夜，暴风雨，敌人已经丧失理智，变得十分疯狂。小陈的妈妈和弟弟小佳被还乡团抓去作人质。当小陈和父亲面对亲情和正义的艰巨考验时，毅然决然地选择了后者，果断送老杨过河。而陈妈妈和小佳特别能理解他们的选择，死得十分悲壮。小陈在目睹亲人的牺牲后变得更加顽强勇敢。《党员登记表》中的黄淑英母女面对敌人的严刑拷打毫不动摇,绝不交出党员名单,最终,年仅十九岁的黄淑英英勇牺牲了。这些英雄人物的牺牲是何其悲壮,正义与良知使他们在生死抉择的关键时刻表现出非凡的勇气。作者在塑造这些英雄人物时,并没有将他们神圣化、夸张化,而是写了普通人向英雄的飞跃,充满浪漫主义激情。英雄之所以不同于普通人是因为他们具有更崇高的理想、更无私的心胸,他们是一种革命精神与力量的化身。

王愿坚在创作革命历史题材的小说时,描写的主要是第二次国内革命战争时期苏维埃区域和红军的斗争生活,再现了战火纷飞的年代里革命先辈们的艰苦奋战。作者在塑造这些英雄人物时,往往不写他们性格形成发展的过程,而是截取人物性格的横断面,"捕捉性格发出耀眼光辉的一刹那,英雄人物完成自己性格的那一瞬间"①。《党费》中的共产党员黄新是一位普通的农村妇女,但是内心却蕴藏着为党献身的伟大精神。她用仅剩的两个银圆买了腌咸菜给组织当作党费,虽然心疼几天没尝过盐味饿着肚子的儿子,但还是硬着心肠从他手里夺回给游击队准备的一根腌豆角。一个"夺"字形象地表现了黄新那革命利益高于一切的性格特点。《粮食的故事》中的郝标吉父子在给游击队送粮的途中突遇敌人的巡逻队,"打心眼里心疼"儿子的郝标吉,毅然决定舍子保粮,让儿子去吸引敌人,自己送粮上山。郝标吉宁愿承受失去儿子的悲痛也要保护革命的形象,在此显得闪耀动人。人物性格发出耀眼光芒的一瞬间,正是革命的人性美和人情美的表现。王愿坚认为,英雄人物首先是一个人,"写人就是写人的特定的悲欢离合的命运和喜怒哀乐的感情,只有把具体真实的人性和人情表现出来,才能创造出生动感人的艺术形象,才能把阶级性体现出来,形象才具有艺术感染力量"②。其小说中英雄人物敢于战胜一切的气概和对未来热切的向往,爱与恨、欢乐和悲伤的人性之美与崇高的革命理想之美相统一,使作品充满了壮美的浪漫主义色彩。当然,王愿坚的部分作品也存在明显的缺点,如有的剪裁不当,只是情节的堆砌,有的过于重视故事的叙述,对人物性格的刻画不够,有的情节出现雷同。但是,这些不足无损于他在创作上取得的成就和在中国当代文学史上应有的地位,其小说单纯、朴素、简洁、明朗的艺术风格为读者所喜爱。

(二)茹志鹃、刘真

茹志鹃和刘真虽然亲历了战争风云和革命洗礼,不过与其他作家着重描写崇高的革命精神和高尚理想不同,她们显然更注重极具个人色彩的文学书写,日常生活的呈现,儿童视角的介入,加上鲜明生动的细节描写,在阶级矛盾和革命叙事的框架之外为中国当代历史题材小说的发展开拓了新的话语空间。

茹志鹃的小说风格清新、俊逸,于清新中见诗情,于俊逸中寓隽永。最能体现

---

① 侯金镜:《侯金镜文艺评论集·普通劳动者·序》,人民文学出版社,1979年版,第126页。
② 王愿坚:《大胆表现革命的人性美》,《人民日报》1979年11月26日。

这一风格的作品是其发表于 1958 年的《百合花》,茅盾高度赞美:"这是我最近读过的几十个短篇中间最使我满意,也最使我感动的一篇。它是结构谨严,没有闲笔的短篇小说,但同时它又富于抒情诗的风味。"①作者用抒情的笔调,以战争为背景,谱写了一曲发生在小通讯员与新媳妇之间"没有爱情的爱情牧歌",表现崇高纯洁的人性美、人情美。茹志鹃的小说结构细致严谨,情节单纯明晰,细节描写丰富传神。故事单纯,则能彰显细节描写的重要性,反过来,细节安排巧妙,有利于表现人物性格特征,烘托气氛,推动情节发展。《百合花》中的细节描写常为人称道。小通讯员枪筒里插着的树枝和不知何时多出来的野菊花,鲜明地表现他天真烂漫、热爱大自然的美好情趣。小通讯员从新媳妇手里接过被子,慌慌张张地把衣服的肩膀处挂了一个口子,新媳妇找针拿线要给他缝补,他却走了。这个细节不仅刻画出小通讯员腼腆纯朴的性格,还表现出他面对女性时的心理状态,以及为后面故事发展埋下伏笔。正是因为衣服上的这个破洞,新媳妇才能认出躺在担架上身负重伤的战士就是小通讯员。虽然小通讯员牺牲了,新媳妇还是执意一针一线细密地缝着那个破洞。在这里,作品生动地展现了一位平凡妇女的善良淳朴。当卫生员准备揭掉盖在小通讯员身上的那床被子时,小说达到高潮,新媳妇感情终于爆发出来,她"劈手夺过被子","狠狠的瞪了他们一眼","气汹汹的嚷了半句",然后亲手为小通讯员盖上了洒满白色百合花的被子。这一系列描写充分显示了战争中的人情美和人性美。

1959—1961 年间,围绕茹志鹃的小说,文坛展开了关于风格题材的大讨论。一些"左"派指责其作品"缺乏阳刚之气"、"风格过于纤细"、"感情阴暗"。喜爱其作品的劝她"主动地深入生活,去发掘现实的主要矛盾,反映时代的本质特征","塑造具有共产主义品质的英雄形象"②。茹志鹃也一度陷入苦恼中,既写出《阿舒》这样仍保持原有风格的作品,也写了如《三走严庄》那样缺乏自己艺术个性的作品。但是,茹志鹃从茅盾、侯金镜、魏金枝等人的肯定和鼓励中找到勇气和力量,不断丰富、完善艺术风格。

刘真在本时期短篇小说中塑造了许多令人印象深刻的儿童,他们小小年纪就成为八路军,经过部队生活的锻炼,既具备小战士的素质和觉悟,又保持着儿童的天性和稚拙。如《好大娘》中宁死不屈、任凭敌人严刑拷打也不出卖同志的小赵;《我和小荣》中英勇机智、顽强乐观的小王和小荣;《弟弟》中为掩护八路军不惜牺牲生命的赵长生;《核桃的秘密》、《长长的流水》中倔强调皮、聪明可爱的"我";《豆》中勇敢顽强的小平;《英雄的乐章》中奋斗在前线,为祖国、为人民的自由解放而献身的张玉克。刘真笔下的小八路固然拥有英雄品质和成人品质,但她并没对此刻意拔高,而是立足于孩子的童心和童趣,从特定的历史环境出发,揭示他们纯真圣洁

---

① 茅盾:《谈最近的短篇小说》,作家出版社,1958 年版,第 14—15 页。
② 欧阳文彬:《试论茹志鹃的艺术风格》,《上海文学》1959 年第 10 期。

的心灵世界,表现他们的理想和志趣,赋予革命战争深刻的思想内涵。刘真作品中的孩子们虽然置身于严格的革命队伍和严酷的革命战争中,却依然拥有珍贵感人的童稚之心,一方面呈现出他们纯朴天真的内心世界,另一方面也反衬出战争的残酷,表达对成人世界人情美、人性美的呼吁。她曾说过:"我写孩子的那些小说,有的并不是专为孩子们写的,主要还是为了叫大人看。"①《好大娘》、《弟弟》、《长长的流水》、《大舞台和小舞台》、《英雄的乐章》等都有战友、亲人牺牲或负伤的情节,带有感伤色彩。其中《英雄的乐章》在 60 年代受到严厉批判,被指责为"宣传了悲观失望的厌战思想,宣传了资产阶级的和平主义","以资产阶级人道主义观点,看待革命战争和爱情问题"②,刘真也被迫暂时停止创作。

刘真的小说从儿童的角度入手,关注战争年代中儿童的命运,在娓娓叙述中寄寓深刻的思想内涵,自然朴实,感情真挚,成为记忆革命历史的"另类"。但是其小说也存在不足,如有些人物刻画流于表面,缺乏性格的发展过程,有些作品中人物之间联系不紧密,有的故事情节雷同。此外,语言有些粗糙,欠缺锤炼。

第四节 "十七年"诗歌

一 诗歌的传统和特点

新中国成立后,诗歌创作进入快速发展时期。首先,时代需要诗歌这一最直接表情达意的文体来拉近社会距离。其次,出现过几次有关中国诗歌发展道路的争论。再次,在文学的"工农兵方向"号召下,诗歌创作主体发生了质与量的变化,文化水平不高的群众也加入了写诗的行列。显然,在翻天覆地的变化面前,诗歌作为上层建筑的一种意识形态,扮演了阶级斗争最敏感的神经器官之一,因此在与政治文化结缘的现实情况下,对诗歌的艺术规范也就变得举足轻重起来。那么,作为一种与历史、现实以及人们的观念意识、价值取向等方面都有密切关系的文学行动,诗歌面临传统资源如何抉择、如何重新定位以及在新的社会形势下又会呈现怎样的发展特点等问题,是无法回避的。

当代文学是新的人民的文学,从内容到形式都取得了新的创造,但同时仍然强调继续学习,"我们十分重视而且虚心接受中外遗产中一切优良的有用的传统,特

---

① 刘真:《刘真短篇小说选·自序》,花山文艺出版社,1983 年版,第 1 页。

② 王子野:《评刘真的〈英雄的乐章〉》,《文艺报》1960 年第 1 期;康濯:《同根长出的两株毒草——略谈〈英雄的乐章〉和〈曹金兰〉》,《蜜蜂》1960 年第 1 期。

别是苏联社会主义文学艺术的经验"①。当代诗歌的传统继承也沿袭了这个方案，问题在于，哪些是"优良的有用的"，哪些又是不优良的，这需要作出甄别和判断。50年代曾经出现过几次关于新诗问题的讨论，实际上牵涉的是关于诗歌传统继承的探讨。第一次出现在1950年3月，《文艺报》编辑部组织了关于"新诗歌的一些问题"的笔谈，集中讨论了新诗的内容、形式、诗人的学习和修养等广泛引起注意的问题。新诗的内容受到极大关注，要求表现新的人物，新的世界，"站在人民大众的立场"，"歌颂战斗，歌颂人民胜利，歌颂人民领袖"②。第二次是1953年12月至1954年1月，中国作家协会创作委员会诗歌组召开了三次关于诗歌形式问题的讨论会，重点是关于格律诗和自由诗的争论。第三次是1956年8月至1957年1月，《光明日报》等报刊开展的关于旧体诗词可不可以利用和如何利用的问题。第四次是1958年伴随"新民歌运动"而引发的"新诗发展道路问题"的论争，讨论的是新诗的"革命"和"反动"、"主流"和"逆流"的问题。经过多次反复论争，当代诗歌的传统继承逐渐清晰起来，主要体现在两个方面：第一，通过对旧诗和民间歌谣体诗的大力倡导来否定和压制新文学的新诗传统，以此迎合文艺大众化方向；第二，对五四以来30多年的现代新诗的评价不仅仅是它是否已经成为一个传统这样简单，而是关系到它的合法性问题。实际上，一旦当代诗歌被视为并不是单纯的抒发感情，而是有着一定的阶级性和政治目的之后，对新诗的传统评判只能通过两条路线和两个阵营的斗争来认定了：一个是属于人民大众的进步的革命传统，代表性作家有郭沫若、蒋光慈、殷夫、臧克家、艾青、田间、何其芳、李季、阮章竞、张志民等，他们和他们的新诗作品位居"主流"地位，并得到了出版的机会；另一个是属于资产阶级的反动的腐朽的诗歌阵营，代表作家有胡适、李金发、徐志摩、戴望舒、胡风、阿垅、冀汸等，他们和他们的新诗作品位居"逆流"，从而被打入冷宫。这样的界定一旦以权威的声音进行干预，无形中就为当代诗歌的创作提供了重要的参照和规范。

当代诗歌所受到的外来传统的影响和借鉴也是以政治意识形态作为衡量标准。在两大阵营形成冷战背景的形势下，苏联所创造的新文学应当成为建设新中国文学的范例，在苏联的影响下，对"两个世界的文学"持绝对态度，对外国诗歌的翻译和介绍以社会功能和立场取向作为衡量先进与否的重要标准，它带有强烈的阶级斗争色彩，以革命的目标和方向作为指导方针。总的来说，新中国对于欧美国家的诗歌艺术采取了警惕乃至排斥的态度，译介的作品必须经过十分严格的筛选，弥尔顿、惠特曼、海涅、拜伦、雪莱、阿拉贡、威廉·布莱克、汤玛斯·麦克格拉斯以及宪章派诗人等同情人民、鞭挞权贵的民主革命诗人成为重点译介对象，而华兹华斯、柯勒律治、骚塞、艾略特、里尔克、马拉美、魏尔伦等倾向现代主义的诗人则受到

---

① 周扬：《新的人民的文艺》，《周扬文论选》，人民文学出版社，2009年版，第377页。

② 王亚平：《诗人的立场问题》，《文艺报》1950年3月10日第1卷第12期。

严厉批判。另一方面,尽管对于社会主义苏联诗人持欢迎姿态,新中国诗界仍然按照特定的政治立场和艺术标准进行了有区别的对待。1957年反"右"斗争以前,中国几乎是亦步亦趋地模仿和学习苏联的诗歌创作。普希金、莱蒙托夫、马雅可夫斯基、西蒙诺夫、吉洪诺夫等以诗歌为武器跟黑暗和反动势力作斗争的诗人受到热烈欢迎和推荐,从而获得了出版的机会。不过,苏共二十大以后中苏关系开始微妙起来,这种情况发生了变化,自然也体现在中国对苏联的诗歌译介上。1963年3月,《苏联文学》英文版向西方世界推荐了两个初出茅庐的女诗人瑞玛·卡扎柯娃和斯维特兰娜·叶甫赛也娃,中国不能容忍苏联官方刊物的行动,把它看作是社会主义文学投靠西方的"改良",索性发动了一次清算总动员,将苏联走红的阿赫玛托娃、茨维塔耶娃、叶甫杜申科、阿赫玛杜琳娜、维克多·波可夫等诗人加以鞭挞和批判,矛头直指苏联政府。新中国对外国诗歌的译介采取的是非此即彼的二元对立原则,这也是中国新诗发展的传统之一,它一度引起人们的反思:"新诗领域中长期存在非此即彼的二元对立的思维模式传统,是影响新诗健康发展的深层原因。"①

由此可见,"十七年"诗歌发展的传统主要集中于30年代的左翼革命诗歌、40年代的延安解放区诗歌以及苏联的政治革命诗歌,在崭新的生活和火热的斗争过程中,一旦与工农兵结合,它原有的特点就越发明显和突出。在主题内容上,当代诗歌强调为现实政治服务,要求歌颂新的世界和新的人物,反映阶级斗争和生产劳动,工农兵不仅与英雄人物一起成了诗歌中的主人公,而且成了诗歌创作的主体。在风格形态上,当代诗歌高举乐观主义精神的旗帜,倡导"颂歌"和"战歌"的诗歌范式,宣扬奋发向上的英雄气概和集体主义的伟大力量,配合风起云涌的时代风貌,政治抒情诗成为五、六十年代的一道独特文学景观。在艺术形式上,当代诗歌大众化、民族形式的风格已经成为发展趋势:它一方面从语言入手与工农群众相结合,使得诗歌语言做到了相当大众化的程度;另一方面与民间的文艺形式相结合,以群众喜闻乐见的形式、显著的民族特色,力图为新诗的大众化、民族化方向找到解放的正确途径。

二 叙事诗和政治抒情诗

"十七年"诗歌创作过程中出现的两种最重要的诗体模式是叙事诗和政治抒情诗。从创作方法上来说,它们是现实主义和浪漫主义进一步强化的结果;从诗歌表现内容上来说,它们是一致的,那就是成为通过诗歌把国家具象为一个现代化强国的重要工具。叙事和抒情作为当代诗歌的两种重要表现维度,映射出文学与社会之间存在的互动关系。

---

① 谢向红:《中国新诗的八大传统》,《江海学刊》2004年第3期。

"十七年"时期叙事诗发展相当迅猛,掀起了创作热潮。40年代解放区的叙事诗有40来部,而这个时候却以倍数增长,仅长篇叙事诗就达到了100多部,其中为人们所熟知的有李季的《菊花石》《杨高传》(包括《五月端阳》《当红军的哥哥回来了》和《玉门儿女出征记》三部)《向昆仑》,阮章竞的《白云鄂博交响诗》,闻捷的《复仇的火焰》(包括《动荡的年代》《叛乱的草原》和《觉醒的人们》三部,其中第三部未完),李冰的《赵巧儿》《刘胡兰》,艾青的《藏枪记》,郭小川的《白雪的赞歌》《深深的山谷》《一个和八个》《严厉的爱》《将军三部曲》(包括《月下》《雾中》《风前》三部),臧克家的《李大钊》,白桦的《鹰群》,韩起祥的《翻身记》等。

李季是"十七年"文学史上重要的叙事诗创作者之一,从1955年起致力于长篇叙事诗的创作,先后出版了《生活之歌》(1955)《杨高传》(包括《五月端阳》《当红军的哥哥回来了》和《玉门儿女出征记》三部,1959—1960)《海誓》(1961)《剑歌》(1963)《向昆仑》(1963)等作品。在题材内容的处理上,李季的作品反映的社会生活面之广可以说是超越了《王贵与李香香》,从土地革命、抗日战争、解放战争到社会主义建设,再现了波澜壮阔的历史画卷和时代风貌。在语言风格的追求上,李季积极吸收民歌和群众口头语言生动形象的长处,形成了自己朴素自然、明朗清新、精炼简洁的特色。在形式革新的实践上,李季在新诗民族形式的继承和发展方面作着不懈努力,为新诗民族化和群众化作出巨大贡献。他说:"就总的方向上说,我一直在探索着怎样使诗为广大工农兵群众所易于接受,乐于接受,以便更好地为他们服务。"[①]《杨高传》把七言体民歌与大规模写人叙事的鼓词等民间说唱结合起来,不仅满足了群众喜闻乐见的要求,而且反映了波澜壮阔的生活画面,正是这一点使得它成为那个时代的艺术珍品。

闻捷在40年代解放战争背景下作为一名记者参加解放西北的战斗,并随军到了新疆,1952年任新华社新疆分社社长。正是在这片充满异域情调的土地上,浩瀚的大漠、绮丽的景色以及取之不尽的边地文学资源使闻捷找到了一条适合自己的艺术通道,从而使他成为新边塞诗的最早开拓者。《复仇的火焰》是闻捷长篇叙事诗的代表作,全诗共分三个部分,第一部《动荡的年代》出版于1959年,第二部《叛乱的草原》出版于1962年,第三部《觉醒的人们》只发表了若干片断。《复仇的火焰》是我国新文学诗歌史上"另一种形式"的代表,具有创新之举。在主题上,《复仇的火焰》表现了中华人民共和国成立初期对新疆东部巴里坤草原帝国主义和哈萨克民族反动派叛乱和平息的过程。在人物形象刻画上,《复仇的火焰》中年轻的哈萨克牧民巴哈尔与《静静的顿河》中的葛利高里·麦列霍夫一样是个矛盾综合体,剽悍与蛮干并存,勇猛与动摇同在,忠诚与背弃纠缠。在情节结构上,它们都由

---

① 李季:《难忘的春天·后记》,人民文学出版社,1959年版,第263页。

两条线索展开,以增强故事的曲折和表现生活的复杂。在语言文字上,《复仇的火焰》对哈萨克民歌的修辞手法和歌唱形式都进行了积极的借鉴,大大加强了它的文化内涵和美学效果。这无形中证明了中国当代诗歌发展过程中存在的"缝隙"为文学的艺术呈现提供了可能性。

"十七年"时期另一重要的诗体模式是政治抒情诗,它是在五、六十年代伴随着新中国文学制度化而出现的产物。徐迟是这样阐述它的:"政治抒情诗是时代的先进的声音,时代先进的感情和思想。它是鼓舞人心的诗篇。它以雄壮的响亮的歌声,召唤人们前进,来为社会主义事业进行创造性的劳动。热情澎湃的政治抒情诗是我们社会主义时代的喉舌。热情澎湃的政治抒情诗是最有力量的政治鼓动诗。"①由此可见,政治抒情诗具有明确的思想规范和艺术取向,它以政治性来突出和强调意识形态,要求文艺为政治服务,反映时代的宏大主题,歌颂社会主义新生活,情感表达激越豪迈,语言表现汪洋恣肆。1950年胡风的《时间开始了!》与郭沫若的《新华颂》交相辉映,拉开了当代中国政治抒情诗的宏伟篇章,不过相对后者的古典辞赋模式,胡风不但用"时间"直接标明了现代性的开始,而且用"欢乐颂"、"光荣赞"、"英雄谱"、"安魂曲"、"又一个欢乐颂"等交响乐的复调旋律展开了对宏大叙事的重新塑造,为当代政治抒情诗树立了一个榜样。何其芳的《我们最伟大的节日》、石方禹的《和平的最强音》、柯仲平的《我们的快马》、邵燕祥的《我们爱我们的土地》、郭小川的《致青年公民》、贺敬之的《放声歌唱》、田间的《祖国颂》、张志民的《红旗颂》、严阵的《船长颂》、王莘的《歌唱祖国》、艾青的《我想念我的祖国》、闻捷的《祖国! 光辉的十月!》、袁水拍的《春莺颂》等政治抒情诗雨后春笋般涌现出来。此外,大量诗人积极投身于政治抒情诗的创作热潮中,例如阮章竞、王老九、冯至、严辰、绿原、李瑛、沙白、韩笑、张万舒等,一时间形成蔚为大观的局面。

贺敬之和郭小川是"十七年"时期政治抒情诗的主要代表作家,人们经常将两人相提并论。不过,他们之间的区别已经有人作了评述:"纵观郭小川、贺敬之中华人民共和国成立以来,在诗歌创作中所走过的道路,他们有着明显的不同点:高亢豪迈的贺敬之一直在高唱光明的颂歌,而长于思索的郭小川却有过'迷乱的时刻'。"②在"十七年"文学史上,贺敬之是专门创作政治抒情诗的作家,他以高亢豪迈的情怀创作了《回延安》、《西去列车的窗口》、《三门峡歌》、《桂林山水歌》、《放声歌唱》、《十年颂歌》、《东风万里》、《雷锋之歌》、《三门峡——梳妆台》等作品,后结集为《放歌集》和《贺敬之诗选》出版。贺敬之的政治抒情诗大都以充沛的激情阐发自己的政治理想、信念和所感受到的时代精神,并以此作为贯穿全诗的感情和思想脉络。贺敬之追求的是和谐、融通的审美价值,个人与集体、民族与国家等抽象的概

---

① 徐迟:《祖国颂·序》,中国青年出版社,1959年版,第3页。

② 卓争鸣:《贺敬之的"光明颂"与郭小川的"迷惘期"问题刍议》,《文艺理论与批评》1997年第5期。

念通过高度抒情化转化为艺术形象,并最终取得了统一,政治命题的阐释与抒情方式的传达相互渗透开来。在诗歌形式的表现上,贺敬之积极学习和借鉴其他艺术资源,为我所用,开拓创新。例如《回延安》和《西去列车的窗口》运用陕北"信天游"形式,节奏整齐,旋律优美;《桂林山水歌》将民歌"爬山调"的清新爽朗和新诗体的自由舒畅结合起来;《放声歌唱》、《十年颂歌》和《雷锋之歌》借用了马雅可夫斯基的"楼梯"形式,并吸收中国古典诗词对仗和押韵的长处,既强调了诗歌的内容,又突出了诗歌的抒情,为它们的广泛传播奠定了基础。

三　郭小川诗歌

郭小川(1919—1976),原名郭恩大,河北丰宁人。郭小川生前出版《平原老人》(1950)、《投入火热的斗争》(1956)、《致青年公民》(1957)、《雪与山谷》(1958)、《鹏程万里》(1959)、《月下集》(1959)、《两都颂》(1961)、《将军三部曲》(1961)、《甘蔗林——青纱帐》(1963)、《昆仑行》(1965)等十余部诗集,近两百首诗歌。从数量上来看,这个数字并不值得炫耀。郭小川的独特性体现在通过诗歌风格的嬗变确立了自己在中国当代文学史上的位置。

1955—1956短短两年时间内,郭小川精心设计和创作了组诗《致青年公民》,其中的名篇《投入火热的斗争》、《向困难进军》、《把家乡建成天堂》、《闪耀吧,青春的火光》等以炽热的情感、磅礴的气势和鲜明的政治立场产生了巨大影响。这个时期的郭小川把政治抒情诗的创作视为严肃的职业,把诗人视为严肃的政治家,而诗歌是实现社会变革的重要途径。从某种意义上来说,郭小川把艺术和政治等同起来,为了配合政治形势的同步传声,他塑造了一个"精壮的"青年公民形象,这个形象(代表现在与未来)与"我"(代表过去)形成强烈对比,处处反衬出"我"的卑微与稚气,"公民们/我羡慕你们"道出了"一代新人换旧人"的时代心声。"旧人"的自觉退让与"新人"的隆重推出是政治抒情诗的基本模式,作为新人的"青年公民们"也因此必须被塑造成一种包涵了集体情感、社会奉献、现代意识和政治积淀的全新结合体,受到崇高的热爱和礼赞。形式上,《致青年公民》受苏联诗人马雅可夫斯基的影响,以参差排列的"楼梯体"长句著称,以配合其豪迈奔放的格调。诗形的严谨与主题的单一体现出作家对意识形态共识的坚贞恪守,自觉流露出某种说教式的痕迹。显然,郭小川希望借助诗歌以一种充满激情的语调歌唱新中国,凸出艺术与时代之间千丝万缕的关系。不过,郭小川最后并不满意这样的表达方式,他对此持否定态度:"这期间,我写的诗大部分实在不成样子,《致青年公民》这一组还算是稍许强一点的。然而这也是多么浮光掠影的东西呵!"[①]为了寻求和表现"新颖而独特"

---

① 郭小川:《〈月下集〉权当序言》,《郭小川全集》第5卷,广西师范大学出版社,2000年版,第394页。

的艺术个性,诗人进行了下一轮的探索,他觉得有必要进行重新构思。

《深深的山谷》、《白雪的赞歌》、《一个和八个》、《严厉的爱》以及《将军三部曲》是"十七年"诗歌中少有的引发争议的长篇叙事诗组。这些诗组写于1956—1959年间,在"反右"斗争背景下,它们并未悉数发表,其中《一个和八个》和《严厉的爱》在作家去世后才得以与读者见面。

《深深的山谷》和《白雪的赞歌》体现出来的"新颖而独特的东西"①主要有两点:第一,知识分子题材;第二,女性叙述视角。在"十七年"工农兵文学一统天下的模式下,郭小川悄然复活了五四文学传统,抒写的是人的孤独与绝望主题,个体与社会历史的矛盾冲突及其由此产生的焦虑与彷徨。《深深的山谷》以第一人称的语气突出刻画了挣扎在险象环生的"革命"和捍卫自我的"尊严"之间的"叛徒"形象,饶有意味的是,这个"叛徒"是"一个有学问的人,但也是一个软弱无能的傻瓜"。诗的结构鲜明强调了"革命"与"个人"、"理想"与"现实"、"幸福"与"创伤"之间的强烈对比。《白雪的赞歌》从形式和内容两方面更为传神地表现出人的孤独的主题。全诗共分七个部分,每个部分为四十五个小节,每节为押韵的四行诗,以"中国的英武的战斗者"的革命历程为叙事中心,同时勾勒出叙事女主人公在战争事件中的备受煎熬和打击,极力表现出胜利背后寄寓的丧失亲人的无限悲苦:"想到这,我禁不住告诫我自己:/一刹那的摇摆也不能允许!/我自己的人哪,战争都快胜利了,/你为什么还一点也没有信息!"心理意识、自言自语、自问自答、对话形式是这首诗歌的艺术技巧,说话和回忆成为一种表达伤痕和痛苦的标记,人际伦理纲常对"战斗性强烈"的时代文风造成了一定程度的稀释,彰显出爱情这一概念在时代的限定格调中并未濒于灭绝,"实质上与丁玲的《沙(莎)菲女士(的)日记》是一个思想体系"②。

按照郭小川自己的说法,《一个和八个》"是一首真正用心写的诗"③。这里的用心强调的是突破题材和主题禁区,尝试用"新鲜"、"强烈"的题材一改陈词滥调。《一个和八个》共分八段和一个尾声,从头到尾每节六行,模式严谨,手法精致。诗中塑造了"一个坚定的革命家的悲剧",主人公王金是一名忠实的革命者,在被宣判为敌军奸细而银铛入狱之际,他不仅受到八个狱友的欺辱,也受到革命组织的唾弃,然而他没有气馁与屈服,既为自己的清白与坚定辩护,又为影响和感化八个罪犯而不懈努力。"一个"和"八个"以"一个"的理想信仰提升"八个"的精神境界,并最终取得圆满效果,寄寓着作家试图在一个过分强调组织性的社会中找到属于自己的探索之道的哲理寓言,个人的力量由此可见一斑。正是因为"过于强调个人的

---

① 贺敬之:《战士的心永远跳动——〈郭小川诗选〉英文本序》,《光明日报》1979年6月19日。
② 郭小川:《郭小川全集·向毛主席请罪 向革命群众请罪——我的书面检查》(第12卷),广西师范大学出版社,2000年版,第231页。
③ 郭小川:《郭小川1957年日记》,郭晓惠、郭小林整理,河南人民出版社,2000年版,第108页。

精神力量(人格力量),把自己想象成为非凡的高大形象"[①],郭小川受到了文艺界高层内部的批判,被迫作出深刻检查。

　　郭小川于1959年创作的政治抒情诗《望星空》是诗人进行艺术探索的又一次大胆尝试,诗歌的初稿完成于1959年4月,8月二次修改,10月最终改成,三易其稿,历时半年,共计4章,230多行。无论是在文辞上还是思想上,《望星空》都与当时的政治抒情诗拉开了距离。在文辞上,《望星空》一改政治抒情诗冗长繁复的语言风格,而以短小精悍、朴实简约的遣词造句见长,抒情语言与政治语言联合并进,为读者带来凝练与简便的理解途径。在主题思想上,《望星空》设置了多层次的隐喻空间,作为革命战士的"我"以"定管'他人瓦上霜'"的博大胸怀展开了与时代历史和宇宙恒常之间的密切对话,体现出独特的思考和抒情内涵。在当时,撇开政治的约束而将自我遨游时空的非常态情景得以呈现,这需要克服多大的困难和冒多大的险,因此这一点在当时被定性为"消极的浪漫主义",以"自我欣赏""表现了空虚和动摇"。[②] 但无论如何,《望星空》恰恰凭借语言的清丽脱俗和主题的不落俗套而确定了其在文学史上的价值和意义。

　　郭小川在"十七年"诗坛上的与众不同在于他通过选择自己特有的体悟世界的知识和审美方式,为改变其时千篇一律的诗歌风格作出了很多努力,他在遭受痛苦的待遇与奋力抗争中找到了属于自己的诗歌真谛和形式,倾向于强调"摸索","创造性地学习",其背后寄寓着作家积极寻找原创性自我的动力与愿望。郭小川的现代性意义在于,他创造了有实用价值的政治与有艺术价值的文学交缠互渗的模式,他的诗歌因此成了见证历史稳固性与艺术流动性叠加共现的范例。这是作家达到成熟的标志之一,也是中国当代文学复杂性状态之一种。郭小川把根本没有存在境遇的"自我"迤逦复活,将诗歌还原为诗歌,从而使自己区别于他人。

---

① 郭小川:《郭小川全集・附录:作协批判会议发言记录(1959年11月26—?)》(第12卷),广西师范大学出版社,2000年版,第58页。

② 郭小川:《郭小川全集・附录:作协批判会议发言记录(1959年11月26—?)》(第12卷),广西师范大学出版社,2000年版,第58页。

第五节 "十七年"散文

一 散文的复兴和发展

对于"十七年"的散文创作发展,有人概括为"忽兴忽替"、"由盛而衰"①,一语道出了散文发展一波三折的境遇,及其遭受的种种推力与阻力。在中国新文学史上,散文从来没有如此呈现自相矛盾的情势特征:它既要体现最大自由化的文体功能,又不得不随时与主流思想保持对话与遵从;它既要展现真实的理念本质,又处处受制于"公式化"、"概念化"的牢笼;它既要达到按艺术规律写作的高度,又在逢迎政治的怪圈中裹足不前。"十七年"散文在与高昂政治的应和声中逐渐丧失了散文的某些品格,加上那个年代的特殊困难与挫折,促使不同作家朝向缄默与喧哗两极延伸,散文持续不断在"萧条"与"繁荣"之间摇摆不定。总的来说,在这个阶段,散文创作出现了三次高潮,它们的兴替盛衰极好地说明了文学的独立性和特殊性恰恰以政治作为晴雨表。

"十七年"散文创作的第一次高潮出现在中华人民共和国成立初期,其主要成就是以通讯报道为主的特写类散文大批涌现,它们以写人记事为主,追求"实录"的纪实风格。在表现内容上,特写类散文主要有两种题材:一种是反映抗美援朝的革命战争题材,报道中国人民志愿军的高尚品格和中朝两国人民血浓于水的深厚友谊,突出的作品有魏巍的《谁是最可爱的人》、《依依惜别的深情》,刘白羽的《朝鲜在战火中前进》、《英雄城——平壤》,巴金的《生活在英雄们的中间》、《我们会见了彭德怀司令员》以及集体创作的作品集《志愿军一日》、《志愿军英雄传》、《朝鲜通讯报告选》等等。这些作品燃烧着激情的火焰,以政治宣谕的方式表达出对于历史、现实、国家地位和国际主义等重大问题的态度实存。特写类散文的另一种题材是社会主义建设过程中不断涌现的在平凡的岗位上做出不平凡成绩的人物群像,通过他们的精神风貌反映新旧对比和翻天覆地的变化,重要的作品有秦兆阳的《王永淮》、《姚良成》、《老羊工》,沙汀的《卢家秀》,柳青的《王家斌》,肖殷的《"孟泰仓库"》,孙犁的《齐满花》,陆扬烈的《边老大》,等等。新中国成立标志着新时代的开端,是中华民族走向强大的前奏,书写社会主义"新人"及其崭新的精神风貌成为文学亟须,力求做到"动人"、"有声有色"。②

---

① 吴有恒、黄秋耘:《中国新文艺大系(1949—1966)散文集·导言》,中国文联出版公司,1987年版,第1页。

② 徐迟:《特写选·序言》,人民文学出版社,1957年版。

"十七年"散文创作的第二次高潮出现在 50 年代中期,为著名的"复兴散文"运动。与中华人民共和国成立之初注重特写类散文不同,"复兴散文"除了继续发扬抒情格调的话语表述,还把革新的触角伸向杂文和美文,"强调要继承'五四'以来散文随笔的优秀传统","要提倡美文"。① 这次短暂的散文复兴之路与 1956 年 5 月展开的"百花齐放,百家争鸣"文艺方针有着密切关系,作家创作观念的解放带来了散文文体的革新,一批作家开创了当代文学体现个人抒情与个性表述的先河。杂文创作颇具规模,并被当成一种散文典型,深受欢迎。在较为宽松的文艺政策下,报刊为散文的复兴起到了推波助澜的作用。1956 年 7 月 1 日,《人民日报》文艺副刊登载"稿约"《副刊需要哪些稿件?》,呼吁"散文的春天",引起文艺界的强烈反响,作家情绪高涨,散文创作获得很大成功。其中,涌现出广为流传的作品,如魏巍的《我的老师》、姚雪垠的《惠泉吃茶记》、万全的《搪瓷茶缸》、老舍的《养花》、丰子恺的《庐山面目——庐山游记之一》、巴金的《秋夜》、何为的《第二次考试》、艾芜的《忆开罗》、萧乾的《草原即景》、徐开垒的《竞赛》、钦文的《鉴湖风景如画》、柳杞的《夫妻船》、黄苗子的《豆腐》等等。这些散文大都短小精悍,以千字为多,以个性化的语言表述和个体性的情感表意为主,实为自然流露,而非造作之词。不过,随着 1957 年"反右运动"和 1958 年"大跃进运动"的到来,散文的复兴之路遭到打击,并很快被反映"战斗的号角"和"生活的洪流"的纪念碑式的特写取而代之。

"十七年"散文创作的第三次高潮出现在 60 年代初期,散文创作成为文坛主潮,许多作家的风格日趋成熟稳健。"从总体上说,这个阶段有'三多':散文创作的数量多;优秀作品篇目多;写散文的作家多。"② 在这一时期,散文创作的"专业户"开始涌现,出现了著名的三大散文家杨朔、秦牧和刘白羽。同时,冰心、巴金、李健吾、李广田、徐迟、曹靖华等现代名家宝刀不老,加入了散文书写的新时代。邓拓的"燕山夜话"和邓拓、吴晗、廖沫沙的"三家村札记"两个杂文专栏家喻户晓。此外,许多报纸杂志开辟专栏刊发理论文章,《人民日报》、《光明日报》、《羊城晚报》、《文艺报》和《文汇报》等为其中的代表性平台,它们发表了老舍的《散文重要》、李健吾的《竹简精神——一封公开信》、吴伯箫的《多写些散文》、凤子的《也谈散文》、肖云儒的《形散神不散》等倡导散文创作的文章,寄托了对于散文发展的理论思考。一批较为成熟和具有影响力的散文集雨后春笋般出现了,包括杨朔的《东风第一枝》、秦牧的《花城》、刘白羽的《红玛瑙集》、冰心的《樱花赞》、吴伯箫的《北极星》和陈残云的《珠江岸边》等等,这标志着散文作家群初具规模和日渐成熟。在这样相对宽松的环境下,散文创作达到了巅峰状态,直至被誉为"散文年"的 1961 年,颇具时代色彩的作品竞相如花绽放,包括杨朔的《茶花赋》、秦牧的《土地》、刘白羽的《长江三

① 袁鹰:《散文求索小记——写在自选集前面》,《收获》1982 年第 6 期。
② 邓星雨:《中国当代散文史》,山东文艺出版社,1995 年版,第 119 页。

日》、冰心的《樱花赞》、曹靖华的《花》、吴伯箫的《记一辆纺车》、魏钢焰的《船夫曲》、林斤澜的《龙潭》、李健吾的《雨中登泰山》、杨石的《爱竹》、翦伯赞的《内蒙访古》和宗璞的《西湖漫笔》等等。不过,这种探索极为有限。散文创作在某些方面仍然相通,那就是,人物和场景代表了时代的思想,主题和内容传达了时代的概念,发展的深度和广度局限于一定程度的表意言说,它不可能超脱意识形态范畴实现真正的夫子自道。一些作家对于散文急迫传达出社会效果,本身无可厚非,却并非依赖于对艺术的自觉呈现,反而屈尊俯就表明了对权威的期待与回应,他们在追求艺术上的情景交融、布局谋篇、语言锤炼无不直接指向时代要求和构建的主旋律核心。

二 三大散文家

杨朔、刘白羽和秦牧被誉为"十七年"文学史上的三大散文家,代表了散文创作的最高成就。他们的散文创作有一个共同点,那就是植入历史、革命、斗争和生产劳动的理解,因此他们的作品在一定程度上具有资料、档案、报纸甚至是传单的功能,帮助人们改变心情和想法,成为时代的号角之声。

杨朔(1913—1968),山东蓬莱人,出身书香门第,通晓古典诗文,曾经年少轻狂,饮酒赋诗,寄托情怀,颇具艺术天分,为其诗化散文的创作奠定了坚实基础。1939年,杨朔开始参加革命,随军辗转战场,以战地记者的身份写了不少通讯和中、短篇小说,新中国成立后出版过抗美援朝题材的长篇小说《三千里江山》,并因此受到关注。从1956年发表《香山红叶》开始,杨朔全力以赴投入散文创作,并取得卓著成就,他的散文集《雪浪花》是1961年"散文年"的重要标志之一,这为他带来了巨大的声誉。

杨朔的代表性作品有《香山红叶》、《荔枝蜜》、《雪浪花》、《茶花赋》、《海市》、《蓬莱仙境》、《泰山极顶》、《画山绣水》等。从题材内容来看,杨朔散文主要表现在两个方面,第一是对于新中国普通劳动者的关注,赞美他们诚挚朴素的情怀,歌颂他们建设伟大社会主义事业的情操。《荔枝蜜》中的养蜂人老梁、《茶花赋》中的养花人普之仁、《香山红叶》中的老向导、《雪浪花》中的老泰山、《戈壁滩上的春天》中的王登学等都不是顶天立地的英雄和领袖,作者却往往因他们而兴奋和喜悦,在他们身上寄寓了一种普遍存在的与时代的关系,并附加了某种主观的启示色彩。"这就是我们的人民。他们具有高贵的品质,都愿意为明天的理想献出自己最大的力量,做出最出色的贡献。我看,这也就是毛泽东时代最突出的精神特色。"(《龙马赞》)杨朔散文内容的第二个方面是表现与亚非拉第三世界人民的深厚情谊,歌颂和平友爱,反对霸权主义。《埃及灯》、《赤道雪》、《生命泉》、《印度情思》、《巴厘的火焰》等散文焕发出浓厚的国际主义情怀,反复表现国家独立和民族解放的潮流趋势,体现出人民当家做主的时代脉搏。在《金字塔夜月》中,杨朔通过埃及父子两代老看守的遭遇鞭挞了美帝国主义的丑陋罪行以及保家卫国的决心，在篇末，作者借古埃及文明的化身唤起了新的时代气息，颇具象征意义："我再望望司芬克斯，那脸上的神情实在一点都不神秘，只是在殷切地期待着什么。它期待的正是东方的日出，这日出是已经照到埃及的历史上了。"在革命和冷战时期，杨朔赋予他笔下的万事万物以宏大的时代主题，意识形态因此得到广泛演绎，那些人们再熟悉不过的蜜蜂、茶花、浪花、雪花、灯塔、山脉等物象无一不烙上了特定的政治内涵。

杨朔早期受到古典诗词潜移默化的影响，他把这种领悟活用到散文创作中来，开拓了诗化散文的路径。从题材选择、意象塑形到布局谋篇、遣词造句，以及意境营造，杨朔都十分讲究诗化散文世界的构建，以这种方式表明社会现象中蕴藏的特定规律。杨朔坚信美来源于生活，并从中提炼动人的诗意，他讲究的不是灵感，而是"巧思"，一只蜜蜂、一群蚂蚁、一片红叶、一朵浪花、一树茶花、一句包含哲理的话，哪怕是一鳞半爪，经过作家的酝酿和延伸，无不提炼出了生活的诗意。在文章结构上，杨朔也始终追求诗意般的艺术境界，"开头设悬念，卒章显其志"、"物—人—理"的模式一再强化，开头意境的绽出，中间情思的扩展，结尾意境的闭拢，首尾呼应，主题以形象化和诗意化的方式呈现，无疑是最能打动人心的表达技法之一。不过，杨朔因过于追求散文写作的固定格式而束缚了个人才情的发挥，他是"十七年"散文模式的代表，把散文的模式化写作推向极致。这是杨朔散文为后来人们所诟病的一个重要原因。"杨朔散文好象北方饺子，看到的是描写的皮，咬破却是议论的馅。表面是散文，内里是八股，是经义，是'时代精神'。"[1]无非是说杨朔散文看上去很美，却也存在不可忽略的弊病和欠缺。

刘白羽（1916—2005），出生于北京通州，从1936年起开始发表小说，影响不大，但为作家走向文坛奠定了基础。1938年，刘白羽到达延安，开始从事报告文学和散文的写作，小说也逐渐成熟起来，从而引起文坛瞩目。其中，报告文学《记左权将军》、《早晨的太阳》、《万炮震金门》和小说《无敌三勇士》、《火光在前》为读者所熟悉。不过，刘白羽的名字真正成为一个年代的象征性符号是凭借散文取胜的。

刘白羽这样理解散文与时代的关系："我们的散文，应该充分地反映我们伟大时代的风貌与光辉。"[2]刘白羽自觉遵循了这一散文创作的艺术规律，时代精神成为一根红线贯穿始终。在作家看来，实现社会变革和散文观念更新是时代主旋律的重要体现，两者并驾齐驱，他把"创作我们时代的最美的新散文"[3]作为毕生追求的目标。1962年，刘白羽的散文集《红玛瑙集》由作家出版社出版，收录了那些最能体现时代精神的重要散文作品。《日出》写"我"在飞机上看到日出的雄伟瑰丽景

---

① 马俊山：《论杨朔散文的神话和时文性质》，《文艺理论研究》1998年第1期。
② 刘白羽：《时代的印象·序言》，《刘白羽研究专集》，解放军文艺出版社，1982年版，第5页。
③ 刘白羽：《创作我们时代的新散文》，《上海文学》1963年7月号。

象,采取了欲扬先抑的手法,最后画龙点睛凸显主题。太阳撕破黑夜,冲破云霞,像火箭一样向上冲,"它晶光耀眼,火一般鲜红,火一般强烈","所有暗影立刻都被它照明了","整个世界大放光明",作者以日出的瑰丽图景象征着新中国的蒸蒸日上。战斗精神也以象征的方式得以呈现,晨光和黑夜被赋予了特定的含义:"这是晨光与黑夜交替的时刻,这是即将过去的世界与即将到来的世界交替的时刻。"《灯火》中的"灯火"不是物理学意义上的物体,而是被赋予了神圣的象征含义,是"革命的灯火"、"战争的灯火"、"生命的火焰"、"真理的火光"。《长江三日》以时间作为线索,以江轮穿过瞿塘峡、巫峡和西陵峡为空间转换,以"战斗—航进—穿过黑夜走向黎明"的动态历程来展现时代变化,将过去、现在与未来以想象的方式勾勒出浑然一体的时空交织:"从他们艰巨战斗中想望着一个美好的明天呀!"《平明小札》更是以多样化意象来反复展开对于时代精神的描绘与讴歌,血、火、风、路、蔷薇、秋天、启明星等意象是作家在"最酷爱的心境"下表现时代精神的永恒性的集中刻画,这既是作家对旧事物蕴藏的新含义不断探索的结果,又是作家以独特的情怀所体味到的最为深切入骨的过去历史的复活。刘白羽的散文往往将现实生活场景和战争年代记忆合并到一起,两者穿插互渗,并最终开拓一个新的未来,指向一个新的世界。通过这种表现方法,刘白羽将崇高的思想境界提升到了一定的哲理高度,通过瞬间感受来急剧突出和表现时代精神,这是他散文的重要特色。与杨朔相比,刘白羽显然并不以散文的模式见长,而是以时代精神突出了"十七年"时期最强大的文学力量。在激越感情的冲击之下,刘白羽的散文鸟瞰式、多面向地展现了生活图景,突出了大时代、大变动的非凡魄力。

秦牧(1919—1992),祖籍广东澄海,生于香港,三岁跟随父母移居新加坡,回国后积极参加抗日救亡运动。秦牧一度以文学创作为职业,早期专攻杂文,曾于1946年由开明书店出版第一个杂文集《秦牧杂文》。新中国成立后,秦牧转向散文创作,成果颇丰,先后出版《星下集》、《贝壳集》、《花城》、《艺海拾贝》等散文集。与杨朔和刘白羽相比,秦牧有着良好的海外成长和教育背景,这决定了他的散文创作必然体现出自己的独特风格。

与杨朔和刘白羽的战士身份不同,秦牧始终保持着文人心态和文人学者的本来面目,因此,秦牧的散文作品中很少出现工农兵形象和阶级斗争场景,他一直以旁观者的视角叙述古今中外的社会生活和历史事件的方方面面。秦牧在《鲜花百态和艺术风格》一文中表达了他对于社会现实多样化呈现的看法:"一些基本的东西,互相配合,衍变成为多种多样的东西。这种状况,我们可以从化学现象中看到;可以从万紫千红、尽态极妍的鲜花中看到;也可以从各种风格的艺术品中看到。"这也是秦牧散文创作的基本格调,开阔的眼界和开放的心态是文人学者的重要内质,这保证了秦牧创作散文的学者风味。从这一点来说,秦牧继承了周作人等新文学作家开辟的学者散文范式,不过由于现实境遇与作家修养的迥异,秦牧的散文一味注重知识的简单传达,缺少深切的思想境界和艺术气象。融知识性、趣味性和思想性于一炉,这是秦牧散文最重要的特色。秦牧写作散文时,往往旁征博引,纵横捭阖,日月星辰,花鸟虫鱼,山川风物,趣事逸闻,无所不包,把读者引向丰富多彩的艺术境界,从而增强他们的阅读兴趣和求知欲望,通过寓教于乐的方式来达到共产主义思想教育。在《土地》中,作者讲述了一个又一个有关土地的历史故事、掌故风俗、奇闻轶事,有中国古代皇帝的"葅茅"仪式,有背井离乡者随身珍藏的"乡井土",有福建沿海地区保家卫国的"寸金桥",有古巴哈瓦那"土地就是我们的生命"的保卫战,还有"一寸土"岛屿的现实与传说,它们交织在一起,丰富的知识和生动的描绘给人以启迪和感悟。夹叙夹议是秦牧散文的又一重要特色,这与作家早期从事杂文创作关系密切,秦牧把杂文和随笔相糅合,这成为"十七年"散文创作的一个现象。在百废俱兴的新中国成立之初,秦牧以夹叙夹议的表达方式在散文中对许多知识进行了普及推广,同时把个人情感融入其中,加上立意深远,格调高昂,从而能够在当时独树一帜,为情感力量和道德真理的统一体,《花城》、《社稷坛抒情》、《古战场春晓》、《天坛幻想录》等名作正是因此而广为流传,如在《花城》中,作家通过花的海洋归纳出"天工人可代,人工天不如"的真理,表现了"劳动人民共同创造历史文明的丰功伟绩"的思想主题,明显地拓展了散文的政治功能。

三 杂文创作

中华人民共和国成立初期,尽管黄裳等文艺理论家为"杂文复兴"作着诸多努力,然而效果并不显著,杂文创作处于徘徊不前的境况。具体来说,两股力量成了杂文创作的中坚,一股是以聂绀弩和夏衍为主的在现代文学史上早有名气的作家,另一股是以陈笑雨、郭小川、张铁夫等为主的迅速崛起的新生代作家。聂绀弩继承了鲁迅嬉笑怒骂皆文章的风格,这一时期发表了《论黄色文化》、《论"中国之大患"》、《论六个文盲卫士当局长》、《茫然》、《关于伍修权将军》、《傅斯年与阶级斗争》、《由一篇"社论"引起的》等数量斐然的杂文。这些杂文重在歌颂新中国和人民革命的胜利,鞭挞反动势力和资产阶级的丑陋与残暴,主题鲜明,立场坚定,例如《论黄色文化》和《茫然》都是批判吃人的旧社会的横行霸道与荒淫无耻:前者揭露了色情文学、大腿电影、软性音乐和跳舞、猥琐的照片和画片、玩弄女性的新闻和言论等黄色文化与反动阶级的反动政权是分不开的,"没有反动政权,没有反动阶级了的时候,就会没有黄色文化";后者揭露了旧世界是底层民众用血肉和生命喂养吸血鬼(统治者)的实录,这些吸血鬼"一面吃人肉,喝人血,嚼人骨,撕人皮,一面又对我们说:'我就是旧世界,你怕不怕!'"夏衍是著名的左翼作家,新中国成立初期任上海市委宣传部长。1949年8月至1950年9月,夏衍在《新民报·晚刊》上开辟

"灯下闲话"专栏,发表了众多声情并茂的杂文,在读者当中产生了广泛影响,其中的名篇有《一个奇迹》《冷面孔》《刮目相看》《新生的力量》《给远行者》《艺术家的路》等。陈笑雨、郭小川、张铁夫三人在中华人民共和国成立初期以"马铁丁"为笔名在《长江日报》开辟"思想杂谈"专栏,产生了轰动效应。他们的杂文烙印上了明显的苏联痕迹,因此被称之为"苏式小品文",往往从政治和道德着手,穿插青春、理想、真理、信仰等时代主题的探讨,为树立正确的人生观和世界观服务。这些杂文追求故事娓娓而谈,文笔清新直白,道理深入浅出,但多为即兴之作,形式简单,难以引人入胜,从而只是在短时间内引起人们的关注。

杂文形成创作浪潮出现在 50 年代中期"双百方针"文艺政策实施前后,即1956—1957 年间,文艺界提倡探索精神和独立思考,各种文艺形式和创作风格都得到了一定程度的发展。更主要的是,在"双百方针"作为发展科学文化事业的正确方针的带动下,作家被鼓励对社会现实中存在的"阴暗面"进行揭露,对人民内部矛盾进行批评,这正是杂文的最重要的品格。1956 年,昆剧《十五贯》在北京上演引起轰动,《人民日报》发表社论《从"一出戏救活一个剧种"谈起》,"满城争说十五贯"成为一个重大文学和社会事件。随后,老作家巴人在《人民日报》发表杂文《况钟的笔》,以深刻的思想和雄辩的力量巧妙地抨击了重大的社会问题。继《况钟的笔》之后,巴人趁热打铁发表了《论人情》《"多"和"拖"》《"敲草榔头"之类》《"上得下不得"》等杂文名篇,以其深刻和犀利的批判精神而著称。《人民日报》发表巴人的杂文之后产生了意想不到的影响,许多作家看到了新中国的革命和建设事业仍旧离不开杂文,禁不住纷纷拾笔,通过杂文创作进行思想表达和社会批判,他们所流露的共同的坦诚相待构成了保卫社会的灵魂,也赋予国家以生机勃勃的大好形势。于是从 1956 年 7 月 1 日起,《人民日报》对副刊进行了重大改版,给杂文留出了更多的言说空间,强调杂文是"副刊的灵魂",其副刊稿约的第一条即为:"短论、杂文、有文学色彩的短篇政论、社会批评和文化批评。"《光明日报》《工人日报》《中国青年报》《北京日报》和《文艺报》纷纷跟进,许多地方报刊也竞相效仿,将振兴杂文作为改版的基本思路。在此强力倡导之下,巴金的《"艰苦"和"浪费"》、老舍的《文艺学徒》、唐弢的《"言论老生"》、严秀的《官要修衙,客要修店》、舒芜的《"反动的无聊的小说"质疑》、柯灵的《悲剧与喜剧》、秦似的《学习泛感》、蓝翎的《"争鸣"与著作》、林放的《一篇功德无量的文章》、黄秋耘的《锈损了灵魂的悲剧》、臧克家的《"六亲不认"》、吴祖光的《相府门前七品官》、黄立文的《幽灵徘徊不去》等作品雨后春笋般涌现出来,一时间杂文创作备受追捧,很快得到社会的认可和关注。1957 年 4 月 15 日,《文艺报》编辑部召开了杂文座谈会,徐懋庸、陈笑雨、张光年、袁水拍、高植、杨凡、舒芜、叶秀夫、王景山等文艺工作者就如何通过杂文来反映人民内部矛盾、如何扩大杂文的题材范围和作家队伍以及如何使杂文的内容形式多样化等问题展开了讨论,其实有的人已经意识到了杂文并不乐观的发展前景,"因为教条主义和宗派主义是不需要杂文的"①。杂文与"双百方针"的命运起伏呈现出同一性,正如张光年所言:"杂文是'百花齐放,百家争鸣'的急先锋,又是'百花齐放,百家争鸣'的晴雨表。当'百花齐放,百家争鸣'的方针受到抵制的时候,也就是杂文受到抵制的时候。"②1957 年 12 月 1 日,《人民日报》再次改版,提供给杂文的版面大大减少,其他报刊的杂文举措也大都采取压缩政策,杂文创作很快进入寂寥状态。

1961—1962 年间一年半的时间内,伴随散文再度复兴的良好局面,杂文创作出现了小型的、局部性的复苏,它称不上"高潮",只不过是在一个相对沉寂的特殊时期发出了自己的声音,因此给人以难能可贵的感觉。总体而言,参与杂文创作的队伍极其弱小,全国作家加起来也不过二三十人,并没有形成大规模书写的趋势,时空发展受到了限制;另外,这一时期直接体现出针对性强、针砭时弊的杂文屈指可数,绝大多数都丧失了理应承担的社会批评和文明批评的基本功能。邓拓、吴晗、廖沫沙代表了杂文创作的较高水平,主要成就是邓拓的《燕山夜话》和吴南星的《三家村札记》。1961 年 3 月至 1962 年 9 月,邓拓开始以"马南邨"为笔名在《北京晚报》副刊"五色土"开辟"燕山夜话"专栏,一共发表 153 篇杂文。邓拓开辟"燕山夜话"的目的很简单,就是要把它办成普及知识的专栏杂文,他在"燕山夜话"中几乎是以百科全书方式介绍时事政策、科学知识、天文地理、文史常识、文物古迹,写法上讲究深入浅出与生动活泼并重。不过邓拓毕竟是优秀的共产党员,同时位居要职,目睹"大跃进"和人民公社运动普遍存在的不顾实际和劳民伤财的种种弊端给广大无辜群众带来巨大的伤害,在他的杂文中自觉流露出批判时弊的倾向,如《一个鸡蛋的家当》《说大话的故事》《主观和虚心》《王道和霸道》《变三不知为三知》《智谋是可靠的吗》等杂文一再强调实事求是,反对主观主义的理念态度。《三家村札记》是这个时期另一典型的杂文代表,作者吴南星是笔名,实际成员为邓拓、吴晗、廖沫沙。"燕山夜话"专栏开辟之后产生了巨大影响力,北京市委机关理论刊物《前线》杂志决定效仿开辟一个杂文专栏,以达到"惩前毖后,治病救人"的效果。时任《前线》主编的邓拓一牵头,吴晗和廖沫沙欣然同意,于是从 1961 年 10 月至 1964 年 7 月共两年多的时间里,他们在"三家村札记"专栏断断续续一共发表了65 篇杂文。"三家村札记"继承了"燕山夜话"的路数,从形式到内容都完全一致,林默涵这样总结和评价:"这里面,无非是三位作者用杂文的形式,介绍了一些古人读书治学、作(做)事做人、从政打仗等各方面的经验得失,针砭了现实生活中一些不良倾向和作风;赞扬了社会主义社会的新人新事;还介绍了一些可供借鉴的各种

---

① 徐懋庸:《我们需要杂文,应该发展杂文》,《文艺报》1957 年第 4 期。
② 参见张光年在《文艺报》召开的杂文问题座谈会上的发言,《文艺报》1957 年第 4 期。

知识……"①邓拓、吴晗、廖沫沙三人当时皆为北京政府官员，又同为知识渊博的学者，在杂文创作中通过温和的语调与朴实的叙述来引导和调动广大群众学习科学文化知识的积极性，同时以曲笔的方式来展现他们匡扶正义、祛除邪恶、捍卫真理的决心与信念，从而在一定程度上达到了思想建设与政治策略结合起来的效果。总的来看，邓拓等人采取谈心的写法，娓娓道来，循循善诱，拉近了与读者的距离，同时在对现实的介入中表现了某种批判性质疑，力图妥善解决杂文与其他文类之间存在的巨大差距，这无形中为杂文的发展开拓了新的空间。

第六节 "十七年"戏剧

一 戏剧的创作和发展

"十七年"的戏剧创作与演出是国家领导下的一种文学行动，国家将戏剧的发展完全纳入自己的管辖和控制范围。首先是成立了各种戏剧组织机构，例如中央戏剧学院、北京人民艺术剧院、上海人民艺术剧院、中央实验话剧院等，这些"单位"成为政府推广戏剧的权威标志；另一方面，全国大型戏剧刊物如《人民戏剧》和《剧本》等纷纷创刊，这为创作活跃和理论探讨提供了重要园地，也是党和政府文化政策的宣扬阵地。其次是戏剧作家队伍建设的初具规模，将来自不同区域的戏剧工作者集结在"新的人民的文艺"旗帜下，他们被标上了特定的身份符号，成为政治意识形态的传达者和呈现者。第三是戏剧的"观摩"演出制度进一步加强了对戏剧创作的管理和规范。戏剧演出既起到了交流和宣扬的作用，又为规范写作和树立典型提供了保证。1956年"第一届全国话剧观摩演出大会"历时一个多月，共有41个话剧团的50多部作品参演。1960年文化部举办的"话剧观摩演出会"共有12部作品参演。1952年文化部举办第一届戏曲观摩演出大会，共有23个剧种和80多个作品参演。1964年首届全国京剧现代观摩大会共有29个京剧团演出了36个作品。加上1959年全军文艺汇演、1964年空军首届话剧、歌剧汇演等等作为全国性的戏剧"观摩"演出，体现的是国家对戏剧的统筹安排和系统控制，通过层层改编和净化，符合了戏剧艺术活动在新形势下与社会主义建设同步进展的要求。

戏剧在这一时期出现了三次比较明显的繁荣局面。第一个阶段是中华人民共和国成立初期至1952年，戏剧改革运动的序幕拉开，剧苑呈现出一派改天换地的新局面。首先是将对旧剧及一切旧文艺的挖掘、审定和整理提上了议事日程，旧艺

---

① 林默涵：《三家村札记·序》，人民文学出版社，1979年版，第1页。

人也被整编进全民集体所有制的戏曲剧团之中。这显示了新的文艺政策的权威性，"改戏、改人、改制"要求在党中央文化部统一调配和部署的范畴内进行，任何个人不得擅自主张。1952年10月中央文化部举办的第一届全国戏曲观摩演出大会上共上演82个剧目，其中经过整理的传统剧目有63个，重新编定的历史剧有11个，标志着"三改"政策取得了一定成效。其次是现代话剧创作初见成效，显示出新中国充满生机盎然的时代特点，既有反映新人新事的剧作，如鲁煤的《红旗歌》，老舍的《龙须沟》，杜印、刘相如、胡零的《在新事物的面前》，魏连珍的《不是蝉》等，又有回顾革命战争年代的题材剧作，如刘沧浪的《母亲的心》，胡可的《战斗里成长》，宋之的的《打击侵略者》，傅铎的《冲破黎明前的黑暗》，赵寻、蓝光的《人民的意志》等，它们大多数发表了单行本，产生了广泛影响。

第二个阶段是1953—1962年间，为戏剧创作的黄金时代。这也是最重要的一个阶段，一共出现了两次创作的高潮。第一次是1956年前后，"百花齐放，百家争鸣"的文艺方针极大地促进了戏剧发展，出现了新的创作面貌。首先是话剧创作取得了大丰收，数量增多，题材丰富，形式多样。1956年3月1日至4月5日召开的第一届全国话剧观摩演出大会共有37个话剧受到中央文化部的奖励，官方的认可无疑把戏剧创作推向又一个高潮。其次是戏曲改革取得了丰硕成果，通过对传统剧目进行"去芜存菁"和对上演剧目进行"抑浊扬清"结合起来的实践经验，大量传统剧目实现了艺术再创造和功能再发挥。1956年6月第一次全国戏曲剧目工作会议提出了有组织、有计划地进行传统剧目"推陈出新"的目标，整理和革新成为工作常态。据刘芝明发表于《戏剧报》1957年第9期的《大胆放手开放戏曲剧目》一文记载，全国挖掘的传统剧目数字可观，有名目的为51867个，有文字记录的为14632个，初步整理的为4223个，公开上演的为10520个。最后是歌剧创作有了显著发展。北京和上海等大城市建立了实验歌剧院，歌剧的专业化程度提高。1957年，中国剧协和中国音协召开了"新歌剧讨论会"，强调将本国歌剧传统和外国歌剧经验相结合，开拓了新歌剧的发展方向。《刘胡兰》、《小二黑结婚》、《草原之歌》等一批比较优秀的作品受到群众欢迎。

1962年9月，随着毛泽东在中共八届十中全会上提出"千万不要忘记阶级斗争"的口号，当代戏剧进入第三个发展阶段，其独立性基本丧失，沦为政治力量的使用工具。这一时期戏剧创作的一个主要特征是集体创作成为普遍现象，这为"文革"样板戏的打造埋下了伏笔。1964年在北京举行的首届全国京剧现代戏观摩大会共展出了36个现代京剧，其中最引人注目的作品有翁偶虹和阿甲改编的《红灯记》、汪曾祺等改编的《芦荡火种》、上海京剧院集体改编的《智取威虎山》、李师斌等编剧的《奇袭白虎团》、天津京剧团改编的《六号门》以及赵纪鑫等改编的《草原英雄小姐妹》等。这些现代京剧进行了大刀阔斧的"改制"，主要体现在改变了传统戏曲以生、旦、净、末、丑的表演行当为主的表演体制,以曲联体或板腔体为主要形式的音乐体制,以分场及空间不固定为主要原则的文学体制和以"随意赋形"为基本观念的舞美体制。"文革"前夕,随着"左"倾文艺思潮泛滥,"四人帮"提出"写十三年"口号,以及对《海瑞罢官》、《李慧娘》和《谢瑶环》等作品及其作家进行批判和打击,戏剧文学的创作跌入低谷。

二　老舍《茶馆》

《茶馆》是老舍在当代文坛上标志性的典范之作,在许多方面都取得了创新之举。首先,它对时空艺术进行了巧妙处理和深刻隐喻,这既避免了公式化、概念化弊病的出现,又避免遭受不必要的批判。《茶馆》重现了中国大半个世纪的历史风云变幻,反映了从 1898 年戊戌变法到 1945 年抗战胜利的社会历史变迁,三幕戏对应三个年代,分别是戊戌变法失败之后帝国主义在华势力的扩张、袁世凯死后民国初年的军阀战祸和抗日胜利之后国民党特务和美国大兵横行北京。《茶馆》主要体现新旧社会的对比,鞭挞旧社会,歌颂新社会。前者的批判主题,显然老舍做得很好,那恰恰是他所熟悉的题材,因此写起来得心应手;后者呢,写起来可不那么容易,毕竟《茶馆》是一部应时之作,人们关心的不是它的艺术性,而是能否和政策保持一致。但写政治又不是老舍的专长,他说:"我不熟悉政治舞台上的高官大人,没法子正面描写他们的促进和促退。我也不十分懂政治。我只认识一些小人物。"①因为不懂,那么写出了对旧社会的恨,就是映射了对新社会的爱,这是老舍相当纯粹的想法,对他来说只能采取扬长避短的表述策略。在空间呈现上,老舍选取了一个小小的茶馆,并安排了形形色色的人物混迹其中,"茶馆"因此成为社会的一个缩影。"当帷幕升起,呈现在观众面前的是一幅中国画。在一幅充满活动和色彩的画面上,展现出一个供不同阶层、不同年铃的人喝茶、吸烟、玩鸟、高谈阔论的公共场所。"②由此可见,"茶馆"并非只是一个单纯的政治隐喻体,同时也是一个文化展览场所,不同身份的人们在这里展现人际交往和文化冲突,这又是老舍的专长,足以发挥他的才华,才保证了作品的艺术质量。其次,老舍采用了"侧面透露"的艺术表现手法,以"茶馆"作为定点,通过场景的转换以及众多的"提示"和"穿插"画外音,将"三教九流"的人物群像联系起来,通过他们的命运来反映社会变迁,将重大的历史事件和政治风云统统一览无余地呈现出来。这样,在不同时代的场景中,观众既看到了不同历史时代的跟进与联系,又真切地感受到了整个社会的沉浮与荣衰。《茶馆》描绘的三个时代是中国 20 世纪最动荡的几十年,老舍让七十多个人物轮番

---

① 老舍:《答复有关〈茶馆〉的几个问题》,《剧本》1958 年 5 月号。

② [德]乌韦·克劳特编:《东方舞台上的奇迹——〈茶馆〉在西欧》,文化艺术出版社,1983 年版,第 83 页。

出场,完成了埋葬旧社会的主题,同时从侧面透露了历史发展的迹象与走向,这是当代戏剧的大胆革新,正如作者所说:"我的写法多少有点新的尝试,没完全叫老套子捆住。"①再次,老舍难能可贵地通过《茶馆》复活了戏剧文学的悲剧审美艺术,这在"十七年"阶段是相当少见的现象。1957年,老舍发表《论悲剧》一文,是他对社会主义文学有无悲剧的思考和探索。"也许有人说:民主生活越多,悲剧就越少,悲剧本身不久即将死亡,何须多事讨论!对,也许是这样。不过,不幸今天在我们的可爱的社会里而仍然发生了悲剧,那岂不更可痛心,更值得一写,使大家受到教育吗?"②老舍坚定悲剧存在任何一个社会制度,不仅因为悲剧是一种生活现象,更是一种审美艺术。从内容来看,《茶馆》就是不同时代的社会悲剧的先后上演,而人物悲剧的穿插进一步强化了社会悲剧的不可避免,农村破产,民不聊生,连太监也买农家良女充当老婆,加上战祸连年,特务、大兵、巡警趁兵荒马乱之际,敲诈勒索,残害百姓,尤其是篇末王利发、秦仲义和常四爷三个老头子在茶馆里最后一次会面撒纸钱来祭奠自己,更是将悲剧氛围推向了高潮。这才是优秀的艺术作品所体现出来的深刻的思想价值和审美追求,作家展示了苦难的历程,促使人们思考解放的途径,老舍对当代文学的贡献也因此提升了一个层次。

老舍的《茶馆》是一部现代性杰作,是中国当代文学真正意义上的世界性因素之一。在当时的中国,除了《茶馆》尚无其他任何戏剧能够从东方到西方形成上演浪潮,《茶馆》创造了"罕见的第一幕"。有专门研究《茶馆》的外国学者这样说过:"从形式上看,《茶馆》似乎更接近西方戏剧。"③事实上,《茶馆》不仅继承了五四文学传统,而且是西方现代戏剧理论在当时中国的成功运用。老舍多尝试用小说的方法和技法来创作《茶馆》,他将"小说戏剧化"的构思技巧和艺术呈现推向了时代的巅峰。《茶馆》表现人物采取了契诃夫的"人像展览式"戏剧结构,发挥了以人物带动故事的优势,同时又根据人物的主次关系将他们组成一个有机整体,将众多的人物组织在一起,这对于吸引观众的注意力会起到很大作用。同样地,为了吸引观众,《茶馆》采用了布莱希特的"间离化"艺术技巧,文中大量出现的"提示"、"穿插"和"说明"等非常明显的主观叙述使得读者很容易跳出戏外,积极参与作者的话语言说,与人物命运同悲喜共患难,不知不觉中加入到了剧情的发展过程,同时对于人生和社会进行了不断的反复的思索和追问。另外,老舍也尝试运用象征、荒诞、内心独白等现代技巧,尽管跟中国传统的快板、相声、鼓词等民间艺术成分的入戏相比不免有轻重缓急之分,但仍然是《茶馆》与世界交流的必不可少的因素之一。

---

① 老舍:《答复有关〈茶馆〉的几个问题》,《剧本》1958年5月号。
② 老舍:《论悲剧》,《人民日报》1957年3月18日。
③ [德]乌韦·克劳特:《联系演员和观众的纽带——谈〈茶馆〉演出的同声翻译》,《文艺研究》1981年第1期。

在"十七年""主题决定论"的大环境下,老舍通过《茶馆》不断尝试形式上的创新,是他早期学习的西方一些新的文学观念和文学技巧在当代文学史上的延伸和运用,作家用他开阔的世界眼光为当代戏剧注入了鲜活血液。

三　历史剧的创作

"十七年"发生过两次大的关于历史剧创作的大讨论,这说明延安解放区遗留下来的旧剧改革问题还需要进一步完善和规划。第一次发生在 50 年代初期,参与讨论的主要人物有杨绍萱、艾青、阿甲、何其芳、陈涌、光未然等,论争的主要问题是历史剧中的"历史"一味为"现实"服务是否合理。这一时期改编的《牛郎和织女》、《新天河配》、《大名府》等历史剧为了配合文艺为政治和现实服务的政策,大胆进行了现代改编,阶级斗争的内容、统一战线的寓意、土地改革的宣传,甚至朝鲜战争的拥护和保卫祖国的决心等现代社会生活都融入这些历史剧当中,作为最主要的内容和主题给予呈现。杨绍萱改编的《新天河配》借用牛郎织女的古代故事来表现朝鲜战争,在《新白兔记》中又加进了民族战争的内容,所谓"新"其实就是打破旧故事的框架,填塞新时代正在发生的社会生活和革命斗争。杨绍萱关于历史剧的创作和理论遭到了艾青、周扬、何其芳、光未然等人的反对,称之为"反历史主义者"、"主观主义者","非现实主义的创作方法"[1],在已经定型的"历史"之上强加"现实"是对历史事件和历史人物的歪曲和篡改,对于读者和观众会起到负面的引导作用。第二次大讨论发生在 60 年代初期,参与讨论的主要人物有吴晗、李希凡、茅盾、朱寨、杨宽、齐燕铭、王子野、沈起炜、高端洛等,论争的主要问题是历史真实与艺术真实之间的关系如何定位以及历史剧在新的历史条件下如何发挥作用。可见,自从新文学以来一直困扰历史剧作家的问题在高度一体化的当代文坛还是没有得到圆满解决。历史剧创作大讨论极大地促使作家通过文学作品来表达和阐述他们的观点,从而掀起了历史剧创作的热潮。1958—1962 年间,以历史剧形式创作的话剧出现了高潮,郭沫若的《蔡文姬》、《武则天》,田汉的《关汉卿》、《文成公主》,吴晗的《海瑞罢官》,曹禺的《胆剑篇》,朱祖贻和李恍执笔的《甲午海战》等为其中的重要作品。

50 年代末 60 年代初,郭沫若先后创作了《蔡文姬》、《武则天》和《郑成功》三部历史剧,但后者的影响远不如前两者大,这可能与前两者写作的目的是为历史人物"翻案"有关,争议性也较大。郭沫若的历史剧《武则天》为颇有争议性的历史人物武则天给予"定型",从而使得她从饱受非议和嘲讽的反面人物转向值得称赞和歌颂的正面人物。武则天与太子贤、裴炎、徐敬业等反对派之间的斗争在剧中以平息"叛乱"的面目出现,这为她的形象定了基调,在此之中她处处以兵法谋略和斗争艺

---

① 　何其芳:《反对戏曲改革中的主观主义公式》,《人民日报》1951 年 11 月 16 日。

术取胜，更重要的地方在于她热爱百姓，宽厚仁慈，知人善用，以崇高的道德感召力量取得了广泛拥戴。武则天把上官婉儿的祖父和父亲都杀掉了，却毫不犹豫将她留在自己身边，用了六年时间去"感化"对方，最终连上官婉儿都觉得自己的父亲和祖父是要谋害好人，罪有应得，并这样评价武则天："天后是一位好人，当今天下离不了她。"这样的高度，真正是亘古未有，可以看出其中有着作家对武则天的主观厚爱和拔高。在《蔡文姬》中，郭沫若一改旧辙，重书新义，更多地从人文主义出发，将蔡文姬置于反封建礼教、争取女性解放的背景框架内，她不再是受辱者，而是主动离家，肩负重任，成为民族团结与和睦相处，彰显爱国主义精神的化身与象征，而这个美好的人物形象的刻画又与另一个重要人物形象曹操息息相关。《蔡文姬》中的曹操也因此成为促进民族文化发展的功臣，而不再是罹乱天下的"奸臣"，郭沫若说得很清楚："我写《蔡文姬》的主要目的就是要替曹操翻案。曹操对于我们民族的发展，文化的发展，确实是有过贡献的人。"[①]郭沫若彻底颠覆了一千多年以来历史和文学史上曹操的奸臣形象，赋予他崭新的面貌，作家把他刻画成一位天下为公的领袖：在他统一北方之后，励精图治把国家治理发展为一派欣欣向荣、太平盛世的图景。郭沫若通过借古寓今，展现与新中国成立之后体现出来的热火朝天的社会主义伟大事业建设日趋繁荣的景象何其相似。郭沫若一直自比为蔡文姬，"蔡文姬就是我！——是照着我写的"，两人都是历经困苦和磨难而最终被委以重任，知识分子的身处逆境与不甘沉沦都是相通的，在共同的人生体验之上表达出希望国家安定和民族团结的思想主题和崇高境界。

田汉在当代继续从事他的戏剧探索之旅，主要创作出了《关汉卿》、《文成公主》、《白蛇传》、《西厢记》、《谢瑶环》等历史题材作品，后面三部为戏曲，主要以改编为主。《文成公主》是田汉听取周恩来意见而改编的历史剧，重在表达民族团结主题，因缺少创新性而阻碍了作家艺术才能的发挥。《谢瑶环》和《海瑞罢官》一起刻画了"清官"形象，相比海瑞的性别，谢瑶环作为一名女性"清官"压力更大，阻力也更大。田汉目睹三年困难时期带给国家和人民巨大的灾难，实际上是希望通过谢瑶环来表现"为民请命"的精神在当代的亟须和迫切，只是连作家自己都没有想到，这正是成为他日后遭到批判的靶子，把自己也牵连进去了，《谢瑶环》也因此成为作家文学生涯的绝唱。《关汉卿》是这一时期田汉最重要的作品，也是当代戏剧史上的一大收获，流传较广。1958 年，关汉卿被世界和平理事会确认为"世界文化名人"，田汉作为代表承担了为关汉卿写戏的任务，用了不到一个月时间就完成任务，可见作家对关汉卿怀着相当崇敬之情。更难能可贵的是，当时处于反"右"斗争背景，"大跃进"的浪漫主义激情席卷而来，《关汉卿》却是田汉以严谨的态度创作出来

---

① 郭沫若：《中国农民起义的历史发展过程——序〈蔡文姬〉》，《收获》1959 年第 3 期。

的现实主义杰作。历史记载的关于关汉卿的资料少之又少，田汉另辟蹊径从关汉卿传世的十八种剧作和七十多首散曲中寻找有关他的性格和精神，推测他的生平和为人，毕竟作家的行为会有意无意渗透到自己的作品中，刻画人物形象自然成为《关汉卿》的最主要目标。田汉在阅读《不伏老》这首曲子时发现了能最好地概括关汉卿性格的句子："我却是个蒸不烂，煮不熟，捶不扁，炒不爆，响当当的一粒铜豌豆。"因此，尽管关汉卿并不是官员，却仍然以"为民请命"的英雄气概向那个吃人的社会发出呐喊，作为知识分子，他以笔为武器，创作杂剧来揭露社会的贪污腐化、上层社会的虚伪凶残，对底层劳动人民抱着深深的同情和热爱。关汉卿和朱帘秀的爱情在写剧、改剧和演剧的过程中一步一步变得坚不可摧，这就是戏中戏的艺术形式。在全剧的结尾，田汉一再修改，最终将"蝶双飞"改为"蝶分飞"，凸显了悲剧色彩，避免了俗套的"大团圆"结局，但从中也透射出作家的矛盾与无奈心理。

四 "革命教育"话剧

"革命教育"话剧是战争年代的产物，在残酷的战争环境下，为了团结军民，一致抗敌，部队文艺工作者往往通过话剧形式来展开生动形象的宣传教育，"革命教育"话剧是流行最广影响最大的一种戏剧模式。从根本上来说，"革命教育"话剧是教育性的而非艺术性的，它借助文学艺术生动活泼的形式而得以开展起来，人物形象的刻画、故事情节的推进、主题思想的呈现最终都是为了一定的教育和宣传工作。尤其是在救亡图存的特殊阶段，它带动了最大多数人的参加，学生演剧、农民演剧、士兵演剧、商人演剧、家庭妇女演剧风靡一时，成为"团结人民、教育人民、打击敌人"的有力武器。新中国成立之后，"革命教育"话剧的传统进一步发扬光大，并发生了一些新变化，主要是转向国家形象的构建和民族意志的强化，同时对当代社会生活的变化起着重要的导向作用。以 1957 年为界，"革命教育"话剧的发展分为两个阶段。

1949—1957 年间是"革命教育"话剧发展的第一阶段，主要以军事题材为主，表现国内革命战争、抗日战争、解放战争时期的社会生活、革命领袖的光辉事迹、英雄人物的成长历程以及军民一家的感人情景等的内容受到推崇。鲁煤等集体创作的《红旗歌》、胡可等集体创作的《战斗里成长》、陈其通的《万水千山》、石凌鹤的《方志敏》等，是这一时期影响最大的代表作品。陈其通是"十七年"文学史上的一位重要剧作家，代表作《万水千山》为作家参与的两万五千里长征革命生涯的生动再现，由解放军总政治部话剧团在全国公开首演，引起轰动。《万水千山》全剧共六幕七场，再现了举世瞩目的中国红军长征历程，是一部名副其实的"长征记"。在结构安排上，陈其通打破了流水线式的时间顺序进程，而以空间场景来重现长征的磅礴气势与英勇壮举，娄关山、桃花寨、大渡河、毛儿盖、大草地、腊子口等不同的场所组成了全剧的框架,通过这几个具有代表性的长征片断来展现毛泽东直接领导下的中国工农红军的伟大胜利。作者运用现实主义和浪漫主义相结合的创作方法,将这些重大的历史事件串联起来,通过艰苦悲壮的场面描写来表现红军的革命英雄主义精神。1964 年 7 月,毛泽东对《万水千山》的修改提出两点建议:一是要写一、二、四方面军大会合,二是务必要把《万水千山》改好。邓小平也在 1975 年 10 月 1 日再次公演时提出了自己的建议,对红二方面军的描写、路线斗争问题、根据地的划定、直罗镇战役的意义、三个方面军会师的处理等问题都进行了详细指导。①

1958 年至"文革"前夕是"革命教育"话剧发展的第二阶段,这一时期的作品除了继续挖掘战争年代的生活矿藏,同时还将笔触伸向和平时期的生活万象,数量之多、影响之大前所未有,例如刘云的《八一风暴》、顾宝璋和所云平的《东进序曲》、傅铎的《冲破黎明前的黑暗》、刘川的《第二个春天》、沈西蒙等的《霓虹灯下的哨兵》、赵寰的《南海长城》、林荫梧的《海防线上》、刘擎天的《杨靖宇》、马吉星的《豹子湾的战斗》、白刃的《兵临城下》、胡可的《战线南移》、黄悌的《钢铁运输兵》、杜烽的《英雄万岁》、邵宏大的《啊,将军》、所云平等的《东进,东进!》等。这些"革命教育"话剧在题材上继续重现重大的军事战略行动,塑造革命领袖和英雄人物形象,同时还力图表现中华人民共和国成立以来的社会主义新生活,话剧发展空间进一步扩大。不过,受到"浮夸风"和"左倾"文艺思潮的影响,"革命教育"话剧普遍存在"写中心"、"赶任务"的弊端,过于强调阶级斗争,抑制了作家的艺术想象力。

《霓虹灯下的哨兵》是这一时期影响最大的话剧作品之一,以 1949 年新中国成立初期的上海为背景,生动再现了"南京路上好八连"的感人事迹,实际上表现的是和平时期革命队伍如何抵制资产阶级"糖衣炮弹"腐朽思想侵蚀的主题。排长陈喜在战场上敢于冲锋陷阵,为革命成功立下汗马功劳,然而初进"十里洋场"的大上海,却被阵阵"香风"吹晕了头脑,急于享受物质生活,瞧不起曾经生死与共的糟糠之妻春妮,正如剧中所写:"党培养他这么多年,没倒在敌人的枪炮底下,却要倒在花花绿绿的南京路上了!"在连长鲁大成和共产党员妻子春妮的教育下,他幡然醒悟,继续焕发革命精神的力量与境界。这里贯穿着两条矛盾线索,一条是敌我之间的矛盾,另一条是人民内部矛盾,两者相互交织,传达出中华人民共和国成立初期的紧张局势,而正是通过在这样复杂的情况之下对人物的思想改造才能更好地突出作品的"腐蚀与反腐蚀"的主题。据作家介绍创作经验,该剧为"遵命文学":"《霓虹灯下的哨兵》是我国经历了三年自然灾害之后,特别需要在全国人民中间提倡艰苦奋斗精神的时候,我们迫于时代的要求,奉命投入创作的。"②因此,对"南京路上好八连"事迹的文学艺术呈现并不仅仅是一个搜集材料的过程,同时也是一个加工

---

① 邓小平:《关于〈万水千山〉的谈话》,《党的文献》2004 年第 4 期。

② 沈西蒙、漠雁、吕兴臣:《〈霓虹灯下的哨兵〉创作回顾》,《戏剧艺术》1979 年第 2 期。

过滤的过程,是为了凝聚民心、防"修"反"修"之教育需要,该剧的创作和演出均受到毛泽东、周恩来、邓颖超等国家领导人的重视与教诲,并迅速确立了其经典地位。

"革命教育"话剧着眼于为现实服务,强调"社会主义教育"的重要性,其目的主要是对年青一代进行革命传统和阶级斗争教育,丛深的《千万不要忘记》和陈耘的《年青的一代》是其中的代表性作品。《千万不要忘记》又名《祝你健康》,之前还用过《还要住在一起》和《鸭子和钥匙》等题目,原为轻喜剧,后来在准备进京汇报演出的过程中受到毛泽东在1962年党的八届十中全会上提出的"千万不要忘记阶级斗争"口号的影响而更名,并加入了阶级斗争的时代主题。作者丛深在创作中的立意也越来越明显,那就是:"我决定通过描写一场无产阶级思想和资产阶级思想的争夺战,来歌颂无产阶级思想,批判资产阶级思想。"[①]《年青的一代》的时代主题相当鲜明,为了教育青年,批判资产阶级个人主义,反对现代修正主义。剧中人物的性格特征主要是通过对比手法来表现的,对年青一代林育生和萧继业的对比贯穿始终,前者害怕吃苦,借助欺骗手段逃避责任,后者勇于牺牲自我,自愿到边远的西北地区贡献自己的力量和青春;对老一辈人物形象的塑造也是通过对比来实现的,林育生的养父林坚、萧奶奶和林育生的养母夏淑娟的育人态度在一定程度上也影响和决定着年青的一代对于生活和未来的抉择,寓意"治病救人"的革命任务任重道远。党在关键时刻的关怀和教育拯救了年轻的一代,使其远离资产阶级"糖衣炮弹"的侵蚀,林育生最终"归队去","准备好接受任何考验了"。这些"社会主义教育剧"围绕青年的成长主题,立足于一定的生活基础,与时代保持着密切的联系,但是由于过度依赖于"阶级斗争"的理念来推动情节和解决问题,丧失了直视生活本质的可能,当人们普通的日常生活都被戴上了政治意识形态的紧箍咒时,对青年的教育也注定在充满焦虑感的氛围下进行。耐人寻味的是,这些"革命教育"剧如火如荼的展开与"大写十三年"的创作指导口号是分不开的,一旦跌入"阶级斗争"主题的范畴,它们注定沦为建立在共识基础之上的简单的演化编年史。

---

① 丛深:《〈千万不要忘记〉主题思想的形成》,《中国戏剧》1964年第4期。

第六章 "文革"文学

第一节 "文革"文学理论

"文革"文学理论主要体现在《林彪同志委托江青同志召开的部队文艺工作座谈会纪要》(以下简称《纪要》)上,所以,本节主要详细介绍和分析《纪要》。

一 《纪要》的主要内容

(一)《纪要》产生的政治历史背景

《纪要》的产生,首先有其国际背景。可以说,复杂的国际环境对我国的社会主义建设与发展十分不利,外部的威胁加剧了国内阶级斗争扩大化错误的发展。

20世纪60年代以来,在冷战的国际大环境下,中美关系不断恶化。美国支持台湾,企图分裂中国,大肆宣扬台湾反攻大陆,并对台出售军事武器。在社会主义阵营内部,中苏关系持续紧张,矛盾不断升级。1960年开始,苏联撤走全部在华的专家,撕毁合同并停止向中国供应重要技术和设备。中苏边境的冲突随之增多,严重威胁我国的国防安全。

《纪要》的产生在国内主要有这样一些政治原因:首先,党内关于社会主义阶级斗争的理论不断扩大化,导致"左"的错误越来越严重。在1962年秋天召开的中共八届十中全会上,毛泽东号召全党和全国人民千万不要忘记阶级和阶级斗争。至此,以"阶级斗争为纲"的"左"的错误理论占据了全党指导思想的中心地位。其次,在整个意识形态领域,"左"的错误也愈来愈严重,在以"阶级斗争为纲"错误理论的指导下,出现了一系列错误的政治批判运动。再次,江青、林彪互相勾结,相互利用,江青想借林彪的权力和地位,达到自己的政治目的,而林彪也深知江青的特殊身份,因此给予支持。

(二)《纪要》产生的具体过程

《纪要》的产生与"部队文艺工作座谈会"有直接的关系。

"部队文艺工作座谈会"由江青提出来,并且获得了林彪的支持,于 1966 年 2 月在上海召开。会前,江青让参加这次座谈会的人员看了三份文件——《毛泽东同志看了〈逼上梁山〉以后写给评剧院的信》《毛主席同音乐工作者的谈话》以及《毛主席对文艺界的两次重要批示》。之后,参加座谈会的人分别被江青叫去谈话,就这样,部队文艺座谈会就算开始了。座谈会从 2 月 2 日开始,到 2 月 20 日结束。会议的内容都是听江青的临时安排,并没有固定的议题,大概内容有以下几点:

第一,看电影和戏剧。看什么电影都是由江青安排,共看了 30 多部电影和 3 场戏剧。第二,座谈。座谈分为集体座谈和个别交谈两种方式。集体谈话有 4 次,个人谈话有 8 次。第三,阅读材料及接见《南海长城》的导演、摄像师和部分演员。

虽然"座谈会"不让做记录,但是相关人员因为需要向上级汇报,就根据几个人的回忆,整理形成了《纪要》的内容。1966 年 4 月 10 日,经过林彪的认可,《纪要》以中共中央机密文件的形式在全党印发了。4 月 18 日,《纪要》的主要内容,则由《解放军报》以《高举毛泽东思想伟大红旗,积极参加社会主义文化大革命》为题的社论形式,公布于众。全文则发表在 1967 年 5 月 29 日的《人民日报》上,同时,《红旗》杂志等各大报刊相继转载。

(三)《纪要》的主要内容

《纪要》全文共分三个部分。第一部分简要介绍了"座谈会"的情况,并且交代了林彪对参加座谈会的部队成员所作的指示。

第二部分就是根据"座谈会"的内容整理修改而成的《纪要》主要部分,主要有十点意见,大致有如下两个方面:

首先是"破",即对"十七年"文学的否定。

《纪要》完全否定中华人民共和国成立以来文艺方面所取得的成绩,认为文化战线上存在着尖锐的阶级斗争。《纪要》说:"我国的文化战线上都存在两个阶级、两条路线的斗争,即无产阶级和资产阶级在文化战线上争夺领导权的问题。"其实,在《纪要》公布之前的 3 月 22 日,在《林彪同志给中央军委常委的信》中,就提到这个问题:"十六年来,文艺战线上存在着尖锐的阶级斗争,谁战胜谁的问题还没有解决。文艺这个阵地,无产阶级不去占领,资产阶级就必然去占领,斗争是不可避免的。这是意识形态领域里极为广泛、深刻的社会主义革命,搞不好就会出修正主义。我们必须高举毛泽东思想伟大红旗,坚定不移地把这一场革命进行到底。"在《纪要》中,这种思想被概括为"文艺黑线专政论":"文艺界在中华人民共和国成立以来,却基本上没有执行,被一条与毛主席思想相对立的反党反社会主义的黑线专了我们的政,这条黑线就是资产阶级的文艺思想、现代修正主义的文艺思想和所谓三十年代文艺的结合。"在这条黑线专政的控制下,"十几年来,真正歌颂工农兵的英雄人物,为工农兵服务的好的或者基本上好的作品也有,但是不多;不少是中间状态的作品;还有一批是反党反社会主义的毒草"。这成为"文革"发动的导火索,对《海瑞罢官》的批判以及后来一系列的文艺批判运动,都是"搞掉这条黑线"的具体措施。

《纪要》还把中华人民共和国成立以来文艺界提出的有意义的文艺理论称为"黑八论",即"写真实"论、"现实主义广阔的道路"论、"现实主义的深化"论、反"题材决定"论、"中间人物"论、反"火药味"论、"时代精神汇合"论以及电影界提出的所谓"离经叛道"论。

《纪要》不仅否定"十七年"文学,还否定西方文学、否定中国现代文学、否定苏联当代文学、否定中国古代文学、否定苏联社会主义文学,《纪要》说:"中国的古典文艺,欧洲(包括俄国)古典文艺,甚至美国电影,对我国文艺界的影响是不小的,有些人就当作经典,全盘接受。我们应当接受斯大林的教训。古人、外国人的东西也要研究,拒绝研究是错误的,但一定要用批判的眼光去研究,做到古为今用,外为中用。对十月革命后出现的一批比较优秀的苏联革命文艺作品,也要有分析,不能盲目崇拜,更不能盲目地模仿。"

其次是"立",主要是对江青等人搞的"样板戏"和"左"的文艺作品的肯定,并在此基础上提出一整套"左"的文学理论。

《纪要》说:"近三年来,社会主义的文化大革命已经出现了新的形势,革命现代京剧的兴起就是最突出的代表。从事京剧革命的文艺工作者,在以毛主席为首的党中央的领导下,以马克思列宁主义和毛泽东思想为武器,向封建阶级、资产阶级和现代修正主义文艺展开了英勇顽强的进攻,锋芒所向,使京剧这个最顽固的堡垒,从思想到形势,都发生了极大的革命,并且带动文艺界发生着革命性的变化。革命现代京剧《红灯记》、《沙家浜》、《智取威虎山》、《奇袭白虎团》等和芭蕾舞剧《红色娘子军》、交响音乐《沙家浜》、泥塑《收租院》等,已经得到广大工农兵群众的批准,在国内外观众中,受到了极大的欢迎。这是一个创举,它将会对社会主义文化革命产生深远的影响。"之所以选择戏剧作为文艺的突破口,主要是因为在各种文艺题材中,戏剧很容易接近群众并且深入群众。在意识形态各领域,会比其他的艺术形式更容易起作用,这也自然受到了毛泽东的关注。这也为八个"革命样板戏"的最终确立提供了理论依据,同时也确立了江青在"文革"中"无产阶级文艺旗手"的地位,为她进入政局铺平了道路。

而为了搞好"革命样板戏","开创人类历史新纪元的、最光辉灿烂的新文艺",《纪要》对未来的中国文学提出了很多要求,在思想上继续反对和批判修正主义,和修正主义作斗争,在题材上要求"努力塑造工农兵的英雄人物,这是社会主义文艺的根本任务",在艺术手法上则"要采取革命现实主义和革命浪漫主义相结合的方法"。在新文艺的人才选择上,《纪要》提出"重新组织文艺队伍",主要是指文艺工农兵的加入,发起"工农兵在思想、文艺战线上的广泛的群众运动",从而实现"无论内容和形式都划出了一个完全崭新的时代"。

第三部分是总结,号召"同志们"提高觉悟,"加强社会主义文化革命的决心和责任感","继续学好毛主席著作,认真进行调查研究,种好试验田,搞好样板戏,在这一场兴无灭资的文化革命斗争中起好带头作用"。

(四)《纪要》的恶劣影响

《纪要》的出台、贯彻和执行,不仅给中国文学带来了深重的灾难,而且殃及整个文化领域。

《纪要》的出世标志着江青集团开始真正地掌控中国文艺,它使江青的政治身份合法化,随后"四人帮"等人便以《纪要》为理论依据,导致中国文学走向极左,"新文学"发展受到巨大的挫折。表现在三方面:

首先,中国文学的组织机构发生翻天覆地的变化,中国文学自五四以来所建立的"自由"机制遭到了彻底的破坏。《纪要》公布以后,中宣部、文化部与文艺有关的领导大部分被打倒,中国文联、中国作协等组织机构也被强行解散;大多数作家也受到冲击,他们不但不可以自由从事写作,甚至成为被批斗迫害的对象。文学刊物除了《解放军文艺》外,其他全部被迫停刊。文艺不能再独立创作,作家不再具有独立性。"文革"文学走向了政治化、一体化的极端。

其次,《纪要》给"十七年"文学扣了三顶大帽子,即臭名昭著的"三黑"说:理论"黑"、作品"黑"、队伍"黑"。《纪要》公布以后,"十七年"文学中的一些重要文学理论遭到否定和批判。"文革"中,一大批优秀的、群众所喜闻乐见的作品被批判,被打成"反党反社会主义的毒草",其中被点名批判的作品有:《海瑞罢官》、《风雷》、《红旗谱》、《红岩》等。还有一大批作家被批判进而被打倒,包括周扬、夏衍、田汉、阳翰笙、林默涵、陆定一等人。《纪要》的这种恶劣影响给整个思想文化界带来了巨大的灾难。

第三,《纪要》提出的"革命样板戏"、"三突出"创作原则、"根本任务论"、"主题先行论"等文学理论,成了"文革"文学的具体原则和操作方式,从而也成为中国文学向极左发展的强大的推动力。某种意义上说,《纪要》是"文革"灾难文学的重要根源。

二 《纪要》的"文学理论"

(一)根本任务论

"根本任务论"是《纪要》明确提出来的。在《纪要》的第五条意见中有这样的话:"文化革命要有破有立,领导要亲自抓,搞出好的样板。资产阶级有反动的所谓的'创作独白',我们要标新立异,我们的标新立异是标社会主义之新,立无产阶级之异。要努力塑造工农兵的英雄人物,这是社会主义文艺的根本任务。"

其实,早在1974年7月的京剧现代戏观摩演出人员的座谈会上,江青在《谈京剧革命》的讲话中就已经提到了"根本任务论"。她说:"我们提倡革命的现代戏,要反映中华人民共和国成立十五年来的现实生活,要在我们的戏曲舞台上塑造出当代的革命英雄形象来。这是首要任务。"①"四人帮"的御用写作班子初澜也在《京剧革命十年》中说:"塑造无产阶级英雄典型是社会主义的根本任务,这就从根本上划清了我们的文艺运动同历史上一切剥削阶级文艺运动的界限。"②这些,可以看作是"根本任务论"的先声。

"根本任务论"可以说是《纪要》的基础思想,后来也成为"文革"中各种极端文艺教条的核心概念。"文革"文艺理论其他核心概念以及"文革"文艺政策都可以说是"根本任务论"的衍生。而"根本任务论"的实质就是要把文艺变成政治权力斗争的工具。

(二)"三突出"理论

为了贯彻"根本任务论"的"最高标准",《纪要》又提出了所谓的"三突出"创作理论。当然,"三突出"理论也是在"样板戏"推行的实践过程中逐渐形成的。

"三突出"这一术语最早是由于会泳提出来的,但他是根据江青的讲话和谈话而归纳出来的。1969 年 11 月,姚文元将"三突出"理论修改为"在所有的人物中突出正面人物;在正面人物中突出英雄人物;在英雄人物中突出主要英雄人物"。③"三突出"原则就是要求分清敌我,让正面人物特别是主要英雄人物压倒反面人物。应该说,"三突出"理论的思想源头在江青那里,她不是这个术语的发明者,但却是这一理论的发明者。

为了推广和普及"样板戏",围绕"三突出","文革"时期还出现了许多阐释、理解、执行、延伸"三突出"的"三字经",如"三陪衬"、"三铺垫"、"三围绕"、"三对头"、"三个打破"等等。

"三突出"原则将艺术公式化,作家失去了创作自由,一切必须按照既定的原则进行创作,生活不再多姿多彩,完全是模式化的,于是就出现了很多"瞒"和"骗"的反现实主义的作品。"三突出"作为一种文学理论观点,作为一种文学创作模式的探索,在文学的层面上本身是有价值的,但是江青利用她手中强大的政治权力,把"三突出"绝对化了,它成了唯一正确的东西,而其他一切思想和创作原则都遭到否定和批判,因而它就具有了专制和霸道的特性,成了政治斗争的工具,而且违背了文学理论和文学创作的本性,因而实际上成了反面性的东西。

(三)"集体写作"

"集体写作"一词由来已久,集体创作"现代"时期就被提倡,早在 20 世纪 40 年代的延安,当时广受欢迎的秧歌剧《兄妹开荒》,京剧《逼上梁山》、《三打祝家庄》,歌

---

① 　江青:《谈京剧革命》,《红旗》杂志 1967 年第 6 期。
② 　初澜:《京剧革命十年》,《红旗》杂志 1974 年第 4 期。
③ 　上海京剧团《智取威虎山》剧组:《努力塑造无产阶级英雄人物的光辉形象》,《红旗》1969 年第 11 期。

剧《白毛女》等都是"集体写作"的产物。50年代以后,毛泽东认为不仅文艺工作者要与工农兵结合,而且提倡工农兵直接参与到文学写作的过程中来。这样,写作的主体就不再是个人,而成了"集体写作"。

1958年的《文艺报》刊出专论《集体创作好处多》,作者认为,"集体创作能在较短的时间里写出又多又好的作品,不但发挥了群众的智慧,还是对群众的教育和提高的过程"。60年代以后,"集体写作"发展到了极端化,成了中国文学创作的基本模式。1964年,林彪指示文艺工作"要大搞'三结合',坚持'三过硬',走出一条正确的路"。[①] 而"三结合"的写作小组则是"集体写作"的具体措施。

"集体写作"是意识形态领域对文艺创作控制的一种表现,也是群体性的政治文化运动对"个人"的消解。这也使得文学越来越远离文学的方向。人多力量大,作品数量非常多,但回头看,几乎没有什么像样的作品,这是最好的对集体创作模式的否定。

(四)"三结合"创作方法

文学创作上的"三结合"并不是指"老、中、青"的三结合。"三结合"一词最早出现在"大跃进"时期,当时的表述是"领导出思想、群众出生活、作家出技巧"。到了"文革"时期,主要是对当时特殊的文学创作方式的一种表述,即"集体创作",也可以称作"三结合"写作小组,具体内容包括写作集体中"党的领导"、"工农兵群众"、"专业文艺工作者"三者的结合。表面上,"专业文艺工作者"在"三结合"创作中占有一席之位,但在实际创作中,专业作家和专业的批评家的作用是无足轻重的,甚至排除在写作之外。在这一意义上,"文革"时期的集体创作,其作品普遍缺乏艺术性,作家不应该负责任。

当时人所熟知的几部作品,如长篇小说《虹南作战史》、《牛田洋》、《桐柏英雄》都是典型的"三结合"式的集体创作。在江青等人看来,作者没有领导思想,又没有群众的生活,只有领导才是创作的真正力量。因此,江青在各种场合都大谈特谈"三结合",而且认为其中最不可缺少的部分就是"领导结合"。江青企图通过各种手段,使整个文艺都聚集到她的思想旗帜下,不但要震惊文坛,更是要利用文艺来达到她的政治目的。

"文艺黑线专政论"、"黑八论"、"根本任务论"、"三突出"、"三结合"等一系列"文革"文学理论,给中国文学带来了灾难,它使得整个"文革"时期的文学惨不忍睹,直到"四人帮"垮台,"伤痕文学"、"朦胧诗"的出世,即新时期文学开始,中国文学才迎来了新的一页。

---

① 社论:《搞好"三结合",坚持"三过硬",创作更多的好作品》,《中国戏剧》1965年第4期。

第二节 "文革"小说

"文革"小说是一段几近被人遗忘的历史,在各种文学史中常被一笔带过或是用"空白"去概括。但其实不是这样,翻检这段并不遥远的历史,我们会发现,这一时期的小说不论在数量上还是在类型上都非常丰富,粗略地统计,"文革"期间出版的小说达 400 多部,这些作品涉猎的题材也非常广泛。

"文革"小说总体上是遵循"三突出"原则,采取的是"三结合"的创作模式,从概念出发,主题先行。所以,在"文革"小说中,我们看不到"个人"的踪影,在集体化的趋势下,作品被狂热的政治包裹,"文以载道"传统思想被发挥到了极致乃至扭曲的状态,人们表现出前所未有的创作狂热,但在这个狂热的背后却是精神的空洞。"文革"时代是一个政治话语的时代,所有的作品都深深地打上了"文革"时期特有的政治烙印,从而成为政治的附庸,表现为:往往伴随着毛泽东的一个政治口号,便涌现出一大批"诠释口号"之作。在小说中,"毛主席语录"、中央的政策路线成了必不可少的要素,小说完全成了政治的宣传工具,小说的目的就是图解政治,文学性变得极其次要。小说自始至终都是以阶级路线斗争为核心,在路线概念中塑造人物形象。

"文革"小说大致可分为时代小说和"手抄本"小说两类。其中时代小说是以浩然的《金光大道》和集体创作的《虹南作战史》《牛田洋》为样板,产生了各种题材的小说,如农村题材小说、工业题材小说、少年儿童小说、革命战争题材小说、知青题材小说、历史题材小说等,还有许多故事集和短篇小说集等。典型的"文革"时代小说从各个不同的侧面展现了"文化大革命"给各个生活领域带来的"新的面貌",虽然小说的叙述摒弃了一些"真实",但是我们依稀能够看到"文革"时期人们的精神面貌和心理变化,可以找寻到属于"文革"的特殊印记。

一 样板小说

伴随着革命样板戏的宣传和流行,小说也逐渐形成其特定的模式,可称之为样板小说。当时为适应毛主席的各项号召和各种政治宣传,小说呈现出明显的"席勒化"倾向,"三突出"原则更是成为小说创作的基本要求。在"文革"小说中,"毛主席语录"、英雄人物以及路线和阶级斗争这三要素成为那一时期小说不可或缺的内容。"文革"小说绝大多数出版于 1972 年之后,其中《金光大道》和《虹南作战史》是作为当时小说创作的模板。

(一)浩然的《金光大道》及其他小说

对"文革"文学的概括,一直流行着"八个样板戏,一个作家"这样一种说法。这个作家就是浩然。浩然是"文革"文学史上最有代表性的作家,他的创作历程很大程度上反映了社会发展历程,尤其是对"文革"主流社会的反映和表现上,浩然一定程度上代表了这个时代。

浩然,1932 年 3 月 25 日生,原名梁金广,河北宝坻单家庄人。正是在这个小村庄里,年幼的浩然目睹了在共产党的领导下,乡亲们如何团结在一起奋起反抗日本帝国主义的侵略和国民党反动派的压迫。1948 年,年仅 16 岁的浩然加入了中国共产党。1961 年,浩然调任《红旗》杂志编辑。在此期间,他认真阅读了马列主义和毛主席著作,在思想上有了进一步的提高,在毛主席"千万不要忘记阶级斗争"的伟大号召下,浩然开始着手创作长篇小说《艳阳天》,并于 1964 年出版。在"文化大革命"前,浩然先后出版了短篇小说集《苹果要熟了》、《新春曲》、《珍珠》、《杏花雨》、《彩霞集》等。

浩然始终保持着和群众的密切联系,思想、艺术上都和时代保持高度的一致,尤其是在借鉴学习了革命样板戏的经验和方法之后,浩然的创作发生了很大的变化。1972 年 8 月,浩然的长篇小说《金光大道》第一部出版,这部长篇小说在"文革"期间引起了很大的反响,由于它体现了对当时政治的拥护和宣传,再加上特殊的政治"机缘",被定为样板小说进行宣传。1974 年 6 月,《金光大道》第二部出版,延续了第一部的创作内容,继续反映当时农村两条路线、两种道路、两个阶级的斗争。同年,为了适应政治需要,浩然被江青委派到西沙群岛前线视察,随后出版了长篇小说《西沙儿女》"奇志篇"和"正气篇"。"文革"期间,浩然还创作了一些短篇小说和儿童文学作品,如 1973 年出版了农村题材的短篇小说集《七月槐花香》,1974 年出版了以西沙群岛为背景的少年儿童读物《欢乐的海》。

《金光大道》第一部讲述的是在土地改革胜利之际,芳草地的农民积极性高涨,但也面临着很多问题,道路究竟该怎么走,高大泉、张金发、朱铁汉等人进行了激烈的讨论和斗争,最后是高大泉带领着农民走上了互助合作的道路。作者试图通过新中国成立后华北一个农村的革命演变,来描绘我国农业社会主义在改造过程中两个阶级、两条道路、两条路线的斗争。

小说有三条矛盾线索:"一条是敌我矛盾线,表现为以高大泉为代表的革命群众同反动地富分子歪嘴子、冯少怀及其它暗藏的反革命分子的斗争;一条是人民内部矛盾线,表现为高大泉、周忠、朱铁汉、刘祥等贫下中农积极分子,同富裕中农秦富、秦文吉、高二林以及钱彩凤等后进群众的斗争;一条是党内斗争线,具体表现为高大泉执行的正确路线与张金发贯彻的错误路线的斗争,还涉及了区一级领导田雨与王友清的斗争,县一级领导梁海山与谷新民的斗争。"①高大泉坚定地走社会

---

① 马连玉:《社会主义道路金光灿烂——评长篇小说〈金光大道〉第一部》,南京师范学院中文系资料室编:《浩然作品研究资料》,内部印刷,1974 年版,第 247 页。

主义道路，原因是多方面的，其中与他向北京学习有很大的关系，他曾经到北京和工人同志一起干活，他看到了北京的发展，联系到了芳草地。小说描写了高大泉领导农民走社会主义道路的感人事迹。

《金光大道》第二部主要描写了人民群众是如何在党的领导下，以反潮流的革命精神，向党内的错误路线，社会上的资本主义势力，以及暗藏的阶级敌人猛烈进攻，展开了一次又一次的斗争，并取得了一个又一个的胜利，在巩固、发展了互助合作组织的同时，建立起了天门区第一个农业生产合作社。然而，互助合作社并不是一帆风顺的，有各种利益和思想的冲突，小说描写了很多矛盾和斗争。生活中本来有各种矛盾和斗争，有很多属于日常层面上的、情感的冲突和利益的冲突。浩然也一定意义上写出了这种生活的复杂性，但由于时代的局限和"文革"文学观念的束缚，作者最后总是把这些矛盾和冲突上升到阶级斗争、路线斗争上去。

在《金光大道》这两部作品中，作者着力刻画了高大泉这一英雄人物形象，这是一个"高"、"大"、"全"式的人物形象，因为过于完美无缺，以致后来成为一种贬称，具有讽刺意味。在小说中，作者这样描写他的外貌："一九四二年，高大泉已经长大成人了。他中等身个，大手大脚，圆脸膛，大耳轮，浓眉俊眼；站在人群里，不卑不俗，淳厚朴实，显得很有根基。"这是典型的"文革"文学正面形象的脸谱化描写。在思想上，作为一名党员，高大泉具有极高的政治敏感和自觉性，他克己奉公、勤劳简朴、无私奉献，并在阶级斗争中展现出了其无所畏惧的气概以及坚定的无产阶级立场，他身上闪耀着无产阶级的光芒并领导着芳草地的人民逐渐走上了一条金光大道。高大泉也遭遇到各种困难甚至挫折，但无一例外，他最后都通过各种渠道和方法使自己在思想上得到了觉悟。高大泉就是"三突出"原则下的典型形象。

在思想内容上，《金光大道》展现了芳草地在农村改革中的一系列生活场景和斗争冲突，把当时毛主席的号召机巧地融合到了小说当中，从而具有很强的时代政治性。在艺术上，作者善于围绕一个中心事件来展开叙述描写，通过对比的方法刻画形象，突出和深化主题。作者将场景描写与情节设置巧妙地结合在一起，如用刚冒芽的小杨树苗喻示芳草地诞生的第一个互助组，较为确切。在语言上，作者将语言乡土化，语言质朴，通俗易懂，是当时的大众读物。

总体而言，《金光大道》是应时之作，它的时代效应和政治效应远高于它的文学成就。由于作者对农村生活非常熟悉，再加上采用现实主义的创作方法，小说中展现的农村图景较为真实而富有浓郁的生活气息，人物塑造有血有肉，情感真切，极其具有乡土气息。《金光大道》虽然存在这样那样的缺点，但在当时的农村题材小说中，其成就却是非常突出的。

（二）集体创作的《虹南作战史》

集体创作是"文革"时期典型的创作方式，它脱胎于样板戏的创作模式。在大型作品创作中,各地方都会采用集体创作的方式,最后以某某创作组或是某某执笔的名义出版和发表。集体创作在方法上最重要的方式是采取所谓"三结合",即领导出思想,作家出技巧,群众出生活。因此,"文革"小说又常常署名"某某三结合创作组"或者"某某作品三结合创作组"等。集体创作虽然也是由个人来完成的,但本质上是"凑合"性的,体现的是集体意志,或者说是时代政治意志。

《虹南作战史》就是典型的"三结合"创作的产物,是"三结合"集体创作的样板小说。《虹南作战史》署名"上海县《虹南作战史》写作组",这其实是一个以贫下中农、土记者为主体的写作组,另外有农村基层干部和业余作家参加。这部小说是十年"文革"期间在内地出版的第一部小说,可以看作是"文革"小说的开端。在内容上,它反映的是典型的"文革"主流意识形态,即两个阶级、两条路线的斗争。书中大量的政治政策陈述,毫不顾忌文学性,作者常常跳出来和读者"对话",教育读者,甚至直接说明自己接下来的写作意图和写作内容。

小说情节的发展完全是按照政治逻辑,每一个人物都被安置在阶级图谱上,他们的存在完全是为了阶级斗争的需要,正面人物和反面人物都严格地按照当时的政治标准。正面代表人物是洪雷生,反面人物主要是右倾机会主义路线代表乡党委书记浦青华和混进党内的潜伏特务金坤余。斗争包括:同党内右倾机会主义路线的斗争;同阶级敌人的斗争;同富裕中农的斗争;同贫下中农中的资本主义自发倾向的斗争。

小说正文从 1951 年开始,故事都是以党在农村的政策路线的发布为时间点进行展开。小说写洪雷生办互助组,这期间洪雷生带领众人火烧大土匪姜有贵的坟地,展现着贫农对富农的愤怒。洪雷生站在坟头上:"又举起背着的枪说:'我们手上有毛主席发给我们的枪! 谁要是同贫雇农做对头,破坏互助组,我们的枪杆子是做什么的? 就是对付这帮坏家伙的!'他努力把前天又一次学习的《中国社会各阶级的分析》,结合眼前的事例,灌输给虹南村的农会会员们!"从这里,我们似乎看到了"文革"造反派的影子。而这种被作者强制渲染出来的阶级热情铺陈在小说中,并在此基础上展开了一个个故事。

在处理富农问题上,小说中则是以强硬的"手腕"进行"镇压"。"虹南村的向国家卖统购统销作物的队伍,由几个互助组打头,后面是单干户,后面跟着富农,长达里把路。民兵们一路敲锣打鼓,卖给国家。富农、富裕中农家里的车子、毛竹篮,全部借用了。在那股热火朝天的群众运动气势下,富农们哪个牙缝里敢迸出半个'不'字?"这实际上也从一个侧面反映了"文革"小说的暴力倾向,让我们感到贫下中农"专政"的"凶残"。小说写"碰到矛盾就学毛主席著作,这在洪雷生已经成为习惯",这实际上也是后来"文革"小说的基本套路。在"文革"小说中,毛主席的教导似乎充满了神力,小说主人公经常用毛主席语录解决种种难题。

在写作方式上,《虹南作战史》经常跳出叙述框架进行政治宣传,例如有这样一段话:"为了把合作化运动中依靠谁、团结谁、如何团结以及这一问题上的错误路线说明一下,我们插进来对这个问题上的党内两条路线斗争作了一个概括的介绍。因为这一章中,以及下面的某些章节中,还要经常碰到这个问题。所以,在这里介绍一下,可以便于读者了解虹南村所发生的某些事情的历史背景。现在,我们还是继续来看看虹南村办社中进一步发生的事情吧!"这有点像西方现代主义小说的"元小说",但二者遵循的是完全不同的艺术理念,"元小说"是一种叙事探索,所以也称"元叙事",而"文革"小说中的插入议论,则是政治"话外音",是赤裸裸的政治说教,或者政策宣讲,是政治干预小说的必然结果。

《虹南作战史》是一个失败的作品,但在当时它却影响很大,被确定为样板小说。这显然不是文学的原因,而是政治的倡导、干预和强行命令。对于中国文学来说,这是深刻的历史教训。

(三)集体创作的《牛田洋》

另一部典型的集体创作小说是《牛田洋》。《牛田洋》署名南哨,是"南海之哨"的意思,是由部队创作完成的。

小说描写 20 世纪 60 年代初期解放军某部在南海前线围海造田的故事,作品塑造了两组尖锐对立的人物形象,正确路线的代表是军代表,地方党组织则"阻碍和干扰围垦工作"。当时是这样介绍这部作品的:"长篇小说《牛田洋》是对伟大领袖毛主席光辉的《五·七指示》的一首颂歌。作品热情地歌颂了在祖国南海前线围垦牛田洋、执行战备生产任务的解放军某部这个英雄集体,反映了他们的火热的斗争生活,通过艺术的提炼、概括、集中和再创造,着力刻划了师政委赵志海、指导员陈大忠等叱咤风云、英勇无畏、刻苦学习、善于分析的英雄形象。作品根据毛主席的实践、认识、再实践、再认识的伟大哲学思想的指导,展开了围垦战斗中的阶级斗争、生产斗争、科学实验等一系列故事情节,宣传了唯物论的反映论,宣传了人民群众是创造世界历史的动力的历史唯物论,批判了刘少奇一类骗子的唯心论的先验论和反动的唯生产力论。"[1]

和《虹南作战史》一样,《牛田洋》充满了政治说教,可以说是政治的传声筒。小说中充斥着"毛主席语录"和当时流行的政治口号和标语,还有各种政治表态和政治效忠的语言,比如:"革命战士只有读了毛主席的书,心里才能装得下五湖四海,才能为解放全人类奋斗终身,才能为扫除一切害人虫贡献一切";"不读书,不看报,思想就僵化了";"做一个无产阶级专政下继续革命的先锋战士";"让部队在两条路线斗争中,提高路线斗争觉悟";"马克思列宁主义的路线,要年年讲,月月讲,天天

---

① 引自南哨:《牛田洋》"内容提要",上海人民出版社,1972 年版。

讲。要年年学,月月学,天天学";"要把朴素的阶级感情,提高到两条路线斗争的高度";"不论什么时候,脑子里都不能少了阶级斗争这股弦"。在《牛田洋》中,我们看不到作为小说艺术的故事、情节、情感,看不到优美的语言、真实的细节、鲜明生动的人物形象等,只有直白的歌颂、毫不掩饰的对当权者的崇拜。

"文革"中,集体创作以其独特的方式呈现出集体意志,个人话语完全屈服于时代政治。所以,集体创作的小说无论是内容还是形式上基本都是千篇一律,作者们毫无顾忌地述说政治,丝毫不顾文学创作应有的写法。故事情节和人物形象都是模式化的,正面人物的形象永远是高大健壮、坚定不移,反面人物的形象永远都是尖嘴猴腮、破坏组织行动。在内容上,以夸张的热情宣扬政策路线,以极端张扬直白的方式高歌"毛主席语录"。

但另一方面,我们也应该看到样板小说在特定历史时期的作用和意义。从1966年到1971年,中国文学的小说出版完全进入停滞期,《金光大道》等样板小说的出现则打破了这种局面,为作家们打开了一个释放自己情感的出口,虽然这种"释放"受到极大的限制。而且,读者也需要小说。因此,样板小说为小说创作引出了一条路,虽然这条路离文学道路较远,但至少为作家和读者打破了沉寂的局面。

二 时代小说

所谓"时代小说",即严格遵循"文革"文学理论,学习和模仿样板小说而创作出来的小说。时代小说在题材上非常丰富,涉及各个战线和生活领域,而每条战线、每个领域都有两条路线、两个阶级的斗争。时代小说为数众多,但作者以小说写政治,大肆歌颂政策、宣扬口号,对阶级斗争的描写因现实针对性太强、漫画化以及虚伪而显得十分拙劣。然而也应看到,时代小说具有很强的时代性,它从方方面面展现了"文革"时期的社会风貌,从中可以看到当时社会的整体状况。另外,时代小说对时代的表达偶尔也注重文学性,特别是自觉不自觉地学习西方与中国现代文学传统,有一定的艺术价值。

时代小说按题材和体裁分,主要有农村题材小说、工业战线题材小说、少年儿童小说、革命战争题材小说、知青题材小说、历史题材小说、故事集、短篇小说集和其他题材小说等。

(一)农村题材小说

1. "农业学大寨"小说

大寨是山西省昔阳县大寨公社的一个生产大队,贫穷落后,气候恶劣。20世纪五六十年代农村合作化以后,为了改变落后的生存环境,在当时大寨支书陈永贵的带领下,当地农民从山下担土到山上造田,在山顶上开辟蓄水池,所谓"万里千担一亩田",将寸草不长的石头山改造成良田,使粮食亩产增长了7倍。1964年2月

10 日,《人民日报》刊登通讯《大寨之路》,介绍了他们的先进事迹,并发表社论《用革命精神建设山区的好榜样》,号召全国人民,尤其是农业战线学习大寨人的革命精神。1964 年 5 月 10 日,毛泽东在听取国家计委领导小组汇报关于第三个五年计划设想时提出"农业要自力更生,要像大寨那样。他们不借国家的钱,也不向国家要东西"。同年 6 月,毛泽东在中央工作会议上关于第三个五年计划的讲话中又说:"农业主要靠大寨精神,自力更生。"此后,全国农村兴起了"农业学大寨"运动,大寨成为当时农业战线的光辉榜样。

但在运动中,有许多地方政府并未贯彻大寨自力更生、艰苦创业的精神,而是追求形式,将大寨作为农村发展的标本推广,浪费了许多农村劳动力,没有达到预期的效果。"农业学大寨"运动一直持续到"文革"之后才结束。

"文革"期间,涌现了很多以"农业学大寨"运动为背景的小说,描述中国各地农村开展"农业学大寨"的生活图景或"农业学大寨"背景下的农村生活状况,内容无非是表现在"农业学大寨"运动的推动下,广大农村坚决拥护党的方针政策,坚定不移地与阶级敌人做斗争,农村事业蓬勃发展,人们受到了运动的鼓舞,精神面貌高昂等。

较早反映这场运动的小说是 1972 年 9 月出版的《大寨人的故事》。这其实不是一部严格意义上的小说,而是以大寨故事为题材的报道,有点像现在的纪实小说,但虚构的不是生活而是政治。小说"从各个侧面反映大寨贫下中农在毛主席革命路线指引下,在党支部和陈永贵同志的带领下,从互助组、农业合作化到人民公社各个历史时期,以阶级斗争、路线斗争为纲,发扬自力更生、艰苦奋斗的革命精神,坚持与天斗、与地斗、与阶级敌人斗的战斗历程和英雄业绩。故事的生活气息浓郁,在一定程度上反映了大寨人的革命精神,歌颂了毛主席革命路线的伟大胜利"。[1]

1974—1976 年间出现了许多以此为题材的小说,如《地下长龙》、《百丈岭》、《克孜勒山下》、《翠岭朝霞》、《风云图》、《甘泉》、《百花川》、《银沙滩》、《雨后青山》、《长虹》、《奴隶的女儿》、《樟田河》,短篇小说集《清泉》、《杨柳青青》等。其中,《百丈岭》是当时反映"农业学大寨"运动的样板小说,小说把"以阶级斗争为纲"和"农业学大寨"两者结合在一起。百丈岭实际上是"大寨"的缩影:"初解放时的百丈岭,山,是癞头岩皮山,地,是乱石荒原地,一阵大雨白茫茫,三天无雨地冒烟;而如今的百丈岭,癞头山上新茶香,荒草地里禾苗壮,社员生活年年有提高,集体经济越来越兴旺。这些,都是广大群众和干部不断地同阶级敌人斗,同资本主义斗,斗出来的!斗争得来的成果,也只有用斗争来巩固它、发展它!……我们就是要像大寨大队那样,一天也不忘记社会主义革命,一天也不放松无产阶级对资产阶级的专政!"整部小说以"农业学大寨"开始,又以"农业学大寨"结束。小说最后在揪出阶级敌人之

---

① 引自《大寨人的故事》"内容提要",《大寨人的故事》编创组,陕西人民出版社,1972 年版。

后,庄稼人都高呼口号:"千万不要忘记阶级斗争"、"把农业学大寨的斗争进行到底!"、"毛主席万岁! 万万岁!"等等。小说中的人物对话都不离"斗争"和"学大寨"的字眼,一定程度上可以说丧失了对正常农村生活的描述。

"农业学大寨"运动是中国农业发展史上的一件大事,它理应在小说中得到反映,所以出现如此多的以此为背景的小说应该说是正常的。问题的关键是,由于极左思想、极左文学创作观念的影响,再加上政治的直接干预,这些小说纯粹是演绎历史事件,说教意味浓重,内容空洞,缺乏文学性。

2.农村合作医疗和卫生小说

1965 年 6 月 26 日,毛泽东与身边保健工作人员谈话,作出了"把医疗卫生工作的重点放到农村去"的重要指示。"毛泽东同志认为,当时卫生部的工作只为全国15％的人口服务,而这 15％主要还是'城市老爷'。广大农民却得不到医疗,他们一无医,二无药。再这样下去,卫生部可改名为'城市老爷卫生部'。医疗卫生工作应该把主要人力、物力放在一些常见病、多发病、普遍存在的病的预防和医疗上。城市里的医院应该留下一些毕业一、二年,本事不大的医生,其余的都到农村去,把医疗卫生工作的重点放到农村去。根据毛泽东同志的指示,卫生部提出《关于把卫生工作重点放到农村的报告》。提出今后要做到经常保持三分之一的城市医药卫生技术人员和行政人员到农村,大力加强农村卫生工作。"①后来人们把这次谈话称为"六·二六指示"。

毛主席"把医疗卫生工作的重点放到农村去"的指示,对农村的医疗卫生产生了深远的影响。之后,中国农村合作医疗迅速开展起来,产生了大批赤脚医生,中国农村医疗卫生发生了很大的改变。文学是社会生活的反映,自然也产生了很多以此为题材的小说。

较早反映农村赤脚医生生活的小说是 1972 年 6 月出版的《春风杨柳》,"作品以一九六八年上海郊区海滨农村血吸虫病防治工作中的阶级斗争为故事的主线,描写赤脚医生周红梅在大队党支部的领导下,识破隐藏的阶级敌人阴谋破坏合作医疗和灭螺工作的种种现行反革命活动,和敌人进行针锋相对的斗争,并帮助个别干部纠正了轻视血防工作的错误思想,终于胜利完成'国庆节前送走瘟神'的任务,小说以较多的笔墨,描写红梅与下乡医生紧密合作,呕心沥血,克服重重困难,使一个长期患血吸虫病的老贫民摆脱病魔,获得第二次生命。小说突出地表现了赤脚医生红梅在贯彻执行毛主席的革命卫生路线中高度的阶级斗争、路线斗争觉悟,热情地歌颂了她全心全意为贫下中农服务的可贵品质和崇高精神"。②

---

① 中共中央党校理论研究室编、刘海藩主编:《中华人民共和国国史全鉴·卫生卷》,中央文献出版社,2005 年版,第 63 页。

② 引自沙群《春风杨柳》"内容提要",上海人民出版社,1972 年版。

生老病死是人的基本问题,是人的生活的一个重要方面。总体而言,"文革"农村合作医疗小说较为生动地为读者呈现出当时农村的医疗变革及其对农民生活的巨大影响,不仅反映了中国农村与卫生有关的生活,而且还从一个侧面反映了整个农村社会生活的变化,特别是人的思想观念的变化,具有一定的历史价值。但是,这类小说无一例外地都写到了阶级斗争,千篇一律地写在实行改革的过程中出现了阶级敌人,经过群众的阶级斗争,阶级敌人的阴谋没有得逞,内容显得十分生硬。

3.水利工程题材的小说

历史上,海河流域洪涝灾害频发,从 1368 年到 1948 年的 580 年间,海河流域发生过 387 次严重水灾。1963 年海河再次爆发特大洪水,海河平原一片汪洋,受灾市县百余个,受灾人口达 2200 余万。洪水过后不久,毛主席在观看了河北省抗洪斗争展览以后,挥笔写下了"一定要根治海河",吹响了根治海河的战斗号角。水利建设是"文革"时期中国人生活中的一项重要内容,也产生了很多可歌可泣的英雄人物和英雄事迹。因此,"文革"期间也产生了一些水利工程题材特别是根治海河的小说,主要有长篇小说《擒龙图》、《中流砥柱》、《激流》、《洪流滚滚》,短篇小说集《高峡平湖》、《水绿山青》等。

"根治海河"以及更广泛的水利建设是利国利民的伟大工程,不论是从精神上还是从政绩上,都是值得提倡和歌颂的,文学对其有所反映并进行宣传,这无可厚非。但"文革"水利工程题材小说最大的问题是,把水利建设变成了落实毛泽东"根治海河"的指示,把正常的国家建设及其成就说成是毛主席的伟大决策,从而把水利建设小说转变成对毛泽东的歌颂,并且在歌颂的同时始终不忘阶级斗争,小说总是牵强地加入阶级敌人搞破坏的情节。

4.路线斗争、阶级斗争小说

1962 年秋天,中共八届十中全会召开。在这次会议上,毛主席更加完整地提出了党在整个社会主义历史阶段的基本路线,同时,向全党全国人民发出了"千万不要忘记阶级斗争"的号召。

路线斗争、阶级斗争是"文革"小说的基本主题,几乎所有题材的小说都会描写路线斗争、阶级斗争,所以从某种意义上来说,"文革"主流小说都可以称得上是路线斗争、阶级斗争的小说。但这里所说的路线斗争、阶级斗争小说可以称之为"纯粹的"路线斗争和阶级斗争小说,主要是反右派小说、反修正主义小说和反映农村生产合作化斗争的小说,代表性的作品有:《新桥》、《春潮急》、《万年青》、《奔腾的东流河》、《咆哮的松花江》(上、下)、《惊雷》、《巨蟒河》、《漳河春》、《县委书记》(第一部)、《孔雀高飞》、《宏图》、《江畔朝阳》、《前进吧,火红的拖拉机》等。

《春潮急》是:"长篇小说《必由之路》的第一部。50 年代中期,在毛主席革命路线的指引下,我国广大农村掀起了轰轰烈烈的农业合作化运动。运动像春天的潮水,汹涌澎湃,冲击、动摇着几千年来的私有制界石。围绕着要不要办农业社这样一个根本命题,以复员军人、梨花村党支部书记李克为代表的一方,同以混进党内的蜕化变质分子、新富农、梨花村的村主任李春山为代表的另一方,展开了激烈的两个阶级、两条道路、两条路线的斗争。在斗争中,李春山玩弄两面派伎俩,与社会上一小撮阶级敌人相勾结,千方百计阻挠、破坏群众办社。李克胸怀朝阳,同党员们、雇贫农们一起,对阶级敌人的种种阴谋活动,展开了针锋相对的斗争。经过反复搏斗,冲破了重重障碍,建立起农业社,沉重地打击了阶级敌人,初步教育了有资本主义倾向的富裕农民,将美丽的山村引向更加美好的明天。作品具有浓厚的生活气息。它艺术地再现了农业合作化这一伟大的历史变革的必要性和必然性。作品除了着重刻画李克这个主要英雄人物外,还塑造了张久洪、李让、金毛牛、松林老汉、林方成等党员和雇贫农先进分子的形象。"①

"文革"期间,所有的矛盾和冲突都被上升到"两个阶级、两条路线、两种道路"的高度,这反映在小说中就是无处不在的阶级斗争,阶级斗争甚至超越生活,凌驾于生活之上。文学源于并反映生活,既然阶级斗争是"文革"时期的现实生活,文学表现和描写两条路线、两个阶级的斗争,就是合理的。问题在于,"文革"阶级斗争小说采取说教的方法,将所有内容概念化、抽象化,是纯粹的政治图解和政治宣传,这种小说缺乏文学性,因而难以卒读。

5. 歌颂"文化大革命"的小说

"文革"农村小说大都写各种政治运动,或以各种政治运动为背景。而直接描写和表现"文化大革命"的则比较少,主要有小说《草原轻骑》、《我们这一代》、《奔马河畔》,小说集《革命春秋》等。

现在看来,歌颂农村"文化大革命"的小说较为真实地描写了当时农村的"革命"状况,具有一定的历史价值。但总体上,从这些小说中,我们看到的是人民如何被政治蒙蔽的现实。小说大多极尽渲染歌颂领袖,正面人物在"文革"和毛主席的熏陶下似乎都有着无穷无尽的"力量"。比如《奔马河畔》里的雷宏海,当他听到广播里讲到"无产阶级革命是彻底结束一切剥削制度的革命,更不能幻想剥削阶级会乖乖地听从无产阶级剥夺他们的一切特权,而不想恢复他们的同志。他们人还在,心不死,必然要像列宁所说的那样,以十倍的疯狂,百倍的仇恨,来企图恢复他们失去的天堂"时,便:"紧紧地攥着拳头,遥望着巍巍耸立的骆峰岭,心里像奔马河似的翻卷起拍天巨浪。……有毛主席给我们撑腰,还怕他钱治国十倍的疯狂?我们就是要听毛主席的话,把无产阶级文化大革命进行到底,彻底地砸烂反革命修正主义路线!"这是这类小说中经常出现的描写。

---

① 引自克非:《春潮急》"内容提要",上海人民出版社,1974年版。

纵观"文革"农村题材小说,我们可以看到,虽然这些小说与时代政策和时代"精神"紧密相连,一定程度上以直观的方式展现了时代风貌,但是在精神实质上,它是扭曲的,偏离了人的正常情感和正常思想,陷入了迷茫。所以,从这些小说中,我们不仅看到了"文革"时代的缩影,更看到了"文革"强加给人们的荒谬的精神逻辑和信仰尊崇,体现了那一代人的自我迷失和自我放逐。

(二)工业战线题材小说

1."工业学大庆"小说

"工业学大庆"是"文革"时期中国社会的一件大事,一般把它和"农业学大寨"相提并论。1960年初,中国开展大庆石油勘探大会战,1963年底,中国成功开发大庆油田。在开发大庆油田的过程中,产生了很多感人的事迹。1964年2月13日,毛泽东在人民大会堂的春节座谈会上发出号召:"要鼓起劲来,所以,要学解放军、学大庆。""要学习解放军、学习石油部大庆油田的经验,学习城市、乡村、工厂、学校、机关的好典型。"于是全国便开始了轰轰烈烈的"工业学大庆"运动,直到"文革"结束之后很长一段时间,"工业学大庆"才慢慢淡出。

以此为背景的小说主要是短篇小说集,有《油田尖兵》、《大庆人的故事》、《火花》、《草原明珠》、《满天飞霞》、《哨兵》、《油浪滚滚》等。

《大庆人的故事》:"收集的十八篇故事和通讯,反映了油田建设者火热战斗生活和英雄事迹。本书作者都是战斗在石油战线上的工人,有的曾经和英雄并肩战斗过,有的本身就是先进行列中的战士,他们以深厚的无产阶级感情,用朴实的语言,热情地歌颂了毛主席革命路线的伟大胜利。"其基本主题是:"大庆,是伟大领袖毛主席提倡的一面红旗。大庆的道路,是按照毛主席的无产阶级革命路线发展工业的道路。'工业学大庆',是毛主席向全国人民发出的伟大号召。大庆油田会战,就是在1960年我国经济遇到暂时困难的时候,迎着帝、修、反掀起的反华恶浪,迎着刘少奇一伙在工业上刮起的下马黑风,打上去的。英雄的大庆工人,在马列主义、毛泽东思想指引下,头顶蓝天,脚踩草原,不顾'右'倾机会主义分子的讽刺打击,蔑视资产阶级技术权威的条条框框,发扬一不怕苦、二不怕死的革命精神,在不到三年的时间,建起了我国第一流的大油田,甩掉了西方资产阶级强加在我们头上的'贫油国家'帽子。在无产阶级'文化大革命'中,大庆工人坚持抓革命,促生产,以出色的成就捍卫和执行了毛主席的无产阶级革命路线。经过十年会战,大庆出了油,出了经验,出了一支革命化的队伍,为革命作出了巨大的贡献。"[①]

"工业学大庆"小说一定程度上反映了人们学习大庆自力更生、艰苦奋斗精神的现实。但另一方面,我们也看到,虚构的阶级敌人始终存在,不同的观点和想法

---

① 引自大庆油田工人写作组:《大庆人的故事》"内容提要",上海人民出版社,1972年版。

都被生硬地扣上了阶级敌人的帽子，所有的事物都被渲染上了毛主席的红色光辉。小说中到处都是欣欣向荣的景象，显得虚假。小说弥漫着一种激扬的情感，但却缺乏基础，缺乏来由，因而显得空洞。

2. 造船工业题材小说

以海港造船为题材的小说大都以毛主席所说的"艰苦奋斗，自力更生"为创作的源泉，呈现出造船工业战线上的火热奋斗情景。主要有小说《海港红旗》，短篇小说集《船台春潮》、《大海铺路》、《船台战歌》等。

《大海铺路》这部小说："是工人业余作者和专业作者'三结合'创作的产物，是一部反映70年代我国造船工业翻身仗的长篇小说。小说通过跨龙船厂造船工人在毛主席无产阶级革命路线指引下，坚持'独立自主、自力更生'的伟大方针，建造'祖国'号万吨远洋巨轮和万匹机的战斗过程，歌颂了无产阶级'文化大革命'的伟大胜利，批判了崇洋媚外、爬行主义的地主买办资产阶级思想，揭示了工业战线上尖锐复杂的路线斗争和阶级斗争。作品刻画了工人出身的万吨轮总指挥彭锁生、党委书记贺新等英雄形象，展现了经过'文化大革命'锻炼的新的一代工人干部，正在茁壮成长。同时，也从各个角度反映了造船战线老工人、青年工人和技术人员崭新的思想面貌。"①

3. 矿业、铁路题材小说

"文革"时期出现了一批以铁路矿工为题材的小说，展现了社会主义建设的火热场景和巨大变化，主要的小说有：《飞雪迎春》、《矿山风云》、《向阳松》、《汽笛长鸣》、《钻天峰》、《青石崖》等。"文革"时期，正值中国铁路、矿业建设发展之际，这些小说一定程度上反映了"文革"铁路、矿业建设的现实，反映了中国铁路工人、矿业工人的生活和精神面貌，特别是有的小说表现工人们团结一心、友爱等精神，具有正面意义。但小说中大量插入哲理话语、插入毛主席语录、插入一些歌颂性的话语，宣传过于直白。

4. 对敌阶级斗争小说

"文革"期间各种斗争总是每时每刻地存在着，阶级敌人似乎无处不在。

"文革"大多数小说都写了阶级斗争、路线斗争，都是宽泛的"对敌"斗争小说。但这里所说"对敌阶级斗争"小说可以说是纯粹的"对敌"斗争的小说，主要有：长篇小说《沸腾的群山》（第二部）、《东风浩荡》、《大梁》、《水下尖兵》、《江水滔滔》、《较量》、《"04"号产品》、《志气歌》、《钢铁巨人》、《红石口》、《彩虹曲》，短篇小说集《春雷》、《创造者的歌》、《火焰》、《边城风雪》等等。还有渔业战线斗争的《渤海渔歌》等。

李云德《沸腾的群山》（第二部）写的是："抗美援朝战争时期东北工业战线上的

---

① 引自上海市造船公司文艺创作组：《大海铺路》"内容提要"，上海人民出版社，1975年版。

斗争生活。遭到严重破坏的孤鹰岭矿,解放后用了短短不到一年的时间就从废墟上恢复了生产。可是,正当第二期修复工程刚刚开始,美帝国主义就发动了侵朝战争,潜藏的阶级敌人也趁机蠢蠢欲动,这给矿山的修复带来了新的困难。面对这一形势,矿党委坚决依靠工人阶级,大搞群众运动,继续走自力更生、艰苦奋斗的道路,终于粉碎了阶级敌人的破坏阴谋,刹住了右倾歪风,克服了重重困难,完成了修复计划,并在斗争中培养了大批革命的新生力量。小说着重描写了这一时期矿山两个阶级、两条路线的激烈斗争,真实地再现了当时的历史情景,并塑造了一批无产阶级的英雄形象,令人信服地看到马列主义、毛泽东思想的巨大力量。"[①]

对敌阶级斗争小说是一种新的类型小说,表现在内容较为新鲜,斗争较为激烈,和当时地下反特小说相比,这类小说并不是单纯地描绘斗争的"惊心动魄",而是突显党的崇高领导和人民群众的团结一致,说明社会主义道路的不可逆转性,因而有一些新的内涵。

总的来说,工业题材的小说"融入了大量时政性的内容,借以平衡文本中可能出现的意义错位,并极力在一个宏大的历史图景下,暗示性、象征性地揭示民族工业颇为坎坷的新生路程。所以,在这个意义上而言,……工业题材小说在意义秩序的建构上更多地倾向于一种'统合'的逻辑,内里隐含着中华人民共和国成立初期作家对民族工业新生的深切焦虑与浪漫想象"[②]。工业题材小说在宏大的时代背景下,在客观上反映了"文革"时期工业战线上的精神面貌。但另一方面,我们又看到了被夸大的奋斗热情、被硬扣上的"阶级斗争"内容和被神化的英雄形象。从小说中我们能读出作者对工业发展的美好畅想,但我们也看到了"文革"中人们盲目的乐观,小说将斗争复杂化了,将发展简单化了。

(三)少年儿童小说

相对而言,"文革"时期最好的小说是少年儿童小说,相对要离政治远些,多少有些童真童趣,所以,"文革"儿童文学产生了一些经典性的作品,如《闪闪的红星》等。

1.革命战争题材儿童小说

所谓"革命战争",这里指的是抗日战争和解放战争。革命战争年代,儿童也是革命的一个重要组成部分,当时有"抗日儿童团"、少年先锋队、小红军、小八路等等,从中涌现了许多英雄人物,如王二小、李爱民、李克元、牛国才、温三郁等等,他们的英雄事迹为后人反复传颂,创造了许多可歌可泣的英雄故事。这类小说主要有:《找红军》《小猎手》《边疆小八路》《少年英雄李爱民》《战地红缨》《浙东的孩子》《铁匠的儿子》《小闯》《山村枪声》《小铁头夺马记》《敌后小英雄》《草原小交通》《湖边小暗哨》《红电波》《湖上芦哨》等。

---

① 引自《沸腾的群山》(第二部)"内容说明",李云德,人民文学出版社,1973年版。
② 惠雁冰:《"文革时期"的工业题材小说——以〈沸腾的群山〉为中心》,《人文杂志》2011年第5期。

纵观这些革命战争内容的儿童小说,我们看到,这些小说塑造了许多真实可爱,没有严重脱离实际,较为有血有肉、内容丰满的少年儿童形象。小说记录了伴随着战争成长起来的一代孩子,通过他们的事迹对当时的孩子进行革命传统教育。小说情节安排紧凑,充满悬念,能引发孩子们的阅读兴趣。不过,这些小说也出现了很多雷同的情节,主要表现在政治的叙事上,小说的情节基本上是模式化的,小说故事情节单一,人物塑造也呈现出模式化,教育色彩浓重,这可以说是"文革"儿童文学的通病。

2. "红小兵"小说

"红小兵"是"文革"时代特殊的产物,形成于 1966 年。在"文革"发动的过程中,他们积极参与红卫兵造反活动,参加学校、社会组织的批斗活动。

"红小兵"和"红小兵"小说的出现,某种程度上验证了"文革"的悲剧——"文革"思想已经侵占了孩子们幼稚的心灵。这些作品无所顾忌地让无辜的孩子们去诠释"文革",在这一意义上,"红小兵"小说又具有一定的真实性。"红小兵"小说主要有这样一些作品:《故事团的故事》《铁牛》《杏花塘边》《未来的战士》《新芽》《金色的朝晖》《喧闹的森林》《梨园哨兵》《冲锋号》《铁壁岛》《进攻》《青少年护泊哨》等。

中篇小说《金色的朝晖》是当时最典型的配合教育战线上"反修正主义"、"反复辟"等方针的作品。这部作品纯粹是政治的"宣讲",完全脱离了现实,甚至鼓动学生们放弃学习科学文化知识,转而投入工作中。小说的引子里有这样一段话:"当时,正是一九七二年,教育战线上的资产阶级复辟势力鼓噪一时,胡说什么'教育质量下降',要走'关门教学'的老路,妄图迫使学生'两耳不闻窗外事',死啃书本知识,其目的就是为了扼杀无产阶级教育革命这个新生事物。咱们的校办小工厂,就在这一现实的阶级斗争和路线斗争的背景下关门了。"①小说就是在这个歪曲的事实中开始的。作品中的反面人物竟然是长期在教育战线上教书的模范小学老师胡守本,在"文革"中他变成了"处心积虑搞复辟的资产阶级代表人物",而与之相反的,积极鼓动学生"造反"的聂秀兰老师却成了模范代表。这类作品给孩子们稚嫩的心灵灌输了极左的思想,甚至是"引导"孩子造反,将应有的道德抛之脑后,这是对孩子纯洁心灵的摧残,对孩子美好童年的践踏。

3. 童性小说

"文革"时期儿童小说可分为三类:"第一类是作者凭自己的创作热情与艺术真诚,坚持从生活出发创作的作品,如李心田的《闪闪的红星》。第二类作品虽受当时政治思潮和创作理论模式的影响,在思想上存在这样或那样的问题,但是,这些作品有一定的生活基础和实感,艺术上有某些可取之处。如浩然的儿童小说,杨啸的

---

① 石冰:《金色的朝晖》,上海人民出版社,1975 年版,第 2—3 页。

《红雨》、徐瑛的《向阳院的故事》等。对这类作品要客观地、历史地评价,在百花凋零的萧条文坛上,它们多少增添了一些生机,而且,不能忽视这些作品在当时对读者产生的影响。第三类作品受争权夺利的政治阴谋驱遣,或歌功颂德、树碑立传,或指桑骂槐、明枪暗箭。这类作品充溢着政治意图,艺术水准低劣味同嚼蜡,当然要加以否定,甚至要赶出文艺殿堂。"①第一类作品是被时间证明的优秀作品,这些小说虽然是时代的产物,但是它们力求远离政治的喧扰,重新塑造了一个个可爱聪明的少年儿童形象,摆脱了"高、大、全"英雄人物的框架限制,小主人公们贴近生活现实,亲切自然,是值得孩子们学习的好榜样。

李心田《闪闪的红星》叙述了主人公潘冬子在父母的影响下,一步步走上革命的道路,最终成了一名光荣的解放军战士的故事。小说塑造的潘冬子形象影响了一代人的成长。小说故事情节设置巧妙,扣人心弦,而在人物塑造上更是可圈可点,有血有肉。当然,《闪闪的红星》依然没有完全脱离"文革"文学的创作模式,虽然小说一再为潘冬子的"仇恨"作铺垫,一再述说胡汉三等人如何欺压百姓而引发读者的"共鸣",但是这些都无法掩盖小说中潜藏的暴力倾向。想把敌人杀死的心情是可以理解的,但是真正能毫不犹豫、毫无畏惧地采取各种手段杀死敌人是脱离了儿童天性的,在这一点上,隐约可以看见"文革"时期红小兵们对待所谓的阶级敌人是怎样的"理直气壮"和"义愤填膺"。

4. "反特"、抓阶级敌人题材儿童小说

新中国成立以后,正规的军队化的敌人没有了,但以潜伏的方式暗藏着的敌人仍然是有的,这就是"特务"或者"阶级敌人"。"文革"时期,由于政治上的阶级斗争、路线斗争的氛围,似乎到处都是阶级敌人,很多人都被打成"特务"或者"阶级敌人"。在文学领域出现了很多"反特"电影和"反特"小说,儿童文学也未能幸免。"文革"时期"反特"和抓阶级敌人题材的儿童小说主要有:《甜岛少年》、《边防小哨兵》、《林中响箭》、《新来的小石柱》、《拖拉机突突响》、《小兵东东》、《会说话的路》、《三探红鱼洞》、《小兵闯大山》、《接过爸爸的鱼叉》、《壮士少年》等。

《甜岛少年》讲述了"甜岛上的一群少年儿童飞渡荷花洋,到砣子屿去铲淡菜送给解放军叔叔。他们在砣子屿上发现了一股窜上该岛、企图去甜岛窃取情报的特务,立即报告了解放军和民兵,终于消灭了这股特务,活捉了罪恶累累的渔霸柴本狼。作品歌颂了海岛儿童的高度革命警惕性和大无畏的牺牲精神"②。

纵观"文革"儿童小说,我们可以看到,这些作品在思想上虽有一定的积极向上的作用,有进步性、革命性,但是,大多数这类小说并没有对孩子的精神健康建构起到积极作用。有些小说融入了太多的"教育"因素,这已经埋没了儿童小说应有的

---

① 蒋风:《中国当代儿童文学史》,河北少年儿童出版社,1991年版,第252页。
② 引自徐琢平、胡长华:《甜岛少年》"内容提要",浙江人民出版社,1973年版。

文学价值,更可悲的是这类教育造成了孩子们道德、伦理、情感等方面的缺失,深刻地影响了一代人。

(四)革命战争和"反特"题材小说

"文革"时期,共产党领导的革命事业仍然是小说的一个重要题材,而且是主流题材,这一点可以说是延续了"十七年"文学的传统。另外,也有反映中华人民共和国成立后和国民党特务作斗争的,这可以视为对侦探小说传统的延续。

1. 抗日战争题材小说

"文革"抗日战争题材的小说除了一如既往地歌颂抗日军民的爱国主义和革命乐观主义精神,并有力地揭露日本帝国主义残暴成性的丑恶本质以外,重要的主题还有歌颂毛主席的无产阶级军事路线,歌颂"枪杆子里面出政权"的光辉思想,把抗日战争和无产阶级革命、"文化大革命"联系起来,小说中有很多对毛主席语录的生搬硬套。主要作品有:《盐民游击队》、《大刀记》、《煤城怒火》、《大雁山》、《疾风》、《火苗》等。

《大刀记》是三卷本长篇小说,"作品通过对八路军一支游击部队和人民群众战斗经历的生动描述,通过对抗日战争从相持阶段到大反攻胜利这一历史时期的艺术概括,以广阔的生活画面再现了我军民的鱼水关系,以众多的英雄形象体现了群众是真正的铜墙铁壁的真理,有力地显示了人民战争的无穷威力,热情地歌颂了党和毛主席的英明领导和毛主席革命路线的伟大胜利"。[①]《大刀记》抓住了抗日战争时期党所领导的抗日军民和日本侵略者之间的生死搏斗这一主要矛盾,努力学习革命样板戏"三突出"的创作经验,运用革命现实主义和革命浪漫主义相结合的创作方法,全力地塑造了我八路军大刀队队长梁永生这一英雄形象。小说的结尾展露出了意气风华的革命热情:"那招招展展的红旗下,那浩浩荡荡的人民子弟兵,不是正昂首高歌地也在向南开去吗? 是啊! 一路红旗一路歌,一路歌声一路兵,这东一路、西一路正在奔赴前线的工农子弟兵啊,你们激动着群众的心弦,你们安慰着先烈的英灵,你们胸怀着人民的重托,你们肩负着历史的使命;你们,今日这种路路出征的威武盛况,预示出一场伟大的人民解放战争的光明前景。"从这样的热情中不难看出强大的政治话语对文本的绝对控制。

2. 解放战争题材小说

主要小说有:《桐柏英雄》、《难忘的战斗》、《威震敌胆》、《送盐》、《铁骑》、《霞岛》、《风云岛》、《边城风雪》、《激战长空》、《不息的浪潮》等。

长篇小说《桐柏英雄》描写的是:"解放战争中,我中国人民解放军的一支部队,开辟桐柏新区的斗争故事。小说通过人民解放军一个连队参加的战斗、战役,歌颂了毛主席革命军事路线的伟大胜利,歌颂了伟大的毛泽东思想。书中着意塑造了

---

① 引自郭澄清:《大刀记》"内容说明",人民文学出版社,1975 年版。

战斗英雄赵永生和团政委董向坤等英雄人物。他们在毛泽东思想培育下,'死,为革命而死,活,为革命而活',在斗争中英勇顽强,执行了党的路线和政策,为中国人民的革命事业作出了应有的贡献。"①

3.抗美援朝题材小说

朝鲜战争是二战之后的重大战争,对中国后来的发展具有深远影响,在这场战争中,中国充当了重要角色。"文革"期间也有一些反映抗美援朝的小说,主要作品有:《激战无名川》《剑》《彝族之鹰》《碧空雄鹰》《望云峰》《火网》等。

4.反特剿匪、保卫政权等题材小说

这类题材的主要小说主要有:《壁垒森严》《黄海红哨》《激战长空》《追穷寇》《风云岛》《霞岛》《斗熊》等。

"文革"时期革命战争题材的小说,也有一些好的作品,表现为,情节较为生动精彩,故事性较强,一定程度上记载了"文革"对于革命战争的态度,反映了"文革"时期的主流意识形态。但另一方面,我们也应该看到,"文革"时期革命战争题材小说追求的不是真实历史的叙述,而是让历史承载"文革"政治,与"十七年"文学中同类题材的小说相比,它往往削减了革命战争的民族团结、一致抵御外敌的主题,而加强了在革命中的阶级斗争的主题,一切从阶级出发,这实质上是对历史的一种"篡改"。

(五)知青题材小说

1968年12月,毛泽东下达了"知识青年到农村去,接受贫下中农的再教育,很有必要"的指示,"上山下乡"运动大规模展开。"文革"时期产生的著名的知青题材小说有:长篇小说《征途》《剑河浪》《分界线》《铁旋风》等,中长篇小说《草原新牧民》《山风》《洪雁》《云燕》《延河在召唤》《鼓角相闻》《霞满龙湾》《红花》等,短篇小说集《麦花香》《映山红》《峥嵘岁月》《朝晖》《农场的春天》《胶林千里绿》《青春似火》《红瓦》等。

知青小说较为真实地展现了当时人们对"上山下乡"运动的狂热心情和美好憧憬。但与新时期以来的"知青"小说比,"文革"知青小说缺乏思想的深度,它更多的是表现政治上的狂热,而缺乏冷静的反思和批判。

(六)历史题材小说

历史题材是复杂而丰富的,这一时期的历史小说在题材上主要局限于历史上的农民起义,儒家故事、法家故事等其他历史故事基本上都回避,这其实说明了当时历史小说在选材上严格遵照政治路线走向、附和政治的倾向。"文革"时期最著名的历史题材小说是姚雪垠的《李自成》。

姚雪垠(1910—1999),河南邓州人。《李自成》是其用了大半生的心血完成的

---

① 引自《桐柏英雄》"内容说明",集体创作,前涉执笔,天津人民出版社,1972年版。

代表作,第二卷获首届茅盾文学奖。另有散文、诗歌、杂文、时评、论文、剧本、回忆录、书信等,逾千万字。

《李自成》在完成过程中几经波折。作者1957年被错划为右派,下放到湖北咸宁"五七"干校劳动,在逆境中开始写作《李自成》,第1卷于1963年秋在北京出版后引起了很大的关注,但是却被批为"反党反社会主义的大毒草"。1966年"文革"开始后,作者给毛泽东写信,反映自己的工作和写作情况,得到毛泽东的重视,从此,姚雪垠得以安静地写作《李自成》。第2卷出版于1976年,第3卷出版于1981年,最后两卷作者生前基本完成,作者离世后稿子由家人整理,于1999年出版。原书共5卷,后来收入《姚雪垠文集》时重新编排为10卷,内容不变。

《李自成》是一部"长河式"的小说,或者说是一部"史诗"性的作品,从崇祯十一年写起,全面地反映明末李自成起义由困厄转到兴盛,复由胜利走向失败这一历史悲剧的发展过程。小说不仅写出了明末这次农民起义的战争,更写出了明末社会各阶级各阶层的状况特别是矛盾的关系。"《李自成》不是那种仅仅向人们告诉一些历史故事、介绍一些历史人物而没有多少思想见解的作品,也不是那种名为表现历史故事、历史人物而实际上却是作者任意发挥、随意编排的作品。《李自成》这部长篇,既有严格的历史依据,又有深刻的思想见解,它真实地、深刻地反映了明朝末年由李自成领导的这场轰轰烈烈的农民革命战争。"[1]小说刻画了李自成、张献忠、郝摇旗、李信、袁时中、慧梅、洪承畴、杨嗣昌等一系列性格或遭遇都相当复杂的典型形象。

小说以李自成为主线,以张献忠等为副线,多线条复式发展,线索蛛网式纵横交错。结构既宏大复杂而又舒卷自如,有张有弛,节奏紧凑,笔墨多变。在中国历史小说史上,这是一部划时代的里程碑式的作品。

当然,由于当时的政治环境,再加上作者个人当时的处境,这部小说也具有明显的时代局限性,面对政治,作者不得不违背历史和艺术的规律作出妥协和让步。所以,《李自成》虽然是历史小说,写的是农民起义,但其中的战争更像是现代战争,后来有学者认为李自成越写越像八路军,这是很有道理的。总之,姚雪垠用半辈子的生命去写一部小说,是站在对历史充分研究的基础上的,尽管作品未能超越时代和政治,但是这些都不能抹去鸿篇巨制《李自成》在文学史上的独特意义。

除了《李自成》以外,农民起义题材的小说还有《陈胜吴广》《陈玉成》《中国农民革命故事》《小闯王李来亨》《小刀会的故事》《太平军威震江西》《农民革命女英雄》等。

"文革"中还有一些其他题材的长篇小说,比如反映教育生活的《前夜》《使命》,反映体育生活的《新来的小石柱》《足球场上》等。

---

① 严家炎:《〈李自成〉初探》,《关于长篇历史小说〈李自成〉》,上海文艺出版社,1979年版,第168—169页。

(七)短篇小说集

"文革"时期的短篇小说异常丰富,尤其是在 1972 年,为了纪念毛主席《在延安文艺座谈会上的讲话》发表 30 周年,各地政府成立了各种业余写作学习班,组织工农兵群众创作了大量的短篇小说,这些短篇小说以样板戏为榜样,歌颂毛主席的伟大思想,塑造工农兵的先进形象。短篇小说短小精悍,内容简洁,在当时各地开展的学习大会上能进行较好的交流,可以进行宣读,因此,短篇小说在"文革"时期数量其实很多。

"文革"短篇小说创作是典型的"主题先行"。作者在进行创作之前,一般都是先确立想要表现的具有时代特点的主题,然后再设计具体的情节和人物形象来体现这个主题,最后再引申到对毛主席革命路线的赞颂或是对"文化大革命"的歌颂。

1971—1976 年间的短篇小说集主要有:《骗人的时钟》、《进军号》、《新的高度》、《不卷刃的钢钎》、《山高路远》、《光辉的道路》、《航门激浪》、《迎春展翅》、《红岩青松》、《红梅花开》、《战地朝晖》、《凌云峰上》、《浪花渡》、《夜渡》、《小将》、《第一步》、《司令员的发言权》、《水上雄鹰的故事》、《闪亮的钢枪》、《黄河激浪》、《风雪边防线》、《小兵上阵》、《新的血液》、《岭上春》、《奔腾》、《百舸争流》、《青春闪光》、《昆仑春色》、《战斗在最前线》、《万泉河畔》等。

总体来看,"文革"短篇小说创作,虽然表现的内容丰富多样,但小说从主题到故事情节都是模式化的,都脱离不了"制作者"所制定的框架,小说创作似乎就是在框架中填充内容而已,因此,这些小说虽然展现了各条战线上的繁荣发展的景象,但热闹喧嚣背后却是单调乏味和"无理性",小说表现出来的是一种极端激情,本质上是对真实生活的"规避"。小说中到处都是毛主席的"光辉指示",枯燥乏味,不堪卒读。

(八)故事集

故事在"文革"文学生活中占有重要的地位。故事与小说不一样,故事更强调事件的连续性和曲折性以及因果关系,小说更强调细节的真实、典型性以及人物形象的塑造。故事属于通俗文学,而小说则是纯文学的范畴。20 世纪 40 年代之后,中国文学一直在走通俗化的道路,特别是毛泽东《在延安文艺座谈会上的讲话》发表之后,延安文艺便走上了工农兵的发展方向,中华人民共和国成立后,这一方向便成为全国文艺发展的方向。

1962 年,为了贯彻执行毛主席关于"千万不要忘记阶级斗争"的教导,柯庆施亲自倡导讲革命故事活动,组织数以万计的革命故事队伍,编故事,讲故事,开展了一次故事文学的群众运动。1963 年,《故事会》应运而生,自创刊以来深受大众的喜爱,流传甚广。"文革"期间,涌现出一批反映社会主义革命、歌颂工农兵英雄人物、宣传毛主席无产阶级革命路线"伟大胜利"的故事作品,配合着正在进行的思想和政治路线教育。

1.革命战斗生活故事集

"文革"期间,反映革命战斗的故事集主要有:《革命车》、《重返前线》、《铁柱子》、《河北民兵斗争故事》、《龙江颂》、《前进中的火车头》、《夜海歼敌》、《上海革命故事选》、《革命故事》、《半天雷上阵》、《不忘世代血泪仇》、《淀上飞兵》、《白山红缨》、《旗开得胜》、《长缨在手》、《杠棒的故事》、《新苗》、《南海风雷》、《烽火南天》、《雁翎队的故事》、《京江怒涛》、《遍地英雄》、《江海洪流》、《海上尖刀》、《军马出征》、《战斗的堡垒》、《矿山的主人》、《发光的年代》、《猎狼记》、《春雷》、《登讲台》、《粤海长城》、《雨夜红灯》、《龙门女》、《渠水奔腾》、《〈江鹰〉故事会》、《曙光初照》等。

2."批林批孔"、"评法反儒"故事集

"评法反儒"运动可以说是"批林批孔"运动的"深入"或者转移。"批孔"是为了"批林",但林彪已经是死人,于是江青等人便把1974年开展的"批林批孔"运动转移成反周恩来运动,并暗示周恩来就是"现代的大儒",反过来则鼓吹吕后、武则天,其实是为江青上台制造舆论。因此,"评法反儒"运动中的所谓儒法斗争史、儒家复辟、法家反复辟其实是为现实政治斗争服务的,也就是说,"评法反儒"的根本目的是现实的阶级斗争和路线斗争。

为了配合"批林批孔"运动和"评法反儒"运动,出现了一批应和之作,主要有:谭一寰的《商鞅的故事》、南京市东方红中学写作组编的《商鞅的故事》、《法家人物的故事》、《新的战斗》、《在路线教育中前进》、《西门豹·李斯·刘邦》、《儒法斗争故事选》、《冲决罗网》、《海岛军民情谊深》、《海上"龙虎斗"》、《滨海宏图》、《海滨新一代》、《犟哥出嫁》、《海鹰展翅》、《踏遍青山》等。

谭一寰《商鞅的故事》一书是用故事的形式,通俗地写商鞅的一生。书中写道:"批林要批孔,斩草要除根。我们在狠批林彪一伙叛党卖国罪行的同时,也要痛击他们一伙尊儒反法的反动思想。我们现在讲商鞅的故事,肯定商鞅厚今薄古、坚持革新、反对儒家的精神,这对于了解儒法斗争的历史,吸取阶级斗争包括儒法两条路线斗争的历史经验,深刻认识林彪尊儒反法的反动本质,提高阶级斗争和路线斗争觉悟,有一定的意义。我们应该以继续革命勇往直前的精神,更加深入、普及、持久地开展批林批孔运动,对那些以林彪和孔老二为代表的复古、复礼、复辟、倒退的反动思想、言论和活动,进行不调和的、持久的斗争!"由此可见,之所以商鞅这一历史人物在"文革"时期成为作家笔下的重要素材,很大程度上是因为他是法家,是"批林批孔"的有力武器,他的变革为后来的秦始皇建立历史上第一个统一的中央集权制的封建国家成立家奠定了基础,这与"文革"时代是相契合的。

3.英雄人物故事集

"三突出"是"文革"文学理论最重要的内容,而"三突出"的中心就是写英雄。所以,"文革"时期产生了很多歌颂英雄人物的小说、戏剧,也产生了很多歌颂英雄人物的故事集。但与过去对"英雄"的理解不同,"文革"时期的英雄具有特殊的时代和政治内涵,"文革"英雄最高的"标准"就是拥护毛主席的政治路线,其他如革命性、富于牺牲精神、顽强地和阶级敌人作斗争、不折不扣地执行党的方针和政策等,都是英雄人物的重要标准。所以,在这些故事中,董存瑞被写成是在党的哺育和革命烈火中成长起来的英雄,鲁迅被写成是站在反孔前线的战士,青少年英雄也都是秉承着先辈的精神,奋战在革命斗争第一线的勇士。

"文革"时期主要有这样一些英雄人物故事集:《战地黄花分外香》、《战斗英雄的故事》、《战斗英雄故事集》、《雷锋的故事》、《清水长流》、《雷锋的故事(选载)》、《鲁迅的故事》、《青年战斗英雄故事》、《一代新人》、《董存瑞的故事》等。

总的来说,"文革"时代小说具有鲜明的"文革"时代特征,严格地遵循"主题先行"等创作原则和方法,以《金光大道》等样板小说为榜样。在思想内容上,表现革命历史,表现现实政治,歌颂领袖,歌颂时代英雄人物,不管是历史题材还是现实题材,都具有强烈的政治功利性,为现实的政治路线、方针政策服务。在文学形式上,情节模式化,结构单一,细节雷同,小说中插入大量的毛主席语录或者政治言论、时政口号等。我们承认"文革"小说一定程度上反映了"文革"社会生活的方方面面,政治、经济、文化以及日常生活,具有"史"的价值,但这种反映和历史价值更多的是负面的,更多的是经验和教训。"文革"时代小说与其说是历史的见证,不如说是历史的宣读者,在狂热的宣读背后,我们看到的不仅仅是历史,还有缺失的人文,在炽烈的讴歌和狂乱的激情背后,我们感觉到的是冷酷的"监视"和冰冷的人情。

三　地下小说

"文革"小说尽管数量非常丰富,但充斥着千篇一律的歌颂和批判,形式也十分单调。所以,读者极度渴望思想和艺术上都能令人耳目一新的文学作品来填补心灵的空虚,而地下文学为读者的这种精神渴求提供了一个秘密的出口。

在乌托邦式的狂欢中,地下小说以冷静的眼光看待现实,真实再现了政治重压下人的精神状态。地下小说大都以"手抄本"的形式流传。"手抄本是当时国人文化精神诉求的晴雨表,是文学史中不可或缺的活化石,是重修或完整现代中国文学史的重要补充,其独特的创作流播过程和顽强的表达意识,都使其赋予浓厚激越的悲剧美学色彩。"①

这一时期流传较广的手抄本小说有张扬的《第二次握手》、赵振开的《波动》、靳凡的《公开的情书》以及张宝瑞的系列小说。

《第二次握手》讲述了苏冠兰、丁洁琼、叶玉菡等老一辈科学家一生的爱情、事

---

① 　白士弘:《暗流——"文革"手抄文存》,北京文化艺术出版社,2001年版,第17—18页。

业和生活,以苏冠兰、丁洁琼二人的纯真爱情和高尚人格的叙写为主线,将曲折的爱情故事、知识分子的命运和爱国主义结合起来。这些主题对当时的主流话语是一次大胆的突破,它标志着"文革"年代人性的觉醒。苏冠兰和丁洁琼的命运是那个时代知识分子的缩影,他们身处"文革"的洪流中等待着"握手",却终于未能如愿。在这种遗憾中,人性最真实的面目以一种特有的方式呈现出来,而读者心中压抑许久的情感也得以释放。这种共鸣是"文革"年代人们所特有的纽带,是"文革"样板文学不曾有的,也是现今无法复制的。

《波动》和《公开的情书》也同样关注着知识分子的思想、命运、生活和爱情。这些小说与其说是对"文革"知识分子生活的反映,还不如说是作家作为知识分子的反思和心灵独白,它展示了被历史掩埋的青年人的心灵历程和精神面貌,记录了有思想、有理想的青年在那个特殊年代的迷惘和伤痕,某种意义上,这些作品是80年代伤痕文学的先锋。

中篇小说《波动》共十一章,每一章节直接用人名作标题,并以此人名作为叙述的主体,通过不断变换叙述视角展开故事的叙述。"以隐喻替代叙述,以鲜明的画面感的空间性来肢解叙事的时间性,以事件和经验的碎片化来颠覆叙事的总体性,这是《波动》的重要叙事策略,表现出作者对宏大叙事模式的强烈的拒绝态度。"[①]这是对"文革"样板文学的一种反叛。此外,小说还突破了爱情的禁区,以青年杨讯与肖凌的爱情故事为主线,其中又穿插了林东平、林媛媛、白华等人的零碎生活片段的叙述,从而表现出各色人物的复杂心态和特定时代的复杂现实。在人物刻画方面,小说展现更多的是心理体验,难得一见的人性光芒时有闪现。《波动》体现了青年人精神上的觉醒,也预示了不久后人的复苏。

中篇小说《公开的情书》是书信体小说,由四个主人公(真真、老久、老嘎、老邪门)互通的四十三封书信连缀而成。这些书信展现了"文革"时期青年知识分子对生命、爱情、理想、祖国等命题的思考,他们在追求中困惑着,在迷茫中寻找出路。在那个年代,很少有人去关注或是说敢去关注知识分子这一特殊群体的命运,而这四十三封情书恰恰表露了知识分子的内心世界,展示了他们难言的苦痛和紧守的希冀。

礼平《晚霞消失的时候》也是"文革"时期著名的手抄本小说。作品叙述了主人公李淮平和南珊"文革"时期的一段没有成功的恋爱,虽然他们没有获得爱情,但是却获得了人生哲学的深层次认识,在晚霞消失的时候,各自走上了自己的人生路。难得作者用较为冷静的笔触去直面描写真实的"文革"场景,并且具有一定程度的反思。

"文革"手抄本小说中有很大一部分是通俗小说,以张宝瑞系列小说为代表的悬念侦破反特题材最为流行,包括《一只绣花鞋》、《叶飞三下江南》、《落花梦》、《绿

---

① 张闳:《乌托邦文学狂欢 1966—1976》,广东教育出版社,2009 年版,第 258 页。

色尸体》等。《一只绣花鞋》讲述的是共产党特工龙飞等人几经周折,将梅花党组织一网打尽的故事。小说情节紧凑,充满了诡异的色彩,作品里出现了女尸、老头的假腿里安装的发报机、临产的孕妇肚中的炸药包、缝在体内的电报机等,这些都成了小说"畅销"全国的因素。《落花梦》作为神话志怪言情小说经典,讲述的是才子陈洪波、才女骆小枝在天国列国遨游的故事,"黑旋风"李逵、齐天大圣孙悟空在书中纵横驰骋,闹出许多笑话和情趣。在"文革"的特定环境中,这类题材显得惊险刺激,但也充满了血腥和暴力、恐怖和狂欢。"文革"手抄本通俗小说还有张建军的《银灰色的领带》、王永成的《卡车司机的自述》,以及佚名的《一缕金黄色的头发》、《地下堡垒的覆灭》、《一百个美女的雕像》、《303 号房间的秘密》、《远东之花》、《金三角的秘密》等。这些作品充满了奇幻惊险的场面,引人入胜,在"文革"文学中成了一道独特的风景线。

总之,"文革"手抄本小说作为地下文学的一个分支,将"文革"年代人们内心的压抑和伤痕真实地用文学表现出来,记录了鲜为人知的史实,在艺术上、思想上都有很多突破,某种意义上开了"新时期"文学风气之先。

"文革"有属于自己的文学,仅就特色来说,它异乎古今中外所有的文学史,我们相信中国的未来再也不可能产生这样的文学。就小说来说,不管是样板小说还是时代小说还是手抄本小说,都具有必然性。在强大的政治面前,小说其实无力抗争,所以在政治强压下,"文革"时的作家们"自觉"创造出符合话语权特征和趣味性的作品,这有其合理性。"文革"小说既然是存在,就应该有它存在的价值,就应当被认知,就应该被研究,负面经验和正面经验都是经验,都具有借鉴的意义。通过"文革"小说,我们可以看到被政治禁锢的文学呈现出一种被扭曲的形态,透过这种形态,便不难理解"文革"时代人们的精神上遭到的创伤,这与其说是文学的悲剧,还不如说是时代的悲剧。在认识论的意义上,"文革"小说在今天反而生出一种意外的"正面"效果。

十年文化浩劫给中国文学造成了巨大的损失,但它却以一种否定的方式为新时期文学奠定了基础,在小说方面,若没有"文革"的这种狂热、这种潜在的精神空虚,便不会有 80 年代的伤痕文学、反思文学和改革文学,可以说,十年"文革"孕育和造就了 80 年代。

第三节 "文革"戏剧

一 样板戏的来源与命名

样板戏作为"文化大革命"时期最"显赫"的"贵族"文学,是与政治紧紧扭结在一起的,它曾凌驾于其他一切文学形式之上,成为时代的"宠儿"。"文化大革命"否定一切旧文化,意欲建立全新的独立的专属于无产阶级的新文化,样板戏就成为这一新文化系统首先树立起来的"标杆"。

样板戏是高度政治化和概念化的,它遵照"三突出"、"三陪衬"、"三结合"等创作原则,创作了一系列反映无产阶级和人民群众在中共领导下进行武装斗争的作品,塑造了一系列无产阶级的革命英雄形象,同时铺排出了一幅中国共产党的光辉革命历史图景,从而被奉为无产阶级的文艺典范。

作为一种艺术形式,样板戏在戏曲现代化方面取得了较大成绩。由于政治力量的支持,样板戏的创编排演集合了当时一流的戏曲工作者,并倾注了他们极大的心血,"十年磨一戏",几乎每一个革命样板戏都历经风雨磨难才通过审查,最后在全国范围内进行大规模的宣传和媒体报道,并辅之以一系列公演、巡演、献演,甚至出国访演活动,从上而下,家喻户晓,给整个中华民族的社会生活和文化心理都带来了极大极深的影响。

样板戏的产生与京剧的现代化改革有着内在的联系。早在清朝末年,南社就抨击旧戏观念陈腐,提倡戏曲改良,辛亥革命前后,夏月润、夏月珊等人则在上海创办"新舞台",为京剧提供适合现代化演出的新制度和新空间,至 20 世纪 30 年代,京剧全面革新,形成了独立的导演、编剧、演员培养体制及一套系统的京剧理论,京剧内部流派也逐渐形成。与此同时,京剧开始走向世界。抗战时期,延安进行旧戏改编运动,掀起了旧剧改革的热潮。其间最具代表性的就是现代京剧《逼上梁山》。1944 年 1 月 9 日,毛泽东连夜致信给杨绍萱、齐燕铭,肯定和高度赞扬了他们的工作,把《逼上梁山》誉为"旧剧革命的划时期的开端"。

中华人民共和国成立后,传统剧目的整理和改造工作全面铺开。1950 年 11 月 27 日,全国戏曲工作会议在北京召开,此次会议主要研究戏曲改革问题,在此基础上,1951 年 5 月 5 日,中央人民政府政务院发布了《关于戏曲改革工作的指示》("五五指示"),此后的戏曲改革工作,一直在这一"指示"的指引下进行。1952 年 10 月 6 日至 11 月 4 日,文化部在北京主办了第一届"全国戏曲观摩演出大会"。1964 年 6 月 5 日至 7 月 31 日,"全国京剧现代戏观摩演出大会"在北京举行。"19 个省市的 28 个剧团 2000 多人参加了演出,公演了 37 个剧目",其中有中国京剧院的《红灯记》、《红色娘子军》,北京京剧团的《芦荡火种》、《杜鹃山》,上海京剧院的《智取威虎山》,山东京剧团的《奇袭白虎团》,淄博—青岛京剧团的《红嫂》,云南京剧院的《戴诺》,长春京剧团的《五把钥匙》,唐山京剧团的《节振国》,内蒙古京剧团的《草原英雄小姐妹》,天津京剧团的《六号门》,哈尔滨京剧团的《革命自有后来人》,江苏京剧团的《耕耘初记》,北京实验京剧团的《箭杆河边》等。《红旗》杂志第 12 期发表社论《文化战线上的一个大革命》,社论认为京剧改革"不仅是一个'文化革命',而且是一个社会革命"。

"样板"原来是"榜样"的意思,最早是用来称赞《红灯记》的,首次出现于 1965年 3 月 16 日《解放日报》一篇名为《认真地向京剧〈红灯记〉学习》的短评上。"样板"作为官方用语首次出现在 1966 年。《林彪同志委托江青同志召开的部队文艺工作座谈会纪要》中第五点提到,"文化革命要有破有立,领导人要亲自抓,搞出好的样板"。文件以中央军委名义下发全国,于是"样板"一词很快在各地传开了。12月 26 日,《人民日报》发表社论《贯彻执行毛主席文艺路线的光辉样板》,将京剧现代戏《红灯记》《智取威虎山》《沙家浜》《海港》《奇袭白虎团》,芭蕾舞剧《红色娘子军》《白毛女》和"交响音乐"《沙家浜》并称为江青同志亲自培育的八个"革命艺术样板"或"革命现代样板作品"。

1967 年 5 月 1 日,为纪念毛泽东《在延安文艺座谈会上的讲话》发表 25 周年,北京举行文艺汇演,演出剧目就是上述八个文艺作品。会演历时 37 天,演出 218场,接待了将近 35 万名观众。"八个革命样板戏在京同时上演"的消息被"两报一刊"以及各大媒体竞相报道。"样板戏"霎时成了全中国的焦点。5 月 8 日刊发的《红旗》杂志上发表了社论《欢呼京剧革命的伟大胜利》,"样板戏"的称呼和地位从此定下来,我们习惯上称呼为"八个革命样板戏"。

二 "文革"样板戏

得到审批并公演的革命样板戏共有 19 个,在时间上大致可以分成两拨。

第一拨是 1967 年首次在北京集体亮相的"八个革命样板戏"。

第二拨是 1970 年前后出现的 11 个革命样板戏。包括钢琴伴唱《红灯记》,钢琴协奏曲《黄河》,革命现代京剧《龙江颂》《红色娘子军》《平原作战》《杜鹃山》《磐石湾》和《红云岗》,革命现代舞剧《沂蒙颂》《草原儿女》和革命交响音乐《智取威虎山》。

此外,可以称之为"准样板戏"的还有 7 部作品,它们也是严格按照样板戏的原则排练的,只是由于种种原因未能公演或未及时通过审查,但我们不能否认它们的存在。其中有 6 个为革命现代京剧,分别是《草原兄妹》《山城旭日》《节振国》《敌后武工队》《金雁岭》《春苗》,1 个钢琴弦乐五重奏《海港》。

(一)革命现代京剧《红灯记》[①]

《红灯记》是江青抓的第一个样板戏,取材自电影《自有后来人》。该作品讲述抗日战争时期日本帝国主义统治下东北人民抗日斗争的故事。1939 年,中共地下党员、铁路工人李玉和执行传递密电码的任务,由于叛徒王连举出卖不幸被捕。李奶奶向铁梅痛说革命家史,并告诉她红灯是联络信物。日本宪兵队长鸠山对李玉

---

① 依据 1970 年 5 月演出本,由中国京剧团集体改编,剧本载于《红旗》1970 年第 5 期。

和等人软硬兼施都无济于事,最后李玉和与李奶奶英勇牺牲。鸠山为了放长线钓大鱼,故意放走了李铁梅,铁梅却在邻居的帮助下,终将密电码送交到柏山游击队,柏山游击队最终歼灭了追赶铁梅的鸠山等日寇。

《红灯记》共分十一场,分别是《接应交通员》《接受任务》《粥棚脱险》《王连举叛变》《痛说革命家史》《赴宴斗鸠山》《群众帮助》《刑场斗争》《前赴后继》、《伏击歼敌》《胜利前进》。主要情节如"赴宴斗鸠山"、"痛说革命家史"、"刑场斗争"浓墨重彩进行渲染,次要情节如王连举叛变、和磨刀人接头、敌寇搜索、邻居掩护、鸠山门访、李奶奶与小铁梅被捕等简要带过,因此全剧显得主次分明,张弛有度。

(二)革命现代京剧《智取威虎山》①

《智取威虎山》取材自曲波小说《林海雪原》中"杨子荣打进威虎山,活捉匪首座山雕"的故事,并根据北京人民艺术剧院的话剧《林海雪原》改编而成。戏剧讲述了解放战争初期东北牡丹江一带的斗争。1946年冬,解放军某部团参谋长率领三十六人的追剿队击破奶头山,并打算乘胜追剿国民党伪"滨绥图佳保安第五旅旅长"座山雕及其匪帮。座山雕及匪帮逃往威虎山,沿途烧杀抢夺,洗劫夹皮沟。侦察排长杨子荣沿途侦察,访问了躲藏在深山的常猎户父女,在常猎户父女的告知下,擒获土匪野狼嚎,从其身上得到秘密联络图,同时通过审讯土匪栾平核实了联络图的信息。杨子荣自请乔装成土匪胡标,混入匪帮,利用自己的机智通过了座山雕的重重试探和土匪栾平的对质。追剿队进驻夹皮沟,发动群众,最后与杨子荣里应外合,在百鸡宴上全歼匪众。

《智取威虎山》共十场,分别是《乘胜追击》《夹皮沟遭劫》《深山问苦》《定计》、《打虎上山》《打进匪窟》《发动群众》《计送情报》《急速出兵》《会师百鸡宴》。

全剧突出"智取"二字,没有太多打斗场面,倒有很多智斗场面,特别是剧中杨子荣三次与座山雕、两次与栾平的机智交锋,尽显杨子荣的沉着与精细。《智取威虎山》中另一个特色是黑话比较多,此剧中主要是东北黑话。比如"溜子"、"空子"、"蘑菇溜哪路?"、"什么价?"等,其中最经典的就是第六场《打进匪窟》中杨子荣首次被盘问的对话。

> 座山雕 (突然地)天王盖地虎!
>
> 杨子荣 宝塔镇河妖!
>
> 众金刚 么哈?么哈?
>
> 杨子荣 正晌午时说话,谁也没有家!
>
> 座山雕 脸红什么?

---

① 依据1969年10月演出本,由上海京剧团《智取威虎山》剧组集体改编,剧本载于《红旗》1969年第11期。

杨子荣　精神焕发。

座山雕　怎么又黄啦？

〔众匪持刀枪逼近。

杨子荣　（镇静地）哈哈哈哈！防冷涂的蜡！

在戏剧表演方面，《智取威虎山》将舞蹈和唱腔配合得比较出色。比如第五场《打虎上山》中杨子荣的"马舞"，根据传统京剧"以鞭代马"的身段表演设计，一系列动作都非常形象生动，再配以"穿林海跨雪原气冲霄汉"的唱段，很是震撼人心，体现了杨子荣内心的激越和豪情。

如今看来，《智取威虎山》仍然是一出十分精彩的戏，每场戏都能突出一个要点，且情节安排非常紧凑，有伏笔，有回应，不拖沓，不啰嗦，矛盾冲突设置得很集中，人物形象也比较饱满，语言也颇有特色，很好地体现了戏剧的三个要素。

（三）革命现代京剧《沙家浜》①

京剧《沙家浜》改编自沪剧《芦荡火种》，该剧讲述了发生在江苏常熟阳澄湖畔军民联合抗日的故事。1938 年，新四军某部在撤离过程中留下十八名伤病员。指导员郭建光带着伤病员留在阳澄湖畔沙家浜镇养伤，并和当地群众结下情谊。反动武装"忠义救国军"的头子胡传魁、刁德一与日寇大佐黑田勾结，企图在沙家浜搜捕新四军伤病员，郭建光率领伤病员暂时隐蔽在芦苇荡里。沙家浜镇的党支部书记阿庆嫂以开茶馆为名，利用胡传魁和刁德一之间的矛盾和敌人展开智斗，并在群众的协助下冲破险阻将十八个伤病员安全转移。痊愈归队的战士配合大部队行动一举歼敌，活捉了日寇黑田和汉奸胡传魁、刁德一。

《沙家浜》共十场，分别是《接线》、《转移》、《勾结》、《智斗》、《坚持》、《授计》、《斥敌》、《奔袭》、《突破》和《聚歼》。

《沙家浜》最脍炙人口的戏要数第四场《智斗》，这场较量体现了三个主要人物鲜明的个性，也体现了作者汪曾祺的语言功力。刁德一抓住阿庆嫂一句"司令常来又常往，我有心背靠大树好乘凉"，阴险地提出："新四军久在沙家浜，这棵大树有阴凉，你与他们常来往，想必是安排照应更周详！"阿庆嫂是党的地下工作者，为人精明，她洞察刁德一的用心，不露声色地唱到：

阿庆嫂　垒起七星灶，

　　　　铜壶煮三江。

　　　　摆开八仙桌，

　　　　招待十六方。

　　　　来的都是客，

---

① 本文依据 1970 年 5 月修订本，由北京京剧团集体改编，剧本载于《红旗》1970 年第 6 期。

全凭嘴一张。

相逢开口笑，

过后不思量。

人一走，茶就凉……

［阿庆嫂泼去刁德一杯中残茶，刁德一一惊。

阿庆嫂　（接唱）有什么周详不周详！

这段唱词语言生动，通俗晓畅，又干净利落，准确地表现出了阿庆嫂的既热情泼辣，又灵活机智，有胆有识，刁德一无话可说，不得不佩服阿庆嫂"说起话来滴水不漏"。这出戏还用了"背供"对唱的京剧传统形式，巧妙地展现了三个人物不同的心理活动以及三个人物不同的性格特征，胡传魁粗枝大叶，刁德一阴险狡诈，阿庆嫂心思缜密。

诚然政治斗争是不可避免的主题，然而不管突出哪条路线，我们都毋庸置疑《沙家浜》是所有样板戏中写得最出色的一个，剧中人物形象立体饱满，情节跌宕起伏，引人入胜，语言锻造也颇具文学性，只是有个别地方语言似乎不太符合人物身份，比如沙奶奶被审问时的一段痛斥就显得过于文绉绉。总体上《沙家浜》超越了当时的政治环境，并非普通意义上的政治宣传品，而已成为文学史上的经典，载入史册。

（四）革命现代京剧《奇袭白虎团》①

《奇袭白虎团》是一部军事题材的戏，是中国人民志愿军京剧团根据战斗英雄杨育才带领尖刀班，深入敌后智歼李伪军"白虎团"的故事改编的。该剧主要表现中国人民志愿军抗美援朝时的战争生活。1953 年，美国侵略者及李承晚政权，打着停战谈判的幌子，暗地却集结兵力预备向我军进攻。他们占据了金城前线附近安平里村，并将百姓抓去修筑工事。我人民志愿军决定发起反攻揭穿这和谈骗局，侦察排排长严伟才积极请战，并受命率领一个尖刀班直插敌军腹部，捣毁王牌军主力"白虎团"指挥部。战士们在志愿军某营的密切配合和朝鲜人民军派来的联络员韩大年、金大勇以及崔大嫂等群众的协助下，冲破重重关卡，最终捣毁了"白虎团"团部，并活捉团长白昌谱和美国顾问。

《奇袭白虎团》分为《战斗友谊》、《坚持斗争》、《侦察》、《请战》、《宣誓出发》、《插入敌后》、《智夺哨所》、《带路越险》、《夜袭伪团部》，外加序幕《并肩前进》和尾声《乘胜追击》，共十一场。《奇袭白虎团》的看点在"奇"字，主要体现在两方面：战略上，严伟才没有从敌军的薄弱地带切入，而是选择了敌军配备最强、戒备最严的地方下手，因为这是个交叉地带，兵种多，番号杂，乔装之后更容易混入；在用兵方面，我军秉承"兵贵神速"的原则，由穿插营打头阵吸引敌军注意力，尖刀班则化装成李美伪

---

① 本文依据 1972 年 9 月演出本，由山东省京剧团集体改编，剧本载于《红旗》1972 年第 11 期。

军,乘虚潜入,连夜行军,直插敌后,虽然途中遇到很多突发状况,但凭着众人的智慧都化险为夷了,终于赶在拂晓前完成任务,经过一场短兵相接的肉搏战,志愿军战士们最终歼灭了"白虎团"指挥部。另外,该剧的武戏也十分精彩,将京剧传统的表演程式与现代战争生活完美融合,战士们时而翻山越岭,时而泅水渡河,时而攀过悬崖,时而飞跃深涧,一个个身姿矫健如鹰隼,正如歌词所唱"英雄何惧走天险",豪迈之气表露无遗。

(五)革命现代京剧《海港》①

在"八个样板戏"中,《海港》是唯一反映工人题材的戏,主要讲述新中国码头工人的生活。《海港》改编自淮剧《海港的早晨》,讲述上海港某装卸队党支部书记方海珍、装卸组长高志扬和码头工人要将一批稻种装上驳船,转运外轮支援亚非拉人民反帝斗争,同时还要完成将露天的出口小麦运进仓库的任务。青年工人韩小强认为自己大材小用,轻视装卸工作,抢运中不慎跌散麦包。调度员钱守维乘机将玻璃纤维连同散麦一起装进散包内,并误导韩小强将一包稻种当作麦包扛进仓库,企图制造错包事件,破坏我国的国际声誉。方海珍发现了散包事故,立即发动群众追查事故原因,在她的领导下,众人连夜翻仓,钱守维露出破绽,而韩小强在方海珍和退休工人马洪亮的教育下觉悟并揭发了钱守维,揪出了这个暗藏的阶级敌人,完成了援外任务。

《海港》共分《突击抢运》、《发现散包》、《追查事故》、《战斗动员》、《深夜翻仓》、《壮志凌云》、《海港早晨》七场。相对而言,《海港》表现无产阶级国际主义的主题,在当时是具有浓厚的时代气息的,但故事情节比较简单,塑造的人物形象也有公式化倾向,表现阶级斗争的方式也有些教条化,艺术性明显不够,如今其他样板戏相继复排,而《海港》却无人问津,也在情理之中。

(六)革命现代芭蕾舞剧《红色娘子军》②

《红色娘子军》是第一部中国题材的大型芭蕾舞剧,由中央芭蕾舞团根据同名电影改编。芭蕾舞剧《红色娘子军》讲述了十年内战时期海南岛娘子军连的战斗故事。1931年,海南岛农家姑娘琼花(后更名为吴清华)由于家中贫穷,被恶霸地主南霸天强抢为奴。琼花不堪忍受,从南府中逃出,却被追来的恶奴打得遍体鳞伤,昏死过去。所幸被红军干部洪常青救起,并在洪常青的指引下投奔红区,加入了娘子军连。洪常青乔装成归国华侨巨商,深入虎穴,约定午夜与娘子军连里应外合歼敌,却因琼花报仇心切暴露了信号,使南霸天得以从地洞逃走。在洪常青的教育下,琼花豁然开朗,决心为解放全中国而战斗。在和国民党军队的战斗中,洪常青因掩护战友们撤离不幸负伤被俘,英勇就义。红军战士奋勇前进,最终解放了椰林寨,

---

① 依据1972年1月演出本,由上海京剧团《海港》剧组集体改编,剧本载于《红旗》1972年第2期。
② 依据1970年5月演出本,由中国舞剧团集体改编,剧本载于《红旗》1970年第7期。

击毙了南霸天,琼花也加入了中国共产党,并接任洪常青任娘子军连党代表职务。

舞剧共分六场,分别以场次命名,外加一个序幕和中间一个过场。

《红色娘子军》可以称得上中国芭蕾舞艺术发展史上的一个里程碑,它大胆摆脱了古典芭蕾的固定程式,并充分吸收中国民间舞蹈特色来表现中国人民的革命战斗生活,彰显了十足的中国特色,是中西方艺术的完美结合,也是世界芭蕾舞剧坛上开出的一朵奇葩。

(七)革命现代芭蕾舞剧《白毛女》①

芭蕾舞剧《白毛女》改编自歌剧《白毛女》。该剧讲述的是抗日战争时期解放军斗地主、农奴翻身重新做人的故事。除夕之夜,贫苦佃农杨白劳被恶霸地主黄世仁逼迫以女儿喜儿抵债,杨白劳坚决反抗,被活活打死。喜儿在黄世仁家受尽凌辱,终于在张二婶的帮助下逃出黄家,并让狗腿子穆仁智等误认为她已投河而死。喜儿躲进深山,誓言报仇雪恨,一头青丝竟变白发,被人们当成白毛仙姑供奉在奶奶庙中。直至解放军解放杨各庄,赵大叔、王大春等追捕黄世仁和穆仁智到了奶奶庙,发现了白毛女,喜儿向八路军控诉了黄世仁的罪行,群众也纷纷要求严惩黄世仁。最后白毛女喜儿参加了人民军队,开始新生活。与《红色娘子军》不同的是,舞剧《白毛女》采用了载歌载舞的形式,使观众更易懂,更易理解。

(八)革命交响音乐《沙家浜》②

为了响应了"古为今用、洋为中用"的口号,中央乐团根据革命现代京剧《沙家浜》改写出了交响音乐《沙家浜》。总体而言,《沙家浜》作为一部大型声乐套曲,无论是独唱、重唱、合唱等形式的安排还是乐器的编配,都做了精心构思和选择。全剧的9个乐章在风格上保持前后一致,层次丰富,在人物形象上有鲜明对照,在当时确实是一部代表了较高水平的优秀音乐作品,是我国民族特色大型音乐体裁的一次成功探索。从艺术上来讲,它既有交响音乐的庞大气势,又保持着京剧的基本风格。这着实让当时的观众耳目一新。

第一批八个"样板戏"的成就是所有"样板戏"中最高的,无论是故事内容还是艺术表现上都有自己的创新之处,可圈可点。不过这几个"样板戏"绝大部分在"文革"之前就已经有很好的基础,《海港》、《奇袭白虎团》在50年代就已经有比较成熟的剧本,《智取威虎山》、《沙家浜》则有小说基础,电影《红色娘子军》、歌剧《白毛女》也是深入人心,这些是戏剧进一步改编的良好底本。此外,每一个"样板戏"的打造都得到了领导人的关怀和指示,比如毛泽东、周恩来、彭真等人,他们尽可能地为戏剧编排提供便利条件,众多编剧、导演、演员也付出了心血,所以"样板戏"是集体智慧的结晶。虽然政治斗争是主题,但艺术上的造诣也应得到肯定。

---

① 依据上海市舞蹈学校集体创作,北京出版社1967年8月版。
② 依据中央乐团集体创作,人民音乐出版社1976年1月版。

三 话 剧

"文化大革命"期间的话剧数量很多,集中出现在 1975—1976 年间,以反映社会主义工农业建设题材的话剧为主,知识青年上山下乡也是一个重要题材,部分话剧是反映革命战争历史的,而反映部队生活题材的话剧比较多,绝大部分是独幕话剧,刊登在《解放军文艺》杂志上。

(一)遭批判的话剧《不平静的海滨》和《友谊的春天》

《不平静的海滨》是 1973 年山东话剧团演出的八场话剧,由翟剑萍等人编剧,讲述的是 70 年代初我公安战士与苏修特务的斗争故事,歌颂了以江振华为代表的公安战士和广大的革命群众的斗争精神。尽管该剧也遵照"三突出"创作原则,着力表现阶级斗争,但剧情设置上充满悬念,比如为追捕特务而进行的卧底行动以及分辨真假阎国祥等情节都引人入胜,从而使整部戏颇具可看性。

1973 年 3 月,《不平静的海滨》通过审查并正式公演,受到了观众的热烈欢迎,共演出五十场,观众七万余人次,很多话剧团也纷纷排演这部剧。当时山东省的京剧"样板戏"《红嫂》也正在排练,于是《不平静的海滨》被认为破坏了《红嫂》的工作进程,因而遭到批判,直到 1976 年"文革"结束,全国开展揭批"四人帮"的运动,文艺界也开始全面平反冤假错案,《不平静的海滨》才得以正名。

遭到批判的另一出话剧是 1973 年中国话剧团创作的大型话剧《友谊的春天》。该剧由杨克等人编剧,诗人郭小川参与剧本改写。这出剧讲述的是中国乒乓球运动员比赛中发扬"友谊第一、比赛第二"的国际主义风格,反对锦标主义,勇于输球的故事。这出剧同样没有写阶级斗争,和《不平静的海滨》一样脱离了"三突出"的框框。时任文化部长于会泳指责这出剧是"攻击文化大革命大毒草"。郭小川被迫写检讨,承认至少有三个问题:一、没有歌颂"文化大革命"促进运动员觉悟的提高和技术的发展,却偏偏写了一次比赛的失败;二、通过剧中人"老金"的口宣称要赢球来"为文化大革命争光",颠倒了因果关系。三、"剧本完全没有写出经过文化大革命锻炼的革命小将和革命干部的精神风貌,相反,一个个都是精神低下,满台中间人物和落后人物,这不仅违反了革命样板戏的基本原则,而且也在实际上'攻击了文化大革命'"。[①] 这台话剧成为郭小川一生中第三次遭批判的导火索。

即使主题是阶级斗争,如果不能被"四人帮"的政治意图所采用,也难逃挨批的命运,如《松涛曲》。《松涛曲》原名《登高望远》,是 1973 年哈尔滨话剧院演出的四幕话剧,由关守中编剧,该剧描写林业工人采育结合,发展林业生产的故事,其中引述了中国共产党和国家领导人刘少奇对发展林业生产的指示,因而被批判,被指

---

① 郭小川《郭小川全集·关于我参与炮制毒草剧本〈友谊的春天〉交代材料》(第 12 卷外编),广西师范大学出版社,2000 年版,第 279—280 页。

是"为刘少奇翻案的毒草"。

(二)反映各领域"斗争生活"的话剧

江青提出文艺创作要"努力反映文化大革命的斗争生活",要配合"反击右倾翻案风",努力塑造"与走资派斗争的英雄人物"。于是在1975—1976年间出现了大批反映路线斗争和阶级斗争的话剧,这些话剧涉及工业、农业、商业、医疗、教育、政治等各个领域各个战线的斗争生活,但很多都是"四人帮"推行极左政治路线的宣传工具。

反映工业领域斗争生活的话剧比较突出的是《战船台》、《钢铁洪流》、《高山尖兵》、《先锋战士》、《大江飞虹》等。

1975年由上海话剧团创作,杜冶秋、刘世正、王公亭编剧的话剧《战船台》就是一出为极左路线唱赞歌的话剧。该剧主要情节是这样的:70年代初,在党的"九大"路线指引下,大江造船厂的工人干部雷海生提出了在小船台上建造万吨轮的倡议,受到党委和全厂职工的热烈支持,但是遭到了厂革委会副主任赵平的反对。雷海生依靠老工人王大船和青年工人沈玲娣、团结技术员高维舟等广大群众,通过调查研究,提出利用水下延伸部分解决船台不够的困难。技术组长董逸文表面支持造万吨轮,暗中却进行破坏。他利用赵平的保守思想,抢先抛出一个所谓"化整为零"的方案,被雷海生识破,但赵平竭力为董逸文辩护,在万吨轮即将完工时,董逸文设法使一百多吨重的尾部分段在起吊时出了事故,在雷海生奋不顾身的抢救下,才避免了严重的后果。事故之后,董逸文一面把事故责任嫁祸于高维舟,一面鼓动赵平把未完工的万吨轮推下水。赵平仍无警觉,听信董逸文的谗言,不顾王大船等人的劝告、阻拦,欲强行砍缆推船下水。雷海生在船台与赵平展开了一场思想交锋,严正指出赵平的错误思想,当场揭露了董逸文的罪行。最后,赵平终于认识了错误,大江厂的第一艘万吨轮"东方"号也终于在小船台上成功建造并胜利下水。《战船台》鼓吹的是不尊重客观规律的蛮干,在思想上极左。

1976年青海省话剧团集体创作演出的六场话剧《高山尖兵》反映了地质战线的斗争生活。某地质队接受了在西北高原探找国家急需的"301"矿的艰巨任务。党总支书记高铁山带领工人和技术人员,坚持党的基本路线,依靠藏族贫下中牧,踏雪山、闯险滩,粉碎了暗藏的阶级敌人的破坏活动,批判了队长徐振远的唯心主义世界观和崇洋媚外的错误思想,终于在现代修正主义者断言无矿的苦水滩地区找到了宝藏。剧本塑造了"高山尖兵"的带头人高铁山的英雄形象,歌颂了我国地质工作者的光辉业绩。

类似的还有1976年由丛深、盛学仁等编剧,哈尔滨话剧院演出的六场话剧《先锋战士》,该剧记述了"文革"前油田工人进行地质考察、开采石油的事迹。丛深的作品一向热情歌颂工人群众,虽然该剧有着史诗般的规模,但人物的思想变化很细腻。

1976年江苏省话剧团集体创作演出的话剧《大江飞虹》则反映了桥梁建设的

生活。"大跃进"期间,以水下基础工程队队长江志强为首的"三结合"小组提出依靠自己的力量进行水下基础施工方案,并获得了党委书记赵鹏的支持。但是,工程指挥部韩成却崇洋媚外,不相信工人阶级的智慧和力量,在建桥过程中推行修正主义路线。暗藏的阶级敌人也趁机进行破坏和捣乱。"文化大革命"进一步激发了广大工人干部、技术人员的社会主义积极性。江志强带领群众批判修正主义路线,抓革命促生产,团结同志,共同对敌,终于揪出了暗藏的阶级敌人,也使韩成受到一次阶级斗争和路线斗争的教育,最后江口大桥胜利建成。

此外,还有同样反映"大跃进"时期煤矿行业斗争的六场话剧《春回龙泉》(张盛荣编剧),反映抢焦夺铁的六场话剧《金色的熔炉》(于炳坤、方胜编剧),还有一些独幕话剧如《老厂新矿》、《报喜之前》、《新试题》等。

1976年北京话剧团演出的五场话剧《云泉战歌》,由刘厚明、蓝荫海编剧,反映了农村基层干部与县委领导"走资派"的斗争。1962年夏,云泉村遭到了严重的干旱,县劳模、村支部书记王春茂带领群众打井抗旱,要"把大旱之年变成大兴水利之年",县委农村工作部部长魏志平却在县委方书记的授意下,到云泉村来推行"责任田",由此展开了走社会主义集体经济道路还是走"包产到户"个体经济和私营经济道路的斗争。魏部长认为可以利用农民的"私心"大搞"责任田",调动群众积极性,以达到增产增收的目的;王春茂等村干部认为"责任田"包产到户、搞单干,是挖社会主义的墙脚,是走资本主义道路,必将导致人民公社被否定、五保户受虐待、解放军军心不稳、"四类分子"猖狂反攻等恶果。魏部长的做法受到了王春茂等人的坚决反对,王春茂成了敢于"与走资派作斗争"的"反潮流"英雄。该剧是一出典型的图解政治、配合政治的戏。

1972年河北省围场县文工团集体创作的六场话剧《烈马河畔》通过卧龙山区生产大队劈山治水的斗争故事,反映了农业战线上两个阶级、两条路线的斗争。该剧塑造了高燕红这一英雄人物形象,她提出"劈开卧龙山,驯服烈马河"的治水规划,却遭到了大队革委会副主任田广发以及中农马宝才等人的反对。阶级敌人何梦安趁机利用他石匠和保管员的身份,挑拨造谣,动摇人心,并破坏劈山引水,造成塌方。高燕红不顾伤痛,耐心细致地做群众的思想工作,分清敌友,最后终于将隐藏多年的反革命分子何梦安挖了出来。

1974年,由路希执笔,天津市话剧团演出的七场话剧《风华正茂》则反映了60年代初教育战线两条路线的斗争,表达了"教育必须为无产阶级政治服务,必须同生产劳动相结合"[1]的思想。该剧塑造了"反潮流"的英雄人物常虹。常虹坚持开门办学,带领学生走出校门,冲破所谓黑线的控制,走上码头,让学生接受渔民的阶

[1] 燕向青:《激动人心的好戏——评话剧〈风华正茂〉》,《人民日报》1974年3月3日。

级教育,将学习同生产劳动相结合,还举办"思想收获座谈会";她斥责何校长歧视民工子弟,以贵族老爷式的态度对待学生,反对赵晨光退学,鼓动广大师生奋起向修正主义教育制度猛烈开火,最后的结局是常虹的斗争获得群众支持,战胜了修正主义教育路线。但事实上,这出话剧完全颠倒了教育领域的路线是非,把正常的教育污蔑为"修正主义",把一些难以解决的问题如升学率问题说成是"修正主义"的结果,在思想上是极左的。

1976年江西省话剧团集体创作演出的六幕话剧《宣战》也是一部关于教育战线两条路线斗争的戏,其主旨与《风华正茂》相同。该剧描写"大跃进"期间,老红军战士田峰回到故乡井冈山创办了红梅坪共产主义劳动大学。在办学过程中,田峰带领同事们顶住了师资缺乏、校舍简陋、粮食短缺、包产到户、教育纠偏等种种压力,坚持理论与实践相结合,做出了连正规农业大学教授也不能做出的科研成果。以副部长陈舟为代表的教育主管部门,认为这种办学模式不正规,搞得"学校不像学校,农场不像农场",实际上是破坏社会分工、毁灭了教育,主张撤校。田峰与此进行了激烈的斗争,最后在上级领导和广大群众的支持下,取得了斗争的胜利。

《风华正茂》《宣战》等都是一些帮派味甚浓的作品,这些作品"张口路线、闭口斗争",其实都是"四人帮"极左路线的吹鼓手。剧中的那些"反潮流"英雄,成为赤裸裸地为"文革"极左思潮和"四人帮"政治阴谋摇旗呐喊的政治吹鼓手。

1976年由王公序、刘世正编剧的十场话剧《盛大的节日》以上海"一月革命"为原型,直接就把"文革"初期造反派向"走资派"夺权的路线斗争搬上了舞台。该剧讲述了1966年秋"文化大革命"席卷全国时,某大城市红旗机车总厂工人铁根带领工人们起来造反,党委书记严函发动工人代表丁志良组织群众和造反派抗衡,而铁根在党委副书记井峰的支持下整肃队伍,最终一步步瓦解了敌人的阵营,并成功夺权的故事。在剧中,铁根被塑造成了一个智勇双全的大英雄,老干部严函则被极力丑化,如栽赃陷害铁根、挑起群众互斗、命令机车解体企图造成铁路瘫痪等。事实上,支持造反派的老干部井峰才是造反运动的幕后操纵者,在每一个关键时刻为铁根指点迷津,鼓动铁根暴力夺权,铁根和井峰可以说是王洪文和张春桥的化身。

部队生活题材的话剧也是不能忽略的部分。《解放军文艺》从1964年开始举办"四好连队,五好战士,新人新事"征文活动,因此该杂志上有相当多由部队创作的反映部队生活的小话剧和小型歌剧。这些作品虽然篇幅短小,但其中很多作品还是很生动活泼的。

(三)反映知识青年上山下乡的话剧

"文革"期间,产生了一批反映知识青年上山下乡的话剧作品,代表性作品有《主课》《山村新人》等。

1973年广西壮族自治区话剧团创作演出的独幕话剧《主课》是根据莫之棪小

说《三画老贫农》改编的。该剧描写了一场因死猪而引起的斗争风波。主要内容是知识青年李凯、李敏姐妹俩响应号召先后到壮族某山村接受再教育,受到队长韦春松等贫下中农的热情欢迎和关怀,并被安排担任大队饲养员。不料她们用新研制的"打虫藤"喂的大种猪突然死亡,这件事在生产队引起了很大的震动。地主"山蚂蝗"利用富裕中农黄喜才私心重的弱点,挑唆他在死猪问题上大吵大闹,并煽动他"偷猪",最后又将罪名嫁祸给黄喜才。李敏在这一事情上产生了情绪波动,队长韦春松对李敏进行耐心的思想教育,并告诉她要认清敌我矛盾。在韦春松的带领下,姐妹俩经过调查发现,原来是反动地主"山蚂蝗"用老鼠药毒死了种猪。最后他们揪出了阶级敌人"山蚂蝗",姐妹俩也受到深刻的阶级斗争教育,更深刻体会到知识青年接受贫下中农再教育的必要性。这出话剧也是为"批林批孔"呐喊助威的,内容上也无可称赞,但是作为一出独幕剧,在戏剧短小精悍、艺术构思上还是比较不错的,一开始就围绕着死猪事件展开,造成悬念感,矛盾的体现也比较集中。

1974年吉林省话剧团六场话剧《山村新人》由赵羽翔、万捷、李政根据吉林省长岭县文工团中型同名话剧改编而来。该剧描写了东北长白山区下乡知识青年在三大革命运动中锻炼成长的故事。

知识青年方华在"批修整风"运动中贴出小评论,对水电站站长散布所谓资产阶级思想的"人情世故"腐蚀青年的行为进行了尖锐的批判。这一革命行动在山村激起了强烈反响:党内展开了如何培养无产阶级革命事业接班人的斗争;青年中展开了做"越磨越锋利的革命钢刀",还是做"越磨越圆滑的河中乱石"的斗争。方华在党支部的领导和贫下中农的教育、支持下,团结广大青年和社员,对所谓资产阶级的传统观念和营私舞弊行为展开猛烈批判,最后揪出了伪装成"老革命"的阶级敌人。这两出话剧虽然都在体现"阶级斗争是青年的一门主课"这个主题,但侧重点是不同的。《主课》主要塑造了贫农韦春松的英雄形象,同时体现了成长中的知识青年,而《山村新人》则主要塑造了知识青年方华的英雄形象。

此外,还有如1974年陆天明创作的四幕话剧《樟树泉》也反映了知识青年上山下乡斗争生活;1975年甘肃省平凉地区戏剧创作学习班集体创作的独幕话剧《毕业新歌》则借毕业生的职业选择表达了青年要将自己的人生价值与社会责任相结合的思想,是一出不错的话剧。

四 其他戏剧

"样板戏"产生之后,全国各专业、业余文艺团体均以学演"样板戏"和移植"样板戏"为主。地方戏曲、曲艺以及其他剧种自然被边缘化了,戏曲舞台上几乎见不到它们的身影,但这并不意味着它们毫无进步。学演"样板戏"尤其是移植"样板戏",对于地方戏曲和歌剧、话剧等剧种来说,除了要坚持阶级斗争这个中心思想之外,还要善于取长补短,调动剧种本身特色,因地制宜地进行再创作,这意外地有利于地方剧种自身的发展。

1971年"林彪事件"让人们对"文革"产生怀疑,进而对"样板戏"产生反感,连毛泽东和周恩来也对文艺界的现状表现出不满。1971年12月16日《人民日报》发表短评《发展社会主义的文艺创作》,同时刊登毛泽东1949年为《人民文学》创刊的题词:"希望有更多好作品出世。"从1972年开始,周恩来、邓小平先后着手进行文艺政策调整工作,戏曲舞台又呈现出新面貌:在第二批样板戏继续推出的同时,地方剧团也开始恢复传统戏剧创作,出现了新的剧目,但是创作并不自由,"出轨"的作品必然招致否定和批判,因此许多地方戏剧主要还是模仿、学习、借鉴"样板戏",出现了大量的戏剧移植现象。

(一)地方戏移植革命"样板戏"

1972年之后,地方曲艺移植革命样板戏在各地蔚然成风。江天在文章《进一步普及革命样板戏》中指出,"除了演好已经学演的革命样板戏,还要努力学演新的革命样板戏",而且"大力提倡移植革命样板戏"。① 此后两年多时间里,北京分批举办了部分省、市、自治区文艺调演,先后有近百部新创作的戏剧参加演出。其间也涌现了一批比较优秀的作品,比如河北梆子《红灯记》、维吾尔语歌剧《红灯记》、评剧《智取威虎山》、湖南花鼓戏《沙家浜》、粤剧《沙家浜》、淮剧《海港》、晋剧《龙江颂》、板书《奇袭白虎团》等。

1976年,全国曲艺调演在北京举行,其中也有一批优秀的革命样板戏移植剧,这些移植革命样板戏的优秀作品在忠实于原作的前提下,发挥本剧种的艺术特色与语言特色,力求达到革命内容与艺术形式的完美统一。湖北省演出队根据革命现代京剧《磐石湾》移植的评书选场《刀对鞘》,利用曲艺一人多角、叙事与代言相结合等艺术手段,选取故事情节,集中突出矛盾,用形象性、动作性的语言和对敌我双方进行了鲜明的对比,突出刻画了无产阶级英雄人物赵勇刚和陆长海在特定环境中机动灵活、智勇双全的性格特征。天津市演出队根据革命现代京剧《海港》移植的梅花大鼓《壮志凌云》,唱词改编忠于原作,将低软悲媚的传统唱腔改为刚劲、激越、高亢、昂扬的声腔曲调,比较准确地表达了方海珍在这一特定情景中特定的思想感情。江苏省演出队演出的苏州弹词移植革命现代京剧《杜鹃山》选段,《家住安源》则发挥了评弹音乐比较细腻优美的长处,表现英雄人物的崇高的内心世界,解放军演出三队根据革命现代京剧《平原作战》移植的山东快书《赵勇刚》也不错。

另外有些地方曲艺还突出了民族特色。吉林省演出的延边朝鲜族唱谈移植革命现代京剧《智取威虎山》选场《会师百鸡宴》,把《解放军进行曲》与鲜明的民族音

---

① 江天:《进一步普及革命样板戏》,《人民日报》1974年4月24日。

乐特色结合在一起,结尾活捉座山雕欢庆胜利处吸收了朝鲜族民间乐曲《庆丰收》的曲调,奔放、欢快、高亢、激越,给人留下深刻的印象。内蒙古演出的乌力格尔(蒙古族说书)《打虎上山》则将《智取威虎山》中杨子荣上山打虎一段改编得有粗犷豪放的草原生活气息。

移植"样板戏",一方面进一步普及了革命"样板戏",另一方面也推动了地方戏曲的发展。移植并非照搬,在忠实于原作的前提下不仅可以对剧本进行改编,还可以在唱腔、表演等方面进行改编,这在某种程度上促成了地方戏曲在音乐、唱腔、表演、舞台美术或者服装、化妆等艺术形式上的一系列改革和发展。

(二)地方戏曲

"文革"后期,全国的文艺创作出现了一些活力,地方戏曲的创作逐渐得到发展。然而受现实政治环境的影响,这个时期的地方戏曲仍以反映阶级斗争的地方小戏为主,在不同程度上图解了生活,如越剧《半篮花生》、豫剧《划线》、评剧《向阳商店》、花鼓戏《新人骏马》,在这些剧目中,也有些剧目如楚剧《追报表》、吕剧《"半边天"》相对来说比较有生活气息。另外不乏少数"出轨"的作品,即不符合"三突出"创作原则,或是流露某些人性的东西,这些作品必然招致"围剿",《三上桃峰》和《园丁之歌》就是其中最典型的例子。

1974年初,国务院文化组在北京举行华北地区文艺调演,陕西省晋剧院的晋剧《三上桃峰》参与演出,该剧由陕西省文化局创作组集体创作,杨孟衡执笔,取材于1965年7月25日《人民日报》上发表的通讯《一匹马》,1966年改编成晋剧《三下桃峰》,1974年修改加工并改名为《三上桃峰》。《三上桃峰》讲述"大跃进"时期桃峰大队因为买了杏岭大队的一匹病马蒙受损失,杏岭大队党支部书记发现此事后,特地三次到桃峰大队退款道歉,并送去一匹大红马支援春耕的故事。该剧歌颂互帮互助的道德风尚,批判了本位主义错误思想,唱词幽默活泼,虽然在戏剧艺术上没有多少创新,但是人物形象很生动,贴近生活,很受欢迎。不过该剧表现的是人民内部矛盾,并非阶级矛盾。加上剧中的"桃峰大队"和王光美在河北抚宁县"四清"试点的"桃园大队"名称相近,该剧被江青认为是含沙射影,所以遭到批判。

从批判《三上桃峰》开始,文艺界掀起了一场批判"修正主义黑线回潮"的运动,许多戏剧被打成"毒草",许多戏剧家受到迫害。其中最激烈的是对1972年长沙市湘剧团根据花鼓戏《好教师》改编的湘剧高腔戏《园丁之歌》,该剧由柳仲甫执笔,曾在湖南省举办的专业文艺汇演上演出过,还被评选为优秀节目。1973年,《园丁之歌》被中央新闻记录电影制片厂拍成了彩色舞台艺术片,但是样片送审时遭遇了严重的批判。

《园丁之歌》的中心思想是教师应该如何教书育人。四年级的男生陶利不好好学习,调皮贪玩,理想是像爸爸一样当一名火车司机。男教师方觉对陶利很没耐心,态度粗暴,他没收陶利的小玩具火车,甚至不让他进课堂。而女教师俞英对陶利却耐心细致,循循善诱,她和陶利一起修理玩具小火车,婉转地批评了陶利拆掉算盘做小火车的做法,并启发陶利把爱好、理想和学习结合起来,激发陶利的学习热情,将其引到正轨上。经过这件事,方觉也认识到了自己的缺点,改变了自己简单粗暴的教学方法,决心和俞英一起教育好祖国的下一代。

(三)表现"意识形态领域斗争"的地方小戏

为配合现实政治任务,"文革"时期的地方戏剧以着力表现"意识形态领域里的阶级斗争"为主要任务。

1971年浙江省话剧团演出的现代越剧小戏《半篮花生》就很有代表性。《半篮花生》改编自李立军、朱富毅1970年创作的独幕话剧《山村开遍哲学花》,后来被方元和何贤芬先后改编成婺剧《半篮花生》以及同名越剧,并在金华、杭州上演。1971年6月,浙江省宣传部、文化局成立浙江省《半篮花生》创作组,由曾昭弘主要执笔修改为越剧《半篮花生》,于7月份在杭演出。

《半篮花生》主要讲述一家四口学习毛泽东哲学思想的故事。夏收季节,生产队花生丰收,小学生晓华放学回家时,在地里捡了半篮"地脚"花生,准备去交公。妈妈知道晓华爱吃盐水煮花生,就想把花生煮熟了给她吃。哥哥东升回来责怪妹妹自私,晓华受了委屈,气得哭闹起来。晓华的爸爸对半篮花生的来历进行了调查研究,发现有人想偷队里花生,故意把好花生当地脚花生埋在泥里。晓华爸爸借这半篮花生分析了矛盾的普遍性和特殊性,使全家认识到两种思想、两个阶级的斗争,提高了觉悟。最后全家高高兴兴地把半篮花生交还给了集体。该剧是以毛泽东的《矛盾论》为中心展开的,认为矛盾是普遍存在的,但我们要看清矛盾的特殊性,即一个个具体的矛盾,比如妈妈的私心就被认为是个人主义的小尾巴,比如摘帽地主王有财把花生藏在土里,叫儿子小宝约晓华一起拣,就是挖集体经济的墙脚。为了突出阶级斗争的主题,加强戏剧冲突,1974年的修改本把王有财由富裕中农改为了摘帽地主。这出剧用"三突出"的思维模式图解了生活,图解了政治,图解了矛盾论,意识形态上极左。

这类小戏如京剧《审椅子》、花鼓戏《送货路上》等也很典型。

除了路线斗争,反映公与私的矛盾也是这一时期地方小戏的一项重要内容。如1974年河北省的豫剧《划线》(浪波、赵舍执笔)围绕着划线与否的问题,着力表现出了共产党员、贫下中农舍"小家"顾"大家"的革命牺牲精神。故事内容为河北某地为了根治海河,要修一条"跃进渠",既是技术员又是共产党员的郑大伯为了使修渠少占地少绕道,决定从自家的三间新房中间穿过,郑大妈刚开始盘算家庭利益,反对搬迁,后来在郑大伯的教育下提高了觉悟,结尾处老两口一起来划线。

在两条路线、两个阶级斗争中的青年问题也是小戏表现的重要内容。如1973年安徽省的花鼓戏《新人骏马》将视角放在了青年的择业问题上。赵小莲毕业后没有选择在大城市工作，而是选择回乡当一名饲养员。她以自己革命的思想情操、丰富的畜牧知识和高超的驯养技能，不仅驯服了枣红马，还纠正了饲养员王老三自恃驯养技术高就向队里多要报酬的错误思想。1975 年上海市淮剧团的淮剧《人老心红》则表现对青年的教育。在一次街道动员上山下乡、大查阶级斗争新动向的知识青年座谈会上，党支委、退休工人沈妈妈发现医生朱巧云有拉拢、腐蚀病休青年周小华的迹象。她顺藤摸瓜，步步紧逼，通过"音乐会"、查表格、追药等几个回合，终于揭露了朱巧云教唆青年服药制造假病，组织黑剧团，破坏上山下乡的罪行。沈妈妈对周小华的思想教育，终于使周小华觉醒。

山东省平度县业余创作组创作的吕剧小戏《管得好》表现教育战线两条路线的斗争，教师李成文主张"智育第一"，要自己的孩子闭门读书，贫管会张奶奶批判了他的这一思想，提倡开门办学，走"五七"道路。1976 年上海电影制片厂将这出剧拍成了彩色戏曲片公映。对"智育并非第一"这点，应该持肯定态度，但是坚持"开门办学"事实上扰乱了学校的正常秩序。有些地方小戏如粤剧《小红哨》歌颂小红兵，纯粹就是为政治意识宣传的工具。

有些小戏尽管也表现阶级斗争、路线斗争，但在戏剧性的处理上相对来说要好些，充满了生活气息，具有一定的可看性，如楚剧《追报表》（湖北省《追报表》创作组）、湖南花鼓戏《送货路上》（株洲市文艺工作团创作组编剧，刘国祥执笔）等。

1975 年山东省吕剧团根据山东省临朐县业余文艺创作组原作改编演出的吕剧《"半边天"》表达的主题较新颖，不是关于政治斗争和阶级斗争，而是要求"男女平等，同工同酬"。生产队长刘建德轻视妇女的劳动能力，实行男女同工不同酬的工分制度，在政府"同工同酬"政策的指引以及村党支书的支持下，妇女队长常金凤与刘队长的爱人、女社员李惠英等一起，同刘队长的错误思想进行了有礼有节又有趣的斗争，终于用自己的勤劳与智慧改变了刘建德的旧观念，实现了男女同工同酬。剧中的对白充分吸收了农民的语言，显得生动活泼。

此外，吉剧《队长不在家》（张国庆编剧），沪剧小戏《根深叶茂》，荆河戏《红哨兵》、河北梆子《渡口》、《喜日忙》，评剧《新嫁妆》，淮剧《乔迁之喜》、《田状元相亲》，锡剧《三亲家》、《亲人与罪犯》等也比较有趣。

"文革"时期，革命历史题材的地方剧很少，比较突出的是秦腔《枣林湾》。1976 年陕西省西安市秦腔团演出的大型秦腔《枣林湾》由郑宗义等编剧，以解放战争为背景，讲述 1947 年国民党军队大举进犯延安，延安枣林湾村群众在支前模范延大娘的带领下，守护粮食，与前来抢粮的国民党军队及内部的敌人斗智斗勇，终于挫败了敌人的阴谋，取得了斗争胜利的故事。该剧表现了延安人民支援人民军队的英勇事迹，写得悲壮感人。

地方小戏在内容上大多取材于现实生活，表现普通人物的日常生活，比起革命题材的戏剧来说更贴近观众的心理,这点是好的。有些小戏甚至在思想观念和艺术表现上试图冲破"三突出"的框框,但由于政治环境的影响,这些小戏的基本情节仍然是斗争,不可避免地渗透着极左思潮的深刻影响,把阶级斗争和路线斗争简单化、庸俗化,贬低群众,夸大个人作用,把人物的公私观念斗争表现为"意识形态领域里的阶级斗争",有些情节不够自然,编造的痕迹比较重,人物形象也不够饱满和丰富。

总之,"文革"期间其他戏剧的创作成就远不如"样板戏",但这些戏剧也是有其特殊的价值和意义的,地方戏曲移植"样板戏"为地方戏曲的革新注入了活力,地方小戏和话剧创作比起"样板戏"而言,都更具有生活气息,更能反映时代变化。

第四节 "文革"诗歌

戏剧一直是"文化大革命"中文学领域"革命"的先锋,影响巨大。而诗歌领域的"革命"则相对滞后,追随戏剧,在1967年才兴起,其影响也相对要小。但"文革"诗歌相比"文革"戏剧来说要复杂得多。

总体来说,"文革"诗歌可以分为三种类型:一是时代诗歌,即歌颂"文革"、表现"文革"、在诗歌创作上严格遵循所谓"三突出"原则的诗歌,其形式就是所谓"颂歌"、"战歌"以及"工农兵诗歌",表现为个性化的消失和集体化的登场,时代的政治构成了这一时期诗歌在思想上的基调,"口号"、"标语"成为这一时期诗歌在艺术上的基本形式。"文革"诗歌数量庞大,而绝大多数都是属于这种工农兵诗歌。二是"非典型诗歌",这些诗歌在思想上不违背时代,但在写作方式上不严格遵循"三突出"创作原则,保持一定的个性和独立追求,表达个人的思考和情感,注重艺术方式,在今天看来,虽然具有明显的时代印迹,但仍然具有一定的艺术价值,具有可读性。三是"非主流诗歌",这类诗歌和"时代诗歌"相反,思想上和时代保持距离,甚至反主流思想,表现为对"文革"的反思甚至批判,在艺术上反"三突出"创作原则,承接五四传统,实际也间接地学习西方诗歌,强调诗歌的个性和独立性。这类诗歌在当时不能被公开承认,只能以手抄本的形式在小范围内流传,所以后人又称之为"地下诗歌"或者"诗歌潜流"。

一 时代诗歌

1966年,"文革"文学的纲领《林彪同志委托江青同志召开的部队文艺工作座谈会纪要》(简称"纪要")发表,"纪要"所确定的文艺政策对当时诗歌创作产生了巨大的影响,一大批反映和表现"文革"思想的工农兵诗歌"应运而生",并在短时间内占据中国诗坛,进而深入到中国大地的角角落落。这类诗歌以其与政治的紧密联系而成为"文革"诗歌创作的主流,这是典型的"文革"时代的诗歌。它们的创作题材与内容,几乎就是政治术语的堆砌与重组。"文革"领导者对时代诗歌的干预、引导与指挥,使这类诗歌创作沦为政治的"传声筒"与"留声机"。"文革"时期的这种诗歌一方面是时代的产物,另一方面又积极地维护和推动时代政治的发展,可以说是一种时代的符号,它的意义和价值也主要是时代性的。

时代诗歌大致可以分为以下六种类型:一是集体颂歌,严格遵循"三突出"创作原则,大力歌颂领袖与时代生活,表现为用整体形象,抒发一种普遍的、人皆有之的感情,无视诗人的个性化思想;二是个人颂歌,在形式上采用政治抒情诗和叙事长诗的方式,借助于个人话语抒写集体思想,内容上除了政治抒情以外,还歌颂工农业生产,歌颂伴随新中国成长起来的新青年,表现的仍旧是一种大众化情感体验,在本质上与集体颂歌没有太大差别;三是少数民族颂歌,主题与内容方面依旧沿用"文革"套语模式,但增加了少数民族风土人情,在艺术上略有亮点,比如有些诗歌不再是绚烂的浮华之风,意象简洁明朗,因而显得朴素自然,与传统颂歌略显差异;四是工农兵诗歌,其创作主体为广大工农兵,表现题材重点放在工农业发展与国家建设方面,不论是思想上还是艺术上大多都非常平庸,但在创作方法上出现了与主流话语相应但又保持部分距离的有限的独立性,其中的一些诗歌艺术成就相对达到了较高的水平;五是儿童诗,内容方面以"文革"政治宣传口号为创作基调,语言上采用通俗易懂的词汇,在艺术上则注重儿童阅读心理与特点,以儿歌形式为主,与其他类型相比说教成分大为减少;六是红卫兵诗歌,作者为红卫兵,这类诗歌在思想上尤其注重紧跟时代发展,将"文革"政治术语大量入诗,语言方面热衷于使用暴力词汇,情感上不加节制,任其泛滥,反映了当时青年浮躁而又自以为是的普遍心态。

(一)集体颂歌

"颂歌"是"文革"诗歌的绝对主流。大致说来,颂歌又以两种形式存在,一是集体颂歌,二是个人颂歌,就数量来说,集体创作远远超过个人颂歌。集体颂歌大多数以歌颂毛主席和革命为主,也兼有歌颂当时的社会生活的,但是后者在数量上远远不及前者。

这一类型的诗歌,首要特点是时代性非常强,可以说是"文革"思想在诗界的集中反映,其中最突出的就是直接歌颂毛主席:

> 银鹰展翅挥巨笔,
> 一朵彩云一首诗,
> 万里蓝天任我写,
> 颂歌献给毛主席。

——《颂歌献给毛主席》(吴金杰)①

与歌颂毛泽东相关的,集体创作的诗歌还有一个特点,就是大部分诗歌都不约而同地使用"红"、"赤"、"金"等颜色,来反映当时流行的又红又专的政治潮流。在一片金碧辉煌中,集体颂歌如燎原之火般"红"遍了整个主流诗坛。集体颂歌尤其注重借助于固定意象来表达情感,这些意象符号均与领袖或是革命有关,已经成了一种套语式模式,如"东风"、"红旗"、"旭日"等,间接一点就如"韶山"、"井冈山"、"遵义"、"延安"等,其对应的词语也不脱"东风浩荡,红旗飘飘"、"旭日东升,光芒万丈"等。

(二)个人颂歌

在"文革"主流思潮的影响之下,一批伴随着时代而出现的诗人也开始"崭露头角",纷纷将自己的诗作结集出版,以求得主流诗坛的承认并获得相应的诗歌地位。这其中,既包括当时已经有一定影响的诗人如李学鳌,也有年轻诗人如王磊、宋福森,农民诗人金玉廷等。他们共同构成了那个时期独特的文学现象。

个人诗歌集在内容上除了抒写时政之外,还致力于歌颂社会主义建设,歌颂在党的领导下翻身做主,为新中国发展作出贡献的英雄人物。在形式上主要有当时流传已广的政治抒情诗和叙事长诗。

政治抒情诗最具代表性的诗人和作品是李学鳌的《英雄颂》、金玉廷的《金玉廷诗选》和王磊的《马背上的歌》。李学鳌在他的《英雄颂》里共歌颂了三个处于不同历史时期的英雄人物,他们分别是抗日战争时期的张思德、解放战争时期的刘胡兰和社会主义革命时期的雷锋。作者严格遵循当时"以阶级斗争为纲"的口号,热情歌颂了不怕牺牲的大无畏革命精神。虽然风格与当时的大多数作品雷同,却起到了鼓舞人心的效果。

金玉廷的诗歌延续了"文革"时期的颂歌模式并进一步将其推向了极致。从《金玉廷诗选》的目录中,我们就可以看出,作者将全部笔墨都放在了歌颂领袖与社会主义革命建设上,并且不遗余力地反复使用套语式词汇和模式进行写作。虽情随己出,却很难达到震撼人心的效果,如以下诗句:

> 祖辈都是穷苦人,
> 时刻不忘党的恩,
> 保卫毛主席保卫党,
> 紧握印把万年春。

——《举刀挥笔除毒草》

这类诗歌虽然借助现代白话来表现党领导下的政治运动和工农业建设,但是

---

① 上海人民出版社编辑:《千歌万曲献给党》,上海人民出版社,1971年版,第3页。

依旧不可避免地陷入政治术语堆砌的审美危机中。当然,当时的环境氛围,也难以让诗人有足够的勇气去突破《纪要》确定的指导原则,这直接导致这类诗歌丧失了其本应具有的艺术表现力。作为农民诗人的代表,金玉廷在当时可以说是很有名气的。他迎合时代主题,用自己的诗歌,热情歌颂"伟大领袖毛主席和社会主义建设",可以说是当时历史的真实写照。

王磊的《马背上的歌》虽然也不离主流意识形态,但是诗中较多使用少数民族语言,使得诗作在整体上显得清新流畅,取得了较好的艺术效果。

"文革"期间,还有不少诗人创作了为数众多的叙事长诗集,集中表现在中国共产党领导下,人民翻身做主,共建美好社会这一主题。他们大多也未能跳出"文革"诗歌狭小的题材框架,局限于业已成型的颂歌、赞歌的模式化框架,重复着主流诗坛的陈词滥调。在这类诗歌中,最有代表性的莫过于仇学宝的《金训华之歌》。全诗讲述了一个和新中国同时诞生并且在党的领导下成长起来的青年——金训华传奇般的一生。这部长篇叙事诗借助金训华的成长历程,反映了从中华人民共和国成立到"文革"时期近二十年间中国发生的一系列大大小小的政治运动和人民群众的参与热情,因而具有一定的历史意义。作者为了迎合当时的主流创作倾向,特地塑造了一个完美无缺的新时代青年的形象,借助于诗篇表现自己对党和社会主义的拥护态度。但有些诗句依旧难以摆脱将政治套语硬性嵌入,力求符合当时创作风格的毛病。在今天看来,该诗不仅缺乏打动人心的艺术效果,反而使人产生一种味同嚼蜡的苦涩感,而这也是当时所有主流诗歌的通病。不过,作者在诗歌语言表现和意象选择方面进行了创新,力求凸显诗人的自我特性,这是值得肯定的。

(三)工农兵诗歌

在"文革"主流文学之中,创作人数最多、数量最大、传播最广的莫过于工农兵诗歌了。在"文革"期间,在政治干预并主导的情况下,大批工农兵诗歌应运而生。但是,由于这类诗歌很多都是受命而作,甚至是为了完成某一政治指标,大多数质量不高。与个人创作类似,这类诗歌中的优秀之作还是来自于那些具有较高文化素养并曾经有过创作经历的诗人。而大多工农群众的作品,则如同昙花一现,迅速湮灭。

工农兵诗歌的内容范围,不外乎歌颂领袖、歌颂劳动、歌颂大寨、批林批孔、痛斥"蒋匪"、鼓吹阶级斗争等。题材匮乏,视野狭窄,语言干涩,概念化、口号化、公式化是这一时期诗歌创作的通病,在工农兵诗歌中表现得尤为突出。但工农兵诗人创作中的一些写景之作,倒有点雅趣,一定程度上能体现诗人的情怀。

军旅题材是工农兵诗歌中尤为重要的一个组成部分。当时最有影响的文学刊物《解放军文艺》大量刊登这一题材的作品。这些作品大多表现了那个年代人民子弟兵艰苦卓绝的军旅生涯,任劳任怨地建设国家,与广大人民水乳交融的军民鱼水情,表达了他们热爱祖国、敬爱领袖和保家卫国的革命激情。其中部分诗人,则开始在有限的情感空间内,力图表现诗人的独立个性,力图摆脱"文革"话语对自身的思维束缚,尝试重新展开"个性化"写作,这可以说是这类诗歌最为突出的成就。

集体创作是这一类诗歌的主要形式,在当时,上至军官,下至士兵,都有不少人热衷于以诗歌来表达自己建设边疆、保家卫国的激情。

在工农兵诗歌创作中,个人创作集的质量与集体创作和汇编相比,则显得成熟很多。比如李瑛的诗歌,不仅灵活运用四六句式和五七句式,还广泛使用大量的排比段,营造一种富有音乐性的节奏;不仅丰富了诗歌的表现力,也以更加热烈与成熟的感情,表达了自己对祖国的热爱之情,可以说是"文革"中比较少见的"个性化"写作。《红花满山》作为李瑛创作于"文革"时期的代表诗集,在表现人与自然和谐相处的主题创作方面,取得了较高的艺术成就。相比较《枣林村集》与《北疆红似火》这两部诗集,政治说教成分大为减少,虽然也涉及祖国边防哨所严肃紧张的战斗生活描写,但是作者也将目光重点放在塑造人与自然的和谐关系,从而冲淡了军旅生活的严肃氛围,这可以说是《红花满山》最突出的艺术特点。

在"文革"期间进行军旅诗歌创作的另一位诗人张永枚,可以说是这期间颇受"官方主流"眷顾的边塞诗歌代表诗人。他以自己再版的《螺号》和1974年发表在《解放军文艺》上的《西沙之战》,为这一时期军旅诗的壮大添上了浓重的一笔。

将军诗人肖华的诗集《红军不怕远征难》主要反映了当年红军长征的艰难险阻和对革命的坚定不移的信念。由于诗人较少受到"文革"主流意识形态的影响,因此他在作品中能较为真实地表现红军战士的铮铮铁骨,生动地表现他们一往无前的精神风貌,体现了诗人较为鲜明的艺术独创性。尽管部分诗作难以避免替主流话语纵情欢歌的模式化特点,但也运用了一定的叙事技巧和多样化的修辞手段,为这部诗集增色不少。

(四)红卫兵诗歌

随着1966年"文革"的爆发,被后来称为"红卫兵"的一群大中院校的青年学生,他们的诗歌以《写在火红的战旗上——红卫兵诗选》为代表,主要表现为以下四种特点。

第一,对领袖的极度崇拜,如:

> 千歌万曲并作一支唱,
>
> 千言万语并作一句讲:
>
> "祝毛主席万寿无疆,
>
> 万寿无疆,万寿无疆!"

——《红太阳颂》

红卫兵诗歌的第二个特点是语言粗鄙,多用暴力与血腥色彩的词语入诗,完全不顾诗歌本身具有的美感,一味地表现压抑日久的内心情绪冲动。语言的狂乱与

暴戾的典型代表,莫过于以下这首诗:

> 刘少奇算老几,
>
> 老子今天要揪你!
>
> 抽你的筋,
>
> 剥你的皮,
>
> 把你的脑壳当球踢!
>
> 誓死保卫党中央!
>
> 誓死保卫毛主席!

——《刘少奇算老几》

红卫兵诗歌喜欢以一种居高临下、盛气凌人的态度来面对一切,时不时夹杂一句"老子"一类的口语,表现自我无所畏惧的暴力倾向。他们不仅从精神上羞辱对方,还要在肉体上对其进行折磨。红卫兵以一种人上人的态度藐视一切,正是这种思想在诗歌中的表现。

红卫兵诗歌的第三个特点是情感不加节制,肆意奔腾,表现一种狂欢式的节日庆典氛围。红卫兵诗歌的情感泛滥最主要表现在和"武斗"有关的主题中,这类诗歌表现了诗人们热血沸腾的激情和不畏牺牲的勇气,情感蓬勃,激昂澎湃。其中最为人们所熟悉的是吕凉的《请松一松手——献给抗暴斗争中英勇牺牲的战友》和吴克强的《放开我,妈妈》。这些诗歌均写于1967年在"中央文革"支持下的"一月风暴"之后,渗透着浓烈的硝烟和血腥味。它体现了红卫兵诗歌初期的稚气未脱而又霸气十足的审美艺术特色,充满着紧张的战斗氛围,流露出"山雨欲来风满楼"的恐怖气氛。

红卫兵诗歌的第四个特征是表现一种圣洁高尚、自我牺牲般的"输出革命"思想。《红卫兵诗选》中专门列举出一章"五洲风雷歌",表现的就是红卫兵渴望将"文革"之火插遍全世界的狂热情绪。借助想象的手笔,勾画未来的战争,表现一种简单的"圣战"情结。

二 非典型诗歌

在"文革"主流思想指导下的时代诗歌盛行之际,中国诗坛同时产生了一些与"三突出"创作原则不尽相同的诗歌类型,这些诗歌以写景抒情为主,在50年代逐渐发展并成熟的政治抒情诗的写作技巧的影响下,也取得了一些成就。

非典型诗歌可以分成以下三种类型:第一是政治抒情诗,它不同于主流诗坛纯粹的"集体化"抒情套路,开始逐渐恢复"个人性"在诗中的主体地位,恢复诗人的自我形象,形成属于诗人个体的独特的艺术风格和表达方式,具有与传统的政治抒情诗不同的艺术价值。第二是"天安门诗歌",这类诗歌在主题上表现对领袖逝世的悲痛与怀念之情,对"四人帮"倒行逆施的痛恨,与"文革"诗歌背道而驰;在思想上摒弃旧有政治模式的束缚,与"文革"主流思想针锋相对,为日后思想解放运动的展开奠定了基础。第三是个人诗集,它不同于时代诗歌中的个人创作,诗人力求以一种冷静的视野观察社会,与主流思想保持一定的距离,表现自我的独立判断,遵循个人化的审美标准,抒发属于诗人本体的情感体验。

(一)政治抒情诗

"文革"期间的主流诗歌创作,都带有强烈的政治色彩,这是因为,在主流政治的绝对控制之下,诗人们不可能也不被允许发表不同的观点和看法,只能围绕着政治运动展开自己的诗歌创作。但是,也有部分诗人在一种不同寻常的氛围之中,依旧坚持个人的独特感悟,表现诗人的良知。他们一方面顺应主流思想,抒写时代特色浓厚的诗作,另一方面力求保持自我诗性,避免被世俗同化;遵循自我价值尺度,表现自我感情的多面性与复杂性,摒弃主流颂歌的陈词滥调,在语言词汇方面精雕细琢,将自我感情融入诗中。这一类型的诗歌创作,主要以郭小川、郭小林父子的作品为代表。

作为新时期最负盛名的政治抒情诗人,郭小川在"文革"期间仍旧以一个诗人兼战士的身份不遗余力地赞颂生活,表现对毛泽东思想的无限敬仰之心和对其领导下的中国社会蓬勃发展的热情歌颂,这些诗歌均收录于《郭小川诗选》。但"文革"后期,作者的诗风有很大的变化,比如《团泊洼的秋天》一反作者一以贯之的以战士的身份昂扬高歌的刚健抒情姿态,以一种柔情似水的表现方式,缓缓地展开秋日的诗情画意。作者将情感隐藏在静静的团泊洼的垂柳与秋凉中,娓娓道来,感情舒缓,错落有致。

作为已一跃成名的"兵团诗人",郭小林在当时也发表了许多献诗和劝诫诗,但是流传最广,也最为人熟知的,还是那首饱含深情的《致大雁》。这首诗的创作背景是:妹妹郭小梅因无法忍受"上山下乡"的艰苦而心生退意,作为大哥,也作为一个"老知青",郭小林觉得自己有责任劝说妹妹打消顾虑,以坚强的意志克服困难。诗人并未摆出一副道貌岸然的姿态,也没有故作老成,而是以一个贴心的兄长的身份,表现亲人之间的家族温情,情真意切,因而得以广泛流传。诗人通过批判大雁畏惧严寒的怯懦,表现对妹妹因感觉"上当受骗"而盼望返城的不满情绪。不过,与那些"义正词严"的空洞说教不同,作者始终保持一种朋友之间的贴心畅谈,以一种劝慰的口吻,力求扭转当时知青对"坚持乡村干革命,同工农兵结合一辈子"的普遍怀疑的思想倾向。但与此同时,我们在诗中也不难发现,诗人自己对知青运动何去何从也难以把握,只能把希望寄托于虚无缥缈的未来。诗作在末尾又流于口号式的宣传鼓动,这在一定程度上破坏了诗歌的艺术表现力。

这类政治抒情诗的产生,标志着"文革"主流诗坛开始逐步消解"大一统"的文学创作格局,诗人的独立判断意识和个性化抒写得到一定程度的恢复,开始有意识地追求用个人情感统筹诗篇,相对于时代诗歌千篇一律的模式化写作,其在艺术表现方面已经取得了相当的成就。

(二)"四五运动"中的诗歌

1976 年 1 月,周恩来总理逝世。清明节前后,北京市上百万人民群众自发地聚集于天安门广场,在人民英雄纪念碑前献花篮、送花圈、贴传单、作诗词,悼念周恩来,拥护邓小平,声讨"四人帮"。对于人民群众的革命行动,"四人帮"极端仇视,在当晚开始清理天安门广场的花圈和标语,逮捕许多坚持在广场进行悼念活动的群众。4 月 5 日,广大人民群众纷纷提出抗议,在"还我花圈,还我战友"的口号下形成了天安门广场大规模的群众抗议运动,史称"四五运动"。

"四五运动"中的诗歌创作主要收集在《天安门革命诗文选》、《天安门革命诗文选续编》二书中,作者"童怀周",实际上是北京第二外国语学院汉语教研室 18 位教师,"童怀周"即取自"同怀周"谐音。这些群众诗歌深刻地反映了当时的民心向背。它们以五七言形式,或借古讽今,或直抒胸臆,人民群众痛哀总理逝世、怒斥阶级敌人阴险狡诈的强烈感情,如火山喷发般一泻千里。

从总体上看,这类诗歌大多情感奔放,揭示了"四人帮"失去民心的事实与人民群众怀念领袖、反抗专制的抗争精神。这类诗歌的产生,也为日后"四人帮"的迅速垮台奠定了群众基础。

天安门诗歌除了大量凝练而严谨的古体诗以外,一些新体诗也写得荡气回肠,巧妙化用贺敬之等人常用的排比句式,表达对领袖的怀念和内心的愤恨。它们很好地继承了"十七年"诗歌的精髓,将复杂的历史内涵、细腻的人物心理与敏感的个人体验完美结合。"个性化"抒情话语与政治主题思想互相穿插,充满了强烈的"战斗气息",获得了一种强大的生命力,标志着诗歌对主流话语的叛逆与反抗,也标志着诗歌艺术生命的重新复苏和诗人真挚情感的再度回归。

(三)个人诗:赵朴初的《片石集》

在"文革"时期,还有一部分诗人通过与主流政治保持一定的距离,来营造一种"私人化"的创作空间。他们的诗歌作品多表现山川大河、时令节气的自然风光,将自然景色与自我情感相融合,移情于景,借景抒情。也有部分作品虽然也涉及政治题材,但诗人多以个性化体验为出发点,力求表现不流于世俗的独立思想,不过分渲染"文革"主题思想,避免陷入"文革"主流诗坛空洞乏味的政治颂扬诗的僵化模式,具有一定的艺术价值。这类诗歌以赵朴初的《片石集》为代表。《片石集》收录的多是作者对生活的感悟与理解,对自然景色的由衷赞叹,以及赠送友人或是缅怀战友之作,极少有作者对时事政治的看法。作为一个居士,淡泊名利的思想根植于诗人的灵魂中,因此他能够以清醒的眼光注视着整个社会现实。相比较于政治题材的颂歌和战歌,歌颂祖国的大好河山更是诗人着力表现的内容。诗人乐于将自我融入自然景观之中,借助于古体诗的严谨与白话诗的轻灵,表现内心感悟,幽雅静谧与怡然自得之情跃然纸上。

《片石集》另一个重要特点是,诗集中收录了大量的讽刺诗和缅怀诗,既表现了作者对社会局势的担忧,也表现了作者与昔日战友和领袖的深厚情谊,亦庄亦谐,显示出了作者的睿智思想与深厚的诗学功底。借助日常景物表现内心真情,善于通过细微的生活现象揭露深刻复杂的社会内涵。诗人洞察之深刻,语言之优美,技巧之高超,于此可见一斑。

非典型诗歌在"文革"时期处于主流诗坛边缘,它们对主流话语有一定的依附,与此同时力图在一定程度上摆脱主流话语的控制。这一创作群体受到大环境的影响,在诗作中不可避免地流露出对当前局势的颂扬之情,但是其难能可贵之处在于诗人们在思想上已经不完全依附于主流价值取向,开始独立观察社会,以一种怀疑的眼光看待社会现实,并最终以一种叛逆的姿态反抗"文革"。这类诗人力求打破"大一统"文化局面,恢复诗歌"个性化"写作传统,与"文革"地下诗歌一起,开启了独立探索的精神之旅,为"新时期"文学的振兴与繁荣奠定了基础。

三 地下诗歌

"地下诗歌"作为整个"地下文学"的一部分,产生于"文化大革命"对传统文学的彻底破坏与摧毁的环境中。"文革"政治环境的变幻莫测,使得"地下诗歌"在发展过程中屡遭挫折与打击,这形成了它的一个典型特点,即严密的隐蔽性,"地下诗歌"以手抄本形式在读者群中秘密流传。另一方面,"地下诗歌"彻底摒弃了主流诗坛盛行的以"三突出"创作原则为主的"文革"文艺政策的创作要求和表现手法,坚持独立的判断和价值标准,批判性地吸收"十七年"文学创作的艺术成就,反思旧有文化和历史,积极引用并效仿西方现代主义创作手法,并尝试与本国传统相结合,创造性地表现现实生活与时代特色,为80年代新文学的全面复兴奠定了坚实的基础。

在"文革"十年之间,地下诗歌可以说是成绩显著。尽管创作环境极其恶劣,诗人随时面临政治危险,甚至被剥夺了创作自由,但无论是老一辈诗人还是新一代诗人,他们在经历了"流放"之后,都开始反思过去,审视自我灵魂,以一种局外人的眼光来看待现实生活的一切,重新打量曾经坚信不疑的现实与现行政策的合理性。在与主流诗坛完全隔离的情况下,诗人们展开形式各异的精神探索,用诗歌来表现对生活的新的体验,丰富自我的思想,提升自己的诗歌创作水平,忠实地再现自我内心情感。他们以自己的努力,丰富了这一类型的诗歌创作,为中国新诗的继续发展作出了贡献。

地下诗歌大致可以分为以下四种类型:"七月诗派"与穆旦的"干校"诗歌、狱中诗人群落诗歌、知青诗歌、朦胧诗。

（一）"七月诗派"与穆旦的"干校"诗歌

"七月派"诗人从"文革"一开始就被剥夺了写作的自由，他们大部分被流放到位于湖北咸宁的"五七干校"进行所谓的"思想改造"。现实环境使他们难以触及正常的社会生活，这反而给他们提供了一个相对独立的精神思索空间。他们从自身处境出发，表现自我的孤独和寂寞，思考生命的价值，探索生与死的主题，重拾被主流文坛放逐的五四人道主义精神，将中国传统儒学的博爱精神与五四对"人"的主体地位的重新思考相结合，在以阶级斗争为纲的大环境下关注作为个体的人的权利与需求。同时，这一流派的大多数诗人均以坚毅刚劲的动植物形象自比，托物言志，表现不屈的生存意志和坚韧的生活信念，向企图扼杀自我天性的现实生活投以轻蔑的嘲讽，恢复"七月诗派"强调"诗歌的战斗性"的传统，这可以说是整个"干校"诗歌创作的核心价值观念。

除此之外，这部分诗人对于残酷年代的家族温情也报以热烈的歌颂与由衷的欣慰。以流沙河《故园九咏》为代表的一部分诗作，就表现了诗人在孤独困苦的环境中所包含的朴实而又神圣的伟大爱情。在一个放逐甚至敌视爱情的年代里，诗人表达了对人类历史发展过程中最为圣洁的情感的高度赞美之情，这部分诗歌真诚、柔美，同时略带感伤，具有高度的艺术感染力。

1. 绿原"文革"时期的诗歌创作

绿原在"文革"时期的代表作无疑是《重读〈圣经〉》，这部作品主要表现了诗人在受难岁月里读古思今的感悟和对世态炎凉的悲叹，表现自己对荒谬社会的批判态度和永不放弃希望的追求。在诗中，诗人不遗余力地赞美耶稣，正是为了与当时的世道相比较，通过展现前人的高尚品格，表现现实社会的世风日下，批判人与人在"阶级斗争"口号下互相批斗的"人性恶"，通过呼吁人们重拾业已失去的美好品质来实现对人的救赎。诗人对前人高尚的情操致以敬意，并且对现实社会忧心忡忡，但是诗人的可贵之处，同时也是整个"七月诗派"最为人称颂的特质，就是一种永不言弃的坚忍不拔的精神。诗人始终以一种昂扬乐观的坚强的信念看待生活，始终不曾放弃对未来的希望。诗人坚信历史和人民会给他一个公正的评价："我始终信奉无神论。/对我开恩的上帝——只能是人民。"这是一个生活的强者身处狂风暴雨中却平淡自然的成熟心境的反映。

2. 牛汉"文革"时期的诗歌创作

绿原在为牛汉的诗集《温泉》所作的序中说："这些新诗大多写在一个最没有诗意的时期，一个最没有诗意的地点，当时当地，几乎人人都以为诗神咽了气，想不到牛汉竟然从没有停过笔。"在严酷的环境下，诗人从没有停止过斗争，他用各种各样充满血泪的战斗方式，续写着自己的精神抗争的历程。

牛汉一直认为，他在"文革"时期创作的诗歌"在我迄今的作品中仍然是属于最好的"。诗人创作于"文革"时期的诗歌作品均收录于《牛汉诗文集》中。牛汉的"干校"诗作,主要可分为两类:其一是表现诗人坚韧的生命意志和不屈的抗争精神,诗人多借助自然界生长于艰苦环境下的刚毅的动植物形象来作为自我的灵魂象征,这主要以他的《半棵树》《华南虎》《鹰的诞生》等诗作为代表;其二是表现对生命的重视与对摧残生命的暴行的谴责与批判,表达了诗人对人性复苏的渴望,对人的关注以及对人的拯救的探索,这类诗歌以《悼念一棵枫树》《坠空》《麂子,不要朝这里奔跑》等诗作为代表。

牛汉善于通过对"硬汉"式的自然景物的刻画,表达自己坚韧不屈的灵魂。诗人在表现自我坚强的内心和昂扬的斗志时,有借助于受难形象的逆境抗争来表达自己的生命体验,也有着重表现一种血淋淋的对生命的摧残和在惨无人道的迫害之下依旧保持的那份傲然自立与不屈反抗的高傲的情操,为读者展示了一个顽强不羁的灵魂所具有的高傲的自尊以及对陷于逆境的受难生命顽强不屈的精神的礼赞,更有试图表现一个与生活抗争而不幸消逝的生命,赞颂它宁死不折的坚韧的生存信念。

《悼念一棵枫树》作为这一主题最为典型的作品,以完全不同的感伤情调,表现诗人浓重的悲凄之情。诗人将自己的生命体验融入客观对象之中,抒发自我真实情感,以另一种方式,呼吁对生命的重视,诗人一反《华南虎》那种昂扬乐观的斗争精神,以一种悲天悯人的伤感基调,表现被整个时代与社会抛弃的对生命的尊重与关爱。残酷的现实处境,使得诗人多愁善感,他一方面用诗歌表达浪漫主义的英雄气质,借助于不屈的雄鹰与咆哮的华南虎来表现生命的顽强与永不妥协的抗争精神,另一方面又以一种温和的姿态关注作为个体的生命,借助于对生命消逝的伤感与怀念,表达自我对社会的批判与鞭笞,呼吁对生命的关怀与拯救。这两方面相辅相成,共同构成了诗人复杂而又深邃的精神内涵。

3. 曾卓"文革"时期的诗歌创作

曾卓在回忆自己创作的艰难历程时曾经提到过:"在'文革'后期,当我在家养病时,还写了一些散文、读书札记和数篇回忆性质的文章。在这些作品中,表达了我的痛苦、渴望和追求。当时完全没有想到这些东西可能发表。"他还提到,"当时难以得到纸和笔,大多是口占,后来才找到机会抄下的。同时我也不能遏制地写了一些抒发自己感情的诗。这是我的诗创作的又一个阶段。无论是给少年们的诗,还是那些抒情诗,都没有能够全部保留下来。"①

曾卓"文革"时期的诗歌均收录于《曾卓文集》,相比较于牛汉那样不遗余力地歌颂生命的顽强和坚韧,曾卓更多的是表现一种对生活的希望。诗歌语言更为柔和,少了牛汉那种昂扬的战斗激情。永不放弃对未来的追求,不屈服于命运的重

---

① 曾卓:《曾卓文集·小传》(第 3 卷),长江文艺出版社,1994 年版,第 571 页。

压,以及致力于表现自我灵魂的形态,是诗人"干校"诗歌创作的重要特色。

对充满希望的未来的展望和向往,是曾卓坚韧的生命意志的一种外在表现,自由成了诗人创作最重要的主题之一。严酷的政治环境剥夺了诗人的写作权利,但是,政治上的高压并不能摧毁诗人的意志,压迫只会造成更强烈的反抗,曾卓以诗歌的形式批判严酷的环境,表现自我内心的希望。曾卓和牛汉等诗人一样,摒弃华而不实的空洞说教,也不愿意随波逐流,高唱浮夸虚幻的颂歌。他从自己的心灵出发,用诗歌表现对生活的感悟,记录精神探索的心路历程,一反"文革"套语式写作的陈词滥调,细腻而准确地展现自我情感,让读者通过他的诗歌,把握诗人诚挚而又高尚的灵魂。

海洋意象是曾卓"干校"诗歌的又一重要主题,与现实中的狭小牢狱相对立,辽阔无边的海洋才是诗人灵魂的真正归宿,是自由思想得以翱翔的最佳场所。海洋在诗人的笔下,也就不再仅仅局限于它本来的意义了,它成了希望、生命、梦想甚至是战斗的象征。

对自我灵魂的审视与思索,是曾卓"文革"诗歌创作的核心指导思想。诗人通过诗歌抒发一代知识分子在艰苦岁月顽强的精神意志,表现了诗人独立的人格意识和灵魂。这其中最典型的就是诗人在"文革"时期创作的最为人称道的代表作之一——《悬崖边的树》,这首诗最为优秀的地方,是结尾的不确定性。诗人没有交代树的最终结局,给读者留下了充分的想象空间。悬崖边的树那种"似乎即将倾跌进深谷里,/却又像是要展翅飞翔"的姿态,一方面表现出或坠落或飞翔的不可预知,另一方面也暗示了风雨来临前的宁静。它弯曲的身体所暗含的,正是社会对一代人的残酷折磨所造成的创伤,它还能够展翅飞翔,也正是因为它未曾放弃对未来的坚定信念,坚韧而又倔强的个性特征,永不言弃的执着,通过这一奇特意象,构建了一个张开双臂的饱经摧折而顽强不屈的一代知识分子的灵魂写照。

4.流沙河"文革"时期的诗歌创作

流沙河诗歌最大的特点就是寓庄于谐,于幽默中透露着辛酸。诗人吟唱着幽默诙谐的诗句,隐含的却是一个右派诗人的悲伤与无奈。他对不公世道的血泪控诉,通过短小精悍的诗句表露无遗。

流沙河诗歌中的讽刺意味深藏于诗中,需要反复吟咏方能体会到诗人的愁苦。他不像牛汉与曾卓那样借助坚强不屈的动植物意象来表达自己的抗争精神,而是通过日常生活的点滴小事,表达他对迫害知识分子的痛恨。

以爱情作为创作主题是流沙河诗歌的另一重要特色。流沙河不仅善于以幽默诙谐之语表达对社会的批判,也善于歌颂美好的爱情,他是"干校"诗人中少有的"爱情歌手"。当"七月派"以及其他诗人都致力于表现自我坚强的意志时,他却独自一人弹奏着恋爱的小夜曲,例如他的《梦西安》,就借助于对故乡的思念,将爱情与苦难结合在了一起,抒发着诗人内心的痛楚。流沙河不仅以幽默诙谐的方式消解现实的苦难,更以一种独立姿态歌颂爱情,从而表现诗人坚强而又乐观的精神。他以自己独特的方式,表达诗人对人性的关爱,再现一个知识分子应有的良知。

5.穆旦"文革"时期的诗歌创作

穆旦诗歌最大的艺术特色是:始终以一种冷眼旁观的态度看待社会,用近乎残酷的诗句消解现实的荒诞,揭露社会的丑恶。他不同于"七月派"以激昂的浪漫主义精神抒发自身不屈的斗志,而是使用讽刺性极强的语言,表达一种智性思考,抒发一代知识分子理想破灭、精神困窘的生存处境。其对现实社会思考的深度,是"文革"时期其他诗人难以企及的。

穆旦是一个有独立见解的诗人,因此他一直力图摒弃"文革"主流诗坛模式化写作方式。他的诗歌的优秀之处在于能将深邃的思想和极具个性化的语言结合起来,从而揭露隐藏于表面现象背后的真实。诗人在批评"文革"套语式词汇堆砌时说过,"它来回重复的几个词儿能表达什么特殊的、新鲜的或复杂的现实及其思想情感吗?不能"。[①] 这种含蓄深邃的思想与"个性化"语言的使用,集中表现在诗人"文革"时期批判性最强的诗作之中。

穆旦的其他诗歌则体现了一个老人对世界的透彻分析,如《冬》。而他的《神的变形》则以哲理化的语言表现了各种势力角逐背后的实质,揭露了人类抗争的悲观宿命,以及权力对"人"的觉醒的控制与腐蚀。穆旦的过人之处就在于,他能够敏锐地把握住现实生活的本质特征,并且以独特的手法与语言表现出来,其思想的深刻、诗歌技巧的成熟与用语的丰富,使他在同类诗人中显得出类拔萃。

(二)狱中诗人群落

狱中诗人群落的创作,与"干校"诗歌相比,少了一份从容,更多的是一种激越的情感,他们并不借助于自然界的受难意象来表现"流放者"的生存意志,而是直接抒发心中的悲苦,表达对无辜受戮的痛恨与对不公社会的批判。狱中诗人群落的作品在整个地下诗歌中情感态度最激烈,用语最犀利,对现实社会反抗也最为强烈。其代表诗人主要包括陶铸、李锐、李英儒、聂绀弩与孙越生等。在这些诗人中,陶铸和李锐等人的诗作,均以批判的深刻犀利、态度鲜明、气势澎湃为主要特点。而聂绀弩的诗歌则以一种超然的态度看待现实,以"幽默化"叙事消解现实生活的苦难,并着重表现苦难岁月中消弭痛苦、抚慰伤痕的家庭亲情。这些诗人以其各自不同的风格,形成了与其他类型的诗歌迥然有别的特点,丰富了"文革"地下诗歌的内涵。

1.李锐狱中诗歌创作

李锐的诗歌相比较于同时期诗人而言,更多的是抒发自我备受压抑的孤单困苦

---

① 穆旦:《穆旦诗文集·致郭保卫的信》(十五),人民文学出版社,2007年版,第206页。

之情。诗人由于长期生活在监牢中，因此他的诗歌对于狱中生活的苦难有着强烈的感受。这些诗歌以诙谐幽默的语言，表现了对自己蒙受"不白之冤"的愤恨之情。

李锐的诗歌创作不仅涉及狱中生活的艰苦，也抒写家族亲情。他所抒发的对于女儿的思念，情真意切，颇为感人，饱含了一个父亲对女儿的无限关怀之情；同时，抒发身陷囹圄的父亲的无奈与悲伤，控诉黑白颠倒的社会的黑暗与不公。借骨肉亲情，写心中之悲，从另一种角度实现对社会的批判，是李锐诗歌的与众不同之处。

2. 聂绀弩狱中诗歌创作

聂绀弩在"文革"时期的诗歌作品均收录于《聂绀弩旧体诗全编》。诗人一直以一种乐观态度化解现实的苦闷，以幽默的语言表达内心的痛苦。面对苦闷的现实，诗人自嘲："行李一肩强自挑，日光如水水如刀。请看天上九头鸟，化作田间三脚猫。"（《周婆来探后回京》）一语道尽心中无限愁情。

聂绀弩的诗歌以幽默诙谐见长，却能够保持严谨的格律，表现了诗人高超的诗歌艺术。诗人较少使用过于激愤的言辞，以戏言表现内心情感。家庭亲情则是聂绀弩诗作的重要主题之一。诗人在作品中表现了自己对妻子深深的爱恋与愧疚之情，借助于凄凉的笔调，抒发对妻子因自己而受累的惴惴不安之情，表现痛失爱女时未能与妻子共担悲伤的酸楚之情。诗人借用平淡无奇的话语，表达的却是对社会野蛮摧残生命，迫害无辜人民的"兽性"行为的强烈憎恨。

对"文革"颠倒是非，迫害老一辈革命家的愤恨与唾弃，也是诗人诗歌创作的重要主题之一。《挽贺帅》则是诗人少有的激愤之作，诗人一反幽默含蓄的风格，以强烈的批判锋芒，表现内心的痛恨，将笔锋直指幕后主使"四人帮"，表现诗人对其"迫害忠良"的罪行的仇视。

（三）知青诗歌

知青诗歌创作有别于干校诗歌与狱中诗人群落，他们的诗歌创作可以明显地分为两个时期：前期诗歌大多感情激昂，表现自我为了伟大事业献身边疆的崇高奉献精神，其诗歌创作基调以积极乐观为主；后期由于现实生活的压力与自身幻想的破灭，情绪低落，导致知青诗歌创作开始转向抒发内心的失落与痛苦，怀念亲人，反映插队生活的艰辛，其创作基调也转为消极悲观。知青中的部分诗人开始积极学习西方现代主义诗歌，并将新的创作手法引入自己的诗歌创作之中，产生了诸如白洋淀诗歌流派一类的现代诗歌创作团体，达到了很高的艺术水平，并直接开启了新时期以朦胧诗为代表的文学创作的繁荣局面。

食指"文革"时期的诗歌创作均收录于《被放逐的诗神》。食指善于表达知青内心的真实感受，如他的代表作之一《这是四点零八分的北京》就表现了在响应党的号召下的知识青年背井离乡时的普遍心理：无法把握自己的命运，即将失去亲人的关怀。食指拒绝苟同主流话语，他借助于诗歌，把个体经验升华为群体感受，从而表现诗人自身的震惊与痛苦,彰显觉醒的一代青年对主流话语的叛逆与反抗。而对希望的永不放弃则是食指诗歌的核心内容之一,这主要表现在他的另一篇代表作——《相信未来》中。《相信未来》一方面表现现实的贫困、凄凉和一无所有,而另一方面,诗人尽管身处逆境,却还是一遍又一遍地呼唤着"相信未来"。食指以自己的切身体会,用诗歌喊出了一代知青想说而又不知从何表达的惆怅,表现了青春的幻灭和固执的希望。食指的诗歌非常注重客观化、真实化的内容,拒绝晦涩难懂的语言,将自我融入整个世界中。

白洋淀诗歌群落可以说代表了知青诗歌创作的最高水平,也是新时期现代主义诗歌创作的初次尝试,其代表诗人为多多、芒克和岳重(即根子)。白洋淀特殊的地理位置和相对宽松的环境氛围,也有利于诗歌更为自由地创作,为现代主义诗歌的产生与发展创造了有利条件。

多多的诗歌率真朴实却锋芒毕露,对现实的不满和批判是他"文革"期间诗歌的一个重要特点。诗人通过诗歌,将一代人的痛苦完整地表达了出来,用自己的灵魂,抒写只属于自己的独特感受,诗歌思想犀利,语言尖锐,直击读者的心灵,造成巨大的震撼。

岳重一直以一种悲观的态度看待生活,将人们习以为常的美好景象以另一种方式表现出来,将美丽背后的虚伪直接展现在众人面前,从而实现诗歌的艺术感染力。他以一种冷峻与残酷的态度,将美好的东西撕得粉碎,以此来展现诗人的独立自主。对生活的怀疑,对语言的反叛,造就了诗人诗歌创作强烈的叛逆倾向。诗人喜欢用具有暴力色彩的词语,表达他对主流社会虚假宣传的诅咒和痛恨,表现那个时代知青们内心的焦虑、痛苦和对被欺骗的愤怒。岳重诗歌所包含的感情,在白洋淀诗人群落中最为强烈。他谴责社会的不公,宣泄心中的不快,表达诗人对现实的诘难和讽刺。他拒绝沿着社会规定的道路前进,而是以自己独有的方式,将生活的虚假与欺骗揭露出来,彻底颠覆人们心中业已形成的传统观念。

作为一个"自然之子"(多多语),芒克总是通过诗歌带给别人安慰和关怀,通过表现对自然的热爱,歌颂生命的自由和活力。芒克早期的诗歌饱含愤世嫉俗的冲动情绪,他的许多诗篇都充满着一种绝望、伤感的悲观态度。对希望的渴求是芒克诗歌的另一个重要特点,他在许多诗句中都表达了对希望的强烈渴望和向往。而对白洋淀自然环境的热爱则是诗人创作最为显著的特点之一,它融入在芒克整个思想之中。芒克的诗歌充满着孤独与寂寞,他以一种乐观的态度消解现实的苦难,实现灵魂的自我拯救。

十年"文革"期间,在祖国的边疆地区,也活跃着许多诗歌流派,它们共同记录了那个特殊年代现代主义诗歌发展的过程。在这中间,以黄翔、哑默等人为代表的贵州诗人群最有代表性。

黄翔是一个游离于主流话语之外的诗人,他借助于独特的修辞手法和诗歌意象,表现了诗人对人性和时代的高度概括总结,如他的代表作《野兽》,形象地概括了那个暴力和愚昧的年代,表现了他对人与人之间互相践踏、互相伤害的痛恨。他以毫不妥协的态度,表达了自己坚定的反抗精神。

这一时期,诗人还创作了不少长诗,这些诗歌具有强烈的斗争意识,适合于广场朗诵。诗人抒发了他力图打破传统思想束缚,让灵魂重获自由的渴望,表现了他充满活力的思想和不羁的灵魂。对希望的永不放弃,对未来的执着追求,对个人处境和整个社会的独立思考,直面现实,不畏压迫,呼吁科学与真理早日到来;用新奇而奇谲瑰丽的意象,表现一代知青激情澎湃的情感态度,在那个充斥着标语与口号的时代中显得卓尔不凡,表现了诗人深邃而深刻的思想。

与黄翔的"狂飙突进"相反,哑默更注重无言的理性思考,所以他的诗歌少有激越的语言,而多了一份宁静的沉思。他喜欢用一系列清新的词语来表达自己的思考,表现诗人无拘无束的灵魂。他的诗歌如同轻盈的海燕一样,翻飞在诗人自我约束的精神空间之中。

哑默一直以一种刻意远离主流思想的态度来写作,他善于借助婉约的语言和独立的判断,试图偏离时代的漩涡,寻求适合于自己的诗歌模式。另一方面,哑默能够熟练运用象征主义表现手法来表达诗人对时间流逝和人与人之间日渐远去的感触,例如他的《家园》就借助于"墙"、"铁丝网"、"苔藓"、"罂粟"等一系列隐喻来传达诗人天马行空的想象力和区别于主流意识的个性思维空间,同时传达出诗人精神上的孤独感。这是一种极其个性化的自我叙述,是只属于诗人的独特体验,这意味着诗歌在经历了长期的集体化叙述后,开始回归正常的发展轨迹。

(四)"朦胧诗"诗人的"文革"写作

从1980年开始,诗坛出现了一个新的诗派,被称为"朦胧诗派"。最早的发起者是舒婷、顾城、北岛等青年诗人。"朦胧诗派"并没有形成统一的组织,也未曾发表宣言,然而却以共同的艺术主张,构成一个"崛起的诗群"。他们的诗歌起初继承现代派传统,但很快就开拓了属于自己的领域。他们善于通过一系列意象来表达对现实的不满与批判,以一种独立的判断标准书写自己内心的真实感受。他们的诗歌不仅影响了那个时代的文学青年,也深刻地影响日后的先锋诗派,开拓了新时期诗歌的新天地。其代表人物包括北岛、舒婷、顾城、江河(于友泽)和杨炼等人。

1. 北岛的"文革"诗歌写作

北岛以其独特的写作视野和尖锐的批判锋芒,感染了一代又一代读者。他在诗歌现代主义方面的探索,影响了许多青年诗人。北岛拒绝融入主流话语,他更乐于通过冷静的思考,挖掘出深藏在背后的真相,并且借助诗歌表现出来。北岛的诗歌具有深沉的意境和恢宏的视野,他在诗中表达了自己对未来的失望和迷茫。失落是当时知青的普遍心态,对自身处境的难以把握,对未来目标的胸无着落,使得诗人只能借助于虚无缥缈的意象来传达自己的无助与悲哀。

北岛诗歌的核心思想就是呼吁人道主义和人性的回归,强烈的独立意识,使他拒绝盲从主流。对生命价值的执着,对人的尊严的肯定,使他坚持以一种怀疑精神看待一切,以一个叛逆者的身份,控诉社会对人的禁锢和戕害。他以诗歌来表达自己的理想,呼吁生命意识和人道主义的回归。北岛诗歌高扬着五四人道主义大旗,揭示了现实的荒谬和虚伪,充满了强烈的反叛性,这其中以《回答》最具有代表性:

> 卑鄙是卑鄙者的通行证,
>
> 高尚是高尚者的墓志铭。
>
> 看吧,在镀金的天空中,
>
> 飘满了死者弯曲的倒影。
>
> ……
>
> 告诉你吧,世界,
>
> 我——不——相——信!
>
> 纵使你脚下有一千名挑战者,
>
> 那就把我算做第一千零一名。

诗人将自我情感通过排比句式逐层宣泄,从而达到振聋发聩的效果。作为一个觉醒者,诗人以一种怀疑态度看待现实的一切,打破精神的枷锁,唤醒人们麻木的灵魂。"我——不——相——信"喊出了时代的最强音,成为诗人反抗黑暗专制的战斗号角,是诗人精神飞跃的标志。

北岛的诗歌更注重表现现实的荒诞与内心世界的不安。他以一种毫不妥协的态度,表现执着的生存信念和生命意识。高度的"个性化叙述"是他的诗歌能够打动人心的关键,而丰富意象的交叉重叠,使得北岛的诗歌呈现出多维度想象空间,巧妙地展示了生活的各个层面,凸显自我的叛逆思维。他的诗歌以其丰富的艺术感染力,震撼了整个诗坛,也确定了其在文学史上的地位。

2.舒婷的"文革"诗歌写作

舒婷的诗歌温婉缠绵,她用丰富的感性体验,将内心感受以女性特有的细腻笔触抒写出来,表达个体对生活的理解与感悟。无论是她的爱情诗歌,还是送别诗或怀念诗,均体现了诗人真挚的情感和对美好生活的追求。舒婷对诗歌充满着执着,她用诗歌宣泄苦闷、追求理想、向往爱情,表现具有独立思想的少女真实的情感世界。

舒婷在"文革"时期的创作主要表现对爱情的追求和对独立人格的渴望,她擅长借助于自然意象来表现内心的情感体验。这一时期的诗歌热情奔放、充满激情,在黑暗的现实中寻求光明的未来,呼唤人性的回归,寻找属于自己的生活。在舒婷的诗歌中,海洋意象是一个重要主题。诗人借助于大海这一意象符号,表达少女特有的情怀。

表现知识青年对生命、对人性的感悟与理解,也是舒婷诗歌的重要主题之一。这些作品言辞犀利,战斗性极强,其中以《人心的法则》最具有代表性。爱情诗在舒婷诗歌中的成就最高,也是诗人重点表现的主题。她写于"文革"时期的诗歌显得较为含蓄,于不经意间表达自我对理想爱情的追求。"如果你是火/我愿是炭/想这样安慰你/然而我不敢/如果你是树/我就是土壤/想这样提醒你/然而我不敢"(《赠》)。此外,诗人也特别注重细腻感触的把握和表现。她善于用各种意象和隐喻,来表现少女对爱情欲言又止、渴望拥有却又难以启齿的娇羞之态,这以《当你从我的窗下走过》等诗歌为代表。

舒婷以她独具慧眼的女性视角介入时代与生活,注重表现自我独特的内心情感;细腻柔美、温婉典雅是她有别于其他朦胧诗人的主要特征。她善于通过意象的叠加与重合,表现内容的多义性与复杂性,传达诗人多维度的情感世界。注重表现女性独立意识,也是舒婷有别于同时期其他诗人的一个重要特征,对更高层次的独立人格和价值理念的追求,使她的诗歌卓尔不凡,展现了一个积极乐观的新一代年轻女性的风姿,为中国诗坛的发展增添了新的青春活力。

3.顾城的"文革"诗歌写作

顾城试图用自己的笔塑造一个可以让灵魂自由翱翔的童话世界,并且希望能够永远留在其中。因此,他的诗歌最大的特点就是简明而纯真,用孩童的天真与幻想,构筑属于自己的精神乐园,表现自我的内心感受,营造一种自由奔放、无拘无束的情感世界,从而确立诗歌和灵魂的独立性。

顾城作于"文革"时期的诗歌并不刻意使用复杂多样的意象符号来营造诗歌意境,而是以一个任性的孩子的梦想,编织着一个童话般的简单美好的世界。童话诗歌是顾城诗歌的精华,也最能体现他的创作理想。自然万物成了他诗歌创作的来源,他通过这些意象表现自己的生活追求和对生命的热爱,这以他的《无名的小花》等诗为代表。顾城的诗歌用语明快,以儿童的口吻述说着动人的故事,令人回味。大自然的一景一物,都成了诗人的旅伴,并听任他的差遣;浩瀚的宇宙,任由诗人驰骋。诗人在想象的世界里,完成了与自然的情感交流。

对现实社会的逃避,以及试图调和自我与社会的紧张关系,使诗人陷入了矛盾之中,顾城在字里行间里透露出一丝淡淡的哀怨。一方面,他渴望"我把我的足迹/像图章印遍大地/世界也就溶进了/我的生命";另一方面,他又害怕长大,"童年的梦破灭了/幻想的霓虹布满裂纹"。顾城在回忆自己的诗歌创作时曾经说过:"我认为大诗人首先要具备的条件是灵魂,一个醒着微笑而痛苦的灵魂,一个注视着酒杯,万物的反光和自身的灵魂,一个在河岸上注视着血液、思想、情感的灵魂……它一无所知又全知,它无所求又尽求,它全知所以微笑,它尽求所以痛苦。"①这是顾城对自己诗歌创作的总结,同时反映出诗人对灵魂追求的执着。诗人渴望突破一切束缚,但这并不是通过反抗,而是借助于消极的逃避来获得。他的诗歌单纯、美丽却又虚幻,诗风纤细却缺乏必要的深度。

4.江河(于友泽)的"文革"诗歌写作

江河诗歌最大的特点是语言犀利,情感激烈奔放。诗人倾向于用激越的词汇来表现火热的情感,凸显对"文革"话语的反叛;用冷静的叙述话语来凸显自身的高傲和对社会的否定,展示诗人的叛逆个性。

江河在"四五运动"期间所创作的《葬礼》,以满腔热血,写下了一代有为青年的共同心声,这是一首典型的战歌式的政治抒情诗,充满了鲜明的时代特色。诗人用简洁明了的语言倾泻自我激情,他在诗中始终坚持强烈的、毫不妥协的斗争精神。

朦胧诗的诗歌创作直接脱胎于知青诗歌,但是他们比后者走得更远,对问题的思考和判断更为深刻,在表现手法和语言文字的锤炼方面更加精致,诗歌的反抗性也更强烈。朦胧诗人普遍开始深入思考人的本质,肯定自我的价值和尊严,注重个性解放与创作主体内心情感的抒发,以一种毫不妥协的斗争精神,呼唤"人"的重新回归,恢复五四新诗传统。在艺术形式上,朦胧诗将西方现代主义表现手法融入诗歌创作,用奇谲瑰丽的意象符号构筑自我诗歌意境。他们在独立探索的过程中,构建起了属于自己的诗歌理念,直接开启了新时期诗歌创作全面繁荣的局面,是知青诗歌创作发展的最高艺术成就。

纵观"文革"诗歌创作,在政治因素以及主流文艺思想影响下,大多数诗歌都自觉或不自觉地以一种颂扬态度迎合主流文坛,并以此作为诗歌评价标准。"文革"后期复出的诗人在自我独立话语建构方面做了一定的努力,但是收效甚微,而处于文坛边缘的诗人们却屡有佳作出现。无论是狱中诗人群落、知青诗歌或是朦胧诗派,它们相比较于主流诗坛而言,无论是遣词造句、情感宣泄,或是思想深度等方面,都显得更加尖锐与犀利。地下诗歌虽然在数量上远不及公开发表的主流诗歌,但是在艺术成就方面远远超过了它们,因而在"文革"结束后能够继续发展,并引导中国新诗走向辉煌。而主流诗坛由于思想上的局限以及艺术上的不成熟,则随着"文革"的结束而逐渐失去了其影响力。

---

① 顾城:《诗话录》,《顾城的诗·代后记》,人民出版社,2005年版。

第五节　"文革"散文

"文革"是一个特殊的历史时期,在散文类型上也有自己的特色,与理论上的散文既有共通性,又有特殊性。大致来说,"文革"散文可以概括为这样四种类型:叙事与抒情散文、报告文学、家史散文、地下散文。

"文革"期间出版的叙事和抒情性的散文集有:《夜宿土豆村》《韶山的路》《神泉日出》《洱海朝霞》《珍珠赋》《星儿闪闪》《金翅鸟》《五·七干校散文集》《飘动的篝火》《深山明珠》等。散文与小说、诗歌、报告文学等合编出版的有:《延安的种子》《重任在肩》《边疆新人》《前进路上》《浪花》《塞上风光》《塞外春花》《赤水浪花》《新课堂》《金滩战歌》《龙腾虎跃》《激流勇进》《赣水高歌》《前进》《后起之秀》《白杨战歌》等。

"文革"散文中经常用太阳象征毛泽东,如:"太阳升在屋檐和屋檐的上空。在建筑物和烟囱的森林里,'路线是个纲,纲举目张'九个鲜红的大字,赫然在目,发散出太阳的热力,这是我们时代的雄伟的交响乐的主调,这是使一切旋转的原动力。毛主席革命路线指引着我们的现在和将来,照亮了我们和钢城一起成长的历史。"①除此之外,太阳也被当作社会主义事业的象征,如:"太阳出来了,金色的光辉照耀着群山、沟谷和山庄,照耀着为社会主义奋战的人们。老支书挑着满满一担土,带着玉环和全大队的社员,迈着大步走着……"②

除了太阳以外,霞光、春、红旗等也是"文革"散文的重要意象,它们象征着领袖人物、革命老前辈的优良传统和社会主义的康庄大道。这些散文可以称为"颂歌散文"。

与这种"颂歌"散文相反,另一种散文可以说是批判性散文,这些内容主要是批林批孔,表现了对阶级敌人的极大仇恨。如工程兵散文集《戈壁清泉中的〈一篇批判稿〉》一文,就表现了阶级斗争的问题,曾经是地主赖仁家账房先生的二先生预言干活时从井架上摔下来的贫农赵新生难逃祖辈们"短命鬼"的厄运,医生王英立即意识到这是一场同阶级敌人作斗争的问题,一定要救活病人。"'对,大娘。'王英说:'孔老二,林彪以及赖仁,二先生们都是骗人的豺狼,唱的是一个调子,都想叫老百姓老老实实地做他们的奴隶,想恢复他们失去的天堂,叫我们穷人受二茬罪,吃二遍苦。'"③人们对阶级敌人怀有极大的仇恨和极高的敏感性。"文革"期间的叙事散文和抒情散文,整体上呈现出情感两极化、作者自我机械化、体裁内容模式化

---

① 许淇:《晨钟》,《第一盏矿灯》,内蒙古人民出版社,1974年版,第79页。
② 奚秋娟:《迈步》,《在昔阳大地上》,上海人民出版社,1976年版,第141页。
③ 刘成浩:《一篇批判稿》,《戈壁清泉》,黑龙江人民出版社,1974年版,第9页。

的特点,与理论上的散文取材自由、诗意浓郁、语言优美、抒发真情实感等出现较大程度的偏离。

"文革"期间出版的报告文学集有:《"一二五"赞歌》、《铁水奔腾》、《这里永远是春天》、《团结胜利的凯歌》、《红日照征途》、《钢铁战歌》、《三陇新画》、《踏遍青山》、《风展红旗》、《胸怀朝阳的人们》、《春到凤凰岭》、《无影灯下的战斗》、《壮丽的青春》、《火红的青春》、《他们来自好八连》、《高峡出平湖》、《红旗渠颂》、《钢花怒放》、《他们特别能战斗》等。

毛主席号召广大知识分子、青年接受工农兵的再教育,提出"工人阶级必须领导一切",而"什么工作都要搞群众运动"的提出,使工农兵的集体创作成了"文革"期间的一大景观。《胸怀朝阳的人们》大部分篇章是工人业余作者的作品。《春到凤凰岭》是在北京石油化工总厂党委的领导下,组织该厂及有关"三结合"写作组开展的群众性创作。《"一二五"赞歌》是一百多名工人作者成立的"一二五"工人写作组集体创作。《铁水奔腾》是绝大部分过去都没有写过文艺作品的革命文艺战线上的新兵的写作。毛泽东说过,"我赞成这样的口号,叫做'一不怕苦,二不怕死'",于是不怕苦、不怕死的英雄故事大量涌现。如《团结胜利的凯歌》中王进喜的"铁人"精神:"宁可少活二十年,拼命也要拿下大油田"。《人民的好医生李月华》中李月华日日夜夜不知疲倦的工作,最后累死在工作岗位上。还有《火红的青春》中的主人公王杰,在一次实地爆炸演习中,为了保护阶级兄弟,纵身扑向了炸药,献出年轻的生命。英雄形象在"文革"期间同样被刻板化了,其核心便是大义凛然、大无畏的牺牲精神。其死亡模式或是为了社会主义事业劳累致病,小病拖成大病然后不治身亡,或是为了抢救国家财产、保护他人壮烈牺牲。另外,一些报告文学集提供的数据也让人难以相信,造假嫌疑严重。《他们来自好八连》收集的一篇《山村新支书》中提到蜀山公社立平头大队"一九七二年粮食常年亩产量达到一千五百六十斤……比一九七一年增产百分之四十五"。① 《风展红旗》中提到何家庄在遭受洪涝灾害后,"这一年,何家庄人高举毛泽东思想红旗,战胜了天灾,粮食不但没有减产,还比一九六二年增产六万二千多斤。这一年,何家庄遭受了六十年来未有的洪灾,国家决定给他们调四万斤粮,他们一斤也没要,并且还给国家交了二万九千斤粮食"。② 庄稼遭受洪水的袭击后,人们不得不"白天扶苗、抢种","一百多亩玉米苗,从泥沙里一棵一棵扶起来",这种情况下居然还能增产,这一连串的数字不得不让人怀疑。

"文革"时期报告文学有其"深厚"的生存土壤,广大工农兵广泛参与到创作中来,牺牲精神和英雄情结弥漫于字里行间,为了响应中央政策,报告文学甚至不惜弄虚作假。

---

① 秦正明:《山村新支书》,上海警备区政治部、上海人民出版社编《他们来自好八连》,上海人民出版社,1973年版,第108页。

② 秦华:《风展红旗》,甘肃人民出版社出版,1972年版,第16页。

出版于"文革"期间的家史散文有着极强的政治目的:一方面希望广大青少年牢记旧社会劳动人民所受的苦难,无产阶级推翻三座大山、夺取政权的艰辛;另一方面是让广大人民警惕阶级敌人的破坏,"千万不要忘记阶级和阶级斗争"。

村史是讲述一个村子发展历史的散文,"文革"期间出版的村史有《野老滩史话》、《硝河风云》等。家史散文讲述的是一个家庭的历史,"文革"出版的家史有:《奴隶双手谱新曲》、《林海深仇》、《仇恨满矿山》、《砸碎铁锁链》、《矿山怒火——开滦煤矿工人家史》、《革命家史代代传》、《长夜惊雷》、《红旗卷起农奴戟》、《血海深仇收租院》、《长工怒火》、《不屈的奴隶》、《不愿做奴隶的人们——小凉山彝族翻身奴隶家史选》等。如《野老滩史话》讲述的是20世纪30—70年代发生在野老滩大队的生动历史故事,由辽阳市灯塔区村史编写组编写,这部长篇家史分为"艰难岁月"、"滩上风雷"、"大路朝阳"三部分。穿过历史的尘埃,我们于作者的笔下深切感受到旧社会人吃人的现状。洪常金一家辛辛苦苦开荒种出的庄稼却因庄头、会首一道命令而不得收割,白白被霸占了去,接着父亲因无钱医病含恨而逝,年幼的常金在地主家当"半拉子",虽是没日没夜地干活却还免不了惨遭毒打。地主克扣工钱、放高利贷使劳苦大众的生活雪上加霜。1947年解放军给贫苦农民带来希望,1948年9月辽阳城解放,农民分得土地,全村上下喜气洋洋。

先"苦"后"甜",几乎是所有家史散文的模板,随着故事的发展,色彩由暗到明,感情基调也都是从悲痛沉重到激昂欢快,对比鲜明。这些家史散文都热情歌颂了社会主义制度的优越性,歌颂毛主席,歌颂中国共产党,控诉了封建制度、农奴制度以及帝国主义的罪恶,是进行阶级教育、路线教育和革命传统教育的有力武器。"文革"期间家史散文表达的共同主题是:旧社会是万恶的吃人的社会,毛主席、共产党是人民的救星,给广大劳动人民带来了新生,带来了光明。表现手法和故事情节模式化,家史散文背负的依旧是政治的沉重任务。

"文革"期间的地下散文相对于主流散文以其对政治的逃离而独具美感,无论选材还是抒发感情都趋于自由化和个性化,表现出对当时权威的叛离。以下以丰子恺和无名氏在"文革"期间的地下创作为例。

《缘缘堂续笔》是丰子恺的最后一部散文集,作于1972—1974年间,是作家利用凌晨时分悄悄写成,共三十三篇。这部散文集或记叙人物轶事,或讲述民风民俗,或抒发闲情偶感,或思考人生。《暂时脱离尘世》通常被看作理解《缘缘堂续笔》的注脚,也是作者在那个混乱的年代对人生的思考。"文革"期间,丰子恺先生被当作"反动学术权威"来批斗,大字报被贴在家门口,每天早出晚归,有时夜里要加班接受批斗,甚至有一次,一批中学生杀气腾腾地闯到家里来"教训"这位古稀之年的老人。"苦痛、愤怒、叫嚣、哭泣,是附着在人世间的",丰子恺先生失去了自由,每天的时间都被浪费在那些所谓的"交代"中,热爱学术研究和珍惜时间的子恺先生感到痛惜,在这场浩劫中老先生经受着身体和精神上的双重折磨。"今世有许多人外貌是人,而实际很不像人,倒像一架机器",作者以一个俯视者的姿态怀着愤怒的情感控诉着人的机械化,悲叹、同情之后是"暂时脱离尘世",寻找一种精神的放松和对现实的超脱。丰子恺先生的散文受到童真童趣和佛家思想影响较深。他欣赏儿童的天真无邪以及佛家的淡泊宁静,"文革"期间的他宛若一个坠入人间地狱的散步者,从容优雅,超凡脱俗,"回首向来萧瑟处,也无风雨也无晴",我们感受到的是陶氏的士大夫情怀。

由陈思和主编的《花的恐怖》中,收录无名氏在"文革"期间的创作有《豹龙大师》、《死》、《自白》、《偶感》、《夕阳语片》、《莫干山风情画》等。《夕阳语片》是无名氏1974—1976年间断断续续写成的,共十八则。1973年1月,无名氏与妻子卜宝珠(系卜家养女,后改名刘菁)离婚,1973年夏天,无名氏闻知卜宝珠另嫁他人,心中愁苦,该篇乃派遣愁情而作。在这篇散文中,我们感受到了作者面对失去爱人的痛苦,年老膝下无子女的孤独,以及忧虑母亲离世的思绪。孤独犹如一根丝牵动着每一个文字,贯穿文章始末。从无名氏在"文革"期间写的散文中可以看到"文革"期间知识分子的生活缩影,他们中的一些人经历了爱人、朋友的离去,甚至不得不放弃手中的笔。爱情走了,青春飘逝,母亲蹒跚的步伐和患病的倦容也慢慢模糊了,一个人的世界,一个人的孤独。作者没有继续玩味这种痛苦,超脱是对生命的另一种珍爱。

无论丰子恺还是无名氏,他们在"文革"的严酷政治气候下依然坚持独立性,对自我的精神世界进行自由的抒写,这种勇气可叹可嘉,于其笔下,我们能了解到那个时代知识分子生活上的艰难辛酸、精神上的苦闷和无奈,"文革"是对一代人的集体戕害,而作为清醒者的丰子恺和无名氏无一例外地都选择了超脱,这是"文革"期间一部分知识分子的一种生活态度和方式。

总体上,"文革"散文政治色彩浓厚,感情色彩单一,叙述和描写的事件雷同,作者大多自我机械化。在这个特殊的历史时期,知识分子的独立性话语权基本上被剥夺,绝大多数散文作家都放弃了写作,少部分能拿起笔进行写作的,为了保全自己,除了顺应主流意识形态以外别无选择。广大工农兵成了"根正苗红"一族,他们一跃而成为散文创作的主角和大军,从而催生了大量的散文创作上的民间写作与集体写作,并成为"文革"散文的主流。主流散文不论是在内容上还是在艺术形式上都可以说是千篇一律,公式化、概念化、符号化,主要表现为歌颂领导、歌颂政治、歌颂政策,为一些具体的政治活动和政治运动呐喊助威,从而成为政治的传声筒。艺术上,主流散文语言单调乏味,情感做作甚至虚伪,故事虚假,牵强附会。但同时,当主流散文以雷同化的泛滥之势占领"阳光"下的市场时,地下散文犹如一朵深谷里的花悄然绽放,丰子恺、无名氏等散文创作为"文革"散文注入一股清新的空气,让我们感受到远离政治、远离权威的美丽。

第七章 新时期文学

1976 年 10 月 6 日"四人帮"的被捕标志着"文化大革命"的结束。随着"四人帮"的覆灭，文学领域也发生了巨大的变革，出现了不同于此前阶段的特征。"新时期文学"对于"新时期"有着积极的介入和参与，对于"新时期"的创造与诠释发挥了重要作用。"新时期文学"被建构为五四的"回归"，被视为"反封建"和"人的解放"这样一些五四主题在新的历史条件下的重述，而"文化大革命"成了"新时期文学"最根本的创伤性记忆。针对"文革"的批判、控诉与反思构成了这一时期文学的主潮，这样的话语实践指导在 1982 年之后才渐趋式微。1976—1984 年间这一转折时代的文学实践，称为"新时期文学"。

第一节 新时期小说潮流

一 伤痕、反思与改革文学

从 70 年代末到 80 年代初的文学创作，文学界曾以"伤痕文学"、"反思文学"及"改革文学"等概念来指称。"伤痕文学"等概念所指涉的创作实践，主要是指小说，尤其是中短篇小说，因此，在许多情况下，它们也与伤痕小说、反思小说、改革小说等概念等同。"伤痕文学"的提法，直接起源于对于刚刚过去的"文革"浩劫的揭露与批判。1977 年底，当时还是北京一所中学的语文教师的刘心武，在《人民文学》上发表了引起巨大反响的短篇小说《班主任》。小说把批判的矛头直接指向了"文革"的文化专制主义。作品的两个小主人公都是"文革"政治的受毒害者。小流氓宋宝琦与"好孩子"谢惠敏，一个蛮横粗鲁而内心空虚，一个看似单纯、进步而实际上偏狭、僵化，但在对于人类文化遗产上，却同样表现出可怕的无知。实际上，他们都是专制政治的蒙昧主义与愚民政策造成的畸形儿。这是一篇在"文革"结束后最早揭露极左政治给民族造成创伤——那种看不见的精神内伤的"问题"小说，虽说艺术上比较粗糙,但它第一个把真正的批判精神带进了新时期小说,且有独到的发现和严肃的思考,还发出了"救救被'四人帮'坑害的孩子"的时代呼声,就不能不起到引领创作潮流,甚至划分文学时期的重要作用。继刘心武的《班主任》之后,1978年8月,正在复旦大学中文系念书的卢新华创作的小说《伤痕》,经过周折后在《文汇报》上得以发表。这个短篇同样受到广泛的阅读并引起争论。小说写的也是一个中学生在"文革"中所遭受的扭曲和创伤性经历。主人公王晓华,是"文革"中数以百万计的在红色教育中长大、极端崇拜毛泽东及其思想的"革命小将"中的一员,出于狂热的革命激情,她毅然和被划定为"叛徒"的母亲划清界限,偷偷地提前毕业,去辽宁农村插队。离家时给母亲留下一个纸条:"我和你,也和这个家庭彻底决裂了,你不用再找我。"母亲给她寄去的衣物和信,她看也不看就退回去。但尽管她的"革命"态度如此坚决,还是因家庭关系影响了入团,甚至不得不和恋人分手。八年后,才得知母亲的罪名是"四人帮"为达到篡党夺权目的而强加的,而此时,母亲身心受到严重创伤,重病缠身。悔恨交加的女儿赶回上海看望母亲,母亲却在她赶到前的几小时与世长辞了。留在母亲脸上的伤痕从此以后注定要深深地烙在女儿的心头。由于作品触及到了被长时间的阶级斗争和政治运动所压抑、摧毁的人伦亲情,它讲述的悲剧故事就唤起了已经厌倦了紧张的阶级斗争与政治恐怖的中国人内心对于情感的渴求,于是形成了新时期的第一个小说创作思潮。可以说《班主任》是这一思潮的发端之作,《伤痕》则给它命名。被列入"伤痕文学",或被称为"伤痕小说"且影响较大的作品,还有郑义的《枫》,孔捷生的《姻缘》、《在小河那边》,陈国凯的《我应该怎么办》,金河的《重逢》,冯骥才的《啊!》、《铺花的歧路》,张洁的《从森林里来的孩子》,从维熙的《大墙下的红玉兰》,王亚平的《神圣的使命》,王宗汉的《高洁的青松》,吴强的《灵魂的搏斗》,陆文夫的《献身》,竹林的《生活的路》,遇罗锦的《一个冬天的童话》,莫应丰的《将军吟》,周克芹的《许茂和他的女儿们》等。这些伤痕小说在思想取向上体现出浓厚的人道主义色彩,以呼唤人性、肯定人的价值、维护人的尊严为主旨。从审美取向上看,伤痕小说以其强烈的批判性、暴露性及悲剧性开启了"新时期"现实主义复归的潮流。① 这些作品往往都是把"文化大革命"当作清算对象,直接表现的是十年动乱中的苦难、抗争和各种人物的悲剧命运,主人公往往是无辜的受害者,而施害者自然是极左的政治和政治势力,或是混进革命队伍里的坏人,作品大多充满感伤、悲切的色彩,作者的情感常因控诉和批判而充满愤怒。尽管伤痕作品从创作主体方面讲采取的往往还是政治视角,但在"文革"灾难刚刚结束的时期,这些写人们在刚刚逝去的浩劫岁月中遭受不幸的作品,不能不引起强烈的共鸣,因为它唤醒了对灾难的记忆及潜藏在记忆中的创伤体验。但

---

① 参见王庆生主编:《中国当代文学》(下卷),华中师范大学出版社,2001年版,第87页。

这种对社会和政治采取批判态度的文学,也引起了激烈的批评,某些持意识形态立场者认为它们对"伤痕"的暴露太多,"情调低沉","影响实现四个现代化的斗志";它们是"向后看"的、"用阴暗的心理看待人民的伟大事业"的"缺德"文艺。实际上,"伤痕文学"在一开始时就是一个带有贬斥性的称谓。根据冯牧在《现实主义的广阔道路》一文中的说法,可以看出当时对于"伤痕文学"所持的态度:"当初那种由于这类作品有时还不够完美就斥之为'伤痕文学'而加以贬抑的论断,经过实践和时间的检验,已经被证明是并非实事求是之论。现在,我想是已经到了可以对那个时期所出现的大量反映了亿万人民的思想、情感、意志、心理、欢乐、痛苦、愤怒和理想的文学现象做出公允评价的时候了。"[1]直到1984年中国作协第四次代表大会上,"伤痕文学"才在正式的场合受到高度赞扬:"被称之为'伤痕文学'的一系列带有浓重悲壮色彩的中短篇小说扣动了亿万人民的心弦,在新时期文学中起了披荆斩棘,敢为天下先的作用。"[2]伤痕小说在艺术上一般比较粗糙、直露、情绪化,思想上对"文革"的批判尚停留在感性的层次,对受难者受难原因的解释也有简单化的倾向,写到了人而未触及人性,这都是它不足的地方。[3] 这也表明,新时期初始时作家对于现实的认识与反映都有待深化与提高,于是便有了继之而起的"反思文学"。

反思文学是伤痕文学的拓展和深化,它体现了当代作家理性精神的复苏。在伤痕文学复活了"问题小说"的基础上,反思文学描写人民中的个体的生存上的艰难、困顿或不幸,着意揭示造成这一切的社会政治的原因。可以说"反思文学"指的是七、八十年代之交开始出现的对中华人民共和国成立三十多年来社会发展中迂回曲折的历史原因进行冷静思索、重新审视的创作潮流,代表作有方之的《内奸》,刘真的《黑旗》,高晓声的《李顺大造屋》、《"漏斗户"主》,陆文夫的《小贩世家》、《美食家》,宗璞的《我是谁》,陈世旭的《小镇上的将军》,王蒙的《布礼》、《蝴蝶》,鲁彦周的《天云山传奇》,张弦的《记忆》,冯骥才的《啊!》,谌容的《人到中年》,张一弓的《犯人李铜钟的故事》,张贤亮的《河的子孙》、《绿化树》,韦君宜的《洗礼》,古华的《芙蓉镇》等。这些作品将表现的生活内容从"文革"推至50年代甚至更远,将伤痕小说单纯的感性宣泄转变为冷静理性的思考,将单一的政治批判转变为对社会、历史、文化、心理的全面反省。概言之,反思小说所触及的生活内容可以概括为:其一,反思中华人民共和国成立以来政治经济活动中的各种运动及"左"倾思潮对于人们生活及命运的影响,如茹志鹃的《剪辑错了的故事》,张贤亮的《灵与肉》、《绿化树》,张一弓的《犯人李铜钟的故事》,鲁彦周的《天云山传奇》等。这类作品涉及的历史事

---

[1]　冯牧:《新时期文学的广阔道路》,《新时期文学的主流》,人民文学出版社,1981年版。

[2]　参见《中国作家协会第四次代表大会文件汇编》,人民文学出版社,1984年版。

[3]　参见毕光明:《从"伤痕"到"反思"——新时期文学回叙之一》,《海南师范学院学报》(人文社会科学版)2002年第3期。

件包括反"右"扩大化、大跃进、反"右"倾和"四清"运动等等,在当时突破了题材"禁区",揭露了"左"的思潮如何影响并左右了人们的生活及命运。其二,揭示封建残余势力和封建意识在现实生活中的遗存,如张弦的《被爱情遗忘的角落》、《挣不断的红丝线》,叶蔚林的《蓝蓝的木兰溪》、《五个女子和一根绳子》,韩少功的《西望茅草地》等等。其三,对党和人民关心的反思及对官僚主义的批判,如王蒙的《悠悠寸草心》、《蝴蝶》,李国文的《月食》、《冬天里的春天》等,这类作品深入到人们的心灵深处去剖析社会历史的沉疴,揭露了"左"倾政治是如何与传统的封建特权意识扭结在一起,共同戕害着彼时人们的心灵。其四,对扭曲的人格或不健全的文化心理及"国民性"进行反思、批判,如高晓声的《李顺大造屋》、《陈奂生上城》,陆文夫的《美食家》、《井》等。这类作品承袭了五四新文学以来批判国民性的主题。伴随着反思小说的兴起,文坛也出现了一个"复出作家群",即是那些在历次政治运动中,特别是在反"右"运动扩大化中被剥夺了创作权力,在新时期又重新登上文坛的作家,包括王蒙、陆文夫、张贤亮、高晓声、李国文、邓友梅、从维熙、张弦、张一弓等。这些在50年代初登上文坛的作家们,虽然经历了20年的颠沛流离,但复出以后都显示出了巨大的创作能量,无论在思想还是艺术上都更趋成熟,且极具探索意识与批判精神。① 在艺术创新方面,从事"反思文学"创作的许多作家都自觉地探索艺术手法方面的创新与突破,如茹志鹃的《剪辑错了的故事》和宗璞的《泥淖中的头颅》及王蒙的被称为"集束手榴弹"的《布礼》等六个中短篇小说,开始尝试采用以人物的意识活动作为叙事线索的结构与表现方式,这对中国当代小说的叙事传统是一个可贵的突破。

众所周知,中国自1978年底党的十一届三中全会之后,便开始了全国性经济体制改革,于是,许多作家开始把创作目光转到现实中来,一边关注着现实中的改革发展,一边在文学中发表自己关于社会发展的种种思考和设想。于是,依仗着强大的社会思潮而日渐兴盛起来的文学创作也就有了相应的新的历史使命,一时间,依托"改革开放"这一大的时代背景而兴起了一股文学创作的热潮,这就是风骚一时的"改革文学"。党的十一届三中全会以后,农村的联产承包责任制已经取得成效,城市企业改革也正着手进行。但无论在农村还是城市,改革都并非一帆风顺,各种阻力使改革在20世纪80年代初期的中国处于严重的焦灼状态。而文学以冲破阻力的英雄神话模式,强烈地表达了历史与时代的需求。1979年7月,《人民文学》发表了蒋子龙的短篇小说《乔厂长上任记》,此后,一大批改革文学作品相继出现,较为有名的有张锲的《改革者》,何士光的《乡场上》,张一弓的《赵镢头的遗嘱》,水运宪的《祸起萧墙》,柯云路的《三千万》、《新星》,张洁的《沉重的翅膀》,李国文的

---

① 参见王庆生主编:《中国当代文学》(下卷),华中师范大学出版社,2001年版,第88—89页。

《花园街五号》,张贤亮的《男人的风格》,蒋子龙的《开拓者》、《燕赵悲歌》,高晓声的《陈奂生上城》,张炜的《秋天的愤怒》、《古船》,矫健的《老人仓》,贾平凹的《鸡窝洼的人家》、《腊月·正月》、《小月前本》、《浮躁》,路遥的《平凡的世界》等。

改革文学的主要特点有:其一,热切地呼唤改革,努力跟上时代的步伐,对改革的进程作出及时、迅捷与持续的反映与书写。如反映工业改革的《开拓者》(蒋子龙)、《三千万》(柯云路),反映农村改革的《鸡洼窝的人家》(贾平凹)、《秋天的思索》(张炜),反映城市改革的《祸起萧墙》(水运宪)、《锅碗瓢盆交响曲》(蒋子龙)、《男人的风格》(张贤亮)等。长篇小说中正面描写改革的作品有《沉重的翅膀》(张洁)、《花园街五号》(李国文)、《新星》、《夜与昼》(柯云路)、《浮躁》(贾平凹)等。其二,力图整体地反映变革中的时代、社会及人,真切地描绘出改革是一个闪烁着新的希望,同时也纠缠着旧的梦魇,其中注定夹杂着无数挫折、失败、困惑、苦恼的复杂过程。如蒋子龙、张贤亮、张洁、柯云路等人多从正面描写当时发生的政治经济体制改革的过程,那些发生在推动改革的进步力量与反对改革的保守派之间的较量、冲突、交锋,构成他们作品中主要的矛盾冲突。而贾平凹、路遥、矫健、张炜、何士光、张一弓等则更加侧重于表现变革中的生活方式、文化心态及价值观念。他们或是从人们的心理或情绪变化入手,透露出改革浪潮对人们日常生活和情感的有力冲击,或是从观念形态、道德规范、价值尺度等方面表达作家对于改革的关注和思考。其三,创造了一批以改革家、开拓者形象为中心的"当代英雄",如乔光朴(《乔厂长上任记》)、郑子云(《沉重的翅膀》)、李向南(《新星》)、陈抱帖(《男人的风格》)。①

1979年,天津作家蒋子龙的《乔厂长上任记》成为"新时期"改革文学的开山之作。这部作品塑造了一位临危受命的改革家形象,他的身上体现了那个时代所迫切需要的改革、进取的精神。大智大勇、锐意进取、讲科学、重知识、爱人才的乔光朴成为现实主义文学成规之下成功的典型形象,他的身上集中反映了一个时代的希冀、焦灼与需要。这部作品的影响不仅仅局限在文学领域,它更成为"新时期"经济改革的一部启示录。《乔厂长上任记》发表以后,蒋子龙收到无数的读者来信,甚至很多企业的厂长经理都给他写信,恳请他以后多写此类作品,以为改革鸣锣开道。蒋子龙随后又发表了《开拓者》、《一个工厂秘书的日记》、《赤橙黄绿青蓝紫》、《锅碗瓢盆交响曲》,创造出一个"开拓者"家族。女作家张洁在1981年底发表了长篇小说《沉重的翅膀》,塑造了改革者郑子云的形象。张洁所关注的不仅仅是改革尤其是国家重工业领域的改革所遭遇的阻力问题,更是改革者自身的现代化问题。在主人公郑子云的身上,作者不断投射着对现代化过程中"人"的价值取向的探寻与思考。1984年,柯云路的《新星》的问世将改革文学推向高潮,这部长篇长期以

---

① 参见王庆生主编:《中国当代文学》(下卷),华中师范大学出版社,2001年版,第89—90页。

来都被看成是"新时期"中国文学的里程碑,现实主义文学的辉煌神话。在 20 世纪 80 年代中期,全国人民都为这部小说倾倒,关于它的讲座遍及各地,其还被改编成电视连续剧。小说的主人公李向南也是一位改革英雄,人们对于这一形象的热爱,反映了在中国社会主义体制下,民众急切地期待正直且有魄力的干部,帮助他们解决现实困难,并且给出改革的前途。《新星》背景开阔,故事情节跌宕,结构紧凑且富于变化,叙事流畅洒脱,在当时确实较为深刻地反映了民众关心的现实问题。①

二　"知青文学"

在 20 世纪 80 年代,"知青文学"(或"知青小说")是用来描述一种文学现象的概念。文学界及批评界较为普遍的说法有:第一,作者曾经是"文革"中"上山下乡"的知识青年;第二,作品的内容,主要有关知青在"文革"中的遭遇,但也包括知青返城后的生活道路与思想情感。"知青文学"在"文革"期间就已经存在,但这一概念在 20 世纪 80 年代才提出。作为一种文学潮流,"知青文学"无可置疑地存在过,在 20 世纪 70 年代末到 80 年代初,写作知青文学的作家有孔捷生、郑义、叶辛、王安忆、张承志、梁晓声、柯云路、李锐、史铁生、张炜、韩少功等等。知青文学带有明显的自传色彩。

20 世纪 70 年代末属于伤痕文学的知青文学与 80 年代初的知青文学相比,有着明显的区别。孔捷生的《在小河那边》是最早且较有影响的知青小说。小说讲述了一对知青在艰难的"下放"岁月中相依为命的恋爱经历。对插队生活的反感、对现实的不满及对回城的渴望,使他们俩走到了一起,也使他们成了与世隔绝的孤独者。在孔捷生的作品中,作者对于知青生涯无疑是否定的,认为那是历史的错误造成的生命及青春的虚度与浪费,就像作品的主人公,深刻地感觉到"自己被欺骗和愚弄了"。到了叶辛的《蹉跎岁月》,知青文学开始具备了某些高昂的格调。小说的主人公柯碧舟,因为出身的缘故,不断遭遇各种挫折,但是却始终不悔初心,坚持着奋发向上的生活态度。因为身为"历史反革命"的儿子,柯碧舟不仅在政治生涯中倍受打击,在爱情生活上也同样历经坎坷。漂亮的高干子女杜见春心仪于他的才华,但当得知他父亲的"反革命"身份时,便决然斩断情丝。绝望的柯碧舟企图自杀,被村寨姑娘邵玉蓉所救,二人之间也产生了感情。但后来邵玉蓉不幸牺牲,柯碧舟再度陷入痛苦之中。无论是事业还是情感,在"血统论"横行的年代,像柯碧舟这样的青年总是会陷入各种各样的困境,但他的可贵之处在于总是能够战胜绝望,重建生活的信念。《蹉跎岁月》的特别之处在于以曾经令一代知识青年痛苦不堪、备受折磨的"血统论"为切入点,展示一代知青的生活及情感波折,因而立即引起同

---

① 参见陈晓明:《表意的焦虑》,中央编译出版社,2003 年版,第 45—48 页。

时代青年们的共鸣。小说发表后立即引起广泛而强烈的反响，柯碧舟百折不悔的精神也同时成为那些刚刚走出历史阴影的青年们的精神动力。

随着"文革"的结束及大批知青的返城，知青文学无论在视点、情感、叙事方式上，都出现了某些变化，这与知青返城后的境遇或遭遇有关。彼时城市对于这些归来的游子的态度是复杂的，知青们也逐渐发现"城市"也并非他们的天堂或最终的归属，在这里，他们遭遇着各种始料未及的拒绝与困扰，在就业、住房、婚姻、人际关系等方面都存在种种难以解决的困难。即使具体的生活问题可以得到解决，他们那在历史、时代的裂变过程中已然坍塌的信念与价值观也无法得到有效的修复与重建。于是，在已然灰暗滞重、看不清前路的现实面前，过往的知青岁月，那些曾经被认为、定性为"蹉跎"年代的青春岁月，在他们回瞻的、隔着距离的视域中，又开始呈现出不一样的面貌来，或者说，他们开始了在记忆中重构"过往"。于是出现了王安忆的《本次列车终点》和孔捷生的《南方的岸》。如洪子诚的分析，这两篇小说的题目都具有双重寓意：终点与岸，意味着某种归宿，意味着漂泊的结束；但是小说中所真正意图表达的，却是另一种性质的漂泊。作为知青的他们曾经以为结束插队生涯，返回城市就是"回家"，但是，回城后的一系列遭遇却让他们明白，自己早已无家可归，无论是列车的终点还是航船的靠岸，都只是意味着另一种心灵漂泊的开端，他们仍然"在路上"。王安忆的《本次列车终点》中的陈信在插队十年后终于回到家乡上海，回家的感觉使他"感到一阵从未有过的安心"。但是今非昔比的城市生活、陌生的环境与紧张的节奏，都使他感到惶惑与迷惘，逐渐产生且日益加剧的失落感使他再度开始寻找"真正的归宿"。1982年，孔捷生的《南方的岸》再度引起热烈反响，不同于王安忆的作品，这篇小说将知青返城之后的失落感转变为积极主动的理想主义情愫。主人公易杰从海南农场回到广州，开始经营一家小餐馆。生活的安逸却不能给他带来真正的满足，他认为他还有更重要的责任需要承担，而这样的责任感与过往的知青生涯紧密关联："无数往事都一笔一画地铭刻下来了，我肩上已负起那么多人的悲欢，它们不会对我无所要求的。我不是一直为这种使命感弄得辗转不安么？"在叙述过程中，《南方的岸》试图抹去一代知青因"蹉跎岁月"而生出的挫败感，而代之以鼓舞人心的英雄主义及理想主义的精神去激励他们。在20世纪80年代初期的理想主义盛行的时代氛围中，《南方的岸》受到了人们的认可与喜爱。

随着时代的发展，知青小说在对于生活的评价上开始发生某种分裂：有的作家继续坚持对"文革"中"上山下乡"运动的否定与批判；有的作家则开始在复杂的历史过程中，离析出值得珍惜的部分，维护一代人的青春年华与献身精神。在不断地将知青一代投身运动的精神抽象化的同时，坚决捍卫这"极其热忱的一代，真诚的一代，富有牺牲精神、开创精神和责任感的一代"，而对于后者而言，梁晓声的创作是具有代表性的。① 梁晓声,1949 年出生于哈尔滨。1968 年中学毕业后到北大荒生产建设兵团当知青,1974 年被推荐到复旦大学中文系学习,1977 年毕业后分配到北京电影制片厂从事编辑工作。1982 年发表《这是一片神奇的土地》,而后逐渐成名。小说描写一支知青垦荒队经过危险的沼泽地,去艰苦的荒原建立垦荒点的故事。在这过程中,因为自然环境的极度恶劣,很多知青牺牲了。梁晓声在作品中,状写出北大荒那令人触目惊心的艰苦环境,但却没有停留在对于苦难的展示上,而是将极度苦寒恶劣的生存条件作为一个舞台,充分展示一代知青充满理想主义的献身精神。如能歌善舞、得天独厚的上海姑娘李晓燕,自愿来到垦荒队并且立誓三年不回家,她向全连女战士倡议:不照镜子,不抹香脂,不穿花衣服,竭力把自己改造得更符合"劳动者的美"。最终,这群青春可爱的少女都为这片土地献出了自己的生命。梁晓声的"北大荒文学"不作幽怨之声,而是用高昂的声调去赞美知青岁月中那种只属于青春的壮阔激昂,发出"青春无悔"的呼声:"我们付出和丧失了许多,可我们得到的,还是比失去的多。"与此相应,梁晓声的笔力刚健雄劲,保持着一种分明的道德立场与悲壮的浪漫格调。随后的中篇小说《今夜有暴风雪》依然延续着过往的叙事方式与理想主义情怀,王蒙这样评价:"它气势宏伟,对比强烈,冲突尖锐,气氛紧张,整个小说非常抓人,读起来难于释手,读后心怦怦然,心潮久久难以平息……""它不是写在书斋案头,而是诞生在北大荒一望无际的暴风雪之中。"梁晓声后来还著有长篇小说《雪城》,并被改编成电视剧,影响空前。②

　　在弘扬理想主义精神的道路上,张承志可以说是"新时期"文学中最具代表性的一位。张承志,回族,原籍山东济南,1948 年出生于北京,1968 年去了内蒙古草原,成了一位牧民。辽阔苍凉的草原赋予年轻的张承志雄劲刚猛的气质,而草原牧民的淳朴真诚给予他终生难忘的记忆。1978 年,他的第一篇小说《骑手为什么歌唱母亲》,就直率地发出了贯穿其文学生涯的宣言:"母亲——人民,这是我们生命的永恒主题!"张承志不仅是一个作家,更是一名中亚—蒙古研究学者,1975 年毕业于北京大学历史系考古专业,曾从事中亚、新疆、甘宁青回族区的历史宗教考古调查,并曾赴日本作学术研究,且有专著在海外出版。著有小说集《老桥》、《北方的河》、《黄泥小屋》、《黑骏马》、《错开的花》等和长篇小说《金牧场》、《心灵史》等。其中《骑手为什么歌唱母亲》、《黑骏马》、《北方的河》等作品分别获得全国优秀短篇小说和中篇小说奖。另有散文集《绿风土》、《清洁的精神》、《荒芜英雄路》、《重放的鲜花》等等。发表于 1982 年的《黑骏马》给张承志带来巨大的声誉,主人公白音宝力格是一个被蒙古族妈妈收留的汉人,他在成年以后离开草原去上大学,毕业后回到草原寻找过往的记忆与少年时代的爱情,但是一段意外的遭遇却使主人公与索米

① 参见洪子诚:《中国当代文学史》,北京大学出版社,2001 年版,第 269 页。
② 参见陈晓明:《表意的焦虑》,中央编译出版社,2003 年版,第 52—59 页。

娅、与额吉、与草原拉开了距离,白音宝力格回到了城市。城市生活的平庸、琐碎、功利与虚伪最终使他幡然醒悟,原来人生的真谛曾经以草原的面目向年轻的他敞开,它就深藏于额吉与索米娅那艰辛、隐忍的额头上,深藏于她们对于生活重负默默无言的承担中,深藏于她们对所有的生命宽容而又不求索取的挚爱中。1984年,张承志在《十月》第1期上发表了《北方的河》,在题记中他写道:"我相信,会有一个公正而深刻的认识来为我们总结的,那时,我们这一代独有的奋斗、思索、烙印和选择才会显露其意义。但那时我们也将为自己曾有的幼稚、错误和局限而后悔,更会感慨自己无法重新生活。这是一种深刻的悲观的基础。但是,对于一个幅员辽阔又历史悠久的国度来说,前途最终是光明的。因为这个母体是会有一种血统,一种水土,一种创造的力量使活泼健壮的新生婴儿降生于世,病态软弱的呻吟将在他们的欢声叫喊中被淹没。从这种观点看来,一切又应当是乐观的。"在那样一个乐观主义的时期,张承志的英雄主义与理想主义应时而生。《北方的河》中的那个无父之子,却在大自然的怀抱里获得了充沛的生命力,那些在中国的土地上奔流了千万年的"河",同时象征着祖国、民族、历史、传统与文化。而故事的主人公,作为自然之子、大河之子,不仅分享着大自然无穷的生命力,而且自然地汇入了历史与文化传统。[1] 张承志以他充溢着高蹈的理想主义激情的书写方式,给一代青年人塑造了一群"孤独的前卫者"形象:他们永远高擎着理想主义的旗帜,蔑视着那些市侩和懦夫,诅咒着那青春理想的背叛者,远离繁华的都市,在荒芜的老桥边重温从红卫兵到知青的这段历史,在神秘而冷峻的冰大坂上接受大自然的挑战,在激流拍击的黄河中考验自己的意志……可以说,强烈的对抗性冲突造就了张承志小说崇高和壮美的风格。这类冲突首先体现在人与自然之间,如《大坂》中"我"与冰大坂的对抗,《三叉戈壁》中"他"与茫茫戈壁瀚海的对抗,《北方的河》中"他"与黄河的激流漩涡对抗,等等;其次体现在人与人之间;再次体现在人物内心剧烈的情感冲突上。心灵的自我审视和自我拷问,使张承志的小说具有一种内在的悲怆之美。[2]

第二节　新时期报告文学

　　报告文学是与社会政治、经济活动密不可分的一种文学样式,其兴起与发展,往往以社会转型时期的各种问题与机遇作为前提与契机。1977—1980年间报告文学异军突起,《哥德巴赫猜想》曾满城争睹,一时令洛阳纸贵:"通常被视为散文附庸或新闻体裁的报告文学,由于时代的馈赠和作家的自觉,在这一阶段获得空前繁

---

[1]　参见陈晓明:《表意的焦虑》,中央编译出版社,2003年版,第59—62页。

[2]　参见王庆生主编:《中国当代文学》(下卷),华中师范大学出版社,2001年版,第219、222页。

荣的发展,富于胆略和激情的作者,在历史性的变化面前兴奋不已,信手拈来俯拾皆是的人生故事奋笔疾书,以控诉的痛切、批判的力度,宣泄人们郁积已久的忧愤,赞美走向现代化的祖国风貌。作者对历史的批判严厉地几近冷酷,对现实的赞颂热情地几乎天真。这样颇具战斗性和时代性的作品,共同组成了使人们至今难以忘怀的新时期报告文学首次雄壮的交响曲。"①新时期的报告文学涌现出了一批散文家与报告文学家,如理由、陈祖芬、罗达成、鲁光、赵丽宏、李玲修、刘真、何慧贤、李延国等等。

一　知识分子的伤痕书写

张光年在全国四项文学评奖授奖大会上的讲话中这样评价报告文学:"在拨乱反正、除旧布新的伟大斗争中,报告文学异军突起,开始显示出它强大的社会功能。报告文学作家们以其强烈的社会责任感和敏锐的观察力,最先注意到我国知识分子的命运同祖国命运、人民命运的血肉联系。《哥德巴赫猜想》、《一个人和他的影子》、《大雁情》、《船长》等名篇,以及小说《人到中年》等等,在文学创作中深刻体会了党中央的意图,最早提出了知识分子问题,大声疾呼地引起全党全国人民的注意。"②

最早引起巨大的社会反响,打破报告文学创作戒条的,是老作家徐迟的《哥德巴赫猜想》、《地质之光》。作者满怀激情地赞美著名的地质学家与数学家,将在社会及文化场域中一贯受歧视、遭排挤、被打压的知识分子推向了文本的前台,把这些身份可疑的"臭老九"塑造成身陷囹圄仍心忧天下的"文化英雄"、"大写的人"。这自然与中央开始恢复、落实知识分子政策及"四化"建设需要知识分子的现实有关,因此,徐迟的"试音"之作获得了巨大的成功。由此为知识分子"正名"的作品一发而不可收,并在新时期盛行不衰。如《彼岸》(理由)、《擎起来,祖国的翅膀》(徐光荣)、《大雁情》(黄宗英),更多的是描述落实知识分子政策的艰难,揭露"文革"时期虐待知识分子的罪行,如《橘》(黄宗英)、《塔林深处》(周峰)、《锁不住的歌》(李树喜)……

祖慰发表于1980年的《线》,是一篇"蘸着思想先驱者的血"写成的报告文学。作品主人公李郑生为哲学、理性付出了生命的代价,其智慧的头颅作为愚昧的献祭,被鲜血淋漓地供奉在个人崇拜、宗教迷狂的祭坛前。同年他写成的《啊,父老兄弟》却因为"过分尖锐的政治批判"和"过于裸露的思想锋芒"而受到斥责与批评。这两部作品比之其后的《智慧的密码》、《审丑者》、《快乐学院》,有着更为强烈的批判色彩,其介入社会现实及政治的意图也更为明显。对于祖慰前后期文风转变的分析一定程度上可以看作80年代报告文学得失的概括:"由于多学科知识的同时

---

① 赵学勇主编:《中国新时期报告文学研究资料》,山东文艺出版社,2006年版,第67—68页。

② 张光年:《社会主义文学的新发展——在全国四项文学评奖授奖大会上的讲话》,参见《全国优秀报告文学评选获奖作品集1981—1982》,人民文学出版社,1984年版。

涌入,来不及融会贯通,在进行全方位扫描时还无法达到从社会政治角度单向掘进时达到的深度,因而它的广度的获得,是以深度的暂时浅化为代价的……由于过于急切地向未来探寻,某种程度上忽略了一个古老民族在走向新生时巨大的历史重负与蜕变过程的痛苦与艰难,因而它的未来感的强化又是以历史感的暂时弱化为代价的。"①

理由的《希望在人间》、刘宾雁《艰难的起飞》、陈祖芬的《共产党人》都是以"新时期"的社会主义改革中涌现出的"英雄"作为主人公的,一定程度上成为"改革文学"在报告文学领域中的拓展。这些在"文革"中一定程度上受到冲击的老共产党员,也是"归来"的英雄当中的一员。这些冲破重重阻力、积极推进经济或政治领域的改革的英雄形象,有力地呼应与配合了80年代初改革势在必行却又阻力重重的社会现实。无论是黄宗汉的《希望在人间》,还是李日升的《艰难的起飞》,都是类似于乔光朴那样的强有力的、坚强不屈的改革家。他们集中反映了那个时代的现实焦虑与历史愿望,凝聚着时代的精神。更为现实、清醒的《共产党人》直视改革面临的诸多现实困境及"改革"本身滋生的拜金主义热潮,其间充溢的忧虑感使其不同于洋溢着乐观主义情绪的其他作品。

费礼文的《戴着锁链登攀的人》中塑造的上海姑娘曹南薇因为政治出身问题,被剥夺了学习与受教育的机会。但她是一个热爱学习,并且在物理学方面颇有天赋的科学人才。在中学时代就曾攻读过日本著名物理学家坂田昌一的《新基本粒子观对话》,从此确立了向高能物理学攀登的人生目标。在漫长的"文革"岁月中,这个倔强、有天赋的姑娘,克服了一切不可想象的困难,依靠自学完成学业,并受到了著名的高能物理学家何祚庥的赏识,并在"文革"结束以后,成功考入中国科学院,成为高能物理学专业的研究人员。与《哥德巴赫猜想》属于同一个颂扬科技工作者的报告文学系列,作者将写作重心放在对于曹南薇如何克服重重困难的巨大毅力的赞美上,并且将其学习与专研科技的欲望自觉地与国家、共产主义事业等宏大话语相结合。曹南薇的母亲因家庭经济极度困难而不得不劝女儿放弃无出路的自学而去工作时,曹南薇对母亲说:"开始选择自学这条路时,女儿的思想是不太明确的,经过几年实践之后,才了解关系到科学技术成败的基础理论研究,在我们国家是难以想象的薄弱,迫切要大力发展;才懂得科学和共产主义是不可分割的,自己所要追求的不只是谋个出路,而要肩负起建设祖国未来的责任……"在"新时期"初启时分,《哥德巴赫猜想》用大量篇幅书写当时的党内工作人员是如何关心陈景润的科研工作及个人生活的,而在《戴着锁链登攀的人》中,作者则更为强调曹南薇个人奋斗甚至孤军奋战的艰难境遇,以此凸显作为"个体"的曹南薇的在逆境中显现出的巨大精神力量。更为重要的是,不同于有几分"痴"的、为研究而研究的陈景

---

① 赵学勇主编:《中国新时期报告文学研究资料》,山东文艺出版社,2006年版,第77—78页。

润,曹南薇的主体意识更为鲜明,对自己与国家的前途有着自信的把握,相信自己所学终有一天会被国家、社会所看重,自己个人的努力终会与社会主义"四化"建设的宏大目标相勾连。

二 改革与"社会主义新人"的塑造

陈祖芬的《共产党人》在关于"归来"知识分子的颂歌中是较为特殊的一篇,其在刻画、凸显老共产党员张超——上海海关关长——铁面无私、宁折不弯的性格时,带出一个时代的讯息,即拜金主义、盲目崇洋及与之相伴生的欲望的滋生与蓬勃生长。正如文章开篇那段意味深长的描述:"一艘外轮驶进黄浦江。江水在阳关下闪烁着,好似轮船撒开了一张金色的网,带来了多少迷人的梦。是的,禁锢的大门打开了,一个新奇的外部世界突现在我们面前。江边的树好像也在滋长着幻想,江边的花好像也在萌发着欲望。一切都在勃发出来——高尚的和卑俗的,文明的和野蛮的,责任感和享受欲,法制观念和违法行为……"①这篇发表在 1982 年的《人民日报》上的报告文学已然嗅到了一个即将到来的为金钱与欲望充盈的时代,而张超这个老共产党员、作者笔下的"新时期"的英雄,他在文本中最为重要的行动不是与"四人帮"、与极左思潮的斗争,而是与新近崛起的"唯物主义半神"——金钱与欲望作斗争。"难道只有让欲望之门统统敞开才是合乎人性的吗?难道自我战胜、克己奉公不是真正的英雄行为吗?"作者塑造的这个英雄人物极富时代特色,冲出了"伤痕文学"的自伤、自怜与自恋式的书写与想象,将其放置在巨变的时代大潮中,将社会主义革命及建设的历史作为一种可贵的"遗产"而非"债务"给予正面描写。正是在社会主义传统与历史实践中积累起来的一种品格与精神,成为改革开放之后中国面临西方强大的物质优势与诱惑之际可以依赖与反身汲取的精神力量。作者以上海市海关这个在改革开放的过程中最先感受到时代变化的"窗口"作为切入点,小说中张超与港商的斗智斗勇更多地令人联想起上海作为最早的通商口岸的历史,似乎警惕着人们资本主义制度及其所携带的商品拜物教的卷土重来。

获得第二届全国优秀报告文学奖的《三门李轶闻》是以"新时期"农村经济体制改革作为书写对象的作品,由一个发生在小小的生产队的趣事逸闻,"从党群关系方面提出了共产党人在四化建设中的位置以及做什么榜样的重大问题",被誉为当时农村社会主义教育的"整党教材"。作为"问题型"报告文学,《三门李轶闻》提出的是干群关系这一重大严肃的问题,作者乔迈却没有将共产党员的形象简单化为常见的"高大全",相反,在这篇平易、简洁、充满乡土气息的报告文学作品中,五个曾经身陷困境、被群众抛弃的共产党员的形象极其真实丰满,他们再度获得群众的

---

① 陈祖芬:《共产党人》,《人民日报》1982 年 6 月 28 日。

信任并非依靠战胜非人的境遇与政治磨难,而是依靠实打实地在土地上的劳作与耕耘。作者聚焦于基层党组织及群众的日常生活,写春播、夏锄、秋收。"乔迈显示了一种透骨的敏感。他深知那块不起眼的穷乡僻壤所发生事件的重要性,他珍视那五位普通农村共产党员陷于困境后而奋发的榜样力量,因而写起来得心应手,游刃有余。"但这一切建立在立足生活真实、不夸饰、不拔高的基础上。①

"新时期""社会主义新人"的提出始于 1979 年邓小平在文艺工作者第四次全国代表大会上的讲话。讲话指出了"新时期"的"中心任务",确立了判断大是大非的"标准":"同心同德地实现四个现代化,是今后一个相当长时期内全国人民压倒一切的中心任务,是决定祖国命运的千秋大业。""对实现四个现代化是有利还是有害,应当成为衡量一切工作的最根本的是非标准。"落实在文艺上,则是要求塑造出反映、实践"现代化"这一时代精神的"典型形象"——"社会主义新人":"我们的文艺,应当在描写和培养社会主义新人方面付出更大的努力,取得更丰硕的成果。要塑造四个现代化建设的创业者,表现他们那种有革命理想和科学态度,有高尚情操和创造能力,有宽阔眼界和求实精神的崭新面貌。要通过这些新人的形象,来激发广大群众的社会主义积极性,推动他们从事四个现代化建设的历史性创造活力。"②基于此,主流文学规划了新的文学方案——结束"伤痕文学",塑造"社会主义新人",回到熟悉的"社会主义现实主义"的文学传统。如周扬所说,"我们不赞成尽写所谓'伤痕'","我们的文艺创作要致力于培养社会主义新人"。陈传才则挑明了伤痕与新人的关系,社会主义新人应该"不是抚摸'伤痕'摇头叹息,而是迅速治愈身上的创伤,主动挑起新时期的重任"。③

新时期报告文学中对于社会主义新人的表现与赞美首先体现在体育健儿为国争光这样的题材上。在 20 世纪七、八十年代,中国女排成为全国人民心目中最为崇高的形象之一。她们通过艰苦卓绝的训练,在世界体坛的搏击上为中国争得荣誉,她们的体育精神成为彼时的中国希望以强者的姿态自立于世界现代民族国家之林的象征。新时期的中国,通过改革开放建设社会主义现代化强国成为全国人民强烈的时代愿望与诉求,而近百年中国的屈辱史莫不联系着"东亚病夫"的污名,报告文学借着以中国女排为代表的新时期体育健儿在世界体坛上的出色表现洗刷昔日"东亚病夫"的国耻,并以此为契机向全世界展示改革开放之际的中国作为合格的现代民族国家所体现出的巨大潜力。体育竞赛以其特有的残酷激烈与敌我分明的形式,成为中国试图加入世界市场、与西方强国竞逐的一个高度象征化的舞台

① 李炳银主编:《中国优秀报告文学读本》(上卷),浙江文艺出版社,2010 年版,第 285 页。
② 邓小平:《文艺工作者第四次全国代表大会上的祝辞》,选自《邓小平文选(1975—1982)》,人民出版社,1983 年版,第 180—181 页。
③ 陈传才:《时代特点·崭新个性·理想化》,《作品与争鸣》1981 年第 7 期。

与场域。因此,不难理解,在七、八十年代之交的中国文坛上,以中国女排及其他体育界健儿作为主角的报告文学层出不穷且反响热烈的原因了。其间最为脍炙人口的当属鲁光的《中国姑娘》与理由的《扬眉剑出鞘》。《中国姑娘》的独到之处不仅在于生动细致地叙写了中国女排的成长、拼搏史,更重要的是其在有限的篇幅内企图为读者树立中国女排的群像,写进作品的人物竟多达几十个,并且几乎每一个人物都颇具个性、栩栩如生,不能不说《中国姑娘》是报告文学进程中一个界标式的成就。

新时期初始的报告文学创作队伍中,涌现出一批优秀的女作家,她们的创作,在现当代报告文学发展史上占有相当重要的位置。其间既有茹志鹃、刘真、黄宗英、柯岩、草明等老作家,也涌现出如陈祖芬、李玲修、霍达、孟晓云、何晓鲁等后起之秀。她们的创作得到了主流文学界的认可,"在十年来中国作协举办的四次全国优秀报告文学的评奖中,获奖的女作家有 23 人次,获奖作品 25 篇,占获奖总数的24 强"①。作为女性,她们的特殊之处在于,习惯把"最大关注给予那些默默无闻的劳动者","把最大的赞美献给那些被泥沙、石块压在底层的坚贞者",即她们习惯将审美、同情的目光投向生活中的普通人。因为,在她们看来,"报告文学叙写普通人的生活,最能表现出我们这一时代的某些特征,最能传达出人民大众的精神风采。因此她们热心写作普通的人生。……力图通过富有典型意义的人物的细致表现,以个体的言行气韵去辐射出新的历史时期的整体风貌和时代精神"。②

《祖国高于一切》写于 1980 年,十一届三中全会召开后不久,科学领域的拨乱反正刚刚开始,在科学技术方面挽回"文革"损失,成为实现四个现代化的重要一环。徐迟、黄宗英歌颂科学家的一系列作品,一时都领文坛风骚。《祖国高于一切》是陈祖芬的成名作,以一个"文革"中被打成"德国特务"的老科学家的事迹,赞美其数十年对祖国与人们的忠诚,对于科学事业的执着,迎合了当时全国展开的富国强民的科学技术现代化的历史潮流,获得新时期第一届全国优秀报告文学奖。正是自这部作品始,陈祖芬走上优秀报告文学家之路。《中国牌知识分子》更是引起了很大的反响,主人公程渊如是一个为了事业可以牺牲一切的、纯粹的女性知识分子。无论经历怎样的磨难与打击,只要让她工作,她什么时候都是全力以赴的。作者以女性的细腻敏感,通过细致的心理描写,较为真实典型地复现出新中国第一代知识分子对祖国一往情深、忠贞不贰的品格。

艺术家黄宗英在报告文学方面的成就十分突出,其强烈的艺术气质渗透到她的报告文学作品中,使她的代表作显现出了与众不同的文学魅力。《橘》、《大雁情》都是关于新时期落实知识分子政策的作品,作品的可贵之处在于未陷入通常的乐观主义与歌功颂德,而是努力地发现现实生活中的种种问题,发现在"拨乱反正、解

---

① 丁晓原:《中国报告文学三十年观察》,作家出版社,2011 年版,第 25 页。
② 丁晓原:《中国报告文学三十年观察》,作家出版社,2011 年版,第 26 页。

放思想"的时代大潮之下掩盖的历史痼疾。《大雁情》将目光锁定在一个"太平凡、太普通"的女性知识分子秦官属身上,这个"有着顽强事业心的知识分子脸型"的中年女性,就是这样一个随时会淹没在芸芸众生中的普通女性科技工作者,在独具慧眼的女性写作者笔下,焕生出奇异的、扑朔迷离的光彩。作者的独到之处在于她并没有直接正面叙写主人公如何与"文革"时代的恶势力作斗争,如何抛家别子献身科技的感人事迹,而是从围绕着主人公秦官属的众多褒贬不一、歧义丛生的评价入手,深刻而独到地提出一个如何正确看待知识分子、如何真正落实知识分子政策的重大时代命题。并且,对于秦官属这个颇具个性的知识女性,作者虽然十分欣赏,但并没有将这个复杂人物简单化:"当然,秦官属也不是没有缺点。世界观完全改造好了的人能找出几个呢?一个人的优点和缺点,往往是一面镜子的两个方面。……如今呢,秦官属同志的情况不清不楚、不明不白,虽然我的采访日记里已记了满满一本子,可还是个乱线团,没摘出个头绪来。"作者显然放弃了写作者对于人物的特权,而是要将人物本身的复杂性最为多面向、多维度地展示出来。而对于报告文学如何把握、认识所要书写、表现的对象,作者提出这样较为中肯的观点:"我的工作是要用笔向社会说话,怕也白搭,悖也无用。我要尽可能地了解一个人的全部情况,以便把握住他们的基本素质。"①

刘真的《一片叶子》,以葛洲坝工程中一个并不起眼的推土机手马卫国作为书写对象。由于家庭成分,在成长的道路上,他丧失了所有的机会,受尽磨难与歧视。"他是谁?他就是那一片枯黄了的落叶。不!他还不如那一片叶子重呢,他差一点被那一片干叶子压死。"但是,他从不自暴自弃,而是"踏踏实实地走正路",相信"总有一天,会走到宽阔、平坦的去处"。刘真将在"文革"中受到迫害的普通劳动者纳入文学书写与表现的视野,写他们在非常岁月中,如何恪守人的本性,执着顽强地活下去,并且不愧对自己的良心,体现出一种令人感动的至美人性。

理由虽然不是女作家群中的一员,但他的《痴情》却具备女性报告文学书写的某些可贵的特质,如细腻地刻画人物,敏锐地把握人物最为微妙的心理感受,并且更为重要的是,他没有把眼光仅仅聚焦到成功人士、时代英雄这些为主流文学及意识形态看重的人物身上,而是将同情、关切的眼光投射到阳光照耀不到的时代小角落,投射到被笼罩在"文化英雄"的阴影中的"小女人"身上。同样是理由的代表作,《痴情》却不像《中年颂》、《扬眉剑出鞘》那样在社会及文化场域引起巨大反响,但激情而优美的叙事风格,散文诗一样的叙事节奏,对人物命运的特殊领会,都构成了别具一格的美学品格与社会意义。虽然作者的写作的主要目的仍是塑造一位在"文革"中备受打压、饱经磨难的天才画家,赞美他对于艺术九死不悔的献身痴情,

---

① 黄宗英:《大雁情》,《十月》1979 年第 1 期。

但在落笔之际，却将一段由对艺术的热爱引发的优美恋情推向了文本的前幕。不是别的，正是落魄画家袁运生与美貌多情、出身优越的张兰英之间千回百转、备受磨难的爱情与婚姻，构成了《痴情》的逻辑主线。"痴情"既是袁运生对于艺术的态度，也是张兰英对于爱情的态度。在文本中，张兰英在与袁运生结合之后开始了她的艰难岁月，袁运生对于艺术的狂热与非理性，使她不得不独自一人面对日常生活及社会领域所施加的全部压力，长期忍受着独自抚养孩子与承受窘迫经济、政治环境的痛苦。面对终日沉浸在个人的艺术世界的袁运生，张兰英没有半句怨言，甚至在积劳成疾、病入膏肓之际，仍然只想到丈夫的事业。她的所作所为，已经超出了人们对于"贤妻良母"的想象，只能将其理解为："张兰英的表现不仅体现了东方女性的美德，而且实际上她也具有理想主义的殉道精神。"作者已经碰触到了一个关于新时期女性生存处境的重大命题，如果说袁运生前半生的悲剧是由于历史的扭曲与谬误，是个人不过是历史的人质这一残酷论断的注解的话，那么张兰英一生的悲剧不仅仅是历史与时代的造就，更是婚姻爱情中男性自我中心主义扩张的结果。身为丈夫的袁运生对于忍受着病痛、承受着巨大压力的妻子的不闻不问，并不是一句"为艺术而献身"便可以开脱的了的。作者在结尾处也不无沉痛地发现："如果妻子果真从此再也不能站起来，那么丈夫取得的今日成功对她来说有什么意义呢？她是职业医生、贤妻良母，也是献身于艺术的人。她的贡献永远不可能得到报答，在任何一部美术经典中也不会给她这样的妇女留下一笔。"并且，在篇末的"后记"中，作者添上了一段意味深长的消息："本文发表后，女主人公经治疗诊断而痊愈。又过了若干年，男主人公只身赴美，事态变迁未可尽述。"已然功成名就的男主人公无疑再度抛下他可怜可敬的妻子"只身赴美"，他们之间究竟发生了什么，作者已然不能"尽述"了。

与时代的紧密贴合，是新时期报告文学最为显著的特点，这同时也与报告文学这一文体的特征有关："总体来说，新时期的文体报告文学，虽然有着明显的缺陷，但它仍然具有不容抹杀的实绩。这类作品的成功之处主要体现为作品充盈着强烈的时代精神，呈现出鲜明的艺术特性。"对报告文学这一文体作出过特殊贡献的夏衍先生曾强调："报告文学最可贵之处就在于真实，在于时代精神，而不在其他。"[①]《中国姑娘》的作者鲁光在结尾处这样自勉："记得，著名的法国作家巴尔扎克曾经说过这样一句名言：'从来小说家就是自己同时代人的秘书。'那么，作为一个报告文学作者，则更应该是自己同时代人的一名忠实秘书。"

---

① 《关于报告文学的一封信》，《时代的报告》1983 年第 1 期。

第三节 "归来的诗歌"

因为"文革"的十年浩劫,中国当代文学史中曾有一大批诗人奇异地在诗坛"消失",直至 20 世纪七、八十年代之交,他们才纷纷从乡野、干校、牛棚等被遗忘的角落,从颠沛流离的生活及艰苦的劳动改造中抽身出来,再度回归诗坛,并且以新的创作实绩在新时期文学中充当着重要角色,由此形成当代诗歌景观里一个独特的诗人群体:"归来者"诗群。"归来者"诗群得名于艾青在 1980 年出版的诗集《归来的歌》。作为一个曾被禁锢与放逐的群体,失去了写作权利和自由的诗人,"归来"既是一种创作现象,也是普遍性的诗歌主题。诗界对这"归来者"的概念,特指"'文革'发生以前(特别是 50 年代)就受到各种打击而停止写作和发表作品的那一部分"。70 年代末随着"四人帮"的粉碎,一批被打倒的诗人,重新回归了诗坛,这其中囊括了因 1957 年反"右"运动中错划为右派的"右派"诗人、1955 年因"胡风反革命集团"受到牵连的"七月派"诗人,还有因偏狭的艺术观念而"自觉"从诗坛消失的"九叶派"诗人。1980 年,艾青出版了他复出诗坛以后的第一部诗集——《归来的歌》,并以此命名"归来者"。此后,流沙河创作了《归来》,梁南创作了《归来的时刻》等,标志着诗人第一次全面的"归来"。

"归来者诗群"成员构成比较复杂,文学史论者对"归来者诗群"的狭义定义,将研究对象锁定为以下三种类型的诗人:一是在 50 年代反"右"运动扩大化中因作品或言论被打成右派的诗人,如艾青、公刘、邵燕祥、白桦、流沙河、昌耀、孙敬轩、胡昭,以及卓有成就的老诗人蔡其矫等;二是在 1955 年"胡风集团"事件中的罹难者,主要是"七月派"诗人,如牛汉、绿原、曾卓、彭燕郊、冀汸、鲁藜、罗洛等;三是在其他政治与思想运动中受到迫害而失去写作权利的诗人,主要是"九叶派"诗人,如辛笛、陈敬容、郑敏、杜运燮等。为论述的需要,将这三类诗人分别称为"右派诗人"、"七月诗人"和"九叶诗人"。①

新时期初始,诗歌创作的现实环境逐渐好转,1979 年《上海文学》刊登《为文艺正名——驳"文艺是阶级斗争的工具"》文章,成为一个重要的转折点,诗歌由从属于政治,返回到日常生活的领域,成为人们灵魂和生命的栖所,或者说诗歌开始返回"自身",回到艺术属性探索的道路上来。到 80 年代初期,随着改革开放的步伐,诗歌环境的进一步改善,诗歌创作在可资借鉴与汲取的资源方面有了极大的拓展与延伸:首先是五四以来的新诗传统被重新发掘、发现与审视,"七月派"与"九叶

---

① 参见洪子诚:《中国当代文学史》,北京大学出版社,1999 年版,第 277 页。

派"作为新诗史的重要流派,被文学史再度"发现"与珍视;外国各类诗歌理论的引入与诗歌作品的大量译介;在外在的文化环境及文学生态方面,80年代文学刊物的大量增加,从理论上增加了诗歌发表的机会,也一定程度上刺激了诗歌的创作。①

　　具体到"归来者"诗人的文学实践与创作成就,从他们诗集出版、新作发表的情况看,他们的创作高峰期集中在1985、1986年前后。艾青创作的200多首诗歌,基本上收录在1978—1983年间出版的诗集《彩色的诗》、《归来的歌》、《雪莲》当中;公刘和邵燕祥的创作基本集中在1986年之前,这期间公刘出版的诗集有《尹灵芝》(1979年)、《仙人掌》(1980年)、《离离原上草》(1980年)、《母亲—长江》(1983年)、《大上海》(1984年)、《骆驼》(1984年)、《南船北马》(1985年)等,邵燕祥出版的诗集有《献给历史的情歌》(1980年)、《含笑向七十年代告别》(1981年)、《在远方》(1981年)、《为青春作证》(1982年)、《如花怒放》(1983年)、《迟开的花》(1984年)等;流沙河的三部诗集《流沙河诗集》、《故园别》、《游踪》出版于1982、1983年,白桦的三部诗集《悲歌与欢歌》、《情思》、《白桦的诗》出版在1978—1982年间;蔡其矫在1986年之前出版了六部诗集,大多数都是归来之后的新作。"七月派诗人"中,牛汉的诗集《温泉》、《海上蝴蝶》、《沉默的悬崖》都出版于1986年之前,这是牛汉归来后创作的高产期;曾卓的两部诗集《悬崖边的树》、《老水手的歌》分别出版于1981年和1983年;绿原最有影响力的诗集主要是1983年的《人之诗》和《人之诗续编》以及1985年的《另一支歌》。归来者诗人当中,"九叶诗人"出版的诗集相对最少,大多只有一部新作加一部诗选,如陈敬容的《老去的是时间》(1983年)、《陈敬容选集》(1983年),辛笛的《辛笛诗稿》(1983年)。

　　新时期诗歌是"文革"后中国思想界拨乱反正的先锋之一,"归来者"诗人自觉地与当时的主流意识形态贴近,在诗歌创作中反省"文革"浩劫,批判极左路线。在这一历史的转型时期,诗人们把个体的"复出"与"新时期"的到来联系在一起,渴望着诗歌能够因此得到复兴和重建。在经历过"文革"浩劫而进入"新时期"的"归来者"们看来,反抗强权下的思想禁锢,恢复人之为人的尊严和自由,重新思考个体生命的权力,是"新时期"文学面临的首要任务和核心使命。尤其是以艾青为首的"右派诗人"们,此时成为诗坛的"中坚力量",他们在早年便对改造社会抱有强烈的使命感与积极的参与意识,"文革"中的磨难又使他们对于历史、人生与艺术有了更为深刻的认识,他们在重返诗坛时,更侧重于社会题材的选择,其诗作往往渗透着浓郁的"社会代言人"的意识。而"七月诗人"和"九叶诗人"群体则在关注现实的同时,更为偏重对于个体生命价值与意义的追索与探寻,在诗作中融入个人的生命形态,并且试图重续他们曾被阻断的社会理想、美学理想。洪子诚在分析了老诗人艾

---

① 参见洪子诚:《中国当代文学史》,北京大学出版社,1999年版,第277页。

青新时期部分诗篇并给予了很高的赞誉外,也对其中有较大影响的诸如《光的赞歌》、《古罗马的大斗技场》等作品提出了批评:"在当代诗歌发生的变革中,他的创作并没有提供更多新的艺术经验。这些作品,受囿于日渐显露的思想、艺术方法的限制,艾青的抱负其实并没有得到落实。一个重要的问题是,50 年代形成的视境,和由此形成的论断、宣谕式的短句,常拘束着感觉、思考的开放。"[①]洪子诚认为艾青的创作理想是指其一再强调的"创作自由"、"独立创作",但这种追求却因其或自觉或不自觉的政治批判而在某种程度上丧失,留下了以诗歌解释社会问题、迎合政治宣传的遗憾。

一 "半棵树"与"鱼化石"

"文革"时期的艰难岁月带着深深的历史印痕,镌刻在"归来"的诗人们的精神世界里,成为抹不去的印记。历史的断裂和重续,投射在他们各自的命运中,并且在他们接续被阻断了的社会理想、艺术追求的过程中表现出来。如此,归来者诗人的创作便呈现出一些重要的共同特征。这也体现在"归来"初期,一个有意味的创作现象,即两个或多个诗人以同一意象入诗的现象颇为常见,例如对于树、贝壳等意象的热衷。而在七、八十年代之交,不少诗人开始创作艺术鉴赏类的诗歌,艾青、蔡其矫、彭燕郊以著名的指挥家小泽征尔为题材,作了一组同题诗歌。[②]

"归来者"的诗大多取材于曾经发生过或正在发生着的重大历史、社会问题,在诗中展示出其作为社会群体受难的过程,以被迫害者的身份来揭示那个时代的荒谬和残酷。对于渴求在有限的篇幅内营造时代/历史寓言的诗人们,往往借助充满政治与文化意蕴的象征物作为文本的核心意象,最为著名的便是艾青的《鱼化石》,其间"鱼化石"这个内蕴丰富、寓意鲜明的意象成为诗歌获得巨大社会成功、取得强烈的时代共鸣之关键,成为经历"文革"浩劫的知识分子群体用以自指与自况的经典意象:

> 动作多么活泼,
> 在浪花里跳跃,
> 在大海里浮沉;
> 不幸遇到火山爆发,
> 也可能是地震,
> 你失去了自由,
> 被埋进了灰尘;
> 过了多少亿年,

---

① 洪子诚:《中国当代文学史》,北京大学出版社,1999 年版,第 132 页。
② 参见陈思和主编:《中国当代文学史教程》,复旦大学出版社,1999 年版,第 178 页。

地质勘察队员在
岩层里发现你，
依然栩栩如生。
但你是沉默的，
连叹息也没有，
鳞和鳍都完整，
却不能动弹；
你绝对的静止，
对外界毫无反应，
看不见天和水，
听不见浪花的声音。

可以将这篇作品看作是作者艾青对于自己"文革"经历的一种寓言化的自述：古火山或地震都是影射一种巨大的异己力量对于个体生命的干涉，个体无力与之抗争，只能作为牺牲与献祭见证强权与暴力对于弱者的摧残。原本自由的个体生命，被突然而至的历史劫难彻底湮没，被一种强大的外在力量剥夺了自由，从此成为"历史的人质"，只能在"绝对的静止"中追忆往日的"天和水"。而当历史与社会的封印或魔咒被解开之时，他们却成了封存历史记忆的、永远"静止"的"化石"，作为一个荒谬时代的"见证"而存在。这是诗人献给在历史浩劫中无辜受难的社会群体及个体生命的一曲挽歌，用"鱼化石"这个寓意深刻的意象唤起当时的人们对于个体生命的自由及欲望的尊重。更为可贵的是，作者不仅借助"鱼化石"这个意象表达了身为"历史的人质"的创痛与挣扎，并以一种人道主义的悲悯对于历史与历史中不自由的个体保持着一种痛切的关注。

除了"化石"之外，在"归来者"的诗歌当中，"树"或者说是残缺的"树"的形象也是一个极富意味的"能指"。是被"一阵奇异的风"吹到悬崖边上的"一棵树"，是被无辜伐倒却依然蕴藏着浓郁清香的"枫树"，透过这些塑造于特定时代、蕴含具体历史苦难的形象，不难看出它们的共同特征即指向无辜受难的受害者。如曾卓的《悬崖边的树》与牛汉的《半棵树》，用残缺的"树"的意象表达对处于历史、社会重压之下的生命的礼赞，及对于死亡、背叛、抗争等历史及哲学命题的思考。于是这些由"树"而发的咏叹，便构成新时期文学当中一种颇有意味的文学及文化现象。著名的《悬崖边的树》被学者陈思和誉为曾卓最好的作品：

不知道是什么奇异的风
将一棵树吹到了那边——
平原的尽头
临近深谷的悬崖上

> 它倾听远处森林的喧哗
>
> 和深谷中小溪的歌唱
>
> 它孤独地站在那里
>
> 显得寂寞而又倔强
>
> 它的弯曲的身体
>
> 留下了风的形状
>
> 它似乎即将倾跌进深谷里
>
> 却又像是要展翅飞翔

在极其恶劣的生存环境下,树不再是按天性生长,它在"平原尽头",又"临近深谷",猛烈的风和所处的位置,把它的树冠塑造成风的形状,这是一棵倍受摧残的、变异了的树。尽管环境特别,它的外观早已变形,可是依然"孤独地"活了下来,它那似要"倾跌"又似要"飞翔"的临界姿态,便是受到风的暴力压制下生命抗争着挣扎着活下去的悲凉与壮烈,是现实及历史困境中个体生命伤痕累累的生存状态之象征。如陈思和所说:"这是一幅奇特的画面:在风暴、厄运降临之时,顽强抗争,顶住狂风,同时展开着向光明未来飞翔的翅膀。这里概括了'文革'时代知识分子的典型姿态和共同体验。短短的小诗浓缩了整个'文革'时代知识分子曾进入的精神境界。"①而牛汉的《半棵树》更是将一种自然状态下的生存绝境渲染到了极致:"在一个荒凉的山丘上/像一个人/为了避开迎面的风暴/侧着身子挺立着/它是被二月的一次雷电/从树尖到树根/齐楂楂劈掉了半边/春天到来的时候/半棵树仍然直直地挺立着/长满了青青的枝叶/半棵树/还是一整棵树那样高/还是一整棵那样伟岸/人们说/雷电还要来劈它/因为它还是那么直那么高/雷电从远远的天边就盯住了它。"在《悼念一棵枫树》中,作者将一棵遭到杀戮、被剥夺生存权力的树推到读者的眼前:"几个村庄/和这一片山野/都听到了,感觉到了/枫树倒下的声响","看上去比它站立的时候/还要雄伟和美丽",叶片上的露水"仿佛亿万只含泪的眼睛/向大自然告别",最后,诗人感叹道:"伐倒了/一棵枫树/伐倒了/一个与大地相连的生命。"对于一棵枫树死亡的哀叹与惋惜,正是对于十年浩劫中"人"的遭遇与困境的同情,"十年育树,百年育人",作者以"树"的悲剧隐射更为惨烈的"人"的悲剧,从而控诉那个荒诞残忍的年代。《华南虎》中,诗人把苦难和血性同时赋予了一个有生命的肌体——被囚禁的华南虎:"你是梦见了苍苍莽莽的山林吗?是屈辱的心灵在抽搐吗?还是想用尾巴鞭打那些可怜而可笑的观众?""你的健壮的腿直挺挺地向四方伸开,我看见你的每个趾爪全都是破碎的,凝结着浓浓的鲜血!我看见铁笼里灰灰的水泥墙壁上有一道一道的血淋淋的沟壑象闪电那般耀眼刺目!"破碎的趾

---

① 陈思和:《中国当代文学史教程》,复旦大学出版社,1999年版,第170页。

爪和墙壁上血淋淋的印痕是老虎不甘于被囚禁的不羁灵魂的形象之外化,诗人以此控诉一个囚禁生命、戕害心灵的年代。但作者的用意同样不仅仅止于控诉,更在于发现与颂扬一种九死不悔的抗争精神:"恍惚之中听见一声石破天惊的咆哮,有一个不羁的灵魂掠过我的头顶腾空而去,我看见了火焰似的斑纹和火焰似的眼睛,还有巨大而破碎的滴血的趾爪!"被铁栅栏围困的华南虎形象,犹如海明威笔下那个可以被打倒,但永不可能被打败的老英雄一样,成为虽败犹荣的"失败英雄"的象征。

这些诗作,都以鲜明的象征性将自身与"文革"历史记忆紧密勾连,并且"这些诗歌更加突出了生命意识,他借助不同的意象,表达了陷于逆境的生命不屈地抗争与坚韧地生存的精神,也高扬了'五四'新文化运动以来知识分子的抗争与现实战斗的传统"。① 无论是"化石"、"半棵树"还是困兽犹斗的"华南虎",这些寓意鲜明的形象都与一个需要被批判与反思的时代紧密相连,对它们的理解不能脱离具体的社会/政治语境,这些诗作虽未能超越当时历史及社会批判的边界,却为诗歌进一步的发展与越界奠定了基础。

二　对"文革"的批判与反思

"复出"或"归来"的诗人们的创作,都是有着自觉的政治意识,他们将个体的"复出"与"归来"与"新时期"的到来紧密相连。这些"天庭的流浪儿",终于借助"历史的巨手"洗去了蒙尘多年的不白之冤,从被世界遗忘的角落、从"太阳系的边缘"再度回归政治、文化及社会的"中心",于是"这种混合着欣喜、感伤和骄傲的'归来'意绪,成为'复出'诗人的诗情核心。他们在诗歌中构造了这段历史,也构造了自身的受难英雄形象"。② 如公刘的《爆竹》:"然而玫瑰花在额顶盛开,好一顶荆棘王冠/ 褴褛衣衫,通体焕发着光艳的新鲜……"再如白桦的《阳光,谁也不能垄断》中将"复出"、"归来"的知识分子形象比喻为"鹰":"我们就像蜷伏在蛋壳里的鹰,苏醒了的鹰,怎么能容忍窒息和黑暗?! 成长着的血肉之躯必须冲破束缚,现状已经不能使我们羽翼丰满。"可以说"归来"的诗人以自己的方式加入了"新时期"以来知识分子主体重建的历史工程,他们的作品中体现出强烈的自我认同的欲求:"一个从历史阴影底下走出的个体,极力要建构(修复)一段完整的历史,使历史重新神圣化,在这个历史中,重新确认文学写作者的历史位置和角色。"③ 这种"时代共名"下对于极左路线的控诉,对于新的文学表达方式的追求,使他们的诗歌创作一定程度上成为一种象征性行为。"新时期"初始时期,"归来"的诗人们的诗歌创作一定程度上与"伤痕文学"、"反思文学"等小说潮流起到相似的文化及社会功能,在两个关

---

① 陈思和:《中国当代文学史教程》,复旦大学出版社,1999 年版,第 178 页。

② 洪子诚:《中国当代新诗史》,北京大学出版社,2005 年版,第 129 页。

③ 陈晓明:《表意的焦虑——历史祛魅与当代文学变革》,中央编译出版社,2003 年版,第 2 页。

键点上给时代反思提示了情感基础:"其一,揭露了'文革'给中国社会造成的广泛而深刻的灾难,并把所有的罪恶根源都指向'四人帮'。其二,在叙述这段历史时,重新确立了历史的主体与主体的历史。"学者陈晓明在分析新时期的文学思潮时指出,历史总体性的修复与历史的主体之间构成一种能动的互相投射、生成和置换的关系结构,如何获得批判与反思现实的主体地位,在多大程度上能够越出当时的历史边界,也就多大程度上决定着作品的批判上所能达到的强度与力度。① "归来"诗人诗歌创作在批判深度上虽未有太大的突破,但在一些诗人的作品中,始终以一种明显的批判意识贯注于创作过程,尝试在批判中确立自我/主体的合法性。

随着时代的发展,"归来者"诗歌反思与批判力度也逐渐增强,首先表现在反思的领域的扩大,即将反思批判的笔触伸入到民族与历史文化及国民性等方面。他们把眼光投向刚刚逝去的、已成"历史"的现实,去探索、批判那段难以被忘却的历史,这在公刘、艾青、邵燕祥、孙静轩、昌耀等诗人身上表现尤为突出。一个突出的例子是,发生在"文革"期间的"张志新事件"成了此时诗人笔下的共同话题。牛汉的《一圈带血的年轮》、白桦的《复活节》、公刘的《刑场》和《哎,大森林》、彭燕郊的《隔》、艾青的《听,有一个声音……》都从不同侧面写到烈士张志新被害的历史事件,而张志新之所以成为这些"复出"的诗人竞相描写的对象,正是在于其不屈服于暴政的品格与强韧的反抗精神,而这正是"新时期"所着意发现、塑造的文化品格。在共同的政治及审美追求的统摄下,这批作品在塑造烈士的形象时各有侧重:《哎,大森林》刻画诗人重返烈士就义现场时的内心世界;《刑场》意在揭示麻木冷漠的国民性,在续接五四传统的同时试图深入探究"文革"时期极左政治得以滋生的文化土壤;《一圈带血的年轮》虽然并没有直接点明受害者的身份,但诗中所描绘的场面极具影射性,它在还原历史场景中展露了个人在政治暴力之下被肆意屠戮的残酷现实。② 在诗歌中受害者的鲜血浸染了树的年轮,这些年轮"是闪电和火烧云/日夜迸发出凄厉的雷鸣","像密纹唱片/安放在历史的轴心/安放在人们多血的心尖上/当旋转到那一圈血的年轮时/颤颤地发出了/警笛一般/凄厉的声响"。通过对于"张志新事件"的再度书写,众多的诗人尝试再度释放诗歌的批判、反思的功能,在诗歌中再度重温历史,在将一切归结为"四人帮"的倒行逆施这样直白的政治批判之外,开始续接五四改造国民性的"启蒙"工作,将批判的笔触指向麻木冷漠的国人的灵魂,指向人性深处的幽微暧昧。

以《草木篇》闻名也因其获罪的当代诗人流沙河,在"复出"之后写出了《草木新篇》、《草木余篇》等诗集。其作品在真切地反映一代知识分子历史命运的同时,也以一种含而不露的方式讽刺了人性深处的"恶",从而将对"文革"的批判上升到一

---

① 参见陈晓明:《表意的焦虑——历史祛魅与当代文学变革》,中央编译出版社,2003 年版,第 2 页。
② 参见刘永良:《重现的失踪者》,南京师范大学硕士论文,2012 年,第 13 页。

个较高的层次。流沙河在《故园九咏》当中,写在"文革"中苦中作乐的乡间生涯,其间有无奈,有悲愤,有苦涩,亦不乏尖锐的批判与深入的反思。《芳邻》中这样描写善于见风使舵的、落井下石的"芳邻":"邻居脸上多春色,/夜夜邀我作客。/一肚皮的牢骚,/满嘴巴的酒气,/待我极亲热。最近造反当了官,/脸上忽来秋色。/猛揭我'放毒',/狠批我的'复辟',/交情竟断绝。/他家小狗太糊涂,/依旧对我摇尾又舔舌。/我说不要这样做了,/它却听不懂,/语言有隔阂。""文革"的可怕之处不仅仅在于那是一个充斥着暴力与血腥、丧失了秩序的乖谬年代,而在于那样一个失序的时代氛围唤醒了生活在这片土地上的人们、哪怕是最为普通的人内心原本秘而不宣的邪恶与残忍。对于诗人这样拥有敏感灵魂的人,来自"芳邻"的轻蔑一瞥与生活中暗藏的各种无形隐秘的"迫害"往往才是更为致命的毒箭。《故园九咏》虽然以"文革"为书写对象,但其间并无满纸血泪的控诉与声讨,而是寓社会风云于家务琐事,寄悲愤哀叹于闲情逸趣,用笔清晰而含蓄、严肃又诙谐。作者在诗作中写到自己与亲友的不幸生涯,写到原本正常美好的人伦关系遭到无辜的损害,个人命运在疯狂的社会动乱之中低微如草芥,于哀叹感伤之间,充满着对历史动乱的谴责与批判。流沙河的另一首写于"复出"之后的小诗《蝶》则以一种缠绵、婉转的形式表现对于往昔苦难的真诚体验与记忆重现:"我记得最后的一次抬头看你/你扶着大桥的栏杆向我俯望/花衫黑裙临风飘动/一只瘦蝶病于秋凉/停歇在高高的铁篱之上。"作者以看似轻松实则沉重的笔调书写、纪念一段已逝去的爱情与友情,写一个投身革命的"天真的姑娘"在多事之秋"1957年"的遭遇与沉沦。在这看似温婉缠绵的《蝶》中,对于一个时代的批判、追问与反思就这样举重若轻地融入对一段过往爱情、一个或许早已逝去的生命的缅怀与追忆之中。这便是流沙河的风格:"这里没有金刚怒目式的愤怒,也没有哲人式的痛苦凝思。以日常生活的琐屑写历史的不幸,寄深沉悲哀于谐谑、调侃、揶揄的笔调之中。其中有贫贱夫妻的恩爱,相依父子的苦中作乐,被迫焚书的无言痛苦。"[1]

　　艾青在"复出"之后,其诗作的特出之处在于较少处理具体的社会事件与个人经历,而是有意识地超越具体而达到一种形而上的境界,以使自己的诗作成为具有广阔空间感与纵深历史感的"大诗",以此阐释历史与人生。[2]《古罗马的大斗技场》是这样结尾的:"说起来多少有些荒唐——/在当今的世界上/依然有人保留了奴隶主的思想/他们把全人类都看作奴役的对象/整个地球是一个最大的斗技场。"作者善于在宏阔的视野下,对历史现象与细节进行富有哲理的概括与提炼。《古罗马的大斗技场》对于古罗马奴隶主驱使奴隶进行惊心动魄的搏斗以供取乐的场景的描绘,融入了诗人对民族—人类,对过去—今天—未来的思考,在总体把握

---

①　参见洪子诚:《中国当代新诗史》,北京大学出版社,2005年版,第137页。

②　参见洪子诚:《中国当代新诗史》,北京大学出版社,2005年版,第132页。

人类历史本质性的问题的同时,融入对当下时代的警醒与忠告。公刘的《沉思》在意味深长中显露对于历史与时代的批判锋芒:"既然历史在这里沉思,/我怎能不沉思这段历史?"这句诗既体现了创作于新时期的诗歌的鲜明个性,也概括了新时期诗歌思辨增强的特征。"我"与"历史"犹如成为叙境中的两位平行并列的主人公,"历史"在自省与反思,而"我"则将"历史"作为"我"沉思与"凝视"的对象。在"我"与"历史"之间,建构了一种可贵的类似于"主体间性"的关系。并且,公刘思索历史,也反观现实,尝试在较为恢宏的历史视域下审视现实生活中的政治性问题,并给出自己的分析与评判。因此,他的诗作显得深沉雄浑,给人以深刻的启示和有力的警策。胡昭的《答友人》同样富有思辨性:"悲剧在于我们笃信神圣的说言,在鲜血面前指不出是谁的罪责。"蔡其矫的《丙辰清明》则将对于"文革"历史的反思与对"权力"的批判相对接,在直接而愤怒地反映当时社会对人精神虐杀的同时,更为深刻地揭示"文革"之所以发生的深层文化/历史动因:"十分鲜艳的未来之花/在它出生的/被狂风暴雨所席卷的山谷里/无法盛开!……权力至高无上/是我们时代的最大祸害/使身心都会焚毁的/篡夺窃取的欲念/仿佛可怕的旱风/很快使大地上的作物全部枯干"。作者一针见血地指出,那个年代生命被侮辱被损害的根源,就在于"权利"被"权力"所替代。这是文明的倒退,是古老民族痼疾不得根治的表现。有了这样窃取权力的欲望和权力与等级的划分,普通百姓的生存空间便日益缩小,正常的生活秩序遭到破坏,人格尊严被肆意践踏,普通人由此产生的隐忍、退缩、苟安及因之而来的精神折磨,更是祸害甚深。① 在这些诗作中,作者窥破与嘲弄了暗藏于民间的日常生活中的微观权力结构,而正因为有了形形色色的"微观权力"的在场,这原本应美好清明的世界成为萨特式的微型地狱。此处的"文革"历史,不再只是历史的、集体的"无名"暴力;暴力的实施者,也不再是残忍的刽子手与恶人,而是那些在失序的世界中分享或渴望分享过剩权力的普通人。其间,重要的不是对于历史与历史中暴行的记录,而是深刻敏锐地发现日常生活中的权力场景:"可怕的不是权力的高压与迫害,而是普通人的权力异化:人们在日常生活中微缩了权力模式,复制着权力模式的偏狭与伪善。"②

洪子诚在分析"复出"的诗人时指出,这些诗人大多数在青年时代就怀有强烈的社会责任感,因而他们即使"自白"式地描述浩劫时代的生存状态,也会在其中自然地追求历史光影的投射,从而使以"历史反思"为核心的理性思辨倾向,也成为"归来"诗作的另一种重要特征。因此在"归来者"的诗歌创作中,有较为直白地描述浩劫年代里知识分子的悲惨处境以控诉浩劫的作品,更有一些作品自觉地抓住以"历史反思"为核心的理性思辨倾向。这种思辨倾向,体现在诗歌当中,主要表现为

---

① 参见刘永良:《重现的失踪者》,南京师范大学硕士论文,2012年,第6页。
② 戴锦华:《涉渡之舟》,陕西人民教育出版社,2002年版,第343—344页。

两个方面：其一是揭示自身经历中凝聚的历史创伤，思考个人与历史的关系，更多体现在梁南、林希、曾卓、绿原、牛汉、流沙河的创作中；其二是试图从民族国家的"历史悲剧"意识出发，探寻导致曲折进程的社会历史原因。如艾青、公刘、白桦、邵燕祥的作品，更贴近于对现实问题的批判，将创作动因呈现为个人与社会历史的交互推动①。

第四节　新时期散文

一　涕泪交零的哀祭散文

如鲁迅所说："长歌当哭，是必须在痛定思痛之后。"从 1976 年底开始，散文开始发挥帮助逐渐沉静下来的人们痛定思痛、抚今追昔，痛切悼念逝去的同志、亲人、战友的功能。"新时期"初期，哀祭散文获得长足发展，数量逐渐增多，且主题也渐趋深入。"作品从怀念老一辈革命家扩展到受迫害的文化、艺术科学界人士乃至普通人民，由讴歌老一辈革命家的丰功伟绩到追怀他们和人民群众紧密联系的高贵品格，以及抨击林彪、'四人帮'对他们和其他统治的诬陷、毁谤和迫害。一些人们以前不敢触及的、较为敏感的问题，也开始得到大胆而真实的反应。"②以主人公的身份作为划分依据，此时的哀祭散文大致可以分为两类，一类是以人民领袖、老一辈无产阶级革命家作为悼念、歌颂对象，如何为的《临江楼记》抒发对于毛泽东同志的深切怀念，在歌颂主席对于中国现代革命的伟大贡献的同时，不忘描写领袖与人民之间犹如骨肉相连的深情；刘白羽的《巍巍太行山》纪念朱德总司令的平易作风、伟大人格及其卓越的军事指挥才能；林呐的《思悠悠——悼念彭德怀同志》记录了1949 年春身为新华社二十兵团分社记者的"我"与彭德怀副总司令的"一面之缘"，给作者留下深刻印象，令作者永生难忘的是彭德怀同志如父兄般的亲切与随和；菡子的《长江横渡》与顾寄南的《黄桥烧饼》，则是以陈毅同志为主人公的作品，形象刻画生动真实，多角度、多面向地展示了陈毅同志的风采；陶斯亮的《一封终于发出的信》与薛明的《向党和人民的报告》，则是以逝者亲属的身份，对"文革"时期重大的政治冤案作出的纪实与控诉。陶斯亮以陶铸同志的女儿的身份书写，薛明以贺龙同志的夫人、战友的身份进行书写，她们的作品堪称字字血泪，在当时的读者群中激起了强烈的共鸣。另一部分则是悼念被林彪及"四人帮"迫害的文学家、艺术家、科学家及其他革命人士的作品。如丁宁的《幽燕诗魂》悼念著名的散文家杨朔，黄

---

① 参见洪子诚：《中国当代新诗史》，北京大学出版社，2005 年版，第 130 页。

② 中国社科院文学研究所当代文学研究室主编：《新时期文学六年：1976.10—1982.9》，中国社会科学出版社，1985 年版，第 305 页。

宗英为纪念"文革"中被迫害致死的电影明星上官云珠写下了《星》,还有金山的《莫将血恨付秋风》,楼适夷的《痛悼傅雷》,柯岩的《哭李季》,臧克家的《老舍永在》,荒煤的《忆何其芳》,丁一岚的《忆邓拓》等等,当时的人民文学出版社与上海文艺出版社先后出版了《悲怀集》与《往事与哀思》这两个散文集。

哀祭散文,顾名思义指的是悼念和回忆亡者的散文。在我国古代文学史上哀祭散文经历过漫长复杂的发展演变,很多经典名篇被流传下来,从《诗经》中秦人哀三良的《黄鸟》,《左传》中鲁哀公吊孔子的诔词,到韩愈的《祭十二郎文》及袁枚的《祭妹文》等等。由于"文革"的十年浩劫与动乱,很多人尤其是一些知识分子与老干部在其间被迫害致死,因此"新时期"伊始,最先出现的是一批历尽人间沧桑的老一代著名作家的忆悼散文,如巴金《怀念萧珊》、孙犁《远的怀念》、杨绛《干校六记》、黄秋耘《雾失楼台》、陈白尘《云梦断忆》、丁玲《"牛棚"小品》等等。这些散文写的都是作者自我的亲身经历和遭遇,在书写自身及亲友在十年浩劫当中的血泪遭遇之时,也不忘对那场空前的民族大灾难进行痛定思痛的反思。这类作品的集大成者是巴金的散文巨著《随想录》。诸多批评者对于《随想录》情有独钟的原因,正在于他们认为《随想录》是写作者敢于"讲真话、抒真情以及勇敢而深刻的自我解剖和自我反省的精神"的体现与表征。这类散文"通过深沉的回忆,触及了我国社会生活中许多重大问题,促使人们进行严肃的思考和探索,思考和探索这场历史悲剧的根源、社会现实中存在的弊端,以及社会改革的必要性和可能性"。[1] 可见此时的散文创作虽然重视人性、人情的书写,但是强烈的政治、社会关怀,以写作反思历史、介入现实仍是最为重要的写作意图。

薛明的《向党和人民的报告》、陶斯亮的《一封终于发出的信》,以"文革"的亲历者书写的情真意切的悼文,以此纪念那些在"文革"中被迫害致死的亲人或爱人。在时代发生巨大裂变的历史时刻,散文这种以直抒胸臆见长的文体显示出了自身与时代契合的优长。《一封终于发出的信》是一篇具有重要的文学史地位的哀祭散文,因为作者陶斯亮作为政治家陶铸之女,以亲历者的身份最早揭示了 20 世纪 60 年代一桩骇人的政治骗局与阴谋,一桩需要被时代澄清的历史冤案。陶铸作为中国共产党的资深革命家,1965 年调入北京任国务院副总理,在"文革"初期,陶铸除担任党和政府的各种要职外,还兼任"中央文化革命领导小组"顾问,而这一所谓的"小组"在当时的中国政治语境中拥有至高无上的权力。但他旋即便被江青、陈伯达等人污蔑为"中国最大的保皇党",从此便从政坛的巅峰跌下,遭遇一系列令人发指的迫害,直至 1969 年 11 月逝世于安徽合肥。这种政治上的波诡云谲、翻云覆雨的情形在"文革"期间并不鲜见,但作为新中国最早、最大的政治冤案之一,其背后

---

[1]　中国社科院文学研究所当代文学研究室主编:《新时期文学六年:1976.10—1982.9》,中国社会科学出版社,1985 年版,第 310 页。

的历史玄机、政治动因却是很长时期以来为广大人民所密切关注的。陶斯亮身为陶铸的女儿，她的书写与发言无疑具备相当的真实性与可信度。陶斯亮的这篇祭文在"文革"结束后不久（1978 年 12 月 10 日、11 日的《人民日报》）发表，试图揭开这一长久以来萦绕国人心头的政治谜团，满足了广大人民群众的阅读期待，在当时产生很大的影响。全文共分为五节，基本上按时间顺序，以陶铸生命的最后纪念的遭际为线索，试图呈现"文革"那不为人知的政治铁幕之后隐藏的历史缝隙，更为重要的是要将一个蒙难的伟大政治家在生命最后关头显现出的不屈与坚贞的品格及灵魂呈现在广大读者面前，令他们心碎、感动、叹服。因此，这篇牵涉到共和国史上重大政治事件与政治人物的散文（也被归入当时的报告文学类），一定程度上并没有太多笔墨涉及为广大民众孜孜以求的政治秘闻，而是更多地倾向于塑造陶铸在命运低谷中所表现出的共产党人的高风亮节与坚贞不屈，抒发与宣泄身为女儿对于父亲的猝然蒙难、含冤去世而承受的巨大情感创伤与波澜，更多地表达了身为个体面对亲人受难而不得不忍受的强烈痛苦。因此有很多评论者将陶斯亮的这篇哀祭散文更多地与传统文化中的经典哀悼性散文相提并论，如韩愈的《祭十二郎文》、袁枚的《祭妹文》等等。《一封终于发出的信》作为优秀的哀祭散文，其至为感人肺腑之处便在于对亲情的强烈抒发与渲染，比如在描写到陶铸第一次遭到非法软禁之后，陶斯亮前去探看的场景："一个声音嘶哑，头发花白，驼背的老人出现在我面前。这哪像我那生龙活虎的爸爸呀！爸，仅仅几个月的功夫，您怎么就被折磨成这个样子了呢？我心酸地仔细看着您，深感负疚的痛苦。茫然不解的思索，强捺在心里的愤怒，都汇集在您那皱起的眉峰和额头上，但您的目光依然炯炯有神，就像两团燃烧的火。"这封历经十多年终于发出的写给父亲的信，更多的是一个女儿对于含冤逝去的父亲的深情倾诉与忏悔，忏悔自己当年的软弱无力，无法帮助彼时困兽犹斗的父亲，只能让父亲一人以疲敝衰老之躯去独自承受打击与苦难，因此文本中充满了诸如"从那时起到现在十一年过去了，可当时的情境仍然历历在目"，"这不告而别的憾事折磨我十一年，十一年啊"这样饱含深情、不断重复的文字。但这部催人泪下、感人至深的悼念散文，在试图介入政治与历史之时却仍然陷入了将"文革"历史简单化的弊病，身为这一重大政治冤案亲历人的作者也未给社会及广大读者奉献出更多的"真相"，除了"喊着刻骨的仇恨诅咒万恶的林彪和'四人帮'"之外，作者没有告诉人们更多的、超出彼时社会文化语境与公众想象的东西，这不能不说是一个遗憾。即使是在这些控诉意识较强，有着更多的政治诉求的散文作品中，对于"文革"的批判与反思仍然流于简单与片面。如同小说领域的"伤痕文学"一样，将复杂的"文革"历史，做了某种情感化、简单化的处理，如同洪子诚在分析丛维熙的"大墙文学"时所说，作品继续了中国传统戏曲、小说的历史观，"即把历史运动，看作是善恶、忠奸的政治力量之间的冲突、较量的过程。'文革'等的曲折，和这其间正直者的蒙冤受屈,都是奸佞之徒一时得势的结果"。而正是这种将历史道德化的观念,决定了这些对于"文革"的伤痕书写的文学及文本形态。在这些作品中,人物无一例外地被处理为某种道德典范的化身,他们"灵魂纯净"、"道德完美"。于是,"复杂的生活现象,被条理、清晰化为两种对立的道德体现者的冲突,并以此构造小说的情节。叙述者与人物、情境之间的欠缺距离、间隔,使情感常表现为缺乏节制"。①

林呐的《思悠悠——悼念彭德怀同志》,同样是以"文革"期间被迫害致死的开国元勋彭德怀总司令作为主人公的回忆散文。文章记录了 1949 年春身为新华社二十兵团分社记者的"我"与彭德怀副总司令的"一面之缘",给作者留下深刻印象,令作者永生难忘的是彭德怀同志如父兄般的亲切与随和。彭总虽然没能帮助作者完成任务——为报纸写报头,但其人格魅力却足以让作者"思悠悠,念悠悠,睽违彭总三十秋,教诲铭心头"。"新时期"将政治领袖"人格化"、"人性化",凸显其生活化的一面,由此可见一斑。最令作者与读者感动的正是彭总为作者亲手削的那个彼时十分珍稀的"苹果",并且在作者离开之际,"刚到院里,又听到屋里喊道:'苹果,苹果',我转身看时,见彭总立在屋门口,手里举着他亲手削的那个苹果。我心里一激动,嗓子成了哑巴,只是向他摆了摆手,连一声感谢的话也没有说出来"。而彭总在"文革"时期被迫害致死的遭遇,只用了"怨悠悠,恨悠悠,功过颠倒亲当仇,怒气冲斗牛"一语带过。

黄宗英的《星》,悼念"文革"中被迫害致死的电影明星上官云珠,发表于 1978年 9 月的《人民文学》。黄宗英与上官云珠是同行与朋友,在新中国成立前便同台出演过左翼进步电影《丽人行》与《乌鸦与麻雀》。黄宗英的文章,渗透着浓郁的艺术气质,透露出良好的文学修养,但同时她的作品政治意识也十分强烈,以文章介入政治、回应社会问题,无论是关于落实知识分子政策的《橘》、《大雁情》,还是关于文艺工作者在"文革"时期的悲惨遭遇的《星》,都有一种强烈的政治倾向性。因此,她情感的烈度被称为"一种政治化了的热情"。但作者就是带着这样一种热情将一个复杂、立体、多维的独立、倔强的女性形象刻画得栩栩如生。新中国成立前的上官云珠"穿一身裁剪考究的乔其纱镶细边的长旗袍、绣花鞋,梳得乌黑光亮的发髻上簪几朵雪白的茉莉;她轻拂一把精镂的杭檀香扇,扎过眼的耳陲上,嵌着小小的红宝石",同时,"她曾巧妙地掩护过名列国民党反动派搜捕的黑名单的革命者;她曾献出自己微薄的首饰和积蓄奔走营救入狱的共产党员;她曾参加以救济难民名义为解放区筹募医疗费用的义卖活动;她曾红着眼圈,在公共汽车上同戴着黑纱袖箍的纪念上海公共交通公司死难烈士的工友握手;她曾咬牙切齿,背着挤购来的户口米,在巷口骂街"……

---

① 洪子诚:《中国当代文学史》,北京大学出版社,2001 年版,第 266-267 页。

姜彬的《轸悼芦芒同志》，悼念 1979 年 2 月 21 日凌晨时分逝世的诗人芦芒。作者对芦芒的记忆基本集中在芦芒对于诗歌事业的过人的热情与全身心的投入。诗人活跃在从 1956 年的"三大改造"到 1958 年的"大跃进"期间，在作者看来，那是一个"火红的年代"，而芦芒正是以他那战斗的、热气腾腾的、明快的和豪迈雄壮的"马派"诗风，"表现革命年代里的那种特有的旋律，一种无产阶级的战斗的旋律"：

> 今天，我不唱迷醉的玫瑰和夜莺，
>
> 今天，我歌唱十月伟大社会主义革命；
>
> 歌唱敌人看来，那是十分刺眼的字样：
>
> "无产阶级专政"——社会主义民主。

作者认为这些诗歌虽然称不上优美与文雅，但却"合着时代的节拍"。"我们这一代人受过从巴黎公社到十月革命的无产阶级歌手们——贝朗瑞、马耶可夫斯基等人的战斗调子的熏陶，对这种声音并不陌生，并不感到刺耳，当然我不是说，革命的诗歌只能用一种调子歌唱。"在"新时期"，芦芒的诗歌显然已经不合时宜，"朦胧诗"已然展露峥嵘头角，即将由边缘而为主流。芦芒那些沸腾着"革命的旋风"，歌颂社会主义生产与建设的诗歌即将退出历史的舞台，不知作者在写作时，是否已经意识到这一事实呢？但芦芒这样的诗人，自觉地将其诗歌创作与社会主义国家建设的命运紧密相连，自然有其不可忽略的历史、时代价值。

《痛悼傅雷》是傅雷的多年的好友楼适夷亲笔所写的悼文，将二人从抗战时期的"孤岛"上海相识直至"文革"初期傅雷夫妇被迫害致死的经历娓娓道来。作者对于傅雷这个一丝不苟、嫉恶如仇的翻译家、文艺工作者的性格特征作了细致入微的刻画。作者在悼念傅雷的时候并没有刻意美化这个曾经无私帮助过自己的好友，而是实事求是，并不避讳傅雷性格中的某些缺点，比如他教导子女方面的失误与偏颇及"动不动就发怒"、不给人留余地的性格特征。但这一切却没有"矮化"傅雷的形象，反而使其更加真实可亲，"有才能，有骨气，对一切严肃认真、一丝不苟、嫉恶如仇，对朋友则热情如火的优秀知识分子"。而赵自的《师表永存——悼念魏金枝先生》，以学生的身份纪念自己的恩师，真实地还原出一个孩子眼中的魏金枝，他有着粗硬的胡子与刚正不阿的性格，操着乡音很重的土话认认真真地讲课，并且还要"体罚"敢于嘲笑他口音的孩子……臧克家《老舍永在》以朋友的身份记述了老舍在抗战时期的重庆身为"中华全国文艺界抗敌协会"（"抗协"）会长，对于文艺界统战工作作出的贡献。文章用大部分的篇幅讲述老舍在抗战时期的经历，写自己与老舍的友情，写自己身为后辈对于老舍高尚人格的敬慕之情。作者着力刻画了老舍"外圆内方"的性格特征："外"不"圆"，就转不动；"内"不"方"，就丧失了立场。这些作品的一个重要的特征，在于"真诚"——较为真实地记录了这些著名的文人、大师在日常生活中的一颦一笑、一嗔一怒，使他们的形象更为亲切生动，望之可亲，体现了"新时期"文学界的重心从"政治"走向"审美"、走向"日常"的这一转折。

这些作品另一个明显的特征便在于对"文革"叙事的谨慎,对于傅雷、老舍这样在"文革"中被迫害致死的文人,他们在"文革"中的惨烈遭遇与他们身体与精神上遭受的深刻创伤,写作者基本上都采取了一种回避的态度。如臧克家对于老舍"文革"时期被迫害的经历,只是用了最简洁的语言一语带过:"他的电话声,还在我心头萦绕,噩耗突然来到了我的耳中。我心如刀剜,欲哭无泪。老舍被迫害死了。正义,真理,是不死的!英明领袖华主席巨手一挥,'四人帮'被打倒在地!'四人帮'遗臭万年。老舍名垂千古。"

有研究者将这一时期的散文发展状况概括为后"工农兵"代言人的时代,"因为这十年中,散文创作的基本倾向,散文家的状态,思维的模式,抒情的姿态以及话语,基本上和'工农兵'代言人时代一脉相承,也就是说,这一时期的散文的风气和主流倾向是对'工农兵'代言人时代的散文创作经验的承认,但散文的蜕变、叛逆却又和这一承认同时存在"。泛政治化的环境"政治第一、艺术第二"一定程度上依然是主流出版界奉行的标准。1979 年,上海教育出版社出版了一套现代散文,收录了周作人的散文,编者特意向读者作出了这样的说明:"选入本书的某些作者,政治态度前后变化很大,如周作人等。我们根据历史唯物主义原则,对这些作者尚属新文学等阵营时期的作品,也适当地选了若干篇。"而 1982 年人民文学出版社出版《中国现代散文选(1918—1949)》,在"编辑说明"中重申"以革命的和具有进步倾向的作品为主"的原则之后,特别说明:"我们还按照唯物主义的历史观和实事求是的原则,对在政治态度上前后变化甚大的某些作家所写的具有一定价值的作品,酌情选入了一些;对个别作家如周作人,则分别选了几篇代表他前后不同思想状况的作品。"①因此,批评者不无愤激地认为"对待周作人的态度成了散文审美变化的晴雨表",而周作人的"被禁"不利于散文审美多元化的实现。但是反过来看,虽然彼时对于散文创作仍然强调"政治第一",但对于政治立场及其有问题的周作人的作品,却在新时期初始时分便被有选择、有限度地入选,这不能不说是一个信号,所暗示的非但不是对于"多元化"、"审美性"的阻挠,反而预示着一个散文"审美化"、"个人化"时代的开启。

"文革"结束,社会处于转型时期,巨大的断裂产生时,仍然让一些文化形式及文化心理延续下来。政治转折的时代,杂文家陈虞孙在写于 1978 年 7 月的《杂谈出笼》中用了"笼中鸟"的形象比喻当时一些作家的精神及创作状态:

> 如果一只鸟在笼里十多年,幸而没有死,有朝一日,一双巨手砸碎了这笼子,把它放出笼来,对它说,你解放了,你可以自由飞翔了。我以为,此时这只

---

① 转引自范培松:《中国散文史》,江苏教育出版社,2008 年版,第 558 页。

乌倒有点为难。亦许,它开始用自己的脚跳两跳,又停下来,你又提醒它,飞呀,两只翅膀好好的,为什么不振翅飞呀。亦许这只鸟此时想起自己的翅膀,开始伸展一下,觉得翅膀还在,于是扑几下,飞起来了。可是飞了很小的一个圈子。又停在原地。①

作者用这个常见却有效的比喻抨击长期的文化专制主义对于作家精神、心灵及思想造成的戕害,及其在新时期初期留下的难以治愈的"后遗症",对于写作者无法短期内迅速到达人格独立与思想自由的境界表示了理解。"……散文家的人格独立还面临着诸多心理障碍,有现实中时而出现的政治运动(尽管不多)的敲击,有对思想意识出轨的焦虑,还有担忧道德价值的惩罚,诸如此类,使得散文家形成了一种想独立又难独立的欠独立的精神特征。"②

新时期散文中"自我"的出现与彰显并不是偶然与孤立的现象,毋宁说是20世纪80年代初中期文学"表现自我"思潮的影响在散文领域的投影,和"新启蒙"文学/文化思潮密不可分。20世纪80年代初至中期,文艺界兴起了一股"表现自我"的热潮,涉及美术、诗歌、小说、电影、歌曲唱法等领域。在文学界,"表现自我"的呼声首先是由"朦胧诗"引发的。毫无疑问,这股"表现自我"的思潮对新时期的散文创作也产生了十分重要的影响。③

黄裳的《沈园》是一篇较为特殊的散文佳作,作者以委婉、含蓄的笔法书写在1981年游览沈园的所见、所感、所思。沈园之所以成为一直令作者"久久悬之梦寐的地方",是因为它是中国古代文学/文化史上一个凄美爱情悲剧的历史见证与发生地。陆游那首脍炙人口、流芳后世的《钗头凤》便是在此处写就。四十多年后放翁故地重游,又写下了《沈园二首》,那"此身行作稽山土,犹吊遗踪一泫然"的旷世深情不禁令古往今来的有情人为之黯然垂泪。但作者黄裳在1981年这个"文革"刚刚结束不久的年份游览沈园,重读《钗头凤》及《沈园二首》,重温陆游唐婉的爱情悲剧,却不是为了纪念那段因诗词传世的旷世绝恋,而是别有一番政治怀抱。作者一再提醒读者注意陆游写作关于"沈园"的诗作时,那含蓄、委婉、引而不发的格调:"著名文士也多写恋情,但像放翁这几首诗,却是绝无仅有之作。这是对封建礼教的最沉痛的抗议,正因为写得委婉、含蓄,没有把批判对象——也就是作者的母亲——拉出来,因之也就更深沉痛切,也有更深的深度。"作者赞许陆游的写作风格与方式,不透露本事,却可以将批判与抗议表达得最为痛切与深刻。于是便不难理解作者写作这段爱情悲剧的真正用意所在了,即尝试用一种看似与"文革"、与政治

---

① 陈虞孙:《杂谈出笼》,《解放日报》1987年7月2日。
② 范培松:《中国散文史》,江苏教育出版社,2008年版,第555页。
③ 参见杨莉:《关于新时期散文"自我"的话语》,《嘉应大学学报》(哲学社会科学版)1999年第4期。

话语最为无涉的话语方式来隐秘、含蓄但却有力地批判那段已成遗迹的历史,并且不是就事论事地重复,而是要"寻找造成不幸的根源",不再让相似的不幸事件再度发生。作者如此严肃且深具历史感的写作抱负都体现在文末的一段喟叹中:

> 站在沈园的水池旁边,望着几株并不飞绵的弱柳,不禁想起,千百年来,人们实在为这一类的不幸付出了过多的同情、叹息,却很少去追寻造成不幸的根源,以致同类的不幸事依旧以不同形式不停地出现。也是在不久以前,看了一出《孔雀东南飞》的戏,这是比陆游的时代还是要早多少年发生的悲剧。演出者把力气完全花在悲剧过程的描绘上,并没有想去追寻那根源。这两件悲剧的原因都是"弗得于姑",真可算得是一种"老调"了,可是我们竟自容忍这"老调"几千百年地重弹下去,这是想想也会感到有些可怕的。

虽然在文章的最后,作者"卒章显志"般地再度把读者的注意力拉到爱情与婚姻这一话题上来,面对一群"少年不识愁滋味"的青年女工,作者说道:"我不禁想,在她们中间,发生《钗头凤》那种悲剧的可能大概不存在了。我想,这简直是一定的。"有评论者据此认为黄裳的写作方式与杨朔 60 年代初期写的一系列热爱"卒章显志"的、歌颂社会主义建设生产的散文作品如《茶花赋》等有着某种"神似",而"这种暗合是无意识的,散文家徘徊于主流文坛和私密空间之间,在话语上有些不知所措的迷茫,稍不留神,手中的笔又被拖到杨朔式的阳光普照的'人间天堂'里"。①这一批评无疑是独到且深刻的,但批评者未曾注意到的是黄裳写作目的并非杨朔"忆苦思甜"式的为工农兵"代言",而是要借助陆游隐晦而深刻的"沈园"书写思考一种不那么"涕泪交零"但却是更为深刻有效的反观、批判、书写"文革"的方式,并通过这样的方式最终阻止相似的悲剧再度发生。并且作者黄裳通过《沈园》的写作现身说法地提供了一个"样本",陆游写"沈园"那含蓄深婉、不透露本事的书写方式正是黄裳本人在 1981 年二度书写散文"沈园"的方式。可以说作者黄裳借助"沈园"这一爱情悲剧的发生地,醉翁之意不在"情",而在于如何更为深刻地反思、批判刚刚逝去的"历史"。可以说,新时期初启阶段散文创作的状况是复杂的,经历过"文革"的写作者们虽然还处在"心有余悸"的精神状态,但毕竟开始在仍旧狭窄的创作领域中尝试有所突破。一些看似仍未"放开"的作品其实更为隐晦曲折地表达了写作者鲜明的政治反思意图。与那些涕泪飘零、直白醒目的"伤痕"书写相比,这样的作品也许更经得起时代与历史的考验。

二 巴金的《随想录》

《随想录》收录了巴金在 1978 年底至 1986 年间创作出版的 150 篇散文作品。

---

① 范培松:《中国散文史》,江苏教育出版社,2008 年版,第 552 页。

1980—1986年间巴金共出版《随想录》第一集、《探索集》、《真话集》、《病中集》，1987年9月结集为《随想录》上、下两册，由北京三联书店出版，并增加了作者写的《合订本新纪》。《随想录》按题材分为两大类，一为杂文，二为抒情小品。杂文主要内容"一是忏悔，而使呼吁讲真话。在忏悔和呼吁讲真话中针砭时弊，抨击'文革'。他忏悔得非常彻底，坚决地焚毁'伪我'，不给自己留有任何余地，以此把'心'交给读者"①。代表作有《随想录·总序》、《把心交给读者》、《"豪言壮语"》、《探索集·后记》、《病中集·后记》、《卖真货》、《"紧箍咒"》以及《题记·后记》。80年代初期，正是拨乱反正、思想解放如火如荼进行的新时期。许多归来的老作家们，纷纷拿起久已搁置的笔，参与到新时期文化格局的建构中去。这种参与，较多的是以反思历史的形式进行的。巴金的《随想录》、孙犁的《晚华集》、王西彦的《炼狱中的圣火》、萧乾的《未带地图的旅人》等一大批忆旧性的散文集开始问世，《干校六记》和《云梦断忆》也是这一写作潮流中比较知名的作品。在这一被后来的文学史家称为"老生代散文"的写作潮流中，巴金的《随想录》知名度和美誉度最高，对文坛的冲击力也最强。不同于杨绛的《干校六记》与陈白尘《云梦断忆》中"带泪的笑"，《随想录》中对于往事的"回忆"则是更为直露甚至残酷的，他意欲再现的是"那些残酷的人和荒唐的事"："我一闭上眼睛，那些残酷的人和荒唐的事又出现在面前。我有这样一种感觉：倘使我们不下定决心，十年的悲剧又会重演。""读者们又把我找了回来，那么写什么呢？难道冥思苦想、精雕细琢，为逝去的旧时代唱挽歌吗？不，不可能！我不会离开过去的道路，我要掏出自己燃烧的心，要讲心里的话。""读者们又把我找了回来"一语典型地反映了巴金对"代读者立言"的使命感的主动认同，传统知识分子那种"为天地立心，为生民立命，为往圣继绝学，为万世开太平"的精英主义的承担精神重新返回到巴金身上。②

　　《随想录》5集150多篇文章，虽有计划，但并无统一的艺术设计，内容驳杂，风格不一，虽有《怀念萧珊》、《小狗包弟》等艺术水准较高的名篇，但相当多的文章情感宣泄缺乏节制，语言运用较为粗糙。这种艺术上的缺陷，在与《干校六记》和《云梦断忆》相比之下，显得更为突出。但这并没有影响《随想录》的传播，在当时的语境中，巴金以牺牲作品艺术性为代价而换来的对"讲真话"、"忏悔"等重要命题的反复强调，为其博得更多的赞誉，他也被视为"世纪的良心"。在80年代初的思想界和知识界，进行深入的历史反思、重建知识分子精英意识、进行新的民主科学启蒙是主导性的声音，巴金《随想录》的思想意义就是在这样的场域中获得了放大和加强。

　　巴金的《随想录》被评论界誉为"世纪的良心"，其最为重要的价值在于"真"，即

---

① 范培松：《中国散文史》，江苏教育出版社，2008年版，第562页。

② 参见吕东亮：《干校文学的双璧——〈干校六记〉和〈云梦断忆〉的回忆诗学与文化政治》，《江汉论坛》2012年第2期。

让"心"完全裸露,进行严厉的自我拷问。"我踏在脚下的是那么多的谎言,用鲜花装饰的谎言!""人只有讲真话,才能够认真地活下去。""我快要走到生命的尽头了。我不愿意空着双手离开人世,我要写,我绝不停止我的笔,让它点燃火狠狠地烧我自己,到了我烧成灰烬的时候,我的爱、我的恨也不会在人间消失。"可以说,巴金的《随想录》不仅对新时期文学的发展起到了巨大的推动作用,而且巴金以老作家深厚强烈的历史责任感为后辈作家树立了光辉的榜样。

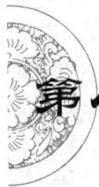

第八章　20世纪80年代文学

"80年代文学"概念既脱胎于"新时期文学"概念,又与其有着紧密联系,充满着重叠与交互。作为本文学史的时间分期,将20世纪80年代中期文化热的出现,以及1985年文学寻根的提出,视为是新时期以来文学新变和裂变的标志,至此,从"四人帮"被打倒以来至八、九十年代转折期的文学一分而为前后两段。1985年作为分水岭,其后的文学我们称之为"80年代文学",以示区别于自1976年10月开始的"新时期文学"。

第一节　"寻根文学"

一　理论主张

20世纪80年代中期的中国文坛处于一种开放的状态,思想观念更迭活跃,作家们像海绵似的吸收来自世界各地的文学资源,并渴望着将中国文学的发展推向新的发展方向,"寻根文学"潮流就在这样的语境中酝酿而出。

1984年12月,在杭州召开的"新时期文学:回顾与预测"会议上,作家和评论家们对如何将中国传统文化纳入文学创作资源的话题展开了讨论,成为发动"寻根文学"运动的重要平台。会后,阿城的《文化制约着人类》、郑义的《跨越文化断裂带》、韩少功的《文学的"根"》、李杭育的《理一理我们的"根"》、郑万隆的《我的根》等文章纷纷发表,成为"寻根文学"的理论标杆。在这些文章中,阿城和郑义痛心于自五四以来动荡的20世纪社会传统文化被"遗忘"的处境,阿城认为民族文化的断裂延续至今,"中国文学尚没有建立在一个广泛深厚的文化开掘之中。没有一个强大的、独特的文化限制,大约是不好达到文学先进水平这种自由的,同样也是与世界文化对不起话的"。① 字里行间明显可见对文化断裂及走向世界的文学的焦虑。郑义也对"五四运动"中"打倒孔家店"的反传统文化运动以及 1949 年以后破坏传统文化的行为作出了反思,明确提出,正是这样使得"发现无论怎样使劲回忆,竟寻不出我们这一代人受过系统的民族文化教育的踪迹",于是,他郑重地提出要"跨越民族文化之断裂带"。② 韩少功、李杭育、郑万隆等人则侧重于从哪里寻找文化根源对问题展开讨论。韩少功以"绚丽的楚文化流到哪里去了"为问题,认为"文学有根,文学之根应深植于民族传统文化的土壤里,根不深,则叶难茂"。③ 李杭育说:"我以为我们民族文化之精华,更多地保留在中原规范之外。规范的、传统的'根',大都枯死了……规范之外的,才是我们需要的'根',因为它们分布在广阔的大地,深植于民间的沃土。"④

这一系列的"宣言"为"寻根文学"运动的展开辅开了声势,理论的倡导者或者说运动的发起者也正是创作的实践者。1985 年前后,文坛出现了大量有明显"文化倾向"的作品,比如:阿城的《棋王》(1984)、《树王》(1985)、《孩子王》(1985),韩少功的《爸爸爸》(1985)、《女女女》(1986)、《归去来》(1985),李杭育的《最后一个渔佬儿》(1983)、《沙灶遗风》(1983),王安忆的《小鲍庄》(1985)、《大刘庄》(1985),杨炼的包括《诺日朗》、《半坡》、《敦煌》等在内的大型组诗《礼魂》(1982—1984),以及贾平凹的散文《商州初录》(1983)、《商州又录》(1985)、《商州三录》(1988)等;在电影界,陈凯歌的《黄土地》(1984)、张艺谋的《红高粱》(1988)等作品也体现了文化反思的主题,这些存在都标志着寻根话语成为文学事件的可能性。以此,"寻根文学"成了一股热潮。

"寻根文学"运动宣言明确指示了寻找传统文化的偏向,这种传统文化往往不是以孔儒为中心的传统文化,而主要是道家思想、禅宗哲学以及一些偏远地区的传说、民俗风情等。比如,阿城作品中明显体现出的庄禅思想,韩少功力图寻找的楚文化,李杭育力图建构的吴越文化,以及乌热尔图描述的鄂温克狩猎文化,等等,像王安忆作品力图建构儒家文化中的仁义文化,也是根源于民间的。"寻根文学"运动的目的体现出了对现有文化的不满,以及力图跨越现有叙事规则而寻找新的话语资源的冲动。不过,这样的立场更多地体现了文化寻根运动在动机上作出的努力,在实际的理论建构中,这种追寻实际上并没有带来"穿越"式的强大力量。因为当"寻根文学"不断地向偏远或者即将消失的文化寻找文化发展资源的时候,他们实际上恰恰回避了最重要的文化发展的问题。换言之,当作家们不断地将笔触指

---

① 阿城:《文化制约着人类》,《文艺报》1985 年 7 月 6 日。
② 郑义:《跨越文化断裂带》,《文艺报》1985 年 7 月 13 日。
③ 韩少功:《文学的"根"》,《作家》1985 年第 4 期。
④ 李杭育:《理一理我们的"根"》,《作家》1985 年第 9 期。

向穷乡僻壤、落后愚昧的时候,其实,他们在写一种不可能复原的文化,甚至是与文明的发展逻辑相悖的文化。当然,有些优秀作品对这种愚昧与落后的书写有警示现实的作用,但总体上来看,大量的作品并没有达到这种反思的"警示"效果,却造成了偏远文化就是我们的"根"的错觉。

有评论家将这归于作家的思维局限,认为:"这说明'寻根文学'的理论表面上是一种历史思维的方式,而实质上却是静态、静止的思维方式。它把一种可能性当成了绝对性,并且无限地提升了'失落的文化'的价值高度。但它同时又并不想也不愿沾上反现代、反文明的嫌疑。这就使'寻根文学'陷于一种进退维谷的尴尬境地。如果对此处境没有明确的自觉意识,只能说明'寻根文学'的理论立场确有其不彻底的暧昧性。只是这种暧昧性在当时还处于潜在状态,否则,应该会引起理论(表达)上的警觉。"[①]的确,1985 年左右进行的这场有理论、有实践作品的运动,很快消退于人们的视野,而且,在文化寻根这一主题上,也并没有产生出实质性的见解。随着改革开放的进程,不仅大量的传统文化及习俗开始消失,而且,人们对传统文化本身也失去了热情。然而,从整个小说艺术发展史的角度看,"寻根文学"在理论观念上的模糊和暧昧并没有阻止其在艺术实践层面产生丰厚的成果。如果就寻根这一主题来说,"文化"本身的丰富性无疑取代了政治题材的单一,带来了创作主题的丰富和想象力的充盈,特别是那些优秀的"寻根文学"作品,恰恰正是那些对文化充满想象力的作品。

二　小说叙事与文化意味

阿城的"三王"——《棋王》、《树王》、《孩子王》是"寻根文学"的重要代表作。《棋王》塑造了王一生这一人物形象,他只钟情于两件事情:"吃"和"下棋"。王一生身形孱弱,吃起东西来却一丝不苟,仿佛周围无人,只沉浸于自我的世界中,下起棋来更是内力鹊起,仿佛与茫茫宇宙之气息相互贯通。阿城将王一生的这种沉静和脱俗,放置于知青上山下乡的热潮中来展示,力图表现传统文化中的道家文化思想,并借助道家的这种"超越性"与时代浪潮形成一种对抗性的关系。这种关系在《树王》和《孩子王》中表现得更加明显。《树王》的故事背景便是知青们响应号召大力砍伐原始森林的这一事件,而知青们砍树的热情恰与肖疙瘩的护树形成强烈的对比,这也是文化理念上的一种冲突。《孩子王》直接涉及了教育的主题,字里行间露出对学校只教革命歌曲、让学生写虚假情感的作文的不满。比如,文中写道:

> 课文抄完,自然开始要讲解,我清清喉咙,正待要讲,忽然隔壁教室歌声大作,震天价响,又是时下推荐的一首歌,绝似吵架斗嘴。

---

① 吴俊:《关于"寻根文学"的再思考》,《文艺研究》2005 年第 6 期。

不仅叙述者"我"被歌声吓了一跳，正常的教学也受到了影响。与当时绝大多数人认为这些歌声有振奋人心作用的人们相比，"我"的感觉的确不同寻常。而与"我"相熟的来娣所说的一番话更直接地表达了对语录歌的不满：

> 来娣在门口停下来，很泄气地转回身来，想一想，说："真的，老杆儿，学校的音乐课怎么样？尽教些什么歌？"我笑了，把被歌声吓了一跳的事讲述了一遍。来娣把双手叉在腰上，头一摆，说："那也叫歌？真见鬼了。我告诉你，那种歌叫'说'歌，根本不是唱歌。杆儿，你回去跟学校说，就说咱们队有个来娣，歌子多得来没处放，可以请她去随便教几支。"

来娣会作曲，也希望到学校教音乐课，当然，她所教的音乐课不是那些流行的喊口号式的歌曲，而是真正的追求音乐美感的唱歌，并且最后真的与"我"合作写出了一首歌，歌词中体现出了"识字"、"读书"、"文章"等内容。作为读者，我们可以推断这些话语与当时的"革命"、"红旗"等话语构成的背离性。从这个意义上说，阿城寻找的"文化之根"，恰恰表达了与政治意识形态的对抗性，在80年代的文学语境中，这也是引发人们关注阿城的重要原因。

王安忆《小鲍庄》的引子以"一场七天七夜的雨"将故事拉向一个充满遥远感的时空中，体现了一种文化定格的意味。随后，在这个空间中，作者通过多个故事并行的结构方式，营造生活于小鲍庄里的人们的各种形态，并指向封闭的、仁义文化意味的传达。捞渣这一形象具有仁义的象征意味，小说赋予他的出生和行为寓言般的色彩。如，他出生的当日，正好是鲍五爷的孙子去世的时候，于是，捞渣自出生起似乎就承载了村子里某种仁善的传统，鲍五爷与他特别亲热，只要有什么好吃的都拿给他，并且，在一场大洪水中，捞渣为了救鲍五爷而牺牲了自己。小说中的鲍秉德对因连生了五个死婴而疯掉的妻子始终不离不弃，正如文中所写："刚疯的那阵子，曾经有人劝过鲍秉德，把她离了，再娶一个。鲍秉德一口回绝：'我不能这么不仁不义。一日夫妻百日恩，到这份儿上了，我不能不仁不义。'"而他时疯时清醒的妻子，也为了不再拖累鲍秉德，在洪水来临时，选择了自杀。这就是小说所要传达的传统文化中的仁义。小说也传达了那样一个独特空间的封闭和压抑。比如，鲍彦山家收了逃荒的孩子小翠当童养媳，既免不了让她干重活，更免不了逼着人家成亲。又如，村子里的人总是嘲笑和欺辱大姑带回来的拾来，当拾来与寡居的二婶产生了感情之后，更是遭到了众人的鄙弃，甚至被鲍彦山毒打，而拾来并没有为此反抗，却深陷在自身有罪的观念中，无法正视这种苦难中产生的恋情。直到鲍仁山将他们的故事加以报道，他们才渐渐地被村里人接受。小说中体现的陈旧和凝固、顺从和坚韧、仁义和无情相互渗透的精神气息，力图去展示文化的一种模糊更又坚实的存在。不过，小说到了结果却出现了诸多特别具体的、世俗化的"实在"的意象。比如，为捞渣修了纪念碑，村子因少年英雄而有了政府给的实惠，鲍仁文终于当上了文化人,甚至拾来的生活也被认为是新式生活,等等。文本有了强烈的时代感和世俗感,反而弱化了开篇那种以冷静客观的姿态描述隐秘而又模糊的"文化"的色彩。

韩少功的《爸爸爸》是另一部重要的代表作,故事发生在封闭的、年代感亦模糊不清的偏远山村,主人公丙崽是一个具有象征意味的人物:来历不明、外形怪异丑陋,总也长不大,唯一会说的两句话就是"爸爸"和"×妈妈"。丙崽在寨子里受尽了村民的侮辱,然而在寨子走向衰亡之时,却依然顽强地活了下来,并因着几番的"不死"被村民们神化。作者通过淡化故事背景、描摹怪异的人事和引入神话传说等叙事因素,给作品蒙上了一层神秘的色彩,在神秘的背后隐藏着高度的象征性、寓言性,展示了一种落后、愚昧、封闭、顽固的文化形态。同时,小说中那群在贫困和落后中生存下来的人物,却具有如此强悍的、坚忍的生命力,他们那种富有自我牺牲的意识,隐隐透露着生命的延承密码,或许,小说也在用这样的方式探索生存的艰难和生命的存在状态。丙崽的那两句话,不仅仅指向了愚昧的文化的理性批判,也指向了生命延续的无理性的隐喻。小说意味绵长,给人无限的思考空间。

在寻找文化之根的叙事冲动中,作家们常常通过充满遥远的时空感的营造,通过一些充满象征意味的人物和事件,去力图展示某一种可感知的文化。因为在一种虚构的文化时空以及具有象征性的人物形象书写中,作品更容易通过打破现实时空结构的方式去构造一种特殊的文化形态,并且,通过象征的意味去体现对这种文化形态的寻找。然而,有的时候这一文化本身也是暧昧不明、难以捉摸的,甚至一度陷于对边远地区的文化书写中。一方面,或许源自于作家创作时,对讲故事的兴趣高过了对"文化之根"的内涵的探寻,但另一方面也说明了"寻根文学"作家们所寻找的文化之"根"本身的不稳定性,以及对文化之"根"的理论立场的不确定性。

第二节 "先锋小说"

一 "先锋小说"的出场与文学形式实验

"先锋小说"主要指的是马原、洪峰、莫言、残雪、余华、苏童、格非、叶兆言、孙甘露、北村、叶曙明等人在80年代中后期创作的小说,其中有些作家的创作较早一些,特别是残雪和莫言,他们产生影响力的时间也比较早。[①] 作为一股文学潮流,1987年无疑是"先锋小说"摆出强大阵容集体亮相的年代。这一年里,《人民文学》

---

① 关于残雪和莫言的归类问题,一些评论家常把残雪与刘索拉、徐星等人一起归为"现代派",莫言也因《红高粱》而被归为"寻根文学"代表作家,这些归类体现了文学史的不同面向。本文学史因他们在文学艺术形式实验方面作出的贡献,将其列入"先锋小说家"行列。

的第1—2期合刊上,集体推出了孙甘露的《我是少年酒坛子》、北村的《谐振》、叶曙明的《环食·空城》等作品。《收获》的第5、第6期则集体推出了苏童的《一九三四年的逃亡》,余华的《四月三日事件》、《一九八六年》,孙甘露的《信使之函》,格非的《迷舟》等作品。这些作品以鲜明的话语意识和形式实验掀起了一股热潮,"先锋小说"也因这批年轻作家的出场而成为80年代文学史上不容忽视的文学现象。

"先锋小说"的出场与文学刊物的集体展示有关,而这背后起重大推动作用的就是80年代中期以来,中国文坛上发生的小说艺术观念、文学观念的变革。当时对"先锋小说"潮流产生直接影响的是小说艺术形式本体论。早在1980年《文艺报》座谈会上,李陀就说:"文学创新的焦点是形式问题。"①同时,俄国的形式主义、克莱夫·贝尔的"艺术是有意味的形式"等理论,逐渐产生了广泛的影响。至80年代中期,随着小说创作的探索,许多人已经将文学艺术形式的问题上升到了艺术的本体论问题进行阐发,并力图在创作上产生直接的影响力。李劼的《试论文学形式的本体意味》是重要标示,文中他提出:"因为正如人是一个自足的自主体一样,文学作品是一个自我生成的自足体……形式不仅仅是内容的荷载体,它本身就意味着内容。在写什么和怎么写之间,很难把前者决定为文学家们创造的最终目的。"②"先锋小说"的出场与文坛对"叙事革命"、"形式革命"的呼唤密切相关,其间理论家、批评家、编辑们对这场革命的积极参与及热切呼唤,为年轻的"先锋小说家"们的出场,提供了良好的文坛环境,这也使得"先锋小说"成了80年代艺术寻找变革出路的一个转折点,成了小说艺术形式革命的代言人。

二 艺术真实观之变

马原的小说给人们留下了深刻印象,他在小说中的那一句句诸如"我就是那个叫马原的汉人,我写小说","我得说下面的结尾是杜撰的"③的话,打破了人们在小说中寻找故事情节的连续性和现实感的阅读体验,不断地在人们试图寻找故事情节的发展方向时,告诉人们这只是一种虚构。与马原同时代的其他"先锋小说家",如洪峰、余华、苏童、格非、叶兆言等,也在小说叙述中频频使用这种叙述手法,故意暴露叙述者的叙述动机、意图、故事情节的虚构性(或叙述者的刻意为之)等等,以下就是我们常见的句子:

> 他的坟头上已经枯草瑟瑟,曾经有一个光屁股的男孩牵着一只雪白的山羊来到这里……有人说这个放羊的男孩就是我,我不知道是不是我。

---

① 王尧:《1985年"小说革命"前后的时空——以"先锋"与"寻根"等文学话语的缠绕为线索》,《当代作家评论》2004年第1期。
② 李劼:《试论文学形式的本体意味》,《上海文学》1987年第3期。
③ 马原:《虚构》,《收获》1986年第5期。

——莫言《红高粱》

我的故事如果从妹妹讲起,恐怕没多大意思。我刚才所讲到的那些,只不过是故事被打断之后的一点联想。它与我以后的故事没有关系,至少没有太大关系。所以今后我就尽可能不讲或少讲。这有助于故事少出现茬头,听起来方便。

——洪峰《瀚海》

这一次,我部分放弃了曾经在《米酒之乡》中使用的方式,我想通过一篇小说的写作使自己成为迷途知返的浪子,重新回到读者的温暖的怀抱中去,与其它人分享二十世纪最后十年的美妙时光。

——孙甘露《请女人猜谜》

于是我坐到案前,准备写一篇叫做《南方的情绪》的小说。

——潘军《南方的情绪》

这种叙述方式的小说我们称之为"元小说",简言之,就是"关于小说的小说"①,在叙述话语中,叙述者提示出如何创作小说的过程,或者将叙述的形式本身作为题材,借以让读者意识到小说的小说性。美国的帕特里夏·沃(Patricia Waugh)在她的专著《元小说》(*Metafiction*)中认为:"元小说是一种写作模式,在一个更广泛的文化运动中而言,它通常指向后现代主义。"②并且具体地归纳了区别于其他后现代主义小说的叙述技巧,包括矛盾(contradiction)、悖反(paradox)、拼贴(objects trouves:metafictional college)、互文过量(intertextual overkill)等。③显然,在 80 年代"先锋小说"的叙事规则中,"元小说"最重要的特征不仅仅是丰富小说的叙述技巧或者展示小说家们打破传统现实主义创作手法的意图,更在于他们要将小说引向对虚构性的确认。即作者这种刻意为之的叙述形式,明显是在展示讲述故事的方式,其意图在于转移读者的注意力,让他们从习惯于关注故事内容转向关注故事是怎样被讲出来的。因而,从这种反复不清、交错不明的情节中,我们可以判断,作者在告诉我们他所理解的世界的样子。作为一位有经验的读者,从这些提示虚构的语言中,我们可以判断出作者试图通过这些清晰的"虚构性"话语指向他所理解的世界的真实,也就是说,虚构的言说其实在指向另一种真实,一种不同于以往的现实主义作品表达的真实。这一点也正是"先锋小说"在使用"元小说"叙述技巧时,给中国小说创作发展带来的最宝贵的经验,因为它从哲学与艺术观念的层面改变着人们对于世界的认知方式。余华就非常直接地告诉我们:"当我

---

① [美]华莱士·马丁:《当代叙事学》,伍晓明译,北京大学出版社,1997 年版,第 93 页。

② Patricia Waugh, Metafiction:*The Theory and Practice of Self-Conscious Fiction*, London: Methuen,1984,p21.

③ Patricia Waugh, Metafiction:*The Theory and Practice of Self-Conscious Fiction*, London: Methuen,1984,pp137—149

发现以往那种就事论事的态度只能导致表面的真实以后,我就必须去寻找新的表达方式。寻找的结果使我不再忠诚所描绘的事物的形态,我开始用一种虚伪的形式,这种形式背离了现状世界提供的秩序和逻辑,然而却使我自由地接近了真实。"①

像"元小说"的叙述技巧一样,作品中打破线性时序的结构方式也体现了新的真实观。比如,马原的《虚构》中的故事时间充满着不确定性乃至混乱感。格非的《褐色鸟群》的整个故事结构处在回忆式的结构中,然而看似清晰的记忆往往在现实的证明中又变成了错误,看似渐渐清晰起来的现实又再一次被回忆的错乱打破。时间在"先锋小说"作品中成了阐释世界并非我们所见到非此即彼的样子的有效手段。无论是叙述者呈示的故事时序的改变,还是情节发展的时间的改变,抑或作者宣称的叙述时间的改变,都意味着认知世界的方式的改变。

因而,在各具特色的"先锋小说"的艺术世界中,作者们营造了一个又一个突破传统现实主义规范的世界。比如,莫言的小说世界充满着色彩感及生命的张扬力,残雪的小说世界在荒诞中展示着不可思议的人情冷漠,余华的小说世界充满了"暴力"和"血腥"的元素,格非在一次次的时间排列技巧中告知着世界的不确定性,苏童的小说世界在冷静而又不动声色的语言间流淌着一股绵柔的寒冷。"先锋小说"在对世界的理解上寻找到了他们独特的方式,而这种方式又与其在形式上表现出的对以往现实主义传统规范的突破相得益彰,并且,直接决定了他们在小说艺术观念上走向对"怎么写"的重视,也可以说,正是对"文本"本身的重视,直接推动了20世纪末期中国小说叙事的前进。

"先锋小说"形式实验潮流的消退与其涌现一样,在短时间内迅速发生了。当普通读者还在为如何接受"先锋小说"的形式实验而困惑的时候,作家们自身却已经在进行着叙事策略的转变了,这种转变当然包含了创作笔法趋向成熟,然而,形式实验的弱化无疑是重要的一部分。比如,马原、孙甘露等在80年代将形式实验演练得十分决绝的作家,在90年代少有作品出版;余华的创作风格明显发生了转变,其代表作《活着》(1992)、《许三观卖血记》(1995)等,一改前期作品的冷酷、凄冽,将叙事之笔转向日常生活,将故事与温情融注叙事笔端;苏童的文笔虽依然充满细腻与婉润,但自《妻妾成群》(1989)始,历史故事与日常生活越来越成为显著特征,到了《离婚指南》(1991)等作品,则将日常生活叙事完全纳入笔端。有评论家曾经这样论述:"如果把1989年看成'先锋派'偃旗息鼓的年份,显然过于武断,但是1989年'先锋派'确实发生了某些变化,形式方面探索的势头明显减弱,故事与古典性意味掩饰不住地从叙事中浮现出来。"②面对这批作家们创作风格的改变,一方面是批评家们痛苦状的感叹"先锋"的"失落",另一方面是这批作家中的相当一

① 余华:《虚伪的作品》,《上海文论》1989年第5期。

② 陈晓明:《表意的焦虑——历史祛魅与当代文学变革》,中央编译出版社,2002年版,第97页。

部分人,在 90 年代不断地进行着创作新作的努力,并且,他们的作品一次又一次地收获了不错的出版量,以至于不管是在批评声还是赞誉声中,他们都吸引了研究者和读者的目光,成为 20 世纪 90 年代甚至 21 世纪文学舞台上的名角。"先锋小说"的存在已经不是通常意义上理解的充满叛逆性和战斗的孤独感的"先锋"了。

从文学史的意义而言,"先锋小说"对叙述方式变革的执着,对语言表述方式的改变,让我们看到了中国小说"文本"的变革。一定意义上,其形式上的变革使中国小说叙事策略走向了一个高度,并开始真正关注小说的艺术性的问题。但是,其形式变革也包含着追求技术创新的躁进、作家价值建构的游移,以及对生活感悟力度的缺乏。并且,很快在大众需求的温情中,淡化了对人性和生活的叙事的尖锐感。更重要的是,这不仅是 80 年代"先锋作家"的问题,而是我们整个当下文学创作的问题。我们无法要求一代先锋作家永远"先锋"下去,但是,每一代作家中,依然需要"先锋"。所以,我们思考 80 年代"先锋小说"的艺术形式,与其说是为其创作本身而思考,不如说是为其之后所有作家的创作而思考。

第三节　"新写实小说"

一　命名中的"现实"期待

作为一股创作潮流,"新写实小说"文学史地位的确立得利于当时文学批评力量的推动,其中,1988 年 10 月《钟山》杂志与《文学评论》杂志联合召开的"现实主义与先锋派文学"讨论会起了很大的作用。在此次会议上,批评家们将"新写实小说"作为重要的文学现象提出来,并且,《钟山》杂志从 1989 年第 3 期开始,专门开辟了"新写实小说大联展"专栏,推动"新写实小说"创作潮流,且在其"卷首语"中对"新写实小说"作出了这样的命名:

> 所谓新写实小说,简单地说,就是不同于历史上已有的现实主义,也不同于现代主义"先锋派"文学,而是近几年小说创作低谷中出现的一种新的文学倾向。这些新写实小说的创作方法仍是以写实为主要特征,但特别注重现实生活的原生形态的还原,真诚直面现实、直面人生。虽然从总体的文学精神来看新写实小说仍划归为现实主义的大范畴,但无疑具有了一种新的开放性和包容性,善于吸收、借鉴现代主义各种流派在艺术上的长处。新写实小说在观察生活、把握世界的另一个特点就是不仅具有鲜明的当代意识,还分明渗透着强烈的历史意识和哲学意识。但它减退了过去现实主义那种直露、急功近利

的政治色彩,而追求一种更为丰厚更为博大的文学境界……①

尽管并非所有参与联展的作品都能被统一在这一宣告之中,其概念自产生起就带有诸多暧昧不明的因素,但这一命名使"新写实小说"成为理论建构比较清晰的文学现象,"新写实"这一定义也成了80年代末期以及影响了90年代文学创作的一种独特的文学现象。1989年10月,《钟山》杂志还和《文学自由谈》杂志联合召开了"新写实小说"讨论会,全国范围的各大期刊也纷纷刊载作者及评论家关于此话题的各色文章。至此,"新写实小说"这一命名被广泛使用。由此,像池莉的《烦恼人生》(1987)、《不谈爱情》(1988)、《你是一条河》(1991),方方的《风景》(1987)、《黑洞》(1988)、《纸婚年》(1991),李晓的《继续操练》(1986)、《关于行规的闲话》(1988),刘恒的《狗日的粮食》(1986)、《伏羲伏羲》(1988),刘震云的《塔铺》(1987)、《新兵连》(1988)、《单位》(1988)、《一地鸡毛》(1990),叶兆言的《艳歌》(1989)、《关于厕所》(1990)等被视为"新写实小说"代表作。这一类将日常生活琐事纳入叙述笔端,并极力展示其"原生态"的作品,已经改变了社会主义现实主义形成的生活真实观,在彰显人们对生活琐事以及自身身体的感性体验中,使得其对"现实"的选择出现了"新"的"写实性"。

二 日常生活的客观化叙事

在大多数"新写实小说"的作品中,日常生活作为关键词汇位于重要位置,而且,这些日常生活大多是庸常人生中围绕在我们身边的琐事:吃饭、睡觉、经济拮据、住房拥挤、恋爱、结婚、怀孕、生子,上班、下班,夫妻间的争争吵吵、婆媳间的矛盾、同事间的勾心斗角、丈夫的移情别恋、妻子的不依不饶、生活的平淡无奇或活着的点滴乐趣等等。比如,池莉的《烦恼人生》写了一个人一天的生活。小说故事的时间结构完全依照物理时间顺序展开,写了印家厚从早晨到夜晚睡觉的一天的生活:半夜的时候因为儿子掉下床引发了妻子对房子小的抱怨,也开启了印家厚一天的生活。早晨起床后到公共卫生间挤着上厕所、洗漱,带着儿子挤公交车、上渡轮,吃早饭,将儿子送至幼儿园,然后,自己终于走进车间大门开始上班。中午去幼儿园处理儿子"调皮"事件、去副食品商店买父母的生日礼物,读以前知青伙伴的信件。下午又回到车间工作,下班后接儿子挤公交、坐船回家。晚上吃饭、与老婆交谈家长里短、睡觉。以此,沿着从早到晚的顺序,印家厚结束了一天的生活。从琐琐碎碎的事情中,我们不得不说印家厚是一位生活在物质和精神都同样困顿的生活中的男性,然而,印家厚也在用自己的方式突破着生活的困顿,比如,因爱护儿子而打人、冲厂长发火,乃至在溜进被子的时候梦想着生活的安心,等等。

---

① 《新写实小说大联展·卷首语》,《钟山》1989年第3期。

　　爱情这一主题是最能体现"新写实小说"在生活面前的趋实性的,作品中的爱情往往缺失了浪漫、崇高、温馨或者海誓山盟的激荡感,而被包裹上了生活只能如此的无奈和小小的愉悦感。比如,《烦恼人生》中,印家厚虽然对优雅女性也充满着念想,甚至其女徒弟也对他心生好感,但在烦琐的现实生活中,他最终只能抛弃幻想,乃至关注起妻子那双被生活磨砺得手掌粗糙的手时,也发出了赞叹之声,这种赞叹也是印家厚式人物的生活所然,不乏有种日常的温暖感。"新写实小说"的另一部代表作方方的《风景》,则将爱情直接让位给了生存。从小饱受饥饿、冷漠和虐待的七哥,终于通过求学有机会离开了那个小屋。而最终走出贫困小屋的七哥,直接将爱情作为改变他命运的工具。池莉的《不谈爱情》,则直接以爱情为主题,并让爱情打破所有的浪漫想象,化为庸俗至极的日常生活。这里传达的婚姻精神充满了"俗味"的乐趣和温情,这种乐趣和温情也成了 90 年代激荡普通读者内心世界的精彩文字,似乎在一个不提倡英雄主义和理想激情的时代里,面对生活的不足,人们需要的不是为爱情而甘愿付出一切哪怕是生命的牺牲精神,也不是英雄式的改变世界的豪言壮行,而是在现实中不自觉地去约束自己的欲望和情感,从困顿中寻找生活中点点滴滴的乐趣。

　　如果说以上作品更多地反映了庸常人生中生存的无奈及温情的话,那么,像刘恒的《狗日的粮食》(1986)、《伏羲伏羲》(1988)等作品则将叙事的主题指向人类日常生存最基本的"食"与"性",并且,拥有了某种文化批判的意味。比如,《狗日的粮食》中用粮食换回来的"瘿袋"女人,作为妻子和母亲,为了粮食、为了生存"有勇有谋,骁勇善战","阴招损招"全部都用了出来,偷南瓜,摘邻院伸过来的葫芦,打公家仓库鼠窝的主意,甚至从骡子下的鲜粪里面去扒出碎的玉米粒。她在贫困线上挣扎着所做的一切,充分表明了她可以忍受饥饿、挨打受骂,可以调动人生的所有智慧、霸道及狡猾,来维持一家人的生存。但是,她却接受不了自己把粮票弄丢的失误,并最终以死亡的方式来结束这一行为。在这里,作者将"食"这一基本的日常生活需求与特定社会中人对"食"的精神依赖相结合,从而展示出特定时代中"食"之"沉重"与"苍凉"。《伏羲伏羲》则指向人对性的依存。杨天青与婶子菊豆之间难以克制的性关系、性无能的杨天白对菊豆的虐待,充分展示了性压抑时代人的欲望的扭曲和无所适从。

　　"新写实小说"将日常生活作为叙事的内容,与此内容不可分割的是在叙事策略上采取的客观化的叙事姿态。所谓客观化,实际上就是叙述者保持着一种冷静、客观的叙述姿态,极力地避免作者对书写对象作出的各种评价,创造出一种类似于纪实性的效果。这样的叙述策略直接促使了小说中的日常生活琐事以一种全面的、生活化的、似乎是不加筛选的方式呈现出来。在叙述过程中,尽量不动声色地记录下对象的自身的特征及发展动向,不加以有意识地筛选和评价。像《烦恼人生》《一地鸡毛》的结构布局和主人公日常生活琐事的展示,以及《风景》《狗日的粮食》《伏羲伏羲》中对人物情态的不动声色的描述,都体现了这一特征。在叙述过程中,叙述者尽量避免对人物的言行作出评价,不管主人公对自己和周围的一切采取怎样的立场,叙述者都尽量保持着一种记录式的姿态。正如《钟山》杂志"新写实小说大联展"的卷首语所言:"特别注重现实生活的原生形态的还原","现实生活"和"原生态的还原"两者相得益彰,只有通过这种客观化的叙事策略,才能使得日常生活得以呈现。

"新写实小说"借助客观化的描述,摒除了以往书写现实题材作品中常有的那种高高在上或者是全知全能的叙述姿态,不再以启蒙、超越、劝诫、拯救、批判的叙述姿态来关怀现实,而对生活作了现象学式的还原,这种还原的背后,体现的正是作者们对日常生活的关注和对芸芸众生的忙碌人生的关怀以及对以往现实主义规范的反拨。

第四节　20世纪80年代诗歌

一　20世纪80年代诗歌格局

20世纪80年代的诗歌是热烈而又多元的,堪称诗人的"黄金时代"。一些新兴的诗歌力量潮流涌动,首先是"朦胧诗"的崛起,其后,就在"朦胧诗"方兴未艾之时,便有一批年轻的诗人喊着"北岛PASS"的口号,组建了一个又一个的诗歌社团,大胆地表白诗歌主张并自主创办发行一本本的诗歌刊物。这些诗派主张虽有不同,但都体现了强烈的诗歌变革意识、热烈地表达新的诗歌主张,并进行诗歌语言的革命,我们将其称为"第三代"诗歌或"新生代"诗歌。若从整个80年代诗歌流变史来看,占据80年代诗坛的主要诗歌流派有:"归来者"的诗歌、"朦胧诗"以及"新生代"诗歌。

"归来者"的诗歌。这是一个特殊的诗歌群体,这一派作家的命名源自1980年艾青将其恢复创作后的第一个诗集命名为《归来的歌》。这一诗派的代表诗人主要包括艾青、唐湜、公刘、白桦、流沙河、邵燕祥、昌耀、周良沛等50年代被打为"右派"的诗人,牛汉、绿原、曾卓等"七月派"诗人,以及杜运燮、辛迪、陈敬容、郑敏、唐祈、袁可嘉、穆旦等在"十七年"中"消失"的诗人。顾名思义,这批诗人在50—70年代被迫或自觉地"离开"了诗歌的写作,如今,他们又重新恢复了写作。这批诗人历经磨难的历史命运以及饱含深情的历史深思和爱国热情,使他们的诗歌虽然创作风格不尽相同,但普遍有种历史反思的沉重感、承受命运的坚韧性以及呼唤新生活到来的真诚感。比如,艾青的诗歌《鱼化石》(1978)中,一条鱼成为鱼化石的意象是经历了"反右派"和"文革"的一代知识分子经历的象征,作者在诗作中表达的对斗争及生命的渴望,也正是一代人的渴望,作品中所阐发的"斗争"精神,既是生命存在力量的确认,也是抗争精神的象征。

"朦胧诗派"又称为"崛起"的诗群,指的是以舒婷、北岛、顾城、江河、杨炼、芒克、多多、梁小斌等人为中心的诗人群体。这些诗人中的大多数在"文革"期间开始诗歌创作,但到了70年代末期,他们才显露于文坛。其中,大部分作家先是在民间刊物《今天》上发表作品,后来,一些"正式"的刊物也开始发表在《今天》上发表过的诗歌。比如,《诗刊》自1979年3月始,先后发表了北岛的《回答》,舒婷的《致橡树》、《祖国啊,我亲爱的祖国》等;《星星》发表了顾城的《抒情诗19首》等。《诗刊》以及诗歌理论刊物《诗探索》还推出了舒婷、顾城、梁小斌、徐敬亚等新人专栏。以此,"朦胧诗派"进入大众的视野。对这些"新诗"的评价也很快成为诗界所关心的问题,一场旷日持久的争论逐渐展开。论争双方迅速地被分为支持与反对两派。谢冕、孙绍振、徐敬亚、刘登翰、洪子诚等人支持"朦胧诗",肯定其存在的价值,被称之为"崛起派"。章明、周良沛、丁力、柯岩、程代熙、吕进、艾青等人则对"朦胧诗"持批评或反对态度。"崛起派"普遍建构了一种"朦胧诗"对抗了刚过去的诗歌传统规范的合理性,而反对者或批评者们所持的观点主要有两类,一类认为诗歌"朦胧"、"晦涩"、"费解"、"难懂"等,一类认为这些诗歌的诗风是受到西方某些不良的主义的影响,应该引起警惕。双方的论争各执一词,都有着自己坚定的立场和话语逻辑出发点。虽然,批评者借助了诸多社会学层面的术语和力量,似乎在发言的声音上更加的响亮以及有更强大的理论支持,并且在"清污运动"中取得了一定的优势,然而,从文学史的角度来看,"崛起派"显然能够引起更多的历史同情感,人们对新事物的接纳以及变革文学创作手法的渴望,越来越成为众多年轻作家和批评家的追求,甚至,反对的声音越大,支持的声音也越大。所以,从此场论争的种种结果来看,"崛起派"取得了大获全胜的效果。一定意义上,历史选择了"朦胧诗"的"崛起",历史也将这帮个性、诗风、人生境遇各不相同的年轻诗人,归类在了一起,希望以一种集体式的亮相来壮大声势,在历史潮流中发出自己的声音。

"朦胧诗派"以一种反叛的姿态来面对过往的时代,书写着经历过混乱的时代的年轻人的共同心声,在表述上,却用"我"来取代集体式的"我们",尽量彰显着个体化的形态。比如,北岛的诗歌《回答》(1979①),以一连串的"我不相信"建构充满预言性、判断性、宣告性的语式,完成了一次充满庄严感的情感表达,却也在否定的意象中,叠加着"转机"、"星斗"、"五千年"、"未来"等"肯定性"的意象。因而,这个被作者指定为"我不相信"的世界却又包含着"相信的"或称之为"建构的"世界,同

---

① 关于《回答》的发表时间,据北岛自己说,1973年就开始写了,中间有过几次修改,1978年修改后发表在《今天》上面,并在诗后写了1976年。1979年在《诗刊》上发表。

时,作者所"不相信"的不仅是别人相信的,也包括别人所不相信的,在此,意象与意象的叠加及转换也构成了作品充满多义性及悖论性的主题。这种多义与悖论本身更能说明诗人面对世界时的复杂情绪,以及对自我意识确认的真诚性和复杂性。舒婷则通过女性人格的塑造和人性理想的张扬,将这种自我意识的确认进一步明晰化,其代表作《致橡树》(1978)常常被视作女性个体独立意识的宣言而备受关注。顾城的《一代人》(1980)用"黑色的眼睛寻找光明"。江河与杨炼则以雄浑深厚的历史感和悲壮澎湃的忧患感,创作了一组体现民族、历史凝重性的长诗。梁小斌在《雪白的墙》(1980)、《中国,我的钥匙丢了》(1980)中,以一种强烈的抒情方式表达了一代人的思绪。

关于"新生代"诗歌,这一代作家的出场与"朦胧诗"派有着紧密的联系,在80年代中期,便有一股"打倒北岛"、"北岛 PASS"的思潮在一些更年轻的作家那里酝酿而出。同时,诗歌创作也成为当时大量年轻人的追求,这批诗人快速成为"朦胧诗"新锐势头衰减之时的诗坛新生力量,制造着大规模的"断裂"、"哗变"的景象。理论界将他们命名为"新生代"、"第三代"、"后崛起"、"后新诗潮"、"实验诗"等等。其代表主要包括:以韩东、于坚、朱文、于小韦、陆忆敏、丁当等为代表于1984年在南京成立的"他们派",以周伦佑、蓝马、杨黎等为代表于1986年5月成立的"非非派",以西川、王家新、欧阳江河等为代表的"知识分子写作",于坚、伊沙等人的"民间写作",以及80年代中期以后,涌现于文坛的一批女性诗人,包括翟永明、伊蕾、唐亚平等。这些诗人派别众多、山头林立,也是90年代诗坛的主力。从文学史面貌的整体情况来看,这些诗人采取组织诗歌社团、发表宣言的方式开展活动。比如,倡导"非非主义"、"莽汉主义"、"新传统主义"、"知识分子写作"等等。在主题和诗歌语言的探求上,极力摆脱他们前几代诗人那种承担历史责任、政治主题的影响,而极力彰显自我的独特性,追求诗歌话语的自觉意识,其中,不乏以反叛"朦胧诗"出场的诗人。比如,韩东的《有关大雁塔》(1986),极尽消解和反讽的表述功能,剥离历史或传统附加在大雁塔上的种种文化内涵、传统喻义和神圣的想象,将其还原为一个普通的建筑物。这与杨炼的《大雁塔》正好形成了鲜明的意蕴对比。诗的语言的口语化特征日渐鲜明,诗人们普遍追求诗是对充满"世俗味"的日常生活的描述,以一种反理想,反崇高的姿态,在语言和语言的运用中去感受生命和生活的色彩。比如,于坚的诗歌《那时我正骑车回家》(1986)将秋的情景定格为骑车回家时,遇到秋天的一场大风,秋风吹乱了大街上的人和东西,吹得"我"和沙粒一起滚动,吹落了树叶。于是,秋天的到来仅存在于我感受到风的那瞬间,而这种感受早已经没有了传统意义上悲秋的伤感,仅仅是一个秋天到来的事实而已。

相较于"朦胧诗"因不满于诗歌现状而发出了艺术变革的呼声,并以努力寻求具有个体特征的表达方式来建构其独特的艺术世界。"新生代诗"则同样以不满于文坛诗歌现状为由,力图打破文学的惯例以及"北岛们"造成的"影响的焦虑",极力彰显其"反叛"的姿态,以一种散乱又集群式的方式向文坛发出声音。这是新生代诗人独特的历史经历决定的,他们不仅较少受制于政治意识形态主导的政治、伦理、文化等观念的束缚,同时,他们置身于一个多元文化景观和选择多重化的文学环境之中,市场经济带来的价值观念的冲击以及西方文化、哲学、艺术观念的影响力在他们身上都有更强的表现。在诗歌表达自由的心声上,他们拥有更强的主体意识和自由度;在诗歌语言上,他们追求在诗歌语言形式与生存或自我生命本质间建立更直接的关系。

80年代中后期,在追求诗的口语化、感觉的平面化的诗歌潮中,也有以海子、骆一禾为代表的一些年轻诗人,主张为诗寻找一个可以寄托自己理想的家园。诗歌中表现得最明显的是厚重的生命意识、传统诗学的延承、对精神神圣性的追求等。比如,海子的诗歌《亚洲铜》(1985),借助这一具文化隐喻的物象,连接出千年历史绵延的厚重感,创造了一种史诗般的感觉。他的《太阳·土地篇》(1987)则借助"土"和"火"这样充满了抽象感、象征性和凝练性的"元素"来建构贯穿全诗的精神内涵。骆一禾诗歌体现出的对生命、自然的深度和广度不亚于海子。有评论家曾将海子、骆一禾的创作称为"诗歌先知运动"。① 骆一禾诗中体现出的强烈的审思人类的精神气质和灵魂归宿的思想,成就了诗的人文精神,也成就了诗意的厚重感。比如,在他的诗歌《为美而想》(1988)中,诗人选择了大地鲜花盛开、万物生长的五月这一季节来承载其对美的想象和礼赞,从河流、岩石、雷电、地衣、青苔、工蜂等诸多的自然之物中,导向沉思之美。这样的深思和精神追求,在其他第三代诗人那里,显得格格不入,然而,细细品读,海子和骆一禾诗中传达出来的一代人的精神困境和诗意渴望,与那些用口语化的语言来表达"此在感"的诗作有着共通的精神诉求。只是,一个以沉重的前行的姿态进行,一个以谐趣的调侃的姿态进行;在寻找人活着的意义和知觉上,一个最终靠近了哲学的思辨和宗教的启示,一个不断地靠向世俗中的日常生活。

或许是一种巧合,或许是一种象征,或许更多的是一种精神气质的相通性,是一种诗歌理想崩塌的暗示,1989年海子和骆一禾离世之后,第三代诗歌的浪潮也面临着落潮的命运。在90年代的经济浪潮中,曾经聚集得热热闹闹的诗派走向了解体,诗人们或出国,或下海,或停笔,或改写小说,或从事影视行业,或另谋他职。许多诗人将1989年当作了一个转折点,欧阳江河曾说:"'89'事件在人们心灵上唤起了一种绝对的寂静和浑然无告,对此,任何来自写作的抵销都显得不足轻重,难

① 朱大可:《先知之门——海子与骆一禾论纲》,载崔卫平编《不死的海子》,中国文联出版公司,1999年版,第127页。

以构成真正的对抗。"①当然,90 年代的诗坛也响起了"知识分子"写作和"民间"写作的声响,然而,无论从诗人的情感,还是诗作的诗情来看,90 年代的诗歌没有了80 年代的混乱和繁荣、躁动和激情了。

诗歌理论家唐晓渡曾说:"时过境迁回头看,再不怀旧的人大概都会认可,80年代是一个诗的黄金年代,也许是新诗最好的年代,一位老诗人曾经断言,迄今为止的新诗人,将来能站得住的恐怕也就三四十个,而 80 年代出来的会站到半数左右。"②在一个内心追求诗性的年代里,以诗歌的方式表达内在的情绪,已成为时代的一种流行方式。"朦胧诗"是批评界对其中一类诗人的命名,它的出现不仅代表着一种新的诗歌表达方式的出现,更代表着 80 年代人们对文坛新诗的一种呼唤,这种呼唤也持续到了其他更年轻的诗人身上。所以,尽管以归类的方式总结 80 年代的诗歌显然是理论界为了梳理门派林立的 80 年代诗歌的权宜之计,但它足以说明 80 年诗歌的繁盛之景。或许,历史将最终选择出哪些诗人能站得住脚,但无论如何,在 80 年代,一个诗人无论以什么样的语言、什么样的方式发声,其都充满了诗性的激情,这是一个值得怀念的诗情岁月。

二　女性诗歌

在 80 年代,"女性诗歌"也以 20 世纪中国文学史上从未有过的规模和姿态呈现了出来。1985—1989 年间,《诗刊》《人民文学》《诗歌报》先后以大幅版面刊出翟永明、伊蕾、唐亚平、海男等人的作品。这批诗人及诗作的出现,进一步触动了80 年代后期女性发出的对抗和消解男权意识的话语,私人化的经验在笔尖流淌,激情与神秘的意象在言语间交缠。中国女性主义意识的表达进入了一个新的时期。从另一层面讲,正是大批量的女性诗人的涌现,使得文学史不得不作一性别化的命名,将其称之为"女性诗歌"。正如谢冕提到这些诗歌呈现的场景时所说:"向我们展示了前所未有的丰富和坚卓,无论是对照古典诗歌的长河,还是相比于新诗前 60 年的进程,都无疑是一次'创世纪'意义的拓殖。她不仅以其与当代男性诗歌同步并进的规模和成就,充填了一个巨大的历史空缺,且以其富有朝气的新鲜质素和非凡的表现,拓展了当代中国诗歌的精神空间和艺术空间,也为汉语诗歌加入到世界文学格局做出了一份特殊的贡献。"③

与 80 年代初期女性诗歌中表达的真善美、人的尊严、平等诸主题相比,这一浪潮中显示出的女性意识则展示出了一种非理性、反崇高、反优美的色彩。诗歌在主

---

① 欧阳江河:《'89 后国内诗歌写作:本土气质、中年特征与知识分子身份》,《谁去谁留》,湖南文艺出版社,1997 年版,第 235 页。
② 新京报编:《追寻 80 年代》,中信出版社,2006 年版,第 172 页。
③ 谢冕:《中国女性诗歌文库·总序》,春风文艺出版社,1997 年版,第 2—3 页。

题意象上往往专注于表达女性个体对生活及自我身体的感性体验,执着地暴露着个体生命之于生活和生存的困惑、不安与玄秘,往往通过彰显私密性体验来张扬女性的知与感,以此,对女性生命个体的探索被推向一种新的极致。翟永明的《女人(组诗)》(1986)便是较早完成了展示鲜明的女性立场的作品,明确地展示了女性的自我世界:一个女人处处洋溢着身体的力量,奋不顾身地奔向自己追求的目标,在世界中,颤抖而又坚决的生存。诗歌给我们展示出一个在尖锐而又焦灼情绪中塑造自我的女性,这种感性化的语言也正是作者所要表达的女性世界。伊蕾的组诗《独身女人的卧室》(1987),更大胆地展示了女性之于身体、之于性的感知和渴望,以此来呈现"女性"。其中《自画像》这首诗围绕着自画像来书写自我,用坚定又不断重复的语气执着地表达着对自我的确认,包括点滴的爱恋情绪,通过身体的展示将作为女性的自我进行最大能量的展现等。

这些女性诗歌中,诗人们特别钟情于"黑色"、"黑夜"等意象。从诗歌的标题上便可见一斑,如翟永明的《黑房间》(1986)。唐亚平的长诗《黑色沙漠》(1986)中的小诗都以黑色的意象为题,从《黑夜》、《黑色沼泽》、《黑色眼泪》,到《黑色犹豫》、《黑色睡裙》等等,正像她自己在标题下所言:"我的眼睛不由自主地流出黑夜,流出黑夜使我无家可归。"①黑色成为这些女诗人诗作的底色,黑夜意识在诗歌行文间流淌,这指向的不仅是"女性诗歌"在意象表达上与之前作家的差异,更重要的是,她们借助这样一种书写,以一种锐利的方式呈现女性内心深处的世界,并实现着反抗、自我拯救或者是逃离。她们不仅热衷于书写黑夜,而且,积极地创造着黑夜,似乎在黑夜或黑色中的自白才能找到最有力量和最真实的自我。黑夜显然成了表达女性意识的意象选择,在黑夜中她们伸展自我的身体、情感和思想,触摸着世界的冷峻与清冷,更在黑夜中探秘自我的心灵,解放着自我的情绪,寻找存在的真实感,打开了现代女性的精神之门,并创造出独特的诗意诗情。

自白式的言说方式,又使"女性诗歌"的语言有了一种表白自我的情感和对身体、对世界的感觉的直击力,借着"黑夜意识"的传达,让读者时时感到诗人对内心隐秘心理的关照,对私密经验的热衷。正如翟永明谈到陆忆敏的诗时所说:"读她的诗总是给我的心重重一击,于是我的心里总似有一道指痕来自于她目光的注视和穿凿。她的力量不是出自呼喊,而是来自磨尖词语的、哽咽在喉式的低声诉说,这诉说并不因了她声音的恬淡平静而弱化,恰恰相反,她那来自生命内部的紧张、敏感与纯粹,从她下意识的深处扶摇上升,超越词语和意象,就像她本人柔而益坚的形象,'用眼睛里面的黑色(或咖啡色)瞳仁向你微笑'(陆忆敏语)。"②这里不仅

---

① 唐亚平:《黑夜(序诗)》,谢冕主编《中国新诗总系 7 1979—1989》,人民文学出版社,2010 年版,第 404 页。

② 翟永明:《纸上建筑》,东方出版中心,1997 年版,第 212 页。

谈出了陆忆敏诗作中流露出的女性看待世界的紧张感和敏感性,也说出了这一群女性诗人进行诗歌创作时来自内心深处的隐秘动力。

"女性诗歌"在语言上的感性化、直觉化,以及独特的女性个体经验的呈现,使其诗意诗情的表达突破了长期束缚诗歌发展的概念化特征,并使诗充满了灵动感和形式感,建构了独特的女性诗学。这一诗学体现了 80 年代诗学变革的重大突进,在表述的主题上体现出了从 70 年代末关注人的尊严转向了关注个人的身体,在言词上体现出了从柔情言说转向了自白式的呐喊。不过,"女性诗歌"一出场便陷入了争议中。比如伊蕾的《独身女人的卧室》在《人民文学》1987 年第 1—2 期合刊上发表后,众说纷纭,毁誉不一。像梁小斌就直接评论她为中国最优秀的女诗人,对其在女性形体和心理上的展示给以充分的肯定。然而,更多的评论者看到了诗作中"性"的书写,并为这样一种直接大胆的呈现表示了不解甚至给以强烈的批判。这当然离不开时代的原因,对走过了近半个世纪的身体禁忌的文坛来说,这些汹涌而至的"躯体言说"让人充满了困惑以及巨大的兴趣。另一个重要的原因在于对女性诗学的认知问题,因为从诗歌和评论的声音中,我们可以看到,无论是诗人自己还是众多评论者,都热衷于诗歌是否表达了女性的个体经验,而且这些经验必然是感性的、隐秘的。实际上,女性是一个生理学、心理学、社会学意义上的共同概念,文学作品对女性存在的表达,也不仅仅是专注某一方面的表达,女性除了特殊的生理、心理体验之外,还有与男性共同的甚至是相同的体验,而这些"女性诗歌"在"躯体体验"表达上的执着,在社会经验或者女性与男性的共同经验的表述上的规避,也导向了评论者更加专注于用"女权主义"或被规约了女性个体经验进行评述。从这个意义上讲,80 年代中后期的这股"女性诗歌"潮流建构的女性意识是突围亦是限制。

第五节　女性散文

一　女性散文作家群的显现

80 年代散文作为"新时期文学"话语资源的重要组成部分,同其他文学体裁一样,一直努力着突破"十七年"以来的散文创作模式。从拒绝"以小见大"、"托物言志"的主题和结构模式,到摆脱杨朔、刘白羽、秦牧等人的散文范例,到"文体自觉"口号下进行的"美文"、"艺术散文"、"抒情散文"等相关散文概念的重新界定,老一代作家和新一代作家,以他们不同的人生经历为基础,呈现了风格各异的作品。巴金、冰心、萧乾等一批老作家的作品,常被认为是文学复归人性、复归人的真情实感的传达的成果。孙犁、杨绛、陈白尘、柯灵、黄裳、黄永玉、徐铸成、汪曾祺等人的作品,以各具风格的文风,再一次拓展了当代散文的表现能力,展示了 80 年代散文复苏的迹象。较有影响力的,如巴金的《随想录》,从 1978 年 12 月开始创作,1986 年 8 月完成,共 150 篇,先是在香港的《大公报》上发表,后由香港三联书店和人民文学出版社陆续出版。其创作宗旨即在于对"文化大革命"的深刻反思,作者不仅以深刻的历史意识和使命意识对历史作出了揭示和批判,而且,体现了深刻的自审意识和忏悔意识,被称为"讲真话的大书"。

在 80 年代,散文创作上的探索始终不断,随着价值观念的变动及受到各种写作方式的影响,越来越多的作家不满足于以往陈旧的表达方式,在作品的主题及写作技巧方面都作了积极的探索。同时,随着理论界对散文概念及散文性质的探讨,散文的艺术性越来越强了,出现了大量特色鲜明的作家。其中,一批女性作者以群体的形式介入散文创作领域,格外引人注目,主要代表有陈慧瑛、韩小蕙、黄茵、李佩芝、李天芳、马丽华、斯妤、唐敏、王英琦、叶梦、苏叶等。

散文理论家佘树森曾说:"女子散文创作现象,是衡量整个散文创作盛衰的一个极其重要的侧面与角度。因为,当众多的女性作者,拿起笔来向人们畅诉衷肠的时候,必然是一个思想活跃、个性自由的时代;而艺术气质与风格独特的女子散文,也必然充实与丰富着散文的审美世界。"①散文直接言说心灵情感的特征,更使我们得以通过女性散文清晰地辨别 80 年代文学的语境以及女性文学的特点,其在书写个体、语体创新等方面作出的成就,是不可忽视的。

二　"人性"话语建构中的精神取向

80 年代女性散文的主题紧切时代的脉动,由最初的诉说历史伤痛到反思,渐渐地呈现出对女性主体意识的张扬。时代所提供的高扬人性、呼唤人道、文化启蒙的文学语境,为女性散文在书写女性意识时提供了独特的场域。所以,相较于中华人民共和国成立以来忽视女性的性别特征,以及 90 年代以后极力彰显女性的身体体验等特征,80 年代的女性散文在寻找女性自我、呼唤女性意识的主题上,体现出了"新女性"与"人性"相互交错的局面。在社会角色的思考、个体经验的叙述上,将自己定位为女人、妻子、母亲、女儿等角色时,张扬的往往并不是作为个体的性别体验或强烈的欲望,而是背负着社会良知、人性等内涵的社会启蒙话语。在女性经历及经验的言说上,更侧重于社会人生的视角,而不是个体经验的内化性、私密性。

比如,杨绛的《干校六记》(1981),张洁的《拣麦穗》《挖荠菜》《盯梢》等"大雁系列"散文(1980 年前后),季红真的《古陵曲》(1980)等作品,充分体现了 80 年代

---

① 佘树森:《中国现当代散文研究》,北京大学出版社,1996 年版,第 42 页。

初期女作家在创作中切合时代主题的精神取向。杨绛的《干校六记》可称作"反思文学"的重要组成部分,作者通过《下放记别》、《凿井记劳》、《学圃记闲》、《"小趋"记情》、《冒险记幸》、《误传记妄》六篇散文,记叙了自己于 1970 年 7 月至 1972 年 3 月在干校的一段生活,借助个人的经历,真实地反映了那个特殊年代中国知识分子的经历和命运。作品既没有着笔于时代中发生的悲惨大事件,也没有喋喋不休于女性个体的身体体验,而是以一种平和的笔法,通过叙述身边的一些小事件,展示了荒谬年代种种非人道的现实,正可谓是"大背景"、"大故事"的点缀。

张洁的作品充满了对时代、对社会的理性关怀。比如,《拣麦穗》回忆了几十年前拣麦穗的一段往事,在充满温情的笔调中,叙写了一个农村老鳏夫凄凉的晚景;《挖荠菜》则着眼于童年时代经历的饥荒和人世的苍凉。这些散文虽然以少女为视角,充满了女性的柔婉和细腻,但实际上并不着力于彰显女性主义的心理体验,而关注了小人物、人生苦难等当时的社会化问题,其对社会现象、人生苦难的书写,充满了人道主义关怀。季红真的《古陵曲》在这方面的展示则更明显。作品记叙了自己游览古陵的体会,面对古朴神秘的西陵,面对着文官、武官的石像,作者发出了这样的感叹:

> 不知为什么,我第一次看到他们,就产生一种本能的反感,不自觉地把脸转向一边。文官麻木的脸上带着虚伪的笑容,武将立目横眉,貌似威严,却更显得愚钝可笑。年事稍长,看了一些西方文艺复兴以后的雕刻肖像,相形之下,才明白,这些石人让人厌烦的原因是缺少人体的曲线和精神。转而一想,封建专制制度是束缚人的精神的,没有精神的肉体必然缺少优美的形态。这四具石像僵直的体态、呆板的神情不正活雕出封建时代忠臣良将的精神面貌吗?

这里,我们可以看到作者表达的反封建主义、呼唤人性自由的意旨鲜明而有力,这也正是新时期之初打破禁锢、高扬人性的"新启蒙"话语的表现。同时,这篇借景抒情的散文,无论是描述所见之景,评论历史,还是批判中国传统文化,作者在叙述情感中包含的理性思辨力量都相当鲜明。

另外一些直接言说女性自我形象、确证女性身体体验的作品,则展示了个体经验的另一个维度。对于新时期初期大部分女性散文而言,她们的身体体验充满了理性的思辨色彩,王英琦是典型代表。她的《没工夫闲愁》(1990)、《我遗失了什么》(1986)、《写不出自传的人》(1986)、《大唐的太阳,你沉沦了吗?》(1985)、《被"造成"的女人》(1989)等作品,充分体现了她所坚持的女性意识,字里行间流露出来的那种"义正词严"的坚决感,以及女性角色定位的矛盾性,体现出了作者内心的坦诚、强烈的批判性、躁动不安性乃至决绝感。在女性角色的定位中,作家更侧重用思辨、说理的方式从观念层面批判现有的女性观,而不是从女性独特的身体体验的层面书写女性独特的情感。

也有一些作家,如唐敏、叶梦等,对女性情感的展示更细腻些。比如,叶梦的

《羞女山》(1983)是新时期较早地宣扬女性主体情绪的作品。作品对现有的关于羞女山的种种充满男性意识的观念进行了摒弃,大声地质疑羞女山的传说:"凝固了几十年的山石,怎么只会是一个弱女子的形象呢?"而她所认为的形象是女娲。将传说中的女神——女娲赋予了山石,体现了作者对大写的女人的认同,并且,体现出了作者心理层面上建构社会英雄的追求,这远远超出了对女性生命情感体验的书写热情。叶梦在女性自我形象上的追求,无疑在当时的作品中是比较优秀的,而其精神自我上大写的人的印迹,正来自 80 年代整体的文化语境。可以说,80 年代女性散文的叙事话语并未脱离 80 年代启蒙话语中的规约性,而且,以群体方式展现启蒙话语所期待的性别特征也未能达到较强的深度。

三 "自我"的艰难追寻

80 年代,女性散文的出现意味着女性对生命自我、精神自我的追寻,而其话语意蕴中包含着的人的"大写性",又使张扬女性"自我"变得愈发艰难。最明显表现于,基于时代和自身表达的需要,80 年代散文在女性"自我"的确立上,总有一股感伤的色彩。借用张洁在中篇小说《方舟》的扉页上写着的题记:"你将格外的不幸,因为你是女人。"一方面,这与当时正处于创作高峰期的女作家,都经历过中国的饥荒期、上山下乡甚至"文化大革命"的艰苦岁月有关。另一方面,这也与女性在"自我"追寻中,要冲破重重社会规范和话语障碍有关。在漫长的数千年的中国历史上,女性一直是被封建主义制度所规约的对象,为女儿和妻子的身份所设的种种规范,一直将女性作为男性的附庸,这是女性没有"自我"的时代。而刚刚过去的数十年中,在以一种政治的形式为女性树立政治和社会地位的时候,却要求女性承担与男性一样的劳作和思想,要求女性穿几乎与男性一样的服饰,要求女性尽量消除女性的身体特征进行生活,这同样是一个以牺牲女性"自我"来成全女性地位的时代。因而,在这样的背景中,开始为女性"自我"发出声音的女性散文,看到了太多女性的悲惨和不幸。

也有一些作品,希望通过描述心目中理想的家园,来寻找女性安宁的生存空间,像李佩芝的许多作品就表现了这样的主题。比如,她在《我的那个世界》(1986)、《小屋》(1982)、《哦,我的小学校的中午》(1983)等作品,都显示出了作者对现实世界的逃遁,对"自我"王国的向往和经营。也有大量的文学作品在行文中并没有表示出这样的感伤性,而是以一种高昂的语气去愤世嫉俗,以一种强硬的姿态去宣示女性的自我。散文这一体裁,相对于小说和诗歌而言,其章法的自由,使女性作者能更有效地去宣泄情绪,对抗男性话语形成的霸权,以缓解内心的焦虑。比如,王英琦的作品在面对男性话语时就充满着挑战的意味。然而,这种过于简单的反叛表现出的雄性色彩,又何尝不是换一种方式的压抑,显示的又何尝不是女性自我生命的迷惘和焦虑呢? 包含在字里行间的依然是一种深层的感伤。

本杰明说:"发现妇女的欲望不再依赖妇女从强大的他者中解脱出来,而是通过寻找一种与欲望之间建立的自由关系,自由地与他者相处,并在与他者的差异中获得自由。"①80 年代的女性散文一直在努力地寻找着这种"相处",而这种"相处"无疑是艰难的。在 80 年代的女性散文中,我们频频地看到了一位位充满批判眼光的、要对家庭和社会中的男女角色进行重新定位的知识女性,在作者及当时众多女性文学的拥护者中,这样的女性显然被赋予了社会主义新人的想象。从理论上讲,将女性自我的确立建立于人的主体性的解放之上,有助于女性更好地明确自我的生存状态,然而,细细感受之后,我们不难发现,其核心不是"女性的",而是"时代的"、"社会的"。如果回到现实生活中,这样的想象或努力缺乏生存的自由、安宁和柔婉,而这些正是一个拥有幸福生活的女性所必不可少的条件。然而,不管怎么说,女性散文家以群体方式的出现,代表了女性生命"自我"的追寻达到了自觉化的高度,这也是 80 年代彰显人性解放的重要标志。

第六节 "实验戏剧"

一 从配合时势之作到戏剧观大讨论

80 年代戏剧(话剧)的兴起源自"文革"结束之后的 70 年代末期,此时,中国话剧结束了长期迟滞不前的状态,在剧本的数量及演出次数上首先开创了一个蓬勃的局面,新老剧作家纷纷开始自己的创作,短短几年间就涌现出了一大批剧作家,如崔志德、白桦、王正、赵寰、所云平、丁一三、谢民、武玉笑、丛深、李恍、刘川、翟剑平、苏叔阳、李龙云、沙叶新、白峰溪、刘锦云、刘树纲、杨利民、高行健、李杰、沈虹光、宗福先、水运宪、刑益勋、马中骏等等。当然,80 年代话剧的发展离不开历史的因袭和时代的语境,此阶段话剧的发展历程鲜明地体现出了艰难突进的特征。

70 年代末 80 年代初,关于"伤痕"、"反思"乃至"改革"主题的戏剧作品最初涌现。比如,1978 年冬,宗福先创作的、由上海市工人文化宫首演的四幕话剧《于无声处》,讲述了一位参与"四·五天安门事件"斗争的英雄欧阳平躲到何是非家,从而引发一系列矛盾的故事,表现了政治斗争的激烈性与复杂性,并且,大胆积极地歌颂了革命者的情操,这样的主题正是响应中共中央刚刚作出的为"四·五天安门事件"平反的通告。而此时话剧舞台上大多数创作者普遍以一种极高昂的政治热

---

① [美]杰西卡·本杰明:《妇女欲望》,章国锋、王逢振主编《二十世纪欧美文论名著博览》,中国社会科学出版社,1998 年版,第 49 页。

情,紧随时代号召,展现时代中波澜壮阔的思想解放运动。当时,每个月几乎都有能在全国范围产生强烈反响的剧目出现。比如,崔志德的《报春花》(1979)、李龙云的《有这样一个小院》(1979)、赵梓雄的《未来在召唤》(1979),邢益勋的《权与法》(1979)、宗福先的《血,总是热的》(1980)、邹维之的《初春》(1981)、梁秉堃的《谁是强者》(1981)、李桦的《被控告的人》(1982)等。这些剧目在当时引起了极大的轰动,处处受到追捧,从根本上讲,原因在于,这些作品主旨是反映"四人帮"时期黑暗政治对人性的扭曲和迫害,或是反映改革大潮到来之时,社会上的一些不正之风以及现实的问题。这些作品普遍存在的问题是,因过分强调故事情节对政治主题的切近而导致缺乏现实感和历史感,在人物形象的塑造以及情感传达上缺乏生动感。

也正是在这样一种背景下,80 年代初期戏剧表面的繁荣也很快暴露出了危机,人们越来越意识到各种反映社会问题、关注政治主题的戏剧,大多只是对"文革"政治不满情绪的宣泄,并没有达到艺术发展的高度。同时,随着 80 年代借鉴西方现代派艺术手法浪潮的席卷而至,话剧在主题以及表现手法上都在积极寻找新的支点,像贾鸿源的《屋外有热流》(1980)、高行健的《车站》(1983)等作品,以不同于传统现实主义的手法,展现了新的充满哲理意味的主题。因而,面对戏剧的发展现状,人们开始思索中国戏剧的危机以及西方戏剧的影响力等问题,意识到了变革的重要性及必要性,在戏剧界引发了对"戏剧观"问题的大讨论。

从戏剧发展的历史来看,这次大讨论是对 60 年代初期那次夭折的讨论的延续。随着讨论的展开,人们对戏剧创作多样性的追求也变得越来越明确。1984年、1985 年的《戏剧艺术》中,大量文章涉及了"戏剧幻觉"、"第四面墙"、"表演"、"戏剧悲剧精神"、"戏剧喜剧精神"、"话剧本性"、"多样性"等问题的讨论。总体看来,80 年代的这场讨论是戏剧发展史上艺术追求自觉化的体现,讨论的结果趋向于对传统工具论的突破,并且,进一步带动和强化了西方艺术表现手法对中国戏剧创作的影响。在此期间产生的大量"实验戏剧"堪称实践者,也正是在此基础上,80年代中后期,随着创作实践的展开,人们又对论争本身产生了思索,推动了整个 80年代中国戏剧创作的发展。

二 "实验戏剧"的艺术探索

80 年代"实验戏剧"的潮流,最早可追溯到谢民的《我为什么死了》(1979)和《屋外有热流》(1980),其后,林兆华、高行健等人的戏剧变革,特别是小剧场戏剧的创作,标志着中国"实验戏剧"蓬勃发展之势的到来。在短短的几年间,中国戏剧舞台上产生了大量有影响力的剧本,主要包括:高行健的《绝对信号》(与刘会远合作)(1982)、《车站》(与林兆华合作,1983)、《野人》(1984),刘树纲的《十五桩离婚案的调查剖析》(1983)、《一个死者对生者的访问》(1984),陶骏和陈亮等人编的《魔方》

(1985)，王贵等人编的《WM（我们）》(1985)，吴保和等人编的《山祭》(1985)，锦云的《狗儿爷涅槃》(1986)，陈子度等人的《桑树坪纪事》(1988)，沙叶新的《耶稣·孔子·披头士列侬》(1988)等。这些作品无论在艺术展示形式还是内涵的传达上，都极具创新意识，成为代表 80 年代中国戏剧发展成就的重要作品。纵观"实验戏剧"的剧本，其在艺术形式上的变革以及带来的戏剧观念的变化，可大致如此概括：

第一，话剧的结构方式趋向多元，突破了传统现实主义单一的、封闭的、依照具体的时间和空间顺序设置的特点，而体现出了松散的、立体的、开放式的特点。比如，《屋外有热流》《一个死者对生者的访问》《狗儿爷涅槃》等，都设置了死者的灵魂与生者进行对话或相互交错的时空，打破了传统的时空观念，拓展了作品内涵的广度和深度。高行健的《绝对信号》也是双重空间并置的典型文本。在列车的最后一节守车车厢里，车匪、黑子、车长、小号、蜜蜂相互碰面，他们的言语和行为在这个具体的空间中交锋，构成了一个现实的时空。同时，创作者还让这些人物在另一个时空进行了交锋，即心理时空，在这个时空中，黑子和蜜蜂的回忆、幻觉、想象、梦境，以及各人的内在心思，相互交错，突破了现实时空的序列。因此，在同一舞台上，时空就变得宽阔起来了，而心理时空的建构无疑深化了对人物心理活动的挖掘，使故事情节变得更加惊心动魄。

也有的作品表面上仍然采取了单向度的时空发展观，但实际上，在情节结构上完全突破了因果相联的方式，而形成了多层面、网状式的结构。如《魔方》就集中反映了"探索戏剧"在结构设置上的现代性思维框架。作品借用魔方有多解的喻义，将戏剧情节设置为九个互不相关、体裁样式不同、主旨各异的模块，只是通过节目主持人的串说将它们联系在一起，自命为"马戏晚会式"的编剧法，整个结构没有什么明显的戏剧线索，也不讲究情节的高潮起伏和因果相联性，几个模块之间只是一些互不相干的戏剧小品拼成的大拼盘。按照作品开创的这种结构，观众完全可以相信，这个"拼盘"可以无休止地组合下去。这样的组合也引发了多主题、无主题、泛主题的特征。

实际上，结构方式的变化意味着剧作者看待世界的方式的变化，当各类戏剧突破单一的、封闭式的现实结构，而展示出多元的、开放式的结构方式时，意味着剧作家们不再将世界看作是非此即彼的二元对立空间了，并且，在认识人物的性格、心理及事件发展上，更多的趋向于对多层面的内心及事件的多向可能性的发现。

第二，象征、荒诞、意识流、魔幻等手法在作品中被广泛使用，成为"实验戏剧"力图突破传统现实主义表现手法的重要标志。高行健的《车站》《绝对信号》《野人》等剧都综合性地使用了这些技巧。在《车站》这一话剧中，没有故事发生的具体年代，甚至地点也不明，只指出这是一个城郊的、有一块公交车站牌的地方。这里来了一群等公交车的人。然而，公共汽车不是不靠站，就是没有踪影，人们开始不安、躁动,但是,除了"沉默的人"离开了,其他人还是在这里一味地等待。结果,这一等时间就已经过了十年,有人长出了白发,有人错过了约会,有人错过了考试,有人错过了赴宴,等等。剧作展示的主题充满了对等待的人生的哲理性思考,整个故事的讲述方式,无论是场景设置还是剧情安排都充满了象征及荒诞的意味。

现代主义艺术的表现技巧几乎贯穿了"实验戏剧"的表现过程。不管其主题是象征、荒诞的还是写实的,在具体的表现手法上,作为一种技巧性的运用,现代主义的技巧都是存在的。就连《狗儿爷涅槃》、《桑树坪纪事》这样有很强的写实性的作品,也离不开对现代主义表现手法的运用。《狗儿爷涅槃》特别注重人物深层心理的舞台展示,人物意识的流动和转移贯穿全剧,并借助幻影的处理等手法来进一步展示人物心理变化和推进故事情节。像狗儿爷的一生,就是在其回忆和幻觉中展开的,往事与幻觉视像转化为具体场面和现实动作展示在观众面前,并且,通过祁永年的亡魂的出现及其与狗儿爷的对话,呈现了狗儿爷内心隐秘的想法。以此,作品以强烈的戏剧化的方式,完成了对中国农民在历史变动面前的身份及心理变化过程的展示,使现实主题有了更深刻的表达。

第三,戏剧观念发生了重大的改变,舞台展示手法趋向综合化。高行健在《我的戏剧观》里充分表达了这样的观点:"如今我们称之为话剧的戏剧不必把自己仅仅限死为说话的艺术。剧作家也不必把自己弄成仅仅是一种文学样式的作者的地步。""剧作家写出剧本不应专供阅读用,而应该有强烈的剧场意识","台词只不过是剧作中的一个部分"。[①] 这里,明确地用剧场意识来强化了台词之外的戏剧元素的重要性。其戏剧《野人》就集歌舞、面具、傀儡、哑剧、朗诵等多种艺术表现手法于一体,突破单纯的语言表现方式。后来创作的《彼岸》甚至取消了台词,完全依靠其他综合艺术手段来展示。

"戏剧观"上对话语中心的突破,对动作的注重,以及舞台展示技巧的多样化,引导了戏剧表意的丰富性,也引发了诗化、散文化戏剧特征的回归,这恰恰代表了对以思想内容表达为核心的"戏剧观"的突破,代表了艺术对人的情感传达的丰富化。

80年代"实验戏剧"的潮流冲击了人们的戏剧观,其引发的激烈争论和巨大分歧显然是不可避免的,它不仅丰富了80年代的戏剧形态,也一直影响了90年代乃至今天诸多的"先锋戏剧"。然而,"实验戏剧"在发展的历程中,大量作品在思想上的局限性、在技巧表现上的贫弱性以及其生存处境的边缘化都是很明显的。这既与戏剧发展过程中自身技巧的不成熟有关,也与长期形成的大众审美习惯相关。但不管怎样,"实验戏剧"都在中国戏剧史上为戏剧的发展作出了不可否认的贡献。

---

① 高行健:《我的戏剧观》,《戏剧论丛》1984年第4辑。

第九章 20世纪90年代文学

第一节 重识20世纪90年代文学

当我们讨论20世纪90年代文学时,也许应该把思考的目光投射得更久远和宽广一些,并且要同时关注文学的周边。同样的作家作品、文学现象甚至文学时代,在不同的时空视野里呈现的意义可能并不相同。时间的拉长、视域的扩大,会使一些被遮蔽、掩埋、忽略的问题和意义自然地浮现出来,随着新材料、新理论的出现,我们有可能不断完善相关的学术判断。因此,在什么样的时间和空间视野里谈论文学,其中潜隐着时空的美学或哲学问题①。90年代文学,当我们在纵向的历史链条上从现在往前推30年、60年、100年、150年,或更长的历史,展现出来的意义可能不尽相同。如果我们同时把这种思考置身于横向的世界联系中,现存的某些事实仍然能够强有力地支持——90年代独特的文学(文化)史意义可能远未被充分地挖掘。

相对于80年代文学和新世纪文学研究,90年代文学在文学史分期、转型意义、文学成就等方面的研究仍有待于深入开掘。90年代文学在走向边缘化、多元化、商业化的过程中同样有着经典化的特征。如果说当代文学已经产生了一批可以进入世界文学的经典作品,90年代文学无疑是其中最为重要的一个组成部分。90年代文学转型是学界公认的事实,90年代长篇小说的繁荣也是当代文学客观的成就。作为一个特定的历史时段,90年代的文学表现了许多未曾有过的品质与特征。然而10年的断代截取,却使它的文学史意义和成就在80年代文学与新世纪文学研究的夹缝中来不及充分展开就被历史一带而过,尚存着许多需要重新评估与定位的学术空间。如果我们在一种更开阔的历史视野中重新观察90年代文学,

---

① 关于中国文学的时间美学或哲学问题,可参考张清华先生《时间的美学——论时间修辞与当代文学的美学演变》,《文艺研究》2006年第7期。

思考它的客观文学成就、各种文学新质、与前后文学年代的关系以及文学史的特殊意义，就有可能释放出因时间匆忙结束而被压抑下去的那些意义。

一　背景概况：从文化热到经济热

如果说 80 年代是文化热，90 年代以后中国社会可以概括为经济热。这种热源的转变，从根本上影响着中国 90 年代以后的文化（文学）走向。最重要的是，这种转变的意义绝不仅仅相对于 80 年代，而是有其更久远的历史意义。"文化"和"经济"——从这两个关键词就可以看出：80 年代一般被认为是一个充满青春激情、理想与追求、纯真朴素、较少人心博弈的"文化人时代"；而 90 年代则似乎是一个追逐利益、淡化理想和精神追求、欲望浓重、道德与人生价值混乱的"经济人时代"。① 当中国这艘破旧的巨轮经过近百年的修复后，它终于从感时忧国、启蒙、救亡、阶级斗争、理想、文化等政治意识形态的层层浓雾中驶出，在 90 年代重新调整航向，满载着一个民族创造富强的梦想乘风破浪，开拓世界。当一个民族国家的重心由之前的政治意识形态转向以经济建设为中心时，建立于经济基础之上的上层建筑自然也会发生一系列的变化。这就为 90 年代文学的转型和独特内涵提供了其他年代无法比拟的历史背景。

多数当代文学史会承认 90 年代文学既有对 80 年代文学的继承，也有其自身独特的内涵。这种内涵最主要的标志就在于市场经济展开后带动起来的各种延异效果。从时间上讲，一般会以 1992 年邓小平"南方讲话"作为标志——在此之前，孙中山、毛泽东等都没有把经济作为一个国家政策的核心，他们或者没有获得发展国家经济意愿的历史机遇，或者错失了这样的历史时机。以经济建设为中心的国策迅速从根本上改变、重塑了中华民族近百年来的意识形态积习，引发了中国社会结构上的分化与重组。当"钱"成为中国从政府到个人的中心时，立刻产生了魔术般的效应。虽然以今天的眼光来看，这一国策似乎也有值得反省的负面效应，但一个混乱却结实的中国显然比单纯而虚胖的中国更容易获得世界话语权。市场经济在国家体制里取得了合法的地位，中国迅速融入全球经济一体化，社会结构重组和资本重新分配使得从社会体制、公民道德、精神文化到个人追求、家庭生活、人际关系都相应地发生了巨大转向。文学在这股世纪末的经济狂潮面前自然也无处躲避，不同的文学形态关系、文学生产、流通、评价方式，以及作家的存在方式等，也都出现了明显的变化。中国文坛迅速地分化、调整，各自归营，重新定位。虽然除了经济因素外还有一些不容忽视的政治文化方面的事实背景，但市场经济迅速发展带来的一系列变化应该是关键性的。现有的当代文学史对 90 年代文学的定位偏

---

① "文化/经济人时代"说法参见甘阳：《八十年代文化意识》再版前言，上海人民出版社，2006年版，第 3—4 页。

于保守——往往指出了这种转型意义,也承认比如长篇小说的繁荣等,却很少明确地把90年代文学意义放在高于之前文学时代的层面进行讨论。陈晓明的《中国当代文学主潮》在这方面表现了鲜明的特色和勇气——不论是论述的篇幅还是以现代性视角的理论来观察中国当代文学,《主潮》对90年代文学的重视显然超过了其他常见的当代文学史。对90年代文学的重新认识正在引起包括张清华在内的许多学者的重视。① 我们认为经过历史时间的沉淀后,90年代文学的重要价值将会更清晰地呈现出来。

90年代文学(文化)的变化和特点体现在多个方面,其中最明显的变化就是多元化时代的到来。多元化的表现虽然丰富,但整体而言正如有些学者的概括:大致形成了精英文学、大众通俗文学、主流意识形态文学三种大格局。② 相对于之前文学艺术一向作为国家政治权力的宣传工具,作家和艺术家都是作为国家干部编制人员的写作而言,90年代以后公开发表的作品中少了很多国家意志的体现,个体化的意识在精英文学、大众通俗文学里表现得更加充分。多元化一方面是政治意识形态控制和引导下的转变,更主要的则是市场经济的自然分化结果。

政治意识形态、国家政策对于90年代文学潜在的影响主要表现在文化(文学)体制的改革方面。作为国家文化政策,90年代起开始减少各级作家协会专业作家的人数,国家对文学刊物、出版社的经济资助也不同程度削减,促使一些期刊和出版社进入市场自负盈亏。这一政策的设计和调整其实还是基于市场化的考虑,只是国家并没有完全放开对文化(文学)的控制——出版社、报刊这些核心的公共媒体平台仍由国家控制、管理。传统的意识形态监管作用仍在运行,只不过相对于过去站在前台的强制性干预方式,90年代的国家调控退居在市场经济的幕后,通过对市场经济的宏观调控来实现对文学(文化)的引导。一方面,国家从政策设计上促进文化经济的形成;另一方面,在创作方面通过国家文化工程引导、评奖等方式加强主旋律的创作,形成或直接参与市场经济条件下精英文学、大众文学之间的某种平衡。在这样一种整体性的"意识形态/市场经济"政策规划下,90年代文学很自然地表现出和之前文学样态非常不同的特点来:呈现出更加灵活、自由、多元、个体化、市场化的种种特点,似乎有了更多选择的可能性;同时也面临着来自市场及其背后意识形态更为复杂的制约。所以,相对于之前的当代文学史现象,90年代注定会出现许多新鲜的事件或现象。

市场经济对于90年代中国社会、文化、文学的分化效果不但立竿见影,而且全面深刻、甚至细致入微到了方方面面。尤其是1992年邓小平"南方讲话"之后,从

① 张清华:《重审"90年代文学":一个文学史视角的考察》,《文艺争鸣》2011年第10期。这篇文章从文学史角度讨论90年代文学的价值,具有参考意义。

② 这一说法参见吴秀明:《中国当代文学史写真》,北京大学出版社,2010年版,第413页。

1993年起,在市场经济主导、意识形态参与的中国当代文学界迅速发生一系列的变化。从文学体制、机构、期刊、报纸杂志到作家思想的分化、写作方式的改变,再到各类作品、创作现象的争议,不论是必然还是偶然,短期效应或是长期观察,体现出某种明显的转型表征:90年代再次出现了以王小波为代表的自由撰稿人的身份;作家"下海"经商更是成了当时一个重要现象,如陆文夫创办"老苏州弘文有限公司",张贤亮创办"宁夏艺海实业发展有限公司",谌容一家创办"快乐影视中心"等。影视改编、通俗小说等具有流行和商业价值的"亚文学"开始兴盛,比如霍达的电影剧本《秦皇父子》和刘晓庆的《从电影明星到亿万富姐》分别以100万元以上价值成交。图书出版机构与作家合谋进行图书产品的策划与营销等,文化市场正在按照功利目的制造、推出和生产自己的名家、名作,如"布老虎丛书"、余秋雨"文化苦旅"散文等。大众文学的再度繁荣应该是市场经济刺激文学最明显的一个标志,表现为各种流行读物的兴起。流行读物尽管有时髦、时尚的特点,同时也有着明确的时代文化内涵和特点。90年代以后的各类流行读物最突出的特色应该是休闲性,比如对周作人、张爱玲、林语堂、梁实秋、钱钟书、苏青等现代名家作品的再版,再如以余秋雨、张中行、季羡林、金克木等为代表的历史或文化散文。

二　历史的大转型:90年代文学的开始与拐点

90年代文学显然并非和80年代文学存在着直接的断裂关系,也不意味着从1990年起就出现了一个文学意义上的新时代。换句话说,我们这里只是从纪年的角度讨论90年代文学。通过最有时效性和现场感的报刊来观察90年代及其文学,并结合已有90年代文学著述去理解它,不失为一种有效的方式。严格意义的历史现场其实是永远无法返回的,说到底,历史的叙事不可能一次性完成,尤其是那些离我们比较切近的年代,总是要经过沉淀、修正、确认、更改、再确认等一系列"永远历史化"的过程。[①]

历史经过文字的层层过滤和遗忘后,当年许多新鲜的气息早已发白变淡了。如果我们只是从文学史中那些高度概括的语句,或者今天的媒体描述来看,90年代似乎和其他年代一样在人们的期待中平静地开始了。然而,当我们仔细阅读和回味90年代的各种报刊评论时,就会感觉到:90年代的文坛其实是在表面的平静与实际的焦灼之间开始的。

香港《文汇报》1990年1月1日头版的报道标题是"新年前夕接受电视台访问,江泽民谈九十年代任务:巩固安定团结发展经济",江泽民的这个访问在许多报纸都有报道。当日《文汇报》的社论(2版)《回顾八十年代,瞻望九十年代》主要表达

[①]　"Always historicize"(永远历史化)是杰姆逊在《政治无意识》序言里的第一句话,英文版参见 FREDRIC JAMESON, *The Political Unconscious*, Cornell University Press,1981. p1.

了以下几点意思:其一,风云急变的 80 年代过去了;其二,发展经济仍然是解决政治问题的基础;其三,缓和、改革、发展的潮流,仍然是 90 年代的主调。对于刚刚经历了一场风波的中国来说,即将开始的 90 年代显然成了人们寄托美好希望的合适对象。90 年代迅速成为各种报纸、宣传的关键词,在稳定基础上继续发展是 90 年代初媒体宣传的核心要义。

如果说媒体给了 90 年代并不意外的金色期待的话,文学报刊中开始的 90 年代则有点静水流深的意思。内地《文艺报》1990 年第 1 期看起来比较平实。在这一年最初几个月内,除了正常地报道各种创作、评论、文艺新闻外,主要突出报道了各地学习《邓小平论文艺》的情况。《文艺报》并非没有思想批判,在继 1989 年 11 月报道了取消刘宾雁(时任中国作家协会副主席,后被取消)、苏晓康中国作家协会会员会籍,并邀请部分作家、批评家座谈后,1990 年也有相关批判文章。比如马午阳《从"知识精英"到"暴乱先锋"——苏晓康"大胆地"走向何方》(1990.3.10,转自《中流》创刊号);陈志昂《〈心中的日出〉及其殒灭——关于〈河殇〉的"续集"》(1990.4.7,第 5 版)等。从 1990 年《文艺报》及其他文学期刊的讨论文章来看,可以感觉到在一种平静的氛围中,文艺界的思想统一行动与宣传工作其实在有序进行,只是表现得没有从前那么激烈罢了。

文学作品相对来说,不会像评论这样迅速发生变化,基本保持着原来的姿态,没有明显的"动荡"之感。如 1990 年初发表的名家作品有:余华《偶然事件》、北村《劫持者说》、马原《北陵寺等候扎西达娃》(《长城》1990 年 1 期),迟子建中篇小说《原始风景》(《人民文学》1990 年 1 期)。莫言小说《十三步》由洪范书店 1990 年 1 月出版。这一年发表的其他重要文学作品主要还有:格非的小说《敌人》(《收获》2 期),叶兆言"夜泊秦淮"系列之一《半边营》(《收获》3 期)等。如果和《文艺报》的评论内容相比较,这些作品几乎感觉不到"思想意识形态"方面的痕迹。单纯地看文学作品,它仍然是 80 年代文学的某种延伸——至少在 1990 年没有出现标志性的所谓转型之作。

然而在刚刚经历了一场巨大的政治风波之后,作为一个时代最敏感触角的文学,1990 年的文学界并非像文学作品那样保持相对稳定的运行姿态。比如由林默涵、魏巍任主编,1990 年 1 月创刊的《中流》(2001 年停刊),从一个角度非常完整地记录 90 年代中国社会、文学的历程。其创刊词详细说明了该刊的创办理由和性质:1988 年下半年开始酝酿,当时并未奢望通过一个小小刊物,就能从根本上打破、扭转资产阶级自由化思潮的恶性泛滥和垄断文艺、思想主要阵地的极不正常局面。想通过它为那些坚持马克思主义信念的同志,提供一块能够自由发出声音的阵地。然而却遭到种种压力,终于未能实现。正是平息反革命暴乱,从根本上打破了资产阶级自由化思潮及其政治势力控制思想阵地的局面。接下来一段讲得非常清楚:"《中流》是为对抗资产阶级自由化思潮而提议创办的,它本身就是同这股思潮斗争的产儿。这就决定了它的根本性质和使命。"

　　《中流》的创刊其实承担了文艺思想界的某种斗争和统一的功能。只是将之内嵌在一个宏大、和谐、美好的时代预设中进行,这既保证了思想斗争的有效性,同时又很好地控制了强度和范围。我们通过90年代初的部分目录可以清晰地感受到编辑的意图。比如按照时间顺序,《中流》带有批判性质的文章大概如下(括号内为期数、页数):1990年有马午阳《从"知识精神"到"暴乱先锋"——苏晓康"大胆地"走向何方》(1.33,报告文学)、金圣《"舌苔事件"备忘录》(4.42,报告文学)、殷其雷《从〈河殇〉到〈五四〉》(4期)、本刊评论员《"亚运精神"与〈河殇〉现象》(11.11)、宜明《WM(我们)风波始末》(11.39)。在1991年则出现了"动乱精英在海外"的专栏,其中的内容如,于逢《孔捷生到哪里去了?》(4.44),章姗《叛逃"精英"劣迹钞(六则)》(4.44),钱海源《对范曾出走巴黎的思考》(6.33),赵望、凌光《难得的教员,绝妙的教材——逃亡"精英启示录"》(6.35)等。在1992年的一篇批判文章里还有附录《严家其在台鼓吹"和平演变"的议论节录》,以供国内读者批判(1992.5.42,附录全文,原载台湾《海峡评论》1991.9月号)等。《中流》真实记录了一批经历过革命年代洗礼的老作家(魏巍、欧阳山、马烽、吕骥、姚雪垠、刘白羽、玛拉沁夫等)的思想精神状态,展现出坚决捍卫毛泽东文艺思想,对当时已经出现的文艺新潮有所批判。这份期刊的批判性并不仅仅表现在反对资产阶级自由化方面,其他还比如:尖锐质疑从新经济学的角度为黄世仁、刘文彩翻案,激烈反对为殖民主义者辩护,否定反帝斗争的历史,美化日军侵华历史等言论,对《丰乳肥臀》糟蹋、强奸历史叙述的批评等。他们也反对私有化改革,反对国有资产流失,反对新的贫富分化,反对新的贵族阶层的产生,反对新的人与人的不平等。他们为被侮辱、被损害的弱小者伸张正义,以工人阶级曾是历史的主人公的历史,批判工人下岗失业及其丧失了历史的主体性;他们反对中学语文教育的非革命化,不赞成魏巍、贺敬之、茅盾等人的作品退出中学语文课本,也不赞成沈从文、张爱玲、朦胧诗进入中学语文课堂。[①]今天回顾这些评论意见,其中一些观点仍然值得反思,比如反对国有资产流失、反对新的贫富分化、反对新的贵族阶层的产生等。

　　1993年可以算作整个90年代文学的拐点。1992年邓小平"南方讲话"奠定了中国发展的基本方向,在文学领域也出现了许多重要的转型现象。张志忠在《1993:世纪末的喧哗》一书中对90年代文学的许多重要现象进行了精要的论述,比如王朔现象、女性文学、陕军东征、留学生—打工文学、文化激进主义与保守主义的思考、顾城之死与《废都》的比较、人文精神讨论及文坛争论等。朱向前《1993:卷

---

① 有关内容参见武新军的博客,《旧刊新读之一:〈中流〉(1990—2001)》,http://blog.sina.com.cn/henandaxuexwj。

入市场以后的文学流变》从王朔在上一年的大红大紫现象中总结了市场对于文学的强大引导作用,认为全面走向市场的中国当代社会将急遽改变中国传统文学生态环境和价值取向。质言之,文学作品的商品属性将得到前所未有的正视与强调。多数文学生产将渐渐从政治辐射下走出,意识形态的色彩将随着文学卷入市场而淡化,取而代之的则是商业气息愈加浑厚,作家、个人、市场、社会将会在双向选择中导致文学的分化。诗人公刘在杂文《九三年》一文中:批评了当时已经出现的各种文学、文化现象,如"快餐文化"行世,良莠不齐的白话版经典新译、世界名著缩写和泥沙俱下的爱情诗选、散文选、情书选等;各种地摊新老"热点"(色情、暴力、武侠、演义、玩股、风水、高层秘闻等)"一瓶墨水一把刀,抄了剪,剪了抄,红蓝墨水舍得浇";点评了当时各类文学事件,如深圳优秀文稿竞价拍卖活动、"周洪签卖"事件等;记载了九三年发生在文艺界的种种新闻,如:中央乐团已有 35% 的人员出国;北京演出莎翁名剧《李尔王》,扮演国王的演员发现台下的观众与台上的演员均为37人,他老泪纵横地当众跪倒,叩了一个响头。公刘称中国的 1993 年是"消费打败文化",是"文化大崩溃"的年头。① 不论如何评论市场经济之于文学的影响,一个基本的事实是,90 年代文学确实受到了市场经济和意识形态的双重挤压,出现了新的变化和风貌,百年中国文学正站在新的转折点上。这种转折产生的强大"扭力",让包括作家在内的中国知识分子在精神深处强烈地感受到了某种历史的错位与困惑。

三 文学史观与分期:90 年代的文学史意义

当我们试图对 90 年代的文学进行某种文学史意义上的考察,或者作为一个十年的文学断代进行反观和述评时,90 年代文学作为当代文学的一个重要组成部分,不得不首先面对一个基本的问题:文学史观及其分期。文学史观往往会有一个简易而直观的评判方式,就是文学史分期问题。有学者指出"所谓文学史研究的一个根本的问题,是一个分期问题"②,通过分期确实可以解决对文学史的根本理解。

我们对 90 年代文学的观察与述评,是以当下中国在世界的发展趋势为出发点,以 1840 年鸦片战争以来的中国近代史为整体思想文化背景,以世界其他现代民族国家文化想象为对照进行的。文学在本质上是无法离开社会政治的,尤其是1840 年以后的中国文学,脱离开中国社会政治的历史发展和世界现代民族国家的联系,我们对其中任何一段文学的理解都有可能难以展开。如果把各种版本的文学史、思潮史、系列丛书、重要论文中的文学分期年份罗列一下,按照时间顺序有三十多个:1840、1892、1894、1896、1897、1898、1902、1903、1907、1911、1915、1917、

---

① 公刘:《九三年》,见《不能缺钙》,宁夏人民出版社,1995 年版,第 349—354 页。
② 王德威:《我看当代文学六十年》座谈。见王德威、陈思和、许子东:《一九四九以后——当代文学六十年》,上海文艺出版社,2011 年版,第 428 页。

1918、1919、1920、1921、1927、1929、1937、1942、1945、1949、1956、1957、1962、1966、1971、1973、1976、1978、1985、1989、1990、1992、1993、2000。① 不论是作为文学史分期起讫还是内部阶段的划分，每一个年份后边必然有一个划分的理由。如除1949 年建立新中国外，与当代文学分期密切相关的年份还有 1942 年作为一体化开始的前身，1945 年抗日战争的结束，1956 年社会主义改造的基本完成，1957 年反"右"扩大化，1962 年提出"千万不要忘记阶级斗争"的号召，1966 年"文革"的开始，1971 年林彪事件，1976 年"四人帮"倒台，1978 十一届三中全会的召开，1985 年现代派小说的兴起，1989 年的"政治风波"，1992 年邓小平南方讲话，1993 文学市场化的全面展开等。不同年段的组合则包含了每位撰写者的文学史观，其中不同的分期方式，有时甚至会产生一种戏剧化效果——如近代、现代、当代文学存在着大量交叉范围，这种交叉甚至可以达到取消其中一个学科的程度。以近代文学的起讫时间为例，其开始时间约有四种，最远可上溯至晚明，最近则是戊戌变法；而其结束时间有三种，最早为五四运动，最晚则会延伸到新中国成立前（此说以鸦片战争为上限），理由是从鸦片战争到中华人民共和国成立的百余年，中国社会性质未变，反帝反封建的文学主流未变。② 现代文学的开始时间从五四推进至 19 世纪末③，有的甚至认为其源流可以上溯到鸦片战争甚至更早的晚明④，其下限可以延续至 20 世纪 70 年代末⑤甚至到 90 年代前后。

　　就目前的中国近代、现代、当代文学史而言，这种大规模相互进入对方的讨论至少可以为我们提供以下几个方面的思考：其一，表明这三个时代的文学确实存在着打通和整体研究的可能，我们有必要去思考、寻找更有效的文学史观及其写作策略。其二，暗示了文学史的写作会拒绝简化的大一统讨论方式，需要我们从各个角度、层次分别讨论它的对象，并最终勾勒、拼凑、还原文学史大概的面貌。其三，文学史的事实、作为统一的研究对象，会被不同的看法和史观人为地割裂，我们研究时有

---

① 根据王瑶《中国新文学史稿》，刘绶松《中国新文学史初稿》，司马长风《中国新文学史》，赵遐秋、曾大瑞《中国现代小说史》，夏志清《中国现代小说史》，钱理群等《中国现代文学三十年》，朱栋霖等《中国现代文学史》，朱寨《中国当代文学思潮史》，洪子诚《中国当代文学史》，陈思和《中国当代文学教程》，孟繁华、程光炜《中国当代文学发展史》，吴秀明《中国当代文学史写真》，丁帆等《中国当代文学史新稿》，陈晓明《中国当代文学主潮》，［德］顾彬《二十世纪中国文学史》，［澳］杜博妮与雷金庆《二十世纪中国文学》及"百年中国文学总系"，孔范今《中国新时期新文学史研究资料》等综合而成，以上书目亦是本书"90 年代文学"部分的主要参考书目，特此说明。
② 叶易：《中国近代文艺思潮史》，高等教育出版社，1990 年版，第 17 页。
③ 谢冕：《1898：百年忧患》，山东教育出版社，1998 年版，第 1 页。
④ 周作人：《中国新文学的源流》，华东师范大学出版社，1995 年版，第 19 页。
⑤ 吴中杰：《中国现代文艺思潮史·后记》，复旦大学出版社，1996 年版，第 345 页。

必要往前或往后甚至在文学的周边寻找源流及影响，弥补由于切割带来的缺陷。

20 世纪 80 年代学界提出"20 世纪中国文学"、"新文学整体观"等重要的文史概念，"重写文学史"的讨论与实践迅速展开，形成了一系列重要的成果。"整体观"和"20 世纪中国文学"都强调了整体意识，试图改变原来断裂的研究局面，实现研究理论、模式等方面的突破，但在理论内涵及实践的展开方面却各有表述。我们应该仔细体味"20 世纪中国文学"的内涵界定，因为作为一种理论设想，其中提出的许多理念至今未在学术实践层面真正有效地落实和展开。比如关于"世界文学中的中国文学"，以往的研究往往侧重于"西学东渐"式的影响研究，而对于反方向的研究，即在充分考虑中国文学传统和西方文学影响的前提下，从 20 世纪中国文学的立场出发，按照"对象统一"的原则[①]，在国内研究的基础上，同时考察 20 世纪中国文学的海外传播与接受状况，国内则较少关注。当我们以这种历史化和国际化的双重参照体系重新思考 20 世纪中国文学各个阶段——当然也包括 90 年代的文学成就与历史特点，就有可能更清晰地看到中国文学在世界文学的格局中，究竟有哪些成就和不足。

如果我们在传统的历史化标准之外，加入国际化的视野来重审 90 年代文学，就会发现整个 90 年代文学在中国文学史与世界文学格局中具有一种独特的转折意义，并且形成了一种全新的文学形态，当然也诞生了伟大的作品。90 年代文学有资格和理由成为一个超越现有历史地位的文学时代，这种理解自然也会涉及新的文学史观与分期意识。

我们愿意把鸦片战争以来的中国文学称为"现代民族国家文学"，相应的这段文学史中表现出来的基本民族心态模式就是——焦虑与缓冲。这是因为 1840 年鸦片战争作为西方现代性入侵中国的一种具体形式，把传统中国和现代中国一分为二，造成了中国"千年未有之大变局"——过去松散的天下、王朝在西方列强的掠夺中终于焕发了强烈的民族危机感，开始形成现代意义上的民族国家观念并陷入各种现代性（化）焦虑中。中国从此被迫快速进入世界现代化进程中，从这一东西文明的正式碰撞开始，中华民族就开始了它的现代民族国家焦虑与缓冲之旅。

本尼迪克特·安德森（Benedict Anderson）在《想象的共同体：民族主义的起源与散布》一书中认为：民族、民族属性与民族主义是一种"特殊的文化的人造物"，因此对"民族"的定义是"一种想象的政治共同体——并且，它是被想象为本质上有限的，同时也享有主权的共同体"。并认为，民族这个想象共同体最初而且最主要是通过文字（阅读）来想象的。印刷语言的发展是完成民族想象、认同的重要环节，而民族想象的完成，又能在人们心中召唤出一种强烈的历史宿命感和归属感，并能诱

---

① 刘江凯：《认同与"延异"：中国当代文学的海外接受》，北京大学出版社，2012 年版，第 17 页。

发一种无私的牺牲精神。① 安德森的理论很有启发意义,它在戳破了许多文化幻象的同时也可以构建新的文化幻象。其中,当然也包括在中外民族危机中,通过印刷文学来想象、构建和形成一个现代意义上的民族国家概念。

从现代民族国家的角度来看,1840 年至今的中国历史本身就具有相对独立的完整性,因为鸦片战争开始形成的现代性焦虑直到现在依然没有结束。这种民族焦虑从鸦片战争起就设定了一个集体无意识的潜在目标:建立一个超越欧美列强的新型现代民族国家,完成民族国家主权统一与复兴强盛伟业。这一目标至今也没有完全实现。民族焦虑的核心其实是一种关于民族国家前途的忧虑,而这正是中国传统或现代知识分子共有的特性。伴随着社会政治的激烈变化,在文学上则表现为各种各样的现代民族国家及其文化想象的重建。这种现代性焦虑的未完成性,保证了这一个半世纪中国文学史的统一视角。

焦虑其实源于差距。从民族焦虑角度来看,这种差距首先表现为与外来文明的差距,当这种外在的差距缩小时,其内在的不平衡性便演变为新的焦虑源泉。目前就整体而言,我们仍然处于内外交困的复杂状态,需要做出许多更审慎的判断。近代以来中国历史中的民族焦虑主要表现在以下三个方面:首先是民族国家主权的焦虑,是一种激烈的外在表现,至今未完全休止。其主要表现为,在 1840—1945 年间,中外矛盾始终是民族国家的主要矛盾,与之相应的即是国家政体的现代化,不论是国民政府还是人民共和国,其实都是重建现代民族国家的一种努力。1949 年的国共分治只是这种主权焦虑的一种分化,除此之外,我们的主权焦虑还有诸如南海、东海、藏南等其他复杂的国际问题。其次是生产力焦虑。这是一种更为根本的焦虑,也延续至今,尤其在国家处于内忧外患的时代表现得更为突出。与之相伴随的就是生产、生活的现代化。这一过程经历了晚清、民国等不同阶段的努力后,主要是由中华人民共和国来推进和实现的,特别是改革开放以后取得了一种实质性的发展,2010 年成为世界第二大经济体时获得了象征层面的格局逆转。第三种是文化焦虑,这是一种潜隐却深刻并在根本上制约我们复兴的焦虑。这一过程也持续至今,并与主权、生产力焦虑纠缠在一起,在不同的历史阶段有其特异的表现方式。

在社会的实际运作过程中,以上三种焦虑当然是始终纠缠在一起,不可分割、互相影响的,但就缓和的顺序来讲却并不一样。主权焦虑的缓和是第一位、基础性的,它的缓和为生产力、文化焦虑的缓和奠定了基础。这一缓和的标志就是民族危亡的命运得到彻底改善,民族国家的主权不再受到致命的威胁。这种焦虑从洋务运动、戊戌变法、辛亥革命开始,直到从 1945 年抗日战争胜利后得到一次显著的缓和,1949 年共和国的建立又一次地得到缓和,改革开放后国际关系的调整更大程

---

① ［美］本尼迪克特・安德森:《想象的共同体:民族主义的起源与散布》,吴叡人译,上海人民出版社,2005 年版,第 7 页。

度地缓和了这种焦虑,但始终没有得到彻底解决。其次是生产力焦虑的缓和,这种焦虑的缓和因其周期较长,很难有爆发性的标志。但与世界发达文明的差距逐渐缩小,人民生活水平得到明显改善,国家综合实力得到显著提升应是其基本的衡量标准。最后是文化焦虑的缓和。主权和生产力焦虑的缓和,为基于它们的文化焦虑缓和提供了大的历史平台。然而,文化有其不同于主权、生产力特殊的一面,相对于前者的客观性、可控性,文化的主观性和启蒙性以及巨大的包容性等特点带来了更复杂的变化。一方面,从文化的延续性与包容性讲,即使遭受了鸦片战争后西方文明的巨大冲击,中国文化的根基仍然非常牢固。在文化上,中国可以说从来没有分裂过,其历史影响仍然发挥着最广泛意义的文化中国的认同与统一。另一方面,正如我们前文所述,当中外整体的文化焦虑经过爆发、转向得到一定程度的缓和后,民族国家内部的文化焦虑开始上升为主要表现形式。改革开放至 90 年代后,尤其是 1992 年邓小平南方讲话后,经济体制市场化、政治生活变革及其衍生现象促使人们重新思考社会和生活。文化焦虑成为这一时代的重要社会表征,所以 90 年代"人文精神的危机"大讨论的出现有其历史合理性,在文学上表现尤为明显。需要强调的是,以上三种焦虑至今仍然纠缠存在,只是不同的历史阶段各有侧重而已,它们之间内在的逻辑关系也非常值得我们留意。

中国的现代性焦虑自鸦片战争后,整体上在激烈的震荡中最终慢慢地趋向缓和,在 20 世纪 90 年代开始出现历史性的拐点——即所谓的转型时代,只不过我们这里的转型意义绝不限于 20 世纪 80 年代,而是指自 1840 年以来更大意义的转型。由之前相对西方现代文明的"外部"民族焦虑演变为 20 世纪 90 年代后多元缓和、逐渐内化的民族焦虑,我们认为 1840—1990 年间是现代民族国家对外焦虑的积累、震荡、缓和期,它在 20 世纪 80 年代末得到一次总爆发后,从 90 年代起民族焦虑开始步入"对外缓和、多元内化"时期。这一变化将会极大地影响之后文学对民族国家的文化想象方式。对外焦虑的缓和与转向意味着剧烈改变方式的减少,社会进入到一种相对稳定的发展阶段。人们的生活方式和观念也将因此实现一次缓慢却巨大的转变,而由于种种焦虑并没有完全得到消除,并在一定条件下有可能发生复杂的转化,尤其是民族国家内部的不平衡可能引发的焦虑,都会使得这一时期及以后的文化想象方式孕育着丰富的可能性。这对于我们理解 90 年代的文学状况以及当下的文学发展将会很有启发性,比如 90 年代中期"现实主义冲击波"、新世纪"底层文学"现象的出现等。

当我们有了以上基本理解后,90 年代的文学史意义就会显得格外突出。不论是整体的社会文化语境,抑或是文学自身发展以及创作实绩,从 90 年代起,中国文学中关于"现代民族国家文化想象"的整体方向开始出现转型,从某种意义上讲开创了一种新的文学形态,演绎出更复杂的文化想象特点。不论是"转型"说①,抑或是"无名"特征;或者"文学边缘化"、市场化文学、《废都》的争议、"人文精神"的讨论等,90 年代文学在继承与断裂中显然有了自己新的内涵。

从民族焦虑的角度讲,90 年代文学由整体上对外的焦虑开始进入到缓和期,民族焦虑的内化倾向明显,这一点从 90 年代的"现实主义冲击波"到新世纪的"底层文学"等文学现象已经呈现出比较明显的轨迹。其次,从文学本身来看,90 年代的文学重新回到文学应该有的自为状态,它和政治、社会关系的松绑让它的主题多元化、角色边缘化、功能多样化起来,这一变化开始改变之前一百多年文学发展的主调。当然,如果我们结合 90 年代的社会、经济、文化的整体语境,把它和一个半世纪以来中国与世界的关系联系起来,就会发现从这一时代开始,我们真正开始进入到一个"经济人"时代。如果说 1840 年后中国知识分子开始觉醒和寻找出路,整个 20 世纪是"启蒙与救亡"的历史实践,那么从 90 年代起,这些具有意识形态色彩的焦虑主题(至少对外焦虑)注定会变成知识分子一个空洞的想象,它已经失去了觉醒和寻找的历史背景。它要启蒙什么? 又想救亡谁? 对于"经济人"时代引发的民族焦虑内化和由此衍生出来的新问题,我们倒是需要重新寻找问题的答案和文化想象的方式。

如果我们在传统中国与现代世界的体系中,从现代民族国家的角度出发,结合近代以来现代民族国家文化想象的"焦虑—缓冲"模式来理解 90 年代文学,那么这次转型的意义甚至超过了 1919 或 1949 年的社会、政治转型,这是因为它是前两次走向现代化的综合成果,汇聚了一百多年的集体奋斗资源。此时的中国,民族国家主权的焦虑和生产力的焦虑都依次得到了有效的释放和缓减,文化的焦虑渐渐浮现出来。回顾这段历史,我们不难发现,尽管主权、生产力、文化焦虑始终纠缠在一起,但作为民族国家的集体选择时却有先后、缓急的区别。这三个方面及其内部的不平衡性、未完成性将继续共同演绎中国社会历史的纷乱现象,这也正是 90 年代文学呈现出来的文学史意义。

第二节　20 世纪 90 年代文学事件与现象

20 世纪 90 年代文学在市场化、多元化的转型过程中,出现了许多重要的文学事件与现象,不仅关系到作品自身,也会由此引申出更丰富的问题,折射出这一时期复杂的文化冲突。90 年代的文学事件与现象包罗万象,比如对王朔小说的争

---

① 如谢冕、张颐武:《大转型——后新时期文化研究),黑龙江教育出版社,1995 年版。其他此类表述亦常见于各类著作、文章报纸、期刊。

议、王小波和顾城之死、女作家的"私人写作"、"马桥词典"事件以及散文热等。我们这里着重讨论一些 90 年代特有、影响广泛、前后有联系的事件与现象。通过这些典型的文化事件与现象,我们会发现它们虽然发轫于 90 年代初,却与前后文学现象有着深刻的内在关联,在单一集中的表象背后总有着复杂多面的背景原因,启发我们在具体感受风云变化的 90 年代文学的同时,反思其中蕴含的丰富意味。

一 文学的底层:从"新写实"到"现实主义冲击波"

1990 年《钟山》第 1 期继续在"新写实小说大联展"专栏发表相关作品。作为 80 年代文学浪潮的余波,"新写实"小说在 90 年代和其他各种以"新"命名的文学创作现象,经历了短暂的回光返照式的挣扎后,在市场经济的分化下,一起宣告了文学"共名"时代的结束。"新写实小说"与传统的现实主义文学创作是一种什么样的关系?《钟山》在推出"新写实小说大联展"专栏的卷首语中,对这种小说的概括是:特别注重现实生活原生态的还原,真诚直面现实、直面人生。它与传统现实主义文学的区别,简单地说就是不同于历史上已有的现实主义,也不同于现代主义"先锋派"文学,而是近几年小说创作低谷中出现的一种新的文学倾向。

《钟山》对"新写实"小说的界定和特点,概括得虽然有点吞吞吐吐,甚至有内在的矛盾,但它有两个意思还是表达得比较清楚:其一是"新写实"并非一个与传统现实主义不一致的概念,其基本的文学精神仍然属于"现实主义";其二是它与传统现实主义最大的区别在于"生活原生态的还原",更强调个人的生存状态。"还原生活"应该是这类小说最显著的特点。这一创作现象从 80 年代后期一直持续到 90 年代中期,可能是 80 年代以来各类小说创作流派中持续时间最长的一种。这类小说的典型作品基本得到了公认,比如池莉的《不谈爱情》、《烦恼人生》、《太阳出世》、《你是一条河》,刘震云的《新兵连》、《塔铺》、《一地鸡毛》、《单位》,方方的《风景》、《落日》、《祖父在父亲心中》、《桃花灿烂》,刘恒的《狗日的粮食》、《伏羲伏羲》、《苍河白日梦》等。"新写实"说到底不过是一种文学命名,甚至是一次文学策划。据策划人之一王干的说法,"新写实联展"1988 年开始酝酿,1989 年第 3 期推出,但在当时沉寂的氛围中并未引起任何关注,直到 1990 年后,才真正成为文学界的话题。"新写实"小说可能象征了当代文学的一个重要拐点。它是 80 年代文学走向终结的一个标志,其发生正好横跨八、九十年代"政治风波"前后,体现了当代文学创作的某种告别的勇气与开创的努力。一代知识分子关于民族国家的集体想象开始失落,文学不再像 80 年代那样纯真而热情地追逐意识形态,在更深层次上反映了当代文学试图突破现实生活的某种开创,但这种努力又无法完全挣脱传统现实主义的强大引力与束缚,因此,"新写实"到 90 年代中期很快就因为出现重复而无法继续,迅速分化。

"新写实"小说从兴起到走向没落的原因比较复杂,它最大的缺陷可能在于没有成熟、完整的新理论指导,却努力做出一种新文学创作的姿态。"新写实"的这种缺陷同样存在于 90 年代中期的另一个重要文学现象"现实主义冲击波"中。

"现实主义冲击波"最初指 90 年代中期刘醒龙、谈歌、何申、关仁山等作家关注现实的一批作品出现的效应,后来扩大指称 90 年代后期大量出现的以现实主义方法表现当前乡镇、工厂、以城市现实生活和经济生活为核心的社会矛盾的小说在文学界产生的影响。这些小说侧重于对现实困窘的描述,关注社会底层、普通劳工、农民以及城镇居民的日常生活,体现出一种平民情感。除了表现乡村市镇结构发生激烈变动以外,还以全景式的方式书写 90 年代以来的经济变革、政治改革过程中面临的问题与冲突。这类作品也不乏对官场和遍布社会各个角落的腐败现象进行揭发和抨击,甚至有反腐败小说的意味。主要代表作品如谈歌的《大厂》、《官司》、《天下荒年》、《激情岁月》,关仁山的《大雪无乡》、《九月还乡》,何申的《信访办主任》、《村民组长》、《乡镇干部》、《年前年后》,其他还有刘醒龙的《分享艰难》、《村支书》、《凤凰琴》等。

"现实主义冲击波"的命名准确地揭示了它的本质:只是强烈但短暂的瞬间效应。和之前的主旋律现实主义作品相比较,"现实主义冲击波"显然更具批判性,同时也正因为这种有限的批判性不能冲破更加强烈的解释功能,这种"批而不破"的写作悖论让他们的作品在底层立场和主流话语之间摇摆不定,表现出一种暧昧的写作姿态来。

不难发现"新写实"、"现实主义冲击波"之间存在着某些现实主义的传承关系,将他们联系起来考察,更有利于我们作出全面客观的评断。我们认为这些现象不过是"文学的底层"另一种说法,都是现实主义文学观念在时代列车上的一种抖动现象。90 年代的"冲击波"以及新世纪出现的所谓"底层"写作之所以能广泛兴起、持续发展、深入讨论,和中国当代社会结构的变化、利益阶层的分化关系密切。说得简约一点就是:中国社会内部的落差已经越来越大,严重的贫富分化中正酝酿、形成新的不平等关系,这种不平等将成为社会新的、主要的不稳定根源,"底层写作"不过是这种趋势在文学上的必然反映。

这一判断首先意味着 90 年代以来出现的各类反映"底层"的写作存在合理性,并且它将持续下去。但这种合理性并不能代表它获得了艺术上先天的合法性,恰恰相反,由于它必须要走出从前现实主义传统的窠臼,找到真正属于自己的写作方式和艺术内涵,确立与这个时代相匹配的艺术主题与表现形式。"底层"写作其实为批评家和作家们共同出了一道难题,那就是如何找到我们这个时代的现实主义。在我们看来,加洛蒂"无边的现实主义"肯定的其实是一种艺术(包括文学)直面现实的艺术哲学精神,在这个意义上现实主义当然是"无边的"、不断开放的。它同时也有另一种意思:每个时代都有属于它自己独特的现实主义精神。那是一种把作家的良心和时代生活融入艺术之路、反映真理之光的精神。体现在作品和艺术上就绝不可能让人有简化、雷同、重复之感,而是一种与时俱进的艺术探索。

新写实、现实主义冲击波(及新世纪后的"底层文学"现象)最为人诟病的缺点正在于从理论指导到创作实践都没有太大的突破。回到"底层"写作的趋势上,我们当然相信这种写作还将持续发展,并且有望出现真正可以代表这个时代的作品,但我们并不指望在这种抢风潮式的"底层"写作中马上看到伟大的作品。让人高兴的是,随着讨论的深入,"底层"写作确实出现了一些可喜的征兆:已经慢慢摆脱那种纯粹的苦难展示、道德同情而呈现出多样化的发展路数来;理论批评界也渐渐产生一些有价值的思考,也许这才是此类文学真正走上希望之路的开始。

二 在两岸文学与女性文学格局中的"三毛热"

1991年1月4日,台湾女作家三毛在台北市士林区荣民总医院病房浴厕内自缢身亡,终年48岁。三毛自杀事件在大陆引起强烈反响并引发了新一轮的"三毛热"。

大陆从80年代中期开始大量引进港台文学,三毛以其流浪气质、唯美爱情和异域色彩而成为大陆女生崇拜的青春偶像,"三毛热"由此掀起。而1991年的"三毛热"则是三毛自杀后的联动效应:她的著作被多家出版社以最快的速度重版发行;她的单篇作品被艺术家们在电台朗诵演播;她的歌词被音像公司配乐、录音;她编剧的影片《红尘滚滚》在各大影院公开上映……所有被冠以"三毛著"以及与三毛生死有关的书刊,都成了抢手货而争购一空,学术界更是围绕三毛的死及其作品展开了热烈的讨论。

三毛是较早把港台文学与大陆文学连接起来的台湾作家之一,为我们理解大陆与港台文学关系提供了一个很独特的角度。今天应该如何理解三毛及其"热"象?我们以为应该把"三毛热"纳入到八、九十年代,台湾与大陆文学的交流互动以及90年代中期大陆女性主义兴起的格局中,才能更清楚地展示其中的意义。改革开放使中国重新打开国门接纳世界,整个八、九十年代其实经历了许多种"热"的现象。当我们从这些自然或人造的"热"象中抽离出本质特征后就会发现:"热"的背后往往站着另外一些词汇,比如需求、缺乏、压抑、封锁、保守、不平稳、不开放等等。而"热"象则往往代表原来倾斜的力量在短时间内得到了平衡,当落差得到了饱和,复归平衡,倾斜形成的不满足和压力得到了满足与释放后,"热"象也就接近结束。70年代中期的台湾,经济上已进入小康社会,政治气氛也趋于松弛,自由的气氛开始弥漫在每个领域,年轻妇女尽管由于社会条件的限制,不太能够在公共角色上与男子一争长短,但在生活领域和感情领域,朦胧的自觉却已开始浮现,三毛作品正是满足了当时台湾妇女,尤其是年轻女生的期待与想象。80年代中期以后的大陆,改革开放带来的经济发展、思想解放,也让长期封闭、压抑的大陆年轻女性有了对于情感和生活更为张狂的想象和需求。相对于台湾来说,现实和想象的距离更大,现实落差就会在文学想象里得到更为强烈的扩张,因此,大陆表现出的"三毛热"可能要比台湾更明显和强烈一些。一个作家的成功有时候除了艺术本身的属性外,和"天时"、"地利"、"人和"也往往密不可分。今天的港台文学为什么难以在大陆掀起新的热潮?而在八、九十年代,琼瑶、三毛、梁凤仪等却兴起一波又波的热潮。作者与读者的互动,经常会以时代背景作为支撑点,什么样的时代可能会决定什么样的作者得以出人头地。三毛在 1991 年的"热"除了死亡的刺激外,其作品中的女性个人主义,以及流浪、独立、自由、浪漫、异域、爱情等都是那个时代的女性的欠缺所在。而今天,信息化的高速发展,大陆经济的迅速崛起,不论是中国与世界,还是普通老百姓与世界的关系都已得到极大的缓冲,难以再出现因为封闭导致的巨大落差,以及当这种落差得到平衡时形成的"热潮"。某种意义上讲,"三毛热"可以理解成 90 年代后期大陆女性文学兴起的前奏,以流行作品的方式对女性进行了"自由与平等"观念的启蒙。

尽管具有女性意识的写作在现代文学比如丁玲、萧红等人的作品中就有体现,在 80 年代的张洁、舒婷等女作家的创作中也有表现,然而 90 年代中国社会现实的整体变化,经济的繁荣,政治意识形态的松绑,相对自由、多元文化环境的出现等,为真正意义的群体性的女性意识勃发提供了合适的土壤。1995 年世界妇女大会在北京的召开,更是这种自觉意识的一个标志事件。90 年代女性写作最突出的特征便是女性自我意识的充分与大胆的浮出地表——不是个别的,而是整体性的。诗歌仍然是女性文学的先锋队。比如一般认为,80 年代翟永明的大型组诗《女人》宣示了女性自觉写作的开始,其他女诗人的作品如唐亚平的组诗《黑色沙漠》、伊蕾的组诗《独身女人的卧室》等。小说方面则主要体现在 90 年代确立地位的几位女作家,如陈染的长篇小说《私人生活》,林白的长篇《一个人的战争》、《说吧,房间》等。

"三毛热"的背后其实隐含着大陆女性和台湾女性相似的文化诉求:当社会经济稳定发展,政治环境相对宽松,生活水平不断改善,文化日益多元时,女性意识的自觉就不再被"压抑"而浮出地表,大陆三毛热现象其实就是这些社会变化在文学上的直接表现。三毛的作品给予当时的台湾和大陆读者除了流浪、异域、爱情等因素外,从本质上讲更是一种女性主义的自觉——是一种深刻的自由与平等观念的形象普及,甚至可以认为这是中国 90 年代中后期女性主义理论迅速发展之前的作品启蒙。

三　"下海"与文学的商业化

1992 年 7 月 30 日《文学报》头版有两则报道,第一则是《亦文亦商——广东作家寻常事》。该文报道的是广东作家"下海"现象,整体上对这一现象是持支持论调。这一热象已经过去有二十多年,以今天的眼光来看当年"下海"的那些作家,能在中国文坛留下优秀作品,或者降一个层次能产生有点影响的作品其实并不多。那些有影响的,比如王朔、梁凤仪以及创办"宁夏艺海实业发展有限公司"的张贤亮,创办"快乐影视中心"的谌容一家,创办"老苏州弘文有限公司"的陆文夫等,其文学影响力基本都不是靠"下海"经商获得的。另外一则是《王朔先行一步:找了版权代理人》。王朔"红"了后,行情看涨,市场巨大,因此各种假冒伪劣、偷加盗印现象增多,对其造成巨大的经济损失。王朔有着良好文学感觉,对市场极为敏感,他应该是中国当代文坛第一个把文学与市场有效结合并取得双赢的大陆作家。面对当时日益激烈的盗印现象,王朔在 1992 年 6 月 23 日的《中国青年报》"名人开口"栏上开了口:我想找个经纪人。王朔在中国当代文坛创造了多个"第一",他的商业头脑更是当时一般作家难以匹敌的。王朔将全部作品的出版权委托中华版权代理总公司全权代理,要付出版权收益的 10%作代理费。当时有人觉得不划算,但王朔却认为"我付出 10%,腾出工夫写字儿,能挣出好几个 100%,值得掏"。他的经商意识从对"朋友哥们儿"的合作态度也能看出,他认为:"哥们儿平时好是好,可互相没合同约束,常常是一档子事办下来,哥们儿也就掰了。生意是生意,朋友是朋友,两下里分得清。这社会愈来愈市场化、商业化了。"王朔算得上有先见之明的作家,越来越市场化、商业化的社会,他瞅得很准,抓得也很牢,在自己还在不断升温的过程中,掘取了自己文学市场的第一桶金,也贡献了一个非常北京、非常中国、扭曲而富有建设力量的"王朔现象"。

  文人"下海",在 90 年代初期,可以说争论不断,事件众多,牵扯的人物或者可资分析的案例有很多,如王朔的"议价说"和王蒙的"养不养作家"论等。具体到作家"下海",张贤亮创办"宁夏艺海实业发展有限公司"也是比较典型的一例。在与《财富人生》主持人叶蓉的一次谈话中,张贤亮讲述了自己当年"下海"创办影视文化产业的原因。[1] 张贤亮说他是一不小心变成私有制的。宁夏文联当初没有资金创办镇北堡西部影城,作为宁夏文联的主席和法人代表,张贤亮想创办企业,就只好拿自己在海外译作的版税外汇存单去银行抵押,这就是资金的来源。可是第二年中央文件要求事业行政单位都要和第三产业脱钩,这就造成了张贤亮极大的困难,全部的债务都压在他一个人身上,如果不办企业的话他就破产了,这就是他全力以赴要去办企业的原因。在这种利益机制的驱动下,产权明晰使他无形当中不自觉地建立了一个现代企业制度。可以看出,张贤亮"下海"在偶然性之外也存在着某种必然性的命运。这种必然性除了作家敏锐的艺术感受外,当然更和 80 年代的改革开放和 1992 年以后掀起的文人"下海"热潮分不开。市场经济体制建立,允许民间经济成为公有制经济的补充,又渐渐上升到民间经济和公有制经济共同繁

---

① 有关资料参考《财富人生》节目组:《财富人生》,上海教育出版社,2003 年版。

荣的地位。这意味着张贤亮选择开始第三产业和镇北堡西部影视城的崛起,和中国社会发展的潮流是一致的。套用邓小平"科学技术是第一生产力"的说法,张贤亮把文化艺术作为"第二生产力"。

今天我们该如何理解和看待当年的这场"文坛"与"商海"的激荡?如何理解1992年以来商业化对于中国当代文学的影响?前者其实并不是一个核心问题,讨论与争议,成功或失败,那不过是一段历史与往事。然而,后者却是直到现在还能引发争议和思考的一个有效问题。90年代商业化对中国当代文学的冲击,相当彻底和深刻地改变了之前文学的方方面面。与商业化浪潮相伴随的就是知识分子的逃散和颓败,比如1993年的《废都》的争议以及"人文精神"的危机的开始。人们对文学"价值"的评价方式、期待、理解等都会在经济利益与艺术思想之间发生复杂的碰撞。正面的影响,负面的结果,尽管今天我们仍然有着各种不同的理解,批判也罢,"带有历史同情的理解"也好,1992年开始的"以经济建设为中心",一切向"钱"看的浪潮直到今天仍在持续。经济发展强大固然是件好事,然而伴生的问题与矛盾也越来越明显和集中。文学曾经被过多地政治化,背负太多的东西;同时文学在松绑政治的过程中,也承受了太多来自经济的压抑。文学之于一个时代正常的功能依然没有有效地发挥出来,仍然需要我们从各种骄狂、现实、坚硬、软弱的浮云中静下心来,慢慢打量并且继续生活与写作、阅读和思考。

四 废都与废墟:关于陕军东征与人文精神讨论

1993年发生了许多重要的、具有转折意义的文学事件,如王蒙"躲避崇高"、"顾城之死"、"陕军东征"以及"人文精神的危机"讨论。如果说贾平凹的《废都》反映了当时知识分子的精神颓败,那么王晓明的《旷野上的废墟——文学和人文精神的危机》一文则直接呼应和批判了这种现象。《废都》表现出来的知识分子精神,也许正是王晓明等所担忧的"人文精神危机"的直接表征——中国当代文学给中国当代学术进行了一个非常形象、有力的注脚。反之,中国当代学术也极其敏感地发现了中国当代文学的精神危机。

"陕军东征"的说法应该源自1993年5月25日,新闻记者、散文作家韩小蕙在《光明日报》刊发《文坛盛赞——陕军东征》一文。具体指贾平凹的《废都》、陈忠实的《白鹿原》、高建群的《最后一个匈奴》、京夫的《八里情仇》,四部作品的出版在文学界反响巨大,受到好评,当然也有引发争议,并专门举行过作品讨论会,很受普通读者欢迎,发行量也一涨再涨。在"文学失去了轰动效应"、"边缘化"的90年代,在商业化浪潮的冲击下,在快餐式的消费文化开始横行的90年代,这样的成绩无疑令严肃文学从业者心头大快,欢欣鼓舞之意自然流露出来。正当文坛为"陕军东征"欢欣鼓舞、大加好评时,另一股更强烈、尖锐的"批评"意见迅速形成话题,引发更加激烈的讨论,这就是"人文精神的危机"。

《上海文学》1993年第6期刊登了王晓明主持的《旷野上的废墟——文学和人文精神的危机》,引起了这场有关人文精神失落与重建的论争。①在简要谈了文学之于人类精神生活自然而必要的感受之后,王晓明直接指出:

> 今天的文学危机是一个触目的标志,不但标志了公众文化素养的普遍下降,更标志着整整几代人精神素质的持续恶化。文学的危机实际上暴露了当代中国人人文精神的危机,整个社会对文学的冷淡,正从一个侧面证实了,我们已经对发展自己的精神生活丧失了兴趣。

这篇文章从对王朔的小说批判开始,讨论了包括张艺谋电影、"先锋"小说、"新写实"小说等一系列文学、文化现象,引发了热烈的讨论,极大地触动了很多人内心的挣扎和敏感神经。人文精神大讨论虽然很热闹地进行了两年,参与的人数众多,讨论的话题丰富,但整个讨论似乎没有深入下去,也没沉淀出有分量的结论,更没有形成对后来中国知识分子或者中国文化产生扭转局面的力量。甚至连一些基本问题都没有达成共识,比如:究竟什么是人文精神? 人文精神有没有失落? 如何失落? 失落的话如何重建? 这几个问题基本可以视为这次人文精神讨论的核心问题。

"人文精神"大讨论是整个90年代文学最重要的精神事件,其意义贯穿了整个90年代甚至之前、之后的时代。由于"意识形态/市场经济"的双重错位,90年代的知识分子(尤其是人文知识分子)显然没有了80年代那种辉煌的中心感,最难过的可能并不是他们的社会激情和人文理想被历史的门槛绊了一跤,而是爬起来后发现周围的世界已经突然改变了。失去了统一追求和动力的知识分子,由于启蒙话语遭到质疑,开始意识到自身浮躁膨胀的缺陷,在市场经济的分化之下,出现个体化的多元文学选择,并站在时代之中反省自身及整个社会。

五 网络文学兴起的时代

1995年前后中国的互联网开始兴起,但仅限于少数用户,之后在各大城市飞速发展。作为面向大众的网络文学,互联网的出现与普及为中国网络文学的兴起奠定了广泛的群众基础,随着中国网民的迅速增加,才有了之后几年各类大型原创文学网站的建立以及各类网络小说的走红。所以,把1995年视为中国本土网络文

---

① 相关重要文章,参见王晓明主编《人文精神寻思录》,文汇出版社,1996年版。李劼在2003年8月9日《新散文》里,对"人文精神"讨论的"首创权"提出质疑,认为是他首先提出来的。1993年10月他和同事王晓明一起去南京师范大学作演讲,《钟山》副主编范小天问起能否给他们出个点子,办得更文化一点。经过一番商量后,李劼建议开个"重建人文精神"的专栏并大概描述了自己的想法。

学的兴起之年应该有其合理性。

单纯地讨论 1995 年的网络文学其实并无多大意义，我们要讨论的是如何理解 1995 年前后出现并迅速兴起的网络文学。如果从一个更宏大的时空体系来看网络文学之于中国文学的意义，就会发现整个 90 年代是中国文学开始走向"古典传统与现代科技"相结合的时代。这是新的希望，也是新的挑战。新技术条件不仅仅会对古老的艺术形式产生作用，它同样对艺术的内核——诸如审美、思维等也产生巨大的影响，诱发新的艺术观和艺术种类。在这新与旧、爱与怕、虚拟与现实、古典与现代、创新与保守、融合与碰撞等一系列的关系中，1995 年兴起的中国本土网络文学将会带给人们更多的困惑与思考。

网络文学的概念经过早期的争论与流变已渐渐澄清起来，简要概括如下：指以互联网为载体和传播媒介，借助超文本链接和多媒体演绎等手段来表现的文学作品、类文学文本及含有一部分文学成分的网络艺术品，以网络原创作品为主。创作主体通常是网络作家、网络写手。形式包括类似传统文学的小说、诗歌、散文等，也可以是博文、帖子、日志等新形式或基于网络技术的"超文本"等。和传统文学相比，网络文学最突出的特点是表现自由、平等，每个人可以是作者，也可以是读者，在充分体现网络自由平等主旨的同时也表现出混乱杂芜、多样性、互动性、传播便捷、知识产权保护困难等其他特点。需要注意的是，网络文学与传统文学不是对立的两极，而是互相渗透的有机体系。

如果说 1995 年是中国本土网络文学的兴起之年，那么它的第一个高潮大约出现在 1999 年前后，主要表现为出现大量公认的、有影响力的网络文学作品；传统媒体和学界也开始大量讨论该现象。1999—2000 年，在《北京晚报》、《南方周末》、《中华读书报》、《北京日报》、《中国图书商报》、《光明日报》、《文艺报》等多家报纸上先后登出了一大批文章，对网络文学展开了热烈的讨论。与此同时，网络文学迅速地蔓延开来，充斥于各个网站。1999—2003 年间，关于网络文学的讨论以一种惊人的速度增长着，参加讨论者也由大众传媒走向学术前台，各种研讨会频繁召开。网络文学是否会像其他一些文学现象一样成为时髦话题，在经历过一番热闹后重新走向沉寂？它又将以怎样的格调继续发展并出现在文学史中？

网络文学的创作实绩并不能以质量赢得信任和尊重，人们对它的价值和前景产生怀疑不是没有道理的。单单靠媒体的突围而没有艺术品质的确认和审美价值的自证，任何文学都无从取得存在的合理性。直到新世纪初的几年里，网络文学整体上还是时尚意义大于审美意义，媒体革命多于艺术创新，传播方式胜于传播内容。它需要的不是历史的尊重，而是通过自己的创作确立其艺术价值。对于网络文学的理论指导应以完全不同于传统文学的"超文本"为基础而构建，网络文学作家身份的网民化、创作方式的交互化、文本载体的数字化、流通方式的网络化和欣赏方式的机读化等基本特征,决定了其存在方式、创作模式和欣赏、审美都会有变化。而这种变化也将影响网络文学作品从"生产"到最后被"消费"的整个体系的动作。

那么究竟应该如何理解和看待中国 90 年代中期出现的网络文学?网络文学背后其实潜藏着一个更大的问题:文学应该如何面对技术?或者说艺术如何面对科技?科学与艺术作为两个关键词在人类历史的发展路程上,似乎越走越近,甚至开始合二为一了。然而,科学与艺术在走向统一的过程中不会有激烈的冲突吗?会不会像希利斯·米勒引用雅克·德里达在《明信片》一书中那样的悲观:在特定的电信技术王国中,整个所谓的文学时代将不复存在[①]。当文明快速发展时,人类的艺术理念、人文精神表现得似乎不适应自己的发展速度了。网络文学正是科技与艺术整合的产物,其他新型艺术种类也有相似处境,只不过相对于这些艺术种类而言,网络文学因其传播速度与范围及影响而倍加受到人们的关注,并对传统文学形成了直接的压力与威胁。

如果说文学有其永恒不变的文学性,它必然要和每个具体的时代结合然后才能形成那个时代的文学。文学有其继承和变异的发展特点,这种变异包括反映内容、自身形式、记录与传播方式、表现方式、审美变化等等。而情感的真挚、想象的奇特、作家的良知,以个性化、心灵化的方式反映人与现实的基本关系,以艺术进入人的心灵深处、精神内核,实现人对现实世界的最终超越等方面则依然是其不变的追求。网络文学作为一种新的艺术形式逐渐地进入人们的视野,并且迅速地完成着自己的分化与调整,试图以一种独立的姿态进行自己的进化历程。然而,网络文学毕竟太年轻了,与摄影文学、影视文学一样,更像是一种嫁接的艺术。它和传统文学到底会有多大的区别,其审美特征又将发生哪些位移和断裂,这只有等网络文学进一步发展后才能找到合适的答案。就目前来看,网络文学整体上似乎更多的是在和传统文学合谋来取得利益而非艺术价值,它的价值自足性和历史合理性都处于悬置状态。事实上,我们现在有真正意义上的网络文学作品吗?那些有影响力的作品不过是先借助网络产生了影响力,然后又通过纸质文学得到正名。网络文学的理论研究其实是在缺少作品状态下的一种超前研究,它需要真正成功的网络作品来证明其独特艺术魅力。

---

① 〔美〕J. 希利斯·米勒:《全球化时代文学研究还会继续存在吗?》,国荣译,《文学评论》2001年第 1 期。

第三节 20 世纪 90 年代文学创作

一 小 说

20 世纪 90 年代长篇小说热是最能代表 90 年代文学突出成就的一个创作现象。据王蒙当时统计：在"文革"前 17 年，长篇小说平均每年是 10 部，现在每年是 500～600 部，平均每天都可以看到两部新长篇。① 和王蒙的统计相比，有资料显示 1995 年长篇小说发表或出版达 700 余部，1996 年突破 800 部，1997 年则高达 1000 部。② 由 80 年代中、短篇为主到 90 年代以长篇小说为主的转变，反映了时代的变化。不论是作家个人的创作经验，或是整个 80 年代一波又一波的创作思潮，在 90 年代社会更加市场化、多元化的结构性改变进程中，自然会为作家提供远比过去广阔的视野和多维的思考角度。世纪末的社会文化语境中，长篇小说这种宏大的形式显然更有利于表达历史的深远与现实的广阔。

中华人民共和国成立以来长篇小说的发展大约经历了三次大的高潮：第一次约在 1956—1964 年间，如《三里湾》、《六十年的变迁》、《死水微澜》、《大波》、《小城春秋》、《红旗谱》、《三家巷》、《青春之歌》、《红日》、《林海雪原》、《山乡巨变》、《上海的早晨》、《野火春风斗古城》、《红岩》、《创业史》、《烈火金刚》、《敌后武工队》、《艳阳天》、《欧阳海之歌》等。第二次在 1980—1988 年间，如《东方》、《将军吟》、《芙蓉镇》、《冬天里的春天》、《许茂和他的女儿们》、《沉重的翅膀》、《黄河东流去》、《钟鼓楼》、《洗澡》、《活动变人形》、《玫瑰门》、《浮躁》、《古船》、《少年天子》、《平凡的世界》、《红高粱家族》等。第三次即 90 年代出现的长篇小说热，主要指 1993—2000 年间。事实上，长篇小说热一直到新世纪后仍然保持了强劲的势头。

90 年代长篇小说除了数量浩繁外，题材较之前也更为宽广，从历史到现实，从家族到市场，从社会化到个人化，从政治到欲望，从官场到女权都有表现，更重要的在于：以今天的眼光重新审视 90 年代长篇小说，"热"象背后冷却下来的成果要比之前两次长篇小说更为辉煌。许多作品不仅在汉语文学界具有文学的经典意义，即便放在世界文学的背景中也一样不逊色。中国当代长篇小说在经历过西方近百年的学习和吸收后，终于开始写出自己的时代与风格来。90 年代长篇小说的丰收，是我们研究和确立 90 年代文学地位最为重要的一个切入点，只有当我们对这些作品有了更为详细的阅读和研究后，才能更清楚地评判这个时代的文学实绩。

---

① 王蒙：《关于九十年代小说》，《天津师范大学学报》（哲社版）1997 年第 5 期。
② 董健、丁帆、王彬彬主编：《中国当代文学新稿》，北京师范大学出版社，2011 年版，第 420 页。

根据文学史和编年史相关资料，按照出版年顺序简要整理部分 90 年代出现的重要长篇小说如下：

1991 年：刘震云《故乡天下黄花》（中国青年出版社）。

1992 年：唐浩明《曾国藩》（湖南文艺出版社）、格非《边缘》（《收获》第 6 期）、张承志《心灵史》（花城出版社）、张炜《九月寓言》（《收获》第 3 期，1993 年由上海文艺出版社出版单行本）、莫言《酒国》（湖南文艺出版社）。

1993 年：王安忆《纪实和虚构——创造世界方法之一种》（《收获》第 2 期，6 月由人民文学出版社出版单行本）、王蒙《恋爱的季节》（人民文学出版社出版）、贾平凹《废都》（北京出版社）、陈忠实《白鹿原》（人民文学出版社，最早由《钟山》1992 年第 6 期开始连载）、刘恒《苍河白日梦》（作家出版社）、顾城《英儿》（《花城》第 6 期）。这一年花城出版社推出"先锋长篇小说丛书"包括余华的《在细雨中呼喊》、苏童的《我的帝王生涯》、格非的《敌人》、孙甘露的《呼吸》、吕新的《抚摸》、北村的《施洗的河》。其他还有：李锐《旧址》、张炜《九月寓言》、刘震云《故乡相处流传》。

1994 年：张贤亮《烦恼就是智慧》（上）（《小说界》第 2 期，6 月由作家出版社出版，改名为《我的菩提树》）、林白《一个人的战争》（《花城》第 2 期）、王蒙《失恋的季节》（《小说》第 3 期）、刘醒龙《威风凛凛》（作家出版社）、铁凝《无雨之城》（春风文艺出版社）、迟子建《晨钟响彻黄昏》（《小说家》第 5 期）。

1995 年：李锐《无风之树》（《收获》第 1 期）、张炜《柏慧》（《收获》第 2 期）和《家族》（《当代》第 5 期）、余华《许三观卖血记》（《收获》第 6 期，1996 年由江苏文艺出版社出版单行本）、莫言《丰乳肥臀》（《大家》第 5、6 期）、王安忆《长恨歌》（《钟山》2—4 期，1996 年作家出版社出版单行本）、格非《欲望的旗帜》（《收获第 5 期》）、贾平凹《白夜》（华夏出版社）。

1996 年：史铁生《务虚笔记》（《收获》第 1 期）、刘醒龙《分享艰难》（《上海文学》第 1 期）、谈歌《大厂》（《人民文学》第 1 期）、陈染《私人生活》（《花城》第 2 期，同年由作家出版社出版单行本）、关仁山《大雪无乡》（《中国作家》第 2 期）、韩少功《马桥词典》（作家出版社）、叶兆言《一九三七年的爱情》（《收获》第 5 期）、周梅森《人间正道》（《当代》第 6 期）。

1997 年：毕淑敏《红处方》（《大家》第 1 期）、李锐《万里无云》（《钟山》第 1 期）、何顿《喜马拉雅山》（《十月》第 1 期）、王蒙《踌躇的季节》（《当代》第 2 期）、林白《说吧，房间》（《花城》第 3 期）、苏童《菩萨蛮》（《收获》第 4 期）、王小波《黄金时代》（花城出版社）。

1998 年：刘震云《故乡面和花朵》（《花城》第 1 期）、阿来《尘埃落定》（《当代》第 2 期）、阎连科《日光流年》（《花城》第 6 期）、池莉《来来往往》（作家出版社）。

1999 年：叶兆言《别人的爱情》（《钟山》第 1、2 期）、刘心武《树与林同在》（《中

国作家》第 1 期）、周梅森《中国制造》（《收获》第 1、2 期）、莫言《红树林》（《江南》第 1
期）、李佩甫《羊的门》（《中国作家》第 3 期）、王朔《看上去很美》（华艺出版社）、卫慧
《上海宝贝》（春风文艺出版社）。

　　这份名单当然并不全面，而且也无法反映出 90 年代另外一些文学风貌，比如
像朱文、韩东这些 90 年代新出现的作家的作品。朱文《我爱美元》直接将欲望与生
存画了等号，"我"竟然带着父亲去找妓女，这一事件本身就说明"父亲"所代表的文
化传统是如何在一个欲望时代土崩瓦解的，而"我"对"美元"的赤裸裸的赞美与向
往，更昭示或质疑"我"这一代人对欲望的态度。何顿《生活无罪》同样可以看作是
90 年代世俗欲望的宣言。那个从校园走出的教师成功转型为个体户，并获得了自
我确认的人生价值，作品的结尾，他对昔日最为亲密的同学——代表着某种精神价
值的形象，发出来自于骨子的蔑视和嘲弄。这些作品直视欲望化的 90 年代现实，
抛开传统的道德标准，不愿也不能给读者任何答案，不想承担任何文化或精神的负
担，不在乎任何可能的价值判断。这些创作表现和 90 年代引为轰动的"废都"、"废
墟"现象其实存在深刻的内在联系。人们发现当欲望洪流冲刷过现实大地后，除了
一片狼藉的空白外，任何精神的重建都变成虚无的幻象。许多人认识到如果注定
不能"诗意的栖息"，那就让沉重的肉身享受感官化的生命。

　　90 年代的女性文学也是非常值得注意的一股文学力量。以卫慧《上海宝贝》、
棉棉《糖》等作品为代表的所谓"美女作家"的作品，一方面终于让女性文学的衣服
越穿越少，另一方面，也基本耗尽了女性文学可资利用的非文学因素。从早期张洁
作品中对爱情的渴望到王安忆"三恋"中的性意识萌发，再到林白、陈染自传性质的
告白，到卫慧、棉棉一代不但衣着暴露，连女性的羞处也终于和她们并不算美丽的
脸庞一起成为文学的卖点。"性"从来就是古今中外任何时代都不缺乏的写作内
容，但其挑逗意义的性描写是有极限的，而文学意义的性描写则有很多值得探讨的
空间。看过纳博科夫《洛丽塔》的人都会明白：那里有性挑逗，甚至对于缺乏鉴赏能
力的人来说，也有变态欲望的犯罪诱惑，但那些文字更有精致的语言和文学的想
象，是一种极致的另类体验，让读者在欲望的热度后会升华出一些冷静的思考来。
《上海宝贝》里边的女性及其令人吃惊的性举动，除了在落寞而繁华的时代背景上，
都市女性以超越前辈的放纵姿态展示她的性想象（或者性现实?)外，很难感受到其
他更高一级的文学意味。这就不难理解，为什么卫慧、棉棉之后，中国当代文坛很
难再发现依靠"性"的出位而一炮走红的文学新人了，如果没有真正文学意义上的
"性"突破，只靠卖弄身份、年龄、性别这些因素炒作，已经不会再有人买账了。而且
随着网络的兴起，网络上各种变态的文字已经远远超过了这些传统的印刷文字了。

　　在 90 年代众多的长篇小说中，一些作品已经在文学史或历史的沉淀中以某种
经典化的形式固定下来。比如张承志的《心灵史》，张炜的《九月寓言》、《家族》，莫

言的《酒国》、《丰乳肥臀》,王安忆的《纪实与虚构》、《长恨歌》,贾平凹的《废都》、《白夜》,陈忠实的《白鹿原》,余华的《活着》、《许三观卖血记》,苏童的《我的帝王生涯》,格非的《敌人》、《欲望的旗帜》,李锐的《旧址》、《无风之树》,史铁生的《务虚笔记》,陈染的《私人生活》,韩少功的《马桥词典》,叶兆言的《一九三七年的爱情》,林白的《说吧,房间》,王小波的《黄金时代》,铁凝的《大浴女》,阿来的《尘埃落定》,霍达的《穆斯林的葬礼》,阎连科的《日光流年》以及王蒙的"季节"系列、刘震云的"故乡"系列等。

我们对 90 年代一些重要的作家、作品简介如下:

莫言获得 2012 年诺贝尔文学奖毫无疑问会彻底地奠定他的经典地位,同时成为中国当代文学史上一个重要而伟大的标志作家。经典虽然需要诸如诺贝尔文学奖这样的"形式"确认,本质上却仍然依靠作品的艺术含量来"生发"。从 1981 年发表第一篇短篇小说《春夜雨霏霏》到获得诺贝尔文学奖,莫言三十多年的创作同时也是中国当代文学不断成长并融入世界文学的典范证明。90 年代,莫言创作了两部很重要的长篇小说:《酒国》和《丰乳肥臀》。

1992 年《酒国》写成后因为没有期刊敢刊登,只好先在台湾由洪范书店出版。《酒国》是一部集先锋性与批判性于一体、但一直被批评界和文学史低估的小说。其先锋性首先表现在文体结构方面,小说共十章,前九章每章都由三部分组成,第一部分是"莫言"创作的小说,写高级侦察员丁钩儿到酒国破案的经历,第二部分是李一斗与"莫言"的通信,第三部分是李一斗的小说,第十章是"莫言"出发到酒国见到了李一斗和其他小说中的人物。整部小说文本里嵌套着文本,寓言中延异出寓言,各个文本之间形成丰富的现实隐喻与消解关系。小说叙事在先锋和传统之间自由穿越,主旨则上接鲁迅的启蒙思想,下启 20 世纪 90 年代之后知识分子的命运,思想容量极为丰富,是一部很有解读难度的作品。《酒国》中看似荒诞不经的酒之欲望、红烧婴儿餐、高价出售孩儿等酒国"奇观",虽不是现实实有,但文本有着揭示现代人"欲望疯狂病"的批判意识与思索深度。[1]

1995 年《丰乳肥臀》由作家出版社出版单行本后,随着争议的扩大,1996 年莫言不得不违心地写信要求停止出版《丰乳肥臀》("以个人名义,要求出版社停止印刷这本书,已经印出来的要封存销毁")[2]。有评论认为该作只概括了民族精神的百年屈辱和百年荒唐,是一部令人遗憾的平庸之作和"近乎反动的作品"。[3] 也有

———————————

[1] 刘再复:《"现代化"刺激下的欲望疯狂病——〈酒国〉、〈受活〉、〈兄弟〉三部小说的批判指向》,《当代作家评论》2011 年第 6 期。

[2] 李桂玲:《莫言文学年谱》(上),《东吴学术》2014 年第 1 期。

[3] 唐韧:《百年屈辱,百年荒唐——〈丰乳肥臀〉的文学史价值质疑》,《文艺争鸣》1996 年第 4 期;楼观云:《令人遗憾的平庸之作——也谈莫言的〈丰乳肥臀〉》,《当代文坛》1996 年第 3 期。

评论毫不犹豫地宣称这是一部"新历史主义小说的扛鼎之作"和"总结性作品"①，指出《丰乳肥臀》的母亲既是历史的主体，同时又是叙述者和见证人，完全有别于传统历史叙事。对于上官金童饱受争议的恋母和恋乳情结，张清华强调了他作为 20 世纪中国知识分子化身的象征意义，邓晓芒则指出作家揭开了一个骇人的真理："国民内在的灵魂、特别是男人内在的灵魂中，往往都有一个上官金童，一个永远长不大的婴儿，在渴望着母亲的拥抱和安抚，在向往着不负责任的'自由'和解脱。"②《丰乳肥臀》是莫言最为厚重也是他自己最为看重的一部作品，莫言说如果《酒国》是他美丽刁蛮的情人，那么《丰乳肥臀》则是宽厚沉稳的祖母。"你可以不看我所有的作品，但你如果要了解我，应该看我的《丰乳肥臀》。"③

余华 90 年代的写作出现了明显的变化，早期先锋写作中那种和"现实"的紧张关系开始得到缓减。1991 年出版的《在细雨中呼喊》是余华第一部长篇小说，对以往在中短篇小说中曾经涉足过的死亡、暴力、性、友情、恐惧、心理冲突等生存命题都有表现④，被认为是一部绝望的心理自传，某种程度上是对当时小说革命的一次全面总结，标志着一个时期的结束⑤。该作可以视为余华由"先锋"文学向现实主义"温情"写作转变的一个重要过渡。

1992 年完成的《活着》其实讲述的是一个关于"死亡"的故事：地主少爷福贵在新中国成立前把全部家产输给了早就算计好的龙二，气死了父亲，病死了母亲，经历了各种苦难后眼看一双儿女渐渐长大，真正的悲剧却刚刚开始。小说以平静、温和的笔调讲述了福贵的故事，在极简化的艺术表达中渗透了普遍的人类情感和生死体验，其中大量的细节描写更是直抵人心最为柔软的部分。比如福贵的儿子有庆死于"文革"年代一场悲惨的"献血"事件。伤心的父亲瞒着病重的母亲（家珍）一个人埋葬了儿子。家珍从福贵的脚步声中准确地判断出儿子的坟地，两人从坟地归来的路上，余华写出了一个很伟大的文学细节："我看着那条弯曲着通向城里的小路，听不到我儿子赤脚跑来的声音，月光照在路上，像是撒满了盐。"《活着》在 90 年代经历了一个由争议到经典的过程，小说整体上回归传统现实主义的方法让注重"创新"和"特别"的批评家们产生了犹疑，简洁之中蕴含的丰富性也很难一下子

① 张清华：《莫言与新历史主义文学思潮——以〈红高粱家族〉、〈丰乳肥臀〉、〈檀香刑〉为例》，《海南师范学院学报》2005 年第 2 期。

② 邓晓芒：《恋乳的痴狂》，《灵魂之旅——九十年代文学的生存境界》，湖北人民出版社，1998 年版，第 137—150 页。

③ 莫言、王尧：《从〈红高粱〉到〈檀香刑〉》，《当代作家评论》2002 年第 1 期。

④ 潘凯雄：《走出轮回了吗？——由几位青年作家的长篇新作所引发的思考》，《当代作家评论》1992 年第 2 期。

⑤ 陈晓明：《胜过父法：绝望的心理自传——评余华〈呼喊与细雨〉》，《当代作家评论》1992 年第 4 期。

从相似的文学表达中脱颖而出。

1995 年出版的《许三观卖血记》以主人公多次卖血行为构成整部小说。小说用幽默、简洁、富有音乐性的方式讲述了许三观多次依靠卖血度过人生难关的故事,博大宽容的温情渗透在众多细腻真实的人生苦难中,以简洁的笔调写出精深的内涵。《许三观卖血记》在叙事方面非常明显的标志是重复和对话的大量使用。比如,同样面对许一乐的生父是谁的质疑时,许玉兰对两个男人都只说了一句简单的"天地良心啊",结合小说情境就会产生令人拍案叫绝的叙事效果。小说有许多富有意味的重复情节,比如每次卖血前的大量喝水和卖血后在胜利饭店来"一盘炒猪肝,二两黄酒,黄酒要温一温"。以及小说中还有一段著名的"用嘴炒肉"情节,作者不厌其烦地重复描述每次炒肉的过程,父子亲情和生活温情也在重复中不断得到加强。

《活着》和《许三观卖血记》都以极简化的方式,把生活的悲惨和人性的温暖表达得简单有力,充分深刻。如果说阅读莫言的作品犹如"暴风雨",有一种泥沙俱下的丰富感受;那么阅读余华的作品则犹如面对一面"城墙",有一种具体的坚硬和无法绕过的质感。

贾平凹作品以描写农村见长,但也喜欢刻画知识分子。"农民"和"知识分子"是贾平凹小说创作的两大人物体系,在中国当代作家中系统、及时地反映中国当代农民与知识分子作品,贾平凹无疑是最重要的作家之一。1993 年出版的《废都》是贾平凹第一部城市题材之作,反映了急剧变革的中国社会现实,由于其独特而大胆的态度以及出位的性描写,引起社会各界的广泛关注。作品以作家庄之蝶和几个女性的关系为核心故事,表现了包括画家、书法家、商人、政客等社会各阶层人物的心态沉浮。《废都》也是贾平凹创作的一次重要的"转换",从写作对象、文体形式到艺术风格都有表现。语言方面力求吸收明清白话小说的特点,形成含蓄而富有内在韵味的小说格调,表达有关世纪末知识分子感受到的悲凉"废都"意识。《废都》被作者自称为安妥自己灵魂的作品。《十月》1993 年第 4 期以整本杂志推出《废都》,这在该刊历史上是空前的。之所以要这样做,据该刊执行副主编田珍颖介绍,是因为他们认为这部作品是一部非常丰厚的力作,是"贾平凹对他过去作品的总的否定和总的思考总的开拓"[1]。该作因为"夹杂淫秽色情内容,低级庸俗,有害于青少年身心健康"于 1994 年被禁,2009 年在对内容稍作修改后由作家出版社重新出版。《废都》也渐渐地被认为是一部敏感于时代之先的经典作品。

王安忆是一位在多种题材和领域内都能有较大创造力的女作家。自 80 年代以《流逝》、《小鲍庄》、《小城之恋》等作品奠定其文坛地位后,一直能以稳定的质量和产量笔耕不辍地参与当代文学的写作中。90 年代发表的《长恨歌》写出了上海

---

[1] 韩小蕙:《现代风情·名记者文丛 欢喜佛境界》,现代出版社,1999 年版,第 278 页。

市民一个时代精神的整体隐喻,在叙述方式、语言感觉以及人性的深刻等方面都作出精细的探索。小说以40年代中学生王琦瑶被选为"上海小姐"为起点,讲述了她在风云变幻的上海弄堂里命运多舛的一生:做过国民政府大员的"金丝雀",上海解放后成为普通百姓,与几个姐妹和数个男人的复杂情感关系,直到80年代,进入晚年的王琦瑶与女儿的男同学发生畸恋后被失手杀死。王安忆在这部作品中充分地展示了一位女作家的细腻与物感,以一种很"慢"的笔调将这个人生故事写得哀婉动人,其中对女性心理的刻画与上海市井生活的理解令人印象深刻。《长恨歌》的写作笔调舒缓苍凉,表现出一种阅尽沧桑、淡然远观的优雅风度,是中国城市文学与女性写作的一个巨大收获。

苏童和莫言、余华、贾平凹、王安忆等一样,都是当代文学最重要的代表作家。90年代苏童的主要长篇小说有《米》、《我的帝王生涯》、《城北地带》、《武则天》。《米》是苏童的第一个长篇小说,写了一个人具有轮回意义的一生,是一个关于欲望、痛苦、生存和毁灭的故事,在作品中思考和面对人及人的命运中黑暗的一面。该作得到许多评论家的一致肯定,已故评论家胡河清认为"苏童的小说《米》也算得上是一座精心雕琢出来的'米雕'。作者心细如发,实在近乎一米一世界的境界了"①。《我的帝王生涯》以第一人称讲述了一个名叫端白的王子,在老太后权力欲望的操纵下成了燮国的傀儡国王,经历过战乱的端白最后做了一个普普通通的老百姓,走上了一直向往的江湖艺人生涯。一个没有野心、不该做也没有能力做好皇帝的人却当了皇帝,整篇小说充满了挽歌式的感伤凄美气息。苏童在这部小说中把写实手法和创造性的想象结合,用现代小说技巧讲述古典历史故事,文学和艺术的勾兑法让这个虚无的故事充满了真实性。《我的帝王生涯》和《米》被认为是最具寓言性的新历史主义小说,而前者更是运用新历史主义小说手法的典范。《城北地带》仍是以"香椿树街"为背景,沿用少年视角来看这个世界,但这部小说不同以往,因为其中的人物都是作者真实生活中童年记忆中闪闪烁烁的那一群,借小说语言温习童年生活美好的经验。苏童在90年代还创作了一部长篇小说《紫檀木球》(又名《武则天》),但包括作家本人和评论家都认为并非成功之作。②

格非也是"先锋文学"的代表人物之一,在90年代的小说主要有《敌人》、《边缘》、《欲望的旗帜》等。1994年出版的《欲望的旗帜》写了一次重要的全国性哲学会议被迫由三个欲望事件推迟或中断的故事:学术巨擘贾兰坡之死;商人邹元标被捕;作家宋子衿发疯。贾兰坡之死一直以一个扑朔迷离的谜题贯穿小说的始终,且最终作者也没有公布答案。这种模糊性与不确定性恰恰给故事的发展创造了无限生发的可能性。小说首先面临的是90年代以来历史的巨大空场与精神废墟,作家

---

① 胡河清:《苏童的"米雕"》,《七画》1991年第6期。
② 张学昕:《苏童文学年谱》,《东吴学术》2012年第6期。

在后记中说明了他的写作目的:"事实上,它只是一把刻度尺。我想用它来测量一下废墟的规模,看看它溃败到了什么程度……"在一个欲望化的社会里,没有人会关注自己的内心,哲学已成为不合时宜的东西:"是时候了,我们已无须等待,让我们放弃挣扎,追上狂欢者的队伍,赶赴一场盛宴……"在这部小说中,几乎没有一个知识分子不是挣扎,矛盾的,同时又是痛苦和绝望的。格非是一个敏感而富有责任感的思想者,他不断试图碰撞处于人类生存核心地带的矛盾,痛苦于时代与社会的堕落。

张承志的《心灵史》是90年代文学的一个重要收获。作者有感于90年代已经出现的转型社会经济对人们精神的冲击与腐蚀,试图通过强烈的个人宗教体验来追问或昭示终极的人生价值与生命意义。《心灵史》共分为七门,每一门叙述一代圣徒的传教故事,它写的是教史,呈现的却是哲合忍耶为了保卫信仰而浴血奋战的心灵历程,涉及许多宗教人物和事件、史料与民间典籍,把深刻的哲理思辨和热情的宗教情感、令人惊颤的故事情节杂糅在一起。《心灵史》以一种历史的眼光、审美的情趣表达了人生价值的哲思,体现出一种奇异神圣的牺牲与信仰之美。虽然个别观点略显偏激,但对于一直欠缺宗教精神信仰的汉文化传统,尤其是90年代以后精神日益涣散的中国人来说,这种异质性的写作充满了某种重塑和构建的力量。

张炜90年代的小说创作和知识分子的精神状态密切相关,比如《九月寓言》、《家族》、《柏慧》。《九月寓言》是90年代一部非常有力度的长篇小说,正如题目所称,小说通过讲述一个叫挺鲅的小村中的人们在土地上不断迁徙和定居的故事来表达浓重的寓言色彩。"道德理想主义"与诗意生活的想象是张炜作品的一个显著标志,因此也构成了其作品与现实社会之间某种强烈的紧张甚至对抗关系。比如《家族》、《柏慧》中的"我"与"葡萄园"表达了作者对精神家园、道德生命的守护而不得的惶惑。90年代张炜的写作依然继承了80年代《古船》里就开始的那种人类生存价值意义的追索,表达了一种强烈的社会文化现实批判立场,并试图构建一种理想的人文道德精神"大地"。正因如此,在90年代人文精神危机的争论中,他和张承志以笔为旗,写下了许多批判世俗堕落的随笔。

陈忠实在写《白鹿原》之前已经有了十多年的创作经历,长期的中短篇小说写作训练为长篇创作积累了丰厚的经验。1993年出版的《白鹿原》是他最重要、最成功的作品。小说通过白、鹿两个家族、两代人的复杂纠葛,反映了从国民革命到全国解放时期中国农村的广阔面貌和社会生活。其中对"史诗性"的自觉追求和对中国农业文明的家族史、中国社会现代史全景、透视式的描写令人震撼。评论界对它的评价颇高,视之为当代文学的"扛鼎之作",对民族文化与现代历史有独到思考,是代表着现实主义艺术高度的史诗式作品,是一部既有可读性又有审美价值的好作品,《白鹿原》获"茅盾文学奖"当之无愧。

史铁生是一位用残缺的身体写出了健全而丰满的思想,以文学的精神照亮了我们幽暗内心的作家。90 年代创作的《务虚笔记》是史铁生最重要的一部长篇小说。小说的主要人物都以英文字母代替,这种符号化的人物和距离感的叙述方式让小说阅读变得复杂和困难起来,因此也是一部广受好评却很少有人能真正把它从头到尾都读完的作品。韩少功的《马桥词典》对民间文化和方言的呈现,对小说文体的创新再次体现了作家的努力,尽管后来引发"笔墨官司",但仍然是 90 年代不可忽略的重要作品。刘震云在 90 年代的文学力量主要集中于表现乡村生活的系列长篇上,先后出版了《故乡天下黄花》、《故乡相处流传》、《故乡面和花朵》,只是比起新世纪后各类"触电"作品,这些带有艺术探索的小说似乎没有获得期待的反响。阎连科在 90 年代在中国当代文坛正式崛起,尤其是其长篇小说《日光流年》受到好评。小说描绘了豫中山区三姓村的人如何挣脱活不过 40 岁的命运的故事,对乡土底层的生存状况与"苦难"极力渲染,在惨烈的情节设计中体现了作家的焦灼与批判精神,由此也拉开了阎连科新世纪以后小说创作的"爆发"大幕。毕飞宇的代表作《青衣》发表于世纪之交,也是一位在 90 年代末崛起、新世纪后迅速发展的作家,其创作别有风味,成绩斐然,值得持续关注。

二　诗　歌

(一)90 年代的诗歌环境

80 年代的终结伴随着知识分子启蒙激情的严重受挫。进入 90 年代,文化格局的变化加剧,商业文化膨胀,大众通俗文化对知识分子精英话语形成了极大的冲击。相对主义、多元话语、后现代思潮等等,让纯文学的话语力量更趋微弱。在 80 年代曾扮演过"文化英雄"角色的诗歌,不得不迎来了"边缘化"的处境。诗歌既不能满足大众的娱乐需求,又难以继续找到正面对抗的现实对象,发出知识精英期待的某种批判之音,因而愈来愈趋向无人理会的自说自话,"写诗的比读诗的多"大概就是这样来的。

90 年代诗歌发表和出版的状况有了新的变化。专门的诗歌刊物《诗刊》、《星星》、《诗选刊》仍然继续出版,综合性文学刊物如《人民文学》、《山花》、《上海文学》等发表诗歌的热情却已锐减。"民刊"成为诗人赖以存在、诗歌的思想艺术探索得以展开的主要阵地。1990 年肖开愚、孙文波在四川创办《反对》,臧棣、西渡等人在北京创办《发现》,1991 年芒克、唐晓渡等人发起创办《现代汉诗》,都是典型代表,可惜这些刊物持续时间都不长。此外,因正常出版渠道难度加大,个人自印诗集成为普遍现象。

90 年代,虽然诗歌在整个社会的文学生活中成为边缘,可是诗界内部仍然热闹。1991 年 5 月,由谢冕主持的"中国现代诗的命运与前途"讨论会在北大召开,这是 90 年代首次重要的聚会,会上部分老诗人和批评家高度肯定了王家新、西川等青年诗人的近作,认为现在是诗歌的好时刻。可是,同月中国作协在桂林召开的"全国诗歌座谈会"却要求人们"加强思想改造",清除资产阶级自由化的影响。整个90年代,诗界各种学术会议对诗歌发展起了较大影响。

在诗的传播上,90年代后期,一些诗人在城市的书店、咖啡馆、茶室等场所,举办小型诗歌朗诵会,一些大学定期举办诗歌节。随着互联网进入中国,"网络诗歌"的兴起成为划时代事件。网络发表诗歌的快捷及方便,是传统媒介无法比拟的。以前的"垄断"状态,某种程度上被打破,表达自己成为现实可能。但网络的"民主"与"速度狂欢"也产生了大量泡沫,在迅速地传播与复制中,艺术埋没其中,转化为一种消费和娱乐,对诗歌的未来也是一种挑战。

80年代末,一些诗人移居海外,如北岛、杨炼、严力、张枣、多多、宋琳等,但他们的写作自然也还是90年代诗歌的重要组成部分。

(二)"知识分子写作"与"民间写作"之争

贯穿90年代诗歌界的一个主要话题是"知识分子写作"与"民间写作"之争。这也显示了90年代诗歌批评的一个特点,它不仅是学院批评家或读者的事情,而且有很多诗人将之视为己任,投入其中,提出自己的理论创见。1993年9月,《今天》第3期"诗歌专辑"刊发了欧阳江河《'89后国内诗歌写作:本土气质、中年特征与知识分子身份》,描述了90年代以来国内诗歌几个明显的变化特征,引起了广泛的注意和反响。1994年闵正道、沙光主编的《中国诗选》分作品卷和理论卷推出,它是90年代第一部公开发行、集中展示当下诗歌写作及理论批评的选集,具有广泛影响。此后的各种选本对诗歌理论、诗歌阵营的形成起了极大作用。1995年6月,《中华读书报》刊出王家新的《"理想主义"与知识分子精神》,将"知识分子写作"归结为"对个人精神存在及想象力的坚持",是一种具有广阔视野、专业精神和自我反省意识的写作。一种立场和写作取向的选择正慢慢变得清晰,或者说"诗歌秩序"的建构和话语权力的争夺开始明晰。1997年前后,诗选、个人诗集的出版集中出现,例如"坚守现在诗系"(门马主编,改革出版社1997年版,收欧阳江河、翟永明、西川、萧开愚、陈东东、孙文波个人诗集)、"20世纪末中国诗人自选集"丛书(湖南文艺出版社1997年出版,收西川、欧阳江河、陈东东、王家新个人诗集)和"90年代中国诗歌"丛书(洪子诚主编,文化艺术出版社1998年版)等等。这些都比较偏向于后来被称为"知识分子写作"的诗人。这引起了一些被遗漏的诗人强烈的不满,开始发出批评之声,指出1998年3月北京作协等召开的"后新诗潮研讨会"是"仅以'知识分子写作群体'作为'后新诗潮诗歌的指认'",而"排除了'他们'、'非非'以及其他坚持民间写作立场的诗歌成就",[1]是对诗歌历史真相的严重遮蔽与

---

① 洪子诚:《中国当代新诗史》,北京大学出版社,2005年版,第274页。

歪曲。为了呈现历史真相,"民间写作"的诗人开始行动。1998 年 5 月,小海、杨克编选的《他们——十年诗歌选》由漓江出版社出版,引起广泛注意。同年 10 月,于坚、韩东、杨克等在广州策划《1998 中国新诗年鉴》,确定下民间写作的策略。11月,于坚在中国作协在江苏张家港召开的"全国新诗座谈会"上发言,抨击"可耻的殖民化'知识分子写作'"①。两派的争论文章开始多起来。1999 年 4 月,中国社科院文学研究所、北京市作协、《诗探索》、《北京文学》在北京市平谷县盘峰宾馆召开"世纪之交:中国诗歌创作态势与理论建设研讨会",谢冕、吴思敬等主持会议,二十几位来自全国各地的诗人、批评家与会,会上展开了尖锐的诗歌论争。11 月,《诗探索》和《中国新诗年鉴》在北京昌平龙脉宾馆召开"99 龙脉诗会",被称为"知识分子写作"的一派没有出席,是为上次争论的延续。同年,唐晓渡主编的《1998 现代汉诗年鉴》与杨克主编的《1998 中国新诗年鉴》都出版了,也是双方争论的一个高潮。

"知识分子写作"最早是由西川、陈东东、欧阳江河在 1987 年参加诗刊社举办的"青春诗会"时提出的,并由民间诗刊《倾向》1988 年第 1 期"编者前记"明确倡导过。后来诗人王家新、批评家程光炜也对此进行了较为深入的阐释。它的出现和八、九十年代文化现实的转变有关,首先,它指称一种诗歌精神、知识分子态度以及对于艺术上的要求,意味着摆脱"集体写作"和意识形态幻觉的知识分子的个人精神立场。其次,它反映了诗人对现实和自身写作的一种清醒认知。"知识分子写作"并不等同于"知识写作"或"知识话语",它指的是一种独立的诗歌精神、广阔的文化视野和专业的写作态度。例如王家新《帕斯捷尔纳克》令人警醒的内心独白"终于能按照自己的内心写作了/却不能按一个人的内心生活"所体现出的沉痛,西川的精神想象力与面对现实的"尴尬、两难",孙文波对于现实的荒谬和生活的无意义的悲剧性揭示,等等。他们的理想主义精神,在诗歌中用复杂技巧表现现代人的真切处境,对文化现实的积极回应和介入,都力图表明诗人实际上承担的知识分子的文化使命,力图提升时代诗歌的精神位格和写作水准。

按照于坚的说法,"民间写作"发轫于"民间话语的起义"的"第三代"诗歌,"第三代的出发点是语言,……在第三代诗人那里,由日常语言证实的个人生命的经验、体验、写作中天才和原创力总是第一位的","民间的意思就是一种独立的品质。民间诗歌的精神在于,它从不依附于任何庞然大物,它仅仅为诗歌本身的目的而存在"。② 于坚认为"所谓的'民间写作'与所谓的'知识分子写作'之间的根本分歧,是因为后者常要标榜某种彼岸式的意识形态。在一种意识形态的统治中,另一种意识形态化为彼岸、远方、理想主义,成为'生活在别处'的全部理由。不依附此权

---

① 会议综述及于坚发言摘要见《诗刊》1999 年第 2 期。
② 于坚:《穿越汉语的诗歌之光》,杨克主编《1998 中国新诗年鉴》,花城出版社,1999 年版,第73 页。

力话语,必依附彼权力话语。而民间依附的永远只是生活世界,只是经验、常识,只是那种你必须相依为命的东西,故乡、大地、生命、在场、人生"。[①] 韩东、谢有顺对此有论述。综合他们的主张看,"民间写作"突出的特征有:强调绝对独立的个人写作自由,不依附所谓的西方精神大师,不追求所谓的与西方知识体系接轨;认为写作的资源或写作的内容只能是当下的日常生活经验、常识,诗意只能从"形而下"的凡俗的生活中去开掘;在诗歌语言上,追求一种世俗化写作,强调诗歌语言的口语化,并认为这是最有诗性的汉语,是常识的、具体的、可感的、第一性的、具有生命和原创性的语言,他们甚至要求用方言而不是"普通话"写诗。

今天回过头去看这场论争,它的确提出了很多有价值的话题,值得诗界各方深入思考探索,例如诗人的身份,诗歌与现实、与当代生活的关系,汉语写作与全球化语境,语言和写作行为的权力特征,文学经典与文化传统,等等。扩大来看,论争也隐含着知识分子在 90 年代分化的"症候"。但这种论争方式本身也有值得检讨之处,不该沦为人事、意气之争。建立高度意识形态化立场,简化历史复杂性,随人站队,非黑即白,以"本质主义"想象加深分歧,这对诗歌精神或许会造成戕害。

(三)90 年代诗歌的其他面相:个人写作,女性写作,叙事

进入 90 年代,社会的巨变破碎了诗人对诗歌的某些认识,诗歌具有的巨大政治能量逐渐成为幻觉,抗争的、宣言的、代言的诗人身份与自我形象不复存在。90 年代诗歌,是向着诗人的个性、个人经验内在收缩的诗歌。"个人化"、"个人写作"成为最重要的诗歌征象。无论实际如何,诗界的主观意愿是维护诗歌的多样性和多元化局面。如王家新说:"90 年代是一个个人化的写作时代。它看上去没有'轰动效应',没有'贡献'出什么流派,没有制造出类似于 80 年代的那种'集体兴奋',但它对诗歌的贡献正在于它在整体上消解了那种'先锋'意识(实则往往是仿先锋)和文化激进主义姿态,消解了那种集体的、同一的言说方式,而把写作建立在一种更为独立、沉潜的'个人'的基石上。而这对诗歌的建设具有一种实质性意义。"[②]诗评家谢冕也说:"90 年代最大的完成是诗的个人化。这在中国诗史的总体上看,可以说是对近代以来诗超负荷的社会承诺的大的匡正,也可以说是在日益严重的非诗的意识形态化进程的一个最为彻底的纠正。"[③]

文学差不多都是个体行为,此处为什么要强调"个人化"、"个人写作"呢? 90 年代诗歌的"个人写作",不单指写作的个性和风格,更不是私人化写作的代名词。它是新诗发展到一个新的阶段,在特定的文化语境下,诗人对现实生活的介入方式

---

① 于坚:《当代诗歌的民间传统》,谭五昌主编《中国新诗白皮书》,昆仑出版社,2004 年版,第 97 页。

② 王家新、孙文波编:《中国诗歌:九十年代备忘录》,人民文学出版社,2000 年版,第 7 页。

③ 谢冕:《诗歌理想的转换》,王家新等编《中国诗歌:九十年代备忘录》,人民文学出版社,2000 年版,第 246 页。

与对题材处理策略的重大调整,是诗人以独立身份和个人立场,对生命存在体验的独特言说。它强调的是个人话语权力和个体存在自由。它既针对过去,也针对当下。看过去,中国现代新诗是在标榜自由、民主、个性解放的时代背景下诞生的,它承载着先觉者对民众启蒙的重任,个人的发现和民族国家话语混杂在一起,意识形态始终笼罩在诗学上空。而从当下的现实来看,市场经济全面推进,全球化的铁幕逐渐落下,诗人要摆脱商业文化、西方话语的裹挟,保持自己的精神自由与人格独立,避免社会对个体价值的剥夺,就必须在创作中强化自己的"个人"色彩,透过诗人独具的话语方式和言说姿态,让诗人自身形象兀立起来。在写作的价值取向上,不再有必须普适的集团化追求,而完全听从个人内心召唤,听从人性深处的声音。在写作题材和生活经验的关系上,诗人执守当下个人生活,书写纯自我生活体验,与以往时代的诗人相比,对乌托邦和宏大叙事,对时代、公众情感表现出规避和冷淡。在艺术方面,诗人对自我诗意言说方式追求充分的独立自主。"诗歌应是怎样的"等框架被暂时搁置,诗人各显神通,倾尽全力占有历史所给予的写作的可能性。

女性诗歌写作也是 90 年代诗歌中一道亮丽而不可遗漏的风景。1995 年,第四次世界妇女大会在北京举行,女性诗歌迎来了一个新的高潮。《诗探索》开辟"女性诗歌"评论专栏。1997 年 5 月,《北京文学》也推出"女性诗歌"专栏,刊出王小妮、翟永明、蓝蓝、海男的诗作。10 月,谢冕主编的"中国女性诗歌文库"由春风文艺出版社出版,收入了更多女诗人的作品集。女性诗歌其实是 80 年代中期后兴起的,指包括"女性作者"、"女性意识"、"性别特征"在内的诗歌写作,一般认为以翟永明、唐亚平等为其中的代表。它在 80 年代后期曾有过一阵绚丽,进入 90 年代以后,虽然短暂沉寂和转型,但也有新发展。90 年代女性诗歌写作不但阵营壮观,而且在一个物质化、世俗化、欲望化的时代中,寂寞地坚守诗性精神,以女性特有的平和、宁静拒绝市场化对人的精神和灵魂的冲击,于无声处书写女性特有的生命体验,形成了中国文学史上女性文学最为辉煌的一页。

90 年代女性诗歌的转型与发展,突出表现在女性整体意识的淡化和个人化的加强。80 年代女性诗歌的代表作如翟永明的《女人》、《静安庄》,伊蕾的组诗《独身女人的卧室》,唐亚平的组诗《黑色沙漠》等,不但有女性独特感觉与幻觉的意象,还充满以往女性文学不敢正视的女性本能与欲望和对生命情欲的极度张扬。但 90 年代的女诗人作品与以往有了天壤之别。翟永明笔下的女人渐渐变成了饱经沧桑的女诗人,一改过去那种极度抒情化的写作风格,代之以相对平缓的、客观的和戏剧化的风格。王小妮则以她的平静和从容,保持着同生活的合一,追求生命的自然呈现,在欲望化的都市里抒写着陶渊明式的恬静。海男、张真等诗人也无不从自己的生活着眼,个性化地书写对人生与生活的独立思考。在言说方式上面,90 年代的女性诗歌同样放弃了那种独白式的乌托邦写作,而把诗歌转向世俗化生活,通过叙事发现日常生活中沉潜的诗意。

叙事也是 90 年代诗歌的一个重要关键词,一副重要面孔。它不同于新诗中"叙事诗"的文类划分,而是指诗与现实的关系的修正、新的诗歌建构手段。它根植于八、九十年代中国社会语境的深刻转变,是对 80 年代单向度的抒情性的"青春期写作"的补正。

(四)90 年代重要诗人诗作

90 年代的重要诗人,既包括还保持着创造活力并不断有新开拓的"老一辈"诗人,如郑敏、牛汉、昌耀、蔡其矫等;也包括 80 年代初已初步确立写作风格,并产生了一定影响的"新诗潮"作者,如翟永明、于坚、韩东、王家新、西川、王小妮、欧阳江河等,当然他们的诗有的也有发展变化;还包括虽然 80 年代已经开始发表作品,但主要创作成就的取得是在 90 年代的张曙光、孙文波、臧棣、伊沙、西渡等。本节主要介绍后者。

海子死后,西川为海子诗文的整理出版付出了巨大的劳作。他自己翻译过庞德、博尔赫斯等人的作品,也写过诗论和随笔。他写诗始于大学时代,80 年代作品带有古典主义的特征,1989 年及其后发生的事变给他的精神和写作带来深刻的影响,认为自此之后,"语言的大门必须打开",诗应是"人道的诗歌、容留的诗歌、不洁的诗歌,是偏离诗歌的诗歌"。进入 90 年代以后,西川的写作更开阔、更深厚,诗歌中涉及的材料也更为广泛芜杂,他将目光朝向历史与宇宙更深远处,用哲学的眼光来思考问题,通过想象性的体验来构建他的诗性世界。前期的"语言炼金术"对他的益处于此得以显现,他能从容地将各种抒情、叙事、戏剧等因素综合,使之熔于一炉而不至于混乱,显示出过人的综合能力。《厄运》、《远景和近景》、《致敬》等都能打破诗歌旧有建构方式而成为典型的综合创作文本。

王家新的情况也与此类似,写诗很早,但个人风格的建立并产生影响,是在 80 年代末 90 年代初,这期间他发表了《瓦雷金诺叙事曲》、《帕斯捷尔纳克》等作品。命运、时代、灵魂、承担是他的诗的情感、观念支架,他将自己的文学目标定位在对时代、历史的反思与批判的基点上。这个"时代主题",常以独白与倾诉的略显单纯的方式实现,在诗中形成一种来自内心的沉重、隐痛的讲述基调,并通常以他与心仪的作家的沟通、对话来展开。当"大师"的文学经验能够包容、转化他的生活经验的时候,王家新似乎更能找到合适的诗歌方式:

> 这就是你,从一次次劫难里你找到我
>
> 检验我,使我的生命骤然疼痛
>
> 从雪到雪,我在北京的轰响泥泞的
>
> 公共汽车上读你的诗,我在心中

呼唤那些高贵的名字

那些放逐、牺牲、见证，那些

在弥撒曲的震颤中相逢的灵魂

那些死亡中的闪耀……

——《帕斯捷尔纳克》

　　孙文波在80年代曾是"四川七君子"的一员，进入90年代，他参与了多种诗歌"民刊"的创办，《红旗》、《九十年代》、《小杂志》都身与其役。他的写作路向是从身边的事物中发现需要的诗句。他的诗具有平易、亲切和坚实的道德感等可信赖的性质。他的重要作品《在无名的小镇上》、《聊天》、《散步》、《铁路新村》等，最主要的元素就是当代社会诸方面的日常情境与细节，因而也被称为"风俗诗"。但孙文波不是"日常经验"的崇拜者，他强烈而执着的历史关怀和人文视角，对生活与自我的严格审视，提升了"日常经验"的诗意质量。90年代的大多数时间里，孙文波身在"异乡"北京，诗中有漂泊的孤独感和辛酸。他是朴实、谦逊的诗人，他的艺术主要之点，是叙述中对词语的选择、安排、控制所形成的节奏和语调，叙事过程中想象提升的分寸感。有人称他是90年代知识分子诗人中最擅长于叙事也是叙事实验中最有成就的一位。其《在无名的小镇上》：

忠诚的小职员俯身在一叠叠数字的报表里

大脑像马达飞旋着计算加减乘除

他始终在心底培养幻想；优异的工作

能够使荣耀降临，得到去京城的权利。

梦寐中的广场、皇家城楼、大会堂，

黑色轿车在宽阔平坦的大道上无声地驶过，

戏法般消失在深不可测的大门里。

"我多想见一见那些大人物，或者他们的遗骸。"

……

　　他的诗大致就是这样将克制陈述、戏剧独白、沉思追问以及引文嵌入等扭结为一体，作者的态度是暧昧、迟疑的，文本反而因此获得了"异质共生"的多重意义。

　　80年代中期，张枣赴德国求学，并在那里的大学任职。他的"抒情方式"趋向复杂，主要一点，是以"对话式"来取代独白式的抒情。诗中常漂浮着某些隐秘的信息，它的传递得到一些读者会心的领悟与参与，但因时空际遇的不同，和对想象方法的陌生，对于另外的读者而言却是某种阻隔。张枣的诗数量并不多，除80年代初的名作《镜中》、《何人斯》，重要作品还有《楚王梦雨》、《灯心绒幸福的舞蹈》、《秋天的戏剧》、《云》、《跟茨维塔伊娃的对话》等。

　　张曙光是黑龙江人，也是大学时期开始写作，受到注意则要迟至90年代初。

相对而言,他的诗没有复杂的技巧,某个场景,某一回忆,一些言论,靠联想、思索和语调加以组接。诗意连贯、自然、注重深思、冥想氛围的营造。雪在他的诗中不仅是布景,更是经验的实体,也是思绪、意义延伸的重要依据:有关温暖、柔和、空旷、死亡、虚无等。《岁月的遗照》《尤利西斯》《边缘的人》《这场雪》等,无不让人体会到个体存在的沉痛感、荒谬感、毁灭感。

臧棣曾认为:"90年代的诗歌主题实际上只有两个:历史的个人化和语言的欢乐。"[①]他的诗歌写作趋向,基本如此。他强调与中国新诗"宏大"的主流格调偏离的专注于小、从容于精的向度。臧棣的诗,具有清晰、简洁的形态,表现他对现代汉语在声音、词义、句法上的"可能性"发现的敏感。他执意离开,并企图改造新诗强大的浪漫抒情传统。作为固执的探索者,臧棣的诗歌道路自有其风险,受到的评价褒贬不一。《戈麦》一诗很值得一读:

> 席间,只有韩毓海穿着消闲的
>
> 短裤,使夏天准确地服务于人体
>
> 并使我的回忆有根有据

这首诗集中体现了他对现实的点化能力。但最能体现他的写作实力的,还是那组"维拉序列",在快餐馆、谈话、冥想的境界、梦、房间等之间自如地出入,现实获得了某种不定的性质,而梦与冥想则变得更像现实,那种幅度适合的跳跃性叙事、议论,那种冷静地分析处理细节的研究型态度,发微洞幽,艺术上极为成功。

作为民间写作的一员主将,伊沙在90年代初的作品《饿死诗人》中发出了惊世骇俗的宣言,充分显示了他的先锋性。《结结巴巴》则把诗推向了非诗的绝境,无论是从内容还是语言上,都显示出了自由狂欢的姿态,肆意反叛他所认为的一切传统诗意和诗美。

> 结结巴巴我的嘴
>
> 二二二等残废
>
> 咬不住我狂狂狂奔的思维
>
> 还有我的腿
>
> ······

结巴的重复啰嗦的语言,没有崇高,缺少诗意,甚至无任何意义的文本内容,在许多人看来根本找不到诗的影子,感受不到诗的美,伊沙却认为建构了他认为最可能的诗,突显了民间诗人自由狂欢的个性。其《假肢工厂》则刻意突出口语化,平静

---

① 臧棣:《90年代诗歌:从情感转向意识》,王家新、孙文波主编:《中国诗歌90年代备忘录》,人民文学出版社,2000年版,第246页。

的语调叙述着平常的事件、平常的生活,一如生活本身的真切具体实在,正如他自己所说,"我的语言是裸体的,别人说那是反修辞",但这种平淡又透露出淡淡的诗意,这是非诗的诗得以成立的原因。

90 年代的优秀诗人、诗作难以一一列尽。面对 90 年代诗歌,我们心存感激,在这一个"非诗"的年代,在虽然摆脱了"左"倾政治的高压却又面临物质、金钱、市场化多重打击的诗歌生存环境里,老中青三代诗人坚守阵地,孜孜以求地创作与探索,发出心声,这样的激情与虔诚是可贵的,也是文学的希望与命脉所系。或许它还没有出产伟大的作品,但在诗歌题材的开掘、诗歌自由精神的张扬、诗歌艺术表现形式的创新等方面仍然达到了一个新的高度。诗虽是古老的技艺,仍亟待年轻而常新的春天。

三 散 文

20 世纪 90 年代的散文热,曾被认为是 90 年代文学景观中最引人注目的文学现象之一。许多新老作家、学者和各阶层文化人纷纷加入散文创作的大军,各种散文集和选本纷纷问世,一时间蔚为大观,其数量之多,作者之众,令人目不暇接。此阶段散文题材广博、多元发展,并且更为强调写作者主体意识的呈现,更注重散文这一文体的美学价值,甚至有人认为 90 年代的散文创作形成了 20 世纪散文史上的第二次高潮。

有很多研究者及读者认为,在迅速商业化、市场化的时代,散文的再度流行,很大程度上应被视为是纯文学的胜利,是作家在一个物欲横流的时代仍不肯放弃文化关怀的文化韧性。的确,此阶段散文一定程度上体现出对于市场经济下人的异化现象的警醒与忧虑、困惑与疑惧,可以说烙上了 90 年代文化转型期的印痕。

(一)90 年代散文的繁荣原因

首先是因为大众文化的兴盛、报业的迅速发展,"晚报"、"周末"类报纸几乎都开始辟出散文、随笔专栏,这无疑刺激了写作者的创作热情。大型刊物如《十月》、《收获》、《钟山》还创办了同题散文大赛,加之《美文》、《中华散文》、《散文天地》、《当代散文》等纯散文刊物的创办,此外还有出版社适时推出的各种"丛书"、"选本"系列推波助澜,一时蔚为大观。因此可以说,在 90 年代,各种媒体积极为散文写作提供空间,从而推进了散文的迅速发展。

其次,从创作主体来看,彼时小说家、诗人,乃至评论家、学者的加盟,使 90 年代的散文创作队伍空前鼎盛。他们的加盟为散文的发展注入了新鲜的血液,散文在他们的手中成熟、发展、变革。并且不同的文化身份带来不同的创作视界,散文也逐渐获得更为多元丰富的美学品格与文化精神。

再次,读者对于散文消费欲望的高涨。随着时代的发展,市场经济的环境中人们的生存压力逐渐增加,他们需要在最短的时间内,用最为经济的方式处理个人的情感体验,因此篇幅短小、容易进入的散文成了人们的首选。散文可以使人们在较短的时间里获得有关社会、人生以及哲学、文化等方面的知识,同时获得较高层次的审美享受。由此可以说这一阶段的散文顺应了商业社会的要求,以自己贴近社会生活的品格,契合了读者的阅读需求。

最后,文体发展的周期特点。经历了80年代的"小说热",人们此时对于曾经获得万千宠爱的小说产生了审美疲劳,而此时散文顺应形势,革新了文体,更新了观念,以其真诚的品格、自由的特性,获得了前所未有的魅力与芳华,自然获得了大众的青睐,成为彼时文坛的主角。

(二)90年代散文类型

90年代散文的繁荣,不仅仅体现在创作者与读者的人数众多,还体现在强化了审美性、娱乐性、可读性,且结构模式、文体形态呈现多样化的趋势,并形成了各具特色的流派。

(1)以余秋雨为代表的文化大散文,又被人称为"学者散文"的出现。它的主要特点是富于哲理思辨性,创作者多为学养深厚、学贯中西的学者、大学教授,他们的散文是由学识的累积厚积薄发而成,文气如虹、笔力千钧、视野开阔、高屋建瓴,故不同于一般直抒胸臆、托物言志之类的直白之作。余秋雨、季羡林、林非、萧乾、雷达、宗璞、杨绛、谢冕、张中行、黄秋耘等就是其中翘楚。关于文化散文的内容,有研究者作过如下概括:第一,书写传统文化精神,从文化古迹或人文风情中,寻求中国文化的内涵和文化人格的构成;第二是当代的文化意识,站在时代思想的高度,表现当代人的审美意趣、文化心理,以及对于生命、宇宙、人类的文化感悟;第三是作者的文化品格,作者以自己的人生体验融入文化思考之中,表现出鲜明的精神个性与文化品格。[①]

学者型作家加盟散文大军,使90年代的散文呈现出前所未有的文化厚度与学术品位。学者们以深厚广博的文化底蕴,在描述咏叹历史风云、文化事件的过程中,袒露博大胸怀,抒写审美体验,穿越历史迷雾抵达文化现场,抒写千古兴亡,感受历史沧桑,如余秋雨的散文集《文化苦旅》、《山居笔记》、《文明的碎片》、《霜冷长河》等,便堪称其间代表。

90年代初余氏散文风行一时,在社会上获得了轰动效应,《文化苦旅》曾经风靡海内外。喜欢它的人认为:"《文化苦旅》和盘托出了一个现代知识分子的心路历程,这是一个传统文化烂熟于心,西方理性融于血肉,气质上又纯然一个中国人的文化苦旅。不仅仅只是一个辨识的思想历程,他足之所至身体力行,拖了一双脚走

---

① 张振金:《中国当代散文史》,人民文学出版社,2003年版,第234页。

在游人如织和人迹罕至的大地上,他用身心体会、破译中国文化诸多的谜底。令人耳目一新。"①"余秋雨依仗着渊博的文学和史学功底,丰富的文化感悟力和艺术表现力所写下的这些散文,不但揭示了中国文化的远大内涵,而且也为当代散文领域带来了一种新的风气。"②而批评者的批评同样不遗余力。自"余秋雨热"出现以来,对于余秋雨的批判之声便不绝于耳。批评界对于余秋雨的诟病是多方面、多角度的,其中最有代表性的便是指出余氏散文的某种程式化弊病,有人认为他以抒情的笔法掩盖思想的轻浮,是才子式写作的通病。人文山水的游记式描述,历史故事的通俗化演绎,骈散相间的抒情化语言,通常被批评者概括为余秋雨散文的三大法宝。虽然这样的说法不无过激之处,但综观余秋雨的创作实践,在《山居笔记》之后的诸多散文、随笔中,作者似乎的确难有创新与突破,开始不断地重复"苦旅"、"山居"系列所开创的文化主旨,其精神及文化内涵却逐渐消耗殆尽,因此再难以引起读者发自内心的共鸣。作为一个学者与文人,作者的思考于此时停留了下来,相应地,其具体的散文写作也开始在固定的模式当中徘徊,因此自然引起一些评论者及读者的不满与批评。

但即便如此,余秋雨对于90年代散文的贡献仍然不容忽视,他以自己渊博的知识、情感充沛极具煽惑性的语言,构造了一种汪洋恣肆、才气纵横的文气,同时在文本中贯注了对于生命、历史、文化的哲学思考,其高屋建瓴的文化及历史视野,深厚的学养与独树一帜的语言艺术,为散文领域开拓了一片崭新的、充满潜力的空间。虽然余秋雨对于对中国文化的感怀、对中国文人的伤悼,并不足以代表所有"文化散文"的内涵,但毕竟开风气之先地为散文领域注入了一种豁达宏大的气度,让人们发现原来一直被边缘化的散文竟也可以如此大气。

值得注意的是,余秋雨散文的成功不只在读书界,更在市场。正是市场营运策略的成功一定程度上为余秋雨的走红起到推波助澜的作用。这一现象不仅仅是文学现象,更是文化现象,是社会与文化的互动,是市场经济对于文化界、文学界的一次冲击,是市场那只看不见的"手"开始染指、调控文学与文化的表征。

(2)以张承志、史铁生等为代表的体现人文关怀的散文。90年代散文创作的一大亮点是大批小说家、诗人、艺术家加入散文创作行列,散文创作队伍空前壮大,兼治散文的"双栖作家"、"多栖作家"明显越来越多。铁凝、张抗抗、史铁生、张伟、陈忠实、汪曾祺、李国文、高晓声、王蒙、张承志、刘心武、冯骥才、贾平凹、何士光、梁晓声、韩少功、邓刚等都写出了不少有影响的散文佳作。

史铁生的作品最为震撼读者的地方,在于他从个人特殊的生命体验出发,思索

---

① 老愚:《序言二:散文作为一个问题》,楼肇明、老愚主编:《王朝的背影——学者随笔》,北京师范大学出版社,1993年版,第21页。

② 张振金:《中国当代散文史》,人民文学出版社,2003年版,第235页。

生命的困境,艰难地探索人生的意义与价值。身患残疾的他,曾多次"渴望过死,祈求过死"。作为一个有着不幸经历的个体,他没有回避苦难,但又绝没有沉溺于苦难,而是依凭自己对于痛苦深切的体验,寻找到了一条可以触摸生命本质的道路。90年代初,史铁生以一篇《我与地坛》引来文坛诸多好评,这篇散文代表作写他的双腿残疾之后,每天摇着轮椅去地坛,"去它的老树下或荒草边或颓墙旁,去默坐,去呆想,去推开耳边的嘈杂理一理纷乱的思绪,去窥看自己的心魂"。可以说"地坛的古柏、祭坛、荒草,残疾者的迷茫、痛苦、绝望,母亲的关切、痛楚、挚爱,这一切交织在一起,达到了人与环境,生命与自然的完美契合,构成了一副宏大而悲壮的图画。这图画是象征的,又是现实的。在这样的背景下,史铁生经受过精神和身体的悲剧性袭击之后,他对于生命的感悟,对于世界的思索,显得格外真实、透彻和富于震撼力"①。

除《我与地坛》之外,史铁生的散文作品主要有《好运设计》、《对话四则》、《我二十一岁那年》、《合欢树》、《随想与反省》。在这些题材不同的散文作品中,贯注其间、一脉相承的正是一种正视、直面与超越苦难的文化精神,正如评论者所说:"作品通体贯注着一种对人际人类的终极的关怀精神,从而以其独有的力量感染人和净化人。正是在这个意义上,他是当代文坛纯文学创作的一典型代表。"②

张承志成名于小说创作,散文集有《绿风土》、《荒芜英雄路》、《清洁的精神》等。作为新时期文学一位特殊的"精神长旅者"和浪漫诗情的理想歌者,张承志的散文创作中表现出一种不同于流俗的生存理想和生存精神,惯于从历史文化的视角来探索人生与社会。在当代散文的多元格局中,张承志的散文个性格外突出,显示出一种独立不羁、庄严深邃、冷峻热烈的审美品格。在汉文明和异域文明之间的徘徊,成就了张承志独特的文化视野,他在现代文明的边缘地带思索民族、信仰、责任、正义等文化命题,张扬出自己的创作风格。

长期生活在少数民族地区使张承志的散文形成了一种独特的艺术气质与精神品格,他笔下贫瘠的西北荒原充溢着粗砾的生命质感,既是个人生命体验的鲜活涌动和自由表达,又拓展了文本表现的空间广度和立体深度。在市场经济无往不利的90年代,张承志的散文再次触发了对中国当代社会及文化发展的深沉思考,让人们看到虽然汹涌澎湃的商业化浪潮在一定程度上引导并席卷着文化及文学实践,但是作者作为创作主体在市场化面前也并非一味随波逐流,无所作为,而是可以张扬主体意识,在文学创作中实现精神和情感最为自由与朴素的存在方式,坚守着灵魂的尊严,追求着精神的独立。也许张承志并非一个成熟的思想家,他是带着这个时代赋予他的文化局限向一个激变中的时代发出挑战,但他的意义正在于:"在普遍的对于使命和承诺的冷漠背景下,这里却有堂堂正正的对于'为人民'指归

---

① 张振金:《中国当代散文史》,人民文学出版社,2003年版,第248页。

② 谢冕、张颐武:《大转型——后新时期文化研究》,黑龙江教育出版社,1995年版,第335页。

的'全美'的宣告；在普遍的充斥着脂粉习气柔婉取媚的氛围中，这里却发现并实践着'强硬之美'，并以此为目标追踪着如今显得陌生的崇高精神。"①

（3）林贤志、王小波、筱敏等人的思想随笔。在 90 年代，大批有思想、有批判意识的新老学者、人文社会科学家等开始了散文创作，创作了各种形式的思想散文随笔，并且结集出版了颇具影响力的散文丛书系列，如"九十年代思想散文精品"、"思想者文库"、"文化热点争鸣书系"、"《博览群书》百期精选"等等。这些丛书中的文章大部分属于思想散文与随笔的范围。在这一时期的思想散文作者中，钱理群、王小波、林贤治、筱敏、严秀、王充间、李锐、徐无鬼、徐友渔、潘旭澜、王学泰、蓝英年、余杰都堪称其间翘楚。他们的文字，洋溢着深厚的人文精神，闪烁着犀利的理性智慧，为散文阵地注入了蓬勃的生命活力。

王小波以小说见长，但他的散文同样出色，可以在幽默的言说中蕴藏深刻的思想见解，嬉笑怒骂皆成文章。林贤治是诗人、散文家，同时是以研究鲁迅见长的学者，他的《人间鲁迅》深得鲁迅研究界的认可与赞赏。林贤治的散文创作，无疑深受鲁迅的影响，他的文笔犀利冷峻，继续着批判国民灵魂的工作。从历史到文人，林贤治对奴性文化给国人带来的深重戕害，有着深刻的剖析与批判。在《平民的信使》、《胡风集团案：二十世纪中国的政治事件和精神事件》、《五四之死》、《娜拉：出走或归来》等思想散文集中，林贤治以刀锋般凛冽的文字，续接着鲁迅改造国民灵魂的文化重任。但将一切批判泛道德化可能是林贤志散文的问题所在，换言之，他往往过于倚重道德批判，因而其创作显得激情有余而理性不足。但其思想的深刻性和尖锐性，在 90 年代的思想随笔当中独树一帜。

女作家筱敏，则是思想随笔写作群体中的另一名佼佼者。她的散文集《成人礼》，以深刻的思想洞见、沉稳的理性智慧而为人称道，有人认为她的文字和思想在当今中国女散文家中堪称独一无二，人称"精神贵族"。其早期的散文如《爱默生的弧线》、《一切障碍都在粉碎我》、《致死的痛疾》、《火焰或碎银》、《无家的宿命》、《规矩》等，主要是写日常生活中的琐碎感受，很少涉及关于时代与文化的宏大书写，缺乏震撼力。90 年代中期以后，她的文风却开始逐渐转变，跳出了一般女性作家惯于抒写生活琐事和私密体验的套路，向人们展开了一个宏大的历史空间和思想空间，及对历史灾难和人类命运的深沉思考的能力。筱敏的思想散文涉及法国大革命、德国法西斯、俄罗斯知识分子精神、斯大林肃反和中国"文革"等一系列重大历史事件与浩劫，作者通过追忆、反思、诘难、评判等方式，诉说苦难、鞭挞罪恶、讴歌崇高，写出具有时代特色与文化追求的思想散文。在《这是一场革命》、《1789 年原则》、《遥想法兰西》、《被风支配的灵魂》等篇章中，筱敏满怀激情地诉说

---

① 谢冕、张颐武：《大转型——后新时期文化研究》，黑龙江教育出版社，1995 年版，第 335 页。

着自己对 18 世纪法国大革命的理解和讴歌，认为那"是人类历史上最为重大的事件，以致人们在言说现代社会的时候，只能把 1789 年作为起点"。在《天平之上还有七弦琴》、《群众海洋》、《语言巫术》、《情感瘟疫》、《法西斯摧毁了什么》等篇章中，筱敏则对 20 世纪人类遭遇的极权恐怖作了深刻的反思。而对俄罗斯精神的讴歌，是筱敏散文的另一个重要内容，在《救援之手》中，作者记述了高尔基、帕斯捷尔纳克、阿赫玛托娃、涅克拉索夫、金兹伯格等俄苏作家，救援陷入政治漩涡、濒临死亡的另一些作家的可歌可泣事例，感叹着俄罗斯文学的长链，在洪水和风暴中都没有断开，这是由作家们相互间救援之手连接起来的。

（4）以素素、黄爱东为代表的女性散文的发展。90 年代，随着女性文学的进一步发展，女性散文也逐渐成为一股不可忽视的潮流，斯妤的《心灵速写》，素素的《女人书简》，筱敏的《西陲五题》、《家》、《规矩》，张抗抗的《牡丹的拒绝》，苏叶的《车辚辚马萧萧》等，都是当时颇有代表性的女性散文佳作。因为这些优秀女性散文作者的出现，现代女性散文也得以跻身 20 世纪文学景观，成为 90 年代散文园地当中的一朵奇葩。

对于当代女性散文创作的总体特征，正如楼肇明所言："……当代女性散文在女性主题的深度上，女性自主意识的觉醒和女性命运的关切上，在散文艺术作为一种感性艺术的创造力上，在女性思维模式的发展和丰富上，均有了异于前辈乃至超迈前辈女作家之处。"[①] 当代女性散文在女性追求自由平等的艰难历程中，以来自灵魂深处的质朴无华的言语涌流，诉说着中国新女性的精神成长史与艺术探索史，无比真切地演绎了中国女性在现代文化建构中的所有抗争、觉醒、体验与追求，在呼应着 90 年代散文创作的大语境之时，也成就着独属于女性写作者的独特文风与品格。

90 年代的女性散文，通常于寻常生活的叙写中表现女性独有的焦虑与烦恼，或表达她们对人生意义的感悟，以及她们在现代物质文明冲击下的心理感受。较之男性的理智冷静，女性的心理往往敏感而微妙，情感更为细腻丰富。当代的女性散文家善于运用优美雅致的文笔，精心描摹出女性心灵的律动，其间对于爱情、婚恋甚至女性情欲的表达，往往比男性散文家显得更为大胆、真挚与率真。她们是在写散文，但更重要的是她们在写女人，写个体的感情体验、个性追求、人格力量。但此时女性散文也有它的弱点，即有些散文过于挖掘自己内心的隐秘而深陷其中不能自拔，于是使散文变得过于琐屑与庸俗。与 80 年代相比，90 年代的女性散文一个明显的转变在于对社会、历史等方面的关注与思考减少了，而将笔触伸向了现代女性的内心与生活的"内室"，经营一种类似于"私语"的"私人写作"，如素素的《女人书简》、韩小蕙的《有话对你说》、王子君的《不再哭泣》等等。虽然在一定程度上

---

① 楼肇明：《序言一：文化接轨的航程》，楼肇明、老愚主编：《王朝的背影——学者随笔》，北京师范大学出版社，1993 年版，第 13 页。

可以说,在剥离了特定的社会历史层面的内涵之后,会因为缺少思想性、批判性及现实针对意识,沦为空泛的情感涌流与宣泄,但这些女作家的散文创作可以更为纯粹、强烈地表达出她们所理解的女性意识。

在曾经受人诟病的"小女人散文"的潮流中,王英琦却是一个特立独行的另类,她的颇具男子气概的"大散文"让人在"小女人"群中窥见一个傲然挺拔的身姿,一种堪与须眉比肩的气魄,一种厚重的文化含量与深邃的思想蕴涵的结合。她的《大唐的太阳,你沉沦了吗?》《不该遗忘的废墟》等作品,寻访古战场的遗迹与旧址,在那"鸟飞不下,兽铤亡群"的苍茫之地,或发思古之幽情,或召唤历史中的血性与风骨,风格是在女作家中难得一见的粗犷与雄直。王英琦还有一些散文作品抒发读经典之作时的感悟与体认,如《大师的弱点》《求道者的悲歌》,分别是读《罗丹传》及《爱因斯坦传》时的感想。作者甚至把《爱因斯坦传》视为自己"思想的皈依,精神的家园,人生走向的导航,抗拒世尘庸风俗雨的盾牌"。另一个值得注意的现象是王英琦写出了像《愿地球无恙》这样关于地球生态的振聋发聩的力作。《愿地球无恙》在人类几千年文明史的广大背景下,极目环视苍生,心系世界凉热,既有忧患、焦虑、悲观、绝望,又有思辨、探寻、期盼、祝愿,是一篇大气磅礴、充满力度的作品。

(5)新生代散文的出现与发展。90 年代散文创作的又一突出特点是新生代的创作异常活跃。90 年代初期和中期,好几家出版社相继推出了一批新生代散文家的散文集和合集,如《上升——当代中国大陆新生代散文选》(北方文艺出版社1991 年版)、《九千只火鸟——新生代散文》(北京师范大学出版社 1993 年版)、《蔚蓝色天空的黄金——当代中国 60 年代出生代表性作家展示·散文卷》(中国对外翻译出版公司 1995 年版)就是较有代表性的几部合集。90 年代后期,一些散文刊物推波助澜,使新生代散文在社会上获得了更广泛的认同。如《散文天地》编发了新生代散文专号(1997 年第 6 期),《散文选刊》编发了新生代散文特辑(1998 年第 2 期、第 3 期),均对新生代散文的繁荣起到了催化剂的作用。

新生代亦称晚生代,是指出生于 50 年代末、60 年代和 70 年代初,在 90 年代产生影响的一批散文家。他们大多数有大学本科学历,有的还是硕士、博士,有良好的文化素养,创作起点高。祝勇、原野、田晓菲、老愚、叶依、南妮、彭程、瘦谷、于君、止庵、摩罗、冯秋子、苇岸、王开林、戴露、潘向黎、邓浩、洪烛、周晓枫等等,都堪称其间代表。

由于成长年代的特殊,新生代作家的散文创作有着异于前代作家的艺术特征。第一,新生代作家的散文多取材于作家自身的生活经验,是纯粹个人化的内心感觉。他们的作品所展现的现实,基本上没有超出个人日常经验范围,题材显得更加散漫、平实、随和、自由,这使他们的创作在更为贴近社会现实的同时,也显出几分散漫与琐屑。

第二，新生代作家对于现实的责任感与使命感更为淡化，甚至"历史与传统、社会与道德已经失去了主流的位置，以至变形虚化，而自我经验及纯个人化的独语则成为首要的特征"[①]，强调独立人格、自由精神、心灵自由、话语自由，追求袒露写作个体的真性情。虽然这样的艺术追求会使作家的个性与主体意识得到进一步的发展与张扬，但过分消解深度与内涵，也会削弱作品的力度与深度，甚至出现反崇高、反文化的不良倾向。

第三，叙述方式灵活多变，大胆创新。他们敢于突破一切既有的模式与套路，而依据不同题材与容纳的不同情感采用不同的表达方式，灵活多变，追求灵动与自由。可以说新生代散文不受传统束缚，富有创新精神，厌恶浮夸、藻饰、滥情，崇尚自然、淡远、意在言外，为当下的散文创作提供了不少有益的经验。[②]

相应地，他们的创作分为两类：第一类是内蕴深厚的新文化散文。新生代的创作实践中出现了一类新型的文化散文，内容丰富，几乎涵盖了历史、现实、文学、艺术、哲学、宗教、自然、人生诸多方面。在创作方法上，既有抒情诗的韵味与神采，又有学术论文般的犀利、缜密，可以说是"介乎诗与学术论文之间"，如摩罗的《耻辱与耻辱意识》、止庵的《谈温柔》、彭程的《错位》、洪烛的《乡村备忘录》等等。这些作品，拓展了散文的文化含量，丰富了散文的创作方式，以思想与思辨取胜，成为学术散文在新的文化语境中的发展与延伸。还有一部分作者喜欢向内开掘个人的生存体验，审视自我心理状态，抒写人生感悟。如曹明华的散文，以极其真实细腻的语言，描写90年代女大学生的日常生活，袒露她们的内心世界，讲述她们微妙的心理活动，并不刻意追求崇高与深刻，而是着重表现平凡生活中的审美理想。冯秋子则以发散式的思维，将各种感觉、体验、经历、思考联系起来，突破时空界限，充分敞开写作者个人的心灵。

综观20世纪90年代的散文创作，可以说那是一个百花竞艳的时代，犹如林贤治所说，90年代的"散文热"构成了"世纪末的狂欢"。名家辈出、流派迭起，比起80年代的散文创作，90年代的散文不仅更显得丰富多彩，而且走向博大、厚重与深刻，呈现出多元发展的景观，并且触发了对于中国社会、文化发展命题的深沉思考。

---

① 兴安主编：《新生代新女性作品·序》，转引自张振金：《中国当代散文史》，人民文学出版社，2003年版，第370页。

② 参见张振金：《中国当代散文史》，人民文学出版社，2003年版，第369—371页。

第十章　新世纪文学

随着世纪末的临近和新千年的到来,中国社会悄然发生着各种深刻的变化,文学也在以我们不易察觉的方式发生着种种裂变。特别是网络等新媒体的日益发达,作为人们日常生活的一部分,正影响并改变着传统意义上的文学之生产、创作、传播和接受等各个环节,文学正面临着格局重组和体制更新的新的考验。对于这一新世纪文学,虽说只有短短十余年的发展,还"正在进行着",但其彰显出的新质,却是任何人都不可忽视也不能无睹的。

第一节　新世纪文学的发生和文学场的划分

一　新世纪文学的起点:聚焦1997

1997年无论对中国社会史还是中国文学史而言,都是一个意味深长的时间点,有的传承,有的消亡,有的新生,有的衍变。

第一,从社会环境层面来看,经济改革的步伐加大,"下岗"成为热点词汇,经济制度的变革改变了人们的日常生活,为消费文化的蓬勃发展提供了充足的条件和动力,也为"底层生存写作"提供了源源不断的生活素材。

第二,从文学制度层面来看,稳中有变。江泽民在1996年第六次全国文代会的讲话中强调坚持"两为"(为人民服务,为社会主义服务)方向和"双百"(百花齐放,百家争鸣)方针,被文坛解读为对20世纪80年代以来"让文学回到自身"的文艺思潮的批评,预示着新的文艺思潮的兴起;江泽民还指出要"坚定不移地实行对外开放的政策,与世界各国进行广泛的经济、贸易、科学、技术、教育、文化交流","学习和借鉴世界各国的文明成果",同时"在思想文化上要独立"。[①] 这被解读为

---

① 郑伯农:《世纪之交的文艺纲领——学习江泽民同志在文代会、作代会上的讲话》,《求是》1997年第3期。

全球化的"世界文学"与独立性的"民族文学"之间的辩证关系,也正是文学制度在世纪之交面临改革时所需处理的问题:如何让文学创作及研究在适应经济、文化全球化的条件下保持民族思想文化的独立性? 如何让文学创作与研究在继承当代文学传统的条件下有所创新?

第三,从媒介传播层面来看,电子技术的革新带来了阅读和写作方式的巨大变化,互联网络的飞速发展带动了一场文化大变革,传统作家和知识精英的话语中心地位面临前所未有的挑战,各行各业中每一个有志于写作的网民,似乎都站在了成为作家的门槛上,一种新文学的知识结构正在逐渐形成。

第四,从写作者个体层面来看,许多作家的写作立场、态度和作品内容、主题发生了重要的改变:20世纪80年代末90年代初兴起的先锋文学热潮已然消退——刘震云在巨幅长篇《故乡面和花朵》之后,放弃了意识流的实验性写法,回归更加通俗有趣的平民故事,此后创作了一部又一部被改编成电影的小说,如《手机》、《我叫刘跃进》;余华开始了一系列文化随笔的写作,相当长的时间内离开了他赖以成名的先锋小说写作,之后再度回归捧出的是风格迥异的长篇小说《兄弟》;洪峰在出版《洪峰小说自选集》(四卷本)之后,就淡出了文坛的视野,偶尔在新世纪的一些新闻报道中出现,有时是关于作家行乞的"行为艺术",有时是关于作家被殴的"悲惨事件"。90年代兴起的"新生代文学"也变故丛生——朱文出版《我爱美元》,写完了第一部也是最后一部长篇小说《什么是垃圾什么是爱》,宣告走上有意疏离文学制度的离经叛道的文学之路;韩东和朱文一起发起"断裂"行为,用一份问卷和五十六份答案宣告与文学传统和文学制度的"断裂":"当代汉语作家中没有一个人曾对我的写作产生过不可忽略的影响。50、60、70、80年代登上文坛的作家没有一个人与我的写作有继承关系。他们的书我完全不看";"当代文学评论并不存在、有的只是一伙面目猥琐的食腐肉者";"大专院校内的当代文学研究首要的意义在于职称评定";"各级作家协会是地道的权力机构,它代表政府管理作家"。[①] 以网络为传播载体的网络文学开始兴起,作为纯文学的王小波小说和作为通俗文学的痞子蔡小说同时在网络上风行;"榕树下"开启了中国网络通俗文学的第一扇大门,几年之后,安妮宝贝、宁财神、李寻欢、邢育森、蔡骏、今何在、慕容雪村等都将成为"榕树下"的知名作者;民间纸刊《黑蓝》的创办者陈卫此时还未发现网络之于文学传播的力量,几年之后,他将创办《黑蓝》网刊并打造纯文学网站"黑蓝文学网";而韩寒、郭敬明也已开始发表他们的处女作,他们还在等待一个历史的机遇,几年之后,他们将成为畅销全国的"80后作家"。

---

① 朱文:《断裂:一份问卷和五十六份答卷》,《北京文学》1998年第10期。

二　文学制度与新世纪文学的发生

晚清以来,伴随着中国社会的现代化进程,政治观念嬗变,传播技术发展,文学读者分层,作家身份变化,这些因素合力建构起现代中国文学制度,给新文学的发生提供了生成空间和生产场所,给新文学的发展开辟了广阔的社会通道。当代文学的发生,也与中国社会主义文学制度密切相关。所谓"中国社会主义文学制度","主要表现在对作家的思想改造和评价机制,对文学创作的题材选择、形象设计、主题升华和形式处理的计划和引导,对报刊、出版等文学生产资料的计划管理,对文学读者的想象性设置,以及对文学批评的操控,对文学政策的制定等"。① 它产生于中国特定的政治、经济和文化环境,影响了当代文学的生产方式,推动了当代文学的发生。20 世纪 90 年代末期,中国政治、经济和文化环境都发生了巨大的改变,文学制度也相应作出调整和重组,进而激发了新世纪文学的发生。

(一)文代会与新世纪文学的发生

第六次文代会于 1996 年 12 月召开,会议继续强调文艺"为人民服务"的大方向,但对"让文艺回到自身"的观念予以反思,对以自我为中心、以形式为中心的文艺作品和文艺理论予以批判,继续坚持对外开放和思想解放的政策,但强调文艺要"保持自己的社会主义性质和民族特色"的思想文化上的独立性。第七次文代会于 2001 年 12 月召开,江泽民在讲话中指出:"世界多极化、经济全球化的深入发展",引起世界各种思想文化展开了相互激荡,广大发展中国家"在文化发展上也面临严峻挑战","通观我国和世界的文学艺术发展史,还可以清楚地看到,历代文学艺术家们之所以能够创作出传世之作,一个重要原因就是他们具有踏着时代前进的鼓点不断探索、勇于创新的精神",当代中国的文艺工作者,"应该遵循先进文化的前进方向,自觉投身改革开放和现代化建设的伟大实践","努力创作出弘扬中华民族的民族精神和我们时代的进步精神的作品","努力创作有利于群众性文艺活动蓬勃开展的优秀作品"。② 会议明确把中国文学的发展放置于全球化的背景下进行规划,强调作品的"创新性"和"时代意义",强调"群众性文艺活动"的重要性。

第六、七次文代会淡化政治标准与艺术标准之争,把文学放在经济全球化背景下进行考察,倡导求新求变,强调群众标准(以经济标准为主)的重要性,"将文艺的政治功能逐渐引向了式微,使那些曾经惊心动魄的当代文学运动成为历史记忆的同时,也将文代会自身从思想意识形态场域的中心位置撤至边缘"③。正是在这一

---

① 王本朝:《中国当代文学制度研究》,新星出版社,2007 年版,第 1 页。

② 江泽民:《在中国文联第七次全国代表大会、中国作协第六次全国代表大会上的讲话》,《光明日报》,2001 年 12 月 18 日。

③ 邓小琴:《文代会制度的生成及演变初探》,《中共福建省委党校学报》2011 年第 11 期。

时期,中国政体进入"常人政治"时代,公民社会日见雏形,政治对日趋边缘化的文学的干涉逐渐减少,"全球化、族群矛盾、跨国资本、信息化、小资生活、底层社会等术语,正在取代苦难、伤痕、人道主义、先锋性、人文精神、知识分子、使命感等等"①,经济至上的新的文学意识形态逐渐形成;再加上80年代前的政治至上观念在文学制度内的部分遗留,和80年代的艺术至上观念在一些个体创作中的悄然延续,三种文学意识形态或明或暗交织并存,共同生成了新世纪文学复杂的意识形态,而新世纪文学复杂的历史风貌也由是而生。

(二)文学机构与新世纪文学的发生

当代中国的文学机构自上而下由中宣部、全国文联、作家协会(简称作协)和各省市宣传部、各地文联、作协组成。中宣部为最高领导机构,全国文联和作协归中宣部领导;各地宣传部归中宣部领导,各地文联和作协归地方宣传部领导,同时又需接受上一级文联和作协的领导;作家则由各地文联和作协以行政化的管理方式进行管理。政府通过文学机构的分层、"资源与权力的交换"来实现"对文学意识形态的整合与控制",在党的领导下,"作家、知识分子纷纷成为有关教育、文化、文学机构组织的干部或成员,这些机构组织也就构成了作家的生存'单位'"。②作家的身份和地位由单位来确定,作家在单位中可以获得保障生存的物质条件和获得成功的社会资源,为此不惜牺牲作家所应具有的精神的独立和创作的自由。由此,为稻粱谋或为成功计,外在的体制转而成为作家内在的心理需求和本能的自发追求,政府对作家的领导和管理因之得以实现。到20世纪90年代,在深化改革开放、全面启动市场经济体制的大环境下,各界呼吁作协体制改革的声音越来越响亮了。

经过一系列的体制改革实验,北京作协最终实行的是五种合同制作家模式:"一是专职合同制作家,面向在原单位办理停薪留职或无单位的居京作家,签约后由作协发给生活补贴,每月1000元。二是返聘合同制作家,面向在原单位已提前退休的居京作家,签约后由作协发给创作补贴,每月500元。三是兼职合同制作家,面向不脱离原单位本职工作,兼职从事创作,工资待遇由原单位承担的居京作家,签约后不领取生活或创作补贴。四是选题合同制作家,面向北京及各地中青年作家,合同期间给予创作补贴。五是特殊合同制作家,史铁生作为特殊情况长期签约的著名残疾人作家,在本人坚持创作的情况下,每月发给1000元生活补贴,并且由北京市委宣传部出面协调解决透析费。"③这一兼收并蓄、灵活多样的合同制模式满足了不同具体境况的作家的不同需求,为作家提供了物质帮助和精神鼓励,深受作家认可,签订合同的作家及其作品的数量迅速增长。这一体制改革被各地作

---

① 程光炜:《新世纪文学"建构"所隐含的诸多问题》,《文艺争鸣》2007年第2期。
② 王本朝:《中国当代文学制度研究》,新星出版社,2007年版,第50—51页。
③ 韩小蕙:《作家为何纷纷签约北京作协》,《光明日报》2004年9月7日。

协纷纷效仿,这标志着在新的时代背景下,作协与作家的关系正在发生深刻的变化,作协正在由管理型机构向服务型机构转变,而这一转变正适应并且推动了新世纪作家身份和生存形态的多样化趋势,并进而推动了新世纪文学复杂多样的历史风貌的形成。

(三)作家、读者、出版与新世纪文学的发生

90 年代,文学机构制度根据时势需要进行改革,各地作协实行多种"合同制作家制度",作家的"单位员工"身份被逐渐淡化,越来越多的作家把写作视为一种"自由"的职业。与此同时,在五、六十年代属于高标准的作家工资和稿费,在 90 年代则显得相对较低,这就意味着作家单纯依靠国家体制生存的可能性在逐渐减弱。90 年代以来,有的作家辞去公职,如张承志、阿城,有的作家从未有过公职,如王朔,他们以相对独立的姿态进行写作,以稿费为生,近似"自由职业写作者","已经与 1949 年后逐渐形成的隶属于宣传部门管辖的'文艺工作者'分道扬镳"。① 无论自觉与否,每一个作家都日益需要"去单位化",此外作家身份的变化还有两重趋势:"市民化趋势"和"年轻化趋势"。前者是指越来越多的作家成为城市居民,对乡土生活的书写逐渐让位于对城市生活的表述;后者是指越来越多的年轻一代成为作家,他们开始书写属于自己的生活体验和独特认知。网络媒介的迅猛发展,更是加速了作家身份的改变,催生了许多以网络为主要发表和传播阵地的新一代作家,而新世纪文学正是从这些具有新的身份的作家笔下创造而来。

依据接受美学理论,读者无可争议地参与了文学史的书写。20 世纪 90 年代以来,文学读者的构成发生了诸多变化,其中最主要的变化是呈现出"细分化趋势":形形色色具有独特的个性、美学趣味和阅读期待的读者越来越多,读者不再仅仅是单纯的受教育者,也不再仅仅是文学传播过程中信息的接受方,而是依据不同年龄特征、不同身份地位、不同经历、不同趣味、不同价值观细分为各个群落,传播学中称这种现象为"受众细分"。在读者细分化趋势中,文学管理者对文学的指导和文学批评者对文学的评价,也不再是受到读者尊奉的文学的金科玉律,读者的真实愿望和个人好恶在"创作—出版—阅读"这一文学生产链中的影响越来越大,甚而影响到作家的创作和批评家的评价。此外,读者构成变化还有"大众化趋势":读者由带有更强政治色彩的"群众"转化为市场经济条件下的"大众",后者在现代科技和媒介传播的支持下可以更充分地表达出个人性与自主性,他们更关心都市生活、时尚潮流而不是政治观念。读者构成的这些变化,较大程度上改变了作家的写作内容和写作方法,也推动了文学出版机制的转型。

20 世纪 90 年代,在政府控制之外,市场的力量逐渐增长,图书出版的需求更

---

① 龚海燕:《出版还能继续引领新世纪文学吗?》,《文艺争鸣》2009 年第 8 期。

多地倾向于市场,文学出版机制也发生重大转型。80 年代延续下来的文学主题和思想议题日渐冷却,而数量众多的长篇小说和规模巨大的丛书频频出版。这是因为市场亟须吸金,于是亟须输血,对图书数量的需求超过了文学质量,对娱乐性的需求超过了思想性和艺术性。在激情扩张的出版机器面前,文学写作者被迫接受了一轮"适者生存"的竞争角逐,这场竞争中的赢家大都具有旺盛的精力和高产的能力,如贾平凹、莫言、张炜等。同样的"生存竞争"也发生在不同的文学文体之间,由于诗歌和短篇小说更重视艺术性、学术论著更重视思想性而被市场冷落,市场最为青睐的文学文体是长篇小说和散文随笔——前者最具娱乐性,后者则最易生产并被复制。这说明"出版的影响力已经深入到作家的创作节奏与文体选择","图书市场的法则,是出版短篇小说集就意味着商业利润的死亡"。①

综上所述,90 年代以来市场经济制度改革深刻影响了文学制度的方方面面,文学纲领、文学机构、作家身份、读者构成和文学出版均发生了深刻的变化。新世纪文学的发生,有赖于这种种因素的因缘际会和相互作用,在不断变化中新的文学结构、文体特征、文学理念渐次形成。

三　媒介传播与新世纪文学的发生

作为媒介的互联网络,不仅传播着作为信息的文学,也必然会参与塑造我们对于文学的意识形态,并进而影响到文学的创作、接受、传播、批评、生产等各个层面。中国新世纪文学史的发展实践,可以说是"媒介决定论"的有力验证。中文文学与网络的结合,最早始自 1991 年,留美大学生王笑飞创办了海外"中文诗歌通讯网"。1994 年 2 月,方舟子(原名方是民)等人创办了第一份中文网络文学刊物《新语丝》;1995 年 3 月,诗阳、鲁鸣等创办中文网络文学刊物《橄榄树》;1996 年,几位女性作者创办了一份网络女性文学刊物《花招》;1995 年 8 月,清华大学建立中国大陆第一个互联网上的 BBS 站"水木清华",北京邮电大学继而建立 BBS 站"鸿雁传情"、"真情流露",之后各个高校相继成立校园 BBS 站,各站均有专属文学版块,其中尤以"水木清华"的文学、武侠、读书等版面人气鼎盛;1997 年,网易免费提供个人主页空间,网络的触角延伸到了高校之外,发表在网络上的原创文学迅速增多;同年"榕树下"文学网站成立,一大批写作者和读者迅速聚集,使其成为一个大型文学社区,在此发表的文学作品被首次称为"网络原创文学",被大众迅速接受并广泛传播,"榕树下"也因之成为新世纪以网络为传播载体的通俗文学的发源地和畅销网络作家的"摇篮"。

网络和文学的结合何以令人心血沸腾?"网络原创文学"何以使人趋之若鹜?

---

① 　龚海燕:《出版还能继续引领新世纪文学吗?》,《文艺争鸣》2009 年第 8 期。

这与基于网络技术而产生的新型的网络文化特征密不可分。相较于传统的农业文化、工业文化，网络文化在思想性、实践性和时代性方面有其独特之处：网络文化的实践特征可以概括为信息海量、传播快捷、交流互动和形式多样；网络文化的思想特征主要表现在知识共享、情感分享、多元开放和去中心化；网络文化的时代特征则体现于个性张扬、商品主导和娱乐至上。① 这些鲜明、新奇的特征激发了无数文学写作者和读者的热情，使他们共同投身于网络文化生活中去，各自参与并推动了新世纪文学的发生、发展。

四　消费文化与新世纪文学的发生

在消费社会中，"为了生产方式自身的生产与再生产，社会就要不断地刺激消费，使大规模消费成为社会的基本生活方式"②，消费不再是单纯的经济行为，而是一种符号消费的文化行为，不断向审美领域扩张。相较于产品的使用价值，人们在消费过程中越来越注重产品的文化价值，更注重其形式和品牌，鲍德里亚称之为消费社会的符号化运动。表现在文学领域，读者越来越关注的是作者或作品的知名度（品牌）而非作品（产品）的艺术质量。为了提高知名度，形形色色的"商业炒作"应运而生。20 世纪 90 年代的一个经典案例是贾平凹小说《废都》的营销。在作品出版前，媒体即透露其内容中含有大量赤裸性描写，堪称"当代《金瓶梅》"，以吸引大众聚焦，随即报道作者所得天价稿酬达 100 万元，不久之后又辟谣更正说只有 60 万元……经此反复炒作，读者产生种种阅读期待，作品知名度迅速攀升，一经问世，即刻被媒体冠之以"当代的《红楼梦》，90 年代《金瓶梅》"称号。据不完全统计，在《废都》问世短短一两个月内，就出现四五种关于《废都》的评论专集，比如，陈辽主编的《〈废都〉及〈废都〉热》（中国矿业大学出版社，1993 年 11 月版），汇编了报刊上对《废都》的有关论争及贾平凹生活状况的《〈废都〉废谁》（学苑出版社，1993 年 10 月版），李书磊、陈晓明等撰稿的《〈废都〉滋味》（河南人民出版社，1993 年 10 月版），先知、先实选编的《废都啊，废都》（甘肃人民出版社，1993 年 10 月版）等。③ 媒体如此密集的关注，学界如此迅速的评论，使得《废都》成为一个社会热点和文化品牌，形成一时风潮，其风之盛被人夸张地表述为"当《废都》迎来铺天盖地的批评时，贾平凹无处藏身，连在大街上一阵风刮来的报纸上面都有批判他的文章"④。2000 年问世的卫慧小说《上海宝贝》的营销过程与《废都》如出一辙，均以禁忌的性内容作为卖点，均有海量的媒体批评和学术批评迅速给予支持，均在短时间内积聚了大

① 纪红：《试论网络文化的特征》，《光明日报》2008 年 2 月 2 日。
② 陈昕：《救赎与消费：当代中国日常生活中的消费主义》，山东文艺出版社，2001 年版，第 65 页。
③ 张志忠：《1993：世纪末的喧哗》，山东教育出版社，1998 年版，第 136 页。
④ 胡传吉：《拒绝喧嚣》，《当代作家评论》2004 年第 6 期。

量符号资本,均在如日中天之际遭禁,均以被禁为新的卖点以盗版或地下读物的方式继续传播……作为消费符号的卫慧成为"美女作家"的代表性形象。

消费社会中,由于消费行为具有文化符号的特点,而文学故事等文化产品在传播意识形态方面具有天然优势,讲故事可以作为一种说服消费的手段,所以大众通过文化产品的消费确立了对物质产品的消费的口味,文化消费可以深入渗透到物质消费中去,可以带动物质消费,甚而引领大范围的物质消费大潮。重视品牌和形式而轻视质量和内容的消费文化特征对文学观念、审美范式和文学评价体系形成了巨大冲击,改变了文学生产的方式:文学作品作为消费品被生产。

消费文化之于新世纪文学的发展是一把双刃剑,在消费文化影响下发生的新世纪文学因而具有双重性。一方面,它具有大众性、民主性,适应了现代社会大众的消遣娱乐需要,美化了人们的精神生活,充实了人们的闲暇时间,推动了大众审美意识的提高。另一方面,它又具有消费性和低俗性,可能消解人们的自我意识,从而成为主流意识形态的补充,尤其是在大众传媒的深度介入之下,人们甚至很难在独立追求与媒介影响之间划出清晰的界限。因此,我们的时代也需要这样一些更加独立的文学写作者:他们在消费社会具备失败者的自省精神,有能力开展对于消费文化的独立思考,不妨以平庸、世俗的日常生活为写作对象,但同时需要发挥文学的超越性和批判性功能,打破消费文化所营造的美轮美奂的幻象,揭示其实在界的无意义真相,从而恢复人的独立自我意识,使人们能够重新体验、反思自己的生活,获得艺术的享受和精神的解放。他们拥有不多的读者、微薄的收入和微不足道的声名,但是他们的独立创作包孕着文学发展的丰富可能性,他们的作品不属于政治标准至上的主流文学,也不属于经济标准至上的消费文学,而是不合时宜地体现出艺术标准至上的纯文学意识形态。这些独立文学,和主流文学、消费文学一起,构成了新世纪文学的三种形态,使新世纪文学史呈现出三分天下的复杂风貌。

五 新世纪的三个文学场域及其写作规则

"场域"(field)是布尔迪厄(Pierre Bourdieu)的文化社会学理论中的一个核心概念,它被如此定义:"从分析的角度来看,一个场域可以被定义为在各种位置之间存在的客观关系的一个网络,或一个架构。"[①]场域中的权力、资本的分配结构,决定着这些位置的处境和占据位置的行动者的特征,决定着位置与位置之间的关系(如支配关系、屈从关系或结构上的对应关系)[②]。不同场域有各自占主导地位的

---

① [法]布尔迪厄、[美]华康德:《实践与反思——反思社会学导引》,李猛、李康译,中央编译出版社,2004年版,第133—134页。
② 张意:《文化与符号权力——布尔迪厄的文化社会学导论》,中国社会科学出版社,2005年版,第273页。

资本,就中国社会而言,政治场域以社会资本为主导,经济场域以经济资本为主导,而文学场域则以文化资本为主导;不同场域有各自参与权力斗争的场域行动者,他们具有不同的"惯习"(habitus)和文化资本;不同场域有各自支配场域运作的"游戏"规则,即不同场域"自身特有的逻辑和必然性",游戏规则的形成得益于场域的独立自主性,但这种自主性是相对的、不彻底的,一个场域分化形成后仍难以避免其他场域的影响,而场域内部也会发生分裂,甚至还会部分融入其他场域中去,因而游戏规则在场域运动中不是一成不变的,而是在各种力量的竞争之下不断发生着动态的变化。基于这一理论视角进行考察,新世纪的文学场一分为三,包括三个文学亚场,具体如下图所示:

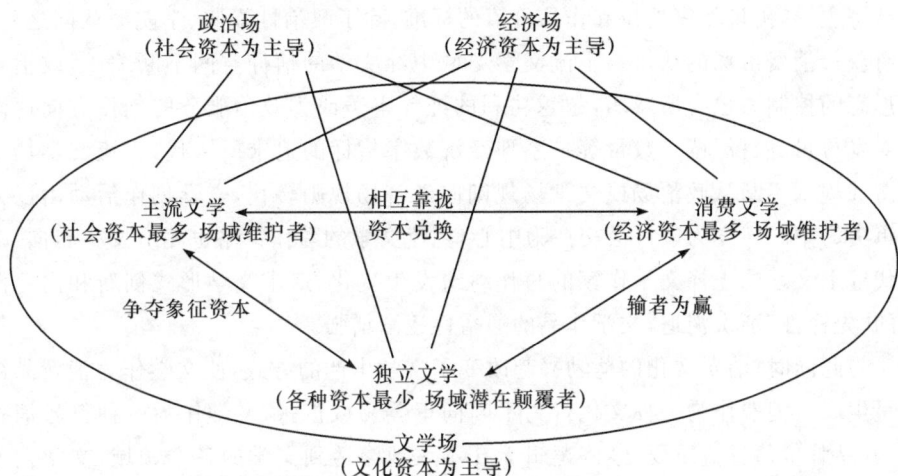

新世纪文学场示意图

图中椭圆部分为新世纪的文学场(以文化资本为主导),政治场(以社会资本为主导)和经济场(以经济资本为主导)为元场,文学场受政治场、经济场的控制和支配,分为三个文学亚场:主流文学、消费文学和独立文学。

从新世纪文学场示意图中可以看出,主流文学距离政治场最近,占有最多的社会资本,拥有较多的名声、地位、出版资源、媒介宣传、学院派的关注和文学史的位置,是既有文学场域的维护者,其规则由文学制度而定;消费文学距离经济场最近,与主流文学有一定对抗和分歧,学院派的关注较少,文学史的位置较为边缘,但占有最多的经济资本,也拥有较多的名声、地位、出版资源和媒介宣传,也是既有文学场域的维护者,其规则由消费市场而定;独立文学距离政治场和经济场都最远,社会资本和经济资本都十分匮乏,并不拥有名声、地位、出版资源、媒介宣传和学院派的关注,既不与主流文学合作,又不向消费文学妥协,是既有文学场域的潜在颠覆者,向主流文学发起争夺象征资本的挑战,以"输者为赢"的逻辑赢得艺术突破的可能性和文学史上较高地位的可能性,其规则由"为艺术而艺术"的艺术法则而定。

20世纪90年代末,文学制度的变化使体制内的主流文学发生了相应变化。江泽民在1996年第六次全国文代会的讲话被文学界解读为对20世纪80年代"为艺术而艺术"、"让文学回到自身"的文学观念的批评,也标志着对文学外在标准的重新强调;但这一外在标准不再是之前的单一政治标准,而是经济全球化的大背景下日益重要的经济标准的叠加。为了适应经济全球化的大环境,文学机构、作者身份、读者构成和出版机制发生了重大变化,各地作协实行多种多样的作家合同制,作协中的作家拥有更多的创作自由,读者构成呈现出"受众细分"的状况,图书出版成为不断吸金的生产机器……所有这些使得主流文学场的规则由政治主导逐渐转向经济主导,衡量作家地位和作品价值的标准,除了政治性嘉奖、学院派认同之外,还有获得消费市场的认可。主流文学场域中纯文学的信仰空间不断缩小,政治意识形态的控制力也有所减弱,超越功利的纯粹审美或为政治服务的创作方向逐渐被对发行量、版税、读者数量等一系列经济数字指标的追求所取代,主流文学场域的游戏规则不断从政治场或文学场规则向经济场规则转化,文学创作活动由以艺术审美为中心转变为以社会交往为中心,主流文学的写作策略也相应发生转向:80年代登上文坛的先锋文学作家的写作纷纷发生变化,追求文学形式创新和内容深度的"先锋性"渐次消退,文学作品的通俗性逐渐增强。

与此同时,消费文化的蓬勃兴起改变了文学生产的方式,使文学作为消费品被大量生产。消费作为一种文化行为不断向审美领域扩张,文学作为一种符号消费品,其品牌价值日益重要,经济逻辑无孔不入地渗透到文学的各个领域,文学艺术的神秘光晕被不断消解冲蚀,纯文学和通俗文学的界限正变得模糊不清,作品的发行量和读者的数量成为文学上成功的标志,消费文学场域的规则被确立为"金钱为王"。作者的写作策略发生了相应的变化——作者不复作为纯文学的守护者和创造者而存在,而是被包装成"明星偶像"粉墨登场;作品也不再以艺术标准为衡量尺度,而是以娱乐性为最高标准。

在主流文学和消费文学之外,由于网络媒介的飞速发展,增加了作品发表的机会和文学传播的途径,一批远离文学制度和市场中心的独立写作者得以从事文学创作,独立文学场域也自主形成。这些独立写作者来自各行各业,大多地位平常、收入寒微,缺乏各类社会资源和话语权,由于以"纯粹眼光"热爱文学或者无法实现个人理想和社会价值而投入到文学创作中来,他们身边是无处不在的权力统治和金钱操控,因而产生了失败者的意识和文学的自省精神。一方面,主流文学界作家保守、制度化的写作和传统文学期刊保守、制度化的审美让他们感到窒息;另一方面,消费文学界忽视文学的艺术价值而唯利是图的功利目的也让他们产生鄙薄情绪。因而他们可以充分发挥文学的现实批判功能,对主流文学和消费文学进行双重决裂和双重批判,从而保持自己的独立者身份,并以对文学纯粹审美价值的不懈追求来确立起"为艺术而艺术"的场域规则,从而成为文学的自觉者,实质上也是纯文学的守护者和传承者。

第二节　主流文学的创作转向

主流文学场域的许多作家在新世纪依然保持着旺盛的创作力,作品也依然丰富多样。一些作家仍坚实地立足乡土,展开乡土叙述,讲述世纪之交中国的乡土故事,以莫言、贾平凹为代表,取得丰硕成果,其中莫言更以其带有魔幻现实主义风格的中国乡土叙述获得 2012 年诺贝尔文学奖,圆了中国作家的百年诺贝尔之梦。一些作家则聚焦于世纪之交动荡变化中的城乡生活,其中尤以底层民众的生活为表达核心的"底层写作"引起广泛关注,如刘庆邦的《卧底》、陈然的《我是许仙》、刘继明的《我们夫妇之间》、曹征路的《那儿》、陈应松的《太平狗》、孙惠芬的《民工》等;在城市生活的叙述中,折射出作家的世界性眼光,如孙颙的《漂移者》和彭名燕的《倾斜至深处》均涉及全球化的话题。历史题材领域的文学创作在新世纪呈现出更加复杂的风貌,作家们以个人视角切入宏大历史,还原、解构或者重塑了丰富的、多元的、个性化的历史,其中韩东以知青下乡为素材创作的《扎根》、《知青变形记》和严歌苓以革命历史为素材创作的一系列长篇小说《第九个寡妇》、《一个女人的史诗》、《小姨多鹤》较具代表性。一些先锋作家在新世纪也不断有新作问世,如格非的长篇三部曲《人面桃花》、《山河入梦》、《春尽江南》,马原的《牛鬼蛇神》,余华的《兄弟》,洪峰的《梭哈》,残雪的《边疆》、《最后的情人》、《吕芳诗小姐》等。

新世纪主流文学场域的游戏规则发生了较大变化,作家们的写作策略相应作出调整,形成了重影视而轻文学的媒介策略、重众数而轻个人的叙述立场策略、重小说而轻诗歌的文体策略、重思想内容而轻艺术形式的表达策略。主流文学场中能够体现上述写作策略转向的最具代表性的四位代表作家是:刘震云、余华、韩东和残雪。

一　刘震云:从小说到影视

刘震云是主流文学场域中一位多产且风格多变的作家,他的创作迄今为止大体可分为四个阶段,第一阶段是"新写实"时期(1987—1990),代表作为《单位》、《一地鸡毛》,题材多为现实民生问题,风格多为写实主义;第二阶段是"故乡"时期(1991—1998),代表作为故乡系列小说,包括《故乡天下黄花》(1991)、《故乡相处流传》(1993)、《故乡面和花朵》(1998),题材多为历史问题,风格相较于之前的写实主义更多体现出"精神创造和想象"的一面;第三阶段是"影视"时期,代表作为《手机》《我叫刘跃进》,均被改编成电影播出,题材多为当代背景下的传奇故事,风格仍多属写实主义,但更多采用电影化叙事手法;第四阶段是"对话"时期(2006年至今),代表作为《一句顶一万句》《我不是潘金莲》,其中《一句顶一万句》题材包罗万象、囊括古今,风格借鉴古典主义,回归文学本位,探究人类精神,为天下苍生而歌。

(一)《故乡面和花朵》:为了"精神创造和想象"而创作

刘震云早期小说的核心主题是:什么是人不该度过又不得不度过的生活?以及人是如何被这种无处不在又令人无处可逃的生活所吞噬的?当刘震云把眼光放在更宽阔、更久远的历史上时,他发现人在五千年的历史中的生存状况和稍纵即逝的当下并无不同,5%的"官"的日常生活和95%的"民"并无不同,官员在争权夺势的策略上与村子里妇女寻找丢失的鸡的策略并无不同……这样权力斗争就被刘震云极度简化并予以解构了,他精心打造了一个封闭的圈子,一切都在其中往复运行,这就是《故乡相处流传》和《故乡天下黄花》所呈现出的历史观和文学观。他在1991年之后开始认识到:人们在洗脸刷牙时飞升的思绪、农民在锄草时对邻居女儿的遐思以及夜晚颠覆了时空顺序和人际关系的梦境……所有这些,也是支撑我们活下来的一个很重要的支点——精神创造与想象,《故乡面和花朵》就是刘震云为了"精神创造和想象"而努力的结晶。从题材上来看,刘震云通过描写现代、后现代的城市和乡土中国的重叠交错来构成隐喻,"把乡土中国强行引入后现代的消费现场,就这一点而言,刘震云是开创性的,他第一次用后现代手法书写了乡土中国,也是他第一次把后现代与乡土中国联系在一起"[1]。从文本结构方式上来看,这部小说保持着先锋派的艺术特征和后现代的思想因素,把一个被命名为"故乡"的乡村的打麦场(象征当下乡土中国)和一个未被命名的城市中的时代广场(象征未来后现代的中国)这两个时空并置,以荒诞手法同时解构历史与未来,创造出了一种具有"后寓言品格"的内在结构,借此来表达对中国知识分子精神缺陷和社会现实问题的批判。[2]

虽然引起学界的少量关注,但这一为了"精神创造和想象"历经六年创作而出的宏篇巨著却未能赢得市场的青睐、成为读者的宠儿。继后创作的长篇小说《一腔废话》,进一步淡化情节,把整部小说变成了形形色色话语的交汇与狂欢,这部实验性的作品既未得到评论界的认可,也未受到读者的喜欢,被看作是刘震云的失败之作。

(二)《手机》:为了"电影化"而创作

与其他作家的小说被改编成电影剧本这种"先小说而后电影"的模式不同,《手机》是先有电影剧本而后有小说的,小说是电影《手机》的衍生产品,也可以说是一本专为"电影化"而创作的小说。继《手机》之后刘震云创作的长篇小说《我叫刘跃

---

[1] 陈晓明:《故乡面与后现代的恶之花》,《解放军艺术学院学报》2004年第3期。

[2] 宫东红:《反思与突围——读刘震云〈故乡面和花朵〉》,《当代文坛》2000年第2期。

进》，也是同时作为电影故事而写的，据此改编的同名电影几乎和小说同步问世，一道进入传播渠道，甚而被中影集团董事长韩三平称为"中国作家电影的第一炮"[①]。由于和电影的密切联系，《我叫刘跃进》延续小说《手机》的创作经验，也采用了大量电影化叙事的手法，技巧更娴熟，故事更曲折，艺术成就也更高。但《手机》是刘震云第一部运用电影化叙事来讲述故事的小说，具有"转型"的历史意义：对评论界的研究型受众而言，《手机》展示了新型的电影化叙事的特征；对于普通受众而言，《手机》讲述了一个和人人必备的手机相关的滑稽故事，亲切而带有黑色幽默的意味，指向每个人的生存窘境，予以讥讽又给予情绪上的抚慰。无论在评论界还是在读者群中，《手机》都有更大的影响力，在出现电视剧版《手机》之后愈发如此。小说《手机》的电影化叙事特征主要体现在以下四个方面：

第一，蒙太奇叙事与主题呈现。

蒙太奇来自法文动词 monter，原为"升高、爬上或装配"之义，在电影叙事中意指"一个镜头置于另一个镜头之后的方式"，[②]也有的电影理论著作将蒙太奇泛指为电影剪接。蒙太奇叙事的重要特征是将两个或两个以上的镜头（可以互不相关，甚至相互冲突）并置连接，以展开情节并产生意义，从一个镜头到另一个镜头的一次切换，就完成了一次时空的瞬间转换。将蒙太奇手法运用于小说叙事，主要表现在多重时空之间的快速转换。《手机》全书的结构即以蒙太奇手法联结而成，共分三章，分属三个不同时空——1969 年、2000 年和 1920 年，三个时空的人物、故事各自不同，电影《手机》的故事内容只是小说《手机》的第二章内容，讲述严守一与三个女性围绕手机发生的爱恨纠葛。另两个故事与此并不相干，第一章讲述吕桂花给丈夫牛三斤打电话，第三章讲述严守一的奶奶因为捎口信而结婚。但是如爱森斯坦所说："把无论两个什么镜头对列在一起，它们就必然会联结成一种从这个队列中作为新的质而产生出来的新的表象。"[③]这三个故事并置起来，在读者想象和思考的参与下，新的主题得以生成："捎口信、电话、手机都是信息传递的手段，作品使用蒙太奇的手法把它们拉入到同一场景之中，通过对比深刻地反映了 20 世纪初期、中期和晚期的时代变迁。这比平白的叙述要显得更加深刻、更加震撼。"[④]

第二，时间的空间化处理。

电影基于自身的特性，更多运用视觉空间的构建和连接来展现时间，电影化叙

---

① 柳治：《刘震云：创作可遇不可求》，《南国早报》2008 年 1 月 30 日。

② ［美］布鲁斯·F.卡温：《解读电影》上册，李显立等译，广西师范大学出版社，2003 年版，第117 页。

③ ［苏］爱森斯坦：《爱森斯坦论文选集》，魏边实等译，中国电影出版社，1962 年版，第 348 页。

④ 王坤：《刘震云新世纪小说形式的影视化倾向——以〈手机〉、〈我叫刘跃进〉为例》，《新乡学院学报》2011 年第 12 期。

事经常用空间化方式来处理时间,有时也会根据情节发展或氛围渲染的需要打破线性时序关系,有时还通过时间的空间化处理来产生因果关系。例如小说《手机》的第二章,由于从电影剧本改写而成,基本由不同视觉空间的连接来发展情节并展示时间的流动,十分类似于电影剧本中场的转换。

第三,麦高芬(MacGuffin)的运用。

麦高芬是电影导演希区柯克自创的一个电影术语,意指电影中能够推动剧情发展的人、物或目标,例如,在惊悚片中麦高芬通常是锁链,在间谍片中麦高芬通常是文件。在刘震云的《手机》中,不同年代的通讯工具就是整部小说推动情节展开的麦高芬,在第一章中是电话,第二章中是手机,第三章中是口信,分别指涉不同时代人的存在状况与面临的现实问题。麦高芬的运用在第二章中尤其显著,每一次情节的发生、发展、逆转和高潮都基于手机这一作为信息化社会的文化符码的现代通讯工具,人物之间的爱恨纠葛、情欲冲突均围绕手机紧锣密鼓地铺展开来。在小说《我叫刘跃进》中,麦高芬则是一个存有关键信息的 USB 闪存盘,小说中一干大小人物的命运全系于此,它更是所有人不懈寻找乃至疯狂抢夺的目标物。麦高芬的有效运用,使小说故事充满悬念,引人入胜,这也是运用电影化叙事的小说赢得许多读者青睐的原因之一。

第四,情节传奇化、对话口语化、人物媚俗化。

《手机》中的情节发展并不依赖于缜密的因果关系,而是更倚重于巧合,"无巧不成书"历来是传奇故事的标志之一,情节的传奇化,一定程度上就是情节的套路化。为了适应电影对白的需要,小说《手机》中的对话尽可能选用日常语言和口语方式,易于演员表演,也易于读者阅读甚至倾听。在人物塑造上和刘震云的早期创作有一定差异,在《单位》、《一地鸡毛》中深陷于凡俗生活泥淖的小林们还心有不甘,内心深处还会间或闪过一线反抗的微光;而《手机》中的大小人物则与凡俗生活无缝对接以至于完全融入了,他们自身构成了他们所置身于其间的凡俗生活,尤其对其中知识分子形象的刻画流于公式化和脸谱化,从中似乎"看到了在一个具有仇智倾向的社会里,流行了半个多世纪的对知识分子的充满敌意的妖魔化狂欢"[①]。

(三)《一句顶一万句》:为了"孤独"而创作

2009 年刘震云的长篇小说《一句顶一万句》刚在《人民文学》上发表,就迎来一片赞誉之声,获得当年度"人民文学奖"的长篇小说奖,并且于 2011 年获得"茅盾文学奖",至 2011 年 8 月已经第 13 次印刷,赢得评论界和读者的双重肯定。这是刘震云由影视而回归文学之作,是一部不再大量使用电影化叙事手法而坚守文学本位的作品,是一部将传统文学技巧和先锋艺术形式精妙结合的作品,它彰显了属于

---

① 李建军:《尴尬的跟班与小说的末路——刘震云及其〈手机〉批判》,《小说评论》2004 年第 2 期。

文学的独特之美,体现出文学区别于电影的独立与自足,将其改编为电影而无损于艺术几乎不可能。小说在艺术上最具特色的是"顶针式"串联结构。具体而言,小说前句提及某一人物,下句的叙述即转换为该人物视点,讲述此人的相关故事,直至提及另一人物,人物视点再度迁移,讲述另一人物的相关故事。从杨百顺到铁匠老李,从老李再到老李他娘,"说曹操,曹操就到",各人故事依次娓娓道来,如此绵绵不绝,全书大小人物近百人,一一出场,且情节相互呼应,互为因果,编织成网络结构,既是情节脉络,又是人物关系网,既有意识流手法的自由联想、意识迁移之妙,又有民间拟话文体即兴发挥、信马由缰之趣。此外,小说擅用短句铺排情节,擅用白描写人状物。

小说的主题是人的"孤独"。因为孤独,每个人都想要倾诉心里话,因为生活在以伦理关系为基础、重视现实功利和尊卑秩序的社群组织(人人社会)之中,每个人都难以找到倾诉的对象,也说不出心里话,因而愈加孤独,愈加想说话。"话,一旦成了人与人唯一沟通的东西,寻找和孤独便伴随一生。心灵的疲惫和生命的颓废,以及无边无际的茫然和累,便如影随形地产生了。"①同样因为孤独,每个人都开始不懈地寻找,千里之距,百年之遥,都不能阻止人们试图打破孤独的渴望与努力,小说中最动人的一些情节由是而生:私塾先生老汪因为"总想一个人",而"爱一个人四处乱走",在女儿不慎淹死之后,出延津,"带着妻小,一直往西走。走走停停,到了一个地方,感到伤心,再走,从延津到新乡,从新乡到焦作,从焦作到洛阳,从洛阳到三门峡,还是伤心。三个月后,出了河南界,沿着陇海线到了陕西宝鸡,突然心情开朗,不伤心了,便在宝鸡落下脚"——这就是所谓心安即是归处。老汪在宝鸡街上"给人吹糖人……如果哪天老汪喝醉了,还会吹人,一口气下去,能吹出一个花容月貌的女孩。这女孩十八九岁,瘦身,大胸,但没笑,却低头在哭"——这就是老汪总想的那个知心人,因求而不得,才反复奔走,"缘溪竹,忘路之远近",失却了心中的"桃花源",生命便无可留恋。而小说开始不久插叙的这一段老汪的故事,几乎就是整部小说情节的缩写,讲述的都是因孤独而虚无、因虚无而寻找的历程。无论是主人公杨百顺、牛爱国,还是大小配角们,终其一生,都在失去与获得、离开与返回、放弃与抗争之间逡巡。尽管小说不无残酷地揭开了伦理亲情的温情脉脉的假面,告知我们亲情的束缚牵掣、友情的阴差阳错和爱情的瞬息万变,但在那些最黑暗的角落,仍然有来自人性"桃花源"的"仿佛若有光"微微闪耀……小说之外,作者刘震云和他笔下的人物一样感受无处不在的孤独,而写作正是为了打破这种孤独,"作为一个写作者,就有一个最大的好处,他可以在书中找自己的知心朋友。在《一句顶一万句》里面,我找到了杨百顺、意大利传教士、剃头的老曾这样的知心朋友。

---

① 安波舜:《一句胜过千年》,参见刘震云:《一句顶一万句》的"编者荐言",长江文艺出版社,2009年版。

并不是我在告诉他们,而是他们告诉我。这是我写作的最大的动机和目的。写作并不是写作,而是倾听"①。由此我们可以说,《一句顶一万句》的写作,是为了孤独而写作,更是为了孤独而倾听。

2012年刘震云的小说新作《我不是潘金莲》依然延续着人的孤独这一主题,主人公李雪莲走上了历时二十年的上访之路,从镇里告到北京的全国人民代表大会,使得法院院长、县长、市长都被罢免,不过是想在人群中纠正一句话,而最后不告了,也不过是因为唯一相信她的人让她别告了。

二 余华:从个体到群体

我们以余华小说为文本依据,将余华的创作放置于政治、经济、社会等各种因素共同作用下的文学场域中进行考察,从个性话语和文学创作之间的复杂关系中探究余华新世纪写作策略的转向。

(一)新世纪文学场域规则的变化与余华写作策略的转向

在新世纪复杂的政治、经济和社会条件下,主流文学、消费文学和独立文学这三个亚场并不是持续稳固的静态结构,而是在资本竞争和兑换中不断发生着动态的变化,不同亚场的游戏规则相应地也不断动态调整,使得不同亚场的写作者们形成了各自不同又相互依存的写作策略。在经济全球化的大背景下,主流文学场域中纯文学的信仰空间不断缩小,政治意识形态的控制力有所减弱,超越功利的纯粹审美或为政治服务的创作方向逐渐被对发行量、版税、读者数量等一系列经济数字指标的追求所取代,主流文学场域的规则从政治主导逐渐转向经济主导,衡量作家地位和作品价值的标准,除了政治性嘉奖和学院派认同之外,还有获得消费市场的认可。文学场域规则的这一变化,促使新世纪以来相当多的作家调整自己的写作策略,而余华的写作策略的转向在新世纪文学创作中颇具代表性。

如前所述,新世纪主流文学作家通过调整形成了以下四个适应场域规则变化的写作策略:重影视而轻文学的媒介策略;重长篇小说而轻中短篇小说、重小说散文而轻诗歌的文体策略;重思想内容而轻艺术形式的表达策略;重群体而轻个体的叙述立场策略。余华的新世纪创作在以上四个方面或多或少均有所体现。在媒介策略方面,小说《活着》于2005年被改编为电视剧《福贵》(编剧为王乃迅),余华对《福贵》赞赏有加,对编剧的工作给予了充分尊重,他在《北京晨报》的采访中说:"当版权卖给别人以后,我就不会过问细节,怎么收拾制作方会有自己的具体想法,我还是不要指手画脚。"这里虽然可以理解作余华对影视和文学差异的正确认知,但也可视为文学向影视的妥协,至少表明余华对电视剧改编结果的认同。电视剧相

---

① 刘震云:《从〈手机〉到〈一句顶一万句〉》,《名作欣赏》2011年第13期。

较于小说,最主要的变化有三:一是增加了许多民俗元素(比如民间舞蹈花鼓灯);二是增加了爱情故事的比重(比如凤霞与体育老师之间的爱情);三是减少了悲剧的力量(比如结尾让苦根活了下去,留给受众徐家中兴的希望)。由此不难看出,或增或减,主要是为了迎合电视剧受众的需求,而小说原著所确立的艺术标准被悬置起来。在文体策略方面,余华新世纪以来创作了大量散文,赖以成名的短篇小说数量大幅下降,致力于长篇小说创作,尤以长达五十余万字的《兄弟》为典型,而散文和长篇小说正是图书市场经由一番适者生存的商业竞争之后选择出的优胜文体,相对而言,短篇小说和诗歌则更多遭遇市场的冷落。在表达策略方面,余华新世纪的小说创作不复设置时空的迷宫和叙述的陷阱,不复采用具有不确定性的诗意语言,而更多地运用白描手法来叙述残酷或者温馨的故事。在叙述立场方面,曾经"为内心而写作"的作者在作品中创出的、作为独立个体的隐含作者,逐渐消失在纷纭人世熙来攘往的群体之中,这一"从个体到群体"的写作策略的转向,是深入理解余华新世纪小说创作的一把钥匙,在中国新世纪文学史上也成为一种范式,并因之具有标本性的价值。

(二)个体的诞生:新世纪之前余华小说写作的叙述立场策略

在世界范围内,"个体的诞生"是伴随着"现代性"的生成出现的。就中国而言,五四时期是现代意义的个体诞生的重要时期。所谓新文化启蒙运动,是中国社会现代化进程的重要组成部分;就思想而言,所谓"独立之思想,自由之精神",是在倡导和推动"天赋人权、生而平等"的现代个体的诞生;就文学而言,文学创作及文学理论中"个性话语"的建构是个体在文学中诞生的标志。

个性话语与民族/国家文学之间的关系需要作历史地辨析:欧洲在 15—18 世纪才完成了"人"的真理(即天赋人权、生而平等)的发现,18 世纪德国启蒙运动思想家赫尔德怀着促进德国民族觉醒的动机发现了作为"人"的"民"和"民间创作",他从这些民间文学中汲取营养和力量以重构德意志民族精神。五四时期的中国知识分子开始谈及"人"的真理,周作人将人的发现、妇女的发现和儿童的发现阐释为"一种个人主义的人间本位主义"[1]。同样怀着保国家救种族的精神诉求,中国知识分子把"民"和"民间创作"当作民族崛起的新选择——1918 年北大发起了歌谣运动,周作人将其精神阐释为"从歌里去考见国民的思想,风俗与迷信等"[2];胡愈之更明确地表述道,民间文学是"民族全体的创作",表现"民族思想感情",并"在民族中间流行"。[3] 赫尔德等欧洲知识分子将维护个性自由作为实现民族国家独立的精神资源,民族/国家文学的兴起正是以个性话语为依托的。五四时期中国知识

---

① 周作人:《人的文学》,刘绪源辑笺《周作人论儿童文学》,海豚出版社,2012 年版,第 103 页。
② 周作人:《歌谣》,《儿童文学小论》,河北教育出版社,2002 年版,第 53 页。
③ 胡愈之:《论民间文学》,赵景深主编《童话评论》,新文化书社,1924 年版,第 53—55 页。

分子确有促进个性解放、推动个体诞生的意图和实践,鲁迅所倡导的"任个人而排众数"理念以及作品中创造的大量"独立者"形象(例如《过客》中的过客、《这样的战士》中的战士、《药》中的夏瑜、《补天》中的女娲等)即为明证,周作人也在关于童话的一系列文章中多次谈及"独立的人格",认为早期童话中的人大都处于被动的地位,至现在则有独立的人,能与异物对抗,表现个体的道德与力量,童话中的个体恰恰能反映民族思想的变迁。[①]

新世纪之前余华的创作,相当于五四前期的文学创作,充满了"独立者"的声音和对个体诞生的召唤,可以说,余华以这一时期的创作建构着"个体的神话"。1987年发表的《十八岁出门远行》可以看作一个成长的仪式,隐含作者如同年轻的叙述者"我"一样离开"父亲",必须独自应对社会生活的困窘、烦难和挫折。这之后,这一独立的个体渐行渐远,一方面颠覆父辈所设定的种种规则,一方面创设属于自己的规则。表现在文学创作上,余华在1991年之前的作品呈现出内容和形式上的多重颠覆性。从内容上看,经常表现群体对个体的残酷抹杀和个体对群体的激烈反抗。从形式上看,《在细雨中呼喊》般奇诡华瞻的语言,《现实一种》般极简主义的手法,《世事如烟》般宿命论式的悲凉氛围,以及贯穿这一时期几乎所有余华作品的怪诞美学和悖谬逻辑,成为余华个人的强烈的风格印记。即使故事性较强、具有一定类型文学特征的小说也表现出作者挑战既往规则的艺术上的野心,比如《鲜血梅花》颠覆了武侠小说的叙事传统,《河边的错误》解构了侦探小说的叙事陈规,而《古典爱情》则成为别具一格的言情小说。1992年,余华的长篇小说《活着》问世,在这一代表作中,余华将个体的命运和更广泛的群体生活结合起来,以一个人(福贵)的一生际遇来折射时代的风云变幻,但并未因为涉及更广阔的群体生活和更丰富的历史事件而减损个体的独立性,福贵的"活下去"的简单信念和在这一信念支撑下的个体行动,与宏大的历史风云和社会潮流相比反而极具张力。将个体与群体相结合这一写作策略在《许三观卖血记》中得以延续,简单执拗的许三观的不断重复的卖血行为,也在生活的苦难中彰显出个体的力量。之后的小说集《黄昏里的男孩》中,隐含的作者的同情与怜悯辐射至一切人。例如《黄昏里的男孩》中的孙福,作为男孩的施害者,令人憎恶;但作为生活中的受害者,又令人同情,文末最后五段逆转了读者的情感认同。对于孙福而言,他相继失去儿子、妻子和幸福,换言之,他被命运"偷"去了他所拥有的一切;而孙福对男孩的暴力行为,也成了拔刀向更弱者的弱者式的对于命运的反抗。《蹦蹦跳跳的游戏》、《在桥上》、《女人的胜利》中均有类似的技巧,小说的叙述使读者的同情和认同不知不觉地转移,从一个人物到另一个人物。事实上,在我们的生活中,我们难于判定:谁是施害者? 谁是受害者? 谁

---

① 周作人:《神话的辩护》,刘绪源辑笺《周作人论儿童文学》,海豚出版社,2012年版,第213页。

是遗弃者？谁是被弃者？谁是演员？谁是看客？在这一时期的余华小说中，作者基本采用个体的叙述立场，强调对独立个体的呈现，这一对独立个体的关注，后来逐渐漫延至对群体中的每个个体的关注。到了新世纪，余华小说的叙述立场则从个体转向了群体。

（三）群体的胜利：余华新世纪小说写作的叙述立场策略

五四前期文学创作及理论中对于独立个体的热切呼唤，随着时局与环境的变化日渐衰微，中国知识分子在历史浪潮中逐渐远离了"个性话语"，将自我融入民众之中，将个体融入群体之中，实现自我身份的转换和认同。当然也有文化传统方面的原因促成这一转换——古代中国的个人在经济上从属于家庭、宗族，在政治上未有独立的公民身份，在文化上缺少与公权抗争的文化资源。这一自我身份的转换表现于文学写作，即为叙述立场策略的从个体到群体的转向——余华新世纪创作的长篇小说《兄弟》鲜明地呈现出这一策略转向。

这是余华迄今为止最长篇幅的小说，也是余华沉寂多年后最具雄心、自称为"正面进攻"的作品。《兄弟》延续了《活着》和《许三观卖血记》中的成功策略——将个体的苦难命运与社会环境和更广泛的群体生活相联系，试图见微知著，以个人寓时代。但《兄弟》与之前的长篇小说创作有着明显的技术差异：余华摒弃了他擅长并赖以成名的极简主义手法，而不惜笔墨对场景、人物和情节进行铺陈渲染；也改变了单一主人公、单一线索的惯用模式，而采用性格和命运各异的李光头与宋钢兄弟为并列主人公，进行双线叙述；还调整了偏写实主义的叙事技巧，而更多采用夸诞的漫画式手法；最大的差异在于，之前小说中存在的（作为人物或者作为隐含作者的）独立个体不复存在了，在无论"苦难秀"还是"滑稽秀"之下弥漫的是群体的胜利的欢呼。

个体的消亡集中体现于小说的人物身上。主人公李光头是被作为引领时代风潮的个性化人物来刻画的，他的所谓个性，虽然与小说中"文革"时期的政治标准至上的群体性相悖，却与小说中改革开放之后经济标准至上的群体性完全融合，也就是说，他的个性行为不过是未来的群体性行为的预演，其个性被金钱为王的游戏规则束缚，而不是以生命个体的自由、独立为旨归的。以其最看重的兄弟情和爱情为例，小说以大量笔墨铺陈了李光头和宋钢的兄弟之谊，最终却被李光头和嫂子林红的通奸及因此造成的宋钢自杀完全消解；李光头对林红的二十年痴恋，最终却以"我不会谈恋爱，我只会干恋爱了"的强奸戏告终。另一个主人公宋钢是被作为诚实正直而不合时宜的个性化人物来塑造的，但是他对群体性的对抗十分乏力，最终以经济地位、性别身份、人格尊严、内心操守和生命健康的全面崩溃而告终。他为了让妻子林红过上更幸福的生活而跟随江湖骗子周游离家远行去赚取钱财，不惜作变性丰胸手术来推销假药，并非是为了个性化的爱情而牺牲自我，而是为了获得群体的认同而放弃自我；他不像福贵、许三观一样有着独特的对生活、爱情的理解和个人的价值观,而以群体的价值观为自己的价值观,以为圆满爱情和幸福生活必须以大量金钱为基础,成为金钱为王的游戏规则下的奴隶和失败者。宋凡平,作为李光头和宋钢的父亲,是兄弟二人的精神向导和心目中的英雄,他最后的结局不单是肉体的死亡,也是意志的毁灭——"宋凡平不再反抗了,他开始求饶了。"林红,作为宋钢的妻子和李光头的情人,是引发兄弟二人之间恩怨情仇的关键人物,她最后的结局耐人寻味:

> 我们刘镇有谁真正目睹过林红的人生轨迹?一个容易害羞的纯情少女,一个恋爱时的甜蜜姑娘,一个心里只有宋钢的贤惠妻子,一个和李光头疯狂做爱三个月的疯狂情人,一个生者戚戚的寡妇,一个面无表情深居简出的独身女人。然后美发厅出现了,来的都是客以后,一个见人三分笑的女老板林红也就应运而生……她的手机白天黑夜地响,她差不多每时每刻都在笑眯眯地对着手机说"局长呀""经理呀""哥呀弟呀",然后她就会说:"走了几个旧的,来了几个新的,新的个个年轻漂亮。"

"没有人知道宋钢的死在林红心里烙下了什么",不过我们可以知道,没有奇迹发生,也没有救赎完成,更没有化蛹成蝶,最终,金钱为王的游戏规则下驯服的群体中的一员出现了,个体的神话于此终结。

个体的消亡也体现在隐含作者身上。首先,《兄弟》中有较多媚俗性质的性描写和含有性暗示的场景描写。有学者将其与拉伯雷的《巨人传》相比附,认为其粗鄙和猥亵是一种风格化的表现,包含着"对于社会生活以及世俗价值的正面的讽喻意图"[①],这恐怕是评论者的一厢情愿。"在拉伯雷的作品中,生活的物质和肉体因素——身体本身、饮食、排泄和性生活——的形象占了绝对压倒的地位。这是典型的为肉体恢复名誉,对中世纪禁欲主义的反动。"[②]近似的评论并不适用于《兄弟》,这是因为:《兄弟》的隐含作者生活于物质和肉体因素本就占据统治地位而非受到极端压抑的当代,同样的描写不复具备同样的颠覆性,相反成为一种媚俗;何况《兄弟》中的性描写并不像《巨人传》一样给人以健康自然、自由不羁之感,也不像《巨人传》一样具有嘲谑威权之用,而是给人以粗暴、扭曲之感,并印证了无论是来自政治、经济还是人际社会的权力的无与伦比的强大,性描写不是挑战权力的号角或者消解权力的大笑,而是成为臣服于权力的颂歌或者无力的哀啼。其次,《兄弟》过多采用了类型小说的情节模式和漫画式的扁平人物塑造方法。比如李光头如同财神附体般的神奇发迹,犹如武侠小说的主人公获得神奇的武功,虽然满足了读者不劳

---

① 张清华:《〈兄弟〉及余华小说中的叙事诗学问题》,《文艺争鸣》2010 年第 23 期。

② [苏]巴赫金:《弗拉索瓦·拉伯雷的创作与中世纪和文艺复兴时代的民间文化·导言》,《巴赫金文论选》,佟景韩译,中国社会科学文献出版社,1996 年版,第 116 页。

而获的虚妄臆想，但并不具备现实生活的基础，也不符合人性的逻辑和社会的常识。因而李光头的痛苦抑或欢乐，不是真实的痛苦与欢乐；李光头所遭遇的苦难，也不是真实的人性的苦难，而是如同电子游戏般用于打怪升级的关卡。与此相对应地，宋钢除了正直诚实之外，还被集中安上了身染重疾、性能力不济、表达不畅、脑子不灵光等诸多毛病，因而宋钢的悲剧不是因诚实正直的性格不合时宜而造成的命运的悲剧，而是由过多的巧合铺排而成的人造的悲剧。因而无论是李光头还是宋钢，都不足以寓指我们的时代、我们的生活。《兄弟》之所以"失真"，并非是作者采用了夸诞式的、狂欢化的手法，而是因为：我们置身于其间的生活远比《兄弟》所虚构的更为荒诞，作者的想象不是因高于这个时代（的现实）而不被理解，而是因低于这个时代（的现实）而黯然失色。类型化的情节，扁平化的人物，低于现实的匮乏想象——这一切意味着曾经那个独立、自由的隐含作者已然消失，代之以一个偶尔嘲人或自嘲但是遵奉现实功利的犬儒者，如同小说中的赵诗人和刘作家一样，文学写作，成了价格的标签和谋生的手段。残雪曾经在访谈中说："丑陋、阴暗和绝望，只要有那一束光，一切就被照亮，如同魔术似的，丑变成了美。"①余华新世纪之前的小说中也有来自独立个体的那一束光，但在《兄弟》中，群体的彻底的胜利熄灭了它。

虽有不足，但《兄弟》并非新世纪文学史上可有可无的存在。《兄弟》之于新世纪文学史的意义主要在于：它展示了庸众的胜利，不独在小说里，也在小说外；展示了个体的消亡，不单在普通市民之中，也在诗人和小说家之中；它标记出了新世纪主流文学写作策略的重大转向——从个体到群体；也宣告了80年代先锋小说所具有的"纯文学"式的美学意味和形而上意味的消退和丧失。

三　韩东：从诗歌到小说

韩东是由于诗歌创作在文坛上声名鹊起的。新世纪以来，韩东的文学创作更多地由诗歌转向小说创作。这既是文学场域规则变化下写作策略调整的结果，也是作者创作理念和诗学观念的自然延续。写诗业已成为韩东生活的一部分，虽然时有佳作，但其产生的影响不复从前，这并不是因为韩东本人诗艺下降（事实上还有提高），而更多是因为文学场域规则发生了变化，文学的受众群也发生了变化，诗歌作为"王冠上的明珠"被消费文化影响下的大众日益冷落，小说则成为一种优胜文体，在市场竞争中存活下来并发展壮大。相应地，在韩东的个人创作中，小说所占的比重也越来越大了。从诗歌到小说的转向，也发生在其他"他们"作家的创作活动中，由"诗人"变为"小说家"并产生较大影响的，除韩东之外，还有朱文、吴晨骏等人。剖析这一转向的成因，可以从文学场域规则的变化角度切入来观察。在纯

---

① 易文翔、残雪：《灵魂世界的探寻者——残雪访谈录》，《小说评论》2004年第4期。

文学的信仰空间被不断压缩的现实环境中,人们对诗歌的热爱和信仰也渐次消退,甚至评论界也逐渐失去了对诗歌这一文体的热忱,而小说较之于诗歌拥有更好的市场前景、更多的读者和更通畅的出版渠道,从功利的角度来看,作家写小说更易获得经济利益和读者数量上的成功。对此,韩东解释说:"在今天,从安身立命的角度说,写小说相对比写诗要容易一些。我从不相信,很糟糕的环境对诗人的灵感生活有莫大的好处。相反,相对的宽松对一个有才能的人的尽情发挥是很有帮助的……"[①]韩东在小说《西安故事》中借人物之口作出的解释则更为直接、坦率:"诗歌写作并不能维持我的生活。相反的倒是越写越穷,人也越来越灰。于是近年来我转向小说写作……"

(一)《扎根》的结构与主题分析

韩东自 20 世纪 90 年代起开始进行小说创作,创作了相当数量的以下放生活为素材的短篇小说和关注人与人之间情感关系的中短篇小说。卑微的人物,情感的主题,下放的素材——所有这些在中短篇小说中呈现出的特质在 2003 年出版的长篇小说《扎根》中被完全继承下来并经由深化发展达至顶峰。在韩东本人看来,《扎根》之前的小说创作,"不过是某种练习,狼奔豕突,打一枪换一个地方。动手写作《扎根》,标志着我的写作开始抵达前沿阵地"[②]。《扎根》具有明显的互文性特征,多处运用了在以往其他小说中使用过的素材,但对同样素材的运用并不相同,主要差异有以下三种类型:一类是做减法,《扎根》去除了一些人物、时间线索和戏剧性情节,也避免使用较为复杂的叙述手法,叙述平实,毫无枝蔓,直抵故事的核心,在人物塑造上,去除芜杂冗余的血缘关系使人物形象更加明晰,删刈政治性较强的素材使叙述更贴近人物个体;一类是做加法,增添了大量源于人物个体经验的生活细节,使叙述更贴近本色的人物、贴近真实的生活;一类是对素材重新进行编排、修改,使得叙述无时无地不指向"扎根"这一主题。[③]

《扎根》的结构自成一体。《扎根》分十三章讲述了老陶一家的下放生活,并不依附于历史的时间顺序,各章间的叙述时间互有重叠,整体呈空间化结构,十三章各自独立,每一章都代表一个侧面,联系起来又构成一个严丝合缝的整体,其严谨致密一如老陶家用水泥桁条筑成的房子。在全书十三章中,第二章《园子》和倒数第二章《作家》对理解《扎根》尤为重要,这两章在首尾暗暗呼应,在整个大房子内部构成了一个小型建筑——它的主题是关于写作。公共话语/个人写作,政治运动/日常生活,这正是两代人写作的不同之处,韩东写作《扎根》一书正与叙述者"我"对

---

① 林舟:《生命的摆渡——中国当代作家访谈录·韩东——清醒的文学梦》,海天出版社,1998年版。

② 韩东:《〈扎根〉及我的写作》,《作家》2003 年第 8 期。

③ 常立:《"他们"作家研究:韩东·鲁羊·朱文》,上海三联书店,2010 年版,第 70 页。

写作的理解一致:用个人写作去对抗公共话语,用日常生活去对抗政治运动。《园子》一章对建园过程的详尽叙述,不仅可以理解为各色人物扎根过程的隐喻,还可以理解为写作过程的隐喻:写作应当具备一如老陶建园的细致、耐心和精益求精的素质,书中各色人物努力在生存上扎根的同时,作者也在写作中努力地扎根。因而读者能从《扎根》中看到许多由细节构成的人物命运和真实生活,这些在以往书写"下放"题材的小说中往往被有意无意地忽略、删刈、遮蔽,而《扎根》要做的正是去蔽存真,查缺补漏,还原出生活的本来面貌——这正是韩东的诗学观念的延续和发展。"扎根"的意义并不存在于宏大的历史想象、恢宏的政治抱负之中,而是存在于微末之物之中、存在于事物的本原之中。小说在两个层面展示了扎根的意义。在生存层面上,"扎根"就是在强加于己的命运、在强制性的生活中坚持活下去,并努力靠近自己的生活目标,尽量活得更体面一点、更理想一点。从这个意义上讲,《扎根》中涉及的绝大多数人物都在努力扎根——侯继民的办报癖,陶文江的洁癖,老陶的写作癖……就连赵宁生的逃避扎根也是扎根。而且毫无例外,一切试图扎根的努力都注定是一场空,无根的存在就是这个世界的本来面目,这样,扎根在生存层面上就成了一桩虚无之事,任何为扎根做出的努力在冷漠的世界面前都显得辛酸而荒诞。那么,这种面向虚无的坚持和努力是否有意义呢? 这种坚持和努力扎根的行为所必然导致的失败、残缺、空白、凝滞是否有意义呢? 究竟老陶为什么要强撑病体一次次地返回湖上呢? 这一行为与生存本身毫不相干啊! ——"那湖上到底有什么呢? 除了野鸭、獐鸡、清晨的日出,不就是破旧的小渔船和一望无际渺无人迹的水面吗?"《扎根》中在另一处给出了答案:

> 冬夏两季是不同的。秋风一过,湖水就如竹叶般的青绿,细浪密波,洪泽湖的脾气也变得温柔可爱。且蟹黄藕白,芦苇飞缨。沿岸的滩涂上,条柳落叶了,芦苇放花了,芦苇棵里没准能捡到一窝花白青幽的野鸭蛋。夏天则完全不同。黄水拍击着两岸,芦苇和条柳被围在湖水中央,只露出一点点的梢头。风高浪急,小汽艇和托帮船队都得靠岸行驶。

这是全书最美、最富诗意的一段景物描写,可以说正是这种美、这种诗意恒久吸引着作家老陶,使他从单纯的生存层面上得以片刻解脱。老陶在这种解脱中是否可以静心思索生命的意义、写作的意义,我们不得而知,但显然《扎根》中蕴含了作者对这些问题的思考。老陶带病坚持返回湖上的行为,与为扎根三余而进行的种种活动截然不同:前者不可思议,非现实所能解释;后者是生存策略使然,是面对现实的合理反应。这引领读者去思考生存层面之外的另一个层面上的"扎根"——"看来扎根并非是在某地生活下去,娶亲生子、传宗接代(像老陶说的那样)。也不是土地里埋葬了亲人(像陶文江做的那样)……但小陶还是会梦见那里,梦见那栋泥墙瓦顶的房子";"他那不期而遇的梦境却很真实"。这大概就是扎根的意思吧?

小陶的梦境、老陶的湖上美景、老陶和小陶父子两代人的写作,这一切联系起来就构成了精神层面上的扎根行为——写作。写作可以超越生存层面的无根的存在,指向超现实的存在,指向遥不可及的真理。而关于真理,韩东是这样评价的:"在有限的时空内,也许只能体会为虚无。虚无,正是真理在世间的永恒的形象。"[①]无论是在生存层面还是在精神层面,扎根在终极意义上都将抵达无根的存在、抵达虚无,但此虚无并非消极的虚无主义,此虚无,"正是真理在世间的永恒的形象",在扎根的过程中,真实的是人们生命的意志、生活的奋斗、对绝对的渴望和对真理的追求,而扎根的意义就是生而为人的意义,就在于扎根(生存、生活、写作、追求真理)的过程中。[②]

(二)《扎根》之后的创作及诗学观念的延续

《扎根》之后,韩东的长篇小说创作进入稳定期,以每两至三年一部长篇小说的速度不断推出新作:《我和你》(2005),《小城好汉之英特迈往》(2008),《知青变形记》(2010)。这三部长篇小说的题材各异、写法不同,但都可以看作韩东诗学观念在长篇小说创作中的自然延续,尤其是还原事物真相、让事物呈现自身的美学上的追求一以贯之。韩东的诗歌以颠覆和超越"朦胧诗"为己任,相近似地,这三部长篇小说也以颠覆和超越某一特定类型的小说为美学目标——《我和你》是对言情小说的颠覆,《小城好汉之英特迈往》是对青春小说的颠覆,《知青变形记》是对知青小说的颠覆。

《我和你》讲述的故事可以用言情小说的情节套路一言以蔽之:我爱的人却爱上了别人。比讲述这样一个言情故事更重要的,是通过小说呈现出爱情中的男女关系和探究男女爱情本质,这也是作者的创作主旨:"希望《我和你》能成为一个清晰有效的观测点,看看'我们'到底是如何爱和如何看待爱的。"[③]为了实现这一主旨,作者并没有像一般言情小说那样提供荡气回肠的情节和沉湎其间的浪漫,而是关注那些密布在爱情关系中的琐碎平常的微末之物,揭示那些隐藏在凡庸生活中的超常敏感的幽微心理。为了关注微末之物,作者采用不连贯的追忆方式来展开叙述,时间流被屡次中断,而微末之物则从时光的缝隙中反复浮现出来。为了揭示幽微心理,作者采用叙述者干涉的方式不断插入议论,情节流被屡次阻滞,而幽微心理则从故事的空白处清晰呈现出来,尤以第四部第14、15小节为典型示例,这两小节全部都是关于爱情本质及爱情心理的直接探讨:从"我为什么爱上苗苗"这一切己的问题开始,思考进一步深入至抽象层面,涉及的对象"扩张到概念中的男男女女、芸芸众生";从把爱归结为"本能"这一浅层答案开始,思考进一步深入至哲学

---

① 韩东:《关于语言、杨黎及其它》,《作家》2003 年第 8 期。
② 常立:《"他们"作家研究:韩东·鲁羊·朱文》,上海三联书店,2010 年版,第 81—85 页。
③ 韩东:《我和你·后记》,上海文艺出版社,2005 年版,第 264 页。

层面,爱的定义衍变为"牺牲"进而成为对"存在主义的无聊"①的逃避——"面对绝
对的虚无和遥不可及的举例,我们还会掏空自己以至搭上老本性命吗? 我们会像
爱一个死者那样的去爱一个人吗? 我们会像爱一个从未出生的人那样的去爱一个
人吗? 我们会爱上不存在本身吗? ……我们可能爱上爱吗?"借助上述两种方法,
作者完成了一部"四不像"的小说——既有言情小说的情节套路,又有打破时序、关
注琐碎细节、弱化情节、突出幽微心理的非言情小说特征,但诚如作者所说,"'四不
像'说明它独树一帜,说明它有超越类型小说和小说类型的可能"②。

《小城好汉之英特迈往》作为一部青春小说,没有展现火热的、激情的青春或者
诗意的、忧伤的青春,而是真实地展现了三个少年的无聊的青春以及他们生活于其
间的 20 世纪 70 年代的中国乡村,具体地描绘了这无聊的青春中的"贫穷、饥饿、朴
实、野蛮和人心的扭曲以及莫名的快乐";没有塑造一个英雄人物作为榜样,帮助少
年主人公完成心智上的成长,而是刻画了一批在集体游戏中无聊度日的卑微的小
人物,唯一一个有英雄气质的朱红军,却以一个流氓犯的身份被枪毙了——韩东如
此处理人物,依然是其诗学观念的延续。对卑微人物的凡俗生存的持之以恒的关
注和描述,使韩东笔下的每一个辛苦求生的小人物都成为"生存的英雄",每一段千
辛万苦的人生经历都成为"传奇","只有文学,只有小说,它可以为这些芸芸众生作
传";没有引人入胜的故事情节和鲜明强烈的叙事节奏,而是摒弃了类型小说惯用
的情节推进模式,而"给每一个人物立传,每一个人都有独立的故事,每个人的故事
又在大背景中'交叉跑动'"③。

《知青变形记》被韩东认为是一部长篇"知青小说",虽然在韩东之前的创作中,
知青题材早有涉及,但《扎根》主要是写城市干部的"下放"生活,知青生活只是基于
环境衬托或者人物塑造的需要而略有提及,《小城好汉之英特迈往》主要是写县城
少年的青春生活,知青生活也只是作为人物活动的背景有所涉及;而《知青变形记》
不但直接以"知青"冠名,更以知青为主人公,重点写了知青的生活及命运。韩东对
于这部小说的写作有着特别的历史使命感和作家的责任感,把它视作以知青生活
为材料而"创作不朽作品的责任",还把它定位于作家们共同趋近"连接历史与想
象"这一使命的诸多努力之一,寄望于它能够冲击人们在既往文本的阅读中被固定
下来的关于这一历史时期的"标准想象";因而这部小说相较于韩东其他长篇小说
更像一个"故事"——情节更具戏剧性、节奏更张弛有致、叙述更符合常规,以减少

---

① 马丁·杜勒曼(Martin Doehlemann)将无聊(Boredom)分为四种,其中存在主义的无聊产生
　　于人们感到心里空荡荡、世界毫无色彩的时候。参见[挪威]拉斯·史文德森:《无聊的哲
　　学》,范晶晶译,北京大学出版社,2010 年版,第 32—36 页。
② 韩东:《我和你·后记》,上海文艺出版社,2005 年版,第 265 页。
③ 刘子超:《韩东:每个人都是生存的英雄》,《南都周刊·生活报道》第 202 期。

阅读障碍，吸引更广泛的读者。同时为了冲击读者对于知青生活的"标准想象"，又与一般知青小说有着重大的差异，主要表现在：《知青变形记》中既没有怀着远大理想、旨在拯救全世界的"热血型"知青形象，也没有苦大仇深、血泪控诉"文化大革命"的"伤痕型"知青形象，而是塑造了一个迷惘、隐忍、逆来顺受的知青主人公——作为裹挟在时代洪流中的一个小人物，知青罗晓飞被迫下乡，被迫卷入"奸牛案"，被迫变成了死去的农民为国，并顶替为国拥有了他的妻子继芳和他一贫如洗的家，被迫永远待在了老庄子里而失去了回城的机会。面对命运的骤然改变，他只能无奈地承受命运强加于己的生活，他无力改变这样荒诞的存在，但他努力在这样荒诞的存在中生活得更有尊严一点。小说的第三章《日》可以视为《扎根》的重叙，同样讲述了罗晓飞为了在另一种生活中"扎根"而付出的艰苦努力：刷房，开窗，挖井，植树，种田，买卖……与《扎根》不同的是，《扎根》中一切关于扎根的努力都失败了；而在《知青变形记》中，扎根成功了，罗晓飞也成功地变成了为国。小说的末章写到主人公去罗晓飞的墓地上坟，他三鞠躬后对着坟说：

> 听好了，罗晓飞，你已经死了八年了，也应该安息了，从今往后这世上再也没有你这号人了……你就安息吧，以后我再也不会来看你了。

在小说的最后，主人公不再迷惘，彻底完成了自我身份的认同，告别"旧我"（知青罗晓飞），诞生"新我"（农民为国）。只是这一"新我"的诞生，含有颇多无奈和悲苦，小说的最末一句是"新我"向牛屋的礼九发出下棋的邀约："咱们来盘六路洲！"这意味着一个可能但尚未形成的现代性的个体（知青）的消亡，个体完全地湮没在了代表文化传统的群体（农民们）之中，个体（罗晓飞）无法自由而独立地存活于世，只能以他人（为国）之名存活于他者（福爷爷、为好、继芳、大范村）的眼光和话语之中，这种"阳奉阴违"，正是"我们时代的一种集体处境，这是一个存在方式，与名副其实的存在比起来，它在体验上的丰富与复杂，无奈或者愤怒、喜悦或温馨上并没有区别"。[①]

四　残雪：从艺术到真理

弗洛伊德的精神分析学说虽然广受科学界的质疑，却在文学和哲学、美学领域赢得了广泛的声誉，尤其是关于潜意识的论说影响深远，残雪的文学观也深受其影响。残雪在《为了报仇写小说》中自认是依靠潜意识来写作的，有趣的是，她进一步指出，自己的潜意识受控于理性精神，"有理性才有幻想，没有理性也没有幻想"，"人性只要冲破理性的钳制就会发挥幻想，理性反弹出幻想，一般中国人理解为理性是消灭幻想的，其实作为人，高贵的是理性，理性才可反弹出幻想"。这里残雪所说的理性，是与幻想相互生发的理性。它并非单纯由寻求秩序稳定、身份认同、价

---

① 　于坚：《韩东变形记》，凤凰网读书频道《读药》周刊 2010 年第 7 期。

值明晰的自我所掌控;相反地,随着自我的分裂、崩溃和消失,理性向两个方向发展转换,分别生成作为意识形态他者化身的超我的幻想和作为潜意识欲望隐匿之地的本我的虚无,这非常符合齐泽克对象征界、实在界、想象界(拉康术语)交互关系的论说。结合弗洛伊德、拉康、齐泽克的精神分析学说和残雪自身的文学理念,我们可以把三者关系梳理如下:

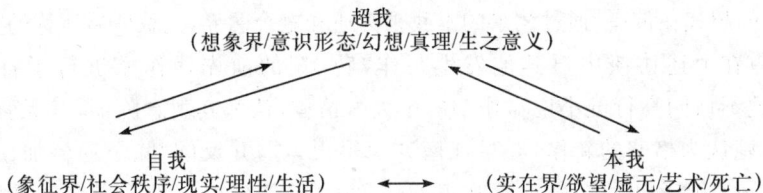

超我
(想象界/意识形态/幻想/真理/生之意义)

自我　　　　　　　　　　　　　　本我
(象征界/社会秩序/现实/理性/生活)　　　(实在界/欲望/虚无/艺术/死亡)

这可以作为解读残雪创作的一把钥匙。我们以此来考察残雪创作的三种类型:

第一类型可称之为自我型,包括《黄泥街》、《山上的小屋》、《苍老的浮云》、《种在走廊上的苹果树》、《突围表演》(即《五香街》)等早期小说,特征是现实脉络隐约可循,生活气息浓郁可辨,对于不合乎人性的生存方式的批判激情锋芒毕露,理性执着地在外部世界中寻求自我的定位,多以自我孤立、隔绝告终。第二类型可称之为本我型,包括《痕》、《重叠》、《在纯净的气流中蜕化》、《双脚像一团鱼网的女人》、《新生活》、《最后的情人》等,特征是由外部世界向内心世界不断深入,理性崩溃,自我湮灭,文本多表现怪诞迷离的本我之域,内容多与欲望和死亡相关,带有强烈的虚无感。第三类型可称之为超我型,主要包括近年来的创作谈和对西方文学大师作品的解读论说,如《灵魂的城堡》(关于卡夫卡)、《地狱中的独行者》(关于歌德和莎士比亚)、《辉煌的裂变——卡尔维诺的艺术生存》、《解读博尔赫斯》、《艺术复仇》(关于但丁、《旧约》等),特征是直接显露关于文学的意识形态观念,以精神本质、艺术本质为目的物不断展开探索和追寻,以期抵达彼岸真理,觅得生之意义。

新世纪以来,超我型创作在残雪作品中的比例明显提升,地位日趋重要,体现出作者的写作由"让艺术呈现自身"向"通过理论阐释探求真理"的转变倾向。2011年由上海文艺出版社出版的残雪新作《吕芳诗小姐》是这一转变倾向的有力证明,残雪其新浪认证博客上发表的《文坛很黑——残雪答记者问》中如此论及这部小说所建构出的"理念之乡"(小说中称之为"新疆"):

我的"城堡"不是建在山坡上,他就夹杂在世俗里头,这大概是残雪超越前辈之处吧。我不像西方人那样需要一个彼岸。而是此岸与彼岸都在一个灵魂之中,我就是自然,比西方人更有张力。……这本书是全新的。最大的超越在于将此岸与彼岸完全统一起来了。其中的情感当然是作者从日常生活中升华出来的,但描述的手法可说是独一无二。……我现在的《吕芳诗小姐》不就已经同大自然相通了吗?那里面的人物都是大自然的儿女,有高度自我意识的精灵。我对他们非常有信心。……我是能够将生活变成艺术的典型东方作家,我在两界来来往往,我的作品天衣无缝地描写了这种活动。[①]

残雪所说的"两界",即关乎现实的"此岸"与关乎理想的"彼岸",理性的自我在此岸,理想的超我在彼岸,通过艺术的本我来沟通和融合两界,达致残雪所称的"自然"。

残雪在上述访谈中对其他发生写作"转型"的前先锋作家进行了直率的批评——她不认同高行健小说写作中的士大夫情调,认为其观念陈旧,并无真正的个人判断;她认为格非的新作《春尽江南》"写得很差",并反问"除了通俗加模仿中国传统,他还有什么出路";她不喜欢王安忆等人"希望建立一种文学家的秩序,来遏制市场化的影响",判断王安忆"近年的作品水准下降得不像话",并推测其原因是"大概做官做上了瘾吧"。残雪还把对中国文学的希望寄托在"还没有出名的那些年轻人里头"。有意思的是,残雪的这一系列言论,在远离政治场和经济场的独立文学场域中、在那些还没有出名的年轻写作者中,得到了双重回应:一是认可残雪对其他向通俗化"转型"的主流文学作家的批评,一是反对残雪对自身创作的高度评价,认为她常常自话自说。这是因为对于独立文学场域的多数写手而言,残雪虽然与主流文学体制始终保持着距离,但她毕竟得名于主流文学发展历程中的特殊时期,毕竟拥有较高的文学知名度和丰富的出版资源,毕竟在海外文学界受到广泛的关注和赞扬,毕竟在已有的文学史上占据一席之地,毕竟拥有一定规模的读者群……从残雪对其他先锋作家的评价和独立文学场域写手对残雪的评价中,我们不难看出同一文学场域内和不同文学场域间的权力斗争和资本争夺。不过,以上竞争还在一般意义上的文学范畴之内,更多的是在争夺文学名誉、威望、地位之类的象征资本。而消费文学场域中的竞争,则溢出了一般意义上的文学范畴,更多地涉及金钱交易中的货币资本。我们或者拒绝接受消费文学归属于文学的观点,或者需要调整自身对于文学的概念界定,这取决于我们各自处于什么场域,遵守什么规则,置身于什么样的文学信仰空间。

---

① 残雪、刘炎迅:《文坛很黑——残雪答记者问》,参见残雪在新浪的认证博客。

第三节　消费文学的文学景观

一　韩寒现象:"什么坛也都是祭坛"

这是一个偶像突立的时代,这是一个信仰坍塌的时代。1999 年,韩寒凭借新概念作文大赛一朝成名,以叛逆少年的形象出现在世人眼中;之后,他被贴上"青年领袖、公共知识分子"等各种标签,成为中国 80 后一代的形象代言人;2012 年春节,而立之年的韩寒却身陷"代笔"不能自清。"什么坛到最后也都是祭坛","什么东西被神话以后下一步必然是说很多胡话",当日的韩寒写下的这些文字,今天看来有着更为丰富的社会内涵。

回顾韩寒的出道,无法避开《萌芽》杂志创办的新概念作文大赛。很难说清是新概念作文大赛给了韩寒机会,还是韩寒成就了这项赛事,可以肯定的是,当二者轨迹交叉的时候,一个正在低谷,一个默默无闻。而如今,从 1998 年第一届新概念作文大赛算起,这个主要面向高中生的作文比赛吸引了超过 65 万人次参赛,有 28 名优胜者获得保送北大、复旦、厦大等名牌大学的资格,更走出了韩寒、郭敬明、张悦然等一批有社会影响力的"青春作家",从这里踏上职业文学创作之路的文学青年超过 500 人,他们出版的图书累计销售超过 1800 万册。[①] 新概念作文大赛的源起,让我们清晰地看到一只强大的商业推手,从定下"发表年轻读者写的适合学生阅读的文章"的方针,到贴上"青春"的标签作为吸引作者们参赛和大赛延续的"卖点",最后是出版社接连推出的印有青草紫花和颇具漫画元素并且封面自注是"青春文学的盛宴"的获奖作品集(封面标注由韩寒、安意如等新概念大赛走出的"青春文学作家"和网络作家"众星捧月,倾情推荐")。在这里,"青春"被无限放大地称颂,已经成了一个符号,人们在众多传媒所推出的"差生作家"、"青春作家"的影响下,以某种方式一齐庆祝着真实自我的消失和漫画般自我的复活。

韩寒成名作《三重门》的出版和韩寒退学时间接续紧密,当"七门功课不及格"、"退学"和"出版长篇小说"以及"新概念作文大赛一等奖"这些关键词被组合到一起频频见诸报端,当韩寒屡屡被邀请至各个电视台甚至央视作对话栏目的嘉宾,"问题少年作家"就这样突然火了。当时的韩寒成为一种"现象",其原因在于他的出现"刚好符合了当时人们对应试教学的质疑,符合了许多同龄人对应试教学的恼怒。他因此成了同龄人的一个表达内心不满的符号"。[②]

---

① 周南焱:《新概念作文大赛的花开花落》,《北京日报》2012 年 3 月 8 日。
② 陈国恩:《关于"韩寒"现象的几点思考》,参见武汉大学教授陈国恩的新浪博客。

在整个出书的"历程"里,韩寒的父亲韩仁均于 2000 年出版《儿子韩寒》,2009 年在淘宝注册开网店卖书。而韩寒的作品以其博客的开通为分界线,从小说创作逐渐转向杂文随笔,韩寒本人也完成了从"问题少年作家"到"意见领袖"、"公共知识分子"的蜕变:2009 年入选《时代周报》"时代 100 人——2009 推动中国进步 100 人";2010 年入选美国《时代周刊》"全球最具影响力 100 人"名单;《南都周刊》称他是"从一名爱吃泡面的小文青成长为一位公共知识分子";《南方人物周刊》以《领秀韩寒》为题对其作了专题访谈报道……而这主要是因为韩寒的博客文章引起了多次大规模的网络讨论甚至是论战。由于这些博文,韩寒经常成为社会各界关注的焦点人物、话题人物,得到了来自许多"重量级"人物的褒扬。如果没有"代笔门"事件的爆发,那么韩寒也许会戴着万众瞩目的光环一步步走向并登上人们早已为他打造好的"当代鲁迅"、"青年意见领袖"的黄金宝座,然而 2012 农历新年的钟声还未敲响,我们似乎就开始听到高高筑起的神坛发出了碎裂的声音。

2012 年 1 月 15 日,麦田在新浪博客中发表了一篇《人造韩寒:一场关于"公民"的闹剧》的博文,针对韩寒从少年成名的"差生作家"到叛逆的"80 后"代表、再到博客上的"公共知识分子"这一路形象上的转变提出质疑,并直言是个"闹剧"。韩寒重金悬赏 2000 万自证清白使麦田道歉并退出论战。其间有网友鼓动"打假斗士"方舟子对韩寒作"专业打假",方舟子在事件开始阶段"发了几条讽刺韩寒悬赏的微博",韩寒于 1 月 18 日在博文《正常文章一篇》中对方舟子进行回应并嘲骂,方舟子在微博中声称从近几天的关注中确实发现了韩寒有代笔的嫌疑。1 月 19 日方舟子回应韩寒《答韩寒〈正常文章一篇〉》开始了二人的博文互斗,随即韩寒发表《人造方舟子》一文指责方舟子造谣传谣并要求方舟子回应,标志着"方韩之战"正式开始。方舟子对网络上与韩寒相关的文字、视频资料进行了搜集,对韩寒的作品进行了文本"鉴伪"工作,还对韩寒各个时期的作品及对话访谈资料中互相矛盾之处作了分析。继方舟子的质疑文章之后,网络上相继涌现了一大批对"韩寒可能代笔"这一质疑作分析的文章,作者中有学者、媒体人、作家,更多的则是身份各异的草根网友。

2012 年的这场代笔风波,波及领域之广、牵涉人员之多、被牵涉人员对社会影响力之大都是近年来颇为罕见的。韩寒是否代笔,每一个人都会有自己的判断,倒是"韩寒现象"发生发展的过程中媒体和大众的表现可堪细察。

在透视"韩寒现象"形成的原因时,首先,依据符号消费论者鲍德里亚在《消费社会》中的观点,记者和广告商是消费社会里神奇的操纵者——他们导演、虚构物品或事件,对事件进行重新诠释后再把它们作为商品出售,在此范围内,他们毫不客气地对其进行建构。人们会把真实的某个概念封杀,再把它当作符号重建起来。在韩寒"民主代言人"的形象塑造过程中,媒体大谈"民主"、"普世价值"这些被抽空了内容的概念,而公众则成了仅仅满足于消费这些符号的消费者。

其次,媒体在这个核对编码、制造"青年领袖"的工程中起到了至关重要的传输译读作用,它们有能力并且有可能置换进而定义公众话语的内容和意义。在"韩寒现象"的生成时期,几篇关于韩寒是天才少年作家的报道在批判教育的年代里迅速抓住了大众的眼球,从《文汇报》的《语文60分的孩子写出长篇小说》到《解放日报》的《长篇小说作者=高一留级生》。这些新闻标题惹眼,恰到好处地迎合了人们的猎奇和功利心理,再到《南方周末》的《韩寒:80后网络英雄》、《差生韩寒》,《南都周刊》的《特别报道:公民韩寒》,《南方人物周刊》的《特辑:像韩寒一样活着》和《领秀韩寒》,《新世纪周刊》的《选韩寒当市长》等文章,都只是允许人们"了解"某些事实,但这并不意味着人们能够畅通无碍地"理解"事实的背景知识及其与其他知识的关联。在对韩寒的报道中,报纸杂志常常配以韩寒的巨幅照片作专版或封面人物,这些照片与一般娱乐圈的明星并没有什么不同,尽管韩寒一直否认自己与郭敬明一样走商业路线,但事实上在对"明星效应"的运用上二者不相伯仲,不过是风格不同而已。而这类照片的意义就在于它们能使形象脱离语境,使形象能以不同的方式表现出来,郭、韩的照片和他们书的内容其实毫无牵涉,只是单独供人消费的符号,这些和文字堆积在一起的照片把世界再现为一系列支离破碎的事件,让我们有一种感觉:这些事件与我们的感官之间存在联系。

再次,"偶像"、"领袖"的形成当然不可能光凭媒介本身的特性,"领袖"自身的特点决定了媒体对他们的塑造方式,也决定了他们对各自的"追随者"的统治模式。马克斯·韦伯曾将统治类型划分为"合法型、传统型和魅力型"三种,韩寒与郭敬明们显然属于"魅力型领袖"。韦伯认为该种类型的"领袖"往往被视为"具有超自然的或者超人的,或者特别非凡的、任何其他人无法企及的力量或素质,或者被视为神灵差遣的,或者被视为楷模","至于将如何从任何一种伦理的、美学的或者其他的立场,来'客观'正确地评判有关的品质,这在概念上是完全无所谓的"。① 评判这类偶像的唯一关键是"追随者们"作出何种评判。魅力型领袖对其追随者作的是发自内心的改造,这种改造往往产生于困顿和热情。在一切具体生活方式以及对整个"社会"、"世间"的种种态度方面,韩寒和郭敬明们都引导着粉丝们的思想和行动的方向。

不管韩寒是否代笔,在这个"消费至死"的社会里,他已然成了一个"神话":他不像郭敬明坦承自己是一个商人,而是经常宣称自己是"一个作家",然而他却又是赛车手、歌手、广告明星、填词人、杂志主编,曾经是"天才少年作家"、"青年公知"、"意见领袖",他拥有极大的话语权却被塑造成是在社会夹缝中生存的孤独形象。一个健康发展的社会应该是有能力也应该打破一切"神话"的社会。事实上,英雄的神话总是随着群体的想象而改变,让我们以勒庞的一段文字作结,献给这位消费

---

① ［德］马克斯·韦伯:《经济与社会》,林荣远译,商务印书馆,2004年版。

文学场域里的"英雄":"数千年之后,未来的博学之士面对这些矛盾百出的记载,也许会对是否真的有过这位英雄表示怀疑……他们知道,除了神话之外,历史没有多少保存其他记忆的能力。"①

二 郭敬明现象:"45 度仰望天空"

"他被 80 后不屑,被 90 后崇拜。"他曾两度获全国新概念作文大赛一等奖,他的《幻城》、《梦里花落知多少》、《小时代》等作品多年来稳居全国图书畅销榜(虚构类)榜首,不断创造销量奇迹。如今的他是最年轻的中国作家协会成员,同时自己开公司做老板,创办杂志《最小说》担当主编,连续入选福布斯中国名人财富榜。他是郭敬明——一个从出道以来就饱受争议、被许多人预言"红不了多久"却在十年后的今天成为拥有巨额财富以及无数拥趸的 80 后年轻人。《中国新闻周刊》曾在为他所做的专题报道中称这个时代是"中国文学的'郭敬明年代'"②;郭敬明十年前在《爱与痛的边缘》中说"我是一个在感到寂寞的时候就会仰望天空的小孩,望着那个大太阳,望着那个大月亮,望到脖子酸痛,望到眼中噙满泪水",如今面对媒体表示:"我对作品或者文学事业没有像其他作家那样,飞蛾扑火一般地把整个身心都投进去。小说可能只占我人生的一部分,甚至一半都占不到,我还有其他大部分事,比如公司。"③面对轰轰烈烈十年未曾消退的"郭敬明现象",也许作家富豪榜制榜人吴怀尧的看法是:"他已经不是人了,已经是一个符号,作为符号,只要亮出它,就有人买单,它一出现,就会在市场上有号召力。"④

(一)作为明星的作家抑或作为作家的明星

郭敬明是作家,是商人,也是签约在大型传媒公司下的艺人。这几个身份没有哪个可以永恒地代表郭敬明,"只有永恒的利益",哪个身份在某一刻能带来更多的资源和资本,那一刻他就属于那个身份。2005 年 7 月,他为新发行的音乐小说《迷藏》全国签售,每到一处都有大批的铁杆读者捧场;之前在北京召开的音乐小说首曲发布会,在场众人齐唱生日歌为他庆生,俨然明星;2008 年,郭敬明签约了天娱传媒,成为此公司旗下一个作家身份的艺人,他有专属的经纪人安排通告的档期,还有助手做宣传;2011 年,他在上海举办了最世文化的年会,衣香鬓影,极尽奢华,所有作者锦衣华服,不像文化公司,倒像一个时尚聚会;除了作家、出版人、董事长、作家、编剧……多面郭敬明又添新职务——服装品牌"鎏恒色"2011 年淘宝店代言人。

---

① [法]古斯塔夫·勒庞:《乌合之众:大众心理研究》,冯克利译,中央编译出版社,2005 年版,第 32 页。
② 孙冉、罗雪辉:《中国文学的"郭敬明年代"》,《中国新闻周刊》2005 年 9 月 26 日。
③ 翟文婷:《郭敬明:最商业的作家 最文艺的商人》,《创业邦》2012 年第 4 期。
④ 薛芳:《80 后偶像作家的商业路径》,《南方人物周刊》2009 年第 31 期。

郭敬明明星效应的利用在《最小说》中得到了最充分的展示：2009 年第 18 期和第 22 期下半月刊的封面等多处均采用郭敬明的头像进行设计；2009 年第 20 期下半月刊《雾时之森》中共用了 7 页纸张，其中有 6 页使用了他的形象照。这种明星的"迷"效应，为《最小说》赢得了不少忠实的读者；而出版社之所以选择《悲伤逆流成河》的限量珍藏版为 66666 本，是因为郭敬明在 6 月 6 日生日，把价格定在 44.00 元，则是与郭近明的昵称"小四"相呼应，这些个噱头正中"四迷"们下怀。当人们提到郭敬明的时候，可能记不起他梦幻的辞藻或个性的观点又或者奢侈的生活方式，更多的可能是唯美时尚的形象照，再以此延伸至对"美好图像（图式）"的关注和向往，而这就是明星化叙述立场策略存在的绝佳支撑点。消费文学场域通过其所提供的程式与趣味，对受众进行刻意的建构和定义。这些作家不论是其写作风格还是生活习惯，都会被大众传媒刻意放大甚至扭曲，转变为符号以吸引、建构并扩大稳定的受众消费群体。

（二）郭敬明作品的表达策略

"痛悼""必然逝去的""纯净""青春"——引号中的每一个词都是郭敬明作品中不变的关键词，郭敬明（以及郭妮、安妮宝贝等人）的作品不论小说还是散文都有着类型化的态势。在受众细分的时代，不同的受众群喜欢不同类型的小说，因而网络消费文学应运而生出数十种具有明显商品属性的类型文学。

就在这样一个类型化阅读流行的大背景下，郭敬明审时度势，推出《最小说》、《最漫画》等一系列杂志并获得巨大成功。以《最小说》为例，上市之时，其定位便是要"秉承郭敬明一贯画面制作华丽和精良的风格，在原有的基础上融入青春系列杂志的品位和风格，是一本既有高文学性的小说读物，又是轻松娱乐，富有亲和力的休闲杂志，内容和风格更贴近学生阅读群体，设计新颖定位准确"[①]。"郭氏风格"的形成有赖于以下几种表达策略。

第一，注重语词的选择，塑造外貌漂亮的人物。

影视艺术工程专业出身的他善于在文中展开一幅又一幅色彩丰富、对比鲜明的画面，配合临时生成的语词搭配和多种变式句，辅以比喻、夸张、通感等修辞手段，使读者沉醉于其营造出的梦幻氛围或者说是意识王国。郭敬明的作品受年轻人欢迎，原因之一在于：提供具体而非抽象的信息，即给出关于形状、声音和颜色的详细细节以使读者想象具体的物理世界。郭的作品有一条不变的铁律，主人公都"必须"俊美。比如"樱空释"：银白色的长发，英俊桀骜的面容，挺拔的身材，白衣如雪的幻术长袍，像极了父亲年轻时的样子；"梨落"：我第一次看到的梨落，美丽得如同最灿烂的樱花；"顾小北"：气宇轩昂，站在门口像一个王子。不仅是主要人

---

① 参见 http://www.zwbk.org/MyLemmaShow.aspx? lid＝125298。

物如此理想化，连一些次要人物也都是女的倾国倾城、男的英俊逸丽。少年读者们因为代入美好形象而产生迷醉，接着顺利找到"共鸣"点，主人公的"死亡"、"堕落"则隐藏在"社会批判"的面具下使读者完成了一次"忧伤"之旅，在发出一声喟叹、流下几滴眼泪后，郭敬明为年轻读者拒绝理性精神和成熟健全人格提供了一个"年轻个体无辜、罪在社会时代"的合理化机制。

第二，直线式的情节，未成年人的读者定位。

情节直线式，是指作品主要聚焦于行动而不是描述、背景或人物的想法和动机。不论是《幻城》还是《梦里花落知多少》、《悲伤逆流成河》，抑或是《小时代》，郭敬明的所有小说都是以行动、事件为主线——这是儿童文学文本的典型特征，即虽然也描写场景和人物，但其重点在于行动——将要发生的事情，而且焦点总是放在情节、事件上。另外，郭的作品不论是文本内还是系列文本之间，都存在明显的重复现象，比如《幻城》中的三个故事显然是同一主题下的变奏，读者完全可以把较短的两个故事当作图式，来理解篇幅较长而复杂的那个故事。短篇小说《天下》中这样的重复已经不是"相同的故事又有着惊人的不同"了，而是不断重复契约化的"目标价值"和"杀人"。在《爵迹》、《小时代》系列中，重复现象也大量存在，即使题材不同，在郭敬明的作品世界里，强调年轻的天真和社会与时代不可抗拒的力量这两点都不曾改变。郭敬明及其团队设定的目标读者的年龄范围就是未成年人，这背后隐藏着的是大众对于未成年人和成年人本身特质尤其是他们的阅读习惯的假设。

第三，作为"消遣产品"的作品定位。

郭敬明接受《南都娱乐》的采访时说："这个时代，大家往往把作家的责任感过度放大。鲁迅是个很好的作家，但金庸和 J. K. 罗琳就是个坏作家吗？作家分很多种，你不可能要求所有作家都去创作人性、政治使命感的严肃题材。""这个时代大多数书本已经变成消遣、打发时间的东西，我擅长这种风格，我就做我自己的风格，不是全部作家都需要担起做社会评论家的责任。"[1]在畅销书作者眼里，大多数书本是用于打发时间的消遣，而作者就是为解决读者的无聊而提供消遣产品的人。

第四，作为意识形态输出的"意淫"中的世界。

在畅销书的作者笔下，一方面中心人物和目标读者很像，以便读者能与之建立认同感；另一方面，他们还要为读者提供愿望实现的幻想。郭敬明善于设置大起大落的情节，最后的结局常常让读者愕然甚至大呼"难以接受"，而这些让读者表示"有些残忍"的结局无不充斥着作者有意无意要传递、输出给读者的某种意识形态。《梦里花落知多少》中陆叙的死亡、白松的结局等都显得武断而生硬，但作者通过强制性叙述使故事朝既定的目标前进。这给我们一种怀疑，作者很可能并不关心

---

① 蔡慧:《郭敬明:我不想成为一个符号》,《南都娱乐周刊》2012 年第 8 期。

故事本身,只是想通过故事来表达对他"成长"、"时光"、"青春"的理念:"时光在掌心翻涌、升腾,最后归于平静,留下无法抹去的痕迹和似水般温柔的年华。"再如,《夏至未至》中立夏告别了自己深爱的人而与别人过着简单平凡的生活,《天下》在血腥残酷的争斗、错综复杂的爱恨中一切归于平静,只有"烟波桨声里,何处是江南"的吟唱。作者对幸福与美好的定义在文本中基本表现为两种,一是对过去美好日子的追忆,二是对一种简单生活的追求。"过去的"、"简单的"和幸福联系在了一起,这样的诉求也许和作者身处的这个选择多元化、节奏快速和各种矛盾尖锐化的时代不无关系,在许多以青春期少女或白领女性为目标读者的文类中,都包含着这样的价值判断。不单是作品中流露着拒绝"长大"的情绪,2005 年郭敬明做客央视《文化访谈录》,面对主持人的关于为何不再回应抄袭官司的提问,22 岁的他回答:"不想参与到成人世界的争斗里。"蒋丽娟揭示了隐藏其中的更深层次的秘密:"作者似乎力图表现青春中的绝望色彩。对于绝望在小说中是通过命运的无常来表现……他总声称坚信人性中美好的一面,但却又沉溺于绝望之中……绝望往往成为一个布景,因为泛化而缺乏深刻性,颇似一种引申。而一再的重申这种绝望,让人有'作秀''表演'之嫌,而成为流行文化的一种点缀。"①

郭敬明的《小时代》系列作品中的人物,不论性格相同与否,人物重大的命运转折和最后的结局无一不和金钱扯上莫大的直接的联系,一切都指向资本万能的"现实",一切以商品的价值来衡量:

> 我看着我面前重新出现的顾里,精致的妆容,一件 COMME des GARCONS 的小白裙子让她像一朵刚刚开放的山茶花,而我身上的那件 only 连衣裙,让我显得像是街边插在塑料桶里贩卖的塑料花……并且还有点褪色……
>
> 我,一个穿着 Zara(并且还是打折品)的小助理,坐在他们的对面,生活平稳,无所牵挂,除了刚刚失去了一个谈了好多年的男朋友和死了一个刚刚开始交往的新男朋友之外,我的生活真的很好,没什么好值得担忧的。

"我"的自卑自怜仅仅是因为"我"穿着一件相形之下较为廉价的衣服,虽然 only 服饰在中国已经算是中高档商品。但在《小时代》里,"人的价值＝衣着的价钱",比别人穿得便宜永远是可耻的。引文第 2 段是叙述"我"失去了简溪与崇光之后的一种麻木的生活状态,可是"我"潜意识里却还在意"我"是地位卑下的"小"助理,并且穿着的是打折衣服,这括号里的"打折"可谓神来之笔。人生最重大的生离死别、"我"生命中最爱的和最爱"我"的男人的离开,与最日常不过的穿着打扮,被戏剧性地组合到一起,由第一人称叙述者"我"叙述出来,意味着"我"根本也是一个"资本人"。小说中的"我"出现危机时,总是可以用金钱来解决。《小时代 3.0》大

---

① 蒋丽娟:《在爱与痛的夹缝中穿行——简析郭敬明的成长叙事》,《当代文坛》2005 年第 5 期。

结局里,顾里那致命的财务危机的解决竟然是因为她意外得到了父亲藏着的一堆黄金——她一下子成了亿万富婆。前面层层叠叠铺陈的"惊心动魄"的商业阴谋,至此本该有一个高潮迭起的结尾,商业帝国本该分崩离析,主角们也已经伤痕累累地开始面对彼此并反思,可这一切都被万能的资本冲走了。至此,我们可以说,"小时代"其实不过是发生在上流社会某几个富人之间充满戏剧性、"闲得无聊"的"勾心斗角",与真正的时代夹缝中的痛楚、与灵魂深处复杂的矛盾纠结或痛苦的挣扎,有着太遥远的距离。掩盖在一系列青春情怀、社会批判和青年人奋斗史假面下的恰恰是资本无所不能的颂歌。资本逻辑通过"小时代三部曲"反作用于它们的读者和这个社会,使读者和主人公一起把在金钱衡量一切的思维标尺下表现出来的言行归纳为冷静、理性、智慧,而对于其他在时代浪潮中不愿妥协以致生活窘迫的年轻人,这号称"记录时代"的三部曲却没有给他们一点位置。种种血腥的竞争和伤害通过小说的刻意设计而被合理化,进而资本的逻辑在大众的价值取舍中逐渐被确立为唯一的逻辑,除此以外的生存方式与价值选择都将遭受大众的漠视和贬斥,这就是消费文学所输出的最主要的意识形态。

三 "80后写作"与网络类型文学

(一)"80后写作"

"80后写作",是指20世纪80年代后出生的青年作家的文学创作。在"80后"这一概念被媒体热炒和引起学界关注之前,1996年2月,作家陈卫在其创办的民刊《黑蓝》上首次提出了"70后"概念,以一代人的出生年份来命名这代人的写作。"70后"概念迅速在主流文学场域中引起关注,几家文学刊物分别开设"七十年代以后"、"七十年代女作家专号"等栏目刊发相关作品,"70后写作"迅速演变成具有消费文学特征的"美女作家写作",因而陈卫在1999年1月于《芙蓉》杂志上发表《重塑70后》,指出"美女作家写作"对"70后写作"的整体遮蔽。"80后写作"事实上也演变成具有消费文学特征的"青春写作",这一写作群体包括成名于新概念作文大赛的韩寒、郭敬明、张悦然等,包括以《北京娃娃》书写残酷青春的春树,还包括被媒体称为"80后实力派五虎将"的李傻傻、胡坚、蒋峰、小饭、张佳玮等。

生于80年代的作家顾湘,其风格独特的创作则为"80后写作"的异数。她的小说具有明显的"游戏性"特征,主要表现在:

第一,直接以电脑游戏为素材进行创作,比如直接仿拟游戏《模拟人生》创作小说 The Sims、The Sims II,在其中虚构了房屋、街道、古怪的邻居和荒诞的生活。

第二,以戏谑的互文性手法拓展小说的叙事空间,比如,《为不高兴的欢乐》将任溶溶童话《没头脑和不高兴》中的人物变成了小说的角色,并煞有介事地宣称:"须强调的是,我、布高兴和其他人,全都确有其人,并非童话中子虚乌有的角色。"

此处的第一人称叙述者"我"即"没头脑"(梅投瑙),关于这个名字的由来作如下解释:"十余年后,梅大南下广西,娶赵氏,生一女,艳而且芳,取名投瑙,意取自'投之以木桃,报之以琼瑶'。"此处还捎带用"艳而且芳"指涉香港影星梅艳芳;又如,在《决斗》中叙述者"我"准备为一篇小说《茱萸》写读书报告,而"茱萸"正是顾湘另一篇小说的名字;再如,《起床的爱丽丝》一文与刘易斯·卡洛尔的《爱丽丝漫游奇境》、苏珊·桑塔格的《床上的爱丽丝》形成互文关系。

　　第三,以狂欢化精神将多种文体杂糅并营造出亦轻亦重、亦庄亦谐的复合效果,典型的例子是《起床的爱丽丝》中的文体游戏,小说伪托以译文的形式呈现,并仿拟学术论文的形式制作了大量注释——关于或真或假的术语的解释,关于不存在的作品的引用,关于荒诞事件的说明。

　　小说的游戏性或许是顾湘作品受读者喜爱的原因之一,但使其作品更具艺术性的是作者处理游戏性的方式——轻松、即兴的游戏时常蕴含着人生的讽刺和哀伤,超现实的、神秘的细节时常来自日常生活中平凡又简单的事物。这正是顾湘小说的魅力所在。《小猫》充分展示了这种魅力,这只坠楼的、残疾的、走失的小猫,在叙述者的回忆中就像一个自由的精灵,而在想象中,小猫变得"像朵小巧的雨云","像只琥珀色雨蛙","像小鹿那样踱步",更神奇地,小猫变成了载"我"去远方的火车,或者说,火车变成了小猫,"我"、"火车"、"小猫"融为一体,带着所有那些失去的、无法留驻的美好,在微茫的人世"像探险般地活下去"。《小猫》的结尾这样写道:

　　　　我真喜欢哪儿也不在——永远在离开,并不去哪儿——……如果非要在哪儿,在猫里是最好不过。……广播喇叭还放歌曲:小猫小猫我们的朋友,你是我们的好朋友,你张开洁白的翅膀,总飞在我们的船前船后。面临突然失去某种程度的存在的可能一开始确实让人害怕焦虑,但要是确信实现,是我欣然接受的。火车停了一个站,我看不到它的脸,可是知道它征询地看着我,我对它说:"不啦,不下去。"于是它欢呼一声又跑起来。

　　这是一列怎样迷人的小猫火车呢?让人同时想到童年和成年、游戏和挣扎、期待和绝望、疼和痒、欢乐和忧伤——这就是顾湘小说带给读者的如孩童般好奇又如老者般沧桑的"复合"感受。

　　(二)网络类型文学

　　新世纪各种网络原创书站得到了长足发展,每一个书站都分门别类地设立了各"类"主题小说专栏,其中影响较大的有穿越、后宫、盗墓、玄幻、耽美、网游等几种类型,类型文学成为网络文学的大势所趋。如果说韩寒与郭敬明是消费文学场域中作者的典型,是这个场域各方倾注最大力量生产打造的两个"旗手",那么网络书站和书站里成千上万的类型文学写手则构成了消费文学场域的一个汇聚多种作用力而运行的庞大系统。从免费到 VIP 收费阅读制,宣告着网络原创文学书站从此真正走上了商业化发展的道路,成了消费文学场域最基层却也是最坚实难撼的力量。

网络类型文学中"女性向"的文类正成为消费主流,这不但体现在女性向的穿越、后宫、轻校园小说在各书站的点击排行榜、实体书店和网络的销售量上,也体现在男性向小说中逐渐形成了女性向创作风格的分支(比如网游小说中后起而庞大的女性网游小说),而原本女性向的小说却未能发展出男性向小说的支流。

网络类型文学有着过于互袭泛滥的互文性——由于网络上大量信息的"复制—粘贴"式流动,作者很容易就能找到类似的写作资料,并在创作中有意无意地运用进去。有些网站甚至还专门开辟一版用于存放资料,以提供作者写文时查找方便,大量的戏仿和模仿之作颠覆了传统的写作价值观,使写作变成了粘贴复制。本雅明认为,艺术史通常用于表现艺术作品的膜拜价值(Kultuert)和展示价值(Ausstellungswert)的两级运动。[①]"前者把艺术视为神性般的存在,人们从中得到的是一种高贵的殊荣,后者认为艺术是人的创造物,是被审视的对象,是仅供观赏和娱乐的人的副产品","现代复制艺术使艺术品的展示价值取代了膜拜价值",[②]艺术膜拜传统逐渐被大规模的机械复制艺术所取代,着重表现为艺术的展示价值。这种状态,在网络类型文学中得到了强化,快餐化的网络类型文学难以产生精雕细琢、个性化的艺术作品。

第四节　独立文学的艺术潜流

新世纪独立文学场域形成了自身的写作策略,以"自由"、"独立"的写作守护和创建着纯文学的信仰空间,成为新世纪主流文学场域和消费文学场域的潜在颠覆者。

一　王小波:"对文学可能性的自由探求"

王小波的小说有一种拒绝被归类的可贵品质,它是对既存经典与写作规则的有意识的冒犯,既狂放恣肆又有条不紊。这种冒犯还直接针对意识形态、传统文化、社会心理、伦理道德、日常生活、阅读习惯等诸多方面。他的小说文本大而言之,既有对历史记忆的召唤,又有对生命苦难的思考,更充满了对荒谬生活的荒谬的反抗,以及对"智性趣"理想世界的追求;小而言之,性的自然描写与政治隐喻,S/M中的权力关系,平等的女性形象,游戏狂欢中的意识形态批判,奇诡的比喻与多重的反讽,以及黑色幽默、自由联想……在所有王小波的小说中,长篇小说《万寿

---

① 〔德〕瓦尔特·本雅明:《机械复制时代的艺术作品》,王才勇译,中国城市出版社,2002年版,第19页。

② 欧阳友权:《互联网对文学性的技术祛魅》,《吉首大学学报》2004年第3期。

寺》兼具上述特征,也最能代表王小波的小说观。

（一）追求文学的可能性

《万寿寺》里有一个关于薛嵩和红线的故事手稿,其中只讲述了一个故事,但却讲述了 22 遍,每次叙述从方式到内容都迥然相异,又隐约相关,故事中的人物性格、关系设置、情节发展、逻辑因果一次又一次地被创造,而后被颠覆,再创造,再颠覆,薛嵩建寨,薛嵩成人,薛嵩抢亲,刺客来犯,黄蜂退敌,宝塔救女……这些故事场景被一次又一次地描写:薛嵩、红线、雇佣兵、老妓女、小妓女、刺客(们)……这些人物幽灵般出没于叙述的迷宫,性格随着时间、地点、环境、关系的变化而变化,即令生死大事也随着各种情节因素的编排组合而呈现出多种可能性。对于读者而言,面对《万寿寺》一切都扑朔迷离、无从捉摸,一切情感态度、道德判断、价值理念都被悬置,甚至被抛入明暗之间的尴尬境地,读者也失去了自身的定位。这就是王小波试图在小说《万寿寺》中想要做的事:穷尽可能性。

（二）小说的叙事学分析

小说《万寿寺》有着双重叙述者,一个是现实故事的第一人称叙述者"我"——一个叫王二的失忆者,一个是手稿故事的第三人称叙述者——起初是不明身份的神秘人,最后被发现就是王二本人。双重叙述者分别讲述了彼此并置的两个层面的故事,现实故事讲述失忆者王二和白衣女人(王二妻子)的感情故事,手稿故事讲述薛嵩和红线的感情故事。这两个层面的故事各自拥有不同的结构:现实故事是单线式结构,时间顺序发展,事件依次发生,以失忆者王二寻回记忆告终;手稿故事的结构则循环往复、难以言表,是一个更为繁复的拓扑结构,繁复就是这种结构的本质。

仅仅在第一章,手稿故事就已经四次重新开始;此后到第四章,作为手稿读者的王二对手稿直接进行修改和写作,到第七章,手稿里的薛嵩开始被第一人称"我"替代,不仅如此,"我"同时还成了"塔里的女人"(老妓女,或者别的任何女性角色),甚至成为薛嵩的表弟;最后一章却写到了最初故事开始之前的长安城。现实故事与手稿故事的结构都是"显在结构",万寿寺这一文本还有更深一层的"隐性结构"——寓指文学创作本身。无论怎样闪转腾挪,企望借助变化中的历时性来延宕稳定的共时性的到来,但"一本书不可能把一切都容纳进去",当穷尽各种可能性后,文本就宣告结束,最终仍会呈现出一种稳定的、唯一的结局,就像小说的结束语——"一切都在无可挽回地走向庸俗",这是创作的局限,而克服这种局限正是创作无限魅人的美好之处。似乎悲伤绝望的结尾暗示了这样一种理想的文本——茫茫中来,茫茫中去,无边无垠,无始无终。在这样的文本中,永远有对共时性的期待,而任何已经形成的共时性都具有转化为历时性的可能,而且已经、正在或将要转化。人终有一死的真实,并不能阻止人类对于永恒的追求。写作,用其创造世界的自由来鼓舞我们,用其反抗现实的自由来诱惑我们,从而使所有彼此矛盾的、未曾实现的可能性集合在一起,形成一股强烈的对抗运动,在这种对抗中,写作者追求永无终结的理想文本,在此意义上就是追求生命的永恒。

(三)双重指向的性描写

王小波的作品中既有止于生理学的浅层次的肉身化写作,又有纳入自然、社会、文化构成的深层次的肉身化写作。例如,《黄金时代》中的性爱更宜于解释为自我与处境的紧密相连,所谓"真正的自我是处境",荒诞的处境中产生荒诞的自我;《革命时代的爱情》中王二与 X 海鹰的关系也适于这样的解释:生命的痛苦、冲突无法得到解决,通过曲折的变态的方法来化解不可消融的肉体;《我的舅舅》、《2010》中关于 S/M 关系的描写,可以理解为人与人关系的本质,引发对权力和人际关系的深层思考;《似水柔情》中那个动人的意象——五花大绑的白衣女人与刽子手在草地上携手同行,"脖子上预感到刀锋的锐利",被侮辱和被损害与柔顺和美的奇妙混同,正可以揭示出所谓"贱民"的凄凉处境——只有在认贱的情况下,以受虐的方式才能享受爱情……

深浅两个层次的肉身化写作,使得王小波作品中的性描写具有双重指向,可以将其大体分为两类:一类是暧昧隐晦的性描写,一类是自然纯粹的性描写。以女性为对象的性描写,多属于后一类(老妓女是个例外),描写干净、率直、自然,被评论者誉之为"性价值中立化"、"性不需要任何理由,性就是自然的存在"——这也是"王小波式"性描写的标志性特征。而前一类多以男性为描写对象,性在这里带上了神秘的面纱,显示出历史的、文化的、政治的,总之是暧昧的隐喻性的意蕴。试举一例,薛嵩在老妓女面前长大成人,"她用像墓穴一样冰凉的手拿住了薛嵩的男根,开始说话('官人,你不是个等闲之人',等等)。薛嵩不禁勃起如坚铁,并在那一瞬间长大成人了",从此便充满了"建功立业","为大唐朝开辟疆土"的念头。联想到文中对老妓女的议论——"她并不是出卖肉体,而是供给男人一种文化享受",领导的夸奖——"小王是个人才嘛",以及"在这个故事里,男根、勃起、长大成人,都有特殊的含义",再回想"修身、齐家、治国、平天下"的圣贤之言,把这一描写称之为对中国传统文化的批判,也不失为一种理解。再看"完全不守营规"的小妓女,"在做爱时,她总是津津有味地吃着野李子,有时会猛然抱住他,用舌头把一粒李子送到他嘴里,然后又躺下来,小声说道:'吃吧,甜的!'当然,这粒李子她已吃掉一半了。总之,这女孩很可爱"。但这可爱的女孩,却总是让薛嵩产生一种"内疚、自责的心情",理由是"薛嵩觉得找她对自己的道德修养有害"。更多的时候,暧昧隐晦与自然纯粹这两种性描写是交替甚至重叠出现的,薛嵩与红线的做爱场面,大抵如此。"薛嵩常给红线讲的那些男尊女卑的大道理,她都理解到性的方面去了。"薛嵩渴望听到诸如"老爷是天,奴是地"的答复,渴望一面交欢,一面"心里想着阴阳调和的大道理,感觉甚是庄严肃穆",但红线在躺下之前,还去抓了一大把吃起来"甜里透苦"

的瓜子:"一边磕,一边说,既然干好事,就不妨多干一些……你要不要也吃一点?"两种性描写就这样交错杂糅,相互映照,前者更衬托出后者的无邪、自然,后者也进一步增强了前者批判的深度和力度。总之,王小波的性描写至少有以下两个层面的功用:一来通过性描写隐喻政治、权力关系、意识形态、社会心理,实现文化批判;二来通过不加雕饰、朴素本相的性描写,嘲讽了"这不是男女做爱,而是在创造历史"的文化心态,表达了"性价值中立"的观念,力图唤起对性的健康、自然的"平常心"。

王小波对新世纪文学创作的主要意义在于:第一,他以一个理科学术背景的"自由写作者"的身份跃入文坛,为打破主流文学机制而自由创作提供了一种可能,召唤和鼓舞了更多不同专业、不同职业的文学爱好者加入到写作者的队伍中来,新世纪初成立的各大纯文学网站都聚集了这样一批不同专业和职业的写作者;第二,他的作品传播与互联网络兴起发生在同一时间,他的读者大多具有网民的身份和对自由的渴望,他的作品及其传播,形塑了部分读者,加速了受众分化,改变了新世纪文学的读者构成和发展进程;第三,他在作品中对文学可能性的自由探求,成为对主流文学场域和消费文学场域的潜在颠覆,为独立文学场域的写作提供了一个典范。

二 "文学自由坛"文学

20世纪末,中国"网络文学"伴随着互联网络的兴起应运而生,当时较具影响力的网络文学论坛是"榕树下",主要发表并传播旨在盈利和娱乐至上的消费文学作品,而在网络上广为传播的也多为《第一次亲密接触》等消费文学作品,比较而言,纯文学的发表和传播的空间较为狭窄。越来越多的纯文学写作者与爱好者,深觉在中文网络开辟并建设一些纯文学作品发表和讨论阵地的必要性,诗歌这一文体再度首当其冲,成为网络纯文学的"先行者"。2000年2月28日,"诗生活"网站(www. poemlife. com)的成立具有标志性的意义,它是"国内第一家诗歌综合网站","时至今日仍被不少人认为是最大最全面或许也是最有影响的诗歌综合网站",它"一度是'网络诗歌'的中心,而且站在诗坛和网络相'链接'的关节点上",它还是"规则制定者"——"从经营模式,到内容设置,再到论坛管理,以及其他网站制度和游戏规则,'诗生活'都有'示范'作用",首创了"网刊编辑,驻站诗人,每月点评,为民刊提供论坛,诗人自助专栏,诗人肖像等等内容、形式和方法"。① "文学自由坛"则是一个不限于诗歌文体的纯文学综合论坛,小说、诗歌、童话、散文、戏剧等诸多文体都可以在此发表、讨论、引起共鸣或引发争议,在中文网络中也具有"先行者"的地位和标志性的历史意义。

---

① 王璞:《对网络诗歌的初步考察和研究》,参见诗生活网站的诗观点文库。

(一)"文学自由坛"概述

2000 年 6 月,由北京北大在线网络有限责任公司出资,在北大在线①的下属文化网站新青年(www. newyouth. beida-online. com)的文学版块"文学大讲堂"开辟web 论坛,这就是后来名噪一时的纯文学论坛——"文学自由坛"。起初,论坛的主创人员是一批具有"北大背景"的诗人,如胡续冬、马雁(阿三)、冷霜、饭饭等,还有复旦诗人马骅,论坛上发表和讨论的内容也多与诗歌有关。但随着论坛的发展壮大,越来越多身份各异的文学写作者和爱好者加盟其中,论坛上发表的文学文体日趋多样,讨论内容也五花八门,小说、诗歌、散文、戏剧甚至电影、音乐创作者和爱好者都能各得其所,"文学自由坛"真正成为畅谈文学艺术的自由之地。自 2000 年 6 月因守护和创建纯文学的信仰空间而创办至 2004 年底因资金不继和人员流失而停办,"文学自由坛"这一自由之地在四年多的时间内聚集了相当数量志同道合、热衷于自由探求文学可能性的作家、诗人、学者及文学爱好者(以北大五四文学社、复旦诗社成员为核心),其中胡续冬、马骅、康赫、马雁(阿三)、王敖、饭饭、冷霜、席亚兵、成婴、萧颂、马牛、拉家渡、赵霞、颜峻、韩松落(白夜)、卢小狼、流马、凌丁等人成为论坛的重要作者。论坛先后邀请诗人及学者臧棣、诗人孙文波、作家残雪等知名人士担任版主,编辑出版了中国高校文学选集三卷(由长江文艺出版社出版)和《北大新才女书》,自费印行了《新青年写作手册》,与诗人北岛合作在《今天》上刊发"文学自由坛"的"青年作者小说专辑",与《视界》《书城》等杂志合作在线发布,邀请作家格非、残雪,学者阎幽磬等在线交流,开创了作家在线交流的范式,参与北大未名诗歌节,还频频参与并组织文学沙龙、诗歌朗诵会、话剧演出等文学活动……这一系列文学事件及活动,在当时网络内外均引起了较大的影响,为新世纪文学发展带来了令人耳目一新的清新气象。

"文学自由坛"创办和发展的核心人物是北大诗人胡续冬,当时还是北大博士的他在 2001 年成为北大在线的文化总监。他这样谈及"文学自由坛"的创办宗旨:"我对'文学自由坛'的基本想法,是通过不同背景的人的视野融合达到消除网络'土生'和'地面'介入的写作者身份区分问题,使得至少在自由坛这个小范围,我们可以有一个共享的资源、传统和交流口径。我们要做的就是提供一个开阔的传统'基点',自觉放弃自己的成见,也使网络'自身'的诗人放弃成见,使大家在一个共同的框架中享有更丰富的'基点'。"②强调融合共享和多元并存,这一理念推动了"文学自由坛"在创办初期的繁荣发展;强调消除身份区分和放弃个人成见,这一理念形成了"文学自由坛"宽松的环境和自由的气息。

---

① 北大在线,是一个主要向全国司法从业人员提供在线学历教育服务的北大校办网络,网址为www. beida-online. com.

② 拉家渡、胡续冬等:《关于网络与诗歌的对话》,《南方周末》2001 年 9 月 20 日。

这批写作者形成一个"健康"的写作群落。所谓"健康",一是指消除身份、经验、技艺差异的平等意识,这是写作者彼此间交流所秉持的道德原则,有益于形成自由的讨论氛围;二是指突破自我娱乐的局限而自由探求文学的可能性,这是写作者艺术上的自觉追求,有益于守护并建设纯文学的信仰空间。"文学自由坛"主创人员寄望于由这些背景各异的写作者和爱好者所组成的"健康"的写作群落,能够通过各自的独立创作和彼此的互动交流,对网络环境进行深度开发,对新世纪文学生态进行更新和塑造,并进而改变文学本身。这一美好的理想并未在现实中完全实现,因为纯文学论坛缺乏盈利空间,入不敷出的投资方于 2004 年撤资,导致公司停办。缺乏资金来源是"文学自由坛"停办的最主要原因。另有两个重要原因:一是人员流失,主创人员胡续冬、饭饭、马骅、马雁、康赫等因各自原因先后离开"文学自由坛";二是外在环境变化,到 2004 年互联网络上已经有越来越多的倡导"自由"、"独立"、"先锋"的纯文学论坛相继成立,其中影响力较大的论坛有"黑蓝"、"他们"、"左岸"、"橡皮"等,各大门户网站也相继成立文学论坛,分流走了已有或潜在的作者人群和读者受众。但"文学自由坛"所秉持的文学理想及其文学实践并非没有对现实发生影响和作用,论坛停办以后,在论坛上发表并交流作品的创作者们转向其他纯文学论坛,纷纷成为其他纯文学论坛一段时期内的重要作者,如流马、卢小狼、王敖、8439、石留、门兴格拉德巴赫、唯阿等之于"黑蓝",李云雷、徐则臣等之于"左岸"……这些写作者继续在其他地方自由探求着文学艺术的可能性,用自身的写作不断拓展着独立文学场的疆域,形成创造性的写作策略,丰富了新世纪文学的资源,改变着新世纪文学史的面貌。此外,"文学自由坛"的历史意义还在于:"文学自由坛"具有先行性,是中文网络中最早由活跃的文学作者、评论者和学者直接担任主创人员的纯文学 web 论坛。同时期的网络文学论坛多为 IT 从业人员担任主创人员,而"文学自由坛"是由一些最初对网络技术并不擅长甚至一无所知的作者在操办,又有公司运营和北京大学一些师生的支持,与同时期的网络文学论坛相比,资源比较丰厚,因此迅速集合了相当数量的优秀作者和刊物在虚拟空间交互,将论坛最初的高校文学的自我娱乐样态转向社会人员参与、当代艺术参与的丰富样态,给中文网络文学论坛提供了具有较高质量和专业性的创作和讨论活动,是那一时期汉语文学创作最年轻、活跃、前卫的所在,提升了中文网络纯文学在线发布、交流和评论的水准。

(二)代表作家及其作品

新世纪初,"文学自由坛"上一时汇聚着身份各异的文学写作者,论坛上也时时更新着各异的文体——诗歌、小说、散文、戏剧,无所不包,在文学的各个领域都涌现出颇有活力和创新意识的写作者,他们以其创作——胡续冬、王敖、马骅、萧颂、马雁等人的诗歌,康赫、马牛、流马、卢小狼、凌丁等人的小说,韩松落等人的散文——丰富了新世纪的文学风貌,其中尤以诗歌和小说的创作成绩最为显著。

1. 王敖

王敖,网络常用 ID 朋克猫,生于 1976 年,北京大学中文系学士,华盛顿大学硕士,耶鲁大学博士,现在美国卫斯廉大学任教。1998 年诗集《朋克猫》由中国文联出版公司出版,2007 年诗集《绝句与传奇诗》由作家出版社出版,2013 年诗集《王道士的孤独之心俱乐部》由南京大学出版社出版。1998 年出版的《朋克猫》是王敖的第一本诗集,集结了他触网之前的青少年时期作品,被诗人自称为"自己的天真之歌"。2000—2001 年间,王敖活跃于中文互联网络的文学论坛,"诗生活"、"文学自由坛"都有他张贴的诗歌作品,一度"引领当时网上写作的潮流"。这一时期王敖诗歌的主要特点是时常具有强烈的即兴性(以《鼹鼠日记》为即兴诗的代表作),题材多远离日常经验,纯粹以想象力为依托,注重语言的创造性运用,对词语、节奏、音韵、修辞甚至诗行与段落排版进行大量实验性的探索,给人以随意、即兴之感,在网络诗歌写作者和读者中产生了较为广泛的影响。其中具有开创性文体价值的作品是"绝句体"系列诗——以《绝句》为名的多首同名诗。诗人旨在以"绝句"的极简风格包蕴丰富的内容,在有限的空间内塑造多种层次,以美妙有力的艺术形式"达到创造或重塑诗歌原型的地步"。将丰富的内容浓缩于短诗之中,对诗艺提出了极高的要求:一方面,通过节奏和韵脚制造"余音绕梁"的声音效果,通过字句的联结引发思维的跃迁以生成"意义的漩涡";另一方面,通过抽去具体的事件而集中于情境氛围的营构,引发读者的情感激荡或思想共鸣,以产生"一日长于百年"的阅读体验。我们来看以下这首《绝句》:

> 很遗憾,我正在失去
>
> 记忆,我梳头,失去记忆,我闭上眼睛
>
> 这朵花正在衰老,我深呼吸,仍记不住,这笑声
>
> 我侧身躺下,帽子忘了摘,我想到一个新名字,比玫瑰都要美①

这首短诗以四行诗句涵盖了一个人所共有的人生经验——遗忘,以"失去记忆"略过一切记忆中的具体事物,整首诗的诗境都建构在"存在之思"的哲学层面。这首诗在字句上十分考究,文字间彼此联系,具有丰富意蕴,使得读者在形式和意义上被双重吸引,产生阅读的"眩晕感",需要反复阅读,延宕了短诗的阅读时间。具体而言:"梳头"能够促进血液循环有助于增进记忆,"深呼吸"能够使血液里充入氧气有助于增进记忆,"闭上眼睛"能够隔绝外界视觉刺激以保持精神专注,同样有助于增进记忆,"我"做了这一切试图挽回记忆、弥补"遗憾",但是一切都无济于事,花在衰老,笑声在消失,时光在流逝,这是每一个人都经历过的人生经验,更是每一

---

① 王敖:《绝句与传奇诗·绝句》,作家出版社,2007 年版,第 1 页。

个人都无法弥补的人生遗憾。"我侧身躺下,帽子忘了摘"一句有双重含义,第一重是日常经验的直接指涉,"侧身躺下"和"戴着帽子"显然违拗常情,在日常经验中会使人不舒服,这突出了"失去记忆"的程度和普遍性;另一重含义是暗指俗语"摘帽子",即去除某种(不符合实际的)名义或指称,既可引申为古人所谓的"逃名"雅致、"淡泊"精神——"酣歌自适逃名久,不必门多长者车"(司空图《归王官次年作》),也可引申为符号的能指和所指之间意指关系的割裂,而"忘了摘帽子"则意味着对日常经验的背离,也意味着对传统诗学理念(比如中国的"诗言志"或者西方的"摹仿说")和传统诗人形象(比如"逃名"的高士形象)的背离,而这种背离的结果是产生新的创造——"我想到一个新名字,比玫瑰都要美"。末句里暗引"玫瑰之名"的典故:一般意义上玫瑰是爱情和美丽的象征,但玫瑰的象征意义不止于此,尤其在基督教传统中有着丰富的含义,可以指代歌颂圣母玛利亚的《玫瑰经》或耶稣的血脉,甚至修士们的念珠……如此众多的象征含义使得"玫瑰"这个简单的词语包蕴了丰富的人文内涵,莎士比亚《罗密欧与朱丽叶》的第二幕第二场中,朱丽叶有如下独白:"……姓名本来是没有意义的;我们叫做玫瑰的这一种花,要是换了别的名字,它的香味还是同样的芬芳;罗密欧要是换了别的名字,他的可爱的完美也决不会有丝毫改变。"这里指出了名实之间的差异,并倡导实重于名。意大利符号学家、小说家埃科用"玫瑰之名"来命名自己的涉及符号学知识的小说,他在《关于〈玫瑰之名〉的思考》中说:"玫瑰这一意象有如此丰富的含义,以至于现在它已经没有任何含义了:但丁笔下神秘的玫瑰;代表爱情的玫瑰;引起战争的玫瑰;使艺术相形见绌的玫瑰;以许多其他名字出现的玫瑰;玫瑰就是玫瑰就是玫瑰就是玫瑰……"[①]埃科这里所说的"玫瑰",是剥除了附加于其上诸多象征意义的玫瑰,是玫瑰的"实"而不是"名",指涉事物的"真理"。王敖诗歌中涉及了"玫瑰之名"这一典故,但不去作名实之辩,而是轻盈地从遗忘中创造出一个"新名字",一个"比玫瑰都要美"的名字,这是虚构对现实的超越,是诗歌之美对自然之美的超越,其中可见诗人对想象力和创造力的推崇,也包含了诗人的浪漫主义的诗歌理想。

王敖在胡续冬和桑克所作的访谈中分别论及"诗歌理想"和"理想的诗歌":

> 诗歌理想是可以不断的生产出来的。它是用来做梦的,不是用来强加给读者或者其他写作者的。

> 理想的诗歌是什么,是所有诗歌的综合还是诗歌等级中最稀有的那个东西?是最初的语言还是最终的语言?……这样的问题可以继续问下去,理至极处,往往不可思议。我觉得理想中的诗歌应该高于我们的诗歌理想,不管它是什么,它就象天空帮助大地制造地平线那样,引导我们边走边眺望。

---

① 　马凌:《玫瑰就是玫瑰》,《读书》2003 年第 2 期。

正是基于这样的诗歌理想,王敖在新世纪不断探求诗歌艺术表现的新的可能性,以"创造或重塑诗歌原型"(除"绝句"外,还有"反绝句"、"双绝句"、"传奇诗"等),不断创造出有力量"更新意义本身"的诗歌作品,这就是王敖及其诗歌创作之于新世纪文学的意义所在。

2. 马骅

马骅(1972—2004),1991—1996 年就读于复旦大学,是"复旦诗社"当时的核心诗人之一,毕业之后先后从事多种职业,周游各地,2000 年任北大在线的频道经理,是创办"文学自由坛"的核心人员之一,以"小马"为 ID 同时活跃于"诗生活"、"泡网俱乐部"等文学论坛,2002 年起担任《诗生活月刊》的主编。2003 年 2 月离开北京,远赴云南省德钦县梅里雪山下的藏区乡村小学义务支教,2004 年 6 月 20 日在明永冰川景区公路因交通事故坠江。马骅的早期诗歌在形式上追求不断的变化,内容上呈现复杂的风貌,严肃和荒诞并置,戏谑和痛苦杂陈,反复抒写对远方的幻想和对自由的渴望。远行迁居和诗歌写作,成为他对抗庸常生活的两种方法。他在因一语成谶而最广为人知的诗歌《在变老之前远去》中写道:"幻想中的生活日渐稀薄,淡得没味/把过浓的胆汁冲淡为清水/少年仍用力奔跑/在月光里追着多余的自己远去/……/在变老前踩着剩下的步点远去。"[1]他在评论诗人京不特的同名文章中写道:"既然觉者如释尊告诉我们生老病死是轮回的巨流,既然饕者如浮士德都不能让美好的时光停留一刻,既然那个早夭的酒鬼凯鲁亚克曾经喊过:'永远在路上',那么,我们为什么不能在变老之前远去呢?"因为不安于庸常的生活,因为听从于内心的渴望,马骅"用力奔跑"追寻自由,这不仅仅表现在生活环境与状态的骤然改变——他以"周游世界"为由告别朋友悄然远行,离开都市去梅里雪山下当一名乡村教师,更表现在他在诗歌艺术上的不羁冒险——在梅里雪山下,他以前作品中复杂的戏谑与沉痛渐渐转变为开阔的澄明与宁静,写出了组诗《雪山短歌》,被诗人韩博称为当代汉语中最"清澈纯净"的部分之一。

组诗《雪山短歌》[2]共计 37 首短诗,每首诗 5 行(第 29 首《念青卡瓦格博》因未完成只有 3 行),运用简洁明净的口语描景、状物、叙事、抒情,将自然、人情、经验和哲思完美地融为一体。组诗同时呈现出作为"异乡人"的自我与世界的双重关系,既表现了自我对世界的疏离——"一群玉色蝴蝶仍在吮吸花蕊,一只漆黑的岩鹰/开始采摘我的心脏"(《桃花》),"只有在山腰上四处张望的异乡人/才会被稀疏的松树林所迷惑,而困顿、麻木"(《晚秋》),"下游的温暖却不肯逆江而上,恍惚里的寒意/让人实在地着凉、淌鼻涕"(《午睡(二)》);又表现了自我对世界的融入——"梦

---

① 马骅:《雪山短歌·在变老之前远去》,作家出版社,2007 年版,第 126 页。

② 马骅:《雪山短歌》,作家出版社,2007 年版,第 141—160 页。下引组诗《雪山短歌》的诗句,均同此,不再一一注明。

见破烂的木门就是我自己/被透明的积雪和新月来回敲打"(《春眠》),"……只有吵闹的学生跟着。/十二张黑红的脸,熟悉得就像今后的日子:/有点鲜艳,有点脏"(《乡村教师》),"新剥的树木顺流而下/撞击声混入水里,被我一并装入木桶。/沸腾之后,它们裹着两片儿碧绿晶亮的茶叶/在我的身体里继续流荡"(《山溪》)。相对应地,组诗同时传达出诗人的两种情绪,既流露出绝望和虚无之感——"雪崖上渗出的流水,直接溅出了轮回的大道/把石壁上的文字与阴影冲洗得更加隐晦"(《神瀑》),"四个年轻男人在雪山对面枯坐,等待积雪背后/秋天冰凉的满月。有水波流荡其间的满月,/如天缺,被不知名的手臂穿过;/如莲花,虚空里的那道霹雳"(《秋月》);又展现出因绝望中的美好和虚无中的幸福而彻悟后的宁静澄明——"金色的蜂群周游其间,和遥望来生的人一起:收集幸福的蛛丝马迹"(《格桑花》),"后来跳舞的人都回了家,带着/细竹竿、柏树枝和来世的幸福。/一只宝蓝色的松鸦留了下来,和冰凉的泉水做伴/合唱莲花颂歌。唱了一千年"(《明妃舞场》)。

3.康赫

康赫,浙江萧山人,小说家,剧作家,长篇小说《斯巴达——一个南方的生活样本》于 2003 年 1 月由海峡文艺出版社出版,2007 年自印出版长篇小说《独行客》,原创剧本《审问记》、《采访记》、《纣王》、《堂吉诃德中原零年》和改编剧本《受诱惑的女人》(由康赫小说《斯巴达》改编)、《泄密的心》(由爱伦坡同名小说改编)等均在前卫话剧界赢得关注和好评,长篇小说《人类学》于 2015 年 2 月由作家出版社出版。

康赫是"文学自由坛"的主创人员之一,也是论坛的重要作者,可以说康赫的加入并以其对文学的理解和热情所实施的一系列关于小说创作及评论的举措——包括编辑网刊、发现作者、引发讨论、在线访谈名家等,才带来了"文学自由坛"中小说这一文体的繁荣。颇具代表性的事件是,2002 年与北岛主办的刊物《今天》合作。在 2002 年第 2 期《今天》夏季号上刊发了一组"青年作者小说专辑",收入马骅、马雁、何鸣(流马)、卢小狼、凌丁、韦源、疯羊、胡昉、燕窝、雷立刚等人的短篇小说。康赫具有自身"独特坚决的美学系统",他的每部小说以其"稀有的气质"不断打破读者的常规阅读经验,令读者在惊奇中发现(或者在不解中放弃)。这种"稀有的气质"主要表现在以下四个方面:

第一,康赫具有成为大师的"野心"且在写作中毫不掩饰这种野心。他试图让自己的创作比肩中外文学经典,不但在创作中以戏仿的方式致敬经典,而且试图颠覆、超越、创造经典。第二,康赫是一个具有高度艺术自觉的优秀文体家,在他的作品中各类文体穿插杂糅,史诗、传奇、戏剧、戏曲、诗歌并呈,成为文体的万花筒。康赫认为"生活是没有文体的第一文本","但是它本身不是悲剧,它不提供陶冶享受和净化","文体正是虚拟和距离所在,是观赏性的基础",而"在事件的丛林中,个体历险的不同形式,庄严英雄体,琐碎市民体,所包裹的是同一种传奇,欲望和热情的传奇",因而打破文体间的藩篱,创作出像这个世界一样无所不包的百科全书式作品,以"极端的文体"产生"极端的观赏性"。① 也因之我们可以在他的小说中看到戏剧中的对白(如《斯巴达》第七章),在小说中看到童话的情节模式和漫画的夸诞手法(如《独行客》),而在他的话剧作品中,我们又能听到小说式的叙述,看出文学的全新可能性。第三,康赫具有对中国市民精神的精确洞察,无论在《斯巴达》、《独行客》,还是在《人类学》中,他写到的一切市民生活的场景,一如《颜峻关于〈独行客〉的评论》中所指出的:充满了冷漠、伪劣、暴力、贪婪、粗鄙和麻木,人们过着毫无尊严的生活,只有生命力在卑贱地生长。这形成了康赫小说所建构的世界的存在主义的荒谬感——意义虚无,了无价值。第四,康赫具有坚定的"为艺术而艺术"的创作态度,坚持"内心王国自己的语言法则",不从于俗,不服于威,坚守和创造着纯文学的信仰空间,也坚持抗拒着消费浪潮的裹挟席卷。

以上这四个方面的"稀有气质"集中体现于长篇小说《人类学》中。在耗时 8 年、长达 130 余万字、多达 1345 页的这部小说中,康赫试图把"巴尔扎克式的外部世界"和"乔伊斯式的内心世界"缝合起来,"同时保持司马迁那种对世界的态度,再加入自己的语言和构造法"。在这部小说中,叙述者随时观察他和世界之间的关系,自由调整他和世界之间的距离,"充满热忱和参与欲,同时又中立克制"。这就是所谓"司马迁对世界的态度",也是康赫自己对世界的态度。小说共九章,每一章对应一个月的故事时间,"每一章有一个相对独立的主题,有一帮相对独立的人群",章与章之间"主题会有流动,人物会有流动,节气会有流动"。这就是康赫创造的"构造法","把东方小说的流动性和西方小说的立体构造法融在了一起"。小说的语言形态繁复多变,有普通话、台湾普通话、西北方言、北京方言、曲阜话、萧山话、绍兴话等,有时像小说,有时像戏剧,有时像笔记,"一种不伦不类的语言,像韵文或打油诗,像内心絮叨,也像普通叙事","有时候会听不清究竟是谁在说,作者,叙事者,还是人物的讲述,或只是单纯的记录,是作者独白还是人物独白","一句话里经常有三四个声音"。这就是康赫发明的"自己的语言",让他"能够自由滑行,随时可以滑入内心,或是滑进外部世界"。小说讲述的是一个创造者如何寻找世界和自我的关系,如何在这种寻找中完成自己的创造。康赫认为它不是一个完成的状态,而是一个开放的小说,它向读者发出"接着写"的邀请,"比如里面有个小孩,他只出现了一个名字,或者一小段经历,你可以接下去,把这个人分布到九个章节里面去,让它和别的人物一样拥有一条自然流动的命运线,并和别的命运线适当交叉"。这种开放的未完成状态,符合时代的碎片化特性,"这个小说看上去也是零碎的,一小块一小块的,小块小块组成一个流动的大块,组成一个月","用一种零碎的

---

① 康赫:《语言、文体、史诗及中国古典戏剧》,参见《斯巴达——一个南方的生活样本》,海峡文艺出版社,2003 年版,第 567—568 页。

形式来组成一个东西，这个东西我不希望是一个宏伟主题，主题不是固定的，而是人。我不想像传统小说那样有一个强大的主题，所有都笼罩在其下"。因此，在《人类学》中，"一切都在动荡，有一个自由的面貌"，也因此，《人类学》成了一部诗化的小说，一部结束小说的小说。①

三　陈卫："对不可言说之物的独立言说"

在新世纪文学场中，经济场作用下的消费文学场域的影响日益增强，娱乐至上的消费文学浪潮此起彼伏，一个又一个明星作家被商业机制"包装"出来并推上前台，赢得偶像般的名望和可观的经济利益；政治场作用下的主流文学场域的影响力虽然在消费文学的冲击下有所减退，但在长久以来形成的文学机制的管理和维护下，仍旧拥有较多的出版资源和媒体宣传平台，较易引起评论界的关注并获取官方文学奖项；而独立文学场域，则是对上述由"政治场"中的主流意识形态和"经济场"中的商业机制共同构成的"文学支持网络"的逃逸。陈卫的中短篇小说集《你是野兽》和《从现在开始》，始终保持着一种"先锋"的姿态，其先锋性就主要体现在对当下"文学支持网络"的逃逸，他通过努力言说那些在场而不可言说之物来实现这种逃逸。

解读陈卫作品的整个叙述过程，从叙述者、叙述内容、叙述方式和叙述接受者几个方面来分析陈卫小说的创作，就可以具体地体会到他是如何去言说那些不可言说之物。从叙述者的角度上看，陈卫小说的叙述者总站在一个逃逸的位置上；从叙述内容上看，其小说努力去言说那些写作者（尤其是主流文学场域和消费文学场域中的写作者）不能言说、不愿言说、不易言说之物；从叙述方式上看，其小说用客观冷静的文字来力图表现在场的不能言说之物的真实，对于小说题目的处理十分独特；从叙述的接受者角度看，用作者自己的话来说就是"我全身心地投入、制作出一篇小说，我所有劳作的气息和力量已经感染、促生出该有的、哪怕是潜在的读者"②。

（一）谁在说？

这也就是小说的叙述者问题，谁来言说那些不可言说之物？言说者并非陈卫本人，而是陈卫在小说中预设的那个叙述者，这是一个抽象的人格。在陈卫的中短篇小说中出现了两种人称的叙述：第一人称和第三人称。第一人称的作品有《白沙乐园》、《碧波荡漾》、《定淮门》、《宽躺椅》，其余的都是第三人称叙述。第一人称叙述几乎都是叙述者全显式的，就以"我"的角度来叙述整个文本，《白沙乐园》中的"我"的隐秘的想法，《碧波荡漾》中"我"骑铃木摩托车的感觉，《定淮门》中"我"和女友被警察"跟踪"时的感受，还有《宽躺椅》中"我"来到上海"父母"家的所见和在伟驰美术馆右侧厅躺椅上的感觉……这都让人可以明显地看到那个作者抽象的人

---

① 李昶伟：《垦荒者康赫：写下记忆中的九十年代》，《新京报》2015 年 4 月 11 日。
② 陈卫、常立：《很多过往的好方法都不适合你》，《黑蓝网刊》第 89 号。

格。第三人称叙述的其他作品以《被迫接受》为例,叙述者通过第三人称弦的视角叙述其蹲在路边的所见所闻所感,但有时候弦也不存在了,就成了一双眼睛看着并叙述着发生的事情:铁路两边的景象,还有坐在列车中的汉子。《世界》和《红》两篇虽然写的是兽,用的是第三人称"他",但叙述者始终在一个半隐半显的位置去观察兽,甚至细致地描写兽的感觉、兽的心理。

　　无论是用第一人称还是第三人称的视角,后面的那个叙述者总处在一个"局外人"的位置,不带感情地在一旁观看并描写着。正是这样的"局外人"的角度让叙述者处在一个逃逸的位置上,也正是叙述者与叙述内容之间的距离才让叙述者有足够的空间去言说。如同在小说《中间》里的场景,不断转换的镜头,使每一个片段就像一张张照片一样不连贯地转换着,没有逻辑和情节。仿佛叙述者就是一台照相机,随意地取景,然后把这些照片陈列到接受者面前,尽量客观地言说着整个场景。

　　(二)说了什么?

　　这也就是小说叙述内容的问题。陈卫力图去表达的是那些在场而不可言说之物。所谓"在场"是指实在界中存在的无论是客观的物还是人主观的感觉,而所谓的"不可言说"则是那些不能言说、不易言说或不愿言说之物。这是一种先锋性的尝试,突破了传统文学、大众文学的限制,努力尝试着扩大文本所能表现的范围。在传统文学中言说被限制在那些可言说之物上,无论是在场的还是不在场的,无论是真实的还是虚构的,言说往往成为叙述者和接受者共谋的谎言,或者成为一种叙述者和接受者共同希望实现的虚构理想。为了逃逸出这样共谋的谎言或虚构的理想,努力去言说那些不可言说之物就成为一种实验性的写法,正如陈卫所言:"一个优秀的艺术家,必然为这世界创造新的'命名',也必然为这个世界'重新命名'。在这个意义上,作者必须敢于寻求和面对'不可言说之物'的言说。在这里分清种类并不重要,重要的是达到'不可言说'。作者应该敏感'不可言说之物'的降临,一旦如此,他会知道'创造'的激动随之降临,相反,如果他始终面对'可言说之物'或'已被言说之物',写作也就变得索然寡味。"①

　　首先,不能言说之物。小说是一个叙事的文本,从取材到构思再到遣词造句的创作过程是作家在完成,作品中由作家创造出的叙述者来完成小说的叙述,在进行叙述之前的工作是不能构成叙述本身的,但陈卫在小说《喜马拉雅山上的温暖》中却叙述了叙述本身。小说没有连贯的情节,看上去只是一些灵感和思绪的记录,如小说竟有这样的内容:"……3、你看,就像聊天,一个特能侃的人,不让听众有半瞬的喘息,反而以特有的反应力迫不及待地跟上他的节奏。4、短句的力量。5、笔锋突然一转:从描叙转入生活细节。一块漂浮的石头终于落地,有了安顿的所在。6、诗!

　　────────────

① 陈卫、常立:《很多过往的好方法都不适合你》,《黑蓝网刊》第89号。

7、比喻陌生、有理，极具风格。8、他说：'小孩子'，多么宽厚……"这些看上去类似于写作的材料，却构成了小说叙述本身，这就在结构的同时也解构了小说本身。

其次，不愿言说之物。叙述必然会顾及叙述者和接受者的社会文化等背景，而一些东西则是文化或传统的禁忌或者是个人的隐秘，是不便于言说的。陈卫在《那时我们这样杀死老师》和《白沙乐园》中则将这些一般写作者不愿言说之物直述出来。

再次，不易言说之物。很多东西并非不在场而是很难用文字来定格，比如那些转瞬即逝的感觉。陈卫在小说中努力去描述这些难以描述的瞬间。如小说《伤心夏季》中，小鱼在路上行走，迎面过来的三个少年吹着口哨，但和小鱼擦肩而过的时候他们停止了吹口哨，就在这时以及在此之后小鱼耳边一直响着一种幻听，那是口哨声停止后的瞬间的感觉。此类稍纵即逝、难以捕捉的感觉，成了陈卫在小说中努力言说的对象。在小说《碧波荡漾》中，叙述者如此描写骑铃木 GSX400 摩托车的感觉——一开始尽量地从视觉、听觉、感觉等方面来描述，而之后那种风驰电掣的感觉到了无法描述的时候，就只剩下一些只有读音而没有实际意义的字或词堆叠成一大块一大块。这样的叙述方式超越了各种修辞手法，让人并不仅是看到一个生动的场景，而且还仿佛体会到那种骑在摩托车上飞驰的感觉。

（三）怎么说？

想要言说那不可言说之物，"怎么说"也就是叙述的方式问题。冷峻的陌生化的视角，客观而准确的语言，是陈卫小说创作的一大特点，如在《如果外婆今年不死》中可以看到，弦似乎是以一双逃逸出世俗的眼睛看着身边的世界，看着外婆生病死亡，看着全家人的忙碌，叙述者客观而冷峻的叙述让人深刻地体会到死亡的冰冷。作者试图用准确的语言去精确地再现一个生活片段或再现一种感觉，比如《中间》里的场景画面的精确描写、《碧波荡漾》中骑摩托车的感觉描写和炒菜时的声音与动作描写等，如陈卫所说"这些描写的动机很单纯，就是为了抵达真实，文字的数量、重量、质量、声音及其总和与所描写的现实的合拍"[①]。

综上，陈卫的小说逃逸出了主流的和市场化的轨道，逃逸出了当下文学的支持网络，以一种独立的姿态存在着。陈卫的小说努力去言说那些在场而不可言说之物，为的是还原在场的真实，力图用文学去建构一个真实的世界，而不是用叙述去粉饰真实，或者是去虚构遥不可及的理想。在当下中国的文学语境中，陈卫小说的创新性在于努力言说不可言说之物，开拓了叙述的空间；独立性在于对整个文学支持网络的逃逸，他的小说始终站在个人一方，保持着自由不羁的姿态，忠实地呈现现代性的个体，既不跟从群体，也不重复自身。

---

① 陈卫、常立：《很多过往的好方法都不适合你》，《黑蓝网刊》第 89 号。

四 "黑蓝"文学

"文学自由坛"停办之后,2002 年 8 月开通的黑蓝论坛成为最具影响力的纯文学论坛之一,其创办宗旨是成为一个让坚持文学独立性和艺术至上原则的写作者们自由发表作品和进行专业交流的园地,并且鼓励、发现和培养新的文学独立者和自觉者。这一宗旨与"黑蓝"一起构成中国当下最接近艺术的文学存在。

(一)"黑蓝"历程

1988 年,陈卫在就读的中等师范学校与同学沈黎明一起创办了一个文学社,取名"雪文艺社",编印社刊《雪》。1991 年,毕业后的两人创立了一个"社团",以各自喜欢的颜色——黑色和蓝色为名,于是有了"黑蓝"。1995 年 6 月,陈卫向顾耀峰、吴海燕、任协华等文友提议创办黑蓝刊物。查小虎资助两万元以解决资金问题。1996 年 2 月,《黑蓝·创刊号》出版。这期刊物上刊发了陈卫、顾耀峰、任协华三位作者的作品小辑,以完整地呈现一个作者某一阶段的创作整体风貌。陈卫在发刊词中提出了"70 后写作"的概念,期待新一代写作者呈现出新的写作面貌。同时,陈卫收到了胡昉、李凡等小说作者,唐丹鸿、朱朱、韩博等诗人,官策、金风等视觉艺术家的文字作品。1996 年 6 月,《黑蓝》纸刊停刊。新世纪以来,网络媒体的迅猛发展,社会环境的有利变化,以及个人在文学观上的成熟和写作艺术上的成长,使得"黑蓝"在互联网上"重生"成为可能。陈卫在南京于 2001 年 6 月至 2003 年 5 月创办"黑蓝文学网"。2002 年 8 月,开通"黑蓝论坛",十年来论坛先后设置过的版块有:小说、诗歌、视觉、黑蓝生活、译介、哲学、阅读、出版、小说奖、随笔、音影(后来改为"电影")等版块,其间或有增减,而小说、诗歌、随笔、视觉和生活五大版块保持不变,这也是"黑蓝"所始终关注和致力于表现的内容。2003 年 1 月,推出电子刊物《黑蓝网刊壹号》,此后每月一刊,截至 2012 年 8 月已发刊总计 166 期。2003 年 12 月,创立"黑蓝小说季度奖",截至 2012 年 8 月,已举办总计 22 届。2005 年 11 月,陈卫短篇小说集《你是野兽》由广西师范大学出版社出版。2007 年,黑蓝文丛第一辑由上海人民出版社出版,包括"黑蓝"作家的短篇小说集——顾湘的《为不高兴的欢乐》、马牛的《妻子嫉妒女佣的美貌》、洪洋的《抵制喜剧》、赵松的《空隙》、柴柴的《睡莲症》。2008 年 9 月,《不过是 OPEN——黑蓝小说季度奖作品集》由上海人民出版社出版,收入十四篇黑蓝小说季度奖获奖作品。2010 年 4 月,陈卫短篇小说集《从现在开始》由上海人民出版社出版。2012 年,黑蓝文丛第二辑由上海人民出版社出版,包括两部短篇小说集——生铁的《侦察员,你在爱的旷野》、司屠的《同行》。

(二)黑蓝文学理念与黑蓝小说奖

"黑蓝"创立伊始,就鲜明地提出自己的文学理念——倡导"本体小说"的创作,以艺术标准为最高标准。点击黑蓝首页(www.heilan.com),首先会弹出两行红字:

> 小说不再是叙述一场冒险
>
> 而是一场叙述的冒险

　　相对于"讲故事"而言，"黑蓝"更强调"怎么讲故事"，强调把写作重心放在艺术形式的探索和技艺的创新上。首页上有一篇宣言《作为本体存在的小说》进一步阐明了这一理念。这一宣言具体涉及文学本体论、作者观、读者观等多个层面："黑蓝"认为小说的本体即形式；作品以何种形式与世界发生联系即体现为风格；作者应该去进行完全自我的写作，去创造而不是反映现实；向文化霸权、写作惯性和读者的阅读经验发出挑战，而不是努力迎合读者的兴趣和需求。其中每一层面，都和消费文学场域的写作策略南辕北辙。

　　这一关于"本体小说"的宣言多次在论坛上引起各界人士的争议，其中反驳意见以鲁迅文学奖获得者田耳的《小说偶感：关于先锋/天才》一文较具典型性，田耳在这篇文章中说：

> 　　（《睡莲症》的）作者关心一切器物和细节，把器物描摹得很精准，把细节无节制地放大，但写不出人物。我读不下去。这也是当前一个基本现实：没有基本功的，缺乏最基本的小说写作常识的，他敢宣称自己先锋，仿佛先锋已经是一块遮羞布……其实从八十年代开始，先锋在国内就只是一种策略。但现在时代不一样了，策略已经大变，一大帮人还稀里糊涂地照搬八十年代经验……现在缺少的反而是基本的叙事能力、结构能力和有效的情感力量，缺乏打动别人的智慧。因为缺乏，所以干脆不承认语言是人与人之间用来沟通和交流的，在他们看来，语言是用来给沟通和交流制造障碍的。

　　文中提到的"八十年代"，正是中国当代先锋文学的鼎盛时期，也是第三次文代会弱化文学为政治服务的工具性而强调文学本体性的时期，是艺术标准在文学制度中的地位显著上升的时期。"黑蓝"虽然在艺术形式上强调突破创新，但在文学信仰上恰恰是这一时期文学理想的延续，试图在时局变化的情况下守护和创造纯文学的信仰空间，采用"艺术至上，输者为赢"的写作策略。而主流文学场域中的田耳清楚地认识到"现在时代不一样了，策略已经大变"，因而和主流文学场域的写作策略转向相一致——"先锋性的消退，通俗性的增强"。这是两个文学亚场、两种文学策略和逻辑规则、两种文学信仰的交锋，在主流文学场、消费文学场和独立文学场三分天下的新世纪，注定是一场没有胜负甚而无从展开的论争。

　　2007年起，随着黑蓝文丛第一辑的出版，"黑蓝"更强调"独立文学"这一概念。这里的"独立"，既包含"本体小说"所指涉的文学自身的独立自足——其自足性在于语言本身足以呈现这一艺术的全部面貌，语言呈现的是思想、情感、形式、叙事逻辑、观察方式等的高度统一，共同构建起一个让读者自由体验的艺术世界；又包含文学写作者的叙述立场的独立性——"在一个大型程序可以无限细分为众多函数的强调分工合作的时代,小说的写作者唯一可以依赖的仍然只有自己,而小说的写作和阅读,既不能使人获取财富,也不能使人获得道德水准上的提高,诚如哈罗德·布鲁姆(Harold Bloom)所说:'西方经典的全部意义在于使人善用自己的孤独',通过小说的写作和阅读,学会与这个世界独立相处,不谄媚政治,不取悦市场,不依傍文学史,不讨好文学理论,也不斤斤计较于文坛得失,此谓独立性"①。

2003年12月"黑蓝小说奖"的设立是"黑蓝"践行其文学理念的一种行动,在《第二十三届黑蓝小说奖公告》中,"黑蓝"这样表述其宗旨:

> 以树立当代新小说艺术观为己任,关注、鼓励符合艺术规律的汉语小说形态和技艺的创新与丰富,重塑与当代中国背景和气息相对应的汉语新小说艺术尺度。通过对当下各种最具积极意义的写作尝试成果的及时发现与肯定,努力揭示并呈现中国小说诸多新的可能。

2003年12月起,截至2013年10月,已颁发26届黑蓝小说奖,获奖作者累计21人。黑蓝小说奖之于新世纪文学的历史意义在于:它是独立文学场域的一项民间文学奖,是向主流文学场域争夺话语权和象征资本的具体行动;从小说作者角度而言,它给予作者精神上的有力共勉和物质上的一定支持;从读者角度而言,它给读者提供了一个良好的艺术氛围和交流探讨小说技艺的环境;从广义的小说的未来角度而言,它期望能够给所有有志于创新的、独立的、个人的、艺术的"新小说"创作的人一个希望,期望在不远或者遥远的未来,有越来越多的年轻的小说爱好者能够走在"新小说"这条路上。

(三)代表作家及作品

黑蓝文学网创立十二年来,先后汇聚了众多年龄身份不同、写作风格各异的纯文学写作者和爱好者,其中代表性作家有陈卫、顾湘、马牛、司屠、生铁、陈树泳、洪洋、邱雷、唯阿、赵松、陈梦雅、柴柴等,他们用自己的写作守护和创造着纯文学的信仰空间,呈现出文学艺术发展的新的可能性。

1.唯阿

唯阿,原名牛筱刚,生于1971年,陕西西安人。1994年毕业于南京大学中文系。毕业后在广东省任职警察,曾在零丁岛上做海岛警察。1998年写就长篇小说《穿裤子的云》(未出版)。新世纪初,先后在"文学自由坛"、"黑蓝"、"左岸"、"诗生活"等纯文学论坛上发表小说、参与小说讨论,以其独特文体受到读者关注。代表作有中短篇小说:《民工》、《旧社会颂》、《古典革命》、《狗儿子》、《民间道》等。小说集《不可能有蝴蝶》由东方出版社出版。

---

① 常立:《为了黑蓝新小说》,参见常立主编《不过是 OPEN——黑蓝小说季度奖作品集》,上海人民出版社,2008 年版,第 3 页。

　　唯阿曾谈及影响自己的写作的三位作家:鲁迅,北岛,纳博科夫。这三位作家无一不是优秀的文体家,而对文体、形式和技巧的极端注重,正是唯阿小说的特征之一——"小说必须是文体主义的";与此同时,唯阿坚称其小说是"讽刺的艺术",是"不妥协的现实主义";①而这两者(形式与内容、文体主义与现实主义)的融合,是通过对生活中微末之物的关注,"为琐碎之物而疑虑"达成的——"于无声处,那些经历过的、别人讲述的、自己联想的以及编造的针尖似的小瞬间依次涌上来,逼迫我和它们对话"。②

　　唯阿的每一篇小说,都可以看作是对文学传统的颠覆、拆解和重写。众所周知,小说是叙事的艺术,而时间的流动对故事的推演至关重要,但在唯阿的《民工》中,时间却停滞不前,乃至消失不见。就小说技术的常识而言,对话应当合乎人物的身份并且能够推动情节的进展,但在唯阿的《酒吧长谈》中,滔滔不绝的对话不但模糊了人物个性,并且消解了对话自身的意义。就纯文学的审美无功利理念而言,小说艺术应当具有一种阳春白雪的超然,但唯阿的几乎所有小说都混杂着下里巴人的烟火之气。就写作者的生存智慧而言,作家应该像史蒂芬·金一样宣称编辑说的话都是对的,但唯阿的《发廊·诗意》却对文学编辑进行了辛辣无情的讽刺……唯阿就是这么一个"四不像"似的写作者,他的小说也同样自给自足,不声不响地发动着文学内部的革命,向小说写作的关于时空建构、人物塑造、主题展开等一切陈规挑战,如同四百年前的骑士堂吉诃德,挥舞着长矛冲向地久天长的大风车。这样的写作者和这样的小说,在当下的文学环境中,看起来是不可能存在的;但是唯阿存在着,唯阿及其小说的存在,为中国当代文学提供了一种异色的可能性——不依不傍的独立品质,兼收并蓄的杂糅文体,不妥协的现实主义,以及(也许是最重要的)接续古今文学传统的无限敞开。唯阿在小说中试图与诸多文学大师的经典作品形成对话,与高僧说禅,与蒲松龄聊鬼,与鲁迅谈"补天",与施耐庵论"水浒",与巴尔加斯·略萨酒吧长谈,与罗伯·格里耶密谋革命,与纳博科夫一道为琐碎之物而疑虑……通过小说创作,唯阿像古老的巫师一样表演了复活的魔法,唤醒了沉睡的往圣先贤,邀请他们和读者一起赏月、观花、感时、问心。一如唯阿自述:"写作这些小说时我年富力强、斗志昂扬、文体实验意识沸腾如汤,不过,精神内核却是稳重的老派文学的传统——与《易经》歌谣、《诗经》国风……禅宗公案……施耐庵、吴承恩、蒲松龄、鲁迅等一脉相承。谓予不信,可手指蘸唾沫,翻开书瞧瞧。"③小说的创新与传统之间的复杂关系呈现于斯——唯阿的小说既不是"传统故事"的复制,也不是"现代小说"的搬演,而是对两者进行的有效的调和。唯阿像所

---

①　唯阿、凌丁:《十二生肖问答》,见唯阿:《不可能有蝴蝶》,东方出版社,2013年版,第299页。

②　唯阿:《我在海岛写小说》,《西湖》2007年第3期。

③　唯阿:《不可能没有小说——自序》,见唯阿:《不可能有蝴蝶》,东方出版社,2013年版,第3页。

有那些具有艺术自觉的写作者一样,不愿重复他人也不愿重复自己,不断创造着新的组合规则与叙述方法,试图写出"像世界一样无所不包"的小说。唯阿心目中的理想小说,符合张大春在《小说稗类》中所概括的小说的本性——如同稗草一样,"它很野,很自由,在湿泥和粗砾上都能生长;人若吃了它不好消化,那是人自己的局限"①。

2. 司屠

司屠,原名姚来江,生于 1975 年。2002 年起开始写小说至今。主要小说作品有《同行》、《在继续之中》、《旅行与艳遇》、《故人豫襄》、《唐朝的瘦身运动》、《世界》、《顶峰积雪》等。2010 年 3 月获得第十八届黑蓝小说奖,2011 年 9 月出版小说集《同行》(上海人民出版社,2011 年版)。

司屠小说带着作者所赋予的独特烙印,以清醒的态度,细致坚韧的语言,表达了个体内心在遭遇了不断变动的物质世界的重重阻隔之后,由怀疑到自我否定,再从迷失的困境中突围而出,最终迈向相对平衡的回归之路。其显著特征有以下三个方面:

第一,大多作品有一个观察细致、思维缜密、不断浮想联翩并且不断推敲字句的孤独的叙述者——无论是第一人称叙述还是第三人称叙述,小说中的主人公也常常具有相似的"独立者"特征。一个明显的叙述标记是小说中大量使用的括号及括号中的解释性文字,这些文字试图精确地描摹微妙的瞬间、幽微的心思、暧昧的情境或变化的情绪。

第二,大多作品具有独立的叙事立场和对既存写作范式的颠覆性。司屠有着个人明确的创作观——"除了完全自我的写作,其他都是讨好读者的写作,程度不同而已";"宁愿让人觉得枯燥,也不要让人觉得有趣,有趣是容易的"。前者表达了独立的叙事立场,表现于小说中,叙述者或主人公通常与其置身其间的社会和人际环境格格不入,典型如《唐朝的瘦身运动》,在一个以胖为美的时代,杨如佩却在悄悄进行着瘦身运动:"这里所说的'运动',并非指的是一种参与者甚众的运动,只是就这个词本身而言。如果我们非要按照普遍的理解去运用它,那就是说,它不过是杨如佩一个人的运动。在唐朝,它始于杨如佩,止于杨如佩。随着杨如佩的死亡而匿迹销声。"后者则表达了颠覆既有写作范式的理念,这一颠覆性除了指向"有趣"之外,还指向不同的小说类型和题材。例如,取材自《史记·刺客列传》之豫让的《故人豫襄》可以说是刺客题材小说的颠覆之作,小说全文均在叙述行刺前的准备活动,三分之二篇幅是关于刺客的心理描写(思乡、怀亲、内疚、尴尬、羞愧、踌躇以及想象中的诸多场景与活动)。《史记》中的刺杀高潮(豫让刺杀襄子未遂被俘,要求刺襄子衣服三剑,以明"士为知己者死"之志,心愿完成后自杀)被放置于刺客的想象活动之中,也就是说,他在想象中预见了未来的命运。这虽然吊诡但不无可

---

① 张大春:《小说稗类·说稗》,广西师范大学出版社,2004 年版,第 2 页。

能,刺杀之前细密的思虑极有可能顾及于此,而对于幼女的爱更是太史公未尝描绘的:"他从不失眠,偶尔想到妻小,也不放纵这种情绪。无非是因为觉得女儿的一句话美妙,是说,妈妈,我们走了呀,特别是那个'呀',他才偶尔会在睡觉前念叨一番。"在一次次铺垫之后,戏剧性高潮并未如读者所预期的到来,在小说的末尾,情绪反而急转直下,陷入虚无:

> 在那个斩断槐树枝的夜晚,夜已深,豫襄返回崔护家。在路上他被一块石头绊了一跤。在他欲意站起时,突然被一阵厌倦的情绪击倒。他委顿在地,那一刻几乎彻底丧失了报仇的欲望。他想象自己此刻正走在回家的路上,从今往后他便要与妻女长相厮守,老死山中。他被困于这一念头不能自拔。

而使他暂时脱困于这虚无的纯然是生活中的偶然:"雨帘中,一只黑色的小猫从他身边一蹿而过,使他挣脱。"《史记》里传说中的侠客志士,在小说中被还原为平凡的人,宏大的理想和"正确"的价值观,在小说中被还原为个体的执念和生命的偶然,而正是这些平凡而执拗的人,在广漠的时空中,在"存在主义的无聊"中,因为偶然创造了我们的历史,书写着我们的生活。又如,《旅行与艳遇》可以说是对浪漫小说的颠覆。旅行不仅不自由,反而是在逼仄的空间和狭隘的人际交往中不得自由;艳遇不仅不浪漫,反而是琐碎、平庸、充满挫折感的日常生活的缩影。

第三,大多作品以"同行"为人物的基本境遇,在文本中建构了一个"同行不同道"的世界。"行",是人类乃至世界存在的基本形态,时间总是流逝,空间总是转换,感情和思想总是变化,一切都"在继续之中",这是象征层面的"行";具体而言,小说中的人物无论是走路、坐车、还是乘电梯,无一不处于"行"之中。不同个体的"行",在特定的时空相互遭遇,"结伴同行",就构成了人来人往的世界。《旅行与艳遇》中有一段描写形象地揭示了这一世界的形成:

> 随着车子的颤动,张固的身体不时地挨着陆萍萍的身体。他很想装作睡着了,让这身体就势靠在陆萍萍的身上,以至于让头滑落到她的肩头。但他克制着没有这么做。他怕她或许会以为他是在装睡,他这是故意为之(确实如此)。他似乎不想让她有这种想法。而如果他真的睡着了,她也会以为他是故意为之。仿佛因此,张固一直没有睡着。在表明自己已经醒来之前的一路上,张固便犹豫着,憧憬着,并且暗暗地感受着这微妙的接触——碰一下,然后分开,又碰一下,又分开……

这里的"车子",象征了"出发地和目的地和由此构建而成的世界","在更深一层上还代表了一个无形权力的压抑甚至是群体无意识的发生过程"。人并非是主动去构建这一世界(车子),而是被不由分说地抛置于世界(车子)之中,被迫成为世界(车子)的一部分。这种"被抛"状态,使得人从本质上是一个又一个孤独的个体,

"同行"是暂时的境况,是人适应环境的能力、虚与委蛇的态度、突如其来的情绪、骤然升起的欲望和对生活无能为力的结果,是"碰一下",然后"又分开"。小说《世界》则通过同车考驾照而短暂"同行"的几个人物构建了一个"同行不同道"的世界;《夜行》、《便衣》、《同行》均以此种方式构建人们在其中"碰一下,又分开"的世界。在这样意义匮乏的世界中,独立者只有在人群中坚定地行走:"他在这里,但他不属于他们,他不断地超越他们,他超,超,超,以至于没有了自己,也就没有了人群,也就没有了道路……现在他缓缓地降落,一切又具体可见,又清晰如初,但仿佛已经有所不同,他感受着这不同,他回到了他们,他就是一名便衣。"(《便衣》)通过超越人群又回归人群,独立者寻找到"完全的自我",而只有"完全的自我",才能用静默的态度抚平生活的异质而达致内心的宁静——"自人们身旁徐徐经过,神态从容,一如从前"(《唐朝的瘦身运动》)。

3. 生铁

生铁,原名汪铁,祖籍江苏,1976年生于北京。自青少年时代起练习写作,现任《大众软件》编辑部主任兼首席记者。小说《家电世界》获第七届黑蓝小说奖。著有小说集《再见了,海河》(电子书)、《侦察员,你在爱的旷野》(上海人民出版社,2011年版)。

解读生铁风格各异、写法多变的小说,有以下两个关键词:故事和空间。

在"黑蓝"的代表性作家当中,生铁是最注重小说的故事性的作者之一。他的大多数小说都有一个吸引人的故事内核——至少也有一颗有潜力发展成为吸引人的故事的种子,虽然经过了作者的变形处理,但读者喜闻乐见的各种故事类型,都能够在生铁小说中被一一发现。比如:间谍故事之于《粮油店,你也夜里卖冷咖啡?》和《侦察员,你在爱的旷野》,恐怖故事之于《怪异故事二则》;犯罪故事之于《灵车》;科幻故事之于《春游》;爱情故事之于《有关爱情的若干片段》和《在沙滩上》;色情故事之于《新港》……与"黑蓝"的《作为本体的小说》一文所倡导的写作("怎么讲故事"比"故事"更重要)不同,"故事"在生铁小说中占有举足轻重的地位,何以如此呢?从《侦察员,你在爱的旷野》中的这一段文字,我们或许可以看出一些端倪:

> 和紫叶在一起,我几乎无法写作。她用尽心思呵护我,而我却差不多丧失了写作的能力——因为她始终希望我的作品是为她而作的,是献给她的,尽管她不直接这样讲。但当我和玉台在一起时,写作的欲望重新萌动起来,甚至变得相当高亢愉悦。玉台建议我将一篇重要的中篇小说推翻重写,因为之前的稿子是我按照紫叶的意愿写的——当她在说这些的时候,还是和平时泰然接受紫叶安排时的态度一样平静。但是现在看她的这种态度显得更有硬度。"你写吧,随心所欲地写。我不会要求什么,只要是你写的,都是为我写的。"她这么对我说。她甚至腾出时间来帮我校对、誊写文章的清样。

这里提及两个不同的女人——紫叶,"娇小文静","相当俏丽","目光清澈而迷离"，"在亲切中隐约透着一种不可接近的感觉"，主办纯文学期刊《欣欣》。在她的引领下，"欣欣"对商业文化的入侵非常敏感，"艺术，或者说纯粹的艺术，在这些编辑内心中无庸质疑是唯一标准"。玉台，"白净"、"圆润"、"做作"，"她把那种异常令人心动的神态展现给我，却让我感到有一丝厌恶"，"她的美很低贱，但却是活着的"。如果把这两个女人比作两种不同的文学观念，作者生铁心向往之的是代表"纯文学"（而不仅仅是"故事"）的紫叶，但是更能煽动、激发他创作欲望的，却是"做作"地取悦于人的代表"故事"的玉台。而在小说的后半，这两个人物发生了角色的反转，"纯文学"带上了虚伪气息，"故事"却有了纯真色彩。对超越单纯讲故事的小说艺术的探索和对单纯讲故事的无法割舍的热爱，同时在生铁小说的隐含作者身上并存，构成了小说中"反故事"和"故事"并存的复杂面貌。

生铁小说的"反故事"性，体现在他对"故事"的变形处理上，主要有以下五种技术：第一，因果序列中突如其来的反因果性。例如《春游》中大半篇幅以写实手法回忆和记叙"我"和父亲在清明开车去墓园给爷爷扫墓，结尾在归途中却毫无征兆地突遇飞碟入侵，并开车飞向天空迎击外星人。第二，日常生活情境中出没的性格模糊的反常人物。比如《灵车》、《在出租车上》中的"我"，或者《侦察员，你在爱的旷野》中的托托。第三，反常情境中的日常对话和合理行为，例如"我"在亦真亦幻的"旷野"中求职和就业的场景描写（《侦察员，你在爱的旷野》），或者"我"在火车驶入水中时寻找列车员的"常规"努力以及列车员的"合理"解释（《怪异故事二则》）。第四，时间线索的分叉、错置和隐藏。例如《灵车》、《有关爱情的若干片段》、《在沙滩上》等都打破了时间的线性叙事。第五，得不到解答的悬念设置。例如《粮油店，你也在夜里卖冷咖啡？》开头所设置的一系列悬念：托托的电话是怎么回事？"我"为什么回来了？为什么先回到学校？……然而由于作者对"故事"的本能的热爱，这些"反故事"技术并未削弱小说的"故事"性，反而几乎所有的"反故事"设置都可以从"故事"本身寻求解答——例如《春游》中对人的死亡及衰老的思考和外星人的联系，《怪异故事二则》中父母离异与火车驶入水中的可怖梦魇的联系，《侦察员，你在爱的旷野》中亦真亦幻的场景和叙述者"我"的精神疾患的联系（这一精神疾患甚至还解释了《粮油店，你也在夜里卖冷咖啡？》中的一些没有结果的悬念）……那么，我们从生铁小说中看到的仅仅是"故事"吗？

生铁小说中的所有故事，讲述的重点并不在于"人物"（大多性格模糊），而在于"空间"（大多精心营构），给读者留下最深刻印象的也往往是虚实兼备的"空间"。我们从生铁小说的命名可以见出作者对"空间"的持续关注。例如，《侦察员，你在爱的旷野》中的"旷野"：

> 我看见原野上起雾了。迷蒙而低回的雾霭，厚厚地覆盖在绿色的草丛之上。它们慢慢地、慢慢地飘移着，漫过并且浸透了每一根草梗，它们幻化无穷，

有时像白色的炊烟,有时又像某种液态的物质。绿色的草地从雾气的缝隙中露出来。一瞬间什么都能看到了,突然一切又都被那白色所湮没,连声音也没有了,一切都安静极了……

又如《在铺上》的"火车卧铺":

> 你永不知道,这有多隔膜。就像现在躺在铺上。有时整个世界都显得那么陌生,而你又永远是个与之无关的人。你什么也丧失不了。

再如满是米面和植物油味道的在夜里卖冷咖啡的"国营粮油店"(《粮油店,你也在夜里卖冷咖啡?》),被忧郁的海水反复冲刷的了无声息的白色的"沙滩"(《在沙滩上》),下了车关上车门就谁也不记得谁的"出租车"(《在出租车上》)……另一些小说虽未直接以"空间"命名,但"空间"在小说中仍然至关重要,如《春游》中的"墓园"、《我和关平》中死者奔赴的"荒原"等。

我们从生铁用不同"故事"构建出的各类"空间"中可以看出一致的特性——"空"(即虚无),而"空"唤起的是迷惘、伤感、忧郁、孤独等人类面对无意义世界的"存在主义的无聊"所产生的共通的情感,由"空间"的"空"引起读者的这一类情感共鸣是生铁小说的深层魅力所在,也是生铁小说的"艺术性"所在:经由对想象性空间(如旷野、荒原、粮油店等)的建构产生陌生化艺术效果,引人超离现实入幻想之境;同时又经由对现实空间(如出租车、卧铺、墓园等)的解构拆穿现实中习焉不察的幻想,还原出幻想遮蔽下的真实,引人对存在本身发问:

> 你们在这个地方,生活得还好么?唉,人们啊……(《粮油店,你也在夜里卖冷咖啡?》)

在新世纪文学鱼龙混杂泥沙俱下的创作洪流中,"黑蓝"创造了主流文学场域之外的独立文学生存系统,并为此系统探索积累生存经验:网络论坛发现作者,网刊鼓励作者,小说奖肯定作者,出版凸现作者,利用图书首发、读者见面会等活动推广作家,大力迎接电子移动阅读市场。"黑蓝"等独立文学场域的存在,创造了独立文学的价值标杆,为未来文学机制的变革提供了一种参照,为新世纪文学呈现了一段值得关注和研究的历史。

第五节　代际内外的文学生力军

新世纪以来的文坛,在一线作家(主要以右派作家群、知青作家群为代表)和"80后"作家之间,还有一个广阔的中间地带,他们构成了新世纪十年文学中的中坚力量。就这些作家的创作而言,虽然他们很多是在 20 世纪 90 年代中后期或新世纪初走上文坛,但真正崭露头角或创作上走向成熟却是在新世纪十年。这些作家有宁肯、东西、叶弥、艾伟,以及徐则臣、路内、田耳,等等。在这当中,代际常常成为他们的标识,因而又有所谓的"60 后"和"70 后"之分。某种程度上,他们身上也确实有代际意义上的共同经验与体验,但就他们的创作来看,更多的则是个人性的东西,因而很难归类。宁肯自不必说,他原是 20 世纪 50 年代生人,但进入文坛却是在 20 世纪 90 年代末,这中间的时间差既造成他的创作上的断裂,也带来他的作品的时代转折的意味。而至于像叶弥、东西和艾伟,虽都是 20 世纪 60 年代生人,但因与时代的不同关系,及其进入现实和历史的不同角度,他们的作品也各有特色。倒是像徐则臣的创作,常常有鲜明而自觉的"70 后"代际意识,自是有其区别于田耳和路内的不同之处。

就作家群的角度看,新世纪十年,是"70 后"作家逐渐显露其创作实绩并大放异彩的十年。虽然说"80 后"青春作家群一直占据媒体制造的焦点位置,但就创作上来看,他们远没有"70 后"作家那样来得稳健而笃定。这一"70 后"中的代表作家除了徐则臣、路内和田耳之外,还有戴来、魏微、金仁顺、李师江、盛可以,朱文颖等等。

(一)宁肯

宁肯,原名宁庆民,1959 年生于北京,"新散文"代表作家和小说家。20 世纪80 年代起即开始写作,80 年代中期有两年时间待在西藏,回北京后,写作中断将近十年。90 年代末以来先后发表《蒙面之城》、《沉默之门》、《环形女人》和《天·藏》等作,2014 年出版新作《三个三重奏》,获得普遍好评。

与大多数传统作家不同的是,宁肯的创作一开始即表现出成熟老练的倾向,这与他十数年的沉淀和长期的思考有关。他没有经历一般意义上的创作的长期练笔阶段,也并不是从中短篇小说写作而至长篇一步步过来。长篇小说是他擅长和钟情的主要文体,中短篇作品则相对较少。应该说,从这一对长篇的钟爱和选择中,可以看出他的意识倾向来。长篇更能容纳长时段的历史时空,也更能作深入而持续的思考,中短篇则相对较难。事实上,他的写作常常跨越三个时代——80 年代、90 年代和新世纪,他从三个时代的替变、转折的角度展开叙事和思考,因而作品也就打上了三个时代的精神烙印和痕迹。

虽然说时代的转折替变是宁肯小说写作的视角,但他的作品却很少有重复和重叠,几部长篇,甚至同名《词与物》(既是一个中篇的篇名,又是长篇《天·藏》中的一节)也并不一样。就宁肯的小说写作而言,最早给他带来声誉的是《蒙面之城》,这部作品开始是在网络上连载,而后引起文坛的广泛关注。某种程度上,正是这一作品开创了纯文学(或严肃文学)的新的传播方式,显示了新媒体时代中纯文学的生产传播的另一种可能,很有症候性。相对而言,《天·藏》是他的作品中争议最大也最有代表性的一部。这部小说虽以西藏作为故事发生的背景,但其指向或涉及的问题却是 20 世纪 80 年代以来中国知识分子的精神追求和现实出路的悖论,反映在小说的叙事上,是形而上的思辨玄想和形而下的身体的变态的缠绕,而在文体上,作者则开始尝试一种"互文性"的引文与正文间互相指涉、颠覆的形式,极具实验色彩和挑战性。

与宁肯不同,在新世纪初的文坛上,有些作家特别擅长中短篇小说的创作,东西、叶弥是其中最有代表性的两个。

(二)东西

东西,原名田代琳,1966 年出生于广西壮族自治区天峨县。东西不是一个特别高产的作家,迄今为止,他创作有三部长篇和若干部中短篇小说集,这些作品主要收录于江苏文艺出版社出版的《东西作品》6 卷。他擅长中短篇小说的写作,这使得他在写作长篇的时候格外谨慎而显得"节奏缓慢",几部长篇之间的写作相隔时间较长。代表作有长篇《后悔录》、《耳光响亮》、《篡改的命》,和中短篇《没有语言的生活》、《目光愈拉愈长》和《救命》等。

东西善于捕捉个人命运背后的推动力,以此组织情节和设计主人公的结局。这使得他特别惜墨如金,他的作品,不论长篇还是中短篇,都不刻意去渲染或铺陈,而是直接进入故事情境。《没有语言的生活》是最典型的代表,在这部中篇小说中,他把聋子、瞎子和哑巴置于一个相对封闭的特定语境下,以此展现他们之间特定的交流方式和情感律动。小说中,相对封闭的语境,和各自不同的生理缺陷,彼此对应,一定程度上构成了人生境遇的某种隐喻。

东西是一个具有鲜明的地域意识的作家。在作品中,他不仅自觉地思考故乡同"南方"之间的同构对位关系,还常常把这样一种空间关系置于城/乡和全球化/边缘化的错综复杂的语境下加以表现,这使得他的小说虽常常有意保持同时代的距离,但又别具时代的症候及深度。他曾提出一种"走出南方"[①]的写作,但这样的写作却不得不立足于南方的语境,这样一种悖论,构成了他的小说的张力结构,始终若隐若现地制约着他的创作。这样一种张力关系,在他创作的长篇小说《后悔录》中有集中呈现。贯穿于主人公一生的困境在于,他一边不断地为自己的行为后悔不已,一边又不免继续不断地错误下去。这样一种悖论,某种程度上表现的正是个人身处时代洪流中的不能自主和不能自已。就此,他其实提出了一个严肃的命题,即个人的主体性和不自由的矛盾命题。就东西的小说创作而言,他的独特的地方在于他的小说虽有强烈的批判味道,但他指向或针对的却非具体而微的现实。他的小说具有一种直指现实背后的形而上的层面,因而他所揭示出来的常常就是一种带有普遍意义的个人困境:他的主人公越是执拗而决绝,也就越加显示出个人

---

① 东西:《走出南方》,《谁看透了我们》,江苏文艺出版社,2011 年版,第 146—147 页。

努力的枉然和宿命来。《篡改的命》更是如此。这是东西最近写作的一部获得广泛赞誉的长篇,在这部小说中,他把主人公汪长尺的悲剧性命运置于全球化时代的语境下展现,写出了一个农民为改变自身原罪式的农民身份而付出的艰苦卓绝的努力和无望的代价,令人动容。

(三)叶弥

叶弥,原名周洁,1964 年生于苏州。叶弥的作品不多,迄今为止发表有两部小长篇《美哉少年》和《风流图卷》,其余都是中短篇,约有数十部。代表作有《成长如蜕》、《香炉山》、《到客船》等。叶弥的小说有多副笔墨,一类是以《市民们》、《恨枇杷》、《"崔记"火车》、《小男人》、《小女人》等为代表的表现都市市井生活,特别是底层市民的生活的小说;一类是以《向一棵桃树致敬》、《消失在布达拉宫的一头鹰》、《到客船》等为代表的表现乡村生活的乡土小说;再有就是以历史为背景的《天鹅绒》、《美哉少年》、《风流图卷》一类。

她的小说,无论现实场景还是历史时空,都只是其笔下主人公们生存活动于其间的背景,她的小说虽有历史和现实的双重向度,但却无意于进一步地推进或反思,因而也就很难推演出重大主题或社会批判之类的宏旨。就现实题材而言,她喜欢表现底层民众的艰辛生活,但底层的苦难又似乎不是她所试图加以表现的对象,她所着力的是在这生存困境背后的主人公的自负、自足与自适,乃至自怜自叹。历史背景下的写作,似乎也如此。现实或历史,总与她的主人公保持一种若即若离的关系,她的主人公们都是一群生活在自己的世界中的人。他们有现实的欲望与欲求,但现实或历史却进入不了他们的内心。外在的世界之于她的主人公们的内心,总是一种分裂的状态。她的主人公们总没有什么宏大叙事的热情,其人生也散漫无聊兼盲目、颓废,对世界消极,他们都是一群目标和信念两皆缺失的芸芸众生。这样一种姿态,配之以一种中产叙述者式的忧郁、闲适和冷静客观的视角,使得叶弥的小说别具一种"腔调",因而也就显得意蕴深长,让人回味不已。

(四)艾伟

艾伟,1966 年生,浙江绍兴人。他的作品以长篇为主,创作有《风和日丽》、《盛夏》、《爱人同志》、《爱人有罪》、《越野赛跑》、《整个宇宙在和我说话》和《南方》,中篇代表作有《小姐们》等。虽然说《风和日丽》因为被拍摄成电视给艾伟带来一定声誉,但他的作品中写得最好的还是《越野赛跑》和《整个宇宙在和我说话》,后者让人直想起奈保尔的《米格尔街》。

艾伟曾明确把他的小说视为一种"关系"写作,"直到 1994 年,我的小说词典中出现了一个词:关系……我发现人性的秘密都隐藏在关系之中"[①]。"'关系'是小

---

① 艾伟:《黑暗叙事中的光亮》,《身心之毒》,浙江文艺出版社,2011 年版,第 118 页。

说成立的基本常识。因为人不是孤立的,是处在关系之中的。……人处在各种力学关系中,这种力学的相互作用才决定他具体的表演。"①他并不回避历史中的各种角力,但也无意去为宏大叙事添砖加瓦或另起炉灶,他的小说虽很多都可以看成宏大叙事的延续,但其实是沿着宏大叙事的逻辑发展而呈现出其不可化约的悖谬来。《爱人同志》通过把80年代的爱情神话置于90年代的转型语境中,呈现的是爱情话语的虚妄、无力和欺骗性。《小姐们》把妓女置于葬礼的背景,错位的语境背后显现的不仅是荒诞不经,更是历史的吊诡所在。

艾伟的小说是一种典型的南方写作和正史叙述的结合,南方所特有的忧郁、潮湿和边缘姿态一旦糅合进正史的讲述中,其呈现出来的历史不复是冷面无私,而更多带有历史多义性的表征。作为"60后"作家,艾伟的一个显著特点是,对历史念念不忘。他的小说大都有历史的背景,或者以历史作为现实的对照。但他的写作又不同于新历史写作,他既无意于反写或颠覆正史(像陈忠实的《白鹿原》),也无意于视历史为语言的游戏(像刘震云的"故乡系列"小说),他采取的是一种侧面的强攻的方式,借此以打破正史的坚固和铁板一块,以期展现历史本来或应有的多面性。《风和日丽》通过一个共和国高级将领的私生女的视角,讲述她一生试图进入到共和国的秩序中的努力,其呈现出来的是共和国的正史中的盲区和脆弱性。《越野赛跑》则通过在理性的、秩序的、黑白分明、狂热且充满暴力的光明村的旁边另辟一个富于浪漫的、幻想的、色彩缤纷的、神秘和情思斐然的空间(天柱),以表达作者对正史压抑下的自我放逐的想象和期望。

(五)徐则臣

徐则臣,1978年生,被称为"70后"中最具有代表性的作家之一。他的小说中较早引起广泛关注的是一组以北京为背景的外乡(省)人系列小说,其中代表性的有《跑步穿过中关村》和《西夏》等。这些小说与一般意义上的进京小说不同的是,它们表现的不是外乡人的成功,而是把他们置于边缘的位置,既充分表现了外乡(省)人进京的艰难,更把他们在京城的遭遇置于全球化进程中加以展现,某种程度上,这一系列小说构成了新世纪前后"底层写作"的重要组成部分。就徐则臣的创作而言,真正给他带来声誉的是他2013年创作的长篇《耶路撒冷》,正是这部小说奠定了他作为"70后"代表作家的地位。

徐则臣是具有明确代际意识的作家,关于"70后"一代人的精神出路,一直是他试图探讨的问题。在他的小说中,"70后"一代普遍存在的历史感的薄弱,决定了他的"70后"主人公们往往成为无根的一代,四处漂泊,这也使得漂泊以及漂泊中的寻找构成了徐则臣小说创作的基本母题或主题。《耶路撒冷》的出现,标志着

---

① 艾伟:《人是被时代劫持的——与艾伟对话》,《身心之毒》,浙江文艺出版社,2011年版,第175页。

徐则臣对这一问题的思考的推进和渐趋成熟。之所以说徐则臣是"70后"中的代表作家,不仅是因为他有意识地思考一代人的精神出路,还由于他有意无意地把一代人的出路置于全球化的背景下加以展现,这使得他的小说格外具有症候性。他的小说的主人公们徘徊、游荡于外省和北京之间,体现出来的不仅是一种空间上的差异,更是一种等级秩序。徐则臣——包括他的主人公们——常常浩叹并口口声声提出要"到世界去"或到耶路撒冷去,但"世界"或"耶路撒冷"在这里其实只是一个虚指或者说滑动的能指。这一"到世界去"的冲动明显不同于贾平凹、孙惠芬和刘庆邦等意义上的"到城里去"(离乡)与返乡之间的永远的摇摆。"世界"或"耶路撒冷"的存在,表明的是另一种冲动或方向,它们构成了城乡之外的更高的第三极,推动着他的主人公们从故乡(地方)来到北京,然后又离开北京,如此往复。从这个角度看,他的主人公们的困惑或精神出路并不仅仅是他们自己或同代人的问题,而是与全球化息息相关。

(六)路内

路内,1973年生,江苏苏州人。路内的作品以长篇为主,主要有"追随三部曲"(《少年巴比伦》、《追随她的旅程》和《天使坠落在哪里》)、《云中人》、《花街往事》和《慈悲》等。就路内的创作而言,生活阅历的丰富及其反映生活的硬度和厚度是其显著特点。这与他个人的人生经历有关,大凡钳工、维修电工、值班电工、操作工、仓库管理员、营业员、会计、小职员、电脑设计、小贩、播音员、摄像师、广告公司文案等,皆有涉及。这也决定了他的主人公群体大都以工人为主,即使是表现历史变局的《花街往事》也是如此。虽然说个人经验构成了路内的作品的厚重底色,但他也时常表现出超越个人的一面,表现在叙事上,即呈现为对悖论式的历史或现实语境下个人对自身命运的不能自主及其出路的思考。

路内也是一个代际意识比较明显的作家,但他和徐则臣不同。如果说徐则臣是通过主人公的有意识地追寻来表达他对一代人的出路的精神思考的话,路内则是把他对一代人的处境及其出路的认识寄寓于主人公的成长历程中展现。他的小说虽然很多都有自己的影子,而且也大都倾向于成长主题,但却不能看成是一般意义上的成长小说。在他的小说中,他把主人公的成长置于20世纪八、九十年代转型的语境下展开,时代社会与个人的成长之间往往是一种紧张和背道而驰的关系,主人公的成长因此往往呈现出一种"未完成"的状态。

(七)田耳

田耳,原名田永,湖南凤凰人,1976年生。田耳是近几年来比较引人注目的"70后"作家,田耳擅长中短篇小说创作,代表作有《一个人张灯结彩》(中篇)等,先后创作有长篇《风蚀地带》、《夏天糖》和《天体悬浮》。田耳的作品大都以社会底层或平民百姓为主,诸如警察、公务员、妓女、流氓等三教九流,皆为他所独钟,但他的小说又并非底层写作所能涵盖,他既无意于表现底层的悲苦,也不刻意凸显叙述者的悲悯和居高临下。他以一种叙述者隐去的零度叙事的姿态,展现出来的是生活本身的散漫和随意。与之相适应的是他的人物塑造和故事讲述方式。他虽擅长讲故事,但这一故事的讲述也是漫不经心的。故事往往任随记忆的穿插或复沓,而中断或接续。这是一种不讲究叙述逻辑性和连贯性的做法,叙述往往以惯性流淌的方式展开。而惯性,也是推动他的小说主人公的精神之流。他的小说主人公大都没有明确的生活目标,浑浑噩噩,任意而为,而至于像世界观与人生观这类大词或"宏大叙事",于他们也似乎是危言耸听或虚张声势。

作为沈从文的同乡,田耳的小说与沈从文的小说有一脉相承之处,这一承继关系主要表现在对变与不变的思考上。田耳的小说看似随意,但这种随意背后呈现的其实是作者看待世界的变与不变的辩证思考。同样是相对静止而模糊的时空背景,田耳的关注点却并不在于人性的纯粹的美的永恒特征上,而是生活,生活本身的逻辑和惯性构成了变与不变的基点,而至于所谓的价值判断、道德原则等等,在这生活的惯性面前似也暗淡失色。这是田耳的发现,也是他的小说独有的风格特征。

第六节　新世纪散文

进入新世纪后,"文化散文"的热潮渐渐消退,散文在新世纪中国文坛也逐渐由活跃归于平静。但事实上,散文的创作数量并未因此而陷入低谷,经过散文热的降温,人们得以更为冷静和理性地思考散文的后续发展,从而使得新世纪散文创作更趋成熟。从创作实绩来看,新世纪散文拥有了属于自己的特质,同时由于文学载体的变革和发展,新媒体散文得以崛起,散文作者的数量也因此而增加。

一　文化散文的赓续

在新世纪的历史语境下,文化散文并没有完全销声匿迹。经过 90 年代文化散文的洗礼,"文化"的概念已经深入人心,人们的创作观念得以解放,走出了此前散文的模式化写作。新世纪的中国散文更为注重文化内涵,历史、艺术、科学、军事、民俗等各方面题材进入散文作者的视野,作品的内涵更为丰富,意境也更为开阔。文化散文在观念形态和审美趣味上得以延续和发展。

从作家群体来看,季羡林、刘梦溪、黄永玉、杨绛等老一辈作家继续在文坛耕耘,作家余秋雨、李存葆、王充闾、李国文、冯骥才、范曾、梁衡、孙郁、韩小蕙、朱鸿、素素、何向阳、雷达、张清华、祝勇、唐韵、徐刚、孔庆东、郜元宝、张新颖、摩罗等也接续了此前文化散文的创作,出现了一批代表性作家和经典作品。

季羡林的《九十述怀》、刘梦溪的《季羡林先生九十寿序》、黄永玉的《比我老的老头》、杨绛的《我们仨》都以从容沉静的笔调抒写复杂历史语境下曲折的个体生命体验。他们以学贯中西、通古博今的学术智慧对历史、文化和人生进行质疑和反思，文字睿智深邃，风格冲和平淡，呈现出凝练朴拙的成熟之美。余秋雨在新世纪相继创作了《千年一叹》、《行者无疆》、《笛声何处》、《借我一生》等散文集，沿袭了其文化视角的散文书写。李存葆的《大河遗梦》表达了对民族精神的关注。王充闾的《张学良：人格图谱》体现了诗性书写和历史理性的特点，《驯心》和《用破一生心》是其此阶段较有代表性的散文，作品对传统的官场心理和官场文化进行了批判，富有现代意识和思辨色彩，凸显了作者的自我体悟与思索，是文化散文中难得的佳作。孙郁的《小人物与大哲学》既不失知识的梳理与文化的厚重，又充满人生智慧和知音之感。李国文的《大雅村言》用散文笔调抒发文化感想，令人耳目一新。冯骥才的《水墨文字》以水墨画与文学相互观照，感悟艺术与人生的真谛，连绵开阔、挥洒自如。祝勇的《木质的京都》超越了观念形态和公共话语写作，上升至精神、心灵和感觉的境界，圆融汇通、浑然一体。徐刚的《江河八卷》糅学养、智慧与审美于一体，高屋建瓴，立意深远，对生态、命运、人性等问题进行独特的终极思考。作者以诗性的笔调书写生存的焦虑，进行了跨越文体与文化的写作尝试。韩小蕙以季羡林、张中行、吴冠中等文化名人为主要记述对象的散文则是知、情、理、趣、智、美的结合，成为文化散文中的独特存在。

与老一辈学者从容沉静、睿智深邃的文风相比，一批顶尖的中青年学者则"以其文化批判品格、人文思考的高度对散文艺术品质的创新和提升，与老一辈学人一起创造了当下散文、随笔所应达到的最高成就"。[①] 他们的散文往往与个人的学术领域相结合，作品具有较强的学术品格和较高的思想深度。葛兆光的思想史随笔、葛剑雄的历史随笔、何怀宏的伦理随笔、刘小枫的哲学感悟、梁治平的法律文化阐释、朱学勤对知识分子的拷问等都是这一时期散文的重要收获。同时，郜元宝、程光炜、伍立杨、张新颖、吴义勤、李洁非、摩罗、张清华、施战军等青年学者成为学者散文的重要力量，呈现出一种更为犀利而生动的话语表达风格。"他们是在更加开放的社会、文化氛围中成长起来的，青春激情和人文精神的展现，对意识形态话语方式的颠覆，对个体生存的体验，对固有模式的冲击，对汉语结构、节奏、句法的创新，使他们充满了创造的力量。"[②] 孔庆东的《47楼207》、《空山疯语》、《黑色的孤独》、《口号万岁》、《独立韩秋》等文集和选集文风嬉笑怒骂，亦庄亦谐，被称为"继钱

---

① 刘琅、桂苓：《思想站在散文上——〈新世纪的文学思想与表达〉序》，《思想者说——新世纪的文学思想与表达》，青岛出版社，2002 年版。

② 刘琅、桂苓：《思想站在散文上——〈新世纪的文学思想与表达〉序》，《思想者说——新世纪的文学思想与表达》，青岛出版社，2002 年版。

钟书以来真正的幽默"和"北大的马克·吐温"。王兆胜的随笔集《天地人心》以思想短章的形式表达对于天、地、人的感悟,探求以心为维度的安身立命之道。

二 "新生代"散文的嬗变

在散文热退潮之后,90年代以"叛逆"和"变革"的姿态活跃于文坛的新生代散文在此阶段也发生了新的变化。这一阶段刘烨园、马莉、张立勤、冯秋子、周晓枫、熊育群、黑陶、格致、张锐锋、蒋蓝、张于、谭延桐、蒋登科、叶多多、宋晓杰、杨永康等人的散文在选题上更为大胆,对人类的精神世界包括性意识和潜意识也进行了深入的挖掘;散文结构更为随意和自由,表现手法更为多样,灵活运用绘画、建筑、电影、神话、寓言、诗、小说等各种元素;审美趣味更加趋向与传统的疏离,大量采用陌生化手法,片断、晦涩、跳跃、张力和放任成为其美学品格。这一阶段新生代散文的主要作品有周晓枫的《你的身体是个仙境》,格致的《转身》,熊育群的《激情溅活石头》,杨永康的《走着走着花就开了》,刘烨园的《夜之语》、《天赋独立》,张立勤的《在季节的边缘》、《沙发沙发,大巴大巴》等。

相对于20世纪90年代,新生代散文具有明显的超越,这主要表现在:一、相较于20世纪90年代的新生代散文,新世纪类似的作品在整体的审美氛围上更为明朗和开阔。二、其艺术观念愈加成熟,对于现代/后现代意识的理解也愈加深刻。前一阶段对现代/后现代理论的生硬模仿、病态自恋、趣味低下的状况在新世纪得到了很大的改善,这一点在张于、谭延桐、杨永康身上体现得尤为明显。三、由于艺术观念的成熟和对生命的深刻体悟,美妙和神圣成为这一阶段许多作家的追求。周晓枫的《你的身体是个仙境》和格致的《转身》都被赋予了圣洁的美感,而熊育群的《激情溅活石头》则表达了对生命悲喜交集的诗意领悟。

三 智性散文[①]

20世纪90年代以来,中国当代散文的一个明显趋势就是"智性的递增,与之相适应的是抒情的消退"[②]。智性散文强调作品的思想价值取向,注重精神维度的挖掘,追求智慧与情感的交融,饱含幽默,喜爱调侃,作品富有思想的穿透力。新世纪智性书写的主力是以南帆、韩少功、韩小蕙、孙绍振、黄永玉、陈祖芬、鲍尔吉·原野、穆涛、方英文、李静、刘亮程等为代表的创作队伍。丰厚的学养和丰富的阅历使他们得以站在历史高度审视哲理人生,其作品内容涉及历史、文化、军事等诸多领域,充满智性的思想光辉。南帆的《七尺之躯的空间》、《相聚会议室》、《准星上的生

---

① "智性散文"的概念最早由郁达夫在《文学上的智的价值》(1933)中提出,20世纪90年代由余光中作出呼应,进入新世纪后,这一概念由孙绍振再次提出。

② 孙绍振:《建构当代散文理论体系的观念和方法问题》,《当代作家评论》2010年第2期。

活》《无限玄机》《纸上的江湖》《读数时代》等充满理趣，通过对现实的书写探讨人生哲理。李静的散文以睿智见长，穆涛最擅从史书中品味历史的沧桑，品味人生的智慧。韩少功《山南水北》的文体跨越了散文和小说，在书中作者以隐者的姿态、思想者与怀疑论者的面容观照世界，在感性经验和生活细节中进行自我剖析，对现有的话语秩序进行怀疑和质问，颇具思想的深度。

智性散文往往具有旷达深远、寓幽默于冷静之中的特点。南帆的散文理性而冷静，却又不失幽默。韩小蕙的《这个年龄的女儿有点怪》《做个平民有多难》《河流里没有一滴多余的水》等则寓幽默于冲淡平静的叙事。

智性散文常常采用多元化的叙事技巧，注重散文内在叙事逻辑的变化与革新，崇尚陌生化的写作，体现了作家前卫的写作观念。韩小蕙是一个执着地进行写作实验的作家。她的一系列散文都一直在变幻写法，试图进行不断的创新。她善于将新闻报道、隐喻、寓言等融入散文，如《这个年龄的女儿有点怪》以"新闻体"方式的结构，将作品内容以十个分题的报道进行组合，改变了传统散文的叙述风貌，简洁明快，十分新颖。穆涛的《摇头丸和忠字舞》在思想、理路、思维方式及其表达方面令人难以捉摸，充满了神秘感与强大的张力。鲍尔吉·原野、黄永玉、冯秋子的散文也都具有相同的特点。

刘亮程，1962 生于新疆古尔班通古特沙漠边缘沙湾县的一个小村庄，种过地、放过羊，当过十几年乡农机管理员，著有散文集《一个人的村庄》和《风中的院门》、图文集《库车行》和长篇小说《虚土》。《一个人的村庄》在世纪初的文坛引起轰动，被誉为"二十世纪最后的文学景观"。刘亮程的散文承续了五四乡土散文的品格又有所超越，他以质朴、简洁的白描手法和冲淡平静的语调去勾勒、描绘、记录和展现原生态的乡村生活，并在此基础上思考并阐释自然、生命和存在等形而上的命题。

南帆，本名张帆，1957 生于福建省福州市，著名学者，主要从事中国现当代文学和文学理论研究，从 20 世纪 90 年代中期开始涉足散文写作，出版了《文明七巧板》《星空与植物》《追问往昔》《自由与享用》《叩访感觉》《没有重量的生存》《关于我父母的一切》等散文著作。2005 年他以作品《关于我父母的一切》获得第三届华语文学传媒大奖·年度散文家奖。

南帆的散文具有极强的智性特点及反抒情的倾向。他善于以理性的目光注视社会和文化现象，以冷静的语言对社会现象进行透视，文字绵密而深邃，"凭借着别出心裁的亚审美逻辑和话语的内涵重构，创造了自己的感知和智性交融的艺术世界"①。南帆在新世纪的散文成果有散文集《没有重量的生存》和《关于我父母的一切》。《没有重量的生存》关注网络与电子时代语境中出现的各种社会和文化现象，

---

① 陈剑晖：《审美、审丑与审智》，见《百年散文理论探微与经典重读》，广东人民出版社，2014 年版，第 7 页。

并对其加以理性的思辨。在《关于我父母的一切》中,作者通过对父辈人生的描述和追忆,"有力地呈现出渺小人群与巨型历史之间的裂缝和错位,并对个人的创伤记忆、时代的内在迷乱给予了真切的意义关怀"①。南帆的不懈探索拓宽了现代散文的文体边界,他对个体存在本真的深入探索,对生活、社会和历史的不断拷问,以及细致幽微的生命体验、生动独特的艺术感觉,使得其作品获得了饱满的审美力量,创造了感觉与智性相结合的艺术世界。

四 新媒体散文的发展

20 世纪下半叶以来,随着影视科技、数码电子和互联网的发展,逐渐出现了以电视和互联网为载体的新媒体散文。进入新世纪以来,数码科技迅速普及,网民数量急剧扩大,网络散文得到迅速的发展,成为新媒体散文的主要力量。在"天涯社区"、"红袖添香"、"中国散文网"等文学网站发表的散文作品数量呈几何级上升,作者与读者群体空前庞大,出现了痞子蔡、李寻欢、王小山、杨献平、胡一刀、王义军、周闻道、马叙、玄武、安妮宝贝、黄咏梅、黄集伟、王猫猫等一批较有代表性的作者。事实上,新媒体散文作家远远不止于此,除了众多的不以真名示人者外,一些名家也参与了新媒体的散文创作。

较之传统的纸质媒体散文,新媒体散文的情况尤为复杂。它主要包含了三种散文文本:第一种文本是网民作者在网络发表的原创散文;第二种文本是知名作家或传统作者在网络首发的散文作品;第三种文本是被网络转载的已在纸质媒体发表过的散文作品。

相对于纸质媒体散文,新媒体散文主要有以下三个特征:

一是短小精悍。由于载体的特点,网络散文的阅读模式也产生了变化,文学体式和语言也发生了相应的改变,所以新媒体散文一般具有短、平、快的特点,体式短小精悍,语言生动活泼。

二是自由尖锐。由于网络是一个自由的虚拟空间,不受刊物审稿和审查的限制,所以新媒体散文的发表是相当自由的。作者可以在网络拥有任意多个虚拟的身份,因而在一定程度上实现了思想的自由。

三是写作的随意性。这是由新媒体散文的写作环境决定的。由于作者的平民化,新媒体散文具有草根文学的特点,而其使用电脑为写作工具和网络上传的快捷方式又决定了作者写作的随意性。正因如此,新媒体散文作品大都为感觉式书写所覆盖,进而导致了部分作品创作浮躁,流于表面,少有深刻的人生体悟和思索,审美趣味低下,难以对读者产生心灵的震撼。

---

① 见第三届华语文学传媒大奖·年度散文家奖给予南帆的授奖词。

五　新世纪报告文学

进入新世纪以后,报告文学进入了"裂变与复兴"的阶段。这一时期由于经济的飞速发展,中国社会在充满了盛世情怀的同时也产生了很多问题,诸如权力腐败、医疗腐败、教育公平、国民信仰、道德重建等问题不断滋生,作为写实文体的报告文学获得了丰富的写作素材。报告文学此时的繁荣正是呼应了时代政治的需要和社会心理的需求,得到了文化领导部门和各种实体单位的重视,几乎新世纪以来所有宏伟的工程和建设如三峡工程、青藏铁路建设等都有报告文学家的跟踪采访。同时,《报告文学》杂志于 2007 年 7 月的改版和"报告文学网"的建立也为报告文学提供了更广阔的发表空间。新世纪开始的十数年来,文坛已经涌现了一批富有成就的作家和代表性作品。

新世纪以来,有一批优秀的报告文学作品在社会上引起了较大的反响。这些作品按照其写作的题材分,主要有以下几类:

(一)关于农村题材的报告文学。新世纪关于"农民、农村"问题的报告文学在题材方面进行了拓展和深化,其中关于"三农"问题和农民与土地问题方面尤为突出。李昌平的《我向总理说实话》首先触及此类题材,此后刊载于《当代》2003 年第6 期的《中国农民调查》(陈桂棣、春桃)使"三农"问题成为社会各界关注的焦点。《西部的倾诉》(梅洁)、《根本利益》(何建明)、《你代表谁》(蒋巍)、《灰村纪事——草根民主与潜规则的博弈》(朱凌)等一系列相关题材的报告文学集中推出,形成新世纪引人瞩目的创作热潮。这些作品透视中国的农民问题,依据大量第一手材料反映农民的生存现状,披露了社会的不合理现象,无论在深度还是在广度上都达到了新的高度,对社会产生了深远的影响。

(二)关于打假与反腐的报告文学。此类题材的报告文学有曾培新的《"布衣青天"杨剑昌》、郭光允的《我告程维高》、何建明的《为了弱者的尊严》以及曾获第四届鲁迅文学奖的长篇报告文学《一个医生的救赎》(朱晓军)等代表作品。这些作品通过对社会不合理现象的揭露、鞭挞,体现了作家强烈的现实批判意识和对社会和谐的呼唤。同时,这些作品没有沉湎于个人的情绪,而是将个人的命运与国家前途、民族命运相联系,从而传达了反腐倡廉的社会意志。

(三)关于当代教育问题的报告文学。此类作品主要有何建明的《中国高考报告》、卢跃刚的《东方马车》等。在这些作品中,作家瞩目于当前的教育体制、教育功能、教育目的以及教育公平问题,对当代教育中出现的各种问题进行深刻的反思与批判,体现出尊重个性、以人为本的人道关怀色彩。

(四)反映重大灾害事件的报告文学。此类作品主要有关于非典题材的《"非典"的典型报告》(徐南铁)、《瘟疫,人类的影子》(杨黎光),反映汶川地震的《惊天动地》(何先鸿)、《直击汶川大地震》(吴国茂)以及反映 2008 年南方大雪灾的《南方冰雪报告》(陈启文)。这些作品揭示自然生态危机,关注人类生存环境和人类生活行为,呼吁自然生态资源和人类的可持续发展。

(五)关于弱势群体生存状况的报告文学。此类作品主要有《我在深圳"二奶村"的 60 个日日夜夜》(涂俏)、《一位被拐女子的真情倾诉》(许芙蓉)、《八千湘女上天山》(卢一萍)等。这些作品以细致的笔触描写时代裂变中中国弱势群体的真实生存状况,体现了区别于"宏大叙事"潮流的另一种审美视角,作者以悲悯的情怀、深切的同情状写人物的悲欢离合,体现了作者对现代性的深度反思和对良知与道德的拷问。

(六)与上述侧重批判与反思的作品不同,关于重大建设项目题材的报告文学如反映神舟飞船成功发射的《大漠飞天——中国载人航天发射实录》(北方)、《中国航天员飞天纪实》(左赛春)、《风雨长征号》(李鸣生);反映三峡工程的《梦之坝》(刘继明)、《国家行动》(何建明);反映青藏铁路建设的《东方哈达》(徐剑)、《青藏大铁路》(董生龙等)以及关于成功举办奥运会的长篇报告文学《五环旗下的中国》(孙晶岩)和反映西气东输工程的《中国动脉》(孙晶岩)等作品则更加瞩目于现代化进程中当代中国取得的重大成就,作品往往弘扬时代精神与民族豪迈气质,在传达了现实政治诉求的同时极大地振奋了民族的自信心。

这一阶段,一部分作家如何建明、赵瑜、李春雷、朱晓军、陈歆耕、李鸣生、王树增、徐剑等延续了此前阶段对报告文学文体的探索,在创作形式上进行了大胆地探索。他们广泛吸收小说、诗歌、散文等文体的叙述方式,努力实现叙述的多样化,广泛借用社会学、历史学、人类学等专业视角对考察对象进行观照,从而使文本更具独特性。王光明、姜良纲的《中国有座鲁西监狱》吸收了小说的笔法,重视真实饱满的人物塑造、生动有趣的细节描写,体现了作者对真实性、文学性和谐构筑的叙事追求。何建明的报告文学多通过典型事件和细节描写来表现主题、塑造人物,善于通过细节的提炼以小见大。李景田的《未扶正的反贪局长》和《跨国大诈骗》、郝在今的《协商建国:中国民主 1949》、杨黎光的《惊天铁案》、邓贤的《中国知青终结》、丁三的《蓝衣社碎片》等作品则注重情节、人物与细节的描写。此外,田野调查、口述实录等方法的广泛运用提升了报告文学的学术含量和思想深度,使报告文学的创作出现了向"学术体"转变的创作趋向。胡平的《战争状态》在结构方法、论证方式及引文注释等形式方面体现了学术著作的诸多特点,开创了"学术体"报告文学的先河。此外,王宏甲的《智慧风暴》与《中国新教育风暴》,赵瑜、胡世全的《革命百里洲》,邢军纪(沉钟)的《第一种危险》,魏荣汉、董江爱的《昂贵的选票》等作品也呈现出不同程度的"学术性"。

与此前阶段的报告文学相比,新世纪报告文学的新闻性逐渐弱化,成为"更趋向于思想性和主体性的文体"①。同时,作者的角色也发生了转变,由原来的新闻工作者变为更趋向于具有艺术表达力的思想者。报告文学的社会影响力较之 90年代亦具有较大幅度的提升。一些报告文学如何建明的《国家行动》和《部长与国家》被改编成影视作品后引起了强烈的社会反响。鲁迅文学奖、徐迟报告文学奖和"正泰杯"报告文学奖等各大奖项的设立和《人民日报》、《光明日报》等各大报刊的支持推动了报告文学的稳健发展。新世纪以来的报告文学以其对各种社会现实问题以及重大事件的密切关注,对社会、历史、文化的理性思考和"歌颂与批判、倾向性与真实性以及主旋律与多样化的进一步融合"②在当代文坛取得了出色的创作实绩。

---

① 王晖:《新世纪十年:中国报告文学的裂变与复兴》,中国作家网 http://www.chinawriter. com.cn/2013/2013-03-12/156615.html。

② 章罗生:《新世纪报告文学的审美新变》,华龄出版社,2007 年版,第 220 页。

第十一章　儿童文学

萌蘗于晚清社会的中国儿童文学在 20 世纪初逐渐走向自觉。五四新文化运动时期，随着《稻草人》的出版，《儿童世界》、《小朋友》等专门刊物的创办，儿童本位论的倡导，中国儿童文学完成了绚烂的登场。此后，在整体文学发展的大潮中，儿童文学汲取传统文化资源，借鉴域外优秀儿童文学经典，在童话、小说、散文、图画书等文类创作上都取得了丰硕成绩。

第一节　晚清儿童文学

中国儿童文学的历史起源，即中国古代有没有儿童文学，中国儿童文学是否"古已有之"，是儿童文学基础理论建设和学科建设上的重大问题，也是儿童文学史书写不可规避的重要问题之一。中国古代文学蕴藏了丰富的适宜于儿童阅读和接受的作品，如《世说新语》、《西游记》、《搜神记》、《聊斋志异》等。《三字经》、《千字文》、《幼学琼林》等古代蒙学读物，以及历代口耳相传的谣谚、民间故事、传说等都是滋养历代儿童成长的重要精神食粮。

随着晚清社会的巨变和救亡图存的需要，儿童作为未来国民被赋予了重要性，儿童的文学需求被重视。梁启超等爱国志士从事儿童的启蒙与爱国教育，通过报刊这一新兴的大众传媒实现其主张更广泛的传播和影响。1901 年创刊的《杭州白话报》就十分注重儿童文学，经常发表适合儿童吟诵的歌谣体诗，还有与儿童、儿童文学相关的文论。如在该刊第二卷第 13 期发表的《儿童教育》："儿童譬如花木，儿童智识初开的时候，就譬如花木萌芽初发的时候，花儿匠栽培花木，就譬如训蒙师教导儿童……儿童幼时智识，至老不忘，教师最好把些爱国的故事，为人的箴言，替儿童演说，就可以养成儿童爱国心，陶铸儿童天良性。"再如《启蒙画报》对外国寓言、童话的翻译，《中国白话报》刊载的歌谣，还有传教士报刊如《小孩月报》等都为晚清儿童文学的倡导和实践提供了丰富的平台。这其中最为突出的是梁启超创办的《童子世界》和《新小说》等。《新小说》可谓晚清儿童诗歌发表的重要园地,有梁启超的《少年歌》,黄遵宪的《出军歌》四章、《幼稚园上学歌》,张敬夫的《警醒歌》四章,剑公的《新少年歌》,自由斋主人的《爱祖国歌》,珠海梦余生的《劝学》等。在诗歌之外,李叔同、沈心工、曾志忞和杨度等人的"学堂乐歌"也是晚清儿童文学的重要代表。无论是诗歌还是学堂乐歌,都有着浓郁的爱国主义色彩,其主题都指向爱国和启蒙教育,或者说儿童文学在晚清的倡导和被重视,是基于当时特定的社会文化语境,注重的是以儿童文学为媒介承载启蒙教化、爱国教育等功能,儿童文学这一文类的艺术特性较少被关注。

1908 年,徐念慈在《余之小说观》中强调宜专出一种"足备学生之观摩"的儿童小说,"其旨趣则取积极的,毋取消极的,以足鼓舞儿童之兴趣,启发儿童之智识,培养儿童之德性为主"①。他还对这种小说的形式、开本、体裁、文字、篇幅、插图、价格等方面,都作了简要的论述,为儿童小说的进一步发展提供理论基础。只是在当时,原创的儿童小说尚处于起步阶段,仅有包天笑的《爱国幼年会》等为数不多的作品,儿童小说的倡导更多是通过域外儿童文学的译介来实现的。传教士群体在西方儿童文学的中国传播方面发挥了重要作用。亮乐月就翻译了美国儿童文学家伯内特的《秘园》、《小公主》等作品。同时,凡尔纳的科学小说、王尔德童话、安徒生童话、《天方夜谭》、格林童话等都在晚清通过节译、译述等方式被引进。林纾《海外轩渠录》、《英国诗人吟边燕语》,包天笑的《馨儿就学记》、《苦儿流浪记》,周桂笙的《新庵谐译》等都是典型代表。

1909 年,商务印书馆出版了孙毓修编的《童话》丛书,其中用白话编译的《无猫国》是"中国历史上第一次有儿童文学"。②该丛书的编撰者孙毓修(1871—1922)被茅盾赞誉为"中国编辑儿童读物的第一人"③、"中国有童话的开山祖师"④。在取材方面,孙毓修编辑的 77 种"童话"来自中国历史故事有 29 种,其余的 48 种都源于西洋民间故事和名著⑤,这充分代表了晚清以降儿童文学的建设路径,即改编和翻译为主。在编排体例上,《童话》丛书以寓言、述事、科学三种体例进行,以发展的眼光审视儿童读者的需求,"文字之浅深,卷帙之多寡,随集而异。盖随儿童之进步,以为吾书之进步焉。并加图画,以益其趣"。为了更好满足读者的接受特点,《童话》丛书采取分集出版的方式:第一集每种规定为 5000 字,页数在 20 页上下,读者定位为七八岁的儿童;第二集字数加倍,文字也稍深,页数增至 30 页左右,适

①　东海觉我(徐念慈):《余之小说观》,《小说林》第 10 期。

②　茅盾:《商务印书馆编译所生活之一——回忆录》(一),《新文学史料》1978 年第 1 期。

③　茅盾:《关于"儿童文学"》,《文学月刊》1935 年 2 月第 4 卷第 2 期。

④　茅盾:《商务印书馆编译所生活之一——回忆录》(一),《新文学史料》1978 年第 1 期。

⑤　赵景深:《孙毓修童话的来源》,《大江月刊》1928 年第 11 期。

合于十、十一岁儿童。明确的儿童受众意识,尊重和满足儿童读者接受特点的编辑理念,促成了《童话》丛书的出版品质及其深远影响。该丛书的编辑出版是儿童读物出版的里程碑之作,是促成五四儿童文学诞生的重要文化事件之一,折射了现代出版之于儿童文学发生的积极意义。

第二节　现代儿童文学

1912 年中华民国成立,延续两千多年的封建帝制土崩瓦解。中华民国建立伊始颁布的《普通教育暂行办法》对事关儿童文化和儿童文学发展的教科书等进行改革。刚成立的中华书局发行了《中华教科书》,开启了儿童文学与教科书互相融合的发展轨迹。周氏兄弟早在 1909 年的《域外小说集》中就已有对安徒生和王尔德童话的译介尝试,此后周作人致力于儿童文学的译介,儿童歌谣的征集和研究,撰写了《童话研究》和《童话略论》等理论文章,提出"童话者亦谓儿童之文学"的观点。《教育杂志》刊载了包天笑翻译的《馨儿就学记》等教育小说。尽管有上述种种儿童文学相关的活动,但是真正意义上的现代儿童文学诞生还是在五四时期。现代儿童文学的发展,可以分为五四前后的儿童文学和三、四十年代的儿童文学两个阶段。

一　五四前后的儿童文学

茅盾曾说"儿童文学这名称,始于五四时代"[①]。五四新文化运动中,在人的被发现浪潮中,作为社会结构最底层的儿童也逐渐被发现。《新青年》的主编陈独秀就很不赞成"儿童文学运动"仅仅直译格林童话或安徒生童话,他以为:"'儿童文学'应该是'儿童问题'之一。"[②]《新青年》在儿童观的倡导、域外儿童文学的输入和儿童文学的理论探讨以及原创儿童文学的刊发方面都起到了开风气之先的作用。1918 年 5 月的《新青年》刊发了鲁迅的《狂人日记》,发出了"救救孩子"的呼号,此后《人的文学》、《我们现在怎样做父亲》、《儿童的文学》、《儿童的书》等重要理论文章完成了对儿童本位的理论建构。加之西方儿童心理学、人类学思想的传播和影响,国语运动的开展,文学研究会、创造社等文学团体对儿童文学的倡导与推动;周作人、郑振铎、叶圣陶、茅盾、郭沫若等都投身于儿童文学创作与理论研讨,五四时期形成了颇具规模与声势的"儿童文学运动",在诗歌、童话、儿童剧等方面全面开拓,现代儿童文学的地位得以确立,儿童文学作为独立文类的历程由此开始。

"郑振铎兄创办《儿童世界》,要我作童话,我才作童话,集拢就是题名为《稻草

---

① 江(茅盾):《关于"儿童文学"》,《文学月刊》1935 年 2 月第 4 卷第 2 期。
② 转引自江(茅盾):《关于"儿童文学"》,《文学月刊》1935 年 2 月第 4 卷第 2 期。

人》的那本。"①这是叶圣陶对童话创作缘起的回忆,也道出了五四时期《儿童世界》《小朋友》等刊物对文学创作的引导功用。《新青年》《小说月报》《妇女杂志》等一大批刊物都开辟领地为儿童文学呼号呐喊,成为儿童文学诞生的温床。如《新青年》对儿童白话诗的扶持,还有当时报纸副刊如《晨报副刊·儿童世界》、时事新报副刊《学灯》等都刊载儿童文学作品。

(一)童话

茅盾在 1918—1920 年间创作了《书呆子》《寻快乐》和《一段麻》等,不少童话仍有着浓厚的民间故事痕迹。陈衡哲的《小雨点》在艺术上较为成熟,可谓创作童话的最早佳作。赵景深的《纸花》,郑振铎取材于民间文化的《朝露》《七星》,徐志摩的《小赌婆儿的大话》,郭沫若的"献给新时代的小朋友"的童话《一只手》,沈从文的《阿丽思中国游记》等都是童话不同面向的实践。

1921 年 11 月 15 日,叶圣陶创作了第一篇童话《小白船》,此后又创作了《傻子》《燕子》《一粒种子》等二十多篇童话,于 1923 年 11 月由上海商务印书馆结集为《稻草人》出版,这是现代第一部创作童话集。鲁迅在《〈表〉译者的话》中赞誉:"十来年前,叶绍钧先生的《稻草人》是给中国的童话开了一条自己创作的路的。"《稻草人》中的童话呈现出殊异的两种风格:有诗意、唯美的表现,有理想的追求;也有冷峻、现实的描绘,更有对于苦难的控诉。《稻草人》既开启了中国诗意童话的源头,又是此后中国儿童文学发展的现实主义趋向的一种预示。

(二)儿童小说

清末以来,《绝岛漂流记》《海底旅行》等冒险小说、科学小说、教育小说的译介为本土小说创作的发展提供了重要的滋养。儿童小说还受到了教育界的重视:"课外读物,在学校宜读特别有益之杂志小说等……儿童喜聆故事,所备之书,宜多购历史小说,伟人专集;其涉于神怪者,令多览。又近今外国以科学小说,苟有佳者,亦不可不读。"②五四之前有味薆的《爱儿之声》《农之子》以及叶圣陶的《穷愁》等数量不多的创作。五四新文化运动之后,新文学作家不约而同将目光对准儿童,既有对童心的讴歌,又有对儿童生存现实的关怀。主要创作者有叶圣陶、冰心、王统照、赵景深、徐玉诺等。叶圣陶创作了《儿和影子》《阿凤》《一课》《义儿》《地动》《小蚬的回家》等小说,这些作品对儿童的生活和精神世界进行了精确摹写,对童心与儿童世界寄予希望。王统照"憧憬着'美'和'爱'的理想的和谐的天国",创作中有对童心童趣的赞美,又有对摧残和扼杀儿童的现实的揭露,主要小说有《雪后》《湖畔儿语》《微笑》等。冰心《离家的一年》表达了对儿童的钦慕。徐玉诺的创作多采用儿童视角,有《在摇篮里》《到何处去》等作品。《阿美》和《红肿的手》是

---

① 叶圣陶《杂谈我的写作》,《叶圣陶论创作》,上海文艺出版社,1982 年版,第 151 页。

② 允明:《课外读物之研究》,《中华教育界》1913 年第 1 期。

赵景深这一时期的小说代表作。

(三)诗歌

胡适的《尝试集》中有很多充满童趣的儿童诗,可谓白话儿童文学的最早实践之一。五四前后在儿童诗方面作出重要探索和贡献的还有刘大白、俞平伯、吕伯攸、胡怀琛、吴研因等。刘大白的《两个老鼠抬了一个梦》,在民间童谣的基础上进行富有想象和儿童趣味的拓展,用问答体的形式,极富儿童情趣和幽默:"那老鼠刚抬了梦跑,蓦地里来了一头猫;那老鼠吓了一跳,这梦就跌得粉碎的没处找。"作者的《卖布谣》、《田主来》等童谣体创作都是儿童诗的有益尝试。俞平伯的儿童诗集《忆》呈现了孩童诗意纯真的美好世界。作家以小男孩"我"的眼光和视角书写儿童稚拙可爱的童年状态。这一时期儿童诗最大的创作群体来自于文学研究会,叶圣陶、郑振铎、许地山、王统照、赵景深、严既澄等都参与了儿童诗创作。冰心的《繁星》和《春水》讴歌母爱、童真,自然,清新隽永。这一时期展开的采集民歌童谣的活动对儿童诗歌发展也有着积极的意义。同时,这一时期很多诗歌也表现了明显的现实批判精神,如王统照以《童心》为题,抒发愤慨:"童心都被恶之华的人间,来玷污了!/真诚都蒙了虚伪的面幕。/有时,我也曾将童心来隐在假言里,/的确,我天真的惭愧!/我狂妄般的咒恚人间,/他们为什么将我的童心来剥夺了?"

(四)儿童戏剧

1919年11月,郭沫若在《上海时报·学灯》发表了剧本《黎明》,开启儿童剧创作的序幕。五四时期儿童剧创作首推黎锦晖。黎锦晖是中华书局创办的《小朋友》杂志的主编,该刊物以"陶冶儿童性情,增进儿童智慧"为宗旨,是儿童剧刊发的重要园地。黎锦晖的代表作有《葡萄仙子》、《麻雀与小孩》等,这些作品以爱和美为主题,充满了诗意和童趣,正是儿童本位论文艺观的实践。20年代末,黎锦晖还创作了《小小画家》这一重要剧作。

(五)儿童散文

冰心在赴美留学期间,为《晨报副刊·儿童世界》撰写了29篇游学的见闻和异国感受,结集为《寄小读者》出版,这些散文是对母爱、童心和大自然的表现与赞美,清丽、典雅,深受儿童读者喜爱,成为儿童散文的经典之作。刘半农、许地山、朱自清、夏丏尊等也都创作过反映儿童生活的散文。其中丰子恺的《华瞻的日记》和《给我的孩子们》最富儿童情趣且充满大人对孩童的爱心,被朱自清誉为"蔼然仁者之言"。

(六)儿童文学理论与翻译

五四前后,儿童文学的发生与发展与教育有着紧密联系。当时儿童文学俨然已成为教育界的一种时髦追求:"年来最时髦,最新鲜,兴高采烈,提倡鼓吹,研究试验的,不是这个'儿童文学'问题么?教师教,教儿童文学,儿童读,读儿童文学,研究儿童文学,演讲儿童文学,编辑儿童文学,这种蓬蓬勃勃勇往直前的精神,令人可惊可喜。"①五四时期许多教育界的教师都身体力行地参与儿童文学研究,如儿童文学最早的一批理论建设者魏寿镛、周侯予、朱鼎元当时都是江苏第三师范附属小学的教师。正是他们写出了中国最早的一批系统的儿童文学理论著作,如1923年8月商务印书馆出版的《儿童文学概论》,1924年中华书局出版的《儿童文学概论》等。

五四时期儿童文学的另一个成就是域外儿童文学的翻译。"一切世界各国里的儿童文学材料,如果是适合儿童的,我们都是要尽量采用的。因为他们是'外国货'而不用,这完全是蒙昧无知的话。有许多许多儿童的读物,都是没有国界的。"②秉持着为我所用的原则,大量国外儿童文学作品如安徒生童话、格林童话、《彼得潘》、《爱丽丝漫游奇境记》等经典儿童文学作品进入中国,成为本土儿童文学发展的重要资源。1924年《小说月报》开辟了儿童文学专栏,刊载了外国儿童文学作品,介绍海外儿童文学信息。1925年8月安徒生诞生120周年和逝世50周年时还出版了两期"安徒生专号"。

二　三、四十年代的儿童文学

在五四时期儿童本位论的短暂实践之后,儿童文学逐渐走出纯美的园地,在左翼文艺运动、抗战文艺的洪流中,日渐趋向现实主义的发展。有研究者指出1923—1949年间的儿童文学,走出了一条"光荣的荆棘路",在四个方面表现了五四儿童文学的深入:(1)现实主义日益成为中国儿童文学的主潮。(2)革命儿童文学的兴起与发展。(3)儿童科学文艺的兴起与发展。(4)在现实主义的道路上,中国儿童文学理论建设的基础发生了重大变革,即由初期以人类学(进化论)、儿童学为基础,强调"儿童本位"的西方模式,转向了以社会学(阶级论)、教育学为基础,重视教育功能的苏联模式,为下一个时期社会主义儿童文学理论的建立奠定了深厚的学科基础。③

(一)儿童文学理论

儿童文学理论研究在三、四十年代有重要收获,继涌现了一大批理论专著,徐锡龄《儿童阅读兴趣的研究》、陈伯吹《儿童故事研究》、赵侣青和徐迥千的《儿童文学研究》、葛承训的《新儿童文学》、王人路的《儿童读物的研究》、仇重等人的《儿童读物的研究》等。这些论著对儿童文学的概念及其艺术特性、儿童文学与教学、儿童读者及其文学接受等问题进行了深入探讨。此外,30年代初的关于童话"鸟言兽语"的论争以及40年代"中国儿童读物作者联谊会"召开的"儿童读物的用字和用语问题"等研讨也极大拓展了儿童文学理论空间。

---

① 魏寿镛、周侯予:《儿童文学概论》,商务印书馆,1923年版,第1页。
② 郑振铎:《第三卷的本志》,《儿童世界》1922年7月1日第2卷第13期。
③ 蒋风、韩进:《中国儿童文学史》,安徽教育出版社,1998年版,第175页。

(二)儿童剧创作

三、四十年代儿童文学创作最鲜明的特点是儿童戏剧的高度发达。1923 年，周作人在《自己的园地》中谈及对儿童剧的看法："我们没有迎合社会心理，去给群众做应制的诗文的义务……我很希望于儿歌童话以外，有美而健全的儿童剧本出现于中国，使他们得在院子里树阴下或唱或歌，或演扮浪漫的故事，正当地享受他们应得的悦乐。"①《葡萄仙子》、《麻雀与小孩》等儿童歌舞剧开启了中国儿童剧创作的序幕，随着现实苦难和民族危机的加深，唯美的、充溢着理想色彩的儿童剧日渐为现实色彩浓烈的儿童剧所取代。周作人所不愿看到的"迎合社会心理的"戏剧却大量涌现。尤其是在抗日战争爆发之后，儿童剧因其适应宣传的特点，成为明显发达的一种文类。

叶圣陶在童话集《古代英雄的石像》之后，投注很多精力于儿童剧创作。1931年他写了儿童历史剧《西门豹治邺》、《木兰从军》，1933 年又与何朋斋合写儿童歌舞剧《蜜蜂》、《风浪》。董每戡的《给我们需要的》、蒋本沂的《帝国主义底狗》、于伶的《蹄下》、陈白尘的《两个孩子》、姚时晓的《炮火中》、白兮（钟望阳）的《小毛毛的爸爸》等，大多描绘战争状态下儿童的命运与斗争，具有鲜明的现实针对性与强烈的时代气息。随着抗战现实的深入，儿童戏剧继续得到发展与繁荣。一大批儿童积极融入表演行列，出现了"孩子剧团"等很有影响的孩子剧团。作家充分重视儿童在抗战宣传中的作用。熊佛西创作了《儿童世界》，认为这一抗战儿童剧的公演："不是一个寻常的戏剧表演，而是一个新的教育活动，是一个革命的教育活动。……是中国儿童抗敌示威的大运动。"②董林肯的《表》、《小主人》，许幸之的《最后一课》、《古庙钟声》，包蕾的《巨人的花园》等都是抗战之后涌现的优秀剧作。40 年代中后期立化出版社推出的"立化儿童戏剧丛书"分为甲、乙、丙三种，囊括了多幕剧、独幕剧、小型诗歌剧和儿童演剧理论，是三、四十年代儿童戏剧出版的集大成者和重要总结。

(三)儿童小说

1935 年良友图书公司出版了凌叔华的小说集《小哥俩》，是儿童小说艺术成熟的重要标记。作者在序言中说："怀恋着童年的美梦，对一切儿童的喜乐与悲哀，都感到兴味与同情。"小说集中的《小哥俩》、《搬家》、《凤凰》等作品就是对这种童年美好情愫的书写，《小英》、《一件小事》等则通过儿童生活反映社会问题。

冯铿的《小阿强》，茅盾的《少年印刷工》、《儿子开会去了》、《大鼻子的故事》，钟望阳的《小顽童》，舒群的《没有祖国的孩子》，范泉的《五月》，张天翼的《蜜蜂》、《奇

---

① 周作人：《儿童剧》，载《晨报副镌》1923 年 3 月 8 日，钟叔河编《周作人文类编》5，湖南文艺出版社，1998 年版，第 705 页。

② 熊佛西：《〈儿童世界〉公演感言》，《战时戏剧》1938 年 4 月 5 日第 1 卷第 3 期。

遇》《失题的故事》《奇怪的地方》，老舍的《小坡的生日》，陈伯吹的《华家的儿子》和《火线上的孩子们》等是这一时期的重要小说。张天翼的一番话相当精确地传达了当时作家们的共同心声："总之，当时写童话也罢，小说也罢，就是想使少年儿童读者认识，了解那个黑暗的旧社会，激发他们的反抗、斗争精神，使他们感到做一个不劳而获的寄生虫，多么可耻和无聊。"[①]这种创作意图在儿童小说中得以贯彻，除却针砭现代中国诸种人生世相，反映在苦难与死亡线上挣扎的幼小生命的创作之外，还有紧密结合社会斗争、贴近时代的作品，体现出作家追踪时代精神的自觉意识和高度的社会责任感；把"真的人，真的世界，真的道理"告诉给年幼的一代，体现出儿童小说作家对儿童成长的关怀。

柔石的《人间杂记》、胡也频的《小人儿》、沙汀的《码头上》反映的是在苦难的现实中挣扎的童年生命：无论是偷果子的小孩，还是牧羊的小人儿，都是作家借以揭露现实黑暗的人物，都是作家直面现实的艺术精神的体现；《大鼻子的故事》《儿子开会去了》《小阿强》《奇怪的地方》中的儿童或自觉或被动地萌发了一种斗争意识，有了自觉的行动，敢于反抗既成的现实，走向觉醒。以白韦的《游戏》为例，全文以大量篇幅描绘了孩子们游戏中的对话，既有小三的"我不做资本家"的叫嚷，阿跟的"资本家不打是不晓得厉害的"的觉悟，又有最后的"资本家，你躲到帝国主义那儿去吧！你不要出来吧！你晓得我们工人的厉害吧"的宣言。张天翼写于1936年的《失题的故事》中，小学生们的生活场景是玩打仗，唱抗日歌曲，贴打倒敌人的标语。随着战争形势的严峻，儿童生活也被战火所裹挟。我们看到许多儿童形象从战火中迸跳而出。华山的《鸡毛信》、萧平的《小路子》、周而复的《小英雄——晋察冀童话》、峻青的《小侦察员》、管桦的《雨来没有死》塑造了战争中成长起来的小英雄形象，这些小英雄勇敢、机智、聪明地完成了任务，但是又不失少年的调皮、率真，在艺术感觉上亲切而真实，比较20年代郭沫若的《一只手》等作品中纯粹图解政策的人物要丰满真实，而这也是这些作品在时过境迁之后依然富有文学吸引力的原因所在。

（四）童话

叶圣陶出版于1931年的《古代英雄的石像》，继承了《稻草人》"直面人生"的创作精神，以童话的形式广泛反映社会，童话的现实主义色彩更为浓郁。诚如巴金在童话集《长生塔》序言所述："现实的生活常常闷的我透不过气来。我的手上，脚上都戴着无形的镣铐。然而在梦里我却有充分的自由……梦话常常是大胆的，没有拘束的。那些快被现实生活闷煞的人倒不妨在这些小孩的梦境里呼吸一点新鲜空气。"以曲折隐射的手法对现实予以抨击的创作主张也体现在三、四十年代的童话创作中。这一时期的主要作品有陈伯吹的《阿丽思小姐》《波罗乔少爷》，贺宜的《凯

---

① 张天翼：《为孩子们写作是幸福的——我和儿童文学》，《张天翼文学评论集》，人民文学出版社，1984年版，第359页。

旋门》,苏苏的《新木偶奇遇记》,巴金的《长生塔》,金近的《红鬼脸壳》、《"好"人国》,何公超的《圣诞老人的礼物》,严文井的《南南和胡子伯伯》,丰子恺的《五元的话》等。

陈伯吹的《阿丽思小姐》借阿丽思这一童话人物在中国社会的"梦游",通过阿丽思漫游昆虫世界的梦幻情节,犀利地描绘了当时中国灾难深重的现实和人民生活情况。张天翼的《大林和小林》、《金鸭帝国》是《稻草人》之后童话艺术创作的重要收获。张天翼充分调用童话文体荒诞、夸张的艺术手法,以奇幻的故事和生动诙谐的笔调呈现了新奇有趣又融时代针砭于一体的故事。

(五)诗歌和散文

三、四十年代,叶圣陶、冰心、丰子恺、朱自清、茅盾、萧红、老舍、叶灵凤、陈伯吹等在儿童散文园地留下佳作,如柔石刊发在《人间杂志》的《死所的选择》、《卖笔的少年》和《六月的赐惠者》,老舍的《小麻雀》,萧红的《火烧云》等。这一时期的散文创作中最具特色的是郭风的作品。他在40年代末的创作《初次的拜访》、《豌豆的小床》、《痴想》等描写花草和幼儿的散文,活泼亲切。翻译过《昆虫记》的董纯才致力于科学文艺的发展,编写了《儿童科学丛书》等科普读物,还创作了《动物漫话》、《凤蝶外传》等作品。

五四时期就从事诗歌创作的沈百英、吕伯攸、王人路、吴翰云在三、四十年代继续诗歌创作。陶行知的"行知体"诗歌融合了他的教育思想,明白晓畅,寓教于乐,有《手脑相长歌》、《一双手》等代表作。郭风出版了诗集《木偶戏》,这些诗歌写出孩子眼中亲切又奇幻的自然世界,在三、四十年代革命诗歌占主流的创作格局中别具风格。此外,在苏区还涌现了《共产儿童团歌》、《上前线去》等大量红色儿童歌谣。

(六)儿童文学翻译

对域外儿童文学的翻译和介绍在三、四十年代形成一个小高潮,中华书局推出了《世界童话丛书》,开明书局出版了《世界少年文学丛刊》等,儿童书局出版了徐培仁翻译的《安徒生童话全集》。重要的译介作品还有王尔德的《快乐王子集》、《水孩子》、《杨柳风》,以及伯内特的《小英雄》、小川未明的童话等。

第三节 "十七年"和"文革"时期儿童文学

一 "十七年"儿童文学

1950年4月,第一次全国少年儿童工作大会在北京召开,全国文联主席郭沫若发表了题为《为小朋友写作》的重要讲话,号召"作家们或是少年儿童工作者必需多多创作以少年儿童为对象的好的文学艺术作品","以培养他们正确的思想和高尚的情操"。① 《中国作家协会关于发展少年儿童文学的指示》也指出：少年儿童文学是培养年轻一代成为优秀的社会主义事业接班人的强有力的工具；发展少年儿童文学创作，是关系着一亿二千万少年儿童的精神食粮的极其迫切的任务……为了使少年儿童文学真正担负起对年轻一代进行共产主义教育的庄严任务，必须坚决地有计划地改变目前少年儿童文学读物十分缺乏的令人不满的状况。② 在这样的号召中，许多作家投身于儿童文学创作，50 年代初迎来了儿童文学的相对繁荣。

　　1955 年 9 月，《人民日报》发表《大量创作、出版和发行少年儿童读物》的社论，10 月 5 日，文化部发出了《关于少年儿童读物的出版情况和今后改进意见的请示报告》。同年 11 月，中国作家协会召开第十四次理事会主席团会议（扩大），专门讨论了发展少年儿童文学创作的问题，规定了 190 多位作家的创作任务，要求他们在一年内写出一些儿童文学作品或者评论。会后向全国各地的分会发出了《中国作家协会关于发展少年儿童文学的指示》："少年儿童文学是培养年轻一代成为优秀的社会主义事业接班人的强有力的工具；发展少年儿童文学创作，是关系着 1 亿2000 万少年儿童精神食粮的极其迫切的任务。""为了使少年儿童文学真正担负起对年轻一代进行共产主义教育的庄严任务……各地分会应该把发展少年儿童文学的问题列入自己经常的工作日程，积极组织少年儿童文学创作，纠正许多作家轻视少年儿童文学的错误思想，组织并扩大少年儿童文学队伍，培养少年儿童文学的新生力量，并加强对少年儿童文学创作的思想指导。"同时，作家自觉宣告："培养和教育少年儿童一代，使他们成长为祖国未来的建设者和保卫者，是一个重大的任务。儿童文学就是我们用以完成这一任务的有力工具之一。"③这种自上而下的号召和作家对文学功用价值的自觉靠拢，促成了这一时期儿童文学创作的繁荣和"黄金时代"，但从艺术性来说，这一时期的儿童文学整体上有着鲜明的教育工具性。

（一）儿童小说

　　儿童小说在从 1955 年到"文革"前夕将近十年的儿童文学发展中取得不俗成绩。张天翼的《罗文应的故事》、《去看电影》、《他们和我们》，以新中国少年儿童生活为表现对象，聚焦于儿童成长中的问题，这种现实主义小说创作模式也成为"十七年"儿童小说创作的重要模式之一。重要作品有：吴向真的《小胖和小松》、张有德的《妹妹入学》、任大星的《吕小刚和他的妹妹》、任大霖的《蟋蟀》、邱勋的《微山湖上》、萧平的《海滨的孩子》等。另一种重要模式是革命历史题材创作，有刘真的《我和小荣》、《长长的流水》，郭墟的《杨司令的少先队》，刘知侠的《"铁道游击队"的小

① 郭沫若：《为小朋友写作——在第一次全国少年儿童工作干部大会上的讲话摘要》，《人民日报》1950 年 6 月 1 日。
② 《中国作家协会关于发展少年儿童文学的指示》，《文艺报》1955 年第 22 号。
③ 贺宜：《给新中国的儿童更多更好的读物》，《人民日报》1952 年 6 月 2 日。

队员们》、李心田的《两个小八路》等。此外，沈虎根的《小师弟》、刘坚的《"强盗"的女儿》、袁静的《朱小星的童年》、胡景芳的《苦牛》以及胡奇的《五彩路》等或反映旧社会儿童苦难生活，或反映少数民族儿童生活的作品也富有艺术价值。"十七年"期间影响最大的是徐光耀的《小兵张嘎》。这部作品塑造了勇敢率性、野性嘎气的小英雄张嘎形象。

（二）童话创作

1954 年举办的第一届中国少年儿童文艺创作评奖（1949 年 10 月至 1953 年 12月）中，有多篇童话作品获奖：秦兆阳的《小燕子万里飞行记》，借用小燕子的视角，描绘了祖国正在发生变化的新气象，体现了时代对儿童性格品质的要求；严文井的《蚯蚓和蜜蜂的故事》、金近的《小鸭子学游泳》则是典型的对儿童进行共产主义思想教育的童话。这些获奖童话典型地反映了当时童话创作的格局和面貌。

"十七年"间重要的童话作品有：张天翼的《不动脑筋的故事》、《宝葫芦的秘密》，陈伯吹的《一只想飞的猫》，严文井的《三只骄傲的小猫》、《下次开船港》、《小溪流的歌》，孙幼军的《小布头奇遇记》，金近的《小鲤鱼跳龙门》，洪汛涛的《神笔马良》，包蕾的《猪八戒吃西瓜》等，很多童话都殊途同归地走向"教育"的道路。同时，这个阶段的低幼童话创作活跃，出现了彭文席的《小马过河》，方惠珍和盛璐德的《小蝌蚪找妈妈》，方轶群的《萝卜回来了》等经典作品。

张天翼的童话创作秉持有益和有趣的标准，聚焦少年儿童的缺点进行艺术表现，凸显童话的教育意义。《宝葫芦的秘密》连载于 1957 年《人民文学》，写了小学生王葆和宝葫芦之间一系列故事，幽默生动，在儿童现实生活描写中加入幻想的元素。严文井的《下次开船港》也采用类似的表现手法。这两篇童话也由此成为中国幻想小说的最初尝试。"童话虽然很多都是用散文写作的，而我却想把它算作一种诗体，一种献给儿童的特殊诗体。"[①]这正是严文井童话特色的精准概括：风格清新、语言优美诗意。包蕾的《猪八戒新传》依据《西游记》创作，将儿童的稚拙与可爱特质注入到猪八戒形象中，深受儿童喜欢。洪汛涛的《神笔马良》、葛翠琳的《野葡萄》等既汲取传统民间故事和童话的营养又体现了现代童话的魅力。

（三）"十七年"儿童剧

1949 年之后，由宋庆龄创办的儿童剧团和中国儿童艺术剧院极大地推动了儿童剧事业。在民间故事基础上创作的儿童剧取得了很大的成就，主要作品有老舍的《宝船》、《青蛙骑手》，任德耀的《马兰花》，张天翼的《大灰狼》，乔羽的《果园姐妹》等；现实主义题材方面有刘厚明的《星星火炬》、《小雁齐飞》，任德耀的《小足球队》等；革命历史题材的儿童剧有王镇的《枪》等。

---

① 严文井：《泛论童话》，《小溪流的歌》，人民文学出版社，1959 年版，第 331 页。

(四)"十七年"的诗歌和散文创作

艾青、郭沫若、臧克家、冰心、阮章竞、李季都投身于儿童诗创作。高士其的科学诗《我们的土壤妈妈》、艾青的《春姑娘》充满想象而生趣十足,冰心的《雨后》对儿童游戏心态有着精准描摹。圣野、任溶溶、柯岩、鲁兵、刘饶民等在儿童诗创作上积极探索,创作了一大批优秀的儿童诗作。这些诗作有的讴歌新中国和少年儿童的幸福生活,有的回忆旧社会的苦难与革命战争年代的生活。李季的《三边一少年》、袁鹰的《寄到汤姆斯河去的信》等都很有影响。

阮章竞的长篇童话诗《金色的海螺》取材于民间故事《田螺姑娘》,将幻想与写实相结合,以三段式结构,通过生动的情节和优美的语言,塑造了勤劳善良的打鱼少年和海螺姑娘。阮章竞还创作了《牛仔王》、《草原上的风雪》等儿童诗歌。

柯岩的儿童诗取材于儿童的日常生活,富有儿童情趣,充满喜剧性和节奏感,有《"小兵"的故事》、《大红花》、《最美的画册》、《"小迷糊"阿姨》等诗集。任溶溶的诗作新奇好玩,充满故事性,有诗集《小孩子懂大事情》。《你们说我的爸爸是干什么的?》是这一时期童诗的重要收获。

冰心创作了《小桔灯》和《再寄小读者》。郭风的散文,雅致而精巧,充满真挚的情感描摹自然风物,有着清新的乡土气息和生活情趣,在中国儿童散文中占有重要一席之地。这种诗意散文的形成与他的儿童诗创作有关系。如《蝴蝶·豌豆花》:"一只蝴蝶从竹篱外飞进来,豌豆花问蝴蝶道:你是一朵飞起来的花吗?"短短几十字的散文有孩子的想象力和诗意天真的发问。郭风的主要散文集有《轮船》、《洗澡的虎》、《在植物园里》、《月亮的船》等。

二　"文革"十年儿童文学

茅盾在1961年所指出的"政治挂了帅,艺术脱了班;故事公式化,人物概念化,文字干巴巴"[①]等创作现象在此后非但没有改进,反而在"文革"中发展到了极致。有一首打油诗这样描绘:"人物形象高大全,情节结构模式化,老师个个成活靶,坏人好抓一大把。"

有研究者指出:"相对而言,'文革'时期最好的小说是少年儿童小说,相对要离政治远些,多少有些童真童趣,所以'文革'儿童文学产生了一些经典性的作品,如《闪闪的红星》。"[②]不过从整体来说,"文革"十年的儿童文学创作相对荒芜,少有佳作出现。浩然的儿童小说《七月槐花香》、《欢乐的海》、《小猎手》等,徐瑛的《向阳院的故事》、杨啸的《红雨》、管桦的《我要上学》是艺术上相对有价值的作品。李心田的《闪闪的红星》反映的是革命战争年代少年潘冬子的成长故事和战斗精神,出版

---

① 茅盾:《六〇年少年儿童文学漫谈》,《上海文学》1961年第8期。
② 高玉主编《中国现当代文学史》下册,浙江大学出版社,2013年版,第81页。

之后又改编为电影,是"文革"期间艺术上有建树且影响最大的儿童文学作品之一。

第四节 新时期以来的儿童文学

"文革"结束之后的儿童文学园地十分凋敝。1977 年的儿童文学状况被概括为"四个二":全国有两亿具有阅读能力的小读者,有影响的儿童文学作家却只有二十人,儿童读物编辑只有二百人,每年出版少年文艺书籍只有二百种。① 以第二次全国少年儿童文艺评奖为例,在一等奖的获奖作品中,没有这段时间的作品。可以说"文革"结束的头两三年,不少儿童文学的作家都还处于彷徨之中,写什么、怎么写一时都成为问题。

1978 年召开的全国少年儿童出版工作会议(简称庐山会议)总结了近 30 年来儿童文学事业发展的经验和教训,分析了面临的现状和任务。会后国家出版局等七家单位联合向国务院提交了《关于加强少年儿童读物出版工作的报告》。接着《人民日报》发表了题为《努力作好少年儿童读物的创作和出版工作》的社论,提出儿童文学创作要"提倡题材、体裁和风格多样化,真正作到'百花齐放'"②。儿童文学进入全面复苏和发展新阶段。儿童文学观念的更新、创作队伍的扩大、儿童文学表现题材的拓展、主题的丰富、艺术形式的多样、实践探索的兴起等都昭示着儿童文学的蓬勃朝气。80 年代中后期之后,儿童文学的发展一日千里,进入真正的繁荣和收获期。

一 儿童小说

(一)新时期之初的儿童小说

1977 年 11 月,刘心武的《班主任》在《人民文学》上发表。它以低沉而悲怆的格调,直接而又深刻地揭露笔法开启了伤痕文学。新时期的儿童小说也经历了伤痕小说—问题小说—新人小说—探索小说的历程。《失去旋律的琴声》(方国荣)、《小薇薇》(瞿航)、《我和小黑》(庞天舒)、《阿兔》、《小船,小船》(黄蓓佳)、《弯弯的小河》(程远)、《鲁鲁和弟弟的遭遇》(郑开慧)较为典型地代表了这一阶段伤痕小说的创作情况。

问题小说创作方面,作家们将审视的目光从历史时空转向现实生活,作家的笔触从展现一代少儿在"文革"中如何饱受创伤,转移到关注带着伤痛的一代如何在新生活中面对现实境遇,如何疗治伤痛,走出黑暗的梦魇健康地成长。作品有柯岩

---

① 陈子君:《全国少年儿童文艺创作评奖有感》,《儿童文学作家作品论》,中国少年儿童出版社,1981 年版,第 21 页。

② 《努力作好少年儿童读物的创作和出版工作》,《人民日报》1978 年 11 月 18 日。

的《寻找回来的世界》，任大霖的《喀戎在挣扎》，刘厚明的《绿色钱包》、《黑箭》，黄蓓佳的《唱给妈妈的歌》，俞天白的《赌》等。同时，作家将笔触伸向更贴近现实的领域，反思历史，反思现实。罗辰生的《白脖儿》就少年入队问题引发了如何对待后进生的思考。刘岩的《被扭曲了的树苗》揭示了社会上的不良风气对学生的影响。罗辰生的《吃拖拉机的故事》直接批评了一些干部损公肥私的不正之风。汪黔初的《在县委食堂打饭的孩子》透过儿童生活批判了社会中的等级制度。这类创作再往后延伸推进，就演化或者说是开启了后来儿童文学中的"人生化"倾向。罗辰生的《"大将"和美妞》、高春丽的《教室里面静悄悄》、康文信的《要的就是这个劲》、余通化的《勇气》、阿浓的《家在共厕》、方荣国的《彩色的梦》、铁凝的《盼》、程玮的《淡绿色的小草》等都是围绕矛盾冲突展开，经过主人公的心理斗争、同学间的团结互助、老师的引导，得以正确排解，这类创作都有淡淡的问题痕迹，以及轻松、欢乐的戏剧效果。这些作品共同塑造了新时期儿童文学中儿童们新的素质和精神状态，是"新型少年儿童形象"。

新时期之初儿童文学的复苏与发展在经历了伤痕小说、问题小说、新人小说之后，又出现了探索小说潮，主要表现在少年小说的创新方面。常新港、曹文轩、梅子涵、刘健屏、丁阿虎、秦文君、陈丹燕等一大批至今活跃于儿童文学创作圈的干将与主力当时就在儿童小说的内容和形势方面进行新探索。对少年儿童心灵世界的探求，有陈丹燕的《上锁的抽屉》、刘健屏的《我要我的雕刻刀》；对儿童文学创作形式和技法的尝试，有梅子涵的《在路上》、班马的《鱼幻》等。此外，程玮的《白色的塔》，常新港的《独船》，丁阿虎的《今夜月儿明》、《祭蛇》，曹文轩的《古堡》、《弓》等创作都曾引发儿童小说关于形象塑造、对社会生活的表现和儿童内心世界聚焦以及少年小说审美形态等诸多层面的探索与争鸣。

这一时期，农村乡土题材和革命历史小说中出现不少在艺术上较有价值的作品，如任大霖的《大仙的宅邸》、《掇夜人的孩子》，岑桑的《野孩子阿亭》，邱勋的《换儿姐》、《雀儿妈妈和它的孩子》，金曾豪的《笠帽渡》、《小巷木屐声》等。张映文的《扶我上战马的人》是革命历史题材儿童小说中较为突出的。

(二)80 年代中后期之后的小说

80 年代中后期儿童小说艺术逐渐趋于成熟，尤其是在中长篇小说创作上大获丰收，涌现出梅子涵、班马、张之路、秦文君、曹文轩、沈石溪、杨红樱、常新港、金曾豪、黄蓓佳、薛涛、董宏猷、彭学军、玉清、殷健灵、张品成、陆梅、谢倩霓等一大批优秀创作者。

曹文轩是新时期以来儿童小说创作领域的代表人物，有《山羊不吃天堂草》、《草房子》、《青铜葵花》，还有《根鸟》、《大王书》等幻想小说，以及《痴鸡》、《羽毛》等图画书。曹文轩认为儿童文学有着"塑造未来民族性格"的重任。他的作品既有以温暖诗意的笔触描写的童年与成长，有对人性和苦难的悲悯的审视，又有对幻想的磅礴大气的演绎。梅子涵是在儿童文学叙事上具有自觉探索意识和个性色彩的作家，著有《女儿的故事》《我的故事讲给你听》《戴小桥和他的哥儿们》《绿光芒》等。

张之路在 1992 年曾获得国际安徒生奖提名，有《第三军团》《小猪大侠莫跑跑》《弯弯》等作品。张之路的作品叙事流畅，故事性强。秦文君的《男生贾里》、《天棠街 3 号》以及"小香咕"系列等创作，通过对都市儿童心理与成长的关怀极大拓展了新时期以来校园小说的艺术内涵和表现力。80 年代中后期以来，校园小说作为儿童小说书写的重要题材，还汇聚了韩辉光、谢华、王巨成、杨红樱、吕清温、张玉清、伍美珍、饶雪漫、韩青辰等一大批作家。杨红樱的《淘气包马小跳》《笑猫日记》成为畅销书。

沈石溪、黑鹤等作家致力于动物小说创作的探索。沈石溪被誉为动物小说大王，有《狼王梦》《斑羚飞渡》《最后一头战象》《一只猎雕的遭遇》《野犬女皇》、《鸟奴》等众多作品。这些作品中的动物有着丰富的心理与情感。相对来说，黑鹤的动物小说遵循着真实呈现动物生命状态的原则，有《额尔古纳河的母狼》《血驹》等作品。此外，乌热尔图、刘先平、牧铃、李子玉、李传峰等也在动物小说上有不俗表现。

严文井的《下次开船港》、张天翼的《宝葫芦的秘密》等作品已经有幻想小说的气质，到了 90 年代末，随着德国和日本幻想文学经典如《永远讲不完的故事》《晴天，有时下猪》等作品的译介，国内儿童文学创作亦形成了一股幻想文学大潮，彰显了儿童文学探索及打破传统单一的现实主义格局的勇气。二十一世纪出版的"大幻想文学丛书"有班马的《巫师的沉船》、彭懿的《妖湖传说》、秦文君的《小人精丁宝》、韦伶的《幽秘花园》、彭学军的《终不断的琴声》、薛涛的《废墟居民》、张洁的《秘密领地》等作品。这些作品有的神话与现实交织，氤氲着诡谲之气；或时空交错，神秘而诡异，大大扩展了儿童文学的表现领域，给原有中国儿童文学注入了新的气息和品格。《神奇邮路》《梦幻荒野》《蝉为谁鸣》《哭泣精灵》《魔塔》等更是对国内幻想小说的创作潮流的进一步推动。陈丹燕的《我的妈妈是精灵》，彭懿的《我捡到一条喷火龙》以及"夏壳壳"系列等，薛涛的"山海经新传说"等都是幻想小说的重要作品。此外，商晓娜、王勇英还致力于轻幻想小说的创作。

二 童 话

1977 年 5 月，《北京少年》《北京儿童》编辑部举行了一个"童话座谈会"，严文井作了《童话漫谈》的讲话，这是"文革"结束后第一次儿童文学座谈会。很快，儿童文学界就掀起了一股重视童话创作的热潮，《少年文艺》《儿童文学》出版了"童话专辑"。孙幼军曾总结他个人的创作走过了这样的一条道路：从放弃对"反映时代精神"的童话创作到告别"教训型童话"，到 1981 年"鼓鼓勇气，写出了《小狗的小房子》"这一篇"没有一点儿'主题先行'的情况"的童话。① 孙幼军童话观的转变,典型地代表了新时期之初作家们的创作情况,这一阶段的童话佳作有孙幼军的《小狗的小房子》《小贝流浪记》,葛翠琳的《翻跟头的小木偶》,吴梦起的《老鼠看下棋》,诸志祥的《黑猫警长》,宗璞的《风庐童话》等。

80年代中后期,童话创作异常活跃。在童话美学上出现了抒情型童话和热闹派童话,涌现了郑渊洁、周锐、冰波、彭懿等一大批童话新人。90年代之后,童话创作园地百花齐放,新老作家汇聚一堂:孙幼军、金波、张弘、葛竞、肖定丽、李志伟、王蔚、汤素兰、王一梅、安武林、吕丽娜、汤汤等。

孙幼军早在《小布头奇遇记》中就显露了其童话创作的天赋与才华。新时期之后,以欢乐、游戏的风格创作了《怪老头》《小猪稀里呼噜》等作品。郑渊洁的童话想象夸张大胆且有批判意识,他的系列童话《皮皮鲁和鲁西西》《舒克和贝塔历险记》曾风靡一时,后来他独立主持《童话大王》,继续童话创作。

周锐和彭懿曾是热闹派童话的两员大将,将狂放的游戏精神和热闹的风格注入童话艺术。周锐的童话新奇幽默又富有哲理,早期创作有童话集《拿苍蝇拍的红桃王子》《特别通行证》、"鸡毛鸭"系列等,新世纪之后有《幽默三国》《幽默水浒》以及《中国兔子德国草》等作品,是儿童文学幽默美学的诠释者。彭懿在80年代的童话有《女孩子城来了大盗贼》《五百个试管喜剧明星》等,90年代之后转向幻想文学、图画书的译介与创作。

冰波的《窗下的树皮小屋》《蓝鲸的眼睛》被认为是抒情型童话的代表,语言优美清新,以抒情、细腻的风格见长,后来又有《狼蝙蝠》《阿笨猫全传》等作品。此外,张秋生的《小巴掌童话》,汤素兰的《笨狼的故事》《阁楼上的精灵》,吕丽娜的《丁香小镇的菊奶奶》等低幼童话,汤汤的《到你的心里躲一躲》等鬼童话都独树一帜,在童话发展历程中占有一席之地。

三 儿童散文和儿童诗歌

圣野、鲁兵等诗坛常青树在新时期之后童心依旧,创作了《娃娃的书》《芝麻花开》以及《下巴上的洞洞》《小猪奴尼》等作品。最具代表性的作品有金波的《我们去看海》、任溶溶的《我是一个可大可小的人》、高洪波的《懒的辩护》、徐鲁的《我们这个年纪的梦》、王立春的《贪吃的月光》、李姗姗的《太阳小时候是个男孩》、萧萍的《狂欢节,女王一岁了》等诗集。张继楼、薛卫民、邱易东、高凯等人也都是儿童诗重要创作者。

在中国作家协会首届(1980—1985)全国优秀儿童文学奖评奖中,获奖的散文有《俺家门前的海》《十八双鞋》《醉麋》等作品。吴然的散文立足于云南独特的风

---

① 孙幼军:《孙幼军童话全集·自序》,《孙幼军论童话》,海豚出版社,2013年版。

土人情,《歌溪》、《一碗水》、《小鸟在歌唱》等散文集都洋溢着自然、童趣之美。乔传藻、湘女、林彦、庞敏、徐鲁、陈丹燕、赵丽宏等在儿童散文创作上取得较高成就。

四 儿童剧

"文革"之后,儿童剧的创作复苏是从历史题材起步的,如林克创作的六幕儿童剧《报童》,秦培春的《童心》等。主要创作者还有邵冲飞、朱漪、王正等。1982年,文化部举办了首届全国儿童剧观摩演出,对新时期儿童戏剧的儿童剧创作和演出发展起到了重要作用。当时获奖的剧目有欧阳逸冰的话剧《闪烁吧,繁星》,任德耀、宋捷文等的《好伙伴之歌》,王正的《喜哥》等。

新时期以来,儿童剧取得了长足的发展。在创作观念上进一步走出教育工具论的束缚,走向广阔的儿童生活,贴近儿童的生命状态和内心精神世界,通过深入浅出的艺术效果,以艺术的真善美陶冶儿童,多维度推动儿童剧艺术本体的发展,形成原创为主、改编和移植国外资源为辅的儿童剧创作格局。主要剧作家有任德耀、欧阳逸冰、代路、王靖等,优秀剧作既有《一二三,起步走》、《宝贝儿》、《柠檬黄的味道》等跻身国家舞台艺术精品工程、文华大奖的佳作,又有《迷宫》、《魔山》等开拓市场、在票房斩获佳绩的新剧目。

五 图画书的兴起和发展

图画书是21世纪中国儿童文学中异常活跃和繁荣的艺术门类。从历史上追溯的话,早在明代的《日记故事》中,就有运用图画说明故事的形式,而且这种带有图画的书籍形态可视为图画书的雏形。到了五四时期,儿童文学先驱们曾相当重视儿童图画故事。郑振铎在《儿童世界》杂志上发表了《两个小猴子的冒险》、《河马幼稚园》等长短不一的图画故事,通过"以画讲故事"的形式进行连载。赵景深还专门写过《儿童图画故事论》的理论文章。在创作实践上,也涌现出了赵景深、笑苹、林丁等专为儿童创作图画故事书的作家。当代图画故事,或者说图画书创作方面涌现了杨永青、何艳荣、温泉荣、黄永毅等一大批艺术家,创作了《萝卜回来了》、《小马过河》等艺术精湛的优秀图画书。90年代出版的重要图画书有"黑眼睛丛书"、"小鳄鱼丛书"、"绿蝈蝈丛书"等。只是,长期以来,图画书都被视为幼儿文学的一种,而未作为一种独立的出版形式,图画书的创作和出版尚未形成热点。1988年广西人民出版社引进了"获国际安徒生奖图画故事丛书",选取1965年安徒生插画奖设立以来10位获奖插画家的代表作,这也是安徒生奖最具系统和规模的引进。1999年,春风文艺出版社出版了德国雅诺什系列图画书,此后欧美、日本等域外优秀图画书纷纷引进,为原创图画书创作和发展提供了艺术的智慧与借鉴。

原创图画书在新世纪以来取得长足发展,有"我真棒"幼儿成长图画书系列、

"关爱生命"绘本系列、"李拉尔故事系列"等图画书,设立了"丰子恺儿童图画书奖"、"信谊图画书奖",极大推动了原创图画书的发展。熊磊、熊亮兄弟以中国民间故事、传说等为素材,致力于中国风格的原创图画书的开发和探索,出版了"绘本中国"系列,有《小石狮》、《灶王爷》、《家树》、《泥将军》、《兔儿爷》、《屠龙族》、《年》等。周翔根据北方童谣创作了《耗子大爷在家吗?》、《一园青菜成了精》以及充满江南水乡气息的原创图画书《荷花镇的早市》,还有蔡皋创作的《宝儿》、《桃花源》、《六月六晒龙袍》,陈致元的《咕叽咕叽》、《小鱼散步》、《一个不能没有礼物的日子》等。同时涌现了朱成梁、九儿等一大批有艺术表现力的插画家。《团圆》、《安的种子》、《西西》、《妖怪山》、《老鼠娶新娘》、《驿马》、《躲猫猫大王》等都是原创图画书发展进程中的重要作品。

第五节　台港澳儿童文学和华文儿童文学

新世纪之初,林文宝撰文《台湾儿童文学的建构与分期》,将 1945—2000 年间的台湾儿童文学分为四个阶段:萌芽期(1945—1963)、成长期(1964—1979)、发展期(1980—1987)、繁荣期(1988—2000)。[1] 在近半个多世纪的发展历程中,台湾儿童文学在小说、童话、诗歌、散文诸文体发展中都有不俗表现和发展。

儿歌和童诗创作方面最为突出的有杨唤、詹冰、林焕彰、马景贤、潘人木、林武宪、谢武彰、方素珍、林芳萍等人。

杨唤(1930—1954),被林良誉为"童话诗人",他创作的儿童诗收录在《水果们的晚会》、《夏夜》中。杨唤的儿童诗清新隽永,想象丰富,活泼有趣又不失温暖诗意,被认为:"几乎成为台湾这三十年来儿童诗的创作范本。"[2]詹冰(1921－2004)出版有儿童诗集《太阳蝴蝶花》,他的诗浅显生动,童趣自然。如《插秧》:"水田是镜子/映照着蓝天/映照着白云/映照着青山/映照着绿树。农夫在插秧/插在绿树上/插在白云上/插在蓝天上。"林焕彰认为童诗写作有三点不可忽视:"一、文学特殊技巧的运用和示范,二、优美情境的绘出和丰富想象的表现,三、富有启发的意义性的暗示。"[3]诗集有《童年的梦》、《妹妹的红雨鞋》、《鹅妈妈的宝宝》等。

林良,被誉为台湾儿童文学的常青树,在散文和诗歌、翻译和理论研究方面都有建树。著有散文集《小太阳》、《小方舟》等,儿童诗集《动物和我》,儿歌集《小动物

---

① 林文宝:《台湾儿童文学的建构与分期》,《儿童文学学刊》2001 年第 5 期。

② 林文宝:《杨唤与儿童文学》,台湾万卷楼图书有限公司,1996 年版,第 5 页。

③ 转引自樊发稼《林焕彰儿童诗散论》,樊发稼:《樊发稼三十年儿童文学评论选》,少年儿童出版社,2010 年版,第 158 页。

的儿歌集》、《我会读》、《林良的看图说话》,儿童文学论文集《浅语的艺术》,译有《和甘伯伯去游河》、《狼婆婆》等经典图画书。

潘人木的儿歌有丰富的知识性,浅显可读,儿歌集有《一只猫儿叫老苏》、《你的背上背个啥》、《小五小六爱唱戏》、《滚球滚球一个滚球》等。马景贤的儿歌内容丰富,题材广泛且有很强的韵律感,如《小豆子》,"小小豆子发了芽/朝着太阳向上爬/小小豆子开了花/结了豆子一大把"。林武宪创作了许多描绘动物的儿歌,质朴生动,有《鹅追鹅》等儿歌集。林芳萍的儿歌,富有诗情画意,有《谁要跟我去散步》等。

台湾儿童小说创作人才辈出。林海音的《城南旧事》以小女孩英子的视角展现老北京风情和童年生活。林钟隆的《阿辉的心》是台湾地区少年小说的"经典之作",被认为是"台湾的儿童读物工作者走上创作之路的一个真正开始"。[①] 李潼被誉为台湾少年小说第一人,著有《少年噶玛兰》、《博士、布都与我》、《顺风耳的新香炉》等小说。王淑芬写有《君伟上小学》以及特殊题材儿童小说《我是白痴》等。此外,管家琪的《珍珠奶茶的诱惑》、黄海的《流浪星空》等都是小说佳作。

散文创作方面有冯辉岳和桂文亚的创作。冯辉岳的散文描写了童年生活和故乡的景致,如《旺伯母家的鹅》、《阿公的八角风筝》等。桂文亚的散文《班长下台》以自己童年生活经历和感受为素材,清新有趣,她还创作了《美丽眼睛看世界》、《思想猫游英国》等。

台湾的童话创作者有司马中原、傅林统、黄海、管家琪、孙晴峰、王淑芬、林世仁、张嘉骅、杨隆吉、王家珍、刘思源、赖晓珍、方素珍、山鹰、周姚萍、郝广才等。张嘉骅著有《怪怪书怪怪读》、《怪物童话》等,他的童话搞怪幽默,经常对童话经典进行颠覆和改写,富有个性。管家琪的创作广涉童话、小说、故事、传记等,出版有《口水龙》、《复制瞌睡羊》、《捉拿古奇台风》等,她的童话故事性强,轻松灵动,充满趣味。

海外华文儿童文学,有几套重要的出版物,包括洪汛涛主编的《世界华文儿童文学》、李保初主编的《世界华文儿童文学作品选》、王泉根主编的《世界华文儿童文学大系》以及浙江少年儿童出版社推出的"世界华文儿童文学书系"等。2015年出版的《纽带·海外华文儿童文学典藏》系统呈现了海外华文儿童文学的地域版图和整体风貌,囊括了木子、孙晴峰、林婷婷、阿浓、夏祖丽、程玮、王晔、江音、年红、爱薇等分别来自美国、加拿大、澳大利亚、德国、瑞典、瑞士和马来西亚等国家的儿童文学创作者。在华文儿童文学推广和研究方面,孙建江用力甚多。

---

① 转引自《林钟隆先生作品谈论会论文集》,台湾富春文化事业股份有限公司,2001年版,第10页。

后　记

本书 2013 年初版,转眼四年过去了。2017 年被评为浙江省高校"十二五"优秀教材。按照成例,一种版本的教材使用一般不超过 5 年,教材应该过几年就修订一次,主要是吸收学术界研究的最新成果,同时把教学方面的改进也反映出来,对于本教材来说还有一个特殊之处就是,本书的时间范围又向前延伸了四年,虽然这四年的中国文学成果还缺乏时间的充分沉淀,还缺乏定论,但关注则是我们的职责。

本教材自出版以来,不仅本校使用,还有很多兄弟院校也使用,反馈的信息中主要是鼓励我们,也有一些很好的建议,包括指出其中的错误,这是让我们很感动的。几乎是此书一出版,我们就着手进行修订,包括搜集各种意见,专家的意见,同行的意见,还有学生的意见。这次修订,大的修改主要是增加了儿童文学一章,新世纪文学一章中增加了散文和"新生代"小说一节,新时期文学一章重写。小的修订有,有的章节进行了适当的篇幅压缩,相反有的内容则进行了扩充,绝大多数章节的内容都进行了修改,不仅是文句上的修饰,主要是内容上的增删。

本书是集体研究的成果。各位编者均为本学科成员,全部为博士或博士后,学术兴趣分布于百余年文学的不同时段和多个领域,各有自己独到的见解和研究所得。本书的编写既是一次学术思想的大碰撞,也是大融合。全书具体分工如下:

统筹:高玉。

清末民初文学:付建舟。

五四文学:潘正文。

30 年代文学:吴述桥。

40 年代文学:吴翔宇。

"十七年"文学:第一节、第三节,李蓉;第二节、第四至六节,首作帝。

"文革"文学:高玉。

新时期文学:王冰冰。

80 年代文学:俞敏华。

90 年代文学:主体部分,刘江凯。第三节的"诗歌"部分,黄江苏;第三节的"散文"部分,王冰冰。

新世纪文学:主体部分,常立。第五节,徐勇;第六节,倪玲颖。

儿童文学:胡丽娜。

统稿:徐勇。

　　本书的顺利出版得到了浙江大学出版社的大力支持。我们还要感谢关心并支持本书写作的同行及朋友们。我们真诚期待读者和专家的指教和批评。

2018 年 1 月 8 日

图书在版编目(CIP)数据

中国现当代文学史:全2册 / 高玉主编. —2版.
—杭州:浙江大学出版社,2017.12(2023.3重印)
ISBN 978-7-308-17702-3

Ⅰ.①中… Ⅱ.①高… Ⅲ.①中国文学－现代文学史
－高等学校－教材②中国文学－当代文学－文学史－高等
学校－教材 Ⅳ.①I209.6

中国版本图书馆 CIP 数据核字(2017)第 324473 号

中国现当代文学史(第二版)

高 玉 主编

责任编辑	傅百荣
责任校对	虞雪芬 杨利军 夏斯斯
封面设计	续设计
出版发行	浙江大学出版社
	(杭州市天目山路 148 号 邮政编码 310007)
	(网址:http://www.zjupress.com)
排 版	浙江时代出版服务有限公司
印 刷	杭州杭新印务有限公司
开 本	710mm×1000mm 1/16
印 张	38
字 数	702 千
版 印 次	2017 年 12 月第 2 版 2023 年 3 月第 5 次印刷
书 号	ISBN 978-7-308-17702-3
定 价	98.00 元(上、下册)